KB031422

熱河日記
열하일기
中

연암 박지원 지음
연민 이가원 옮김

明文堂

연암 박지원의 초상

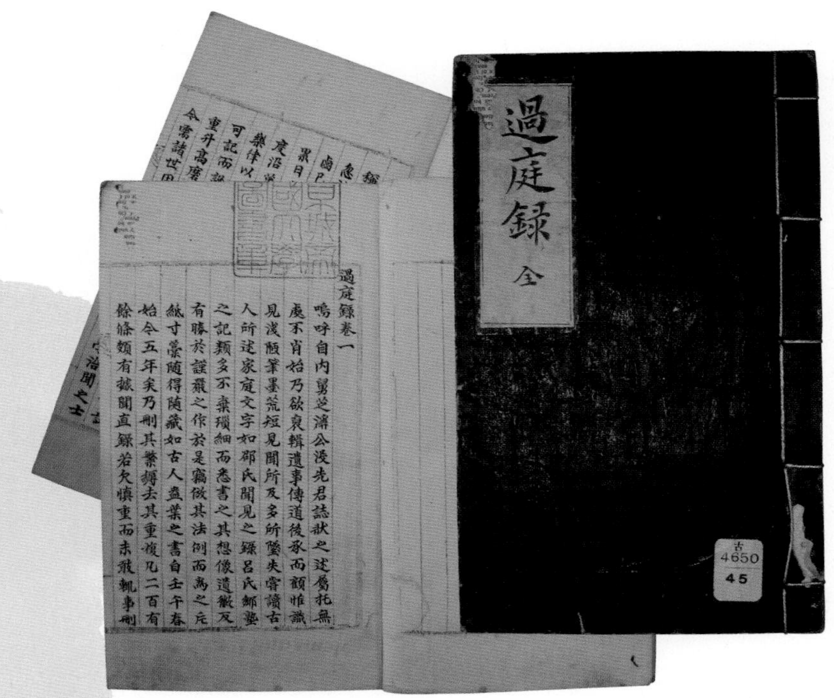

과정록(過庭錄)

연암 박지원의 둘째아들인 박종채(朴宗采)가 지은 잡록. 저자가 아버지의 신상, 생활상, 교우, 업적 등을 기록해 놓았다.

연암의 그림

연암 박지원이 쓴 편액 글씨(저실기측)

한민명전의(限民名田議)
연암 박지원(朴趾源)이 저술한
한전론적 토지개혁안(限田論的土地改革案)

박지원의 서간(書簡)

熱河日記
열하일기
中

일러두기

1. 이 책은 '열하일기' 해설에서도 밝힌 바와 같이 연암의 수사본 또는 수택본을 근거로 하고, 누락된 부분을 보충한 것을 국역 대본으로 하였다.
2. 번역은 직역을 원칙으로 하였으나, 직역만으로는 원저자의 뜻을 잘 나타내지 못할 경우에는 의역(意譯)을 하였다.
3. 대본에 오탈자가 있는 경우 여러 필사본을 참고하여 바로잡았으며, 각주 처리하여 밝혔다.
4. 한글 표현에 있어서는 맞춤법 · 띄어쓰기 기타를 교과부안에 따름을 원칙으로 하였으나 약간의 예외를 두었다.
5. ( )속의 한자(漢字)는 역사적인 사건 및 인물 기타 고유명사를 비롯하여 본문의 이해를 돕기 위하여 수록하였으며, 운문에는 원문을 병기하였다.
6. 본문을 앞에 두고 간단한 주석은 본문 속에 간주(間註)로 넣었으며, 그렇지 않은 것은 각주(脚註)로 처리하였다. 원문(原文)을 함께 수록하여 학습 효과를 높였으며 한글 음(音)을 표기하였다.
7. 외국의 인명(人名)과 지명(地名)은 원음(原音)을 알 수 있는 것은 원음으로 표기하였으나, 원음을 알 수 없는 것은 한자음으로 표기하였다.
8. 연암이 기재한 날짜는 음력이다.
9. 이 책에 사용된 부호는 다음과 같다.

『』: 책명, 「」: 작품, " ": 직접 인용, ' ': 강조 혹은 간접 인용.

차례

열하일기熱河日記 中

열하일기熱河日記 上

열하일기 熱河日記 下

9. 황도기략(黃圖紀略)_737

熱河日記

박지원朴趾源

1

태학유관록(太學留館錄)

태학관에 머물면서

전편(前篇) <『열하일기』 상(上)권의> 8월 9일 을묘(乙卯)일에 이어서 8월 14일 경신(庚申)일까지 6일 동안의 기록이다. 연암이 열하에 도착하여 숙소인 태학관에 머물면서 그곳에 있는 청나라 학자들과 주고받은 필담의 내용이다.

가을[1] 8월 초9일 을묘(乙卯)

사시(巳時 : 오전 10시 경)에 태학(太學)에 들어가 머물렀다. 사시 이전의 일은 이미 길에서 적었고, 사시 이후 오후에는 태학관(太學館)에서 머물렀던 일을 기록하기로 한다. 이날은 몹시 더웠다.

말에서 내려 곧장 후당(後堂)으로 들어섰다. 한 노인이 모자를 벗고 의자에 걸터앉아 있다가 나를 보고 의자에서 내려와,

"수고하십니다."

라고 하며 맞이한다. 나도 읍하여 답례하고 자리에 앉았는데 노인이 내게,

"벼슬이 몇 품(品)이나 되시는지요?"

하고 묻기에 나는,

"선비의 몸으로 귀국에 관광(觀光)차 삼종형(三從兄) 대대인(大

1) 이 위에 '경자(庚子)'라는 두 글자가 있으나, 박영철본에 의하여 삭제하였다.

大人)을 따라온 것입니다."
하고 대답하였다. 중국 사람들은 정사를 '대대인'이라 하고, 부사를 '얼대인(乙大人)'이라 하니, 얼(乙)은 둘째라는 의미였다.[2] 그가 나에게 성명을 묻기에 써서 보여 주니 또,

"영형(令兄)되시는 대인의 존명(尊名)과 관직과 품계(品階)는 어떻게 되는지요?"

하고 묻기에 내가,

"성함은 아무분(박명원(朴明源))이고 품계는 일품(一品)이며, 부마(駙馬 : 임금의 사위)로 내대신(內大臣)[3]입니다."

라고 대답하니 또,

"영형(令兄) 대인께서는 한림(翰林) 출신이십니까?"

라고 하므로, 〈내가〉

"아닙니다."

라고 대답하였다. 노인이 붉은 명함 한 장을 꺼내어 보여 주며,

"저는 이런 사람입니다."

라고 한다. 오른편에 가는 글씨로, '통봉대부(通奉大夫 : 종3품) 대리시경(大理寺卿)[4] 치사(致仕 : 벼슬을 지냄) 윤가전(尹嘉銓)'이라고 쓰여 있었다. 내가,

---

2) 얼대인(乙大人)으로부터 여기까지는 주설루본에 의거하였다. 박영철본에는 '이대인(二大人)'으로 되어 있다.

3) 내대신(內大臣) : 왕실에 관한 모든 일을 맡아보던 궁내부(宮內府)의 첫째 벼슬. 궁내부 대신.

4) 대리시경(大理寺卿) : 최고 법원장(法院長)에 해당하는 벼슬.

“공(公)께서는 이미 공사(公事)를 그만두셨다면서 무슨 이유로 멀리 변방 밖에까지 나오셨나요?”

라고 하였더니 윤공(尹公 : 윤가전)은,

“황제의 명을 받들었습니다.”

라고 한다. <그때 옆에 있던> 또 한 사람이,

“저 역시 조선 사람이올시다. 천명(賤名)은 기풍액(奇豊額)이옵고, 경인년(1770년) 문과(文科)에 장원급제하여 현재 귀주(貴州) 안찰사(按察使)로 근무 중입니다.”

라고 한다. 윤공이,

“이제 사해(四海 : 온 천하)가 한 집안이라서 문을 나서면 모두 같은 동포 형제입니다. 고려의 박인량(朴寅亮)[5]이 선생 가문의 명망있는 어른이 아니시옵니까?”

라고 하여 내가,

“아닙니다. 주죽타(朱竹坨)[6]의 『채풍록(採風錄)』에 기록된 박모(朴某 : 박미(朴瀰))라는 어른이 저의 5대 조부이십니다.”

라고 했더니 기공(奇公 : 기풍액(奇豊額))은,

“과연 문망(文望)이 높으신 상경(上卿)이시구려.”

라고 한다. 윤공은,

---

5) 박인량(朴寅亮) : 고려 문종(文宗) 때 문학가로서 송나라에 사신으로 가서 문장으로 이름을 날렸으므로 송나라에서 그의 문집을 출판하기까지 하였다.

6) 주죽타(朱竹垞) : 주이준(朱彛尊). 죽타는 호. 청나라 강희(康熙) 시대 때 대학자로, 금석 고증학의 권위자이다.

"왕어양(王漁洋)[7]의 『지북우담(池北偶談)』에 그 어른의 시문(詩文)을 상세히 갖추어 실었습니다. 이른바 '제비와 기러기가 서로 등지어 날고,[8] 말과 소도 멀리 떨어진 곳에 있어 서로 상관이 없다'[9]는 말이 있지만, 이제 하늘이 주신 연분이 공교로워 이곳 변방 밖에서 부평초같이 여기저기 떠돌아다니는 나그네의 처지로 우연히 서로 만나게 되었으니, 이는 책 속에 나오는 어른의 후손〔雲仍〕[10]이구려."

라고 한다. 좌중에 있던 한 사람이 감탄하며,

"그의 시를 읊고 그의 책을 읽고도 그의 인품을 몰랐다니, 있을 수 있는 일이겠습니까?"[11]

---

7) 왕어양(王漁洋) : 왕사정(王士禎), 왕사진(王士禛). 호가 어양산인(漁洋山人)이다. 왕어양이 지은 『지북우담(池北偶談)』은 강희 30년에 지어진 책으로 각종 고사(故事)를 기술했다.

8) 두 후조(候鳥 : 철새)가 남북의 기후가 다름을 일렀다.

9) 『좌전(左傳)』에 "풍마우(風馬牛)가 서로 미치지 못한다" 하였는데, 풍은 주(注)에 '암수가 서로 유인함이다' 하였다. 이는 초자(楚子)가 제후(齊侯)에게 보낸 말로, '제나라와 초나라의 거리가 멀다'는 것을 뜻한다.

10) 후손〔雲仍〕 : 먼 후손을 뜻하는 운손(雲孫)과 잉손(仍孫)을 말한다. 운손은 구름과 같이 멀어진 자손이라는 뜻으로 8대손을 이르고, 잉손은 곤손의 아들이자 내손의 손자인 7대손을 이른다. 후손의 호칭은 자(子), 손(孫), 증손(曾孫), 현손(玄孫), 내손(來孫), 곤손(昆孫), 잉손(仍孫), 운손(雲孫)이다.

11) 『맹자(孟子)』에 나오는 내용이다.

라고 한다. 기공은,

"비록 옛 어른은 가셨다 하더라도, 오히려 그의 후손은 남아 있지 않소?"

라고 하고는 또,

"귀국의 올해 농사는 어떻습니까?"

라고 하기에 나는,

"6월에 압록강을 건넜고 가을 수확〔西成〕[12]이 아직 멀었으므로 잘은 모르겠습니다만, 다만 올 적엔 비도 때맞춰 내리고 바람도 순조로웠습니다."

라고 하였다.

좌중(座中)에 있던 또 한 사람은 이름이 왕민호(王民皥)라는 거인(擧人 : 중앙의 과거 시험을 준비하는 사람)이다. 그가 묻기를,

"조선은 땅이 얼마나 됩니까?"

라고 하여 내가,

"옛날 기록에는 5,000리라고 적혀 있습니다. 하지만 단군의 조선은 요임금 때와 같은 시대였고, 기자(箕子)의 조선은 주(周)나라 무왕(武王 : 희발(姬發)) 때에 봉한 나라였으며, 위만(衛滿)의 조선은 진(秦)나라 때에 연(燕)나라 백성들을 이끌고 동쪽으로 피난 온 나라였습니다. 모두들 부분적으로 한 쪽만을 점유했기

12) 가을 수확〔西成〕: 가을에 농작물을 거두어들이는 일을 뜻한다. 음양오행설(陰陽五行說)에서 가을이 서(西)에 해당하는 데서 이르는 말이다.

때문에 그 땅이 5,000리가 되지 못했던 것 같습니다. 전조(前朝 : 고려) 때에는 고구려 · 백제 · 신라를 합병하여 고려가 되었으니, 동서가 1,000리이고, 남북이 3,000리였습니다. 중국 역대의 역사책에는 조선의 민물(民物)과 요속(謠俗)에 대한 기록이 실지와 자못 달라서, 모두 기자 · 위만 때의 조선이지 오늘의 조선은 아닙니다.

역사를 쓰는 이들은 외국에 대해서는 간략하게 다루기 때문에 한갓 옛날의 기록을 그대로 좇을 따름이었으나, 그 토풍(土風)과 국속(國俗)은 제각기 시대에 따라 제도가 다른 것입니다. 우리나라로 말하면, 오로지 유교(儒敎)를 숭상하여 예악(禮樂)과 문물(文物)이 모두 중화(中華)를 본받아서 예로부터 '소중화(小中華)'라는 호칭이 있었답니다. 나라를 세운 규모라든가 사대부(士大夫)의 처신이나 몸가짐이 모두 조송(趙宋)[13]과 다름없습니다."

라고 했더니 왕군(王君 : 왕민호(王民皥))은,

"가히 군자(君子)의 나라라고 할 만합니다."

라고 하고 윤공(윤가전)은,

"아아, 찬란하게도 태사(太師)[14]의 유풍(遺風)이 남아 있으니 가히 공경할 만합니다. 그런데 『시종(詩綜)』[15]에 공의 선조이

---

13) 조송(趙宋) : 송나라 태조 조광윤(趙匡胤)의 성씨인 조(趙)를 붙여서 다른 송과 구별하였다.

14) 태사(太師) : 기자(箕子)는 은(殷)나라 태사의 벼슬에 있었다.

신 박미 어른에 대한 소전(小傳)이 어째서 없는지요?"
라고 하여 내가,

"비단 우리 선인(先人)의 자호(字號)와 관작(官爵)이 빠졌을 뿐만 아니고, 그 책 안에 소전(小傳)이 있다는 사람조차 되레 잘못된 기록이 많습니다. 저의 5대조는 휘(諱)가 미(瀰)요, 자는 중연(仲淵)이고, 호는 분서(汾西)인데, 문집(文集) 네 권이 국내에서 간행되어 있습니다. 명(明)나라 만력(萬曆 : 신종(神宗) 주익균(朱翊鈞)의 연호, 1573~1620) 때 어른이시고, 소경왕(昭敬王)[16]의 부마(駙馬)로 금양군(錦陽君)이며, 시호는 문정공(文貞公)이라고 합니다."

라고 했다. 윤공은 내가 쓴 쪽지를 품속에 거둬 넣으며,

"이것으로 빠진 곳을 보충하여야겠습니다."

라고 하고 왕 거인(왕민호)은,

"여느 잘못 기록된 곳도 바로잡아 주시기 바랍니다."

라고 하고 기공(기풍액)도,

"옳습니다. 이는 하늘이 주신 좋은 기회입니다."

라고 한다. 나는,

"난 본디 기억력이 거칠고 분명치 못해서 책을 놓고 고증(考

---

15) 『시종(詩綜)』 : 『명시종(明詩綜)』. 중국 청(淸)나라의 주이준(朱彝尊)이 편찬한 책. 명나라 각계각층의 시인의 시와 민요를 수집하여 수록하고, 작자마다 소전(小傳)을 붙이고, 대가들의 시평을 기록하였다.

16) 소경왕(昭敬王) : 조선 선조(宣祖)의 시호이다.

證)했으면 좋겠습니다."

라고 하자, 기공(기풍액)이 왕 거인(왕민호)을 돌아보며 무어라 말을 주고받고, 윤공(윤가전)도 역시 서로 이야기한 지 한참 지난 끝에, 왕 거인은 즉시 '명시종(明詩綜)'이란 석 자를 써서,

"이리 오너라."

하고 부르니, 한 청년이 앞에 와서 손을 맞잡고 절을 한다. 왕 거인이 그 제목을 적은 종이쪽지를 주니, 그 청년이 〈받아 들고〉 재빨리 뛰어가 버린다. 아마 다른 곳에 〈책을〉 빌리러 가는 듯하다. 그 청년이 곧바로 돌아와 꿇어앉아서,

"없습니다."

하고 아뢴다. 기공이 또다시 한 사람을 불러 제목을 적은 종이쪽지를 주자, 곧바로 돌아와서는 무어라고 말하니 왕 거인이,

"변방 밖이라 원래 서점이 없더군요."

라고 한다. 나는,

"우리나라의 이달(李達)[17]이란 시인은 호가 손곡(蓀谷)입니다. 그런데 이달의 시(詩)를 싣고, 또 따로 손곡의 시를 실었으니, 이는 그의 호를 다른 사람의 성명으로 잘못 알고서 나누어 실은 모양입니다."

라고 했더니 세 사람은 모두 크게 웃고는 서로 돌아보며,

17) 이달(李達) : 조선 중종(中宗) 때 시인. 자는 익지(益之), 호는 손곡(蓀谷)·동리(東里)·서담(西潭)이다. 서얼 출신이고, 허균(許筠)과 허난설헌(許蘭雪軒)의 스승이며, 고죽(孤竹) 최경창(崔慶昌), 옥봉(玉峯) 백광훈(白光勳)과 함께 삼당(三唐)의 시파를 이룩하였다.

“옳습니다. 옳구먼요. 치이(鴟夷)나 도주(陶朱)가 애초에 한 사람의 범려(范蠡)[18]인 것이지요.”

라고 한다.

이때 윤공이 갑자기 바삐 일어서면서 붉은 명함 석 장과 자기가 지은 「구여송(九如頌)」[19]을 꺼내어 나에게 주면서,

“선생의 수고를 빌어 영형(令兄) 대인(박명원을 말함)을 뵙고자 하옵니다.”

라고 하자 다른 사람들도 모두 일어서며,

“윤 대인(尹大人)께서 이제 조정에 나가시니 후일 다시 만납시다.”

라고 한다. 윤공은 이미 모복(帽服)을 갖추어 조주(朝珠)를 걸고서 나를 따라 나와서는 발걸음이 정사의 방 앞에 이르렀다. 그 문에서 나와 길을 지나오면서도 나로선 역시 영문을 알지 못하였다. 다른 사람들 모두 윤공이 방금 조정에 나간다고 말하였을 뿐, 윤공이 명함을 내놓은 것이 그같이 꾸밈이 없고 솔직했던 만큼, 나는 그가 곧바로 나를 따라올 줄은 사실 미처 생각하지 못하였던 것이다.

---

18) 범려(范蠡) : 춘추 시대 월(越)나라 구천(句踐)을 도와서 오(吳)나라를 멸망시켰다. 치이(鴟夷)나 도주(陶朱)는 범려의 다른 이름이다.

19) 「구여송(九如頌)」 : 구여는 『시경(詩經)』 소아(小雅) 천보(天保)에 나오는 아홉 가지의 축복. 곧 여산(如山) · 여부(如阜) · 여강(如岡) · 여릉(如陵) · 여천방지(如川方至) · 여월항(如月恒) · 여일승(如日升) · 여남산수(如南山壽) · 여송백무(如松柏茂).

정사는 밤낮으로 말에서 흔들흔들 시달린 나머지 겨우 짐을 풀고 누워서 눈을 붙일 수 있었고, 부사와 서장관은 내가 소개〔通謁 : 명함을 내밀고 만나줄 것을 요청함〕할 상대도 아니다. 더욱이 우리나라 대부들은 생(生)으로 존귀한 체함이 대단하다보니, 중국 사람을 보면 만인(滿人)이나 한인(漢人)의 구분도 없이 모두 휩쓸어 '되놈'으로 여기고, 교만하고 도도한 체하는 것이 애초부터 몸에 밴 습속이 되어 버렸다. 그가 어떠한 호인(胡人)이며 무슨 벼슬 등급인지 마땅히 살피지 않을 것이고, 반드시 그를 반겨 맞이할 리도 없거니와, 비록 서로 만난다 하더라도 필시 개나 돼지 같이 푸대접할 것이며, 또한 나를 불필요한 짓을 했다고 여길 것이다. 그런데 윤공이 발걸음을 멈추고 머뭇거리며 뜰에 서서 기다리므로 일이 매우 난처하게 되었다.

내가 그제야 정사에게 들어가 말하였다. 정사는,

"나 혼자서 만날 수는 없는 일이니, 장차 어쩌면 좋을까?"

라고 한다. 나는 늙은 손님이 뜰에 오래 서 있음을 매우 딱하게 여겨 나가서 사례하기를,

"정사께서 밤낮을 가리지 않고 먼 길을 오시느라 매우 피로하시므로 삼가 맞이하지 못하오니, 다른 날에 몸소 나아가 사례할 것이라고 하옵니다."

라고 하니 윤공은 곧,

"그렇군요."

라고 하고는 한 번 읍하고 나가는데, 그 기색을 살펴보니 매우 멋쩍은 모양이었다. 표연히 가마를 타고 가버렸는데, 그 가마

차림의 휘황찬란한 품이 참으로 귀인이 타는 것이다. 종자(從者) 10여 명이 모두 비단옷에 수놓은 안장을 하고 가마를 빽빽하게 둘러싸고 호위하며 가는데, 바람결에 풍기는 향내가 그윽하다.

통관이 당번인 역관에게 묻기를,

"귀국에서도 부처를 공경하는지요? 국내의 절은 얼마나 있습니까?"

라고 하므로 수역이 들어와 사신에게 여쭙되,

"통관의 이 말은 허투로 하는 것이 아닌 듯하니, 무어라 대답하오리까?"

라고 한다. 삼사가 의논하여,

'우리나라 습속에는 본디 부처를 숭배하지 않으므로 시골엔 혹시 절이 있지만 서울이나 도회지에는 없습니다.'

라고 대답하라고 지시하였다.

조금 뒤에 군기 장경(軍機章京) 소림(素林)이 달음질하여 태학관에 도착했다. 그러자 삼사가 캉〔炕 : 방〕에서 내려 동쪽을 향해 앉았다. 이는 지세를 따른 것이었다. 소림이 황제의 조서(詔書)를 입으로 전달한다.

"조선 정사는 이품(二品) 끝의 반열(班列)에 서라."

이는 황제의 생신을 축하하는 날에 조정에서의 반열 순서를 조칙으로 미리 일러 주는 것인데, 이는 전에 없던 과분한 대접이라고 한다. 그리고 소림은 나는 듯이 몸을 돌려 가버렸다. 또 예부(禮部)에서도 태학관에 말을 전해오기를,

“<조선> 사신이 오른쪽 반열에 오름은 전례에 없는 은전(恩典)인 만큼, 의당 머리를 조아려 고마운 마음을 나타내는 절차가 있어야 할 것이니, 이런 뜻으로 예부에 글을 보내오면 곧 황제께 전하여 올리겠습니다.”

라고 하여 사신은,

“배신(陪臣)[20]이 사신의 명령을 받들고 와서 비록 황제의 세상에 보기 드문 지극하신 대우를 받았으나, 사사로이 사례함은 <도리에 어긋나> 감히 할 수 없는 일이오니,[21] 전례는 어떠하온지요?”

라고 대답하니 예부에서는,

“무엇이 해롭겠소?”

하고는 잇달아 <글을 올리라고> 독촉이 빗발치듯한다.

대체로 황제는 나이가 많고 또 재위(在位)한 지 오래여서 권세가 한 손에 있고, 총명이 쇠하지 않았으며 기혈이 더욱 왕성하였다. 그러나 천하가 태평하고 임금의 위세가 날로 높아짐에 따라 점차 시새우고 사납고 엄하고 가혹할 뿐더러, 기뻐하고 성냄이 일정하지 않고 늘 변하였으므로 조정의 신하들은 모두 그때그때 임시변통으로 잘 꾸며대는 것을 상책으로 삼고, 오로지 황제의 마음을 기쁘게 하는 것을 시의(時義)에 맞는 것이라고

---

20) 배신(陪臣) : 제후(諸侯) 나라의 대부가 천자(天子)를 마주 대하여 스스로 일컫는 말이다.

21) 인신(人臣)은 외교(外交)가 없다는 의미이다.

여겼다.

이제 예부에서 글을 바치라고 마구 재촉하는 것도 대체로 황제의 명령을 받드는 것에 대한 그릇된 의미에서 나온 일이다. 그들의 태도를 가만히 엿보면 그 뜻도 그릇되었고, 오로지 예부에서 나온 것이라고 한다.

당번 역관의 말이,

"지나간 해에 심양(瀋陽)에 사신으로 갔을 때도 역시 글월을 올려서 사례한 일이 있으니, 이번 일도 그와 다를 것이 없을 듯하오이다."

라고 한다. 이에 부사와 서장관이 서로 의논하여 글을 만들어서 예부에 보내어 곧바로 황제에게 아뢰게 하였다.

예부에서는 또 내일 5경(새벽 4시 경)에 궐내에 들어가서 황은(皇恩)에 공손히 사례하라고 말하였으니, 이는 2품과 3품으로 오른쪽 반열에 들어 하례에 참석하게 된 은혜를 사례하라고 함이었다.

저녁 식사가 끝난 뒤에 다시 윤공(윤가전)의 숙소를 찾아 갔더니 왕군(왕민호(王民皞))은 이미 다른 방으로 옮겨갔고, 기공(기풍액(奇豊額))은 중당(中堂)에 머물러 있었다. 윤공과 함께 기공의 처소에서 이야기하였다. 윤공은 마음이 화락하고도 쾌활하고 온화한 사람이다. 그는,

"아까는 바빠서 이야기를 다 마치지 못하였습니다. 바라건대 『시종(詩綜)』의 빠지고 잘못된 곳을 들려주셔서 선배들이 빠뜨

리고 소략하게 했던 점을 보충하도록 하여 주십시오.”
라고 하여 나는,

“우리나라의 선배들은 태어나서 늙고 병들어 죽도록 바다 저 한 편 구석에서 떠나지 못하고, 마치 반딧불처럼 나부끼고 버섯처럼 말라 버렸는데, 겨우 하잘것없는 시편(詩篇)이 큰 나라의 책에 실리게 됨은 실로 영광스럽고 다행스러운 일입니다. 그렇지만 우물에 떨어진 모수(毛遂)[22]가 있는가 하면 좌중을 놀라게 하던 진공(陳公)[23]이 있다는 것은 매우 불행한 일입니다.

우리나라 선유(先儒) 가운데 이이(李珥)[24] 선생은 호가 율곡(栗谷)이고, 상공(相公) 이정귀(李廷龜)[25]는 호가 월사(月沙)인데, 『시종』에는 이정귀의 호가 ‘율곡’이라고 잘못 적혀 있습니다. 월산대군(月山大君)[26]은 공자(公子 : 왕자)인데, 이름이 ‘예쁠 정

22) 모수(毛遂) : 전국 시대 평원군(平原君) 조승(趙勝)의 식객(食客)으로, 초(楚)나라에 유세(遊說)하여 진(秦)나라를 물리친 변사(辯士)이다. 모수와 같은 이름을 가진 이가 우물에 빠졌다고 한다. 모수와 진공의 고사는 이름은 같고 사람은 다른 경우를 일컫는다.

23) 진공(陳公) : 진공은 한(漢)나라의 명사인 진번(陳蕃)이다. 자는 유자(孺子). 일찍이 재명(才名)이 있어서 좌객들을 놀라게 했는데, 그와 똑같은 이름을 지닌 이가 있었다.

24) 이이(李珥) : 조선 선조 때의 유학자이자 정치 이론가이다. 자는 숙헌(叔獻)이고, 호는 율곡(栗谷)이며, 어머니가 신사임당이다. 십만양병설을 헌책했다.

25) 이정귀(李廷龜) : 조선 선조 때의 정치가이자 문학가이다. 자는 성징(聖徵)이고, 호는 월사(月沙)이다.

(婷)'이므로 여자인 줄로 잘못 알았습니다.

허봉(許篈)[27]의 누이동생 허씨(許氏)[28]는 호가 난설헌(蘭雪軒)인데, 그 소전(小傳)에는 여관(女冠 : 여도사(女道士))이라고 하였습니다. 우리나라엔 원래 '도관(道觀 : 도교의 사당)'이니 '여관'이니 하는 것이 없으며, 또 그의 호를 경번당(景樊堂)이라고 기록하였으니, 이는 더욱 잘못된 일입니다.

허씨(허난설헌(許蘭雪軒))가 김성립(金誠立)에게 시집갔었는데, 성립의 얼굴이 못생겼으므로 그의 벗들이 성립을 놀려서 그의 아내가 번천(樊川)[29]을 연모한다고 조롱한 것입니다. 규중(閨中)의 아녀자가 시를 읊는 것도 원래 아름답지 못한 일인데, 더욱이 두번천을 연모한다는〔景樊〕[30] 말까지 사방에 퍼졌으니 어찌

---

26) 월산대군(月山大君) : 조선 성종(成宗)의 형. 월산은 봉호이고, 자는 자미(子美)이다.

27) 허봉(許篈) : 조선 선조 때의 문학가로, 허균(許筠)의 형이다. 자는 미숙(美叔)이고, 호는 하곡(荷谷)이다.

28) 허씨(許氏) : 조선 시대 탁월한 여류 문학가 허초희(許楚姬). 호는 난설헌이고, 강릉에서 출생하였으며, 『홍길동전』을 지은 허균의 누이이다.

29) 번천(樊川) : 당(唐)나라의 풍류 미남으로 유명한 시인 두목(杜牧). 번천은 호이고, 자는 목지(牧之)이다.

30) 경번(景樊)은 허난설헌의 남편이 못생겼다 하여 남편의 친구들이 그녀가 당나라의 미남 시인인 두목(杜牧 : 두번천)을 사모했다고 조롱한 말인데, 사실은 번천을 사모한 것이 아니라 옛 선녀(仙女) 번 부인(樊夫人)을 연모한 것이다. 연암이 이에 대해서 명확히 밝히지 않

원통하지 않으리까?"

라고 하니 윤공과 기공 두 사람이 모두 크게 웃었다.

문 밖에 있는 아이종들이 무슨 까닭인지도 모르고 모두 늘어서서 따라 웃는다. 이는 이른바 웃음소리만 듣고 따라 웃는다는[31] 격이다. 아이종들이 무슨 일로 웃는지 알지 못하겠으나, 나도 웃음을 참지 못하였다.

영돌(永突)이 찾아 불렀으므로 인사하고 일어서니, 두 사람이 문 밖에까지 나와 전송하여 주었다. 때마침 달빛이 뜰에 가득하고, 담장 너머 장군부(將軍府)에서는 이미 초경(初更 : 저녁 7~9시) 사점(四點)[32]을 쳤는데, 야경을 알리는 바라와 목탁 소리가 사방에 울려 퍼진다.

상방(上房)에 들어가니 하인들이 휘장 밖에 누워 코를 골고 정사도 이미 잠들어 있었다. 좁은 병풍 하나를 가려 나의 잠자리를 보아 놓았다. 일행들은 윗사람이나 아랫사람이나 닷새 밤을 꼬박 새운 끝이므로 이제서야 깊이 잠들 수 있었던 모양이다. 정사의 머리맡에 술병 두 개가 있기에, 흔들어 보니 하나는 비었고 하나는 차 있었다. 달이 이처럼 밝은데 마시지 않고 무엇하겠는가? 마침내 가만히 잔에 가득 부어 기울이고 나서 촛불

음이 실로 유감스러운 일이다.

31) 우리나라 속담이다.

32) 옛날에는 하룻밤을 다섯으로 나누어 오경(五更)이라 하고, 일경(一更)을 다시 오점(五點)으로 나누었다. 그러므로 초경 사점은 대략 밤 8시 40분쯤에 해당된다.

을 불어 꺼버리고는 방에서 나왔다.

홀로 뜰 가운데 서서 밝은 달빛을 쳐다보고 있노라니, '할할' 하는 소리가 담 밖에서 들린다. 이는 낙타가 장군부(將軍府)에서 우는 소리였다. 마침내 명륜당(明倫堂)으로 나와 보니, 제독과 통관의 무리가 각기 〈탁자를 끌어다〉 둘을 한데 붙여 놓고 그 위에 누워 잠들었다. 저들이 비록 되놈이기로 무식함도 심하다. 그들이 누워 자는 자리는 바로 선성(先聖)과 선현(先賢)께 석전(釋奠)[33]이나 석채(釋菜)[34]를 거행할 때 쓰는 탁자인데, 어찌 감히 이를 침상으로 사용할 수 있으며, 어찌 차마 누워 잘 수 있겠는가? 탁자들은 모두 붉은 칠을 하였는데 100여 개가 있었다.

오른편 행랑에 들어가니 역관 세 사람[35]과 비장 네 사람[36]이 한 구들에서 같이 누워 자는데, 목덜미와 다리를 서로 걸친 채 아랫도리는 가리지도 않았다. 천둥소리처럼 코를 골지 않는 자가 없으며, 어떤 사람은 병을 거꾸러뜨려 물이 쏟아지는 소리를 냈고, 어떤 사람은 나무를 켜는데 톱니가 긁히는 소리를 냈으

---

33) 석전(釋奠) : 문묘(文廟)에서 공자를 비롯한 4성 10철, 72현을 제사 지내는 의식이다.

34) 석채(釋菜) : 문묘에서 공자에게 제사 지내는 의식의 하나이다. 간소하게 예물을 올려 폐백으로 삼는다는 뜻에서, 제수는 야채만 올리고 음악은 연주하지 않는다.

35) 홍명복 · 조달동 · 유갑종.

36) 주명신 · 정창준 · 이서구 · 조시학.

며, 어떤 사람은 혀를 끌끌 차며 사람을 꾸짖는 시늉을 했고, 어떤 사람은 탄식하는 소리를 내며 남에 대한 원망을 묻어버리는 소리를 냈다. 만 리 길을 함께 고생하며 자나 먹으나 함께해 왔으니, 그 정분이야말로 친형제와 다름없이 사생을 같이할 것임에도 불구하고, <그 잠든 모습을 볼 때엔> 한 잠자리에 같이 자면서도 다른 꿈을 꿀 것이고, 서로의 간담(肝膽 : 속마음)은 초(楚)나라와 월(越)나라의 관계처럼 먼 것을 깨달았을 뿐이다.

담뱃불을 붙이고 나오니, 개 짖는 소리가 표범 소리인 양 으르렁거린다. 장군부에서 야경을 치는 바라소리가 마치 깊은 산중 접동새 소리같이 울렸다. 뜰 가운데를 거닐며 혹은 달려도 보고 혹은 바른 걸음걸이로 걷기도 해서 그림자와 서로 장난을 쳤다. 명륜당 뒤의 늙은 나무들은 그늘이 짙고, 서늘한 이슬이 방울방울 맺혀서 잎마다 구슬을 드리운 듯하고, 구슬이슬방울마다 달빛이 어렸다. 담장 밖에서 또 삼경의 이점(밤 11시 50분 정도)을 쳤다.

아아, 애석하구나. 아름답고 좋은 달밤에 함께 구경할 사람이 없으니. 이런 때에는 어찌 우리 일행만이 모두 잠들었겠는가? 도독부(都督府)의 장군도 잠들었을 것이리라. <그렇게 생각하면서> 나도 방에 들어가 쓰러지듯이 베개에 머리가 닿아 곯아떨어졌다.

原文

太學留館錄
태 학 유 관 록

系前篇 乙卯止庚申凡六日.
계 전 편 을 묘 지 경 신 범 륙 일

秋八月初九日
추 팔 월 초 구 일

乙卯 巳時 入寓太學 已前記在道 午後記留館也
을 묘 사 시 입 우 태 학 이 전 기 재 도 오 후 기 류 관 야

是日極熱.
시 일 극 열

卸鞍直入後堂 有一老人脫帽 踞椅而坐 見余下椅迎
사 안 직 입 후 당 유 일 노 인 탈 모 거 의 이 좌 견 여 하 의 영

勞曰 辛苦 余答揖坐定 老人問余官居幾品 余對以秀
로 왈 신 고 여 답 읍 좌 정 노 인 문 여 관 거 기 품 여 대 이 수

才觀光上國 從三從兄大大人來 中國人稱正使曰 大
재 관 광 상 국 종 삼 종 형 대 대 인 래 중 국 인 칭 정 사 왈 대

大人 副使曰 乙大人也 乙者二也 詢余姓名 書示之
대 인 부 사 왈 을 대 인 야 을 자 이 야 순 여 성 명 서 시 지

又問 令兄大人尊名官職階品 對以名某 一品駙馬內
우 문 영 형 대 인 존 명 관 직 계 품 대 이 명 모 일 품 부 마 내

大臣 又曰 令兄大人翰林出身乎 對曰 否也 老人出
대 신 우 왈 영 형 대 인 한 림 출 신 호 대 왈 부 야 노 인 출

一片紅紙刺示之曰 鄙人是也 右旁細書 通奉大夫 大
일 편 홍 지 자 시 지 왈 비 인 시 야 우 방 세 서 통 봉 대 부 대

理寺卿致仕尹嘉銓 余曰 公既謝事 何以出塞遠來 尹
리 시 경 치 사 윤 가 전 여 왈 공 기 사 사 하 이 출 새 원 래 윤

公曰　奉旨　有一人曰　弟亦朝鮮人也　賤名奇豊額　中
공왈　봉지　유일인왈　제역조선인야　천명기풍액　중
庚寅文魁　見任貴州按察使　尹公曰　方今四海一家　出
경인문괴　현임귀주안찰사　윤공왈　방금사해일가　출
門便是同胞兄弟　高麗朴寅亮　計是門望　余曰　否也
문변시동포형제　고려박인량　계시문망　여왈　부야
朱竹垞採風錄所列朴某　是僕五世祖　奇公曰　果是文
주죽타채풍록소렬박모　시복오세조　기공왈　과시문
望上卿　尹公曰　王漁洋池北偶談　俱詳詩文　所謂燕鴻
망상경　윤공왈　왕어양지북우담　구상시문　소위연홍
背飛　馬牛不及　今天緣巧　湊塞上萍水　係是書中雲仍
배비　마우불급　금천연교　주새상평수　계시서중운잉
座有一人歎曰　誦其詩　讀其書　不知其人　可乎　奇公
좌유일인탄왈　송기시　독기서　부지기인　가호　기공
曰　雖無老成人　尙有典刑　又曰　貴國年成　可有幾分
왈　수무로성인　상유전형　우왈　귀국년성　가유기분
余曰　六月渡鴨　西成尙遠　第來時雨調風潤.
여왈　유월도압　서성상원　제래시우조풍윤

座上一人名王民皥　擧人也　問曰　朝鮮地方幾何　余
좌상일인명왕민호　거인야　문왈　조선지방기하　여
曰　傳記所載稱五千里　然有檀君朝鮮　與堯倂世　有箕
왈　전기소재칭오천리　연유단군조선　여요병세　유기
子朝鮮　武王時封國也　有衛滿朝鮮　秦時率燕衆東來
자조선　무왕시봉국야　유위만조선　진시솔연중동래
皆偏據一方　其地方似未滿五千里　勝國時　幷高句麗
개편거일방　기지방사미만오천리　승국시　병고구려
百濟新羅爲高麗　東西千里　南北三千里　中國歷代史
백제신라위고려　동서천리　남북삼천리　중국역대사
傳　其記朝鮮民物謠俗　頗失實蹟　皆箕子衛滿時朝鮮
전　기기조선민물요속　파실실적　개기자위만시조선

非今之朝鮮也.
비 금 지 조 선 야

爲史者略外　故因襲舊紀　而土風國俗　各有一代之制
위 사 자 략 외　고 인 습 구 기　이 토 풍 국 속　각 유 일 대 지 제

至於敝邦　專尙儒敎　禮樂文物　皆效中華　古有小中華
지 어 폐 방　전 상 유 교　예 악 문 물　개 효 중 화　고 유 소 중 화

之號　立國規模　士大夫立身行己　全似趙宋　王君曰
지 호　입 국 규 모　사 대 부 입 신 행 기　전 사 조 송　왕 군 왈

可謂君子之國　尹公曰　菀有太師之遺風　可敬可敬　詩
가 위 군 자 지 국　윤 공 왈　울 유 태 사 지 유 풍　가 경 가 경　시

綜所有　令尊先公　何無小傳　余曰　非特僕之先人闕漏
종 소 유　영 존 선 공　하 무 소 전　여 왈　비 특 복 지 선 인 궐 루

字號官爵　其有小傳者　還不免訛謬　僕之五世祖諱瀰
자 호 관 작　기 유 소 전 자　환 불 면 와 류　복 지 오 세 조 휘 미

字仲淵　號汾西　有文集四卷　行于方內　明萬曆時人
자 중 연　호 분 서　유 문 집 사 권　행 우 방 내　명 만 력 시 인

昭敬王駙馬錦陽君　諡文貞公　尹公收納懷中曰　當補
소 경 왕 부 마 금 양 군　시 문 정 공　윤 공 수 납 회 중 왈　당 보

闕遺　王擧人曰　他餘謬錄　願得郢政　奇公曰　是也　天
궐 유　왕 거 인 왈　타 여 류 록　원 득 영 정　기 공 왈　시 야　천

假之便　余曰　僕記性鹵莽　請臨本攷證　奇公顧王擧人
가 지 편　여 왈　복 기 성 로 망　청 림 본 고 증　기 공 고 왕 거 인

有所酬酢　尹公亦相與語頗久　王擧人卽書明詩綜三字
유 소 수 작　윤 공 역 상 여 어 파 구　왕 거 인 즉 서 명 시 종 삼 자

呼曰來也　有一少年前拱手　王擧人給其題目　其少年
호 왈 래 야　유 일 소 년 전 공 수　왕 거 인 급 기 제 목　기 소 년

疾走去　似去借他處也　其人卽還跪告曰　無有　奇公又
질 주 거　사 거 차 타 처 야　기 인 즉 환 궤 고 왈　무 유　기 공 우

喚人　給其題目　卽還有所云云　王擧人曰　塞外元無書
환 인　급 기 제 목　즉 환 유 소 운 운　왕 거 인 왈　새 외 원 무 서

肆 余曰 敝邦李達號蓀谷 而錄李達詩 又別錄蓀谷詩
사 여왈 폐방이달호손곡 이록이달시 우별록손곡시
是認號爲別人姓名也 而各錄之 三人者皆大笑相顧曰
시인호위별인성명야 이각록지 삼인자개대소상고왈
是也是也 鴟夷陶朱 故是一范.
시야시야 치이도주 고시일범

尹公忽有忙意起 抽紅刺三片及所製九如頌 予余曰
윤공홀유망의기 추홍자삼편급소제구여송 여여왈
替勞尊體 轉謁令兄大人 他人皆起曰 尹大人方赴班
체로존체 전알령형대인 타인개기왈 윤대인방부반
也 改日再會 尹公已帽服掛珠 隨余而出 踵至正使炕
야 개일재회 윤공이모복패주 수여이출 종지정사항
前 此出門歷路 而余亦未識頭緖 他人者皆言尹公方
전 차출문력로 이여역미식두서 타인자개언윤공방
赴班云 而尹之傳刺 如是其簡率 余實未料其踵余直
부반운 이윤지전자 여시기간솔 여실미료기종여직
來也.
래야

正使晝夜撼頓之餘 纔得卸臥 副使書狀 亦非余所可
정사주야감돈지여 재득사와 부사서장 역비여소가
通謁 且我東大夫 生貴甚矣 見大國人 無滿漢一例以
통알 차아동대부 생귀심의 견대국인 무만한일례이
胡虜視之 驕倨自重 本自鄕俗然也 當不察彼是何許
호로시지 교거자중 본자향속연야 당불찰피시하허
胡人 何等官階 而必無款接之理 雖相接 必以犬羊待
호인 하등관계 이필무관접지리 수상접 필이견양대
之 亦必以我爲不緊矣 尹公住躅而庭立 事甚難處.
지 역필이아위불긴의 윤공주촉이정립 사심난처

余入告正使 正使曰 事不當獨見 將若之何 余甚悶
여입고정사 정사왈 사부당독견 장약지하 여심민

久庭立老客　出而辭曰　大人晝夜原隰　不勝撼頓　有失
구정립노객　출이사왈　대인주야원습　불승감돈　유실
恭接　改日謹當躬造候謝　尹公卽曰　是也　一揖而出
공접　개일근당궁조후사　윤공즉왈　시야　일읍이출
察其色　似憮然者　飄然乘轎而去　其轎裝嚴輝煌　眞貴
찰기색　사무연자　표연승교이거　기교장엄휘황　진귀
者所乘也　從者十餘人　皆袨服繡鞍　簇擁而去　香風馥
자소승야　종자십여인　개현복수안　족옹이거　향풍복
郁.
욱

通官問於任譯曰　爾國敬佛乎　國內寺刹　可有幾處
통관문어임역왈　이국경불호　국내사찰　가유기처
首譯入問使臣曰　通官此語　非出渠意　何以對之　三使
수역입문사신왈　통관차어　비출거의　하이대지　삼사
相議　令答以國俗本不崇佛　寺刹則外邑有之　而都城
상의　영답이국속본불숭불　사찰즉외읍유지　이도성
則無有.
즉무유

少焉　軍機章京素林　馳到館中　三使下炕東面坐　因
소언　군기장경소림　치도관중　삼사하항동면좌　인
地勢也　素林口宣皇詔曰　朝鮮正使　班立二品之末.
지세야　소림구선황조왈　조선정사　반립이품지말

蓋勅陳賀日班序　此乃無前寵禮云　素林翩然回身而
개칙진하일반서　차내무전총례운　소림편연회신이
去　又禮部送言館中曰　使臣之陞參右班　恩禮曠絶　當
거　우예부송언관중왈　사신지승참우반　은례광절　당
有叩謝之節　以此意呈文於禮部　則當爲轉奏皇上　使
유고사지절　이차의정문어예부　즉당위전주황상　사
臣對曰　陪臣奉使　雖蒙被皇上曠世之殊遇　私自稱謝
신대왈　배신봉사　수몽피황상광세지수우　사자칭사

所不敢也 其禮如何 禮部曰 無傷也 連加催督.
소불감야 기례여하 예부왈 무상야 연가최독

蓋皇帝春秋高 御宇之日久 權綱在手 而聰明不衰
개황제춘추고 어우지일구 권강재수 이총명불쇠
氣血逾旺 然海內昇平 君道日亢 猜暴嚴苛 喜怒無常
기혈유왕 연해내승평 군도일항 시폭엄가 희로무상
其廷臣皆以目前彌縫爲上策 以悅豫帝心爲時義.
기정신개이목전미봉위상책 이열예제심위시의

則今此禮部之迫令呈文 蓋曲意承奉之事 而微覘擧
즉금차예부지박령정문 개곡의승봉지사 이미점거
措 則其旨意亦非 專出於禮部云.
조 즉기지의역비 전출어예부운

任譯曰 往年瀋陽使時 亦有呈文鳴謝之擧 今此事例
임역왈 왕년심양사시 역유정문명사지거 금차사례
似無異同 於是副使書狀相議 構草送呈禮部 卽奉知
사무이동 어시부사서장상의 구초송정예부 즉봉지
道.
도

禮部又知委明日五更入闕 恭謝皇恩云 蓋謝二品三
예부우지위명일오경입궐 공사황은운 개사이품삼
品右班參賀之恩也.
품우반참하지은야

夕飯後 又往尹公所寓 則王君已移他炕 奇公寓中堂
석반후 우왕윤공소우 즉왕군이이타항 기공우중당
與尹公同話奇公所 尹公愷悌樂易人也 曰俄刻甚忙
여윤공동화기공소 윤공개제락이인야 왈아각심망
未畢麈談 願聞詩綜闕謬 以補先輩遺略 余曰 敝邦先
미필주담 원문시종궐류 이보선배유략 여왈 폐방선

輩 生老病死 不離海陬 螢飄菌萎 僅以寂寥詩篇見收
배 생로병사 불리해추 형표균위 근이적료시편견수

大邦 榮且幸矣 然而墮井之毛遂 驚座之陳公 不幸甚
대방 영차행의 연이타정지모수 경좌지진공 불행심

矣.
의

敝邦先儒 有李先生珥 號栗谷 而李相公廷龜 號月
폐방선유 유이선생이 호율곡 이이상공정귀 호월

沙 詩綜誤錄李廷龜號栗谷 月山大君公子也 以其名
사 시종오록이정귀호율곡 월산대군공자야 이기명

婷 而疑女子.
정 이의여자

許篈之妹許氏 號蘭雪軒 其小傳以爲女冠 敝邦元無
허봉지매허씨 호난설헌 기소전이위여관 폐방원무

道觀女冠 又錄其號曰景樊堂 此尤謬也.
도관여관 우록기호왈경번당 차우류야

許氏嫁金誠立 而誠立貌寢 其友謔誠立 其妻景樊川
허씨가김성립 이성립모침 기우학성립 기처경번천

也 閨中吟咏 元非美事 而以景樊流傳 豈不寃哉 尹
야 규중음영 원비미사 이이경번류전 기불원재 윤

奇兩公皆大笑.
기양공개대소

戶外僮僕 莫知何故 皆來列立而笑 此所謂聞笑而笑
호외동복 막지하고 개래렬립이소 차소위문소이소

未知僮僕所笑何事 余亦不耐笑.
미지동복소소하사 여역불내소

永突來召故辭起 兩公隨出戶外相送 時月色滿庭 隔
영돌래소고사기 양공수출호외상송 시월색만정 격

牆將軍府 已打初更四點 刁斗木柝之聲四動.
장장군부 이타초경사점 조두목탁지성사동

入上房則下隷爛宿帳外　正使已入寢睡　而隔一短屛
입 상 방 즉 하 례 란 숙 장 외　정 사 이 입 침 수　이 격 일 단 병
設余寢　一行上下　五日不睡　今乃眞得睡矣　正使枕邊
설 여 침　일 행 상 하　오 일 불 수　금 내 진 득 수 의　정 사 침 변
有兩甁　搖之則一空一滿　月明如此　不飮而何　遂潛瀉
유 양 병　요 지 즉 일 공 일 만　월 명 여 차　불 음 이 하　수 잠 사
滿酌　吹燭而出.
만 작　취 촉 이 출

獨立庭中　仰看明月　有聲圔圔牆外　此駝鳴將軍府也
독 립 정 중　앙 간 명 월　유 성 알 알 장 외　차 타 명 장 군 부 야
遂出明倫堂　提督通官輩　各聯兩卓　寢臥其上　彼雖胡
수 출 명 륜 당　제 독 통 관 배　각 련 양 탁　침 와 기 상　피 수 호
人　無識甚矣　其所寢臥　乃先聖先賢釋奠釋菜　所供之
인　무 식 심 의　기 소 침 와　내 선 성 선 현 석 전 석 채　소 공 지
卓　豈敢爲榻也　豈忍寢臥哉　卓皆紅漆　有百餘副.
탁　기 감 위 탑 야　기 인 침 와 재　탁 개 홍 칠　유 백 여 부

入右廊　三譯四裨　同宿一炕　交頸連股　不掩下體
입 우 랑　삼 역 사 비　동 숙 일 항　교 경 련 고　불 엄 하 체
無不雷鼾　或如倒壺水咽　或如引鋸齒澀　或嘖嘖叱人
무 불 뢰 한　혹 여 도 호 수 인　혹 여 인 거 치 삽　혹 책 책 질 인
或啷啷埋怨　萬里同苦　宿食與共　想應情同骨肉　死生
혹 즉 즉 매 원　만 리 동 고　숙 식 여 공　상 응 정 동 골 육　사 생
以之　而同牀異夢　楚越肝膽矣.
이 지　이 동 상 이 몽　초 월 간 담 의

爇煙而出　犬聲如豹　出將軍府　刁斗如深山子規　徘
열 연 이 출　견 성 여 표　출 장 군 부　조 두 여 심 산 자 규　배
徊庭中　或疾趨或矩步　與影爲戲　明倫堂後老樹重陰
회 정 중　혹 질 추 혹 구 보　여 영 위 희　명 륜 당 후 노 수 중 음
凉露團團　葉葉垂珠　珠珠映月　牆外又打三更二點.
양 로 단 단　엽 엽 수 주　주 주 영 월　장 외 우 타 삼 경 이 점

可惜良宵好月 無人共翫 是時何獨我人盡睡 都督府
가석량소호월 무인공완 시시하독아인진수 도독부

將軍睡矣 吾亦入炕 頹然抵枕矣.
장군수의 오역입항 퇴연저침의

8월 초10일 병진(丙辰)[1]

날이 맑았다.

영돌이 잠자리에서 일어나라고 깨웠다. 당번 역관과 통관이 일제히 문 밖에 모여 시간이 늦었다고 계속해서 재촉한다. 나는 겨우 눈을 붙였다가 떠드는 소리에 잠이 깨었다. 시간을 알리는 야경 소리가 아직도 들려온다. 피곤한 몸에 달콤한 졸음으로 꼼짝하기 싫은데 아침 죽이 머리맡에 놓여 있다.

억지로 일어나서 〈한 술 뜨고〉 따라가 보니 '광피사표패루(光被四表牌樓)'가 있다. 등불 그림자 아래로 보이는 좌우의 시전(市廛 : 상가)들은 황성(皇城 : 연경)보다는 어림없고 심양이나 요동에도 미치지 못하였다.

대궐(大闕) 밖에 이르렀으나, 날이 아직 새지 않았으므로 통관

---

1) '병진(丙辰)' 두 글자는 일재본에 의거하여 수록했는데, 다른 여러 본에는 누락되었다.

이 사신을 인도하여 큰 묘당에 들어가 쉬게 하였다. 〈이는〉 지난해 새로 세운 관제묘(關帝廟)이다. 겹겹이 올린 누각과 깊은 전당, 굽이굽이 지어진 행각이며 첩첩이 올린 곁채에 아로새긴 조각이 공교롭고 황금빛과 푸른빛의 화려한 단청이 어리어리하다. 내시와 중들이 서로 다투어 와서 에워싸고 구경하고 있다. 묘(廟) 안에는 이곳저곳에 연경의 벼슬아치들이 와서 머물고 있고, 왕자(王子)들도 이 안에 많이 와서 묵고 있다고 한다.

당번 역관이 와서,

"어제 예부에서 알린 것은 다만 정사와 부사의 사은(謝恩) 절차에 대해서만 말하였으니, 이는 대체로 황제가 명을 내려 정사와 부사만을 오른쪽 반열에 올라 참여하도록 했기 때문에 그 은혜에 대하여 감사히 여겨 사례하라는 것인 만큼 서장관은 사은하는 일이 없을 것 같습니다."

라고 한다. 이에 서장관은 잠시 관제묘에 머물러 있고, 정사와 부사는 궐내에 들어갔는데 나도 따라 들어갔다.

모든 전각에는 단청을 꾸미지 않았고, 문 위에는 '피서산장(避暑山莊)'이라 편액을 붙였다. 오른편 곁채에 예부의 조방(朝房)[2]이 있어서 통관의 인도를 받아 조방에 들어갔다. 한족 출신의 상서(尙書 : 황제의 문서를 맡아보는 벼슬) 조수선(曹秀先)[3]이 의자에

2) 조방(朝房) : 조정의 신하들이 조회 시간을 기다리며 쉬던 대기실을 말한다.

3) 조수선(曹秀先) : 강서성(江西省) 신건(新建) 사람으로, 자는 지산(地山)

서 내려와 맞이한다. 정사의 손을 잡고 매우 반기는 뜻을 보이며,

"대인(大人)은 앉으시죠."

라고 청한다. 사신이 손을 들고 사양하여 조수선(曹秀先)에게 먼저 앉으라고 하니, 조공(曹公) 역시 손을 들어 연방,

"대인께서 먼저 앉으시죠."

라고 청한다. 사신이 굳이 사양하여 그가 먼저 앉도록 4, 5차례나 사양하기에 이르렀으나, 조공 역시 단단히 사양한다. 정사와 부사가 할 수 없이 <먼저> 캉〔炕〕에 올라가 앉았다. 그런 다음에야 조공이 비로소 의자에 걸터앉아서 대략 서로 인사를 나누었다.

우리 사신의 의관은 그의 모자와 복장에 비하면 번쩍번쩍 아름답게 빛이 나서 가히 선인(仙人)이라 할 수 있겠으나, 말이 통하지 않고 행동거지가 서툴러서 수작이 저절로 뻣뻣하고 서먹하다보니, 저들의 세련되고 은근한 솜씨에 비길 바가 아니었다. 미숙하고 서툴러 더듬적거리는 모습이 자연히 점잖고 진중한 태도로 비쳤다.

정사가 서장관의 거취에 대해 물으니 조공은,

"오늘 사은(謝恩)에는 함께 참여할 수가 없고, 후일에 생신 축하 반열에는 함께 나아가도 좋겠습니다."

라고 하고는 말이 끝나자 일어나서 가 버린다.

이고, 현재 예부상서이다.

통관이 또,

"만주족 출신의 상서(尙書) 덕보(德甫)[4]가 들어옵니다."

라고 하기에 사신이 문까지 나가서 맞아들이고 읍하자, 덕보 역시 읍하여 답례하고는 발걸음을 멈추고 서서,

"여행길에 별고 없으셨는지요? 어제 황상께서 내리신 각별한 은총을 알고 계시는지요?"

라고 하므로 사신은,

"황제의 은혜가 거룩하여 영광이 그지없소이다."

라고 답하였다. 덕보는 웃으면서 무어라 지껄였으나, 그 말소리가 음식을 씹다가 목에 걸리는 듯 꺽꺽하여 '옹(饔)'인지 '앙(盎)'인지 분간하지 못할 정도였다. 대체로 만주 사람들의 말은 대부분 이와 같았다. 말을 마치고 나서 곧바로 몸을 돌려 바삐 가 버린다.

내옹관(內饔官)이 찬(饌) 세 그릇을 내왔는데, 백설기 모양의 설고(雪糕 : 카스텔라)와 돼지고기 구이와 과일들이다. 떡과 과일은 누런 쟁반에 담고, 돼지고기는 은쟁반에 담았다. 예부 낭중(禮部郎中)이 곁에 있다가,

"이는 황제의 아침 찬에서 세 그릇을 거두어 하사한 것이오."

라고 한다.

4) 덕보(德甫) : 덕보의 성씨는 색작락(索綽絡)이고, 만주 정백기(正白旗) 사람이다. 자는 중용(仲容)이고, 호는 방촌(龐村) · 정포(定圃)이다. 보(甫)는 보(保)를 잘못 표기한 것이다.

얼마 안 되어 통관이 사신을 인도하여 전문(殿門) 밖에 나아가 삼배구고두(三拜九叩頭)의 예[5]를 행하였다. 예를 마치고 돌아서 나오는데 어떤 사람이 앞에 나와서 읍하며,

"이번에 내린 황제의 은혜야말로 각별하기 그지없는 일입니다."

라고 하고는 또,

"귀국에는 의당 예단(禮單)을 더 보낼 것이며, 사신과 종관(從官)에게도 마땅히 더 상급이 내릴 것이리다."

라고 한다. 그 사람은 바로 예부 우시랑(禮部右侍郞) 아숙(阿肅)인데, 만주 사람이었다.

사신은 조방(朝房)에 다시 들어가고, 나는 〈대궐 밖으로〉 먼저 나왔다. 대궐 밖에는 수레와 말이 빽빽이 서 있는데, 말은 모두 담장을 향하여 즐비하게 늘었으되 굴레도 없고 고삐도 없는 것이 마치 나무로 만들어 세운 것 같았다. 문 밖에서 갑자기 사람들이 좌우로 물러서는 모습이 보이는데, 고요하고 엄숙해지며 지껄이는 소리 하나 들리지 않는다. 모두들,

"황자(皇子)가 오시는 거요?"

라고 한다.

어떤 한 사람이 말을 탄 채 궐내로 들어가는데, 따르는 사람들은 모두 말에서 내려 걸어서 따라가는 것이었다. 그가 이른

---

5) 삼배구고두(三拜九叩頭)의 예 : 세 번 무릎을 꿇어 절하고 아홉 번 머리를 땅에다 조아리는 중국 최대의 경례를 말한다.

바 황제의 여섯째아들 영용(永瑢)이다. 흰 얼굴에 얽은 자국이 여기저기 나 있고, 콧날은 낮고 작으나 뺨이 몹시 넓으며, 흰 눈에 눈자위가 세 겹으로 쌍꺼풀이 졌고, 어깨가 넓고 가슴이 떡 벌어져서 체격이 건장하긴 하나, 전혀 귀티가 없어 보인다. 그러나 그는 글을 잘하고 글씨와 그림에도 능하여 현재『사고전서(四庫全書)』[6] 총재관(總裁官)으로 있으며 많은 사람들의 기대를 오롯이 받고 있다고 한다.

내 일찍이 강녀묘(姜女廟)에 들어갔을 때, 그 벽 사이 움푹 파인 곳에 황제의 셋째아들(영장(永璋))과 다섯째아들(영기(永琪))의 시(詩)를 간직해 둔 것을 보았다. 다섯째아들의 호는 등금거사(藤琴居士)인데, 시가 몹시 쓸쓸하고 글씨마저 가냘파서 재주는 있으나 황왕가(皇王家)의 부하고 귀한 기상이란 엿볼 수 없었다.

등금거사는 바로 호부 시랑(戶部侍郞) 김간(金簡)의 생질이요, 간(簡)은 바로 김상명(金祥明)의 종손(從孫)이다. 김상명의 조부는 본시 의주(義州) 사람으로 중국에 들어갔으며, 김상명은 벼슬이 예부 상서에 이르렀고, 옹정(雍正) 때 사람이다. 김간(金簡)의 누이동생이 궁중에 들어가서 귀비(貴妃)가 되어 총애를 받았었다.

---

6)『사고전서(四庫全書)』: 청(淸)나라 건륭(乾隆) 연간에 황제의 명령으로 10년 걸려서 완성한 중국 최대의 총서이다. '전서(全書)'는 중국 역대의 주요 전적(典籍)을 모두 모아 경(經), 사(史), 자(子), 집(集)으로 분류하여 편찬한 것이고, '사고(四庫)'는 당나라 현종이 장안과 낙양에 사고를 각각 설치하고 경, 사, 자, 집의 전적을 수장하였다.

건륭 황제의 속뜻은 다섯째아들에게 있었는데, 연전에 일찍 죽어 버렸다. 지금은 영용(永瑢 : 황제의 여섯째아들)이 총애를 독차지하여서 지난해에 서장(西藏 : 티베트)에 가서 반선(班禪)[7]을 맞이해 왔다고 한다. 그의 죽은 아들이 읊은 시(詩)는 뜻이 몹시 스산하고, 살아 있는 아들의 것도 또한 귀티가 전혀 없으니, 폐하의 집안 일이 어찌 될지 모를 노릇이다.

가산(嘉山) 사람 득룡(得龍)은 마두로 연경에 드나든 지 40여 년이어서 중국말을 잘한다. 이날 많은 사람들 속에 있다가 멀리서 나를 부르기에 내가 사람 무리들을 밀치고 가보니, 마침 한 늙은 몽고왕(蒙古王 : 부족장)과 둘이 서로 손을 잡고 이야기가 한창이었다.

몽고왕은 모자 정수리에 홍보석(紅寶石)을 달고 공작(孔雀)의 깃을 꽂았으며, 나이는 여든 하나이다. 키가 거의 한 길이나 되는데 허리가 구부러졌으며, 얼굴 길이는 한 자 남짓 되고 검은 바탕에 잿빛처럼 희끗희끗할 뿐더러, 몸을 부들부들 떨며 체머리를 흔드는 모습이 아무런 보잘 것이 없어 마치 장차 거꾸러지려는 썩은 나뭇등걸 같았다. 전신의 원기(元氣)가 모두 입에서 나오는 듯하다. 그 늙은 모양이 이러하니, 설사 모돈(冒頓)[8]일

---

7) 반선(班禪) : 서장(西藏)의 국교인 라마교의 교주이자 최고 통치자이다. 자세한 내용은 「반선시말(班禪始末)」 편에 기록되어 있다.

8) 모돈(冒頓) : 한(漢)나라 때 흉노(匈奴)의 선우(單于). 내몽고와 외몽고를 정복하여 유목민의 대국가를 세웠고, 한나라 고조 유방(劉邦)을 격파하였다. 흔히 묵특이라고 읽는다.

지라도 두려울 것이 없다. 따르는 자가 수십 명이건만 오히려 부축하지도 않는다.

또 한 명의 몽고왕이 있는데, 건장하고 기운이 세어 보였다. 득룡과 함께 가서 말을 붙이니, 그는 말갈기로 만든 내 갓을 가리키며 무엇인지 묻고는 〈내가〉 말을 채 알아듣지도 못한 사이에 나는 듯이 가마를 타고 휭 가 버린다.

득룡이 귀인(貴人)마다 두루 찾아가서 한 번 읍하고 말을 붙이니 모두들 읍으로 답례하며 대꾸하여 준다. 득룡이 나더러도 저와 같이 해보라고 권하였으나, 나는 처음 배우는 것이라서 미숙하고 어색할 뿐더러 또 관화(官話 : 중국말)까지 알지 못하다 보니 어찌할 수 없었다. 곧이어 관제묘에 들어가니, 사신들은 이미 나와서 옷을 갈아입고 있었다. 마침내 모두 함께 관(館 : 태학관)으로 돌아왔다.

식사가 끝난 뒤에 후당(後堂)으로 들어가니 거인(擧人) 왕민호(王民皥)가 나와 맞이하며 읍을 한다. 왕 거인(왕민호)의 호는 곡정(鵠汀)[9]이었으며, 산동도사(山東都司) 학성(郝成)과 한 방에 거처하고 있었다. 학성의 자는 지정(志亭)이고, 호는 장성(長城)이다. 곡정(鵠汀)이 나에게 우리나라의 과거(科擧) 제도에 대해 물으면서,

"어떠한 문자(文字)로 무슨 글을 지어 시험을 보여 인재를 뽑

9) 곡정(鵠汀) : '鵠'은 본음이 '혹'이고, 흔히 '고니 곡, 과녁 곡'으로 쓰인다. 대법원 지정 인명용 한자의 음은 '곡'이다.

는지요?"

라고 하기에, 나는 간략하게 대강을 일러 주었다. 또 혼인하는 예식에 대해 묻기에 나는,

"관(冠)·혼(婚)·상(喪)·제(祭)는 모두 주 문공(朱文公 : 주희(朱熹))의 『가례(家禮)』를 따릅니다."

라고 하였더니 곡정은,

"『가례』는 곧 주 부자(朱夫子 : 주희)가 완성하지 못한 책이므로 중국에서는 반드시 『가례』만을 전적으로 따르지는 않습니다."

라고 한다. 곡정은,

"귀국의 아름다운 점 몇 가지를 들려주셨으면 합니다."

라고 하기에 나는,

"우리나라가 비록 바다 한쪽 구석에 치우쳐 자리를 잡고 있으나, 역시 네 가지 아름다운 점이 있답니다. 온 나라 풍속이 유교(儒敎)를 숭상함이 첫째 아름다운 점이요, 땅에 황하(黃河)처럼 홍수 걱정이 없음이 둘째 아름다운 점이요, 고기와 소금을 다른 나라에서 빌리지 않음이 셋째 아름다운 점이요, 여자가 두 지아비를 섬기지 아니함이 넷째 아름다운 점입니다."

라고 하였다. 지정(志亭)이 곡정을 돌아보며 서로 무어라고 중얼중얼하더니 한참 있다가 곡정은,

"진실로 살기 좋은 나라이구려."

라고 하고 지정은,

"여자가 지아비를 바꾸지 않는다니, 어찌 온 나라가 모두 그

럴 수야 있겠습니까?"

라고 한다. 나는,

"온 나라의 미천한 농사짓는 백성이나 하인들까지 모두 그러하다고 말한 것은 아닙니다. 명색이 사족(士族)이라 하면, 비록 아무리 가난하고 삼종(三從)[10]의 길이 이미 끊어졌다고 하더라도, 평생 과부의 절개를 지킵니다. 이러한 기풍이 천한 노비와 하인에까지도 미쳐서 저절로 풍속을 이룬 지 400년이 되었습니다."

라고 하니 지정이,

"법으로 금하고 있습니까?"

라고 하여 내가,

"특별히 드러난 법령은 없습니다."

라고 하였다. 곡정은,

"중국에서도 이 풍속이 또한 고질적인 폐단을 만들어서, 어떤 이는 납채(納采)[11]만 하고 초례(醮禮)를 치르지 않았다거나, 혼례만 하고 아직 첫날밤을 치르지 않았는데도 불행한 사고가 있

---

10) 삼종(三從) : 『의례(儀禮)』에 나오는 말. 여자가 어려서는 아버지를 따르고, 시집가서는 남편을 따르고, 남편이 죽었을 때에는 아들을 따르는 것이다.

11) 납채(納采) : 주대(周代) 때 혼례의 육례(六禮)의 하나로, 혼인을 청하기 위해 보내는 예물을 뜻한다. 우리나라에서는 약혼했을 때 신랑 집에서 신부 집으로 보내는 물건으로 주로 푸른 저고릿감과 붉은 치맛감을 보낸다.

으면 평생토록 과부의 절개를 지켜야 하는데, 이런 건 오히려 나은 편입니다. 심지어는 대대로 집안끼리 정이 두터운 사이면 뱃속에 든 아이를 지목하여 혼인을 합의한다거나, 또는 다박머리에 유치(乳齒)를 갈 나이 때 부모끼리 말이 있었다가 불행하여 어떤 일이 생기면 독약을 마시거나〔鴆毒〕[12] 목을 매어서 같이 따라 합장되기를 바라니, 이는 예(禮)에 크게 어긋나는 일입니다.

군자(君子)들은 그런 것을 시분(尸奔)[13]이라 나무라기까지도 하고, 또는 절음(節淫)[14]이라고도 불렀던 것입니다. 국법(國法)으로 엄격히 단속하여 그 부모에게 죄를 주기도 하였으나, 마침내 풍속을 이루었으며 동남 지방이 더욱 심합니다. 그러므로 유식한 집안에서는 여자가 비녀를 꽂은 성년(成年)이 된 뒤에야 비로소 혼인을 말하니, 이는 모두 말세(末世)의 일입니다."

라고 한다. 나는,

"『유계외전(留溪外傳)』에 실려 있는 효자들을 보면, 자기의 간

---

12) 짐독(鴆毒) : 무서운 독. 중국 남쪽 광동성(廣東省) 지방에 사는 짐새는 크기가 25cm 내외이며, 몸은 붉은빛을 띤 검은색, 부리는 검붉은 색, 눈은 검은색, 깃털은 녹색이다. 뱀과 야생하는 칡을 먹고 사는데, 온몸에 독기가 있어 사람이 이 새의 깃이 잠긴 술을 마시거나 깃털에 술잔이 스치기만 해도 이를 마시는 사람은 즉사한다고 한다. 『관자(管子)』에, "연안(宴安)은 짐새의 독과 같다."는 말이 있다.

13) 시분(尸奔) : 시체를 따라서 음란한 짓을 하는 것을 말한다.

14) 절음(節淫) : 절개를 구실로 하는 서방질.

(肝)을 베어서 어버이에게 먹여 병을 낫게 한 일이 있으며, 조희건(趙希乾 : 명나라 말기 때 효자)은 가슴을 가르고 심장을 꺼내다가 잘못해서 자기의 창자에 한 자 남짓 생채기를 내면서도 이를 삶아서 어머니의 병을 고쳤는데, 나중에 그 상처가 아물어 아무런 탈이 없었다고 합니다. 이로 말미암아 본다면 손가락을 끊었다든지 〈부모의〉 똥을 맛보았다든지[15] 함은 모두 대단치 않은 일이었으며, 눈 속에서 죽순(竹筍)을 캐내었다거나,[16] 얼음 구멍에서 잉어〔鯉魚〕를 잡았다거나[17] 하는 일들도 어리석은 행동인 것입니다."

라고 하였더니 곡정은,

"이런 일이 많습니다."

라고 하고 지정은,

"최근에도 산서(山西)에서 어떤 효자의 정문(旌門)을 세우도록 한 일이 있는데, 참으로 기이한 일이지요."

라고 한다. 곡정은,

---

15) 검루(黔婁)의 고사이다. 춘추 시대 제(齊)나라의 은사(隱士)였던 검루가 잔릉령(潺陵令)에 임명된 지 열흘이 안 되어 아버지 유이(庾易)가 위독하다는 연락을 받고 너무나도 놀란 나머지 식은땀이 흐르고 걱정이 되어 그날로 벼슬을 그만두고 집으로 돌아가서는, 병의 상태를 알기 위해 아버지의 똥맛을 직접 보면서 지극정성으로 병구완을 했다고 한다.

16) 맹종(孟宗)의 고사. 『효경』에 나온다.

17) 왕상(王祥)의 고사. 『효경』에 나온다.

"눈 속에서 죽순을 캐고 얼음 구멍에서 잉어를 잡았다면, 이는 천지의 기운이 온통 문란해진 것이지요."
라고 하고는 서로 한바탕 크게 웃었다. 지정이,
"육수부(陸秀夫)[18]는 임금을 업고 바다에 들어가 죽었고, 장세걸(張世傑 : 송나라 말의 충신)은 향을 피워 배가 뒤집히기를 원했고, 방효유(方孝孺)[19]는 십족(十族)을 멸하는 형벌을 달갑게 받았고, 철현(鐵鉉)[20]은 기름을 뒤집어쓰고 살이 썩어 문드러지는 죽임을 당했던 사람이었습니다. 이 정도가 되지 않았으면 족히 자신의 마음에 차지 않았을 것입니다. 뒷세상의 충신(忠臣)과

18) 육수부(陸秀夫) : 송나라 말기의 충신. 최후에 애산(厓山)에서 임금을 업고 바다로 뛰어들어 빠져 죽었다.

19) 방효유(方孝孺) : 명나라 초기의 학자로, 자는 희직(希直)이다. 연왕(燕王 : 명나라 영락 황제인 성조(成祖))이 조카인 혜제(惠帝)를 내쫓고 황제의 자리에 오른 뒤 방효유에게 '즉위조서(卽位詔書)'를 쓰도록 명하자, 붓을 땅에 내던지며 죽음을 각오하고 거부하다가 온 집안이 학살당했다. 저서로는 『손지재집(遜志齋集)』, 『방정학문집(方正學文集)』이 있다.

20) 철현(鐵鉉) : 명나라 때의 충신으로, 영락 황제가 왕위를 찬탈하자 영락제를 인정할 수 없다면서 굴복하지 않았다. 철현이 성조 앞에 끌려 나와서도 등을 돌리고 서서 신하의 예를 갖추지 않겠다고 큰소리를 치며 저항하자, 크게 분노한 영락제가 그의 코와 귀를 베어 삶아서 철현에게 먹였는데, 철현은 오히려 "충신효자의 살이니 맛이 달구나"라고 하면서 끝까지 굽히지 않았다. 결국 책형(磔刑)을 당했으나 영락제를 향해 목숨이 끊어질 때까지 욕을 하자, 영락제는 그의 시신을 기름가마솥에 넣어 삶아 죽이라고 했다.

열사가 되는 것도 그 역시 어려운 노릇입니다."

라고 하니 곡정은,

"천지가 개벽한 지 오래여서 뛰어나게 마음에 찬 일이 아니면 이름을 이루지 못할 것이니, 남화노선(南華老仙 : 장주(莊周))의 말에 '어찌 크게 한숨지으면서 효도를 말하랴?'[21]라고 한 것은 이를 두고 말함일 것입니다."

라고 한다. 나는,

"왕(王) 선생께서 천지의 기운이 온통 문란하다고 하신 말씀이 매우 옳습니다. 하지만 단술을 고아서 소주를 만들었다면 더 이상 그 술의 순도를 말할 수 없을 것이요, 입으로 담배를 피울 수 있다면 다시는 맵다고 말할 수 없습니다. 이런 것들을 만일 깊이 꼬치꼬치 찾아내어 따지고 캐어 말한다면, 절의(節義)를 배척하는 의론이 세상에 다시 일게 될 것입니다."

라고 하였더니 곡정은,

"그렇습니다. 귀국 부인의 의관 제도는 어떠합니까?"

라고 하기에, 나는 저고리와 치마 및 머리를 쪽지는 방법에 대해 대강 이야기하고, 원삼(圓衫)[22]과 당의(唐衣)[23] 같은 차림은 탁자 위에 그 제도를 대충 그려서 보여 주었더니, 두 사람이 모

---

21) 『장자』 천운(天運) 편에 나온다.

22) 원삼(圓衫) : 옛날 여자 예복의 일종. 연둣빛 길에 자줏빛 깃과 색동 소매를 달고 허리에는 긴 띠를 대었다.

23) 당의(唐衣) : 역시 옛날 여자 예복의 일종. 겉은 초록빛에 안은 다홍빛이고, 깃과 고름은 자줏빛이며, 앞은 짧고 뒤는 길게 지었다.

두 좋다고 하였다.

지정은 앞서 다른 사람과 약속이 되어 있다고 사과하며,

"얼른 돌아와서 모시고 자리를 함께할 터이니, 선생께서는 조금 더 앉아 계십시오."

라고 하고는 이내 일어나 가 버린다. 곡정은 지정을 극도로 칭찬하여,

"비록 무인(武人)이기는 하지만 문학이 넉넉하여 당세에 상대가 되는 짝이 드물고, 현재 사품(四品) 병관(兵官)이랍니다."

라고 하고는 또,

"귀국의 부인들도 역시 발을 묶습니까?"

라고 하기에 나는,

"아뇨, 한족 여자들이 신는 활급정이처럼 생긴 신은 차마 볼 수 없더군요. 발꿈치로 땅을 디디고 가는 꼴이 마치 보리씨를 뿌리는 것처럼 외로 흔들고 오른쪽으로 기우뚱거려 바람도 불지 않는데 쓰러지곤 하니, 이게 무슨 꼴입니까?"

라고 하였더니 곡정은,

"〈전족은〉 적을 바쳐 경관(京觀)[24]을 만든 격인데, 〈이걸 통해〉 시대의 운세를 점쳐 볼 수 있답니다. 전조(前朝) 명(明)나라 때엔 그 죄가 부모에게 미쳤고, 지금 왕조(청나라)에서도 이에 대한 금령(禁令)이 몹시 엄격하였으나, 끝끝내 이를 막을 수

24) 경관(京觀) : 전쟁에서 무공(武功)을 과시하기 위해 적의 목을 쳐서 시체를 쌓아 올린 다음 크게 흙으로 덮은 무덤을 말한다.

없었지요. 대체로 한족 남자들은 〈청나라 풍속을〉 따르지만 여자들은 따르지 말라고 했기 때문입니다.[25]"

라고 하여 내가,

"모양이 우아하지 않고 걸음이 불편한데, 왜 하필이면 그렇게 합니까?"

라고 하였더니 곡정은,

"만주족 여자들과 한가지로 보일까봐 수치스러운 것이지요."

라고 하고는 곧바로 붓으로 지워버리고서는 또,

"죽음에 이르더라도 고치지 않는답니다."

라고 한다. 내가,

"삼하(三河)에서 통주(通州)로 오는 길에 머리가 하얗게 센 거지 여인이 머리에 가득히 꽃을 꽂고 발을 싸맨 채 말을 따라오면서 구걸하는데, 마치 오리가 배불리 먹은 것처럼 뒤뚱뒤뚱 열 번 넘어지고 아홉 번 거꾸러지니, 내가 보기에는 도리어 만주족 여자보다도 훨씬 더 흉하더군요."

라고 하니 곡정이,

"그러니까 삼액(三厄)이라 하였습죠."

라고 하여 내가,

"삼액이란 무슨 말씀인지요?"

---

25) 청나라 초기에 한족이 만주족에 대하여 십부종(十不從)을 부르짖었는데, 첫째가 '남자는 그들을 따르되 여자는 따르지 말라'는 것이었다.

라고 하자 곡정은,

"남당(南唐)[26] 때 장소랑(張宵娘)[27]이 송(宋)나라 궁궐에 사로잡혀 왔는데, 송나라 궁녀들이 앞 다투어 그 작고 뾰족한 발이 보기 좋다 하여 가죽과 헝겊으로 발을 꽁꽁 싸매었고, 마침내 풍속이 이룩되었답니다.

그러므로 원(元)나라 시절엔 한족 여자들이 작은 발에 활굽정이처럼 생긴 신을 신음으로써 스스로 〈몽고 여자와〉 다르다고 표시했으며, 전조(前朝) 명(明)나라 때에는 이를 금했으나 소용이 없었지요. 그러나 만주족 여자들은 한족 여자들이 발을 싸맨 것을 비웃어 회음(誨淫)[28]이라고 하는데, 이는 억울한 일입니다. 이것이 바로 족액(足厄)인 것입니다.

홍무(洪武 : 명나라 태조(太祖)의 연호, 1368~1398) 때에 고황제(高皇帝 : 주원장(朱元璋))가 미복(微服) 차림으로 신락관(神樂觀 : 도관(道觀)의 이름)에 거둥했다고 합니다. 어떤 한 도사(道士)가 실로 망건(網巾)을 떠서 머리칼을 싸매는 것이 보기에 편리할 듯해서, 태조가 이를 빌려 쓰고서 거울 앞에서 한번 비춰보고는 크게 기

26) 남당(南唐) : 오대(907~960) 때 남경에 수도를 정했던 나라이다.

27) 장소랑(張宵娘) : 남당 후주(後主)의 궁인. 초승달 같이 작은 발로 금련(金蓮) 위에서 춤을 추어 후주의 마음을 곤혹하게 하였으나, 남당이 망하자 송나라에 포로로 사로잡혔다.

28) 회음(誨淫) : 그 발의 좁은 것으로 모든 사내들의 음탕한 생각을 불러일으킬 수 있다는 것. 『역경(易經)』에 "여인이 얼굴을 곱게 차림은 음란을 지도하는 것이다." 하였다.

뻐한 나머지 마침내 그 제도를 천하에 명령하였답니다.

그 뒤부터 점차 실을 대신하여 말갈기(말총)로 꼭꼭 졸라매어서 머리에 자국이 이리저리 선명하게 나게 되었지요. 이를 호좌건(虎坐巾)이라 함은 그 앞이 높고 뒤가 낮아서 흡사 범이 쭈그리고 앉은 것 같다고 해서 붙여진 이름이지요. 또 수건(四巾)이라고도 함은 당시에도 벌써 이를 옳지 않게 여기는 사람이 있어서 천하 사람들의 두액(頭額 : 머리와 이마)이 모두 그물 속에 갇혔다고 말했으니, 대개 이를 불편하게 여긴 이가 많았던 것입니다."

라고 하고는 붓으로 내 이마를 가리키며,

"이게 두액(頭厄)입니다."

라고 하기에 나는 웃으면서 그의 이마를 가리켜,

"이 번쩍번쩍하는 건 또한 무슨 액(厄)입니까?"

라고 하였다. 곡정은 슬픈 낯빛으로 고개를 끄덕이고, 곧바로 천하두액(天下頭額) 이하의 글자를 모두 까맣게 지워버렸다. 그는 또,

"이 담배는 만력(萬曆 : 명나라 신종(神宗)의 연호, 1573~1619) 말년에 양절(兩浙 : 절동(浙東), 절서(浙西)) 사이에 널리 퍼졌는데, 오히려 사람으로 하여금 가슴을 답답하게 하고 취하여 넘어지게 하는 천하의 독초(毒草)입니다. 먹어서 배가 부른 것도 아니건만, 천하의 좋은 밭에 갈아서 이문(利文)이 좋은 곡식과 다름없고, 부인이며 어린아이들까지도 기름진 고기 음식을 먹듯이 즐겨 피우지 않는 이가 없을 뿐더러, 그 좋아하는 정도가 차를 마시

고 밥을 먹는 것을 능가하더군요. 쇠붙이와 불이 함께 입을 뜸질하니 이 또한 세상의 운수이지요. 이보다 더한 변괴가 어디 있겠습니까? 선생께서도 역시 이것을 꽤 즐기시는 편이지요?"
라고 한다. 내가,
"그렇습니다."
라고 하자 곡정이,
"저는 이걸 좋아하지 않습니다. 전에 한 번 시험 삼아 피워보았더니, 곧바로 취하여 쓰러져 구역질이 나서 거의 죽을 뻔했습지요. 이야말로 구액(口厄)이라 하겠습니다. 아마 귀국에서도 응당 사람마다 담배를 피우겠지요?"
라고 하여 나는,
"그렇습니다. 다만 부형이나 존장 앞에서는 감히 피우지 못합니다."
라고 하니 곡정이,
"그럴 테지요. 독한 연기를 남에게 향하게 하는 것이 이미 불공(不恭)한 일이거늘 하물며 부형 앞에서이겠습니까?"
라고 한다. 내가,
"비단 그래서만은 아닙니다. 입에 긴 담뱃대를 물고 어른을 마주대함은 몹시 거만스럽고 무례한 짓입니다."
라고 하니 곡정이,
"담배는 토종(土種)입니까? 아니면 중국에서 사 가는 것입니까?"
라고 하기에 내가,

“만력 연간에 일본(日本)으로부터 우리나라에 들어왔습니다. 지금은 토종이 중국 것과 별 다름이 없답니다. 황가(皇家 : 청나라)가 아직 만주(滿洲)에 있을 때에 담배가 우리나라에서 들어왔으며, 그 씨는 본시 왜국(倭國 : 일본)으로부터 왔으므로 남초(南草)라고 이른답니다.”
라고 하니 곡정이,

“이는 일본에서 나온 것이 아니라, 본래 서양(西洋) 배편으로 온 것입니다. 서양 아미리사아(亞彌利奢亞 : 아메리카)의 임금이 여러 가지 풀을 맛보다가 이것을 얻어 백성들의 입병을 낫게 하였답니다. 사람의 비장(脾臟)이 토(土)에 속하였으므로, 허(虛)하고 냉(冷)하다 해서 습기가 차면 벌레가 생기고 입에까지 좀이 쓸게 되어 당장에 죽는답니다. 이에 불로 벌레를 쳐서, 목(木)을 이기고 토(土)를 도와 장기(瘴氣)를 이겨 내고 습기를 제거함으로써 곧바로 신통한 효과를 거두었으므로 영초(靈草)라고 일렀답니다.”
라고 하여 내가,

“우리나라에서도 이를 남령초(南靈草)라고 부르고 있습니다. 만일 그 신효함이 이와 같다면, 수백 년 동안에 온 세상 사람들이 다 함께 즐기는 것도 역시 세상 운수가 그 사이에 있는가 봅니다. 선생께서 세상 운수에 대해서 거론하셨는데, 실로 좋은 말씀입니다. 진실로 이 풀이 아니었더라면 천하 사람들이 모두 입창〔口瘡 : 입병〕으로 죽지 않았으리라고 누가 알겠습니까?”
라고 하니 곡정이,

"저는 담배 연기를 즐기지 않아도 나이 예순이 되도록 아직 입병이란 없고, 지정 역시 담배 연기를 즐기지 않습니다. 서양 사람들이 대체로 지나치게 떠벌리고 허풍 치는 말을 많이 하여 이익을 낚는 데 교묘하니, 어찌 그 말이 반드시 곧이들을 말인지 아닌지 알겠습니까?"
라고 한다. 잠시 뒤에 지정이 돌아와서 곡정의 필담 중에 '저는 담배 연기를 즐기지 않아도'와 '지정 역시 담배 연기를 마시지 않습니다'라는 구절에 크게 먹으로 동그라미를 치고,
"거기에는 독이 있지요."
라고 하기에 서로 함께 웃었다. 나는 이에 하직 인사를 하고 일어나 숙소로 돌아왔다.

군기대신(軍機大臣)이 황제의 명령을 받들고 와서 전하기를,
"서번(西番)[29]의 성승(聖僧 : 당시에 열하에 있던 판첸라마)을 가서 만나겠느냐?"
라고 하여 사신은 대답하기를,
"황제께서 작은 나라를 사랑하시어 중국 사람과 다름없이 보시니, 중국의 인사(人士)와는 스스럼없이 오가도 무방하지만, 여느 다른 나라 사람과는 함부로 서로 사귀지 않는 것이 작은 나라의 법도입니다."

---

29) 서번(西番) : 티베트를 중심으로 중앙아시아 지방을 총칭해 부르는 지명. '番'은 다른 본에 '蕃'으로 된 것이 있으나, 잘못 표기한 것이다.

라고 하였다. 군기대신(軍機大臣)이 가 버린 뒤, 사신들은 모두 얼굴에 수심이 가득했다. 당번 역관들은 당황하여 허둥지둥 갈팡질팡하며 마치 숙취(宿醉)에서 덜 깬 사람 같았다. 그리고 비장들은 공연히 성을 내며,

"황제의 분부가 고약하기 짝이 없네. 망하려고 작정을 했나. 반드시 망할 거야. 오랑캐들이 하는 일이니까 그렇지. 명나라 때야 어디 이런 일이 있었나?"

라고 하였다. 수역(首譯)은 그 황망한 중에서도 비장을 향하여,

"춘추(春秋) 대의를 논할 때가 아닐세."

하고 핀잔을 주었다. 얼마 안 되어 군기대신이 또 다시 말을 달려와서 황제의 명령을 구두로 전갈하기를,

"이는(서번의 성승) 중국 사람과 마찬가지이므로 즉시 가서 만나보도록 하라!"

라고 한다. 이에 사신들이 서로 의논하였는데 어떤 사람은,

"가서 만나보는 것은 결국 아주 난처한 일에 연루될 것이다."

하고 어떤 사람은,

"글을 예부에 보내어 이치에 맞는지 따져보자."

하고 당번 역관은 사람들이 하는 말끝마다 "예, 예."라고 대답할 뿐이었다.

나는 본시 한가하게 구경할 뿐, 무릇 사행에 관한 일에 대해서는 득실(得失)에 조금도 간섭할 수 없었거니와, 이때껏 내게 의견을 묻는 일도 없었다. 이때 나는 마음속으로 하도 희한하여,

"이는 참으로 좋은 기회이다."

하고는 또 손가락 끝으로 공중에 무수히 동그라미를 치며,

"좋은 제목(題目)이다. 이럴 때 사신이 만일 다시 한 번 소장을 올린다면, 의로운 명성이 천하에 떨쳐서 우리나라를 크게 빛낼 것이로다."

하고 또 스스로에게 묻기를,

'그렇다고 군사를 낼 것인가?'

하고 또 스스로 답하기를,

'이건 사신의 허물이니, 어찌 그 나라에까지 분풀이를 할 수야 있겠는가? 그러나 사신이 〈그 빌미로〉 전(滇 : 운남성의 별칭) · 검(黔 : 귀주의 별칭), 곧 운남(雲南)이니 귀주(貴州)니 하는 곳으로 귀양살이 가는 것쯤이야 어쩔 수 없는 일일 테지. 그리되면 내가 의리상 혼자서 고국으로 돌아갈 수도 없으니, 서촉(西蜀)과 강남(江南)의 땅을 내 곧 밟게 될 것이로다. 강남은 오히려 가깝되, 교주(交州 : 안남(安南) 하내(河內))니 광주(廣州 : 광동(廣東))니 하는 곳은 거리가 연경에서 10,000여 리 길이나 된다니, 내 구경할 일이 어찌 찬란하고도 풍성해지지 않을 수 있겠는가?'

하고, 나는 하도 마음속으로 기뻐서 곧장 밖으로 달려나가 동편 행랑 아래에 서서 이동(二同) — 건량(乾糧)의 마두 이름이다. — 을 불러내어,

"얼른 술을 사서 오려무나. 돈일랑 아끼지 말고. 이제부터 너와 더불어 이별이다."

라고 하였다.

술을 마시고 들어갔으나, 의논이 여태껏 정하여지지 않았는데, 예부의 독촉이 성화(星火) 같아서 비록 하원길(夏原吉)[30]의 위풍(威風)일지라도 달려가서 명을 따라야 할 형편이었다. 안장과 말을 정돈하는 사이에 저절로 늦어져서 해가 이미 기울었다.

오후부터 날씨가 몹시 뜨거웠다. 행재소의 대궐문을 거쳐 성을 돌아서 서북으로 향해 반도 못 갔을 무렵에 별안간 황제의 조칙이 내려왔는데,

"오늘은 이미 늦었으니 사신은 모름지기 돌아가서 다른 날을 기다리도록 하라."

하였다. 이에 서로 돌아보며 놀라서 되돌아섰다.

소위 성승(聖僧)이란 서번의 승왕(僧王)인데, 반선불(班禪佛)이라고 부르기도 하고, 또 장리불(藏理佛)이라고 부르기도 한다. 중국 사람들은 대부분 그를 존경하고 믿으며, 모두 살아 있는 부처〔活佛〕라 일컫는다. 그는 스스로 말하기를,

"마흔두 번이나 세상에 환생한 몸〔轉身〕[31]이며, 전신(前身)은 중국에서 많이 태어났고, 나이는 지금 마흔셋이라."

---

30) 하원길(夏原吉) : 명나라 홍무 때의 명신. 호남(湖南) 상음(湘陰) 사람으로, 자는 유철(維哲)이다. 홍무, 건문, 영락, 홍희, 선덕 다섯 조정에서 관직에 있었으며, 대신의 풍채가 있었다.

31) 전신(轉身) : 라마교에서 말하는 전생(轉生). 반선이 죽는 순간 국내 다른 집에서 아기로 다시 태어나면, 그 아기를 찾아 길러서 후계자로 삼는다고 한다.

한다.

지난 5월 스무날에 <그를> 열하(熱河)로 맞아들여 와서 따로 궁궐을 짓고 스승으로 섬기고 있었다. 어떤 이는 이르기를,

"반선불을 따르는 무리들이 많았는데 국경에 들어온 뒤에 점차 떨어져 남았으나, 그를 따라온 자가 그래도 수천 명이 넘으며, 그들은 모두 비밀히 병장기를 감추고 있건만 황제만이 이를 깨닫지 못한답니다."

라고 하였다. 이는 공연히 인심을 소란하게 하고자 하는 말인 듯싶다. 또 거리의 아이들이나 시장의 아이들이 부르는 '황화요(黃花謠)'는 이를 두고 말하는 것이라고 한다.

그리고 그 시(詩)는 욱리자(郁離子)[32]가 지은 것인데,

"붉은 꽃 다 지고 누런 꽃이 피는구나〔紅花落盡黃花發〕."

라는 내용이다. 붉은 꽃이란 <청나라의> 붉은 모자를 가리키고, <누런 꽃이란> 몽고와 서번이 모두 누런 모자를 쓰는 것을 이른다. 또 한 노래에,

"원래〔元〕[33]는 옛 물건이니 누가 <정말> 주인인 것인가?"

라고 하였으니, 이 두 노래를 보건대 모두 몽고를 두고 부른 것이다.

---

32) 욱리자(郁離子) : 명나라 유기(劉基)의 별호. 훗날 그의 저서 이름이 되었다.

33) '원래'의 뜻을 나타내는 원(元) 자는 '원(元)나라'라는 의미로도 통한다.

몽고는 지금 마흔여덟 부족이 강하고, 그중 토번(吐蕃)이 가장 강하고 사납다. 토번은 서북의 호족(胡族 : 오랑캐)이었으며, 몽고의 별부(別部)로서 황제가 가장 두려워하는 상대였다.

박보수(朴寶樹)가 예부에 가서 이것저것을 탐문하고 돌아와서 하는 말이,

"황제께서 말씀하시기를 '그 나라는 예(禮)를 알건만 사신들은 예를 모르는구나' 했답니다."

라고 하자 보수와 통관들이 모두 가슴을 치고 눈물을 흘리면서,

"우리들은 다 죽었네그려."

라고 하였는데, 이는 통관 무리들이 본래 잘하는 버릇이라고 한다. 비록 털끝만 한 작은 일일지라도 황제의 명령과 관계된 것이라면 문득 죽는다고 야료를 하기가 일쑤인데, 하물며 중도에서 돌아가라고 하여 마음에 언짢은 뜻 같은 것을 표출함에 있어서랴?

또 예부에서 전하는 말 중 '예(禮)를 모르는구나'라는 구절은 더욱 황제의 불편한 심기를 드러낸 것이다. 통관들이 가슴을 치며 눈물을 흘리는 것도 공연한 엄살만은 아닌듯하나, 그 행동거지가 흉측하고 왈패스러워 보는 사람들로 하여금 허리가 끊어지도록 크게 웃게 한다. 우리나라 역관들도 털이 닳아 없어지고 생가죽이 보일 만큼 두렵긴 할 테지만, 조금도 까딱하지 않았다.

저녁에 예부에서 알려오기를,

"내일 식후에나 모레 아침결에 마땅히 황제께서 〈사신을〉

만나보실 조치가 있을 테니, 사신은 당연히 일찍 서둘러서 나아가도록 하고 꾸물대다가 그르치지 말도록 하라."
라고 한다.

저녁밥을 먹은 뒤에 윤형산(尹亨山)을 찾았다. 마침 홀로 앉아서 담배를 피우다가 손수 담아 불을 붙여서 내게 권하고는 또,

"영형 대인께서는 귀중하신 몸 안녕하십니까?"
라고 묻기에, 〈내가〉

"황제의 보살핌 덕택에 〈별고 없으시답니다.〉"
하고 대답하였더니 윤공이 『계림유사(鷄林類事)』[34]에 대해 묻기에 나는,

"이는 열수(洌水) 지방의 방언(方言)과 다름없는 것입니다."
라고 하였다. 윤공이,

"귀국에 『악경(樂經)』이 있다는데 그렇습니까?"
라고 말하는 중에 기공(기풍액)이 와서 『악경』이란 글자를 보고는 역시,

"귀국에 또 안 부자(顔夫子 : 안회(顔回))가 지은 책이 있으나, 중국에 들어오는 사람이 이 두 가지 책을 지니고 오면 압록강(鴨綠江)을 건널 수 없다고 하니 정말 그렇습니까?"
라고 묻기에 내가,

"공자께서 계신데 안회(顔回)가 어찌 감히 책을 지었겠습니

---

34) 『계림유사(鷄林類事)』 : 송(宋)나라 때 손목(孫穆)이 우리나라 고사(古事)를 적은 책. 계림은 경주(慶州)의 옛 이름이다.

까?[35] 게다가 진(秦)나라가 『시경』과 『서경』을 불살랐는데 어찌 『악경』만 빠질 수 있었겠습니까?"

라고 하였더니 기공이,

"참 그럴 것입니다."

라고 하여 내가,

"중국은 문명(文明)이 모이는 곳이니, 만일 우리나라에 참으로 이 두 가지 책이 있어서 가져오는 자가 있었다면, 더더구나 모든 신령이 수호할 일이거늘, 어찌 강물을 잘 건너지 못하였겠습니까?"

라고 하였다. 윤공(윤형산(尹亨山))이,

"옳은 말씀입니다. 『고려지(高麗志)』가 일본(日本)에서 나왔으니까요."

라고 하기에 나는,

"『고려지』는 몇 권이나 됩니까?"

라고 하였더니 윤공은,

"난원(蘭畹) 무공련(武公璉)이 베낀 『청정쇄어(蜻蜓瑣語)』에 고려서목(高麗書目)이 있습니다."

라고 한다. 기공이 나를 이끌고 나와서 함께 달을 구경하는데, 이때 달빛이 낮처럼 밝았다. 나는,

"달 속에 만일 또 하나의 세계가 있다면, 달에서 땅(지구)을

35) 『논어』에 나오는 안회의 "선생님이 계신데 제가 어찌 죽을 수 있겠습니까?"라는 말을 익살스럽게 표현한 말이다.

바라보는 이가 있어서, 그 난간(欄干) 밑에 비켜서서 우리와 함께 땅의 빛이 달에 가득함을 감상할 것입니다."
라고 하였더니, 기공이 난간을 치면서 기이한 말이라 일컬었다.

原文

初十日
초십일

丙辰　晴　永突請起寢　任譯及通官　齊會戶外　連催
병진　청　영돌청기침　임역급통관　제회호외　연최
時晩　余纔得接目　又因喧醒　更皷尙鳴矣　神倦睡甘
시만　여재득접목　우인훤성　경고상명의　신권수감
無意起動　而早粥已到枕頭矣.
무의기동　이조죽이도침두의

强起從行　有光被四表牌樓　燈影下有見左右市廛　不
강기종행　유광피사표패루　등영하유견좌우시전　불
及皇城遠甚　亦不及瀋陽遼東.
급황성원심　역불급심양요동

至闕外　天猶未曙　通官引使臣　入憩一大廟堂　去歲
지궐외　천유미서　통관인사신　입게일대묘당　거세
新創關帝廟也　重閣邃殿　回廊疊廂　雕鏤神巧　金碧奪
신창관제묘야　중각수전　회랑첩상　조루신교　금벽탈
目　閹人緇徒　爭來圍觀　廟中處處　京官來寓　而諸王
목　엄인치도　쟁래위관　묘중처처　경관래우　이제왕
亦多寓是中云.
역다우시중운

任譯來言　昨日禮部知委　只擧正副使謝恩　蓋以皇帝
임역래언　작일예부지위　지거정부사사은　개이황제
勅諭正使副使右班陞參　故謝其恩也　書狀似無謝恩之
칙유정사부사우반승참　고사기은야　서장사무사은지
擧云　書狀姑留關廟　正副使入闕中　余亦隨入.
거운　서장고류관묘　정부사입궐중　여역수입

殿閣不施丹雘 門上扁以避暑山莊 右廂有禮部朝房
전각불시단확 문상편이피서산장 우상유예부조방
通官導入朝房 則漢尙書曹秀先下椅迎之 執正使手
통관도입조방 즉한상서조수선하의영지 집정사수
大致款曲之意 請大人坐著 使臣擧手讓曹先坐 曹公
대치관곡지의 청대인좌착 사신거수양조선좌 조공
亦擧手連請大人坐著 使臣力辭至四五次讓其先坐 則
역거수련청대인좌착 사신력사지사오차양기선좌 즉
曹亦牢讓 正副使不得已上炕而坐 然後曹始乃踞椅
조역뢰양 정부사부득이상항이좌 연후조시내거의
彼此略叙寒暄.
피차략서한훤

我使衣冠 譬彼帽服 可謂燁如仙人 而言語莫通 揖
아사의관 비피모복 가위엽여선인 이언어막통 읍
揚未閒 周旋之際 齟齬木强 不比彼練熟慇懃 其所生
양미한 주선지제 저어목강 불비피련숙은근 기소생
澀 自然爲簡重之態.
삽 자연위간중지태

正使問書狀去就 則曹公曰 今日謝恩 未可混參 而
정사문서상거취 즉조공왈 금일사은 미가혼참 이
後日賀班 不妨同進云 言訖起去.
후일하반 불방동진운 언흘기거

通官又言滿尙書德甫入來 使臣出戶迎揖 德甫亦答
통관우언만상서덕보입래 사신출호영읍 덕보역답
揖 住躅而立曰 行李無恙乎 昨日皇上異數知之乎 使
읍 주촉이립왈 행리무양호 작일황상이수지지호 사
臣答曰 皇恩逈絶 極爲榮感 德甫笑語云云 而語音類
신답왈 황은형절 극위영감 덕보소어운운 이어음류
咀嚼者 貯在喉間 甕盎不暢 大抵滿人 類多如是 語
저작자 저재후간 옹앙불창 대저만인 유다여시 어

後卽轉身忙去.
후 즉 전 신 망 거

有內饔官 宣饌三器 雪糕也 猪炙也 菓品也 糕與
유 내 옹 관 선 찬 삼 기 설 고 야 저 자 야 과 품 야 고 여

菓 盛以黃楪 猪盛銀楪 禮部郎中在傍 以爲此皇上朝
과 성 이 황 접 저 성 은 접 예 부 낭 중 재 방 이 위 차 황 상 조

饌 撤賜三器云.
찬 철 사 삼 기 운

少選 通官導使臣詣殿門外 行三拜九叩 禮畢回出
소 선 통 관 도 사 신 예 전 문 외 행 삼 배 구 고 예 필 회 출

有人前揖 曰 今番皇恩曠絶 又曰貴國當有加送禮單
유 인 전 읍 왈 금 번 황 은 광 절 우 왈 귀 국 당 유 가 송 예 단

而使臣及從官 亦當有加賞矣 其人乃禮部右侍郎阿肅
이 사 신 급 종 관 역 당 유 가 상 의 기 인 내 예 부 우 시 랑 아 숙

滿人也.
만 인 야

使臣還入朝房 余先出來 闕外車馬簇立 馬皆面墻櫛
사 신 환 입 조 방 여 선 출 래 궐 외 거 마 족 립 마 개 면 장 즐

比 不縶不繫 有若木造 門外忽見左右辟易 肅然無譁
비 부 집 불 계 유 약 목 조 문 외 홀 견 좌 우 벽 역 숙 연 무 화

皆曰 皇子來也.
개 왈 황 자 래 야

有一人乘馬入闕 從騎皆下馬步隨 所謂皇六子永瑢
유 일 인 승 마 입 궐 종 기 개 하 마 보 수 소 위 황 륙 자 영 용

也 面白而痘瘢狼藉 鼻梁低小 頰輔甚廣 眼白而眶紋
야 면 백 이 두 반 낭 자 비 량 저 소 협 보 심 광 안 백 이 광 문

三圍 肩巨胸闊 體軀健壯 而全乏貴氣 然而能文章工
삼 위 견 거 흉 활 체 구 건 장 이 전 핍 귀 기 연 이 능 문 장 공

書畵 方今四庫全書總裁官 輿望所屬云.
서 화 방 금 사 고 전 서 총 재 관 여 망 소 속 운

余嘗入姜女廟　見壁間坎置皇三子皇五子詩　皇五子
여 상 입 강 녀 묘　견 벽 간 감 치 황 삼 자 황 오 자 시　황 오 자

號藤琴居士　詩酸寒筆又削弱　才則有之　乏皇王家富
호 등 금 거 사　시 산 한 필 우 삭 약　재 즉 유 지　핍 황 왕 가 부

貴氣像.
귀 기 상

藤琴居士　卽戶部侍郞金簡之甥　簡乃祥明之從孫　祥
등 금 거 사　즉 호 부 시 랑 김 간 지 생　간 내 상 명 지 종 손　상

明之祖　義州人也　入大國　祥明官禮部尙書　雍正時人
명 지 조　의 주 인 야　입 대 국　상 명 관 예 부 상 서　옹 정 시 인

簡之女弟入宮爲貴妃　有寵.
간 지 여 제 입 궁 위 귀 비　유 총

乾隆屬意　在第五子　而年前夭歿　今永瑢專寵　去年
건 륭 속 의　재 제 오 자　이 년 전 요 몰　금 영 용 전 총　거 년

往西藏　迎班禪　其歿者詩意酸寒　其存者又乏貴氣　陛
왕 서 장　영 반 선　기 몰 자 시 의 산 한　기 존 자 우 핍 귀 기　폐

下家事未知如何.
하 가 사 미 지 여 하

嘉山人得龍者　以馬頭爲燕行四十餘年　善漢語　是日
가 산 인 득 룡 자　이 마 두 위 연 행 사 십 여 년　선 한 어　시 일

在人叢中　遙呼余　余排辟衆人往觀　則方與一老蒙古
재 인 총 중　요 호 여　여 배 벽 중 인 왕 관　즉 방 여 일 로 몽 고

王　兩相執手　言語區區.
왕　양 상 집 수　언 어 구 구

帽頂紅寶石　懸孔雀羽　蒙王年八十一　身長幾一丈而
모 정 홍 보 석　현 공 작 우　몽 왕 년 팔 십 일　신 장 기 일 장 이

磬曲　面長尺餘　黑質而灰白　身顫頭簁　似無景況　如
경 곡　면 장 척 여　흑 질 이 회 백　신 전 두 사　사 무 경 황　여

朽木之將顚　一身元氣　都從口出　其老如此　雖冒頓無
후 목 지 장 전　일 신 원 기　도 종 구 출　기 로 여 차　수 모 돈 무

足畏也 從者數十 而猶不扶擁.
족외야 종자수십 이유불부옹

又有一蒙王魁健 與得龍往與之語 則指余鬉帽 而問
우유일몽왕괴건 여득룡왕여지어 즉지여종모 이문

語未可解 翩然乘轎而去.
어미가해 편연승교이거

得龍遍向貴人一揖而語 則無不答揖而回話者 得龍
득룡편향귀인일읍이어 즉무부답읍이회화자 득룡

勸我效渠之爲 而非但吾初學生澀 且不會官話 無可
권아효거지위 이비단오초학생삽 차불회관화 무가

奈何 乃入關廟 則使臣已出而改服 遂同還館.
내하 내입관묘 즉사신이출이개복 수동환관

飯後入後堂 王擧人民皡迎揖 王擧人號鵠汀 與山東
반후입후당 왕거인민호영읍 왕거인호곡정 여산동

都司郝成同炕 成字志亭 號長城 鵠汀問我東科擧之
도사학성동항 성자지정 호장성 곡정문아동과거지

制 試取何樣文字 何樣製作 余略對梗槪 又問婚嫁之
제 시취하양문자 하양제작 여략대경개 우문혼가지

典 余曰 冠婚喪祭 皆遵朱文公家禮 鵠汀曰 家禮乃
전 여왈 관혼상제 개준주문공가례 곡정왈 가례내

朱夫子未定之書 中國未必專倣家禮 鵠汀曰 貴國佳
주부자미정지서 중국미필전방가례 곡정왈 귀국가

處 願聞數事 余曰 弊邦雖僻居海陬 亦有四佳 俗尙
처 원문수사 여왈 폐방수벽거해추 역유사가 속상

儒敎 一佳也 地無河患 二佳也 魚鹽不藉他國 三佳
유교 일가야 지무하환 이가야 어염부자타국 삼가

也 女子不更二夫 四佳也 志亭顧鵠汀 有相語云云者
야 여자불경이부 사가야 지정고곡정 유상어운운자

久之 鵠汀曰 樂國也 志亭曰 女不更夫 豈得通國盡
구지 곡정왈 낙국야 지정왈 여불경부 기득통국진

然 余曰 非謂擧國 下賤氓隷 盡能若是 名爲士族 則
연 여왈 비위거국 하천맹례 진능약시 명위사족 즉
雖甚貧窮 三從旣絶 而守寡終身 以至婢僕皁隷之賤
수심빈궁 삼종기절 이수과종신 이지비복조례지천
自然成俗者四百年 志亭曰 有禁否 余曰 無著令 鵠
자연성속자사백년 지정왈 유금부 여왈 무저령 곡
汀曰 中國此俗 亦成痼弊 或有納采而未醮 合巹而未
정왈 중국차속 역성고폐 혹유납채이미초 합근이미
媾 不幸有故 終身守寡 此猶之可也 至於通家舊誼
구 불행유고 종신수과 차유지가야 지어통가구의
指腹議親 或俱在髫齔 父母有言 不幸而至有 飮鴆投
지복의친 혹구재초츤 부모유언 불행이지유 음짐투
繯 以求殉祔 非禮莫大.
환 이구순부 비례막대

君子譏其尸奔 亦名節淫 國憲申嚴 父母有罪 而遂
군자기기시분 역명절음 국헌신엄 부모유죄 이수
以成俗 東南尤甚 故有識之家 女子及笄 然後始通媒
이성속 동남우심 고유식지가 여자급계 연후시통매
約 此皆叔季事也 余曰 留溪外傳 所有孝子 至有割
약 차개숙계사야 여왈 유계외전 소유효자 지유할
肝療親 趙希乾之刳胸探心 誤傷其腸尺餘 烹而療母
간료친 조희건지고흉탐심 오상기장척여 팽이료모
瘡合無恙 由是觀之 斷指嘗糞 儘是疎節 氷筍凍魚
창합무양 유시관지 단지상분 진시소절 빙순동어
乃爲笨伯 鵠汀曰 如此者多 志亭曰 卽今山西孝子旌
내위분백 곡정왈 여차자다 지정왈 즉금산서효자정
鄕事可異也 鵠汀曰 氷筍凍魚 已是天地之氣 一番澆
향사가이야 곡정왈 빙순동어 이시천지지기 일번요
漓也 相與大笑 志亭曰 陸秀夫之負帝赴海 張世傑之
리야 상여대소 지정왈 육수부지부제부해 장세걸지

瓣香覆舟 方孝孺之甘湛十族 鐵鉉之翻油爛人 不如
판향복주 방효유지감담십족 철현지번유란인 불여

是 不足以爲快 後世之爲忠臣烈士者 其亦難矣 鵠汀
시 부족이위쾌 후세지위충신열사자 기역난의 곡정

曰 天地之生久矣 非狠快 無以成名 南華老仙之謂
왈 천지지생구의 비한쾌 무이성명 남화노선지위

豈太息而言孝者是也 余曰 王先生一番澆漓之論極是
기태식이언효자시야 여왈 왕선생일번요리지론극시

醴變爲燒 則未可論醇 口能吸煙 則非復語辣矣 此等
예변위소 즉미가론순 구능흡연 즉비부어랄의 차등

若索言深論 排節義論 復作於世矣 鵠汀曰 是也 貴
약색언심론 배절의론 부작어세의 곡정왈 시야 귀

國婦人衣冠之制如何 余略對上衣下裳及髢髻之法 如
국부인의관지제여하 여략대상의하상급체계지법 여

圓衫唐衣 略畵其製於卓面 兩人皆稱善.
원삼당의 약화기제어탁면 양인개칭선

志亭辭以先與人有約 當蚤還陪席 請先生復坐 一坐
지정사이선여인유약 당조환배석 청선생부좌 일좌

因起去 鵠汀盛稱志亭 雖武人乎 文學富贍 當世罕儔
인기거 곡정성칭지정 수무인호 문학부섬 당세한주

方今四品兵官 又曰 貴國婦人 亦纏脚否 曰 否也 漢
방금사품병관 우왈 귀국부인 역전각부 왈 부야 한

女彎鞋 不忍見矣 以跟踏地 行如種麥 左搖右斜 不
녀만혜 불인견의 이근답지 행여종맥 좌요우사 불

風而靡 是何貌樣 鵠汀曰 獻賊京觀 可徵世運 前明
풍이미 시하모양 곡정왈 헌적경관 가징세운 전명

時 至罪其父母 本朝禁令至嚴 終禁他不得 蓋男順而
시 지죄기부모 본조금령지엄 종금타부득 개남순이

女不順也 余曰 貌樣不雅 行步不便 何故若是 鵠汀
녀불순야 여왈 모양불아 행보불편 하고약시 곡정

曰 恥混韃女 卽抹去 又曰 抵死不變也 余曰 三河通
왈 치혼달녀 즉말거 우왈 저사불변야 여왈 삼하통
州之間 白頭丐女 滿髻揷花 猶自纏脚 隨馬行丐 如
주지간 백두개녀 만계삽화 유자전각 수마행개 여
鴨飽食 十顚九仆 以愚所見 還不如韃女遠甚 鵠汀曰
압포식 십전구부 이우소견 환불여달녀원심 곡정왈
故是三厄 余曰 何謂三厄 鵠汀曰 南唐時張宵娘 俘
고시삼액 여왈 하위삼액 곡정왈 남당시장소랑 부
入宋宮 宋宮人爭效其小脚尖尖 勒帛緊纏 遂成風俗.
입송궁 송궁인쟁효기소각첨첨 늑백긴전 수성풍속

故元時漢女 以小脚彎鞋 自爲標異 前明時 禁他不
고원시한녀 이소각만혜 자위표이 전명시 금타부
得 韃女之嗤 漢女纏脚 以爲誨淫 則冤矣 這是足厄.
득 달녀지치 한녀전각 이위회음 즉원의 저시족액

洪武時 高皇帝微行 至神樂觀 有一道士結網巾 便
홍무시 고황제미행 지신락관 유일도사결망건 편
於韜髮 太祖借他一著 照鏡大悅 遂以其製令天下.
어도발 태조차타일착 조경대열 수이기제령천하

其後漸以鬉網代絲 緊箍狠纏 瘡痕狼藉 名虎坐巾
기후점이종망대사 긴고한전 창흔낭자 명호좌건
謂其前高後低 如虎蹲踞 又名囚巾 當時亦有譏之者
위기전고후저 여호준거 우명수건 당시역유기지자
謂天下頭額 盡入網羅 蓋多不便之矣 筆指余額曰 這
위천하두액 진입망라 개다불편지의 필지여액왈 저
是頭厄 余笑指其額曰 這個光光 且是何厄 鵠汀慘然
시두액 여소지기액왈 저개광광 차시하액 곡정참연
點頭 卽深抹天下頭額以下字 又曰 這煙 萬曆末 遍
점두 즉심말천하두액이하자 우왈 저연 만력말 편
行兩浙間 猶令人悶胸醉倒 天下之毒草也 非充口飽
행양절간 유령인민흉취도 천하지독초야 비충구포

肚　而天下良田　利同佳穀　婦人孺子　莫不嗜如芻豢
두　이천하량전　이동가곡　부인유자　막불기여추환

情逾茶飯　金火迫口　是亦一世運也　變莫大焉　先生頗
정유다반　금화박구　시역일세운야　변막대언　선생파

亦嗜此否　余曰　然　鵠汀曰　敝性不喜　此嘗試一吸　便
역기차부　여왈　연　곡정왈　폐성불희　차상시일흡　변

卽醉倒　嘔嚔幾絶　這是口厄　貴國計應人人喫煙　余曰
즉취도　구체기절　저시구액　귀국계응인인끽연　여왈

然　但不敢喫向父兄尊長之前　鵠汀曰　是也　毒煙向人
연　단불감끽향부형존장지전　곡정왈　시야　독연향인

已是不恭　況父兄乎　余曰　非但如此　口含長竿以對長
이시불공　황부형호　여왈　비단여차　구함장간이대장

者　已慢無禮　鵠汀曰　土種否　抑自中國貿回否　余曰
자　이만무례　곡정왈　토종부　억자중국무회부　여왈

自萬曆間　從日本入國中　今土種無異中國　皇家在滿
자만력간　종일본입국중　금토종무이중국　황가재만

洲時　此草入自敝邦　而其種本出於倭　故謂之南草　鵠
주시　차초입자폐방　이기종본출어왜　고위지남초　곡

汀曰　此非出日本　本出洋船　西洋亞彌利奢亞王　嘗百
정왈　차비출일본　본출양박　서양아미리사아왕　상백

草　得此以醫百姓口癬　人脾土虛冷而濕　能生虫口蠹
초　득차이의백성구선　인비토허랭이습　능생충구두

立死　於是火以攻虫　剋木益土　勝瘴除濕　卽收神效
입사　어시화이공충　극목익토　승장제습　즉수신효

號靈草　余曰　吾俗亦號南靈草　若其神效如此　而數百
호영초　여왈　오속역호남령초　약기신효여차　이수백

年之間　擧天下而同嗜　亦有數存焉　先生世運之論極
년지간　거천하이동기　역유수존언　선생세운지론극

是　誠非此草　四海之人　安知不擧皆口瘡而死乎　鵠汀
시　성비차초　사해지인　안지불거개구창이사호　곡정

曰 敝不嗜煙 行年六十 未有此病 志亭亦不嗜煙 西
왈 폐불기연 행년육십 미유차병 지정역불기연 서
人類多誇誕 巧於漁利 安知其言之必信然否也 已而
인류다과탄 교어어리 안지기언지필신연부야 이이
志亭還 視敝不嗜煙 志亭亦不喫煙 大加墨圈曰他有
지정환 시폐불기연 지정역불끽연 대가묵권왈타유
毒 相與笑 余因辭起還寓.
독 상여소 여인사기환우

軍機大臣奉皇旨來傳曰 西番聖僧欲往見乎 使臣對
군기대신봉황지래전왈 서번성승욕왕현호 사신대
曰 皇上字小 視同內服 中國人士不嫌往復 而至於他
왈 황상자소 시동내복 중국인사불혐왕복 이지어타
國人 不敢相通 自是小邦之法也 軍機去而使臣皆面
국인 불감상통 자시소방지법야 군기거이사신개면
帶愁容 任譯遑遑奔走 如未解宿醒者 裨將輩公然發
대수용 임역황황분주 여미해숙성자 비장배공연발
怒曰 皇帝事怪惡矣 必亡必亡 兀良哈事也 大明時
노왈 황제사괴악의 필망필망 올량합사야 대명시
豈有是也 首譯百忙中 向裨將而言曰 春秋大義 非其
기유시야 수역백망중 향비장이언왈 춘추대의 비기
處所 俄有軍機 又飛鞚而來 口宣皇旨曰 是與中朝人
처소 아유군기 우비공이래 구선황지왈 시여중조인
一體 卽可往見 使臣相議 或曰 往見終涉重難 或曰
일체 즉가왕현 사신상의 혹왈 왕현종섭중난 혹왈
呈文禮部 據理爭之 任譯則順口隨對而已.
정문예부 거리쟁지 임역즉순구수대이이

余以閒散從遊 凡於使事得失 毫無關涉 而亦未嘗諮
여이한산종유 범어사사득실 호무관섭 이역미상자

諏相及 是時余腹裏暗自稱奇曰 此好機會也 又以指
추상급 시시여복리암자칭기왈 차호기회야 우이지

尖圈空曰 好題目也 是時使臣 若復呈一疏 則義聲動
첨권공왈 호제목야 시시사신 약부정일소 즉의성동

天下 大光國矣 又自語曰 加兵乎 曰 此使臣之罪也
천하 대광국의 우자어왈 가병호 왈 차사신지죄야

豈可移怒於其國乎 使臣滇黔雲貴不可已也 吾義不可
기가이노어기국호 사신전검운귀불가이야 오의불가

獨還 蜀江南地吾其踐兮 江南近矣 交廣距燕京萬餘
독환 촉강남지오기천혜 강남근의 교광거연경만여

里 吾遊事 豈不爛漫矣乎也哉 余暗喜不自勝 直走出
리 오유사 기불란만의호야재 여암희부자승 직주출

外 立東廂下 呼二同-乾糧馬頭名-曰 趣買沽酒來 爾
외 입동상하 호이동 건량마두명 왈 취매고주래 이

無慳錢 從此與爾別矣.
무간전 종차여이별의

飮酒而入 議猶未決 而禮部催督急於星火 雖夏原吉
음주이입 의유미결 이예부최독급어성화 수하원길

勢將蹶趨承 而整頓鞍馬之際 自致遲延 日已昃矣.
세장궐추승 이정돈안마지제 자치지연 일이측의

自午後極熱 歷行在門 循城西北 行未及半程 忽有
자오후극열 역행재문 순성서북 행미급반정 홀유

皇勅曰 今日則已晩矣 使臣須回去 以待他日 於是相
황칙왈 금일즉이만의 사신수회거 이대타일 어시상

顧愕然而還.
고악연이환

所謂聖僧者 西番僧王 號班禪佛 又號藏理佛 中國
소위성승자 서번승왕 호반선불 우호장리불 중국

人擧皆尊信 皆稱活佛 自言四十二世轉身 前身多生
인거개존신 개칭활불 자언사십이세전신 전신다생

中國 年方四十三.
중국 연방사십삼

去五月二十日 迎來熱河 別築宮 師事之 或言其傔
거오월이십일 영래열하 별축궁 사사지 혹언기겸

徒衆 入徼後 稍稍落留 而隨至者 猶不下數千人 皆
도중 입요후 초초락류 이수지자 유불하수천인 개

暗藏器械 獨皇帝不覺云 此言近繹騷 又街兒市童所
암장기계 독황제불각운 차언근역소 우가아시동소

唱黃花謠 此其驗云.
창황화요 차기험운

其詩郁離子所製也 紅花落盡黃花發 紅花指紅帽 而
기시욱리자소제야 홍화락진황화발 홍화지홍모 이

蒙古西番 皆著黃帽 又謠云 元是古物誰是主 觀此二
몽고서번 개착황모 우요운 원시고물수시주 관차이

謠 俱應蒙古.
요 구응몽고

而蒙古四十八部方强 其中吐蕃尤强悍 吐蕃西北胡
이몽고사십팔부방강 기중토번우강한 토번서북호

蒙古之別部 皇帝之所尤畏者也.
몽고지별부 황제지소우외자야

朴寶樹往探禮部而回 爲言皇上謂該國知禮 而陪臣
박보수왕탐예부이회 위언황상위해국지례 이배신

不知禮 寶樹及諸通官 皆搥胸涕泣曰 吾等死矣 此乃
부지례 보수급제통관 개추흉체읍왈 오등사의 차내

通官輩本習云 雖毫髮微細事 若係皇旨輒稱死煩寃
통관배본습운 수호발미세사 약계황지첩칭사번원

況此中路罷還 似出未安之意乎.
황차중로파환 사출미안지의호

又禮部所傳不知禮之旨 尤帶不平 則通官之搥胸涕
우예부소전부지례지지 우대불평 즉통관지추흉체

泣 似非嚇喝 而其擧措凶悖 令人絶倒 我譯亦毛耗鞹
읍 사비혁갈 이기거조흉패 영인절도 아역역모모곽
見 毫無動焉.
견 호무동언

夕後禮部知委 明日食後 或再明 當有賜對之擧 使
석후예부지위 명일식후 혹재명 당유사대지거 사
臣當早進 勿爲遲誤.
신당조진 물위지오

飯後訪尹亨山 方獨坐喫煙 手自裝爇以勸余 且問令
반후방윤형산 방독좌끽연 수자장열이권여 차문령
兄大人尊體佳好 對曰 憑托皇庥 尹公問鷄林類事 余
형대인존체가호 대왈 빙탁황휴 윤공문계림유사 여
曰 此如洌水之間方言也 尹公曰 貴國有樂經云 然乎
왈 차여열수지간방언야 윤공왈 귀국유악경운 연호
語間 奇公至 視樂經字 亦問貴國有顔夫子書 入中國
어간 기공지 시악경자 역문귀국유안부자서 입중국
者 載此二書 則不能渡鴨綠江 然乎 余曰 子在 回安
자 재차이서 즉불능도압록강 연호 여왈 자재 회안
敢著書 且秦焚詩書 寧得樂經獨漏哉 奇公曰 信然乎
감저서 차진분시서 영득악경독루재 기공왈 신연호
余曰 中國文明之所萃 若敝邦 眞有此二書 載以行者
여왈 중국문명지소췌 약폐방 진유차이서 재이행자
尤百靈呵護 寧不利涉 尹公曰 是也 高麗志出日本
우백령가호 영불리섭 윤공왈 시야 고려지출일본
余曰 高麗志幾卷乎 尹公曰 是蘭畹武公璉所抄蜻蜓
여왈 고려지기권호 윤공왈 시난원무공련소초청정
瑣語 有高麗書目 奇公携余出 同看月 時月色如晝
쇄어 유고려서목 기공휴여출 동간월 시월색여주
余曰 月中若有一世界 自月而望地者 倚立欄干下 同
여왈 월중약유일세계 자월이망지자 의립난간하 동

賞地光滿月邪　奇公拍欄稱奇語.
상 지 광 만 월 야　기 공 박 란 칭 기 어

8월 11일 정사(丁巳)

날이 맑았다.

새벽에 사신이 대궐로 들어갔다. 상서(尙書) 덕보(德保)가 사신과 문안 인사를 나누고는,

"내일은 황제께서 의당 만나보시겠다는 명령이 있을 것이나, 오늘도 반드시 없으리라고는 확언하기 어려우니 잠깐 조방(朝房 : 황제 알현을 위해 기다리던 대기실)에 앉아서 기다리십시오."

라고 한다. 사신이 모두 조방에 들어가 있으니, 황제가 또 어찬(御饌) 세 그릇을 내렸는데, 그 내용은 어제 내려 보냈던 것과 똑같았다.

나는 궐문 밖으로 나가서 천천히 걸어 다니면서 구경하였다. 어제 아침에 보던 것보다 더욱 혼잡하여 검은 티끌이 공중에 가득하며, 길가의 다방(茶房)과 주점(酒店)에는 수레와 말들이 시끄럽게 들끓었다.

내가 너무 일찍 일어났으므로 속이 헛헛하여 혼자 사관으로

돌아오는 도중에 젊은 중 하나를 만났다. 준마(駿馬)를 타고서 검은 비단으로 만든 네모난 관을 쓰고 공단으로 지은 도포(道袍)를 입었다. 얼굴도 아름답고 고우며 의관의 차림도 말쑥한 품이 중인 것이 아까웠다. 의기양양하게 지나가다가 아주 큰 노새를 타고 오는 한 사람과 말 위에서 서로 만나 기뻐하며 손잡고 반기더니, 중이 별안간 성낸 빛을 띠었다.

잠시 뒤에 둘이 서로 목청을 돋운 끝에 마침내 말 위에서 서로 치고받기 시작했다. 중이 두 눈을 사납게 부릅뜨며 한 손으로는 가슴을 치고 또 한 손으로는 머리를 쪼개지도록 팬다. 노새를 탄 자는 몸을 기울이며 훌쩍 한 번 비켜서 피하더니 모자가 떨어져서 목에 걸렸다. 노새를 탄 자 역시 몸이 건장하고 수염과 머리카락이 약간 희끗희끗한데, 그 기색을 살펴보니 중에게 조금 꿀리는 모양이다. 둘이 서로 붙안은 채 안장에서 떨어져 땅에 뒹굴었다.

처음에는 노새를 탔던 자가 중을 걸터앉았으나, 조금 있다가 중이 뒤쳐서 위에 올라탔다. 제각기 한 손으로 가슴을 움켜쥐고 있다 보니 서로 주먹으로 때릴 수는 없고, 다만 서로의 얼굴에 침을 뱉을 뿐이다. 노새와 말은 마주보고 우두커니 서서 조금도 움직이지 않는다. 둘이 한 덩어리가 되어 길을 굴러갈 뿐, 에워싸고 구경하는 사람도 없고, 풀어 말리거나 화해시키는 자도 없었다. 서로 쳐다보고 내려다보면서 성이 나서 씩씩대며 헐떡일 뿐이다.

한 과일 가게에 들렀다. 마침 새로 난 과일이 산더미처럼 쌓여 있었다. 노전(老錢 : 중국의 엽전) 일백(一陌)으로 - 열여섯 닢이 우리나라 1전(錢)에 해당된다. - 배 두 개를 사가지고 나오니, 맞은편 누각의 술집 깃발이 난간 앞에 펄럭이고, 은으로 만든 주전자와 주석으로 만든 술병이 처마 밖에서 너울너울 춤을 춘다. 녹색 난간이 공중에 걸쳤고, 금빛 현판은 햇빛에 번쩍거린다. 좌우에 있는 푸른색의 술집 깃발[酒旗]에는,

신선은 옥 패물을 맡기고, 神仙留玉佩
공경들은 금관자와 담비 옷을 벗는다. 公卿解金貂

라고 쓰여 있다.

다락 밑에는 수레와 말이 몇 필 놓여 있고, 다락 위에선 사람들의 웅얼거리는 소리가 마치 벌 떼와 모기 떼 같이 들끓었다. 내가 발걸음 가는 대로 〈다락 위로〉 올라가니, 층층대가 열두 층계였다. 탁자를 사이에 놓고 의자에 앉은 사람들이 서넛, 혹은 대여섯이 끼리끼리 둘러앉았는데, 모두 몽고와 회자(回子)들이요, 무려 수십 패였다. 몽고 사람의 머리에 쓴 것은 마치 우리나라 쟁반 같이 생겼고 모자가 없으며, 위에는 양털로 꾸미고 누렇게 물들였다. 혹은 갓을 쓴 자도 있으나, 만든 모양은 우리나라의 전립(氈笠 : 갓벙거지)과 같은데, 혹은 등나무나 가죽으로 만들어 안팎에 금칠을 하고, 혹은 오색 빛깔로 구름무늬를 뒤섞어 그렸다. 모두 누런 옷에 붉은 바지를 입었다.

회자들은 붉은 옷을 입었으나, 검은 옷을 입은 사람도 많았

다. 붉은 모직으로 고깔을 만들어 썼으나, 테두리가 너무 넓어서 다만 앞뒤에 차양만 달았을 뿐, 모양이 마치 돌돌 말린 연잎이 물속에서 갓 나온 것 같고, 또 약을 가는 쇠방망이처럼 두 끝이 뾰족한데다가 가볍고 방정맞아서 우스꽝스러워 보인다.

내가 쓴 갓은 마치 전립(氈笠) — 이른바 갓벙거지라고 한다. — 같이 생긴 것인데, 은으로 술을 새기고 꼭지에는 공작 깃을 꽂았으며, 턱은 수정 갓끈으로 매었으니, 저들 두 오랑캐의 눈에 어떻게 보일 것인가?

만주족이고 한족이고 간에 중국 사람이라곤 한 사람도 다락 위에 없었다. 두 오랑캐의 생김생김이 사납고도 더러워서 다락에 올라온 것이 후회가 되었으나, 이미 술을 청한지라 마침내 좋은 의자 하나를 골라서 앉았다.

술 심부름꾼이 와서,

"몇 냥(兩)어치 술을 마시렵니까?"

하고 묻는다. 대개 술의 무게를 달아서 파는 것이다. 나는,

"넉 냥만 쳐 오려무나."

하고 시켰다. 술 심부름꾼이 가서 술을 데우려고 하기에 나는 소리를 질러,

"데워선 못 써. 찬술 그대로 달아서 오도록 해라."

라고 했더니, 술 심부름꾼이 웃으면서 술을 따라 와서 먼저 작은 잔 두 개를 탁자 위에 펼쳐 놓으므로 나는 담뱃대로 그 잔을 쓸어 엎어 버리고,

"큰 술잔으로 가져 와."

하고 소리를 질렀다. 그런 다음 나는 모두 부어서 대번에 다 들이켰다. 뭇 되놈들이 서로 얼굴을 돌아보면서 놀라지 않는 자가 없었다. 대체로 내가 화끈하게 마시는 것을 장하게 여기는 모양이었다.

대체로 중국의 술 마시는 법이 매우 얌전해서 비록 한여름이라도 반드시 데워 먹을 뿐더러, 심지어 소주까지도 역시 끓여서 마시고, 술잔은 작기가 은행알만 한데도 입에 대고 홀짝홀짝 조금씩 마신다. 남은 것은 탁자 위에 두었다가 때때로 다시 마시며, 단번에 쭉 기울이는 법이 없다. 여러 오랑캐들도 중국의 술 마시는 법과 대체적으로 같아서, 세속에서 이른바 큰 종지나 사발에 따라 마시는 일은 전혀 없었다.

내가 찬술을 그대로 달아 오라고 소리지르고 넉 냥 어치를 단숨에 마신 것은, 저들을 두렵게 하기 위하여 일부러 이처럼 대담한 체 한 것이었다. 이는 진실로 겁쟁이였던 것이지 용기는 아니었다. 내가 찬술을 달라고 할 때 여러 오랑캐들은 이미 3푼(分)쯤 놀랐는데, 단번에 들이키는 것을 보고는 크게 놀라서 도리어 저쪽에서 나를 두려워하는 듯한 기색이었다.

내가 주머니에서 엽전 8푼을 꺼내어 술 심부름꾼에게 술값을 치러 주고 막 몸을 일으키려는데, 여러 오랑캐들이 모두 의자에서 내려와 머리를 조아리며 일제히 다시 한 번 앉기를 권한다. 그중 한 놈이 일어나서 자기의 의자를 비워주며 나를 붙들어 앉힌다. 저들은 비록 호의로 하는 행동이었으나 나는 벌써 등에 식은땀이 배었다.

내가 어렸을 때 하인들이 끼리끼리 모여서 술 마시는 것을 본 적이 있었다. 그때 주령(酒令) 중에,

"평소 자기 집을 지나치면서도 들어가 본 적이 없는데도 나이 일흔에 사내아이까지 낳고 보니, 땀이 나서 등이 젖었구려."

라는 구절이 있었다. 내 성미가 웃음을 참지 못하는 터라 그걸 보고는 사흘 동안 허리가 시큰거릴 정도로 웃었다. 오늘 아침에 만 리 변방에서 문득 뭇 오랑캐들과 더불어 술을 마시게 되었는데 만일 주령을 세운다면 정말,

"땀이 나서 등이 젖었다."

라고 해야 할 것이리라.

한 오랑캐가 일어나 술 석 잔을 부어 탁자를 치면서 마시기를 권한다. 나는 일어나 그릇 안에 남은 차(茶)를 난간 밖에 뿌리고는, 석 잔을 모두 부어 단숨에 기울여 쭉 들이켜고, 몸을 돌려 한 번 읍한 뒤 큰 걸음으로 층층대를 내려오는데, 머리끝이 쭈뼛쭈뼛하여 무엇이 뒤를 따라오는 것만 같았다. 나와서 길 가운데 서서 누각 위를 되돌아보니, 아직도 지껄이며 웃는 소리가 요란하다. 아마 내 말을 하는 모양이다.

태학관에 돌아오니 점심때가 아직 멀었기에 윤형산(尹亨山)의 처소에 들렀는데, 조정에 나가고 없었다. 다시 기 안찰(奇按察 : 기풍액)을 찾았으나 역시 처소에 있지 않았다.

또 왕곡정(王鵠汀)을 찾았더니, 곡정이 『구정시집서(毬亭詩集序)』 한 수를 내어 보여 준다. 문장이 그다지 좋지 않을 뿐더러

전편이 오로지 강희 황제와 지금 황제의 성덕(盛德)과 대업(大業)을 서술한 것으로, 그들을 요(堯)임금 · 순(舜)임금과 견주어 매우 훌륭하다고 했으니 지나치게 번거롭고 지루한 글이다. 미처 다 읽기도 전에 창대가 와서,

"아까 황제께서 사신을 가까이 불러들여 접견하시더니 또 활불(活佛 : 살아 있는 부처)을 가서 만나보라고 명하셨습니다."

라고 한다.

나는 밥을 재촉하여 먹고 의주 비장(義州裨將)과 함께 궁궐에 들어가서 사신을 찾았으나, 이미 반선(班禪)의 처소로 가고 없었다. 곧바로 궐문을 나오니, 황제의 여섯째아들이 문에 이르러 말에서 내린다. 말 역시 문 밖에 매어 두고, 시종들이 떼 지어 둘러싸고 바쁜 걸음으로 들어갔다. 어제는 말을 탄 채 그대로 들어가더니, 오늘은 말에서 내리는 것이 무슨 까닭인지 알 수 없다.

궁성을 끼고 가다가 왼편으로 돌아드니, 서북쪽 일대의 산기슭에는 궁관(宮觀)과 사찰(寺刹)의 면면이 눈에 들어온다. 간혹 4, 5층 누각도 있는데 이른바,

상강(湘江)에 배를 타고 굽이굽이 돌아들 제, 帆隨湘轉
형산(衡山) 아홉 봉우리 그 얼굴 다 뵈누나. 望衡九面

라고 한 것이 곧 이를 두고 일컬음이리라.

군포(軍舖)가 있는 곳마다 숙위(宿衛)하는 장정들이 모두 나

와서 구경하다가, 혼자서 방황하고 있는 나를 보고는 서로 다투어 멀리 서북쪽을 가리켜 준다. 그제야 강을 끼고 가노라니, 물가에 흰 군막이 수천 개나 있는데, 모두 수자리 사는 몽고의 병사들이었다. 또 북녘으로 눈을 돌려 멀리 하늘가를 바라보니 두 눈이 갑자기 어지러워진다. 반공중(그리 높지 않은 허공)에 금옥(金屋 : 황금 궁궐)이 솟았는데 멀리 희미하게 눈에 들어와 번쩍번쩍 빛이 눈에 부셨기 때문이다.

강물 양쪽에 걸쳐 거의 1리(里)나 되는 다리가 놓여 있으며, 다리에 설치된 난간에는 붉고 푸른 단청이 서로 어리었고, 몇 사람이 그 위로 다니거나 앉아 있는 모습이 아련히 그림 같다. 이 다리를 건너고자 하니, 모래 위로 어떤 사람이 급히 오면서 손을 휘젓는 것으로 보아 건너지 말라는 것 같다.

마음은 몹시 바쁘고 조급증이 나서 말을 수없이 채찍질하였으나 오히려 더딘 것 같았으므로 마침내 말을 버리고 강물을 따라 올라가니, 돌다리가 있고 그 위를 우리나라 사람들이 많이 오가고 있다. 문을 들어서니 기이한 바위와 괴상한 돌들이 층층으로 쌓였고, 그 솜씨의 교묘함은 〈사람 아닌〉 귀신의 수법인 듯싶다.

사신과 당번 역관이 궐내에서 곧바로 왔으므로 내게 미처 알리지 못한 것을 애석히 여기고 있던 차에 내가 나타난 것을 보고는, 뜻밖의 일이어서 모두들 내게 구경하는 버릇이 심하다고 조롱하였다.

황성(皇城 : 연경)에서도 숲 사이로 자주 · 다홍 · 초록 · 파랑 빛깔의 기와로 이은 용마루가 드러나 보이고, 더러는 정각(亭閣) 꼭대기에 금빛 호로병을 세워 놓았으나, 지붕 위에 황금기와를 올린 것은 보지 못했다. 지금 이 전(殿)의 지붕에 덮어 놓은 금기와가 비록 순금인지 도금인지는 알지 못하겠으나, 2층으로 된 대전(大殿)이 둘, 누각이 하나, 문이 셋이었다. 그 나머지 정각은 여러 빛깔로 된 유리기와인데, 모두 이에 비하면 무색하여 보잘것이 없었다. 동작대(銅雀臺)[1]의 기와는 가끔 캐어서 고연(古硏 : 묵은 벼루)으로 사용하지만, 이는 가마에 구운 것이지 유리가 아니었다.

유리기와는 어느 때 비롯된 것인지 알 수 없으나, 시인(詩人)들이 이른바 '옥섬돌에 금지붕이여.' 하고 떠들던 것이 정말 오늘 내가 보는 것과 같은 것인지? 그 일이 사전(史傳 : 역사책인『한서』를 말함)에 나타난 것으로는,

"한(漢)나라 성제(成帝)가 소의(昭儀)[2]를 위하여 집을 짓는데, 그 체(砌)를 모두 구리로 싸서 황금을 입혔다."[3]

라고 하였는데, 안사고(顔師古)[4]가 이에 주(註)를 달아서,

1) 동작대(銅雀臺) : 중국 후한(後漢) 말엽인 서기 210년에 조조(曹操)가 업(鄴)땅의 서북쪽에 세운 누대(樓臺)인데, 구리로 만든 봉황으로 지붕 위를 장식한 데서 붙여진 이름이다.

2) 소의(昭儀) : 궁녀의 벼슬 이름. 여관으로 정승과 제후의 대우를 받던 직명. 당시의 소의는 곧 조비연(趙飛燕)의 자매(姉妹)를 말한다.

3)『한서(漢書)』 외척전(外戚傳)에 나오는 말이다.

4) 안사고(顔師古) : 당나라 태종(唐太宗) 때의 대학자로,『한서』에 주석

"체(砌)란 문의 경계(문지방)이니, 구리를 끝에 덮고, 그 위에 금을 입혔다."

라고 하였다. 또,

"바람벽〔壁帶〕 가운데엔 가끔 황금 강(釭)을 해 박고는, 남전산(藍田山)에서 나는 옥과 귀한 진주와 비취(翡翠)색의 날개로 장식하였다."[5]

라고 하였는데 복건(服虔)[6]은 이르기를,

"강(釭)이란 벽 가운데 가로지르는 띠이다."

라고 하였고 진작(晉灼)[7]은,

"금환(金環 : 황금 고리)으로 꾸민 것이다."

라고 하였다.

〈대체로〉 영인(伶人) 현(伭)[8]이나 맹견(孟堅)[9] 같은 사람들은 '황금(黃金)'이란 글자를 여러 번 되풀이하여 묘사하려고 노

을 붙인 권위자였다.

5) 『한서(漢書)』에 나오는 말이다.

6) 복건(服虔) : 전한(前漢) 말기의 학자. 자는 자신(子愼). 『한서』에 주석을 달았다.

7) 진작(晉灼) : 진(晉)나라의 학자. 『한서음의(漢書音義)』와 『한서집주(漢書集注)』를 지었다.

8) 현(伭) : 영인의 이름인데, 어느 시대 사람인지 분명하지 않다.

9) 맹견(孟堅) : 후한 초기 역사가인 반고(班固). 맹견은 자. 20여 년에 걸쳐 기전체 역사서인 『한서(漢書)』를 집필하였다. 이 과정에서 국사(國史)를 함부로 개작한다는 이유로 옥에 갇히기도 하였다.

력하여, 천 년 뒤에 오래된 종이를 한 번 펼치면 오히려 눈부시고 휘황찬란케 할 지경이다. 그러나 이들은 벽 가운데 가로지른 띠와 문지방에 불과한 정도임에도 〈역사를 쓰는 이들이〉 지나치게 과장하여 야단법석을 떨었을 뿐이리라.

참으로 소의(昭儀)의 자매(姊妹)에게 이 집을 보였던들, 반드시 몸부림치며 침대에 쓰러져 울고불고 밥을 먹지 않았을 것이다. 성제(成帝)가 설사 황금기와로 화려하게 하고 싶었더라도, 안창(安昌)[10]과 무양(武陽)[11]의 무리가 모두 유자(儒者)인지라 반드시 옛 경서를 이끌어 붙여서 이를 반대했을 것이니, 성제의 역량으로서는 어떻게 할 수 없었을 것이다.

설혹 또 그 뜻대로 되었다 하더라도, 맹견의 필력(筆力)으로 장차 어떻게 표현하였을지 알지 못하겠다. '금으로 된 궁전이 으리으리하구나'라고 말하고서는 응당 지워버렸을 것이요, 또 '금대궐이 하늘 높이 솟았다.'라고 말하고 나서는 한 번 읊어 보고 또 지워버렸을 것이다. 또 '2층으로 된 대궐을 세우고 기와에 황금을 칠했다.'라고 말하였거나 혹은 '임금께서 황금전(黃金殿)을 세웠다.'라고 말하였을까? 비록 양한(兩漢) 때 문장가라 하였지만 〈그는〉 항상 작은 제목에 이렇게 크게 과장하였으니, 이는 아주 오랜 세월 동안 작가(作家)들에게 끼친 한(恨)인 것이다.

---

10) 안창(安昌) : 성제의 스승인 안창후 장우(張禹)이다.
11) 무양(武陽) : 성제의 재상인 무양후 설선(薛宣)이다.

〈예를 들면〉 그림을 그리는데 궁실을 잘 그린다 하더라도 궁실에는 사면이 있고 또 안팎이 있으며, 또 덧놓이고 겹친 곳도 있다. 비록 서양화가 제 아무리 교묘하게 그대로 본떠서 베낀다고 한들, 다만 한 면만을 그렸을 뿐 남은 세 면은 그릴 수 없을 것이다. 그 밖은 그려도 궁실의 속은 그릴 수 없으며, 덧놓인 전각이며 겹겹이 쌓인 정자, 꾸불꾸불 이어진 화랑(복도)이며 겹겹으로 된 누각은 단지 그 날아갈 듯한 처마와 아련한 대마루만 모사했을 뿐이다. 그 정교하게 파고 새김이 섬세하여 털끝 같으니, 그림으로는 이를 다 표현해 낼 수 없는데, 이것이 아주 오랜 세월 동안 화가(畵家)들에게 끼친 한인 것이다. 그러므로 우리 부자(夫子 : 공자)께서 이미 이 두 가지에 대하여 탄식하시되,

"글은 말을 다 표현할 수 없고, 그림도 뜻을 다 표현할 수 없겠다."[12]

라고 하였던 것이다.

천하에 사관(寺觀 : 사찰과 도교의 사원)의 숫자가 만을 헤아리지만, 금을 입힌 것은 다만 산서성(山西省)에 있는 오대산(五臺山)의 금각사(金閣寺)가 있을 뿐이다. 당나라 대종(代宗 : 이예(李豫)) 대력(大曆) 2년(767년)에 왕진(王縉)[13]이 정승이 되어, 중서성(中書

12) 『역경(易經)』 계사전(繫辭傳) 하편에 나온다.

13) 왕진(王縉) : 당나라의 시인 왕유(王維)의 아우. 자는 하경(夏卿). 대종 때 정승이었고, 불교를 독실하게 믿었다.

省) 부첩(符牒)을 내려서 오대산의 중 수십 명을 사방에 흩어 보내어 시주(施主)를 모아 이 절을 짓게 하였다. 구리쇠로 기와를 굽고 금을 입혀서 여러 만금의 비용이 들었는데, 그 전각이 아직도 남아 있다고 한다. 지금 이 기와 역시 구리쇠로 굽고 금을 씌웠을 것이다.

내가 요양의 시장에서 잠시 쉴 때였다. 모두들 다투어,

"황금을 갖고 오셨지요?"

하고 묻기에 내가,

"금은 조선 땅에서 생산되는 것이 아니오."

라고 대답하였더니, 그들은 모두 나를 비웃었다. 심양 · 산해관 · 영평 · 통주를 지나칠 때에도 금에 대하여 묻지 않는 자가 없었다. 〈그때마다〉 내가 처음같이 대답하면, 그들은 번번이 자신들의 모자 꼭대기를 가리키면서,

"이게 조선 금이라오."

라고 한다.

연암(燕巖)에 있는 우리 집이 송도(松都)에 가까워서 자주 중경(中京 : 송도)에 놀러갔는데, 송도는 바로 연상(燕商 : 연경에 드나드는 장사치)들을 키우는 거점이었다. 해마다 7, 8월부터 10월까지의 사이에 금값이 폭등하여 한 푼쭝에 엽전으로 마흔다섯 닢, 또는 쉰 닢씩 한다.

우리나라에서는 금을 쓸 곳이 별로 없으며, 문무관들 중 이품(二品) 이상의 금관자나 금띠로 말하더라도, 늘 만드는 것이 아니고 흔히들 서로 빌려서 쓴다. 또 시집가는 새색시의 가락지

나 머리꽂이도 따져보면 그리 많지 않은 만큼 금은 가치가 썩은 흙이나 다름없이 싸야 함에도 이곳에서 금이 이토록 귀하게 취급되는 것은 무슨 까닭일까?

내가 압록강을 건너기 전에, 박천군(博川郡)에 이르러 말을 길옆에 세우고 버드나무 밑에서 땀을 식힐 때였다. 남부여대(男負女戴)[14]하고 가는 사람들이 떼를 지었는데, 모두 여덟아홉 살 되는 사내와 계집아이들을 데리고 마치 흉년에 정처 없이 떠돌아다니는 것 같기에 이상히 여겨서 물으니,

"성천(成川)의 금광으로 가는 것이옵니다."

라고 한다. <손에 든> 그 기구들을 보니, 나무바가지 하나, 포대 하나, 작은 끌 하나일 뿐이다. 끌은 흙을 파내기 위해서이고, 포대는 담기 위해서이고, 바가지는 금을 물에 이기 위해서이다. 온종일 흙 한 포대만 일면 별로 애쓰지 않아도 먹고 살 수 있단다. 조그만 계집아이들이 더욱 잘 파고 잘 일 뿐더러, 눈이 밝아서 금을 잘 얻곤 한다.

나는 그들에게,

"하루 종일 하면 금을 얼마나 얻는 거요?"

라고 하였더니 그들은,

"그건 재수에 달렸지요. 어떨 때는 하루에 여남은 알을 얻는 경우도 있는데, 재수가 없으면 서너 알을 얻고, 재수가 트이면

14) 남부여대(男負女戴) : 남자는 등에, 여자는 머리에 짐을 인다는 뜻으로, 떠돌이 삶을 의미한다.

삽시에 부자가 된답니다."
라고 한다. 〈내가〉
"그럼, 그 알이 어떻게 생겼는가?"
하였더니,
"대략 피〔稷〕 낟알만 합니다."
라고 한다.

〈금을 캐는 것이〉 농사짓기보다 이익이 낫다보니, 한 사람이 하루에 얻는 금이 아무리 적다고 하더라도 그래도 예닐곱 푼쭝은 되어서 돈으로 바꾸면 두세 냥이나 된단다. 비단 농사꾼들 태반이 농장을 떠나 이에 모여들 뿐 아니라, 사방의 건달패와 놈팡이들이 달려와 저절로 부락을 형성하여서 무려 10만여 명이나 되고, 쌀이나 기타 여러 가지의 물건이 모여들어 술과 밥이며 떡과 엿 같은 것을 파는 장사치들이 산골에 가득 차 있다고 한다.

나는 알지 못하겠노라. 그 금이 어디로 가며, 그 캐낸 금이 많을수록 그 값이 더욱 오르는지? 이제 이 기와에 도금한 것이 우리나라 금인지 아닌지 어찌 알 수 있으랴?

청나라 초기에 새해에 진상하는 예물 목록에서 제일 먼저 황금을 면제하였음은 토산이 아니기 때문이다. 만일 간교한 장사꾼들이 법을 어기고 몰래 팔다가 혹시 이것이 대국(大國 : 청나라)의 조정에 발각된다면, 비단 사단이 생길 염려가 있을 뿐만 아니라 황제가 이미 황금으로 지붕을 도금하였으니, 우리나라에도 금광을 설치하지 않을 줄 어찌 알겠는가?

대(臺) 위에 있는 작은 정자나 전각문의 창호지는 모두 우리나라 종이로 도배하였다. 창틈으로 들여다보니 어떤 것은 아무것도 없이 텅 비었고, 어떤 것은 의자 · 탁자 · 향로 · 화병 등을 차려 놓았는데 모두 운치 있어 보인다.

사신들이 하인들을 문 밖에 남겨 두고서 함부로 들어오지 말도록 엄하게 훈계하였는데, 조금 뒤에 모두 대 위로 기어올랐다. 우리 역관과 통관들이 크게 놀라서 도로 나가라고 꾸짖었다. 그들은,

"저희들이 감히 함부로 들어온 것이 아니고 문지기가 오히려 저희들이 들어가지 않을까 저어하면서 인도해 주어 대에 올라온 것입니다."

라고 한다. 여기에 대하여 기록한 「찰십륜포(札什倫布)」와 「반선시말(班禪始末)」이 따로 있다.

정사가 말하기를 '아침나절 사찬(賜饌 : 황제가 내린 음식)이 내려온 뒤 조금 지나서 〈황제가〉 불러들여 만나보겠다'는 명령이 내려졌다고 한다. 통관이 인도하여 〈사신 일행이〉 정문 앞에 이르렀더니, 그 동쪽 협문에 시위(侍衛)하는 여러 신하들이 서 있거나 앉아 있었다. 상서 덕보와 낭중 몇 사람이 와서는 사신의 출입을 주선하는 절차에 대해 지휘하고 갔다.

한참 지나서 군기대신이 황제의 뜻을 받들어,

"그대의 나라에도 사찰이 있으며, 또 관제묘도 있는가?"

하고 묻더니, 얼마 안 되어 황제가 정문으로 나와서 문 안의 벽돌을 깔아 놓은 자리에 앉았다. 의자와 탁자도 내어 오지 않고,

다만 평상을 설치하고 누런 보료만 깔았다. 좌우에서 시위하는 신하는 모두 누런 옷을 입었다. 그중에서 칼을 찬 자는 서너 쌍에 불과하고, 누런 일산을 받들고 양쪽에 나누어 서 있는 자는 단지 두 쌍뿐이다. 그들은 모두 엄숙한 표정으로 조용했다.

먼저 회자(回子)의 태자를 앞으로 나오라고 명하니 몇 마디 아뢰고 물러갔다. 다음으로 사신과 세 통사(通事)를 앞으로 나오라고 명하자 모두 앞으로 나아가 길게 무릎을 꿇었다. 길게 무릎을 꿇는다는 것은 무릎이 땅에 닿는 것이지 뒤꿍무니를 붙이고 앉는 것이 아니다. 황제가,

"국왕(國王)께서 평안하신가?"

하고 물으니 사신은 공손히,

"평안하옵니다."

하고 대답하였다. 황제는 또,

"만주말을 잘하는 이가 있는가?"

하니 상통사(上通事) 윤갑종(尹甲宗)이 만주말로,

"약간 아옵니다."

하고 대답하였더니, 황제가 좌우를 돌아보며 기뻐하면서 웃었다. 황제는 네모난 얼굴이 희멀겋고 약간 누런빛을 띠었으며, 수염이 반쯤 희고, 모습은 나이가 예순은 된 듯싶다. 애연히 봄바람과 같은 온화한 기운을 지녔다.

사신이 반열(班列)에서 물러서자, 무사 예닐곱 명이 차례로 들어와 활을 쏘는데, 화살 하나를 쏘고는 번번이 꿇어앉아서 고함을 친다. 그리하여 과녁을 맞힌 자가 두 명인데, 그 과녁은 마치

우리나라의 풀로 만든 과녁과 같으면서 한복판에 짐승 한 마리를 그렸다. 활쏘기가 끝나자 황제는 곧바로 안으로 되돌아가고, 시위하던 신하들은 모두 물러가고 사신도 역시 물러갔다. 문 하나를 채 못 나와서 군기(軍機)가 와서,

"사신은 곧장 찰십륜포(札什倫布)[15]로 가서 반선(班禪)[16] 액이덕니(額爾德尼)[17]을 뵈오라."

하고 황제의 명령을 전하였다고 한다.

<옛 역사를> 상고하건대, 서번(西番 : 티베트)은 사천(四川)·운남(雲南)의 국경 밖에 있는데, 이른바 서장(西藏)의 땅이다. 대체로 변방 밖에 있어서 중국과 거리가 더욱 멀었다.

강희 59년(1720년)에 책망아라포탄(策妄阿喇布坦)[18]이 납장한(拉藏汗)[19]을 유인하여 죽이고 그 성지(城地)를 점령하여 차지하고서는, 묘당을 헐어 버리고 서번의 승려들을 내쫓아 해산시켰다. 그래서 도통(都統) 연신(延信)을 평역장군(平逆將軍)으로 삼고, 갈이필(噶爾弼)을 정서장군(定西將軍)으로 삼고는, 장병(將兵)

---

15) 찰십륜포(札什倫布) : '반선 라마 활불이 살고 있는 곳'이라는 뜻의 티베트 말이다.

16) 반선(班禪) : 반선이란 서번 말로는 '빛' 또는 '지혜'라는 뜻이다. 60쪽 주 7) 참조.

17) 액이덕니(額爾德尼) : 원래는 지명인데, 반선의 별호로 썼다.

18) 책망아라포탄(策妄阿喇布坦) : 몽고 서부의 신강 지방에 있던 오이라트 부족의 장수이다.

19) 납장한(拉藏汗) : 몽고 부족의 추장. 청해고시한(青海固始汗)의 손자.

을 거느리고 새로 봉한 달뢰라마(達賴刺麻 : 달라이 라마)를 보내어 서장의 일대를 모두 평정한 뒤에 황교(黃敎 : 라마교의 별칭)를 진흥시켰다고 한다.

이른바 황교라는 것이 무슨 도(道)인 줄을 알지 못하겠으나, 몽고의 여러 부족들이 숭배하여 믿고 있으므로, 서장 지역이 혹시 침범하여 어지럽힘을 당할 걱정이 있으면, 강희 황제 때부터 친히 황제의 군사인 육군(六軍)을 거느리고 영하(寧夏 : 감숙성(甘肅省)에 있는 지명)까지 이르러 장수를 보내어 구원하여 동란을 진정시킨 것이 한두 번이 아니었다.

건륭 을미(1775년)에도 색락목(索諾木)[20]이 금천(金川)[21]에서 반기를 들었을 때, 황제가 서장 길이 막힐까 두려워해서 아계(阿桂)[22]를 정서장군으로 삼고, 풍승액(豐昇額)과 명량(明亮)을 부장(副將)으로 삼고, 해란찰(海蘭察)과 서상(舒常)을 참찬(參贊)으로 삼고, 복강안(福康安)과 규림(奎林) 등을 영대(領隊)로 삼도록 명하여 군사를 이끌고 가서 토벌하고 평정하였으니, 이 역시 서장을 위한 것이었다.

그 땅(서장)은 황제가 사사로이 보호하는 곳이요, 그 사람은

20) 색락목(索諾木) : 건륭 때 대금천(大金川)의 토사(土司). 토사는 원나라 이후 서남 지방에 둔 벼슬. 회유책으로 그 지역 추장을 주로 임명하였다.

21) 금천(金川) : 사천성(四川省) 서북 변경에 있는 물 이름이다.

22) 아계(阿桂) : 아극돈(阿克敦)의 아들. 자는 광정(廣廷)이고, 호는 운애(雲崖)이다.

천자가 스승으로 섬겼다. 또 황교(黃敎)라고 그 교의 이름을 지은 것은, 어쩌면 황제(黃帝)와 노자(老子)의 도(道)를 숭배함이 아닌가 싶었다.

서장 사람들의 옷과 갓은 모두 누렇다. 몽고 사람이 이를 본받아서 역시 누런빛을 숭상한다. 그렇다면 황제가 시기심과 사나움을 가지고 있으면서도 어찌 유독 이 황화요(黃花謠 : 황색의 꽃을 노래함)를 꺼리지 않았는가?

액이덕니(額爾德尼)는 서번 승려의 이름이 아니라, 서번의 땅에서도 이런 이름이 있으니 괴이하고도 황당(荒唐)하여 그 요령을 얻기 어려운 일이다.

사신은 비록 억지로 나아가 서번의 승려를 만나보았으나 마음속으로는 불평을 품었으며, 당번 역관들은 오히려 무슨 일이 날까 두려워하면서 급급히 미봉(彌縫)하는 것을 다행으로 알았고, 하인들은 모두 마음속으로 서번의 승려를 주벌(誅罰)하였고, 뱃속으로는 황제의 잘못을 욕하고 비방하였다. 그들은 온 나라가 종주(宗主)로 받드는 군주로서 자신의 거조(擧措)[23] 하나라도 삼가지 않을 수 없음을 의미함이다.

태학관(太學館)에 돌아오니, 중국의 사대부들은 모두 내가 반선을 만나보았음을 영광으로 여겨 부러워하지 않는 이가 없었다. 또한 그 도술(道術)의 신통함을 극구 칭찬하지 않는 자가 없

23) 거조(擧措) : 말이나 행동하는 태도. 또는 어떤 일을 꾸미거나 처리하기 위한 조치를 뜻한다.

었으니, 그들의 시세에 영합하는 기풍이 이러하였다. 대체로 예로부터 세도의 승침(昇沈)이나 인심의 선악이 모두 윗사람으로부터 인도되지 않음이 없었던 것이다.

학지정(郝志亭 : 학성(郝成))의 집에서 잠시 술을 마셨다. 이날 밤에는 달이 더욱 밝았다. －서로 주고받은 이야기는 「황교문답(黃敎問答)」 편에 싣는다. －

原文

十一日
십 일 일

丁巳 晴 昧爽 使臣詣闕 德尚書與使臣 略叙寒暄
정사 청 매상 사신예궐 덕상서여사신 약서한훤
曰 明日當有引對之旨 而今日亦難保其必無 請坐朝
왈 명일당유인대지지 이금일역난보기필무 청좌조
房少候 使臣齊入朝房 則皇帝又賜御饌三器 如昨所
방소후 사신제입조방 즉황제우사어찬삼기 여작소
賜.
사

余出闕門外 閒步觀玩 視昨朝 尤不勝紛遝 緇塵漲
여출궐문외 한보관완 시작조 우불승분답 치진창
空 沿道茶房酒肆 車馬鬧熱.
공 연도다방주사 거마료열

余早起 亦覺腸虛 獨自還館 道中一少年僧 騎駿馬
여조기 역각장허 독자환관 도중일소년승 기준마
冠黑緞方冠 衣貢緞道袍 面貌美麗 冠袍俱雅 而可惜
관흑단방관 의공단도포 면모미려 관포구아 이가석
其僧也 意氣翩翩而去 有一人騎絶大騾子而來 馬上
기승야 의기편편이거 유일인기절대라자이래 마상
相逢 欣然握手 而僧忽帶怒色.
상봉 흔연악수 이승홀대노색

已而兩相高聲 仍於馬上相敺 僧猛睜雙眼 一手揕胸
이이양상고성 잉어마상상구 승맹정쌍안 일수침흉
一手劈頭 騎騾者 側身一躱 帽落掛頸 騎騾者 亦體
일수벽두 기라자 측신일타 모락괘경 기라자 역체

榦健壯　鬚髮略白　而觀其氣色　小絀於僧　兩相抱持
간건장 수발략백 이관기기색 소출어승 양상포지

摘鞍雙下.
적안쌍하

初則騎騾者跨僧　少焉　僧翻騎彼　各以一手扼胸　不
초즉기라자고승 소언 승번기피 각이일수액흉 불

能相拳　只相唾面　騾馬相對植立　不少移動　兩人圍橫
능상권 지상타면 나마상대식립 불소이동 양인위횡

官道　而無圍觀者　亦無勸解者　仰看俯視　忿喘號嗄而
관도 이무위관자 역무권해자 앙간부시 분천호사이

已.
이

入一菓肆　時新者　頹積如邱　以老錢一陌－十六葉用如
입일과사 시신자 퇴적여구 이노전일백 십륙엽용여

我東一錢－　買兩梨而出　對樓酒旗　飄颺檻前　銀壺錫瓶
아동일전 매양리이출 대루주기 표양함전 은호석병

舞蹲檐外　綠欄行空　金扁映日　左右青帘　題神仙留玉
무준첨외 녹란행공 금편영일 좌우청렴 제신선류옥

佩　公卿解金貂.
패 공경해금초

樓下車騎若干　而樓上人聲如蜂鬧鬧沸　余信步而上
누하거기약간 이루상인성여봉료료비 여신보이상

則胡梯十二級矣　圍卓坐椅者　或三四或五六　皆蒙古
즉호제십이급의 위탁좌의자 혹삼사혹오륙 개몽고

回子　而無慮數十對　蒙古所戴　如我東錚盤而無帽　上
회자 이무려수십대 몽고소대 여아동쟁반이무모 상

施羊毛而染黃　或有著笠者　制如我東氈笠　而或藤或
시양모이염황 혹유착립자 제여아동전립 이혹등혹

皮　表裏塗金　或以五采　錯畵雲物　皆黃衣朱袴.
피 표리도금 혹이오채 착화운물 개황의주고

回子衣朱 亦多黑衣 以紅氈作弁 而帽子太長 只有
회자의주 역다흑의 이홍전작변 이모자태장 지유
南北兩簷 形如出水卷荷 又如研藥鐵 兩端尖銳 輕佻
남북양첨 형여출수권하 우여연약철 양단첨예 경조
可笑.
가소

余所著笠 如氈笠－所謂笠範巨只 飾鏤銀 頂懸孔雀羽
여소착립 여전립 소위립범거지 식루은 정현공작우
頷結水精纓 彼兩虜眼中以爲如何.
함결수정영 피양로안중이위여하

無論滿漢 無一中國人 在樓上者 兩虜皆獰醜 雖悔
무론만한 무일중국인 재루상자 양로개영추 수회
上樓 而業已喚酒矣 遂揀一好椅而坐.
상루 이업이환주의 수간일호의이좌

酒傭問飮幾兩酒 蓋秤酒重也 余敎斟四兩 酒傭去湯
주용문음기냥주 개칭주중야 여교짐사냥 주용거탕
余叫無用湯 湯生酒秤來 酒傭笑而斟來 先把兩小盞
여규무용탕 탕생주칭래 주용소이짐래 선파량소잔
鋪卓面 余以煙竹 掃倒其盞 叫持大鍾來 余都注一吸
포탁면 여이연죽 소도기잔 규지대종래 여도주일흡
而盡 群胡面面相顧 莫不驚異 蓋壯余飮快也.
이진 군호면면상고 막불경이 개장여음쾌야

大約中國飮法甚雅 雖盛夏 必湯飮 雖燒露亦湯 杯
대약중국음법심아 수성하 필탕음 수소로역탕 배
如杏子 掛齒細呷 留餘卓上 移時更呷 未嘗健倒 諸
여행자 괘치세합 유여탁상 이시갱합 미상건도 제
胡虜飮政大同 俗所謂大鍾大椀 絶無飮者.
호로음정대동 속소위대종대완 절무음자

余叫斟生酒 一吸四兩 所以畏彼 特大膽如是 眞怯
여규짐생주 일흡사냥 소이외피 특대담여시 진겁

而非勇也 吾叫生酒時 群胡已驚三分 及見一吸 乃大
이비용야 오규생주시 군호이경삼푼 급견일흡 내대
驚 反似怕吾者.
경 반사파오자

余囊出八葉錢 計與酒傭 方起身 群胡皆降椅頓首
여낭출팔엽전 계여주용 방기신 군호개강의돈수
齊請更坐一坐 一虜起 自虛其椅 扶余坐 彼雖好意
제청갱좌일좌 일로기 자허기의 부여좌 피수호의
余背已汗矣.
여배이한의

余幼時見儓隷群飮 其令有過門不入 七十生男子 汗
여유시견대례군음 기령유과문불입 칠십생남자 한
出沾背 吾性不耐笑 三日腰酸 今朝萬里塞上 忽與群
출첨배 오성불내소 삼일요산 금조만리새상 홀여군
胡飮 若爲觴令 當曰汗出沾背矣.
호음 약위상령 당왈한출첨배의

一胡起斟三盞 敲卓勸飮 余起潑椀中殘茶於欄外 都
일호기짐삼잔 고탁권음 여기발완중잔다어란외 도
注三盞 一傾快嚼 回身一揖 大步下梯 毛髮淅淅然
주삼잔 일경쾌작 회신일읍 대보하제 모발석석연
疑有來追也 出立道中 回望樓上 猶動喧笑 似議余
의유래추야 출립도중 회망루상 유동훤소 사의여
也.
야

歸館 食時猶遠矣 歷尹亨山所 赴班矣 轉往奇按察
귀관 식시유원의 역윤형산소 부반의 전왕기안찰
亦不在寓矣.
역부재우의

又訪王鵠汀 鵠汀出示毬亭詩集序一首 文未能佳 而
우방왕곡정 곡정출시구정시집서일수 문미능가 이

通篇全述康熙及今皇帝盛德大業 比隆堯舜 太繁絮矣
통편전술강희급금황제성덕대업 비륭요순 태번서의

讀未卒 昌大來言 俄者皇上引接使臣 又令往見活佛
독미졸 창대래언 아자황상인접사신 우령왕현활불

云.
운

余促飯與灣裨入闕 尋覓使臣 已赴班禪所矣 卽出闕
여촉반여만비입궐 심멱사신 이부반선소의 즉출궐

門 皇六子當門下馬 馬亦止門外 從者簇圍 促步而入
문 황륙자당문하마 마역지문외 종자족위 촉보이입

昨日乘馬直入 今則下馬 是未可知也.
작일승마직입 금즉하마 시미가지야

循宮城 左轉而行 西北一帶 山脚宮觀寺刹 面面入
순궁성 좌전이행 서북일대 산각궁관사찰 면면입

望 或有四五層樓閣 所謂帆隨湘轉 望衡九面.
망 혹유사오층누각 소위범수상전 망형구면

所在軍舖宿衛壯士 皆出視 方余獨自彷徨 則爭爲遙
소재군포숙위장사 개출시 방여독자방황 즉쟁위요

指西北 遂挾河而行 河邊白幕數千帳 皆蒙古戍守之
지서북 수협하이행 하변백막수천장 개몽고수수지

兵也 又北轉 遙望天際 雙眼忽瞑 蓋半空金屋 縹緲
병야 우북전 요망천제 쌍안홀명 개반공금옥 표묘

入望 閃閃羞明而然也.
입망 섬섬수명이연야

跨河浮橋幾一里 橋施欄干 紅綠相映 數人行坐其上
고하부교기일리 교시난간 홍록상영 수인행좌기상

渺若畵中 欲由此橋 則沙上有人 急來揮手 若禁止之
묘약화중 욕유차교 즉사상유인 급래휘수 약금지지

狀.
상

心忙意促 而馬百鞭猶遲 遂棄騎 循河而上 有石橋
심망의촉 이마백편유지 수기기 순하이상 유석교

我人多往來其上 入門則奇巖怪石 層疊成級 奇巧神
아인다왕래기상 입문즉기암괴석 층첩성급 기교신

出.
출

使臣及任譯 自闕直來 未及通 方以爲惜 見余至
사신급임역 자궐직래 미급통 방이위석 견여지

自意外皆嘲 余癖於觀光.
자의외개조 여벽어관광

皇城樹林中 出紫紅綠碧瓦甍 而或亭閣頂兜金胡盧
황성수림중 출자홍록벽와맹 이혹정각정두금호로

未見屋上黃金瓦 今此殿屋所覆金瓦 雖未知純鑄鍍造
미견옥상황금와 금차전옥소복금와 수미지순주도조

而二層大殿二 樓一門三 其他亭閣諸色琉璃瓦 皆奪
이이층대전이 누일문삼 기타정각제색유리와 개탈

顔色 無復可觀 銅雀瓦往往採爲古硏 而窰造非琉璃
안색 무부가관 동작와왕왕채위고연 이요조비유리

也.
야

琉璃瓦 未知始於何代 而詩人所謂玉階金屋 眞如今
유리와 미지시어하대 이시인소위옥계금옥 진여금

日所覩否 其見於史傳者 漢成帝爲昭儀治舍 砌皆銅
일소도부 기현어사전자 한성제위소의치사 체개동

沓冒 黃金塗 顔師古曰 砌 門限也 以銅冒頭 而金塗
답모 황금도 안사고왈 체 문한야 이동모두 이금도

其上 又壁帶往往爲黃金釭 函藍田璧明珠翠羽飾之
기상 우벽대왕왕위황금강 함남전벽명주취우식지

服虔曰 缸者 壁中之橫帶也 晉灼曰 以金環飾之也.
복건왈 강자 벽중지횡대야 진작왈 이금환식지야

伶伭孟堅輩 努力加數番黃金字 而千載之下 一臨古
영현맹견배 노력가수번황금자 이천재지하 일림고

紙 猶令眼光閃爍 然而此不過爲壁帶門限 鋪張震耀
지 유령안광섬삭 연이차불과위벽대문한 포장진요

耳.
이

誠使昭儀姊弟觀此者 必自投床啼哭不食 帝雖欲爲
성사소의자제관차자 필자투상제곡불식 제수욕위

之 安昌武陽之徒 皆儒者也 必傅經反覆 而帝之力量
지 안창무양지도 개유자야 필부경반복 이제지역량

不能爲耳.
불능위이

設亦就之 未知孟堅筆力 將何鋪張 其曰金殿縹緲耶
설역취지 미지맹견필력 장하포장 기왈금전표묘야

當抹之矣 又書曰金闕湧空耶 一吟又抹矣 曰起二層
당말지의 우서왈금궐용공야 일음우말의 왈기이층

大殿瓦黃金塗 或曰 帝起黃金殿耶 雖兩漢文 常從小
대전와황금도 혹왈 제기황금전야 수양한문 상종소

題 起大鋪敍 此千古作家遺恨.
제 기대포서 차천고작가유한

界畫巧於宮室 而宮室有四面 又有內外 又有複疊之
계화교어궁실 이궁실유사면 우유내외 우유복첩지

勢 雖西洋巧寫 只畫一面 則其三面不能畫也 畫其外
세 수서양교사 지화일면 즉기삼면불능화야 화기외

而室之內不能畫也 其複殿疊榭回廊重閣 只摹其飛檐
이실지내불능화야 기복전첩사회랑중각 지모기비첨

翬甍而已 其雕鏤之工 細入秋毫 畫者不能也 此千古
휘맹이이 기조루지공 세입추호 화자불능야 차천고

畵家遺恨　吾夫子先已歎息於此二者曰　書不盡言　圖
화 가 유 한　오 부 자 선 이 탄 식 어 차 이 자 왈　서 부 진 언　도

不盡意.
부 진 의

海內寺觀　可以萬計　而惟山西五臺山　有金閣寺　唐
해 내 사 관　가 이 만 계　이 유 산 서 오 대 산　유 금 각 사　당

代宗大曆二年　王縉爲相　給中書符牒　令五臺僧數十
대 종 대 력 이 년　왕 진 위 상　급 중 서 부 첩　영 오 대 승 수 십

人　散之四方　求利以營之　鑄銅爲瓦　而塗金　費鉅萬
인　산 지 사 방　구 리 이 영 지　주 동 위 와　이 도 금　비 거 만

其閣至今猶在云　今此瓦　亦當銅鑄金鍍耳.
기 각 지 금 유 재 운　금 차 와　역 당 동 주 금 도 이

余少憩遼陽市中　爭問有黃金帶來否　余對曰　金非土
여 소 게 요 양 시 중　쟁 문 유 황 금 대 래 부　여 대 왈　금 비 토

産　人皆哂之　及歷瀋陽山海關永平通州　莫不問金　余
산　인 개 신 지　급 력 심 양 산 해 관 영 평 통 주　막 불 문 금　여

對如初　則輒自指其帽頂曰　這是東金.
대 여 초　즉 첩 자 지 기 모 정 왈　저 시 동 금

余家燕巖近松都　故數客遊中京　乃所養燕商之處也
여 가 연 암 근 송 도　고 삭 객 유 중 경　내 소 양 연 상 지 처 야

每年七八月至十月　金價驟騰　一分售錢四十五葉　或
매 년 칠 팔 월 지 시 월　금 가 취 등　일 푼 수 전 사 십 오 엽　혹

五十.
오 십

國中無所用金　計文武二品金圈金帶　非所常造　多相
국 중 무 소 용 금　계 문 무 이 품 금 권 금 대　비 소 상 조　다 상

假借　新婚婦女之指環首飾　計應無多　則金可使賤如
가 차　신 혼 부 녀 지 지 환 수 식　계 응 무 다　즉 금 가 사 천 여

糞土　而其貴如此者　何也.
분 토　이 기 귀 여 차 자　하 야

余未渡江時 至博川郡 下馬路傍 納凉柳樹下 男負
여미도강시 지박천군 하마로방 납량류수하 남부
女戴而行者 所在成群 皆携八九歲男女 如饑歲流離
여대이행자 소재성군 개휴팔구세남녀 여기세유리
怪而問之則曰 往赴成川金穴云 視其器械 一木瓢 一
괴이문지즉왈 왕부성천금혈운 시기기계 일목표 일
布帒 一小鑿而已 鑿所以掘也 帒所以盛也 瓢所以淘
포대 일소착이이 착소이굴야 대소이성야 표소이도
也 竟日淘土一帒 則不勞而能食 小兒女尤善掘善淘
야 경일도토일대 즉불로이능식 소아녀우선굴선도
眼明尤善得.
안명우선득

余問竟日所得金幾何 曰 此係福祿 或一日得十餘粒
여문경일소득금기하 왈 차계복록 혹일일득십여립
無福則得三四粒 有福則片時爲富者 粒形如何 曰 大
무복즉득삼사립 유복즉편시위부자 입형여하 왈 대
約類稷殼.
약류직각

勝於農利 一人一日所得金雖微 猶不下六七分 則售
승어농리 일인일일소득금수미 유불하륙칠푼 즉수
錢二三兩 非但農戶太半離壠畝 四方無賴遊手 自成
전이삼냥 비단농호태반리롱무 사방무뢰유수 자성
邨落 無慮十餘萬 米穀百物湊集 沽賣酒食餠飴 彌滿
촌락 무려십여만 미곡백물주집 고매주식병이 미만
山谷云.
산곡운

吾未知此金歸於何地 其採彌多而其價彌貴 則今此
오미지차금귀어하지 기채미다이기가미귀 즉금차
屋瓦所塗 安知非東金耶.
옥와소도 안지비동금야

清初歲幣 首蠲黃金 爲非土產也 若有奸商冒法潛賣
청초세폐 수견황금 위비토산야 약유간상모법잠매

或爲大國朝廷所覺 則非特生事可慮 皇帝旣以黃金塗
혹위대국조정소각 즉비특생사가려 황제기이황금도

屋 安知不設礦於我國乎.
옥 안지불설광어아국호

臺上小亭小閣 窓戶所塗 皆我紙也 穴窓覗之 或無
대상소정소각 창호소도 개아지야 혈창시지 혹무

一物 或排設椅卓香爐花觚 魚魚雅雅.
일물 혹배설의탁향로화고 어어아아

使臣落留下隷於門外 嚴飭其毋得闌入 而少焉盡爲
사신락류하례어문외 엄칙기무득난입 이소언진위

上臺 我譯及通官大驚 叱令還出 則以爲非渠輩所敢
상대 아역급통관대경 질령환출 즉이위비거배소감

闌入 守門者猶恐我人之不入 爲導之上臺云 別有所
난입 수문자유공아인지불입 위도지상대운 별유소

記札什倫布及班禪始末.
기찰십륜포급반선시말

正使言朝者 賜饌後 少爲遲留 因有引對之命 通官
정사언조자 사찬후 소위지류 인유인대지명 통관

導至正門前 其東夾門 侍衛諸臣 或立或坐 德尙書與
도지정문전 기동협문 시위제신 혹립혹좌 덕상서여

郎中數人來立 指揮使臣出入周旋之節而去.
낭중수인래립 지휘사신출입주선지절이거

良久軍機大臣以皇旨問曰 爾國有寺刹乎 又有關帝
양구군기대신이황지문왈 이국유사찰호 우유관제

廟乎 已而皇帝出自正門 而仍坐門中甎上 不設椅榻
묘호 이이황제출자정문 이잉좌문중전상 불설의탑

只設平牀 鋪黃褥 左右侍衛 皆衣黃 佩釖者 不過三
지설평상 포황욕 좌우시위 개의황 패도자 불과삼

四雙 黃繖分立者 只二雙 肅然無譁.
사쌍 황산분립자 지이쌍 숙연무화

先令回子太子進前 未數語而退 次命使臣及三通事
선령회자태자진전 미수어이퇴 차명사신급삼통사

進前 皆進前長跪 長跪者 膝地也 非貼尻坐也 皇帝
진전 개진전장궤 장궤자 슬지야 비첩고좌야 황제

問國王平安 使臣謹對曰 平安 皇帝又問有能滿洲話
문국왕평안 사신근대왈 평안 황제우문유능만주화

者乎 上通事尹甲宗以滿話對曰 略解 皇帝顧視左右
자호 상통사윤갑종이만화대왈 약해 황제고시좌우

而喜笑 皇帝方面白晳 而微帶黃氣 鬚髯半白 貌若六
이희소 황제방면백절 이미대황기 수염반백 모약육

十歲 藹然有春風和氣.
십세 애연유춘풍화기

使臣退立班次 武士六七人鱗次進射 發一矢 則輒跪
사신퇴립반차 무사육칠인린차진사 발일시 즉첩궤

高聲唱喏 其中者二人 其的如我東芻革 而中畵一獸
고성창야 기중자이인 기적여아동추혁 이중화일수

射畢 皇帝卽還內 侍衛皆退出 使臣亦退出 未及一門
사필 황제즉환내 시위개퇴출 사신역퇴출 미급일문

軍機出傳皇旨 使臣直往札什倫布 見班禪額爾德尼云.
군기출전황지 사신직왕찰십륜포 현반선액이덕니운

按西番在四川雲南徼外 所謂藏地 蓋在番外 益遠中
안서번재사천운남요외 소위장지 개재번외 익원중

國.
국

康熙五十九年 策妄阿喇布坦 誘殺拉藏汗 占據城池
강희오십구년 책망아라포원 유살납장한 점거성지

毁其廟堂 逐散番僧 於是以都統延信爲平逆將軍 噶
훼기묘당 축산번승 어시이도통연신위평역장군 갈

爾弼爲定西將軍　將兵送新封之達賴剌麻　藏地悉平
이 필 위 정 서 장 군　장 병 송 신 봉 지 달 뢰 라 마　장 지 실 평
振興黃教.
진 흥 황 교

所謂黃教　未知何道　而蒙古諸部之所崇信　故藏地或
소 위 황 교　미 지 하 도　이 몽 고 제 부 지 소 숭 신　고 장 지 혹
被侵擾之患　則自康熙時　親統六師至寧夏　遣將援救
피 침 요 지 환　즉 자 강 희 시　친 통 륙 사 지 영 하　견 장 원 구
爲定其亂　非一再也.
위 정 기 란　비 일 재 야

乾隆乙未年　索諾木叛金川　則帝恐梗藏路　命阿桂爲
건 륭 을 미 년　색 락 목 반 금 천　즉 제 공 경 장 로　명 아 계 위
定西將軍　豐昇額明亮爲副　海蘭察舒常爲參贊　福康
정 서 장 군　풍 승 액 명 량 위 부　해 란 찰 서 상 위 참 찬　복 강
安奎林等爲領隊　進兵討平之　是役亦爲西藏也.
안 규 림 등 위 영 대　진 병 토 평 지　시 역 역 위 서 장 야

其地皇帝之所私護　而其人天子之所師事　以黃名其
기 지 황 제 지 소 사 호　이 기 인 천 자 지 소 사 사　이 황 명 기
教者　意者　黃老之道耶.
교 자　의 자　황 로 지 도 야

西藏之人　冠服皆黃　蒙古效之　而亦尙黃　則以皇帝
서 장 지 인　관 복 개 황　몽 고 효 지　이 역 상 황　즉 이 황 제
之猜暴　何獨不忌此黃花之謠耶.
지 시 폭　하 독 불 기 차 황 화 지 요 야

額爾德尼　非西僧之名　西番之地　亦有此號　鬼怪荒
액 이 덕 니　비 서 승 지 명　서 번 지 지　역 유 차 호　귀 괴 황
唐　難得要領矣.
당　난 득 요 령 의

使臣雖勉强就見　內懷不平　任譯則猶恐生事　以急急
사 신 수 면 강 취 견　내 회 불 평　임 역 즉 유 공 생 사　이 급 급

彌縫爲幸　下隷則莫不心誅番僧　腹誹皇帝　爲萬邦共
미봉위행　하례즉막불심주번승　복비황제　위만방공

主　弗可不愼其一擧措也.
주　불가불신기일거조야

及還館中　中原士大夫　皆以余得見班禪　莫不榮羨
급환관중　중원사대부　개이여득현반선　막불영선

亦莫不極口贊美　其道術神通　其希世傅會之風如是
역막불극구찬미　기도술신통　기희세부회지풍여시

夫終古世道之汚隆　人心之淑慝　莫不由上導之也.
부종고세도지오릉　인심지숙특　막불유상도지야

小飮郝志亭所　是夜月益明－話載黃敎問答.
소음학지정소　시야월익명　화재황교문답

8월 12일 무오(戊午)

날이 맑았다.

새벽에 사신이 조회의 반열에 들어가 연극 구경을 했다. 나는 몹시 졸음이 오고 피곤해서 이내 누워서 편안히 잤다. 아침밥을 먹은 뒤 천천히 걸어서 궐내에 들어가니, 사신은 조회에 참례한 지 이미 오래되었는데도, 당번 역관 및 여러 비장들은 모두 궁문 밖 낮은 언덕 위에 남아 머물렀다. 통관들도 역시 이곳에 앉아서 들어가지 못하고 있었다.

음악 소리가 담장 안 가까이에서 새어 나오기에 작은 문틈으로 엿보았으나 아무것도 보이지 않았다. 담장을 돌아 여남은 걸음을 가니 작은 일각문(一角門)이 있는데, 문짝 한 쪽은 닫혀 있고 또 한 쪽은 열려 있다. 내가 조금 들어가서 보려 하니, 군졸 몇 명이 말리며 문 밖에서 멀리 바라보는 것만 허용했다. 문 안에 있는 사람들은 모두 문을 등진 채 즐비하게 서 있는데, 조금도 자리를 떠나지 않고 몸도 꼼짝하지 않은 채 마치 허수아비를 세워 놓은 듯하였다.

엿보려고 하여도 도무지 틈이 없기에 다만 그들 머리 사이 빈 곳으로 바라보니, 은은하게 한 더미 푸른 산과 소나무며 잣나무가 울창하였는데, 눈 깜짝할 사이에 어디론가 사라져 버렸다. 또 울긋불긋한 적삼에 수놓은 도포를 입은 자가, 얼굴에는 붉은 연지를 바르고 허리 윗부분이 사람들 머리 위로 헌걸차게 솟았으니, 아마 초헌(貂軒)을 탄 것 같았다.

연극 무대(舞臺)와의 거리는 멀지 않으나 그늘지고 깊디깊어 마치 꿈속에 성찬(盛饌)을 만난 것처럼 먹어도 맛을 알 방법이 없었다. 문지기가 담배를 꾸어 달라기에 곧바로 내어 주었다.

또 한 사람이 내가 오랫동안 발꿈치를 들고 선 것을 보고는 걸상[凳] 하나를 가져다가 나더러 그 위에 올라서서 바라보라고 하기에 나는 한 손으로는 그의 어깨를 잡고 또 한 손으로는 문틀 위에 가로댄 나무를 짚고 올라섰다.

출연하는 사람들은 모두 한족의 옷과 갓으로 차려 입었으며, 4, 5백 명이 함께 몰려들었다가 물러나면서 일제히 노래를 부른다. 걸상을 밟고 서 있는 나는 마치 횃대를 탄 오리 모양처럼 되어 오래 서 있기가 어려웠다. 도로 돌아 나와 작은 언덕의 나무 그늘 밑에 앉았다.

이날은 몹시 더웠으나 구경꾼들은 마치 담장처럼 빙 둘러서 있었다. 그들 중에는 정수리에 수정을 단 사람이 많았으나, 그들이 어떤 관원(官員)인지는 알 길이 없었다. 한 청년이 문을 나와서 가니, 사람들이 모두 그를 피하여 뒤로 물러선다. 그 청년이 잠시 발걸음을 멈추고 종자(從者)에게 무슨 말을 하는데, 돌아보는 모습이 몹시 사나워 보여 사람들은 모두 엄숙한 모습으로 두려워서 엎드려 있었다.

두 군졸이 채찍을 갖고 와서 사람을 몰아내니, 회자(回子) 사람 하나가 앉아 있다가 성내어 일어나 서서 두 군졸의 얼굴에 침을 뱉고 주먹 한 방으로 때려 눕혔다. 청년 관원은 눈을 흘기면서 〈어디로〉 사라져 버린다. 남들에게 누구냐고 물으니, 모자 정수리에 수정을 단 자는 호부상서(戶部尙書) 화신(和珅)[1]이라고 한다. 눈매가 총명하고 빼어나며, 얼굴은 준수한데 기운이 날카로웠으나, 다만 덕기(德氣 : 너그럽고 어진 도량과 재간)가 작아 보이며, 나이는 이제 서른하나라고 한다.

화신은 본래 난의사(鑾儀司)[2] 호위 군졸의 출신으로, 성격이 몹시 교활하고 약삭빨라서 윗사람의 비위를 잘 맞추었으므로 불과 대여섯 해 사이에 갑자기 귀한 자리를 얻어서 화성 구문(九門)[3]을 총괄하는 제독이 되었고, 병부상서(兵部尙書) 복륭안(福隆安)[4]과 함께 언제나 황제의 좌우에서 모시고 있었기 때문에 그 세력이 조정에 떨쳤다. 이시요(李侍堯)[5]가 해명(海明)에게

---

1) 화신(和珅) : 만주 사람. 성은 뉴호록(鈕祜祿)이고, 자는 치재(致齋)이다.

2) 난의사(鑾儀司) : 황제의 행차에 필요한 사무와 의장(儀仗)을 맡은 관서이다.

3) 구문(九門) : 황제의 각 성문을 지키는 장군들을 말한다.

4) 복륭안(福隆安) : 복강안(福康安)을 잘못 표기한 듯하다.

서 뇌물 받은 것을 적발하고, 우민중(于敏中 : 청나라 건륭 때의 고관)의 집을 몰수하고, 아계장군(阿桂將軍)을 내쳐서 강물을 담당하게 한 것은 모두 화신이 힘을 쓴 것이었다. 이런 일은 모두 금년 봄과 여름 사이에 있었던 일이었다. 그렇기 때문에 사람들은 모두 〈무서워서〉 함부로 눈을 뜨고 바로 보지 못한다고 한다.

황제가 이제 막 여섯 살 나는 황녀(皇女)를 화신의 어린 아들과 약혼시켰다. 황제는 나이가 많아지자 성격이 점차 조급해져 노여움이 잦으므로 좌우의 신하들에게 채찍으로 매질하기가 일쑤였으나, 그가 이 딸을 가장 사랑했으므로 황제가 한창 크게 성낼 때마다 궁인이 번번이 이 어린 딸을 껴안고 와서 황제의 앞에 놓아두었는데, 그러면 황제가 노여움을 그친다고 하였다.

이날 조회 반열에 참석했던 신하들에게 차와 음식이 세 차례나 내렸다. 사신도 역시 조정의 벼슬아치들과 마찬가지로 떡 한 그릇을 얻어먹었다. 떡은 누런 것과 흰 것 두 층으로 괴었는데 네모반듯하였으며, 빛깔은 마치 누런 납(蠟 : 밀랍)과 같았다. 단단하고 가늘고도 매끄러워 칼이 잘 들어가지 않았으며, 위층은 더욱 옥처럼 윤기가 나고 기름졌다.

떡 위에는 한 선관(仙官)을 만들어 세웠는데, 수염과 눈썹이 생동하는 듯하고 도포와 홀(笏)이 화려하고 선명했다. 그 좌우

---

5) 이시요(李侍堯) : 청나라 건륭 때에 높은 벼슬을 지냈으나 뇌물 받기를 좋아하였다.

에는 또 선동(仙童)을 세웠는데, 조각이 몹시 뛰어나고 솜씨가 있었다. 이들은 모두 밀가루에다 설탕가루를 섞어 만든 것이다. 땅에 묻는 허수아비를 만드는 것도 옳지 않다[6]고 하였거늘, 하물며 인조(人造) 사람을 먹을 수 있겠는가? 설탕 여남은 가지를 합쳐서 한 그릇에 담았고, 양고기가 한 그릇이다.

또 조정의 벼슬아치들에게 채색 비단과 수놓은 주머니 등 여러 가지 물건을 내려 주었는데, 정사에게는 비단이 다섯 필, 주머니가 여섯 쌍, 코담배호리병 한 개를 내리고, 부사와 서장관에게는 각기 조금씩 줄어들었다. 차등을 두고자 한 것이다.

저녁에는 조금 흐려서 달빛이 없었다.

6) 『논어(論語)』에 공자가 시체와 한 무덤에 묻는 부장품으로 쓰이는 허수아비를 두고, "맨 처음에 허수아비를 만들어 낸 자는 그 자손이 없을 것이다." 하였다.

原文

十二日
십 이 일

戊午 晴 曉使臣入班聽戲 余睡甚倦 仍臥穩睡 朝
무오 청 효사신입반청희 여수심권 잉와온수 조
飯後 徐行入闕 則使臣久已參班 任譯及諸裨 皆落留
반후 서행입궐 즉사신구이참반 임역급제비 개락류
宮門外小阜上 通官亦坐此不得入.
궁문외소부상 통관역좌차부득입

樂聲出墻內咫尺之地 從小門隙窺之 無所見矣 循墻
악성출장내지척지지 종소문극규지 무소견의 순장
十餘步 有一小角門 門扉一掩一開 余略欲入立 則有
십여보 유일소각문 문비일엄일개 여략욕입립 즉유
軍卒數人禁之 只許門外張望 門內人皆背門而排立
군졸수인금지 지허문외장망 문내인개배문이배립
不少離次不搖身 如植木偶.
불소리차불요신 여식목우

無片隙可窺 只從人頂間空處 隱隱見一座青山 翠松
무편틈가규 지종인정간공처 은은견일좌청산 취송
蒼柏 轉眄之頃 倏忽不見 又彩衫繡袍者 面傅朱粉
창백 전면지경 숙홀불견 우채삼수포자 면부주분
腰以上高出人頂 似乘軒也.
요이상고출인정 사승헌야

戲臺相距不遠 而深邃陰森 如夢中盛饌 喫不知味矣
희대상거불원 이심수음삼 여몽중성찬 끽부지미의
門者丐煙卽給之.
문자개연즉급지

又一人見余久翹足而立 提一凳子 令我登其上望之
우 일 인 견 여 구 교 족 이 립 제 일 등 자 영 아 등 기 상 망 지

余一手托其肩 一手拄楣而立.
여 일 수 탁 기 견 일 수 주 미 이 립

呈戲之人 皆漢衣冠 四五百迭進迭退 齊唱樂歌 所
정 희 지 인 개 한 의 관 사 오 백 질 진 질 퇴 제 창 악 가 소

立凳子 如鳧乘架 難久立矣 還坐小阜樹陰下.
립 등 자 여 부 승 가 난 구 립 의 환 좌 소 부 수 음 하

是日極熱 環觀如堵 其中多晶頂 未知何許官員也
시 일 극 열 환 관 여 도 기 중 다 정 정 미 지 하 허 관 원 야

有一少年出門而去 人皆辟易 其少年乍停武 有所言
유 일 소 년 출 문 이 거 인 개 벽 역 기 소 년 사 정 무 유 소 언

於從者 顧視甚猛 皆肅然慴伏.
어 종 자 고 시 심 맹 개 숙 연 습 복

有二卒持鞭來辟人 回子坐者 勃然起立 唾二卒面
유 이 졸 지 편 래 벽 인 회 자 좌 자 발 연 기 립 타 이 졸 면

一拳打倒 少年官流睨而去 問之 晶頂者 乃戶部尙書
일 권 타 도 소 년 관 류 예 이 거 문 지 정 정 자 내 호 부 상 서

和珅也 眉目明秀 俊峭輕銳 而但少德器 年方三十一
화 신 야 미 목 명 수 준 초 경 예 이 단 소 덕 기 연 방 삼 십 일

云.
운

珅本起自鑾儀司衛卒 性狡黠 善迎合 五六年間驟貴
신 본 기 자 난 의 사 위 졸 성 교 힐 선 영 합 오 륙 년 간 취 귀

統領九門提督 與兵部尙書福隆安 常侍左右 貴振朝
통 령 구 문 제 독 여 병 부 상 서 복 륭 안 상 시 좌 우 귀 진 조

廷 發李侍堯納海明賄金 籍于敏中家 出阿桂視河 皆
정 발 이 시 요 납 해 명 회 금 적 우 민 중 가 출 아 계 시 하 개

和珅有力焉 今歲春夏間事也 人皆側目而視云.
화 신 유 력 언 금 세 춘 하 간 사 야 인 개 측 목 이 시 운

皇帝方以六歲皇女 約婚於珅之幼子 皇帝春秋高 多躁怒 左右數被鞭撻 而最愛此女 故帝方盛怒時 宮人輒抱置幼女於帝前 帝爲霽威怒云.
황제방이륙세황녀 약혼어신지유자 황제춘추고 다조노 좌우수피편달 이최애차녀 고제방성노시 궁인첩포치유녀어제전 제위제위노운

是日宣賜在班 茶饌三次 使臣亦與朝紳 一例得餉餠一器 黃白二層 四面方正 色如黃蠟 堅密細膩 不入刀剉 上層尤溫潤如玉.
시일선사재반 다찬삼차 사신역여조신 일례득향병일기 황백이층 사면방정 색여황랍 견밀세니 불입도좌 상층우온윤여옥

餠上立一仙官 鬚眉生動 袍笏華鮮 左右又立仙童 雕刻奇巧 皆麪和蔗造成 作俑且不可 況人可食乎 糖屬十餘種 合貯一器 羊肉一器.
병상립일선관 수미생동 포홀화선 좌우우립선동 조각기교 개면화자조성 작용차불가 황인가식호 탕속십여종 합저일기 양육일기

又賜朝紳等綵緞繡囊諸物 而正使緞五疋 囊六對 鼻煙壺一個 副使書狀 各減 有差.
우사조신등채단수낭제물 이정사단오필 낭륙대 비연호일개 부사서장 각감 유차

夕小陰無月色.
석소음무월색

8월 13일 기미(己未)

새벽에 잠깐 비가 뿌리다가 아침에 맑게 개었다.

사신은 만수절(萬壽節) 축하 반열에 참석하러 가기 위해 오경(五更 : 새벽 3~5시)에 대궐로 들어갔기에, 나는 포근히 잘 수 있었다. 아침에 일어나 천천히 걸어서 대궐 아래에 이르렀다.

사람들이 누런 보자기가 덮인 걸방짐 일곱 개를 궐문 앞에 두고 쉬고 있다. 모두 옥으로 만든 그릇과 골동품이다. 보통 사람 정도 되는 커다란 금부처 하나를 앉혀 놓았으니, 이들은 모두 호부상서 화신이 진상하는 물품이라고 한다.

이날도 음식을 세 차례나 내리고, 또 사신에게 백자(白瓷)로 만든 차호(茶壺 : 차 주전자) 하나, 찻잔과 받침대까지 갖추어 한 벌, 등나무 실로 뜬 빈랑(檳榔) 주머니 하나, 작은 칼 하나, 자양차(紫陽茶)를 넣은 주석 주전자 하나를 하사했다. 저녁에는 작은 황문(黃門 : 환시(宦侍))이 와서 주석으로 만든 모난 호리병 하나를 내렸는데, 통관이,

"차(茶)로군요."
하자, 황문은 곧장 달려가 버린다.

누런 비단으로 항아리 마개를 봉했기에 봉했던 비단을 떼고 보니, 빛이 누러면서도 약간 붉은 기가 돌아 마치 술과 같았다. 서장관이,

"이건 정말 황봉주(黃封酒)[1]요."
라고 한다. 맛이 달고 향내가 풍겨 술기운이란 전혀 없었다. 다 따르자 여지(茘支) 여남은 개가 떠오른다. 모두들,

"이건 여지로 빚은 술이군요."
라고 하고는 각기 한 잔씩 마시고서 모두들,

"참 좋은 술입니다."
라고 한다.

마침내 비장과 역관들에게 찻잔이 이르니, 마시지 않는 자도 있거니와 감히 한 번에 들이키는 이가 없다. 이는 너무 지나치게 취할까 두려워해서이다. 통관들도 목을 길게 빼고서 침을 흘린다. 수역이 술잔에 남은 찌끼를 얻어서 주었더니 돌아가면서 맛보고는,

"좋은 궁중의 술이네."
라고 하며 칭찬하지 않는 이가 없었다. 한참 지나서 일행이 서로 돌아보며,

1) 황봉주(黃封酒) : 송나라 때부터 관에서 만들어 병 입구를 누런 비단이나 종이로 봉한 술 이름이다.

"취했구먼."
라고 한다.

밤이 되어 기공(奇公 : 기풍액)을 찾았을 때 한 잔 가지고 가서 보여 주었더니 기공은 크게 웃으면서,

"이건 술이 아니고 바로 여지즙(荔支汁)이랍니다."
라고 하고는 마침내 소주 대여섯 잔을 꺼내어 거기다가 타니, 맑은 빛깔과 깨끗한 맛에 특이한 향내가 배로 풍긴다. 이는 대체로 여지 향내가 술기운을 타고서 더욱 은은한 향내를 드러내는 것이었다. 아까 꿀물을 마시고 향내를 논한 것이나 여지즙을 맛보고 취한다고 말하는 것이, 곧 종소리를 듣고서 해를 측량함[2]이나 매실을 바라보고 갈증을 푸는 것[3]과 무엇이 다르리오?

이날 밤 달빛이 유난히 밝았다. 기공을 데리고 명륜당(明倫堂)으로 나가 달빛을 밟고 난간 아래를 거닐었다. 나는 달을 가리키면서 <다음과 같이> 물었다.

"달의 몸뚱이는 언제나 둥글어 햇빛을 빙 둘러 받고 보니, 이 때문에 지구(地球)에서 본 달이 찼다가 기울었다 하는 것이 아닐까요?

온 세계가 오늘 저녁에 일제히 달을 본다면, 달그림자를 관측

2) 소식(蘇軾)이 지은 「일유(日喩)」에 나온다.

3) 『삼국지연의(三國志演義)』에 나오는 조조(曹操)의 고사이다.

하는 장소에 따라서 달은 살찌고 여위며 깊고 열음이 있지 않을까요?

별은 달보다 크고 해는 땅덩어리(지구)보다 크되, 보기에는 그와 달라 보이는 것이 거리가 멀고 가까운 까닭이 아닐까요?

그것이 참말이라면 해와 땅(지구)과 달 등은 허공에 둥둥 떠 있는 똑같은 별들로 보임이 아닐까요? 별에서 지구를 볼 때에도 아마도 번쩍번쩍 빛나는 둥근 모양이 마치 바늘구멍처럼 보이는 것이 아닐까요? 해와 달은 동쪽에서 떠서 다시 서쪽으로 지는데, 해에서 지구를 볼 때에도 역시 그렇게 보이는 것이 아닐까요?

장차 지구와 해와 달을 선으로 연결하면, 반짝반짝 빛나는 모습의 세 개의 별이 하고(河鼓)[4]나 다름없을 것이 아닐까요?

지구 표면에 붙어 있는 가지가지의 만물은 모양이 모두 둥글둥글하지 하나도 네모진 것은 없습니다. 다만 방죽(方竹)[5]과 익모초(益母草) 줄기가 네모졌지만, 이것 역시 비록 네 귀퉁이가 네모지긴 했어도 네모반듯한 것이라고는 할 수 없겠지요? 네모반듯한 물건은 과연 한 가지도 찾을 수 없거늘 무엇 때문에 지구에 대해서만 네모나다고들 의논하였을까요?

만일에 지구가 네모졌다고 말한다면, 저 월식(月蝕)을 할 때에 달을 검게 먹어 들어가는 변두리 그림자가 왜 활등처럼 둥글게

4) 하고(河鼓) : 견우성(牽牛星)의 북쪽에 있는 삼태성(三台星).

5) 방죽(方竹) : 네모진 대나무. 중국에서 난다.

보일까요?

지구가 네모졌다고 말하는 자는 모든 것이 방정(方正)해야 된다는 대의(大義)에 입각해서 물체(物體)를 인식함이요, 지구가 둥글다고 주장하는 자는 실제로 보이는 형태를 믿고 다른 뜻은 염두에 두지 않는 것입니다. 이런 의미로 보아서 땅덩어리(지구)란 물체는 실제 모양은 둥글지만 담고 있는 의리가 네모반듯하다고 말함이 아닐까요?

해와 달은 오른쪽으로 돌아 마치 수레바퀴처럼 돌고 도는데, 도는 궤도가 〈해는〉 크고 〈달은〉 작으며, 도는 속도가 더디고 빠름이 있는 만큼 한 해와 한 달은 각각 일정한 도수에 맞거늘, 해와 달이 지구를 둘러싸고 왼편으로 돈다는 말은 우물 속에서 하늘은 보는 좁은 식견이 아닐까요?

지구의 본바탕이란 둥글둥글 허공에 걸려 있어 사방도 없고 위아래도 없으며, 또한 자기의 위치에서 마치 쐐기 돌듯 돌다가 햇빛을 처음 받은 곳을 날이 샌다고 말하는 것이 아닐까요?

지구가 더욱 더 돌면서 처음에 해와 마주 대하는 곳에서 차차 어긋나고 멀어져서 정오도 되고 해가 기울기도 하여 밤과 낮이 되는 것이 아닐까요?

비유해 말하자면, 창구멍이 뚫어진 곳으로부터 햇살이 새어 들어와 작은 콩알만 하게 비칠 적에 창 아래는 햇살이 비추는 자리에 맷돌을 놓고 햇살이 비추는 자리에 먹으로써 표시해 두고는, 그 다음에 맷돌을 돌리면 먹 자국은 햇살이 비추는 곳에 그대로 지키고 남아 있을까요? 그렇지 않고서 서로 비스듬히 사이가 멀어져 서로 돌아보지 않게 될까요? 맷돌 짝이 한 바퀴를 돌아 다시 그 자리에 돌아오면, 햇살이 비추는 자리와 먹 자국은 겨우 마주 포개어졌다가는 잠깐 사이에 다시 떨어지게 될 것이니, 지구가 한 바퀴 돌아 하루가 되는 것도 이런 이치가 아닐까요?

또 등불 앞에 놓인 물레를 한번 관찰해 보면, 물레가 돌아가는 곳마다 물레바퀴의 군데군데가 등불 빛을 받고 있으나, 그렇다고 저 등불이 이 물레를 돌고 있는 것은 아닙니다. 지구가 어두워지고 밝아지는 이치도 역시 이런 것이 아닐까요?

그렇다면 해와 달은 애초부터 뜨고 지는 것이 아니요 오고가는 것도 아닌데, 사람들은 땅이 움직여 돌지를 않고 언제나 고요히 한 자리에 박혀 있다고 너무 믿기 때문에 생긴 착각이 아닐까요?

명백한 이론을 찾지 못하면 이 땅의 춘 · 하 · 추 · 동을 가리켜 각각 방위를 따라 '노는 것'이라고 말을 하니, 결국 '논다'는 것은 나아가고 물러섬이 있는 것을 말함이요, 올라갔다 내려갔다 함이 있는 것을 말하는 것인 만큼 '논다'고 할 바엔 차라리 '돈다'고 함이 낫지 않을까요?

저 착각을 한 자들은 지구가 돌 때는 땅 위에 실렸던 일체의 물건들이 엎어지고 자빠지고 기울어져 떨어질 것이라고 말합니다. 만일에 쏟아져 떨어진다면 어느 땅에 떨어질까요? 만일에 그렇다고 믿는다면 저 허공에 달린 별들과 은하(銀河)는 기운을 따라 돌아가면서 무엇 때문에 엎어지고 떨어져 쏟아지지 않을까요?

움직이지도 않고, 돌지도 않고, 생명도 없는 덩이진 물건이 어째서 썩지도 부서지지도 무너져 흩어지지도 않고 항상 그대로 남아 견딜까요? 지구 표면에 생물들이 붙어서 살 때는 공과 같은 물체의 표면에다 발을 붙이고 어디서나 머리에 하늘을 이고 있는 만큼, 비유하자면 수많은 개미와 벌들이 어떤 것은 꽂꽂이 선 바람벽에 기어가기도 하고, 어떤 것은 천장에 붙어서 사는데, 누가 바람벽에 가로로 붙어 섰다고 할 것이며 천장에 거꾸로 붙어산다고 하겠습니까?

지금도 지구 저편에는 응당 바다가 있을 터인데, 만일에 땅 표면에 붙어사는 생물들이 엎어지고 자빠지고 기울어 떨어진다고 의심을 한다면, 땅 밑 바다는 누가 둑을 쌓아 두었기에 〈물이 안 쏟아지고〉 항상 그대로 있을까요?

저 하늘에 떠 있는 많은 별들은 그 크기가 얼마나 될 것이며, 역시 표면이 있는 것이 지구나 다름없지 않을까요? 이미 별도 표면이 있는 이상 생물이 붙어살 터이니 역시 그러할까요? 만일 거기에도 생물이 있다면 각기 자기의 세상을 열어 놓고 서로 새끼까지 쳐 가면서 살겠지요?

지구는 둥글게 생겨 원래 음양이 없을 터인데, 진주같이 빛나는 해로부터 불기운을 받고 거울같이 맑은 달로부터 물 기운을 얻어, 흡사 집안 살림꾼이 동쪽 이웃에서 불을 구하고 서쪽 집에서 물을 빌리는 것이나 다름없습니다. 한 쪽은 불이요, 또 한 쪽은 물이라 하여 이를 음양(陰陽)이라 하는 것이 아닐까요?

이를 억지로 오행(五行)이라 이름을 붙여 서로 상생한다고 하고 서로 상극한다고 하나, 큰 바다에 풍랑이 일 때에 불꽃이 너울너울 타오르는 현상은 무슨 까닭일까요?[6)]

얼음 속에는 누에가 살고〔氷蠶〕,[7)] 불 속에 쥐가 살고〔火鼠〕,[8)] 물속에는 물고기가 살고 있는 만큼, 저들 각종 생물들은 모두 어디나 자기가 붙어살고 있는 곳이 저들의 땅인 것입니다. 만일에 달 속에도 세계가 있다고 말한다면, 오늘 밤에 어떤 두 명의 〈달세계의〉 사람이 함께 난간머리에 기대어 서서 지구의 빛을 보고 차고 기우는 현상에 대해 이야기하지 아니한다고 누가 증명할 것이겠습니까?"

기공은 크게 껄껄 웃으면서,

"참 기이한 이야기입니다. 지구가 둥글다는 이야기는 서양 사람들이 처음 말했지만 지구가 돈다는 말은 하지 않았는데, 선생의 이 학설은 선생이 터득한 것인가요? 그렇지 않으면 스승으로부터 이어받으신 것인가요?"

라고 하여 나는,

---

6) 옛사람들은 바다에 풍랑이 심할 때 일광(日光)의 반사로 일어나는 현상을 불꽃으로 보아왔다.

7) 『습유기(拾遺記)』에 나오는 전설. 얼음 속에 산다는 누에는 중국 전설에 '빙잠(氷蠶)'이라 하여 그 누에실로 짠 비단은 불에도 타지 않는다고 한다.

8) 『산해경(山海經)』에 나오는 전설. 불 속에 산다는 쥐는 '화서(火鼠)'라고 한다.

"사람의 일도 모르는 터에 하늘의 일을 어찌 알겠소? 나는 본시 도수(度數 : 수학)의 학(學)에 어둡습니다. 비록 깊고 드넓은 도량을 가진 칠원옹(漆園翁 : 장주(莊周)의 별칭)도 이 세상 밖의 아득한 우주에 관한 일에 대해서는 그냥 덮어 두고 해설을 하지 않았습니다. 이것은 실로 내가 마음속으로 터득한 지식이 아니라 바로 귀동냥이랍니다. 제 친구 홍대용(洪大容)은 호가 담헌(湛軒)인데, 그의 학문은 견문과 식견이 좁거나 막히지 않는 것을 좋아해서 일찍이 나와 함께 달구경을 하면서 장난삼아 이런 이야기를 했답니다. 대체로 황당하여 종잡기 어려우니, 비록 성인과 같은 지혜를 지닌 이라도 이 학설을 깨뜨리기는 어려울 것입니다."

라고 하였더니 기공은 크게 웃으며,

"남의 꿈속 길을 동행할 수야 없지요. 당신의 친구 되시는 담헌(湛軒) 선생께서는 이에 관한 저서가 몇 권이나 됩니까?"

라고 한다. 나는,

"제 친구한테는 아직 저서는 없습니다. 선배되시는 김석문(金錫文)[9]이란 분이 먼저 삼환부공설(三丸浮空說)[10]을 말했는데, 제 친구가 특히 이를 부연해서 설명하였답니다. 그러나 스스로도

---

9) 김석문(金錫文) : 조선 숙종(肅宗) 때의 학자. 자는 병여(炳如)이고, 호는 대곡(大谷)이다. 『역학도해(易學圖解)』를 지었으며, 만년에 포천의 다대곡(多大谷)에 살았다.

10) 삼환부공설(三丸浮空說) : 해와 달과 지구가 공중에 떠 있다는 학설이다.

헷갈려 하고 또한 보아 얻은 것이 실제로 이렇다는 것도 아니요, 또 일찍이 남더러 이런 사실을 믿어 달라고 요구한 적도 없었습니다. 나 역시 오늘밤 이 시각에 달구경을 하다가 우연히 그 친구 생각이 나서 단지 또 말을 한바탕 늘어놓고 보니, 그 친구를 만나본 듯도 합니다."
라고 했다. 여천(麗川 : 기풍액)은 한족과는 다르기 때문에 담헌이 일찍이 항주(杭州) 인사들과 교유했던 옛 일들을 터놓고 이야기할 수는 없었다.[11)]

기공이,

"김석문 선생이 지은 시(詩) 중에서 아름다운 몇 구절만 들려주실 수 있을까요?"
라고 하기에 나는,

"외우지는 못합니다만, 그에게 일찍이 아름다운 시구가 있기는 합니다."
라고 했다. 기풍액은 나를 이끌고 자기 방으로 들어갔다.

벌써 촛불을 네 자루나 켜 놓고 큰 탁자에 음식을 매우 성대하게 차려 두었는데, 오로지 나를 위해서 차린 것이다. 향고(香餻 : 쌀로 만든 떡 같은 과자) 세 그릇, 가지각색의 사탕이 세 그릇, 용안육(龍眼肉) · 여지(荔支) · 낙화생(落花生) · 매실(梅實)을 담은 것이 서너 그릇, 닭 · 거위 · 오리들은 주둥이와 발이 달린 채로

11) 홍대용은 북경에서 항주(杭州)의 선비 육비(陸飛) · 엄성(嚴誠) · 반정균(潘庭筠) 등을 만나서 막역한 친구 관계를 맺었다.

있다. 통돼지는 껍질만 벗겨서 용안과 여지 · 대추 · 밤 · 마늘 · 후추 · 호도 · 살구씨 · 수박씨 등을 섞어 쪄서 떡같이 만들었는데, 맛은 달고 매끄러웠지만 너무 짜서 먹을 수는 없었다. 떡이나 과실들은 모두 한 자 넘게 높이 담았다. 한참 있다가 다 물리고는 다시 채소와 과실만 각기 두 접시씩 차리고, 소주 한 주전자로 시름시름 따라가면서 조용히 이야기를 하였다. ─ 이야기는 「황교문답(黃敎問答)」 편에 실려 있다. ─

닭이 두 홰째 울어서 그제서야 자리를 파하고 숙소에 돌아왔다. 이리 뒤척 저리 뒤척 잠을 이루지 못했는데, 하인들이 벌써 일어나라고 깨운다.

原文

十三日
십 삼 일

己未 曉少灑雨 朝快晴 使臣爲參萬壽節賀班 五更
기 미 효 소 쇄 우 조 쾌 청 사 신 위 참 만 수 절 하 반 오 경
赴闕 余得穩睡 朝起 徐行至闕下.
부 궐 여 득 온 수 조 기 서 행 지 궐 하

覆黃褓者七架子 置門下休息 皆玉器玩 金佛一座
복 황 보 자 칠 가 자 치 문 하 휴 식 개 옥 기 완 금 불 일 좌
大可如中人坐者 皆戶部尙書和珅所進云.
대 가 여 중 인 좌 자 개 호 부 상 서 화 신 소 진 운

是日宣饌三巡 又賜使臣瓷茶壺一 茶鍾具臺一 藤絲
시 일 선 찬 삼 순 우 사 사 신 자 차 호 일 차 종 구 대 일 등 사
結檳榔囊子一 刀子一 紫陽茶錫壺一 夕間 小黃門臨
결 빈 랑 낭 자 일 도 자 일 자 양 차 석 호 일 석 간 소 황 문 림
宣一錫方壺 通官曰 茶也 黃門卽馳去.
선 일 석 방 호 통 관 왈 차 야 황 문 즉 치 거

以黃絹封壺口 於是解其封 則色黃而微赤如酒 書狀
이 황 견 봉 호 구 어 시 해 기 봉 즉 색 황 이 미 적 여 주 서 장
曰 故是黃封酒也 味甘氣香 全無酒意 盡瀉則有荔支
왈 고 시 황 봉 주 야 미 감 기 향 전 무 주 의 진 사 즉 유 여 지
十餘個浮出 僉曰 此荔支所釀也 各飮一杯 皆曰 好
십 여 개 부 출 첨 왈 차 여 지 소 양 야 각 음 일 배 개 왈 호
酒也.
주 야

遂及裨譯 則有不飮者 不敢一呷 恐致大醉 通官輩
수 급 비 역 즉 유 불 음 자 불 감 일 합 공 치 대 취 통 관 배

亦延頸流涎　首譯爲丐餘瀝以給之　則輪嘗之　莫不稱
역연경류연　수역위개여력이급지　즉륜상지　막불칭

贊曰　好宮釀也　久之　一行相顧曰　醉也.
찬왈　호궁양야　구지　일행상고왈　취야

及夜訪奇公　以一盞示之　奇公大笑曰　此非酒也　乃
급야방기공　이일잔시지　기공대소왈　차비주야　내

荔支汁也　遂出燒酒五六盞以和之　色淸味洌　異香自
여지즙야　수출소주오륙잔이화지　색청미렬　이향자

倍　蓋香乘酒氣　尤發蘊馥　向之飮蜜水而論香　嘗荔汁
배　개향승주기　우발온복　향지음밀수이론향　상여즙

而言醉者　卽何異聞鍾揣日　望梅止渴耶.
이언취자　즉하이문종췌일　망매지갈야

是夜月益明　余携奇公出明倫堂　步月欄干下　余指月
시야월익명　여휴기공출명륜당　보월난간하　여지월

而問曰　月體常圓　環受日光　由此地觀　有盈虧乎.
이문왈　월체상원　환수일광　유차지관　유영휴호

四海今宵　一齊看月　隨地測影　月膚肥瘦　有淺深乎.
사해금소　일제간월　수지측영　월부비수　유천심호

星大於月　日大於地　視有鉅細　由近遠乎.
성대어월　일대어지　시유거세　유근원호

信玆說也　日地月等　浮羅大空　勻是星乎　自星望地
신자설야　일지월등　부라대공　균시성호　자성망지

其規有爛　若鍼孔乎　日月東昇　而復西沉　自日望地
기규유란　약침공호　일월동승　이부서황　자일망지

亦若是乎.
역약시호

其將地線　絡日聯月　耿耿三星　如河鼓乎.
기장지선　낙일련월　경경삼성　여하고호

地膚所傳 種種萬物 形皆團圓 無一方者 獨有方竹
지부소부 종종만물 형개단원 무일방자 독유방죽

及益母草 雖其四楞 方則未乎 求物之方 果無一焉
급익모초 수기사릉 방즉미호 구물지방 과무일언

何獨於地 議其方乎.
하독어지 의기방호

若謂地方 彼月蝕時 闇虛邊影 胡成弧乎.
약위지방 피월식시 암허변영 호성호호

謂地方者 諭義認體 說地毬者 信形遺義 意者 大
위지방자 유의인체 설지구자 신형유의 의자 대

地其體則圓 義則方乎.
지기체즉원 의즉방호

日月右旋 翻轉如輪 圈有大小 周有遲疾 歲朞月朔
일월우선 번전여륜 권유대소 주유지질 세기월삭

各有其度 左旋繞地 匪井觀乎.
각유기도 좌선요지 비정관호

地之本體 團團掛空 無有四方 無有頂底 亦於其所
지지본체 단단괘공 무유사방 무유정저 역어기소

旋如楔子 日初對處 爲朝暾乎.
선여설자 일초대처 위조돈호

地毬益轉 與初對處 漸違漸遠 爲中爲昃 爲晝夜乎.
지구익전 여초대처 점위점원 위중위측 위주야호

譬諸窓眼 漏納陽光 如小荳子 窓下置磨 對光射處
비제창안 누납양광 여소두자 창하치마 대광사처

以墨識之 于是轉磨 墨守其陽 不遷徙乎 抑相迤迂
이묵지지 우시전마 묵수기양 불천사호 억상이우

不相顧乎 及磨一周 復當其處 陽墨纔會 瞥然復別
불상고호 급마일주 부당기처 양묵재회 별연부별

地毬一周 而爲一日 亦若是乎.
지구일주 이위일일 역약시호

又於燈前 試觀紡車 紡車轉處 面面受明 非彼燈光
우어등전 시관방거 방거전처 면면수명 비피등광

繞此紡車 地毬晦明 亦若是乎.
요차방거 지구회명 역약시호

然則日月 本無昇沈 本無往來 篤信地靜 謂無動轉
연즉일월 본무승침 본무왕래 독신지정 위무동전

乃其惑乎.
내기혹호

求說不得 則謂此地 春夏秋冬 各隨方游 謂其游者
구설부득 즉위차지 춘하추동 각수방유 위기유자

謂有進退 謂有昇降 與其游方 寧無轉乎.
위유진퇴 위유승강 여기유방 영무전호

彼其惑者 謂地轉時 凡載地者 莫不顚倒 傾覆墮落
피기혹자 위지전시 범재지자 막부전도 경복타락

如其墮落 歸何地乎 信若是也 則彼麗空 星辰河漢
여기타락 귀하지호 신약시야 즉피려공 성신하한

隨氣轉者 何不顚倒墮落乎.
수기전자 하부전도타락호

有不動轉 塊然死物 安得不且腐壞潰散而常住乎 地
유부동전 괴연사물 안득불차부괴궤산이상주호 지

之皮殼 生物傅焉 緣毬合武 莫不戴天 譬諸蜂蟻 或
지피각 생물부언 연구합무 막부대천 비제봉의 혹

有緣行 或有仰棲 誰爲橫縱與竪倒乎.
유연행 혹유앙서 수위횡종여수도호

今此地底 應亦有海 若疑生物 傾覆墮落 彼地底海
금차지저 응역유해 약의생물 경복타락 피지저해

誰爲堤防 而常盈乎.
수위제방 이상영호

彼列星者 其大如許 亦有皮殼 如地毬乎 旣有皮殼
피렬성자 기대여허 역유피각 여지구호 기유피각

其傅生物 亦若是乎 其有生物 各開世界 相子牧乎.
기부생물 역약시호 기유생물 각개세계 상자목호

地毬團圓 本無陰陽 珠日而火 鏡月而水 猶彼家生
지구단원 본무음양 주일이화 경월이수 유피가생

求火東鄰 資水西舍 一火一水 爲陰陽乎.
구화동린 자수서사 일화일수 위음양호

強名五行 相生相剋 大海風浪 炎火煽熻 其何故乎.
강명오행 상생상극 대해풍랑 염화선흡 기하고호

氷有蠶焉 火有鼠焉 水有魚焉 彼諸蟲者 皆以所處
빙유잠언 화유서언 수유어언 피제충자 개이소처

各爲其地 若謂月中 亦有世界 安知今夜不有兩人同
각위기지 약위월중 역유세계 안지금야불유양인동

倚欄頭 對此地光 論盈虛乎.
의란두 대차지광 논영허호

奇公大笑曰 奇論奇論 地毬之說 泰西人始言之 而
기공대소왈 기론기론 지구지설 태서인시언지 이

不言地轉 先生是說 自理會歟 抑有師承否 余曰 不
불언지전 선생시설 자리회여 억유사승부 여왈 부

知人焉知天 僕素昧度數之學 雖漆園翁之玄玅曠達
지인언지천 복소매도수지학 수칠원옹지현묘광달

至於六合之外 則存而不論 吾非心得 乃是耳剽 吾友
지어육합지외 즉존이불론 오비심득 내시이표 오우

洪大容號湛軒 學問好不局滯 嘗與我對月戲作此語
홍대용호담헌 학문호불국체 상여아대월희작차어

大約荒唐難稽 雖有聖智 未可難倒 奇公大笑曰 他人
대약황당난계 수유성지 미가난도 기공대소왈 타인

夢中 不可去走一遭 貴友湛軒先生 有著書幾卷 余曰
몽중 불가거주일조 귀우담헌선생 유저서기권 여왈

敝友未嘗著書 先輩金錫文 先有三丸浮空之說 敝友
폐우미상저서 선배김석문 선유삼환부공지설 폐우

特演說　以自滑稽　亦非見得委實如是　又不曾要人委
특연설　이자활계　역비견득위실여시　우부증요인위

實信他　吾亦於是刻對月　偶思吾友　特又演說一番　如
실신타　오역어시각대월　우사오우　특우연설일번　여

見吾友　麗川異於漢人　故不敢道湛軒杭士舊遊.
견오우　여천이어한인　고불감도담헌항사구유

奇公曰　金錫文先生可聞一二佳句　余曰　未諳　他曾
기공왈　김석문선생가문일이가구　여왈　미암　타증

有佳句　奇公携余入其炕.
유가구　기공휴여입기항

已張四枝燭　大卓設饌甚盛　爲余專設也　香餻三器
이장사지촉　대탁설찬심성　위여전설야　향고삼기

雜糖三器　龍眼　荔支　落花生　梅子三四器　鷄鵝鴨皆
잡당삼기　용안　여지　낙화생　매자삼사기　계아압개

連嘴帶足　全猪去皮　錯以龍　荔　棗　栗　蒜頭　胡椒
련취대족　전저거피　착이룡　여　조　률　산두　호초

胡桃肉　杏仁　西苽仁　爛蒸如餠　味甘膩　而太鹻不堪
호도육　행인　서고인　난증여병　미감니　이태감불감

食矣　餠菓盛皆高尺餘　良久盡撤去　復設蔬菓各二唐
식의　병과성개고척여　양구진살거　부설소과각이당

器　燒酒一注子　細酌穩話–話載黃敎問答.
기　소주일주자　세작온화　화재황교문답

鷄已二唱　乃罷還寓　轉輾不能寐　而下隷已請起寢
계이이창　내파환우　전전불능매　이하례이청기침

矣.
의

8월 14일 경신(庚申)

날이 맑았다.

삼사는 날이 밝기 전에 대궐에 들어가고, 나는 혼자서 실컷 잠을 잤다. 아침에 일어나 윤형산(尹亨山)를 찾아갔다가 거기서 다시 왕곡정(王鵠汀)을 찾아가 마침내 그와 함께 시습재(時習齋)로 들어가서 악기(樂器) 구경을 했다.

거문고나 비파는 모두 길고도 넓으며, 붉은색 비단에 솜을 넣어서 주머니를 만들었고, 겉은 붉은 털 천으로 쌌다. 종(鍾)과 경쇠〔磬〕는 모두 시렁에 매달았는데 역시 두툼한 비단으로 덮었고, 비록 축어(柷敔)[1] 같은 악기라도 다들 진기한 비단으로 집을 만들어 넣어 두었다. 대개 거문고와 비파 종류들은 그 본이 너무 크고 칠도 지나치게 두꺼웠으며, 젓대와 퉁소 종류들은

1) 축어(柷敔) : 나무로 만든 악기. 축(柷)은 음악을 시작할 때 사용하고, 어(敔)는 음악을 그칠 때 사용한다.

모두 궤짝 속에 넣고 단단하게 잠가 놓았기 때문에 구경할 수 없었다.

곡정은,

"악기를 보관해 두기는 매우 까다로워 습기 있는 곳을 피해야 되고 너무 건조한 것도 좋지 않을 뿐더러, 거문고 위에 앉은 먼지는 사자학(獅子瘧)이라고 하고, 거문고 줄 위의 손때는 앵무장(鸚鵡瘴)이라고 하며, 생황(笙簧)의 부는 구멍에 말라붙은 침은 봉황과(鳳凰過)라고 하며, 종이나 경쇠에 앉은 파리똥은 나화상(癩和尙)이라고 한답니다."

라고 한다. 웬 얼굴이 곱게 생긴 청년 하나가 시습재 안으로 바쁘게 들어오더니, 눈을 부라리고 나를 보면서 내 손에 든 작은 거문고를 빼앗아 급히 거문고집에 넣는다.

곡정은 크게 두려워하여 내게 눈짓으로 일어나서 나가자고 한다. 그 청년은 별안간 웃으면서 나를 붙들고 청심환을 달라고 청한다. 나는 없다고 대답하고는 곧바로 일어서서 나왔다. 그 자는 몹시 무안한 기색이다. 사실 나는 내 허리 전대 속에 환약 여남은 알이 있었지만, 그의 무례함이 괘씸하여 주지 않았던 것이다. 그는 곡정에게 한 번 읍하고는 가 버린다. 나는,

"그는 누구요?"

하고 물으니 곡정은,

"그는 윤 대인(尹大人)을 따라서 북경에서 온 자랍니다."

라고 한다. 나는,

"그가 악기에 무슨 참견을 하나요?"

라고 하였더니 곡정은,

"털끝만큼도 이와는 상관이 없습니다. 오로지 고려의 환약을 찾아내기 위하여 염치를 돌보지 않고 선생을 속이려고 든 것이니, 선생은 마음에 두지 마십시오."

라고 한다.

나는 생각 없이 문 밖을 나섰다. 수백 필의 말 떼가 문 앞을 지나간다. 한 목동(牧童)이 매우 큰 말에 올라타서는 수숫대 한 개비를 쥐고 뒤따라간다. 또 <뒤따라> 소 3, 40마리가 코도 꿰지 않고 뿔도 잡아매지 않고 가는데, 뿔은 모두 길이가 한 자 남짓이며 소의 빛깔은 푸른색이 많았다. 당나귀 몇 십 마리가 뒤따라가는데, 목동이 절굿공이만 한 큰 막대기를 가지고 맨 앞에 있는 푸른 소를 힘껏 한 대 후려갈기자 소가 놀라서 씩씩거리며 달려갔다. 그러자 모든 소 떼도 그 뒤를 따르는데, 마치 대오가 행진하는 듯하였다. 이는 대개 아침나절 방목하러 끌고 나서는 것이었다.

이에 한가한 때에 다니면서 살펴보니, 집집마다 문을 열고 말이며 나귀며 소며 양들을 몇 십 마리 이상씩 몰아 내놓는다. 돌아와서 우리 사관 밖에 매어 둔 우리나라 말의 꼴을 보니 참으로 한심하다고 말할 만하다.

내 일찍이 정석치(鄭石癡)[2] — 이름은 철조(哲祚)이고, 벼슬은 정언(正言)

2) 정석치(鄭石癡) : 석치는 호이고, 자는 중길(仲吉)이다. 정영극(鄭榮克)의 아들로, 영조 50년 갑오년(1774년)에 문과에 급제하고 벼슬은 지

이며, 술을 잘 마시고 서화에도 능하다. —와 함께 우리나라에서 생산되는 말의 값이 비싼지 싼지에 대해 이야기하다가 내가,

"몇 십 년이 안 가서 베갯머리맡에서 조그마한 담뱃대 통을 말구유로 삼아 말을 먹이게 될 것이야."

라고 하였더니 정석치는,

"무슨 말이야?"

라고 하기에 나는 웃으면서,

"서리배(늦가을) 병아리를 여러 번 번갈아 씨를 받아서 4, 5년을 지나면 베개 속에서 울음을 우는 꼬마닭이 되는데, 이놈을 '침계(枕鷄 : 베개닭)'라고 부른다네. 말도 역시 종자가 작은 만큼 점점 작아지기 시작하면 〈맨 나중에는〉 '침마(枕馬 : 베갯말)'가 안 되리라고 누가 장담하겠는가?"

라고 하였다. 정석치는 크게 웃으며,

"우리들의 나이가 점차 더 늙어 가면 새벽잠이 자꾸만 없어지는 터에 베개 속에서 닭 울음소리를 듣게 될 것이요, 또 침마를 타고 뒷간 길을 가도 무방하겠군. 다만 요즘 시속에서는 말 흘레붙이는 것을 매우 꺼리고 있어 기르는 말이 수놈 암놈 할 것 없이 모두 동정으로 늙어 죽는다네. 국내의 말이 그래도 몇 만 필이나 되는데, 그놈들에게 흘레붙이지 않으면 말이 어떻게 번식될 것인가? 이리하여 국내에서는 해마다 말 몇만 필을 잃게 되니, 이러고는 몇 십 년이 못 가 장차 침마이고 무어고 다 멸종

평을 지냈다.

될 것이야."

라고 하고는 둘이 서로 함께 웃으며 농담을 하였다.

실상 내가 연암(燕巖)에 살 곳을 마련한 것은 일찍부터 목축에 뜻을 두었기 때문이다. 연암에 자리잡으니 첩첩산중에 양쪽이 황폐한 골짜기인 데다가, 수초(水草)가 매우 좋아서 말 · 소 · 노새 · 나귀 몇 백 마리를 치기에 넉넉하였다. 나는 일찍부터 이에 대하여 다음과 같이 논한 적이 있었다.

"우리나라가 이토록 가난한 것은 대체로 목축이 제대로 되지 못했기 때문이다. 우리나라에서 목장이라야 가장 큰 곳은 다만 탐라(耽羅 : 제주도)가 있을 뿐인데, 그곳의 말들은 모두 원(元)나라 세조(世祖 : 홀필렬(忽必烈))가 방목한 종자이다. 4, 5백 년을 두고 내려오면서 종자를 한 번도 갈지 않다 보니, 비록 애초에는 용매(龍媒 : 준마(駿馬)) · 악와(渥洼 : 신마(神馬))와 같은 우수한 종자였을지라도, 마침내는 과하마(果下馬)[3] · 관단마(款段馬)[4]가 될 것은 이치에 너무나 당연한 일일 것이다.

이 과하마와 관단마를 대궐을 지키는 장수들에게까지 내주니, 고금 천하에 어찌 장수가 과하마와 관단마를 타고 적진을 향하여 달리는 꼴이 있을 일인가? 이것이 첫째로 한심한 일이

3) 과하마(果下馬) : 사람을 태우고 과일나무 가지 밑으로 지나갈 수 있을 정도로 키가 매우 작은 말이다.

4) 관단마(款段馬) : 느리고 더딘 걸음의 조랑말이다.

다.

대궐 안에서 먹이는 말부터 장수들이 타는 말에 이르기까지 우리나라에서 나는 말이란 하나도 볼 수 없고, 모두가 요동 · 심양 등지로부터 사들인 말들인데, 한 해에 새로 생기는 말이라고는 네댓 필에 지나지 않는 형편이다. 만일 요동이나 심양 길이 끊어지는 날이면 어디에서 말을 얻을 것인가? 이것이 둘째로 한심한 일이다.

임금이 거둥할 때 배종하는 반열에는, 백관들이 서로 말을 많이 빌려 타기도 하고 혹은 나귀를 타고도 임금의 뒤를 따르게 되다 보니, 이 꼴로서는 위의를 갖추지 못하게 된다. 이것이 셋째로 한심한 일이다.

문신들로서 초헌(軺軒)[5]을 탈 수 있는 자 이상은 말을 탈 일도 없고, 또 말을 집 안에서 먹이기도 어려워서 탈 것을 이미 없애 버리고서는 자제들이 걷는 대신 사용하려고 겨우 작은 나귀나 한 마리쯤 먹이게 된다.

옛날에는 100리의 강토에 불과한 나라라도 대부(大夫)쯤 되면 이미 타는 수레 10대쯤은 가졌다. 우리나라는 둘레가 몇 천 리나 되는 나라인 만큼, 경(卿) · 상(相)쯤 된다면 타는 수레 100대쯤은 갖추어야만 할 것이거늘, 이제 우리나라 대부의 집안에서 비록 수레 몇 대인들 어디에서 나올 것인가? 이것이 넷째로 한심한 일이다.

---

5) 초헌(軺軒) : 종2품 이상 문관이 타던 외바퀴 달린 가마이다.

삼영(三營)[6]의 군관들은 다들 100명 졸개의 우두머리가 되지만 가난하여 말 한 필을 가질 형편이 못 되다 보니, 한 달에도 세 번씩 치르는 군사훈련에도 임시로 삯말을 내어 타게 된다. 삯말을 타고 전쟁에 나간다는 소리는 아예 이웃 나라에 들리게 해서는 안 되는 것이다. 이것이 다섯째로 한심한 일이다.

서울 영문에 있는 장수들이 이러하고 보면 팔도(八道)에 나누어 둔 기병들이란 그 이름만 남고 실상이 없을 것은 이로써도 뻔히 알 수 있는 일일 것이다. 이것이 여섯째로 한심한 일이다.

국내에 있는 역마(驛馬)들이란 모두가 우리나라에서 나는 말들 중에서 좀 낫다는 놈을 놓아두었는데도 한 번 사신(使臣)이나 손님이라도 치르고 나면 말은 죽지 않으면 병이 들고 만다. 왜 그러냐 하면, 그런 사신이나 손님들이 타는 쌍가마란 잔뜩 무거운데다가, 반드시 네 명의 교군(轎軍)이 으레 말에다가 몸을 싣듯이 양 옆에 붙어서는 탄 사람이 까불려 흔들리지 못하도록 가마채를 붙잡고 간다.

말 등에 실린 짐이 이토록 무거우니, 그 형세가 〈말은 짐을 피하듯이〉 빨리 안 달릴 수 없게 되었고, 말이 달릴수록 짐은 더욱 눌려지기 때문에 말이 죽지 않으면 병이 든다는 것이다. 죽은 말이 날로 불어나고 보니 말 값은 날마다 뛰어오른다. 이것이 일곱째로 한심한 일이다.

---

6) 삼영(三營) : 훈련원(訓練院) · 금위영(禁衛營) · 용호영(龍虎營)의 세 군영을 말한다.

말 등에다 짐을 싣는다는 것은 천하에 없는 노릇이다. 그런데도 우리나라에서는 이미 수레가 국내에서 다니지 못하고 있으니, 관청에서고 민간에서고 짐이란 짐은 말 잔등이 아니고는 못 실어 나를 줄로만 알고 있는 것이다. 그리하여 말이야 죽든 말든 말의 힘은 헤아리지 않고 많이 싣기에만 욕심을 부리기 때문에 부득불 힘을 쓸 만큼 먹이를 먹인다고 더운 여물죽을 많이 먹이게 된다. 그러므로 말의 정강이가 힘을 못 쓰고 말굽은 물씬물씬해져, 한 번만 흘레를 붙이면 뒤를 못 가누게 되므로 요즘 세속에서는 흔히들 말이 흘레붙어 새끼 치는 것을 금한다. 이러고서야 말이 어디서 생길 것인가?

이는 다름이 아니라, 말을 기르고 다루는 방법이 어그러졌고, 말을 먹이는 방법이 옳지 못했으며, 좋은 종자를 받을 줄 모르고, 일을 맡은 관원이 망아지를 길들이는 일에 어둡기 때문이다. 그러고도 채찍을 잡고 나앉은 자마다 국내엔 좋은 말이 없다고 떠든다. 어찌 정말 국내엔 쓸 만한 말이 없단 말인가? 이런 한심한 일은 이루 다 손으로 꼽을 수 없는 것들이다.

그러면 말을 기르고 다루는 방법이 어그러졌다는 말은 무엇을 두고 말하는 것인가?

무릇 생물들의 성질이란, 역시 사람이나 다름없이 고달프면 쉬고 싶고, 답답할 때엔 시원한 데를 찾고 싶으며, 구부러든 놈은 펴고 싶고, 가려우면 긁고 싶은 법이다. 그놈들은 비록 사람이 먹을 것을 주면 먹는다 하더라도 때로는 제 마음대로 편한 것을 찾고 싶은 경우가 얼마든지 있다. 그러므로 〈말도〉 반드시 이따금 굴레와 고삐를 풀어 놓아 물이 있는 연못 사이에 놀게 해서 근심스럽거나 답답한 기운을 풀도록 해 주어야 할 것이니, 이것이 생물의 성질에 따라 그 뜻을 맞추어 주는 방법이다.

우리나라에서 말을 먹이는 법이란, 북띠나 굴레가 단단하지 않은가 염려하여 <이것을 될수록 졸라매어서> 빨리 달릴 때에도 말은 견마 잡는 고통을 벗어날 수 없고, 쉴 때에도 긁는 재미나 땅에 나뒹구는 즐거움을 얻어 볼 수 없으며, 사람과 말은 서로 뜻이 통하지 못해서 사람은 툭하면 욕하기 일쑤요, 말은 자나깨나 사람을 원망하고 비난하니, 이런 것이 말을 다루는 방법이 어그러졌다는 것이다.

말을 먹이는 방법이 옳지 못하다는 말은 무엇을 두고 말하는 것인가?

목마를 때 물 생각하는 고통은 배고플 때 음식 생각하는 고통보다도 심한 법이다. 우리나라의 말들은 아직껏 찬물을 안 먹이고 있다. 말의 성질은 익힌 음식을 가장 싫어하니, 이는 <말에게> 뜨거운 것은 병이 되기 때문이다. 콩이나 여물죽에 소금을 뿌리는 것은 먹이를 짜게 하여 물을 켜도록 하려는 까닭이요, 물을 켜도록 하는 것은 오줌을 잘 누도록 하려는 까닭이요, 오줌을 잘 누도록 하는 것은 몸에 지닌 열을 풀게 하려고 함이요, 냉수를 먹이는 것은 정강이를 굳세게 만들고 말발굽을 단단하게 만들기 위함이다. 그런데 우리나라의 말들은 반드시 삶은 콩과 끓인 죽을 먹이니, 하루 종일을 달리다보면 벌써 신열을 못 이겨 병이 되었고, 한 끼라도 죽을 거르면 평생 동안 시들부들 몸을 못 가누며 느림뱅이 걸음을 걸어 길 낭패를 보기가 십상인데, 이것은 모두가 뜨거운 음식을 먹인 탓이다. 군마에 이르기까지 뜨거운 죽을 먹인다는 것은 더욱 잘못된 방법이다. 이것을 일러서 말을 먹이는 방법이 옳지 못하다는 것이다.

좋은 종자를 받지 못한다는 말은 무엇을 두고 말하는 것인가?

말이란 어떻든 커야지 작은 종자는 못쓰는 법이요, 건장해야지 약해선 못 쓰며, 준마를 구해야만 되지 노둔해서는 못 쓰는 법이다. 〈말에다가〉 무거운 짐을 싣고 먼 길을 달리려 하지 않는다면 그만이겠지만, 만일 장차 무거운 짐을 싣고 먼 길을 달리려고 한다면 이러한 토종말로서는 단 하루도 보통 집안일을 치러내지 못할 것이요, 또한 나라의 무비(武備)와 군용(軍用)을 돌보지 않는다면 그만이겠으나, 만일 장차 무술(武術)을 익히고 전쟁을 다스리려고 한다면 이러한 토종말로서는 단 하루도 군대의 일을 치러내지 못할 것이다.

지금 두 나라(우리나라와 청나라)는 태평으로 지내고 있으니, 암놈 수놈 아울러 몇 십 필쯤 청구한다고 해서 큰 나라에서 반드시 이런 몇 십 필의 말을 아끼지는 않을 것이다. 만일 외국으로부터 말을 구해 들여 사사로이 기른다는 것이 혐의쩍어 보인다면, 해마다 드나드는 사신들 편에 가만히 사들일 수도 없지 않을 것이다. 그리하여 서울 근교에 〈널찍한〉 물과 풀이 좋은 땅을 골라 10년 동안을 두고 새끼를 쳐 가면서 점차로 탐라를 비롯한 여러 감영의 목장으로 퍼뜨려 종자를 개량해야 할 것이다.

새끼를 치게 하는 방법으로는 마땅히 『주례(周禮)』[7]와 「월령(月令)」[8]을 따라야 할 것이다. 『주례』에는 '대체로 말을 먹이는 데 수놈이 4분의 1을 차지한다.' 하였고, 그 주석(注釋)에는 '말의 타려는 성질을 서로 같게 하고 싶어함이다. 생물은 기질이 같으면 마음도 같다. 정 사농(鄭司農)[9]은 「4분의 1이라는 말은 암놈 세 마리에 수놈 한 마리를 끼운다는 말이다」라고 했다.'고 하였다.

「월령」을 살펴보면, '늦은 봄 <3월쯤 되어> 종마(種馬)와 종우(種牛)를 모아서 암놈 있는 목장에다 놀게 해 준다.'라고 하였다. 진혜전(秦蕙田)[10]은 말하기를 '말 먹이는 사람이 종마(흘레말)를 교대하여 부리되 그 몸을 너무 피로하지 않게 하는데, <이는> 말의 기운과 혈기를 안정시키려는 까닭이요, 말을 맡아 관리하는 사람이 여름에는 수놈을 치워 두는데, <이는> 암말이 바야흐로 새끼를 뱄기 때문이다. 그러므로 수놈을 거세시켜 암놈 곁에 못 가도록 함으로써 말 새끼 치는 방법으로 삼아야

7) 『주례(周禮)』 : 십삼경(十三經)의 하나. 주공(周公)이 지었다고 전하므로 그렇게 이름하였다.

8) 「월령(月令)」 : 『예기(禮記)』의 편명으로, 달마다 정치적 행사에 관한 요강을 적어 놓았다.

9) 정 사농(鄭司農) : 후한(後漢) 때의 명신인 정중(鄭重)이고, 사농은 벼슬 이름이다. 『주례』를 해석하였다.

10) 진혜전(秦蕙田) : 청나라 건륭 때의 저명한 학자. 자는 수봉(樹峯).

한다. 이것이 모두 옛 임금들이 때에 맞춰서 생물을 길러 생물의 제 특성을 살린다는 뜻이다.'라고 하였다.

이제 중국에서는 매년 봄날이 화창하고 풀들이 푸릇푸릇 돋을 때 수놈 목에다가 방울을 달아 풀어놓고서 흘레를 붙이면, 수놈의 임자는 <흘레의 대가로> 은(銀) 닷 돈을 받게 된다. 말이나 노새가 <새끼를> 낳을 때 수놈으로 준수한 놈을 낳으면 다시 은 닷 돈을 받는다. 낳은 새끼가 신통하지 못하거나 또 털빛이 좋지 못하고 성질이 길들이기도 어려울 때는 아비말은 반드시 불알을 까버려서 나쁜 종자를 끊어버리는 동시에, 수놈의 종자를 부쩍 크도록 하고 성질을 길들이기 쉽게 만든다.

우리나라에서는 목장을 감독하는 관리들이 이런 생각을 못하고 덮어놓고 토종말로만 종자를 받기 때문에 낳으면 낳을수록 종자는 자꾸만 작아지게 되어, 비록 똥통이나 나뭇짐 한 짐 싣는 것도 변변히 견디지 못할 만큼 되었다. 그러니 하물며 한 나라의 군사(軍事)를 견딜 수 있으랴? 이런 것이 곧 좋은 종자를 못 받는다는 것이다.

관직에 있는 자가 망아지를 길들이는 방법에 무식하다는 말은 무엇을 두고 말하는 것인가?

우리나라의 벼슬하는 양반들은 일반 허드렛일을 직접 하지 않는다. 옛날에 <어디서는> 여럿이들 모인 자리에서 <누군가가> 마부더러 말에게 콩을 좀 더 주라고 한마디 했다가 좀스럽다고 전랑(銓郞)11)에게 버림을 받은 일까지 있었다.

요즘은 어떤 학사가 평소에 말을 사랑하는 버릇이 있어 말을 잘 고르는 기술이 백락(伯樂)[12]이나 다름없으나, 사람들은 그를 가리켜 '옛적에는 양고기 잘 굽는 도위(都尉)가 있다고 했는데,[13] 지금 세상에는 말을 잘 다루는 학사가 있네그려.'라고 하며 비방하였으니, 그 까다롭기가 이와 같다.

한 나라의 큰 정책으로 이를 고려하지 않고, 도리어 수치로 여겨 하인들의 손에 맡겨 두고 있으니, 비록 직책은 감목(監牧 : 목장을 감독함)이라고 하지만 사람은 벼슬에 있는 사람이어서 말을 기르는 방법에 대해 지식이라고는 조금도 없다. <이것은 실로> 능력이 없다기보다는 배우기를 사리기 때문이다. 이런 것을 들어서 관원들이 망아지를 길들이는 방법에 대해 무식하다고 하는 것이다.

옛날 당(唐)나라 초기(初期)에 암컷 수컷이 섞인 말 3,000필을 적수(赤水)의 언덕에서 <몰아내어> 농우(隴右 : 감숙성의 서쪽)에다 옮기고는 태복(太僕 : 목축을 맡은 벼슬) 장만세(張萬歲 : 당나라 태종 때의 유명한 목축가)로 하여금 감독하게 하였다. 정관(貞觀 : 당

---

11) 전랑(銓郞) : 조선 시대에 이조(吏曹)의 정랑(正郞)과 좌랑(佐郞)을 전랑이라고 했는데, 주로 관원을 천거하고 전형(銓衡)하는 인사권을 가졌다.

12) 백락(伯樂) : 주(周)나라 때의 사람으로, 말의 감정을 잘하였다.

13) 후한 때 유현(劉玄)의 고사. 벼슬을 몹시 남발하여 작은 재주를 가진 하찮은 사람에게도 벼슬을 주었는데, 양의 염통 요리를 하는 자에게는 도위(都尉)를 주었고, 양의 머리로 요리를 잘하는 자에게는 관내후(關內侯)를 주었다.

나라 태종의 연호, 627~649)으로부터 인덕(麟德 : 당나라 고종(高宗)의 연호, 664~665)까지 이르는 동안에 말은 70만 필로 번식하였다. 무후(武后 : 685~704)[14] 때는 말이 줄어들었으나, 명황(明皇 : 당나라 현종(玄宗), 712~756) 때에 아직도 24만 필이 남아 있었다. 그리하여 왕모중(王毛仲)[15]과 장경순(張景順)을 한구사(閑廐使)로 삼아 여남은 해 동안을 먹인 결과 말이 43만 필이나 되었다.

개원(開元 : 당나라 현종의 연호, 713~741) 13년(725년)에는 명나라 황제가 동쪽으로 가서 태산(泰山)에 제사할 때 말 몇 만 필을 털 빛깔에 따라 대열을 지어 놓은 것이 멀리서 바라보면 비단필처럼 보였다고 하니, 이것은 담당한 관직에 적당한 사람을 얻은 것이다. 참으로 말을 좋아하고 말을 잘 기르는 방법에 대해 훤히 아는 자를 얻어서 말을 길들이는 행정을 맡긴다면, 비록 '말 잘 치는 학사'라는 조롱을 들을망정, 태복 벼슬감으로서는 적임자를 얻었다고 할 수 있을 것이다."

어떤 한 사람이 와서,

"연암 박 선생님이 누구십니까?"

하고 묻는다. 기공(기풍액)의 심부름하는 이가 나를 가리켜 준다. 그 사람이 나를 향해 읍하면서 몹시 기뻐하는 얼굴이 마치

14) 무후(武后) : 측천무후(則天武后) 무조(武曌).

15) 왕모중(王毛仲) : 고려(高麗) 사람으로 당나라에 살면서 현종 때 목축가로 유명하였다.

옛 벗을 만나는 듯하였다. 그는,

"저는 바로 광동 안찰사(廣東按察使) 왕신(汪新) 영감님의 청지기인데, 우리 댁 영감님께서 그저께 선생님을 만나뵙고는 이루 말할 수 없이 기뻐하시어, 내일 정오쯤은 다시 와서 〈선생님을〉 모시고 기쁨을 함께하겠다고 하시면서 절강(浙江)에서 만든 부채와 금칠로 된 서화를 가지고 와서 올리시겠다고 하십니다."

라고 한다. 나는,

"지난번에 왕공(汪公)의 과분한 사랑을 듬뿍 받고서도 아직 아무런 대접을 못했는데, 먼저 귀한 선물까지 받는다는 것은 도리에 당치 않은 일입니다."

라고 대답했더니 그는,

"제가 이번에 오면서 갖고 온 것은 아닙니다. 왕 영감님께서 오실 적에 몸소 지니고 오시겠답니다. 내일 정오에 선생님께서는 부디 다른 곳으로 가지 말아 주셨으면 합니다."

라고 한다. 나는 고개를 끄덕이면서,

"삼가 약속대로 하지요. 그런데 댁은 어느 지방 사람이고, 성함은 뉘신지요?"

라고 하였더니 그는,

"저는 강소(江蘇) 사람인데, 성은 누(屢)이고, 이름은 일왕(一旺)이며, 호는 원우(鴛玗)라고 합니다. 왕 영감님을 따라서 광동에 갔던 것입니다. 그런데 선생님은 귀국을 떠나신 지가 몇 해나 되셨는지요?"

라고 하여 나는,

"금년 5월에 고국을 떠났습니다."

라고 하였더니 누(누일왕(屢一旺))는,

"우리 광동에 비하면, 오히려 문 밖의 뜰이나 다름없군요."

라고 하고는 또,

"귀국 황제의 연호(年號)는 무어라 부릅니까?"

라고 한다. 나는,

"무슨 말씀이오?"

하고 되물었더니 누는,

"황제의 기원 연호 말입니다."

라고 하여 내가,

"우리처럼 작은 나라는 중국의 기원을 쓰고 있는데, 어찌 따로 연호가 있겠습니까? 금년이 곧 건륭 45년입니다."

라고 하니 누가,

"귀국이 어찌 중국과 대등한 천자의 나라가 아니옵니까?"

라고 하여 내가,

"만국이 한 황제를 함께 받들고 있으므로 천지가 모두 위대한 청(淸)나라의 것이요, 해와 달이 다 건륭인가 봅니다."

라고 하니 누가,

"그러시다면 관영(寬永)[16]이니 상평(常平)[17]이니 하는 연호는

---

16) 관영(寬永) : 일본 후수미왕(後水尾王)의 연호.

17) 상평(常平) : 상평통보(常平通寶). 조선 인조(仁祖) 11년(1633년)에 처

어디에서 난 것이옵니까?"

라고 하기에 내가,

"무슨 말씀인가요?"

라고 하니 누가,

"표류해 온 귀국의 배를 바다에서 보았는데, 관영통보(寬永通寶)라는 돈을 잔뜩 싣고 있었습니다."

라고 하여 내가,

"그건 일본(日本) 사람들이 함부로 쓴 연호요, 우리나라의 연호는 아닙니다."

라고 하였더니 누는 고개를 끄덕인다.

내가 누의 행동거지라든지 말하는 태도를 살펴보니, 얼굴은 비록 포동포동하고 단아하나 어딘지 무식한 듯해 보인다. 당초 〈내게〉 따져 묻는 바가 무슨 깊은 뜻이 있었던 것이 아니요, 돈이란 워낙 금지하는 물건이긴 하지만 그가 묻는 까닭도 금물(禁物)이라고 해서 따져 물은 것이 아니고, 우리나라를 정말 천자의 나라로만 알았기 때문에 지금의 연호까지도 물었던 것이다. 그가 '귀국 황제'라고 한 그 말에 벌써 그의 무식함을 알 수 있겠고, 비록 관영이니 상평이니 하는 것들을 우리나라의 연호로 알았다 하더라도, 그것이 함부로 쓰는 것이라고 생각하지 않는 모양이다.

표류한 우리나라의 배가 돈을 실었다 손치더라도 그리 이상

음 만들고, 숙종(肅宗) 때 두 번째 만들었던 엽전이다.

할 일도 아니지만, 관영통보를 〈한 배나〉 가득 실었을 리야 어디 있을 것인가? 그는 필시 관영통보를 구경하고는, 또 〈우리나라의〉 상평통보를 구경했던 것이 뒤범벅이 되어 모두 우리나라의 돈인 줄만 알았던 모양이다.

그는 정말 우리나라에서 중국의 책력을 쓰는 줄도 몰랐고 돈을 보고는 우리나라에도 연호가 있는 줄만 알았던 모양으로, 특별히 다른 의심을 갖고 내 속을 떠보려고 물었던 것이 아니었다.

누는 차를 다 마시자, 내일은 부디 다른 곳으로 가지 말아 달라고 거듭 부탁한다. 내가 고개를 끄덕이니, 누는 뒤돌아보며 섭섭해 하는 표정을 지으면서 한 번 읍하고 가 버린다. 나는 수역(首譯 : 홍명복)에게,

"돈을 금하다니 〈대관절〉 무슨 까닭이요?"

라고 물었더니 수역은,

"약조된 조항은 없다 하더라도, 다만 〈우리나라 안에서는〉 중국 돈을 쓰는 것을 금했고, 또 작은 나라로서 돈을 사사로이 주조한다는 것은 당연히 온당한 법이 아니기 때문입니다."

라고 하여 내가,

"제나라 태공(太公 : 강여상(姜呂尙)의 봉호)이 경중(輕重) 구부(九府)[18]를 두었지만, 주(周)나라의 천자가 이를 금한 적이 없었고,

18) 구부(九府) : 주나라 때 모든 재물과 돈을 관리하는 아홉 곳의 관부이다.

또 우리나라 숙종(肅宗 : 이돈(李焞)) 경신년(1680년)에 돈을 처음으로 쓰기 시작하였으므로 올해는 벌써 101년이나 지난 만큼, 청(淸)나라 초기에 두 나라가 맺은 약조에도 <이런 금법이> 들지 않았던 것 같습니다.

우리나라에서는 세종(世宗 : 이도(李祹)) 때에 돈을 한 번 만들어 한 7, 8년 동안이나 쓰다가는 민간에서 불편하다고 하여 다시 저폐(楮幣)[19]를 쓰게 되었고, 인조(仁祖) 때 와서 두 번째로 돈을 만들었으나 돈을 만들자마자 곧 그만두었는데, 모두 민간에서 불편하다고 해서 그랬던 것이지, 대국(大國 : 청나라)을 꺼려서 그랬던 것은 아니었습니다.

이제 북도 지방은 돈을 금하고 무명을 돈 대신 쓰고 있으니 그것은 국경이 가깝다고 해서 그런 것이고, <반면에> 관서(關西) 지방으로는 의주에 이르기까지 여러 강가의 고을에서는 아직 한 번도 돈을 금한 적이 없으니, 이것도 알쏭달쏭하여 종잡을 수 없는 일입니다. 게다가 표류한 우리나라의 배에 실린 돈을 무슨 이유로 금한단 말입니까?"

라고 하였더니 수역은,

"그렇습니다. 지금도 역원(譯院 : 통역을 맡은 기관)에서는 몇 해를 두고 임시 변법으로 중국 돈을 통용하는 것이 좋을 듯합니다. 우리나라 은(銀)은 자꾸만 귀해지고 중국 물건 값은 날로 비

19) 저폐(楮幣) : 고려 공양왕(恭讓王) 3년(1391년)에 자섬저화고(資贍楮貨庫)를 설치하여 만든 지폐(紙幣). 한 장은 쌀 한 되에 해당한다.

싸지니, 이 때문에 역원이 손해를 봅니다. 지금 은 한 냥으로 중국 돈 7초(鈔)를 바꾸고 보니, 만일 중국 돈을 통용한다면 우리나라에서는 돈을 만들 수고도 없이 돈은 저절로 흔해질 것이요, 이익은 막대해질 것입니다."

라고 한다. 주 주부(周主簿 : 주명신(周命新))가,

"조선통보(朝鮮通寶)는 한(漢)나라의 오수전(五銖錢)[20]보다도 더 잘되었을 뿐더러, 돈 중에는 가장 오래된 돈이고 귀신과 통하는 돈이기 때문에 〈점쟁이들이〉 점치는 돈으로 쓴다죠?"

라고 하여 내가,

"어째서 가장 오래되었고 귀신과 통한다고 하는 것인지요?"

라고 하니 주 주부는,

"이것(조선통보)은 기자(箕子) 때 만든 돈으로, 중국 사람들이 이것을 보면 당연히 보물로 삼을 텐데, 애석하게도 이걸 가지고 올 수 없었습니다."

라고 하기에 내가,

"이것은 세종 때 만든 돈이네. 기자 때에 해자(楷字)가 어디 있었겠나? 송(宋)나라 동유(董逌)[21]의 『전보(錢譜)』에 우리나라의 돈이 네 가지가 실려 있는데, 삼한중보(三韓重寶) · 삼한통보(三韓通寶) · 동국중보(東國重寶) · 동국통보(東國通寶)만 실려 있지

20) 오수전(五銖錢) : 한나라 무제(武帝) 때 삼수전(三銖錢)이 지나치게 가볍다고 해서 새로 만든 돈이다.

21) 동유(董逌) : 북송(北宋) 말기의 학자로, 자는 언원(彥遠)이다.

조선통보는 『전보』에 실려 있지 않다네. 이를 미루어 보면 그 돈이 오래된 돈이 아닌 것을 알 수 있다네."
라고 하였다.

오후에는 세 분의 사신이 대성전(大成殿)에 들어가 배알하였다. 주자(朱子)의 배향 순위를 높여서 대성전 안의 십철(十哲)[22]의 아랫자리에 모셔 두었다. 위패(位牌)는 모두 번들번들한 붉은 칠을 하고 금색 글자로 썼는데 옆에는 만주 글자로 썼다.

대성문(大成門) 바깥벽에는 검은 빗돌을 둘러 세우고, 강희 황제와 옹정 황제 및 지금 황제의 훈시를 새겼고, 또 임금이 친히 지은 학규(學規)를 새겨 두었으며, 마당에 세운 빗돌은 작년에 세웠다는데, 역시 황제가 지은 글이라고 한다.

대성전 뜰 가운데에는 높이가 한 길 남짓되는 향정(香鼎 : 향을 피우는 솥)을 두었는데, 아로새긴 솜씨는 말할 수 없이 정교했다. 전각 안에는 위패마다 앞에 작은 향로 한 개씩을 두었는데, 모두 건륭(乾隆) 기해제(己亥製)라 새겨져 있다. 위패 앞마다 붉은 운문단(雲紋緞) 휘장을 드리웠다. 양쪽 행랑채 안 위패 앞에 차려 놓은 것도 본전의 내용과 다름없이 숭고하고 엄숙하며 바르고 화려한 품이 이루 다 형용할 수 없었다.

---

22) 십철(十哲) : 공자의 제자 가운데 뛰어난 열 사람. 안연(顔淵) · 민자건(閔子騫) · 염백우(冉伯牛) · 염옹(冉雍) · 재아(宰我) · 자공(子貢) · 염구(冉求) · 자로(子路) · 자유(子游) · 자하(子夏).

삼사는 돌아와 각기 청심환 몇 알과 부채 몇 자루씩을 거인(擧人) 추사시(鄒舍是)와 거인 왕민호(王民皞)에게 보냈다. 숭정(崇禎) 갑술(1634년) 6월 20일에 명(明)나라의 칙사(勅使) 노유령(盧有齡)[23]이 우리나라로 왔는데, 그는 바로 환관(宦官)이었다. 24일에 노유령은 성균관(成均館)에 나아가 공자의 위패를 참배하면서 전례에 따라서 반열에 참여했던 성균관과 사학(四學)에서 기숙하던 유생들에게 백금 50냥을 내놓은 일이 있었다.

이제 우리 사신들이 큰 나라에 와서 성묘(聖廟)를 배알할 수 있게 되었는데, 공부에 힘쓰고 있는 저들 두 거인에게 겨우 변변치도 못한 청심환과 부채 따위를 선물로 보낸다는 것은 마음 속으로 정말 부끄러운 일이다. 나는 몸소 두 선비가 있는 숙소를 찾아가서,

"창졸간에 나선 나그네의 처지라, 아무것도 지닌 것이 없어 청심환과 부채를 올렸으나 변변치 못하여 부끄럽기 짝이 없습니다."

하고 말했더니, 두 거인은 허리를 굽히고 사례하기를,

"주인된 도리로 안내를 한다는 것이 무슨 수고랄 것이 있겠습니까? 여러 대인들께서 이토록 분에 넘치는 선물을 진심으로 보내주시니, 많은 녹(祿)에 비할 바가 아닙니다."

라고 한다.

---

23) 노유령(盧有齡) : '盧維寧'을 잘못 표기한 것이다. 황제의 칙서를 가지고 와서 소현세자를 세자로 책봉했다.

저녁 식사를 한 뒤에 왕곡정(王鵠汀)이 학도 아이를 보내 붉은 종이 편지 쪽지를 한 장 보내왔는데,

"왕민호는 삼가 연암 박 노선생님께 부탁을 드립니다. 수고스럽겠사오나 여기 천은(天銀) 두 냥을 보내오니, 청심환 한 알만 사 주시면 감사하겠습니다."

라고 쓰여 있기에, 나는 그 은을 돌려보내면서 곧바로 진짜 청심환 두 알을 보냈다.

저녁 황혼녘에 황제로부터 사신은 황성(皇城)으로 돌아가라는 명령이 떨어졌다. 일행은 부산하게 밤이 이슥하도록 길 떠날 차비를 꾸렸다. 밤에 기려천(奇麗川 : 기풍액)과 작별하였다. 기려천은,

"18일에 열하(熱河)를 출발하여 25일에는 북경에 도착해서 26, 7, 8 사흘 동안은 두루 작별 인사를 다니고, 9월 초6일에는 선산에 성묘를 갔다가 9일에는 집으로 돌아와 있을 것입니다. 11일에는 귀주(貴州)로 떠날 터인데, 떠나는 전날 하루는 집에 있으면서 오로지 선생님을 기다리겠습니다."

라고 하기에 나는 허락하고, 다시 왕곡정(王鵠汀)에게 작별차 들렀다. 곡정은 눈물을 흘리면서,

"이 밤에 영원히 기약 없는 이별을 하게 되었습니다그려. 더구나 다가올 밝은 달밤에 그 심회를 어찌하오리까?"

라고 한다. 이는 전날 추석날 달밤에 명륜당(明倫堂)에서 만나 이야기를 하자고 약속하였기 때문이다. 다시 지정(志亭 : 학성)의 처소를 찾았더니, 지정은 다른 곳에 자러 나가고 없어 서운하기

짝이 없었다. 또 윤형산(尹亨山)에게 가서 이별을 고했더니 형산은 눈물을 닦으면서,

"내 나이 늙고 보니 목숨이 아침저녁에 달려 있는 풀에 맺힌 이슬이나 다름없나 봅니다. 선생은 아직 좋은 나이인 만큼 또 다시 연경 걸음을 하시게 된다면 응당 오늘밤 생각을 하실 거외다."

라고 하고는 술잔을 잡아 달을 가리키면서,

"달 아래에서 서로 이별을 하고 보니, 다른 날 서로 그리울 적엔 만 리 밖에서 저 달을 보고 선생을 대하는 듯하리다. 보아하니 선생은 술도 잘 자시고, 또 한창 나이에 호색하실 터이니, 이제부터는 부디 몸조심하시어 수련의 길을 찾도록 하시옵소서. 저는 18일에 연경으로 돌아갈 테니, 선생이 만일 그때까지 귀국하시지 않으셨거든 다시 서로 만날 수 있기를 진심으로 바랍니다. 동단패루(東單牌樓) 둘째 골목〔衚衕〕 두 번째 집 대문 위에 대경(大卿 : 대리시경(大理寺卿)) 편액이 붙어 있는 집이 곧 저의 집이올시다."

라고 한다. 그리고는 마침내 서로 악수하고 작별하였다.

原文

十四日

십사일

庚申 晴 三使未明赴闕 獨自爛宿 朝起訪尹亨山

경신 청 삼사미명부궐 독자란숙 조기방윤형산

轉訪王鵠汀 遂與之入時習齋 閱樂器.

전방왕곡정 수여지입시습재 열악기

琴瑟 皆長而且廣 以紅色紋緞 挾纊爲囊 外裹猩猩

금슬 개장이차광 이홍색문단 협광위낭 외과성성

毡子 鍾磬皆懸架 而亦覆以厚錦 雖柷敔之類 皆異錦

전자 종경개현가 이역복이후금 수축어지류 개이금

製室 大約琴瑟之屬 其制太大 漆亦太厚 笙簫之類

제실 대약금슬지속 기제태대 칠역태후 생소지류

皆櫃藏堅鎖 不可見矣.

개궤장견쇄 불가견의

鵠汀曰 藏樂甚難 忌濕惡爆 琴上塵謂之獅子瘧 絃

곡정왈 장악심난 기습악폭 금상진위지사자학 현

上手澤 謂之鸚鵡瘴 笙簧吹窩乾津 謂之鳳凰過 鍾磬

상수택 위지앵무장 생황취와건진 위지봉황과 종경

蠅矢 謂之癩和尚 有一美少年 忙入齋內 瞋目視余

승시 위지나화상 유일미소년 망입재내 진목시여

奪手中小琴 急急粧裹.

탈수중소금 급급장과

鵠汀大恐 目余起出 其少年忽笑而挽余 請淸心丸

곡정대공 목여기출 기소년홀소이만여 청청심환

余答以無有 卽起出 其人色甚愧 余果有十餘丸 係在

여답이무유 즉기출 기인색심괴 여과유십여환 계재

腰帶 而惡其無禮 不給之 其人一揖鵠汀而去 余問彼
요대 이오기무례 불급지 기인일읍곡정이거 여문피

是何人 鵠汀曰 是尹大人跟帶從京裏來者 余曰 彼管
시하인 곡정왈 시윤대인근대종경리래자 여왈 피관

樂器甚事 鵠汀曰 毫無干此 專一探討高麗丸子 不顧
악기심사 곡정왈 호무간차 전일탐토고려환자 불고

大體 欺負先生 先生休掛.
대체 기부선생 선생휴괘

余偶出門外 有馬群數百匹 過門而去 一牧童騎絶大
여우출문외 유마군수백필 과문이거 일목동기절대

馬 持一蜀黍柄而隨之 又有牛三四十頭 不穿鼻 不羈
마 지일촉서병이수지 우유우삼사십두 불천비 불기

角 角皆長尺餘 牛多靑色 驢數十頭隨之 而牧童持大
각 각개장척여 우다청색 여수십두수지 이목동지대

杖如杵者 盡力一打在前者靑牛 牛犇突騰踏而去 群
장여저자 진력일타재전자청우 우분돌등답이거 군

牛皆隨此牛 如隊伍行陣 蓋朝日放牧也.
우개수차우 여대오행진 개조일방목야

於是閒行察之 則家家開門 驅出馬驢牛羊 輒不下數
어시한행찰지 즉가가개문 구출마려우양 첩불하수

十頭 回看館外所繫 我東鬣者 可謂寒心.
십두 회간관외소계 아동렵자 가위한심

余嘗與鄭石癡－名哲祚 官正言 善飮酒 工書畵－ 論土産
여상여정석치 명철조 관정언 선음주 공서화 논토산

馬價貴賤 余曰 不出數十年 當喂馬枕邊 以火鐵筒爲
마가귀천 여왈 불출수십년 당위마침변 이화철통위

槽 石癡曰 何謂也 余笑曰 以季秋之鷄 遞相取種 則
조 석치왈 하위야 여소왈 이계추지계 체상취종 즉

四五年之後 有鳴于枕中者 謂之枕鷄 馬亦種小 則安
사오년지후 유명우침중자 위지침계 마역종소 즉안

得不漸小爲枕馬耶 石癡大笑曰 吾輩年加老 曉益無
득 부 점 소 위 침 마 야 석 치 대 소 왈 오 배 년 가 로 효 익 무
眠 聽鷄枕中 又騎枕馬如廁無妨 但俗忌馬風字 馬至
면 청 계 침 중 우 기 침 마 여 측 무 방 단 속 기 마 풍 자 마 지
老死 貞牡貞牝 國中馬不下數萬匹 不令風字 馬何由
노 사 정 모 정 빈 국 중 마 불 하 수 만 필 불 령 풍 자 마 하 유
蕃 是國中歲失馬數萬匹 不出數十年 將併與枕馬而
번 시 국 중 세 실 마 수 만 필 불 출 수 십 년 장 병 여 침 마 이
絶種矣 相與爲笑謔.
절 종 의 상 여 위 소 학

蓋余之所取乎燕巖者 嘗有意于牧畜也 燕岩之爲區
개 여 지 소 취 호 연 암 자 상 유 의 우 목 축 야 연 암 지 위 구
在萬山中 左右荒谷 水草最善 足以養馬牛羸驢數百
재 만 산 중 좌 우 황 곡 수 초 최 선 족 이 양 마 우 라 려 수 백
嘗試論之.
상 시 론 지

國俗所以貧者 蓋由畜牧未得其道耳 我東牧場 惟耽
국 속 소 이 빈 자 개 유 축 목 미 득 기 도 이 아 동 목 장 유 탐
羅最大 而馬皆元世祖所放之種也 四五百年之間 不
라 최 대 이 마 개 원 세 조 소 방 지 종 야 사 오 백 년 지 간 불
易其種 則龍媒渥洼之産 末乃爲果下款段 理所必然.
역 기 종 즉 용 매 악 와 지 산 말 내 위 과 하 관 단 이 소 필 연

以果下款段 給宿衛壯士 古今天下 寧有壯士騎果下
이 과 하 관 단 급 숙 위 장 사 고 금 천 하 영 유 장 사 기 과 하
款段 上陣赴敵者乎 此寒心者一也.
관 단 상 진 부 적 자 호 차 한 심 자 일 야

自內廐所養 至武將所騎 無土産 皆遼瀋間所購 一
자 내 구 소 양 지 무 장 소 기 무 토 산 개 요 심 간 소 구 일

歲中所出者 不過四五匹 若遼瀋路斷 馬何由來 此寒
세중소출자 불과사오필 약요심로단 마하유래 차한
心者二也.
심자이야

陪扈之班 百官多相借騎 又乘驢從駕 不成儀典 此
배호지반 백관다상차기 우승려종가 불성의전 차
寒心者三也.
한심자삼야

文臣乘軺以上 無所事騎 又難喂養 已去其騎 子弟
문신승초이상 무소사기 우난위양 이거기기 자제
代步 僅養小驢.
대보 근양소려

古百里之國 其大夫已備十乘 則環東土數千里之國
고백리지국 기대부이비십승 즉환동토수천리지국
其卿相可備百乘 今吾東大夫之家 雖數乘安從出乎
기경상가비백승 금오동대부지가 수수승안종출호
此寒心者四也.
차한심자사야

三營哨官 此百夫之長也 貧不能備騎 月三操習 或
삼영초관 차백부지장야 빈불능비기 월삼조습 혹
有臨時貰騎者 貰馬赴陣 不可使聞於隣國 此寒心者
유임시세기자 세마부진 불가사문어린국 차한심자
五也.
오야

京營將官如是 則八道所置騎士 其名存實無 從可知
경영장관여시 즉팔도소치기사 기명존실무 종가지
也 此寒心者六也.
야 차한심자륙야

國中所在驛置 皆土産之所優者 一經使客 馬不死則
국중소재역치 개토산지소우자 일경사객 마불사즉

病 何也 使客所坐雙轎已重 而必四隷護杠 左右載身
병 하야 사객소좌쌍교이중 이필사예호강 좌우재신
以防簸搖.
이방파요

馬之所載既重 則其勢不得不快走 逾壓逾馳 所以不
마지소재기중 즉기세부득불쾌주 유압유치 소이불
死則病也 馬死日多 而馬價日增 此寒心者七也.
사즉병야 마사일다 이마가일증 차한심자칠야

馬背載物 天下無是也 然而吾東既車不行域中 則公
마배재물 천하무시야 연이오동기거불행역중 즉공
私委輸 只恃馬背 而不量馬力 貪載重物 勢不得不多
사위수 지시마배 이불량마력 탐재중물 세부득부다
喂熱粥 以資食力 故脛脆蹄軟 一風則失後 而俗乃禁
위열죽 이자식력 고경취제연 일풍즉실후 이속내금
其風字 馬何由生乎.
기풍자 마하유생호

此無他 職由牧御乖方 喂養失宜 産非佳種 官昧攻
차무타 직유목어괴방 위양실의 산비가종 관매공
駒 然而執策而臨之曰 國中無良馬 豈眞國中無馬耶
구 연이집책이림지왈 국중무량마 기진국중무마야
此寒心者不可以指屈也.
차한심자불가이지굴야

何謂牧御乖方乎.
하위목어괴방호

曰 凡物之性 亦與人同 勞則思逸 鬱則思暢 曲則
왈 범물지성 역여인동 노즉사일 울즉사창 곡즉
思舒 痒則思劘 雖飮吃待人 亦有時乎自求愉快 故必
사서 양즉사마 수음흘대인 역유시호자구유쾌 고필
時解其羈紲 放之水澤之間 以散其愁鬱之氣 此所以
시해기기설 방지수택지간 이산기수울지기 차소이

順物之性　而適其意也.
순물지성　이적기의야

吾東牧馬之法　惟恐絆繫之不固　馳驟之時　不離牽控之苦　休息之際　未獲齣之樂　人與馬不相通志　人輕呵叱　馬常怨怨　此其牧御乖方者也.
오동목마지법　유공반계지불고　치취지시　불리견공지고　휴식지제　미획마지락　인여마불상통지　인경가질　마상원원　차기목어괴방자야

何謂喂養失宜乎.
하위위양실의호

曰　渴之思水　有甚於饑食　吾東之馬　未嘗飮冷　馬之性最忌熟食　爲其病熱也　荳蒭灑鹽　令鹹欲其飮水也　飮水欲其利溲溺也　利溲溺欲其瀉熱也　飮冷欲其脛勁而蹄堅也　吾東之馬　必爛荳烹粥　一日馳走　已自病熱　一站闕粥　平生虛勞　行旅遲頓　寔緣熟喂　至於戰馬喂粥　尤爲非計　此其喂養失宜者也.
왈　갈지사수　유심어기식　오동지마　미상음랭　마지성최기숙식　위기병열야　두추쇄염　영함욕기음수야　음수욕기리수닉야　이수닉욕기사열야　음랭욕기경경이제견야　오동지마　필란두팽죽　일일치주　이자병열　일참궐죽　평생허로　행려지돈　식연숙위　지어전마위죽　우위비계　차기위양실의자야

何謂產非佳種乎.
하위산비가종호

馬要大不要小　宜健不宜弱　求駿不求駑　不欲任重致遠則已　如將任重致遠　則土馬如此　不可一日爲家也　不屑武備軍容則已　如將講武修戎　則土馬如此　不可
마요대불요소　의건불의약　구준불구노　불욕임중치원즉이　여장임중치원　즉토마여차　불가일일위가야　불설무비군용즉이　여장강무수융　즉토마여차　불가

一日爲軍也.
일 일 위 군 야

及今兩國昇平之日　誠求牝牡數十匹　大國必無愛此
급 금 양 국 승 평 지 일　성 구 빈 모 수 십 필　대 국 필 무 애 차

數十匹　若以外國求馬　私養爲嫌　則歲价潛購　豈無其
수 십 필　약 이 외 국 구 마　사 양 위 혐　즉 세 개 잠 구　기 무 기

便　擇郊甸水草之地　十年取字　漸移之耽羅及諸監牧
편　택 교 전 수 초 지 지　십 년 취 자　점 이 지 탐 라 급 제 감 목

以易其種.
이 역 기 종

其蕃孳之法　當以周禮及月令爲率　周禮凡馬特居四
기 번 자 지 법　당 이 주 례 급 월 령 위 솔　주 례 범 마 특 거 사

之一　注曰　欲其乘之　性相似也　物同氣則心一　鄭司
지 일　주 왈　욕 기 승 지　성 상 사 야　물 동 기 즉 심 일　정 사

農曰　四之一者　三牝而一牡.
농 왈　사 지 일 자　삼 빈 이 일 모

按月令　季春之月　乃合累牛騰馬遊牝于牧　秦蕙田曰
안 월 령　계 춘 지 월　내 합 루 우 등 마 유 빈 우 목　진 혜 전 왈

庾人佚特　用之不使甚勞　所以安其氣血　校人夏攻特
유 인 일 특　용 지 불 사 심 로　소 이 안 기 기 혈　교 인 하 공 특

以牝馬方孕　故攻去其特　勿使近牝　以爲蕃馬之本　皆
이 빈 마 방 잉　고 공 거 기 특　물 사 근 빈　이 위 번 마 지 본　개

先王順時育物　能盡物性之義.
선 왕 순 시 육 물　능 진 물 성 지 의

今中國每春和草青　則懸鈴于牡　縱而風之　牡之主
금 중 국 매 춘 화 초 청　즉 현 령 우 모　종 이 풍 지　모 지 주

受銀五錢　馬及騾生而雄駿者　再受銀五錢　馬騾生而
수 은 오 전　마 급 라 생 이 웅 준 자　재 수 은 오 전　마 라 생 이

不駿　且毛色不佳　性不馴調　則必攻去其睪子　令毋得
부 준　차 모 색 불 가　성 불 순 조　즉 필 공 거 기 역 자　영 무 득

易種　且獨令特大　而性易調良.
역 종　차 독 령 특 대　이 성 역 조 량

我東監牧　不此之思　惟以土産取種　彌出彌小　雖駄
아 동 감 목　불 차 지 사　유 이 토 산 취 종　미 출 미 소　수 태

溷載柴　猶恐不堪　况堪爲軍國之需乎　此其産非佳種
혼 재 시　유 공 불 감　황 감 위 군 국 지 수 호　차 기 산 비 가 종

者也.
자 야

何謂官昧攻駒乎.
하 위 관 매 공 구 호

曰　我東士大夫　不親庶事　古有衆會　戒僕益馬荳
왈　아 동 사 대 부　불 친 서 사　고 유 중 회　계 복 익 마 두

見枳於銓郎.
견 지 어 전 랑

近有一學士　性頗癖馬　其相馬之術　無異伯樂　論之
근 유 일 학 사　성 파 벽 마　기 상 마 지 술　무 이 백 락　논 지

者以爲古有爛羊都尉　今有理馬學士　其嚴如此.
자 이 위 고 유 란 양 도 위　금 유 리 마 학 사　기 엄 여 차

不慮有國之大政　而以爲羞恥　付之僕隷之手　雖職居
불 려 유 국 지 대 정　이 이 위 수 치　부 지 복 예 지 수　수 직 거

監牧　人是流品　而固不識牧馬之方　非不能　乃不肯學
감 목　인 시 류 품　이 고 불 식 목 마 지 방　비 불 능　내 불 긍 학

也　此其官昧攻駒者也.
야　차 기 관 매 공 구 자 야

昔唐初　得馬牝牡三千匹於赤岸　徙之隴右　使太僕張
석 당 초　득 마 빈 모 삼 천 필 어 적 안　사 지 농 우　사 태 복 장

萬歲掌之　自貞觀至麟德　馬蕃息爲七十萬匹　武后時
만 세 장 지　자 정 관 지 인 덕　마 번 식 위 칠 십 만 필　무 후 시

馬潛耗　明皇時猶有馬二十四萬匹　以王毛仲張景順
마 잠 모　명 황 시 유 유 마 이 십 사 만 필　이 왕 모 중 장 경 순

爲閑廐使　十餘年之間　有馬四十三萬匹.
위한구사　십여년지간　유마사십삼만필

開元十三年　明皇東封泰山　以馬數萬匹　從色爲隊
개원십삼년　명황동봉태산　이마수만필　종색위대

望之如錦　此官得其人也　誠得癖於馬而曉其牧養之方
망지여금　차관득기인야　성득벽어마이효기목양지방

者　任之以攻駒之政　則雖被論于學士　而於太僕可謂
자　임지이공구지정　즉수피론우학사　이어태복가위

得人矣.
득인의

有一人問　燕巖朴老爺誰也　奇公傔人指余　其人向余
유일인문　연암박노야수야　기공겸인지여　기인향여

揖　容色欣欣　如逢舊要曰　俺乃廣東按察使汪老爺管
읍　용색흔흔　여봉구요왈　엄내광동안찰사왕노야관

幹也　俺老爺向日遇老先生　不勝之喜　明日午刻當再
간야　엄노야향일우노선생　불승지희　명일오각당재

來陪歡　自有浙扇泥金書畵　帶來要獻　余對曰　向者過
래배환　자유절선니금서화　대래요헌　여대왈　향자과

蒙汪公錯愛　未將不腆之儀　而先受珍貺　於義未可　其
몽왕공착애　미장부전지의　이선수진황　어의미가　기

人曰　俺此來不曾賫携　汪老爺來時　自當陪送　明日午
인왈　엄차래부증재휴　왕노야래시　자당배송　명일오

刻　老爺切勿他駕　余首肯曰　謹當如約　老相公係是何
각　노야절물타가　여수긍왈　근당여약　노상공계시하

地方人　貴姓尊名　其人曰　俺江蘇人　姓屢　賤名一旺
지방인　귀성존명　기인왈　엄강소인　성루　천명일왕

號鴛圩　從汪老爺入廣東　先生離貴國幾歲　余曰　本年
호원우　종왕노야입광동　선생리귀국기세　여왈　본년

五月離國 屢曰 比俺廣東猶門庭耳 又曰 貴國皇上元
오월리국 누왈 비엄광동유문정이 우왈 귀국황상원
號云何 余問甚麽話 屢曰 元年紀號 余曰 小邦奉中
호운하 여문심마화 누왈 원년기호 여왈 소방봉중
國正朔 那得紀元 當今是乾隆四十五年 屢曰 貴國豈
국정삭 나득기원 당금시건륭사십오년 누왈 귀국기
非中國對頭的天子麽 余曰 萬方共尊一帝 天地是大
비중국대두적천자마 여왈 만방공존일제 천지시대
淸 日月是乾隆 屢曰 然則那得寬永常平年號 余曰
청 일월시건륭 누왈 연즉나득관영상평년호 여왈
云何 屢曰 海上見貴國海舶漂到 滿載寬永通寶 余曰
운하 누왈 해상견귀국해박표도 만재관영통보 여왈
此日本僭號 非敝邦也 屢點頭.
차일본참호 비폐방야 누점두

余察屢動止言語 貌雖豐雅而似無知識者 當初所詰
여찰누동지언어 모수풍아이사무지식자 당초소힐
非有深意 錢是禁物而彼所問之者 非詰禁物也 眞認
비유심의 전시금물이피소문지자 비힐금물야 진인
我國爲天子之邦 故問當今年號 其曰貴國皇上 已判
아국위천자지방 고문당금년호 기왈귀국황상 이판
其無識 雖以寬永常平 認爲我國年號 似非爲僭稱者.
기무식 수이관영상평 인위아국년호 사비위참칭자

我人漂船之載錢 無甚怪事 而亦豈有滿載寬永通寶
아인표선지재전 무심괴사 이역기유만재관영통보
之理 彼必見寬永通寶 或又見常平通寶 混認爲我國
지리 피필견관영통보 혹우견상평통보 혼인위아국
錢爾.
전이

彼實不識我行中國正朔 見錢而認我亦有紀年 非詰
피실불식아행중국정삭 견전이인아역유기년 비힐

姦之意也.
간지의야

屢茶罷　中囑明日切勿他駕　余點頭則屢眷眷有惜別
누다파　신촉명일절물타가　여점두즉누권권유석별
之意　一揖而去　余問首譯曰　何爲禁錢　首譯曰　無約
지의　일읍이거　여문수역왈　하위금전　수역왈　무약
條　但禁唐錢　且小邦私鑄　當爲非法　余曰　齊太公立
조　단금당전　차소방사주　당위비법　여왈　제태공립
輕重九府　周天子未嘗禁之　且錢始行於我肅廟庚申
경중구부　주천자미상금지　차전시행어아숙묘경신
今爲一百一年　則似不入淸初彼此約條.
금위일백일년　즉사불입청초피차약조

我國錢一鑄於世宗朝　行七八年　民間不便之故　復用
아국전일주어세종조　행칠팔년　민간불편지고　부용
楮貨　仁祖朝再鑄　而旋鑄旋罷　皆因民不便　非忌大
저화　인조조재주　이선주선파　개인민불편　비기대
國.
국

今北道禁錢　因行布幣　爲其近邊也　而關西至義州
금북도금전　인행포폐　위기근변야　이관서지의주
諸江邊邑　未嘗禁錢　此爲斑駁　且我國漂船　錢何由禁
제강변읍　미상금전　차위반박　차아국표선　전하유금
諸　譯曰　然　目今譯院數歲救急之道　莫如通用唐錢
제　역왈　연　목금역원수세구급지도　막여통용당전
我國銀日貴　唐物亦日貴　由此譯院失利　今銀一兩售
아국은일귀　당물역일귀　유차역원실리　금은일냥수
唐錢七鈔　若通用則我國除鑄錢之弊　而錢自賤　利莫
당전칠초　약통용즉아국제주전지폐　이전자천　이막
大矣　周主簿曰　朝鮮通寶　高於漢五銖錢　最久通神
대의　주주부왈　조선통보　고어한오수전　최구통신

故爲占錢　余曰　何爲最久通神　周曰　是箕子時錢　中
고 위 점 전　여 왈　하 위 최 구 통 신　주 왈　시 기 자 시 전　중

原人若見之　當以爲寶　惜乎不能得帶來　余曰　此世宗
원 인 약 견 지　당 이 위 보　석 호 불 능 득 대 래　여 왈　차 세 종

時所鑄也　箕子時安有楷字　宋董逌錢譜　載海東蕃錢
시 소 주 야　기 자 시 안 유 해 자　송 동 유 전 보　재 해 동 번 전

凡四樣曰　三韓重寶　三韓通寶　東國重寶　東國通寶
범 사 양 왈　삼 한 중 보　삼 한 통 보　동 국 중 보　동 국 통 보

而朝鮮通寶　譜不載焉　推此可知其非久錢也.
이 조 선 통 보　보 부 재 언　추 차 가 지 기 비 구 전 야

午後三使臣入謁大成殿　朱子陞享　殿內十哲之下　神
오 후 삼 사 신 입 알 대 성 전　주 자 승 향　전 내 십 철 지 하　신

位皆紅漆光潤　金字書位版　旁書滿字.
위 개 홍 칠 광 윤　금 자 서 위 판　방 서 만 자

大成門外壁　坎置烏石　刻康熙雍正及今皇帝訓諭　又
대 성 문 외 벽　감 치 오 석　각 강 희 옹 정 급 금 황 제 훈 유　우

刻御撰學規　庭中立碑　昨年所建　亦御製.
각 어 찬 학 규　정 중 립 비　작 년 소 건　역 어 제

大成殿庭中　置香鼎高丈餘　刻鏤神巧　殿內每位前
대 성 전 정 중　치 향 정 고 장 여　각 루 신 교　전 내 매 위 전

各置小香爐　刻乾隆己亥製　每位前　垂紅雲紋緞帳　兩
각 치 소 향 로　각 건 륭 기 해 제　매 위 전　수 홍 운 문 단 장　양

廡神位前所設制同殿內　崇嚴典麗　未暇名狀.
무 신 위 전 소 설 제 동 전 내　숭 엄 전 려　미 가 명 상

三使歸次　各送淸心元數丸　扇子數柄　於鄒擧人舍是
삼 사 귀 차　각 송 청 심 원 수 환　선 자 수 병　어 추 거 인 사 시

王擧人民皡　崇禎甲戌六月二十日　詔使盧有齡來　乃
왕 거 인 민 호　숭 정 갑 술 유 월 이 십 일　조 사 노 유 령 래　내

宦官也　二十四日　盧詣成均館謁聖　館學儒生例參班
환관야 이십사일 노예성균관알성 관학유생례참반

盧出贈白金五十兩.
노출증백금오십냥

今我使得謁大國聖廟　彼藏修兩擧人　僅贈些略丸扇
금아사득알대국성묘 피장수양거인 근증사략환선

中心可愧　余自往兩生所　諭以此來猝遽　行李不曾有
중심가괴 여자왕양생소 유이차래졸거 행리부증유

帶　奉遺扇丸　慚愧些略　兩生俯躬謝曰　地主前導　有
대 봉유선환 참괴사략 양생부궁사왈 지주전도 유

何微勞　而枉費諸大人　如此珍饋　中心貺之　不翅百
하미로 이왕비제대인 여차진궤 중심황지 불시백

朋.
붕

夕飯後　王鵠汀送學徒小兒　持小紅紙帖來　書王民皥
석반후 왕곡정송학도소아 지소홍지첩래 서왕민호

請燕巖朴老先生　替勞轉買一丸淸心　天銀二兩　余還
청연암박노선생 체로전매일환청심 천은이냥 여환

其銀　卽送二丸眞藥.
기은 즉송이환진약

黃昏時　皇旨令使臣撥還皇城　一行騷擾　達夜治行
황혼시 황지령사신발환황성 일행소요 달야치행

夜別奇麗川　麗川言　十八日　發熱河　二十五日　入京
야별기려천 여천언 십팔일 발열하 이십오일 입경

六日七日八日歷辭　九月初六日上先墓　九日還家　十
육일칠일팔일력사 구월초륙일상선묘 구일환가 십

一日當發貴州之行　前一日當在家　專等尊駕　余許諾
일일당발귀주지행 전일일당재가 전등존가 여허낙

轉辭王鵠汀　鵠汀流涕曰　千古訣別　只在此宵　況奈來
전사왕곡정 곡정류체왈 천고결별 지재차소 황내래

夜月明何　蓋前日約十五日中秋月夕　會話明倫堂故也
야월명하　개전일약십오일중추월석　회화명륜당고야

往志亭所　志亭出他宿　極可悵惜　又往別尹亨山　亨山
왕지정소　지정출타숙　극가창석　우왕별윤형산　형산

拭淚曰　吾年老　朝暮草露　先生方盛齡　設再至京裏
식루왈　오년로　조모초로　선생방성령　설재지경리

當不無此夜之思　把杯指月曰　月下相別　他日相思　萬
당불무차야지사　파배지월왈　월하상별　타일상사　만

里　見月如見先生也　觀先生飮戶能寬　且應壯歲好色
리　견월여견선생야　관선생음호능관　차응장세호색

願從今從戒入丹　敝十八回京　先生伊時若未還國　情
원종금종계입단　폐십팔회경　선생이시약미환국　정

願再得相訪　東單牌樓第二衚衕第二宅　門首有大卿扁
원재득상방　동단패루제이호동제이댁　문수유대경편

第　卽是鷦棲　遂握手而別.
제　즉시초서　수악수이별

2

환연도중록(還燕道中錄)

북경으로 돌아오면서

8월 15일 신유(辛酉)에 시작하여 20일 병인(丙寅)에 그쳤다. 모두 6일 동안의 기록이다.

가을 8월 15일[1] 신유(辛酉)

날씨가 맑았으며, 잠깐 서늘하였다.

사신들이 서로 의논하기를,

"이제 〈우리의 사정은〉 마땅히 연경으로 돌아가야 될 것이나, 예부에서는 우리나라 사신에게 알리지도 않고 정문(呈文)의 내용을 몰래 고쳐서 황제께 올렸다. 이는 비단 눈앞의 일이 매우 해괴할 뿐 아니라, 이를 그대로 두고 바로잡지 않는다면 장래에 큰 폐단이 될 것이니, 마땅히 다시 예부에 정문을 제출하여 그들이 몰래 고쳤다는 사실에 대해 따져 물은 연후에 길을 떠나야겠습니다."

♣ 다백운루본에는 이 편이 「진덕재야화(進德齋夜話)」 뒤에 수록되어 있으나, 여기에서는 박영철본을 따랐다. 열하에서 황제의 만수절 행사를 마친 뒤, 다시 북경으로 돌아가기까지의 여정을 기록한 것으로, 일기체의 서술은 여기에서 끝난다.

1) 수택본에는 이 구절이 빠져 있다.

라고 하고는, 마침내 담당 역관으로 하여금 예부에 글을 올리게 하였다. 그러자 제독(提督)이 크게 두려워하였으니, 이는 대체로 벌써 덕 상서(德尙書 : 덕보(德保))에게 먼저 통지했기 때문이다. 상서 등도 크게 두려워하여 우리에게 위협을 가하며,

"이 일에 대한 책임을 장차 우리 예부에다 넘기고자 하는 거냐? 예부에서 죄를 얻는다면 너희 사신인들 좋겠는가? 그리고 너희들이 황제께 아뢰어 달라고 보낸 정문이야말로 말뜻이 모호하여 전연 성의를 표한 실상이 없었으나, 우리가 너희들을 위하여 빈틈없이 완전하게 준비하고, 사실에 근거해서 빠짐없이 진달(進達)하여 영광스럽고 감격하는 뜻을 펴 주었는데도 불구하고 너희들은 도리어 이렇게 한단 말이냐? 이는 실로 제독의 허물이 더 크다고 하겠다."

라고 하고는 정문을 아예 떼어 보지도 않고 물리쳤다.

사신이 그제야 제독을 맞이하여 예부에 대한 모든 사정을 상세히 물어보았으나, 그가 하는 말이 장황하고도 알아듣기 어려워 한참 동안을 넋을 잃고 멍하니 있었다. 또 예부에서는 사람을 보내어 곧바로 길 떠날 것을 재촉하되, 사신이 떠나는 시간을 곧바로 위에다 갖추어서 자세히 아뢰어야 한다고 한다. 이다지 떠나기를 재촉하는 것은 대체로 다시 글을 올리지 못하게 하려는 수단이다. ―이에 대한 일은 「행재잡록(行在雜錄)」 편에 상세히 보인다.―

아침밥을 먹은 뒤에 곧바로 길을 떠났다. 해는 벌써 정오가 지난 시각이었다. <돌이켜 생각하건대> 저 뽕나무 아래서 사

흘 밤을 묵은 일도[2] 오히려 추억에 남았다는데, 하물며 나는 우리 부자(夫子 : 공자)님을 우러러 의지하고서 이미 엿새 밤을 묵었음에랴. 또 더군다나 그 거처한 건물들이 신선하고 깨끗하고 화려하여 더욱 더 저절로 잊히지 않음에랴.

나는 꽤 일찍부터 과거를 폐하여 하찮은 진사(進士) 하나도 이루지 못했으니, 비록 국학(國學)에 몸을 수양하고자 한들 얻을 수 없었다. 이제 별안간 우리나라를 떠나서 만 리 머나먼 변새 밖에 와 〈태학관에서〉 엿새 동안을 노닐다 보니 내가 원래부터 이렇게 지냈던 듯한 착각이 든다. 이 어찌 우연한 일이겠느냐?

그뿐 아니라 우리나라 선비 중에 능히 멀리 중국의 한복판에서 놀아 본 사람으로 신라의 고운(孤雲) 최치원(崔致遠)[3]이나 고려의 익재(益齋) 이제현(李齊賢)[4]과 같은 이도 비록 서촉(西蜀)과 강남(江南)의 땅을 두루 밟았으나, 새북(塞北 : 북쪽 변방)까지는 이

2) 불교에서 인연설을 설명할 때에 쓰는 고사이다.

3) 최치원(崔致遠) : 통일신라 말기의 문장가이자 학자. 본관은 경주이고, 자는 고운(孤雲)·해운(海雲)·해부(海夫)이다. 12세에 당나라에 유학 가서 7년 만인 18세에 빈공과에 합격하였고, '격황소서(擊黃巢書 : 일명 토황소격문(討黃巢檄文))'를 지어 문장가로서 이름을 떨쳤으며, 우리나라 한문학의 문을 열었다.

4) 이제현(李齊賢) : 고려의 저명한 정치가이자 문학가. 제현은 이름이며, 자는 중사(仲思)이고, 호는 익재(益齋) 또는 역옹(櫟翁)이고, 시호는 문충(文忠)이다. 그의 시와 사(詞)는 우리나라 몇 천 년 이래로 제일가는 대가이다.

를 길이 전혀 없었다. 이로부터 1,100년 사이에 몇 사람이나 다시 이곳에 걸음을 할는지는 모르겠으나, 나의 이번 걸음에는 기정(沂鄭 : 송나라의 왕기공(王沂公)과 부정공(富鄭公))이나 영빈(穎濱 : 소철(蘇轍))이 〈거란으로 사신을 가면서〉 지나갈 때 탔던 수레자국과 말 발자국이 모두 눈앞에 선하다. 아아, 사람이 세상에 태어나서 작정된 일이 없음이 어찌 이러할 줄이야?

광인점(廣仁店)과 삼분구(三岔口)를 지나 쌍탑산(雙塔山)에 이르러서 말을 세우고 한 번 바라보니, 참으로 기이하기 짝이 없다. 바윗돌의 빛깔은 마치 우리나라 동선관(洞仙館)[5]의 사인암(舍人巖)과 비슷하고, 탑같이 높이 솟은 모양은 마치 금강산(金剛山)의 증명탑(證明塔)과 같다. 뾰족하게 마주 보고 우뚝 섰는데, 아래위의 넓이가 차이가 나지 않고, 무엇에 기대거나 의지하지도 않고, 짝짐도 없고 기울어짐도 없었다. 똑바로 단정하며 정교하고 화려하여 웅장하기까지 하니, 햇빛과 구름 기운이 마치 비단처럼 찬란할 뿐이다.

난하(灤河)를 건너서 하둔(河屯)에서 묵었다. 이날에는 40리를 갔다.

5) 동선관(洞仙館) : 황해도 봉산(鳳山) 동선령(洞仙嶺)에 있다.

原文

還燕道中錄
환 연 도 중 록

起辛酉止丙寅凡六日.
기 신 유 지 병 인 범 륙 일

秋八月十五日
추 팔 월 십 오 일

辛酉 晴 乍凉 使臣相議曰 今當還皇京 而禮部之
신 유 청 사 량 사 신 상 의 왈 금 당 환 황 경 이 예 부 지
不通我使 潛改呈文 非但大駭於目下之事 此而不卞
불 통 아 사 잠 개 정 문 비 단 대 해 어 목 하 지 사 차 이 불 변
則大關方來之弊 事當更爲呈文於禮部 以詰其潛改
즉 대 관 방 래 지 폐 사 당 경 위 정 문 어 예 부 이 힐 기 잠 개
然後可以發程 遂使任譯 呈文於禮部 則提督大懼 蓋
연 후 가 이 발 정 수 사 임 역 정 문 어 예 부 즉 제 독 대 구 개
已先通於德尙書矣 尙書等大爲恐脅曰 是將委罪於禮
이 선 통 어 덕 상 서 의 상 서 등 대 위 공 협 왈 시 장 위 죄 어 예
部耶 禮部獲罪 使臣亦安得但已 爾們所請轉奏呈文
부 야 예 부 획 죄 사 신 역 안 득 단 이 이 문 소 청 전 주 정 문
辭旨糊塗 全沒叩謝之實 吾爲爾們備爲周全 據實暢
사 지 호 도 전 몰 고 사 지 실 오 위 이 문 비 위 주 전 거 실 창
陳 以伸榮感之意 而乃反如此 提督之罪尤重 初不坼
진 이 신 영 감 지 의 이 내 반 여 차 제 독 지 죄 우 중 초 불 탁
視呈文而卻之.
시 정 문 이 각 지

使臣邀見提督 備問禮部說話 則其所爲說 張皇不可
사 신 요 견 제 독 비 문 예 부 설 화 즉 기 소 위 설 장 황 불 가

曉 而久已褫魄矣 又禮部使人立促登程 使臣發行時
효 이구이치백의 우예부사인립촉등정 사신발행시
辰 卽當具奏云 如是催發者 蓋爲其不得復呈文也－本
진 즉당구주운 여시최발자 개위기부득부정문야 본
事詳見行在雜錄.
사상견행재잡록

朝飯後 卽爲登程 已過午刻矣 桑下三宿 亦猶作戀
조반후 즉위등정 이과오각의 상하삼숙 역유작련
況吾瞻依吾夫子 已六宿者乎 況又所處堂宇 新鮮淨
황오첨의오부자 이륙숙자호 황우소처당우 신선정
麗 尤自依依.
려 우자의의

吾廢科頗早 不成進士 雖欲藏修國學 不可得也 今
오폐과파조 불성진사 수욕장수국학 불가득야 금
忽於去吾東萬里絶塞之外 興處六日 若固有焉 此豈
홀어거오동만리절새지외 흥처륙일 약고유언 차기
偶然之事哉.
우연지사재

且東方之士 能遠遊於中國之中者 如新羅之崔孤雲
차동방지사 능원유어중국지중자 여신라지최고운
致遠 高麗之李益齋齊賢 雖歷踏西蜀江南之地 至於
치원 고려지이익재제현 수력답서촉강남지지 지어
塞北 則無因而至也 嗣此千百載間 未知幾人 復作此
새북 즉무인이지야 사차천백재간 미지기인 부작차
行 而今吾此行也 沂鄭穎濱之車塵馬跡 森然在目 噫
행 이금오차행야 기정영빈지거진마적 삼연재목 희
人生世間 其無定期若是.
인생세간 기무정기약시

夫過廣仁店三坌口 至雙塔山 立馬一望 儘爲奇絶
부과광인점삼분구 지쌍탑산 입마일망 진위기절

石膚岩色 類我東洞仙館舍人巖 而塔勢如金剛山中證
석부암색 유아동동선관사인암 이탑세여금강산중증

明塔 矗然對峙 上下無殺 不倚不扶 不偏不側 正直
명탑 촉연대치 상하무쇄 불의불부 불편불측 정직

端嚴 巧麗雄特 日烘雲蒸 錦絢綺纈.
단엄 교려웅특 일홍운증 금현기힐

渡灤河 宿河屯 是日行四十里.
도난하 숙하둔 시일행사십리

8월 16일 임술(壬戌)

날씨가 맑았다.

아침에 일찍 길을 떠나 왕가영(王家營)에 도착해서 점심을 먹었다. 황포령(黃鋪嶺)을 지날 때 나이 스무 살쯤 되어 보이는 어떤 귀족 청년 하나가 붉은 보석과 푸른 날개로 장식한 모자를 쓰고 검은 말을 탄 채 나는 듯이 달려가는데, 단지 앞에는 한 사람만 말을 타고 가고 뒤를 따르는 자가 기병 30여 명이나 되었다. 모두들 금빛 안장을 한 준마(駿馬)를 탔는데 모자와 의복의 차림이 선명하고도 화려하다.

어떤 사람은 활과 화살을 차기도 하고, 어떤 사람은 조총(鳥銃)을 메기도 하고, 어떤 사람은 차(茶) 그릇을 받들기도 하였으며, 어떤 사람은 연기 나는 향로를 받들고서 번개처럼 달리면서도 벽제(辟除) 소리 한 마디 내지 않는데, 다만 말발굽 소리만이 들릴 뿐이다. 말을 탄 종자(從者)에게 물었더니 그는,

"황제의 친조카인 예왕(豫王)이라고 불리는 자이십니다."

라고 한다.

태평차가 뒤에 따라가는데 힘센 노새 세 필로 멍에를 씌웠다. 초록빛 천으로 장막을 만들고 사면엔 유리를 붙여서 창을 내었으며, 지붕 위에는 푸른 실그물로 얽어 덮었고, 네 모서리에는 술을 드리웠다. 대체로 귀족들이 탄 가마나 수레는 모두 이런 것들로 꾸며서 그 지위와 위엄을 표시하였다.

수레 안은 은은하게 비치며 여인의 목소리가 흘러나오더니, 얼마 안 되어 그 노새가 멈춰서 오줌을 싸는 순간 내가 탄 말도 오줌을 눈다. 수레 안에 있던 부인이 북쪽 창을 밀어서 열더니 다투어 가며 머리와 얼굴을 내민다. 아름답게 올린 머리에는 구름이 얽힌 듯하고, 반짝이는 귀고리는 별처럼 흔들린다. 황금색 꽃과 비취색 줄구슬이 꿈결인 듯이 얽혀 예쁘고도 화려함이 마치 낙수(洛水)의 놀란 기러기와 같은데, 잠자코 창을 닫고는 선뜻 가 버린다. 그들은 모두 셋인데, 예왕을 모시는 궁녀(宮女)들이라고 한다.

마권자(馬圈子)에 이르러서 묵었다. 이날에는 80리를 갔다.

原文

十六日
십 륙 일

壬戌 晴 平明發行 到王家營 中火 過黃鋪嶺 有少年貴人 年可二十餘 帽戴紅寶石懸翠羽 騎驪馬 翩翩而去 只一騎在前 而從者三十餘騎 皆金鞍駿馬 帽服鮮侈.
임술 청 평명발행 도왕가영 중화 과황포령 유소년귀인 연가이십여 모대홍보석현취우 기려마 편편이거 지일기재전 이종자삼십여기 개금안준마 모복선치

或佩弓箭 或負鳥銃 或捧茶鎗 或擎爇爐 馳驟如電 而不除辟呵喝 但聞馬蹄之聲 詢于從騎 曰 皇帝親侄號豫王者也.
혹패궁전 혹부조총 혹봉다쟁 혹경열로 치취여전 이부제벽가갈 단문마제지성 순우종기 왈 황제친질호예왕자야

太平車隨後而去 駕健騾三匹 綠毡爲障 四面附琉璃爲窓 其屋覈以青絲網 四觚流蘇 凡貴人所乘轎與車皆施此爲等威也.
태평차수후이거 가건라삼필 녹전위장 사면부유리위창 기옥핵이청사망 사고류소 범귀인소승교여차개시차위등위야

車中隱映有婦人聲 已而彼騾停而溺 我馬亦溲 車中婦人 推開北窓 爭出首面 寶髻雲鬟 明璫星搖 金花
차중은영유부인성 이이피라정이닉 아마역수 차중부인 추개북창 쟁출수면 보계운휴 명당성요 금화

翠璣 綴絡如夢 妖治妙麗 如洛川驚鴻 窈窕掩窓 倏
취기 철락여몽 요치묘려 여락천경홍 요조엄창 숙

忽以逝 共計三人 豫王宮姬云.
홀이서 공계삼인 예왕궁희운

至馬圈子止宿 是日行八十里.
지마권자지숙 시일행팔십리

8월 17일 계해(癸亥)

날씨가 맑고 따뜻하다.

새벽에 길을 떠나 청석령(青石嶺)을 지났다. 장차 황제가 계주(薊州) 동릉(東陵)[1]에 거둥하게 되었으므로 이미 도로와 교량을 닦아 놓았다. 한가운데에는 치도(馳道 : 말이 달리는 길)를 쌓았다. 각 고을에서 미리 역군을 징발하여 높은 데는 깎고 깊은 곳은 메우되, 맷돌로 다지고 흙손으로 발라서 마치 베〔布〕를 펴놓은 듯싶다. 표목을 세웠으되 먹줄로 그은 듯 곧아서 조금도 굽은 것이 없고 조금도 기운 것도 치우친 것도 없으며, 치도의 넓이는 두 길이요, 좌우의 협로(夾路)는 폭이 각기 한 길 남짓하다.

---

1) 동릉(東陵) : 북경 북쪽 하북성 준화현에 있는 청나라 역대 왕들의 묘. 역주(易州)에는 서릉이 있다. 세조의 효릉(孝陵), 성조의 경릉(景陵), 고종의 유릉(裕陵), 문종의 정릉(定陵), 목종의 혜릉(惠陵)이 모두 여기에 있다.

『시경(詩經)』에 이르기를,

"주나라 가는 길이 숫돌처럼 바르구나."

라고 하였는데, 지금 이 길 닦는 것도 참으로 숫돌처럼 되었으니 그 번거롭게 비용이 적지 않을 것이다. 그러므로 흙을 메고 물을 지는 이들이 가는 곳마다 떼를 이루어서 허물어지면 흙으로 보수하되, 한 번 말발굽이 지나간 흔적이면 벌써 흙손질하고는, 나무를 새끼로 어긋나게 묶어 사람들이 치도 위로 다닐 수 없도록 금했다.

그러나 우리나라 사람들은 반드시 나무를 거꾸러뜨리며 놋줄을 끊어 버리고는 지나간다. 나는 곧 마부에게 타일러 치도 밑으로 가게 했다. 이는 감히 못해서가 아니라 또한 차마 하지 못하는 것이다.

길 한편에는 몇 걸음마다 반드시 장벽〔垜 : 전쟁에서 화살과 돌을 막는 벽〕을 하나씩 쌓아두었다. 높이는 어깨에 닿을 정도이고, 넓이는 여섯 자쯤 되는데, 마치 성(城)에 치첩(雉堞 : 성가퀴)이 있는 듯싶다. 교량치고는 난간이 없는 게 없고, 돌난간에는 천록(天祿)[2]이나 산예(狻猊)[3] 등을 앉혔는데, 입을 벌리고 있는

---

2) 천록(天祿) : 전설상의 짐승 이름. 사슴과 비슷하게 생겼고, 꼬리가 길어 천록(天鹿)이라고도 한다.

3) 산예(狻猊) : 전설상의 짐승 이름. 용의 아홉 새끼 용 중에서 여덟째인데, 부처님을 따르고 법문 듣기를 좋아하여 항상 부처님 가까이 불대좌에 장식하며, 모습이 사자와 닮았고, 불과 연기를 좋아하여 주로 향로에 많이 새긴다.

모습이 생동하는 듯싶고, 나무 난간은 단청이 눈부시다.

강물의 폭이 넓은 곳에는 어린대나무로 광주리처럼 만들되 둘레는 거의 한 칸, 길이는 한 길쯤 되게 해서 물가의 자갈을 담아 물속에 안정되게 꽂음으로써 교량의 기둥 역할을 하게 했다. 난하(灤河)나 조하(潮河)에는 모두 수십 척의 큰 배를 띄워서 부교(浮橋)로 삼았다.

삼간방(三間房)에서 아침을 지어 먹을 때 우리 일행이 점방에 들었는데, 어제 길에서 만난 예왕(豫王)이 관제묘에 들었으므로 우리가 든 점방과는 아래윗집이었다. 그를 따라온 말 탄 사람들은 모두 다른 점방에 흩어져 떡과 고기, 술과 차를 사서 먹었다. 내가 우연히 관제묘 사당을 구경하기 위하여 천천히 걸어서 사당에 들어가니, 문에는 지키는 자도 없고 뜰 안에는 사람 하나도 없이 고요하였다. 나는 애당초 예왕이 그 안에 있는 줄을 몰랐던 것이다.

뜰 가운데에는 석류가 주렁주렁 달려 있고, 키 낮은 소나무는 용이 서린 듯이 굼틀굼틀 한다. 〈내가 그곳을〉 서성이며 두루 구경하고 섬돌을 디디고 마루턱으로 오르려는 즈음에 어떤 한 아름다운 청년이 모자를 벗은 채 맨머리로 문 밖으로 달려 나와서는 나를 보고 웃으며 맞이하되,

"씬쿠〔辛苦〕"

라고 하였는데, 이는 '수고 많다'는 뜻이다. 나는,

"하오〔何五 : 好의 중국 발음〕."

라고 응답하였다. 하오란 '좋다, 괜찮다'는 말이다. 이는 우리나

라에서 안부(安否)를 묻는 인사말과 같은 말이다.

섬돌 위에는 아로새긴 난간이 있고, 난간 아래에는 의자 두 개가 있다. 가운데에 붉은 탁자를 놓고는 나에게,

"쭈어줘〔坐着〕"

라고 청한다. 주인이 손님을 보고 '칭조(稱造 : 請坐의 중국 발음), 칭조'라고 하는 말은 '앉으세요, 앉으세요'라는 뜻이고, '조저〔造諸 : 坐着의 중국 발음〕, 조저'라고 하는 말은 '앉으세요'라는 뜻이고, '칭(稱 : 請의 중국 발음), 칭, 칭'이라는 말은 '하세요'라는 뜻인데, 잇달아 일컫기도 하는 것은 정중하고도 간곡함을 표함이다. 그리고 길가에 오면서 사람들의 집에 들어갔을 때마다 그 주인들은 이와 같이 말하지 않는 이가 없었으니, 이는 대체로 손님을 접대하는 예법이다.

그 청년이 모자를 벗고 편한 옷을 입었으므로 나는 애초에 주승(主僧 : 주지스님)이 아닌가 하였는데, 상세히 살펴보니 바로 예왕인 듯하다. 나는 그래도 아는 체하지는 않고 대수롭지 않은 듯 보았고, 그도 역시 교만하고 고귀한 티를 보이지 않았으나, 붉은 빛이 얼굴에 부풀어 오른 것으로 보아서 아침술을 많이 마셨음을 짐작할 수 있겠다. 그는 손수 술 두 잔을 따라서 나에게 권한다. 나는 연거푸 두 잔을 기울였다. 〈그는〉 나더러,

"만주 말을 할 줄 아십니까?"

하고 묻기에 나는,

"모릅니다."

하고 대답했다. 그가 별안간 난간에 고개를 숙이고 한 번 토하

자, 술이 마치 폭포처럼 쏟아졌다. 문 안을 돌아보며,

"량아(凉阿 : 시원하다)"

라고 한다. 늙은 내시 하나가 당(堂) 안에서 단비 갖옷〔貂裘〕을 갖고 나오더니, 예왕의 등을 덮어 주면서 손으로 나에게 나가라는 시늉을 하였다.

나는 곧바로 일어서서 나오며 난간머리를 되돌아보니, 그는 아직도 난간에 비껴 아래를 굽어보고 있었다. 〈그의〉 행동은 몹시 경박하고 얼굴은 유달리 창백하고 허약하여 위엄이라곤 전혀 없이 마치 시정배의 아들 같았다.

아침밥을 먹은 뒤에 곧바로 떠나서 몇 십 리를 갔다. 등 뒤에 100여 명이나 되는 말 탄 기병들이 멀리 산 밑을 바라보며 달린다. 팔에 새매를 안은 10여 명의 기병이 산골 사이를 흩어져 갔다. 한 명의 기병은 큰 매를 안았는데, 매의 다리가 마치 사냥개 뒷다리처럼 살지고, 누런 비늘이 정강이에 번쩍인다. 검은 가죽으로 머리를 싸매고 눈을 가렸으며, 매와 새매 같은 것들도 모두 눈을 가렸으니, 이는 무슨 물건이 눈에 뜨이면 함부로 퍼덕이다가 다리에 생채기를 내거나 또는 위협을 느끼지 말라고 그런 것이다. 게다가 그렇게 해야만 눈의 정기를 기르는 동시에 사나운 성질을 그대로 지니기 때문이다.

나는 그제야 말에서 내려 모래 위에 앉아서 담뱃대를 털어 담배를 피웠다. 활과 살을 찬 기병 하나가 역시 말에서 내려 담배를 넣더니 불을 청한다. 나는 그제야 그에 대해 물었더니,

"황제의 조카 예왕께옵서 열다섯 살 되는 황손과 열한 살 되

는 황손을 데리고 열하(熱河)로부터 북경으로 돌아오시는 길에 사냥하시는 것이옵니다."

라고 하여 내가,

"얼마나 잡았소?"

하고 물었더니 그는,

"사흘 동안 사냥하면서 겨우 메추라기 한 마리를 얻었답니다."

라고 답한다.

등 뒤에서 옥수숫대 꺾이는 소리가 나며 말을 탄 한 사람이 나는 듯이 밭 가운데에서 달려 나오는데, 화살을 메고 안장에 엎드린 채 달린다. 얼굴이 백옥인 양 눈인 양 눈부시다. 담배에 불을 붙이던 자가 그를 가리키며,

"저이가 열한 살이 되는 황손입니다."

라고 한다. 〈그는〉 토끼 한 마리를 좇아 달리면서 활을 쏘았는데, 토끼는 달리다가 모래 위에 넘어져 누워서 네 발을 모은다. 말을 빨리 달려 쏘았으나 맞히지 못하였다. 토끼는 다시 일어나 산 밑으로 달음질친다. 그제야 100여 명의 기병이 달려가 에워싸니, 아득한 평원에 티끌이 하늘을 가리고 총소리가 번갈아 진동하더니 별안간 에워쌌던 것을 풀고 가 버렸다. 티끌 그림자 속에 일단(一團)의 무엇이 감돌더니 아득히 그 자취가 보이지 않는다. 과연 토끼를 잡았는지는 모르겠으나, 말 달리는 방법에 있어서는 어른이나 아이를 불문하고 모두 타고난 천재들이다.

대체로 책문에 들어와서 연산관(連山關)에 이르기까지 높은 산과 험한 재가 많고 숲이 빽빽하고 울창하여 가끔 새들이 지저귀더니, 요동에 들어와서부터 연경까지 2,000리 사이에는 위로 공중에는 나는 새가 끊어지고 땅에는 달리는 짐승도 없었다. 때마침 장마 지고 날씨가 찌는 듯하나 벌레와 뱀이 숲속에 다니는 것도 보지 못하였거니와, 개구리 소리도 들리지 않고 두꺼비 뛰노는 것도 보이지 않았다. 벼가 한창 누럴 때이지만 들에는 참새 한 마리도 없고, 물가 모래톱 근방에도 물새 한 마리가 보이지 않는다.

다만 이제묘(夷齊廟) 앞 난하(灤河)에서 비로소 두 쌍의 갈매기를 보았다. 까마귀 · 까치 · 솔개는 항상 도시 중에 모여들게 마련이지만 연경에선 또한 좀처럼 보기 힘드니, 우리나라에서 <그런 새들이> 하늘을 가리고 날아다니는 것과는 결코 같지 않다. <애초에는> 이러한 변방 밖의 수렵(狩獵) 지역에는 반드시 날짐승과 들짐승이 많으리라 생각하였는데, 이제 변방의 모든 산은 갈수록 초목이 없고 새 한 마리도 나타나지 않는 것으로 보아서 오랑캐들이 사냥을 생명으로 여겼던 것이다. 진정으로 이와 같다면 <그들이> 장차 어느 곳에서 말을 달려 짐승을 뒤쫓을 것인가? 모두 잡아서 멸종시켰다는 것은 이런 이치가 없는 만큼, 짐승들이 별도로 도피할 숲이나 못이 있는 것인가?

강희(康熙) 황제 20년(1681년)에 오대산(五臺山)에 갔을 때 범이 잡목이 우거진 숲속에서 뛰어나오자, 황제가 친히 쏘아서 그 자리에서 죽였다. 그때 산서(山西)의 도어사(都御史) 목이새(穆爾

賽)와 안찰사(按察使) 고이강(庫爾康)이 황제에게 여쭈어 그 땅 이름을 사호천(射虎川)이라 하고, 범의 가죽은 대문수원(大文殊院)에 남겨 두어 지금까지 보존되고 있다. 또 친히 화살 서른 대를 쏘아서 토끼 스물아홉 마리를 잡았고, 송정(松亭)에서 사냥할 때에는 큰 범 세 마리를 쏘아 죽였는데, 이 장면을 모두 그림으로 그려 민간에서 서로 팔고 사니, 실로 신의 활쏘기라고 말할 만하다.

지금 여러 공자(公子)들이 사냥터에서 말을 타고 달리는 모습이 이와 같이 재빠르고 세찬 것을 보니 아마도 그들의 가법(家法)인 듯하다. 그때 만일 옥수수밭 속에서 한 마리 범이라도 뛰어나왔더라면 비단 그가 기뻐하였을 뿐만 아니라, 만 리의 길을 유람하러 온 나로서도 한 번 유쾌할 수 있었을 것인데, 〈이제 그렇지 못하였음이〉 참으로 한스러운 일이다.

일행이 장성 밖에 다다랐다. 산에 잇달아서 성을 쌓았으므로 높낮이가 들쭉날쭉 하고 구불구불 꺾여 있다. 그 요충지(要衝地)에는 속이 텅 빈 적대(敵臺)[4]를 세웠는데, 높이는 예닐곱 발이고, 넓이는 열네댓 발이나 되었다. 대체로 요충지에는 4, 50걸음마다 돈대가 하나씩 있고, 덜 중요한 곳에는 200걸음마다 돈대 하나씩을 두었으며, 돈대마다 백총(百總 : 소위(小尉)에 해당되는 무관)이 지키고, 열 개의 돈대마다 천총(千總 : 지휘관에 해당되는 무

4) 적대(敵臺) : 적으로부터 방어하기 위해 성문 양쪽에 밖으로 돌출시켜 만든 네모꼴의 대(臺)이다.

관)이 지킨다. 그리하여 1, 2리 사이마다 방울 소리가 들린다. 한 사람이 경보를 울릴 일이 있을 때에는 좌우에서 횃불을 들어 양쪽으로 나누어 전달하므로 수백 리 사이에서도 모두 재빨리 알아차리고 예비하게 되었다. 이는 모두 남궁(南宮)[5]이 남겨 준 책략이라고 한다.

〈옛날 전국시대〉 육국(六國) 때에도 역시 장성이 있었다. 조(趙)나라의 이목(李牧)[6]이 흉노(匈奴)를 크게 깨뜨려 10여만 명의 기병을 죽이고 첨람족(襜襤族)을 전멸시켰으며, 임호(林胡)·누번(樓煩) 부족을 깨뜨리고 장성을 쌓았다.[7] 대(代) 땅의 병음산(並陰山)으로부터 내려와 고궐(高闕)에 이르기까지 변방의 관문을 만들고 운중(雲中)·안문(鴈門)·대군(代郡) 등의 고을을 두었다. 진(秦)나라가 의거(義渠 : 감숙성 지방에 있던 부족)를 멸한 뒤에 비로소 농서(隴西)·북지(北地)·상군(上郡) 등지에다 장성을 쌓아서 오랑캐를 막았다. 연(燕)나라가 동호(東胡 : 동쪽 오랑캐)를

5) 남궁(南宮) : 명나라의 장수이자 병법가인 척계광(戚繼光)이다. 남궁은 봉호인 듯하고, 자는 원경(元敬)이다. 왜구가 기승을 부릴 때 새로운 진법으로 수많은 전승을 올렸다.

6) 이목(李牧) : 염파(廉頗)와 같이 꼽는 명장. 군사들에게 날마다 말 타기와 활쏘기를 훈련시켜 흉노와 진(秦)나라를 격파하는 전공을 세웠으나, 진나라의 사신이 조나라 군주의 총애를 받는 곽개(郭開)에게 이목이 반란을 꾀한다고 무고하는 바람에 조왕한테 참수당하였다.

7) 첨람족(襜襤族)·임호(林胡)·누번(樓煩)은 모두 춘추 시대 조(趙), 곧 지금의 산서성 서북쪽에 있던 부족이다. 첨람족은 담림족(儋林族)이라 하기도 한다.

깨뜨려서 땅을 천 리나 넓히고 역시 장성을 쌓았는데, 조양(造陽)으로부터 양평(襄平)에 이르기까지 상곡(上谷)·어양(漁陽)·우북평(右北平)·요동(遼東) 등의 고을을 설치했다. 그리하여 진·연·조나라가 모두 세 곳의 변방에 관문을 만들어 지키며 이미 오랫동안 장성을 쌓았으니, 세 나라가 쌓아 놓은 장성을 이어 놓으면 북·동·서로 뻗은 것이 족히 만 리나 되었다.

진(秦)나라가 제후국을 합병하여 천하를 통일하고 천자가 되자 곧 몽염(蒙恬)으로 하여금 장성을 쌓게 하되 지세를 따라 험한 곳을 이용하여 변방의 요새를 만들었는데, 임조(臨洮)로부터 요동에 이르기까지 10,000리에 뻗었다. 생각하건대 몽염이 옛 성을 그대로 두고 증수(增修)했던 것인가? 아니면 연나라와 조나라의 옛 성을 부수고 새로 쌓았던 것인가?

몽염의 말에,

"〈이 성은〉 임조에서 시작해서 요동까지 잇닿았다."

라고 하였으니, 성과 해자(垓字)가 10,000여 리에 뻗은 그 사이에 지맥(地脈)을 끊지 않을 수 없었겠고, 사마천(司馬遷)이 북쪽 변방에 가서 몽염이 진나라를 위해 쌓은 장성의 역정(驛亭)과 돈대가 모두 산을 끊고 골짜기를 메운 것을 보고서 그가 가벼이 백성의 힘을 허비하였음을 책망하였다. 그렇다면 이 성은 정말 몽염이 쌓은 것으로, 연나라와 조나라의 옛 성이 아닌지도 모르겠다.

성은 모두 벽돌로 쌓았으며, 벽돌은 모두 한 기계에서 찍어낸 것이어서 두껍고 얇음이나 크고 작은 것이 조금도 차이가 없다. 성 바닥의 돈대〔址臺〕[8]는 돌을 다듬어서 쌓았으되, 땅 밑에 포갠 것이 다섯이고, 땅 위에 포갠 것이 셋이라 한다. 가끔 무너진 곳이 있었는데, 그 두께를 헤아려보니 다섯 길쯤 되나, 흙을 섞지 않은 듯하고 오로지 벽돌과 벽돌 사이에 석회를 발라 쌓았다. 석회는 종이처럼 얇아서 겨우 벽돌이 이어 붙어 있게 하였는데, 마치 나무에 아교를 써서 붙여 둔 듯싶다.

성의 안팎이 먹줄을 치고 깎아서 바르게 한 듯하되, 아래는 넓고 위는 좁아서 비록 대포와 충차(衝車)라도 갑자기 깨뜨려 부수기는 어렵게 되어 있다. 대체로 그 바깥 벽돌은 비록 이지러졌으나 속에 쌓은 것은 그대로 남아 있기 때문이다.

담결핵(痰結核)을 다스리는 데에는 천년 묵은 석회에다가 초를 타서 떡을 만들어 붙이곤 한다. 오래도록 해묵은 석회로는 장성이 으뜸이었으므로 으레 사신이 오가는 편에 이를 구했던 것이다. 내 일찍이 젊었을 때 주먹만큼 큰 석회 덩어리를 본 적이 있었는데, 이제 와서 보고 결코 그것이 참된 것이 아님을 알게 되었다.

길가의 모든 성의 제도는 모두들 장성과 다름없으니, 어디에서 주먹처럼 큰 석회 덩어리를 얻을 수 있겠으며, 또한 어찌 일부러 변방 밖에까지 멀리 가서 구해 올 수 있었겠는가? 이는 우리나라 길가의 무너진 성 밑을 지나다가 주운 것일 뿐이다.

---

8) 돈대〔址臺〕: 담이나 집채 등의 아랫도리의 지면에 돌로 쌓은 부분을 말한다.

돌아오는 길에 고북구(古北口)에 들어갔다. 내가 변방을 나갈 때에는 때마침 밤이 깊어서 두루 구경하지 못하였더니, 지금은 바로 대낮이므로 수역과 더불어 잠깐 모래벌판에서 쉬다가 마침내 〈고북구〉 관(關)으로 들어갔다. 말 떼 수천 필이 관문을 메우도록 들어서 있고, 둘째 관문에는 군졸 4, 50명이 칼을 차고서 줄을 지어 늘어서 있다. 또 두 사람이 의자를 맞대고 앉아 있다가 내가 수역과 함께 말에서 내려 천천히 걸어가자, 두 사람은 기쁜 얼굴로 재빨리 뛰어와 〈우리〉 앞에 와서는 몸을 굽히고 읍하며 위안의 말을 간곡히 보낸다. 하나는 머리에 수정관(水晶冠)을 썼고, 하나는 머리에 산호관(珊瑚冠)을 썼는데, 모두 수비하는 참장(參將)이라고 한다.

석진(石晉)[9]의 개운(開運 : 후진(後晉) 출제(出帝)의 연호, 944~946) 2년(945년)에 거란(契丹)의 임금인 덕광(德光)이 쳐들어와 약탈을 하고 호북구(虎北口)로 돌아가다가 진(晉)나라가 태주(泰州)를 함락하고 다시 군대를 이끌고 남쪽으로 내려간다는 소식을 들었다. 거란의 임금은 해거(奚車 : 북방 민족이 만든 작은 수레)에 앉아서 철요기(鐵鷂騎)[10]의 기병(騎兵)에게 명령을 내린 뒤 모두 말에서 내려 진나라 군사의 녹각(鹿角)[11]을 뽑고 쳐들어갔었다.

9) 석진(石晉) : 오대(五代) 때 석경당(石敬塘)이 세운 나라이다. 석경당은 당나라를 치기 위해 거란의 구원병을 청하면서 아비의 예로 모실 것을 약속하였다.

10) 철요기(鐵鷂騎) : 거란의 기병대. 쇠로 된 갑옷을 입는, 매처럼 날쌘 기병이다.

대체로 장성(長城)을 둘러 '구(口)'라는 이름을 지닌 곳이 무려 몇 백이나 되었는데, 태원(太原 : 산서성에 있음)과 분수(汾水)의 북쪽에도 역시 '호북구'라는 지명이 있다. 그때 덕광(德光)의 군사가 기주(祈州)와 역주(易州)로부터 북쪽으로 갔던 만큼, 그 길이 아니라 바로 유주(幽州)와 단주(檀州)의 호북구가 곧 이 관(關)이다. 당(唐)나라의 선조 중에 '호(虎)'라는 휘(諱)가 있으므로 당나라에서는 호(虎)를 고쳐 '고북구'라 하였다. 송(宋)나라 사람이 지은『사요행정록(使遼行程錄)』에 이르기를,

"단주(檀州)로부터 북쪽으로 80리를 갔고, 거기에서 또 80리를 가서 호북구관(虎北口館)에 이르렀다."

라고 하였으니, 단주의 고북구도 역시 호북구라고 이름하였던 것이다.

송나라 선화(宣和 : 송나라 휘종(徽宗)의 연호, 1119~1125) 3년(1121년)에 금(金)나라 사람들이 요나라 병사를 고북구에서 깨뜨렸고, 가정(嘉定 : 송나라 영종(寧宗)의 연호, 1208~1225) 2년(1209년) 몽고(蒙古)가 금나라를 침입하여 병사가 고북구에 이르자, 금나라 사람들은 거용관(居庸關)으로 물러나 <나라를> 지켰다.

원(元)나라 치화(致化 : 원나라 태정제(泰定帝)의 연호, 1328~1333) 원년(1328년)에 태정제(泰定帝 : 야손철목이(也孫鐵木爾))의 아들 아속길

11) 녹각(鹿角) : 군대에서 쓰는 방어물(防禦物)의 일종. 나무토막이나 나뭇가지를 사슴뿔처럼 얼기설기 놓거나 막아서 적의 침입을 방어했다.

팔(阿速吉八)이 상도(上都 : 찰합이다륜현(察哈爾多倫縣))에서 〈따로〉 즉위하고, 여러 길로 나누어 병사를 보내서 연(燕)나라의 철첩목아(鐵帖木兒)를 대도(大都 : 북경)에서 토벌하였다. 당시 탈탈목아(脫脫木兒)는 고북구를 지키다가 상도의 병사와 의흥(宜興)에서 싸웠다.

명(明)나라 홍무(洪武 : 명나라 태조의 연호, 1368~1398) 22년(1389년)에는 연왕(燕王)에게 명령하여 군사를 거느리고 고북구로 나가서 내안불화(乃顏不花)를 이도(迤都)에서 습격하게 하였다. 영락(永樂 : 명나라 성조(成祖)의 연호, 1403~1424) 8년(1410년)에는 고북구 소관(小關)의 입구와 대관(大關)의 바깥문을 막아서 겨우 사람 하나와 말 한 필만 드나들 수 있게 했다. 지금의 〈고북구〉 관문은 다섯 겹의 문으로 되어 있으나 메운 곳은 없다.

대체로 이 관문은 천고의 전쟁을 치른 장소이다. 천하가 한번 어지러우면 곧 백골(白骨)이 산더미처럼 포개어지게 되니, 진실로 이른바 호북구(虎北口 : 범 아가리)라 할 만하다.

이제 태평한 지 100여 년이나 되어서 사방 경내(境內)에 병혁(兵革 : 전쟁)의 전투하는 소리가 없을 뿐더러, 삼과 뽕나무가 빽빽이 서 있으며, 개와 닭 울음이 사방에서 들려온다. 이와 같이 할 수 있었던 때는 휴양(休養)과 생식(生息)을 한(漢)나라와 당(唐)나라 이후로는 일찍이 있었던 적이 없었으니, 그들은 무슨 덕화(德化)를 베풀었기에 이 경지에 이르렀는지 알지 못하겠다.

그러나 높음이 극도에 달하면 허물어지는 것은 사물의 이치가 으레 그러한 법이다. 이곳 백성이 전쟁을 겪어 보지 못한 지가 오래되었으니, 아아, <앞으로 다가올> 토붕(土崩 : 흙더미가 무너짐)과 와해(瓦解 : 기왓장이 깨짐)도 걱정이 되는구나!

이 관문은 산 위에 자리잡아 비록 수많은 산봉우리가 삥 둘러싸고 있으나 큰 사막을 오히려 바라볼 수 있다. 『금사(金史)』를 상고하면,

"정우(貞祐 : 금나라 선종(宣宗)의 연호, 1213~1217) 2년(1214년)에 조수(潮水)가 흘러넘쳐 고북구의 쇠로 장식한 관문이 떠내려 가 버렸다."

라고 하였으니 대체로 북방 오랑캐들이 세력을 잃고 중국을 하찮게 여기는 것은, 그들이 점거하고 있는 땅이 상류(上流)에 웅거하여 형세가 병 목을 거꾸로 세워 놓은 것처럼 되었기 때문이다.

중국에 커다란 근심 두 가지가 있으니, 곧 황하(黃河)의 범람과 오랑캐의 침입이다. 백곤(伯鯀)[12]의 재주나 힘이나 인격이나 슬기는 오랑캐들이 제멋대로 날뛸 것을 알고도 남음이 있었다. 그래서 그는 유주(幽州)와 기주(冀州)를 통하게 하고 항산(恒山)과 대군(代郡)을 뚫어서 구주(九州)의 물을 끌어다가 사막에 물을 대고는, 중국이 도리어 상류에 웅거하여 북쪽 오랑캐를 견제하도록 꾀하였다.

12) 백곤(伯鯀) : 하우씨(夏禹氏)의 아버지로, 9년 동안 홍수를 맡아 다스리다가 실패하여 귀양살이를 하였다.

당시의 사악(四岳)[13] 역시 그의 제안을 옳게 여겨 한번 시험해 보려 하였으니, 이른바 "〈그만두더라도〉 옳은가를 시험해 보고 이에 그만두어야 한다."[14]는 말이 곧 그것이다. 요(堯)임금은 비록 물을 거꾸로 흐르게 하는 것이 옳다고 여기지 않았건만 백곤의 변론이 몹시 강력하므로 반박을 하지 못하였으며, 우(禹)임금도 물의 역행이 의당한 일이 아님을 알았지만 백곤의 재주와 슬기가 심히 뛰어났으므로 감히 간하지도 못하였으니, 이른바 "윗사람의 명령을 어기고 여러 사람들과의 화합을 깨뜨린다."[15]는 말이 곧 그것이다.

대체로 백곤의 사람됨이 사납고도 꿋꿋하였을 뿐더러 제 마음대로 의견을 주장하되, 오로지 북방 오랑캐의 침입만을 중국의 영원한 걱정거리로 알았지, 장차 높은 데까지도 물에 잠길 것은 눈앞의 둘째 일로 보고서는 지형도 측량하지 않고 공사비도 아낌없이 반드시 거꾸로 파서 거슬러 흐르게 하였으니, 이른바 "물이 거슬러 가는 것을 홍수(洚水)라고 하므로 홍수란 곧 홍수(洪水)이다"[16]라는 말이 바로 그것이다.

그러나 개울도 뚫고 구덩이도 파고, 물길도 트고, 물을 대기

---

13) 사악(四岳) : 벼슬 이름. 요(堯)임금 때에 사방의 제후들에 대한 관리를 총괄하던 책임자이다.

14) 『서경(書經)』 요전(堯典) 편에 나오는, 백곤의 치수에 관한 말의 한 구절이다.

15) 『서경(書經)』 요전 편에 나오는 구절이다.

16) 『맹자(孟子)』 고자(告子) 하편에 나오는 구절이다.

도 하는 도중에 지세가 점차 높아진 만큼, 흙으로 메워질 것이라곤 기대하지 않았지만 저절로 메워지게 되었으니, 이른바 "백곤이 홍수를 메웠다"[17]는 말이 그것이다. 만일 그렇지 않다면, 백곤이 유독 무슨 마음으로 이처럼 커다란 물을 메워서 스스로 죄과를 범하였으며, 또 당시의 사악과 십이목(十二牧 : 열두 고을의 장관)은 어찌하여 반드시 번갈아 말하며 힘써 추천하였으며, 요임금으로서도 어떻게 차마 9년 동안이나 두고 보면서 그가 실패할 것을 기다렸겠는가?

아아, 갸륵하도다. 백곤이 만일 이 공업을 이룩하였더라면 중국이 오랑캐를 막는 것이나 황하의 범람을 막는 <계책이> 한꺼번에 이룩되는 일거양득이 되어 만세를 두고 힘을 입는 동시에, 그의 커다란 공로와 위대한 사업이 당연히 우(禹)임금보다 위에 있었을 것이다.

이것은 내가 어렸을 때에 어떤 어른이 '백곤(伯鯀)이 홍수(洪水)를 메움'에 대하여 이와 같이 변증(辨證)한 것이다. 그런데 지금 이곳 지형을 살펴보니 전혀 그렇지 않다. 이백(李白)의 시에 이르기를,

"황하의 물이 하늘에서 내려오네〔黃河之水天上來〕."[18]

---

17) 『서경(書經)』 요전(堯典) 편에 나오는, 백곤의 치수에 관한 말의 한 구절이다.

18) 『이태백집(李太白集)』에 나오는 「장진주(將進酒)」 시의 구절이다.

라고 하였으니, 대체로 그 지형이 서편이 높은 탓에 황하가 마치 하늘에서 내려 흐르는 듯하다고 말한 것이다.

관내(關內) 점방에서 점심을 먹었다. 그 벽에는 황제의 어필 칠언절구 한 수가 걸려 있었다. 이는 공민(孔敏)이라는 사람에게 내린 것이다. 황제가 일찍이 남쪽으로 순행하고는 곧바로 북쪽 열하로 돌아올 때, 곡부(曲阜)의 모든 공씨(孔氏)가 일가붙이를 이끌고서 맞이하여 알현하였다. <이에> 황제가 시를 지어 위로하고 격려하여 공씨 가문의 문장(門長)인 공민에게 내려 준 것이다. 공민이 발(跋)을 지어 황제의 두터운 은혜를 성대하게 칭송하고 은총과 영광을 극도로 포장하였을 뿐더러, 벌써 돌에 새겨 널리 찍어서 점방 주인에게 한 벌을 주고 갔다고 한다. 시는 변변치 못하나 글씨는 매우 잘 썼다. 점방 주인이 나에게 사 가지고 가라고 조르기에 시험 삼아 그 값을 물었더니, 은자(銀子) 30냥을 부른다.

식사가 끝난 뒤 곧바로 떠나서 셋째 관문에 들어갔다. 양쪽 벼랑의 석벽이 천 길 낭떠러지로 깎은 듯이 높이 서 있다. 가운데로 수레 한 대가 지나갈 수 있으며, 아래에는 깊은 골짜기로 커다란 바위가 여기저기 쌓여 있다.

<송나라> 기공(沂公) 왕증(王曾)과 정공(鄭公) 부필(富弼)이 거란에 사신으로 갈 때 역시 이 길을 경유하였으므로 그의 『행정록(行程錄)』에,

"고북구는 양편에 준엄한 낭떠러지가 있고, 그 사이에는 길이 났는데 겨우 수레가 드나들 수 있었다."

라고 하였으니, 그가 이곳으로 지나간 것을 징험할 수 있겠다.

한 쓸쓸한 절에서 쉬었는데, 거기에 영빈(穎濱) 소철(蘇轍)[19]의 시(詩)가 새겨져 있기를,

어지러운 산이 꼬불꼬불 둘렀으니 갈 길이 없나 싶었는데 亂山環合疑無路
작은 길 얽힌 채 시냇가를 감돌아든다. 小徑縈回長傍溪
꿈 속에 잠긴 듯이 서촉 길을 헤매니 彷彿夢中尋蜀道
흥주의 동쪽 골짜기가 봉주에선 서쪽이라네. 興州東谷鳳州西

라고 하였다. 『송사(宋史)』를 상고해 보면,

"원우(元祐 : 송나라 철종(哲宗)의 연호, 1086~1094) 연간에 소철이 형 소식(蘇軾)을 대신하여 한림학사(翰林學士)가 되었고, 얼마 안 되어 예부상서(禮部尙書)의 직(職)을 대리하여 거란에 사신으로 갔다. 그의 관반(館伴) 시독학사(侍讀學士) 왕사동(王師同)이 소순(蘇洵),[20] 소식의 글과 소철이 지은 『복령부(茯苓賦)』를 능히 외웠다."

라고 하였으니, 이 시는 곧 문정공(文定公 : 소철의 시호)이 사신으로 갈 때에 이곳을 지나치다가 지은 것이리라.

19) 소철(蘇轍) : 송나라의 문학가로 소식의 아우이다. 철은 이름이고, 영빈(穎濱)은 호이고, 자는 자유(子由)이다.

20) 소순(蘇洵) : 송나라의 문학가로 소식의 아버지이다. 순은 이름이고, 자는 명윤(明允)이고, 호는 노천(老泉)이다.

절에 살고 있는 중은 겨우 둘뿐이고, 뜰 난간 밑에는 오미자(五味子) 두어 섬을 한창 말리고 있었다. 내가 우연히 두어 낟알 주워서 입에 넣었다. 한 명의 중이 멀뚱히 쳐다보다가 별안간 크게 노하여 눈을 부릅뜨며 호통치는데, 행동거지가 몹시 흉악하고 도리에 어긋났다. 나는 곧바로 일어서서 난간 가로 비켜섰다.

일행 중에 마두(馬頭) 춘택(春宅)이 때마침 담뱃불을 붙이러 들어서다가 그 꼴을 보고는 크게 노하여 곧장 앞으로 다가서며,

“우리 영감께옵서 더운 날씨에 찬물 생각이 나셔서, 이 자리에 이리저리 어지럽게 흩어져 있는 많은 것들 중에서 불과 몇 알을 씹어서 저절로 침을 돋우어서 목마름을 해소하려 함이거늘, 너같이 양심 없는 이 까까중놈아, 하늘에도 높은 하늘이 있고 물에도 깊은 물이 있는데, 이 당나귀 같은 도적놈이 〈하늘의〉 높낮이도 분간하지 못하고 물의 얕음과 깊음도 측량할 줄 모르는구나. 이런 무례한 놈, 이 당나귀 같은 도적놈아, 이게 무슨 꼴이냐?”

하고 꾸짖는다. 그러자 그 중은 모자를 벗어 던졌다. 입가에는 흰 거품이 부풀어 오르고 어깻죽지를 기웃거리면서 까치걸음으로 앞으로 나서서,

“너희들 영감이 내게 무슨 상관이 있느냐? 하늘이 높다 하나 너나 두려워하지 나는 두려울 게 없어. 제아무리 관 노야(關老爺)[21]가 현령(顯靈)하고 태세(太歲)가 문에 들었다[22]고 하더라도 그가 이처럼 두렵겠냐?”

라고 한다. 춘택이 손바닥으로 그에게 뺨 한 대를 치고는 우리나라의 이치에 맞지 않는 막말로 욕지거리를 마구 한다. 중이 뺨을 <손으로> 가리고 비틀거리며 들어가 버린다.

나는 목청을 높여 춘택에게 요란을 일으키지 못하게 꾸짖었다. 춘택은 오히려 분기를 이기지 못한 나머지 곧장 그 자리에서 싸워 죽이고 말 기세였다. 한 명의 중은 부엌문에 서서 웃음을 머금은 채 편을 들지도 않고 말리지도 않는다. 춘택은 또 한 주먹으로 그를 두들겨 엎어놓고는,

"우리 영감께옵서 만세야(萬歲爺 : 황제를 높여 부르는 말)께 여쭙는다면 네 이 도적놈의 대가리를 쪼개 버리든지, 그렇지 않다면 이 절을 소탕하여 깨끗이 쓸어버려서 평지를 만들 것이야."

하며 호통친다. 그 중도 옷을 툭툭 털고 일어나며,

"너희 영감 말이야, 공짜로 남의 오미자를 훔치고, 또 네놈을 시켜 도리어 사발처럼 모진 주먹을 보내니, 이게 무슨 도리냐?"

하며 꾸짖으나, 그의 기색을 살펴보니 차차 기세가 꺾여 풀이 죽어 간다. 춘택은 더욱 기가 살아서는 화가 치밀어 욕을 하며,

"무슨 공짜야, 기껏해야 한 말[斗]이 되겠느냐? 한 되[升]가 되겠느냐? 그까짓 눈곱처럼 작은 한 알 때문에 우리 영감님의 높으신 위신을 깎았단 말이냐. 황상께서 만일 이 일을 아신다면 그때는 너 같은 까까중놈의 머리통을 대번에 쪼개버릴 것이

---

21) 관 노야(關老爺) : 관우(關羽). 노야는 높여서 하는 말이다.

22) 살(殺)이 들었다는 말이다.

다. 우리 영감께서 <이 일을> 만세야께 가서 여쭐 때, 네놈이 비록 우리 영감은 두려워하지 않는다고 하겠지만 만세야도 두려워하지 않는단 말이냐?”

라고 하였다. 그제야 그 중이 더욱 기가 죽어서 감히 다시는 앙갚음의 말도 하지 못한다.

춘택은 무수히 마구 욕지거리를 하는데, 세력에 기대어 기가 살아서 툭하면 만세야를 팔아 댄다. 이 시각에는 응당 만세야의 두 귀가 가려웠으리라고 생각된다. 춘택이 말끝마다 황제를 일컬으니, 그가 세력을 믿고 헛되이 허세를 부리는 꼴이야말로 사람으로 하여금 포복절도(抱腹絶倒)하게 할 일이다. 저 흉악한 중은 진짜 겁을 먹고 두려워하여, ‘만세야’ 세 글자를 듣자 마치 천둥 번개나 귀신을 본 것처럼 한다.

춘택이 벽돌 하나를 뽑아서 중에게 던지려 한다. 두 중은 모두 웃음을 지으며 달아나 숨어 버렸다가, 곧바로 산사(山楂 : 아가위) 두 개를 갖고 와서 웃는 얼굴로 바치며 청심환을 요구한다. 그러고 보면 애초에 소란을 떤 것은 청심환을 얻기 위함이었던 것이다. 그의 마음씨를 따져본다면 실로 나쁘다고 말할 만하다. 내가 곧 청심환 한 알을 주었더니, 그 중은 머리를 무수히 조아리는데, 참으로 염치가 없다. 산사는 살구처럼 굵기는 하지만 몹시 시금털털하여 먹을 수 없었다.

성인은 남의 물건을 사양하거나 받는다든지, 취하거나 준다든지 하는 일에 있어서 매우 조심했다. 그것이 옳은 일이 아니라면 비록 한낱 지푸라기라도 <함부로> 남에게 주지도 않을 뿐더러, 남에게서 취하지도 않았던 것이다.

대체로 한낱 지푸라기란 천하에 지극히 작고도 지극히 가벼운 물건이어서 족히 만물 중에서 손꼽을 수조차 없겠으니, 세상에 어찌 한낱 지푸라기를 사양하거나 받는다든지 취하거나 준다든지 하는 순간을 논할 나위가 있겠는가? 그러나 성인(聖人)은 이와 같이 엄청나게 심한 말씀을 하여 마치 그 사이에 커다란 염치와 의리가 존재하는 듯 말하였음을 이상히 여겼더니, 이제 이 오미자로 인하여 일어난 일을 체험하고 나서 비로소 한낱 지푸라기를 이끈 성인의 말씀이 과연 지나치게 심함이 아님을 깨달았다. 아아, 성인이 어찌 나를 속이겠느냐?

두어 낟알의 오미자는 실로 한낱 지푸라기와 같은 미미한 물건이건만 저 완패(頑悖)한 중이 나에게 무례(無禮)한 행위를 한 것은 가히 방자하고 상식에 어긋난 짓이라 할 만하다. 그리하여 이로 말미암아 다투기 시작하여서 주먹다짐에 이르렀을 뿐더러 바야흐로 그들이 싸울 때에는 분한 마음을 이기지 못하여 제각기 생사를 분간하지 않았으니, 이때를 당해서는 비록 두어 낟알의 오미자일망정 재화가 산더미처럼 높았던 만큼, 이는 결코 천하에 지극히 가늘고도 가벼운 물건이라 얕보아서는 안 될 것이다.

춘추(春秋) 시대에 종리(鍾離)에 살고 있는 여인이 초(楚)나라의 여인과 뽕따기를 다투다가 마침내는 두 나라의 전쟁을 일으키기까지 했다.[23] 이 일과 비교해 본다면 두어 낟알의 오미자가 성인이 말씀하신 지푸라기 하나보다 이미 많았을 뿐더러, 옳고 그름을 따지자면 초나라의 여인의 뽕따기 다툼과 다름이 없다. 만일 이때에 그들이 싸우다가 목숨을 잃은 사변이 생겼더라면, 어찌 군사를 일으켜 죄를 문책할 일이 없으리라고 예측하겠는가?

내 학문이 성글고 얕아서 애초에 오얏나무 아래에서 갓을 바로잡고 오이밭에서 신발끈을 매는 혐의를[24] 삼가지 못하여 스스로 공짜로 오미자를 먹었다는 모욕을 취하였으니, 어찌 부끄럽고도 두려움을 이루 다 말할 수 있으리오?

길을 따라 빈 수레가 열하로 들어가는 것이 날마다 몇 천 몇 만인지 모를 만큼 보았다. 이는 황제가 장차 준화(遵化), 역주(易州) 등지에 거둥하려고 하기 때문에 짐바리를 실으러 가는 것이다. 탁타(橐駝 : 낙타)가 몇 천 마리씩 떼를 지어 물건을 싣고 나온다.

대체로 한결같이 크고 작은 놈이 없이 모두 엷은 흰빛에 약간 누런빛을 띠었다. 짧은 털에 머리는 말과 다름이 없으나 작으며, 눈매는 양과 같고, 꼬리는 마치 소와 같이 생겼다. 다닐 때에는 반드시 그 목을 움츠리고 머리를 쳐들되 마치 날아가는 해

23) 『사기(史記)』 초세가(楚世家)에 나오는 고사이다.

24) 일명씨가 지은 「군자행(君子行)」에 "오이밭에서는 신발끈을 매지 말 것이요, 오얏나무 밑에서는 갓을 바로잡지 말 것이다." 했는데, 군자는 오해나 혐의를 살 만한 일을 애당초 하지 않는다는 뜻이다.

오라기처럼 생겼고, 무릎에는 두 마디가 생겼으며, 발은 두 쪽으로 쪼개졌고, 모습은 물새를 닮았다. 걸음은 학처럼 걷고, 소리는 거위와 같은 소리를 낸다. 걸음걸이는 매우 느릿느릿 더디며 행동은 굉장히 둔해서 비록 채찍을 친다고 하더라도 절대로 재빠른 걸음으로 달리게 할 도리가 없다.

옛날 가서한(哥舒翰)[25]이 서하(西河)에 머무르고 있을 때, 그 주사관(奏事官)이 장안(長安)으로 갈 때마다 항상 흰 낙타를 타고 하루에 500리를 달렸다고 한다. 석경당(石敬瑭)이 세운 후진(後晋) 개운(開運 : 출제(出帝)의 연호, 944~946) 2년(945년)에 부언경(苻彦卿)이 거란(契丹) 철요(鐵鷂)의 군사를 크게 깨뜨리자, 거란의 임금(덕광)이 해거(奚車)를 타고 달아날 때 뒤쫓아오는 적병이 <바짝 추격하여> 다급하기에 덕광(德光)이 낙타 한 마리를 잡아 그를 태워서 달아났다고 한다. 그런데 지금 낙타의 걸음걸이를 보면 몹시 더디고도 둔하니, 뒤쫓아오는 기병에게 포로를 면하기 어려울 듯싶다. 아니면 그놈들 중에서도 석계륜(石季倫)[26]이 탔던 소처럼 잘 달리는 놈이 있었는지도 알 수 없는 일이다.

고려 태조(太祖) 때에 거란이 낙타 40마리를 바쳤으나, 태조

---

25) 가서한(哥舒翰) : 당나라 현종 때 장수로, 서장(西藏) 정벌에 공을 세웠다.

26) 석계륜(石季倫) : 진(晋)나라의 큰 부자였던 석숭(石崇). 계륜은 자. 석숭이 평소에 타고 다녔던 소를 석숭우(石崇牛)라고 한다.

는 〈거란이 워낙〉 무도(無道)한 나라라고 여겨 다리 밑에 매어 놓은 지 10여일 만에 모두 굶겨 죽였으니, 거란은 비록 무도한 나라라 할지라도 낙타야 무슨 죄가 있겠는가? 낙타는 하루에 소금 몇 말과 꼴 열 단쯤을 먹기는 일쑤인 만큼, 우리나라에서 세운 목장이 몹시 빈곤하고 검소하며 목동 역시 작고 보잘것이 없어서 먹이기도 어렵다. 물건을 싣고자 하여도 고을의 건물이 낮고 좁으며, 문과 거리가 더욱 비좁아서 그를 수용할 수 없는 형편이었으니, 실로 이는 쓸데없는 물건이 되고 말았던 것이다.

지금까지도 그 다리 이름을 낙타라 하는데, 개성(開城)의 유수부(留守府)에서 3리쯤 되는 거리에 있다. 다리 곁에 돌비석을 세워 탁타교(橐駝橋 : 낙타교)라고 새겼으나, 그 지역 사람들은 낙타교라고 부르지 않고 모두 '약대다리(若大多利)'라고 한다. 이는 그들의 사투리에 약대는 탁타를 말하고, 다리는 교량을 뜻한다. 또 와전되어 '야다리(野多利)'라고 한다. 내 처음 중경(中京 : 개성)에 놀러 갔을 때 낙타교를 물었으나, 어느 곳에 있는지를 아는 이가 없었다. 심하도다, 지방 사투리가 아무런 의의(意義) 없게 되었음이 이와 같았다.

이날에 80리를 갔다.

原文

十七日
십칠일

癸亥 晴暖 曉發 過靑石嶺 皇帝將往薊州東陵 故
계해 청난 효발 과청석령 황제장왕계주동릉 고
已修治道路橋梁 正中築爲馳道 郡縣先期發丁 鏟高
이수치도로교량 정중축위치도 군현선기발정 산고
塡深 磑轉鏝塗 如鋪匹練 樹標準繩 無少屈曲 無少
전심 애전만도 여포필련 수표준승 무소굴곡 무소
偏頗 馳道廣二丈 左右夾路 廣各一丈餘.
편파 치도광이장 좌우협로 광각일장여

詩云周道如砥 今治道眞求如砥 其煩費廣矣 畚土擔
시운주도여지 금치도진구여지 기번비광의 분토담
水 所在成群 隨毁補土 一經蹄痕 已圬之矣 叉木維
수 소재성군 수훼보토 일경제흔 이오지의 조목유
繩 禁人不得行馳道上.
승 금인부득행치도상

而我人必仆叉絶繩而行 余則飭牽夫行馳道下 不敢
이아인필부차절승이행 여즉칙견부행치도하 불감
耶 亦所不忍也.
야 역소불인야

一邊必數步一垜 高可及肩 廣可六尺 如城之有雉堞
일변필수보일타 고가급견 광가육척 여성지유치첩
焉 橋梁皆有欄干 石欄則天祿狻猊之屬 呀口如生 木
언 교량개유난간 석란즉천록산예지속 하구여생 목
欄則丹碧璀璨.
란즉단벽최찬

河廣處則笮木如筐 圍幾一間 長可一丈 盛以河邊亂
하광처즉착목여광 위기일칸 장가일장 성이하변란

磧 安揷水中 以爲橋柱 如灤河潮河 則皆沈數十大船
적 안삽수중 이위교주 여난하조하 즉개침수십대선

以爲浮橋.
이위부교

朝炊三間房 我行入店房 而昨日所逢豫王 入於關廟
조취삼간방 아행입점방 이작일소봉예왕 입어관묘

與店房上下家也 其從騎皆散處他店房 買晱餠肉酒茶
여점방상하가야 기종기개산처타점방 매섬병육주다

余偶爲觀玩廟堂 徐行入廟 則門無閽者 庭內寂無人
여우위관완묘당 서행입묘 즉문무혼자 정내적무인

焉 余初不識豫王在其中也.
언 여초불식예왕재기중야

庭中石榴磊垂 矮松虬蟠 徘徊周瞻 欲拾級上堂之際
정중석류뢰수 왜송규반 배회주첨 욕습급상당지제

一美少年脫帽光頭 走出戶外 見余笑迎曰 辛苦 蓋勞
일미소년탈모광두 주출호외 견여소영왈 신고 개로

苦之語也 余應曰 何五 何五者好也 如吾東問安之語
고지어야 여응왈 하오 하오자호야 여오동문안지어

也.
야

階上雕欄 欄下有兩椅 中設紅卓 請余坐着 主人見
계상조란 난하유양의 중설홍탁 청여좌착 주인견

客 稱造稱造者 請坐請坐也 造諸造諸者 坐着也 稱
객 칭조칭조자 청좌청좌야 조제조제자 좌착야 칭

稱稱者 請請也 連呼者 鄭重款曲也 沿路每入人家
칭칭자 청청야 연호자 정중관곡야 연로매입인가

則其主人莫不如此 蓋待客之禮也.
즉기주인막불여차 개대객지례야

其少年脫帽便衣 故余初認主僧 諦視之 似是豫王也
기소년탈모편의 고여초인주승 체시지 사시예왕야

余不必識認 視若尋常 彼亦不示驕倨貴重之態 而紅
여불필식인 시약심상 피역불시교거귀중지태 이홍

潮漲面 多飮卯酒矣 手自注酒二盞以勸余 余連傾兩
조창면 다음묘주의 수자주주이잔이권여 여련경양

盞 問余會滿洲話否 余對不會也 彼忽俯欄一喀 酒湧
잔 문여회만주화부 여대불회야 피홀부란일객 주용

如瀑 回顧戶內曰 凉阿 一老閹持貂裘自堂中出 覆其
여폭 회고호내왈 량아 일로엄지초구자당중출 복기

背 手麾余出.
배 수휘여출

余卽起去 回顧欄頭 猶自據欄而俯矣 擧止慓輕 容
여즉기거 회고란두 유자거란이부의 거지표경 용

貌淸弱 全無威儀 類市井子.
모청약 전무위의 유시정자

飯後卽發 行數十里 背後百餘騎 遙馳山下 臂鷂者
반후즉발 행수십리 배후백여기 요치산하 비요자

十餘騎 散行山谷間 一騎臂大鷹 其脚如狗脛 黃鱗遍
십여기 산행산곡간 일기비대응 기각여구경 황린편

脚 以皁皮裹頭蔽眼 鷹鸇之屬 皆蔽眼者 令毋視物妄
각 이조피과두폐안 응전지속 개폐안자 영무시물망

翻傷脚 且銷膽也 且爲其養目全意也.
번상각 차소담야 차위기양목전의야

余下馬沙中坐 敲鐵吸煙 一騎佩弓箭者 亦下馬裝煙
여하마사중좌 고철흡연 일기패궁전자 역하마장연

求爇 遂問其人 曰皇侄豫王 與十五歲皇孫 十一歲皇
구열 수문기인 왈황질예왕 여십오세황손 십일세황

孫 自熱河還京 沿道打圍 余問所獲幾何 答曰 三日
손 자열하환경 연도타위 여문소획기하 답왈 삼일

圍獵 得一鵪鶉.
위렵 득일암순

背後蜀黍鳴折 一騎飛出田中 注矢伏鞍而馳 面如玉
배후촉서명절 일기비출전중 주시복안이치 면여옥

雪 爇煙者指謂曰 此十一歲皇孫 逐一兎馳射 兎走沙
설 열연자지위왈 차십일세황손 축일토치사 토주사

上 仰臥湊蹄 馬走快射不中 兎復起走山下 百餘騎馳
상 앙와주제 마주쾌사부중 토부기주산하 백여기치

圍 平原塵土蔽天 砲聲迭發 忽解圍而去 塵影中一團
위 평원진토폐천 포성질발 홀해위이거 진영중일단

旋轉 渺然不見其蹤跡 未知逐獲兎子否也 然馳馬之
선전 묘연불견기종적 미지축획토자부야 연치마지

法 無壯幼 皆天性也.
법 무장유 개천성야

大抵入柵至連山關 多崇山峻嶺 樹木叢密 時有禽鳥
대저입책지연산관 다숭산준령 수목총밀 시유금조

自入遼東以至燕京二千里之間 上絶飛鳥 下無走獸
자입요동이지연경이천리지간 상절비조 하무주수

時當潦炎 而不見蟲蛇 行林莽中而不聞蛙聲 亦未見
시당료염 이불견충사 행림망중이불문와성 역미견

蟾躍 禾稼登黃 亦無野雀 河洲水嶼之間 亦未見一水
섬약 화가등황 역무야작 하주수서지간 역미견일수

鳥.
조

夷齊廟前灤河 始見二雙白鷗 烏鵲鳶常聚都邑之中
이제묘전난하 시견이쌍백구 오작연상취도읍지중

而燕京亦稀見 固不似我東蔽天而飛也 意謂塞外蒐獵
이연경역희견 고불사아동폐천이비야 의위새외수렵

之地 必多禽獸 今見塞上諸山 益童濯 益不見一禽
지지 필다금수 금견새상제산 익동탁 익불견일금

胡虜以畋獵爲性命 信如此也 將何所馳逐耶 盡取絶
호로이전렵위성명 신여차야 장하소치축야 진취절

種 無是理也 抑別有藪澤 所歸之地耶.
종 무시리야 억별유수택 소귀지지야

康熙皇帝二十年 遊五臺山 有虎躍出灌莽中 帝自射
강희황제이십년 유오대산 유호약출관망중 제자사

立斃之 當時山西都御史穆爾賽 按察使庫爾康奏 名
립폐지 당시산서도어사목이새 안찰사고이강주 명

其地爲射虎川 留虎皮於大文殊院 至今存 又親發三
기지위사호천 유호피어대문수원 지금존 우친발삼

十矢 獲兎二十九 其打圍松亭也 射殪三大虎 皆有圖
십시 획토이십구 기타위송정야 사에삼대호 개유도

畵 民間相賣買 可謂神射.
화 민간상매매 가위신사

今見諸公子圍場馳驟 如此其輕豪 蓋其家法也 當是
금견제공자위장치취 여차기경호 개기가법야 당시

時 如有薥黍田中一虎跳出 非但彼爲得意 萬里遊客
시 여유촉서전중일호도출 비단피위득의 만리유객

可以一快 是可恨也.
가이일쾌 시가한야

行至長城外 緣山爲城 參差曲折 其衝處建空心敵臺
행지장성외 연산위성 참치곡절 기충처건공심적대

高可六七丈 廣十四五丈 凡衝處或四五十步一臺 緩
고가륙칠장 광십사오장 범충처혹사오십보일대 완

處或二百步一臺 每臺百總守之 十臺千總守之 每一
처혹이백보일대 매대백총수지 십대천총수지 매일

二里間 鈴鐸相聞 一人有警 左右擧烽 分傳數百里間
이리간 영탁상문 일인유경 좌우거봉 분전수백리간

皆見應速而備豫 皆戚南宮遺策云.
개견응속이비예 개척남궁유책운

六國時亦有長城 趙李牧 大破殺匈奴十餘萬騎 滅襜
육국시역유장성 조이목 대파살흉노십여만기 멸첨
襤 破林胡樓煩 築長城 自代並陰山下至高闕爲塞 而
람 파임호누번 축장성 자대병음산하지고궐위새 이
置雲中鴈門代郡 秦滅義渠 而始於隴西北地上郡 築
치운중안문대군 진멸의거 이시어농서북지상군 축
長城 以拒胡 燕破東胡 卻地千里 亦築長城 自造陽
장성 이거호 연파동호 각지천리 역축장성 자조양
至襄平 置上谷漁陽右北平遼東郡 秦與燕趙 俱邊三
지양평 치상곡어양우북평요동군 진여연조 구변삼
垂 則久已築長城 而聯三國所築 則北東西延袤亦可
수 즉구이축장성 이련삼국소축 즉북동서연무역가
萬里.
만리

及秦兼諸侯 一統爲天子 則使蒙恬築長城 因地形用
급진겸제후 일통위천자 즉사몽염축장성 인지형용
險制塞 起臨洮 至遼東 延袤萬里 意者恬因故城而增
험제새 기임조 지요동 연무만리 의자념인고성이증
修之耶 抑夷燕趙古城而新築之耶.
수지야 억이연조고성이신축지야

恬言起臨洮 屬之遼東 城塹萬餘里 此其中不能無絶
염언기임조 촉지요동 성참만여리 차기중불능무절
地脈 司馬遷適北邊 觀恬所爲秦築長城亭鄣 塹山塡
지맥 사마천적북변 관념소위진축장성정장 참산전
谷 責其輕用民力 然則此城眞蒙恬所築 而非燕趙古
곡 책기경용민력 연즉차성진몽염소축 이비연조고
城耶.
성야

城皆甎築 而甎皆一范所搨 厚薄大小 無毫髮差等
성개전축 이전개일범소탑 후박대소 무호발차등

城底址臺 鍊石而築 入地五帶 出地三帶云 間有頹圮
성저지대 연석이축 입지오대 출지삼대운 간유퇴비

處 量其厚可五丈 而似不夾土 全以甎間石灰而築 灰
처 량기후가오장 이사불협토 전이전간석회이축 회

薄如紙 僅令黏甎 如木之用膠合縫.
박여지 근령점전 여목지용교합봉

城外內如繩削 而下豐上殺 雖大礮衝車 猝難破碎
성외내여승삭 이하풍상쇄 수대포충차 졸난파쇄

蓋其外甎雖落 而裏築自在.
개기외전수락 이리축자재

痰核治法 用千年石灰和醋作餠以傅之 灰之陳久 莫
담핵치법 용천년석회화초작병이부지 회지진구 막

如長城也 故例於使行求之 余少時嘗見灰塊如拳大者
여장성야 고례어사행구지 여소시상견회괴여권대자

今驗之 決知其非.
금험지 결지기비

沿道城制 盡如長城 安得拳大灰塊 且安能迂行出塞
연도성제 진여장성 안득권대회괴 차안능우행출새

外以求也 此我東過路崩堞所得耳.
외이구야 차아동과로붕첩소득이

還入古北口 余出塞時 値夜深 未得周覽 今正値晌
환입고북구 여출새시 치야심 미득주람 금정치상

午 與首譯小憩沙邊 遂入關 有馬群數千匹 塡門而入
오 여수역소게사변 수입관 유마군수천필 전문이입

第二關有軍卒四五十佩僉羅立 又有兩人對椅而坐 余
제이관유군졸사오십패검라립 우유양인대의이좌 여

與首譯下馬緩步 兩人欣然疾趨 至前鞠躬作揖 勞苦
여수역하마완보 양인흔연질추 지전국궁작읍 노고

甚勤 一品頂一瑚頂 俱守禦參將云.
심근 일정정일호정 구수어참장운

石晉開運二年 契丹主德光入寇 還虎北口 聞晉取泰
석진개운이년 거란주덕광입구 환호북구 문진취태

州 復擁衆南下 契丹主坐奚車中 命鐵鷂騎四面下馬
주 부옹중남하 거란주좌해거중 명철요기사면하마

拔晉軍鹿角而入.
발진군녹각이입

蓋環長城稱口者 無慮數百 而太原汾水之北 亦有地
개환장성칭구자 무려수백 이태원분수지북 역유지

名虎北口 時德光兵 自祈易北去 非其路也 乃幽檀之
명호북구 시덕광병 자기역북거 비기로야 내유단지

虎北口 卽此關也 唐之先諱虎 故唐改虎爲古北口 宋
호북구 즉차관야 당지선휘호 고당개호위고북구 송

人使遼行程錄云 自檀州北行八十里 又行八十里 至
인사요행정록운 자단주북행팔십리 우행팔십리 지

虎北口館 則檀州之古北口 亦名虎北口也.
호북구관 즉단주지고북구 역명호북구야

宋宣和三年 金人敗遼兵于古北口 嘉定二年 蒙古侵
송선화삼년 금인패요병우고북구 가정이년 몽고침

金兵至古北口 金人退保居庸關.
금병지고북구 금인퇴보거용관

元致和元年 泰定帝子阿速吉八立於上都 遣兵分道
원치화원년 태정제자아속길팔립어상도 견병분도

討燕鐵帖木兒于大都 時脫脫木兒守古北口 與上都兵
토연철첩목아우대도 시탈탈목아수고북구 여상도병

戰于宜興.
전우의흥

皇明洪武二十二年 命燕王出師古北口 襲乃顔不花
황명홍무이십이년 명연왕출사고북구 습내안불화

于迤都 永樂八年 塞古北口小關口及大關外門 僅容
우이도 영락팔년 색고북구소관구급대관외문 근용

一人一馬　今關五重門而無所塞也.
일 인 일 마　금 관 오 중 문 이 무 소 색 야

大約此關　千古戰伐之場　天下一搖　則白骨如山　眞所謂虎北口也.
대 약 차 관　천 고 전 벌 지 장　천 하 일 요　즉 백 골 여 산　진 소 위 호 북 구 야

今昇平百餘年　四境無金革戰鬪之聲　桑麻菀然　鷄狗四達　休養生息　乃能如是　漢唐以來　所未嘗有也　未知何德而能致之.
금 승 평 백 여 년　사 경 무 금 혁 전 투 지 성　상 마 울 연　계 구 사 달　휴 양 생 식　내 능 여 시　한 당 이 래　소 미 상 유 야　미 지 하 덕 이 능 치 지

崇極而圮　物理所然　民不見兵久矣　土崩瓦解　吁可慮哉.
숭 극 이 비　물 리 소 연　민 불 견 병 구 의　토 붕 와 해　우 가 려 재

關在山上　雖千嶂周遭　而大漠猶可望也　按金史　貞祐二年　潮河溢　漂古北口鐵裹門關　蓋胡虜之憑陵中州者　以其地據上流　勢如建瓴故也.
관 재 산 상　수 천 장 주 조　이 대 막 유 가 망 야　안 금 사　정 우 이 년　조 하 일　표 고 북 구 철 과 문 관　개 호 로 지 빙 릉 중 주 자　이 기 지 거 상 류　세 여 건 령 고 야

中原大患二　卽河也胡也　伯鯀才力人智　足以知胡虜之憑陵　則疏幽冀而鑿恒代　引九州之水而灌之沙漠　使中國反據上流而制胡虜.
중 원 대 환 이　즉 하 야 호 야　백 곤 재 력 인 지　족 이 지 호 로 지 용 릉　척 소 유 기 이 착 항 대　인 구 주 지 수 이 관 지 사 막　사 중 국 반 거 상 류 이 제 호 로

當時四岳 亦可其議 而欲一試之 所謂試可乃已者是
당시사악 역가기의 이욕일시지 소위시가내이자시

也 堯雖不以倒流爲是 而鯀之辯說甚强 莫能難也 禹
야 요수불이도류위시 이곤지변설심강 막능난야 우

亦不以逆行爲當 而鯀之才智甚高 莫敢諫也 所謂方
역불이역행위당 이곤지재지심고 막감간야 소위방

命圮族者是也.
명비족자시야

蓋鯀之爲人 悻直自用 必信己見 惟以胡虜之患 爲
개곤지위인 행직자용 필신기견 유이호로지환 위

中國萬世慮 而乃將懷襄之憂 爲目下第二義 不度地
중국만세려 이내장회양지우 위목하제이의 불탁지

形 不惜工費 必也倒鑿而逆流之 所謂水逆行謂之洚
형 불석공비 필야도착이역류지 소위수역행위지홍

水 洚水者 洪水也.
수 홍수자 홍수야

然而鑿之塹之 疏之瀹之 地勢漸高 不期湮而自湮
연이착지참지 소지약지 지세점고 불기연이자연

所謂鯀湮洪水者是也 自非然者 鯀獨何心 湮此巨浸
소위곤연홍수자시야 자비연자 곤독하심 연차거침

自底罪戾 而當時岳牧 亦何必交口力薦 堯亦何忍九
자저죄려 이당시악목 역하필교구력천 요역하인구

載坐視 以待其敗績哉.
재좌시 이대기패적재

噫 若鯀此功能成 中國防胡防河 一擧兩得 萬世永
희 약곤차공능성 중국방호방하 일거양득 만세영

賴 其鴻功 偉業 當在禹上.
뢰 기홍공 위업 당재우상

余幼時有一長者　辨緜湮洪水證說如此　今視其地形
여유시유일장자　변곤연홍수증설여차　금시기지형
大不然矣　李白詩云　黃河之水天上來　蓋言其地形西
대불연의　이백시운　황하지수천상래　개언기지형서
高　河若從天也.
고　하약종천야

中火於關內店房　其壁上懸皇帝御筆七絶一首　以賜
중화어관내점방　기벽상현황제어필칠절일수　이사
孔敏者也　皇帝南巡　直北還熱河　曲阜諸孔　挈族迎謁
공민자야　황제남순　직북환열하　곡부제공　설족영알
帝作詩慰奬以賜　孔氏門長孔敏　撰跋盛稱恩渥　鋪張
제작시위장이사　공씨문장공민　찬발성칭은악　포장
寵靈　已爲刻石廣印　償店主一本而去云　詩拙而筆則
총령　이위각석광인　상점주일본이거운　시졸이필즉
工矣　店主要余買去　試問其價　乃呼三十兩銀子.
공의　점주요여매거　시문기가　내호삼십냥은자

飯後卽發入第三關　兩崖石壁削立千仞　中通一車　下
반후즉발입제삼관　양애석벽삭립천인　중통일거　하
有深磵　巨石磊砢.
유심간　거석뢰라

王沂公曾富鄭公弼　使契丹　亦由斯逕　其行程錄曰
왕기공증부정공필　사거란　역유사경　기행정록왈
古北口兩傍　峻崖中有路　僅容車軌　可徵其經此也.
고북구양방　준애중유로　근용거궤　가징기경차야

憩一蕭寺　刻蘇穎濱轍詩　亂山環合疑無路　小徑縈回
게일소사　각소영빈철시　난산환합의무로　소경영회
長傍溪　彷彿夢中尋蜀道　興州東谷鳳州西　按宋史　元
장방계　방불몽중심촉도　흥주동곡봉주서　안송사　원
祐間　轍嘗代兄軾爲翰林學士　尋權禮部尙書　使契丹
우간　철상대형식위한림학사　심권예부상서　사거란

其館伴侍讀學士王師同　能誦洵軾之文及轍所著茯苓
기 관 반 시 독 학 사 왕 사 동　능 송 순 식 지 문 급 철 소 저 복 령
賦　是詩　乃文定奉使時　道此所題也.
부　시 시　내 문 정 봉 사 시　도 차 소 제 야

所居僧只二人　庭欄下　方曬乾五味子數斛　余偶拾數
소 거 승 지 이 인　정 란 하　방 쇄 건 오 미 자 수 곡　여 우 습 수
粒納口　一僧熟視　忽大怒瞋目呵嚷　擧止凶悖　余卽起
립 납 구　일 승 숙 시　홀 대 노 진 목 가 양　거 지 흉 패　여 즉 기
倚立欄邊.
의 립 란 변

行中馬頭春宅　適爲爇煙而入　見其狀大怒　直前罵曰
행 중 마 두 춘 택　적 위 열 연 이 입　견 기 장 대 노　직 전 매 왈
吾們的老爺　暑天裏思喫凉水　這一席東西狼多　不過
오 문 적 노 야　서 천 리 사 끽 량 수　저 일 석 동 서 랑 다　불 과
嚼數粒　自然生津止渴　儞這賊光頭無良心　天有天之
작 수 립　자 연 생 진 지 갈　이 저 적 광 두 무 양 심　천 유 천 지
高　水有水之深　這賊驢不辨高低　不量淺深　如此無禮
고　수 유 수 지 심　저 적 려 불 변 고 저　불 량 천 심　여 차 무 례
儞賊驢甚麽貌樣　其僧脫帽提之　口漲白沫　側肩鵲步
이 적 려 심 마 모 양　기 승 탈 모 제 지　구 창 백 말　측 견 작 보
而前曰　儞們的老爺　關我甚麽　天之高　儞雖怕也　吾
이 전 왈　이 문 적 노 야　관 아 심 마　천 지 고　이 수 파 야　오
則不怕也　甚麽關老爺顯聖　太歲臨門　怕他恁地　春宅
즉 불 파 야　심 마 관 노 야 현 성　태 세 림 문　파 타 임 지　춘 택
一掌打頰　亂加以我東無理之辱　其僧扶頰搶入.
일 장 타 협　난 가 이 아 동 무 리 지 욕　기 승 부 협 창 입

余高聲責春宅　使不得作鬧　春宅氣憤憤然直欲卽地
여 고 성 책 춘 택　사 부 득 작 뇨　춘 택 기 분 분 연 직 욕 즉 지
鬪死也　一僧則立廚門　惟含笑不助勢　亦不勸解　春宅
투 사 야　일 승 즉 립 주 문　유 함 소 부 조 세　역 불 권 해　춘 택

又一拳打翻罵曰 吾們的老爺 奏聞萬歲爺 儞這賊腦
우일권타번매왈 오문적노야 주문만세야 이저적뇌
剮也 賴不得這廟堂蕩蕩的淨做了平地 其僧起振衣罵
과야 뇌부득저묘당탕탕적정주료평지 기승기진의매
曰 儞們的老爺 白賴他五味子 更要幫子 還俺如鉢兒
왈 이문적노야 백뢰타오미자 경요방자 환엄여발아
暴拳 是甚道理 看其氣色 漸漸沮死 春宅益肆憤罵曰
폭권 시심도리 간기기색 점점저사 춘택익사분매왈
甚麼白賴這個 卽呷下了一斗麼 一升麼 眼眵似一粒
심마백뢰저개 즉합하료일두마 일승마 안치사일립
羞殺我老爺邱山的 皇上若聞這貌樣時 儞這顆光頭
수살아노야구산적 황상약문저모양시 이저과광두
快快的開開也 吾們的老爺去奏萬歲爺時 儞雖不怕吾
쾌쾌적개개야 오문적노야거주만세야시 이수불파오
老爺 還不怕萬歲爺麼 其僧氣益死 不復敢回話.
노야 환불파만세야마 기승기익사 불부감회화

春宅則無數亂罵 倚勢占强 動賣萬歲爺 萬歲爺是辰
춘택즉무수란매 의세점강 동매만세야 만세야시신
是刻 想應兩耳癢癢 春宅之言 言稱皇帝 可謂怙勢
시각 상응양이양양 춘택지언 언칭황제 가위호세
虛張聲氣之狀 令人絶倒 彼頑僧則眞切畏㤼 聞萬歲
허장성기지상 영인절도 피완승즉진절외겁 문만세
爺三字 如雷霆鬼神.
야삼자 여뢰정귀신

春宅拔一甎欲打之 兩僧都笑走匿 卽持兩個山楂 陪
춘택발일전욕타지 양승도소주닉 즉지양개산사 배
笑來獻 且求淸心元 當初起鬧 蓋討淸心元也 究厥心
소래헌 차구청심원 당초기뇨 개토청심원야 구궐심
術 可謂無良 余卽與一丸 其僧叩頭無數 無恥甚矣
술 가위무량 여즉여일환 기승고두무수 무치심의

山楂之大如杏子 太酸不堪食矣.
산사지대여행자 태산불감식의

聖人謹於辭受取與之間 非其義也 一芥不以與人 非其義也 一芥不以取諸人.
성인근어사수취여지간 비기의야 일개불이여인 비기의야 일개불이취저인

夫一芥者 天下至微至輕之物 不足與數於萬物之中世豈有以一芥爲辭受取與之理哉 然而聖人爲此已甚之論 有若大廉防大義 關存乎其間者 今吾驗之五味子 聖人一芥之論 果非已甚之語 嗚呼 聖人豈欺余哉.
부일개자 천하지미지경지물 부족여수어만물지중세기유이일개위사수취여지리재 연이성인위차이심지론 유약대렴방대의 관존호기간자 금오험지오미자 성인일개지론 과비이심지어 오호 성인기기여재

數粒之五味子 眞一芥之微 而彼頑僧之加我無禮 可謂橫逆 然因此起爭 至於拳毆 方其鬪爭也 不忍憤憤之心 彼此生死未可知也 當此之時 雖數粒之五味子禍若邱山 不可諉天下至微至輕之物矣.
수립지오미자 진일개지미 이피완승지가아무례 가위횡역 연인차기쟁 지어권구 방기투쟁야 불인분분지심 피차생사미가지야 당차지시 수수립지오미자화약구산 불가위천하지미지경지물의

春秋時鍾離女子 與楚女爭桑 遂致兩國之兵 較之此事 數粒之五味子 已多於聖人之一芥 爭辨曲直 無異楚女之爭桑 若令是時有鬪毆致命之變 則安知無興師
춘추시종리여자 여초녀쟁상 수치양국지병 교지차사 수립지오미자 이다어성인지일개 쟁변곡직 무이초녀지쟁상 약령시시유투구치명지변 즉안지무흥사

問罪之擧乎.
문 죄 지 거 호

余學問麤淺　初未能謹之於整冠納履之嫌　自取白頼
여 학 문 추 천　초 미 능 근 지 어 정 관 납 리 지 혐　자 취 백 뢰

之辱　曷勝慙懼哉.
지 욕　갈 승 참 구 재

沿道空車之入熱河者　日閱千萬　皇帝將往遵化易州
연 도 공 거 지 입 열 하 자　일 열 천 만　황 제 장 왕 준 화 역 주

等地　故爲載輜重往也　槖駝載物而出者　千百爲群.
등 지　고 위 재 치 중 왕 야　탁 타 재 물 이 출 자　천 백 위 군

大抵一樣無大小　色皆淡白微黃　毛淺頭類馬而小　目
대 저 일 양 무 대 소　색 개 담 백 미 황　모 천 두 류 마 이 소　목

如羊　尾如牛　行必縮其頸而仰其首　如飛鷺　膝二節而
여 양　미 여 우　행 필 축 기 경 이 앙 기 수　여 비 로　슬 이 절 이

蹄兩歧　形似水鳥　步如鶴而聲如鵝啼　行步甚緩遲　動
제 양 기　형 사 수 조　보 여 학 이 성 여 아 제　행 보 심 완 지　동

極鈍　雖施鞭　萬萬無馳驟之理.
극 둔　수 시 편　만 만 무 치 취 지 리

昔哥舒翰在西河　其奏事官之至長安　常乘白槖駝　日
석 가 서 한 재 서 하　기 주 사 관 지 지 장 안　상 승 백 탁 타　일

馳五百里　石晉開運二年　苻彦卿大破契丹鐵鷂軍　契
치 오 백 리　석 진 개 운 이 년　부 언 경 대 파 거 란 철 요 군　거

丹主乘奚車走時　追兵急　德光獲一槖駝乘之而走　今
란 주 승 해 거 주 시　추 병 급　덕 광 획 일 탁 타 승 지 이 주　금

視其行遲鈍　難免追騎　抑其中亦有駿於乘　如石季倫
시 기 행 지 둔　난 면 추 기　억 기 중 역 유 준 어 승　여 석 계 륜

之駕牛耶.
지 가 우 야

高麗太祖時　契丹送橐駝四十頭　太祖以爲無道之國
고려태조시　거란송탁타사십두　태조이위무도지국
繫之橋下十餘日　皆餓死　契丹雖無道　橐駝何罪　此食
계지교하십여일　개아사　거란수무도　탁타하죄　차식
鹽數斗　費蒭十束　國圉貧儉　牧奴短小　實難豢畜　雖
염수두　비추십속　국어빈검　목노단소　실난환축　수
欲載物　邑屋低狹　門巷猥窄　難以容之　儘爲無用之
욕재물　읍옥저협　문항외착　난이용지　진위무용지
物.
물

至今名其橋曰橐駝　距留守府三里　橋傍竪碣　題曰橐
지금명기교왈탁타　거유수부삼리　교방수갈　제왈탁
駝橋　土人不言橐駝橋　皆稱若大多利　方言若大者橐
타교　토인불언탁타교　개칭약대다리　방언약대자탁
駝也　多利者橋梁也　又訛爲野多利　余初遊中京　問橐
타야　다리자교량야　우와위야다리　여초유중경　문탁
駝橋　則不識在何處　甚矣　方言之無義也若是夫.
타교　즉불식재하처　심의　방언지무의야약시부

是日行八十里.
시일행팔십리

8월 18일 갑자(甲子)

날이 맑더니 늦게 가랑비가 잠시 내리다가 곧바로 그치고, 오후에는 바람과 우레가 크게 일며 소나기가 쏟아졌다.

해가 돋아 밝아질 무렵에 출발하여 거화장(車花莊)과 사자교(獅子橋)를 지나니 행궁(行宮)이 있었다. 목가곡(穆家谷)에 이르러 점심을 먹었다. 식사를 마치고 나서 곧바로 떠나서 석자령(石子嶺)을 지나 밀운(密雲)에 이르니, 종실(宗室 : 청나라 왕실)의 여러 왕들과 보국공(輔國公 : 황실로부터 봉작을 받은 자) 및 수많은 관원들이 흩어져서 황경(皇京 : 북경)으로 돌아가는 자가 길에 잇따랐다.

백하(白河)에 이르자, 나루에 모여든 사람들이 서로 먼저 건너려고 시끄럽게 다툰다. 이들은 한꺼번에 건널 수 없으므로 바야흐로 부교(浮橋)를 매고 있다. 모든 배들은 돌을 운반하고, 사람을 건너 주는 배 한 척만 있을 뿐이다.

지난날 〈이곳을〉 지날 때에는 군기(軍機)가 길에서 맞이하고, 낭중(郎中)은 건너는 일을 챙기고 황문(黃門)은 길을 인도해 주었었다. 제독과 통관들은 기세가 당당하여 물가에서 채찍을 들어 지휘하였으니, 그 위세가 산을 부수고 강을 메울 만큼 되었더니, 지금 연경으로 돌아오는 길에는 이미 근신(近臣)의 호송도 없거니와 출발하는 날 즈음에는 황제 역시 한마디 위로하고 격려하는 말씀이 없었다. 이는 대체로 사신들이 부처님 뵙기를 꺼려한 까닭으로 이러한 푸대접을 받는 것이다. 그들의 기색을 살펴보니, 갈 때와 올 때의 대우가 다름을 느꼈다.

저 백하(白河)는 며칠 전에 건너던 물이었으며, 저 모래 언덕은 갈 때 서 있던 곳이었다. 제독의 수중에 가진 채찍이나 저 물위에 떠 노는 배까지도 〈올 때의 것들과〉 다름이 없건마는, 그럼에도 불구하고 제독은 입을 다물고 통관마저 머리를 숙였을 뿐이었으며, 강산은 아무런 변함이 없건마는 눈을 들어 바라보니 세태의 염량(炎凉)은 달라져 있었다.

아아, 슬프다. 대체로 시세의 믿을 수 없음이 이러하구나. 그리고 세력이 있는 곳에는 미친 듯이 달음질쳐서 따르곤 하였으나, 눈 한 번 끔뻑할 사이에 시세는 옮겨지고 일은 식어져서 빙자할 곳이 없게 된다. 마치 진흙에 빠진 소가 바다로 들어가 빠지는 듯이, 얼음산이 햇빛을 만나 깨끗이 녹아지듯이 천고의 모든 일이 거의 이와 다름없으니, 어찌 슬프지 않겠는가?

〈이렇게 생각하는 차에〉 별안간 시름에 겨운 구름이 사방을 덮으면서 바람과 우레가 크게 일었다. 그러나 오히려 갈 때에 비하면 그처럼 두려워서 벌벌 떨 위세는 아니었다. 갈 때나

올 때가 모두 이러하였으니, 매우 이상한 일이다. 명(明)나라 천순(天順) 7년(1463년)에 밀운(密雲) 회유현(懷柔縣)에 홍수가 나서 백하가 몇 길이나 넘쳐흘러 밀운의 군기고(軍機庫)와 문서방(文書房)이 떠내려갔다고 하였으니, 아마 이곳은 옛 전쟁터로서 맹풍(盲風)과 괴우(怪雨)가 시도 때도 없이 일기 일쑤여서 분노한 번개와 우레의 침울한 원혼이 아직도 맺혀 있는 게 아닌가 생각된다.

물길을 지나오는 곳마다 강가의 나룻배는 제도가 한결같지 않았음은 물론, 이곳 백하의 배는 마치 우리나라의 나룻배와 비슷하면서 어떤 것은 톱으로 배 허리를 잘라서 〈몇 채를〉 다시 노끈으로 묶어 배 하나를 만들었다. 한 척도 이상한데 거기다 세 척을 연결한 것도 있다.

글자를 만든 것 중에는 상형(象形)이 많다. 예를 들면 배 주(舟) 자의 변에는 도(舠)니 접(艓)이니 책(舴)이니 항(航)이니 맹(艋)이니 정(艇)이니 함(艦)이니 몽(艨)이니 하는 따위가 배의 모양에 따라 이름을 지은 것이다. 모든 사물이 다 그러하다.

우리나라에서는 작은 배는 걸오(傑傲), 나룻배는 날오(捏傲 : 나루), 커다란 배는 만장이(漫藏伊), 곡식을 실은 배는 송풍배(松風排)라 하였고, 바다에 출범(出帆)하는 배는 당돌이(唐突伊), 상류로 다니는 배는 물우배(物遇排)라 하였고, 관서(關西) 지역에서는 배를 마상이(馬上伊)라고 일컫는다. 이렇듯 명칭과 만드는 법이 각각 다른데도 〈우리나라에서는〉 다만 '배 선(船)' 한 글자로 나타낼 뿐이다. 또 비록 도(舠) · 접(艓) · 책(舴) · 맹(艋) 등의 글자를 빌려서 쓰기는 하였으나, 이름과 실물이 맞지 않는 것이다.

때마침 4, 50명의 기병이 회오리바람처럼 달려온다. 그 기세는 퍽이나 교만하고 사나워서 우리나라의 피로한 하인들이나 쇠잔한 말을 보고서는 깔보는 듯한다. 그들은 한꺼번에 배에 오른다. 가장 뒤에 따르는 기병 하나가 팔에는 푸른빛 큰 매를 앉히고 채찍을 드날려 대번에 배에 뛰어올랐다. 순간 말의 뒷발굽이 허공에 미끄러져 안장에 탄 사람과 〈팔에 앉았던〉 매가 벌렁 넘어지면서 물속에 떨어졌다. 물살에 이리저리 첨벙거리며 솟구쳐 일어서려고 하다가 다시 가라앉아 허우적거렸지만 아무런 힘도 쓰지 못하고 이리저리 휩쓸렸다. 한참을 용쓰더니 가까스로 물에서 나와 지친 몸으로 배에 오른다.

매는 마치 기름 항아리에 던진 나방과 같고, 말은 오줌통에 빠진 쥐와 같았다. 비단옷과 화려한 채찍이 애처롭게도 물방울져 몸 둘 곳이 없음에도 공연히 말만을 채찍질하자 매는 더욱 놀라 날아오르곤 한다. 제 몸을 과장하고 남을 업신여기다가 앙갚음이 즉시에 이르고 마는 것을 보아서 족히 경계삼을 만하다.

강을 건넌 뒤에 그를 따르는 기병에게 물었더니, 말 위에서 몸을 갸우뚱하면서 채찍으로 진흙 위에 글자를 썼는데,

"그이는 사천장군(四川將軍)이랍니다. 나이가 늙어서 심히 씩씩하고 용맹스럽지 않습니다."

라고 한다.

부마장(駙馬莊)에 이르러서 묵었다. 객점(여관)은 성 밑에 있는데, 성은 곧 회유현(懷柔縣)이다. 밤에 문을 나서 소변을 보았다. 때마침 기병들은 2, 30명씩 또는 400여 명씩 떼를 지어 빨리 달려 지나간다. 한 대열마다 등불 하나가 앞을 인도할 뿐이다. 아마 모두 귀족인 듯싶다. 그리하여 수레와 말 달리는 소리가 밤새 끊이지 않았다.

이날에는 65리를 갔다.

原文

十八日
십팔일

甲子 晴 晩微雨卽止 午後大風雷驟雨 平明發行
갑자 청 만미우즉지 오후대풍뢰취우 평명발행

過車花莊獅子橋 有行宮 至穆家谷中火 飯後卽行 過
과거화장사자교 유행궁 지목가곡중화 반후즉행 과

石子嶺至密雲 宗室諸王輔國公 及千官之散回皇京者
석자령지밀운 종실제왕보국공 급천관지산회황경자

連絡于道.
연락우도

至白河 津渡喧爭 莫可卽涉 方造浮橋 船皆運石
지백하 진도훤쟁 막가즉섭 방조부교 선개운석

只有一艇濟人.
지유일정제인

向時往也 軍機道迎 郞中護涉 黃門探程 提督通官
향시왕야 군기도영 낭중호섭 황문탐정 제독통관

氣勢堂堂 臨河擧鞭 有摧山塡河之形 今玆還京 旣無
기세당당 임하거편 유최산전하지형 금자환경 기무

近臣之護送 臨發之日 皇帝亦無一語勞勉之諭 蓋由
근신지호송 임발지일 황제역무일어로면지유 개유

使臣不肯見佛 而有此不承權輿之歎 察其氣色 來往
사신불긍현불 이유차불승권여지탄 찰기기색 내왕

頓異.
돈이

彼白河向日所渡之水也 彼沙岸去時所立之地也 提
피백하향일소도지수야 피사안거시소립지지야 제

督手中之鞭 汎彼河上之船 一也 然而提督無聲 通官
독수중지편 범피하상지선 일야 연이제독무성 통관
垂頭 江山不殊 擧目有炎涼之異.
수두 강산불수 거목유염량지이

嗟 夫勢之不足恃如是 而勢之所在 奔騖若狂 轉眄
차 부세지부족시여시 이세지소재 분무약광 전면
之頃 時移事冷 無所憑倚 汨然如泥牛之入海 渙然若
지경 시이사랭 무소빙의 골연여니우지입해 환연약
氷山之遇日 千古滔滔 豈不哀哉.
빙산지우일 천고도도 기불애재

忽有愁雲四壓 風雷大作 猶不若去時之怖懍 來往之
홀유수운사압 풍뢰대작 유불약거시지포름 내왕지
際 皆如此 甚可異也 皇明天順七年 密雲懷柔大雨
제 개여차 심가이야 황명천순칠년 밀운회유대우
白河溢數丈 漂密雲軍機庫及文書房 意者此古戰場
백하일수장 표밀운군기고급문서방 의자차고전장
風盲雨怪 發作無時 電怒雷憤 煩寃尙結耶.
풍맹우괴 발작무시 전노뢰분 번원상결야

沿路河津 船制不一 此河船制 有如我國津船 而或
연로하진 선제불일 차하선제 유여아국진선 이혹
有鋸截船腰 乃還繩縛爲一船者 一猶怪矣 乃有三焉.
유거절선요 내환승박위일선자 일유괴의 내유삼언

造字者 多象形 如舟傍曰舠曰艓曰舴曰航曰艋曰艇
조자자 다상형 여주방왈도왈접왈책왈항왈맹왈정
曰艦曰艨 隨形錫名 物物皆然.
왈함왈몽 수형석명 물물개연

我國小船曰傑傲 津船曰捏傲 大船曰漫藏伊 漕船曰
아국소선왈걸오 진선왈날오 대선왈만장이 조선왈
松風排 出海曰唐突伊 上流曰物遇排 關西稱船曰馬
송풍배 출해왈당돌이 상류왈물우배 관서칭선왈마

上伊 制雖各異 只一字曰船而已矣 雖借用舠艓舴艋
상이 제수각이 지일자왈선이이의 수차용도접책맹

等字 而名實無當耳.
등자 이명실무당이

有四五十騎 旋風而來 氣勢驕桀 其視我國罷隷殘鬣
유사오십기 선풍이래 기세교걸 기시아국파례잔렵

蔑如也 一擁登船 後有一騎 臂蒼鷹 揚鞭一躍而登
멸여야 일옹등선 후유일기 비창응 양편일약이등

馬之後蹄失虛 連鞍帶鷹 翻顚落水 一滾一撲 欲起復
마지후제실허 연안대응 번전락수 일곤일박 욕기부

泗 轉輾無力 良久乃得出水 圉圉上船.
수 전전무력 양구내득출수 어어상선

鷹也如投缸之蛾 馬也如落溲之鼠 錦衣繡鞭 可憐淋
응야여투강지아 마야여락수지서 금의수편 가련림

溜 置身無所 公然鞭馬 鷹益驚翥 誇己侮人 果報立
류 치신무소 공연편마 응익경저 과기모인 과보립

至 足可爲戒.
지 족가위계

既渡詢其從騎 馬上傾身 以鞭畫字泥上曰 四川將軍
기도순기종기 마상경신 이편획자니상왈 사천장군

爲人老不甚雄猛.
위인로불심웅맹

到駙馬莊止宿 店在城底 城乃懷柔縣也 夜出門便旋
도부마장지숙 점재성저 성내회유현야 야출문변선

或二三十騎 或百餘騎 團馳而過 每隊前導一燈而已
혹이삼십기 혹백여기 단치이과 매대전도일등이이

想皆貴人也 車馬之聲 終夜不絶.
상개귀인야 거마지성 종야부절

是日行六十五里.
시일행육십오리

8월 19일 을축(乙丑)

맑았으나 가끔 비가 뿌렸으며, 늦게 더욱 개었으나 몹시 더웠다.

새벽에 회유현을 떠나 남석교(南石橋)에 이르러서 점심을 먹었다. 처음으로 홍시(紅柹)를 맛보았다. 감의 모양은 네 골이 졌는데다가 턱이 생긴 것이 우리나라의 이른바 반시(盤柹)와 비슷하며, 달고 연하고 물이 많았다. 감은 계주(薊州)의 반산(盤山)에서 나는데, 그곳 온산이 모두 감나무와 배나무, 대추나무, 밤나무라고 한다.

임구(林溝)를 지나 청하(淸河)에 이르러서 묵었다. 이곳은 곧 큰 길이어서 갈 때의 길이 아니었다. 길에 한 묘당(廟堂 : 사당)에 들렀다. 강희(康熙) 황제의 어필로 쓴 금빛 편액에,

"좌성우불(左聖右佛)"

이라고 쓰여 있었다. 좌성이란 관운장(關雲長)을 말함이다. 좌우의 주련(柱聯)에는 그의 도덕과 학문을 높이 찬양하였다.

대체로 〈그들이〉 관공(關公)을 공경하여 떠받든 것은 명(明)나라 초기부터 시작되었으며, 심지어 그의 이름도 함부로 부르지 않게 되어 패관(稗官) 기서(奇書)에까지도 모두 관모(關某)라고 일컬었다. 명(明)나라 · 청(淸)나라 시대에는 공이(公移 : 공문서)와 부첩(簿牒 : 장부)까지도 관성(關聖)이니 관부자(關夫子)니 하고 높여 불렀다. 그 그릇됨과 야비함을 그대로 좇아서 천하의 사대부(士大夫)들이 참으로 그를 학문하는 이로 높여 왔던 것이다.

대체로 소위 학문이란 삼가 생각함〔愼思〕과, 밝게 변증함〔明辨〕과, 상세히 물음〔審問〕과, 널리 배움〔博學〕[1]을 말한다. 그리하여 한갓 덕성(德性)만을 높임에 그쳐서는 안 되므로 문학(問學 : 묻고 배움)[2]을 거듭하지 않을 수 없는 것이다.

비록 옛날 하우씨(夏禹氏)는 착한 말을 하는 자에게는 절을 하고 촌음(寸陰)을 아꼈으며, 안자(顔子)는 잘못을 거듭 범하지 않고 노여움을 남에게 옮기지 않았다 하더라도 오히려 그의 마음이 거칠다고 평하였으니, 이는 그들이 학문하는 극치(極致)에 이르러서도 오히려 약간의 객기(客氣)가 있었던 것이다.

이러한 객기(客氣)를 제거함에 있어서는 모름지기 자기의 사욕(私慾)을 이기고 〈잃어버렸던 것을〉 예법의 행동 안으로 돌

---

1) 『중용(中庸)』에 나온다.

2) 문학(問學) : 송(宋)나라의 철학가 육구연(陸九淵)은 존덕성(尊德性)을 주장하였고, 주희(朱熹)는 도문학(道問學)을 주장하였다.

아오도록 하는〔克己復禮〕 방법을 써야 할 것이다. '자기'라는 것은 사람의 사사로운 욕망이니, 만일 조금이라도 〈사욕이〉 몸에 붙어 있다면 성인은 그를 마치 원수나 도적처럼 간주하여 기어코 베어내고 도려내며 죽여 없앤 뒤에야 그만두려고 하였다. 그러므로 『서경(書經)』에는,

"상(商)나라를 쳐서 기어코 이겨야 하겠다."

하였고, 『역경(易經)』에는,

"고종(高宗)[3]이 귀방(鬼方)[4]을 쳐서 3년 만에 이겼다."

라고 하였으니, 전쟁을 3년 동안이나 오래도록 하면서도 반드시 이기고야 말았다는 것은 실로 〈싸움을〉 이기지 못한다면 나라가 나라의 구실을 하지 못하는 까닭이리라.

그러므로 자기의 사욕을 이긴 뒤에야 비로소 예법으로 돌아올 것이니, 이 돌아온다〔復〕는 말은 조금이라도 미진한 것이 없음을 의미함이다. 예를 들면 해와 달이 일식이나 월식으로 가려졌다가 다시 그 둥근 형태로 회복되는 것이요, 또 잃었던 물건을 도로 찾음과 같이 무게가 조금도 감소하지 않는 것과 다름없는 것이다. 〈이 경지에 이르러서는〉 세 달덕(達德 : 지(智) · 인(仁) · 용(勇))이 아니고서는 이 학문을 이룩할 수 있는 사람은 있

3) 고종(高宗) : 은(殷)나라를 중흥시킨 임금인 무정(武丁)을 말한다. 고종은 묘호이다. 성은 자(子)이고, 무정이라는 이름은 태어난 날의 천간(天干)이 정일(丁日)이었던 데서 붙여진 것이다.

4) 귀방(鬼方) : 중국의 서쪽 변경 지역인 황토고원에 살고 있던 이민족 이름이다. 은나라 고종으로부터 위협을 받아 서쪽으로 이주하였다.

지 않았다. 비록 관공(關公)과 같은 정의와 용맹이라 하더라도 자기의 사욕을 이기고 벌써 예법에 돌아왔다고 대우할 수는 없다. 그러나 다만 지금 관공을 학문한 분으로 일컫는 것은 관공이 『춘추(春秋)』에 밝았기 때문이리라.

관공이 일찍이 오(吳)나라와 위(魏)나라의 참람스러운 역적을 엄격히 배격했던 만큼 또한 어찌 스스로 망령되게 높여 준 '제(帝)'라는 칭호를 마음 편히 차지할 수 있겠는가? 관공의 영혼이 천추에 살아 있다면 반드시 이런 따위의 명분에 어긋난 일을 받지 않을 것이다. 만일 그의 영혼이 사라졌다면 아첨해 본들 무엇이 유익하겠는가?

오경박사(五經博士)[5]는 모두 성현의 후예에게 이어받는 것이었으므로, 동야씨(東野氏 : 주공(周公)의 후예) · 공씨(孔氏 : 공자의 후예) · 안씨(顔氏 : 안회(顔回)의 후예) · 증씨(曾氏 : 증삼(曾參)의 후예) · 맹씨(孟氏 : 맹가(孟軻)의 후예)를 모두 성인의 후예니 현인의 후예니 하였다. 관씨(關氏 : 관우의 후예)와 박사(博士)도 또한 성인의 후예라 하여 동야씨와 공씨의 사이에 놓는다는 것은 심히 얼토당토않은 말이다.

진(滇 : 운남성(雲南省))에 문묘(文廟)가 있는데 왕희지(王羲之)를 신주로 모시고 제사를 받들어 지냈으니, 이는 그를 서성(書聖 : 글씨의 성인)이니 필종(筆宗 : 서법(書法)의 시조)이니 하고 높였던

---

5) 오경박사(五經博士) : 한나라 무제(武帝) 때 실시한 유학. 오경에 능통한 학자에게 준 벼슬 이름이다.

데서 생긴 잘못이다.

성현의 도가 점점 멀어지면서 오랑캐들이 바꾸어 가며 중국의 임금이 되었으므로, 제각기 제 방법으로 천하를 어지럽게 하여 바른 학문이 아득히 끄나풀처럼 끊어지지 않았을 뿐이지, 어찌 천년 후의 사람들이 『수호전(水滸傳)』을 정사(正史)로 삼지나 않을지 어찌 알겠는가?

어떤 사람이 이르기를,

"남만(南蠻)과 북적(北狄)이 줄곧 중국의 임금 노릇을 하였으니, 왕우군(王右軍)[6]을 문묘에 신주로 모시고 제사를 받들어 지내도 될 것이며, 『수호전』을 정사(正史)로 삼는다고 하더라도 좋을 것입니다. 비록 <문묘에 모신> 공자와 안연을 내쫓아 버리고 석가(釋迦)를 모셔 놓고 제사를 받들어 지낸다고 하더라도, 나는 아무런 유감이 없을 것입니다."

라고 하고는 서로 한바탕 크게 웃고 일어섰다.

연경(북경)으로 돌아가는 관원들이 이곳에 이르러서는 더욱 많아졌다. 열하로 향하는 빈 수레가 밤낮으로 끊어지지 않았다. 마두나 역군들 중에 일찍이 서산(西山)에 가 본 자가 있어 멀리 서남쪽에 둘려 있는 돌산을 가리키며,

"저것이 서산이야."

라고 한다. 구름이 자욱하게 낀 가운데에 소라껍데기 모양으로 틀어 말린 상투처럼 솟은 수많은 봉우리가 보일락 말락 은은히

---

6) 왕우군(王右軍) : 왕희지. 우군은 그의 벼슬이다.

비치고, 산 위에는 흰 탑이 구름 낀 하늘 사이에 뾰족뾰족 솟아 있다. 병풍처럼 둘린 산들은 푸른빛이 방울져 떨어지는 듯하고, 그림 같은 산등성이는 푸른빛이 도는 듯이 얽혔다.

그들 두 명이 서로 주고받는 말을 들어보니,

"수정궁(水晶宮), 봉황대(鳳凰臺), 황학루(黃鶴樓)에 붙어 있는 그림이 모두 강남(江南)을 모방해서 그린 것이야."

라고 한다. 물결이 출렁이는 호수(湖水) 가운데에는 흰 돌로 다리를 만들어 수기(繡綺)니 어대(魚岱)니 십칠공(十七空)이니 하는 다리 이름을 붙였다. 너비는 모두 수십 보에, 길이는 100여 길이었으며, 굼틀굼틀 무지개처럼 누웠으며, 좌우에는 돌난간이 둘려 있고, 용처럼 생긴 배에 비단으로 꾸민 돛이 다리 밑으로 출입한다.

이는 40리 먼 곳의 물을 끌어서 호수를 만들었으며 샘물이 돌구멍에서 뿜어져 나오게 하였으니, 이가 곧 옥천(玉泉)이다. 황제는 강남(江南) 땅에 거둥할 때나 막북(漠北)에 머무를 적에도 반드시 이 샘물을 마신다고 한다. 〈이 샘의〉 물맛이 천하에 첫째이므로 연경의 팔경(八景) 중에 옥천수홍(玉泉垂虹 : 옥천에 드리운 무지개)이 바로 그중 하나라고 한다. 마두 취만(翠萬)은 전에 이미 다섯 차례나 갔고, 역졸 산이(山伊)는 두 번이나 갔다고 하므로, 마침내 이 두 명의 하인과 함께 서산에 가기로 약속하였다.

原文

十九日
십구일

乙丑 晴 或灑雨 晩益晴極熱 曉發懷柔縣 至南石
을축 청 혹쇄우 만익청극열 효발회유현 지남석
橋 中火 始食紅柹 形四溝而有臺 類我國所謂盤柹
교 중화 시식홍시 형사구이유대 유아국소위반시
甘脆多水 柹出薊州盤山 遍山皆柹梨棗栗.
감취다수 시출계주반산 편산개시리조률

過林溝至淸河止宿 此卽大路 非去時道也 入一廟堂
과임구지청하지숙 차즉대로 비거시도야 입일묘당
康熙皇帝御書金扁曰左聖右佛 左聖者 關雲長也 左
강희황제어서금편왈좌성우불 좌성자 관운장야 좌
右柱聯 盛述其道德學問.
우주련 성술기도덕학문

蓋崇奉關公 始于明初 至諱其名 稗官奇書 皆稱關
개숭봉관공 시우명초 지휘기명 패관기서 개칭관
某 明淸之際 公移簿牒 至稱關聖關夫子 因謬襲陋
모 명청지제 공이부첩 지칭관성관부자 인류습루
天下之士大夫 眞以學問歸之.
천하지사대부 진이학문귀지

蓋所謂學問者 愼思明辨審問博學也 德性不足以徒
개소위학문자 신사명변심문박학야 덕성부족이도
尊 則乃復道之以問學.
존 즉내부도지이문학

雖以大禹之拜昌惜陰 顔子之弗貳弗遷 猶議其心麤
수이대우지배창석음 안자지불이불천 유의기심추

則其於學問之極功　猶有些客氣存焉耳.
즉기어학문지극공　유유사객기존언이

除此客氣　須用克己復禮　己者　人欲之私也　若一毫
제차객기　수용극기복례　기자　인욕지사야　약일호

著於己　則聖人視之若仇讎盜賊　必欲剪剔殄滅而後已
착어기　즉성인시지약구수도적　필욕전척진멸이후이

書曰　戎商必克　易高宗伐鬼方　三年克之　用兵至於三
서왈　융상필극　역고종벌귀방　삼년극지　용병지어삼

年之久　而必克乃已者　誠以不克　則國不可以爲國矣.
년지구　이필극내이자　성이불극　즉국불가이위국의

克己然後禮始得而復焉　復者　無一毫未盡之辭也　如
극기연후예시득이부언　부자　무일호미진지사야　여

日月之蝕　而復其圓　還推旣失之物　錙銖不減　若非三
일월지식　이부기원　환추기실지물　치수불감　약비삼

達德　未有能成此學問　雖公之義勇　不待克己而禮已
달덕　미유능성차학문　수공지의용　부대극기이례이

復　然但今之稱公以學問者　以公之明於春秋.
복　연단금지칭공이학문자　이공지명어춘추

公旣嚴於吳魏之僭賊　則亦安可自安於妄尊之帝號哉
공기엄어오위지참적　즉역안가자안어망존지제호재

公之精靈　千載如生　必不受此匪分　如其無靈　佞之何
공지정령　천재여생　필불수차비분　여기무령　영지하

益.
익

五經博士　皆襲聖賢之後　故東野氏孔氏顔曾孟氏　皆
오경박사　개습성현지후　고동야씨공씨안증맹씨　개

稱聖裔賢裔　而關氏博士　亦稱聖裔　列於東野孔氏之
칭성예현예　이관씨박사　역칭성예　열어동야공씨지

間　甚無謂也.
간　심무위야

滇有文廟 主祀王羲之 書聖筆宗 所以訛也.
전유문묘 주사왕희지 서성필종 소이와야

聖道益遠 夷狄迭主中夏 各以其道 交亂天下 正學茫茫 不絶如帶 安知千載之後 不以水滸傳爲正史耶.
성도익원 이적질주중하 각이기도 교란천하 정학망망 부절여대 안지천재지후 불이수호전위정사야

或曰 南蠻北狄 常帝中原 則主祀王右軍可也 雖以水滸傳爲正史可也 雖黜孔顔而祀釋迦 吾無憾焉 相與大笑而起.
혹왈 남만북적 상제중원 즉주사왕우군가야 수이수호전위정사가야 수출공안이사석가 오무감언 상여대소이기

回京官員 至此益盛 空車之入熱河者 晝夜不絶 馬頭驛子輩有曾往西山者 遙指西南一帶石山曰 此西山也 雲靄中百千螺髻 出沒隱映 而山上白塔 矗立雲霄間 屛岑滴翠 畵巒繚靑.
회경관원 지차익성 공거지입열하자 주야부절 마두역자배유증왕서산자 요지서남일대석산왈 차서산야 운애중백천라계 출몰은영 이산상백탑 촉립운소간 병잠적취 화만료청

聽其兩相酬酢曰 水晶宮鳳凰臺黃鶴樓 皆倣寫江南蕩漾湖心 白石爲橋 曰繡綺 曰魚岱 曰十七空 廣皆數十步 長百餘丈 矯矯如偃虹 左右周以石欄 龍舟錦帆 出入橋下.
청기양상수작왈 수정궁봉황대황학루 개방사강남탕양호심 백석위교 왈수기 왈어대 왈십칠공 광개수십보 장백여장 교교여언홍 좌우주이석란 용주금범 출입교하

蓋引水四十里爲湖 泉噴石竇 是爲玉泉 皇帝雖巡遊
개인수사십리위호 천분석두 시위옥천 황제수순유

江南　駐蹕漠北　必飮此泉　味爲天下第一　燕都八景
강남　주필막북　필음차천　미위천하제일　연도팔경

玉泉垂虹　卽其一也　馬頭翠萬　前已五往　驛子山伊
옥천수홍　즉기일야　마두취만　전이오왕　역자산이

再往云　遂約此二隷　同遊西山.
재왕운　수약차이례　동유서산

8월 20일 병인(丙寅)

맑았다. 새벽에는 비가 뿌렸으나 곧바로 멎고, 날씨가 약간 서늘하다.

해가 돋아 밝아질 무렵에 떠나 20여 리를 가서 덕승문(德勝門)에 이르렀다. 문의 제도는 조양문(朝陽門)이나 정양문(正陽門) 등 여러 문과 똑같은 만큼, 대체로 아홉 개의 성문이 모두 같다. 진흙탕이 너무 심하여 그 가운데에 한 번 빠진다면 힘을 써도 스스로 빠져나오기가 어려울 것이다. 양(羊) 수천 마리가 길에 빽빽하게 몰려가는데, 다만 몇 명의 목동(牧童)이 몰고 갈 뿐이다.

덕승문은 원(元)나라 때의 건덕문(建德門)이었는데, 명(明)나라의 홍무(洪武) 원년(1368년)에 대장군(大將軍) 서달(徐達)이 지금의 이름으로 고쳤다. 문 밖 8리 되는 곳에 토성(土城)의 옛 터가 있으니, 이는 원나라 때에 쌓았던 것이다.

정통(正統 : 명나라 영종의 연호, 1436~1449) 14년(1449년) 10월 기미에 야선(也先)이 상황(上皇 : 현존한 황제의 아버지)을 모시고, 토성에 올라 통정사참의(通正司參議) 왕복(王復)을 좌통정(左通政)으로 삼고, 중서사인(中書舍人) 조영(趙榮)을 태상시 소경(太常寺少卿)으로 삼아서 상황을 토성에 나와 뵙게 하였다는 곳이 바로 이곳이었다.

『명사(明史)』를 상고하면,

"먀선이 상황의 위세를 업고 자형관(紫荊關)을 깨뜨리고 곧바로 들어와 경사(京師 : 북경)를 엿볼 때 병부상서(兵部尙書) 우겸(于謙)이 석형(石亨)과 더불어 부총병(副摠兵) 범광무(范廣武)를 거느리고 덕승문 밖에 진을 치고서 먀선을 막았다. <우겸이> 병부의 일을 시랑(侍郎) 오녕(吳寧)에게 맡기고 모든 성문을 닫고 친히 싸움을 독려하되, '싸움에 임하여 장수가 군졸을 돌보지 않은 채 먼저 물러서는 자는 그 장수를 벨 것이요, 군사로서 장수를 돌보지 않은 채 먼저 물러서는 자는 뒤의 대열이 앞의 대열을 벨 것이다.' 하고 명령을 내렸다. 이에 장수와 군졸들이 모두 반드시 죽을 것을 각오하고 명령을 따랐다.

경신(庚申)에 적의 군사가 덕승문을 엿보기에 우겸이 석형으로 하여금 빈집 속에 군사를 매복하고는 기병 몇을 보내어 적을 유인하게 하였더니, 적이 기병 10,000명을 거느리고 와서 부딪치자 복병이 일어났다. 그리하여 먀선의 아우 발라(孛羅)가 포탄에 맞아죽었다. 서로 대치한 지 닷새 만에 먀선이 <우겸을> 불러도 응하지 않았을 뿐더러, 싸움도 불리해지자 결국엔 뜻대로 될 수 없다는 것을 알고는 마침내 상황을 모시고 북쪽으로 떠났다."

라고 하였다.

지금 이 성문 밖의 여염이나 시전이 번화하고 화려하여 정양문 밖과 다름이 없고, 또 나라가 태평한 지 오래되어 이르는 곳마다 모두 그러하였다.

서관(西館)에 머물렀던 역관과 비장, 그리고 일행 중의 하인들이 모두 길 왼편에서 대기하다가 말에서 내려 다투어 와서는 손을 잡으며 <그간의> 노고를 위로한다. 다만 박래원(朴來源)이 보이지 않는다. 대체로 멀리까지 맞이하러 가기 위해 홀로 먼저 밥을 먹고 이미 동직문으로 잘못 나가서 서로 길이 어긋난 것이라고 한다.

창대는 장복을 보더니 그동안 떨어져 지냈던 괴로움을 풀기도 전에 다짜고짜 하는 말이,

"너 특별 상금으로 받은 은자(銀子)를 가지고 왔냐?"

라고 하자, 장복 역시 노고를 물어보기 전에 얼굴에 가득 찬 웃음으로,

"상금으로 받은 은자가 몇 냥이더냐?"

하며 묻는다. 창대가,

"1,000냥이야. 의당 너와 반씩 나누어야지."

라고 하니 장복이,

"넌 황제를 뵈었느냐?"

라고 하자 창대가,

"뵈었고말고. 황제는 눈이 호랑이 눈 같고, 코는 화로덩이 같은데, 옷을 벗은 채 벌거숭이로 앉아 있데그려."

라고 하니 장복이,

"머리에 쓴 것은 무엇이던가?"

라고 묻자 창대가,

"황금 투구를 썼지 뭐야. 나를 부르더니 커다란 잔에 술을 한 잔 부어 주며, '넌 서방님을 잘 모시고 험한 길을 꺼리지 않고 왔다니 기특하다'고 하데그려. 그리고 정사의 벼슬은 일품각로(一品閣老)로, 부사는 병부상서(兵部尙書)로 높여 주데그려."

라고 한다. 모두 황당한 거짓말이 아닌 것이 없었으나 비단 장복만 속았을 뿐 아니라, 하인들 중에 사리를 제법 아는 사람치고도 믿지 않는 이가 없었다.

변군(변계함(卞季涵))과 조 판사(조달동)가 나와서 격하게 환영한다. 드디어 서로 이끌고 길 옆 주루(酒樓)에 들어갔다. 술집의 파란 깃발에는,

서로 만나 의기투합하니 임과 함께 마시려고, 相逢意氣爲君飮
높은 다락 수양버들 가에 말을 매노라.[1] 繫馬高樓垂柳邊

라고 쓰여 있다.

이제 수양버들에 말을 매고 높은 다락의 술집에서 술을 마시게 되었으니, 옛 사람이 지은 시가 눈앞에 사물을 있는 그대로

1) 당(唐)나라 시인 왕유(王維)의 시 「소년행(少年行)」에 나오는 시구이다.

묘사함에 지나지 않았는데도 참된 뜻이 완연히 나타나 있음을 더욱 알게 되었다.

다락(술집)은 아래위가 40여 칸이나 된다. 아로새긴 난간과 그림 기둥에 단청이 눈부시고, 분벽(粉壁 : 분칠한 벽)과 사창(紗窓 : 비단을 드리운 창문)이 아득히 신선이 살고 있는 곳과 같았다. 좌우에는 고금(古今)의 법서(法書)와 명화(名畵)가 많이 진열되어 있고, 또 술자리에서 읊은 아름다운 시구가 많이 붙어 있었다.

이는 대체로 조정의 벼슬아치들이 공무를 끝내고 돌아오는 길에서나, 또는 나라 안의 명사들이 석양(夕陽)에 모여들어 수레와 말이 구름처럼 많을 때, 술잔을 입에 물고 시를 읊고, 글씨와 그림을 논평하면서 밤새도록 질탕하게 노닐다가 이런 아름다운 시구와 글씨와 그림을 다투어 남긴 것이다. 날마다 이러하였으나 어제 남긴 것이 오늘 벌써 다 팔린다고 한다.

이런 일들이 술집에서는 이윤이 남는 것이기에 서로 다투어서 그 의자와 탁자, 그릇이나 골동품들을 사치스럽게 벌여 놓고 온갖 화초를 줄지어 놓아 시의 소재로 제공한다. 좋은 먹과 아름다운 종이, 보배로운 벼루, 보드라운 붓들은 모두 그 안에 갖추어져 있었다.

옛날 양무구(楊無咎)[2)]가 어떤 기생집에 놀러갔을 때, 조그마한 바람벽 위에 절지매(折枝梅 : 매화 가지를 그린 그림) 한 폭을 그

2) 양무구(楊無咎) : 양무구(揚无咎). 송나라 때의 화가인데, 매화 · 대나무 · 소나무 등 삼우(三友)를 잘 그렸다.

려 붙였더니, 오가는 사대부들이 이를 감상하기 위하여 이 집을 두루 찾아들었으므로 기생집은 이 그림 덕분에 문호가 더욱 번영하였다. 그러나 그 후 그림을 훔쳐간 사람이 있었는데, 이후부터는 찾아드는 수레와 말이 점차 적어졌다고 한다.

장일인(張逸人)[3]은 일찍이 최씨(崔氏)의 주로(酒罏 : 술독)에,

무릉성 안 깊은 곳에 최씨 집 아름다운 술	武陵城裏崔家酒
하늘에는 있을망정 지상에는 없으리.	地上應無天上有
구름인 양 이 내 몸이 한 말 그냥 마시고서	雲遊道士飮一斗
흰 구름 깊은 저 동구에 취한 채 누었다오.	醉臥白雲深洞口

라는 시를 썼는데, 이로부터 사려는 사람이 더욱 많아졌다고 한다.

대체로 중국의 명사와 대부들은 기생집과 술집에 출입함을 꺼려하지 않았기 때문에, 여씨(呂氏)[4]의 가훈(家訓)[5]을 통해서 다방과 술집에 드나드는 것을 경계했던 까닭이다.

우리나라 사람들의 술 마시는 풍속은 어느 나라 사람들보다 험하다. 소위 술집이라고 하는 곳은 모두 항아리 구멍처럼 생긴 들창에 새끼로 얽은 문으로 되어 있다. 길 왼편 소각문(小角門)에 새끼로 얽은 발을 늘이고 쳇바퀴로 등롱(燈籠)을 만들어서

---

3) 장일인(張逸人) : 이름은 미상. 일인은 은사(隱士).

4) 여씨(呂氏) : 송나라의 학자 여조겸(呂祖謙).

5) 가훈(家訓) : 가정에서 자녀에게 훈계하는 글.

매단 곳은 반드시 술집이다. 그리고 우리나라 시인(詩人)들이 <시 속에서> 사용한 '파란 깃발〔靑帘〕'은 모두 실제가 아니었으니, 일찍이 장대에 매달아 놓은 깃발 하나가 술집 등마루에 나부끼는 것을 본 적이 없었다.

그러나 우리나라 사람들의 술배는 너무나 넓어서 반드시 커다란 사발에 술을 따라 이맛살을 찌푸리며 한꺼번에 기울이곤 한다. 이는 술을 붓는 것이지 마시는 것은 아니며, 배 불리기 위함이지 취미를 돋우기 위한 것은 아니다. 그러므로 한번 술을 마시면 반드시 취하게 되고, 취하면 번번이 주정을 하게 되고, 주정을 하면 번번이 서로 싸움질을 하여 술집의 항아리와 사발들을 남김없이 발로 차서 깨뜨려 버린다. 소위 풍류(風流)와 문아(文雅 : 문치)의 모임이 어떤 모습인지 모를 뿐만 아니라, 도리어 중국의 이런 술 마심이 아무런 배를 불릴 것이 없음을 비난하기 일쑤이다.

비록 <이런 술집을> 압록강 동편에 옮겨 놓는다 하더라도 하룻저녁을 참지 못하여 벌써 <보배로운> 그릇과 골동품을 두들겨 깨뜨리고, 아름다운 화초를 꺾고 밟아 버릴 것이니, 이것이 가장 안타까운 일이다.

이주민(李朱民)[6]은 풍류와 문아를 지닌 선비로서 한평생 중국을 마치 굶주림과 목마름에 밥을 찾고 물을 찾듯이 연모하였지만, 유독 술 마시는 규칙에 있어서는 <중국의> 옛 법을 좋아

6) 이주민(李朱民) : 연암의 친구. 주민은 자인 듯하다.

하지 않았다. 술잔의 대소와 술의 청탁(좋고 나쁨)을 헤아리지 않고, 손결에 닿으면 곧 기울여 입을 벌리고는 한꺼번에 들이붓는다. 술자리를 함께한 친구들은 이주민의 술버릇을 '복주(覆酒 : 술 엎음)'라 하여 고상하게 장난을 치곤 하였다.

이번 걸음에 같이 오기로 되어 있었으나 어떤 이가,

"그는 주정을 부려서 가까이할 수 없습니다."

하고 헐뜯었다. 나는 그와 함께 10년 동안 술을 마셨으되, 얼굴에 단풍빛이 오른 적이나 입에 감거품을 게워낸 적이 없었으며, 술을 마시면 마실수록 더욱 얌전해진다. 다만 그의 술 엎는 방법이 조금 결점이 있을 뿐이다. 이주민은 늘,

"두자미(杜子美 : 두보)도 술을 엎었다오. 그의 시에 '아이야, 이리 오너라 손 안의 술잔을 엎으려무나.' 라고 하였으니, 이건 입을 벌리고 누워 아이들로 하여금 술을 입에다 엎으라고 한 게 아니겠는가?"

하고 증거를 댔는데, 온 자리에 모인 사람들이 크게 웃은 적이 있었다.

만리타향에서 별안간 친구가 생각난다. 주민이 이날 이 시간에 어느 집 술자리에 앉아서 왼손으로 잔을 잡고, 다시 이 만리타향에 구경 온 나그네를 생각하겠는가?

전에 갈 때에 들렀던 객관을 다시 찾았다. 바람벽 위에 붙었던 몇 폭의 주련(柱聯)과 자리 오른쪽에 머물러 둔 생황(笙簧)과 철금(鐵金)이 모두 탈 없이 그대로 있다. <옛 시에> "병주를 바라보니 나의 고향 이곳이오〔却望幷州是故鄕〕."[7]라고 한 것이 바로

이를 두고 말한 것이다.

저녁 식사가 끝난 뒤 주부(主簿) 조명위(趙明渭)가 자기 방에 기이한 볼거리가 있다고 자랑하기에 나는 곧 그와 함께 가 보았다. 문 앞에 화초 10여 분(盆)을 진열하였는데 이름은 모두 알 수 없다. 흰 유리로 된 항아리의 높이는 두 자쯤 되고, 침향(沈香)으로 만든 가산(假山)의 높이 역시 두 자쯤 되어 보이고, 석웅황(石雄黃)[8]으로 만든 필산(筆山)[9]의 높이는 한 자 넘는다.

또 청강석(青剛石)으로 만든 필산이 있어 대추나무로 밑받침을 했는데, 자연 그대로의 괴강성(魁罡星 : 북두성) 무늬가 만들어졌을 뿐더러 오목(烏木)으로 받침을 달았으며, 값은 화은(花銀)[10] 30냥이라고 한다. 기서(奇書) 몇 십 종이 있는데, 『지부족재총서(知不足齋叢書)』[11] · 『격치경원(格致鏡源)』[12] 등은 모두 값이 지나치게 비쌌다.

---

7) 당나라 시인 가도(賈島)의 「도상건(渡桑乾)」에 나오는 시구이다. 고향을 떠나 병주(幷州)에서 10년 동안 살다가 배를 타고 여행을 하고 보니, 제2의 고향인 병주가 그리워 본래의 고향으로 여겼다는 뜻이다.

8) 석웅황(石雄黃) : 유화물(硫化物)로 만든 광석(礦石).

9) 필산(筆山) : 붓을 꽂는 도구의 일종. '山' 자 모양으로 만들어 먹이 묻은 붓을 바닥에 닿지 않게 걸어 놓는다.

10) 화은(花銀) : 청나라에서 사용하던 은화의 일종.

11) 『지부족재총서(知不足齋叢書)』 : 청나라 포정박(鮑廷博)이 엮은 책이다.

12) 『격치경원(格致鏡源)』 : 청나라 진원룡(陳元龍)이 지었다.

조군(趙君 : 조명위(趙明渭))은 20여 차례나 연행(燕行)을 하여 북경을 제 집인 양 드나들었고, 한어(漢語 : 중국말)에 가장 익숙할 뿐더러 물건을 매매할 때에도 심한 에누리를 하지 않는 까닭으로 단골손님이 제일 많았다. 그래서 〈상인들도〉 그가 거처하는 방에 물건을 진열하여 구경하도록 제공하는 것이 예사였다.

지난해 창성위(昌城尉)[13]—황인점(黃仁點)이다.—가 정사로 왔을 때 건어호동(乾魚衚衕)에 있는 조선관(朝鮮館)에 화재가 나서 모든 큰 장사치들이 미리 진열해 두었던 물건이 모두 잿더미가 됐는데, 조군의 방 피해가 다른 곳에 비해 더욱 심하였다. 매매된 물건을 제외하고도 불에 탄 것들이 모두 희귀한 골동품과 서책이어서 가격을 따진다면 화은(花銀) 3,000냥이나 되었으며, 모두 융복사(隆福寺 : 북경의 서점가)나 유리창(琉璃廠)에서 옮겨온 물건들이었다.

모든 단골손님이 이미 조군의 방을 빌려서 진열한 것이어서 가격에 대한 보상을 요구하지는 않았지만, 그들은 지난날 겪은 일을 경계하지 않고 지금 또다시 조군의 방을 빌려 옛날처럼 진열하여 조군의 마음과 눈을 즐겁게 하였다. 이에서 족히 중국 풍속이 이처럼 각박하지 않음을 엿볼 수 있겠다.

밤에 태학관에서 묵었다. 여러 역관이 모두 내 방에 모였다.

---

13) 창성위(昌城尉) : 창성은 황인점(黃仁點)의 봉호이다. 호조참판을 지낸 황자(黃梓)의 아들이며, 본관은 창원인데, 조선 후기 영조의 열번째 딸인 화유옹주(和柔翁主)와 혼인하여 창성위의 작위를 받았다.

약간의 술과 반찬이 있었으나, 먼 길을 오간 뒤끝이다 보니 전혀 입맛을 잃었다. 모든 사람이 다 내가 앉아 있는 자리 오른쪽에 놓인 봇짐을 힐끔거린다. 아마 그 속에 어떤 물건이 있는가 하고 생각하는 표정이다. 나는 곧 창대를 시켜 보따리를 끌러서 속속들이 헤쳐 보게 했다. 아무런 다른 물건이 없고 다만 갖고 왔던 붓과 벼루뿐이었고, 두툼하게 보인 것이 모두 필담(筆談)했던 초고와 여행 중에 쓴 일기(日記)였다. 그제야 여러 사람이 모두 석연히 웃으면서,

"난 괴이하게 여겼네. 갈 때엔 아무런 행장이 없더니, 돌아올 때엔 짐이 너무나 부풀었기에 말야."

라고 하고 장복도 역시 머쓱해하면서 창대한테,

"특별 상금 은자는 어디다 두었어?"

라고 한다.

原文

二十日
이십일

丙寅 晴 曉灑雨 卽止 日氣乍凉 平明發行 行二十
병인 청 효쇄우 즉지 일기사량 평명발행 행이십
餘里 至德勝門 門制一如朝陽正陽諸門 蓋九門制度
여리 지덕승문 문제일여조양정양제문 개구문제도
皆同 泥淖尤甚 一陷其中 力難自拔 有羊數千頭 塞
개동 이뇨우심 일함기중 역난자발 유양수천두 색
道而行 惟牧童數人驅之.
도이행 유목동수인구지

德勝門 元之建德門也 皇明洪武元年 大將軍徐達改
덕승문 원지건덕문야 황명홍무원년 대장군서달개
今名 門外八里 有土城舊址 元之築也.
금명 문외팔리 유토성구지 원지축야

正統十四年十月己未 乜先奉上皇登土城 以通政司
정통십사년시월기미 먀선봉상황등토성 이통정사
參議王復 爲左通政 中書舍人趙榮 爲太常寺少卿 出
참의왕복 위좌통정 중서사인조영 위태상시소경 출
見上皇于土城 卽此地也.
견상황우토성 즉차지야

按明史 乜先挾上皇 破紫荊關 直入窺京師 兵部尙
안명사 먀선협상황 파자형관 직입규경사 병부상
書于謙與石亨 率副摠兵范廣武 陣德勝門外 當乜先
서우겸여석형 솔부총병범광무 진덕승문외 당먀선
以部事付侍郎吳寧 悉閉諸城門 身自督戰 下令曰 臨
이부사부시랑오녕 실폐제성문 신자독전 하령왈 임

陣 將不顧軍 先退者 斬其將 軍不顧將 先退者 後隊
진 장불고군 선퇴자 참기장 군불고장 선퇴자 후대

斬前隊 於是將士知必死 皆用命.
참전대 어시장사지필사 개용명

庚申寇窺德勝門 謙令石亨 設伏空舍中 遣數騎誘敵
경신구규덕승문 겸령석형 설복공사중 견수기유적

敵以萬騎來薄 伏起 乜先弟孛羅中礮死 相持五日 乜
적이만기래박 복기 먀선제발라중포사 상지오일 먀

先邀請旣不應 戰又不利 知終不可得志 遂擁上皇北
선요청기불응 전우불리 지종불가득지 수옹상황북

去.
거

今此門外 閭里市塵 繁華富麗 一如正陽門外 昇平
금차문외 여리시진 번화부려 일여정양문외 승평

日久 到處皆然.
일구 도처개연

留館驛官裨將 及行中下隷 齊待于路左 遂下馬 爭
유관역관비장 급행중하례 제대우로좌 수하마 쟁

來執手爲致勞苦 獨不見來源 蓋爲遠候 獨先早喫 已
래집수위치노고 독불견래원 개위원후 독선조끽 이

誤出東直門 故相違云.
오출동직문 고상위운

昌大見張福 不叙其間離索之苦 直言汝有別賞銀帶
창대견장복 불서기간리색지고 직언여유별상은대

來 張福亦未及勞苦 笑容可掬 問賞銀幾兩 昌大曰
래 장복역미급노고 소용가국 문상은기냥 창대왈

一千兩 當與爾中分 張福曰 汝見皇帝否 昌大曰 見
일천냥 당여이중분 장복왈 여견황제부 창대왈 견

之 皇帝眼似虎狼 鼻如火爐 脫衣赤身而坐 張福問所
지 황제안사호랑 비여화로 탈의적신이좌 장복문소

冠何物 曰 黃金頭盔 招我賜酒一大杯曰 汝善陪書房
관하물 왈 황금두회 초아사주일대배왈 여선배서방

主 不憚險而來 奇特矣 上使道一品閣老 副使道兵部
주 불탄험이래 기특의 상사도일품각로 부사도병부

尙書 無非荒話 非但張福受誑 下隷之稍知事理者 莫
상서 무비황화 비단장복수광 하례지초지사리자 막

不信之.
불신지

卞君與趙判事來迎歡甚 遂相携入路傍酒樓 靑帘書
변군여조판사래영환심 수상휴입로방주루 청렴서

相逢意氣爲君飮 繫馬高樓垂柳邊.
상봉의기위군음 계마고루수류변

今繫馬垂柳 高樓飮酒 益知古人作詩 不過拈用卽事
금계마수류 고루음주 익지고인작시 불과념용즉사

而眞意宛然.
이진의완연

樓上下四十餘間 雕欄畫棟 金碧輝映 粉壁紗窓 渺
누상하사십여간 조란화동 금벽휘영 분벽사창 묘

若仙居 左右多張古今法書名畫 又多酒席佳詩.
약선거 좌우다장고금법서명화 우다주석가시

蓋廷紳罷衙歸路及海內名士 夕陽湊集 車馬雲屯 啣
개정신파아귀로급해내명사 석양주집 거마운둔 함

杯賦詩 評書論畫 竟夕流連 爭留其佳句書畫 日日如
배부시 평서론화 경석류련 쟁류기가구서화 일일여

此 昨日所留 今日已盡售賣.
차 작일소류 금일이진수매

此酒家奇羨 故爭侈其椅卓器玩 盛排花艸 以供題品
차주가기선 고쟁치기의탁기완 성배화초 이공제품

精墨佳紙 寶硯良毫 盡在其中.
정묵가지 보연량호 진재기중

昔楊無咎遊娼館 作折枝梅於短壁 往來士大夫多爲
석양무구유창관 작절지매어단벽 왕래사대부다위

觀此歷訪 娼藉此以壯門戶 其後有竊去者 從此車馬
관차력방 창자차이장문호 기후유절거자 종차거마

頓衰.
돈쇠

張逸人嘗題崔氏酒罏云 武陵城裏崔家酒 地上應無
장일인상제최씨주로운 무릉성리최가주 지상응무

天上有 雲遊道士飮一斗 醉臥白雲深洞口 自是沽者
천상유 운유도사음일두 취와백운심동구 자시고자

益衆.
익중

大約中國名士大夫 不以娼館酒肆爲嫌 故呂氏家訓
대약중국명사대부 불이창관주사위혐 고여씨가훈

所以戒行步出入於茶酒之肆也.
소이계행보출입어다주지사야

東人飮酒毒於天下 而所謂酒家 皆甕牖繩樞 道左小
동인음주독어천하 이소위주가 개옹유승추 도좌소

角門 藁索爲簾 簁輪爲燈者 必酒家也 詩人之用靑帘
각문 고색위렴 사륜위등자 필주가야 시인지용청렴

皆非實 未嘗有一竿旗幅 挑出屋頭.
개비실 미상유일간기폭 도출옥두

然而飮戶太寬 必以大椀蹙額一倒 此灌也非飮也 要
연이음호태관 필이대완축액일도 차관야비음야 요

飽也非要趣也 故必一飮則醉 醉則輒酗 酗則輒致鬪
포야비요취야 고필일음즉취 취즉첩후 후즉첩치투

毆 酒家之瓦盆陶甌 盡爲踢碎 所謂風流文雅之會 非
구 주가지와분도구 진위척쇄 소위풍류문아지회 비

但不識爲何狀 反嗤此等 爲無飽於口腹.
단불식위하상 반치차등 위무포어구복

雖移設於鴨水以東 不能竟夕 已打破器玩 折踏花草
수 이 설 어 압 수 이 동 불 능 경 석 이 타 파 기 완 절 답 화 초

此爲可惜.
차 위 가 석

李朱民 風流文雅士也 平生慕華如饑渴 而獨於觴政
이 주 민 풍 류 문 아 사 야 평 생 모 화 여 기 갈 이 독 어 상 정

不喜古法 無論杯之大小 酒之淸濁 到手輒倒 張口一
불 희 고 법 무 론 배 지 대 소 주 지 청 탁 도 수 첩 도 장 구 일

灌 同人謂之覆酒 以爲雅謔.
관 동 인 위 지 복 주 이 위 아 학

是行也 旣定伴當 而有讒之云 使酒難近 余與之飮
시 행 야 기 정 반 당 이 유 참 지 운 사 주 난 근 여 여 지 음

十年矣 面不潮楓 口不噀柹 益飮益莊 但其覆法少疵
십 년 의 면 부 조 풍 구 불 손 시 익 음 익 장 단 기 복 법 소 자

朱民常抵賴曰 杜子美亦覆酒耳 呼兒且覆掌中杯 豈
주 민 상 저 뢰 왈 두 자 미 역 복 주 이 호 아 차 복 장 중 배 기

不是張口而偃臥 使兒童覆酒耶 嘗大笑鬨堂.
불 시 장 구 이 언 와 사 아 동 복 주 야 상 대 소 홍 당

萬里他鄕 忽思故人 未知朱民今辰此刻 坐在何席
만 리 타 향 홀 사 고 인 미 지 주 민 금 신 차 각 좌 재 하 석

左手把杯 復能思此萬里遊客否.
좌 수 파 배 부 능 사 차 만 리 유 객 부

還寓舊棲 壁上所付數聯 及座右所留笙簧鐵琴 俱無
환 우 구 서 벽 상 소 부 수 련 급 좌 우 소 류 생 황 철 금 구 무

恙 却望并州是故鄕 正道此也.
양 각 망 병 주 시 고 향 정 도 차 야

旣夕飯 趙主簿明渭 自詑其炕中陳設異翫 余卽同赴
기 석 반 조 주 부 명 위 자 이 기 항 중 진 설 이 완 여 즉 동 부

戶前列十餘盆花草 俱未識名 白琉璃甕高二尺許 沈
호 전 렬 십 여 분 화 초 구 미 식 명 백 유 리 옹 고 이 척 허 침

香假山高二尺許 石雄黃筆山高尺餘.
향가산고이척허 석웅황필산고척여

復有靑剛石筆山 有棗根 天成魁罡 以烏木爲跗座
부유청강석필산 유조근 천성괴강 이오목위부좌

價銀爲花銀三十兩云 奇書數十種 知不足齋叢書 格
가은위화은삼십냥운 기서수십종 지부족재총서 격

致鏡源 皆値太重.
치경원 개치태중

趙君燕行二十餘次 以北京爲家 最嫺漢語 且賣買之
조군연행이십여차 이북경위가 최한한어 차매매지

際 未甚高下 故最多主顧 例於其所居 爲之陳列 以
제 미심고하 고최다주고 예어기소거 위지진렬 이

供淸賞.
공청상

而前年昌城尉-黃仁點-正使時 乾魚衚衕朝鮮館失火
이전년창성위 황인점 정사시 건어호동조선관실화

諸大賈之預入物貨者 盡爲灰爐 而趙炕比他尤酷者
제대고지예입물화자 진위회로 이조항비타우혹자

賣買物件之外 凡遭回祿者 俱是稀奇器玩書冊 兌撥
매매물건지외 범조회록자 구시희기기완서책 태발

則可値三千兩花銀 皆隆福寺及琉璃廠中物.
즉가치삼천냥화은 개융복사급유리창중물

而諸主顧旣爲借設 則無所徵價 然亦不以此爲戒 今
이제주고기위차설 즉무소징가 연역불이차위계 금

其借排 又復如昔 爲娛心目 足見大國風俗 不齷齪如
기차배 우부여석 위오심목 족견대국풍속 불악착여

此.
차

夜留館 諸譯盡會余炕 略有酒饌 而行役之餘 全失
야류관 제역진회여항 약유주찬 이행역지여 전실

口味 諸人者 皆睨坐右封裹 意其中有物 余遂令昌大
구미 제인자 개예좌우봉과 의기중유물 여수령창대

解褓細檢 無他物 只是帶去筆硯 垺然者皆筆談胡草
해보세검 무타물 지시대거필연 부연자개필담호초

遊覽日記 諸人者俱釋然解頤曰 吾果怪 其去時無裝
유람일기 제인자구석연해이왈 오과괴 기거시무장

歸槖甚大也 張福亦憮然謂昌大曰 別賞銀安在.
귀탁심대야 장복역무연위창대왈 별상은안재

3

경개록(傾蓋錄)

경개록은 열하(熱河)의 태학에서 6일간 머물면서 중국학자와 대화한 내용을 기록하였다. 경개(傾蓋)란 길에서 우연히 만나 수레를 멈추고 일산을 기울여 잠시 이야기한다는 뜻으로, 한 번 보고 서로 친해짐을 비유한다. 『공자가어(孔子家語)』에 "공자가 담(郯)이란 지방을 가다가 정자(程子)를 만나 서로 마차를 가지런히 세운 채 친하게 이야기하다 보니 마차의 덮개 일산이 서로 부딪쳐 기울어졌다."고 한 데서 유래하여 친숙한 사이를 형용하는 말로 쓰인다.

경개록서(傾蓋錄序)[1]

나는 사신을 따라서 북쪽으로 장성을 나서서 열하(熱河)에 이르렀다. 그 땅은 본시 왕정(王庭 : 임금)이 머물렀으나 그 곳에 사는 백성들은 오랑캐들과 뒤섞여 살았으므로 이야기할 만한 상대가 없었다.

이제 태학관에 들어가 묵게 되었는데, 중원의 사대부들이 우리보다 먼저 태학에 와서 묵는 이가 많았다. 이는 모두 황제의 탄신을 축하하는 반열에 참여하러 온 것이었다. 그들과 함께 한 관에 묵으면서 밤낮으로 서로 만나게 되었다. 어차피 다 나그네의 신세로 서로 번갈아 주객(主客)이 된 지 무릇 6일 만에 흩어졌다.

옛말에 이르기를,

"백발 노인이 되어 처음 만났어도 마음은 새롭고, 일산을 기

---

1) 경개록서(傾蓋錄序) : 박영철본에는 이 소제(小題)가 없으나, 여기에서는 주설루본에 의거하여 수록하였다.

울이며 잠시 만났어도 친구와 같다."[2]
라고 하였다. 이제 한마디 이상 주고받은 사람부터 모두 수록하여 「경개록(傾蓋錄)」을 만들었다.

2) 『공자가어(孔子家語)』에 나오는 말이다.

경개록(傾蓋錄)[3]

• 왕민호(王民皥)는 강소(江蘇)에 살고 있는 사람이다. 이때 나이는 54세였고, 사람됨이 몹시 순수하고 순박하여 아무런 꾸밈이 없었다.

지난해에 그가 승덕부(承德府)에 태학을 창건하는 일로 한 번 연경에 갔으며, 올해 봄에 공사가 끝나자 황제가 친히 석채례(釋菜禮)[4]를 행하였다. 왕군은 거인(擧人 : 중앙의 과거를 준비하는 사람)의 몸으로서 바야흐로 이곳에서 공부하고 있었다. 올해 4월에 있었던 회시(會試)에 응하지 않았고, 8월 중에 황제가 칠순 대경(大慶)을 맞이하자 특명으로 거듭 회시를 보였으나 역시 응하지 않았다. 내가,

"어째서 과거를 보지 않으셨습니까?"

---

3) 원문에는 이 소제(小題)가 없다. (편집자주)

4) 석채례(釋菜禮) : 문묘(文廟)에서 음력 2월과 8월의 상정일(上丁日)에 공자에게 제사를 지내는 의식이다. 43쪽 주 34) 참조.

하고 물었더니 그는,

"나이가 늙었으니까요. 머리가 센 노인이 고시장에 나타난다는 건 선비로서는 부끄러운 일입니다."

라고 하였다.

왕군(王君 : 왕민호)은 덕망(德望)이 높은 사람으로, 호는 곡정(鵠汀)이다. 따로 「곡정필담(鵠汀筆談)」과 「망양록(忘羊錄)」을 썼다. 키는 7척이 넘고, 자못 곤궁하여 근심에 싸인 태도를 숨기지 못한 채 잠깐 동안에도 자주 한숨짓는 소리를 내뿜곤 하였다. 다만 하인 한 명을 데리고 서로 의지하고 있었는데, 어느 날 나를 초대하여 함께 식사하였다.

• 학성(郝成)은 흡(歙 : 안미성(安徽省)의 지명)에 살고 있는 사람이다. 자는 지정(志亭)이고, 호는 장성(長城)이다. 현재 산동도사(山東都司)를 맡고 있다. 비록 무인(武人)이었으나 학문이 넓고 아는 바가 많았다. 키는 8척이고, 붉은 수염과 번쩍이는 눈동자에 골격이 정밀하고 튼튼하였다. 나와 함께 밤낮으로 이야기를 하였으나 조금도 피로한 빛을 띠지 않았다. 저서는 모두 시화(詩話)로 되어 있다.

• 윤가전(尹嘉銓)은 직례(直隷) 박야(博野)에 살고 있는 사람이다. —옛 조(趙)나라의 땅이다.— 호는 형산(亨山)이고, 통봉대부(通奉大夫) 대리시경(大理寺卿)으로 벼슬을 하다가 물러났으니, 이때 나이는 일흔이다. 올 봄에 글을 올려 물러가기를 청하자, 황제

가 특히 2품(品)의 모자와 복장을 하사하여 총애하였다.

시를 잘 짓고 글씨와 그림에도 조예가 깊었으며, 시는 『정성시산(正聲詩刪)』에 많이 실려 있다. 『대청회전(大淸會典)』[5]을 엮을 때 한림(翰林) 편수관(編修官)으로 있었다.

나이가 황제와 동갑이어서 더욱 괴임(사랑)을 입어 특명을 받들고 행재소(行在所)에 왔다. 희대(戲臺)에서 음악을 듣고서 「구여송(九如頌)」을 지어 바쳤다. 황제가 크게 기뻐하여 81종의 극본(劇本) 중에 가장 먼저 이 「구여송」을 연출하게 하였으니, 그는 황제와 평생 동안 시로 맺은 벗이라고 한다.

나에게도 「구여송」 한 본을 보내 주었는데, 이미 자비로 간행된 것이다. 어느 날은 상자 속에서 부채 하나를 꺼내어 그 자리에서 괴석(怪石)과 총죽(叢竹)을 그리고 그 위에 오언절구 한 수를 써서 내게 주고는, 이어서 주련(柱聯)을 써 주었다. 또 어느 날은 양(羊) 한 마리를 통째로 쪄놓고 왕 거인(王擧人 : 왕민호)과 나를 초청하여 함께 먹었다. 그 밖에도 온갖 엿과 과일들을 하루 종일 섞어 내온다. 이는 오로지 나를 위해 마련한 것이다. 키는 7척이 넘고, 얼굴과 자태가 단아하고도 고결하였으며, 두 눈동자가 맑았고, 안경을 쓰지 않고서도 능히 가는 글씨와 그림을 잘하였다. 그는 몹시 힘이 세고 건강하여 겨우 쉰 살이 넘은 사람인 듯싶으나 수염과 머리칼은 모조리 하얗게 세었으며, 대

5) 『대청회전(大淸會典)』 : 『건륭회전(乾隆會典)』. 청나라의 정치와 고사를 수록한 책이다.

체로 단순 솔직하고 화락한 사람이다.

내게 연경으로 돌아오거든 반드시 서로 찾아 줄 것을 다짐하면서 자신의 집 있는 곳을 그려서 가르쳐주면서 동단패루(東單牌樓) 두 번째 호동(衚衕) 첫째 골목 둘째 집인데, 문 위에 대리시경이라는 편액이 걸려 있는 집이 바로 추루(鶴樓)라고 했다. 또 내게 술을 끊을 것과 여색(女色)을 멀리 할 것을 타일러주었다. 내가 연경에 돌아와 그에 대한 세상의 평판을 들어보니, 모두들 그를 백부(白傅)[6]에 견주었다.

그때 마침 그가 황제(皇帝)를 모시고 역주(易州)로 가서 오랫동안 돌아오지 못하였으므로 끝내 서로 만나지 못하였다. 따로 그와 함께 고금(古今)의 악률(樂律)과 역대의 정치에 대한 논란이 있어서 모두 「망양록(忘羊錄)」에 실었다.

• 경순미(敬旬彌)의 자는 앙루(仰漏)이고, 몽고 사람이다. 현재 강관(講官 : 교수(敎授))으로 있으며, 나이는 39세이다. 키는 7척이 넘고, 얼굴은 희면서 눈이 길고 눈썹이 짙으며, 손가락은 파뿌리〔葱根〕처럼 희었으니 잘생긴 남자라고 이를 수 있다. 나와 엿새 동안 같이 묵었으나 한 번도 이야기판에 끼어든 적이 없었다. 만주족이고 한족이고 막론하고 누구를 대하든지 정답고 친

6) 백부(白傅) : 당나라의 저명한 문학가 백거이(白居易). 부는 태자소부(太子少傅). 자는 낙천(樂天)이고, 호는 취음선생(醉吟先生)·향산거사(香山居士)이다.

밀하게 지내지 않은 사람이 없었으나, 다만 그 사람됨이 제법 오만한 듯싶었다.

• 추사시(鄒舍是)는 산동 사람이며, 거인(擧人)이다. 왕곡정(王鵠汀)과 태학에서 수양하는 중이다. 그때 연경에서 거듭 회시가 있어 이곳에 공부하고 있던 선비 70명이 모두 경사(京師 : 북경)로 떠나고, 다만 왕곡정과 추사시 두 사람만 응시하러 가지 않았다. 사람됨이 몹시 강개하여 기휘(忌諱)를 피하지 않을 뿐더러 얼굴이 괴상하고 행동이 거칠고 사나웠으므로 사람들은 그를 광생(狂生 : 미친놈)이라고 지목하여 싫어하는 이가 많았다.

• 기풍액(奇豐額)은 만주 사람이며, 자는 여천(麗川)이다. 현재 귀주안찰사(貴州按察使)로 있으며, 나이는 37세이다. 본래 우리나라 사람으로서 중국에 들어간 지 네 대째였다. 본국에서의 문망(門望)이나 조상은 알 길이 없고, 다만 그의 본래 성씨가 황씨(黃氏)라는 것만 기억할 뿐이라고 한다.

키가 8척에 얼굴이 희고 풍도가 아름다움에도 불구하고 곧잘 위엄 있는 태도를 잘 꾸미며, 학식이 넓고 글을 잘하며, 해학과 웃음을 잘 지었다. 불교를 몹시 배척하고 주장하는 이론이 제법 올바르긴 하나, 사람됨이 거드름을 피우고 뽐내며 세상을 얕잡아보았다.

태학사(太學士) 이시요(李侍堯)가 운남(雲南)이나 귀주(貴州)의 총독(總督)이 되었을 때 귀주안찰사 해명(海明 : 해녕(海寧))에게 금 200냥을 뇌물로 받은 사실이 탄로 나자, 이시요는 수감되고 해명은 사형을 감형받아 흑룡강(黑龍江)에 귀양을 살게 되었으므로, 여천(麗川 : 기풍액(奇豊額))이 해명의 자리를 대신한 것이다. 나는 우연히 그가 묵는 방 뒤를 돌다가 누렇게 칠한 궤짝 수십 쌍을 발견하였으나 모두 아무 물건도 들어 있지 않았다. 아마 만수절(萬壽節)의 공물로 다 바친 것인 듯싶었다. 나와 함께 이야기하다가 작별의 말이 나오자 문득 눈물을 흘리곤 하였다. 어떤 이는 이르기를,

"기풍액이 화신(和珅)에게 아부하여 해명을 적발하고 그 자리를 대신 차지하였다."

라고 한다. 나는 연경에 돌아와 그의 집을 찾아가서 귀주로 떠나는 길에 <그와> 작별하였다.

• 왕신(汪新)의 자는 우신(又新)이며, 절강(浙江) 인화(仁和) 사람이다. 현재 광동 안찰사(廣東按察使) 벼슬을 하고 있는데, 여천에게서 나의 이름을 듣고는 여천과 약속하여 나를 찾아온 것이다. 여천이 주선한 자리에서 서로 만나 한 번 보자마자 곧 마음을 기울여 옛 친구와 다름없게 되었다.

키는 7척이 넘고, 듬성듬성한 수염에 얼굴빛이 검으면서 못생겨 별다른 위엄 있는 모습은 없었으나, 성격이 진솔한 그대로 아무런 꾸밈이 없었다. 나와 같은 해, 같은 달에 태어났으나 나보다는 열하루 뒤졌다.

나는,

"서림(西林) 오영방(吳穎芳)은 평안하신지요?"

하고 물었더니 왕신은,

"오서림 선생께선 오중(吳中) 지방의 높은 선비입니다. 나이가 여든이 넘었습니다마는 오히려 건강하셔서 글짓기를 쉬지 않고 있답니다."

라고 한다. <내가>

"소음(篠飮) 육비(陸飛)[7]는 평안하신지요?"

라고 물었더니 왕신이 놀라면서,

"알지 못하겠소이다. 존형(尊兄)께서는 오서림(吳西林)과 육소음(陸篠飮)을 어떻게 아시는지요?"

라고 하기에 나는,

"소음이 건륭(乾隆 : 청나라 고종의 연호, 1736~1795) 병술(丙戌 : 1766년) 봄에 과거 보러 연경에 머물렀을 때 우리나라의 어떤 선비(홍대용(洪大容)을 가리킴)가 우연히 여저(旅邸 : 숙소)에서 만난 일이 있었지요. 그의 시문과 서화가 우리나라에 많이 회자(膾炙)[8] 되고 있답니다."

라고 하니 왕신은,

"소음이야말로 기이한 선비지요. 올해가 회갑(回甲)인데 강호에

---

7) 소음(篠飮) 육비(陸飛) : 소음은 호이고, 비는 이름이며, 자는 해원(解元)이다. 청나라 건륭(乾隆) 때의 사람으로, 시와 그림에 뛰어났다.

8) 회자(膾炙) : '회와 구운 고기'라는 뜻으로, 칭찬을 받으면서 여러 사람들의 입에 자주 오르내림을 이르는 말이다.

불우한 채 쓸쓸히 시와 그림을 타고난 운명으로 여기고 산수를 벗삼아 지내며, 많이 마시어 크게 취하면 미친 듯이 노래 부르고 몹시 분해하며 욕설을 일삼는답니다."

라고 하여 내가,

"무엇에 분개하여 침을 뱉고 욕설을 한답니까?"

라고 물었더니 왕신은 대답을 하지 않는다. 〈나는 또〉

"그럼 엄구봉(嚴九峯)[9] ―엄과(嚴果)―은 어떻게 되었는지요?"

라고 물으니, 〈왕신은〉

"내가 시골을 떠난 지 오래되어서 그가 어떻게 되었는지는 모르겠습니다. 〈다만〉 육비(陸飛)는 저와 지극히 친한 벗이었으며, 모두들 그를 육해원(陸解元)이라 부르고 그를 당백호(唐伯虎)[10]와 서문장(徐文長)[11]에게 견주기도 하였습니다. 그리고 서호(西湖)를 떠나지 않은 지 30년인 만큼 부귀가 극치에 달하였답니다. 저는 고향을 떠난 지 10년 만에 다만 바람결에 들리는 소문으로는 그가 차와 술에 취미를 붙였다고 했습니다. 대체로 그가 뜻한 것을 이루어 만족해하며 지내는 사람인 줄은 알고 있지요. 저처럼 풍진 세상 속에 골몰하진 않을 것입니다."

라고 한다. 왕신이 이틀 뒤에 다시 와서 기쁨을 다하기로 다짐

---

9) 엄구봉(嚴九峯) : 구봉은 엄과(嚴果)의 호이다.

10) 당백호(唐伯虎) : 당인(唐寅). 명나라의 저명한 문학가 . 자는 백호·자장(子長)이고, 호는 육여이다.

11) 서문장(徐文長) : 서위(徐謂). 역시 명나라의 저명한 문학가 . 자는 문장 또는 천지(天地)이다.

하자, 여천(麗川)이 왕신(汪新)에게,

"박공(朴公)께서 술을 잘 마시니 모름지기 야자주〔椰子釀〕를 사오시오."

라고 하니, 왕신은 머리를 끄덕였다. <여천이> 또,

"연암(燕巖)께선 성격이 양(羊)을 좋아하질 않고 낙화생(落花生)을 즐겨 드시더구먼."

라고 하니, 왕신은 또 머리를 끄덕인다. 그제야 문에 나가 전송하니 여천이 나를 돌아보며,

"그야말로 해량(海量)이었어요."

라고 하였는데, 이는 주량(酒量)이 센 것을 말한다.

다음날 왕신이 하인을 보내어,

"내일엔 꼭 다른 곳에 가시지 마시고 기다려 주십시오."

라고 하며 거듭 부탁하였으나, 이튿날 갑자기 연경으로 돌아가게 되는 바람에 다시 만나보지 못하였다.

• 파로회회도(破老回回圖)는 몽고 사람이고, 자는 부재(孚齋)이며, 호는 화정(華亭)이다. 현재 강관(講官)을 맡고 있으며, 나이는 47세이다. 강희 황제의 외손(外孫)이며, 키가 8척에 긴 수염이 축 늘어지고, 얼굴이 여윈 데다 누르스름했으나 뼈골은 장대하였으며, 그의 학문은 깊고도 넓었다.

나는 그를 주루(酒樓 : 술집)에서 만났는데 사람됨이 제법 점잖았으며, 데리고 다니는 하인(下人)이 30여 명이었다. 의복이며 모자며 말에 안장을 지운 차림이 호화스럽고 사치스러운 것으

로 보아서 병관(兵官)을 겸한 듯싶고, 얼굴 역시 장군(將軍)처럼 생겼었다.

• 호삼다(胡三多)는 승덕부(承德府) 민가(民家)의 어린아이이다. – 한인(漢人)을 민가라 한다. – 날마다 항상 아침 일찍 책을 끼고 와서 왕곡정(王鵠汀)에게 글을 배운다. 나이는 지금 막 열두 살이 되었지만 얼굴이 맑고 빼어나 조금도 티끌이 없을 뿐더러, 예도에 익숙하고 행동거지가 조용하고 우아하였다.

부사가 복숭아를 두고 글을 지으라고 명하였더니, 운(韻)을 청하여 그 자리에서 시를 지었는데 문장과 이치가 모두 원숙하였다. 붓 두 자루를 상으로 주자, 또 운을 청하여 즉석에서 읊어 감사한 뜻을 갖추어 표하곤 하였다.

어느 날 사신이 모두 일찍이 조반(朝班)에 참여하기 위해 들어가고 방이 빈 채로 나 혼자서 남아 있게 되었다. 호삼다(胡三多)가 와서 이야기를 나누었다. 나는 마침 망건(網巾)을 벗고 누워 있었는데, 삼다가 망건을 갖고 상세히 들여다보면서 매우 번거롭게 파고 묻기에 내가 〈그의 이름을 가지고〉 장난을 치며,

"하나의 오랑캐도 오히려 많거늘 하물며 셋임에랴?"12)

라고 하니 삼다가 곧바로 반응하기를,

"땅에는 두 임금이 없사온데, 어째서 임금 한 명을 적다고 할 수 있을까요?"

---

12) 호삼다(胡三多)의 세 글자 풀이.

라고 했는데, 이는 대체로 왕일소(王逸少 : 일소는 왕희지(王羲之)의 자)를 두고 한 말이다. 중국 사람들은 글자의 음(音)이 같을 경우에는 통용해서 같은 글자로 쓰곤 한다. 〈삼다가 한〉 말이 비록 유창하진 못하나, 재치 빠르고도 어릴 때부터 총명하다고 이를 수 있으리라.

통관 박보수(朴寶樹)의 노새가 엄청나게 큰 놈인데 언젠가 달음질쳐 뜰 가운데서 뛰놀자, 삼다가 재빨리 달려가 그 턱 밑을 거슬러 목줄띠〔胡 : 산멱〕를 잡고서 가니, 노새가 머리를 숙인 채 굴레를 순하게 받았다. 또 어느 날 정사가 창에 기대어 앉아 있을 때 삼다(三多)가 그 앞을 종종걸음으로 지나치기에 정사가 그를 불러 환약과 부채를 주었더니, 삼다가 절하고 사례하면서 정사의 성명과 관직의 품계를 물었다. 그 당돌함이 이러하였다.

• 조수선(曹秀先)은 강서(江西) 신건(新建)에 살고 있는 사람이며, 자는 지산(地山)이다. 현재 예부상서(禮部尙書)를 맡고 있었고, 나이는 60세 남짓 되었다.

어제 내가 사신을 따라갔다가 〈그를〉 조방(朝房)에서 만났고, 다음날 내가 우연히 한 곳 새로 창건한 관후묘(關侯廟)에 들렀더니, 그 동무(東廡 : 동쪽 행랑채)에 한 학구(學究 : 훈장)가 네댓 명의 동자들을 가르치고 있기에 내가 그에게,

"이 안이 넓고도 깨끗하군요. 경대부(卿大夫)들이 몇 분이나 와 있는지요?"

하고 물었더니 학구는,

"현재 예부 조 대인(曹大人 : 조수선)께서 이곳에 계신답니다."

라고 한다. 나는 그에게 종이와 먹을 빌려서 명함을 써서 통자(通刺 : 명함을 내밀고 면회를 요청함)하였다. 학구는 곧바로 일어나 재빨리 가 버린다. 나는 <그곳을 향하여> 멀리서 학구를 바라보고 있었다. <학구가> 섬돌 위에 나와 서서 손을 들어 나를 오라고 하기에 내가 섬돌 밑에 이르렀다.

조공(조수선)이 문 밖에까지 나와 서로 맞이할 때 손수 나를 부여잡고 의자에 앉힌다. 나는 머뭇거리며 굳이 사양하였으나 조공 역시 굳이 앉기를 청한다. 나는,

"공(公)은 귀인이시오니 먼 나라에 사는 촌사람인 제가 감히 객주(客主)의 예를 차리겠사옵니까?"

라고 하니 조공이,

"당신은 공적인 일로 이곳에 오신 거요?"

라고 하여 내가,

"아니올시다. 귀국에 관광(觀光)하러 온 것이올시다."

라고 하자 조공이,

"그럼 벼슬은 몇 품이나 되시오?"

라고 하기에 내가,

"전 수재(秀才)입니다. 사신의 뒤를 따라왔고, 아무런 직책은 없답니다."

라고 하였더니 조공은 황망히 나를 부축하고서 앉히면서,

"이미 아무런 직책이 없는 이상 선생은 곧 내가 존경할 손님

입니다. 저는 제대로 접대해 드릴 예식이 따로 있으니 선생께서는 굳이 사양하지 마십시오."

라고 하고 이내 <나에게>,

"귀국의 과거제도는 어떠한지요? 대비(大比)[13]에 몇 명이나 뽑으며, 시험에는 어떤 식의 제목으로 하는지요?"

라고 묻는다. 조공은 바야흐로 과제(科題)를 쓰면서 스스로 안경을 꺼내어 한쪽 손으로는 귀에 걸며, 한쪽 손으로는 재빨리 쓰곤 한다.

얼마 안 되어 30여 명이 별안간 건물 안으로 들어와서 일자(一字)로 늘어서더니, 그중 이마가 반짝반짝 빛나는 한 사람이 한쪽 무릎을 꿇고서 극도로 공손하게 일을 여쭙는다. 서로 떨어져 있는 거리가 10여 보나 되었으나 말할 때에는 반드시 손으로 입을 가리곤 한다. 조공은 아랑곳하지 않고 재빨리 필담(筆談)을 쓰면서 입으로는 그가 여쭙는 일에 응수하는 것이었다. 이마가 반짝반짝 빛나는 자가 잠깐 일어났다가 다시 꿇어앉아서는 여쭙기를 끝내고서 스스로 의자 하나를 끌어다가 멀리 동쪽 바람벽 밑에 앉는다. 그리고 늘어섰던 자들도 일시에 물러가고, 얼마 안 되어 일을 여쭙던 자 역시 하직 인사 없이 일어서 가 버린다. 건물 안이 다시 사람 없는 듯이 고요하였다.

나는 조공과 마주 앉아 있었고 학구는 한쪽 귀퉁이에 앉았는

13) 대비(大比) : 3년 만에 한 차례씩 보는 과시. 흔히들 향시(鄕試)를 대비라고 하였다.

데, 그의 나이는 50세 남짓하고 머리에는 풀모자를 썼으며 필담을 들여다본다. 별안간 한 사람이 면회를 요청하면서 명함을 드리는데, 새로 임명된 호남〔神授湖南〕이라고 쓰여 있었으나 그 밑 몇 글자는 소매에 가려서 보이지 않고 <끝에는> 어사윤적(御史尹績)이라고 쓰여 있다.

조공이 붓을 던지고 일어나 재빨리 달려 나간다. 학구가 나를 끌어당기는데, 잠깐 피해 달라는 시늉인 듯하다. 나는 학구를 따라 나와서 다시 아까 들었던 방에 이르러 잠시 기다렸다.

윤적(尹績)이 조공과 함께 들어가더니 오래지 않아 윤적이 앞에 서고 조공이 뒤를 따라 나갔다. 나는 마음속으로 손님을 떠나보낸 뒤에는 당연히 돌아와 나와 조용히 이야기하겠지 생각하고는 오래도록 기다렸으나 돌아오지 않았다. 괴이하여 학구에게 물어보니 벌써 대궐에 들어갔다고 한다.

조공의 용모는 늙고 못생겨서 아무런 위엄 있는 태도가 엿보이지 않으나, 사람됨이 화락하며 쾌활하고 온화하였다. 내가 연경에 돌아온 뒤에 중국의 사대부들이 조공(曹公 : 조수선)을 많이 칭찬하였고, 지산(地山 : 조수선) 선생의 문장과 학문을 당세에 으뜸이라고 하여 구양영숙(歐陽永叔)[14]에게 견주기도 했다. 그리고 장정옥(張廷玉)[15]이 『명사(明史)』를 엮을 때에 조공이 역

---

14) 구양영숙(歐陽永叔) : 송나라의 저명한 문학가 구양수(歐陽脩). 당송팔대가 중의 한 사람. 구양은 성이고, 영숙은 자이며, 호는 취옹(醉翁)·육일거사(六一居士)이다.

시 사국(史局)에 참여하였으니, 아마도 옛날부터 아는 사람이었던 것이다.

그 뒤에 다시 관묘(關廟)에 들렀으나 학구도 어디론가 가 버리고 없었다. 학구의 성명은 잊어버려서 기록하지 못하겠으나, 한인(漢人)이었던 듯하다. 글이 조금 짧아서 겨우 필담을 하긴 하였으나, 오래도록 들여다보고 연구한 뒤에서야 겨우 무슨 말인 줄을 알 정도였다.

• 왕삼빈(王三賓)은 민(閩)[16] 지방에 살고 있는 사람이고, 나이는 스물다섯이다. 윤형산(尹亨山)을 따르는 아랫사람이거나 또는 기려천(奇麗川)의 하인인 듯싶다. 얼굴도 잘 생겼고 글씨도 잘 알고 그림도 잘 그렸다.

15) 장정옥(張廷玉) : 청나라의 사학가. 자는 형신(衡臣)·연재(硯齋)이다. 강희 때부터 옹정 때까지 50여 년 동안 시강원학사와 예부상서 등 여러 관직을 역임하면서 부귀와 장수를 누렸으며, 『명사(明史)』의 편찬 사업에도 참여하였다.

16) 민(閩) : 지금의 복건성(福建省) 지역에 살던 소수 민족의 하나이다.

原文

傾蓋錄
경 개 록

傾蓋錄序
경 개 록 서

余從使者 北出長城至熱河 地本王庭所居 民雜胡虜
여종사자 북출장성지열하 지본왕정소거 민잡호로
無可與語.
무가여어

旣入太學爲寓館 則中原士大夫 亦多先寓太學者 爲
기입태학위우관 즉중원사대부 역다선우태학자 위
參賀班來也 同寓一館 晝宵相從 彼此羈旅 互爲客主
참하반래야 동우일관 주소상종 피차기려 호위객주
凡六日而散.
범륙일이산

古語有之 白頭如新 傾蓋如舊 自一語以上 收爲傾
고어유지 백두여신 경개여구 자일어이상 수위경
蓋錄.
개록

傾蓋錄
경 개 록

王民皥 江蘇人也 時年五十四 爲人淳質少文.
왕 민 호 강 소 인 야 시 년 오 십 사 위 인 순 질 소 문

去年創承德府太學 一如皇京 今年春功告訖 皇帝親
거 년 창 승 덕 부 태 학 일 여 황 경 금 년 춘 공 고 흘 황 제 친

釋菜 王君以擧人 方藏修此中 今年四月 不赴會試
석 채 왕 군 이 거 인 방 장 수 차 중 금 년 사 월 불 부 회 시

八月中皇帝以七旬大慶 特命重會 而亦不赴 余問緣
팔 월 중 황 제 이 칠 순 대 경 특 명 중 회 이 역 불 부 여 문 연

何廢擧 曰 年老矣 白頭荊圍 士之恥也.
하 폐 거 왈 연 로 의 백 두 형 위 사 지 치 야

王君長者 號鵠汀 別有鵠汀筆談 忘羊錄 身長七尺
왕 군 장 자 호 곡 정 별 유 곡 정 필 담 망 양 록 신 장 칠 척

餘 頗有窮愁之態 坐間頻發歎息之聲 獨有一僕相守
여 파 유 궁 수 지 태 좌 간 빈 발 탄 식 지 성 독 유 일 복 상 수

一日請余共飯.
일 일 청 여 공 반

郝成 歙人也 字志亭 號長城 見任山東都司 雖武
학 성 흡 인 야 자 지 정 호 장 성 현 임 산 동 도 사 수 무

人乎 博學多聞 身長八尺 紫髯炯眸 骨相精緊 與余
인 호 박 학 다 문 신 장 팔 척 자 염 형 모 골 상 정 긴 여 여

語 晝夜不倦 所著書皆詩話.
어 주 야 불 권 소 저 서 개 시 화

尹嘉銓 直隷 博野人也－古趙地 號亨山 通奉大夫大
윤 가 전 직 례 박 야 인 야 고 조 지 호 형 산 통 봉 대 부 대

理寺卿致仕 時年七十 今年春上章謝事 皇帝特賜二
리시경치사 시년칠십 금년춘상장사사 황제특사이
品帽服以寵之.
품모복이총지

工詩善書畵 詩多載于正聲詩刪 纂大淸會典 時翰林
공시선서화 시다재우정성시산 찬대청회전 시한림
編修官.
편수관

皇帝同庚 故尤被眷遇 特召赴行在 聽戲時進九如頌
황제동경 고우피권우 특소부행재 청희시진구여송
皇帝大悅 八十一本首演此頌 蓋皇帝平生詩朋云.
황제대열 팔십일본수연차송 개황제평생시붕운

送余九如頌一本 蓋已自刊印 一日篋中出一扇 卽席
송여구여송일본 개이자간인 일일협중출일선 즉석
爲怪石叢竹 題五絶於其上 以與余 又書柱聯 一日蒸
위괴석총죽 제오절어기상 이여여 우서주련 일일증
全羊 請王擧人及余共啖 他餌果 竟日雜陳 爲余專設
전양 청왕거인급여공담 타이과 경일잡진 위여전설
也 身長七尺餘 姿貌雅潔 雙眸炯然 不施靉靆 能作
야 신장칠척여 자모아결 쌍모형연 불시애체 능작
細書畵 强康如五十餘歲人 然髭髮盡白 大率簡易和
세서화 강강여오십여세인 연자발진백 대솔간이화
樂人也.
락인야

囑余還京 必來相訪 書指其家在 東單牌樓第二衚衕
촉여환경 필래상방 서지기가재 동단패루제이호동
頭條第二宅 門首有大卿扁額 卽是鶵樓 又戒余斷酒
두조제이택 문수유대경편액 즉시추루 우계여단주
遠色 余還燕 聽之物議 時人方之白傅.
원색 여환연 청지물의 시인방지백부

時扈駕易州 久不還 竟未相逢 別有所論古今樂律
시호가역주 구불환 경미상봉 별유소론고금악률
歷代治亂 俱載忘羊錄.
역대치란 구재망양록

敬旬彌 字仰漏 蒙古人也 見任講官 年三十九 身
경순미 자앙루 몽고인야 현임강관 연삼십구 신
長七尺餘 白晳脩眼濃眉 手如葱根 可謂美男子 同寓
장칠척여 백절수안농미 수여총근 가위미남자 동우
六日 未嘗一參談筵 無論滿漢 莫不與人款曲 而獨其
륙일 미상일참담연 무론만한 막불여인관곡 이독기
爲人 頗似簡傲.
위인 파사간오

鄒舍是 山東人也 擧人 與王鵠汀 藏修太學中 時
추사시 산동인야 거인 여왕곡정 장수태학중 시
皇京有重會 藏修之士七十人 盡赴京師 而獨王鄒兩
황경유중회 장수지사칠십인 진부경사 이독왕추양
生未赴也 爲人多慷慨 不避忌諱 形貌古怪 擧止麤厲
생미부야 위인다강개 불피기휘 형모고괴 거지추려
人皆目之以狂生 多厭之者.
인개목지이광생 다염지자

奇豐額 滿州人也 字麗川 見任貴州按察使 年三十
기풍액 만주인야 자여천 현임귀주안찰사 연삼십
七 本我國人 入中國爲四世 不知本國門望所自出 但
칠 본아국인 입중국위사세 부지본국문망소자출 단
記其本姓黃氏.
기기본성황씨

身長八尺 白晳美姿容 善修威儀 博學能文 善諧笑
신장팔척 백절미자용 선수위의 박학능문 선해소

斥佛甚峻 持論頗正 然爲人驕矜 眼空一世.
척불심준 지론파정 연위인교긍 안공일세

太學士李侍堯爲雲貴摠督時 貴州按察使海明 賂金
태학사이시요위운귀총독시 귀주안찰사해명 뇌금

二百兩 事發侍堯囚 而海明減死 配黑龍江 麗川代海
이백냥 사발시요수 이해명감사 배흑룡강 여천대해

明 余偶巡其所寓炕後 有黃漆櫃子數十對 皆空無物
명 여우순기소우항후 유황칠궤자수십대 개공무물

壽節貢獻 想盡輸納 與余語到別離 輒流淚 或云豐額
수절공헌 상진수납 여여어도별리 첩류루 혹운풍액

附和珅 發海明而代之 余還燕尋其家爲別 貴州之行.
부화신 발해명이대지 여환연심기가위별 귀주지행

汪新 字又新 浙江仁和人也 見任廣東按察使 聞余
왕신 자우신 절강인화인야 현임광동안찰사 문여

姓名於麗川 約麗川訪余來也 相晤麗川座 一見輒傾
성명어여천 약여천방여래야 상오여천좌 일견첩경

倒如舊.
도여구

身長七尺餘 疎髥面色黑 寢陋無威儀 不修邊幅 與
신장칠척여 소염면색흑 침루무위의 불수변폭 여

吾同年月 少余十一日.
오동년월 소여십일일

余問吳西林穎芳無恙否 汪曰 吳西林先生 吳中高士
여문오서림영방무양부 왕왈 오서림선생 오중고사

也 年八十餘 尙康强不廢著書 問陸篠飮飛無恙否 汪
야 연팔십여 상강강불폐저서 문륙소음비무양부 왕

驚曰 不識 尊兄何從識吳陸耶 余曰 篠飮乾隆丙戌春
경왈 불식 존형하종식오륙야 여왈 소음건륭병술춘

赴試在京 吾邦之士 有得遇旅邸者 其詩文書畵 膾炙
부시재경 오방지사 유득우려저자 기시문서화 회자

東韓 汪曰 篠飮奇士 今年回甲 落魄江湖 以詩畵爲
동한 왕왈 소음기사 금년회갑 낙백강호 이시화위

性命 山水爲友朋 益飮大醉 狂歌憤罵 余問何所憤而
성명 산수위우붕 익음대취 광가분매 여문하소분이

罵耶 汪不答 問嚴九峯－果 曰 吾離鄕久 不識下落
매야 왕부답 문엄구봉 과 왈 오리향구 불식하락

陸是弟至歡 時人號陸解元 比之唐伯虎 徐文長 不出
육시제지환 시인호육해원 비지당백호 서문장 불출

西湖三十年 富貴極矣 弟離鄕十年 但有聲風 寄然茶
서호삼십년 부귀극의 제리향십년 단유성풍 기연다

鎗酒椀 槩知其得意人也 不比弟乾沒風塵 汪約再明
쟁주완 개지기득의인야 불비제건몰풍진 왕약재명

再來 極歡 麗川謂汪曰 朴公善飮酒 須購椰子釀 汪
재래 극환 여천위왕왈 박공선음주 수구야자양 왕

點頭 又曰 燕岩性不嗜羊 喜食落花生 汪又點頭 遂
점두 우왈 연암성불기양 희식락화생 왕우점두 수

送之門 麗川顧余曰 這是海量 謂飮戶寬也.
송지문 여천고여왈 저시해량 위음호관야

次日汪送傔 申囑明日切勿他駕相等 明日遽發還燕
차일왕송겸 신촉명일절물타가상등 명일거발환연

不復相見.
불부상견

破老回回圖 蒙古人也 字孚齋 號華亭 見任講官
파로회회도 몽고인야 자부재 호화정 현임강관

年四十七 康熙皇帝外孫 身長八尺 長髥郁然 面瘦黃
연사십칠 강희황제외손 신장팔척 장염욱연 면수황

骨立 學問淵博.
골립 학문연박

余遇之酒樓中 爲人頗長者 所帶僮僕三十餘人 衣帽
여우지주루중 위인파장자 소대동복삼십여인 의모

鞍馬豪侈 似是兼兵官也 貌亦類將帥.
안마호치 사시겸병관야 모역류장수

胡三多 承德府民家小兒也―漢人 稱民家 日常早朝挾
호삼다 승덕부민가소아야 한인 칭민가 일상조조협

冊而來 受學于王鵠汀 年方十二歲 淸秀無塵埃氣 禮
책이래 수학우왕곡정 연방십이세 청수무진애기 예

度閒熟 擧止詳雅.
도한숙 거지상아

副使命賦桃 請韻立就 詞理俱圓 賞二筆 又請韻立
부사명부도 청운립취 사리구원 상이필 우청운립

賦 具述謝意.
부 구술사의

一日 使臣皆早入班 炕空余獨在 三多來語 余適脫
일일 사신개조입반 항공여독재 삼다래어 여적탈

網巾而臥 三多持巾詳閱 究詰甚煩 余因戱曰 一胡尙
망건이와 삼다지건상열 구힐심번 여인희왈 일호상

多 況三乎 三多卽應之曰 地無二王 何謂一少 蓋謂
다 황삼호 삼다즉응지왈 지무이왕 하위일소 개위

王逸少也 中原人音同則用如字 語雖未暢 可謂警敏
왕일소야 중원인음동즉용여자 어수미창 가위경민

夙慧矣.
숙혜의

通官朴寶樹騾子絶大 逸出匝跑庭中 三多疾走逆其
통관박보수라자절대 일출잡포정중 삼다질주역기
頷下 持其胡而去 騾低頭受羈 正使嘗凭櫳而坐 三多
함하 지기호이거 나저두수기 정사상빙롱이좌 삼다
趨過 正使招賜丸藥扇子 三多拜謝 因問正使姓名官
추과 정사초사환약선자 삼다배사 인문정사성명관
品 其唐突類此.
품 기당돌류차

曹秀先 江西新建人也 字地山 見任禮部尚書 年可
조수선 강서신건인야 자지산 현임예부상서 연가
六十餘.
육십여

昨日余隨使臣 見曹朝房 次日余偶至一新創關侯廟
작일여수사신 견조조방 차일여우지일신창관후묘
其東廡有一學究 教授四五童子 余問曰 是中寬暢 來
기동무유일학구 교수사오동자 여문왈 시중관창 내
寓卿大夫幾人 學究曰 見有禮部曹大人在此 余借其
우경대부기인 학구왈 현유예부조대인재차 여차기
紙墨 書刺使通 學究卽起忙去 余遙望學究 出立階上
지묵 서자사통 학구즉기망거 여요망학구 출립계상
手招余進 余進至階下.
수초여진 여진지계하

曹公出戶外相迎 身自扶余坐椅 余逡巡固讓 曹公固
조공출호외상영 신자부여좌의 여준순고양 조공고
請坐 余曰 公貴人 遐陬鄙人 不敢抗客主之禮 曹曰
청좌 여왈 공귀인 하추비인 불감항객주지례 조왈
你以公事來耶 余曰 否也 爲觀光上國來也 曹曰 儞
니이공사래야 여왈 부야 위관광상국래야 조왈 이

官居幾品 余曰 秀才 從使者而來 自無職係 曹忙扶
관거기품 여왈 수재 종사자이래 자무직계 조망부

余坐曰 旣無職係 先生卽吾之尊賓 敝自有待客之禮
여좌왈 기무직계 선생즉오지존빈 폐자유대객지례

先生不必固讓 因問曰 貴國選擧之制如何 大比之科
선생불필고양 인문왈 귀국선거지제여하 대비지과

取幾人 試取者何樣題目 曹方書此 自出眼鏡 一邊掛
취기인 시취자하양제목 조방서차 자출안경 일변괘

耳 一邊疾書.
이 일변질서

俄有三十餘人 猝入閣中 一字排立 其中一人晶頂者
아유삼십여인 졸입각중 일자배립 기중일인정정자

跪一膝奏事惟謹 相距十餘步 語必以手遮口 曹不省
궤일슬주사유근 상거십여보 어필이수차구 조불성

也 忙書筆談 而口酬彼奏 晶頂者 乍起乍跪 奏旣畢
야 망서필담 이구수피주 정정자 사기사궤 주기필

自拖一椅 遠坐東壁下 排立者一時退去 須臾奏事者
자타일의 원좌동벽하 배립자일시퇴거 수유주사자

亦不辭而起 閣中又寂然無人矣.
역불사이기 각중우적연무인의

余對曹而坐 學究隅坐 年可五十餘 頭戴草帽子 視
여대조이좌 학구우좌 연가오십여 두대초모자 시

筆談 忽有一人謁刺 乃新授湖南 袖掩幾字 御史尹績
필담 홀유일인알자 내신수호남 수엄기자 어사윤적

也.
야

曹擲筆起疾走出 學究引余 似令少避者 余隨學究出
조척필기질주출 학구인여 사령소피자 여수학구출

復至其炕少待.
부지기항소대

尹績與曹同入 未久尹績在前 曹公隨後而出 余意謂
윤적여조동입 미구윤적재전 조공수후이출 여의위
送客當還 當從容矣 久俟不還 怪而詢之學究 已赴闕
송객당환 당종용의 구사불환 괴이순지학구 이부궐
矣.
의

曹公容貌 老寢陋 無威儀 爲人愷悌樂易 余旣還燕
조공용모 노침루 무위의 위인개제락이 여기환연
中原士大夫 多譽曹公 地山先生 文章學問 當世冠首
중원사대부 다예조공 지산선생 문장학문 당세관수
以比歐陽永叔 張廷玉纂修明史 曹亦參史局 蓋舊人
이비구양영숙 장정옥찬수명사 조역참사국 개구인
也.
야

其後又歷關廟 則學究亦不在矣 學究姓名 忘未之記
기후우력관묘 즉학구역부재의 학구성명 망미지기
蓋漢人也 頗短於文墨 僅爲筆話 然久視尋繹 然後纔
개한인야 파단어문묵 근위필화 연구시심역 연후재
可辨爲何語.
가변위하어

王三賓 閩人也 年二十五 似是尹亨山傔從也 或奇
왕삼빈 민인야 연이십오 사시윤형산겸종야 혹기
麗川僕也 貌美而能解書工畫.
려천복야 모미이능해서공화

4

심세편(審勢編)

천하의 형세를 살피다

본편은 「망양록(忘羊錄)」과 「곡정필담(鵠汀筆談)」 서문으로 볼 수 있는 내용으로, 한마디로 천하의 형세를 살펴본 글이다. 연암 박지원은 당시 조선의 유학자들과 사대부들의 고루한 사상을 통렬히 비판하는 한편, 청나라의 교활한 대내외 정책을 비판하였다. 특히 발전하는 국제 정세를 선망하는 기조를 띤다.

심세편(審勢編)[1]

천하의 형세를 살피다

연암씨는 말한다.

우리나라 사람으로서 중국을 관광하는 자들에겐 다섯 가지 허망(虛妄 : 거짓되고 망령됨)된 일이 있다. 지체와 문벌을 내세워 서로 뽐내는 것은 애초에 우리나라의 더러운 관습이었으므로, 식자로서 자기 나라 안에 있을 때에도 오히려 양반(兩班)이란 말을 하는 것을 부끄럽게 생각하거늘, 하물며 외국에서 그 지방의 성씨를 가지고 도리어 중국의 오래된 문벌을 무시하려고 하니, 이것이 첫째의 허망이다.

중국의 붉은 모자나 마소의 말발굽처럼 생긴 소매는 비단 한족만 부끄러워할 뿐만 아니라, 만주인들도 역시 부끄러워하는 바이다. 그러나 그들의 예의 풍속이나 문물(文物) 제도는 사이(四夷)[2]가 당해낼 수 없다. 또 중국과 서로 우열을 다투어 나란

1) 친필 초고본에는 「필담의례(筆談義例)」로 되어 있다.

히 할 만한 한 치의 장점도 없음에도 다만 한 줌 정도의 작은 상투를 가지고 스스로 천하에 뽐내려고 하니, 이것이 둘째의 허망이다.

옛날 월정(月汀) 윤근수(尹根壽)[3] 공이 명(明)나라에 사신의 임무를 받들고 갔다가 길에서 어사(御史) 왕도곤(王道昆)[4]을 만나자, 길 왼편에서 숨을 죽이고 가슴을 졸이며 그의 행진(行塵 : 행차의 먼지)을 우러러본 것만으로도 오히려 영광으로 여겼다고 한다.

이제 중국이 비록 변하여 오랑캐가 되었다 하더라도 그 천자라는 칭호는 고쳐지지 않은 만큼, 그들 각부(閣部)의 대신들은 곧 천자의 공경(公卿)들이다. 반드시 옛날이라 해서 더 높다든지 지금이라고 해서 더 깎였다든지 하는 것은 아니다.

사신의 임무를 받들고 가는 사람들은 스스로 관장(官長)들과 접견하는 예식을 지녀야 한다. 그들의 조정에서 절하고 읍하는

---

2) 사이(四夷) : 중국에서 자기 나라를 중국(中國) 또는 중화(中華)라 하고, 변방에 있는 나라들을 오랑캐라 하여 동이(東夷), 서융(西戎), 남만(南蠻), 북적(北狄)이라고 일컫던 말이다. 이(夷)는 본래 줄이 휘감긴 화살을 본뜬 모양으로 '주살'을 뜻하는데, 주살로 상처를 입혀 평정함을 나타낸다. 또 동방의 오랑캐를 뜻하는 '시(尸)'와 통하여 '오랑캐'를 뜻한다.

3) 윤근수(尹根壽) : 조선 선조(宣祖) 때 문신이자 서예가로, 자는 자고(子固)이고, 호는 월정(月汀)이다.

4) 왕도곤(汪道昆) : 명나라 세종(世宗) 때의 명신. 자는 백옥(伯玉)이고, 호는 남명(南冥)이다.

것을 부끄러워한 나머지 걸핏하면 가볍게 모면하기를 일삼고 있다. 이것이 마침내 하나의 규례가 되었으며, 때로 접견 절차가 있으면 대체로 거만을 떨고 업신여기는 것을 고상한 운치로 여기고, 공손하고 겸손한 태도를 욕으로 생각하고 있다. 그들이 비록 이에 대하여 가혹하게 추궁하지 않는다 하더라도, 우리쪽의 무례함을 우습게 여기지 않으리라고 어찌 알겠는가? 이것이 셋째의 허망이다.

우리나라 사람은 문자(文字)를 안 뒤로부터 중국의 것을 빌려 읽지 않는 적이 없었기 때문에, 그들 역대의 일을 이야기하는 것치고 모두가 꿈속에서 해몽하는 것에 불과하지만, 과거(科擧) 공부하던 여가에 익힌 습작으로 억지로 운치(韻致) 없는 시문을 쓰면서 별안간 '중국에는 문장을 볼 수 없더라' 하고 헐뜯으니, 이것이 넷째의 허망이다.

중국의 선비들은 강희(康熙) 이전에는 모두 명(明)나라의 유민이었으나, 강희 이후에는 곧 청나라 황실의 신하와 백성인 만큼, 실로 지금 왕조에 충성을 다하여 법률을 존중해야 할 것이다. 만약에 짧은 동안에라도 이야기를 하다가 외국 사람들에게 본국의 사정을 말한다면, 이들은 참으로 이 세상의 난신(亂臣)이요, 적자(賊子)임에 틀림없을 것이다.

그러나 〈우리나라 사람은〉 한 번 중국의 선비를 만난 때에 그들이 임금의 은택을 자랑함을 보고는, 문득 "이제는 『춘추(春秋)』 한 벌의 책도 읽을 곳이 없겠어."라고 말하면서 날마다 연(燕)나라와 조(趙)나라의 저잣거리에 〈옛날처럼〉 슬피 노래를 부르는 강개(慷慨)한 선비를 볼 수 없음을 탄식한다.[5] 이것이 다섯째의 허망이다.

중국의 선비들은 남보다 어려운 것이 세 가지 있다. 한번 거인(擧人)이 되면 경(經)·사(史)의 전체에 대하여 사건에 따라 변증(辨證)함은 말할 나위도 없거니와, 백가(百家)와 구류(九流)[6]에 이르기까지라도 그 원류(原流)를 대략 섭렵해서 메아리가 울리듯 물음에 막힘이 없어야 한다. 그렇지 않으면 족히 선비가 될 수 없으니, 이것이 첫째의 어려움이다.

그들은 생각이 너그럽고 행동에 기품이 있고 예법에 익숙하여 아름다운 얼굴에다 교만한 태도를 나타내지 않아야 하며, 몸을 낮추어 가면서 남을 받아들여 대국의 체면을 잃지 않아야 하니, 이것이 둘째의 어려움이다.

작은 것인가 큰 것인가, 먼 일인가 가까운 일인가를 막론하고 법을 두려워하지 않음이 없다. 법을 두려워하므로 벼슬에 조심하고, 벼슬에 조심하므로 제도가 한결같으며, 사민(四民 : 사(士)·농(農)·공(工)·상(商))이 각기 업(業)을 나누어서 자치에 힘쓰지 않는 자가 없게 되니, 이것이 셋째의 어려움이다.

우리나라 사람들이 〈위와 같은〉 다섯 가지의 허망을 가진

5) 전국 시대 연(燕)나라, 조(趙)나라에는 나라를 잃고 비분강개하는 이가 많았다.

6) 구류(九流) : 한(漢)나라 때 학문을 아홉 가지로 나누어 일컫던 말. 유가·도가·음양가·법가·명가·묵가·종횡가·잡가·농가의 총칭. 구학파.

것은 실로 중국 사람이 저희들끼리 멸시함에서 말미암은 것이다. 그러나 자기들끼리 멸시하는 실상도 역시 중국의 과오는 아닐 뿐더러, 그들이 애초부터 지니고 있는 세 가지의 어려움이라는 것 또한 우리나라 사람으로서는 결코 멸시하지 못할 일이다.

옛날 진경지(陳慶之)[7]가 위(魏)나라로부터 남쪽으로 돌아온 뒤에 북방 사람들을 매우 중하게 여기기에, 주이(朱异)[8]가 괴이하게 여겨서 그 이유를 물었더니 진경지는,

"진(晉)나라와 송(宋)나라 이후로 낙양을 황무의 지역으로 보았으니, 이는 장강(長江 : 양자강) 이북이 모두 이적(夷狄 : 오랑캐)이 되었다고 생각하였으나, 지난번 낙양에 이르러 비로소 예법을 갖춘 사족들이 모두 중원에 있음을 알게 되었습니다. 예의가 풍부하고 인물들이 번영하여 귀와 눈으로 듣고 본 것을 이루 다 전할 수 없습니다."

라고 하였다. 이로 미루어 본다면 망양(望洋)의 탄식[9]을 금치 못함은 예나 지금이나 마찬가지인 것이다.

내가 열하에 있을 동안에 중국의 사대부들과 접촉이 많았었

---

7) 진경지(陳慶之) : 남북조 때 양(梁)나라의 명장. 자는 자운(子雲). 위나라 군대와 백수십 차례 전투를 벌여 살육과 약탈을 자행한 끝에 결국 위나라의 항복을 받아냈다.

8) 주이(朱异) : 남북조 때 양(梁)나라의 학자. 자는 언화(彦和)이다.

9) 망양(望洋)의 탄식 : 해약(海若)이라는 물귀신이 바다의 넓음을 바라보고 탄식하였다는 고사로, 『남화경』에 나온다.

다. 그리하여 보통 때 서로 이야기하는 중에서도 날마다 예전에 알지 못하던 바를 알게 되긴 했으나, 시정(時政)의 잘잘못이나 민정(民情)의 향배에 대해 알려고 애써도 방법이 없었다.

옛글에 말하기를,

"그 나라의 옛 법을 살펴보고는 그들의 정치를 알 것이며, 그 나라의 음악을 듣고는 그들의 도덕을 짐작할 수 있을 것이다. 이 진리는 백세를 지난 뒤에 백세 이전의 왕(王)을 비교해 보더라도 틀리지 않을 것이다."[10)]

하였다. 이에 벌써 자공(子貢)[11)]의 재주와 계찰(季札)[12)]의 슬기가 없다면, 비록 여러 가지의 악기(樂器)와 춤추는 도구가 날마다 앞에 진열되어 있다 하더라도 진실로 그들의 정치와 도덕이 나온 근본을 알 수 없을 것이다.

그런데 하물며 먼 옛날의 음률을 대강대강 설명해서 어찌 당시 정치의 성하고 쇠함을 알 수 있겠는가? 그런데도 그 너절하

---

10) 『맹자(孟子)』 공손추(公孫丑) 상편에 나온다.

11) 자공(子貢) : 공자의 제자로 공문십철(孔門十哲)의 한 사람인데, 말재주가 뛰어났으며, 정치적 수완이 능해서 훗날 노나라와 위나라의 재상이 되었다. 춘추 시대 위(衛)나라의 유학자이고, 이름은 사(賜)이다.

12) 계찰(季札) : 춘추 시대 오(吳)나라의 현인으로, 음악에 조예가 깊었다. 오왕 수몽(壽夢)이 네 형제 가운데 가장 현명했던 그를 후계자로 삼으려 했으나 세 명의 형들에게 양보했으며, 세 명의 형들을 차례로 보좌하면서 오나라의 부강을 이끌었다.

고도 번잡하며 중복된다는 혐의를 피하지 않고, 일부러 이러한 사리에 닿지 않고 막연한 질문을 하는 것은 무슨 이유인가?

대체로 중국 선비들은 천성이 과장하기를 좋아하고 학문에 해박함을 귀하게 여겨서, 그들의 이론은 경(經) · 사(史)를 가리지 않고 닥치는 대로 인용하여 막 털어 내놓는다. 그러나 우리나라 사람들은 대부분 말씨가 아름답지 못한데다가 또한 어려운 질문을 하는 데 급급해서 대뜸 시국에 관한 일을 이야기하려 들며, 또는 스스로 옛 의복과 갓의 차림을 자랑하면서 그들이 부끄러워하는지를 살피기도 하며, 또는 대뜸 한족(漢族)에 대한 사상(思想)을 지녔느냐고 물어서 그들로 하여금 말문이 막히게 하였다. 이런 일들은 비단 저들만이 꺼리고 싫어할 뿐 아니라, 우리에게도 적지 않은 실수였던 것이다.

그러므로 장차 우리가 그들의 환심을 사려면 반드시 대국의 명성(名聲)과 교화(敎化)가 갸륵함을 극히 칭찬하여 먼저 그들의 마음을 안정시키며, 중국과 우리들과의 사이가 일체(一體)가 됨을 부지런히 보여 주어 그 혐의쩍은 것을 멀어지게끔 힘써야 한다. 한편으로는 그들의 예악(禮樂)에 뜻을 붙이며, 스스로 전아(典雅)함을 숭배하는 듯이 하고, 또 한편으로는 역대의 역사를 들출지언정 최근의 일에 대해서는 언급하지 말 것이다.

그리고 뜻을 공손히 하여 배우기를 원하되 그들이 마음 놓고 이야기할 기회를 주고는, 겉으로는 잘 모르는 체하여 그의 마음을 울적하게 하여 본다면, 그들의 눈썹 한 번 움직이는 데서 진실인지 허위인지가 나타날 것이고, 보통 웃고 이야기하는 사이에 실정을 탐지할 수 있을 것이니, 이것은 내가 그 영향을 문자(文字)의 밖에서 대략이나마 얻을 수 있었던 방법이다.

아아, 슬프도다. 중국의 유학은 점차 줄어듦에 따라서 온 천하의 학문이 한 갈래에서 나오지 않게 되었다. 주희(朱熹)[13]와 육구연(陸九淵)[14]이 갈라져 벌써 수백 년이 되도록 서로 헐뜯으며 미워하기를 원수와 같이 하였다. 명(明)나라 말기에 이르러서 천하의 학자들이 모두 주자를 숭배하였으므로 육구연을 따르는 이가 드물게 되었다.

그러다가 청(淸)나라 사람이 중국의 주인이 되자, 그들은 슬그머니 학술(學術)의 종주(宗主)가 되는 것과 또 당시 그를 따르는 수효가 많고 적음을 살펴서 수의 많은 편을 좇아 힘껏 숭배하되, 주자를 십철(十哲)[15]의 반열에 올려 모시고는 천하에 외치기를,

"주자의 도덕은 곧 우리 황실의 집안 학문이다."

---

13) 주희(朱熹) : 주자(朱子). 성리학을 대성한 남송(南宋)의 대유학자. 우주에는 이(理)와 기(氣)의 이원(二元)이 있다고 하고, 그 실천 강목으로서 거경(居敬)·궁리(窮理)의 두 가지 대강(大綱)을 들었다.

14) 육구연(陸九淵) : 남송의 학자. 자는 자정(子靜)이고, 호는 상산(象山)이다. 주관적 유심론을 주창하여 주자와 대립하였다.

15) 십철(十哲) : 공자의 제자 중에 우수한 열 명의 제자를 말한다. 곧, 덕행(德行)에 뛰어났던 안연(顏淵)·민자건(閔子騫)·염백우(冉伯牛)·중궁(仲弓), 언어(言語)에 뛰어났던 재아(宰我)·자공(子貢), 정사(政事)에 뛰어났던 염유(冉有)·계로(季路), 문학(文學)에 뛰어났던 자유(子游)·자하(子夏).

라고 하였다. 마침내 천하의 사람들 중에서 이에 만족하여 기뻐하며 복종하는 이도 있거니와, 외면을 꾸며서 출세의 길을 바라는 자도 있었으니, 이른바 육씨(육구연)의 학문은 거의 끊어지고 말았다.

아아, 슬프도다. 그들(황실)이 어찌 주자의 학문을 참으로 알아서 그 올바른 것을 터득하겠는가? 이는 천자의 높은 지위를 가지고 겉으로만 주자를 따르고 사모하였음이니, 이는 그 뜻이 한갓 중국의 대세를 살펴서 남보다 먼저 이를 차지하고, 온 천하 사람들의 입에 재갈을 물려서 감히 자기들에게 오랑캐라는 이름을 씌우지 못하게 하려는 생각일 것이다.

어째서 그런 줄 알았는가? 주자가 중국을 높이고 오랑캐를 배격하였음을 보고서 황제는 일찍이 자기 저술을 통하여 송나라 고종(高宗 : 조구(趙構))이 『춘추(春秋)』의 정의를 알지 못하였다고 배척하였으며, 강화를 주장한 진회(秦檜)[16]의 죄악에 대해서 성토하였다. 또 주자가 모든 글에 집주(集註 : 유학 경전의 주석)하였던 것을 보고는, 황제는 천하의 선비를 다 모아서 천하의 글을 징집하여 『도서집성(圖書集成)』과 『사고전서(四庫全書)』 등을 만들고는 온 천하의 사람들에게, "이는 자양(紫陽 : 주자의 호)이 남긴 말씀이며, 고정(考亭 : 주자의 별호)이 끼치신 종지(宗

16) 진회(秦檜) : 남송(南宋)의 재상이었으나 악비(岳飛)를 죽이고 금나라와 굴욕적인 화약을 맺어 간신으로 몰렸다. 매국적(賣國賊). 회는 이름이고, 자는 회지(會之)이다.

旨 : 유지)들이다."라고 외쳤다.

그가 걸핏하면 주자를 드높이는 까닭은 다름이 아니라, 천하 사대부들의 목을 걸터타고는 그들의 목구멍을 조른 채 그들의 등마루를 어루만지면, 천하의 사대부들은 모두들 그의 위협과 어수룩한 술법에 휩쓸려 구구(區區)하게 예문이나 제도의 가운데에 빠져 있으면서도 스스로 깨닫지 못하였기 때문이었다.

어떤 이가 말하기를,

"청나라 사람들은 이미 중국의 예문을 숭상하면서도 만주의 옛 풍속을 변경하지 않음은 무슨 이유인가?"

라고 한다. 어떤 이는,

"이것만으로도 그들의 뜻을 짐작할 수 있을 것이다."

라고 답한 것이다. 그러나 그들은 장차,

"우리는 천하의 이권(利權)을 차지함이 아니다. 우리는 명나라 황실을 위하여 큰 원수를 갚고 큰 치욕을 씻어 준 것이다. 그리고 천하에는 천자 자리가 오랫동안 텅 비어 있는 이치는 없으니, 나는 천하를 위해서 중국을 지키다가 중국의 주인이 생긴다면 나는 장차 모든 것을 거두어 가지고 동쪽으로 돌아갈 것이다. 그러므로 감히 우리 조상의 옛 제도를 바꾸지 못하고 있는 것이다."

라고 할 것이다. 또 어떤 이가 말하기를,

"저들이 자기의 옛 습속을 그대로 지킨다는 것은 당연한 일이겠지만, 어째서 천하를 휩쓸어서 억지로 그들의 법을 따르게 하는가?"

라고 한다면 어떤 이는,

"그럼 이것만으로도 그들의 뜻을 알 수 있잖아."

라고 답할 것이다. 그러나 그들은 장차,

"제왕(帝王)이란 문자(文字)라든가 수레의 궤도(軌道)라든가 모든 제도를 통일할 따름인 만큼, 청(淸)나라의 신하가 된 자는 마땅히 그 시대 임금의 제도를 따를 것이요, 청나라의 신하가 되지 않는 자는 그 시대 임금의 제도를 따르지 않으면 그뿐이다."

라고 할 것이다.

중국의 동남쪽 지방은 어디보다도 사람들의 지혜가 열리고 문물이 발달하여 반드시 온 천하 중에 제일 많이 사건이 생기는 곳이다. 그들의 성격은 경솔하고도 천박하여 각자의 의견을 주고받는 것을 좋아하므로, 강희 황제가 강소와 절강 지방에 여섯 차례나 순행하여 모든 호걸의 사상을 눌렀으며, 지금 황제도 뒤를 이어서 다섯 차례나 순행하였다.

천하의 걱정거리는 늘 북쪽 오랑캐에게 있으므로 그들을 항복시킨 뒤에도 강희 시대 때부터 열하에 행궁(行宮)을 세우며, 몽고의 비중 있는 군대를 이에 주둔시켜 놓았다. 이는 실로 중국의 군사를 괴롭히지 않고도 오랑캐를 이용하여 호(胡)를 방비하게 되었다. 이렇게 되면 군비(軍費)는 줄어드나 변방은 군셀 것이므로 지금 황제가 친히 통솔하여 열하에 남아서 지키고 있는 것이다.

서번(西番)이 비록 힘이 세고 사나우나 황교(黃敎 : 라마교)를 몹시 두려워함을 보고는, 황제는 그 풍속을 따라서 몸소 스스로 황교를 거룩하게 여겨 떠받들어서 그 법사(法師)를 모셔다가 집을 성대하게 꾸밈으로써 그의 마음을 기쁘게 하고, 명목만 '왕(王)'이라 봉해줌으로써 그의 세력을 꺾었으니, 이것은 청나라 사람이 사방을 제어하는 교묘한 방법이다.

〈그들은〉 다만 중국 땅에 대하여 마치 무관심한 듯싶으나 그들의 속셈은 온 천하의 가난한 백성들이야 세금만 헐하게 해준다면 안정될 것이라고 생각했지, 자기들의 병거지와 의복 제도를 도리어 편리하게 여겨서 자기들의 제도를 바꾸려고 하지 않을 것이라고 어찌 알지 못했겠는가?

다만 천하의 사대부들은 두루 살펴보아도 사상을 안정시킬 만한 방법이 없는 만큼 고식적으로나마 주자의 학문을 높여서 허랑한 선비들의 마음을 크게 위로한다면 그들 중에 호걸들은 노여워할지언정 말은 감히 할 수 없을 것이며, 그중 야비하고 아첨하는 자는 시의(時義)를 따라서 자기 개인적인 이익을 꾀할 것이다. 그리하여 한편으로는 불언 중에 중국 선비의 사상을 약체화시키고, 한편으로는 그들에게 문화인의 대우를 드러내놓고 받게 하였다.

진(秦)나라의 '갱유(坑儒)'와 같은 행위를 취하지 않고도 그들은 문자를 교정하는 사무에 골몰하게 되었으며, 진나라의 '분서(焚書)'와 같은 정책을 쓰지 않고도 그들은 취진국(聚珍局)－건륭 때는『사고전서(四庫全書)』의 책판을 가리켜 취진판(聚珍板)이라고 하였다.－에서 떨어져 나가고 흩어지게 되었다.

아아, 슬프도다. 세상을 우롱하는 재주가 교묘하고도 엉큼스럽다고 말할 만하구나. 이른바 책을 사들이는 재앙(災殃)이 책을 불사르는 화보다 심하다[17]는 말은 바로 이를 가리키는 말이라 하겠다. 그러므로 중국의 선비들은 가끔 주자를 반박하되, 조금도 거리낌 없는 모기령(毛奇齡)에 대해서도 어떤 이는 그를 '주자의 충신'이라고 하고, 어떤 이는 그를 '도(道)를 지킨 공이 있다'고 하고, 어떤 이는 그를 '은인에게 원수를 맺었다'고 말하기도 하니, 이런 것들을 보아서도 족히 저들의 미묘한 의미를 짐작할 수 있다.

아아, 주자의 도덕은 마치 해가 중천에 떠오른 것과 마찬가지여서 사방 만국(萬國)이 모두 우러러보는 바이거늘, 황제가 사사로이 숭배했다고 한들 주자에게 무슨 누가 될 것이겠는가마는, 중국의 선비들이 이다지 부끄러워하는 것은 대체로 〈황제가〉 겉으로는 높이는 척하면서 세상을 억누르려 하는 이용물로 삼는 데에 격분했을 따름이다.

그러므로 가끔 집주(集註)에서 한두 가지 잘못된 곳을 빙자하여 100년 동안의 번민하고 원통한 기운을 씻으려는 것이니, 지금 주자를 반박하는 자는 실로 옛날 육구연(陸九淵)의 학문을 하는 이와는 차별이 있음을 징험할 수 있을 것이다. 그럼에도 불구하고 우리나라 사람들은 이 뜻을 짐작하지도 못하고, 중국 선비를 잠깐 접견할 때에 대수롭지 않은 말이라도 약간만 주자에 관계된다면, 곧 눈이 휘둥그레지며 놀라서 듣고 있다가 문득 상

17) 모기령(毛奇齡)의 말인 듯하다.

산(象山 : 육구연(陸九淵)의 호)의 무리라고 배척하고는 돌아와 국내의 사람들에게 이르기를,

"중국에는 육상산의 학문이 대단히 성행하여 사특한 학설이 그치지 않더구먼."

라고 한다. 이를 듣는 이도 시말(始末)을 연구해 보지도 않은 채 마치 이러한 담론을 본 것 마냥 마음에 노여움부터 먼저 낸다.

아아, 슬프도다. 사문난적(斯文亂賊)[18]에 대한 성토가 비록 멀리 중국에까지 미치지는 않을지라도, 이단(異端)을 용납하고 묵인한 과오는 실로 사림들에게 용서받기가 어려운 일이다.

엄계(罨溪)[19] 꽃나무 아래에서 술을 조금 마시고, 「망양록(忘羊錄)」과 「곡정필담(鵠汀筆談)」을 교열(校閱)하여 차례를 정하다가 이내 붓을 꽃이슬에 풀어서 이 의례(義例)를 만들어서, 훗날 중국을 유람하는 이로 하여금 터놓고 주자를 반박하는 이를 만나거든, 그가 평범하지 않은 선비인 줄 알고, 부질없이 이단이라고 해서 배척하지 말 것이며, 말을 잘하여 점차로 그 속까지 스며들게 한다면, 아마 이로 인하여 천하의 대세를 엿볼 수 있을 것이다.

18) 사문난적(斯文亂賊) : 유교 사상에 어긋나는 언행을 하여 유교를 어지럽히는 사람을 뜻한다.

19) 엄계(罨溪) : 연암서당(燕巖書堂) 앞에 있는 시내 이름이다.

原文

審勢編
심 세 편

燕巖氏曰 遊中國者有五妄 地閥相高 本是國俗之陋
연 암 씨 왈 유 중 국 자 유 오 망 지 벌 상 고 본 시 국 속 지 루

習 有識之居國也 且恥言兩班 況以外藩土姓 反陵中
습 유 식 지 거 국 야 차 치 언 양 반 황 이 외 번 토 성 반 릉 중

州之舊族乎 此一妄也.
주 지 구 족 호 차 일 망 야

中州之紅帽蹄袖 非獨漢人恥之 滿人亦恥之 然其禮
중 주 지 홍 모 제 수 비 독 한 인 치 지 만 인 역 치 지 연 기 예

俗文物 四夷莫當 顧無寸長可與頡伉中土 而獨以一
속 문 물 사 이 막 당 고 무 촌 장 가 여 힐 항 중 토 이 독 이 일

撮之髻 自賢於天下 此二妄也.
촬 지 계 자 현 어 천 하 차 이 망 야

昔月汀尹公根壽 奉使皇明 道逢御史汪道昆 屛息路
석 월 정 윤 공 근 수 봉 사 황 명 도 봉 어 사 왕 도 곤 병 식 로

左 瞻望行塵 猶以爲榮.
좌 첨 망 행 진 유 이 위 영

今凾夏雖變而爲胡 其天子之號未改也 則閣部大臣
금 함 하 수 변 이 위 호 기 천 자 지 호 미 개 야 즉 각 부 대 신

乃天子之公卿也 未必加尊於昔 而有貶於今也.
내 천 자 지 공 경 야 미 필 가 존 어 석 이 유 폄 어 금 야

奉使者自有見官之禮 而恥其公庭拜揖 輒圖寬免 遂
봉 사 자 자 유 견 관 지 례 이 치 기 공 정 배 읍 첩 도 관 면 수

成規例 時有接遇 率以亢簡爲致 恭謙爲辱 彼雖不與
성 규 례 시 유 접 우 솔 이 항 간 위 치 공 겸 위 욕 피 수 불 여

苛責　安知不侮我之無禮乎　此三妄也.
가책　안지불모아지무례호　차삼망야

自知文字以來　莫不借讀于中州　談說歷代　無非夢中占夢　乃以功令之餘習　强作無致之詩文　忽謂中土不見文章　此四妄也.
자지문자이래　막불차독우중주　담설역대　무비몽중점몽　내이공령지여습　강작무치지시문　홀위중토불견문장　차사망야

中州之人士　康熙以前　皆皇明之遺黎也　康熙以後卽淸室之臣庶也　固將盡節本朝遵奉法制　若造次談論輸情外藩　是固當世之亂臣賊子也.
중주지인사　강희이전　개황명지유려야　강희이후즉청실지신서야　고장진절본조준봉법제　약조차담론수정외번　시고당세지난신적자야

然而一遇中州之士　見其誇張休澤　則輒謂一部春秋無地可讀　每歎燕趙之市　未見悲歌之士　此五妄也.
연이일우중주지사　견기과장휴택　즉첩위일부춘추무지가독　매탄연조지시　미견비가지사　차오망야

中州之士有三難　一爲擧人則全史全經　隨事辨證　百家九流　略涉源委　酬答如響　不如是　未足以爲士也此其一難也.
중주지사유삼난　일위거인즉전사전경　수사변증　백가구류　약섭원위　수답여향　불여시　미족이위사야차기일난야

寬雅嫺禮　休休有容　不施驕倨　虛懷接物而不失大國之體　此其二難也.
관아한례　휴휴유용　불시교거　허회접물이불실대국지체　차기이난야

小大遠近　莫不畏法　畏法故愼官　愼官故制度如一
소대원근　막불외법　외법고신관　신관고제도여일

而四民分業 莫不自修 此其三難也.
이사민분업 막부자수 차기삼난야

東人有五妄 實由中土之自侮 然其自侮之實 亦非中
동인유오망 실유중토지자모 연기자모지실 역비중
土之罪 而其固有之三難 又非東人之所可得以侮之也.
토지죄 이기고유지삼난 우비동인지소가득이모지야

昔陳慶之自魏南還 甚重北人 朱异怪而問之 慶之曰
석진경지자위남환 심중북인 주이괴이문지 경지왈
自晉宋以來 號洛陽爲荒中 此謂長江以北盡是夷狄
자진송이래 호낙양위황중 차위장강이북진시이적
昨至洛陽 始知衣冠士族幷在中原 禮儀富盛 人物殷
작지낙양 시지의관사족병재중원 예의부성 인물은
阜 耳目所識 口不能傳 由是觀之 望洋發歎 今古同
부 이목소식 구불능전 유시관지 망양발탄 금고동
情.
정

余在熱河 與中州士大夫遊者多矣 尋常談討 雖日知
여재열하 여중주사대부유자다의 심상담토 수일지
其所不識 而至若時政之得失 民情之向背 無術而可
기소불식 이지약시정지득실 민정지향배 무술이가
識.
식

傳曰 觀其禮而知其政 聞其樂而知其德 由百世之後
전왈 관기례이지기정 문기악이지기덕 유백세지후
等百世之王 莫之能違也 旣無子貢之藝 季札之智 則
등백세지왕 막지능위야 기무자공지예 계찰지지 즉
雖使笙鏞干羽日陳於前 固莫識政德之所出.
수사생용간우일진어전 고막식정덕지소출

況泛論上世之律呂 而惡能識當時之汚隆哉 然而不
황범론상세지률려 이오능식당시지오륭재 연이불

避其支離煩複之嫌　而故爲此迂闊誕漫之問者　何也.
피기지리번복지혐　이고위차우활탄만지문자　하야

蓋中州之士　性喜矜誇　學貴該洽　出經入史　揮麈風發　然我人類多未閑辭令　或急於質難　逕談當世　或自誇衣冠　觀其愧服　或直問思漢　使人臆塞　此等非但彼所忌諱　在我疎失　亦自不細.
개중주지사　성희긍과　학귀해흡　출경입사　휘주풍발　연아인류다미한사령　혹급어질난　경담당세　혹자과의관　관기괴복　혹직문사한　사인억새　차등비단피소기휘　재아소실　역자불세

故將要得其歡心　必曲贊大國之聲敎　先安其心　勤示中外之一體　務遠其嫌　一則寄意禮樂　自附典雅　一則揚扢歷代　毋逼近境.
고장요득기환심　필곡찬대국지성교　선안기심　근시중외지일체　무원기혐　일즉기의예악　자부전아　일즉양흘역대　무핍근경

遜志願學　導之縱談　陽若未曉　使鬱其心　則眉睫之間　誠僞可見　談笑之際　情實可探　此余所以略得其影響於紙墨之外也.
손지원학　도지종담　양약미효　사울기심　즉미첩지간　성위가견　담소지제　정실가탐　차여소이략득기영향어지묵지외야

嗚呼　中州道術陵遲　天下之學　不出于一　而朱陸之分　皆將數百年　互相訾謷疾如仇敵　至皇明季世　天下學者　莫不宗朱　而爲陸者鮮矣.
오호　중주도술릉지　천하지학　불출우일　이주육지분　개장수백년　호상자오질여구적　지황명계세　천하학자　막부종주　이위육자선의

及淸人入主中國　陰察學術宗主之所在　與夫當時趨
급청인입주중국　음찰학술종주지소재　여부당시추

向之衆寡 於是從衆而力主之 陞享朱子於十哲之列
향지중과 어시종중이력주지 승향주자어십철지렬
而號於天下曰 朱子之道 卽吾帝室之家學也 遂天下
이호어천하왈 주자지도 즉오제실지가학야 수천하
洽然悅服者有之 緣飾希世者有之 所謂陸氏之學 幾
흡연열복자유지 연식희세자유지 소위육씨지학 기
乎絶矣.
호절의

嗚呼 彼豈眞識朱子之學而得其正也 抑以天子之尊
오호 피기진식주자지학이득기정야 억이천자지존
陽浮慕之 此其意徒審中國之大勢而先據之 鉗天下之
양부모지 차기의도심중국지대세이선거지 겸천하지
口 而莫敢號我以夷狄也.
구 이막감호아이이적야

何以知其然也 朱子尊中國而攘夷狄 則皇帝嘗著論
하이지기연야 주자존중국이양이적 즉황제상저론
而斥宋高宗不識春秋之義 討秦檜主和之罪 朱子集註
이척송고종불식춘추지의 토진회주화지죄 주자집주
群書 則皇帝集天下之士 徵海內之書 爲圖書集成 四
군서 즉황제집천하지사 징해내지서 위도서집성 사
庫全書 率天下而唱之曰 此紫陽之緖言 而考亭之遺
고전서 솔천하이창지왈 차자양지서언 이고정지유
旨也.
지야

其所以動遵朱子者 非他也 騎天下士大夫之項 扼其
기소이동준주자자 비타야 기천하사대부지항 액기
咽而撫其背 天下之士大夫 率被其愚脅 區區自泥於
인이무기배 천하지사대부 솔피기우협 구구자니어
儀文節目之中而莫之能覺也.
의문절목지중이막지능각야

或曰 淸人旣尊尙中土之儀文 而不變滿洲之舊俗 何
혹왈 청인기존상중토지의문 이불변만주지구속 하
也 曰 此足以見其情也 彼將曰 吾非利天下也 吾爲
야 왈 차족이견기정야 피장왈 오비리천하야 오위
明室 復大仇雪大耻 而天下無久曠之理 則吾爲天下
명실 복대구설대치 이천하무구광지리 즉오위천하
守中土 有主則吾亦將卷而東歸 故不敢變祖宗之舊制
수중토 유주즉오역장권이동귀 고불감변조종지구제
也 或曰 彼所以自因舊俗則當矣 奈之何擧天下而强
야 혹왈 피소이자인구속즉당의 내지하거천하이강
循其法也 曰 此足以見其情也 彼將曰 帝王者 同文
순기법야 왈 차족이견기정야 피장왈 제왕자 동문
軌一制度而已矣 爲淸之臣子者 當遵時王之制 不爲
궤일제도이이의 위청지신자자 당준시왕지제 불위
淸之臣子者 不遵時王之制度爾.
청지신자자 부준시왕지제도이

東南開明 必先天下而有事情 喜輕浮而好議論 則康
동남개명 필선천하이유사정 희경부이호의론 즉강
熙六巡淮浙 所以陰沮豪傑之心 而今皇帝踵而五巡矣.
희륙순회제 소이음저호걸지심 이금황제종이오순의

天下之患 常在北虜 則迨其賓服 自康熙時 築宮於
천하지환 상재북로 즉태기빈복 자강희시 축궁어
熱河 宿留蒙古之重兵 不煩中國而以胡備胡 如此則
열하 숙류몽고지중병 불번중국이이호비호 여차즉
兵費省而邊防壯 今皇帝身自統禦而居守之矣.
병비생이변방장 금황제신자통어이거수지의

西番强悍而甚畏黃敎 則皇帝循其俗而躬自崇奉 迎
서번강한이심외황교 즉황제순기속이궁자숭봉 영
其法師 盛飾宮室 以悅其心 分封名王 以析其勢 此
기법사 성식궁실 이열기심 분봉명왕 이석기세 차

淸人所以制四方之術也.
청인소이제사방지술야

獨於中土 似若無所用心 然其心以爲天下之小民 薄
독어중토 사약무소용심 연기심이위천하지소민 박
其賦斂則安矣 安知不反便乎我之帽服 而不欲變我之
기부렴즉안의 안지불반편호아지모복 이불욕변아지
制度乎.
제도호

但天下之士大夫 顧無可安之術 則姑尊朱子之學 大
단천하지사대부 고무가안지술 즉고존주자지학 대
慰遊士之心 其豪傑敢怒而不敢言 其鄙佞因時義而爲
위유사지심 기호걸감노이불감언 기비영인시의이위
身利 一以陰弱中土之士 一以顯受文敎之名.
신리 일이음약중토지사 일이현수문교지명

非秦之坑殺而乾沒於校讐之役 非秦之燔燒 而離裂
비진지갱살이건몰어교수지역 비진지번소 이리렬
於聚珍之局－乾隆 以四庫全書板 名之曰聚珍板.
어취진지국 건륭 이사고전서판 명지왈취진판

嗚呼 其愚天下之術 可謂巧且深矣 所謂購書之禍
오호 기우천하지술 가위교차심의 소위구서지화
甚於焚書者 正指此也 故中土之士 往往駁朱而不少
심어분서자 정지차야 고중토지사 왕왕박주이불소
顧憚 如毛奇齡者 或有謂之朱子之忠臣 或又謂之有
고탄 여모기령자 혹유위지주자지충신 혹우위지유
衛道之功 或有謂之恩家作怨 此等皆足以見其微意也.
위도지공 혹유위지은가작원 차등개족이견기미의야

噫 朱子之道 如日中天 四方萬國 咸所瞻睹 皇帝
희 주자지도 여일중천 사방만국 함소첨도 황제
私尊 何累朱子 而中州之士 如此其耻之者 蓋有所激
사존 하루주자 이중주지사 여차기치지자 개유소격

於陽尊　而爲禦世之資耳.
어 양 존　이 위 어 세 지 자 이

故時借一二集註之誤　以洩百年煩寃之氣　則可徵今
고 시 차 일 이 집 주 지 오　이 설 백 년 번 원 지 기　즉 가 징 금

之駁朱者　果異乎昔之爲陸耳　然而吾東之人　不識此
지 박 주 자　과 이 호 석 지 위 육 이　연 이 오 동 지 인　불 식 차

意　乍接中州之士　其草草立談　微涉朱子　則瞠然駭聽
의　사 접 중 주 지 사　기 초 초 립 담　미 섭 주 자　즉 당 연 해 청

輒斥以象山之徒　歸語國人曰　中原陸學大盛　邪說不
첩 척 이 상 산 지 도　귀 어 국 인 왈　중 원 육 학 대 성　사 설 불

熄　聽之者　又不究本末　若見此等談論　先怒於心.
식　청 지 자　우 불 구 본 말　약 견 차 등 담 론　선 노 어 심

噫　斯文亂賊之討　雖莫遠施於中土　容默異端之過
희　사 문 난 적 지 토　수 막 원 시 어 중 토　용 묵 이 단 지 과

固難見恕於士林.
고 난 견 서 어 사 림

罨溪花下少飮　閱次忘羊錄及鵠汀筆談　因滋筆花露
엄 계 화 하 소 음　열 차 망 양 록 급 곡 정 필 담　인 자 필 화 로

爲此義例　使後之遊中國者　如逢肆然駁朱者　知其爲
위 차 의 례　사 후 지 유 중 국 자　여 봉 사 연 박 주 자　지 기 위

非常之士　而毋徒斥以異端　善其辭令　徵質有漸　庶幾
비 상 지 사　이 무 도 척 이 이 단　선 기 사 령　징 질 유 점　서 기

因此　而得覘夫天下之大勢也哉.
인 차　이 득 첨 부 천 하 지 대 세 야 재

5

망양록(忘羊錄)

연암 박지원이 태학관에서 만난 중국의 학자 곡정(鵠汀) 왕민호(王民皞)와 형산(亨山) 윤가전(尹嘉銓)을 상대로 음악의 악전적인 원리, 정치와 문화적인 의의, 그리고 음악의 발달사 등에 대하여 주로 논한 내용이다. '망양록(忘羊錄)'은 양을 잊은 것에 대한 기록으로, 다른 것에 정신이 나가 양고기 요리를 먹는 것조차 잊었다는 말이다.

망양록서(忘羊錄序)[1]

아침에 형산(亨山) 윤가전(尹嘉銓)과 곡정(鵠汀) 왕민호(王民皥)를 따라서 수업재(修業齋)[2]에 들어가 악기(樂器)를 훑어보고 돌아오다가 윤형산의 처소에 들렀더니 윤공은 양을 통째로 쪄 놓았는데, 이것은 오로지 나를 위해서 차린 것이다.

바야흐로 악률(樂律)[3]이 고금에 같고 다른 점에 대해서 이야기하느라고 음식 차려 놓은 지가 퍽 오래였지만 서로 먹으라고 권하지 못했는데, 얼마 있다가 윤공이 "양을 아직 찌지 않았느냐?"고 물으니, 심부름하는 자가 "차려 놓은 지 오래되어 이미 식었습니다."고 대답하므로, 윤공은 나이가 들어 정신을 못 차

1) 박영철본에는 이 소제(小題)가 없으나, 주설루본에 의거하여 수록하였다.

2) 수업재(修業齋) : 열하에 있는 태학관 명륜당의 오른쪽에 있는 집 이름이다.

3) 악률(樂律) : 음악의 가락이나 음률의 높낮이에 따라 이론적으로 정리한 것을 말한다.

리고 두서가 없었다고 사과한다.

나는,

"옛날 공자는 소(韶 : 순임금이 지은 음악)를 들으시고는 고기맛을 잊었다더니,[4] 이제 나는 대아(大雅)[5]의 이야기를 듣다가 양 온 마리를 잊었습니다."

라고 했더니 윤공은,

"이른바 장(臧)과 곡(穀)이 모두 양을 잊었다[6]는 것이올시다."

라고 하여 서로 크게 웃었다.

이에 그 필담(筆談)한 것을 모아서 「망양록(忘羊錄)」이라고 이름한다.

---

4) 『논어(論語)』 술이(述而) 편에 나오는 구절이다. 소(韶)는 순(舜)임금 때의 음악 이름이다.

5) 대아(大雅) : 윤가전을 가리켜서 다방면에 통달하고 고결한 학자라는 말이다. 이는 학자들이 서로 상대방을 높여서 하는 말이다.

6) 『남화경(南華經)』에 나오는 말로써 장(臧)과 곡(穀) 두 사람이 양을 치는데, 장은 글을 읽고 곡은 노름을 하다가 둘이 다 양을 잃었다고 하였다.

망양록(忘羊錄)[7]

나는,

"오음(五音)[8]으로 정명(正名)을 삼고 육률(六律)[9]로 허위(虛位 : 가정된 위치)를 삼아, 소리가 날 적에 이를 헤아려서 맞는 소리를 율(律)이라 하고 맞지 않는 소리는 율이 아니라고 한다면, 마땅히 음악은 고금의 차이나 아악(雅樂)과 속악(俗樂)의 구별이 없어야 할 터인데, 시대에 따라 각각 음악이 달라지고 풍아(風雅 : 풍류)가 변천하는 것은 무엇 때문일까요? 혹시 악기를 만드는 데 있어서 고금의 다름이 있어 소리와 율이 여기에 따라 변하는 것인가요?"

라고 했다.

---

7) 원문에는 이 소제(小題)가 없다. (편집자주)

8) 오음(五音) : 궁(宮) · 상(商) · 각(角) · 치(徵) · 우(羽).

9) 육률(六律) : 십이율(十二律) 중에서 양성(陽聲)에 속하는 여섯 가지 소리. 곧, 태주(太簇), 고선(姑洗), 황종(黃鐘), 이칙(夷則), 무역(無射), 유빈(蕤賓).

곡정은,

"아닙니다. 저는 본래 이 학문에 어둡습니다만, 그래도 한두 가지 좁은 의견은 없지 않아서 항상 학문이 올바른 군자에게 한 번 시정을 받고자 하던 터입니다.

소리는 목구멍과 혀와 입술과 이로부터 나와서 그 모양이 각각 다르고 보니 음도 또한 따라서 다르므로 억지로 이름을 붙여서 소리에 따라 분배해 놓았습니다. 오직 그 정한 이름이 있은 연후에야 변화하는 바를 알 수 있을 것이요, 그 변화하는 바를 안 연후에야 만 가지를 불어도 같지 않은 소리를 음의 이름에 맞추어 표준을 삼을 수 있을 것입니다. 이것이 오음의 이름이 생긴 까닭입니다. 그러나 그 변화하는 면에서 본다면 음이 하필 다섯 가지뿐이겠습니까? 비록 100가지 음이라고 말하더라도 옳을 것입니다.

율이란 법률의 율과 같은 것입니다. 입에서 나오는 소리가 이미 고저(高低 : 높고 낮음)와 청탁(淸濁 : 맑고 탁함)과 크고 가는 구분이 있는 만큼, 귀로 들을 수 있는 악기를 만들어 일정한 법을 만들었으니, 비유하건대 문법(文法)에는 차등이 있으나 각각 그 법칙에 맞는 것과 마찬가지일 것입니다. 오직 그 소리가 나는 것을 기다려서 거기에 맞추어야 비로소 표준을 삼을 수 있으므로 육률은 허위(헛자리)라고 한 것입니다. 그러나 그 차등이 있는 것으로써 헤아린다면 율이 어찌 여섯 가지에만 그치겠습니까? 1,000가지 율이라 하더라도 옳을 것입니다.

제가 비록 무엇이 궁(宮)인지, 우(羽)인지, 무엇이 종(鍾)[10]인지, 려(呂)[11]인지 모르지만, 만일 검은 기장의 낟알로 치수를 재려고 애쓰고,[12] 갈대 태운 재[13]로 분분히 후기법(候氣法)을 하는 것은 또한 의심스럽다고 봅니다."
라고 한다.

나는,
"악기로 비유하자면 골짜기와 같고, 소리로 비유한다면 바람과 같을 것이니, 골짜기를 고칠 수 없는 것으로 친다면 바람도 부는 것이 변함없을 것입니다. 다만 거센 바람과 잔잔한 바람, 회오리바람과 싸늘한 바람의 차이가 있을 따름이니, 이로써 의논한다면 음률이 고금(古今)에 다름이 있는 점은 악기가 고쳐진 것이 있어서 소리가 변한 것이나 아닐까요?"
라고 했다.
곡정은,

10) 종(鍾) : 십이율(十二律)의 하나.
11) 려(呂) : 십이율(十二律)의 하나.
12) 중국 고대에서는 악기의 일정한 치수를 극히 정확하게 맞추기 위하여 관악기의 빈 곳의 적(積)을 헤아릴 때는 천연 산물로서 가장 크기가 고르고 변화가 없다고 치는 검정 기장 낟알을 척도의 표준으로 삼았다.
13) 『후한서(後漢書)』 율력지(律歷志)에 나오는데, 날씨를 관찰할 때에 쓰는 방법이다. 갈대 줄기 속의 엷은 막(膜)을 태운 재를 악기의 율관(律管) 안에 두어 기후를 점쳤다고 한다.

"그렇습니다. 율이 이어져서 조(調 : 곡조)가 되고, 조가 어울려 강(腔 : 가락)이 되고, 강이 합하여 곡(曲)이 됩니다. 율에는 간성(姦聲)이 없어도 조에는 편벽된 소리가 있으니, 과연 한 골짜기에서 부는 바람 중에도 거세고 잔잔하고 회오리와 찬바람의 구별이 있고, 새벽과 밤과 아침과 낮의 변화가 있는 것과 같습니다. 이것은 그 곡조의 정취(情趣)가 달라지고 듣는 자가 달라지는 데에 따라 때때로 높아지기도 하고 낮아지기도 하여 비로소 고금(古今)의 차이와 정성(正聲)과 음성(淫聲)의 구별이 생기는 것입니다.

당우(唐虞 : 요순) 시대에 백성의 풍속이 맑을 때에는 귀에 즐거운 음악이 소(韶)·호(濩)[14]의 곡조였으니, 또 그들에게 배척당한 바를 가히 알 수 있을 것입니다. 유(幽)임금과 여(厲)임금[15]의 시대에는 민속(民俗)이 음탕해서 그들의 귀에 즐거운 음악은 상(桑)[16]과 복(濮)[17] 같은 <음탕한> 곡조였으니, 또 그들에게 배척당한 바를 가히 알 수 있을 것입니다. 예를 들면 근세의 잡극(雜劇)에서 『서상기(西廂記)』를 연출할 때에는 지리해서 졸음이 오다가도, 『모란정(牡丹亭)』[18]을 연출하면 정신이 나서

---

14) 소(韶)·호(濩) : '소'는 순임금의 음악 이름이고, '호'는 탕(湯)임금의 음악 이름이다.

15) 유(幽)와 여(厲)는 모두 주(周)나라의 폭군이다.

16) 상(桑) : 상간(桑間). 『시경』에 나오는 음탕한 노래.

17) 복(濮) : 복상(濮上). 『시경』에 나오는 음탕한 노래.

18) 『모란정(牡丹亭)』 : 명나라의 탕현조(湯顯祖)가 지은 전기소설(傳奇小

자세를 고쳐 듣게 됩니다.

이것이 비록 시정의 하찮은 일이라 하더라도 민속의 취향(趣向)이 시대를 따라 바뀌어 달라지는 것을 족히 증험할 수 있는 것입니다. 사대부들은 고악(古樂 : 옛 음악)을 부흥(復興)할 것을 생각하여 강(腔)을 고치고 조(調)를 바꿀 줄을 모르고, 졸지에 모든 악기를 부수고 고쳐서 원래의 소리를 찾고자 한다면 사람과 악기가 한꺼번에 망하게 될 것입니다. 이것은 화살을 따라서 과녁을 그리고, 취하는 것을 싫어하면서 술을 억지로 마시는 것과 무엇이 다르겠습니까?"

라고 한다.

나는,

"제가 심양에 이르렀을 때 생황(笙簧)을 부는 사람이 있기에 이것을 얻어 한 번 불어 보았더니 과연 우리나라의 '음'에 맞았고, 음의 연계와 기조(起調)[19] 역시 우리나라의 '율'에 맞았습니다. 그 뒤 벌써 북경에 들어와 유리창(琉璃廠)에 이르러 또 한 번 불어 보았는데, 지금의 생황도 그 소리 나는 구멍이나 부는 구멍들의 금엽(金葉)[20]이 여와씨(女媧氏)[21] 때의 옛 제도와 변함이

說)『모란정환혼기(牡丹亭環魂記)』이다.

19) 기조(起調) : 일정한 율에 맞추어 음이 처음 시작되는 음계.

20) 금엽(金葉) : 생황의 죽관 아래에 붙어 있는 떨림 쇠인데, 연주자가 생황의 취구(吹口)에 공기를 불어넣거나 들이마시면 혀가 떨어서 소리를 낸다.

없는지에 대해서는 잘 모르겠습니다."
라고 했더니 곡정은,

"이것은 만든 구조에 달린 것인데, 저는 아직 〈이 악기를〉 손에 들고 자세히 살펴본 적이 없습니다."
라고 하고 형산은,

"어찌 변하지 아니하겠습니까? 팔음(八音) 중에서 포(匏 : 바가지)는 곧 생황(笙簧)인데, 벌써 오래 전부터 대나무 뿌리를 잘라서 포(匏) 대신으로 쓴답니다."
라고 한다.

곡정은,

"율려(律呂)가 변하는 것은 악기의 탓이 아닙니다. 상(桑)과 복(濮) 지방에서 그들이 부는 악기가 관약(管籥 : 피리)이 아니면 모르겠거니와, 만일 그들이 부는 것이 반드시 관약일 때는 그 제도는 마땅히 당우(唐虞) 시대의 옛 법식일 것이요, 그들이 치는 바가 종이나 경쇠가 아니면 모르겠거니와, 만일 그들이 치는 바가 반드시 종이나 경쇠일 때는 그 음률도 마땅히 소 · 호의 옛 법식일 것입니다.

그러나 그 시작하는 조(調)가 무슨 음으로부터 나와서 음이 이어져 율에 잘 맞은 연후에야 정성(正聲)과 간성(姦聲)이 비로소 갈라질 것입니다. 합쳐진 강(腔)이 어떤 심정에 감동되어 마음을 따라서 곡조가 된 후에야 고금(古今)의 음악이 구별될 것

21) 여와씨(女媧氏) : 중국 고대에 악(樂)을 지었다는 추장이다.

이며, 그 음률이 잘 맞고 맑고 밝은 것은 정음일 것이고, 음탕하고 슬프고 사나운 것은 간성일 것입니다. 이제 <무슨 악기이건> 단 한 개의 음과 한 개의 율을 가지고서야 어찌 '소 · 호'를 의논할 것이며, 또한 어떻게 '상 · 복'이라 있을 수 있겠습니까?" 라고 한다.

나는,

"오음(五音) 소리를 얻어 들을 수 있을까요?"

라고 했더니 곡정은,

"저는 입으로 능히 소리를 내지는 못합니다만, 그 형상은 들은 바가 있습니다. 넓고 크고 우렁차고 깊은 소리는 예로부터 '궁음(宮音)'이라 하고, 높고 밝으며 조급하고 빠른 소리는 예로부터 '상음(商音)'이라 하고, 정확하고 뚝 그치는 소리는 예로부터 '각음(角音)'이라 하고, 불꽃이 튀듯이 빠르고도 급히 치솟는 소리는 예로부터 '치음(徵音)'이라 하고, 가라앉고 가는 소리는 예로부터 '우음(羽音)'이라 불렀습니다.

소리가 난다는 것은 모두 칠정(七情)[22]을 거쳐서 나지 않는 것이 없습니다. 또 변궁(變宮) · 변상(變商) · 변각(變角) · 변치(變徵) · 변우(變羽) 소리가 있습니다. '율'은 소리를 따라 어울리고 마음에 느끼는 바에는 바르고 편벽됨이 있는 만큼, 그에 따라서

22) 칠정(七情) : 사람마다 가지고 있는 일곱 가지 감정. 곧, 기쁨〔喜〕·성냄〔怒〕·슬픔〔哀〕·즐거움〔樂〕·사랑〔愛〕·미움〔惡〕·욕심〔欲〕.

'음'이 움직이고 '율'이 맞고 '조'가 이루어지는 것입니다."
라고 한다.

나는,
"오음에는 혹시 선악(善惡)이 있을까요?"
라고 했더니 곡정은,
"무슨 말씀입니까?"
라고 한다. 나는,
"궁음(宮音)처럼 넓고 크고 우렁차고도 깊은 소리는 선(善)이요, 상음(商音)같이 조급하고 빠른 소리나 치음(徵音)처럼 불꽃이 튀듯이 빠른 소리는 선하지 못한 것이 아니냐는 말씀입니다."
라고 했다.

그러자 곡정은,
"아닙니다. 오음은 모두 바른 소리〔正聲〕입니다. 소위 넓고 크고 우렁차고 깊으며, 조급하고 빠르며, 불꽃이 튀듯이 빠르다는 것은 다만 여러 가지 소리의 본질을 형용한 것뿐이요, 그 작용은 바르지 않은 것이 없습니다. 궁도 아니요, 상도 아니요, 각도 아니요, 치도 아니요, 우도 아닌 것을 간음(間音)이라고 하는데, 오음의 사이에 끼어 있기 때문이니, 이것이 곧 간성(姦聲)입니다.

오음은 변해서 반음(半音)이 되고, 또 반을 쪼개서 반의 반음으로 되는데, 이러고도 근본되는 음률을 잃지 않을 때는 맑고 탁한 음이 서로 어울리고, 높고 낮은 음이 서로 응하게 됩니다.

그러므로 음이 이어져서 조(調)가 생긴 연후에야 그 음악의 선악을 이야기할 수 있을 것입니다.

이는 한 가지 일로써 증명할 수 있으니, 궁이란 음은 바로 맨 처음 나온 정음으로 임금의 상(像)[23]이 되었습니다. 그러나 비파(琵琶)에서 새로 나는 궁성(宮聲)이 가서는 다시 되돌아오지 않는 것을 보고 왕령언(王令言)[24]은 홀로 수나라 양제(煬帝 : 양광(楊廣))가 대궐로 돌아오지 않을 것을 알았다고 하니,[25] 어찌 〈궁성에〉 무슨 나쁜 것이 있었겠습니까? 이같이 한 번 가고 돌아오지 않는 것은 궁성에서 음이 이어져서 조(調)가 시작된 탓입니다.

왕망(王莽)[26]이 새로운 음악〔新樂〕을 만들어 명당(明唐 : 임금이 제후들에게 조회를 받는 장소)에 바쳤더니, 그 소리가 슬프고 사나워서 듣는 자가 나라를 융성케 하는 음악이 아니라고 하였습니다. 진(陳)나라 후주(後主 : 진나라의 마지막 황제인 진숙보(陳叔寶))는

23) 상(像) : 매 음계를 임금, 신하, 백성, 사업, 물건에 비하여 매겨두었다.
24) 왕령언(王令言) : 수양제(隋煬帝) 때의 저명한 음악가. 왕령언은 자신의 아들이 비파로 「공자곡(公子曲)」을 연주했을 때, 임금을 상징하는 궁성이 마지막에는 다시 궁성으로 되돌아와야 하는데도 그렇지 못한 것을 보고서 수양제가 대궐로 돌아오지 못할 줄을 알았다고 한다.
25) 수양제는 그 뒤 강도(江都)에서 죽었다.
26) 왕망(王莽) : 서한 말기 왕을 죽이고 황제 자리를 찬탈한 자이다.

「무수곡(無愁曲)」을 지었는데, 〈이 음악을〉 듣는 자가 슬퍼하고 원망하며 눈물을 흘리지 않는 이가 없었고, 수(隋)나라의 개황(開皇 : 수나라 문제(文帝) 양견(楊堅)의 연호, 581~600) 초년에 새로운 음악이 완성되자 만보상(萬寶常)은 음탕하고 사납고도 슬퍼서 천하가 오래지 않아서 끝이 날 것이라고 했습니다.

대개 음악이 만들어지는 것은 궁음을 돌려가며 조(調)가 시작되는 데에 달려 있다. 〈언제나〉 궁음을 돌려가며 조가 시작된다는 말은, 소리가 상음에서 시작될 때는 상이 궁음이 되고, 각음에서 시작될 때는 각이 궁음이 되고, 치음에서 시작될 때는 치가 궁음이 되고, 우음에서 시작될 때는 우가 궁음이 되는 것과 같습니다."

라고 한다.

형산은,

"유송(劉宋)[27] 순제(順帝 : 유준(劉準)) 때 상서령(尙書令) 왕승건(王僧虔)이 황제에게 아뢰기를, '지금의 청상(淸商) 음악은 실상 동작삼조(銅爵三祖 : 위나라의 대표적 음악)의 풍류에서 나온 것으로, 이 음악이 남겨놓은 음은 양양(洋洋)해서 귀에 넘치고 있어 소리가 알맞고 고르고 고상한 것이 이보다 더 아름다운 것이 없었습니다.

그러나 십수 년 동안에 없어진 곡조가 거의 반이나 되고, 민간에서는 서로 다투어 새로운 잡곡(雜曲)을 만들어 시끄럽고 음

27) 유송(劉宋) : 유유(劉裕)가 창건한 남송(南宋 : 420~478)을 말한다.

탕하기가 한이 없으니, 마땅히 유사(有司 : 관원)에게 명하여 모두 부족한 내용을 보충하고 고쳐야 할 것입니다.'라고 하였습니다.

대체로 위(魏)나라 〈음악은〉 한(漢)나라를 계승하고 한나라 〈음악은〉 진(秦)나라를 이었으니, 진나라의 수도 함양(咸陽)은 주(周)나라의 호경(鎬京)과의 거리가 멀지 않을 뿐만 아니라 진나라의 음악인 하(夏)는 열국(列國)에서 으뜸이 되었던 만큼 마땅히 그 유풍(流風)과 여운(餘韻)이 오히려 남아 있었을 것입니다.

『진서(晉書)』 악지(樂志)[28]에 이른바 비무(鼙舞)는 한(漢)나라 때에는 연회 자리에서 쓰던 춤이요, 강좌(江左) 지방에는 옛날에 아악(雅樂)이 없었습니다. 양홍(楊泓)은 말하기를, '처음에 강남(江南)에 와서 백부무(白符舞)[29], 혹은 백부구무(白鳧鳩舞)라고 하는 춤곡을 보았는데, 이것은 오(吳)나라의 사람들이 손호(孫皓 : 오나라의 마지막 임금)의 학정(虐政)을 걱정하여 지은 것이다.'라고 했는데, 그 곡조에 「흰 비둘기는 우글우글, 갈석(북방의 지명)에만 녹을 주네〔白鳩濟濟獨祿碣石〕」란 구절이 있습니다.

어떤 사람은 말하기를 '백부무는 곧 백부(伯符 : 손책(孫策)의 자)가 창춤을 잘 추어서 당할 자가 없었으므로 강동(江東) 사람들이 손랑(孫郎 : 손책을 가리킴)이 온다는 말을 듣고 모두 혼이 나갔

28) 악지(樂志) : 당(唐)나라의 방교(房喬) 등이 지었다.
29) 백부무(白符舞) : 마상(馬上)에서의 무악(舞樂).

다가, 그가 나라를 정한 뒤에 강동의 어린이들이 노래를 지어 전한 것이다.'고 합니다.

'동작삼조(銅爵三祖)'란 말은 위무제(魏武帝)[30]가 업(鄴) 땅에다 동작대(銅爵臺)를 세우고 스스로 악부(樂府)를 지어 악기에 맞추었다고 합니다. 문제(文帝)[31]와 명제(明帝)[32] 무렵에 마침내 청상령(淸商令 : 음악을 맡은 기관)을 두어 이를 관리하게 하였는데, 소리가 알맞게 고르고 단아한 품이 비록 반드시 왕승건이 말한 것과는 같지 않다고 하더라도, 지나간 옛날과 멀지 않으며 그들이 남겨놓은 풍류다운 음이 양양하여 귀에 가득하다는 말은 이를 두고 이른 것입니다.

진씨(晉氏)[33]가 도읍을 파천(播遷)[34]한 뒤로부터 중원(中原)의 옛 음악은 정처없이 흩어지게 되어 부견(苻堅 : 전진(前秦)의 임금)이 한나라 · 위나라의 청상악(淸商樂)을 얻게 되자, 전진(前秦 : 부건(苻健)이 세운 나라)과 후진(後秦 : 요장(姚萇)이 세운 나라)에 전했고, 송무제(宋武帝)[35]가 관중(關中) 땅을 평정하자 그 악공(樂工)

30) 위무제(魏武帝) : 조조(曹操). 무제는 묘호.

31) 문제(文帝) : 조비(曹丕). 문제는 묘호.

32) 명제(明帝) : 조예(曹叡). 명제는 묘호.

33) 진씨(晉氏) : 중국 삼국 시대 위(魏)나라에서 나온 사마염(司馬炎)이 세운 서진(西晉)을 말한다.

34) 파천(播遷) : 서진(西晉)이 낙양(洛陽)에 도읍을 정했다가 동진(東晉) 때 도읍을 건강(建康)으로 옮겼다.

35) 송무제(宋武帝) : 유유(劉裕). 무제는 묘호.

과 악기들을 거두어 모두 강남으로 옮겼습니다. 그 뒤에 수(隋)나라가 진(陳)나라를 평정하자 이 악기들을 모두 얻게 되어 다시 중원으로 돌아오게 되었으니, 이상이 악기에 대한 고금(古今)의 연혁입니다. 수나라 사람들은 강남 땅에서 얻은 악공과 악기를 본래 화하(華夏 : 중국)의 정성(正聲)이라 하여 이에 청상이란 옛 칭호를 따라 관서(官署)까지 두었으니, 이것을 통틀어 '청악(淸樂)'이라고 합니다.

태산(太山)에 사는 나의 옛 친구 비불(費黻)은 자가 운기(雲起)이고, 호는 노재(魯齋)이며, 율려(律呂)에 도통하고 밝아 『삼뢰정의(三籟精義)』 30권과 『청상리동(淸商理董)』 30권을 지었습니다. 제가 『대청회전(大淸會典)』을 짓는 데 참가했을 때 비불은 찬국(纂局 : 책을 편찬하는 곳)에 와서 글씨를 썼고, 아울러 자기가 지은 악학(樂學)에 관한 여러 가지 책을 바쳤습니다. 성음(聲音)과 악기에 관한 것을 논술하되 그림으로 그리고 글로 쓰기도 하여 역대 아악의 변천에 대해 자질구레한 것까지 하나도 빠짐없이 밝혀 마치 손바닥의 손금을 보는 듯하였습니다.

그러나 그가 오직 혼자서만 알 뿐이요, 다른 사람으로서는 〈그 이론을〉 깊이 알아들을 수 없었고, 또 그 글 속에는 〈당시의〉 대신들에게 저촉되는 내용이 많았을 뿐더러, 또 비군(費君 : 비불)을 좋아하지 않는 자까지 있다 보니 그 글이 마침내 『대청회전』에 올리지 못하게 되어 식자들은 지금까지 이것을 애석하게 여기고 있습니다. 내가 나이 젊었을 때 한 번 보았지만 자세히 해득할 수 없었고, 그 후로 해가 오래 지나 모두 잊어버렸으니 더욱 애석한 일입니다."－형산이 이 글을 써서 곡정에게 보여 주니, 곡정은 연거푸 고개를 끄덕이면서 두 사람이 꽤 오랫동안 말을 주고받곤 한다. 아마 비불의 이야기를 하는 것 같았다.
라고 한다.

나는,
"구라파의 동현(銅絃 : 구리쇠줄) 소금(小琴)은 어느 때부터 유행하게 되었는지요?"
라고 했더니 곡정은,
"어느 때부터 시작되었는지는 모릅니다만, 아마 100년이 넘어서부터겠지요."
라고 한다. 형산이,
"명(明)나라 만력(萬曆) 때 오군(吳郡)에 사는 풍시가(馮時可)라는 사람이 서양사람 이마두(利瑪竇)[36]를 북경에서 만났을 때 그 거문고 소리를 들었고, 또 자명종(自鳴鐘)을 가지고 있었던 것을 이미 스스로 기록에 남겼으니, 대개 만력 시대에 이마두가 지니고 왔을 것입니다. 악률은 모두 생(笙)과 황(簧)에 근본하는 만큼, 천금(天琴 : 거문고)이 황률(簧律)에 가장 적합하므로 소리를 살피는 사람이 그 음률을 쉽게 정합니다."
라고 하기에 내가,

36) 이마두(利瑪竇) : 1580년 중국에 온 이탈리아의 선교사 마테오리치이다.

"천금은 또 어떤 모양으로 제작하는지요?"

라고 물었더니 곡정은,

"이것이 서양의 철현금(鐵絃琴)인데, 이는 천주(天主)의 기물에 속하므로 천금이라고 이름을 붙입니다. 서양 사람들은 모두 역법(曆法)에 정통하고 기하(幾何)를 아는 데는 세밀하고 자세해서, 무엇이나 물건을 제조하는 데는 모두 이 방법을 쓰고 있답니다.

중국에서 기장 낟알을 포개 놓고 크기를 측량하는 일 같은 것은 도리어 추잡한 노릇입니다. 또 그들의 문자는 소리로 뜻을 삼아 새와 짐승의 소리나 바람과 빗소리까지도 귀로 분별하지 못하는 것 없이 혀로 이것을 형용해 냅니다. 그러니 그들은 오성(五聲)과 육률(六律)에 더욱 정통하였습니다. 천금이 나와서 세상에 유행하자, 살필 수 없는 소리가 없고 정할 수 없는 음률이 없습니다."

라고 하고 형산은,

"음(音)은 ○[37]에서 일어나고, 율(律)은 역(曆)에서 생깁니다."

라고 한다.

나는,

"그 철금의 붉은 찌에 써 놓은 글씨는 무엇을 표시해 놓은 것

37) 이 부분은 친필 초고본에 나오는 내용인데, 원문이 빠져 있으므로 ○로 표시하였다.

인가요?"

하고 물었더니 곡정은,

"그것은 줄을 고르는 음악의 부호(符號)입니다. 그런데 귀국에도 이 거문고가 있습니까?"

라고 한다. 나는,

"원래 중국에서 사 가지고 돌아온 것인데 처음에는 율을 맞출 줄 몰라서 다만 그 줄마다 나는 '띵, 뚱' 하는 소리가 마치 소반 위에 구르는 구슬 소리 같아서, 노인들이 잠이 안 올 때나 어린 애의 울음을 그치게 하는 데에 가장 좋았지요."

라고 했더니, 두 사람은 모두 크게 웃었다. 그가,

"귀국의 금슬(琴瑟 : 거문고)은 어떻습니까?"

하고 묻기에 내가,

"금과 슬이 다 있습니다. 7, 8년 전에, 제 친구 홍대용(洪大容)의 자는 덕보(德保)요, 호는 담헌(湛軒)인데 음률을 맞추는데 능하여 토속 음악과 처음으로 조화를 이루게 하였습니다. 그런 뒤에 우리나라에서 거문고를 타는 여러 악사들이 이를 많이 본받게 되었으므로 지금은 세상에 크게 유행합니다. 우리나라에는 원래 '가야금(伽倻琴)'이란 것이 있는데 큰 거문고의 반을 쪼개어 열두 줄의 현(絃)을 만들었고, 이것은(가야금) 신라 시대부터 비롯되었으며, 현을 타는 법이 중국의 거문고 타는 모양과 비슷합니다. 지금 천금의 가락을 타는 법은 모두 가야금과 거의 같습니다."

라고 하니 형산이,

“선생은 천금을 탈 줄 압니까?”

라고 묻고는 눈짓으로 시중드는 사람을 불러서 뭐라고 시키는데, 아마도 천금을 찾아오라는 것 같다. 내가,

“타는 법을 대충 이해하긴 합니다. 근처에 이 악기가 있을지 모르겠습니다. 대인을 위해서 한번 타 보겠습니다.”

라고 하니 형산이,

“이미 점포에 찾아보라고 했습니다.”

라고 한다. 잠시 뒤에 시중드는 사람이 돌아와서는,

“없습니다.”

라고 하자 형산이,

“구해도 구할 수 없으니, 선생께서 입으로 읊어 주시기를 감히 청합니다.”

라고 한다.

내가 입으로 읊어주었더니, 윤(윤형산)과 왕(왕곡정)은 모두 눈을 감고 한참 동안 있다가 눈을 뜨고는 서로 쳐다본다. 곡정이 형산을 향해 뭐라고 말하자 형산이 머리를 끄덕인다. 곡정이 다시 읊어달라고 청하므로 내가 앞서와 같이 읊었더니, 곡정은 눈을 감았다가 잠시 뒤에 뜨고서 쳐다보며,

“이해가 안 됩니다.”

라고 하기에 그만두었다. 내가 곡정에게 읊어보라고 청하자 곡정은 용모를 바로 하고 단정히 앉아 뭐라뭐라 읊으면서 묻기를,

“이해가 되는지요?”

라고 하기에 내가,

"이해가 안 됩니다."
라고 하니, 그만두었다.

나는 묻기를,
"중국에는 아직도 소(韶)와 호(濩)[38]의 곡조가 남아 있습니까?"
라고 했더니 형산은,
"하나도 없습니다."
라고 한다. 곡정은
"대체 소·호를 말하던 시절은 어떠한 세상이었습니까? 그 시대 사람들이 지키는 떳떳한 도리와 사물의 법도, 그 당시의 유행과 일반 사람들이 좋아했던 것을 알 수 있을 것입니다. 요(堯)를 임금으로 삼고 순(舜)을 신하로 삼고 고요(皐陶)를 스승으로 삼아서 당시의 사대부들 중에 매우 총명하고 재주가 뛰어난 젊은이들을 잘 골라 뽑아서 학교에 넣었으니, 이른바 '생활로써 기질을 바꾸고 수양으로써 몸을 변화시킨다'[39]는 것입니다.

또 가르친다는 바는 어떠한 사업이었겠습니까? 너그럽고 간략하고 온순하고 강직한 것으로써 성정(性情)을 훈도(薰陶)[40]하

38) 소(韶)와 호(濩)는 모두 요(堯)·순(舜) 때의 음악이다.
39) 『맹자(孟子)』 진심(盡心) 상편에 나온다.
40) 훈도(薰陶) : 흙을 다져 질그릇을 굽고 만든다는 뜻으로, 학문이나 덕으로써 사람의 품성이나 도덕 따위를 가르치고 길러서 좋은 쪽으로 감화되게 함을 말한다.

고 정신과 기력을 고무(鼓舞)시켜 심령과 총명을 어린 나이 때부터 깨우치고, 게다가 기(夔)와 같이 음악에 밝고 이치에 통달한 자가 음악을 관장하는 관원이 되어 있으면서 평소에 교육을 받은 천하의 자제들을 데리고 한 시대의 음악을 만들었습니다.

이는 당시 임금의 도덕과 정치를 상징하고 백성들의 추향(趨向 : 대세를 따름)에 맞추었으니, 이런 음악을 상제(上帝)께 성대하게 바치면 하늘의 신이 즐겨하고, 이런 음악을 종묘(宗廟)에 울창주를 뿌려 제사를 지내면 조상들의 신이 감동했으며, 이런 음악으로써 교화를 삼아 사방을 움직이면 백성들이 즐거워하여 한 가지 일이라도 막히거나 거슬리는 것이 없고 한 가지 물건이라도 억눌림이 없이 하늘과 땅 사이에 가득 차서 막혀 있는 것이 모두 일단(一團)의 평화스런 기운이니, 음악이 여기에 이른 것이 마땅하다 하겠습니다.

그 후 1,100년을 지나서 우리 부자(공자)와 같은 이가 태어나서 한 번 그 음조(音調)의 가락과 음절의 여운(餘韻)을 들어 보고 나서 멀리 옛날을 상상하시고는, 스스로도 깨닫지 못한 채 석 달 동안이나 고기맛을 잊어버렸다[41]고 하거늘, 하물며 당시에 그 춤추는 봉황을 직접 본 사람이겠습니까?[42] 그의 손이 절로 춤추고 발이 절로 뛰놀았을 것을 가히 짐작할 수 있습니다.

무왕(武王 : 주나라의 희발(姬發)의 묘호)의 시절은 또 어떤 세계였

---

41) 『논어』 술이(述而) 편에 나오는 말이다.

42) 『서경(書經)』 익직(益稷) 편에 나온다.

습니까? 당시의 백성들을 주지(酒池) 포림(脯林)[43]으로부터 건져 내어 한 번은 그 나쁜 풍속을 씻기도 했지만, 전에 물든 더러운 풍속은 오히려 남아 있었던 만큼 묵은 폐단을 단단히 고친다는 것은 진실로 일조일석의 일이 아니었습니다.

그러므로 '방패를 모은 것이 산처럼 둘러섰다'[44]고 했으니, 이는 벌써 옷소매를 늘어뜨리고 팔짱을 낀 채 순리로 나라를 전해 받은 것만 같지 못하고, 거칠고 억센 기풍을 발양했으니, 이는 또 너그럽고 간략하고 온순하고 강직한 데 비할 것이 아니었습니다.

이로써 말하자면 대무(大武 : 주무왕의 음악 이름)는 성왕(成王 : 희송(姬誦)의 묘호)과 강왕(康王 : 희쇠(姬釗)희 묘호)의 시대에 완성되었는데, 오히려 이 악곡에 무(武) 자 하나를 붙여 이름을 짓고 보니 부자의 비평을 기다리지 않고서도 능히 진선(盡善)이 못될 것은 가히 알 수 있습니다. 주(周)나라는 번영할 때를 당해서 비록 후기(后夔 : 순(舜)의 풍악을 맡은 명신)로 하여금 음악을 맡도록 했더라도 그 성취한 바는 여기에 지나지 못하고 마쳤을 것입니다.

그런데 황우(皇祐)[45] · 원풍(元豊)[46] 연간에는 범(范)[47]과 마

---

43) 주지(酒池) 포림(脯林) : 폭군인 은(殷)나라 주왕(紂王)의 고사. 술이 못을 이루고 고기가 숲을 이룬다. 주지육림(酒池肉林).

44) 『예기(禮記)』 악기(樂記) 편에 나오는 구절로, 무왕이 무력으로 은나라를 쳐서 평정했음을 말한 것이다.

45) 황우(皇祐) : 송나라 인종(仁宗) 조정(趙禎)의 연호.

(馬)[48] 같은 여러 군자들이 옛날부터 있는 음악을 밝게 해독하지 못하고는 희미하게 고악(古樂)의 이치를 설명하면서 소소(簫韶)의 구성(九成)[49] 같은 옛날 음악을 부흥하려고 했지만, 당시의 도덕과 정치가 하늘과 사람의 마음에 부합하는지를 몰랐습니다.

더구나 우스운 것은 채씨(蔡氏)[50]의 『신서(新書 : 율려신서(律呂新書))』에는 원성(元聲 : 기본 표준음)을 반드시 찾아낼 수 있다고 하였지만, 찾아낼 수 있다고 말한 원성이 그 본래의 음률을 버리고 다시 어디에 있다고 하는지 모르겠습니다.

설사 채씨의 말과 같이 원성을 찾아내어 구성(九成)을 본떠서 만든다고 하더라도, 당시의 임금들에게 진실로 중화(中和)하는 덕과 육성하는 공로가 없다면, 비유하건대 글제목 없는 공령(功令 : 과문(科文))이요, 시동(尸童)[51]도 없이 음식을 상에 수북이 차

46) 원풍(元豊) : 송나라 신종(神宗) 조욱(趙頊)의 연호.

47) 범(范) : 송나라의 학자이자 정치가인 범중엄(范仲淹)으로, 자는 희문(希文)이다.

48) 마(馬) : 송나라의 학자이자 정치가인 사마광(司馬光)으로, 자는 군실(君實)이다.

49) 구성(九成) : 소소(簫韶)는 순임금이 만든 음악인 소악(韶樂)인데, 그 풍류가 아홉 번 연주를 마치자 봉황이 날아와서 춤을 추었다고 한다.

50) 채씨(蔡氏) : 송나라의 학자 채원정(蔡元定)으로, 자는 계통(季通)이고, 호는 서산(西山)이다.

51) 시동(尸童) : 중국 고대 신주(神主)가 생기기 전에는 제사에 나이 어

려 놓은 것과 같을 뿐입니다."
라고 한다.

나는,
"우(禹)임금이 목소리를 내면 음률이 되고 몸을 움직이면 〈길이를 재는〉 척도가 되었다고 합니다. 옛날에는 태자(太子)가 태어나면 태사(太史)[52]는 음악으로 가르치고 장님에게 이를 살피게 했다[53] 하니, 아마 한 시대의 음악은 '임금의 목소리'로 율을 삼았겠지요. 성인은 원기(元氣)를 타고났다고 할 것이니, 목소리를 내면 반드시 광대하고 화평하여 음률에 맞지 않는 것이 없을 것이니, 옛날의 성왕(聖王)은 역시 우임금과 다름없이 목소리가 음률일 것인데 다만 우임금의 목소리만 일컫는 것은 무슨 까닭입니까?"
라고 했더니 곡정은,
"제왕들이 천하를 집으로 삼은 지는 오래되었습니다. 그가 태어나자 승냥이〔狼〕의 소리를 지르는 이[54]도 없지 않았는데, 그

린 동자를 신 대신으로 앉혔다.

52) 태사(太史) : 일식(日蝕) 등 천문에 관한 일을 관장하는 태사국의 관리를 말한다.

53) 옛날부터 장님은 잡념 없이 정신을 잘 통일한다고 하여 음률을 심사하는 전문가로 이용하였다는 고사이다.

54) 춘추 시대 때 진(晉)나라의 양설호(羊舌虎)가 처음 태어날 때에 그의 백모가 가서 울었다.

소리는 마땅히 무슨 음률에 속하겠습니까? 사간(斯干)[55]에서 이른바 황황(喤喤)한 울음소리나 하(夏)나라 계(啓)[56]와 같은 고고(呱呱)의 소리가[57] 반드시 모두 음률에 맞았기 때문에 제후(諸侯)가 되고 왕이 되었다고 할 수 있을까요?"

라고 한다. 형산은,

"옛 기록에 이르기를, '무릇 소리가 시작될 때는 사람의 마음을 거쳐서 나는 것이다'[58] 하였으니, 대체로 몸이 지극히 귀하고 굉장히 오래 사는 사람은 목소리가 큰 종소리와 같고 내뿜는 힘이 웅장하고 화창하여, 간혹 황종률(黃鍾律 : 육률에서 기본 표준음)에 맞을 수 있습니다. 그러나 몸이 척도가 되고 목소리가 음률이 되었다고 하는 말은, 신성한 우임금의 언행이 터럭만큼도 어긋남이 없고 움직이면 곧 음률과 법도에 맞았다는 것을 극도로 찬양해서 말한 것이지, 그 목소리의 맑고 탁한 것이 음률에 맞고 몸뚱이의 길고 짧은 것이 척도에 맞았다는 말은 아닐 것입니다. 몸소 천하에 앞장서서 인간의 윤리 도덕과 사물의 법칙이 되었고 보면 스스로 사방의 억조 생민이 법으로 삼게 되었을 것입니다."

55) 사간(斯干) : 『시경(詩經)』의 편명이다.

56) 계(啓) : 우(禹)의 아들로, 천자가 되었다. 우임금이 9년 동안 치수사업을 하면서 자기 집 문 앞을 지나가도 집에 들르지 않으면서 아들의 울음소리를 들은 적이 있다는 고사가 전한다.

57) 『서경』 순전(舜典) 편에 나오는 말이다.

58) 『예기』 악기(樂記) 편에 나오는 말이다.

라고 하니 곡정은,

"윤 대인(尹大人)의 말씀이 지극히 옳습니다."

라고 한다.

형산은,

"귀국의 음악의 악률(樂律)은 어떠합니까? 혹 성신(聖神 : 성스럽고 신령한 사람)이 임금의 스승이 되어 마음과 생각과 귀로 듣고 눈으로 보는 힘을 다하여 율을 만든 것인지요? 그렇지 않으면 중화의 것을 본뜬 것인지요? 종묘에 제사를 지낼 때나 나라 안에서 산천제를 지낼 적에도 모두 음악을 쓰는지요? 또 춤은 몇 일(佾)[59]을 쓰는가요?"

라고 하기에 나는,

"우리나라 삼국 시대에는 비록 성악(聲樂)이 없지는 않았지만 모두가 동이(東夷)의 향악(鄕樂)에 지나지 않았고, 당나라 중종(中宗 : 이현(李顯), 684~710) 때에 신라에 악부(樂府)가 있었고, 측천(則天)[60] 때에 양재사(楊再思)가 자줏빛 옷을 펄럭이며 구려무

59) 일(佾) : 대열(隊列). 춤추는 열. 주(周)나라의 제도에 천자는 8인 8열의 팔일이고, 제후는 6인 6열의 육일이다.

60) 측천(則天) : 측천무후(則天武后). 중국 당나라 고종의 황후로 성은 무(武)이고, 이름은 조(曌)이다. 중국 역사에서 유일한 여제(女帝)로 고종을 대신하여 실권을 장악하였으며, 고종의 사후에는 아들인 중종(中宗)과 예종(睿宗)을 차례로 왕위에 세웠다가 폐하고는 690년에 국호를 주(周)로 바꾸면서 스스로 제왕의 자리에 올라 성신 황제(聖

(句麗舞)[61]를 추었다고 하니, 필시 속되고 고상하진 못했을 것이라 생각합니다. 송나라 휘종(徽宗 : 조길(趙佶)) 때에 고려에 대성악(大晟樂)[62]을 하사했다고 하나, 모두 세월이 오래되어 상고할 수가 없습니다.

앞 시대 명나라의 홍무(명나라 태조의 연호, 1368~1398) 때에는 우리나라에 팔음(八音)[63]을 하사했고, 춤은 육일(六佾 : 36명이 추는 춤)을 쓰게 되어 돌아가신 임금에 대해 제사 지내는 예법을 갖추었습니다. 악기는 처음에는 중국으로부터 나왔으나, 그 후에는 대부분 국내에서 본떠서 만들었습니다. 그러나 향음(鄕音)은 잘못 변하기 쉽고 옛날의 척도는 표준을 삼기가 어려웠습니다.

선군(先君) 장헌왕(莊憲王 : 조선조 세종(世宗)의 시호)은 성덕(聖德)을 가지고 계시어 상서롭게도 검은 기장과 고옥(古玉)[64]을 얻어서 아악을 제정하셨습니다. 다만 당시의 중국 악기가 모두 옛

神皇帝)라고 칭하였다.

61) 구려무(句麗舞) : 고구려의 춤. '려(麗)'의 본음은 '리'였으나 뒤에 변해서 '려'가 되었다.

62) 대성악(大晟樂) : 송나라 신종(宋神宗) 때 대성부(大晟府)에서 만든 음악이다.

63) 팔음(八音) : 금(金 : 쇠) · 석(石 : 돌) · 사(絲 : 실) · 죽(竹 : 대나무) · 포(匏 : 바가지) · 토(土 : 흙) · 혁(革 : 가죽) · 목(木 : 나무).

64) 고옥(古玉) : 악기를 측정하는 특유의 곡물과 타악기. 경(磬)을 만드는 특종의 돌.

날 음률에 맞았는지는 알 수 없으나 토산(土産)인 기장 난알로써 헤아려보아 과연 옛날 기록에 전하는 것과 틀림이 없었던가 합니다."

라고 했더니 형산은 의자에서 일어나 몸을 굽히면서,

"동방의 성덕 있는 임금이십니다. 원컨대 귀국의 노래 몇 장을 들을 수 있을까요?"

라고 한다. 나는 중국에서 쓰던 「몽금척(夢金尺)」[65]이라든가 「용비어천가(龍飛御天歌)」[66]와 같은 노래를 창졸간에 외워서 대답할 수 없었고, 또 기휘(忌諱)해야 할 것인지 아닌지를 알지 못해서 다른 말로 돌렸더니 형산도 역시 다시 묻지 않았다.

곡정은,

"귀국의 음조(音調 : 음악의 곡조)는 어떠한지 선생께서 능히 형용(形容)을 할 수 있겠습니까?"

하고 묻기에 나는,

"저는 본래 소리 재주가 없어서 형용은 할 수 없습니다만, 다만 그 음조가 느리고 길며 박자가 드문드문 하다는 것은 알고 있습니다."

---

65) 「몽금척(夢金尺)」 : 조선조 때 궁중(宮中) 연회에 쓰던 무악의 명칭이다.

66) 「용비어천가(龍飛御天歌)」 : 조선조 세종 때 정인지 등이 지은 것으로, 조선의 창업을 칭송하여 아첨한 작품이다. 그러나 최초에 국문을 이용했으므로 귀중히 여긴다.

라고 했더니 형산은,

"참으로 군자의 나라입니다."

라고 한다. 나는,

"제가 처음 요동에 들어왔을 때 길가에서 노랫소리와 악기 부는 소리를 듣고 그 소리를 따라 들어가서 들어 보니, 피리 한 사람, 퉁소 한 사람, 젓대 한 사람, 비파 한 사람, 월금(月琴) 한 사람이 노래에 맞추어 반주하고, 사발만 한 큰 북을 두드려서 박자를 맞추는데 피리 소리는 새납 소리 같고, 젓대는 우리나라 우조(羽調)[67]와 비슷한데 청(淸)[68]이 배나 높았습니다."

라고 했더니 곡정은,

"그건 무슨 말씀입니까?"

라고 하기에 나는,

"소위 우조란 것은 오음에서 말하는 우(羽)음이 아니고 바로 가락의 이름입니다. 그래서 '비 우(雨)' 자를 써서 '우조(雨調)'라고도 부릅니다. 우리나라의 속악(俗樂)에는 또 계면조(界面調)[69]가 있는데 바로 우조를 뒤집은 음입니다. '청이 배나 된다'고 한 것은 대개 율을 말할 때는 다들 청(淸)이라 하는데, 이것은 또 청탁의 '청'이 아니요, 청이 배나 된다고 하는 것도 본래의 율보

---

67) 우조(羽調) : 우리나라 옛 음악에서 곡조의 웅장하고 장쾌한 성질을 띤 장조(長調) 계통이다.

68) 청(淸) : 우리나라 음악에서의 음정(音程)을 말한다.

69) 계면조(界面調) : 우리나라 음악에서의 우아한 곡조, 또는 애절한 비곡(悲曲) 계열로 서양 음악의 단조(短調)에 해당하는 것이다.

다 청이 갑절이나 높다는 말과 같습니다."

라고 했다. 곡정은,

"그러면 본래 율의 반이군요."

라고 하기에 나는,

"어제 황제의 어전에서 연주하던 음악을 들으니, 역시 요동에서 들은 것과 비슷하고 또 징과 바라로써 박자를 맞추었습니다. 잘 모르겠습니다만, 이것이 아악입니까? 왜 그 음조가 그렇게 높고 박자가 그렇게 빠릅니까?"

라고 했다. 형산은,

"선생은 어제 대궐에 들어가셨던가요?"

라고 하여 나는,

"대궐에 들어가지는 않고, 다만 담장 밖에서 들었을 뿐입니다."

라고 하니 형산은,

"그것은 아악이 아니고, 바로 연극을 할 때에 연주하는 음악입니다. 아악에는 징과 바라를 쓰지 않습니다."

라고 한다.

나는,

"아악은 어떠한 것입니까?"

하고 물었더니 형산은,

"대체로 앞 시대 명나라의 제도를 따라서 크게 조회를 할 때는 악공 예순네 사람을 씁니다. 인악(引樂)이 두 사람, 퉁소 네 사람, 생(笙) 네 사람, 비파 여섯 사람, 공후(箜篌)[70] 네 사람, 진(篆) 여섯 사람, 방향(方響)[71] 네 사람, 두관(頭管 : 피리의 일종) 네 사람, 용적(龍笛 : 큰 젓대) 네 사람, 장고 스물네 사람, 큰 북 두 사람, 박자판이 두 사람입니다.

협률랑(協律郎 : 음악의 기술을 관장하는 관원)은 먼저 모든 악기를 궁전 뜰 위에 차려 놓고, 천자의 수레가 나타나고 구름 깃발이 움직이기 시작하면 협률랑은 깃발〔常 : 해와 달과 황룡 등을 그린 깃발〕을 들어서 「비룡인지곡(飛龍引之曲)」을 연주하라고 외칩니다. 황제가 용상 위에 앉으면 깃발은 내려지고 음악은 그칩니다. 명찬관(鳴贊官)[72]이 국궁(鞠躬)하라고 창을 하면, 협률랑은 「풍운회지곡(風雲會之曲)」을 연주하라고 외칩니다.

음악이 시작되면 백관은 절을 하고 머리를 조아리며, 절을 마치고 일어나면 음악은 그칩니다. 화석친왕(和碩親王)들이 전각 위로 올라가고 보국공(輔國公)들과 각로(閣老)들이 따라 올라가면 협률랑은 '경황도(慶皇都)와 희승평(喜昇平)의 악'을 연주하라고 외칩니다. 지금은 그 이름들이 비록 달라졌지만, 악공과 악기는 바뀌지 않았고 소리 곡조도 고쳐지지 않고 있습니다."

---

70) 공후(箜篌) : 중국 고대 북방에 있는 후국(侯國)이 나라가 망한 뒤에 그 민족이 후가 비었다고 해서 공후(空侯)라는 악기를 만들었다. 그런데 관악이었으므로 '대 죽(竹)' 자를 씌워서 공후(箜篌)라고 하였는데, 만든 제도는 없어진 지 오래되어서 상고할 수 없다.

71) 방향(方響) : 강철편을 배열한 타악기의 일종이다.

72) 명찬관(鳴贊官) : 의례를 집행하면서 호령을 부르는 관원이다.

라고 한다. 나는,

"악공들의 복색(服色)은 어떠합니까?"

하고 물었더니 형산은,

"구부러진 두건을 쓰고, 붉은 비단에 꽃을 그린 소매 넓은 장삼을 입고, 금칠한 띠를 띠고, 붉은 비단으로 머리를 둘러 붉은 매듭을 싸매고 검정가죽신을 신습니다."

라고 한다. 나는,

"이것은 한인(漢人)들의 제도와 같습니다그려."

라고 물었더니 형산은,

"아닙니다. 아악에는 비단이나 수놓은 망포(蟒袍) 같은 것을 쓰지 않고, 또한 번인(番人)의 모자도 쓰지 않습니다.

태상시(太常寺 : 음악을 맡은 기관)의 아악에는 무릇 구주(九奏) · 팔주(八奏) · 칠주(七奏) · 육주(六奏)의 네 가지 등급이 있어 음탕하고 지나치고 흉하고 거만한 소리를 금하고 있습니다. 큰 제사 때는 악생이 72명이요, 무생(舞生)이 132명인데, 먼저 신악관(神樂觀)과 태화전(太和殿)에서 연습을 합니다.

한(漢)나라 때에는 태상관(太常官)을 매우 중히 여겼으니, 무릇 나라에 큰 정사가 있어서 승상(丞相)과 열후(列侯)와 구경(九卿)들에게 의논을 한다면 박사(博士)는 으레 이 의론에 참여하지 않은 적이 없었습니다. 예를 들면 공경(公卿)과 장상(將相)들이 연명(聯名)해서 창읍왕(昌邑王)[73]을 폐하자고 태후(太后)에게 올

73) 창읍왕(昌邑王) : 한(漢)나라의 폐왕(廢王) 유박(劉髆). 창읍은 봉호.

려서 청하는 글월에 이르기를 '신 창(敞)[74] 등은 삼가 박사와 더불어 의논했습니다.' 운운하였으니, 이는 천하에 얼마나 중요한 일인데도 반드시 먼저 박사의 말에 의거하고 있습니다. 〈박사의〉 지위는 낮고 사람은 미천해도 이같이 중히 여기는 것은 대개 그 천지신명과 종묘에 제사하는 예악(禮樂)의 근본을 맡고 있기 때문입니다.

앞 시대 명나라의 찬례(贊禮 : 축문을 맡아 읽는 관원)는 바로 송(宋)나라의 대축(大祝)과 같은 벼슬인데, 송나라에도 역시 그 벼슬을 중하게 여겨 반드시 재상의 임자(任子)[75]들을 임명하였습니다. 이것은 귀족의 자손들을 뽑아서 가르친다는 옛 뜻일 것입니다. 명나라 초에는 역시 문학하는 선비를 여기에 자리를 차지하도록 했지만, 후에는 누런 관을 쓴 도사(道士)들로 자리를 채웠으니 이것은 잘못된 일이었습니다.

옛날에 관리를 임명하는 데는 각자가 가진 본업을 바꾸지 않았으며, 인재를 쓰는 데는 겸직(兼職)을 시키지 않았고, 의례를 맡은 '이(夷)'[76]나 음악을 맡은 '기(夔)'가 구별되어, 각각 한 가지 직책을 맡아서 오로지 정신을 집중하여 이것으로써 몸을 마치도록 평소에 익히고 연구하게 했습니다. 이것은 비단 '이'와

74) 창(敞) : 장창(張敞). 서한(西漢)의 대장군이고, 자는 자고(子高)이다.

75) 임자(任子) : 한나라의 제도에 이천 석(二千石) 벼슬 이상으로 3년의 임기가 차면, 자기와 재산 등급이 같은 사람의 아들 한 명을 추천하여 낭(郎)을 삼았는데 이를 임자라고 하였다.

76) 이(夷) : 순(舜)임금 때 의례를 맡아보던 신하이다.

'기'만 그 벼슬에 종신토록 있게 했을 뿐만 아니라 대를 이어가면서 그 직책에 있을 수 있게 하였으니, 유독 태사(太史 : 역사 편찬을 맡은 관원)나 음악을 맡은 관리만 그러했던 것입니다.

그러나 후세에는 그 직책이 한결같지 못하여 위로는 '기'와 같은 명인에 미치지 못하고 아래로는 광대도 못 된 채 창졸간에 직책에 등용되면 마치 갓 시집 온 신부가 보모에게만 의탁하듯이, 대궐 섬돌 위에서 깃발을 들고 서 있는 거동이 마치 저 관청 섬돌 앞에 우두커니 서 있는 나무와 같아서 참으로 우습습니다. 귀국의 음악을 맡은 관원도 응당 그럴 것입니다."

라고 한다. 나는,

"저의 이번 길이, 계찰(季札)[77]이 주(周)나라의 성대한 음악을 감상한 것에 비하면 부끄럽습니다."

라고 했더니 형산은,

"저의 옛날 친구 도규장(陶逵章)은 제(齊) 땅에 사는 사람으로, 일찍이 태상관(太常官)으로 있으면서 나한테 보낸 편지에 우스갯소리로 자신을 조롱해서 말하기를, '도적이 해당(奚唐)[78]의

77) 계찰(季札) : 전국 시대 때 오(吳)나라의 어진 왕자로서 노(魯)나라에 초빙을 받아서 주(周)나라의 고악을 감상하였다.

78) 해당(奚唐) : 원문에는 '奚唐'으로 되어 있으나 '亥唐'을 잘못 표기한 듯하다. 『맹자(孟子)』 만장(萬章) 하편을 살펴보면, 해당(亥唐)은 진(晉)나라의 현인이었고 평공(平公)은 제후였지만, 평공이 그의 집에 나아감에 해당이 들어오라고 말해야 들어가고, 앉으라고 말해야 앉고, 먹으라고 말해야 먹었다고 한다.

서라고 하는 말에 부끄러워하며, 매양 전부(田父 : 농사꾼)가 왼쪽으로 가라고 속일까 의심합니다.'[79] 하였으니, 이른바 수풀 개구리가 음악을 이야기하고,[80] 대들보 위에 있는 제비가 '회여지지(誨汝知之)'[81]를 가르쳐 주는 것이나 다름없는 것입니다."

라고 하고는 서로 웃어대어 집이 떠들썩했다.

형산은,

"홍무(洪武) 초에 처음으로 신악관(神樂觀)을 천단(天壇)의 서쪽에 두고 음악과 무용을 가르쳐 익히게 했는데, 고황제(高皇帝 : 명나라 태조)는 친히 원구(圜丘 : 하늘에 제사를 지내는 제단)와 방택(方澤 : 땅에 제사를 지내는 제단)에 지내는 제사에 나누어 쓰는 악장(樂章)을 만들고, 그 후에는 합쳐서 제사를 지내게 되자 다시 합사(合祀)하는 악장을 만들었으며, 또 예식이 이룩되자 노래 아홉 장을 불렀던 것입니다.

식자(識者)들은 그 음률들이 아직 옛날로 회복되지 못한 것을

---

79) 항적(項籍 : 항우)이 해하(垓下)에서 패하여 강동으로 갈 때 헤매다가 농사꾼에게 길을 물었더니, 농사꾼이 일부러 속여서 왼쪽이라고 가르쳐주었다.

80) 제(齊)의 공규(孔珪)가 숲에서 들리는 개구리 소리로써 양부(兩部)의 고취(鼓吹)를 대신한다고 했다.

81) 회여지지(誨汝知之) : 『논어』의 '지지위지지(知之爲知之)'가 제비의 소리와 같다는 것이니, 이는 『설부(說郛)』에 나오는 왕안석(王安石)의 말이다.

병으로 여겼습니다. <황제는> 상서(尙書) 도개(陶凱)와 협률랑 냉겸(冷謙)에게 조서를 내려 아악을 제정하게 하고, 또 학사(學士) 송렴(宋濂)에게 명하여 악장을 만들게 했습니다. 무릇 원(園)이나 능(陵)에 제사를 지낼 때는 음악을 쓰지 않고 또 교제(郊祭)[82]나 종묘의 제사에는 악기를 옮기지 않았습니다.

홍무 6년(1373년)에 제사를 지내고 대궐로 돌아오는 길에는 마땅히 악생(樂生)과 무생(舞生)들을 앞세워 길을 인도하게 하고, 한림(翰林)들과 유신(儒臣)들에게 명하여 음악의 가사를 짓도록 함으로써 공경하고 삼가고 경계하는 뜻을 갖도록 했습니다. 이에 황제가 말하기를, '짐(朕)이 일찍이 한스럽게 생각하는 것은 후세의 악장들이 헛된 말로 칭송만 하니, 이것은 귀신에게 아첨하는 것이냐, 당시의 임금에게 아첨하는 것이냐?' 하였습니다.

이에 유신들은 황제의 뜻을 받들어 나누어서 감주(甘酒)·준우(峻宇)·색황(色荒)·금황(禽荒)[83] 등의 여러 곡조를 지었으니, 모두 39장으로 되어 있고 이름을 '회난가(回鑾歌)'라 하였습니다. 이것은 음악의 근본을 알았다고 할 수 있으나 오히려 글

82) 교제(郊祭) : 절후에 따라 천자가 교외에 나가 제사를 지내는 의식을 말한다.

83) 감주(甘酒)·준우(峻宇)·색황(色荒)·금황(禽荒) : 모두 『서경(書經)』 오자지가(五子之歌)에 나오는 말들이다. 감주는 아름다운 술이요, 준우는 집을 굉걸하게 짓는 것이요, 색황은 여색에 음탕함이요, 금황은 사냥으로 방탕하는 것이다.

놀음에 응하는 데 그쳤음을 면치 못했으며, 성률(聲律)에 이르러서는 당시의 식자들이 오히려 전부 틀렸다고 하였습니다.

또 〈홍무〉 12년(1379년)에 황제가 조서를 내려,

'짐이 한미한 처지에서 일어나 천하에 군림(君臨)하면서 상하(하늘과 땅)의 신령들을 받들어 모신다. 만일 혹시라도 정성스럽지 않다면 생민들을 위해 복을 비는 본정이 아닐 것이요, 또 영장(靈長 : 천자의 지위)의 큰 명을 오래 유지하고 보전할 수 없을 것이다.

옛날 성숙공(成肅公)[84]이 음복의 고기를 받아 놓고도 게으름을 부리는 것을 보고 군자들은 그의 지위가 오래 가지 못할 것을 알았다. 그러므로 몸가짐과 위의(威儀)의 범절도 운명을 결정하는 것이 이와 같거늘, 하물며 음성이 나오게 되는 원인이 지성으로부터 감동되어 나오지 않는 것이 없음에랴.

귀신이 없다 하여 믿지 않는 자는 거짓이요, 귀신에게 아첨하여 복을 비는 자는 미혹된 것이다. 짐이 신악관을 설치한 것은 음악을 갖추어 천지신명과 종묘의 신령께 제사 지내려고 할 따름이요, 구차히 앞 시대의 제왕들이 허탄한 절차를 떠벌려 오래 사는 도를 맞아들이는 버릇을 본받으려 함은 아니다.

설사 그런 도가 있다 할지라도 마음을 맑고 깨끗하게 닦고, 세상에 빨리 오고 빨리 가서 어려움과 장애가 없도록 하는 데 불과할 따름이다. 만약에 과연 오래 사는 이치가 있었다면 은

84) 성숙공(成肅公) : 주나라 문왕의 아들 성백(成伯)의 봉호이다.

나라와 주나라의 부로(父老 : 나이 많은 남자 어른)들이 어디로 갔으며, 한나라와 당나라의 기숙(耆宿 : 늙어서 명망이 있는 사람)들은 어디 있는가?'

하고는 이 조서를 돌에 새겨 신악관 안에 세웠습니다. 이 비석을 살펴보면 <명나라 태조는> 음악의 이치에 밝고 사리를 통달했다고 할 수 있을 것입니다.

그러나 도가류(道家流)의 관리자들을 이끌어서 점검하게 한 것은 마침내 옛날 뜻이 아니었습니다. 우리 성조 인황제(仁皇帝 : 강희 황제)는 예로써 천지에 제사 지내는 음악과 만방을 협화(協和)하는 성대한 식전을 누런 관을 덮어쓴 도사들로 하여금 도맡아 다스리게 하는 것은 마땅하지 않다고 하여 이에 모두 태상(太常)에게 돌려주었습니다.

또 정세자(鄭世子)[85]와 같이 음악에 밝은 사람도 당시에는 능히 쓰이지 못했음을 깊이 애석하게 여겼으니, 오늘의 『율려정의(律呂精義)』 등의 서적이 이것입니다. 큰 성인이 중화(中和)의 덕을 세우게 되니, 음악은 본조(本朝 : 청나라)에 들어와서 비로소 대아(大雅)를 바로잡게 되었습니다."

라고 한다.

곡정은,

"귀국의 악기와 악공은 응당 고려의 옛것을 그대로 따랐을 것

85) 정세자(鄭世子) : 명나라 정공왕(鄭恭王)의 세자 재육(載堉)이다.

입니다. 이것은 반드시 숭녕(崇寧 : 송나라 휘종(徽宗) 조길(趙佶)의 연호, 1102~1106) 시대에 반포된 대성악(大晟樂)일 것입니다.”

라고 하기에 나는,

“지금 우리나라에서 쓰고 있는 것은 바로 홍무(洪武) 때에 하사한 것입니다.”

라고 하니 곡정은,

“홍무 때 하사했다는 것이 실상은 대성악의 나머지입니다. 주자는 ‘숭녕 말년에 간사하고 아첨한 자들의 모임이나 죄인들의 찌꺼기를 어찌 천하의 화평이라고 말할 수 있으랴’[86] 했습니다. 그러나 송나라가 이미 강남(江南)으로 건너간 뒤로 금나라 태종(太宗 : 완안성(完顔晟))은 변경(汴京 : 송나라의 수도. 지금의 개봉(開封))에 있는 악기와 악공을 모조리 거두어 북쪽으로 옮겨가서 ‘태화악(太和樂)’이라고 이름을 고쳤으니, 이것도 그 실상은 대성악입니다.

금나라가 망해 백성이 어지러이 흩어짐에 이르러 〈수도를〉 또다시 남쪽의 변채(汴蔡)로 옮겼는데, 변채가 함락되자 중국의 옛 물건은 모두 원(元)나라로 들어갔습니다.

원나라의 오래(吳萊)[87]가 태상에서 사용한 음악은 본래 대성악이 남긴 법식으로 생각하여 옛날 악공들로 하여금 가르치고

86) 주자가 당시 조정의 예악을 맡은 자들을 평가한 말로, 『주자대전(朱子大全)』에 나오는 구절이다.

87) 오래(吳萊) : 원나라 때의 학자이자 음악을 맡은 관원으로, 무주(婺州) 포강(浦江) 사람이다. 본명은 내봉(來鳳)이고, 자는 입부(立夫)이며, 호는 심효산도인(深裊山道人)이다.

익히게 하여 종묘의 제사에 마련하게 하였습니다. 그러므로 원나라의 악호(樂戶)[88]들은 자손 대대로 하변(河汴) 지방에 살고 있습니다.

명나라가 원나라를 쫓아내자, 그 악공과 악기들을 모두 얻게 되었으므로 태상시의 아악과 악관들이 익히던 음악은 오히려 대성악이라고 불러 심지어 여럿이 추는 춤이나 모든 놀이는 모두 원나라의 옛 제도를 본받게 되었습니다.

명나라의 고황제(高皇帝 : 태조)는 원나라의 정치를 일신되게 개혁하면서 대성악에 이르러서는 금나라는 송나라를 따랐고, 원나라는 금나라를 따른 만큼, 그 전통이 이미 오래되어 반드시 중국의 옛 제도를 지키고 있을 것이라 하여 음악을 새로 고쳐 만들지는 않았습니다. 이 때문에 홍무 때에 반포한 것이 본래 하나의 대성악임을 알 수 있습니다."

라고 한다.

나는 묻기를,

"옛날에는 천자의 가운뎃손가락 마디 정도의 길이로써 율을 만들어 땅속에 묻고 후기법(候氣法)을 썼다는데, 이 이치는 어떤 것입니까?"

라고 했더니 곡정은,

88) 악호(樂戶) : 죄인의 처자식을 적몰하여 일정한 직업을 부여해서 악공으로 삼은 자를 말한다.

“이것은 곧 방사(方士) 위한진(魏漢津)이 휘종(徽宗)의 손가락을 취해서 대성악을 만들었다는 것입니다. 위한진은 본래 <죄를 지어 군졸이 된> 촉(蜀) 땅의 천인 출신인데, 위한진이 말하기를, ‘성스러운 왕의 타고난 천품은 천지 음양과 더불어 한 몸뚱이가 되므로 목소리는 율이 되고 몸은 척도가 됩니다.’라고 하여, 휘종에게 청하여 가운뎃손가락 세 번째 마디의 길이를 황종률(黃鍾律)로 정함으로써 천지의 정리와 합하게 하고 음양의 조화에 맞춘다고 하였습니다. 당시에 채경(蔡京)이 유독 그 말을 기특히 여겨 황제에게 갖은 아첨으로 이치에 맞지 않는 말을 억지로 끌어다 붙여 맞추어 먼저 솥 여덟 개를 만들었으니, 이것이 가장 가소로운 일입니다.

옛날에 처음 세상에 나온 성스러운 임금이 비로소 말〔斛 : 곡식을 재는 단위〕과 자〔尺 : 길이를 재는 단위〕를 만들면서 아무 데도 가늠할 데가 없으므로 마침 손가락 마디로 율(律)을 삼았고 몇 개의 기장 알 개수를 세어 표준을 삼았습니다. 또 그 당시 세상은 사철 기후가 그 절후를 잃지 않았고, 소위 ‘바람은 나뭇가지를 울리지 않고 바다에는 물결이 일지 않았다’[89] 하여 그런 기후가 사철의 기운을 얻었으니, 이치가 괴이할 것은 없겠습니다.

그런데 후세에 이르러서 임금이 어질어야 천지 기후도 고르

89) 요임금 · 순임금의 지치(至治) 시대에 일어난 일이다. 『사기(史記)』에 나온다.

고 생물이 자란다는 이치는 생각지도 않고, 다만 손가락으로써 율을 가늠하고 갈대 태운 재로써 좋은 기후를 얻고자 했으니, 이것은 '흰 바탕이 있은 뒤에야 채색으로 그림을 그릴 수 있다는 것'[90]을 알지 못하는 격이고, 이른바 '근본은 헤아리지 않고 끝만 가지런히 하려고 한다'[91]는 격이니, 이러고서는 설사 절후에 맞추어서 기운이 이른다 하더라도 이 기운이 과연 어떤 기후에 속하는 것인지 모를 것입니다.

하물며 사람의 손가락 마디는 길고 짧음이 같지 않으니, 숭녕의 손가락의 길이가 길어서 악률이 마침내 높아졌습니다. 위한진(魏漢津)은 크게 놀라서 그 무리 임종요(任宗堯)에게 가만히 이르기를, '율이 높은 것도 북비(北鄙)[92]의 음악이다. 북쪽 진영이 요란하니, 천하에 장차 무슨 변이 생기는 게 아닌가?' 하였답니다. 이 음악이 이미 완성되자 드디어 정강(靖康)의 화[93]가 있었으니, 소리란 이처럼 속일 수 없는 것입니다.

위한진과 같은 소인이 비록 음률을 살필 줄 아는 재주가 있었다 하더라도 음악을 지을 덕이 없었고, 당시의 사대부들 또한 위한진 같은 재주도 없으면서 급급히 그에게 아부했으니, 주자

90) 『논어』에 나오는 구절이다.

91) 『맹자』에 나오는 구절이다.

92) 북비(北鄙) : 북쪽 변방. '鄙'는 야비함을 뜻한다.

93) 정강(靖康)의 화 : 정강은 송나라 흠종(欽宗) 조환(趙桓)의 연호이다. 송나라는 금(金)나라 군대가 쳐들어오자 강남으로 쫓겨 가게 되었고, 휘종·흠종 이하 왕실의 3,000여 명이 포로로 잡혀갔다.

가 배척하여 '간사하고 아첨하는 자들의 모임이요, 죄인들의 찌꺼기'라고 한 것이 바로 이것입니다."
라고 한다.

형산은,

"그렇지 않습니다. 냉겸(冷謙)이 정했다는 음악과 춤은 홍무 6년(1377년)의 일로 대성악과는 엄청나게 다릅니다. 대성악에서 귀신을 맞이하는 첫 연주에는 남려(南呂)의 각음(角音)이니, 이는 대려(大呂)의 변조(變調)입니다.

홍무 때에 만든 것은 태주(太簇)의 우음(羽音)이니, 이는 중려조(中呂調)입니다. 냉겸의 칠균(七均)은 태주로부터 이측(夷則) · 협종(夾鍾) · 무역(無射) · 중려(中呂)는 모두 정조(正調)인데, 다만 청황종(清黃鍾) · 청임종(清林鍾)[94]은 변조입니다.

본래의 소리는 무겁고 커서 '임금'과 '아비'에 속하고, 응하는 소리는 가볍고 맑아서 '신하'와 '자식'에 속하였습니다. 그러므로 사청성(四清聲)[95]이라고 하는데, 만일 사청성을 쓰지 않는다면 이것은 감응하는 음이 없어서 '임금'의 덕은 치밀며 '신하'의 도리는 끊어지고, '아비'의 도리는 없어지고 '자식'의 직분은 허물어지게 됩니다.

---

94) 청황종(清黃鍾) · 청임종(清林鍾) : 음명에 청을 붙인 것은 표준 옥타브보다 한 옥타브 높은 음을 표시하는 말이다.

95) 사청성(四清聲) : 표준 옥타브보다 한 옥타브 높은 상황종(上黃鍾)으로부터 시작하여 넷째 음 협종(夾鍾)에 이르기까지 네 음을 가리키는 말이다.

위한진의 음률은 옛 제도에서 2율씩을 낮추어 임종(林鍾)이 궁음이 될 때는 상음과 각음이 정조(正調)가 되고, 그 나머지는 모두가 변조에 속하게 되며, 남려(南呂)가 궁음이 될 때는 오직 상음 하나만 정조가 되고, 그 나머지는 모두 변조에 속합니다. 이것은 칠균 중에 변조가 다섯을 차지하는 만큼, 의논하는 자들이 이 때문에 임금의 도가 미세(微細)하게 되고, 백성과 귀신과 사물이 쓰러져서 떨치지 못한다고 하니, 이것은 참으로 망국의 음률로서 슬프고 음란하고 원망하고 흐느끼게 되어 오래 두고 들을 수 없다고 합니다.

송잠계(宋潛溪)[96]가 위한진이 만든 음악은 난세의 음악이라고 말한 것도 바로 이 때문입니다. 주자가 건양(建陽) 땅 채원정(蔡元定)의 균조(均調)와 후기의 방법이 치밀하고 통창(通暢)하다고 칭찬하고, 자기의 예서(禮書) 중 악제(樂制)·악무(樂舞)·종률(鍾律) 등 각 편을 대체로 채씨(채원정)의 『율려신서(律呂新書)』에 근거하여 고증하면서 부연해서 설명했습니다.

그러나 주자는 음률에 대하여도 그다지 명백히 이해하지 못하여 오로지 채씨를 믿고 이른바 선입의 견해로써 위한진을 배척한 것도 음률을 살펴서 옳고 그름을 안 것이 아니라, 다만 그것이 채경에 의해 주장된 것이었기 때문에 있는 힘을 다하여 이를 공격했던 것입니다. 채원정의 저서는 능히 행사에 시험해 보

96) 송잠계(宋潛溪) : 명나라 홍무 연간의 명재상인 송렴(宋濂). 잠계는 호이다.

지 못했고, 위한진의 음악은 당세에 밝게 시험을 했던 만큼 훗날 의논하는 이들이 〈그 일을〉 지적하기가 쉬웠던 것입니다.

실상 채씨가 음악에 밝은 것이 고정(考亭 : 주희의 별호)보다는 뛰어났으나 너무도 천착(穿鑿)하고 집요(執拗)하게 다루었다는 평을 면치 못할 것이요, 위한진이 채원정보다 음률을 감상하는 것이 정밀하다고 하지만, 〈그는〉 억지로 끌어다 붙여 맞추고 아첨하는 데서 출발하였으며, 냉겸(冷謙)의 음악을 제정함에 이르러서는 비록 옛 제도를 곡진하게 답습했다고 하겠지만 그 소리는 송나라나 원나라의 율이 아니었습니다.

제가 『회전(會典)』을 편찬하는 데 참여했을 때 여러 대가들을 깊이 연구하였는데, 홍무 때 제정한 것은 실상 대성악과도 판이하게 달라 왕곡정(王鵠汀) 영감이 말씀한, '귀국에서 홍무 때 반포되었다는 대성악이 옛날 것'이란 것은 사실이 아닌 듯싶습니다."

라고 한다. 곡정은,

"어찌해서 그럴까요?"

라고 하니 형산은 웃으면서,

"그저 그렇지요."

라고 한다.

형산은,

"대체로 중원(中原 : 중국)의 악공은 진(晉)나라 때에 망했고, 악기는 수(隋)나라 때에 망했으며, 잡극과 온갖 놀음이 아악을 어지럽게 만든 것은 당나라 현종(玄宗)이 마땅히 죄의 책임을 져야 할 것입니다."

라고 한다. 나는,

"원컨대 그 말씀을 듣고 싶습니다."

라고 했더니 형산은,

"춘추 시대에 세상은 비록 어지러웠으나, 지나간 옛날이 그다지 멀지 않아서 진나라와 한나라 이래로 비록 큰 난리가 자주 일어났으나 화는 나라 안에서 있었기 때문에 악기나 악공을 딴데로 옮겨가지 않았고, 제도도 그대로 남아 있었으며, 나라를 차지한 자도 방패와 창을 버리고 우선 생(笙)과 용(鏞)을 찾게 되었습니다. 그러므로 음악을 맡은 관원들이 반드시 세대와 더불어 함께 일어나고, 풍진(風塵 : 난리)이 겨우 맑아지면 다투어 그 악기를 안고 관직에 나와서 녹봉을 받았습니다. 자손들에게까지 세업(世業)을 전하여 손과 입으로 마음대로 다루고 보고 듣는 대로 악기 다루는 법을 익혔습니다.

진씨(晉氏 : 동진(東晉))가 도읍을 옮기게 되자 다섯 가지 성(姓)[97]이 뒤섞이고 어지러운 사태가 생겨 사해가 쪼개어 무너지고, 태악(太樂)의 세밀한 기술은 도탄에 유리되었고, 석씨(石氏 : 후조(後趙)를 세운 석륵(石勒))가 업(鄴) 땅을 점거하자, 동작(銅爵)과 청상(淸商) 같은 음악은 바람에 날려 이미 모두 없어졌고, 모용초(慕容超 : 남연(南燕)의 임금)는 이불(李佛)과 태악관(太樂官)을 잡아

97) 5호(胡) 16국(國)이다.

온 대신 그 어머니를 요진(姚秦)[98]에게 바쳤으나 옛날 악공들은 이미 모두 없어지고 말았습니다. <남북조 시대 때> 송나라 무황제(武皇帝)[99]는 관중에 들어왔지만 그가 얻었던 악기와 악공은 가히 알 만한 것이요, 그는 또 바쁘게 동쪽으로 돌아갔으니 그가 옮겨간 것도 또한 가히 알 만한 것입니다. 그러므로 저는 일찍이 중원의 악공들은 진(晉)나라 시절에 망했다고 하는 것입니다.

『수서(隋書)』에 실려 있는 역대의 동척(銅尺 : 구리자)은 열다섯 가지나 되는데, 주척(周尺)을 비롯하여 한나라의 유흠(劉歆)[100]이 만들었다는 동곡척(銅斛尺), 동한(東漢) 건무(建武)[101] 시절의 동척(銅尺), 진(晉)나라의 순욱(荀勗)[102]이 만든 율척(律尺), 조충지(祖冲之)[103]의 동척들은 하나도 소용이 없습니다.

소위 주척은 가장 믿을 수 없는 것입니다. 신망(新莽)[104] 15년

---

98) 요진(姚秦) : 후진(後秦)의 요장(姚萇). 요는 성이다.

99) 송나라 무황제(武皇帝) : 남북조의 송나라. 곧 유유(劉裕).

100) 유흠(劉歆) : 서한(西漢)의 한학자. 흠은 이름이고, 자는 자준(子駿)이다.

101) 건무(建武) : 동한 광무제 유수(劉秀)의 연호이다.

102) 순욱(荀勗) : 진(晉)나라 때 학자로 욱(勗)은 이름이고, 자는 자증(子曾)이다.

103) 조충지(祖冲之) : 남제(南齊)의 학자. 충지는 이름이고, 자는 문원(文遠)이다.

104) 신망(新莽) : 신은 나라 이름이고, 망은 왕망(王莽)을 말한다. 전한(前漢) 황실의 외척 왕씨였던 왕망이 효원황후의 비호 아래에서 정

동안에 만든 물건은 반드시 주(周)나라의 것을 모방하여 이름을 붙였으나 이미 위조물이 많았고, 또 자기들 맘대로 아침에 만들었다가 저녁에 부숴 버려서 척도가 일정함이 없었습니다. 후세에 주척이라고 불리는 것이 왕왕 유흠이나 왕망[105]의 무리들이 위조한 것이고, 우문씨(宇文氏 : 북주(北周)의 왕성(王姓))가 또 한번 가짜 주나라를 창건하자[106] 그가 가졌던 보물들은 바로 수(隋)나라의 소유로 돌아갔습니다.

수나라 문제(文帝)는 본래 학문을 좋아하지 않고 성질이 또 음악도 좋아하지 않았으나, 이미 천하를 얻고 보니 부득이 음악을 제정하는 데 힘쓰지 않을 수 없었습니다. 당시에 패국공(沛國公) 정역(鄭譯)은 음률에 대한 감식이 뛰어나 고악 12율을 말하면서 궁음을 빨리 알아내어 각각 일곱 가지 소리를 사용했으나, 세상에는 통하지 못했습니다.

이보다 앞서 주(周)나라 무제(武帝)[107] 때에 백소지파(白蘇祇

권을 장악하고 황제를 폐위하여 전한을 무너뜨리고 스스로 황제가 되어 신나라를 세웠다. 그러나 유학자들의 이상국가인 주(周)나라를 복원하려다가 실패했을 뿐만 아니라, 독재와 실정을 반복한 끝에 잦은 재해와 호족세력의 반발, 농민의 반란으로 죽임을 당하고 신나라는 멸망하였다.

105) 원문에는 왕망의 '망'이 '莽'으로 되어 있으나 잘못되었으므로 '莽'으로 바로잡았다.

106) 우문씨는 스스로 주(周)나라의 종실이라 일컬었다.

107) 주(周)나라 무제(武帝) : 북주(北周) 우문옹(宇文邕). 무제는 묘호.

婆)는 구자(龜玆)[108] 사람으로 비파를 잘 탔습니다. 한 균(均) 가운데 일곱 가지 소리가 끼어 있었으니, 소위 '파타력(婆陀力)'이란 중국말로 궁성(宮聲)이요, '계식(雞識)'이란 중국말로 남려(南呂)이요, '사식(娑識)'이란 중국말로 각성(角聲)이요, '후가람(侯加藍)'이란 중국말로 응성(應聲) 즉 변치(變徵)요, '사렵(沙獵)'이란 중국말로 치성(徵聲)이요, '반첨(般贍)'이란 중국말로 우성(羽聲)이요, '이건(利鍵)'이란 중국말로 변궁(變宮)이라고 합니다.

정역은 그 법을 자세히 설명하여 12균 84조로 정하고, 또 7음 이외에 다시 한 가지 음을 더 정해서 응성이라 했습니다. 정역은 본래 무뢰배인데다가 마음이 비뚤고 교묘한 자로서 나라를 파는 행동을 했다가 여러 번 반복하곤 했습니다. 수나라 문제가 처음에는 그를 좋아했다가 나중에는 미워하였습니다. 정역이 쓴 법은 비록 그럴 듯했으나 그 근본은 이악(彝樂)[109]에서 나온 것을 새롭게 고쳤기 때문에 율은 조금 높고 거칠며, 만보상(萬寶常 : 수나라의 음악가)이 만든 여러 악기들은 대체로 정역의 것보다 두 율이 낮아서 그 소리가 맑고 고왔으므로 속된 귀에는 맞지 않았습니다. 그러므로 두 사람은 모두 능히 자기의 재주를 가지고도 당세에 뜻을 얻지 못했습니다.

하타(何妥),[110] 소기(蘇夔),[111] 우홍(牛弘)[112]의 무리들은 제각

108) 구자(龜玆) : 한나라의 서역(西域). 현재의 신강(新疆) 지방이다.

109) 이악(彝樂) : 동이(東夷)의 음악. 연암은 이(夷)를 이(彝)로 썼다.

110) 하타(何妥) : 수나라의 학자. 타는 이름이고, 자는 서봉(棲鳳)이다.

기 붕당(朋黨)을 만들었습니다. 하타는 황제(수나라 문제)에게 아첨하여 황종음이 임금의 덕을 상징한다고 말해 주니, 황제는 그 말을 기뻐하여 황종 한 궁음만 쓰는 데 그치고 다른 율은 쓰지 않았습니다. 우홍 등은 다시 선궁음(旋宮音)을 쓰지 않는 순제(順帝)의 뜻에 맞추어 아첨했고, 또 전대의 금석(金石) 악기들은 부수거나 녹여 없애 버린 바람에 이로부터 역대 악기의 전형(典刑)을 고증할 곳이 없게 되었습니다. 이 까닭에 저는 중원(중국)의 악기가 수나라에 와서 망했다고 말하는 것입니다.

당나라 초기에는 조효손(祖孝孫)[113]에게 명하여 아악을 제정하게 하였습니다. 조효손은 일찍부터 하타 · 소기의 무리와는 의견이 맞지 않아 수나라 때에는 배척을 당했다가 당나라에 와서는 뜻을 폈고, 장문수(張文收)[114] 등과 더불어 의논하여 아악을 제정하였는데 퍽 전아(典雅)하다는 말을 들었습니다.

그러나 당나라 태종(太宗 : 이세민(李世民))은 공명과 이득에 급급하고 본래부터 음악은 좋아하지 않아서 음악이란 정치와는 아무런 관계가 없다고 하였으니, 이것은 소박한 듯하면서도 실상은 고루한 것입니다. 더욱이 예악이 정치의 근본이 되는 줄은 전혀 모르고 배우(俳優)는 남의 귀를 즐겁게 해주는 노리개

111) 소기(蘇夔) : 수나라의 학자. 기는 이름이고, 자는 백니(伯尼)이다.
112) 우홍(牛弘) : 수나라의 학자. 홍은 이름이고, 자는 이인(里仁)이다.
113) 조효손(祖孝孫) : 당나라의 학자. 효순은 이름이다.
114) 장문수(張文收) : 당나라의 학자. 문수는 이름이다.

정도로 인정했습니다.

장문수는 또 세상에 아첨하여 「하청경운가(河淸景雲歌)」를 짓고, 「주안(朱雁)」[115] · 「천마(天馬)」[116]를 본떠서 '연악(燕樂) · 원회(元會)'로 이름을 붙였으니, 당나라 시대의 아악은 불과 문헌에 따라 숫자나 채우는 데 그칠 뿐이었습니다.

현종(玄宗) 때 와서는 그가 음률을 잘 알았던 만큼, 다시 좌우 교방(敎坊)을 설치하고 황제의 이원제자(梨園弟子)라고 불렀으며, 몸소 악공과 궁녀들을 거느리고 가르치게 되었습니다.

천보(天寶 : 당나라 현종의 연호, 742~755) 연간의 전성기에는 매양 잔치를 베풀고, 고창(高昌)[117] · 고려(高麗) · 천축(天竺)[118] · 소륵(疏勒)[119] 등 여러 나라의 음악까지 섞어 베풀었고, 코끼리 춤 · 말춤에 이르기까지 추게 되었습니다. 이에 역대로 내려오던 음악의 제도는 땅을 쓴 듯 없어졌습니다.

그 후 얼마 안 되어 안녹산(安祿山)의 화가 있어 마침내 도탄에 빠지게 되었으니, 이것은 당나라 현종이 음률에 밝았던 죄라고 할 것입니다."

---

115) 「주안(朱雁)」 : 한나라 무제(武帝)가 동해에 거둥하여 붉은 기러기를 얻고서 지은 노래이다.

116) 「천마(天馬)」 : 한나라 무제 때에 악와(渥洼)강에서 말이 나왔는데, 이를 경사스러운 일이라 하여 지은 노래이다.

117) 고창(高昌) : 수(隋)나라 때 신강 지방에 있었던 나라이다.

118) 천축(天竺) : 인도(印度).

119) 소륵(疏勒) : 신강 지방에 있었던 나라이다.

라고 한다.

내가,

"「예상우의곡(霓裳羽衣曲)」이란 것은 요즘에 보는 『서상기(西廂記)』 같은 잡극입니까?"

하고 물었더니 형산은,

"그렇습니다. 「예상우의곡」 열두 편이 세상에 전하기로는 하서절도사(河西節度使) 양경술(楊敬述)이 황제에게 바쳤는데, 황제는 이것을 얻고서 매우 기뻐하여 드디어 스스로 이것을 연출하였다[120]고 합니다. 이것이 후세에 잡극의 시작이 되었는데, 그 소리가 느리고 슬프고 가냘픕니다."

라고 한다.

내가,

"송나라는 인후(仁厚)한 도덕으로 나라를 세웠기 때문에 숭녕(崇寧 : 송나라 휘종(徽宗)의 연호, 1102~1106) 이전은 아악이 응당 볼

---

120) 이에 대해서는 여러 가지의 설이 있는데, 이것은 『악원(樂苑)』에 나오는 말이다. 『악원』에 「예상우의곡」은 개원(開元) 연간에 서량부절도(西涼府節度) 양경술이 바쳤다고 하였다. 그러나 『당일사(唐逸史)』에는 나공원(羅公遠)이 현종과 함께 월궁에 이르렀을 때 선녀가 예상과 우의를 입고 광정에 춤추는 것을 구경하고서 악공을 시켜 이 곡을 지었다고 하였고, 또 일설에는 현종이 섭법선(葉法善)과 함께 월궁을 구경하고서 이 곡을 지었다고 하였다.

만한 것이 있었을 것입니다."

라고 했더니 형산은,

"이것은 화현(和峴)[121]이 제정한 아악으로서, 송나라 태조(太祖) 때에 주왕박(周王朴 : 송나라의 음악가)이 만든 율척(律尺)을 서경(西京 : 장안)에 있는 옛날 석척(石尺 : 돌로 만든 자)에 비교하면 조금 짧았으므로 악성(樂聲)이 좀 높아서 중화(中和)에 잘 맞지 않았습니다.

건덕(乾德 : 송나라 태조(太祖)의 연호, 963~968) 4년(966년)에 화현에게 명령하여 옛날 제도를 본떠 자〔尺〕를 만들도록 하였으니, 역사에서는 '화현의 아악은 음조가 화창하다'고 말했지만, 이것은 세상에 아첨하고 시세에 따르는 말입니다.

나라를 세운 지 겨우 한 해가 지났을 뿐인데, 무슨 인후한 것이 깊어서 그 빛이 사방을 뒤덮어 백성과 물건을 화락하게 했겠습니까? 화현이 〈태조에게 아첨하여〉 '겸손한 태도로 나라를 얻었다'고 말하여 현덕승문(玄德升聞)의 춤[122]을 만들었으니, 이 춤은 한 줄에 열여섯 사람씩을 여덟 줄로 세워서 팔일무(八佾舞)[123]의 갑절을 만든 것이 더욱 가소로운 일입니다. 현덕승문

---

121) 화현(和峴) : 송나라 학자로, 자는 회인(晦仁)이다.

122) 순(舜)임금의 숨은 덕행이 요(堯)임금에게 달렸다는 것을 모방하여 지은 춤이다.

123) 팔일무(八佾舞) : 천자의 제향(祭享) 때 쓰이는 무악(舞樂). 일(佾)은 열(列)을 의미하는데, 한 줄에 8명씩 8줄로 늘어서서 64명이 아악에 맞추어 추던 춤이다.

이라면 우빈(虞賓)[124]은 어디에 있었을까요?"
라고 하니 곡정도 역시 크게 웃으면서 붓을 잡아 빨리 쓰기를,
"방(房)에 있었겠지."
라고 했다.

형산이 말하기를,
"대저 제왕이 음악을 모를 수는 없는 일이요, 또한 음악을 알아도 걱정입니다. 음악을 알지 못하면 수나라 문제나 당나라의 태종같이 가히 정치는 성공한 임금이라고 말할 수 있겠지만, 비록 억지로 음악을 제정하기에 힘썼다 하더라도 그의 근본 취지는 비루하기 짝이 없었습니다. 당나라의 명황이나 송나라의 도군(道君)[125] 같은 이들은 본래 음악을 잘 안다고 알려졌으나 천보(天寶 : 당나라 현종(玄宗)의 연호, 742~756)와 정강(靖康 : 송나라 흠종(欽宗)의 연호, 1126~1127) 두 난리[126]를 불러일으킨 것은 무슨

124) 우빈(虞賓) : 요임금의 아들 단주(丹朱)가 불초하였으므로 천자의 자리를 순에게 전하자, 순임금은 단주를 국빈(國賓)의 예로써 대접하였다는 데서 나온 말이다. 송나라 태조는 누구에게 전위를 받은 것이 아닌 만큼 현덕승문의 춤은 적당하지 않다는 것을 말함이다.

125) 도군(道君) : 송나라 휘종(徽宗)이 스스로 일컬은 이름이다.

126) 두 난리 : 당나라 중기 때 안녹산(安祿山)과 사사명(史思明) 등이 9년 동안 반란을 일으킨 안녹산의 난과, 송나라 흠종 때 금(金)나라 군대의 공격을 받아 수도 카이펑〔開封〕이 함락되고 휘종과 흠종을 포함해서 왕실의 3,000명이 포로로 잡히면서 북송이 멸망하게 된 정강(靖康)의 변을 말한다.

까닭입니까?

대체로 음악의 덕이란 후충(候蟲 : 계절에 따라 나오는 벌레) · 시조(時鳥 : 철새)와 같고, 음악의 재주란 시정(市井)과 같고, 음악의 사업이란 역사와 같고, 음악의 이름이란 시호(謚號)와 같습니다."

라고 한다. 나는,

"어째서 계절의 벌레와 철새라고 합니까?"

라고 했더니 형산은,

"종사(螽斯 : 메뚜기, 베짱이)와 사계(沙鷄 : 메뚜기)는 본래 같은 벌레요, 황조(黃鳥 : 꾀꼬리)와 창경(倉庚 : 꾀꼬리)은 원래 한 새인데, 때에 따라 변화해서 우는 소리가 각각 다르지요."

라고 한다. 〈나는〉

"무엇을 시정이라 말하는가요?"

라고 하니 형산이,

"저잣거리에서는 화목을 볼 수 있고, 우물터에서는 질서(秩序)를 볼 수 있습니다. 물건을 서로 교역하면서 팔고 사는 두 편의 뜻이 서로 맞는 것이 저자의 도덕〔市道〕이요, 뒤에 물을 길러 온 자가 먼저 온 자를 원망하지 않고 그릇을 벌여 놓아 차례를 기다리다가 제 뜻에 찼을 때 돌아가는 것이 우물터의 도덕〔井道〕입니다. 무릇 역사의 본질은 진실하고 정직해야 하고, 시호라고 하는 것은 잘잘못을 들어 밝히는 것입니다."

라고 한다.

형산이 일어서서 조그마한 가죽 상자를 열고, 검정색 종이로 만든 작은 부채를 꺼내어 나에게 보여 주는데, 그 표정이 즐거워보였다. 또 아주 작은 사기합을 끄집어내어 책상 위에 늘어놓는데, 무엇을 하려는지 그 뜻을 짐작할 수 없었다. 차례로 합을 여는데 보니, 석록색(石綠色 : 초록색) · 수벽색(水碧色 : 푸른색) · 유금색(乳金色 : 젖빛 금색) · 이은색(泥銀色 : 은빛)의 물감들이 가득 차 있다.

<형산은> 책상에 기대어 부채를 펴놓고 오래된 돌과 어린 대나무를 그린다. 나는,

"저는 선생께서 용면(龍眠)[127]의 높은 솜씨를 가지신 줄은 생각지도 못했습니다."

라고 하였더니 형산은,

"그저 마음먹은 뜻을 표해 본 것이지요. 어떻습니까?"

라고 하기에 나는,

"저 뱀의 발등과 매미의 날개처럼 생긴 것이 문득 천 길을 뻗어나갈 기세가 있어 보입니다."

라고 하였더니 형산은 크게 웃으며 이내 스스로 화제를 쓰기를,

아름다운 푸른 대는 임의 풍채 보는 듯이[128]　　綠竹瞻君子

---

127) 용면(龍眠) : 송나라의 화가 이공린(李公麟)의 호이다. 용면은 산 이름인데, 이공린이 벼슬을 그만둔 후 용면산에 들어가 살면서 호를 용면거사(龍眠居士)라고 하였다.

128) 『시경(詩經)』 위풍(衛風) 기욱(淇奧) 편에 나오는 말이다.

굽어진 저 언덕에는 임의 소리 듣는 듯이.[129] 卷阿矢德音
부채를 펼쳐 내어 그림 한 폭 그려 들고 揮毫開便面
두 손을 맞잡으니 마음마저 같으이. 握手得同心

라고 하였다. 또 이름과 자를 새긴 작은 인(印)을 다른 종이에 찍고는 베어서 왼쪽 옆에 붙인 다음 접어서 개어 나에게 주었다.

내가,

"옛날 음악은 끝내 회복하지 못할까요?"

라고 하였더니 곡정이 웃으면서,

"선생은 퍽이나 옛것에 대해 논의하기를 좋아하십니다. 대체로 세상에서 음악을 말하는 자가 율은 말하면서도 시는 말하지 않고, 시는 말하면서도 덕은 말하지 않고, 덕은 말하면서도 시대는 말하지 않고, 시대는 말하면서도 풍속은 말하지 않고, 풍속은 말하면서도 운수는 말하지 않아, 의논만 분분하여 헛되이 상당(上黨) 양두산(羊頭山)[130]에서 나는 검정 기장을 찾는다든지, 진회(秦淮)[131] 못가에 가서 가회법(葭灰法)[132]을 한다고 하였

129) 『시경(詩經)』 대아(大雅) 생민지십(生民之什) 권아(卷阿) 편에 나오는 말이다.

130) 양두산(羊頭山) : 산서성 상당 고을에 있는 산으로, 길이를 재는 데 쓰는 검정 기장이 났다는 곳이다.

131) 진회(秦淮) : 강서성에 있는 강인데, 아름다운 갈대의 소산지이다.

으니, 음악은 끝내 옛날의 고아한 것은 얻지 못하였습니다.

선궁률(旋宮律)이나 기조(起調)에 관한 법(궁성을 12율에 돌려가면서 시작하는 법)에 대해서는 제가 본 바를 앞에서 대강 말했지만, 노래와 시에 있어서는 고인들의 마음속에서 우러나오는 말이기 때문에 이는 어쩔 수 없는 일입니다.

예를 들면 기뻐하고 즐거워하는 사람은 웃지 않을 수 없고, 슬픈 자는 울지 않을 수 없고, 배고픈 자는 먹을 것을 외치지 않을 수 없고, 목마른 자는 물을 찾지 않을 수 없는 것과 같아서, 허위와 가식이 없고 억지로 하는 일이나 구차한 것이 없습니다.

이같이 마음에 한번 감동되면 비록 즐거움이 극도에 이르면 음탕해지고, 슬픔이 지나치면 병이 나는 일이 없지 않지만, 또한 마음속으로부터 우러나오지 않는 것이 없으니, 소위 '『시경』 300편을 한마디로 말해서 생각에 간사함이 없다〔思無邪〕'는 것이 이것입니다.

윤 대인(尹大人)의 '시(市)·정(井)'에 대한 비유는 정말 음악의 실정을 알아맞힌 것입니다. 양쪽이 서로 팔고 사고 할 때에 저울눈만큼의 얼마 안 되는 값을 다투다가도 뜻에 맞지 않으면 매매는 성립되지 않으니, 사람을 협박하고 억지 흥정을 하는 것은 인화라고 할 수 없을 것입니다. 그러므로 『시경』 300편은 모두

132) 가회법(葭灰法) : 가회는 갈대 줄기 속의 얇은 막(膜)을 태운 재이다. 347쪽 주 12) 참조.

사람의 감정으로부터 우러나오는 바일 것입니다. -이상은 시(詩)를 논한 것이다.

비록 그러하나 유천(維天)133)과 집경(執競)134)을 칙천(勅天)135)과 갱재(賡載)136)에 비교하면, 진실(眞實)하고 소박(素朴)한 품이 좀 모자라나 문장의 화려한 면은 더욱 나을 것입니다. 한나라와 위나라 때 음악에 맞추어 부르는 노래인 「안세(安世)」·「방중(房中)」137)을 비롯하여 「주안(朱雁)」·「천마(天馬)」·「삼조(三祖)」138) 등의 사장(詞章)들은 뜻을 너무 과장해서 서술해 놓은 데 이르렀던 만큼 과연 '유천 · 집경'에게 비교할 수 있겠습니까?

비유하건대 송사(訟事 : 재판)를 듣는 것과 같아서 이치가 바른 자는 모습이 씩씩하고 기개 있으며 말이 간단하고 목소리는 화

---

133) 유천(維天) : 주나라 문왕(文王)에게 제사하던 노래의 한 구절인 유천지명(維天之命). 『시경』의 주송(周頌)에 나온다.

134) 집경(執競) : 주나라 무왕(武王) · 성왕(成王) · 강왕(康王)에게 제사하던 노래의 한 구절인 집경무왕(執競武王). 『시경』 주송에 나온다.

135) 칙천(勅天) : 순(舜)임금의 노래 중의 한 구절인 칙천지명(勅天之命). 『서경』 익직(益稷) 편에 나온다.

136) 갱재(賡載) : 계속해서 이룩한다는 뜻인데, 고요(皐陶)가 순임금의 노래를 계속하여 화답한 노래이다. 『서경』 익직 편에 나온다.

137) 「안세(安世)」·「방중(房中)」 : 한(漢)나라 때 궁중 잔치에 쓰이던 음악이다.

138) 「주안(朱雁)」·「천마(天馬)」·「삼조(三祖)」 : 한나라 무제(武帝) 때 지은 악장(樂章)이다.

창할 것이요, 이치가 그른 자는 얼굴에 성이 나고 기색은 거칠며 말은 지루하고 목소리는 떠들썩한 것입니다.

후세의 사신(詞臣 : 가사를 짓는 벼슬아치)들이 근거나 출처가 없이 위조하는〔杜撰〕139) 데는 오로지 간사하고 아첨하고 거짓말하는 자들이고 보면, 이미 그 덕이 부끄러움을 이기지 못하여 소리가 먼저 떨릴 것입니다.

귀신이 이를 때나 사람들이 화락할 때는 말할 것 없이, 악공이 노래를 부를 때는 기쁘지도 않는데 억지로 웃고, 슬프지도 않은데 억지로 우는 것이나 다름없을 것입니다. 이러고서야 마음에 감동되어 우러나오는 소리처럼 화창하다고 하겠습니까? 그렇지 않으면 부끄럽고 비굴하다고 하겠습니까? 그 말로 읊는 것도 이러할진대 음률의 소리야 알 수 있을 것이며, 음률의 소리가 이러할진대 그 소리에 조화된 음률이야 짐작할 수 있을 것입니다.

저는 또 서산(西山) 채씨(蔡氏)140)가 말한 원성(元聲)을 장차 어

---

139) 두찬(杜撰) : 전거(典據)와 출처(出處)가 확실하지 않거나 격식에 맞지 않는 곳이 많은 글을 뜻한다. 송나라 왕무(王楙)가 지은 『야객총서(野客叢書)』에 의하면, "두묵(杜默)이 시를 짓는데 율격(律格)에 맞지 않는 것이 많았으므로 당시 사람들이 두묵이 지은〔撰〕 것이라고 빗대어서, 일이 격에 맞지 않는 것을 두찬이라 한다."고 하였다.

140) 서산(西山) 채씨(蔡氏) : 송나라 때의 학자인 채원정(蔡元定). 서산은 호이고, 자는 계통(季通)이다. 저서에 『율려신서(律呂新書)』가 있다.

디에 의거해서 찾을지 모르겠지만, 〈이 원성이란〉 음률에 있는지요? 아니면 도덕에 있는지요? 이것은 도덕을 근본으로 삼은 데다가 시를 짜지었을 것이요, 소리를 주장으로 삼고 율을 그 다음으로 삼았기 때문입니다. ─ 이상은 덕(德)을 논한 것이다.

군자가 나라를 창설하고 대를 물릴 때는 만세에도 뽑히지 않을 터전을 세우지 않는 이가 없었는데, 예를 들면 주공이 노(魯)나라를 다스리고, 태공이 제(齊)나라를 다스리던 것과 같습니다. 그러나 또한 말손(末孫 : 자손의 마지막 대)이 불초(不肖)하고 보면 어찌할 수 없으니, 그들 두 공〔二公 : 주공과 태공〕은 모두 시세에 대하여 의논한 적이 있었고,[141] 〈그 자손의 일이〉 가만히 앉아서 이미 백 세대나 지나가 버렸으니, 음악에서도 역시 그 변천을 이길 수 없었음을 알았을 것입니다. ─ 이상은 시세를 논한 것이다.

풍속에 이르러서는 사방이 각각 달라서, 소위 백 리에 풍(風)이 같지 않고 천 리마다 속(俗)이 같지 않다는 것이 곧 이것입니다. 그러므로 형정(刑政 : 법치)으로도 미치지 못하고, 언어로서도 달랠 수 없는 처지라도 오직 음악만은 조화를 이룰 수 있습니다. 그 작용의 신기(神機)와 묘용(妙用)이야말로 바람처럼 움직이고 햇빛처럼 비추어 알지 못하는 사이에 고무하게 되었습

141) 주공이 노나라를 다스리고, 태공이 제나라를 다스릴 때, 주공은 문치(文治)를 주장하였으되 후손이 문약(文弱)에 빠질 것을 예측했고, 태공은 무치(武治)를 주장하였으나 후손이 무단(武斷)이 있을 것을 예측하였다.

니다.

그 보람과 성과의 빠름은, 예를 들면 순임금이 양쪽 섬돌에서 <깃털로 장식한 일산으로> 우(羽) 춤을 춘 지 70일 만에 삼묘(三苗)가 와서 감화되었다[142]는 것이니, 비록 이것을 일러 풍속을 바꾸어 단번에 지극한 도에 이르렀다고 하여도 좋을 것입니다.

그러나 그 실상은 남방 사람의 부드러움과 북방 사람의 강한 성질을 바꿀 수 없을 것이요, 정(鄭)나라 음악의 음란함과 진(秦)나라 음악의 거센 경향은 변할 수 없을 것입니다. 이것이 바로 제각기 향토의 소리를 기질적으로 타고났으므로 성인도 역시 풍속이 다르다는 사실을 어쩌지 못한다고 하였습니다. 그러므로 정나라의 음탕한 음악을 내쳐 버리라고[143] 하였을 따름이었던 것입니다. ―이상은 풍속을 논한 것이다.

성인도 능히 어쩌지 못하는 것은 운수입니다. 영휴(盈虧 : 가득 참과 이지러짐)와 소장(消長 : 소멸하고 자람)은 하늘의 운수요, 고허(孤虛)니 왕상(旺相)이니[144] 하는 것은 땅의 운수입니다. 오래

142) 『시경』에 나오는 구절이다.

143) 『논어』에 나오는 구절이다.

144) 고허(孤虛)는 음양오행설에 입각하여 점이나 일진에 도와줌이 없음을 뜻하는데, 예를 들면 갑자일(甲子日)부터 계유일(癸酉日)까지의 10일 중에 지지인 술일(戌日)과 해일(亥日)은 고(孤)이고, 진일(辰日)과 사일(巳日)은 허(虛)가 되며, 이러한 방위(方位)와 일시(日時)에는 흉하다고 한다. 반면에 왕상(旺相)은 기운이 왕성하고 딴 기운

되면 변화를 생각하고, 묵으면 새것을 찾고, 궁하면 통하고 싶어 하니, 이것이 운수의 기회입니다.

불교에서 말하는 칠입겁(七日劫 : 찰라의 반대. 가장 오랜 세월)은, 우리 유교에서 말하는 500년의 일기(一期)인데, 이 기회를 만나 성인이 탄생하면 시운이 잘 조화되어 장점으로 결점이나 부족한 점을 보충하여 모든 일을 이룩할 따름입니다.

하(夏)나라가 충성〔忠〕을 숭상한 것이라든지, 은(殷)나라가 질박함〔質〕을 숭상한 것이라든지, 주(周)나라가 문화〔文〕를 숭상한 것이라든지, 영씨(嬴氏 : 진(秦)나라의 성)가 봉건(封建)제도를 타파하고 정전법(井田法)을 없애서 천고에 죄안(罪案)이 된 것은 실상 시운의 어쩔 수 없었던 바였습니다.

기름진 고기는 사람마다 똑같이 즐기는 바이지만, 오랫동안 앓는 사람에게는 비록 한 솥의 고깃국이라도 냄새만 맡아도 구역질이 날 수 있고, 비록 풀뿌리와 나무 열매라도 혼연히 입맛에 맞을 수 있습니다.

비록 노래를 잘 부르는 자라도 한 곡조를 계속해서 부르면 듣던 좌중도 자리에서 일어설 것이요, 법이 오래되면 폐단이 생기는 법인데도 이것을 고칠 줄 모르는 자를 교주고슬(膠柱鼓瑟)145)

이 도와줌이 있음을 뜻하는데, 사시(四時)의 변화에 오행(五行)이 서로 교대해 가면서 소장(消長)할 때 나타나는 것이다.

145) 교주고슬(膠柱鼓瑟) : 비파와 거문고의 기둥을 아교풀로 붙여버리면 한 가지 소리밖에 나지 않는다는 뜻으로, 융통성이 없는 꽉 막힌 사람을 일컫는다.

이라 이르는 것이니, 이것은 바로 누구나 똑같이 느끼는 사람의 인정입니다.

그러므로 요(堯)임금 · 순(舜)임금의 정치가 없이는 비록 '소(韶 : 순임금의 음악)'라는 무악(舞樂)이 있더라도 찬성하고 반대하는 틈에서 귀신과 사람이 화합하기는 어려울 것이니, 이것은 성인도 세상 운수의 순환에는 어찌할 수 없다는 것입니다. —이상은 운수를 논한 것이다.

무릇 글자가 생긴 지 오래되었습니다. 공자가 <유가의 경전을> 산정(刪定)하여 서술한 것은 곧 천지와 시운의 중대한 변화라고 할 것이니, 진실로 공자도 부득이한 일이었을 것입니다. 공자가 돌아가신 뒤로부터 백가(百家)의 말이 분분히 그 사이에 섞여 나와 그 책들도 몹시 많았고, 사람마다 제각기 마음대로 하여 비록 조그마한 아이들까지도 함부로 천성(天性)이니 인명(人命)이니 하는 이굴(理窟 : 조리(條理). 도리(道理))에 빠져서 육예(六藝)[146]의 학문을 헌 갓처럼 보았기 때문에 마침내 사도(師道 : 스승의 도)가 없어지게 되었습니다.

스승의 도가 없어지자, 옛날 사도(司徒)[147]의 직분과 전악(典樂)[148]의 관직은 빈자리로 그대로 비워 두고는 구차한 헛소리

146) 육예(六藝) : 여섯 가지의 실용 학문인 예절〔禮〕 · 음악〔樂〕 · 활쏘기〔射〕 · 말 타기〔御〕 · 글씨〔書〕 · 수학〔數〕을 말한다.

147) 사도(司徒) : 주(周)나라 때에 교육을 맡아보던 관리이다.

148) 전악(典樂) : 주나라 때에 음악을 맡아보던 관리이다.

만 할 뿐입니다. 이로 말미암아 음악은 광대와 천한 장인에게 돌아가고, 총명하고 준수한 자제들은 헛되이 무작(舞勺)149)과 무상(舞象)150)의 나이를 보내고 보니, 비록 상현(上絃 : 현악기)과 하관(下管 : 관악기)에 팔음(八音)이 잘 맞는다 하더라도, 진실로 어떤 것이 궁성과 우성이 되고, 어떤 것이 종(鍾)과 려(呂)가 되는지를 알지 못할 것입니다.

설사 음률을 몹시 좋아하여 여염집 사이에서 거문고를 타고 젓대를 부는 자가 있다 하더라도 대체로 모두 부랑자(浮浪者)나 파락호(破落戶)가 됨을 면하지 못하고 보니, 양반 자제들은 치욕으로 여기고, 부모들은 금지하였으며, 향당(鄕黨)에서는 천히 여기게 되었습니다. 옛 성인들이 인재(人材)를 양성하고 정치를 잘하는 데 있어서 신기와 묘용으로 알던 음악이 오로지 광대나 천한 장인들에게 책임지우게 되어 버렸으니, 세상에 이런 이치는 절대로 없을 것입니다."

라고 한다. 형산은,

"옳은 말씀입니다. 주(周)나라 시절에는 귀족의 자제들에게 춤을 가르치는데 대서(大胥)151)를 시켜서 춤추는 자리를 바로잡게 하고, 소서(小胥)152)를 시켜서 춤추는 항렬을 바로잡게 하였

149) 무작(舞勺) : 주공(周公)이 지은 춤의 이름인데, 『예기(禮記)』 내칙(內則)을 보면 13세 때부터 신체의 발육을 위하여 추었다고 한다.

150) 무상(舞象) : 『예기』 내칙에 의하면 주공이 지은 춤으로, 15세 때부터 신체 발육을 위해 추었다고 한다.

151) 대서(大胥) : 주(周)나라 시대에 음악을 맡은 관원이다.

습니다. 이 법이 한나라 시대까지도 남아 있다 보니 낮고 천한 지위의 자식들은 종묘의 제사 때 춤을 추는 데 참가하지 못했습니다. 대개 춤추는 무생(舞生)으로 뽑힌 이들은 모두 2,000석(石)[153]으로부터 600석에 이르는 관내후(關內侯)나 대부(大夫)들의 적자들이었습니다. 이것은 오히려 얼마 지나지 않은 옛날이었으므로 그 선택하는 것이 일정했고 교육을 위한 준비가 이와 같았습니다."

라고 한다. 나는,

"7균(均)이니 12균(均)이니 하는 것은 무엇을 말하는지요?"

라고 하였더니 형산은,

"균(均)이라는 것은 가지런하고 고른 것으로, 운(韻)이라는 말과 같습니다. 마치 시를 짓는 자가 4운(韻)이니 8운이니 10운이니 말하는 것과 같습니다. 7균이란 것은 7성(聲)[154]의 한 운이요, 12균이란 것은 12율의 한 운입니다. 옛날에는 운이란 글자가 없었으므로 균(均)이라고 했습니다."

라고 한다.

형산은,

---

152) 소서(小胥) : 주(周)나라 시대에 음악을 맡은 관원이다.

153) 석(石) : 한나라에서는 봉급의 많고 적음으로써 관리의 등급을 매겼는데, 2,000석은 월봉 120석을 받는 사람을 말한다.

154) 7성(聲) : 궁(宮) · 상(商) · 각(角) · 치(徵) · 우(羽) · 변궁(變宮) · 변치(變徵)를 말한다.

"귀국에 『악경(樂經)』이 있다는데, 정말 그렇습니까?"
하고 묻는다. 나는,
"이것은 떠돌아다니는 빈말입니다. 중국에도 없는 것이 어찌 변방에 있겠습니까?"
라고 하였더니 곡정은,
"이 책은 있을 수 없을 것입니다. 세상에서는 『악경』이 진시황(秦始皇)이 전적(典籍)을 불사른 불 속에 들어갔다고 한탄하지만, 제 생각에는 중국에도 처음부터 『악경』이 없었다고 봅니다."
라고 한다. 나는,
"『사전(史傳)』[155]에는 기자(箕子)가 조선(朝鮮)으로 피해 올 적에 시(詩) · 서(書) · 예(禮) · 악(樂)을 가지고 오고, 의(醫 : 의원) · 무(巫 : 무당) · 복서(卜筮 : 점쟁이) · 공기(工伎 : 장인)의 무리 등 5,000명이 따라서 함께 동쪽으로 나왔다고 하였으므로 육예(六藝)는 전부 진시황의 화염 속에 타지 않고 우리나라에 널리 퍼졌다고 합니다."
라고 하였더니 곡정이 웃으면서,
"이것은 본래 중국에서 신기한 일 꾸미기를 좋아하는 선비들이 꾸며서 억지로 끌어다 만든 말입니다. 예를 들면 풍희(馮熙)[156]의 『고서세본(古書世本)』 같은 것도 이런 것으로, 이른바

---

155) 사전(史傳) : 사마천의 『사기(史記)』를 말한다.

156) 풍희(馮熙) : 후위(後魏)의 정치가. 희는 이름이고, 자는 진창(晉昌)

『기자조선본(箕子朝鮮本)』이란 기자가 조선에 봉해질 때부터 전해 오던 고문 『서경(書經)』인데, 제전(帝典)[157]으로부터 미자(微子 : 『서경』의 편명)에까지 그쳤고, 그 아래에는 다만 홍범(洪範)[158] 한 편을 붙였는데, 팔정(八政)[159] 밑에는 52자를 덧붙였습니다. 고정림(顧亭林)의 『일지록(日知錄 : 32권의 고증록)』에서 왕추간(王秋澗)[160]이 지은 『중당사기(中堂事記)』에 의거하여 이미 위찬(僞撰 : 위작)이란 것이 판명되었습니다."

라고 한다. 나는,

"제가 심양에 들어올 때부터 만나는 수재(秀才)마다 문득 우리나라에 『고문상서(古文尙書)』가 있느냐고 물었으니, 이것은 대체로 기자가 동쪽으로 나올 때 가지고 나왔다는 것입니다. 혹은 위만(衛滿)이 가지고 나왔다고 하는데, 위만은 비록 제 스스로 방망이 상투를 묶고 오랑캐 옷을 입었다고 하지만 역시 스스로 호걸로 자처하였고, 그 무리 수천 명 중에는 역시 선비로서 경서 같은 책을 안고 진(秦)나라를 피하여 따라 나온 자가 없

이다. 위나라 장수로서 창려왕으로 봉한 인물이다.

157) 제전(帝典) : 『서경』 첫머리의 요전(堯典)과 순전(舜典)이다.

158) 홍범(洪範) : 『서경』의 편명이다.

159) 팔정(八政) : 『서경』 홍범 편에 서술된 나라를 다스리는 데 필요한 여덟 가지 일. 곧, 식(食) · 화(貨) · 사(祀) · 사공(司空) · 사도(司徒) · 사구(司寇) · 빈(賓) · 사(師).

160) 왕추간(王秋澗) : 원(元)나라의 학자 왕운(王惲). 추간은 호이고, 자는 중모(仲謀)이다.

었다고 할 수 없는 만큼 이치로는 괴이할 것이 없습니다.

그러나 고구려는 본래 무력을 숭상하여 약탈을 좋아하다 보니, 설사 남겨진 경서가 있었다 하더라도 받들어 소중히 여길 줄 몰랐을 것입니다. 게다가 여러 차례 난리를 치른 나머지 우리나라에서 1,000여 년 이래로 『고문상서』가 있다는 말은 못 들었습니다."

라고 하였다. 곡정은,

"선배인 주석창(朱錫鬯)[161]이 이미 변증하였습니다. 「주서(周書)」[162] 공안국(孔安國)[163]의 서문에 '성왕(成王)이 동쪽○-한 개의 동그라미는 '이(夷)' 자인데, 그가 나를 대하였으므로 이를 피한 것이다. 대체로 호(胡) · 노(虜) · 이(夷) · 적(狄) 등의 글자는 모두 기피하였다.-을 이미 정벌하자 숙신(肅愼)[164]이 와서 축하하니, 성왕은 영백(榮伯 : 주나라의 종실이자 정치가)을 시켜 숙신에게 예물을 보내라는 칙서(勅書)를 썼다'고 했습니다. 그 전기(傳記)에 의하면, '해동의 여러

---

161) 주석창(朱錫鬯) : 청나라의 고증학자인 주이준(朱彝尊). 석창은 자이고, 호는 죽타(竹垞)이다.

162) 「주서(周書)」 : 『서경』에 실려 있는 태서(泰書)로부터 진서(秦書)까지 32편을 말한다. 『서경』에는 우서(虞書) · 상서(商書) · 하서(夏書) · 주서(周書)로 나누어 시대를 구분하였다.

163) 공안국(孔安國) : 한나라의 저명한 학자이자 공자의 11대 손(孫)으로, 안국은 이름이고, 자는 자국(子國)이다. 공자가 살던 옛집에서 발견된 『논어』·『상서』·『예기』·『효경』 등의 주석을 달았다.

164) 숙신(肅愼) : 고조선(古朝鮮)과 병립했던 북방족이다.

오랑캐 종족들인 구려(句麗 : 고구려의 약칭) · 부여(扶餘) · 간맥(馯貊) 등은 무왕이 상(商)나라를 쳐서 이겼을 때부터 길이 통하게 되었다'고 하였습니다.

주석창(朱錫鬯 : 주이준(朱彝尊))은 '「주서(周書)」 왕회(王會) 편에 직(稷) · 신(愼) · 예(濊) · 양(良) 같은 나라는 처음으로 보이지만, 고구려니 부여 같은 이름은 없다'고 말하고, 동국(東國)의 역사책에서 인용하기를 '고구려의 건국이 한나라 원제(元帝 : 유석(劉奭)) 건소(建昭) 2년(BC. 37년)이라면, 공씨(孔氏 : 공안국)가 황제의 명령을 받들고 이 글을 쓸 때는 고구려와 부여는 중국과 아직 길이 통하지 않았거늘, 하물며 주나라가 상나라를 처음 이겼을 때에 있어서이겠는가?'라고 하였습니다.

주자는 사람이 태어나서 8세가 되면 모두 소학에 들어가고, 이들에게 예(禮 : 예절) · 악(樂 : 음악) · 사(射 : 활쏘기) · 어(御 : 말타기) · 서(書 : 글씨) · 수(數 : 수학)에 관한 글을 가르쳤다고[165] 했지만, 이것은 상고(上古) 시대의 학교에 대해서 말한 것이지, 상고 시대에야 어찌 이런 글이 있었겠습니까?

소위 물 뿌리고 청소하고 손님을 상대하여 이야기를 나누거나 물음에 답하거나 하는 것은 곧 예이고, 노래 부르며 춤추는 것은 곧 음악이고, 활쏘기〔射〕 · 말타기〔御〕 · 글쓰기〔書〕와 수학〔數〕도 이런 것으로 미루어 짐작할 수 있을 것입니다. 육예(六藝 : 여섯 가지 학과)의 일을 가르쳤다는 것은 옳지만, 육예의 글을

165) 『대학장구(大學章句)』 서문에 나오는 구절이다.

가르쳤다고 한다면 이것은 후세 사람들의 억설을 따른 것입니다.

상고 시대에는 활쏘기의 명중률로써 〈사람의 됨됨이를〉 밝히고 종아리를 쳐서 〈그 잘못을〉 기억하게 하여 가르쳤을 따름이니,[166] 공자가 말한 학예〔藝〕에 논다[167]는 것이 바로 이것입니다.

그는 또 말하기를 '열다섯 살이 되면 천자의 맏자식과 중자(衆子)들을 비롯하여 공경(公卿) 대부(大夫)와 원사(元士)의 적자들과 일반 백성들의 준수한 아이들이 모두 대학에 들어갔다'[168]고 하였으니, 이는 옳은 말입니다. 그런데 거기에서 또 이치를 연구하고, 마음을 바로잡고, 자기 몸을 닦고, 다른 사람을 다스리는 도리를 가르쳤다[169]는 말은 후세 사람들의 억설을 따른 것입니다.

육예를 강습하는 것이 모두 곧 이치를 연구하고 마음을 바로잡는 일이므로, 옛날 사람은 실천궁행(實踐躬行)에 독실했던 만큼 이런 것은 저절로 마음속으로 터득했을 것인데, 어찌 15세 전에는 서둘러서 육예에 관한 글을 배우고, 15세 후에는 곧바로 육예를 버리고 먼저 자기 몸을 닦고 다른 사람을 다스리는

166)『서경』 익직(益稷) 편에 나온다.

167)『논어』 술이(述而) 편에 나오는 구절이다.

168)『대학장구』 서문에 나온다.

169)『대학장구』 서문에 나온다.

도리를 곧바로 알 수 있겠습니까?

알지 못하겠습니다만 태곳적 세상에 어느 도학(道學) 선생이 고을과 마을에 있는 학교나 서당마다 앉아서 무슨 이학전서(理學全書)를 펴놓고, 이와 같은 것은 형이상(形而上)의 이론이요, 이와 같은 것은 형이하(形而下)의 실천이라고 가르쳤겠습니까?

13세에 작(勺)춤을 추고 15세에 상(象)춤을 추며, 20세에 대하(大夏 : 하나라 우왕(禹王)이 만든 무악(舞樂))춤을 추었다고 한 것은 아마도 태곳적 세상에 있었던 소학과 대학의 과목 순서가 이러하였음에 불과했을 것입니다.

그런데 후세 선비들은 태곳적에는 육예에 관한 글이 본래 없었던 사실을 알지 못하고, 입만 열면 진시황을 욕하면서 번번이 불태우기 전에 있었던 완전한 경서가 해외로 흘러 나간 것이라고 의심하였습니다. 아름다운 구구(歐九)170)가 지었다는 「일본도가(日本刀歌)」171) 같은 시는 더구나 가소로운 일입니다.

대체로 천지간에 가득 차 있는 사물이란 형상과 색(色)과 정서〔情〕와 환경〔境〕을 떠날 수 없는 것입니다. 시험 삼아 육예에서 따져본다면, 예란 것은 실천을 하는 것이니 무엇이나 실천을

170) 구구(歐九) : 구양수(歐陽脩). 구(九)는 형제의 순서. 유분(劉蕡)이 일찍이 구양수를 평하기를 "아름다운 구구가 글을 많이 못 읽은 것이 한스러운 일이다." 하였다.

171) 「일본도가(日本刀歌)」 : 일본의 풍물을 두고 지은 시인데, 진시황 때 서복(徐福)이 일본에 갔을 때 진시황의 분서(焚書)에서 빠진 책 100여 권이 일본에 있었다는 구절이 있다.

할 때는 반드시 자취가 남는 법입니다. 〈활을 쏠 때도〉 제 몸을 바로잡은 후에야 화살을 쏘는 법이니, 이것이 활 쏘는 형식입니다. 말고삐를 깍지 끼듯 잡고 두 마리의 곁말이 춤추듯 뛰게 해야 하니, 이것은 말을 모는 법식입니다. 하나에 둘을 더하면 셋이 되는 만큼, 이로부터 1,000년 뒤의 날짜를 계산할 수 있으니, 이것은 수학의 기술입니다. 글자를 만드는 여섯 가지 방법〔六義 : 육서(六書)〕[172]에는 상형(象形 : 형상을 본떠 만든 글자) 글자가 많습니다.

오직 음악이란 것만 정서와 환경은 있지만, 다만 그 형체는 없다고 할 것입니다. 무릇 형체가 있다는 것은 굵직한 흔적을 보인 것으로, 모두 언어로 형용할 수 있고 문자로 기술할 수 있는 반면에, 형체가 없다고 한 것은 신비로운 작용인 것입니다. 멀고 아득한 사이에서 깨우쳐 교양시킬 수 있고, 황홀한 속에서 활동을 합니다.

소리를 감추면 적막하다가 소리를 내면 성대하고 조화롭습니다. 소리가 아름답게 모일 때는 예절에 맞고, 소리가 적중하는 것은 활쏘기와 같고, 고르기는 말타기와 같고, 음을 빌리기는 글자 만드는 법칙과 같고,[173] 숫자를 더하는 것은 수학과 같아

---

172) 육의(六義) : 육서(六書). 한자가 만들어진 여섯 가지 원리. 곧, 상형(象形)·지사(指事)·회의(會意)·형성(形聲)·전주(轉注)·가차(假借).

173) 육서(六書) 중에 가차(假借)의 원리가 있는데, 가차란 본래 소리와 뜻을 가지고 있으나, 글자가 없는 경우에 같은 소리가 나는 다른

서 털끝 사이에서 감돌고 핏줄을 따르듯 퍼집니다.

들려올 때에는 어렴풋이 마중하고 싶고, 사라질 때에는 가물가물 묘연하여 따라가기 어렵습니다. 만져 보아도 손에 얻을 것이 없고, 보아도 눈에 띄는 것이 없는데도 사람으로 하여금 뼈가 시큰해지게 하고 창자가 달콤하도록 하여, 가다가도 되돌아서서 못 잊는 것만 같고 끊어졌다가 다시 이어질 때는 갑자기 딴 생각이 나는 듯합니다.

몹시 맑기 때문에 향내도 없으며, 지극히 가늘기 때문에 그림자도 없으며, 매우 빽빽하기 때문에 틈도 없고, 몹시 크기 때문에 바깥이 없으며, 지극히 화목하기 때문에 흩어지지 않고, 지극히 아담하기 때문에 빛깔도 없으며, 지극히 신비스럽기 때문에 마음도 없고, 지극히 현묘(玄妙)하기 때문에 말도 필요 없습니다.

대체로 가볍고 민첩한 말로써도 이것을 형용할 수 없거늘, 하물며 글자 나부랭이야 될 것이겠습니까? 그러므로 저의 생각에도 삼대(三代 : 하(夏) · 은(殷) · 주(周)) 이래로 당초에 『악경(樂經)』이 없었다고 여겨집니다."

라고 한다. 형산은 수없이 동그라미를 치고는,

"앞 시대 사람들이 말하지 못한 것을 말하셨습니다. 「악기(樂記 : 『예기』의 편명)」 한 편은 도리어 조잡한 내용에 속할 것입니

글자의 모양을 빌려서 사용하는 방법이다. 예를 들면 '자(自)' 자는 본래 '코'의 뜻이지만 '나'의 뜻으로도 쓰는 것이다.

다. 「악기」란 본래 한(漢)나라 선비들의 떠돌아다니는 헛된 글입니다."

라고 한다.

나는,

"성인이 지은 책들은 옛날 성인의 도를 계승하고 후세의 학자들에게 길을 열어 주는 것입니다. 그런데 공자가 위(衛)나라로부터 노(魯)나라에 돌아와 시를 정리하고 예를 바로잡을 때에, 어찌 홀로 음악에 대해서만 아무것도 저술한 것이 없을까요?"

라고 하였더니 곡정은 아무 말 없이 한참 있다가,

"딱 잘라서 말하자면 저술한 것은 없습니다. 공자가 시를 정리하고 예를 바로잡았다는 것이 곧 악학(樂學)입니다. 음악의 본질은 시에 딸려 있는 것이요, 음악의 이용은 예에 속합니다. 대체로 언어로 사람을 가르치는 사람은 세상 물정이 그릇되기 쉽고, 문자로 사람을 가르치는 사람은 그 오묘한 이치〔天機〕를 다 말할 수 없을 것입니다.

무릇 음악이란 것은 사람을 감동시키는 힘이 빠르지만 촉박하지 않고, 나타나지만 드러나지 않고, 깊지만 어둡지 않고, 온순하지만 강직할 수 있으며, 꼿꼿하지만 구부릴 수 있으며, 낮았다 높았다 감격스럽고 흐느끼고 간절하여 그것이 사람에게 들어올 때는 소름끼치도록 두렵기도 하고, 떨리도록 놀랍고, 애가 타듯이 마음이 텅 비기도 하고, 자연스럽게 생각이 나기도 합니다.

이것은 언어와 문자 밖에 따로 말하기 어려운 말과 글자 아닌 글자를 보급한 것입니다. 높게는 하늘에 배합하고 낮게는 땅에 배합하며, 굴신하기는 귀신과 배합하고, 순환하기는 세시(歲時)와 배합합니다. 만물을 윤택하게 함에는 비와 이슬의 덕택을 빌리지 않고, 사람을 일깨움에는 일월의 빛을 기다릴 것이 없으며, 그것이 사람에게 용기를 내도록 격려함에는 바람과 우레처럼 급하지 않고, 차차 무젖어들게 함에는 강물이 가라앉아 젖어드는 것을 본받을 것이 없습니다.

쇠 · 돌 · 실 · 대나무 · 바가지 · 흙 · 가죽 · 나무의 소리가 효제(孝悌 : 어버이에 대한 효도와 동기에 대한 우애) · 충신(忠信) · 예의(禮義) · 염치(廉恥)의 행실이 아니건만, 입으로 불고 손가락으로 타고, 팔을 들썩이고 발을 구르는 것도, 사단(四端 : 인 · 의 · 예 · 지)이 뭉게뭉게 일어나는 듯하고 칠정(七情 : 희 · 노 · 애 · 락 · 애 · 오 · 욕)이 샘솟는 듯하니, 이것은 누가 시킨 것이겠습니까? 그러므로 사람의 사지와 모든 신체가 말하지 않았는데도 깨우치게 된다는 것이 바로 이 음악을 두고 한 말입니다.[174]

대개 태곳적에는 문서가 그리 넓게 퍼지지 못하여, 거리에서 부르는 노래들을 학교로 끌어들여 글자를 맞추어 구절을 만들고 이것을 악기에 맞추었으므로, 옛적에는 『대학』에서 사람을 가르칠 적에 반드시 책을 사용하는 것만 아니라, 노래 부르고 춤추는 것이 곧 학문이었던 것입니다.

174) 『맹자』 진심(盡心) 상편에 나오는 말이다.

〈공자에게 제사 지낼 때 제자인〉 점(點)[175]이 비파를 타고 회(回 : 안회(顔回))가 거문고를 타면 돌아가신 공자의 유상(遺像 : 공자의 초상)이 홀로 남아 있는 듯하고, 청묘(淸廟 : 주나라 문왕의 사당)에서 세 번 감탄하면 문왕을 보는 듯하다고 했습니다.

그러므로 오음이란 것이 소리의 문리(文理)라면, 육률이란 것은 소리의 뜻일 것입니다. 몸은 각각인데 똑같이 귀결되는 것은 소리의 덕행이요, 잡티 없이 깨끗하고 순수하여 밖으로 드러나는 것을 아(雅)라고 말하는데, 아(雅)라는 것은 소리의 광휘(光輝 : 빛)라고 할 수 있을 것입니다.

그러므로 성인은 유독 이 같은 저작하지도 않은 책과 말하지도 않은 뜻에 유의하여 사람들로 하여금 스스로 깨닫도록 해서 성격이 좋은 자는 덕을 알게 되고, 성격이 나쁜 자는 음만 알게 되는 것입니다. 이것이 곧 성인이 과거의 학문을 계승하고 후세의 학자들을 계시하는 뜻일 것입니다. 그리하여 저는 『악경(樂經)』이란 처음부터 없었다고 하는 것입니다."

라고 한다.

나는,

"육예(六藝 : 예 · 악 · 사 · 어 · 서 · 수)에서 음악에 관한 저서가 없었다는 말은 이미 들은 말입니다. 그러나 악보(樂譜 : 음악의 교칙)

175) 점(點) : 증점(曾點). 공자의 제자인 증점은 슬(瑟)을 잘 탔다. 『논어』에 나오는 말이다.

는 있는지요?"

라고 하였더니 형산은,

"애석하게도 고보(古譜 : 옛날의 악보)는 모두 불타버리고 지금은 전하는 것이 없습니다."

라고 한다. 나는,

"진(秦)나라 때 불탄 건가요?"

하고 물었더니 형산은,

"아닙니다. 수나라의 만보상(萬寶常)은 『악보』 64권을 지어, 8음이 돌아가며 궁음(宮音)이 되는 법을 함께 말하면서, 줄을 갈고 지주(支柱)를 바꾸어 84조 144율로 변하여 8,100 소리에 끝나도록 했더니, 당시의 사대부들이 이를 배척하는 바람에 만보상은 마침내 굶어 죽으면서 격분한 나머지 그 책을 모두 태워버렸습니다.

명나라 가정(嘉靖 : 명나라 세종의 연호, 1522~1566) 때, <군마와 목축을 맡은> 태복승(太僕丞) 장악(張鶚)이 지은 악서(樂書)에는, 첫째로 『대성악무도보(大晟樂舞圖譜)』라 하여 거문고와 비파로부터 이하 여러 악기들의 보(譜 : 교칙)를 하나씩 지었고, 둘째로 『고아심담(古雅心談)』을 지었습니다. 같은 시대에 요주 땅 동지(同知 : 지방에 주재하는 무관직) 요문찰(姚文察)이 저작한 악서로 『사성도해(四聲圖解)』·『악기보설(樂記補說)』·『율려신서보주(律呂新書補註)』·『흥악요론(興樂要論)』 등이 있었고, 그 후에 나온 『율려정의(律呂精義)』·『오음정의(五音正義)』·『악학대성지결(樂學大成旨訣)』 등과 같은 책들은 모두 성기(聲器 : 기악)의 도수(度數)를 강론한 것입니다.

금보(琴譜 : 거문고 교칙본)에는 조현(調絃) · 농현(弄絃) · 수법(手法) · 수세(手勢) 등이 있고, 당랑포선(螳螂捕蟬)이니, 평사낙안(平沙落雁)이니, 일간명월(一竿明月)이니, 감군은(感君恩)이니 하는 법이 있는데, 이것은 다 거문고 연주자가 입으로 가르치는 비결이라고 합니다."

라고 한다. 곡정은,

"대체로 음악에는 보(譜)가 없을 수도 있으니, 귀신이 통할 만큼 조화가 붙으면 『역경(易經)』 한 부가 곧 악보라 할 수 있을 것이요, 음악에는 비결이 없을 수도 있으니, 사물에 따라서 뜻을 붙여 옮기면 '우소(虞韶 : 순임금의 음악)' 한 부도 저절로 천지 사이에 있게 될 것입니다.

옛날 사람들은 글자를 두 자씩 포개어 써서 모두 음악소리의 비결로 삼았습니다. 예를 들면 바람의 습습(習習 : 솨솨)함과 비의 처처(凄凄 : 주룩주룩)함과 사슴의 유유(呦呦 : 낄낄)함과 새의 앵앵(嚶嚶 : 짹짹)함과 기러기의 옹옹(嗈嗈 : 기럭기럭)함과 여우의 유유(綏綏 : 캥캥)함과 저구(雎鳩)의 관관(關關 : 깔깔)함과 벌레의 훙훙(薨薨 : 시룽시룽)함과 날개의 숙숙(肅肅 : 펴득펴득)함과 사냥개의 영영(令令 : 컹컹)함과 방울의 장장(將將 : 쩔렁쩔렁)함과 얼음 찍는 충충(沖沖 : 쿵쿵)함과 나무 베는 정정(丁丁 : 쩡쩡)함이 모두 소리를 조사해서 음악이 되는 비결을 삼을 수 있을 것입니다."

라고 한다. 나는,

"중국의 악성(樂聲)은 한 글자가 한 율이 됩니까?"

하고 물었더니 곡정은,

"아닙니다. 한 글자에도 청탁과 억양의 법이 있고 평(平) · 상(上) · 거(去) · 하(下)의 다름이 있거늘, 하물며 노래란 말을 길게 뽑는 것이요, 말을 길게 뽑는다는 것은 읊조린다는 것입니다."

라고 한다.

나는,

"공자가 백어(伯魚)[176]에게 말한 '너는 <『시경』의> 주남(周南) · 소남(召南)을 하였느냐?'[177]는 것도 후세의 입장에서 따져 본다면 하루아침에 외울 수 있는 것이요, 반드시 어진 아들에게 물어볼 필요는 없습니다. 그런데도 공자가 '읽었느냐'고 묻지 않고 '하였느냐'고 물었으니, '한다〔爲〕'는 것은 악기를 타며 노래를 한다는 말입니까?"

라고 하였더니 곡정은,

"선생의 말씀이 옳습니다. 이것은 앞 시대 사람들이 하지 못한 말을 하신 것입니다. 옛적에 악기를 타며 노래를 한다는 것은 바로 후세의 독서와 다름이 없습니다. 옛날에 있었다는 서적은 『역경』 · 『서경』 · 『시경』 · 『예기』에 불과하여 모두 천자의

---

176) 백어(伯魚) : 공자의 아들 공리(孔鯉)의 자이다.

177) 『논어』 양화(陽貨) 편에 나오는 구절이다. 주남과 소남은 모두 『시경』의 편명이다.

도읍에 감추어 두었던 것이므로, 공자가 주나라에 가서 노담(老聃)[178]에게 예를 물었다는 것이 바로 이 때문입니다.

비록 공자 같은 성인도 50세에야 비로소 『역경』을 읽었다고 하여, 70명의 제자들이 한 번도 『역경』에 대해 말을 한 적이 없었고, 언제나 시와 예를 논함에 불과했습니다. 이것도 모두 입으로 전한 것으로, 후세에서 날로 늘어가는 번문(繁文 : 복잡한 문헌)과는 달라서 당시에 배운다는 것이라고는 제사 지내고 인사하는 정도에서 넘어서지 않았고, 문관은 깃을 꽂고 무관은 도끼를 들고 아침에는 거문고를 타고 저녁에는 노래를 불렀을 따름입니다.

공자가 말씀하기를 '하(夏)나라의 예를 내가 말할 수 있으나 기(杞 : 하나라의 후손)나라에서 증험하기 부족하고, 은(殷)나라의 예를 내가 말할 수 있으나 송(宋 : 은나라의 후손)나라에서 증험하기 부족한 것은 문헌이 부족한 탓이다'[179]라고 한 것으로 보아, 이런 예절도 흘러온 내력이 입으로 전해 온 것임을 알 수 있을 것입니다. 이른바 '이미 배운 것을 때때로 복습한다〔學而時習〕'는 말이 곧 이것을 두고 하는 말입니다.

그러므로 공자가 백어에게 말씀한〔子謂伯魚〕 다음 장에서 '예

178) 노담(老聃) : 노자. 춘추 시대의 사상가로, 무위자연(無爲自然)을 존중하였다. 성은 이(李)이고, 이름은 이(耳)이며, 자는 담(聃)·백양(伯陽)이다. 주나라 국립 도서관장의 직에 있었다.

179) 『논어』 팔일(八佾) 편에 나오는 구절이다.

(禮)에 이르기를, 악에 이르기를'이라고 하였지만, 이 구절도 실상은 예악의 근본이 제사 지내고 악기를 타며 노래 부르는 것 이외에 어디 있겠느냐? 하는 의미를 일깨워 준 것입니다.

'관저장(關雎章)' 같은 시는 그 시의 품격이 친절하게 거듭 반복하여 지성에서 우러나오고, 애가 끓듯 몹시 가엾게 여겨 슬퍼하는 것인데, 이것이 마음의 덕성과 사랑의 도리로부터 흘러나오는 것은 대체로 가사의 뜻이 그러해서이고, 즐거워도 음탕하지 않고 슬퍼해도 몸을 상하지 않는 것은 대체로 그 성음이 그러했던 탓입니다. 그러므로 말하기를, '태사(太師) 지(摯 : 태사의 이름)가 처음 벼슬할 때에 연주하던 관저의 끝장 악곡이 아직까지도 아름답고 성대하게 귀에 출렁출렁 넘친다'[180]라고 한 것이 이를 두고 말한 것입니다.

후세에는 시를 공부할 때 악기와 노래를 없애고는 네모난 책만 마주 대하게 되었습니다. 이로 말미암아 소리와 시가 둘로 갈라졌고 보면, 주자가 『시경』을 주석(注釋)하면서 정풍(鄭風)·위풍(衛風)과 같은 시를 아주 음탕한 과목으로 모두 돌려 버렸으니, 이는 시의 음탕한 뜻만 깨달았지 음탕한 소리는 깨닫지 못했던 탓입니다. 남녀 간의 사사로운 즐거움은 오직 남이 알까 두려워하는 바인데, 어찌 길가에서 노래를 부르고 자신들의 추하고 음탕한 행실을 스스로 떠벌리겠습니까?

그렇다면 공자가 안연(顔淵)에게 대답할 때, 왜 정나라의 시를

180) 『논어』 태백(泰伯) 편에 나오는 한 구절이다.

추방하라고 말하지 않고 정나라의 소리를 추방하라고 말했겠습니까? 그러므로 만약 정나라의 소리로써 노래를 부르면, 표유매(摽有梅)니 야균(野麕)[181]이니 하는 장도 마땅히 음탕한 시에 속한다고 해야 할 것입니다.

또 소리를 눈으로 감상할 것인가, 귀로 감상할 것인가? 학사나 대부들이 그 근본 원리를 샅샅이 따져 음악을 만드는 원리만 찾아내려고 헤매다가는 마침내 다시 음률을 특별히 눈으로 찾게 되었습니다.

옛날의 성인들은 귀로 익히는 데 힘을 다했으나 오늘날 군자들은 곧 하루아침에 이것을 눈으로 배우려고 하니, 이는 실지로 아침에는 줄을 타고 저녁에는 노래 부르고 하는 데는 아무런 공부도 할 줄 모른 채, 소리와 음률은 그만두고 한갓 책만 읽으려는 것입니다.

이는 송나라 시절에는 모든 대유(大儒 : 저명한 유학자)들이 입만 열면 음률을 이야기하였으나 실상 소리를 감상할 줄 모르다 보니, 도리어 악공들의 웃음거리가 되어 마침내는 고루한 데 그치는 것을 면하지 못한 것입니다."

라고 한다.

181) 표유매(摽有梅)는 '다 익은 매화 열매'란 뜻으로 과년한 처녀를 의미하고, 야균(野麕)은 정당한 애정을 노래하는 가사이다. 모두 『시경』 소남(召南)에 나온다.

나는,

“진(秦)나라와 한(漢)나라 이래로 옛날 음악을 회복하기 어려웠을 뿐만 아니라, 비록 좋은 시운(時運)이 돌아오더라도 악곡을 지을 만한 사람이 없을까요?”

라고 하였더니 곡정은,

“어찌 그렇겠습니까? 주나라가 쇠할 때에 문치(文治)의 폐단이 극심해졌다가 제후(諸侯)들이 강대해지자 서로 다투어 가면서 무력을 숭상함에 이르러, 태학관을 비워 놓고 제각기 자리를 깔고 뜰을 나누어 서로 대등한 예(禮)로 기세를 높인 자들은 모두가 권모술수를 쓰는 모사나 술객이었습니다.

이로부터 백가(百家)의 학설이 제멋대로 뒤섞여 들끓게 되어 저마다 자기 학설을 옳다고 하고 제가끔 자기의 학설을 가지게 되었습니다. 그러나 그 귀추를 요약하면, 일찍이 인(仁)과 의(義)에 근본을 두고 유교의 학설을 빌어서 말하지 않은 것이 없었습니다.

그러나 몸은 학교를 떠나 한갓 분요하게 되고, 예악은 함부로 입으로 떠들 뿐 몸으로는 익히지 않다 보니, 제사를 지내는 의례에 관한 모습은 나날이 눈앞에서 사라지고 음악 소리는 나날이 귀에서 멀어지게 되었습니다. 잠시라도 몸에서 떨어질 수 없는 실물이 단지 쓸데없는 도구가 되어 다시는 익힐 수 없게 되었으니, 이는 쓸데없는 학문으로써 이치만 밝히려는 자들의 탓입니다.

사람의 정은 문식(文飾 : 꾸밈)을 싫어하고 질박한 것을 생각하며, 화려함을 미워하고 실제를 취하며, 사치를 미워하고 검소한 것을 숭상하며, 번거로운 것을 미워하고 간략한 것을 생각하지 않을 수 없게 되었는데, 천하를 다스린다는 자는 백성들로 하여금 암흑과 어리석은 지경으로 몰아세우며 가두어 넣었습니다. 이는 반드시 옛날 성인이 정치하는 요체가 아니라고는 할 수 없지만, 책을 불사르고 선비를 땅에 파묻는 짓이 진(秦)나라에 있어서는 진실로 실책을 면할 수 없었던 반면에, 한(漢)나라로 보아서는 그런대로 다행한 일이었습니다.

또 유방(劉邦)과 항적(項籍)이 싸우는 사이에 천하의 자제들은 배 속의 간과 머리의 뇌가 땅에 어지러이 흩어져 뒤범벅이 되었는데, 다행히 창끝과 살촉 아래에서 벗어나게 된 사람들이 비로소 자기의 총명을 품고서 타고난 천품을 모두 온전히 발휘하게 되었으니, 이는 곧 시운이 한번 돌아 좋은 기회가 되었던 것입니다.

이때를 당하여 형벌은 세 가지 약법(約法)182)에 지나지 않았으니, 법률이 그다지 가혹하지는 않았습니다. 자기 공로를 주장하던 자들이 기둥을 칼로 치면서 술에 취해 떠들었으니, 신하들을 그다지 억제하지는 않았습니다. 조정의 윗자리에는 소박

182) 세 가지 약법(約法) : 한나라 고조 유방이 관중에 들어왔을 때에 진(秦)나라의 부로들과 세 가지의 조약만을 정하고, 나머지 가혹한 법은 모두 제거하였다. '첫째 살인한 자는 사형에 처한다. 둘째 남에게 해를 끼친 자는 그에 따라 처벌한다. 셋째 이제까지의 진나라 법은 모두 없앤다'였다.

하고 과묵하여 말을 가벼이 하지 않는 장자들이 많아서 남의 과오를 말하기를 부끄러워했으니, 풍속도 그다지 각박하지는 않았습니다.

큰 부호들이 죽거나 이곳저곳으로 떠돌아다니게 되어 농토는 일정한 주인이 없어졌으니, 천하의 밭을 비로소 정리할 수 있었습니다. 문제(文帝)와 경제(景帝) 사이에는 이미 한나라가 일어난 지 40여 년이 되어 숨을 돌린 때라, 논밭 사이에는 말을 길러 떼를 이루었고, 곳간 창고에는 오래 묵은 곡식이 가득히 쌓이고 보니, 군현(郡縣)에는 학교를 세울 수도 있었던 것입니다.

학사나 대부들은 박사(博士)의 집에 와서 오히려 머리를 숙이게 되었으니, 넉넉히 교육을 실시할 만한 처지가 되었습니다. 이것은 다름이 아니라 한(漢)나라 초기에는 책을 끼고 다니는 것을 금하는 법률[183]이 오히려 없어지지 않아 천하의 서적은 모두 정부에 몰려 있었으므로 백성들은 관리만 믿을 뿐이요, 처사(處士)들은 감히 함부로 정치에 관한 일을 의논하지 못했기 때문이었습니다."

라고 한다. 나는 웃으면서,

"이것이야말로 곧 선사(禪師 : 승려)인 단(段)[184]이 강곤륜(康崑

183) 진시황(秦始皇)이 지은 협서율(挾書律)이다. 일반 백성들에게 『시경』과 『서경』 등 제자백가의 서적을 지니지 못하게 한 금령이다.

184) 단(段) : 당나라 때 비파 연주의 대가(大家)였던 단선본(段善本)을 말한다.

崙)에게 10년 동안 악기를 가까이하지 못하게 하여 본령(本領 : 본래부터 가지고 있던 잘못된 이론이나 연주 방법)을 잊어버리도록 한 것이군요."[185]

라고 했더니 곡정이,

"그렇습니다. 세상에 드문 숙손통(叔孫通)[186] 같은 사람도 아첨배 속에 끼어 멀리 배척당했고, 또 나이 젊고 총명한 조조(鼂錯 : 한나라 문제 때 신진 정치가)와 가의(賈誼 : 양나라 태부였던 학자) 등 110여 명을 얻어서 눈을 막아 다른 책을 못 보게 해서, 음악으로써 문학을 대신 삼고, 노래와 악기로써 옳은 행실을 깨우쳐 한번 손을 들썩이며 춤을 추어서 멀리는 임금을 섬기고, 한번 발을 놀리며 춤을 추어서 가까이는 부모를 섬기게 되었습니다.

대저 그렇게 한 뒤에 노(魯)나라의 두 선비를 세워서 사도(司徒)의 벼슬에 임명하였으니 반드시 예악을 지을 줄 아는 사람이 아니었던 것도 아니며, 또 다시 두 마(馬)[187]와 같은 이들을 학궁에 배열하였으니 반드시 찬송의 노래를 지을 줄 아는 인재가 아니었던 것도 아닐 것입니다. 다만 그들은 무슨 공을 기록하고 무슨 덕을 서술할 만했는지 모르지만, 오히려 당나라와 송나

---

185) 강곤륜(康崑崙)은 자기가 비파를 가장 잘 타는 것으로 믿고 있다가 장안의 승려인 단선본을 본 후 그를 스승으로 삼았다.

186) 숙손통(叔孫通) : 한(漢)나라의 초기에 고조 유방(劉邦)을 도와 국가의 의례를 제정한 유학자로, 숙손은 성이고, 통은 이름이다.

187) 두 마(馬) : 저명한 문학자인 사마상여(司馬相如)와 사마천(司馬遷)을 말한다. 사마는 성이고, 상여와 천은 이름이다.

라에서 지은 것들이 전혀 터무니없는 가사보다는 나을 것입니다."
라고 한다.

나는,
"두 마씨(사마상여와 사마천)는 그들의 문사(文辭)만 취한 것일까요? 가의나 조조도 또한 어찌 두 마씨보다 못하겠습니까?"
라고 하였더니 곡정은,
"비단 그 문장만 취한 것은 아닙니다. 옛날에는 음악과 역학(曆學)이 모두 태사(太史)에게 예속되어 있다 보니, 한나라의 율서(律書)에는 그 처음에 음악을 말하지 않고 군사를 말했으며, 군사 쓰는 법을 말하지 않고 군사를 멈추게 하는 법을 말했습니다. 음악과 군사의 관계는 거리가 멀었지만, 그러나 천하가 부유하고 백성이 즐겁게 놀 만하게 되었으니, 이것이 평화로운 음악을 제정하는 근본입니다. 대개 또한 음악을 제정하는 뜻을 깊이 알았다고 할 것입니다."
라고 한다.

나는,
"한(漢)나라가 천하를 차지한 것이 그렇게도 성대(盛大)했던가요?"
하니 곡정이,
"선생은 그 무슨 말씀이시오? 어찌 선생은 그렇게도 한나라의 왕실을 작게 보시나요? 제 생각으로는 한나라 고조의 공로는 주나라 무왕에게 양보하지 않을 것이요, 그 덕은 주나라 왕실에게도 부끄럽지 않을 것입니다. 다만 부족한 점이라면 서백(西伯)[188]과 같은 세가(世家 : 가문)가 아니요, 주공과 같은 숙부, 소공(召公)과 같은 대신, 주(周)나라와 같이 800년이나 누린 천록(天祿), 공자와 같은 유민(遺民)이 없었을 뿐입니다.

무릇 삼대(三代 : 하·은·주) 때에는 천자가 다스린 땅이 천 리를 넘지 못했고, 수많은 제후들이 각각 땅을 나누어 다스리면서 큰 악당(惡黨)만 아니면 천자로서는 관여하지 않았습니다. 천자는 5년에 한 번씩 순수(巡狩)를 하고, 율도량형(律度量衡)[189]을 동일하게 만들 뿐이었습니다. 큰 역적질을 하는 것이 없으면 볕이 잘 드는 자기 처소에서 잠자코 두 손을 잡은 채 아무런 하는 일이 없었으니, 다시 무슨 할 일이 있었겠습니까?

상하가 유지되고 강약이 견제되어서 소위 발이 100개나 되는 벌레는 죽더라도 넘어지지 않는다는 것이나 다름없었습니다. 그러나 진나라와 한나라 이래로 영토가 만 리나 되고, 평범한 일반 사람들이 굶주리고 배부른 것과 춥고 따뜻한 것이 모두 천자의 생각 하나에 달려 있다 보니, 천자가 생각 한 번만 잘못 가져도 나라는 흙처럼 무너지고 기와처럼 깨어져서 문지방 없는

188) 서백(西伯) : 주나라 무왕의 아버지인 문왕이 백작(伯爵)으로 있을 때의 봉호이다.

189) 율도량형(律度量衡) : '律'은 음률, '度'는 척도의 표준, '量'은 말〔斗〕, '衡'은 저울을 뜻한다.

문정(門庭 : 대문 안의 뜰)이 되어 버렸습니다.

비록 부견(苻堅)[190]의 강함과 두건덕(竇建德)[191]의 꾀로도 천하의 절반을 얻었다가 하루아침에 자기 몸이 사로잡히게 되었던 만큼 홍망이 갑자기 일어났습니다. 한 치의 땅과 한 명의 백성이라도 반드시 천자 하나에 매이게 되었으니, 큰 운수가 아니고는 그 지위(地位)를 길이 누릴 수가 없고, 큰 제도가 아니고는 능히 진압할 수가 없었으니, 이와 같이 천자 노릇하기가 쉽고 어려움이 옛날과 지금의 형편에 따라 달랐습니다.

주나라가 일어날 때에 백이 · 숙제보다 앞선 이로는 태백(太伯)과 중옹(仲雍)[192]이 있었고, 백이와 숙제보다 뒤선 이로는 관숙(管叔)[193]과 채숙(蔡叔)[194]이 있었는데, 한나라의 왕실이 일어

---

190) 부견(苻堅) : 5호 16국 시대 때 전진(前秦)의 임금으로, 이름은 문옥(文玉)이고, 자는 영고(永固)이며, 묘호는 세조(世祖)이다.

191) 두건덕(竇建德) : 수(隋)나라의 말기에 하북 지방을 근거하여 장락왕(長樂王)이라고 자칭하였다.

192) 태백(太伯)과 중옹(仲雍) : 태백과 중옹은 주나라 문왕의 삼촌들로서 문왕에게 왕위를 전하기 위하여 피신한 현인들이다. 그들은 형만(荊蠻)으로 가서 아우 계력에게 임금의 자리를 양보하였다. 계력은 문왕의 아버지다.

193) 관숙(管叔) : 주나라 문왕의 셋째아들 희선(姬鮮)의 봉호. 주공(周公)과 성왕(成王)의 사이를 이간질하다가 주공에게 극형을 당하였다. 관숙과 채숙은 태백과 중옹과는 반대로 모반한 자들이다.

194) 채숙(蔡叔) : 문왕의 다섯째아들 희도(姬度)의 봉호. 역시 관숙과 동조하다가 추방을 당했다.

날 때에도 역시 이런 일이 있었습니까? 다만 한나라 고제(高帝)는 그 공로는 있었지만 그 심덕이 없었고, 문제(文帝 : 한나라 3대 황제)는 그 덕행은 있었지만 그 학문이 없었으며, 무제(武帝 : 한나라 5대 황제)는 그 의지는 있었지만 그 식견이 없었습니다.

애석하고 안타까운 일은 미앙궁(未央宮)은 축대도 온전히 쌓지 못하고 땅도 평평하게 바르지 못한 채, 흙 한 줌과 돌 한 덩이도 공장이에게 맡기지 않고 함부로 몇 길 되는 썩은 흙담을 바삐 쌓아서 400년 동안을 우물쭈물 지탱해 왔으니, 비유하면 시골 늙은이가 보리밥에 오이김치로 입에 맞게 배를 채워서 도무지 홍운사(紅雲社)의 풍미(風味)를 들어보지도 못한 것과 같습니다.

비록 그렇지만 삼로(三老)[195] 동공(董公)[196]이 여상(呂尙 : 강태공)보다 더 어질고, 제후들에게 호소한 유방(劉邦)의 격문(檄文)[197] 하나가 태서(泰誓)[198]보다 나을 것입니다."

---

195) 삼로(三老) : 진나라 제도에 10리에 한 정(亭)을 두고, 10정에 한 향(鄕)을 두고, 향에는 삼로(三老)를 두어 교화 사업을 맡게 하였다.

196) 동공(董公) : 삼로의 한 사람으로, 한 고조가 낙양 신성(新城)에 갈 때 서로 만났다. 동은 성이고, 공은 봉호이다.

197) 격문(檄文) : 한나라 고조가 항적을 공격하기 위해 신성으로 출병하였을 때, 삼로(三老)였던 동공이 길을 가로막고 명분이 없는 군사를 낼 수 없다고 하자, 고조는 그의 말에 의하여 항적이 의제(義帝)를 죽인 죄를 문책하여, 군사들에게 흰 상복을 입히고 제후들에게 격문을 돌려 항적을 칠 것을 호소하였다.

198) 태서(泰誓) : 『서경』의 편명. 주나라 무왕이 은(殷)나라를 치러 맹진(孟津)에 이르러서 군사와 제후들에게 서약한 글이다.

라고 한다.

나는,

"한나라 공덕에 대한 선생의 말씀은 지나칩니다. 한나라 고조는 백성들을 건지겠다는 마음이 애초에 없었고, 술에 취하여 함부로 고함치던 김에 아방궁을 보고서 〈황제 자리에 앉을〉 생각을 일으킨 데 불과하니, 곧 도둑떼 중의 교활한 자를 어찌 주나라의 덕으로 일어난 데에 비할 수 있겠습니까?

만일 성공한 사적만을 가지고 공을 의논한다면, 예로부터 지금까지 난세(亂世)의 간사한 영웅들도 모두 후세에 할 말이 있을 것입니다. 천하가 이미 평정되고 보면 비록 한두 가지 표현할 것도 없지는 않으나, 이 또한 그때그때 형편에 따라 이해와 편의를 차지한 데 불과할 뿐이니, 소위 제후 문하의 인의(仁義)로 보아서는 어찌 귀하다 할 수 있겠습니까?

항우(項羽)가 한(漢)나라를 위해 의제(義帝 : 초나라 회왕(懷王))를 몰아내고 죽인 것은 천운(天運)입니다. 만일 항우로 하여금 이러한 난처한 일을 하게 하지 않았더라면, 한나라 왕(한나라 고조(高祖))이 천하를 3분하여 둘을 차지하면서도 도리어 머리를 숙이고 숨을 죽이고는 의제의 뜰에서 옥(玉)과 비단과 죽고 산 새 짐승을 조공해야 했겠습니까?"

라고 하였더니 곡정은 크게 웃으면서,

"청컨대 선생은 노여워 마십시오."

라고 하여 나도 크게 웃고는,

“저는 원래 노여워할 일이 없습니다.”
라고 하였더니 곡정이,

“한나라 왕으로 하여금 의제를 섬겨 복종하게 해야 된다는 것은, 선생이 형식적으로 의리를 따져서 하는 말씀입니다. 삼대 이전에는 불가불 덕행을 의논해야 할 것이요, 삼대 이후로는 불가불 공적을 의논해야 할 것입니다. 천명(天命)의 두터운 바를 살펴보면 왕조가 짧고 긴지를 점칠 수 있을 것이니, 주나라와 한나라의 덕행을 비록 같이 말할 수는 없지만, 만일 어리고 외로운 임금을 속여서 천하를 취한 데 비교한다면 어찌 하늘과 땅의 차가 아니겠습니까?

그러므로 역대 왕조가 길고 짧은지는 공덕의 많고 적은 데 달려 있습니다. 위(魏)나라와 진(晉)나라의 보복(報復)[199]에 대해서는 진실로 선배들의 의논이 있었지만, 당나라와 송나라가 천하를 차지한 뒤에 몇 대가 못 되어 복이 떠나고 문득 왕실이 크게 어지러워졌으므로 천보(天寶 : 당나라 현종의 연호, 742~756) 이후로는 나라는 나라답지 않았고, 임금은 임금답지 않았다고 말할 수 있습니다.

양한(兩漢 : 서한과 동한)을 여기에 비교한다면, 애제(哀帝)[200]나 영제(靈帝)[201]로도 오히려 임금의 기율을 손에 잡고 있었으며

199) 보복(報復) : 위나라와 진나라가 함께 부정하게 황제 제위를 찬탈했다가 같은 방법에 의하여 왕조가 망하게 되었다.

200) 애제(哀帝) : 서한 말의 유흔(劉欣). 애제는 묘호이다.

강토도 나누어지지 않았으니, 여기에서 나라를 얻는 것이 바른지 바르지 못한지에 따라 천명이 두터운지 두텁지 않은지를 족히 증험할 수 있을 것입니다.

또 의제가 있은 연후에 한(漢)나라의 공덕이 더욱 빛나고 드러났을 것이니, 당시에 의제를 받들어 세운 것은 항씨(項氏)[202]가 일시적으로 그때그때의 경우에 따라 적절하게 처리한 권도에 불과하고, 당연히 거소노인(居巢老人)[203]의 졸렬한 꾀에서 나온 것이었습니다. 풍진 속에 갑자기 내세우는 명분을 국가 창건의 초기에 일어난 영웅들에게는 따질 수 없을 것입니다.

유방이 〈항우와 대적할 때 의제의〉 상복을 입고 〈항우를〉 성토(聲討)한 것은, 비유하면 양쪽으로 갈려서 송사를 하는데 서로 억지로 탈을 잡는 것과 같습니다. 가령 한나라 고조가 수수(濉水)에서 패하여 죽었던들, 강목(綱目)에서는 통례대로 '의제 원년에 한왕 유방이 군사를 일으켜 항우를 치다가 이기지 못하고 죽었다'고 썼을 것입니다.

의리를 형식으로 따진다면, 무왕이 미자(微子)나 기자(箕子)[204]

---

201) 영제(靈帝) : 동한 말의 유굉(劉宏). 영제는 묘호이다.

202) 항씨(項氏) : 항량(項梁). 항적(項籍 : 항우)의 숙질이다.

203) 거소노인(居巢老人) : 항적의 모사 범증(范增). 거소는 그가 살고 있던 곳이고, 노인(老人)은 그가 항우에게 올 때에 70세가 되었기 때문이다.

204) 미자(微子)나 기자(箕子)는 은나라가 망할 때 종실의 현인들이다. 주나라는 미자를 송(宋) 땅에 봉해 주었고, 기자는 조선에 봉해 주

를 받들어 세우고 자기는 물러나 변방에 처하였다면 그가 은나라 왕실의 순수한 신하가 되는 데에 해로운 것이 없고, 잠자리에서 눈물을 흘려 끝까지 천위(天威 : 천자의 위엄)를 두려워한 것은 갱시(更始)[205]의 어진 종실이 되는 데에 해롭지 않았을 것입니다. 그런데 청궁(淸宮 : 위(魏)나라의 대궐 안채)을 차지하고 거처하는 것은 책망하지 않고, 도리어 성제(成濟)[206]에게 죄를 덮어씌웠습니다.[207]

마음을 가다듬어서 천천히 따져본다면, 항씨의 집안에서 높였던 의제가 한나라에게야 무슨 상관이 있겠습니까? 곧 의제를 강상(江湘)의 100리 되는 나라에 봉하고 그저 한나라의 손님으

었다는 고사가 있다.

205) 갱시(更始) : 한(漢)나라 때 회양왕(淮陽王) 유현(劉玄)이 사용한 연호. 동한의 광무제(光武帝) 유수(劉秀)가 갱시의 부하로 있을 때에 자신의 형 유연(劉縯)을 갱시가 죽였는데도 천자의 위엄을 두려워하여 상복을 입지 않고 태연하였으나, 잠자리에 들 때는 형을 생각해서 울었다고 한다.

206) 성제(成濟) : 위나라의 신하로서 태자사인(太子舍人). 대장군 사마소(司馬昭)에게 붙어서 위제 조모(曹髦)를 죽였다.

207) 사마소는 정권을 전횡하여 대궐에 웅거하고, 성제(成濟)를 시켜 조모(曹髦)를 죽였으나, 모든 죄를 성제에게 돌렸다. 역적을 도모한 사마소는 문책되지 않고 조모를 죽인 하수인인 성제에게 죄를 뒤집어씌워 사형시켰다. 즉 한고조는 아무런 죄책이 없고, 의제를 죽인 항우만 후세에서 임금을 죽인 자로 죄책을 받았다는 것을 의미한다.

로 여겼던들, 한나라 400년 역사에 제일가는 성덕(盛德)으로 해로울 데가 없을 것이니, 의제를 처리함이 어찌 어려울 게 있었겠습니까?

또 후세의 군자들이 의논을 세울 때 고상한 체하여 한나라와 당나라를 말하는 것에 대해 부끄러워한 나머지 한나라의 덕을 낮게 여겨서 이를 찬송하는 이가 없었습니다. 그러나 한나라 시대의 여러 임금들은 모두 대를 전해 가면서 효도와 우애를 했고, 사람을 쓸 때는 순리(循吏 : 법을 잘 지키며 열심히 근무하는 관리)를 먼저 채용했으며, 백성을 지도하는 데는 농사에 힘쓰도록 장려하였으니, 이 세 가지는 천하의 큰 근본으로 역대에 드문 일일 것입니다.

급암(汲黯)이 바른 것을 지켰던 것이라든지, 곽광(霍光)이 어린 황제를 도운 것이라든지, 자릉(子陵)의 고상함이라든지, 황헌(黃憲)[208]의 모범될 만한 것이라든지, 제갈량(諸葛亮)의 올바른 출처라든지, 하간(河間)[209]의 예절을 좋아함이라든지, 동평(東平)[210]의 착함을 즐긴 것 등은 천하의 원기(元氣)요, 역대에서 미치지 못하는 바입니다.

무릇 이 여러 가지 사실은 질박하고 정직하고 충성되고 간절

---

208) 황헌(黃憲) : 동한에서 높이 추앙받던 현인. 헌은 이름이고, 자는 숙도(叔度)이다.

209) 하간(河間) : 하간효왕(河間孝王) 유개(劉開). 하간은 봉지이다.

210) 동평(東平) : 동평헌왕(東平憲王) 유창(劉蒼). 동평은 봉지이다.

하고 참다운 뜻에서 나오는 것입니다. 이른바 '마음의 덕성에 합치되고 사랑의 이치를 잃지 않는다'는 것이니, 이것이 모두 음악을 만드는 실상으로서 충분히 노래로 읊고 감탄할 수 있는 것인 만큼, 대아(大雅) 같은 음악이 생겨도 부끄러운 빛이 없을 것입니다.

천하의 생령(生靈)들은 한(漢)나라의 문화에 익숙하고 몸에 배었으므로 오랜 시일이 지나도 생각에 남았습니다. 유연(劉淵)[211]은 한나라의 이름을 빌려서 안락공(安樂公)[212]을 이어 종묘를 세웠고, 유유(劉裕 : 남북조의 송나라 무제(武帝))가 관(關)으로 들어오자 연로한 사람들이 십릉(十陵 : 한나라의 역대 왕릉)을 설명했고, 유지원(劉知遠 : 5대 때 한나라 고조(高祖)) · 유엄(劉龑 : 남한(南漢)의 고조(高祖)) 같은 사람들도 오히려 '묘금도 유(劉)' 자를 빙자해서 대호(大號)를 세웠으니, 이는 비록 전한(前漢)에 아무런 관계도 없지만, 사람이 지켜야 할 떳떳한 도리는 다른 왕실이 한 번에 패해서 망한 것과는 같지 않았습니다."
라고 하였다.

이때 해는 이미 저녁나절이 되었고, 종일 마신 술이 각기 10여 잔〔杯〕이나 되었다. 형산은 낮부터 의자 위에서 깊이 잠이

211) 유연(劉淵) : 오호의 하나로, 전한(前漢)의 황제가 되었다.

212) 안락공(安樂公) : 촉한(蜀漢)의 후주(後主) 유선(劉禪)이 위(魏)나라에게 망한 뒤의 봉호이다.

들었고, 곡정은 자주 칼을 빼어 양고기를 베어서 큼직하게 씹으며 자주 나에게도 권하는데, 나는 그 노린내가 매우 싫어서 떡과 과일만 먹었다.

곡정은,

"선생께서는 제나라와 노나라 같은 큰 나라를 좋아하지 않으십니까?"

라고 하기에 나는 웃으면서,

"큰 나라는 노린내가 납니다."[213]

라고 하였더니, 곡정은 부끄러운 빛이 있었다. 나도 역시 말을 잘못한 것을 깨닫고 즉시 먹으로 지우면서 이내 사과하기를,

"저는 자공(子貢)처럼 양을 사랑하진 않아도, 마음은 왕숙(王肅)과 같습니다."

라고 하였다. ―제(齊)나라의 왕숙(王肅)이 처음으로 위(魏)나라에 들어갔을 때에 양고기를 먹지 않고 늘 붕어고기를 반찬으로 하였다. 고조(高祖)가 묻기를 "양고기가 생선국에 비해서 어떠하냐?"라고 했더니, 왕숙은 대답하기를 "양고기는 제나라와 노나라와 같은 큰 나라에 견줄 수 있다면, 생선은 주(邾)나라와 거(莒)나라와 같은 작은 나라에 견줄 수 있습니다."라고 하였다. 그러자 팽성왕(彭城王) 협(勰)이 말하기를 "그대가 제나라와 노나라와 같은 큰 나라를 중시하지 않고 주나라와 거나라와 같은 작은 나라를 좋아한다면, 내일은 그대를 위해 주나

213) 큰 나라를 양고기에 견준 고사도 있었거니와, 큰 나라가 노린내가 난다는 말은, 한족이 북방 호족을 노린내가 난다고 표현하고 있으므로 청나라에게 통치를 받는 대국은 노린내가 난다고 풍자하는 의미이다.

라와 거나라의 음식을 차려 봄세."라고 하였다. 곡정이 내가 양고기를 먹지 않음을 보고서, 원래는 내가 작은 나라에 태어나서 큰 나라의 맛을 모른다고 놀리려고 한 것인데, 내가 큰 나라는 노린내가 난다고 한 대답에 도리어 해서는 안 되는 말을 한 모양새가 됐기 때문에 그는 부끄러운 기색을 보였다.

곡정이,

"고려의 공안(公案 : 고려에 대한 공문)을 공은 아십니까?"

라고 하기에 내가,

"이것은 동파(東坡 : 소식(蘇軾)의 호)가 지은 『지림(志林)』에 실려 있지요. 고려는 아무 죄가 없는데 동파가 아주 미워했습니다. 고려의 명신 중에 김부식(金富軾)과 김부철(金富轍 : 김부식의 아우)이 있는데, 소(蘇 : 소식·소철)를 사모하여 그들의 이름을 따서 지었으나, 동파는 달리 알지 못했습니다."

라고 하였다. 곡정이,

"자첨(子瞻 : 소식의 자. 소동파)이 황제에게 올린 글에서 논하기를, '고려가 조공을 드리는 것이 털끝만큼도 이익이 없고 오히려 다섯 가지 손해만 있으니, 청컨대 서적을 사 가는 것을 허락하지 마옵소서.'라고 했습니다. 그러나 『책부원귀(册府元龜)』[214]는 그때 나간 것인데, 귀국에서 널리 인쇄되지 않았는지요?"

---

214) 『책부원귀(册府元龜)』: 송나라의 왕흠약(王欽若)과 양억(楊億) 등이 칙명을 받아서 엮은 책으로, 중국 역대 군왕들의 사적을 서술하였다.

라고 하여 내가,

"소동파의 상소는 실언을 면치 못한 것입니다. 작은 나라가 중국을 사모해서 사 간 것을 큰 나라가 하필 이해만을 따졌을까요?"

라고 하자 곡정은,

"그렇습니다. 송나라의 정화(政和 : 송나라 휘종의 연호, 1111~1118) 연간에 고려의 사신을 올려서 국신(國信 : 지금의 대사급에 해당됨)으로 삼아 예우를 하국(夏國)[215]의 윗자리에 있게 하고, 인반(引伴)·압반(押伴)[216]을 고쳐서 접송(接送)·관반(館伴)이라 불렀습니다. 그런데도 고려는 요(遼)나라를 섬겼다가 금(金)나라의 신하 노릇을 하였다가 하면서 중국의 예의(禮意)를 많이 저버린 탓에 송나라 고종(高宗)은 심히 한스러워했습니다.

고려가 조공하던 길은 항상 명주(明州)와 명월(明越)[217] 지방을 경유하였으므로 그들의 공급(供給)에 매우 곤란하였습니다. 중국에서 숙소를 마련해주고 주연을 베풀고 하사품을 내려주는 비용이 여러 만 냥으로 계산되어, 회(淮 : 강소성)·제(浙 : 절강성) 지방은 이 때문에 시끄러웠습니다.

옛날 형남(荊南 : 호북성의 의창(宜昌))의 고계흥(高季興)은 오대(五

215) 하국(夏國) : 송나라 초기에 조원호(趙元昊)가 세운 나라이다. 현재의 내몽고 지방을 근거지로 삼았던 나라이다.

216) 인반(引伴)·압반(押伴) : 외국 사신을 안내하는 자이다.

217) 명주(明州)·명월(明越) : 지금 절강성의 해안 지방이다.

代) 시절의 절도사(節度使)였습니다. 당시 한 개의 고을[州]에 웅거한 자는 그 지방의 패권을 쥐지 않은 자가 없었지만, 고씨는 겸손하게 자신을 낮추어 나라에서 내려주는 하사품을 이롭게 여기고 변방을 지키는 신하임을 두루 자처했으므로, 당시 사람들은 그를 고무뢰(高無賴 : 고건달)라고 일컬었습니다. 송나라 시절에 회(淮)와 제(淛) 지방에서도 역시 고려를 고무뢰라고 불렀으니, 이는 <국가가 고려 사람들을 대접하는 비용을 부담하기에> 괴로웠던 탓이지요.

소(蘇)씨의 다섯 가지 해로움을 논했던 것도 이 때문입니다. 그러므로 어사(御史) 호순척(胡舜陟)218)과 시어(侍御) 오불(吳芾) 등도 모두 이것을 말했으니, 비단 폐단 때문에 말하는 것이 아니라, 대개 <고려가> 금나라를 위해서 <송나라의> 허실을 엿보았기 때문입니다."

라고 한다.

나는,

"이것은 진실로 원통하고 억울한 일입니다. 우리나라가 중국을 사모하는 것은 바로 그 천성인 것입니다. 21대 역사를 상고해 보면, 신라와 고려로 국호를 정한 지 수천 년 동안에 아직 한

---

218) 호순척(胡舜陟) : 송나라의 관리로, 자는 여명(汝明)이고 호는 삼산노인(三山老人)이다. 벼슬은 감찰어사, 어사, 집영전수찬(集英殿修撰), 광서경략사(廣西經略使) 등을 지냈다.

번인들 귀국의 국경을 놀라게 한 적이 있었습니까?

조선이 한(漢)나라의 사신을 죽인 것은 곧 위만의 조선이지 기자의 조선이 아니며, 수(隋)나라와 당(唐)나라 때 항명(抗命)한 자는 곧 고씨(高氏)의 고구려(高句麗)이지 왕씨의 고려가 아닙니다.

중국의 역사기록에는 문득 '구(句)' 자를 빼고, '마(馬)' 변을 없애서 '고려'라고 통칭했으니, 이것은 왕씨가 나라를 세우기 전부터 이미 있었던 이름입니다. 그런데 앞뒤가 뒤바뀌고 명실(名實)이 혼돈되었으니 족히 한심한 일입니다.

우리나라 삼국 시대에 신라가 가장 먼저 당나라를 사모하여 뱃길로 중국과 통하면서 의관과 문물이 모두 중국의 제도를 본받아, 가히 이(夷 : 오랑캐)가 변하여 중화가 되었다고 말할 만합니다. 왕제(王制)[219]에는 동방을 '이(夷)'라고 불렀는데, '이'는 뿌리박는다〔柢〕는 뜻이니, 곧 성품이 어질어서 생물을 좋아하며, 만물이 땅에 뿌리박고 자라나는 것을 말한 것입니다. 그러므로 천성이 유순하다는 것이 바로 이것입니다.

고려는 신라를 계승하여 500년 동안에 비록 왕위를 잇는 데 예닐곱 번 잘못한 일이 없지 않았지만, 그러나 중국을 사모하는 정성은 바뀌지 않아서 잠을 자며 꿈을 꾸는 동안에도 나타났던 것입니다.

중국의 좋은 글을 얻을 때는 반드시 손을 씻고 읽다시피 하였습니다. 두 의원이 돌아올 때 몰래 음우(陰雨)의 경계를 가지고

219) 왕제(王制) : 『예기(禮記)』의 편명이다.

온 일[220]이 있었는데, 무릇 이 몇 가지 일은 역사책에 끊임없이 기록되었으니, 이는 곧 중국에 마음을 주고 존화양이(尊華攘夷 : 중국을 존경하고 오랑캐를 물리침)의 정성이 지극한 것을 충분히 나타낸 것입니다.

당시 사대부들은 고려의 본심을 알지 못하고 도리어 강한 이웃 나라의 간첩으로 의심했으니, 또한 원통한 일이 아니겠습니까? 건염천자(建炎天子)[221]는 송나라가 금나라의 침입에 복수할 대의는 잊어버리면서 응성(應誠)[222]의 옹졸한 계책을 경솔하게 믿고, 고려의 지름길을 빌려서 황제를 업고 몰래 도망치려고 하다가[223] 마침내 적수(翟帥)[224]의 선견지명대로 맞아떨어졌으므로 드디어 약한 나라로 하여금 감정을 품게 만들었습니다.[225]

---

220) 송나라 휘종(徽宗) 때에 고려가 송나라에게 의원을 보내달라고 요청하자 황제가 의원 두 명을 보냈는데, 고려가 실제로 의원이 필요해서가 아니라 자국으로 돌아가는 두 의원 편에, 실상은 중국한테 거란보다도 오히려 여진을 경계하여야 된다고 몰래 전달하게 한 사실이 있었다.

221) 건염천자(建炎天子) : 남송의 고종. 건염은 연호. 1127~1130.

222) 응성(應誠) : 송나라 고종 때의 신하 양응성(楊應誠).

223) 당시 금나라에 포로가 된 흠종(欽宗)과 휘종(徽宗) 두 황제를 몰래 고려를 통해서 구출할 계책을 세웠다.

224) 적수(翟帥) : 적여문(翟汝文). 송나라의 문신으로 자는 공손(公巽)이다. 적은 성이고, 수는 장수를 뜻한다.

225) 자세한 설명은 「망양록」 끝부분에 연암 박지원이 주석을 붙여 놓았다.

제 생각에 이것은 '고려의 공안'이 아니라 바로 '고려의 원안(冤案 : 원통한 문건)'이라고 해야 한다고 봅니다.

왕씨(고려 조정)는 본래 거란 때문에 통로가 끊기고 중국에 공물을 보낼 길이 없다 보니, 비록 <천자의> 뜰에 들어오지는 못했다 하더라도, 송나라와의 문화 교류는 가만히 앉아서 이룬 것이 아니고 험한 먼 길을 가리지 않고 뱃길로 만 리를 왕래하였습니다. 신라가 다니던 옛 자취를 찾아서 무서운 고래와 악어를 밟으며 앞배의 돛대가 부러지고 넘어지면 뒷배의 노가 잇달아, 만 번도 더 죽을 뻔한 고비를 무릅쓰고 성의를 다했던 것입니다. 이것은 바로 작은 나라로서의 떳떳한 직분이지, 어찌 감히 큰 나라에 대하여 잇속을 노리는 짓으로 보겠습니까?

변변치 못한 토산물품이야 천자의 뜰에 갖출 수 있는 것이 못되지만, 그래도 지금 옛날을 회상하면 임금에 대해 인사 차리는 범절을 어김없이 하여 누렇고 붉은 꾸러미를 보에 싸서 <천자의> 뜰에 삼가 보냈습니다. 참되고 정성스러운 물건이 화려함은 없어도 이것은 바로 중국을 사모하는 정성인데, 어찌 이것을 상국(上國)에 잘 보이려는 수단으로만 보겠습니까?

고려가 비록 나라는 작고 백성은 가난하다고 하지만, 기름진 곡식들은 족히 조상의 제사를 모실 만하고, 생산되는 실과 삼은 족히 제복(祭服)을 갖출 만하며, 산에서 나는 쇠와 바다에서 구운 소금은 남의 나라에 의지하지 않고서도 지낼 수 있으니, 어찌 감히 상국의 재물에 욕심을 내고 천자의 유사(有司 : 관리)들에게 버릇없이 시끄럽게 했겠습니까?

송나라의 여러 황제들은 관곡(館穀)이 허비되는 것을 아까워하지 않고, 멀리서 찾아온 수고를 따뜻하게 위로하는 뜻은 다른 나라보다 더했습니다. 오래 전해 온 기자 같은 성인의 가르침이 있다고 하여 본래부터 예의의 나라로 불려서 대우가 심히 성대하였으니, 중국이 수풀이나 바다처럼 부유하고 포용력이 커서 만물을 품을 수 있는 것을 볼 수 있는 만큼, 어찌 사해(천하)의 부(富)를 가지고 일개 사신의 비용을 아끼겠으며, 천자 같은 존귀한 처지로 옥백(玉帛)의 모임에서 이해(利害)를 따지겠습니까?

자첨(子瞻 : 소동파(蘇東坡))은 학식이 얕고 짧아서 후하게 주고 박하게 받는 뜻을 알지 못하고, 갑자기 조그마한 이익과 다섯 가지 손해를 말하여 마치 장사치들이 잇속을 다투는 것이나 다름없었습니다. 이 때문에 장사꾼의 도(道)로써 사방(여러 나라)과 사귀어서 교제를 하다 보니, 모든 나라들이 〈중국을〉 찾아와서 왕으로 여기는 마음을 거절하게 되었습니다. 저는 일찍이 소식(소동파)의 이 상소문은 당시 조정을 부끄럽고 욕되게 했다고 말했던 것입니다."
라고 하였다.

곡정은,

"선생의 말씀이 옳습니다. 비록 그러하나 후세에서 의논해 보면 대체로 어긋난 일이라 할 수 있으나, 당시를 헤아려보면 매우 의미심장한 생각이 들었던 것입니다. 주자는 촉당(蜀黨 : 소식의 당)과 낙당(洛黨 : 정호(程顥) · 정이(程頤)의 당) 때문에 극도로 자첨을 비방(誹謗)한 나머지 공문중(孔文仲)[226]이 정자(程子)[227]를 비방한 것보다도 더 심해서 다섯 귀신 중에 괴수라고까지 하였습니다.

<주자는> 진관(秦觀)[228] · 이천(李薦)[229]의 무리를 경박하고 허황한 무리로 지목하면서, 남헌(南軒)[230]과는 교의가 친하다는 이유로 장준(張浚)[231]을 추존했으니,[232] 군자가 당파에 가담하지 않는 것도 역시 어려운 일입니다.

오늘 선생은 주자가 주장한 이론을 끼고 주자보다도 더 엄하게 소(蘇 : 소동파)를 배척하시니, 이는 고려를 위한 감정풀이라는 점을 면하지 못할 것입니다."

라고 하고는 이내 크게 웃는다. 나도 또한 웃으면서,

---

226) 공문중(孔文仲) : 송나라의 학자이자 촉당(蜀黨)의 한 사람으로, 왕안석(王安石)의 학설을 지지하였다.

227) 정자(程子) : 흔히 숙정자(叔程子) 정이를 가리키는데, 정호와 정이를 가리키기도 한다.

228) 진관(秦觀) : 송나라의 문학가이자 촉당의 한 사람으로, 자는 소유(少游)이다. 진관과 이천(李薦)은 주자와 동시대 학자들이다.

229) 이천(李薦) : 송나라의 문학가이며, 촉당의 한 사람이다.

230) 남헌(南軒) : 주자의 친우인 장식(張栻). 남헌은 호이고, 자는 경부(敬夫)이다.

231) 장준(張浚) : 장식의 아버지로, 자는 덕원(德遠)이다. 당시 올바르게 처신하지 못한 소인의 이름을 따랐다.

232) 주자가 장식과 매우 친한 사이여서 장준의 행장을 지었는데, 나중에 스스로 후회하였다.

"원통한 것을 호소했다고 하면 그럴 법하지만, 어찌 감정풀이라고야 하겠습니까?"

라고 하였더니 곡정은,

"애오라지 농담이었습니다. 예로부터 공적으로 옳은 일이나 공적으로 옳지 아니한 일에 대해서는 사람의 인정으로 보아 다 같을 터이니, 누구로 하여금 권하게 하며 누구로 하여금 막게 하겠습니까?"

라고 한다. 나는 웃으면서,

"주자와 같은 당이라고 함은 진실로 그런대로 달갑게 여기는 바입니다만, 얼굴을 마주보고 대하여 잘못되었다고 지적하시니 촉당(蜀黨)이 엄숙하게 임하였습니다."

라고 하니 곡정은 크게 웃으면서,

"아닙니다, 아니예요. 민호(民皥)는 주자 문하의 자로(子路)입니다."

라고 한다. 내가,

"성인의 문장(門墻 : 문하)에까지 이른 모양이니 불러들이지요."[233]

라고 했더니 곡정은,

"주자와 같은 당이면 세상에 드문 한아(漢兒)일 것입니다. 한

---

233) 자로(子路)의 학문이 공자(孔子)의 방에는 들어오지 못했으나, 그 문에까지는 왔다는 공자의 말을 인용하여 곡정을 조롱하는 말이다. 자로는 공자의 제자로서 용력이 있고 곧은 말을 잘하는 인물이다.

아가 문약(文弱)해진 것은 주자도 책임을 나눠가져야 합니다."
라고 한다. 내가,
"주자는 천고(千古)에 의리를 지키는 인물입니다. 의리가 이기는 곳이라면 천하에서 더 강할 수 없겠거늘, 문약한 것을 무얼 걱정합니까?"
라고 했더니 곡정은 '세상에 드문 한아'란 구절을 찢어 화로 속에 던지면서,
"일부러 말에서 찾아낼 것이 아니라 자연히 알게 되겠지요."
라고 하였다.

곡정은,
"『홍간록(弘簡錄)』[234]의 군서목(群書目)에는 정인지(鄭麟趾)[235]가 편찬한 『고려사(高麗史)』가 들어 있는데, 선배인 고영인(顧寧人)[236]은 이 책이 역사가의 문체를 갖추었다고 칭찬했으나, 나는 아직 얻어 보지 못한 것이 한스럽습니다. 무석(無錫) 사람 왕안(王晏)이 초록(抄錄)한 『고려기략(高麗紀略)』에는 외국이 국가 정통(正統)의 대의를 몰라보고 고려 건국 초기의 사건에 관계된 연호를 쓰면서 첫머리에 대뜸 역적인 양(梁)나라[237]의 가짜 연

234) 『홍간록(弘簡錄)』 : 명나라 소경방(邵經邦)이 편찬한 책이다.
235) 정인지(鄭麟趾) : 조선조 세종(世宗) 때의 학자. 자는 백저(伯雎)이다.
236) 고영인(顧寧人) : 고염무(顧炎武). 영인은 자이다.
237) 양(梁)나라 : 5대 때 주온(朱溫)이 세운 나라이다.

호를 썼다고 하여 이것을 배척했습니다."
라고 한다. 나는,

"고려가 처음 일어난 것은 실제로 주온(朱溫)이 건국한 양나라 정명(貞明) 4년(918년)으로, 중국에는 중국을 통일한 천자가 없었으니, 외국의 연호를 장차 무엇으로 붙이겠습니까?"
라고 하였더니 곡정은,

"난신적자(亂臣賊子)가 어느 시대인들 없었겠는가만, 한때나마 이자들이 거짓으로 나라를 평정한 사람들은 오히려 모두 선왕(先王)들을 본떴으나, 주온(朱溫)의 내력은 순전히 도적입니다. 그런데도 황제의 지위를 찬탈(簒奪)한 순서를 가지고 〈주온을〉 황제의 정통으로 떠받든 자는 유독 사마광(司馬光)[238] 한 사람뿐입니다.

제갈공명(諸葛孔明)이 광명정대한 식견을 가지고도 유예주(劉豫州)[239]를 제실(帝室 : 한나라 왕실)의 후손이라고 했으니, 당시 견문이 확실했던 것을 어찌 후세에서 도보(圖譜 : 계보)만 따지는 데 비할 수 있겠습니까? 후세에 역사를 짓는 자는 공명의 말

---

238) 사마광(司馬光) : 북송(北宋)의 정치가이자 학자이다. 자는 군실(君實)이고, 호는 우부(迂夫) · 우수(迂叟)이며, 별칭은 사마온공 · 속수선생이다. 왕안석의 신법(新法)에 반대하여 사퇴했다가 철종이 즉위한 뒤 재상이 되자 신법을 폐하고 구법(舊法)으로 통치하였다. 저서에 『자치통감』과 『사마문정공집』 등이 있다.

239) 유예주(劉豫州) : 유비(劉備)가 삼국시대 촉한의 황제가 되기 전에 일찍이 예주목(豫州牧)에 임명되었다.

을 믿지 않고 장차 어디에서 대의를 취하였던가요? 구(寇)[240]란 것은 남의 집에 남몰래 들어가서 가만히 도둑질하는 것을 말함인데, 제갈공명은 황실의 종신(宗臣)으로서 자기 스스로 자기 집에 들어가서 다른 도적을 쫓아 잡으려고 했던 것이니, 천하에 어떤 사람이 이것을 잘못이라고 말하겠습니까? 제갈자(諸葛子 : 제갈량을 높이는 말)를 구(寇)라고 한다면, 천하의 문헌에서 비록 '의(義)' 자를 모두 깎아 버려도 무방할 것입니다.

그(사마광(司馬光))의 말을 한번 씹어보자면, '소열(昭烈 : 촉한의 유비)은 비록 중산정왕(中山靖王 : 유승(劉勝))의 후손이라 이르지만'이라고 했는데, 사람으로 하여금 더욱더 기가 막히게 합니다. '비록 이르지만'이란 말은 도청도설(塗聽途說 : 길거리의 뜬소문)의 믿을 수 없는 말을 일컬음인데, 누가 이런 말을 했겠습니까? 주온(朱溫) 같은 자가 그런 말을 했겠습니까?

이변(李昪)[241]은 본래 권신의 양아들로서 교묘하게 양(양행밀(楊行密))과 서(서온(徐溫))의 기업(基業 : 왕위)을 빼앗으려고 도모하였고, 그 뜻을 얻은 후에는 또 다시 왕위를 찬탈한 자취가 부끄

240) 구(寇) : 침략자. 사마광이 『자치통감(資治通鑑)』을 지을 때에 조위(曹魏)를 정통으로 하고, 촉한(蜀漢)이 위를 쳤을 때에 그를 침략적인 '구(寇)'라고 하였다.

241) 이변(李昪) : 당나라 말기의 사람. 처음에 오왕(吳王) 양행밀(楊行密)에게 양자로 들었다가, 뒤에는 후임 오왕이 된 서온(徐溫)에게 양자들어 서지고(徐知誥)의 이름으로 뒷날 남당(南唐)의 임금이 되었다.

러워서 죽은 의부(義父 : 수양아버지)를 배반하고 조상을 문황(文皇)[242]에게 가져다 붙였으니, 천하의 이씨 성이 비단 농서(隴西 : 당나라 황실의 출신지) 이씨뿐이 아닐 터인데, 널 앞에서 왕조를 계승한다고 했습니다. 막길렬(邈佶烈)[243]도 이와 같은 자입니다.

그런데도 〈사마광(司馬光)은 역사를 쓸 때〉 곧 역적 양(梁)나라에게 정통을 내주면서 이들을(이변, 막길렬을 가리킴) 끌어와 당당한 황실의 후손(유비(劉備))에게 견주었던 것입니다. 대체 무슨 배짱으로 주씨(朱氏 : 주온(朱溫))가 당나라를 대신했다고 했을까요? 또 사방이 산산이 흩어져 소란해질 적에 주사(朱邪)[244]가 변경(汴京)에 쳐들어온 것을 궁(窮 : 하(夏)나라를 찬탈한 유궁씨(有窮氏)), 신(新)[245]에 비교하여 〈당나라의〉 국운이 끊어졌다고 한탄하였습니다.

강목(綱目)에서 연대를 쓴 예는 비록 대단히 정당한 자리에 섰

242) 문황(文皇) : 당나라 문종(文宗). 이변(李昪)이 남당을 창건하고 당조(唐朝)를 정통으로 계승한다 하여 성을 바꾸었다.

243) 막길렬(邈佶烈) : 후당(後唐) 명종(明宗) 이사원(李嗣源)의 별칭. 이극용(李克用)의 양자이다. 오랑캐 출신으로 후당의 2대 명(明)나라 황제이다.

244) 주사(朱邪) : 후당 장종(莊宗) 이존욱(李存勗)의 본성(本姓).

245) 신(新) : 한(漢)나라 왕실의 외척인 왕망(王莽)이 온갖 권모술수를 써서 전한(前漢)의 황제 권력을 찬탈하고 세운 나라이다. 389쪽 주 103) 참조.

다고 할 수 있으나, 아직도 익도(益都 : 산동성 청주(青州))의 종 상서(鍾尙書)[246) -이름은 우정(羽正)이다. -가 그 권형(權衡 : 사물의 균형)을 얻은 것만 같지 못할 것입니다. 그의 정통론(正統論)은 준엄하게도 사마광 · 구양수 등의 잘못된 이론을 배척하면서 삼대(三代 : 하(夏)·은(殷)·주(周))와 한나라 · 당나라 · 송나라를 정통 왕조라고 하였습니다.

왕통이 바르고도 통일하지 못한 자는 동주군(東周君)[247)]과 촉한(蜀漢)의 소열(昭烈 : 유비) 황제, 진(晉)나라의 원제(元帝),[248)] 송나라의 고종이요, 통일은 했지만 왕통이 바르지 못한 자로는 진(秦)나라 시황始皇)과 진(晉)나라 무제(武帝)[249)], 그리고 수(隋)나라 문제(文帝)입니다. 비록 정통이 아니라 하더라도 세상에는 오랫동안 왕통을 비워 둘 수는 없고 보니, 역사를 만드는 자는 할 수 없이 황제란 명목을 주게 되었습니다.

조비(曹丕)[250)]와 왕망(王莽)과 주온(朱溫) 같은 자들은, 이미 의리도 바르지 못하고 형세도 같지 않다고 운운하였습니다. 그러

246) 종 상서(鍾尙書) : 명나라 말기의 관리로, 자는 숙렴(叔濂)이다.

247) 동주군(東周君) : 주(周)나라의 마지막 임금으로, 혜왕(惠王)의 아들이다.

248) 진(晉)나라의 원제(元帝) : 사마예(司馬睿). 원제는 묘호이다.

249) 진(晉)나라 무제(武帝) : 사마요(司馬曜). 무제는 묘호이다.

250) 조비(曹丕) : 위(魏)나라 문제(文帝)로, 삼국 시대 조조(曹操)의 아들이다. 시부(詩賦)에 뛰어나서 아버지 조조 · 동생 조식(曹植)과 함께 '삼조(三曹)'라고 불리기도 한다.

나 오히려 장주(長洲 : 강소성 소주)의 송실영(宋實穎)[251]이 양(梁)나라의 연호를 엄격하게 배척한 논평만 같지 못합니다. 그는 '왕망에게 신(新)이란 이름을 붙일 수 없고, 안녹산(安祿山)에게 연(燕)이란 국명을 붙일 수 없다면, 누가 주전충(朱全忠 : 주온의 또 다른 이름) 같은 흉악한 역적에게 양나라의 이름을 쓸 수 있겠습니까? 하물며 당시에 진(晉) · 기(岐) · 오(吳) · 촉(蜀)나라 등의 여러 왕들이 격문을 돌려 당나라를 부흥시키고자 하였던들 당나라 왕실이 망하지 않았을 것이며, 모두 천우(天祐)[252]란 연호를 20년이나 오래도록 붙여 왔으니, 당나라의 왕실은 아직 존속했던 것입니다. 진(晉)[253]나라는 비록 당나라 왕실이 성(姓)을 내려준 일가이지만, 제후국들 중의 종맹국(宗盟國)으로서 자기 임금의 원수요, 자기 나라의 역적을 자기 손으로 베어서 소탕했으니,[254] 이는 세상에 일찍이 주전충(朱全忠)의 양(梁)나라가 없었다……'라고 말했습니다.

당시 중국 주변의 변방 국가들은 중국에서 종주(宗主)로 받드는 임금이 진짜인지 가짜인지를 알지 못했고, 혹은 중국을 사모하는 극진한 정성으로나, 혹은 자기 나라의 국경을 방위하기 위

---

251) 송실영(宋實穎) : 청나라 세조(世祖) 때의 학자. 자는 기정(旣庭)이고, 호는 상윤(湘尹)이다. 원문에는 송실영의 '潁'이 '穎'으로 되어 있으나, 잘못되었으므로 바로잡았다.

252) 천우(天祐) : 당나라 소선제(昭宣帝) 이축(李柷)의 연호이다.

253) 진(晉) : 당나라의 말년에 이극용(李克用)을 봉했던 나라 이름이다.

254) 후당 장종(莊宗) 이존욱(李存勗)이 양(梁)나라를 정복하였다.

해서나, 혹은 대국과 결탁해서 자기들의 군중을 진압시키기 위하여 굽실거리면서 외번으로 자처하고 그 연호를 받드는 것도 사리에 괴이할 것이 없습니다. 다만 후세에 역사를 쓰는 자의 입장에서 논한다면 <종주로 받드는 임금이 누구인지> 진위가 밝혀지고 득실이 나타나게 되는 것입니다.

중국 땅에서 문헌들이 해마다 압록강을 건너서, 교화는 태사(太師 : 기자(箕子)를 말함)를 따르고 학문은 자양(紫陽 : 주자의 별칭)를 으뜸으로 삼아 '예의의 나라'라고 일컬어 오는 터에, 천년의 춘추대의는 현자들의 책임을 무겁게 갖추고 있을 것입니다."
라고 한다. 내가,

"비록 온공(溫公 : 사마광의 봉호) 같은 현명한 사람도 출척(黜陟)[255]할 때 오히려 이런 과실이 있었는데, 하물며 외국이겠습니까? 우리나라는 비록 한 집안이나 다름없지만, 오히려 중국에 대하여는 담벼락을 뚫고 <옆집의> 불빛을 빌리며 얼굴을 가린 채 더듬어 찾는 것과 다름이 없거늘, 하물며 식견이 여기에 이르지 못함이겠습니까? 이제 선생의 양(梁)나라를 배척하는 의논을 들으니, 상쾌해서 스스로 잃는 것 같음을 깨닫지 못하겠습니다. 그렇다면 고려의 역사에서 정통으로 삼아야 할 연호는 어디에 얽매어야 되겠습니까?"
라고 하자 곡정이,

---

255) 출척(黜陟) : 무능한 사람을 물리치고, 유능한 사람을 등용하는 것을 말한다.

"이것은 당시의 진(晉)나라 · 기(岐)나라 · 오(吳)나라 등의 예가 이미 있으니, 이를 상고해 보면 정하기 쉬울 것입니다."

라고 하더니, 마침내 일어나서 탁자 위에 있는 조그만 가죽 상자를 열었다.

형산은 우레처럼 코를 골면서 가끔 머리로 병풍을 건드린다. 곡정이 웃으면서 큰 소리를 질러 높이 읊기를,

"목침십자열(木枕十字裂)!"[256)]

이라고 하니, 형산은 코골던 것을 즉시 그쳤다가 이내 다시 코를 곤다. 나도 이에 큰소리로,

"목침십자열!"

라고 하였더니, 곡정이 손에 조그만 책을 들고 눈을 휘둥그렇게 뜨더니,

"알아들었군!"[257)]

라고 하였는데, 그것은 내가 능히 한어(漢語)를 할 줄 안다는 말이다.

작은 책은 바로 과거보는 사람들이 보기에 편리하도록 베껴 만든 역대의 기년(紀年)을 적은 것이었다. 곡정이 책을 펴 놓고 후당(後唐) 장종(莊宗)의 연대를 훑어보고는, 동광(同光 : 후당 장

256) 목침십자열(木枕十字裂) : '무전스쯔레', 목침이 산산이 부서진다. 목침이 '열 십(十)' 자로 쪼개어진다는 뜻이다.

257) 곡정은 물론 한어로 읊었고, 연암도 역시 한어로 읊었으므로, 곡정은 연암이 알아들었다고 생각하여 칭찬하였다.

종의 연호, 923~926) 원년(923년) 갑신(甲申)[258]으로부터 거꾸로 세어 양(梁)나라의 균왕(均王 : 양나라의 마지막 황제인 주우정(朱友貞)의 봉호)인 우정(友貞 : 균왕의 이름)의 정명(貞明) 4년(918년)에 이르러,

"고려의 건국은 아마도 당나라 소선제(昭宣帝)의 천우(天祐) 15년(918년) 무인(戊寅)인 듯합니다. 천우 4년(907년)에 주전충(朱全忠)이 황제를 폐하여 제음왕(濟陰王)으로 삼았다가 그 다음해 무진(戊辰 : 918년)에 시해하였으나, 당(唐)나라의 정삭(正朔)은 오히려 당시의 제후들에게 맡겨진 지 16년이나 되었으니, 이것은 역시 '공(公 : 소공(昭公))이 건후(乾侯 : 하북성의 지명)에 와서 살고 있었다'는 뜻과 마찬가지일 것입니다.[259]"

라고 한다.

내가,

"지금 중국의 학문으로는 주(朱 : 주자)와 육(陸 : 육상산) 중에서 누구를 숭상하나요?"

라고 하였더니 곡정이,

"모두 자양(紫陽 : 주자)을 더 존숭합니다. 모신(毛甡)[260]과 같

---

258) 갑신(甲申) : 동광(同光) 원년(923년)은 간지(干支)가 계미(癸未)인데, 연암이 잘못 표기하였다.

259) 전국 시대 제(齊)나라 소공(昭公)이 왕의 자리에서 쫓겨나와 건후 땅에 있을 때에도 연호는 그대로 썼다. 『춘추(春秋)』에 나오는 고사이다.

은 사람은 글자마다 주자를 반박했지만, 그는 타고난 천성이 왕법(王法)을 두려워하지 않던 인물입니다. 주자를 반박한 부분이 옳은 데는 적고 억지스런 곳이 많았는데, 그 옳다는 곳도 반드시 유문(儒門 : 유학)에 공적이 있는 것은 아니요, 그 억지스런 곳은 도리어 세도(世道 : 사회의 교화)에 해되는 것이 있었습니다. 죽이려 하는 자가 지기(知己)가 되고, 때리지 않으면 정을 알지 못한다고 하고, 조사(祖師 : 도학이 높은 스승되는 중)와 부처를 욕하는 것은 도리어 근본을 사랑하는 것이라고 하였습니다. 모기령(毛奇齡)이 주자를 반박한 것에 대해 비록 자기 딴에는 공신(功臣)으로 자처한다고 말하지만, 때리면 피를 보는 데야 누가 그의 사랑을 믿어 주겠습니까?

그러므로 주자의 문생들이 〈그와〉 이웃을 맺었으므로 마땅히 부득불 바삐 임안부(臨安府)[261]로 가서 한 소장(訴狀)을 내었습니다. 포염라(包閻羅)[262]는 곡직(曲直)을 불문하고 모신을 잡아다가 먼저 죽비(竹篦 : 곤장) 30대를 때렸으나, 저 모신은 잘못을 참고 얼굴 한 번 찡그리지 않으며 자꾸만 더 때리라고 소리쳤습니다. 포공(包公)은 크게 노해서 다시 건장한 자들을 불러 더 힘을 다해 사납게 때렸으나, 모신은 결국 승복하지 않았습니

260) 모신(毛甡) : 모기령(毛奇齡). 명나라 말 청나라 초에 고증학으로 유명했던 학자이다.

261) 임안부(臨安府) : 주자가 생존해 있을 때의 남송의 수도이다.

262) 포염라(包閻羅) : 송나라 인종(仁宗) 때 공정하고 무서운 법관이었던 포증(包拯)이 죽어서 염라왕이 되었다고 한다.

다.[263)]

모신은 평생 동안 자기를 알아줄 점도, 자기를 죄 줄 점도 모두 주자를 공박한 데 있다는[264)] 것을 스스로 인정했습니다. 주자는 다만 『춘추』에 대해서만은 손을 대지 않았으니, 이는 정말 명석한 처사였으나, '보망(補亡)'[265)] 한 장(章)으로 인하여 소인배(小人輩)의 허다한 말썽이 되었습니다. 그리고 소서(小序)[266)]를 모두 지워버려서 <모기령의> 노련한 주먹맛을 된통 맛본 셈입니다.

『참동계(參同契)』[267)] 주(註)에……" ― 날이 저물어 파하고 일어서느라고 그 이야기를 끝맺지 못하였다.

---

263) '그러므로 주자의'로부터 여기까지는 실제로 이러한 일이 있었다는 것이 아니라, 가정적인 소설체로 써서 모기령을 조롱한 말들이었다. 모기령은 포염라보다 100여 년 뒤의 인물이다.

264) 공자는 일찍이, "나를 알아 줄 자도 『춘추』요, 나에게 죄줄 자도 『춘추』이다."라고 한 말씀을 암암리에 빌었다.

265) 보망(補亡) : 주자가 『대학(大學)』 중에 '격물(格物)' 한 장(章)이 누락되었다면서 스스로 글 한 장을 지어서 보충하였다.

266) 소서(小序) : 『시경(詩經)』의 편마다 머리에 있는 서문인 대서(大序)와 소서(小序)가 붙어 있는데, 대서는 공자의 제자 자하(子夏)의 저작이고, 소서는 모공(毛公)의 저작으로 알려져 있다. 참고로 모공은 『시경』을 전한 한나라 학자 모형(毛亨)이다.

267) 『참동계(參同契)』 : 위백양(魏伯陽)이 지은 도가서(道家書)인데, 주자가 자기의 별호와 성명을 고쳐서 이 책에 관하여 『고이(考異)』 한 권을 저술하였다. 모기령은 특히 주자의 저술에 관하여 심한 논박을 하였다.

송나라 고종(高宗) 2년(1128년)에 절강(浙江) 노마보도총관(路馬步都摠管)인 양응성(楊應誠)이 상소를 올려 "고려에서 여진까지의 길이 매우 가까우니, 청컨대 신을 삼한(三韓)에 사신으로 보내 계림(鷄林)과 결탁하여 <금나라에 잡혀간> 두 황제(흠종(欽宗)과 휘종(徽宗))를 맞아 오도록 도모하시기 바랍니다." 하였다. 이에 양응성을 임시로 형부상서로 삼고 국신사(國信使 : 외교사절)로 임명하였더니, 절강 수사(帥司) 신(臣) 적여문(翟汝文)이 아뢰기를, "만약 고려가 금나라 사람들과의 관계 때문에 사양하고, 또한 길을 묻는다고 핑계하여 <중국의> 남방을 엿보기라도 한다면 장차 어떻게 대처할 것입니까?"라고 말했는데, <양응성이 고려에> 이르고 보니 과연 적여문의 말처럼 되었다고 한다.

原文

忘羊錄
망 양 록

忘羊錄序
망 양 록 서

朝日 隨尹亨山嘉銓 王鵠汀民皥 入修業齋 閱視樂
조 일 수 윤 형 산 가 전 왕 곡 정 민 호 입 수 업 재 열 시 악
器 還過亨山所寓 尹公蒸全羊 爲余專設也.
기 환 과 형 산 소 우 윤 공 증 전 양 위 여 전 설 야

方論說樂律古今同異 陳設頗久 而未見勸餉 俄而尹
방 론 설 악 률 고 금 동 이 진 설 파 구 이 미 견 권 향 아 이 윤
公問羊烹未 侍者對曰 嚮設已冷 尹公謝耄荒憒憒.
공 문 양 팽 미 시 자 대 왈 향 설 이 랭 윤 공 사 모 황 궤 궤

余曰 昔夫子聞韶 不知肉味 今鄙人得聞大雅之論
여 왈 석 부 자 문 소 부 지 육 미 금 비 인 득 문 대 아 지 론
已忘全羊 尹公曰 所謂臧穀俱忘 相與大笑.
이 망 전 양 윤 공 왈 소 위 장 곡 구 망 상 여 대 소

遂次其筆語 爲忘羊錄.
수 차 기 필 어 위 망 양 록

忘羊錄
망 양 록

余曰 五音爲正名 六律爲虛位 聲出而度之其中者爲
여왈 오음위정명 육률위허위 성출이탁지기중자위
律 不中者非律 則宜無古今之異 雅俗之別 而代各殊
률 부중자비률 즉의무고금지이 아속지별 이대각수
樂 風雅變遷者何也 抑製器有古今之異 而聲律隨變
악 풍아변천자하야 역제기유고금지이 이성률수변
歟.
여

鵠汀曰 否也 敝素昧是學 而第不無一二管窺 常欲
곡정왈 부야 폐소매시학 이제불무일이관규 상욕
一正於大雅之君子矣.
일정어대아지군자의

聲之出乎喉舌唇齒者 各殊其形 則音亦隨異 故强起
성지출호후설진치자 각수기형 즉음역수이 고강기
號名 逐聲分配 惟其有定名 然後可以知所變 惟其知
호명 축성분배 유기유정명 연후가이지소변 유기지
所變 然後吹萬不同者 可以按名取準 此五音之名所
소변 연후취만부동자 가이안명취준 차오음지명소
由立也 然自其變者而觀之 則音何必五 雖謂之百音
유립야 연자기변자이관지 즉음하필오 수위지백음
可也.
가야

律者法律之律也 聲之出乎口者 既有高低淸濁巨細
율자법률지률야 성지출호구자 기유고저청탁거세
之分 則耳力所及 始乃製器而律之 譬如文法之有差
지분 즉이력소급 시내제기이률지 비여문법지유차

等 各當其律 惟其待聲 然後始可以擬而準之 故六律
등 각당기률 유기대성 연후시가이의이준지 고육률
爲虛位 然自其差等而度之 律豈止六 雖謂之千律可
위허위 연자기차등이탁지 율기지륙 수위지천률가
也.
야

敝雖不知 何者是宮羽 何者是鍾呂 而若其切切于秬
폐수부지 하자시궁우 하자시종려 이약기절절우거
黍辨尺 紛紛然葭灰候氣 則亦見其惑也.
서변척 분분연가회후기 즉역견기혹야

余曰 器譬則谷也 聲譬則風也 知谷之不可改 則風
여왈 기비즉곡야 성비즉풍야 지곡지불가개 즉풍
之出也無變 特有厲風和風猋風冷風之異耳 由是論之
지출야무변 특유려풍화풍표풍냉풍지이이 유시론지
律之有古今之殊者 無其器改而聲變歟.
율지유고금지수자 무기기개이성변여

鵠汀曰 然 律聯而爲調 調諧而爲腔 腔合而爲曲
곡정왈 연 율련이위조 조해이위강 강합이위곡
律無姦聲而調有偏音 果是一谷之風 有厲和猋冷之不
율무간성이조유편음 과시일곡지풍 유려화표랭지부
同 曉夜朝晝之變焉 此其腔曲之所以情變聽移 隨時
동 효야조주지변언 차기강곡지소이정변청이 수시
聳沮而始有古今之異 正蛙之別爾.
용저이시유고금지이 정와지별이

唐虞之世 民俗熙皥 其悅耳者韶濩之聲 則又其所黜
당우지세 민속희호 기열이자소호지성 즉우기소출
可知也 幽厲之時 民俗淫靡 其悅耳者桑濮之音 則又
가지야 유여지시 민속음미 기열이자상복지음 즉우

其所黜可知也　如近世雜劇演西廂記　則倦焉思睡　演
기 소 출 가 지 야　여 근 세 잡 극 연 서 상 기　칙 권 언 사 수　연

牧丹亭　則洒然改聽.
모 란 정　칙 쇄 연 개 청

此雖閭衖鄙事　足驗民俗趣尙隨時遷改　士大夫思復
차 수 려 항 비 사　족 험 민 속 취 상 수 시 천 개　사 대 부 사 부

古樂　不知改腔易調　乃遽毁鍾改管　欲尋元聲　以至人
고 악　부 지 개 강 역 조　내 거 훼 종 개 관　욕 심 원 성　이 지 인

器俱亡　是何異於隨矢畫鵠　惡醉强酒乎.
기 구 망　시 하 이 어 수 시 화 곡　오 취 강 주 호

余曰　鄙人至瀋陽　有吹笙簧者　取而一吹　果合鄕音
여 왈　비 인 지 심 양　유 취 생 황 자　취 이 일 취　과 합 향 음

聯音起調　亦諧土律　旣入皇城　至琉璃厰　又一吹之
연 음 기 조　역 해 토 률　기 입 황 성　지 유 리 창　우 일 취 지

未知卽今笙簧　其律竅吹窩金葉　能不變女媧之舊制否
미 지 즉 금 생 황　기 률 규 취 와 금 엽　능 불 변 여 와 지 구 제 부

鵠汀曰　此係工造　敝未曾接手細玩　亨山曰　如何不變
곡 정 왈　차 계 공 조　폐 미 증 접 수 세 완　형 산 왈　여 하 불 변

八音之匏笙簧是也　久已削竹根　以代匏.
팔 음 지 포 생 황 시 야　구 이 삭 죽 근　이 대 포

鵠汀曰　律呂之變　非樂器之罪　桑濮之間　其所吹者
곡 정 왈　율 려 지 변　비 악 기 지 죄　상 복 지 간　기 소 취 자

非管籥則已　如其所吹　必管籥也　其制宜唐虞之舊也
비 관 약 즉 이　여 기 소 취　필 관 약 야　기 제 의 당 우 지 구 야

其所考者　非鍾磬則已　如其所考　必鍾磬也　其律宜韶
기 소 고 자　비 종 경 즉 이　여 기 소 고　필 종 경 야　기 률 의 소

濩之遺也.
호 지 유 야

然其所起之調 出自某音 而連音和律 然後正姦始分
연기소기지조 출자모음 이련음화률 연후정간시분
所合之腔 感于何心 而緣心成曲 然後古今逈異 其翕
소합지강 감우하심 이연심성곡 연후고금형이 기흡
純皦繹者 正音也 淫靡哀厲者 姦聲也 方其單音單律
순교역자 정음야 음미애려자 간성야 방기단음단률
之時 何論乎韶濩 而亦奚有乎桑濮也.
지시 하론호소호 이역해유호상복야

余曰 五音之聲可得聽乎 鵠汀曰 敝口不能鳴之 其
여왈 오음지성가득청호 곡정왈 폐구불능명지 기
形則有聞焉 廣大雄深者 古所謂宮音也 高亮而噍煞
형즉유문언 광대웅심자 고소위궁음야 고량이초쇄
者 古所謂商音也 確而止者 古所謂角音也 僄疾而激
자 고소위상음야 확이지자 고소위각음야 표질이격
揚者 古所謂徵音也 沈而細者 古所謂羽音也.
양자 고소위치음야 침이세자 고소위우음야

聲之發也 莫不由七情之所宣也 又有變宮變商變角
성지발야 막불유칠정지소선야 우유변궁변상변각
變徵變羽之聲 律則依聲而和之 心之所感有偏正 而
변치변우지성 율즉의성이화지 심지소감유편정 이
音隨以動 律隨以諧 調隨以成.
음수이동 율수이해 조수이성

余曰 五音還有善惡否 鵠汀曰 何謂也 余曰 如宮音
여왈 오음환유선악부 곡정왈 하위야 여왈 여궁음
之廣大雄深者 是善也 如商音之噍煞 徵音之僄疾 是
지광대웅심자 시선야 여상음지초쇄 치음지표질 시

不善也.
불 선 야

鵠汀曰 否也 五音皆正聲也 所謂廣大雄深 噍煞縹疾 只是形容各聲之體 而其德則莫不正 非宮非商非角非徵非羽 是謂間音 爲間於五音之間 是乃姦聲也.
곡 정 왈 부 야 오 음 개 정 성 야 소 위 광 대 웅 심 초 쇄 표 질 지 시 형 용 각 성 지 체 이 기 덕 즉 막 부 정 비 궁 비 상 비 각 비 치 비 우 시 위 간 음 위 간 어 오 음 지 간 시 내 간 성 야

五音則變而爲半音 又截而爲半之半 不失本律 則淸濁相和 高低相應 故連音起調而後 善惡可論.
오 음 즉 변 이 위 반 음 우 절 이 위 반 지 반 불 실 본 률 즉 청 탁 상 화 고 저 상 응 고 련 음 기 조 이 후 선 악 가 론

有一事可證 宮乃首出之正音 而爲君之像 然而琵琶新聲宮聲往而不返 則王令言獨知煬帝之不返宮 豈有不善哉 其往而不返者 連音起調之罪也.
유 일 사 가 증 궁 내 수 출 지 정 음 이 위 군 지 상 연 이 비 파 신 성 궁 성 왕 이 불 반 즉 왕 령 언 독 지 양 제 지 불 반 궁 기 유 불 선 재 기 왕 이 불 반 자 연 음 기 조 지 죄 야

王莽獻新樂於明堂 其聲哀而厲 聽之者謂非興國之音 陳後主作無愁之曲 聞之者莫不哀怨隕涕 隋開皇初 新樂旣成 萬寶常以爲淫厲而哀 天下不久盡矣.
왕 망 헌 신 악 어 명 당 기 성 애 이 려 청 지 자 위 비 흥 국 지 음 진 후 주 작 무 수 지 곡 문 지 자 막 불 애 원 운 체 수 개 황 초 신 악 기 성 만 보 상 이 위 음 려 이 애 천 하 불 구 진 의

蓋樂之成 在旋宮起調 旋宮起調者 如音起於商則商爲宮 音起於角則角爲宮 音起於徵則徵爲宮 音起於羽則羽爲宮之類是也.
개 악 지 성 재 선 궁 기 조 선 궁 기 조 자 여 음 기 어 상 즉 상 위 궁 음 기 어 각 즉 각 위 궁 음 기 어 치 즉 치 위 궁 음 기 어 우 즉 우 위 궁 지 류 시 야

亭山曰 劉宋順帝時 尙書令王僧虔奏言 今之淸商
형산왈 유송순제시 상서령왕승건주언 금지청상
實由銅爵三祖風流 遺音洋洋盈耳 中庸和雅 莫近於
실유동작삼조풍류 유음양양영이 중용화아 막근어
斯.
사

十數年間 亡者將半 民間競造新聲雜曲 煩淫無極
십수년간 망자장반 민간경조신성잡곡 번음무극
宜命有司 悉加補綴.
의명유사 실가보철

大約魏承漢 漢承秦 秦都咸陽 距周鎬京不遠 況秦
대약위승한 한승진 진도함양 거주호경불원 황진
聲之夏 冠於列國 則宜其流風餘韻 猶有存者.
성지하 관어열국 즉의기류풍여운 유유존자

晉志所稱鼙舞 漢時用於宴饗 江左舊無雅樂 楊泓云
진지소칭비무 한시용어연향 강좌구무아악 양홍운
初到江南 見白符舞 或言白鳧鳩舞 蓋吳人患孫皓虐
초도강남 견백부무 혹언백부구무 개오인환손호학
政 其曲有白鳩濟濟 獨祿碣石.
정 기곡유백구제제 독록갈석

或言白符舞 乃伯符舞槍莫能當 江東民聞孫郞至 皆
혹언백부무 내백부무창막능당 강동민문손랑지 개
褫魄 事定 江東小兒 遂傳歌謠云.
치백 사정 강동소아 수전가요운

銅爵三祖者 魏武起銅爵臺於鄴 自作樂府 被之管絃
동작삼조자 위무기동작대어업 자작악부 피지관현
文明之間 遂置淸商令以掌之 雖未必中庸和雅 如僧
문명지간 수치청상령이장지 수미필중용화아 여승
虔所稱 然去古未遠 其遺音盈耳者是也.
건소칭 연거고미원 기유음영이자시야

自晉氏播遷 中原古樂流離 苻堅得漢魏淸商之樂 傳
자진씨파천 중원고악유리 부견득한위청상지악 전
于前後二秦 宋武帝定關中 收其工器 悉遷于江南 及
우전후이진 송무제정관중 수기공기 실천우강남 급
隋平陳 悉獲之 復入于中原 此其古今沿革也 隋人謂
수평진 실획지 부입우중원 차기고금연혁야 수인위
江南所獲工器 本是華夏正聲 而乃沿淸商之舊號 而
강남소획공기 본시화하정성 이내연청상지구호 이
置署焉 摠謂之淸樂.
치서언 총위지청악

吾故友太山費黻 字雲起 號魯齋 妙精律呂 有三籟
오고우태산비불 자운기 호노재 묘정율려 유삼뢰
精義三十卷 淸商理董三十卷 僕參修大淸會典時 黻
정의삼십권 청상리동삼십권 복참수대청회전시 불
抵纂局書 兼進其所著樂學諸書 俱論聲器 繪之書之
저찬국서 겸진기소저악학제서 구론성기 회지서지
歷代雅樂變置纖悉無遺 如數掌紋.
역대아악변치섬실무유 여수장문

然唯渠獨能自知 他人不甚理會 又其書中多觸忤大
연유거독능자지 타인불심리회 우기서중다촉오대
臣 又有不悅費君者 其書不果上 識者至今惜之 僕年
신 우유불열비군자 기서불과상 식자지금석지 복년
少時一覽 猶未能曉解 邇來年久 都忘了 尤爲可惜
소시일람 유미능효해 이래년구 도망료 우위가석
一亨山書此兼示鵠汀 鵠汀連點頭 兩人酬酢頗久 似論費黻事也.
형산서차겸시곡정 곡정련점두 양인수초파구 사론비불사야

余問歐邏銅絃小琴 行自何時 鵠汀曰 不知起自何時
여문구라동현소금 행자하시 곡정왈 부지기자하시

而要之百年以外事也 亨山曰 明萬曆時 吳郡馮時可
이요지백년이외사야 형산왈 명만력시 오군풍시가
逢西洋人利瑪竇於京師 聞其琴 又有所持自鳴鍾 已
봉서양인이마두어경사 문기금 우유소지자명종 이
自有記 蓋萬曆時 利瑪竇所携至也 樂律皆本之笙簧
자유기 개만력시 이마두소휴지야 악률개본지생황
而天琴最合簧律 故審音者 易之其律 余問天琴又是
이천금최합황률 고심음자 이지기률 여문천금우시
何樣製作 鵠汀曰 這是泰西鐵絃 此系天主器物 故名
하양제작 곡정왈 저시태서철현 차계천주기물 고명
天琴 西人皆精曆法 其幾何之術 爭纖較忽 凡所製作
천금 서인개정역법 기기하지술 쟁섬교홀 범소제작
皆用此法.
개용차법

中國累黍反屬麤莽 且其文字 以聲爲義 鳥獸之音
중국루서반속추망 차기문자 이성위의 조수지음
風雨之響 莫不審於耳而形于舌 則其於五聲六律尤所
풍우지향 막불심어이이형우설 즉기어오성육률우소
精通 天琴出而世 無不可審之聲 無不可定之律 亨山
정통 천금출이세 무불가심지성 무불가정지률 정산
曰 音起於○ 律生於曆.
왈 음기어 율생어력

余問 鐵琴紅籤所書工尺 是何所標 鵠汀曰 這是調
여문 철금홍첨소서공척 시하소표 곡정왈 저시조
絃工工尺尺 貴國亦有是琴否 余曰 自中國貿歸 初不
현공공척척 귀국역유시금부 여왈 자중국무귀 초불
識諧律 但其絲絲丁東 聲如盤珠 最宜老人少眠 少兒
식해률 단기사사정동 성여반주 최의노인소면 소아

止啼 二人皆大笑 問貴國琴瑟如何 余曰 琴瑟俱有
지제 이인개대소 문귀국금슬여하 여왈 금슬구유
七八年前 敝友洪大容 字德保號湛軒 始能諧律和之
칠팔년전 폐우홍대용 자덕보호담헌 시능해률화지
土樂 然後敝邦諸琴師多効之 今則大行于世 敝邦元
토악 연후폐방제금사다효지 금즉대행우세 폐방원
有伽倻琴 剖大琴之半 爲十二絃 此琴起自新羅 弄絃
유가야금 부대금지반 위십이현 차금기자신라 농현
如中國彈琴之狀 今天解調都似伽倻琴 亨山問 先生
여중국탄금지상 금천해조도사가야금 형산문 선생
能解弄否 目招侍者囑云云 似覓天琴也 余曰 略會彈
능해롱부 목초시자촉운운 사멱천금야 여왈 약회탄
法 不識傍近有是器否 當爲大人一皷 亨山曰 已覓諸
법 불식방근유시기부 당위대인일고 형산왈 이멱저
鋪中矣 頃之侍者還曰 無有 亨山曰 求之不得 敢請
포중의 경지시자환왈 무유 형산왈 구지부득 감청
先生口誦.
선생구송

余爲誦 尹王皆閉目良久 開目相視 鵠汀向亨山語
여위송 윤왕개폐목량구 개목상시 곡정향형산어
亨山點頭 鵠汀請再誦 余誦如前 鵠汀閉目已而開視
형산점두 곡정청재송 여송여전 곡정폐목이이개시
曰 不會也 罷 余請鵠汀誦 鵠汀整容端坐誦云云 問
왈 불회야 파 여청곡정송 곡정정용단좌송운운 문
曰 會否 余曰 不會也 罷.
왈 회부 여왈 불회야 파

余問 中國還有韶濩遺調否 亨山曰 都無 鵠汀曰
여문 중국환유소호유조부 형산왈 도무 곡정왈

且道韶濩之時　是何等世界也　其民彝物則　時尙俗好
차 도 소 호 지 시　시 하 등 세 계 야　기 민 이 물 칙　시 상 속 호

可知也　以堯爲君　以舜爲臣　以皐陶爲師　妙選當時
가 지 야　이 요 위 군　이 순 위 신　이 고 요 위 사　묘 선 당 시

士大夫極聰明才俊之胄子　以入于學宮　所謂居移氣而
사 대 부 극 총 명 재 준 지 주 자　이 입 우 학 궁　소 위 거 이 기 이

養移體也.
양 이 체 야

其所以敎之者　又何等事業也　寬簡溫直　陶鑄性情
기 소 이 교 지 자　우 하 등 사 업 야　관 간 온 직　도 주 성 정

鼓舞神氣　而心靈耳神　弱齡開悟　則又有如夔之審音
고 무 신 기　이 심 령 이 신　약 령 개 오　즉 우 유 여 기 지 심 음

通理者　爲典司之官　率天下素敎之子弟　造成一代之
통 리 자　위 전 사 지 관　솔 천 하 소 교 지 자 제　조 성 일 대 지

樂.
악

象其君之德政　合其民之趨向　以之殷薦上帝　則天神
상 기 군 지 덕 정　합 기 민 지 추 향　이 지 은 천 상 제　즉 천 신

饗　以之祼獻宗廟　則祖考格　以之風動四方　則百姓悅
향　이 지 관 헌 종 묘　즉 조 고 격　이 지 풍 동 사 방　즉 백 성 열

無一事捍逆　無一物屈抑　充塞兩間者　都是一團太和
무 일 사 한 역　무 일 물 굴 억　충 색 양 간 자　도 시 일 단 태 화

元氣　宜乎其樂之至於斯也.
원 기　의 호 기 악 지 지 어 사 야

千百載之下　得如吾夫子者　一聽其音調之架領　節奏
천 백 재 지 하　득 여 오 부 자 자　일 청 기 음 조 지 가 령　절 주

之餘韻　而渺然像想　自不覺其三月忘肉　而況當時親
지 여 운　이 묘 연 상 상　자 불 각 기 삼 월 망 육　이 황 당 시 친

見其儀鳳者乎　其手之舞之足之蹈之　從可知矣.
견 기 의 봉 자 호　기 수 지 무 지 족 지 도 지　종 가 지 의

武王之時 又何等世界也 拔斯民于酒池脯林之中 一
무왕지시 우하등세계야 발사민우주지포림지중 일
洗其巫風 而其舊染汙俗 猶有存者 則痛革宿習 誠非
세기무풍 이기구염오속 유유존자 즉통혁숙습 성비
一朝一夕之故.
일조일석지고

總干山立 旣遜於揖讓垂拱 而發揚蹈厲 又非寬簡溫
총간산립 기손어읍양수공 이발양도려 우비관간온
直之比也.
직지비야

由是論之 大武之成 當在成康之世 而猶以一武字名
유시론지 대무지성 당재성강지세 이유이일무자명
之 則不待夫子之評 而其未能盡善可知矣 當周之盛
지 즉부대부자지평 이기미능진선가지의 당주지성
雖使后夔典樂 其所成就 不過如斯而止耳.
수사후기전악 기소성취 불과여사이지이

然而皇祐元豐之間 范馬諸君子 未能曉解固有之律
연이황우원풍지간 범마제군자 미능효해고유지율
呂 而依俙談說於古樂之理 欲復簫韶九成之舊 未知
려 이의희담설어고악지리 욕부소소구성지구 미지
當時德政 能合天人之心否.
당시덕정 능합천인지심부

尤有可笑者 蔡氏新書 以元聲爲必可得 未知可得之
우유가소자 채씨신서 이원성위필가득 미지가득지
元聲 舍其本律 更在何處.
원성 사기본률 갱재하처

設如蔡氏之說 尋得元聲 依樣九成之製 時君世主
설여채씨지설 심득원성 의양구성지제 시군세주
苟無中和之德 位育之功 則譬如無題之功令 無尸之
구무중화지덕 위육지공 즉비여무제지공령 무시지

飣餖耳.
정두이

余曰 禹聲爲律身爲度 古者太子生而太史吹律 使瞽
여왈 우성위률신위도 고자태자생이태사취률 사고

審之 倘成一代之樂 必以君聲爲律歟 聖人元氣之會
심지 당성일대지악 필이군성위률여 성인원기지회

也 聲音之發宣 必廣大和平 莫不中律 則古昔聖王
야 성음지발선 필광대화평 막부중률 즉고석성왕

宜亦與禹同律 而獨稱禹聲何也 鵠汀曰 帝王之家天
의역여우동률 이독칭우성하야 곡정왈 제왕지가천

下久矣 落地豺聲 當屬何律 斯干之喤喤 夏啓之呱呱
하구의 낙지시성 당속하률 사간지황황 하계지고고

必皆中律而爲侯爲王歟 亨山曰 記云凡音之起 由人
필개중률이위후위왕여 형산왈 기운범음지기 유인

心生也 大約極貴遐壽之人 聲如洪鍾 發舒雄暢 或有
심생야 대약극귀하수지인 성여홍종 발서웅창 혹유

中乎黃鍾之律 然至若身爲度 聲爲律 極贊神禹之言
중호황종지률 연지약신위도 성위률 극찬신우지언

行 毫無過差 動合律度也 非其聲音之淸濁 合于律呂
행 호무과차 동합률도야 비기성음지청탁 합우률려

身材之長短 中于尺度 身先天下而標準於民彝物則之
신재지장단 중우척도 신선천하이표준어민이물칙지

中 自爲四方億兆之所取法也 鵠汀曰 尹大人說得極
중 자위사방억조지소취법야 곡정왈 윤대인설득극

是.
시

亨山曰 貴國樂律如何 倘有聖神作爲君師 竭其心思
형산왈 귀국악률여하 당유성신작위군사 갈기심사

耳目之力 以造律歟 抑爲依倣中華否 宗廟之祭 方內
이목지력 이조률여 억위의방중화부 종묘지제 방내

山川 亦皆用樂否 舞用幾佾 余曰 東方三國時 雖不無
산천 역개용악부 무용기일 여왈 동방삼국시 수불무

聲樂 皆東夷之里音 唐中宗時 有新羅樂府 則天時 楊
성악 개동이지리음 당중종시 유신라악부 측천시 양

再思反披紫袍 爲句麗舞 想必鄙俚不雅 宋徽宗時 賜
재사반피자포 위구려무 상필비리불아 송휘종시 사

高麗大晟樂 並皆世遠不可攷.
고려대성악 병개세원불가고

前明洪武時 賜敝邦八音 舞用六佾 以備先君之祭祀
전명홍무시 사폐방팔음 무용육일 이비선군지제사

其樂器始出自中國 其後多方內倣造 然鄕音易訛 古尺
기악기시출자중국 기후다방내효조 연향음이와 고척

難準.
난준

先君莊憲王有聖德 獲黑黍古玉之瑞 以定雅樂 第未
선군장헌왕유성덕 획흑서고옥지서 이정아악 제미

知當時中國樂器盡合古律 而以土出秬黍準之 則果無
지당시중국악기진합고율 이이토출거서준지 즉과무

差謬於書記所傳 亨山離椅俯躬曰 東方聖德之君 願聞
차류어서기소전 형산리의부궁왈 동방성덕지군 원문

貴邦樂歌數章 余於夢金尺 龍飛御天諸歌 未能倉卒誦
귀방악가수장 여어몽금척 용비어천제가 미능창졸송

對 且未知忌諱與否 因爲他話 則亨山亦不更問也.
대 차미지기휘여부 인위타화 즉형산역불갱문야

鵠汀曰 貴樂音調如何 先生能形容否 余曰 僕本無
곡정왈 귀악음조여하 선생능형용부 여왈 복본무
口才 未能形容 但知其音調舒長 節奏希濶 亨山曰
구재 미능형용 단지기음조서장 절주희활 형산왈
眞君子之國也 余曰 鄙人初入遼東 聞路傍歌吹 尋聲
진군자지국야 여왈 비인초입요동 문로방가취 심성
入聽 觱篥一 管一 横吹一 琵琶一 月琴一以和歌 鼓
입청 필률일 관일 횡취일 비파일 월금일이화가 고
椀大鼓子以應節 觱篥聲類嗩吶 横吹類敝邦羽調倍清
완대고자이응절 필률성류쇄납 횡취류폐방우조배청
鵠江曰 甚麽 余曰 所謂羽調 非五音之羽 乃調名 故
곡강왈 심마 여왈 소위우조 비오음지우 내조명 고
亦號雨調 敝邦俗樂 又有界面調 乃羽調之翻音也 倍
역호우조 폐방속악 우유계면조 내우조지번음야 배
清者 凡言律皆稱清 又非清濁之清 倍清云者 如言倍
청자 범언률개칭청 우비청탁지청 배청운자 여언배
高於本律也 鵠汀曰 這是本律之半也 余曰 昨聽皇上
고어본률야 곡정왈 저시본률지반야 여왈 작청황상
御前鼓樂 則亦類遼東所聽 又有鉦鉢以節之 未知是
어전고악 즉역류요동소청 우유정발이절지 미지시
雅樂耶 何其音調之太高而節奏之太數也 亨山曰 先
아악야 하기음조지태고이절주지태수야 형산왈 선
生昨日入班乎 余曰 不入班 但於墻外聽之 亨山曰
생작일입반호 여왈 불입반 단어장외청지 형산왈
此非雅樂 乃聽戲時一本樂也 雅樂無鉦鉢.
차비아악 내청희시일본악야 아악무정발

余問 雅樂如何 亨山曰 槪沿前明之制 大朝會 用
여문 아악여하 형산왈 개연전명지제 대조회 용

樂工六十四人　引樂二人　簫四人　笙四人　琵琶六人
악공육십사인　인악이인　소사인　생사인　비파육인

箜篌四人　蓁六人　方響四人　頭管四人　龍笛四人　杖
공후사인　진육인　방향사인　두관사인　용적사인　장

鼓二十四人　大鼓二人　板二人.
고이십사인　대고이인　판이인

協律郎先期陳懸於丹墀　鑾駕將出　雲麾仗動　則協律
협률랑선기진현어단지　란가장출　운휘장동　즉협률

郎擧常　唱奏飛龍引之曲　俟五雲駕座　常偃樂止　鳴贊
랑거상　창주비룡인지곡　사오운가좌　상언악지　명찬

官唱鞠躬　協律郎唱奏風雲會之曲.
관창국궁　협률랑창주풍운회지곡

樂作　百官拜叩　畢興　樂止　和碩親王陞殿　國公閣
악작　백관배고　필흥　악지　화석친왕승전　국공각

輔隨陞　協律郎唱奏慶皇都喜昇平之樂　今其號名雖殊
보수승　협률랑창주경황도희승평지악　금기호명수수

工器不易　音調無改　余問　樂工服色如何　亨山曰　曲
공기불역　음조무개　여문　악공복색여하　형산왈　곡

脚幞頭　紅羅生色畵花大袖衫　塗金束帶　紅羅擁頂　紅
각복두　홍라생색화화대수삼　도금속대　홍라옹정　홍

結子皁皮靴　余問　此似漢兒制度　亨山曰　否也　雅樂
결자조피화　여문　차사한아제도　형산왈　부야　아악

不用綾緞錦繡蟒袍　亦不戴蕃帽.
불용릉단금수망포　역불대번모

太常雅樂　凡四等　曰九奏　曰八奏　曰七奏　曰六奏
태상아악　범사등　왈구주　왈팔주　왈칠주　왈육주

禁糾淫過凶慢之聲　大祀樂生七十二人　舞生一百三十
금규음과흉만지성　대사악생칠십이인　무생일백삼십

二人　先期演肄神樂觀太和殿.
이인　선기연이신악관태화전

漢時甚重太常官 凡大政下 丞相列侯九卿議 博士未
한 시 심 중 태 상 관 범 대 정 하 승 상 렬 후 구 경 의 박 사 미
嘗不預焉 如公卿將相列名 上請太后廢昌邑王奏曰
상 불 예 언 여 공 경 장 상 렬 명 상 청 태 후 폐 창 읍 왕 주 왈
臣敞等謹與博士議云云 此天下何等大事 而必先依據
신 창 등 근 여 박 사 의 운 운 차 천 하 하 등 대 사 이 필 선 의 거
博士之言 位卑人微 而其重如此 蓋爲其典祀天地神
박 사 지 언 위 비 인 미 이 기 중 여 차 개 위 기 전 사 천 지 신
祇宗廟禮樂之本.
지 종 묘 예 악 지 본

前明之贊禮 卽宋之大祝 宋亦重其官 必以宰相之任
전 명 지 찬 례 즉 송 지 대 축 송 역 중 기 관 필 이 재 상 지 임
子爲之 亦是古之選教胄子之遺意也 明初亦處以文學
자 위 지 역 시 고 지 선 교 주 자 지 유 의 야 명 초 역 처 이 문 학
之士 後乃以黃冠羽流充之非矣.
지 사 후 내 이 황 관 우 류 충 지 비 의

古者官不易方 材不兼授 夷禮夔樂 各效一職 專精
고 자 관 불 역 방 재 불 겸 수 이 례 기 악 각 효 일 직 전 정
會神 講習有素 以此終身 非特夷夔之 終身於厥官
회 신 강 습 유 소 이 차 종 신 비 특 이 기 지 종 신 어 궐 관
唯可以世其職者 獨太史與領樂之官爲然.
유 가 이 세 기 직 자 독 태 사 여 령 악 지 관 위 연

然而後世不常厥職 上不及后夔 下不及伶人 倉卒擧
연 이 후 세 불 상 궐 직 상 불 급 후 기 하 불 급 령 인 창 졸 거
職 如新婦初來 姆保是憑 執旂丹墀 如省曹階前樹
직 여 신 부 초 래 모 보 시 빙 집 기 단 지 여 성 조 계 전 수
最爲可笑 貴國典樂之官 亦當如此也 余曰 鄙人此來
최 위 가 소 귀 국 전 악 지 관 역 당 여 차 야 여 왈 비 인 차 래
愧乏季札觀周 亨山曰 敝故友陶逵章 齊人也 嘗官太
괴 핍 계 찰 관 주 형 산 왈 폐 고 우 도 규 장 제 인 야 상 관 태

常 遺僕赤蹄爲詼語 自嘲曰 竊愧奚唐之云立 每疑田
상 유복적제위회어 자조왈 절괴해당지운립 매의전
父之紿左 所謂林蛙論樂 梁燕誨知 相與笑閧一堂.
부지태좌 소위림와론악 양연회지 상여소홍일당

亨山曰 洪武初 置神樂觀于天壇之西 教習樂舞 高
형산왈 홍무초 치신악관우천단지서 교습악무 고
皇帝自製圓邱方澤分祀樂章 後定合祀 更撰合祀樂章
황제자제원구방택분사악장 후정합사 갱찬합사악장
禮成歌九章.
예성가구장

識者已病其音律之未復于古也 詔尚書陶凱與協律郎
식자이병기음률지미복우고야 조상서도개여협률랑
冷謙定雅樂 又命學士宋濂爲樂章 凡園陵之祀無樂
냉겸정아악 우명학사송렴위악장 범원릉지사무악
凡郊廟樂器不徙.
범교묘악기불사

洪武六年 以祀後還宮時 宜用樂舞生前導 命翰林儒
홍무육년 이사후환궁시 의용악무생전도 명한림유
臣撰樂歌 以存敬愼鑑誡之意 有曰 朕嘗恨後世樂章
신찬악가 이존경신감계지의 유왈 짐상한후세악장
虛辭頌美 此佞神乎諂其時君乎.
허사송미 차녕신호첨기시군호

于是儒臣承旨 分撰甘酒 峻宇 色荒 禽荒諸曲凡三
우시유신승지 분찬감주 준우 색황 금황제곡범삼
十九章 名曰回鑾歌 此可謂知樂之本 而猶未免應文
십구장 명왈회난가 차가위지악지본 이유미면응문
之歸 至於聲律 則當時識者 猶謂之全未全未也.
지귀 지어성률 즉당시식자 유위지전미전미야

又十二年 詔曰 朕起自寒微 君臨天下 以奉上下神
우 십 이 년 조 왈 짐 기 자 한 미 군 림 천 하 이 봉 상 하 신

祇 若或不誠 非所以爲生民祈福 且無以延保靈長之
지 약 혹 불 성 비 소 이 위 생 민 기 복 차 무 이 연 보 영 장 지

景命也.
경 명 야

昔成肅公受脤而惰 君子知其不終 故動作威儀之則
석 성 숙 공 수 조 이 타 군 자 지 기 부 종 고 동 작 위 의 지 칙

所以定命也如此 而況音聲之所由起 莫不感乎至誠而
소 이 정 명 야 여 차 이 황 음 성 지 소 유 기 막 불 감 호 지 성 이

發乎.
발 호

謂無神而不信者誣也 佞神而禱福者惑也 朕設神樂
위 무 신 이 불 신 자 무 야 영 신 이 도 복 자 혹 야 짐 설 신 악

觀 備樂以祀享天地神祇宗廟之靈而已 非苟傚前代帝
관 비 악 이 사 향 천 지 신 지 종 묘 지 령 이 이 비 구 효 전 대 제

王矯飾荒誕 以邀長年之道.
왕 교 식 황 탄 이 요 장 년 지 도

此道設或有之 不過修心淸淨 速去疾來 使無艱阻而
차 도 설 혹 유 지 불 과 수 심 청 정 속 거 질 래 사 무 간 조 이

已 若果有長生之道 殷周之父老何去 漢唐之耆宿安
이 약 과 유 장 생 지 도 은 주 지 부 로 하 거 한 당 지 기 숙 안

在 因爲刻石立于觀中 觀乎此碑 可謂明樂之理 而達
재 인 위 각 석 립 우 관 중 관 호 차 비 가 위 명 악 지 리 이 달

道之論.
도 지 론

然以道流提點 終非古意 則我聖祖仁皇帝 以禮祀天
연 이 도 류 제 점 종 비 고 의 즉 아 성 조 인 황 제 이 례 사 천

地之備樂 協和萬方之盛典 非可使黃冠羽士 所宜管
지 지 비 악 협 화 만 방 지 성 전 비 가 사 황 관 우 사 소 의 관

領 乃悉歸之太常.
령 내실귀지태상

且以鄭世子之精於審音 而當時不能用 深加慨惜 今其律呂精義等書是也 大聖人建中和之德 樂入本朝始正大雅.
차이정세자지정어심음 이당시불능용 심가개석 금기율려정의등서시야 대성인건중화지덕 악입본조시정대아

鵠汀曰 貴國樂器樂工 當仍高麗之舊 是必崇寧所頒大晟樂也 余曰 卽今敝邦所用 乃洪武所賜 鵠汀曰洪武所賜 其實大晟之遺也 朱子謂崇寧之季 姦諛之會 黥涅之餘惡 足語天下之和哉 然宋旣南渡 而金太宗悉取汴京樂器樂工 遷之北去 改號太和樂 其實大晟樂也.
곡정왈 귀국악기악공 당잉고려지구 시필숭녕소반대성악야 여왈 즉금폐방소용 내홍무소사 곡정왈홍무소사 기실대성지유야 주자위숭녕지계 간유지회 경열지여악 족어천하지화재 연송기남도 이금태종실취변경악기악공 천지북거 개호태화악 기실대성악야

及金喪亂 而又復南遷汴蔡 及汴蔡陷沒 而中原舊物悉入于元.
급금상란 이우부남천변채 급변채함몰 이중원구물실입우원

元人吳萊以爲太常所用樂 本大晟之遺法 令舊工敎習 以備太祀 故元之樂戶子孫 猶世籍河汴.
원인오래이위태상소용악 본대성지유법 영구공교습 이비태사 고원지악호자손 유세적하변

及明逐元 悉得其工器 故太常雅樂及樂官所肄 猶稱
급명축원 실득기공기 고태상아악급악관소이 유칭
大晟樂 以至隊舞百戲 率皆元舊.
대성악 이지대무백희 솔개원구

高皇帝一革元政 而至於大晟樂 則謂金沿宋 元沿金
고황제일혁원정 이지어대성악 즉위금연송 원연금
其來已久 必中國之遺 故不復改創 以是知洪武所頒
기래이구 필중국지유 고불부개창 이시지홍무소반
本一大晟也.
본일대성야

余問 舊說以天子中指寸爲律 埋之土中 以候氣 此
여문 구설이천자중지촌위률 매지토중 이후기 차
理如何 鵠汀曰 此乃方士魏漢津取徽宗之指 以造大
리여하 곡정왈 차내방사위한진취휘종지지 이조대
晟樂也 漢津本蜀之黥卒 漢津謂聖王之稟賦 與天地
성악야 한진본촉지경졸 한진위성왕지품부 여천지
陰陽爲一體 聲爲律 身爲度 乃請徽宗中指三節 以定
음양위일체 성위률 신위도 내청휘종중지삼절 이정
黃鍾之律 以合天地之正 以備陰陽之和 蔡京獨奇其
황종지률 이합천지지정 이비음양지화 채경독기기
說 諂佞附會 說帝先鑄八鼐 此最可笑.
설 첨녕부회 설제선주팔내 차최가소

古昔首出之聖王 初作斛尺 無所憑據 則適以指寸爲
고석수출지성왕 초작곡척 무소빙거 칙적이지촌위
之律 納幾顆秬黍以準之 又當世四時之氣 不失其候
지률 납기과거서이준지 우당세사시지기 불실기후
所謂風不鳴條 海不揚波 其候得四時之氣 理或無怪.
소위풍불명조 해불양파 기후득사시지기 이혹무괴

至若後世不念中和位育之功　只欲以指律葭灰　迎致
지 약 후 세 불 념 중 화 위 육 지 공　지 욕 이 지 률 가 회　영 치

好氣　是不識繪事後素之義　而所謂不揣齊末　假令候
호 기　시 불 식 회 사 후 소 지 의　이 소 위 불 췌 제 말　가 령 후

得氣至　未知所至之氣　果屬何氣.
득 기 지　미 지 소 지 지 기　과 속 하 기

況人之指節長短不齊　則崇寧指尺既長　而樂律遂高
황 인 지 지 절 장 단 부 제　즉 숭 녕 지 척 기 장　이 악 률 수 고

漢津大懼　潛謂其徒任宗堯曰　律高是北鄙之音也　鎭
한 진 대 구　잠 위 기 도 임 종 요 왈　율 고 시 북 비 지 음 야　진

北鼎溢　天下其將有變乎　樂既成而遂有靖康之禍　聲
북 정 일　천 하 기 장 유 변 호　악 기 성 이 수 유 정 강 지 화　성

之不可誣也如此.
지 불 가 무 야 여 차

漢津小人　雖有審音之才　而無作樂之德　當時士大夫
한 진 소 인　수 유 심 음 지 재　이 무 작 악 지 덕　당 시 사 대 부

又無漢津之才　而顚倒阿附　則朱子斥以姦諛之會　黥
우 무 한 진 지 재　이 전 도 아 부　즉 주 자 척 이 간 유 지 회　경

涅之餘者　是也.
열 지 여 자　시 야

亨山曰　不然　冷謙所定樂舞　在洪武六年　與大晟律
형 산 왈　불 연　냉 겸 소 정 악 무　재 홍 무 육 년　여 대 성 률

大相不同　大晟迎神　初奏爲南呂之角　是大呂之變調
대 상 부 동　대 성 영 신　초 주 위 남 려 지 각　시 대 려 지 변 조

也.
야

洪武所製　爲太簇之羽　是中呂調也　冷謙七均　自太
홍 무 소 제　위 태 주 지 우　시 중 려 조 야　냉 겸 칠 균　자 태

簇　夷則　夾鍾　無射　中呂　皆正調　而惟淸黃鍾　淸林
주　이 측　협 종　무 역　중 려　개 정 조　이 유 청 황 종　청 임

鍾 爲變調.
종 위변조

本聲重大 爲君爲父 應聲輕淸 爲臣爲子 故曰四淸
본성중대 위군위부 응성경청 위신위자 고왈사청
聲 苟不用四淸聲 是無感應 君德亢而臣道絶 父政竭
성 구불용사청성 시무감응 군덕항이신도절 부정갈
而子職闕.
이자직궐

漢津之律 每下古製二律 其林鍾爲宮者 商角爲正調
한진지률 매하고제이률 기임종위궁자 상각위정조
其餘皆屬變調 南呂爲宮者 惟商一音爲正調 其餘皆
기여개속변조 남려위궁자 유상일음위정조 기여개
屬變調 是七均之中 變者居五 論者以爲君道微細 而
속변조 시칠균지중 변자거오 논자이위군도미세 이
民神事物 靡然不振 是眞亡國之音 哀淫怨咽 不堪久
민신사물 미연부진 시진망국지음 애음원인 불감구
聞.
문

宋潛溪謂漢津製樂 爲亂世之音者是也 朱子稱建陽
송잠계위한진제악 위란세지음자시야 주자칭건양
蔡元定均調候氣之法 縝密通暢 其攷證禮書樂制樂舞
채원정균조후기지법 진밀통창 기고증예서악제악무
鍾律等篇 大率本之蔡氏新書而互演之.
종률등편 대솔본지채씨신서이호연지

然朱子於音律 不甚明白曉解 專信蔡氏 所謂先入之
연주자어음률 불심명백효해 전신채씨 소위선입지
見 其斥漢津 亦非審音而知其善否 但爲其蔡京之所
견 기척한진 역비심음이지기선부 단위기채경지소
主張 故攻之不遺餘力 元定書 未能驗之行事 漢津樂
주장 고공지불유여력 원정서 미능험지행사 한진악

皎然驗之當世　後之論說者　易以指摘也.
교 연 험 지 당 세　후 지 론 설 자　이 이 지 적 야

其實蔡氏曉律　勝於考亭　而末免穿鑿執拗　漢津審音
기 실 채 씨 효 률　승 어 고 정　이 말 면 천 착 집 요　한 진 심 음

精於元定　而出於附會諛佞　及冷謙定樂　雖曲襲其舊
정 어 원 정　이 출 어 부 회 유 녕　급 냉 겸 정 악　수 곡 습 기 구

而其聲則非宋元之律也.
이 기 성 즉 비 송 원 지 률 야

敝參修會典時　攷究諸家　洪武所定　實與大晟大異
폐 참 수 회 전 시　고 구 제 가　홍 무 소 정　실 여 대 성 대 이

王老爺所論　貴邦洪武所頒　爲大晟之舊者　說得非是
왕 노 야 소 론　귀 방 홍 무 소 반　위 대 성 지 구 자　설 득 비 시

鵠汀曰　豈其然　亨山笑曰　卽然.
곡 정 왈　기 기 연　형 산 소 왈　즉 연

亨山曰　大率中原樂工　亡於晉　樂器　亡於隋　雜劇
형 산 왈　대 솔 중 원 악 공　망 어 진　악 기　망 어 수　잡 극

百戲之亂雅樂　唐玄宗當爲罪魁　余曰　願聞其說　亨山
백 희 지 란 아 악　당 현 종 당 위 죄 괴　여 왈　원 문 기 설　형 산

曰　春秋之世　天下雖喪亂　去古未遠　秦漢以來　雖大
왈　춘 추 지 세　천 하 수 상 란　거 고 미 원　진 한 이 래　수 대

難數起　禍自中作　工器未遷　典刑猶存　有國者捨干戈
난 삭 기　화 자 중 작　공 기 미 천　전 형 유 존　유 국 자 사 간 과

則先索笙鏞　故伶官瞽師　必與代俱興　風塵甫淸　競抱
즉 선 색 생 용　고 령 관 고 사　필 여 대 구 흥　풍 진 보 청　경 포

其器　就廩于官　子孫傳業　手口從心　見聞習熟.
기 기　취 름 우 관　자 손 전 업　수 구 종 심　견 문 습 숙

及晉氏播遷　五姓交亂　四海分崩　太樂細伎　流離塗
급 진 씨 파 천　오 성 교 란　사 해 분 붕　태 악 세 기　유 리 도

炭 而石氏據鄴 則銅爵淸商 飄零已盡 慕容超獲李佛
탄 이석씨거업 칙동작청상 표령이진 모용초획이불

太樂 贖母於姚秦 而舊工已亡 宋武入關 其所收可知
태악 속모어요진 이구공이망 송무입관 기소수가지

而又其蹌踉東還 其所遷亦可知也 故敝嘗謂中原樂工
이우기창근동환 기소천역가지야 고폐상위중원악공

亡於晉.
망어진

隋書所載歷代銅尺十有五 周尺 漢之劉歆銅斛尺 東
수서소재역대동척십유오 주척 한지유흠동곡척 동

漢建武時銅尺 晉荀勗律尺 祖冲之銅尺 莫適所用.
한건무시동척 진순욱율척 조충지동척 막적소용

所謂周尺 最不可信 新莽十五年中 凡所制作 必倣
소위주척 최불가신 신망십오년중 범소제작 필방

周爲名 已多虛僞 而又復師心 朝作夕毁 尺度無常
주위명 이다허위 이우부사심 조작석훼 척도무상

後世名爲周尺者 往往歆芬輩僞造 而宇文氏又一假周
후세명위주척자 왕왕흠분배위조 이우문씨우일가주

則其所寶藏 旋爲隋有.
즉기소보장 선위수유

文帝本不好學 性又不善音樂 旣得天下 不可不勉强
문제본불호학 성우불선음악 기득천하 불가불면강

立樂 而當時沛國公鄭譯 玅能知音 言古樂十二律 旋
립악 이당시패국공정역 묘능지음 언고악십이율 선

相爲宮 各用七聲 世莫能通.
상위궁 각용칠성 세막능통

先是周武帝時 白蘇祗婆龜玆人也 善琵琶 一均之中
선시주무제시 백소지파구자인야 선비파 일균지중

間有七聲 所謂婆陀力者 華言宮聲也 鷄識者 華言南
간유칠성 소위파타력자 화언궁성야 계식자 화언남

呂也 娑識者 華言角聲也 侯加藍者 華言應聲也 卽
려야 사식자 화언각성야 후가람자 화언응성야 즉

變徵也 沙獵者 華言徵聲也 般贍者 華言羽聲也 利
변치야 사렵자 화언치성야 반첨자 화언우성야 이

箑者 華言變宮也.
건자 화언변궁야

譯乃推演其法 爲十二均八十四調 又於七音之外 更
역내추연기법 위십이균팔십사조 우어칠음지외 갱

立一音 謂之應聲 譯本無賴傾巧之士 賣國反覆 文帝
립일음 위지응성 역본무뢰경교지사 매국반복 문제

始悅而終惡之 譯之法 雖似得之 然本出彝樂而翻之
시열이종오지 역지법 수사득지 연본출이악이번지

故律稍高厲 萬寶常所造諸器 率下鄭譯二律 其聲淡
고률초고려 만보상소조제기 솔하정역이률 기성담

雅 則又不爲俗耳所悅 故二人者俱不能以其術得志於
아 즉우불위속이소열 고이인자구불능이기술득지어

當世.
당세

何妥 蘇夔 牛弘輩 各立朋黨 而何妥阿帝 言黃鍾
하타 소기 우홍배 각립붕당 이하타아제 언황종

者 象人君之德 帝悅其言 止用黃鍾一宮 而不假餘律
자 상인군지덕 제열기언 지용황종일궁 이불가여률

牛弘等復附順帝意 不用旋宮 又並毁銷前世金石 由
우홍등부부순제의 불용선궁 우병훼소전세금석 유

是而歷代樂器典刑無徵 敝以爲中原樂器亡於隋.
시이역대악기전형무징 폐이위중원악기망어수

唐初 命祖孝孫定雅樂 孝孫嘗與何蘇輩 議不合 絀
당초 명조효손정아악 효손상여하소배 의불합 출

於隋而伸於唐 則與張文收等議定 頗號典雅.
어수이신어당 즉여장문수등의정 파호전아

然太宗急於功利 雅不喜樂 謂無關治理 此似質而實
연태종급어공리 아불희악 위무관치리 차사질이실

鄙 殊不識禮樂爲致治之本 而認作俳優悅耳之具.
비 수불식예악위치치지본 이인작배우열이지구

張文收又阿世 作河清景雲歌 倣朱雁天馬 名燕樂元
장문수우아세 작하청경운가 방주안천마 명연악원

會 而唐世雅樂 不過應文備數而止耳.
회 이당세아악 불과응문비수이지이

及玄宗善曉音律 則更置左右敎坊 謂之皇帝梨園弟
급현종선효음률 즉갱치좌우교방 위지황제이원제

子 身率樂工宮女自敎之.
자 신솔악공궁녀자교지

天寶盛際 每酺宴雜陳 高昌 高麗 天竺 疏勒諸部
천보성제 매포연잡진 고창 고려 천축 소륵제부

以至舞象舞馬 于是歷代相沿之法部架領 掃地盡矣.
이지무상무마 우시역대상연지법부가령 소지진의

未幾祿山之禍 遂令塗炭 此唐玄宗曉音之罪也.
미기록산지화 수령도탄 차당현종효음지죄야

余問 霓裳羽衣曲 如近日所觀西廂雜劇耶 亨山曰
여문 예상우의곡 여근일소관서상잡극야 형산왈

然 霓裳羽衣十二遍 世傳河西節度使楊敬述所獻 帝
연 예상우의십이편 세전하서절도사양경술소헌 제

得之甚喜 遂自演之 是爲後世雜劇之始 其聲緩哀靡
득지심희 수자연지 시위후세잡극지시 기성완애미

靡.
미

余曰　宋以仁厚立國　崇寧以前雅樂　當有可觀　亨山
여왈　송이인후립국　숭녕이전아악　당유가관　형산

曰　此和峴所定雅樂　宋太祖時　以周王朴所定律尺　較
왈　차화현소정아악　송태조시　이주왕박소정율척　교

西京古石尺差短　故樂聲高　不合中和.
서경고석척차단　고악성고　불합중화

乾德四年　詔峴倣古制造尺　史言和峴雅樂音調和暢
건덕사년　조현방고제조척　사언화현아악음조화창

然此阿世附時之言也.
연차아세부시지언야

得國纔閱歲耳　有何深仁厚澤　光被四表　致其民物之
득국재열세이　유하심인후택　광피사표　치기민물지

雍熙乎　和峴所謂以揖讓得天下　爲玄德升聞之舞　一
옹희호　화현소위이읍양득천하　위현덕승문지무　일

行十六人爲八行　以倍八佾　尤爲可笑　玄德升聞　則虞
행십륙인위팔행　이배팔일　우위가소　현덕승문　즉우

賓何在　鵠汀亦大笑　援筆疾書曰　在于房.
빈하재　곡정역대소　원필질서왈　재우방

亨山曰　大抵帝王不可不曉樂　亦不可曉樂　不曉樂則
형산왈　대저제왕불가불효악　역불가효악　불효악즉

如隋文帝唐太宗　可謂致治之主　而雖勉强立樂　其本
여수문제당태종　가위치치지주　이수면강립악　기본

領陋甚　如唐之明皇宋之道君　素號知音　而天寶靖康
령루심　여당지명황송지도군　소호지음　이천보정강

之亂所召者　何等也.
지란소소자　하등야

大約樂之德　如候虫時鳥　樂之才如市井　樂之事如史
대약악지덕　여후충시조　악지재여시정　악지사여사

樂之名如謚 余曰 何爲是虫鳥 亨山曰 螽斯沙鷄 本
악지명여시 여왈 하위시충조 형산왈 종사사계 본
爲一虫 黃鳥倉庚 元是單禽 隨時變化 鳴聲各異 何
위일충 황조창경 원시단금 수시변화 명성각이 하
謂是市井 曰 市可以觀和 井可以觀序 以物交贄 兩
위시시정 왈 시가이관화 정가이관서 이물교지 양
意相當 市道也 後至者不怨先來 列器待次 滿志則止
의상당 시도야 후지자불원선래 열기대차 만지칙지
井道也 夫史體質直 謚著褒貶.
정도야 부사체질직 시저포폄

亨山起 開小皮箱 出黑紙小扇 以示余 意像陶然
형산기 개소피상 출흑지소선 이시여 의상도연
又出小小瓷盒 列置卓上 莫曉其意 逐盒開視 滿貯石
우출소소자합 열치탁상 막효기의 축합개시 만저석
綠水碧 乳金泥銀.
록수벽 유금니은

據卓展箑 畵老石穉竹 余曰 鄙人不料先生有龍眠高
거탁전삽 화로석치죽 여왈 비인불료선생유용면고
手 亨山曰 聊以寓意耳 何如 余曰 自蛇跗蜩翼 便有
수 형산왈 요이우의이 하여 여왈 자사부조익 변유
千尋之勢 亨山大笑 因自題 綠竹瞻君子 卷阿矢德音
천심지세 형산대소 인자제 녹죽첨군자 권아시덕음
揮毫開便面 握手得同心四句 又印名字 小印於他紙
휘호개편면 악수득동심사구 우인명자 소인어타지
割付左旁 摺疊以贈余.
할부좌방 접첩이증여

余曰 古樂終不可復歟 鵠汀笑曰 先生亶好泥古之論
여왈 고악종불가복여 곡정소왈 선생단호니고지론
也 大約世之論樂者 論律不論詩 論詩不論德 論德不
야 대약세지론악자 논률불론시 논시불론덕 논덕불
論世 論世不論風 論風不論運 紛紛然徒尋上黨羊頭
론세 논세불론풍 논풍불론운 분분연도심상당양두
山黑黍 秦淮葭灰 而樂終不可得以古雅矣.
산흑서 진회가회 이악종불가득이고아의

旋宮起調之法 前說已略陳鄙見 而至於歌詩 古人由
선궁기조지법 전설이략진비견 이지어가시 고인유
中之語 不得已之事也.
중지어 부득이지사야

如懽愉者之不得不笑 悲慽者之不得不哭 饑者之不
여환유자지부득불소 비척자지부득불곡 기자지부
得不號食 渴者之不得不喚水 無虛僞假飾 無勉强苟
득불호식 갈자지부득불환수 무허위가식 무면강구
且.
차

其感於心者 雖不無樂極則淫 哀過則疚 然亦莫不由
기감어심자 수불무악극즉음 애과즉구 연역막불유
中而出 所謂詩三百 一言而蔽之曰思無邪者是也.
중이출 소위시삼백 일언이폐지왈사무사자시야

尹大人市井之喩 深獲樂情 兩相貿遷 爭其錙銖 有
윤대인시정지유 심획악정 양상무천 쟁기치수 유
不滿志則交易不成 未有脅人勒市者 和之至也 故三
불만지즉교역불성 미유협인륵시자 화지지야 고삼
百篇 皆交感之所由作也 - 以上論詩.
백편 개교감지소유작야 이상론시

雖然 維天執競 比之勅天賡載 則眞樸少遜 辭華太
수연 유천집경 비지칙천갱재 즉진박소손 사화태

勝 至若漢魏樂歌自安世房中 朱雁 天馬 三祖詞章
승 지약한위악가자안세방중 주안 천마 삼조사장
其極意鋪述 果如維天執競之比乎.
기극의포술 과여유천집경지비호

譬如聽訟 理直者貌毅而氣充 辭簡而音暢 理曲者容
비여청송 이직자모의이기충 사간이음창 이곡자용
忤而色厲 語絮而聲哮.
오이색려 어서이성효

後世詞臣之杜撰 專出乎矯誣諛佞 則已不勝其德之
후세사신지두찬 전출호교무유녕 즉이불승기덕지
慙而聲之屈矣.
참이성지굴의

無論神格人和 其工歌之際 無異不歡强笑 不悲强哭
무론신격인화 기공가지제 무이불환강소 불비강곡
其感乎心而發於聲者 謂當和暢乎愧屈乎 其詠言者如
기감호심이발어성자 위당화창호괴굴호 기영언자여
此 則其依永之聲 可知也 依永之聲如此 則其和聲之
차 즉기의영지성 가지야 의영지성여차 즉기화성지
律 可知也.
률 가지야

愚且未知西山蔡氏所謂元聲 將何從憑尋 將亦在律
우차미지서산채씨소위원성 장하종빙심 장역재률
乎在德乎 此爲德爲本而詩配之 聲爲主而律次之也-
호재덕호 차위덕위본이시배지 성위주이률차지야
以上論德.
이상론덕

君子創業垂統 未嘗不建萬世不拔之基 如周公之治
군자창업수통 미상불건만세불발지기 여주공지치
魯 太公之治齊 然亦無奈乎末孫之不肖 則二公俱有
로 태공지치제 연역무내호말손지불초 즉이공구유

所論其世　既坐致百世　則樂亦將不勝其變遷矣－以上論
소론기세　기좌치백세　즉악역장불승기변천의　이상론

世.
세

至於風　四方各異　所謂百里不同風　千里不同俗者是
지어풍　사방각이　소위백리부동풍　천리부동속자시

也　故刑政之所不及　口語之所難喩　惟樂能宣　幾之神
야　고형정지소불급　구어지소난유　유악능선　기지신

而用之妙　風動而光被之　鼓舞於不知不覺之中.
이용지묘　풍동이광피지　고무어부지불각지중

其功化之速　至如兩階舞羽　七旬格苗　雖謂之移風易
기공화지속　지여양계무우　칠순격묘　수위지이풍역

俗　一變至道可也.
속　일변지도가야

然其實南方之柔　北方之强　不可易也　鄭聲之淫　秦
연기실남방지유　북방지강　불가역야　정성지음　진

聲之夏　不可變也　是乃土之聲而氣之稟　則聖人亦無
성지하　불가변야　시내토지성이기지품　즉성인역무

奈乎風之所異　故曰放鄭聲而已矣－以上論風.
내호풍지소이　고왈방정성이이의　이상론풍

聖人之所未可能者　運也　盈虧消長者　天之運也　孤
성인지소미가능자　운야　영휴소장자　천지운야　고

虛旺相者　地之運也　久則思變　舊則思新　窮則思通
허왕상자　지지운야　구즉사변　구즉사신　궁즉사통

此運之際也.
차운지제야

佛氏所稱七日劫　吾儒謂之五百年之期　聖人生値其
불씨소칭칠일겁　오유위지오백년지기　성인생치기

際　則順其時運　而財成輔相而已.
제　즉순기시운　이재성보상이이

夏之尚忠 殷之尚質 周之尚文 嬴氏之罷封建壞井田
하지상충 은지상질 주지상문 영씨지파봉건괴정전
爲千古罪案 然其實時運之所不得不然.
위천고죄안 연기실시운지소부득불연

芻豢人之所同嗜也 至於久病之人 雖全鼎大羹 聞臭
추환인지소동기야 지어구병지인 수전정대갱 문취
虛嘔 雖艸根木實 欣然接味.
허구 수초근목실 흔연접미

雖有善唱一曲 恒歌則座者皆起 法久弊生 不知更張
수유선창일곡 항가즉좌자개기 법구폐생 부지경장
者 謂之膠柱鼓瑟 此乃人情之所同然.
자 위지교주고슬 차내인정지소동연

故治非堯舜 則雖有韶舞 向背之間 神人難和 此聖
고치비요순 즉수유소무 향배지간 신인난화 차성
人無奈乎世運之循環也－以上論運.
인무내호세운지순환야 이상론운

且夫文字之生久矣 夫子之删述 卽天地時運之一大
차부문자지생구의 부자지산술 즉천지시운지일대
變 固夫子不得已之事也 自夫子歿而百家之言 紛然
변 고부자부득이지사야 자부자몰이백가지언 분연
雜出乎其間 其書滋多 而人自師心 雖五尺之童 徑造
잡출호기간 기서자다 이인자사심 수오척지동 경조
乎天人性命之窟 而六藝之學 視爲弁髦 則師道遂廢.
호천인성명지굴 이육예지학 시위변모 즉사도수폐

師道廢而古之司徒之職 典樂之官 爲虛位瘝曠 苟然
사도폐이고지사도지직 전악지관 위허위관광 구연
徒說而已 由是而樂歸於伶人賤工 子弟之聰明秀俊者
도설이이 유시이악귀어령인천공 자제지총명수준자
虛度其舞勺舞象之年 雖上絃下管八音克諧 固不識何
허도기무작무상지년 수상현하관팔음극해 고불식하

者爲宮羽　何者爲鍾呂.
자위궁우　하자위종려

閭里之間　設有耽嗜音律　彈弄琴簫　率不免浮浪破落
여리지간　설유탐기음률　탄롱금소　솔불면부랑파락
之歸　則子弟之所恥　父兄之所禁　鄕黨之所賤　古聖人
지귀　즉자제지소치　부형지소금　향당지소천　고성인
陶鑄至治之神機妙用　專責于伶人賤工　萬萬無此理也
도주지치지신기묘용　전책우령인천공　만만무차리야
亨山曰　說得是　周時以舞教國子　令大胥正舞位　小胥
형산왈　설득시　주시이무교국자　영대서정무위　소서
正舞列　此法至漢猶存　卑者賤者之子　不得舞宗廟之
정무렬　차법지한유존　비자천자지자　부득무종묘지
酎　凡取舞生皆二千石至六百石　關內侯至大夫之適子
주　범취무생개이천석지육백석　관내후지대부지적자
是猶去古未遠　故其選之精而教之豫也如此　余問　七
시유거고미원　고기선지정이교지예야여차　여문　칠
均十二均　何謂也　亨山曰　均者　齊也調也　如言韻也
균십이균　하위야　형산왈　균자　제야조야　여언운야
如作詩者之言四韻八韻十韻　七均者　七聲之一韻　十
여작시자지언사운팔운십운　칠균자　칠성지일운　십
二均者　十二律之一韻也　古無韻字　故稱均.
이균자　십이율지일운야　고무운자　고칭균

亨山問曰　貴國有樂經云　然乎　余曰　此齊東之語也
형산문왈　귀국유악경운　연호　여왈　차제동지어야
中國所無　豈合在外　鵠汀曰　此未可以有書　世恨樂書
중국소무　기합재외　곡정왈　차미가이유서　세한악서
入秦火　然愚謂中國初無樂經　余曰　史傳箕子避地朝
입진화　연우위중국초무악경　여왈　사전기자피지조

鮮 携詩書禮樂 醫巫卜筮 工伎之流五千人從之 與俱
선 휴시서예악 의무복서 공기지류오천인종지 여구
東出 故謂六藝全部 獨漏秦焰而流傳敝邦也 鵠汀笑
동출 고위육예전부 독루진염이류전폐방야 곡정소
曰 是本中州好奇之士 傅會爲說也 如馮熙之古書世
왈 시본중주호기지사 부회위설야 여풍희지고서세
本是也 所謂箕子朝鮮本者 箕子封於朝鮮而傳書古文
본시야 소위기자조선본자 기자봉어조선이전서고문
自帝典至微子 其下只附洪範一篇 而八政之下 添多
자제전지미자 기하지부홍범일편 이팔정지하 첨다
五十二字 顧亭林日知錄 據王秋澗中堂事記 已辨其
오십이자 고정림일지록 거왕추간중당사기 이변기
僞撰 余曰 鄙人自入瀋陽 逢秀才則輒問敝邦古文尙
위찬 여왈 비인자입심양 봉수재즉첩문폐방고문상
書 蓋爲箕子東出時所携 或衛滿所持 衛滿雖自椎結
서 개위기자동출시소휴 혹위만소지 위만수자추결
爲蠻彝服 亦自豪傑 其黨數千人 亦不無儒士避秦抱
위만이복 역자호걸 기당수천인 역불무유사피진포
經而從者 理或無怪.
경이종자 이혹무괴

然高句麗本尙武力 喜鈔略 設有遺經 不知尊尙 且
연고구려본상무력 희초략 설유유경 부지존상 차
屢經喪亂 東方千餘年來 未聞有古文尙書 鵠汀曰 先
루경상란 동방천여년래 미문유고문상서 곡정왈 선
輩朱錫鬯辨之矣 周書孔安國序曰 成王旣伐東○——一點
배주석창변지의 주서공안국서왈 성왕기벌동 일점
夷字 對余故諱之 而大約盡諱胡虜夷狄等字 – 肅愼來賀 王俾
이자 대여고휘지 이대약진휘호로이적등자 숙신래하 왕비
榮伯作賄肅愼之命 其傳曰 海東諸夷句麗扶餘馯貊之
영백작회숙신지명 기전왈 해동제이구려부여간맥지

屬　武王克商　皆通道焉.
속　무왕극상　개통도언

朱以爲周書王會篇　始見稷愼濊良　未有句麗扶餘之
주이위주서왕회편　시견직신예양　미유구려부여지

號　引東國史句麗建國　始以漢元帝建昭二年　孔氏承
호　인동국사구려건국　시이한원제건소이년　공씨승

詔時　句麗扶餘未通中國　況克商之初乎.
조시　구려부여미통중국　황극상지초호

朱子以爲人生八歲　皆入小學　敎之以禮樂射御書數
주자이위인생팔세　개입소학　교지이예악사어서수

之文　此論上世學校　上世安得有其文.
지문　차론상세학교　상세안득유기문

所謂灑掃應對　卽是禮　咏歌舞蹈　卽是樂　射御書數
소위쇄소응대　즉시예　영가무도　즉시악　사어서수

推此可知　謂之敎六藝之事則可也　謂之敎六藝之文
추차가지　위지교육예지사즉가야　위지교육예지문

則此由後世臆說.
즉차유후세억설

上世侯以明之　撻以記之而已　孔子曰　遊於藝者是
상세후이명지　달이기지이이　공자왈　유어예자시

也.
야

又曰　十有五年　則自天子之元子衆子　以至公卿大夫
우왈　십유오년　즉자천자지원자중자　이지공경대부

元士之適子　與凡民之俊秀　皆入大學　說得是　其言敎
원사지적자　여범민지준수　개입대학　설득시　기언교

之以窮理正心修己治人之道　此由後世臆說.
지이궁리정심수기치인지도　차유후세억설

講習六藝　是皆窮理正心之事　古人篤於躬行　則自然
강습육예　시개궁리정심지사　고인독어궁행　즉자연

心得 十五以前 安可草草學六藝之文 十五以後 便捨
심득 십오이전 안가초초학육예지문 십오이후 변사

六藝 徑先理會於修己治人之道乎.
육예 경선리회어수기치인지도호

未知上世何許道學先生 坐在州校里塾 開何等理學
미지상세하허도학선생 좌재주교리숙 개하등이학

全書 敎如此是形而上者 如此是形而下者.
전서 교여차시형이상자 여차시형이하자

十三舞勺 十五舞象 二十舞大夏 恐是上世小大學次
십삼무작 십오무상 이십무대하 공시상세소대학차

第 不過如此.
제 불과여차

後儒不識上世元無六藝之文 開口罵秦 輒疑火前全
후유불식상세원무육예지문 개구매진 첩의화전전

經 流落海外 好箇歐九日本刀歌 尤爲可笑.
경 유락해외 호개구구일본도가 우위가소

大約盈天地間事物 不離形色情境也 試以六藝觀之
대약영천지간사물 불리형색정경야 시이육예관지

禮者 履也 履必有跡 正己而發 此射之形也 執轡如
예자 이야 이필유적 정기이발 차사지형야 집비여

組 兩驂如舞 此御之法也 一與二爲三 自此以往 千
조 양참여무 차어지법야 일여이위삼 자차이왕 천

歲之日至可致 此數之術也 書之六義 象形爲多.
세지일지가치 차수지술야 서지육의 상형위다

惟樂也者 有情有境 獨無其形 凡有形者 麤跡也
유악야자 유정유경 독무기형 범유형자 추적야

皆可以言語形容 文字記述 而無形者 神用也 風諭於
개가이언어형용 문자기술 이무형자 신용야 풍유어

渺莽之際 動蕩於慌惚之中.
묘망지제 동탕어황홀지중

其藏也寂然 其發也翕然 嘉會似禮 命中似射 調勻
기장야적연 기발야흡연 가회사례 명중사사 조균
似御 假借似書 加倍似數 繚遶乎毛髮之林 經行于血
사어 가차사서 가배사수 요요호모발지림 경행우혈
脈之腠.
맥지주

其來也 僾然欲迎 其去也 杳然難追 摸之而無得也
기래야 애연욕영 기거야 묘연난추 모지이무득야
視之而無見也 使人筋骨酸悲 臟胃甘悅 往而復返 如
시지이무견야 사인근골산비 장위감열 왕이부반 여
有所戀 斷而更續 如有所謀.
유소련 단이갱속 여유소모

至淸故無香 至微故無影 至密故無間 至大故無外
지청고무향 지미고무영 지밀고무간 지대고무외
至和故無散 至雅故無色 至神故無心 至玅故無言.
지화고무산 지아고무색 지신고무심 지묘고무언

夫以言語之輕敏而所不能形 而況文字之糟粕乎 故
부이언어지경민이소불능형 이황문자지조박호 고
敝以爲三代以來 初無樂經 亨山無數打圈曰 發前人
폐이위삼대이래 초무악경 형산무수타권왈 발전인
所未發 樂記一篇 反屬笨伯 樂記本是漢儒浮浪之文.
소미발 악기일편 반속분백 악기본시한유부랑지문

余曰 聖人著書 所以繼前聖開來學也 夫子自衛反魯
여왈 성인저서 소이계전성개래학야 부자자위반로
刪詩正禮 何獨於樂而無所述乎 鵠汀沈吟良久曰 斷
산시정례 하독어악이무소술호 곡정침음량구왈 단
無所述 夫子刪詩正禮 是箇樂學 樂之體 寄乎詩 樂
무소술 부자산시정례 시개악학 악지체 기호시 악

之用 寓乎禮 夫以言語教人者 其物情矯 以文字教人
지 용 우 호 례 부 이 언 어 교 인 자 기 물 정 교 이 문 자 교 인
者 其天機淺.
자 기 천 기 천

夫樂也者 其感人速而不迫 顯而不露 深而不幽 婉
부 악 야 자 기 감 인 속 이 불 박 현 이 불 로 심 이 불 유 완
而能毅 直而能曲 俯仰感慨 欷歔懇切 其入人之際
이 능 의 직 이 능 곡 부 앙 감 개 희 허 간 절 기 입 인 지 제
悚然以懼 慄然以警 怛然以虛 逌然以思.
송 연 이 구 율 연 이 경 달 연 이 허 유 연 이 사

是言語文字之外 別開難言之語 不字之文 崇高配天
시 언 어 문 자 지 외 별 개 난 언 지 어 즉 자 지 문 숭 고 배 천
卑下配地 屈伸配鬼神 循環配歲時 其潤物也 不借雨
비 하 배 지 굴 신 배 귀 신 순 환 배 세 시 기 윤 물 야 불 차 우
露之澤 其曉人也 不待日月之光 其鼓動也 不爭風霆
로 지 택 기 효 인 야 부 대 일 월 지 광 기 고 동 야 부 쟁 풍 정
之疾 其漸漬也 不效江河之浸.
지 질 기 점 지 야 불 효 강 하 지 침

金石絲竹匏土革木之聲 非孝悌忠信禮義廉恥之行
금 석 사 죽 포 토 혁 목 지 성 비 효 제 충 신 예 의 염 치 지 행
而口之所吹 指之所彈 臂之所揚 脚之所踏 四端油然
이 구 지 소 취 지 지 소 탄 비 지 소 양 각 지 소 답 사 단 유 연
七情汗然 是孰使之然哉 故人之四肢百體不言而諭者
칠 정 한 연 시 숙 사 지 연 재 고 인 지 사 지 백 체 불 언 이 유 자
此之謂也.
차 지 위 야

蓋上世文書未廣 街歈巷謳 收入學宮 字而句之 被
개 상 세 문 서 미 광 가 유 항 구 수 입 학 궁 자 이 구 지 피
之絲竹 故古者大學教人 未必方冊 咏歌舞蹈 乃是學
지 사 죽 고 고 자 대 학 교 인 미 필 방 책 영 가 무 도 내 시 학

問.
문

點瑟回琴 遺像獨存 淸廟三歎 文王可見.
점슬회금 유상독존 청묘삼탄 문왕가견

故五音者 聲之文理也 六律者 聲之志意也 異體而同歸者 聲之德行也 純一無雜 粹然彰外之謂雅 雅也者 聲之光輝也.
고오음자 성지문리야 육률자 성지지의야 이체이동귀자 성지덕행야 순일무잡 수연창외지위아 아야자 성지광휘야

故聖人獨留此不著之書 不言之旨 使人自得之 上者知德 下者知音 是乃聖人繼往開來之意也 敝以爲初無樂經.
고성인독류차부저지서 불언지지 사인자득지 상자지덕 하자지음 시내성인계왕개래지의야 폐이위초무악경

余曰 六藝之無樂書 旣聞命矣 還有其譜否 亨山曰 可惜盡焚之 古譜今無傳焉 余問秦火乎 亨山曰 否也 隋萬寶常撰樂譜六十四卷 具論八音旋相爲宮之法 改絃易柱之變 爲八十四調 一百四十四律 終於八千百聲 當時士大夫擯斥之 寶常竟餓且死 憤而悉焚其書.
여왈 육예지무악서 기문명의 환유기보부 형산왈 가석진분지 고보금무전언 여문진화호 형산왈 부야 수만보상찬악보육십사권 구론팔음선상위궁지법 개현역주지변 위팔십사조 일백사십사률 종어팔천백성 당시사대부빈척지 보상경아차사 분이실분기서

明嘉靖時 太僕丞張鶚所著樂書 一曰 大晟樂舞圖譜
명가정시 태복승장악소저악서 일왈 대성악무도보

自琴瑟以下諸樂 逐一作譜 一曰 古雅心談 同時有遼
자금슬이하제악 축일작보 일왈 고아심담 동시유요
州同知姚文察所著樂書 四聲圖解 樂記補說 律呂新
주동지요문찰소저악서 사성도해 악기보설 율려신
書補註 興樂要論 其後有律呂精義 五音正義 樂學大
서보주 흥악요론 기후유율려정의 오음정의 악학대
成旨訣等目 皆聲器度數之論也.
성지결등목 개성기도수지론야

琴譜 有調絃 弄絃 手法 手勢 有蟷螂捕蟬 平沙落
금보 유조현 농현 수법 수세 유당랑포선 평사낙
雁 一竿明月 感君恩 是皆琴師口訣 鵠汀曰 大約樂
안 일간명월 감군은 시개금사구결 곡정왈 대약악
可無譜 窮神知化 則一部羲易 樂之譜也 樂可無訣
가무보 궁신지화 즉일부희역 악지보야 악가무결
觸類引長 則一部虞韶 自在於天地之間矣.
촉류인장 즉일부우소 자재어천지지간의

古人疊字書 盡是樂訣 如風之習習 雨之凄凄 鹿之
고인첩자서 진시악결 여풍지습습 우지처처 녹지
呦呦 鳥之嚶嚶 鴈之嗈嗈 狐之綏綏 雎鳩之關關 蟲
유유 조지앵앵 안지옹옹 호지유유 저구지관관 충
之薨薨 羽之肅肅 盧之令令 鑾之將將 鑿氷冲冲 伐
지홍홍 우지숙숙 노지영영 난지장장 착빙충충 벌
木丁丁 皆可按而爲訣也 余問中國樂聲 一字一律否
목정정 개가안이위결야 여문중국악성 일자일률부
鵠汀曰 否也 一字有淸濁按擧之法 平上去下之異 況
곡정왈 부야 일자유청탁안거지법 평상거하지이 황
歌是永言 永言爲詠也.
가시영언 영언위영야

余曰 子謂伯魚 汝爲周南召南矣乎 由後世論之 一朝可誦 不必有問於賢子 然而不曰讀而曰爲 則爲是絃歌之事否 鵠汀曰 先生說得是 發前人所未發 古之絃歌 卽後世之讀書也 上世書籍 不過易書詩禮 皆藏於天子之都 夫子適周 問禮於老聃者是也.
여왈 자위백어 여위주남소남의호 유후세론지 일조가송 불필유문어현자 연이불왈독이왈위 칙위시현가지사부 곡정왈 선생설득시 발전인소미발 고지현가 즉후세지독서야 상세서적 불과역서시례 개장어천자지도 부자적주 문례어노담자시야

雖以夫子之聖 五十而始讀易 七十子之徒 未嘗有談易者 所言不過詩禮 而皆口授 非若後世之日增繁文 當時所習 不越乎籩豆尊俎之間 俯仰揖讓之中 文羽武戚 朝絃暮歌而已.
수이부자지성 오십이시독역 칠십자지도 미상유담역자 소언불과시례 이개구수 비약후세지일증번문 당시소습 불월호변두존조지간 부앙읍양지중 문우무척 조현모가이이

子曰 夏禮吾能言之 杞不足徵也 殷禮吾能言之 宋不足徵也 文獻不足故也 其流來口授可知也 所謂學而時習者是也.
자왈 하례오능언지 기불족징야 은례오능언지 송부족징야 문헌부족고야 기류래구수가지야 소위학이시습자시야

故子謂伯魚下章禮云樂云 又諷其本之有在乎俎豆絃歌之外也.
고자위백어하장례운악운 우풍기본지유재호조두현가지외야

關雎之爲詩也 丁寧反復 誠懇惻怛 流出於心之德而
관저지위시야 정녕반복 성간측달 유출어심지덕이

愛之理者 蓋其辭旨也 樂而不淫 哀而不傷者 蓋其聲
애지리자 개기사지야 낙이불음 애이불상자 개기성
音也 故曰 師摯之始 關雎之亂 洋洋乎盈耳者是也.
음야 고왈 사지지시 관저지란 양양호영이자시야

後世之爲詩也 廢絃歌而臨方冊 由是而聲與詩 判而
후세지위시야 폐현가이림방책 유시이성여시 판이
爲二 則朱子註詩 鄭衛之風 盡歸之淫奔之科 此諭義
위이 즉주자주시 정위지풍 진귀지음분지과 차유의
而不諭聲之過也 男女私悅 惟恐人知 豈有沿道歌呼
이불유성지과야 남녀사열 유공인지 기유연도가호
自述其醜亂之行乎.
자술기추란지행호

然則夫子之答顔淵 何不曰放鄭詩 而曰放鄭聲乎 故
연즉부자지답안연 하불왈방정시 이왈방정성호 고
若以鄭聲歌之 則摽梅野麕 當屬淫詩也.
약이정성가지 즉표매야균 당속음시야

且夫聲 審之目乎 審之耳乎 學士大夫究竟本原 邂
차부성 심지목호 심지이호 학사대부구경본원 해
逅彷像於作樂之理 則乃復特地尋律於目剽之中.
후방상어작악지리 즉내부특지심률어목표지중

古之聖人 竭力於耳 今之君子 乃欲一朝得之於目
고지성인 갈력어이 금지군자 내욕일조득지어목
是不識朝絃暮歌之爲何等工夫 而閣廢聲律 徒讀於紙
시불식조현모가지위하등공부 이각폐성률 도독어지
上.
상

此有宋諸大儒開口談律 不識審音 反爲樂工之所笑
차유송제대유개구담률 불식심음 반위악공지소소
卒不免固陋之歸耳.
졸불면고루지귀이

余曰 秦漢以來 非但難復古樂 雖時運好還 亦無作
여왈 진한이래 비단난복고악 수시운호환 역무작
樂之人乎 鵠汀曰 何爲其然也 當周之衰 文之弊極矣
악지인호 곡정왈 하위기연야 당주지쇠 문지폐극의
及諸侯强大 爭尙武力 所以虛館設席 分庭抗禮者 皆
급제후강대 쟁상무력 소이허관설석 분정항례자 개
權謀智術之士.
권모지술지사

由是而百家之言 縱橫雜沓 各是其說 各私其學 然
유시이백가지언 종횡잡답 각시기설 각사기학 연
要其歸趣 未嘗不本之仁義 假經術而爲說.
요기귀취 미상불본지인의 가경술이위설

身離校宮 紛紛攘攘 禮樂之理 徒設於口 而不習於
신리교궁 분분양양 예악지리 도설어구 이불습어
體 尊俎之容 日去於前 笙鏞之音 日遠於耳 不可斯
체 존조지용 일거어전 생용지음 일원어이 불가사
須去身之實 徒爲虛器 不復服習 此浮文明理者之過
수거신지실 도위허기 불부복습 차부문명리자지과
也.
야

人情不得不厭文思質 惡華取實 疾奢尙儉 憎繁想簡
인정부득불염문사질 오화취실 질사상검 증번상간
則爲天下者 使其黔首之民 驅而納之黑闇愚樸之域
즉위천하자 사기검수지민 구이납지흑암우박지역
未必非古聖人致治之要 其燔燒坑殺 在秦則固不免失
미필비고성인치치지요 기번소갱살 재진즉고불면실
策 而在漢則儘爲幸矣.
책 이재한즉진위행의

又劉項之間 天下之子弟 肝腦塗地 其幸而得脫於鋒
우유항지간 천하지자제 간뇌도지 기행이득탈어봉

鏑之下者 始能人含其聰明 擧全固有之天常 是乃時
적지하자 시능인함기총명 거전고유지천상 시내시

運一大好還之期會也.
운일대호환지기회야

當此之時 刑不過三條之約 則法不甚密矣 爭功者擊
당차지시 형불과삼조지약 즉법불심밀의 쟁공자격

柱醉呼 則臣不甚抑矣 朝廷之上 多木訥長者 恥言人
주취호 즉신불심억의 조정지상 다목눌장자 치언인

過失 則俗不甚薄矣.
과실 즉속불심박의

豪右兼幷者 死亡流離 土無常主 則天下之田 始可
호우겸병자 사망유리 토무상주 즉천하지전 시가

幷矣 文景之際 漢興四十餘年 休養生息 阡陌之間
병의 문경지제 한흥사십여년 휴양생식 천맥지간

馬畜成群 太倉之米 陳陳相因 則郡縣之學校 可以設
마축성군 태창지미 진진상인 즉군현지학교 가이설

矣.
의

學士大夫猶能屈首於博士之家 則容有可敎之地 此
학사대부유능굴수어박사지가 즉용유가교지지 차

無他 漢初挾書之律 久猶未除 天下圖籍 都在相府
무타 한초협서지률 구유미제 천하도적 도재상부

百姓徵信縣官 而處士莫敢橫議 余笑曰 此乃段師遣
백성징신현관 이처사막감횡의 여소왈 차내단사견

康崑崙 十年不近樂器 使忘其本領 鵠汀曰 是也 希
강곤륜 십년불근악기 사망기본령 곡정왈 시야 희

世之如叔孫通者流 當在遠佞之科 年少聰明 更得如
세지여숙손통자류 당재원녕지과 연소총명 경득여

鼂錯賈誼等百十輩 塞其目不令見他書 乃以律呂像文
조조가의등백십배 색기목불령견타서 내이율려상문

學 絃歌諭行誼 一揚手而遠之事君 一蹈足而邇之事
학 현가유행의 일양수이원지사군 일도족이이지사

父.
부

夫然後立魯之兩生 爲司徒之職 未必非作樂之人 而
부연후립로지양생 위사도지직 미필비작악지인 이

復使兩馬輩 列之學宮 未必非作頌之才耳 第未知何
부사양마배 열지학궁 미필비작송지재이 제미지하

功可紀 何德可述 而猶賢乎唐宋之作 全無可像也.
공가기 하덕가술 이유현호당송지작 전무가상야

余曰 兩馬取其文辭否 賈誼鼂錯亦豈下於兩馬哉 鵠
여왈 양마취기문사부 가의조조역기하어양마재 곡

汀曰 非但取其文章也 古者律曆皆隷太史 漢律書 其
정왈 비단취기문장야 고자율력개례태사 한율서 기

始不言律而言兵 不言兵之用而言兵之偃 樂之於兵亦
시불언률이언병 불언병지용이언병지언 악지어병역

遠矣 然以爲天下富庶 百姓嬉遊 此和樂之本也 蓋亦
원의 연이위천하부서 백성희유 차화악지본야 개역

深達制樂之意.
심달제악지의

余曰 漢之有天下 若是其盛乎 鵠汀曰 先生是何言
여왈 한지유천하 약시기성호 곡정왈 선생시하언

也 何先生之小覷漢家也 敝以爲漢高功不讓武王 德
야 하선생지소처한가야 폐이위한고공불양무왕 덕

不慙周室 但所少者 西伯之世家 周公之叔父 召公之
불참주실 단소소자 서백지세가 주공지숙부 소공지

大臣 天祿之八百 仲尼之遺民耳.
대신 천록지팔백 중니지유민이

夫三代之際 天子之所以制治者 不過千里 千百諸侯
부삼대지제 천자지소이제치자 불과천리 천백제후
各治分地 自非大姦宄 無所關於天子 天子者五載一
각치분지 자비대간귀 무소관어천자 천자자오재일
巡狩 同律度量衡而已 自非大不軌 靑陽左个 穆然垂
순수 동율도량형이이 자비대불궤 청양좌개 목연수
拱 夫復何爲哉.
공 부부하위재

上下維持 强弱牽制 所謂虫之百足 至死不僵也 秦
상하유지 강약견제 소위충지백족 지사불강야 진
漢以來 提封萬里 匹夫匹婦之饑飽寒煖 都係天子之
한이래 제봉만리 필부필부지기포한난 도계천자지
一念 一念之差 土崩瓦解 曾無門庭之限.
일념 일념지차 토붕와해 증무문정지한

雖以苻堅之强 竇建德之量 得天下半而一朝身擒 興
수이부견지강 두건덕지량 득천하반이일조신금 흥
滅勃忽 尺土一民 必歸一人 自非大歷數 無以享延
멸발홀 척토일민 필귀일인 자비대력수 무이향연
自非大制度 莫能鎭壓 其難易之驗 古今之勢異也.
자비대제도 막능진압 기난이지험 고금지세이야

當周之興 前乎夷齊者 太伯仲雍 後乎夷齊者 管叔
당주지흥 전호이제자 태백중옹 후호이제자 관숙
蔡叔也 漢家之起 亦有是否 第高帝有其功而無其心
채숙야 한가지기 역유시부 제고제유기공이무기심
文帝有其德而無其學 武帝有其志而無其識.
문제유기덕이무기학 무제유기지이무기식

可惜未央宮全不築址 不揀面勢 土一團 石一塊 且
가석미앙궁전불축지 불간면세 토일단 석일괴 차
不任工手 忙築數仞糞土墻 囫圇耐住四百年 譬則田
불임공수 망축수인분토장 홀륜내주사백년 비즉전

舍翁黃蓏麥飯 適口充腸 都不聞紅雲社中風味也.
사옹황라맥반 적구충장 도불문홍운사중풍미야

雖然 三老董公 賢於呂尙 縞素一檄 勝於泰誓.
수연 삼로동공 현어려상 호소일격 승어태서

余曰 先生所論漢功過矣 初無極救斯民之心 乘醉妄
여왈 선생소론한공과의 초무극구사민지심 승취망
呼 不過見阿房宮起意 乃群盜之桀黠者 安可與周德
호 불과견아방궁기의 내군도지걸힐자 안가여주덕
比隆哉.
비륭재

若執成跡而論功 則古來亂世之姦雄 皆可有辭於後
약집성적이론공 즉고래난세지간웅 개가유사어후
世矣 天下既定 雖不無一二可像 亦不過推時利害 占
세의 천하기정 수불무일이가상 역불과추시이해 점
得便宜而已 所謂侯門仁義 曷足貴哉.
득편의이이 소위후문인의 갈족귀재

項羽之爲漢驅除放殺義帝 天也 若使項羽 留此一段
항우지위한구제방살의제 천야 약사항우 유차일단
難處之事 漢王還能三分有二 俯首屛氣 執玉帛死生
난처지사 한왕환능삼분유이 부수병기 집옥백사생
之物於義帝之庭乎 鵠汀大笑曰 請先生息怒 余大笑
지물어의제지정호 곡정대소왈 청선생식노 여대소
曰 鄙人元無可怒之事 鵠汀曰 使漢王服事義帝 此先
왈 비인원무가노지사 곡정왈 사한왕복사의제 차선
生充類至義之論也 三代以上 不可不論德 三代以下
생충류지의지론야 삼대이상 불가불론덕 삼대이하
不可不論功 觀乎天命所篤 短長可占 周漢之德 雖未
불가불론공 관호천명소독 단장가점 주한지덕 수미

可同日而語　若又較之欺孤寡取天下　豈非霄壤之分乎.
가 동 일 이 어　약 우 교 지 기 고 과 취 천 하　기 비 소 양 지 분 호

故歷祚短長　視功多少　魏晉報復　固有先輩之論　而
고 력 조 단 장　시 공 다 소　위 진 보 복　고 유 선 배 지 론　이

唐宋之有天下　曾不數傳祿去　王室大亂輒生　自天寶
당 송 지 유 천 하　증 불 수 전 록 거　왕 실 대 란 첩 생　자 천 보

以後　可謂國不國君不君矣.
이 후　가 위 국 불 국 군 불 군 의

較之兩漢　若哀若靈　猶能君綱在手　金甌無缺　是在
교 지 양 한　약 애 약 령　유 능 군 강 재 수　금 구 무 결　시 재

得國之正與不正　而天命之篤與不篤　足可驗矣.
득 국 지 정 여 부 정　이 천 명 지 독 여 부 독　족 가 험 의

且義帝存　然後漢之功德　當益光顯　當時援立　不過
차 의 제 존　연 후 한 지 공 덕　당 익 광 현　당 시 원 립　불 과

項氏一時之權宜　適出居巢老人之拙計　則風塵之際
항 씨 일 시 지 권 의　적 출 거 소 노 인 지 졸 계　즉 풍 진 지 제

造次名分　非可論於草昧英雄.
조 차 명 분　비 가 론 어 초 매 영 웅

其縞素聲討　譬如兩造對訟　分外瑕謫　假令漢高敗死
기 호 소 성 토　비 여 양 조 대 송　분 외 하 적　가 령 한 고 패 사

濉水　不過綱目書例　稱義帝元年　漢王劉邦起兵討項
수 수　불 과 강 목 서 례　칭 의 제 원 년　한 왕 유 방 기 병 토 항

羽　不克死之.
우　불 극 사 지

充類至義　則立箕若微　退處藩服　不害爲殷室之純臣
충 류 지 의　즉 립 기 약 미　퇴 처 번 복　불 해 위 은 실 지 순 신

寢處淚痕　終畏天威　不害爲更始之賢宗　然而不詰淸
침 처 루 흔　종 외 천 위　불 해 위 갱 시 지 현 종　연 이 불 힐 청

宮之興居　反遜移罪於成濟.
궁 지 흥 거　반 손 이 죄 어 성 제

平心徐究 則項家所尊 於漢何有 卽義帝在封之江湘
평심서구 즉항가소존 어한하유 즉의제재봉지강상
百里之國 爲賓於漢 不害爲四百年第一盛德事 其處
백리지국 위빈어한 불해위사백년제일성덕사 기처
義帝亦何難之有.
의제역하난지유

且後世君子立論務高 恥言漢唐 漢德遂卑 無人咏歎
차후세군자립론무고 치언한당 한덕수비 무인영탄
然漢世諸帝 率能傳家孝友 用人則先循吏 導民則獎
연한세제제 솔능전가효우 용인즉선순리 도민즉장
力田 此三者 天下之大本而歷代之所罕也.
력전 차삼자 천하지대본이역대지소한야

汲黯之守正 霍光之輔幼 子陵之高尙 黃憲之範俗
급암지수정 곽광지보유 자릉지고상 황헌지범속
諸葛之出處 河間之好禮 東平之樂善 天下之元氣而
제갈지출처 하간지호례 동평지락선 천하지원기이
歷代之所不及也.
역대지소불급야

凡此數事者 質直忠懇 眞意藹然 所謂能合心之德而
범차수사자 질직충간 진의애연 소위능합심지덕이
不失乎愛之理也 是皆作樂之實 而有足以咏歌感歎
불실호애지리야 시개작악지실 이유족이영가감탄
立一部大雅 宜無愧色也.
입일부대아 의무괴색야

天下生靈 習熟於漢 故久而能思 劉淵假漢 繼安樂
천하생령 습숙어한 고구이능사 유연가한 계안악
而立宗廟 劉裕入關 父老說其十陵 劉知遠劉龑 猶藉
이립종묘 유유입관 부로설기십릉 유지원유엄 유자
金刀以立大號 此雖不足有無於前漢 而民彝不似他家
금도이립대호 차수부족유무어전한 이민이불사타가

一敗塗地也.
일 패 도 지 야

是時日已向夕 而盡日所飮 各已十餘盃 亨山自午
시 시 일 이 향 석 이 진 일 소 음 각 이 십 여 배 형 산 자 오

於椅上熟寐 鵠汀頻拔刀 割羊大嚼 又數勸余 而余甚
어 의 상 숙 매 곡 정 빈 발 도 할 양 대 작 우 삭 권 여 이 여 심

嫌其臊 惟啖餠果.
혐 기 조 유 담 병 과

鵠汀曰 先生不嗜齊魯之大邦耶 余笑曰 大邦羶臊
곡 정 왈 선 생 불 기 제 로 지 대 방 야 여 소 왈 대 방 전 조

鵠汀有愧色 余亦覺其觸犯 卽墨抹之 因謝曰 鄙人愛
곡 정 유 괴 색 여 역 각 기 촉 범 즉 묵 말 지 인 사 왈 비 인 애

非子貢 情同王肅 – 齊王肅初入魏 不食羊肉 常飯鯽魚 高祖問
비 자 공 정 동 왕 숙 제 왕 숙 초 입 위 불 식 양 육 상 반 즉 어 고 조 문

羊肉何如魚羹 肅對曰 羊比齊魯大邦 魚比邾莒小國 彭城王勰曰 卿
양 육 하 여 어 갱 숙 대 왈 양 비 제 로 대 방 어 비 주 거 소 국 팽 성 왕 협 왈 경

不重齊魯大邦 愛邾莒小國 明日爲卿設邾莒之食 鵠汀見余不食羊肉
부 중 제 로 대 방 애 주 거 소 국 명 일 위 경 설 주 거 지 식 곡 정 견 여 불 식 양 육

本譏余出自小邦 不識大邦之味 及大邦羶臊之對 還觸所忌 故有愧
본 기 여 출 자 소 방 불 식 대 방 지 미 급 대 방 전 조 지 대 환 촉 소 기 고 유 괴

色.
색

鵠汀曰 高麗公案 公知之乎 余曰 此載東坡志林
곡 정 왈 고 려 공 안 공 지 지 호 여 왈 차 재 동 파 지 림

高麗無罪 而東坡最憎之 高麗名臣有金富軾富轍 慕
고 려 무 죄 이 동 파 최 증 지 고 려 명 신 유 금 부 식 부 철 모

蘇爲名 而坡殊不知也 鵠汀曰 子瞻上箚論 高麗入貢
소 위 명 이 파 수 부 지 야 곡 정 왈 자 첨 상 차 론 고 려 입 공

無絲髮利而有五害　請勿許買書籍　然冊府元龜　其時
무 사 발 리 이 유 오 해　청 물 허 매 서 적　연 책 부 원 귀　기 시

所出　貴邦廣爲繡印否　余曰　東坡箚論　未免失言　小
소 출　귀 방 광 위 수 인 부　여 왈　동 파 차 론　미 면 실 언　소

國慕華而來　大邦何必曰利　鵠汀曰　然宋政和中　升高
국 모 화 이 래　대 방 하 필 왈 리　곡 정 왈　연 송 정 화 중　승 고

麗使爲國信　禮在夏國上　改引伴押伴　稱接送館伴　而
려 사 위 국 신　예 재 하 국 상　개 인 반 압 반　칭 접 송 관 반　이

高麗事遼臣金　多負中國禮意　宋高宗甚恨之.
고 려 사 요 신 금　다 부 중 국 예 의　송 고 종 심 한 지

高麗貢路　常由明州明越　困於供給　中國所以館遇燕
고 려 공 로　상 유 명 주 명 월　곤 어 공 급　중 국 소 이 관 우 연

賚之費　以鉅萬計　淮浙之間騷然.
뢰 지 비　이 거 만 계　회 제 지 간 소 연

昔荊南高季興　五代時節鎭也　當時雄據一州者　無不
석 형 남 고 계 흥　오 대 시 절 진 야　당 시 웅 거 일 주 자　무 부

自霸一方　而高氏謙卑　利其錫賚　遍向稱藩　故時人目
자 패 일 방　이 고 씨 겸 비　이 기 석 뢰　편 향 칭 번　고 시 인 목

之爲高無賴　宋時淮浙亦號高麗爲高無賴　蓋苦之也.
지 위 고 무 뢰　송 시 회 제 역 호 고 려 위 고 무 뢰　개 고 지 야

蘇氏五害之論　有以也　故御史胡舜陟及侍御吳芾皆
소 씨 오 해 지 론　유 이 야　고 어 사 호 순 척 급 시 어 오 불 개

論之　非但以靡弊爲言　蓋憂其窺覘虛實　爲金之間也.
론 지　비 단 이 미 폐 위 언　개 우 기 규 첨 허 실　위 금 지 간 야

余曰　是誠寃枉　東方慕華　卽其天性也　攷究二十一
여 왈　시 성 원 왕　동 방 모 화　즉 기 천 성 야　고 구 이 십 일

代史　號爲新羅高麗　上下數千年間　有夫一驚邊上之
대 사　호 위 신 라 고 려　상 하 수 천 년 간　유 부 일 경 변 상 지

塵者乎.
진 자 호

朝鮮殺漢使者 卽衛滿朝鮮 非箕子朝鮮也 隋唐拒命
조 선 살 한 사 자 즉 위 만 조 선 비 기 자 조 선 야 수 당 거 명

卽高氏之高句麗 非王氏之高麗也.
즉 고 씨 지 고 구 려 비 왕 씨 지 고 려 야

中國史傳 輒皆去句省馬 通稱高麗 是王氏立國之前
중 국 사 전 첩 개 거 구 생 마 통 칭 고 려 시 왕 씨 립 국 지 전

已有其號也 後先倒置 名實混淆 足爲寒心.
이 유 기 호 야 후 선 도 치 명 실 혼 효 족 위 한 심

我東三國時 新羅最先慕唐 以水路通中國 衣冠文物
아 동 삼 국 시 신 라 최 선 모 당 이 수 로 통 중 국 의 관 문 물

悉效華制 可謂變夷爲夏矣 王制東方曰夷 夷者 柢也
실 효 화 제 가 위 변 이 위 하 의 왕 제 동 방 왈 이 이 자 저 야

言仁而好生 萬物柢地而生 故天性柔順者是也.
언 인 이 호 생 만 물 저 지 이 생 고 천 성 유 순 자 시 야

高麗繼新羅 延歷五百年間 不無六七之作 雖其繼體
고 려 계 신 라 연 력 오 백 년 간 불 무 육 칠 지 작 수 기 계 체

時有粃否 然不替慕華之誠 至發於夢寐.
시 유 비 부 연 불 체 모 화 지 성 지 발 어 몽 매

得中州好文 必盥手而讀之 二醫之還 密輸陰雨之戒
득 중 주 호 문 필 관 수 이 독 지 이 의 지 환 밀 수 음 우 지 계

凡此數款 史不絶書 其乃心中華 誠切尊攘 足可表見
범 차 수 관 사 부 절 서 기 내 심 중 화 성 절 존 양 족 가 표 현

矣.
의

當時士大夫不諒高麗之本心 反疑强隣之間諜 不亦
당 시 사 대 부 불 량 고 려 지 본 심 반 의 강 린 지 간 첩 불 역

寃乎 建炎天子自昧復雪之大義 輕信應誠之迂計 欲
원 호 건 염 천 자 자 매 복 설 지 대 의 경 신 응 성 지 우 계 욕

借捷路 潛圖竊負 而卒符翟帥之先見 則乃及致憾於
차첩로 잠도절부 이졸부적수지선견 즉내급치감어

弱國 愚謂此非高麗公案 乃高麗寃案.
약국 우위차비고려공안 내고려원안

王氏本爲契丹所隔斷 通貢無路 雖不來庭 亦非汴京
왕씨본위거란소격단 통공무로 수불래정 역비변경

聲敎所能坐致 然而梯航萬里 不憚險遠 尋新羅之舊
성교소능좌치 연이제항만리 불탄험원 심신라지구

跡 履不測之鯨鰐 前檣摧覆 後棹繼至 達其忱誠於萬
적 이불측지경악 전장최복 후도계지 달기침성어만

死之餘 此乃陪臣之常職 豈敢規利於大邦哉.
사지여 차내배신지상직 기감규리어대방재

不腆之土物 不足以備天子之庭實 然以今想古 侯度
부전지토물 부족이비천자지정실 연이금상고 후도

不愆 何黃何纁 篚之包之 拜送于庭 悃愊無華 此乃
불건 하황하훈 비지포지 배송우정 곤픽무화 차내

慕華之誠 豈爲要寵於上國哉.
모화지성 기위요총어상국재

高麗雖國小民貧 其紅稻香粳 足以供粢盛 其絲麻
고려수국소민빈 기홍도향갱 족이공자성 기사마

足以備祭服 皷山賫海 不藉他邦 安敢饕冒上國之餼
족이비제복 고산자해 부자타방 안감도모상국지희

廩 瀆擾天子之有司哉.
름 독요천자지유사재

宋之諸帝 不惜館穀之費 所以柔嘉勞徠之意 有加他
송지제제 불석관곡지비 소이유가로래지의 유가타

邦 爲其久傳箕聖之敎 素號禮義之邦 而接遇甚盛 可
방 위기구전기성지교 소호예의지방 이접우심성 가

見中州藪藏海納 萬物攸歸也 安有四海之富而惜費於
견중주수장해납 만물유귀야 안유사해지부이석비어

一介之使 天子之尊而計利於玉帛之會哉.
일 개 지 사 천 자 지 존 이 계 리 어 옥 백 지 회 재

子瞻學識淺短 不知厚往薄來之意 遽發絲利五害之
자 첨 학 식 천 단 부 지 후 왕 박 래 지 의 거 발 사 리 오 해 지

論 有若商賈互爭長短 是以市道交於四方 而絶萬國
론 유 약 상 고 호 쟁 장 단 시 이 시 도 교 어 사 방 이 절 만 국

來王之心也 鄙人嘗謂軾之此箚 羞辱當時之朝廷也.
래 왕 지 심 야 비 인 상 위 식 지 차 차 수 욕 당 시 지 조 정 야

鵠汀曰 先生說得是 雖然 由後世論 則大體郤乖
곡 정 왈 선 생 설 득 시 수 연 유 후 세 론 즉 대 체 극 괴

自當時計 則慮得深長 朱子以蜀洛之故 其極詆子瞻
자 당 시 계 즉 려 득 심 장 주 자 이 촉 락 지 고 기 극 저 자 섬

有甚於孔文仲之謗程子爲五鬼之魁.
유 심 어 공 문 중 지 방 정 자 위 오 귀 지 괴

秦觀李薦之徒 目之爲浮誕輕佻 以南軒交誼 推尊張
진 관 리 천 지 도 목 지 위 부 탄 경 조 이 남 헌 교 의 추 존 장

浚 君子之不黨 亦難矣.
준 군 자 지 부 당 역 난 의

今先生挾朱子定論 其斥蘇更嚴於朱子 未免爲高麗
금 선 생 협 주 자 정 론 기 척 소 갱 엄 어 주 자 미 면 위 고 려

逞憾 因大笑 余亦大笑曰 訟寃則有之 何爲逞憾 鵠
령 감 인 대 소 여 역 대 소 왈 송 원 즉 유 지 하 위 령 감 곡

汀曰 聊相戱耳 千古公是公非 人情大同 孰令勸之
정 왈 요 상 희 이 천 고 공 시 공 비 인 정 대 동 숙 령 권 지

孰令沮之 余笑曰 黨同朱子 固所甘心 而對面錯過
숙 령 저 지 여 소 왈 당 동 주 자 고 소 감 심 이 대 면 착 과

蜀黨儼臨 鵠汀大笑曰 不是不是 民皥朱門之子路 余
촉 당 엄 림 곡 정 대 소 왈 불 시 불 시 민 호 주 문 지 자 로 여

曰 在門墻則麾之 鵠汀曰 黨同朱子 漢兒希世 漢兒
왈 재문장즉휘지 곡정왈 당동주자 한아희세 한아
文弱 朱子分過 余曰 朱子千古義理主人 義理勝處
문약 주자분과 여왈 주자천고의리주인 의리승처
天下莫强 何憂文弱 鵠汀裂漢兒希世 投爐中曰 不必
천하막강 하우문약 곡정렬한아희세 투로중왈 불필
索言 自當理會.
색언 자당리회

鵠汀曰 弘簡錄群書目 列鄭麟趾所撰高麗史 先輩顧
곡정왈 홍간록군서목 열정인지소찬고려사 선배고
寧人 稱其得史家體 而恨吾未之得見 無錫王晏所抄
영인 칭기득사가체 이한오미지득견 무석왕안소초
高麗紀略 斥外國 不識大一統之義 其建國之始 紀年
고려기략 척외국 불식대일통지의 기건국지시 기년
係事 首揭賊梁僞號 余曰 高麗初興 實在朱梁貞明四
계사 수게적량위호 여왈 고려초흥 실재주량정명사
年 中國既無一統天子 則外國紀年 將於何附見 鵠汀
년 중국기무일통천자 즉외국기년 장어하부견 곡정
曰 亂臣賊子 何代無之 而其僞定一時者 猶皆依倣先
왈 난신적자 하대무지 이기위정일시자 유개의방선
王 而朱溫本末 純是盜賊 以其簒奪次序 尊爲帝統者
왕 이주온본말 순시도적 이기찬탈차서 존위제통자
獨司馬光一人.
독사마광일인

以孔明正大光明之識 謂劉豫州帝室之胄 則當時聞
이공명정대광명지식 위유예주제실지주 즉당시문
見之確 豈適後世圖譜之比哉 後之作史者 不徵信於
견지확 기적후세도보지비재 후지작사자 부징신어

孔明 而將安所取義 寇者 潛入他人之室 而竊偸之謂
공명 이장안소취의 구자 잠입타인지실 이절투지위
也 孔明帝室之宗臣 自入其室 逐捕他盜 天下何人道
야 공명제실지종신 자입기실 축포타도 천하하인도
個不字 若諸葛子爲寇者 天下文書 雖剔盡義字不妨.
개부자 약제갈자위구자 천하문서 수척진의자불방

喫著其言 昭烈 雖云中山靖王之後云者 尤令人氣短
끽착기언 소열 수운중산정왕지후운자 우령인기단
雖云者 塗聽途說 邂逅未定之辭也 有誰云之 朱溫云
수운자 도청도설 해후미정지사야 유수운지 주온운
然乎.
연호

李昪本是權臣之假子 巧圖楊徐之基業 及其得志也
이변본시권신지가자 교도양서지기업 급기득지야
又恥簒奪之跡 背義父於既骨 托鼻祖於文皇 天下姓
우치찬탈지적 배의부어기골 탁비조어문황 천하성
李 非獨隴西 柩前稱嗣 邈佶猶然.
리 비독농서 구전칭사 막길유연

乃爲予統於賊梁 援而比之於堂堂帝室之胄 抑何肝
내위여통어적양 원이비지어당당제실지주 억하간
膽 以爲朱氏代唐 四方幅裂 朱邪入汴 比之窮新 致
담 이위주씨대당 사방폭렬 주사입변 비지궁신 치
恨於運歷年紀之不數.
한어운력년기지불수

綱目書例 雖是大居正 猶不若益都鍾尚書－羽正－得
강목서례 수시대거정 유불약익도종상서 우정 득
其權衡也 其正統論 峻斥司馬歐陽之非 以爲三代及
기권형야 기정통론 준척사마구양지비 이위삼대급
漢唐宋正統也.
한당송정통야

正而不統者 東周君 蜀漢昭烈帝 晉之元帝 宋之高
정이불통자 동주군 촉한소렬제 진지원제 송지고
宗也 統而不正者 秦始皇 晉武帝 隋文帝也 雖非正
종야 통이부정자 진시황 진무제 수문제야 수비정
統 而天下無久虛之理 則作史者不可不予帝.
통 이천하무구허지리 즉작사자불가불여제

至若曹丕王莽朱溫 義旣不正 勢又不一云云 而猶不
지약조비왕망주온 의기부정 세우불일운운 이유불
若長洲宋實潁黜梁紀年之嚴 以爲王莽不得書新 祿山
약장주송실영출량기년지엄 이위왕망부득서신 녹산
不得書燕 則全忠凶逆 誰得書梁 况當時晉岐吳蜀 移
부득서연 즉전충흉역 수득서양 황당시진기오촉 이
檄興復 則唐室未亡也 共稱天祐 至於二十年之久 則
격흥부 즉당실미망야 공칭천우 지어이십년지구 즉
唐室猶存也 晉雖唐室之賜族 乃以諸侯之宗盟 君讎
당실유존야 진수당실지사족 내이제후지종맹 군수
國賊 手自誅剿 則是天下未嘗有全忠之梁也云云.
국적 수자주초 즉시천하미상유전충지양야운운

當時外藩不識中州共主之眞僞 或由慕華誠切 或由
당시외번불식중주공주지진위 혹유모화성절 혹유
自衛境土 或由援結大國 以自鎭衆 扶服稱藩 奉其年
자위경토 혹유원결대국 이자진중 부복칭번 봉기년
號 事理無怪 但由後世作史者論之 眞僞較然 得失著
호 사리무괴 단유후세작사자론지 진위교연 득실저
明.
명

中土文書 歲渡鴨水 敎遵太師 學宗紫陽 禮義著稱
중토문서 세도압수 교준태사 학종자양 예의저칭
由來千載 春秋之義 責備賢者 余曰 雖以溫公之賢
유래천재 춘추지의 책비현자 여왈 수이온공지현

黜陟之際 猶有此失 况外國乎 敝邑雖同內服 而猶於
출척지제 유유차실 황외국호 폐읍수동내복 이유어
中州 無異穿壁借照 隔面模眞 又况見識未曾到此乎
중주 무이천벽차조 격면모진 우황견식미증도차호
今聞先生黜梁之論 不覺爽然自失 然則麗史王正 當
금문선생출양지론 불각상연자실 연즉려사왕정 당
係何處 鵠汀曰 此有當時晉岐吳已例 攷之則易定耳
계하처 곡정왈 차유당시진기오이례 고지즉이정이
遂起開卓上小皮箱.
수기개탁상소피상

亨山鼾息如雷 時時頭觸屛風 鵠汀笑而大聲高咏曰
형산한식여뢰 시시두촉병풍 곡정소이대성고영왈
木枕十字裂 亨山鼾息卽止 須臾更鼾 余乃大咏 木枕
목침십자열 형산한식즉지 수유갱한 여내대영 목침
十字裂 鵠汀手拿小冊 瞠曰會也 謂能爲漢語也.
십자열 곡정수나소책 당왈회야 위능위한어야

小冊卽擧子抄集 便覽歷代紀年 鵠汀披閱後唐莊宗
소책즉거자초집 편람역대기년 곡정피열후당장종
紀年 自同光元年甲申 逆數至梁均王友貞貞明四年
기년 자동광원년갑신 역수지양균왕우정정명사년
曰 高麗建國似在唐昭宣帝天祐十五年戊寅也 天祐四
왈 고려건국사재당소선제천우십오년무인야 천우사
年 全忠廢帝爲濟陰王 明年戊辰被弑 而唐之正朔 猶
년 전충폐제위제음왕 명년무신피시 이당지정삭 유
寄於當時之諸侯者十六年 是亦公在乾侯之義也哉.
기어당시지제후자십륙년 시역공재건후지의야재

余曰 卽今海內學問 朱陸何尙 鵠汀曰 都尊紫陽
여왈 즉금해내학문 주륙하상 곡정왈 도존자양

如毛甡之逐字駁朱　這是天性不畏王法　駁朱合處少拗
여 모 신 지 축 자 박 주　저 시 천 성 불 외 왕 법　박 주 합 처 소 요
處多　其合處未必有功於儒門　其拗處乃反有害於世道
처 다　기 합 처 미 필 유 공 어 유 문　기 요 처 내 반 유 해 어 세 도
欲殺者爲知己　不打則不識情　罵祖罵佛　還是愛根　毛
욕 살 자 위 지 기　불 타 즉 불 식 정　매 조 매 불　환 시 애 근　모
之駁朱　雖曰自居以功臣　打得見血　孰信其愛.
지 박 주　수 왈 자 거 이 공 신　타 득 견 혈　숙 신 기 애

朱門結鄰　宜不得不忙投臨安府　告了一道狀　包閻羅
주 문 결 린　의 부 득 불 망 투 임 안 부　고 료 일 도 장　포 염 라
不問曲直　拿了毛甡　先賞了三十竹箆　這毛甡忍過了
불 문 곡 직　나 료 모 신　선 상 료 삼 십 죽 비　저 모 신 인 과 료
一看不攢　都呼打得好　包公大怒　更喚壯健做公的加
일 간 불 찬　도 호 타 득 호　포 공 대 노　갱 환 장 건 주 공 적 가
力猛下　這毛甡終不承了.
력 맹 하　저 모 신 종 불 승 료

毛甡平生　自認知我罪我在駁朱　朱子獨於春秋　都不
모 신 평 생　자 인 지 아 죄 아 재 박 주　주 자 독 어 춘 추　도 불
著手　大是通曠　補亡一章　消受了小兒輩許多利嘴　盡
착 수　대 시 통 광　보 망 일 장　소 수 료 소 아 배 허 다 리 취　진
去小序　未免毒遭老拳.
거 소 서　미 면 독 조 로 권

參同契註 – 日暮罷起　未了其說.
참 동 계 주　일 모 파 기　미 료 기 설

宋高宗二年　浙江路馬步都摠管楊應誠上言　由高麗至女眞路
송 고 종 이 년　절 강 로 마 보 도 총 관 양 응 성 상 언　유 고 려 지 여 진 로
甚捷　請身使三韓　結鷄林　以圖迎二帝　乃以應誠假刑部尙書
심 첩　청 신 사 삼 한　결 계 림　이 도 영 이 제　내 이 응 성 가 형 부 상 서

充國信使 浙江帥臣翟汝文言 若高麗辭以金人 亦請問津 以窺
충국신사 절강수신적여문언 약고려사이금인 역청문진 이규

吳越 將何以爲對 旣至 果對如汝文言.
오월 장하이위대 기지 과대여여문언

6

곡정필담(鵠汀筆談)

본편은 박지원이 곡정(鵠汀) 왕민호(王民皞)와 주고받은 필담 내용이다. 필담의 내용은 어느 특정한 문제를 설정한 것이 아니라 과학, 종교, 역사, 정치, 기타 다양한 문화, 만담 등을 순서나 계획 없이 상호간 해박한 지식을 토대로 다방면에 걸쳐 언급하였다.

여기서 우리는 박지원의 세계관과 사상을 엿볼 수 있으리라 생각된다. 특히 지광설(地光說), 지구 원형설(圓形說), 지동설(地動說), 물질의 본체, 생물의 기원 및 진화에 관한 철학적, 과학적 견해는 연암의 진보적인 유물론적 세계관을 보여 주고 있다.

곡정필담서(鵠汀筆談序)[1)]

어제는 윤공(윤가전)의 처소에서 이야기를 나누다 해가 저무는 줄을 몰랐다. 윤공이 가끔 졸며 머리를 병풍에 받곤 하였다. 내가,

"윤 대인(尹大人)께선 피곤하신 모양이니, 나는 물러가겠습니다."

라고 하였더니 곡정(鵠汀)이,

"그야 조는 이는 졸고, 이야기하는 이는 이야기하는 것이니 아무 상관이 없습니다."

라고 했다.

윤공이 얼핏 그 말을 들었는지 곡정을 향하여 무어라고 두어 마디 말을 하자, 곡정은 머리를 끄덕이고는 곧바로 필담하던 초고를 거두고 나에게 읍하며 함께 일어나자고 했다. 이는 대저

---

1) 곡정필담서(鵠汀筆談序) : 박영철본에는 애초에 이 소제(小題)가 없었으나, 주설루본에 의거하여 수록하였다.

윤공은 노인인 데다가 나 때문에 일찍 일어나서 정오가 지나도록 이야기를 주고받았으니, 그가 정신없이 피곤해서 졸기 시작함도 괴이할 것이 없는 일이라 하겠다.

곡정이 내일 아침밥을 지을 테니 나에게 같이 먹자고 하기에 나는,

"이야기 자리가 벌어질 때마다 늘 해가 짧음이 걱정이니, 내일은 특히 일찍이 오겠습니다."

라고 하였더니 곡정은 그렇게 하라고 했다.

다음 날 오경(五更 : 오전 3~5시)에 사신이 일어나 조회 반열에 나갈 때 나도 함께 일어나서 곧바로 곡정한테로 와서 촛불을 밝히고 이야기를 했다. 도사(都司) 학성(郝成)도 서로 같이 만났으나, 윤공(윤가전)은 벌써 새벽에 조회하러 들어갔다.

밥을 먹으며 필담(筆談)하다 보니 수십 장이나 되는 종이를 새것으로 바꾸었다. 그러고 보니 인시(寅時 : 오전 3~5시)에서 유시(酉時 : 오후 5~7시)까지 무려 여덟 시간(현재는 열여섯 시간에 해당됨) 정도가 지났다. 학공(郝公 : 학성)은 좀 늦게 왔다가 먼저 가버렸다. 그러므로 필담한 초고를 차례대로 엮어서 「곡정필담(鵠汀筆談)」이라고 하였다.

곡정필담(鵠汀筆談)[2)]

내가,

"윤 대인(尹大人 : 윤가전(尹嘉銓))께서 어제 몹시 피로하신 모양이어서 손님인 제 마음이 편치 않았습니다. 일찍부터 보이더니 늦게까지 있었다는 뜻은 없었을까요?"

라고 하였더니 곡정은,

"그런 것이 아닙니다. 윤공은 늘 한낮이 되면 잠시 용호교(龍虎交)[3)]를 하는데, 남들에게 그의 이런 하찮은 재주를 보이지 않으려고 했었던 것이지, 결코 손님을 싫어하는 뜻은 없을 것입니다."

라고 하고는 곡정은 또,

"윤공은 어떠한 사람으로 보입니까?"

---

2) 원문에는 이 소제(小題)가 없다.(편집자주)

3) 용호교(龍虎交) : 도가(道家)의 수련에서 물과 물, 혹은 양과 음을 상징하는 용과 호를 교합하는 양생법이다.

라고 묻는다. 내가,

"신선(神仙) 같은 사람으로 보입니다. 선생은 그와 친한 지 오래됐습니까?"

라고 하였더니 곡정은,

"헝클어진 다북쑥과 명아주, 복사꽃과 오얏꽃처럼 문벌과 가는 길이 전혀 다르답니다. 이곳에 와서 알고 벗한 지 한 열흘이 넘었습니다."

라고 한다.

곡정이,

"공자(公子)께서는 아마 '기하(幾何)'에 대한 학문이 정통하신가 봅니다."

라고 하여 내가,

"어째서 그런 줄 아십니까?"

라고 했더니 곡정은,

"저 윗방에 든 기 안사(奇按使 : 기풍액(奇豊額))가 칭찬하여 말하기를 '고려의 박 공자(朴公子)는 기하학에 정통하여 – 우리나라를 부를 때 '고려'라고 불러 마치 우리나라 사람이 중국을 한(漢)이니 당(唐)이니 부르는 것과 같고, 여러 사람들이 나를 부를 적에 가끔 공자(公子)라고 하였다. <그가> 달 가운데 한 세계가 있다면 마땅히 이 지구와 같을 것이라고 했으며, 지구(地球)가 큰 공중에 걸려 있으니 마땅히 한 개의 작은 별일 것이라고 했으며, 지구 자체에서 빛이 생겨서 달 가운데에 가득히 찼다고 하더이다.'라고 했는데, 이들은 모두 기이한 이론인 동시에 경천위지(經天緯地 : 천하를 잘 계획하여 다스림)할 재주라고 말할 수 있겠습니다."

라고 한다. 내가,

"저는 솔직히 말하자면 기하학에 대한 '기' 자도 엿본 적이 없답니다. 지난밤에 우연히 기공(기풍액(奇豊額))과 함께 앞 뜰에서 달을 구경하다가 기이한 흥취를 걷잡지 못하는 바람에 아무런 헤아림도 없이 멋대로 지껄인 것입니다. 이야말로 일시적인 허튼 이야기에 불과한 것입니다. 더구나 이는 저의 억측(臆測)에서 나온 말이지, 결코 기하로 추론한 말이 아닙니다."

라고 하니 곡정은,

"지나치게 겸손하실 필요는 없습니다. 지구의 빛〔地光說〕에 대한 이론을 듣고 싶었습니다. 혹시 이 지구에 빛이 있다고 하면 모르겠습니다만, 그것은 햇빛을 받아서 빛이 생기는 것입니까? 아니면 그 자체에서 저절로 빛이 생기는 것입니까?"

라고 하여 나는,

"마치 꿈결에 푸른 글씨로 쓴 부적〔綠字〕[4]을 읽은 것과 같아서 벌써 모두 잊어버렸습니다."

라고 하였다. 곡정은,

"저도 평소에 혼자만의 견해가 있으나, 역시 감히 남들에게 발표하진 못했습니다. 왜냐하면 천하 사람들로 하여금 크게 놀라게 하고 조금은 괴이하게 여기게 할까봐 염려해서입니다. 이

4) 부적〔綠字〕: 푸른 글자로 부적을 쓴 데서 유래하였다.

로 인해 탯덩어리처럼 뱃속에 무엇이 걸려 내려가지 않고 가슴이 더부룩한 증세가 생기다 보니, 겨울과 여름철이 되면 더욱 괴로워집니다그려. 다만 선생도 이런 증세가 이루어지지나 않았을까 두렵습니다."

라고 하자 내가,

"이번에 즉시 말씀해서 그걸 깨뜨려 버리는 게 낫겠습니다. 몇 해 동안 묵은 체증을 약 쓰기 전에 효과를 거두셔야지요."

라고 하였더니 곡정은,

"아닙니다. 그렇지 않습니다."

라고 하고 손을 흔들면서 웃기에 나는,

"손님이 먼저 꺼내진 않는 것이 예입니다."

라고 하였다.

얼마 안 되어 밥상이 들어왔다. 〈그 차린 순서를 보니〉 과일과 나물이 먼저 오르고, 그 다음에는 차와 술, 다음에는 떡과 경단, 다음에는 돼지고기와 지진 달걀과 볶음밥 등이 오르고, 가장 뒤에 하얀 쌀로 지은 밥과 양곱창 국이 들어왔다.

중국 음식은 모두들 젓가락을 사용하고 숟가락은 없었으며, 세월아 네월아 권하거니 받거니 하며 작은 잔으로 기쁨을 돋운다. 우리나라처럼 숟가락으로 밥을 둥글둥글 뭉쳐 한꺼번에 배불리고는 곧바로 끝내는 법이 없다 보니, 가끔 작은 국자로 국을 떠먹을 뿐이다. 국자는 마치 숟가락과 비슷하나 자루가 없고, 제사용 술잔〔爵〕과 비슷하나 발이 없어서 모양은 연꽃잎 한

쪽과 닮은꼴이었다. 나는 국자를 집어서 시험 삼아 한번 밥을 떠 보았으나 밑이 깊어서 먹을 수가 없기에 나는 무심코 웃음이 나와서,

"빨리 월왕(越王 : 구천(勾踐))을 불러야 되겠습니다."

라고 하니 지정(志亭)이,

"무슨 말씀이십니까?"

라고 한다. 나는,

"월나라 왕의 생김새가 목이 길고 입부리가 까마귀처럼 생겼답니다."

라고 하였더니, 지정은 곡정의 팔을 잡고 입에 물었던 밥을 뿜어서 재채기를 수없이 한다.

지정이,

"귀국 풍속에는 밥을 뜰 때에 어떤 물건을 쓰십니까?"

하고 묻기에 내가,

"숟가락을 쓴답니다."

라고 하니 지정이,

"그 모양이 어떻게 생겼습니까?"

라고 하여 내가,

"작은 가지잎〔茄葉〕 같습니다."

라고 하고는 이내 탁자 위에다 그려 보였더니, 두 사람은 더욱 허리가 끊어지도록 크게 웃는다. 지정이,

"어떻게 생긴 연잎 숟가락이〔何物茄葉匕〕,

저 혼돈[5]의 구멍을 뚫어서 깨뜨렸던고?〔鑿破混沌竅〕"

라고 읊자 곡정이,

"많고 적은 영웅들의 손이〔多少英雄手〕,

이 젓가락을 빌리느라고 얼마나 바빴으랴?〔還從借箸忙〕"[6]

라고 한다. 내가,

"기장밥은 젓가락으로 먹지 않고〔飯黍毋以箸〕 남과 함께 먹을 때는 손에 바르지 않는〔共飯不澤手〕[7] 법인데도, 중국에 들어오고부터 숟가락을 구경하지 못했고 보면, 옛 사람들은 기장밥 드실 때 손으로 집었겠지요?"

라고 하니 곡정은,

"숟가락이 있긴 하지만 이처럼 길지 않습니다. 기장밥이고 쌀밥이고 간에 젓가락을 쓰기로 관습이 되었습니다. 소위 '태도와 행실이 습관이 된다'는 것도 예와 지금이 저절로 조금 다른 것 같습니다."

라고 한다.

---

5) 혼돈(混沌) : 태초의 하늘과 땅이 나뉘지 않은 상태를 말한다.

6) 이는 은연중 유비(劉備)와 조조(曹操)가 영웅을 논하다가 조조가 유비를 영웅이라 지적하자, 유비는 손에 잡았던 젓가락을 떨어뜨린 고사를 인용해서 우리나라 사람이 젓가락을 오로지 쓰지 않음을 조롱하였다. 또한 한나라 고조가 전쟁의 승패를 몰라 걱정할 때에 모사 장량(張良)이 밥상머리에 있는 젓가락을 집어 산(算)을 놓아 알아맞힌 고사가 있다.

7) 『예기』 곡례(曲禮) 편에 나오는 구절이다.

내가,

"곡정 선생의 뱃속에 꽉 차 있는 커다란 무언가는 필시 나오기 어려운 모양인가 봅니다."

라고 하니 지정이,

"그게 무슨 말씀이시요?"

라고 하여 내가,

"아까 이야기하던 '크게 놀라게 하고 조금은 괴이하게 여기게 한다는' 탯덩이 말씀입니다."

라고 하였더니 곡정은 웃으며,

"두라금탕(兜羅錦湯 : 한약)을 쓰는 것이 가장 좋겠습니다."

라고 하기에 지정이,

"그야말로 홀륜탄조(囫圇呑棗)[8]이군요."

라고 한다. 내가,

"이는 만일 안기생(安期生)[9]의 대추가 아니라면, 오히려 위왕(魏王)[10]의 바가지일 것이요."

라고 하였더니 곡정이,

"그렇지요."

---

8) 홀륜탄조(囫圇呑棗) : 대추를 우물우물해서 통째로 삼키는 것을 말하는데, 따져보지도 않고 무조건 어물쩍 받아들인다는 뜻이다.

9) 안기생(安期生) : 진(秦)나라의 방사(方士)인데, 오이만 한 대추를 먹고 신선이 되었다고 한다.

10) 위왕(魏王) : 전국 시대 위나라의 임금. 그가 다섯 섬들이 큰 바가지를 얻었으나, 너무 커서 쓸모가 없었다. 『남화경』에 나오는 말이다.

라고 하며 껄껄 웃는다. 나는,

"도리어 저는 온몸에 가려움증이 나서 배기지 못하겠습니다."

라고 하였더니 곡정은,

"그러시다면 어디서 마고(麻姑)[11]의 손톱을 구해 오란 말씀이요?"

라고 한다. 지정은 다시 지구의 빛에 대한 설명을 해 달라고 청하기에 내가,

"제가 다만 허망한 말씀을 드릴 테니, 선생께서도 역시 허망한 말로 들어주시겠습니까?"

라고 하였더니 곡정이,

"그러는 것도 해롭진 않습니다."

라고 한다.

나는,

"낮이면 만물이 모두 환하게 빛나다가도 밤이 되면 모든 것이 암흑 속에 드는 것은 무슨 까닭입니까?"

라고 하니 곡정이,

"그거야 햇볕을 받아서 밝은 것이지요."

라고 한다. 나는,

11) 마고(麻姑) : 『신선전』에 나오는 선녀의 이름. 손톱이 길어서 등을 긁기에 좋았다는 전설이 있다.

“모든 물건의 자체에서는 밝음이 없음으로 보아서 그 본질(本質)은 어둡지 않은 것이 없는 모양입니다. 비유하면 어두운 밤중에 거울을 대해 보더라도 완연(頑然)히 목석(木石)과 다름없는 것과 같습니다. 이는 〈거울이〉 비록 빛을 비추는 성질은 품고 있으나 그 자체가 밝을 수 있는 바탕을 갖추지 못했음을 알 수 있는 것입니다. 그리고 햇빛을 빌린 연후에야 빛을 낼 수 있으므로 그 반사(反射)되는 곳에 도리어 밝은 그림자가 생깁니다. 물이 밝아짐도 역시 이와 같은 것입니다.

지금 지구(地球)의 밖에 바다가 둘러싸고 있는 것은, 비유하면 한 개의 큰 유리거울과 같습니다. 만일 달세계〔月世界〕에서 이 지구의 빛을 바라본다면, 역시 현(弦 : 반달)이니 보름이니 그믐이니 초하루니 하는 것이 있을 것입니다. 그 해를 맞댄 이모저모에는 큰 물과 큰 땅덩어리가 서로 잠기며 비춰져서 그 빛을 받아 반사되어 번갈아들며 붉은 그림자를 토하되, 마치 저 달빛이 이 큰 땅덩어리에 고루 퍼졌으나 햇빛을 받지 못한 곳이 저절로 어두워져서 현(弦)이 이룩되기 전의 초승달처럼 컴컴하게 걸려 있어, 땅덩이의 표면이 두터운 곳은 당연히 마치 달 속의 검은 그림자처럼 엉성하게 보일 것입니다.”

라고 하였더니 곡정은,

“저도 역시 일찍이 망령되이 지구에 빛과 그림자가 있다고 생각했으나, 선생이 논하신 것과는 좀 다릅니다.”

라고 하기에 내가,

“반드시 서로 같아야 될 필요는 없으니까 이에 대한 설명이나 듣고 싶습니다.”
라고 하였다.

지정이 곡정을 돌아보며 잇달아서 몇 마디 말로 산과 강의 그림자가 어쩌고저쩌고 하자, 곡정이 머리를 흔들며 ‘그렇지 않아.’라고 거듭 말한다. 나는,

“무엇이 아니란 말입니까?”

라고 하였더니 곡정은,

“선생께서는 방금 지구의 빛에 대해 설명하셨는데, 학공(郝公 : 학지정)이 산과 강의 그림자로 잘못 알아들은 것입니다.”

라고 한다. 나는,

“불가(佛家)의 학설에 의하면, 저 달 가운데에서 무엇이 춤추는 듯한 것을 가지고 곧 산과 강의 그림자라고 하였으니, 이는 바로 달을 하나의 둥글고 텅빈 물체로 보아 마치 거울이 물건을 비추는 듯이 굽어서 대지(大地)에 내리쬠을 이르는 것입니다. 그리고 달에 있는 소위 요철형(凹凸形)이란 것도 역시 산과 강의 움푹하거나 불쑥 튀어나온 모습으로서, 마치 그림의 부본(副本)처럼 위로 올라서 달 가운데 물들인 것이니, 이는 모두 지구와 달의 본래의 속성은 아닌 것입니다.

그리고 내가 말한 달 속의 세계란 참으로 그런 세계가 있다는 말이 아니라, 애당초 지구의 빛을 설명하려 하였으나 어떤 곳에다가 나타낼 수 없으므로 달 속의 세계를 설정해서 말했던 것입니다.

다시 말하자면 위치를 바꿔서 처(處)해 보자는 것이니, 설사 우리들이 처지를 바꾸어서 달 가운데에서 지구의 바퀴를 쳐다본다면, 당연히 땅 위에서 저 달이 밝음을 바라봄과 똑같을 것이라는 말입니다."

라고 하였더니 곡정은,

"옳습니다. 선생의 이 말씀은 내 벌써 명백히 알아들었소이다. 이미 달 속에 세계가 있다면 저절로 산과 강이 있을 것이고, 산과 강이 있다면 저절로 요철이 있을 것이니 멀리서 서로 바라본다면 으레 이런 형태가 나타날 것이므로 대지(大地)를 빌리지 않아도 그 그림자는 나타날 것입니다. 다만 지구의 빛에 관해 운운하신 것에 대해서 제 생각에는 이것이(지구) 태양의 빛을 빌려서 그림자를 내는 것이 아니라 지구 본래의 자체에서 빛이 있다고 여깁니다.

대체로 물건이 크면 신(神)이 지키는 것이요, 물건이 오래 묵으면 정기가 어리는 법이니, 늙은 조개가 구슬빛을 토하여 그 빛이 어두운 밤을 밝혀 줌은 신(神)과 정기가 한 곳에 모인 까닭입니다. 땅덩어리야말로 크고도 오래갈 수 있는 허공에 달린 보배로운 구슬과 같아서 큼지막한 신(神)과 정기가 저절로 밝은 빛을 발할 것입니다. 비유하면 군자가 마음속에 화순함이 쌓여서 그 영화(榮華)가 외면에 나타남과 같은 것입니다. 그리하여 저 공중에 가득 찬 은하를 보면 모두 제 몸에서 나오는 빛을 가지고 있습니다."

라고 한다.

지정은 옆에서 읽다가 웃으면서 위에 적은 '달 속의 세계에서 이 지구의 빛을 바라본다'는 구절에 동그라미를 치고는, 또 '지구는 바로 지구가 허공에 달린 보배로운 구슬'이라는 구절에 동그라미를 치며,

"두 분 선생께서는 아마 한 번 달 속으로 가셔서 항아낭낭(姮娥娘娘)[12]에게 소송을 걸어 판결지어야 하겠소이다. 그때에는 아예 학성(郝成 : 학지정)한테 증인이 되라고 하지 마십시오."
라고 한다. 곡정은 크게 웃으며 '항아낭낭에게 소송을 걸어 판결짓는다'는 구절에 동그라미를 친다.

곡정은,

"달 가운데에 만일 세계가 있다면, 그 세계는 어떤 것입니까?"
라고 하여 내가 웃으며,

"아직 월궁(月宮)에 한 번도 달려가 본 적이 없으니 그 세계가 어떤 모양으로 열려 있는지 어찌 알겠습니까? 다만 우리들 티끌 세계를 가지고 저 달세계를 상상하면 역시 어떤 물건이 쌓이고 모여서 한 덩어리가 만들어졌으되, 마치 이 큰 땅덩어리가

---

12) 항아낭낭(姮娥娘娘) : 달 속에 선약을 찧고 있다는 전설상의 선녀이다. 『회남자(淮南子)』 남명훈(南冥訓)에 "항아는 하(夏)나라의 전설적인 궁수였던 예(羿)의 아내인데, 남편이 서왕모(西王母)로부터 불사약(不死藥)을 구해오자 신선이 되기 위해 불사약을 훔쳐 먹고 달로 도망가서 두꺼비가 되었다."라는 이야기가 나온다.

한 점의 미진(微塵)[13]이 쌓인 것과 같을 것입니다.

티끌과 티끌들이 서로 의지하여 티끌이 어린 것은 흙이 되고, 티끌이 거친 것은 모래가 되며, 티끌이 굳은 것은 돌이 되고, 티끌의 진액(津液)은 물이 되며, 티끌이 따스한 것은 불이 되고, 티끌이 맺히면 금속이 되며, 티끌이 번영하면 나무가 되고, 티끌이 움직이면 바람이 되며, 티끌이 찌는 듯한 기운이 침울하면[14] 여러 가지 벌레(생물을 뜻함)가 되는 것입니다.

이제 우리 사람이라는 것도 곧 모든 벌레 중의 한 족속에 불과합니다. 만일 달세계가 음성(陰性 : 음의 성질)으로 땅이 되었다면 그 물은 곧 티끌일 것이고, 그 눈은 곧 흙일 것이며, 그 얼음은 곧 나무일 것이고, 그 불은 곧 수정일 것이며, 그 금속은 곧 유리일 것입니다. 그리고 달세계가 반드시 진정으로 이렇다는 것은 아닙니다.

비록 제가 추상적으로 이런 명제를 설정했지만, 역시 어찌 그다지 크나큰 물체가 이룩되어 덕(德)은 햇빛에 비교할 수 있고 체(體)는 해〔日〕에 필적할 만한데도, 오히려 하나의 물건이나 기운이 모여서 벌레처럼 꿈틀거리며 변화하는 것이 없다고 하겠습니까?

그리고 이제 우리 사람들은 불에 들어가면 타 버리고 물에 빠

13) 미진(微塵) : 일체 물질에 공통으로 존재하는 물질의 최소 단위를 의미한다.

14) 화학적 변화와 같은 현상을 의미한다.

지면 가라앉곤 합니다. 그러나 역시 일찍이 불과 물을 떠나지 못하는 것이니, 다른 세계에서 이를 미루어 본다면 비록 물과 불 속에 살고 있다고 말하더라도 가할 것입니다.

지금 대체로 모든 벌레 중에 물 속에 살고 있는 것이 다만 고기와 자라뿐만 아닙니다. 비록 비늘과 껍질로 치레한 놈이 주종을 이루었다고 하나, 역시 날개가 돋치거나 털을 입힌 족속들로서 상대방을 삼지 않을 수 없을 것입니다. 비록 고기와 자라는 땅에 놓는다면 죽지만, 역시 때에 따라서는 진흙 속에 깊이 숨기도 합니다.

이것은 비늘과 껍질이 붙은 물고기 족속도 또한 일찍이 흙을 떠나지 않았던 것입니다. 감히 묻겠습니다. 직방(職方)[15]이 소개한 지도 외에 정말 몇 개의 세계가 더 있는지요?"

라고 하니 지정이,

"서양 사람들이 기록한 바를 믿는다면, 아마 구국(狗國 : 개의 나라) · 귀국(鬼國 : 귀신의 나라) · 비두국(飛頭國 : 모가지만 있어 날아다니는 나라) · 천흉국(穿胸國 : 가슴에 구멍이 뚫린 사람의 나라) · 기굉국(奇肱國 : 팔뚝이 하나인 사람의 나라) · 일목국(一目國 : 눈이 하나인 사람의 나라) 등의 여러 가지 기기괴괴한 것들이 있는 모양입니다. 이는 모두들 보통 사람의 생각으로는 미칠 바가 아니었습니다."

---

15) 직방(職方) : 『주례(周禮)』에 나오는 말인데, 천하의 지도(地圖)를 맡은 관원을 뜻한다.

라고 하자 곡정이,

"이것은 다만 서양 사람의 기록뿐만 아니라, 우리 『경(經)』에도 있습니다."

라고 한다. 내가,

"어떤 『경(經)』에 실려 있습니까?"

라고 물었더니 곡정은,

"『산해경(山海經)』입니다."

라고 한다. 나는,

"이 대지를 둘러싸고는 필시 몇 분의 인황(鱗皇 : 물고기 비늘이 붙은 황제)과 모제(毛帝 : 털짐승 임금)가 있는지 알지 못하는 이상, 이 땅에서 달을 생각해 볼 때에는 거기에 또 다른 세계가 있음도 이치에 괴이할 것은 없을 것입니다."

라고 했더니 곡정은,

"달세계가 있고 없음이야 우리들 티끌세상과는 아무런 상관이 없으니, 이는 이른바 월(越)나라 사람이 살찌거나 여윈 것이 진(秦)나라 사람과는 관계없다는 것입니다. 이에 대해서는 앞 시대의 성인들이 말씀하지 못한 것이거늘 이제 선생의 말씀을 듣고 나니, 나로 하여금 티끌세상의 모든 번뇌가 별안간 없어지고 마치 광한궁(廣寒宮 : 달 속에 있는 궁전)에 앉아서 얼음 비단옷을 입은 채 싸늘한 음료를 마시며 백이(伯夷)·오릉(於陵)[16]과 더

16) 오릉(於陵) : 전국 시대 제(齊)나라에서 청렴하기로 유명한 진중자(陳仲子)가 피신했던 곳이 오릉이었던 데서 진중자를 오릉중자라고

불어 서로 읍(揖)하고 선후(先後)를 사양하는 것과 같습니다.

그렇다면 '뗏목을 타고 바다에 떠서 어디론가 가겠다'고 함은 곧 공자께서도 별세계를 망상한 것입니다. 만일 선생께서 영연(泠然)[17]히 서늘한 바람을 타고 공중으로 향하겠다면 저는(왕민호) 중유씨(仲由氏)[18]에게 결코 뒤질 생각은 없소이다."
라고 한다.

지정은 '별세계를 망상했다'는 구절에 동그라미를 치며,

"그럴 때에는 저는 팔짝팔짝 저 토끼처럼 뛰거나, 펄쩍펄쩍 저 두꺼비 걸음 노릇을 할지라도 사양하진 않겠습니다."
라고 하기에 서로 웃느라 온 좌석이 떠들썩하였다.

곡정은,

"우리 유학자 중에서도 근세에 이르러서는 지구가 둥글다는 학설을 제법 믿는 모양입니다. 대체로 땅이 모나고 고요하여 하늘이 둥근 채 움직인다 함은 우리 유학자의 명맥임에도 불구하고, 서양 사람들이 이러한 혼란을 일으켰다고 봅니다. 선생은 어떤 학설을 좇으십니까?"
라고 한다. 나는,

한다.

17) 영연(泠然) : 맑은 모양. 시원한 모양. 다른 본에는 대부분 '냉연(冷然)'으로 되어 있으나 잘못되었으므로 바로잡았다.

18) 중유씨(仲由氏) : 중유는 공자의 제자 자로(子路)의 성명. 그는 공자의 제자 중에서 가장 용맹하기로 이름이 높았다.

"선생은 어떤 것을 믿으십니까?"

라고 하니 곡정은,

"전 비록 손으로 육합(六合 : 천지와 사방)의 등마루를 어루만지지는 못했습니다만, 자못 지구가 둥글다는 설을 믿었습니다."

라고 한다. 나는,

"하늘이 만든 것치고 어떤 물건이고 간에 모난 것은 없습니다. 비록 모기 다리, 누에 궁둥이, 빗방울, 눈물, 침 같은 것이라도 둥글지 않은 것은 없습니다. 이제 저 산, 강, 대지, 해, 달, 별들도 모두 하늘이 창조하였으나, 우리는 아직 모난 별들을 본 적이 없으니, 지구가 둥근 것은 의심할 것이 없는 일이라 생각됩니다. 나는 비록 서양 사람들의 저서를 본 적이 없으나 일찍이 지구가 둥근 것은 의심할 것이 없다고 생각하였습니다.

대체로 지구의 모양은 둥글고, 그 덕(德 : 작용)은 방정하고, 그 일의 보람은 움직이고, 그 성정(性情)은 고요할 것입니다. 만일 허공으로 하여금 이 땅덩어리를 편안히 한 곳에 정착시켜 놓고, 움직이지도 못하게 하며 구르지도 못하게 한 채 우두커니 공중에 매달려 있게만 한다면, 이는 곧 썩은 물과 죽은 흙인 만큼 즉시 썩어문드러져 사라지게 됨을 볼 것입니다. 그러니 어찌 저다지 오랫동안 한 곳에 멈추어 있으면서 허다한 물건을 이고 싣고 있으며, 강물을 담고서도 물이 새지 않게 할 수 있겠습니까?

지금 이 지구는 곳곳마다 구역이 열리고, 가지가지 발을 붙여서 하늘에 머리를 두고 땅에 서 있음은 우리네 사람과 다름없습니다. 서양 사람들이 벌써 땅덩어리를 둥글다고 인정하면서도 지구가 돈다고는 말한 적이 없으니, 이는 땅덩어리가 둥근 줄을 알면서도 둥근 것이 반드시 돌 수 있음은 몰랐던 셈입니다.

그러므로 저는 저 땅덩어리(지구)가 한 번 돌면 하루가 되고, 달이 지구를 한 바퀴 돌면 한 달이 되고, 해가 지구를 한 바퀴 돌면 일 년이 되고, 세(歲)－세성(歲星)이다.－가 지구를 한 번 돌면 일기(一紀 : 12년)가 되며, 성(星)－항성(恒星)이다.－이 지구를 한 번 돌면 일회(一會 : 10,800년)가 된다고 생각했던 것입니다. 뿐만 아니라 저 고양이의 눈동자를 보고서 역시 지구가 돈다는 것을 증험할 수 있겠으니, 고양이의 눈동자가 열두 시간을 따라 변함이 있는 만큼, 그 한 번 변하는 순간에 지구는 벌써 7,000여 리나 달리는 것입니다.[19]"

라고 했다. 지정은 크게 웃으면서,

"그야말로 토끼 주둥이에 달린 건곤(乾坤)이요, 고양이 눈에 들어가는 천지라고 이를 만합니다."

라고 하여 나는,

"우리나라 근세의 선배인 김석문(金錫文)이 처음으로 삼대환(三大丸 : 해·달·지구)이 공중에 떠 있다는 학설을 만들었고, 저의 벗 홍대용(洪大容)이 또 지전설(地轉說 : 지구가 돈다는 이론)을 창안했던 것입니다."

---

19) 박지원은 지구의 위성으로서 달 외에 '해'와 '세성'과 '항성'이란 별도 지구의 위성인 줄로 생각했다.

라고 했더니, 곡정이 붓을 멈추고 지정을 향해서 무어라고 하는데 마치 홍대용의 자와 호를 말해 주는 듯하였다. 그러더니 지정이,

"담헌(湛軒) 선생은 곧 김석문 선생의 제자이십니까?"

하고 묻는다. 나는,

"아닙니다. 김석문은 돌아가신 지 벌써 100년이나 되었으니 선생으로 모실 수가 없었습니다."

라고 했더니 곡정은,

"김 선생의 자와 호는 무엇이며, 아울러 저서는 몇 편이나 있습니까?"

라고 한다. 나는,

"그의 자와 호는 모두 기억나지 않소이다. 또한 그는 이에 대한 저서도 없습니다.[20] 홍(洪 : 홍대용) 역시 저서가 없지만 제가 일찍부터 그의 '지전설'을 의심 없이 믿었으므로 나에게 자기를 대신하여 저술하기를 권했던 일은 있습니다. 그러나 내가 국내에 있을 때 그럭저럭 바쁘다보니 아직까지 하지 못했습니다.

어제 저녁에 우연히 기공(奇公 : 기풍액)과 함께 달을 구경하다가 달을 보고는 친구 생각이 나는 바람에 흥이 일어 제어할 줄을 몰랐던 것입니다. 대체로 서양 사람들이 지구가 돈다고 말

---

20) 김석문(金錫文)의 자는 병여(炳如)이고, 호는 대곡(大谷)이다. 조선 숙종 때의 학자이고, 저서에 『대곡역학도(大谷易學圖)』가 있다. 147쪽 주 9) 참조.

하지 않은 것은 제가 생각하기에 그들의 생각에는 만일 지구가 한 번 돈다면 여러 가지 천체의 궤도 도수를 더욱 추측하기 어려울 것이므로 이 지구를 붙들어서 한 곳에다 안정시켜 놓되, 마치 말뚝을 꽂은 것처럼 한 연후에 추측하기 편하게 하려는 것이라고 봅니다."

라고 했더니 곡정은,

"전 본래부터 이런 학문에는 어두웠으나 역시 한두 가지 엿본 것이 있습니다. 그러나 이제는 마치 일곱 잔의 차(茶)를 마신 듯 해서[21] 다시 정신을 쓰지 않았더니, 지금 선생의 말씀은 서양 사람들이 말한 바도 아닌 만큼 저는 감히 그렇다고 갑자기 믿기도 어렵거니와, 역시 감히 그르다고 갑자기 배격하기도 어렵습니다. 요컨대 아득하여 상고하기 어려웠습니다만, 선생의 변설은 몹시 자세하여 마치 고려에서 만든 승려의 장삼에 바늘구멍이 지나간 실밥처럼 낱낱이 명료합니다."

라고 한다.

지정이,

"어떤 것을 '삼대환(三大丸)'이라 하고 또 어떤 것을 '일소성(一小星)'이라 합니까?"

21) 당(唐)나라 시인 노동(盧仝)이 지은 「칠완다가(七碗茶歌)」 시의 '칠완다흘부득(七碗茶吃不得)'이라는 구절에서 나왔는데, 될 수가 없다는 말이다.

라고 하여 나는,

"공중에 떠 있는 '삼환(三丸)'이란 곧 해와 지구과 달을 말합니다. 지금 대체로 이에 대해서 설명하는 사람들은 '별은 해보다 크고, 해는 지구보다 크며, 지구는 달보다 크다' 하였습니다. 이 말을 믿는다면 저 하늘에 가득 찬 별들은 모두 이 지구와는 상관이 없습니다. 다만 이 삼환이 서로 가까운 이웃에 있어서 그들이 지구의 사유물처럼 되자, 그의 이름을 '해'니 '달'이니 하고서 해의 빛을 빌려 양(陽)이라 하고 달의 기운을 빌려 음(陰)이라 하였습니다.

비유하면 마치 어떤 살림집에서 동쪽 이웃에게 불을 빌리고 서쪽 이웃집에서 물을 꾸는 것과 같아서 저 하늘에 가득히 박힌 별에서 이 삼환을 본다면, 저 커다란 허공에 점처럼 얽혀 붙은 것이 저절로 자잘한 작은 별들에 지나지 않을 것임에도 불구하고 이제 우리들이 한 덩이의 물과 흙의 경계에 앉아서 보는 시각도 넓지 못하고 생각도 한계가 있습니다.

그런데도 또다시 함부로 저 열수(列宿 : 뭇 별)들을 갖고 구주(九州)에다 분배시킨 셈이니, 지금 저 구주가 사해 안에 있음이 마치 검은 사마귀가 얼굴에 찍혀 있음과 무엇이 다르겠습니까? 이른바 큰 못에 뚫린 작은 구멍[22]이란 말이 바로 이것입니다. 그리고 별이 제각기 분야(分野)를 맡았다는 설[23]이야말로 어찌

---

22) 『남화경(南華經)』 추수 편에 나오는 구절인데, '지극히 작다'는 말이다.

의심스럽지 않겠습니까?"
라고 했다.

지정은 '이 말을 믿는다'로부터 '자잘한 작은 별들'이라는 구절에 이르기까지 어지럽게 동그라미를 쳤고 곡정도 몹시 칭찬하여,

"이는 참으로 기이한 이론이며 상쾌한 이론이어서, 예전 사람으로서는 미처 말하지 못한 것을 말하였습니다."
라고 하였다.

나는,

"저는 만 리나 머나먼 길을 걸어서 귀국에 관광하러 왔습니다. 우리나라는 극동에 있고 구라파는 곧 가장 서쪽〔泰西〕에 있는 만큼 극동 사람이 서양 사람을 한 번 서로 만나기를 원했습니다. 그런데 지금 갑자기 열하에 들어오다 보니 아직 천주당(天主堂 : 태서의 사람이 묵고 있었음)을 구경하지 못했습니다. 이곳에서부터 칙명을 받들고 동쪽으로 돌아간다면 다시 황도(皇都 : 북경)에 들어올 가망이 없습니다.

그런데 이제 다행히 외람되게 대인 선생들과 교제하여 많은 가르침을 받은 만큼 비록 나의 큰 바람을 덜었으나, 다만 저 멀리에 사는 서양 사람들은 서로 만날 길이 없으니, 이것이 나의 한스런 바이었습니다. 이제 들으니, 서양 사람들도 황제의 수

23) 옛날 중국을 9주(州)로 나누어서 분야를 설정하였다.

례를 따라와서 이곳에 머물러 있다고 하니, 원컨대 가르치심을 받고자 하옵니다. 혹시 서로 아시거든 소개해 주시기 바랍니다."

라고 했더니 곡정이,

"이런 일은 워낙 관서에서 황제의 칙령을 받아서 처리하는 일인 만큼 길이 같지 않으면 서로 꾀하지 않는 법일 뿐더러, 또 이 행재(行在)한 곳은 모두 일하(日下 : 수도(首都))여서 사람들이 인산인해인 만큼 그들을 찾기가 저절로 곤란할지니, 헛수고하실 필요 없습니다."

라고 하고 지정은,

"저는 저녁에 잡무가 있습니다."

라고 하직하고는, 먼저 일어나 이야기하던 담초(談草 : 필담하던 초고) 오륙 장을 거두고 가 버렸다.

곡정이,

"홍담헌 선생은 천문을 보실 줄 아십니까?"

라고 하기에 나는,

"아니예요, 아닙니다. 역상가(曆象家)와 천문가(天文家)는 같지 않습니다. 대체로 해와 달에 햇무리와 달무리가 나타나는 것, 혜성이 날아 흐르는 것, 별의 빛살 끝의 움직임을 보아서 길흉을 예측할 수 있는 사람은 천문가였으니, 장맹(張孟 : 한(漢)나라의 천문가) · 유계재(庾季才 : 수(隋)나라의 천문가) 같은 이들이 이에 속합니다.

선기옥형(璇璣玉衡 : 혼천의)으로 일월과 성신(星辰)을 살펴서 칠정(七政)[24]을 다스리는 사람은 역상가였으니, 낙하굉(洛下閎 : 한(漢)나라 때의 태자) · 장평자(張平子 : 동한(東漢) 때의 역상가) 같은 이들이 이에 속합니다. 『한서(漢書)』 예문지(藝文志)에서도 천문가 20여 명과 역법가(曆法家) 10여 명을 둘로 나누어 놓았습니다.

저의 벗(홍대용)도 자못 기하(幾何)에 관심을 갖고서 그 천체의 궤도와 그 느리고 빠름을 알고자 했으나 이룩하지 못했던 것입니다. 그러나 그는 일찍이 송경공(宋景公)의 세 마디 말에 형혹성(熒惑星)이 물러갔다는 등,[25] 처사(處士 : 엄광(嚴光))가 임금의 몸에 다리를 올리자 떠돌이별이 제좌(帝座 : 자미성)를 범하였다[26]고 한 이야기는 역사가들이 억지로 끌어댄 소리라고 배척하였습니다."

라고 하였더니 곡정은,

"옛날의 혼의(渾儀 : 천문)에 정통한 자로는 낙하굉과 장평자 이외에도 채백개(蔡伯喈)[27]와 오(吳)나라의 왕번(王番)[28]이 있었

---

24) 칠정(七政) : 일 · 월 · 화 · 수 · 목 · 금 · 토 등의 일곱 가지가 정치와 서로 조화된다는 것이다.

25) 전국 시대 송경공이 재난을 부르는 형혹성이 비치었음을 보고 걱정을 하면서도 전문가의 권고하는 말을 듣지 않고, 오히려 임금다운 말 세 마디를 하였으므로 형혹성이 물러갔다는 고사이다.

26) 동한(東漢) 때 처사 엄광(嚴光)은 친구 광무제(光武帝)와 함께 자면서 황제의 몸에다 다리를 얹었더니, 별자리를 점치는 태사가 '떠돌이별이 자미성을 범했다'고 하였다.

고, 유요(劉曜 : 전조(前趙)의 임금)의 광초(光初 : 319~329) 연간의 공정(孔定)과 위(魏)나라의 태사령 조숭(晁崇) 등은 모두 선기옥형(혼천의)의 남겨진 법을 알았습니다.

송나라의 원우(元祐 : 북송 철종의 연호, 1086~1094) 연간에 소자용(蘇子容)이 종백(宗伯)이 되어서 옛 의기(儀器)를 참고하여 수년 만에 성공하였습니다. 서양 학술이 중국에 들어오자, 중국의 천문 기계는 모두 쓸 곳이 없게 되었습니다. 다만 그 학술이 엉성하고 비루하여 가소로울 뿐이었습니다.

'야소(耶蘇 : 예수)'라는 말은 중국말에 현인을 '군자(君子)'라 함과 서번(西番 : 티베트)의 풍속에 승려를 '라마(喇嘛)'라 함과 같습니다. 야소는 온 마음껏 하느님을 공경하여 온 팔방에 교리를 세웠으나, 나이 서른에 극형(십자가형)을 당하였으므로 나라 사람들이 몹시 애모하여 야소회(耶蘇會)를 설립하고는 그 신(神)을 공경해서 '천주(天主)'라고 하였답니다. 그리고 그 야수회에 들어간 자는 반드시 눈물지으며 슬퍼하고 천주를 잊지 않는다고 합니다.

어릴 때부터 네 가지의 신서(信誓 : 믿음의 맹서)를 세웠으니, 첫째로는 색념(色念)을 끊을 것, 둘째로는 벼슬 욕심을 버릴 것,

27) 채백개(蔡伯喈) : 동한 시대의 문학가 채옹(蔡邕). 백개는 자이다.

28) 왕번(王番) : 원문에는 '王番'으로 되어 있으나 '蕃'을 '番'으로 잘못 표기한 것이다. 왕번은 삼국 시대 오(吳)나라의 천문학자이자 정치가로, 자는 영원(永元)이다. 박학다식했고 예술에도 능통했으며, 혼천의(渾天儀)를 만들었다.

셋째는 팔방을 다니며 선교하되 다시 고국으로 돌아오거나 명예에 대해 연모하지 말기를 바라는 것, 넷째는 비록 부처를 배격했으나 윤회설(輪回說)은 독실하게 믿는다는 것 등입니다.

명(明)나라의 만력(萬曆 : 명나라 신종의 연호, 1573~1619) 연간에 서양 사람 사방제(沙方濟 : 미상)라는 사람이 월동(粵東 : 광동성)에 이르러서 죽었고, 그 뒤를 이어서 이마두(利瑪竇) 등 여러 사람들이 들어왔던 것입니다. 그들의 교리는 사리를 밝히는 것을 종지로 삼고, 몸을 수양하는 것을 요체(要諦)로 삼고, 충효와 자애를 공무로 삼으며, 천선(遷善)과 개과(改過)를 입문으로 삼고, 생사와 같은 큰일에 대해서는 미리 대비하여 걱정이 없게끔 하는 것을 극치로 삼는답니다.

서방의 여러 나라들이 야소교를 신봉한 지 벌써 1,000여 년이 된 만큼, 나라가 아주 편안해졌답니다. 그러나 그 말이 대부분 과장스럽고 허탄한 편이어서 중국 사람들은 이를 믿는 이가 없답니다."

라고 한다. 나는,

"만력 9년(1581년)에 이마두가 중국에 들어와 북경에 머무른 지 29년이나 되었는데, 그는 이르기를 한나라 애제(哀帝) 원수(元壽) 2년(기원전 1년)에 야소가 대진국(大秦國 : 로마제국)에서 태어나서 서해 밖으로 교를 전파했다고 하였습니다. 한나라 원수로부터 명나라 만력에 이르기까지 1,500여 년이나 되었는데도 불구하고 이른바 '야소'라는 두 글자마저 중국 서적에 나타나지를 않았으니, 이는 아마 야소(예수)가 저 바다 끝 멀리 떨어진 곳에서 태어났으므로 중국의 선비들이 혹 그의 이름을 듣지 못했는지, 비록 들어서 안 지가 오래되었으나 그가 이단(異端)이므로 역사에 기록되지 않았는지도 모르겠습니다.

대진국의 또 한 가지의 이름은 '불름(拂菻)'이라고도 하는데, 이른바 구라파는 곧 서양의 총칭인가요? 홍무(洪武 : 명나라 태조의 연호, 1368~1398) 4년(1731년)에 날고륜(捏古倫 : 미상)이 대진국으로부터 중국에 들어와서 고황제(高皇帝)를 뵈었으나 야소교(耶蘇敎)에 대해서는 말하지 않았으니, 이는 무슨 까닭일까요? 대진국에는 애초에 이른바 야소교란 것이 없었던 것을 이마두가 처음으로 천신(天神)에게 의탁하여 중국 사람들을 의혹시킨 것인가요? 그는 어째서 윤회설(輪回說)을 독실하게 믿어서 천당과 지옥의 설로써 불씨(불교)를 비방하고 배척하여 마치 원수처럼 공격하였음은 무슨 까닭입니까?

『시경(詩經)』에 이르기를, '하늘이 많은 백성들을 내시니, 사물이 있으면 그에 맞는 법칙이 있네.'[29]라고 하였는데, 불씨(불교)의 학문은 모든 형체가 있는 기구들을 환상과 망령으로 여겼으니, 이는 곧 모든 백성에게 사물도 없고 법칙도 없다는 것입니다. 지금 야소교(耶蘇敎)는 사물의 이치를 기수(氣數 : 운수)라고 여깁니다. 『시경』에 이르기를, '하늘이 하는 모든 일은 소리도 없고 냄새도 없다'[30]라고 하였는데, 지금 〈야소교에서는〉

29) 『시경(詩經)』 대아(大雅) 탕지십(蕩之什)에 나온다.
30) 『시경』 대아(大雅) 문왕지십(文王之什)에 나온다.

안배(按排)하고 갖다 붙여서 소리도 있고 냄새도 있다고 하였으니, 이 두 가지의 종교에서 어떤 것이 더 낫겠습니까?"
라고 했더니 곡정은,

"서학(西學)이 어찌 불교를 헐뜯을 수 있으리까? 불교는 모두 고차원적이고 오묘합니다. 다만 수많은 비유의 말이 많아서 마침내 귀숙(歸宿)시킬 곳이 없다가 겨우 깨달았을 때는 결국 한 개의 '허망할 환(幻)' 자만 남게 된 반면에, 저 야소교는 애당초 정확하지도 않게 불교의 조박(糟粕 : 지게미처럼 보잘것없는 것)만을 얻어 가지고는 중국에 들어와서 중국의 문헌을 배우다가 비로소 중국 사람들이 불교를 배격했음을 알고서 곧 도리어 중국을 본받아 불교를 같이 배격하였습니다.

중국 서적 중에서 상제(上帝)니 주재(主宰)니 하는 말들을 따서 우리 유학에 아부하였으나 그 본령은 애초부터 사물의 이름과 운수나 따지는 범위에 벗어나지 않은 만큼, 이는 벌써 우리 유학에서의 제이의(第二義)에 떨어지고 말았을 뿐입니다.

그러나 저들 역시 '이(理)'[31]에 대해서 본 바가 없지는 않은 듯싶습니다. '이(이치)'가 '기(氣 : 운명)'[32]를 이기지 못한 지가 오래여서, 요(堯)임금 때의 장마와 탕(湯)임금 때의 가뭄도 기수(氣數 : 운명)가 그렇게 만든 것이라고 여깁니다.

나의 친구 개휴연(介休然) 선생도 자못 이 기수에 대한 이론을

31) 이(理) : 형이상학적(形而上學的)인 불변의 원리.

32) 기(氣) : 형이하학적(形而下學的)인 후천적 허상.

믿어서, '기수(氣數)'와 '이(理)'는 본래 한 속으로서 기수가 이렇게 되면 '이'도 이와 같을 것이라고 했습니다. 개휴연의 호는 희암(希菴)이요, 자는 태초(太初)이며, 또 다른 자를 북궁(北宮)·옹백(翁伯)이라고도 하였답니다. 그의 학문은 천리와 인사를 관통하여 『옹백담수(翁伯談藪)』 100권과 『북리제해(北里齊諧)』 100권이 있고 또 『양각원(羊角源)』 50권이 있습니다. 올해 나이는 60여 세나 되었으나 오히려 저술을 폐하지 않고 있답니다. 『양각원』 한 책은 더욱이 천근(天根 : 하늘 밑)과 월굴(月窟 : 달이 숨는 곳)의 이치에 대해 깊었다고 하였으니, 지전설(地轉說 : 지구가 돈다는 학설)도 혹시 그 속에 있을지 모르겠습니다.

그의 해설(解說) 중에는 '소리개가 날아서 하늘에 이른다'[33]라는 구절을 '소리개가 발을 펴서 굳게 움켜쥔다'라고 해석했으며, '물고기가 연못에서 뛰논다'라는 구절을 '물고기가 부레를 믿고서 버틴다'라고 해석한 것과 같이 만물이 모두 땅에다가 무게중심〔重心〕을 두고 있다고 했습니다. 이 땅의 무게중심이란 마치 '우박이 제 몸을 스스로 싼 것과 같고, 그 움직이지 않는 곳은 마치 수레바퀴에 굴대가 있는 것과 마찬가지다'고 하였으니, 이런 것들이 모두 그의 오묘한 이론들이었습니다.

제가 나이 어릴 때에 세심하게 읽어보려고 하지 못하고 다만 그 대략의 제목들만을 보았을 뿐이었더니 이제 와서는 그 대강의 뜻마저도 잊어버렸습니다."

33) 『시경』 대아(大雅) 문왕지십(文王之什)에 나온다.

라고 한다. 나는,

"개희암(介希菴) 선생을 오늘 당장이라도 만나뵙고 싶은데, 다행히 얽히고설킨 나무 모습의 저를 위해 선생의 소개를 얻었으면 합니다."

라고 하였더니 곡정은,

"개희암은 이곳에 살고 있는 것이 아닙니다. 그는 본래 촉나라 사람인데, 지금은 역주(易州 : 지금의 하북성 역현(易縣))의 이가장(李家莊)에서 차(茶)를 팔아서 생애를 삼고 있답니다. 그곳은 북경으로부터 200여 리 거리인데, 저 역시 서로 만난 지 벌써 7년이 넘었습니다."

라고 한다. 나는,

"희암 선생의 용모는 어떻게 생겼는지요?"

라고 하니 곡정은,

"눈이 깊숙하고 광대뼈가 튀어나왔습니다. 내각의 각로(閣老)인 조공(兆公) - 이름은 혜(惠)이다. - 이 개희암의 경학과 행검(行檢 : 품행이 반듯하고 절도가 있음)을 조정에 추천하여 특별히 강서교수(江西敎授)에 제수되었으나, 병들었다고 핑계대고 응하지 않았답니다.

일찍이 아름다웠던 수염을 하루아침에 스스로 깎아 버림으로써 조공이 자기를 잘못 추천했다는 것을 밝히는 바람에 7품(品)의 모복(帽服)이 주어졌습니다. 또한 어떤 현달한 벼슬아치가 장차 그가 저술한 모든 저서를 추천하려 하자, 〈개희암은〉 흔연히 허락하였으나, 하룻밤에 집에 불이 나서 글이 모두 타버렸으므로 마침내 임금께 아뢰지 못했습니다."
라고 한다.

나는,
"선생의 가슴속에 얹힌 체증을 이제는 말해서 깨뜨릴 수 있지요?"
라고 하니 곡정은,
"저는 애초부터 그런 증세가 없더니 늙은 뱃가죽이 간사스러움이 많아서 물고기를 삶아 먹고는 <거짓말로 물고기가 살아서> 양양히 갔다고 한들[34] 군자 노릇하는 데에 무엇이 해롭겠습니까?"
하고는 서로 껄껄대고 웃었다. 곡정은,
"태초(太初 : 개휴연의 자)의 저서는 실로 일찍이 불사른 것이 아니요, 그 벗 동정(董程)과 동계(董稽)에게 숨겨두었던 만큼 반드시 뒷세상에 전할 것은 의심의 여지가 없을 것입니다. 공께서는 외국 사람이므로 제가 흉금을 터놓고 한 번 말씀드리는 겁니다."

---

34) 정(鄭)나라의 공손교(公孫僑)가 선물로 받은 잉어를 차마 먹기 어려워서 하인을 시켜 잉어를 물에 놓아주라고 하였더니, 하인이 잉어를 삶아 먹고는 잉어가 양양히 자유롭게 헤엄쳐 가더라고 보고하였다. 맹가(孟軻)는 이 일을 논평하여 "군자는 이치에 어긋나지 않는 방법으로 속일 수 있다."고 하였다. 『맹자』 만장(萬章) 상편에 나오는 내용이다.

라고 한다. 내가,

"개 선생의 저서 중에는 나라의 금령이나 꺼려야 할 것이 많단 말씀이지요?"

라고 하니 곡정이,

"나라의 금령이나 꺼려야 할 것은 아무것도 없답니다."

라고 하여 내가,

"그럼 무슨 까닭으로 숨겼을까요?"

라고 하자 곡정이,

"해마다 금지하는 책은 모두 300여 종이나 되는데, 모두 군(君)[35]·공(公 : 삼공(三空) 별의 이름)·고(顧)[36]·주(廚)[37]와 같은 명사들의 책이랍니다."

라고 한다. 나는,

"금서가 어째서 이처럼 많단 말입니까? 모두 최호(崔浩)[38]의

---

35) 군(君) : 삼군(三君). 동한(東漢) 시대의 두무(竇武)·유숙(劉淑)·진번(陳蕃)을 말한다. 『후한서(後漢書)』 당고전서(黨錮傳序)에 나온다.

36) 고(顧) : 팔고(八顧). 덕행(德行)으로써 사람을 이끌 수 있는 여덟 명으로, 동한 시대의 곽태(郭泰)·종자(宗慈)·파숙(巴肅)·하복(夏馥)·범방(范滂)·윤훈(尹勳)·채연(蔡衍)·양척(羊陟)이다. 『후한서』 당고전서에 나온다.

37) 주(廚) : 8주(廚). 재물로써 남의 급한 일을 구출할 수 있는 여덟 명으로, 동한 때의 도상(度尙)·장막(張邈)·왕고(王考)·유유(劉儒)·호모반(胡母班)·진주(秦周)·번무(蕃撫)·왕장(王章)이다. 역시 『후한서』 당고전서에 나온다.

38) 최호(崔浩) : 후위(後魏)의 학자. 『국서(國書)』를 저술하여 사마천의

저술처럼 『사기』를 비방한 책들이란 말씀입니까?"
라고 했더니 곡정은,

"모두 뒤틀어진 선비들의 구부러진 글들이었습니다."
라고 하기에 내가 금서의 제목들을 물었더니, 곡정은 정림(亭林 : 고염무(顧炎武)의 호) · 서하(西河 : 모기령(毛奇齡)의 호) · 목재(牧齋 : 전겸익(錢謙益)의 호) 등의 문집(文集) 등 수십 종을 쓰고는 곧바로 찢어버린다. 내가,

"저 영락(永樂 : 명나라 성조의 연호, 1403~1424) 때에 천하의 군서(群書)를 수집하여 『영락대전(永樂大全)』[39] 등의 책을 만들되, 당시의 선비들로 하여금 머리가 세도록 붓을 쉴 새 없게 했다더니, 지금 『도서집성(圖書集成)』 등의 책 편찬도 모두 역시 그런 뜻인지요?"
라고 했더니 곡정은 재빨리 손을 놀려 이 말을 지워버리며,

"본조(本朝)에서 문치를 숭상함은 백왕(百王)들 중에서 탁월합니다. 그러니까 『사고(四庫 : 사고전서(四庫全書))』에 들어가지 못한 글이야말로 아무런 쓸모가 없겠지요."
라고 한다.

나는,

"앞서 선생은 무슨 까닭으로 조송(趙宋 : 조광윤(趙匡胤)이 세운 송

『사기』를 비방하였으므로 피살되었다.

39) 『영락대전(永樂大全)』: 명(明)나라 무조(武祖) 때 엮은 유서(類書).

나라)을 낮추어 보셨는지요?"

라고 하니 곡정은,

"왕통이 서지 않았습니다.[40] 송나라 태조(조광윤)는 아무런 훌륭한 공업(功業)도 없이 우연히 나라를 얻었으므로 당시로 본다면 판에 박아 놓은 천자에 지나지 않았던 것입니다. 경륜을 세우고 기강을 펼침은 매양 고성묘(顧成廟)에 있을 뿐이었고, 태종(太宗)은 집안에 있어서도 가족의 마음을 배신한 사람이었음을 면하지 못했던[41] 것입니다."

라고 한다. 내가,

"촛불 그림자 사건[42]이 만일 참말이라면, 어찌 다만 가족의 마음만 배신한 것뿐이겠습니까?"

라고 물었더니 곡정은,

"그야말로 참으로 천고에 억울한 일입니다. 그때에 태조의

---

40) 조광윤이 천자가 된 뒤에 그의 아들에게 왕통을 계승하고자 했으나, 둘째아우 태종에게 빼앗겼다.

41) 태종은 조카들을 모두 죽였다. 평소에 태조는 태종을 지극히 사랑하여 태종이 병으로 뜸을 뜰 때에 쑥을 나누어 자기도 떠서 형제가 서로 아픔을 나누었다고 한다.

42) 역사에는 "태조가 병석에 누웠을 때, 태종이 좌우를 물리치고 무슨 말을 하는데 잘 들을 수 없었고, 멀리서 보니 촛불 그림자 아래 태조가 자리에서 일어나려고 하다가 도끼를 마룻바닥에 던지면서 큰소리로 '잘 하여라'는 말 한마디 남기고 죽었다."라고 쓰여 있다. 이 기록을 보고 후세에서는 태종이 태조를 죽였다고 하며 '촛불 그림자 사건'이라고 한다.

병은 벌써 위급하여 아침저녁 시간을 다툴 지경이었는데, 무슨 까닭으로 이다지 괴롭게 큰 일을 했겠습니까? 그러나 그의 모든 행위를 보면 마땅히 그러한 비방을 초래하게 되었습니다.

이 사건은 애당초 호일계(胡一桂 : 원나라의 학자)와 진경(陳經)[43]의 사사로운 역사에서 나와서 이도(李燾 : 송나라의 학자)가 편찬한 『장편(長編 : 『속자치통감장편(續資治通鑑長編)』의 약칭)』에 비로소 기록되었는데, 이는 실로 오중(吳中) 땅의 승려인 문영(文瑩 : 송나라의 승려)이 지은 『상산야록(湘山野錄)』에서 계시해 준 것입니다. 저 일개의 까까머리 중이 어디에서 그런 엄청난 비밀을 알아냈겠습니까?

대체로 그의 글이 전연 마음을 쓰지 않았던 것은 아니었으나, 그 글 중의 '멀리서 붉게 흔들리는 촛불 그림자가 보이면서 큰 소리로 잘해라 하는 소리가 들렸다'라는 불과 여남은 글자가 천고에 끝없는 의심의 단서를 야기했습니다. 촛불이란 원래 컴컴한 밤에 쓰이는 도구요, 그림자라는 것은 희미한 것이며, 붉게 흔들린다는 것은 바로 촛불 빛이 껌벅거린다는 것이요, 큰 소리라는 것은 화평하지 못한 소리요, 잘해라는 말은 명백하지 못한 말입니다. 또 멀리서 뵌다든가 멀리서 들린다는 말은 이 또한 분명하지 못한 까닭에 참으로 천고에 의문스런 사건이 되고 말았으니, 가히 뒤틀린 글이라 말할 수 있습니다.

---

43) 진경(陳經) : 명(明)나라의 역사학자. 박영철본에는 진경(陳檉)으로 되어 있으나 잘못되었으므로 바로잡았다.

그 당시 사대부들은 태종에 대해서 첫째로 해를 넘기지 못한 채 개원(改元)한 것[44]을 옳지 않게 여겼고, 둘째로 형수를 핍박하여 중이 되도록 하고 또 형수가 죽었을 때에도 복을 입지 않은 것을 옳지 않게 여겼으며, 정미(廷美)와 덕소(德昭)가 죽은 것[45]에서 옳지 않음이 거듭 쌓였습니다. 이러니 옳지 않게 여기는 천하의 인심을 어떻게 억누를 수 있었겠습니까?

6국(國)의 선비들이 진(秦)나라에게 분노가 쌓이자 진나라가 6국보다 먼저 망하기를 바라는 마음에서 여불위(呂不韋)의 사건[46]을 교묘히 만들어서 한갓 기화(奇貨)로 삼았거늘, 하물며 진시황(秦始皇)이 서책을 불사르고 선비들을 묻어 죽인 데야 그 욕설이 어떠했겠습니까? 한(漢)나라의 책사가 무엇보다도 먼저 진(秦)을 욕하려 들었기 때문에 곧 이와 같은 기이한 문장이 만들어진 것이니, 촛불 그림자 사건만 해도 역시 이와 같은 의도일 것입니다.

---

44) 태종이 원년의 한 해 동안에 태평(太平)과 흥국(興國)의 두 연호를 썼다.

45) 정미(廷美)는 송나라 태조의 아들인데 피살되었고, 덕소(德昭)는 태종의 아들인데 자살하였다.

46) 전국 시대 말기 진(秦)나라의 정치가였던 여불위가 원래는 수완이 뛰어나고 이재(理財)에 밝아 국경을 넘나들며 장사하는 장사꾼이었는데, 자기의 애첩(愛妾)이 태기(胎氣)가 있자 이를 이용해서 큰 이익을 볼 목적으로 진나라 장양왕(莊襄王)에게 바쳤고, 이 애첩한테서 태어난 아들이 바로 진시황이라고 세상에 전해진다.

송(宋)나라 인종(仁宗)의 영특한 기운은 한(漢)나라 문제(文帝)보다 못하나 학식은 뛰어났고, 송나라 신종(神宗)은 정치를 하려는 의욕은 한나라 무제(武帝)보다 앞서나 재주와 책략이 미치지 못했으며, 건염(建炎 : 송나라 고종의 연호, 1127~1130) 이후로는 족히 이야기할 거리도 없습니다.

〈그중에도 제일〉 통탄할 일은 원수라는 사실을 잊고 친척으로 인정했으니, 이미 천륜이 아닌 이상 어찌 조카라고 부를 수 있었겠습니까?[47] 힘이 모자라서 그에게 굴복하는 것은 바로 하늘을 두려워하는 것이니, 하인이나 신하로 자칭하는 것은 하늘도 어쩔 수 없는 일이겠지만, 조카나 손자로 자칭하여 일컬었으니 이보다 더 큰 욕이 어디 있겠습니까?

당시의 사대부들은 속국의 신하 노릇한 치욕만 면하려고 신하란 명목을 조카로 바꾸어 마침내는 자기의 임금으로 하여금 인륜을 무시하는 경지에 몰래 빠지게 하였습니다. 임금이 인륜을 무시하고 강상(綱常)을 어긋나게 한 행위는 석진(石晉)[48]과 똑같은 전철을 밟은 것입니다. 자신의 귀함만 소중히 여겨 가만히 앉아서 난데없는 애비를 맞이하면서도 임안(臨安 : 남송의

47) 송나라가 북방의 호족인 금(金)나라에게 패하여 휘종과 흠종이 포로로 잡혀갔는데도, 그 원수의 나라를 조카뻘 되는 나라라고 하여 굴욕적인 강화를 맺었다.

48) 석진(石晉) : 5대 때의 석경당(石敬瑭)이 세운 후진(後晉)을 말한다. 석경당이 당나라를 정벌하기 위하여 거란에 구원병을 청하면서 거란 황제를 아버지의 예로 모실 것을 맹약하였다.

수도)의 군신들은 바야흐로 부끄러운 줄 모르고 축하했으니, 무식하기가 그지없습니다. 눈앞의 급한 일에는 아무런 대책도 없이 공연히 뜬구름 잡는 이야기하기만을 일삼았으니 정말 답답한 일이었습니다.[49]

송나라 이종(理宗)은 40년 동안 격물(格物)과 치지(致知)를 공부한 보람으로 죽은 뒤에 '이(理)' 한 글자를 시호에 얻은 것이니, 참으로 가소로운 일이기도 합니다. 모를 일입니다. 이종이 평생에 연구한 이치란 과연 어떠한 물건이었는지요? 옛날로부터 신하된 자가 누구나 자기 임금의 학문을 위하여 애쓰지 않은 이가 없지만, 천 년 동안 적막하다가 겨우 이종 한 사람을 얻었습니다.

그러나 그의 학문도 나라의 존망과 승패에는 이로운 일이 없으니, 그를 만일 구산(龜山 : 양시(楊時)의 호)의 문하(門下)에다가 두었다면 높은 제자라고 일컬어질 수 있었겠지만, 그 학문은 눈으로 한 글자도 알지 못했던 석세룡(石世龍)과 막길렬(邈佶烈)에 훨씬 따라가지 못할 것입니다. 천하의 일을 '보리 떠내려가는 줄도 모르는 것'[50]과 같이 해서는 안 될 것입니다. 구사량(仇士良 : 당(唐)나라의 포악한 관리)은 벼슬을 내놓으면서 그 무리들에게

49) 남송(南宋) 때의 성리학(性理學)을 지적한 것이다.

50) 후한 때 고봉(高鳳)의 고사. 고봉은 널어놓은 보리를 지켜보고 있으라는 아내의 당부가 있었으나, 책을 읽느라 폭우에 보리가 떠내려가는 줄도 몰랐다고 한다.

'여러분은 글을 읽지 마시오'라고 훈계하였답니다. 그러나 <이종이 다스리던> 보경(寶慶 : 송나라의 연호, 1225~1227) · 경정(景定 : 송나라의 연호, 1260~1264) 연간에 40년 동안이나 어두운 안개가 사방 천지를 막은 속에 있었지만,

고금의 이치를 연구하느라고 서당 문을 닫고 앉아 坐窮今古掩書堂
두 이랑 무논마저 반이나 묵혔도다 二頃湖田一半荒

라고 읊은 구절[51]은 이것이 바로 그 시절을 말하는가 봅니다.

도군 황제(道君皇帝 : 송나라의 휘종)는 참으로 명망 있는 선비라 할 수 있어 비록 동파(東坡) 선생처럼 송균(松筠 : 송죽(松竹)) 같은 꿋꿋한 기개와 절조는 부족하더라도 그의 풍류와 감상하는 안목은 반드시 진(陳 : 송나라의 진사도(陳師道)) · 황(黃 : 송나라의 황정견(黃庭堅)) 두 분에게 뒤진다고 할 수는 없을 것입니다."

라고 한다. 형산이 크게 웃으면서,

"더 낫습니다. 한나라 성제(成帝)에게 비한다면 더욱 낭만적이고 방탕한 셈이었습니다. 초여름에 황제가 강관(講官)에게 칙서를 내려서 유시(諭示)하기를 '짐이 매양 옛날 역사를 보니 신하는 아첨하고 임금은 교만하였는데……' 하였는데, 대성문(大

---

51) 당(唐)나라 허혼(許渾)이 지은 시의 구절이다. 허혼은 자연의 정취를 즐기면서 비분강개한 정열을 가진 시를 많이 지었다.

成門) 오른쪽 담벼락에 붙인 방(榜)이 바로 그것이랍니다."

라고 하여 내가,

"삼가 성스러운 칙유(勅諭)를 읽어보니, 대성인의 참다운 학문이 여러 임금보다 매우 뛰어나다는 사실을 알겠습니다. 이야말로 위(衛)나라 무공(武公)의 '억계(抑戒)'[52]라도 그보다 더할 수는 없을 것입니다."

라고 하였더니 곡정은,

"참 그렇구 말고요."

라고 한다. —어제 내가 세 사신을 따라서 공자 사당에 들어가 배알했는데, 그때 왕곡정과 거인 추사시(鄒舍是)가 〈태학관의〉 주인 자격으로 안내하였다. 대성문의 담장에는 오석(烏石 : 검은돌)을 첩첩이 놓고, 벽에 강희(康熙) · 옹정(雍正)과 지금 황제의 훈유(訓諭)한 글들을 새겨두었다. 그 오른편 담벼락에는 새로운 방(榜)을 붙였는데, 바로 황제(건륭)가 강신(講臣)에게 내린 칙유한 글이었다.

〈내용을 보니〉 모두 자기 집안의 학문과 문장을 굉장히 자랑한 반면에, 옛날에 학문에 힘쓰던 임금들을 모조리 비방하였는데, 실속은 없이 허식만 일삼아서 전각 위에서는 만세를 부른다든지, 조정에 나가서는 감탄을 낸다든지 하는 것들이다. 대체로 여러 신하들이 글 뜻을 꾸며 윗사람에게 아첨하고, 임금이 된 사람은 함부로 자기 잘난 것만 믿고 아랫사람들을 멸시하는 것에 대해 경계하였다.

---

52) 억계(抑戒) : 위(衛)나라 무공(武公)이 여왕(厲王)을 풍자하고 스스로 경계하기 위해 지었다는 『시경』의 억(抑) 편과 계(戒) 편의 이름이다.

내가 곡정과 함께 중언부언한 1,000여 자의 글을 한번 읽어보니, 모두가 자기들의 자랑뿐이다. 내가 "전각 위에서 만세를 부른다는 것이 무슨 말입니까?" 하고 물으니, 곡정은 "경연(經筵)에서 강의나 토론을 할 때 임금이 글 뜻을 알아맞히면 좌우의 신하들이 모두 허리를 조아리고 만세를 부르는 것이며, 또 강의하는 자가 알아맞혀서 임금이 옳다고 할 때에도 좌우의 신하들이 역시 만세를 불러서 좋은 것은 모두 임금에게 돌린다는 것입니다. 이는 소위 임금의 옳은 견해에 따른다는 것이요, 또 신하의 좋은 말을 발견했다고 축하하는 것입니다. 한나라의 육가(陸賈)가 황제 앞에 나아가 글 한 편씩 아뢸 적마다 황제는 좋다고 칭찬하지 않은 적이 없었고, 좌우의 신하들은 만세를 불렀다는 것이 이것입니다." 하였다.

나는,

"이종(理宗)은 송나라가 망할 무렵 맨 끝의 임금으로, 그가 항상 학문에 전념했는지의 여부에 대해서는 근본적으로 족히 의논할 바가 못 되지만, 어떤 임금이든 학문을 좋아하는 것만 가지고서 그가 총명한 자질(資質)이라고 말씀하시는 것은 선생의 잘못이라 생각합니다. 만약에 한나라 문제나 송나라 인종의 아름다운 자질과 한나라 무제나 당나라 태종의 영특한 성품에다가 정자(程子)와 주자(朱子)의 학문을 겸할 수 있다면 참으로 요(堯)임금과 순(舜)임금보다 못하지 않을 것입니다. 그런데 하필 그 글짓는 부스러기 재주와 쓰고 외우는 폐단만을 가지고 미리 염려하여 남의 임금된 자를 학식이 적다고 곧바로 눌러서야 되겠습니까?"

라고 하니 곡정은 고개를 흔들면서,

“그렇지 않지요. 내 본래 송나라 이종을 말한 것이 아닙니다. 또한 『송사(宋史)』 형법지(刑法志)를 보면 이상하게도 사람의 심사가 번민해집니다. 내가 말한 것은 학문에만 전념하는 폐단인데, 대체로 앞 시대의 총명하고 영특한 임금이란 바로 한나라 무제나 당나라 태종을 두고 말한 것뿐입니다. 선생이 말씀한 ‘정자와 주자의 학문을 겸할 수 있다면’ 운운한 것은 바로 가설(假說)입니다. 이러한 가설이 진정으로 천고의 뜻있는 선비들로 하여금 다소의 원한을 가지도록 하는 것입니다.”

라고 한다. 내가,

“다소의 원한을 가진다는 것은 무슨 뜻입니까?”

라고 하니 곡정은,

“〈옛 시(詩)에〉

‘군사 내어 이기지 못한 채 이 몸이 먼저 죽으니, 出師未捷身先死

영웅들로 하여금 길이길이 눈물짓게 하누나.’[53] 長使英雄淚滿襟

라고 한 것이 바로 다소의 원한을 품었다는 말입니다.”

라고 하여 내가,

“무슨 말씀입니까?”

하고 물으니 곡정은,

“만일 조맹덕(曹孟德 : 조조(曹操), 맹덕은 자)이 두통을 앓다가 죽었다면, 어찌 그가 한(漢)나라의 제환공(齊桓公)[54]이 되지 않았

---

53) 두보(杜甫)가 제갈량(諸葛亮)을 생각하며 슬퍼하는 시에 나오는 두 구절이다.

겠습니까?"

라고 한다. 나는,

"그 말은 무슨 의미입니까?"

하고 물으니 곡정은 웃으면서,

"선생이 말씀하신 '만약에'라든가 '설사'라든가 하는 말은 곧 가설이고 비유해서 하는 말이지, 참말은 아닐 것입니다. '만약에' 제갈량(諸葛亮)이 사마중달(司馬仲達 : 중달은 사마의(司馬懿)의 자)을 죽이고 멀리 군사를 몰아 중원 땅으로 들어갈 수 있었던들 어찌 통쾌한 일이 아니겠습니까? 가령 당(唐)나라 명황(明皇)이 마외역(馬嵬驛)[55]에 이르러서 양귀비(楊貴妃)를 만나 빙그레 웃으면서 눈길을 주었다면 얼마나 통쾌했을 것이며, 만약에 송나라 고종(高宗)이 진회(秦檜)의 머리를 베었더라면 얼마나 통쾌했겠습니까? 만약에 정자(程子)와 주자(朱子) 두 선생을 천자의 자리에 오르게 하여 천하를 다스리게 할 때, 다시 다른 정자와 주자 같은 이가 옆에 있어서 사사건건 요(堯)임금 · 순(舜)임금의 도로써 충고해 준다면 도리어 후세에 무슨 원한을 가지겠습니까? 이 부인(李夫人)의 혼령(魂靈)이라도 한 번 보였던들 또한 무슨 원한이 생기겠습니까?[56]

54) 제환공(齊桓公) : 전국 시대 제(齊)나라의 임금 소백(小白)으로, 환공은 시호이다. 당시 오패(五覇) 중에서 가장 이름이 높았다.

55) 마외역(馬嵬驛) : 섬서성에 있는 지명. 당나라 현종(玄宗)이 안녹산의 난을 만나서 피란하는 도중에, 이곳에 이르러서 군사들의 요청에 의하여 양귀비를 자살하게 하였다.

대체로 한 시대의 임금으로서 지극히 어둡고 못난 자를 제외하고는 보통 정도는 된다고 일컬어지는 임금일지라도 이리저리 헤아려보고 비교해 보면 당대의 이름난 학자보다는 나을 것입니다. 만약 당시의 이름난 석학들로 하여금 임금과 자리를 바꾸게 한다면 도리어 임금의 치적보다 못했을 것입니다."

라고 한다. 내가,

"옛날부터 제왕들은 신하들에게 자기가 가르치기만 좋아하여 군자를 가까이하고 소인을 멀리하지 못한 까닭에, 그들의 지배 아래에 붙좇아든 자들은 진실로 영화를 탐내고 녹봉에만 눈이 어두운 무리이니, 그 임금에게 따라가지 못하는 것은 당연한 일입니다.

만약에 밝은 임금과 어진 신하가 서로 만난다면 반드시 이렇지는 않을 것이니, 밝은이를 내세우고 미천한 이를 뽑아내어 어진 사람 세우는 데 지위를 가리지 않는다면 '꿈속에서 담장 쌓는 사람'을 만날 수도 있고[57] 점을 쳐서 낚시꾼도 만날 수 있어서,[58] 함께 사업을 하는데도 마음이 서로들 맞았기 때문에 성공을 하였습니다. 만약에 저들이 구하지 않았다면 어찌 하늘이

---

56) 한나라 무제의 애인인데, 그녀가 죽은 뒤 무제가 다시 한 번 보고 싶어 하여 방사의 말을 따라 궁궐을 짓고 촟불을 켜고 기다렸으나, 끝내 이 부인(李夫人)이 나타나지 않았다는 고사이다.

57) 은(殷)나라의 고종 무정(武丁)이 성인을 만나는 꿈을 꾸고 난 뒤에 부열(傅說)을 얻었던 고사이다.

58) 주나라 문왕(文王)이 여상(呂尙)을 얻었던 고사이다.

내려주는 빼어난 인재를 받을 수 있었겠습니까?”
라고 하니 곡정은,

“그렇지 않아요, 그렇지 않습니다. 일이란 당했을 때는 말로 할 때와 같지 않은 법이요, 바둑이란 옆에서 구경하는 것이 직접 두는 것보다 낫습니다. 이것이 소위 ‘맹공작(孟公綽 : 점잖기로 유명했음)이 조씨(趙氏)와 위씨(魏氏)의 가로(家老)가 되기에는 넉넉하다고 할 수 있으나, 등(滕)나라와 설(薛)나라 〈같은 작은 나라의〉 대부 노릇은 감당하지 못한다.’[59]라는 말이 바로 그것입니다. 이것은 내가 역사를 보면서 마음을 평온하게 하고 연구한 대목입니다.

만일 송나라 인종(仁宗)이 염계(濂溪 : 송나라 유학자 주돈이(周敦頤)의 출생지)나 낙양(洛陽 : 송나라 유학자 정이(程頤)와 정호(程顥)의 출생지)에서 태어났다면, 그의 도학의 아름다움이 어느 현자(賢者)에게도 빠지지 않았을 것입니다. 자양(紫陽 : 주자(朱子)의 별호)은 평생 정력을 사서(四書)에 더욱 기울였으나 그 실상은 인종이 먼저 길을 열어 놓았던 것입니다.

〈인종은〉 왕요신(王堯臣 : 송나라의 유학자)이 과거에 급제하자, 『대기(戴記 : 소대기(小戴記) 즉 예기(禮記))』 속에 들어 있던 『중용(中庸)』 한 편을 따로 떼어 하사(下賜)하였고, 여진(呂臻 : 송나라의 유학자)이 과거에 오르자 또 『대학(大學 : 『예기』의 한 편이었음)』 한 편을 뽑아서 하사했습니다. 그 학식의 고명함은 당세 선비들

59) 『논어(論語)』 헌문(憲問) 편에 나오는 말이다.

중에도 뛰어났고, 두 편(『중용』과 『대학』)을 따로 뽑아 드러낸 공로는 범 문정(范文正 : 범중엄(范仲淹))보다도 앞섰다고 하겠습니다.

후세의 선비들은 한(漢)나라 문제(文帝)가 가의(賈誼)[60]를 재상으로 등용하지 않은 까닭에 한(漢)나라의 업적에 많은 손실이 있었다고 책망하고, 또 장석지(張釋之 : 한(漢)나라의 법관)의 고론(古論)을 배척했다고 해서 문제를 얕잡아 판단했지만, 그 실상은 문제가 가생(賈生 : 가의)보다는 훨씬 어질었던 것입니다. '가생을 보지 않았을 때는 자신이 가생보다 낫다고 생각했지만, 지금은 가생을 따라갈 수 없다'고 하였으니, 이것은 문제의 마음속에서 나온 말이지, 문제가 스스로 잗달게 어짊과 못남을 가생과 비교한 것은 아닐 것입니다.

요컨대 〈한나라 문제는〉 큰일을 하기 위해서 자기의 역량을 헤아리고 남(가의(賈誼))을 헤아린 것이니, 선제(先帝) 때부터 있던 장상과 대신들을 어찌하여 하루아침에 아무런 경험도 없는 일개 서생으로 하여금 〈그들을〉 탄압하여 복종하게 한단 말입니까? 조정〔宣室〕의 앞자리에서 가생이 지닌 포부는 이미 다 들었던 것이니, 요컨대 문제는 그의 재주를 길러 쓰려고 했던 것입니다.

저 가생의 아량은 이업후(李鄴侯)[61]에게도 따라가지 못하니,

---

60) 가의(賈誼) : 전한(前漢) 문제(文帝) 때의 학자. 어려서부터 시문에 뛰어나고 제자백가에 능통하여 약관의 나이에 최연소 박사가 되었다.

업후는 백의(白衣 : 벼슬이 없는 평민)로 재상이 되었다가 강서판관(江西判官)으로 좌천되었지만, 일찍이 이것 때문에 한 번도 비관한 적이 없었습니다. 그러나 가생은 언제나 가슴속의 울분을 참지 못하여 수없이 드러내려고 애썼던 반면에, 문제는 생각을 잘 간직하고 숨겨서 아무런 객기(客氣)도 부리지 않았으니, 이것은 문제가 정신의 수양과 의지의 단련에 힘썼던〔工夫〕 점이라고 할 것입니다.

〈문제는〉 세 명의 서자(庶子)에게 천하의 절반을 나누어 주었고, 당시의 부귀를 누리던 여러 대신들은 모두 날카로운 칼날 앞에서 전쟁을 치르고서 이제 막 편안히 앉아 종정(鐘鼎)을 누리고 있는 터에, 누가 기꺼이 뛰어나와 사업을 하려고 하겠습니까? 이것으로 본다면 문제는 틀림없이 가생보다 앞서 통곡하고 긴 한숨을 지었을 것입니다.[62)]

가생(賈生)은 조급한 것을 참지 못하고 곧바로 분개하여 어느 한 사건을 뼈아프게 지적하여 통곡하고 긴 한숨을 쉰 것이니, 이른바 거리에 서서 이야기하다가 갑자기 상대방을 위해 통곡하는 것인 만큼, 이러고서야 과연 얼마나 상대방의 의혹을 풀어버릴 수 있겠습니까?

---

61) 이업후(李鄴侯) : 당나라의 정치가인 이필(李泌). 업후는 봉호이다.

62) 가의가 문제에게 상소한 글 중에 나온 구절이다. 통곡할 일이 한 가지요, 눈물지을 일이 두 가지요, 긴 한숨을 쉴 일이 여섯 가지라고 하였다.

양(梁)나라와 초(楚)나라의 검객(劍客)들은 먼저 원앙(袁盎 : 한(漢)나라의 명신)의 배를 찔렀고,[63] 황하 이북 지방의 용사(勇士)들이 마땅히 배도(裴度)의 머리를 부수리라는 것을[64] 문제는 틀림없이 미리부터 근심했던 것입니다."

라고 한다. 나는,

"나라를 다스리는 것은 비유하건대 바둑 두는 것과 같아서 임금은 바둑을 직접 두는 당사자요, 신하들은 옆에서 구경하는 사람입니다. 선생께서 말씀하신 '옆에서 대국을 구경하는 사람이 바둑을 직접 두는 당사자보다 낫다'라는 말은 맞는 말입니다. 바둑을 두는 자가 헤맬 때 어찌 구경꾼의 훈수를 듣지 않겠습니까?"

라고 하였더니 곡정은,

"아니올시다. 아니예요. 말 위에서 천하를 얻은 임금은[65] 언제나 자기 열 손가락에서 피가 났다고 자랑하는 법이며, 임금의

---

63) 원앙(袁盎)이 곧은말을 잘하였으므로 당시 여러 종실 중의 하나인 양왕(梁王)에게 피살되었다.

64) 배도(裴度)가 원문에는 '裵度'로 되어 있으나, 배씨의 경우 우리나라 사람은 '裵'로 표기하고, 중국 사람은 '裴'로 표기한다. 배도는 당(唐)나라 때의 재상으로, 자는 중립(中立)이다. 재상이 된 뒤 절도사를 억압하고 환관(宦官)에 대해서도 강경책을 취하였으며, 조정에서 바른말을 잘해서 그를 싫어했던 자가 많았다.

65) 한나라 고조(高祖)가 숙손통(叔孫通)에게 했던 말인데, 자기가 직접 말 등에서 천하를 쟁취했다는 뜻이다.

자리를 계승하여 수성(守成)하는 임금은 의복의 사치와 계집에 빠지는 것이 통례입니다. 온 천하의 일이 모두 폐하(陛下)의 집안일이 된 지가 이미 오랜 일[66]이니, 이는 또 천고에 바꿀 수 없는 법이 되고 말았습니다.

만약에 짐(朕)이란 한 글자를 지워버렸을 때는 자기는 당장에 요(堯)임금 · 순(舜)임금 같은 임금 노릇을 할 것 같이 될 것이요, 만약에 '짐(朕)'이란 한 글자를 붙여 놓았을 때는 누가 감히 그 앞에 나가 소매 속에 넣은 손이나 꺼낼 수 있겠습니까? 그러므로 공자가 소정묘(少正卯 : 노(魯)나라의 정치가)를 죽인 것은 그의 임금까지 떨도록 한 지나친 위엄이라는 비평을 면치 못했고, 주공이 낙양으로 도읍을 옮기려 했을 때 도리어 성왕을 범하려 한다는 혐의를 받게 되었습니다.

삼대(三代) 이후로는 유학(儒學)을 주장하는 대신으로 왕망(王莽)만 한 사람이 없었습니다. 왕망은 처음부터 천하를 이롭게 한 것이 아니라, 성인을 독실하게 믿어서 평생 동안 배운 학문을 한번 시험해 보고자 했던 것입니다. 그는 자신이 이 세상에서 소중한 책임을 맡았다고 자처했으니, 어찌 임금 섬기는 것을 기쁨으로 여기기만 했던 사람이었겠습니까? 다만 그의 품성(稟性)은 초조하고 분주하여 가만히 앉아서 요(堯)임금 · 순(舜)임금의 도를 의논하는 것보다 차라리 몸소 당대에 시험하고 실천

66) 임금이 신하의 충언을 듣지 않고 독재함에 반발한 말인데, 『사기(史記)』에 나온다.

해 보고, 반드시 자신이 직접 보려고 했던 것입니다."
라고 하여 나는 웃으면서,
"성인이 무엇 때문에 사람들에게 역적이 되라고 가르쳤겠습니까?"
라고 하였더니 곡정도 역시 크게 웃으면서,
"이는 신하로서 일을 할 때는 아무래도 한 시대의 제왕보다는 못하다는 증거를 말씀한 것입니다. 황(黃 : 황제) · 노(老 : 노자)의 학문으로 천하를 다스릴 때는 혹시 한때의 효력을 거둔 적도 있었지만, 경술(經術 : 유교정신을 말함)로 세상을 다스릴 때는 일찍이 나라를 무너뜨리고 생령을 도탄에 빠지도록 한 일이 없지 않았습니다. 왕개보(王介甫 : 개보는 왕안석(王安石)의 자)의 학술에는 범(范 : 범중엄(范仲淹)) · 한(韓 : 송(宋)나라의 한기(韓琦))과 같은 이들도 따르지 못할 바이지만, 요컨대 가의나 왕망이나 개보나 방손지(方遜志 : 손지는 방효유(方孝孺)의 자) 같은 이들은 한결같이 조급하게 서두른 인물들었습니다."
라고 하였다.

어떤 한 사람이 망포(蟒袍 : 관원들의 예복)를 입고 주렴을 걷어 젖히면서 들어와 의자에 앉는데, 관복의 겉옷도 입지 않았고 모자도 쓰지 않았다. 나를 한참 동안 쳐다보더니 무어라고 말을 하기에 내가 못 알아듣겠다고 대답하자, 그 사람은 곡정과 귀엣말로 몇 마디하고 곧바로 일어서서 가 버렸다. 내가,
"저 사람은 누구입니까?"

하고 물으니 곡정이,

"그는 제남(濟南) 사람으로, 성은 등(鄧)이고, 이름은 수(洙)인데, 현재 호부주사(戶部主事)를 맡고 있습니다. 저 못 생긴 자가 무엇을 보려고 왔다가 무엇을 보고 갔는지 〈모를 일입니다.〉"

라고 한다. 내가,

"저분은 선생의 친지(親知)인가요?"

하고 물었더니, 〈곡정은〉

"아닙니다. 다만 그가 등수(鄧洙)라는 것만 알았을 뿐입니다. 조금 전만 하더라도 귀국이 우리와 같은 문자(文字)를 쓰고 있는 동방의 한 나라인 줄도 모르던 사람입니다."

라고 한다. 내가,

"제남에는 아직도 백설루(白雪樓)가 있습니까?"

라고 하였더니 곡정은,

"백설루는 옛날 우린(于鱗 : 우린은 명나라 이반룡(李攀龍)의 자)의 누각으로, 처음에는 한창점(韓倉店)에 있었는데, 그 뒤에 백화주(百花洲) 위에 고쳐 지어 벽하궁(碧霞宮) 서쪽에 있었답니다. 지금은 표돌천(趵突泉 : 땅속에서 물이 솟구쳐 만들어진 연못) 동쪽에 백설루가 있는데, 이것은 후세의 사람들이 지은 것으로 옛날의 유적이 아닙니다."

라고 한다.

나는,

"선생은 황(黃) · 노(老) 사상을 귀하게 여기고 유교의 경술(經

術)을 천하게 여기며, 나라의 역적(왕망)을 용서하여 성인을 독실(篤實)히 믿었다고 말씀하셨으며, 또 왕개보(왕안석)를 떠받들어 범 문정(범중엄)보다도 어질다고 하시니, 억누르고 찬양하는 것이 너무 지나친 것 같습니다. 경술이 천하를 파괴하는 도구라고 하시니, 애오라지 나를 한번 시험해 보려는 것이 아닙니까?"

라고 하니 곡정은,

"선생이 이처럼 나무라시니, 소자(小子)가 어찌 감히 다시 말을 하겠습니까?"

라고 한다. 나는,

"선생의 의논하시는 바는 모두 고차원적이라 저처럼 고루하고 꽉 막힌 선비들의 짧은 소견으로서야 미칠 수 없습니다. 실로 하한(河漢)의 놀라움이 없지 않으니, 선생의 이론을 감히 처사(處士)들의 잘못된 역설이라고 여기는 것은 아닙니다."

라고 하니 곡정은,

"더러운 것까지 받아주시는 선생의 아량에 감격했습니다. 대체로 세상일이란 〈저 사냥하는 데 있어서〉 정도가 아닌 일로 짐승을 잡아서는 안 되는 것이고, 또 〈물건을 만드는 자가〉 한 자를 굽혀서 여덟 자를 바로잡아서는〔枉尺直尋〕[67] 안 되는 것입니다.[68] 이렇게 처리한다면 모두 다 말할 필요도 없습니다.

67) 왕척직심(枉尺直尋) : 대(大)를 위해서 소(小)를 희생함을 말한다. '尋'은 8척(尺)을 뜻한다.

공자의 문하에서는 5척 동자라도 오패(五覇)[69]를 추앙함을 부끄럽게 여겼으니, 이렇게만 이론을 세운다면 다시 다른 일이 생길 수는 없을 것입니다.

한창려(韓昌黎 : 창려는 한유(韓愈)의 자)가 말한 바와 같이 '사람은 사람대로 대접하고 〈쓰지 못할〉 그의 책들은 불살라 버린다'[70]고 한다면, 도리어 응당 세상은 태평해질 것이고, 동중서(董仲舒 : 한(漢)나라 무제 때의 학자)가 말한 바와 같이 '그 의리를 바로잡고 이(利)만을 도모하지 않는다'[71]고 하면, 도리어 세상 사람은 〈태평하여〉 응당 길에 흘린 물건도 줍지 않을 것입니다.

또 선생의 말씀대로 삼대 이후로 경술(유학)로 정치를 한 사람이 또 몇 명이나 될 것입니까? 창공(倉公 : 한(漢)나라 때의 이름난 의원)이 사람의 병을 고칠 때에는 화제탕(火齊湯 : 한약)에 대황(大黃 : 한약) 네 근을 넣어 달이라고 했습니다. 그 후 200년 사이에 장중경(張仲景 : 중경은 한(漢)나라 때의 의원인 장기(張機)의 자)은 팔미탕(八味湯 : 한약)에 이미 부자(附子 : 한약) 닷 냥을 넣으라고 했으니, 얼마 못 되는 동안에 고금의 처방이 이같이 달라졌습니다.

---

68) 『맹자(孟子)』에 나오는 구절이다.

69) 오패(五覇) : 전국 시대의 제환공(齊桓公)·진문공(晉文公)·진목공(秦穆公)·송양공(宋襄公)·초장왕(楚莊王). 주나라 말년에 다섯 나라 제후가 주나라를 보위한다는 명분을 내세웠으니, 그 정책은 한 자를 구부려 열 자를 바로잡는 식의 패도를 쓴 것을 의미한다.

70) 「원도(原道)」에 나오는 말이다.

71) 『한서(漢書)』에 나오는 말이다.

백이 · 숙제가 말고삐를 붙들고 〈무왕이 주(紂)를 치러가는 것을 옳지 못하다고〉 말렸을 때에 이를 옳다 하여 데리고 간 태공망(太公望 : 여상(呂尙))이 있었습니다. 세상에 두 편이 다 옳고 두 편이 다 틀렸다는 법칙이 없다고 한다면 백이 · 숙제나 강태공(姜太公) 두 편 중에 한 편은 마땅히 흑룡강(黑龍江)으로 귀양 가는 것을 면하지 못했을 것입니다.[72]

대체로 천하의 일이란 비유하자면 양쪽에서 줄다리기 하는 것과 같아서, 줄을 당기다가 끊어지면 짧은 쪽이 먼저 넘어지는 것은 두말 할 것 없습니다. 처음에는 두 편의 힘이 비슷했기 때문에 천하에는 역리와 순리만 있고 옳고 그른 것은 없었습니다. 그러나 분명히 성패가 밝혀지게 되면 역순(逆順)이라는 두 글자는 도리어 등불 뒤에서 하는 귀엣말이 되고 맙니다.

무릇 이치〔道〕를 말하는 자는 마치 까마귀가 고기를 감추는 것과 같으니, 까마귀가 고기를 감추어 둘 때는 구름을 바라보고서 표시를 하는데 구름이 지나가 버리면 감추어 둔 곳을 잃어버리게 되는 것입니다. 세상에는 의리가 말뚝 박아 놓은 듯한 법은 없으니, 의리란 시대에 따라 달라지는 것입니다. 선비들의 처사라는 것은 구름을 바라보는 까마귀나 다를 것이 없을 것입니다."

라고 한다. 내가,

72) 청나라 때에는 죄인을 대부분 흑룡강 지방으로 귀양 보냈으므로 이를 꼬집은 말이다.

"구름은 가 버려도 고기는 없어지지 않을 것입니다. 비록 시대는 흐르고 일은 지나가 고금이 다를지라도 의리는 제자리에 있는 것입니다. 다만 사람들이 이것을 찾지 않는 것뿐이지요."
라고 했더니 곡정은,

"무엇이든지 먼저 관중(關中)에 들어가서 차지하는 자가 임금이 되는 것이지요."[73)]
라고 하여 내가,

"경술(經術 : 유학)이 국가를 파괴한다고 했는데, 어찌 경술의 죄이겠습니까? 더러운 선비들이 다만 경술의 이름만을 도둑질한 것이지요. 그래서 세상을 어지럽게 한 것은 모두 경술의 찌꺼기일 것입니다. 만일 올바로 경술을 썼더라면, 세상에 밭이란 밭은 비로소 정전법(井田法)을 실시할 수 있을 것이고, 천하의 제후(諸侯)들은 비로소 다섯 가지 등급으로 바로잡을 수 있을 것입니다."
라고 하자 곡정은,

"선생은 꼭 내가 대담스럽게 경술을 배척하는 줄만 아십니까? 옛날부터 말이란 것은 반드시 마음에 있어야만 한다고도 할 수 없는 것이요, 실천을 하는 자도 반드시 말이 먼저 있으란 법도 없습니다. 일부는 허위 세계이니, 선생의 말씀은 도리어 약방문을 믿고 신선이 되겠다고 날뛰는 사람들의 말투에 지나지 못합

73) 유방과 항우가 진(秦)나라에 쳐들어갈 때에 먼저 관중에 들어가는 자가 임금이 된다고 정하였다.

니다."

라고 하기에 내가,

"신선이 되겠다고 날뛰는 자들의 상투적인 말투란 무엇을 말함입니까?"

라고 하니 곡정은,

"문성 장군(文成將軍 : 한(漢)나라 이소옹(李少翁)의 봉호)이 말의 간〔馬肝〕을 먹고 죽었다는 것입니다."[74]

라고 한다.

내가,

"성인도 역시 작은 것을 상대로 일을 착수하려고 하지 않았을 테지만, 이것도 고금이 다를 것이 없지 않습니다. 탕임금은 70리를 나라로 삼았고, 문왕은 100리를 나라로 삼아 일어났는데, 맹자는 걸핏하면 은나라와 주나라를 인용하여 당시 〈작은 나라의〉 임금들에게 유세했습니다. 그러나 등나라 문공(文公)은 천하의 어진 임금으로 군주가 되었고, 허행(許行 : 초나라의 농업 학자)과 진상(陳相)[75]은 천하의 호걸들로 문공의 신민이 되었습

74) 한나라 무제가 신선을 좋아하고 죽은 애첩 이 부인(李夫人)을 연모하자, 이소옹이 이 부인을 보여 준다고 술법으로 무제를 홀리다가 영험이 없었기 때문에 사형을 당했다. 그 뒤 오리 장군(五利將軍)이란 자가 역시 방술로 무제를 꾀면서 죽은 문성 장군을 애도할 때에, 무제는 거짓으로 문성 장군은 독성이 있는 말의 간을 먹고 죽었다고 둘러댔다.

니다.

<맹자(孟子)는 등나라 문공에게> 녹봉 제도와 경계(經界)에 대하여 이미 큰 강령을 들어 말했지만, 아직 한 번도 등나라에 대하여 미련을 가진 적이 없었습니다. 이른바 <맹자가 등나라 세자에게> '지나친 것을 잘라내고 부족한 것을 보충한다면 기껏해야 50리밖에 되지 않는 등나라도 좋은 나라가 될 수 있다'고 한 말은 대국의 지도자가 될지언정 족히 녹록하게 작은 등나라에서 그의 크나큰 경륜을 베풀 수 없다는 뜻을 말한 것에 불과합니다.

당시 제(齊)나라와 위(魏)나라의 임금들은 지극히 못났건만, 그래도 <맹자가> 이를 돌보아 주기 위하여 차마 발길을 돌리지 못한 것은 그 토지가 넓고 백성이 많고 군사가 강하며 재물이 풍부했던 까닭입니다. 그 형세로 인해서 성공하기가 쉬웠던 까닭에 <맹자는> '제(齊)나라로서 왕도 정치를 실시하는 것은 손바닥 뒤집는 것과 같이 쉽다'[76]고 말했던 것입니다."

라고 하니 곡정은,

"공자(孔子)는 말씀하기를 1년이면 노(魯)나라를 바로잡을 수 있다[77]하고, 맹자는 이미 5년이나 7년이면 제(齊)나라를 바로잡

---

75) 진상(陳相) : 전국 시대 송나라의 학자. 진량(陳良)의 제자로서 등(滕)나라에 갔다가 허행을 보고서 전에 배운 학문을 버리고 허행을 좇았다. 최초의 북학자(北學者).

76) 『맹자』 공손추(公孫丑) 상편에 나오는 말이다.

77) 『논어』 자로(子路) 편에 나오는 말이다.

을 수 있다[78]고 구별하여 말하였으니, 이는 정치를 하는 방도에서 제나라를 높이고 등(滕)나라를 깎아서 말한 것이 아니라, 고금의 형편이 다르고 대소의 형세가 다른 까닭입니다. 그러나 맹자는 결코 요(堯)임금 · 순(舜)임금 같은 제왕의 이야기를 먼저 해서 사람으로 하여금 지루하여 졸음이 오도록 하지 않았습니다."

라고 한다. 내가,

"위앙(衛鞅 : 진나라의 정치가 상앙(商鞅), 위는 봉호)이 먼저 말한 것은 어느 제왕이었던가요?"

라고 하니 곡정은,

"특히 황제(皇帝)와 요(堯)임금 · 순(舜)임금의 이름을 빌려서 한만하고 쓸모없는 이야기를 어긋나게 하였기 때문에 듣는 사람으로 하여금 싫증이 나게 했으니, 이는 손자병법(孫子兵法)에서 말하는 삼사술(三駟術)[79]이지요."

라고 하였다. —곡정이 고금의 인물과 학술 · 의리 등 여러 가지를 논변함에

78) 『맹자』 이루(離婁) 상편에 나오는 말이다.

79) 삼사술(三駟術) : 전기(田基)라는 장수가 제(齊)나라 위왕(威王)과 경마를 할 때마다 졌으므로 손빈에게 이기는 법을 물었을 때에, 손빈이 상 · 중 · 하급의 말 중에서 제일 하급 말을 상대방의 상급 말과 겨루도록 하고, 중급 말은 상대방의 하급 말과 겨루도록 하고, 상급 말은 상대방의 중급 말과 겨루도록 하는 방법을 쓰라고 했다. 여기에서는 재미없는 이야기를 먼저 끄집어내었다가 중간에 중요한 이야기로 주의를 환기시킨 일종의 화술(話術)을 말한다.

있어서 억누르고 찬양하며 세로로도 가로로도 멋대로인 것이 많았는데, 대체로 내 속을 떠보려는 의도가 있어 보였다. 나는 처음에는 깨닫지 못하고 오히려 큰 학자들에게 웃음거리나 되지 않을까 조심하여 문답을 하는 사이에 간신히 스스로 원칙을 지켜나갔다. 그러나 곡정은 매번 붓을 들면 몇 장씩 쓰다가는 무슨 말을 하고 싶어 하다가 문득 다시 얼버무리고 말았다. 나는 늦게야 이것을 깨닫고 『맹자』의 한 단락을 들어 그를 시험해 보았더니, 곡정의 주론(主論)은 역시 진실하고 순수하다고 할 수 있었다.

이 아래 몇 대목은 잃어버려서 말이 서로 연결되지 않는다.

곡정이 말하기를,

"제갈무후(諸葛武侯 : 제갈량)의 학문이 신불해(申不害)[80]와 한(韓 : 한비자(韓非子))으로부터 나왔다고 하는 것은 도리어 원통한 일입니다. 그가 세밀히 글을 읽은 것이 후세의 경전을 공부하는 선비들만은 못했다 하더라도, 『맹자(孟子)』에 대해서는 도리어 대의를 뚜렷이 찾아내어 분명히 그의 가슴속에는 '공(公)'이란 글자 한 자를 새겨두었고, 그의 안중에는 도무지 '성공(成功)'이나 '실패(失敗)'라는 글자가 없었을 것입니다.

그렇기 때문에 삼대 이래로 홀로 제갈공명 한 사람만이 대신의 직책을 감당했다고 할 수 있습니다. 그는 다스리는 방법〔治道〕에 대해 논하면서 '<임금이 있는> 궁중(宮中)과 <재상이 있는> 부중(府中)이 한 몸이 되라'고 하였고, 임금의 덕을 권면하

80) 신불해(申不害) : 한(韓)나라의 재상. 15년 동안 부국강병에 힘썼다.

면서 '함부로 자신이 쓸데없는 말을 인용하여 비교하고 의리를 잃는 것은 마땅하지 않다'라고 하였으며, 또 자신이 천하의 중임을 맡은데 대해서는 '나라에 충성하는 생각을 가진 자는 누구나 다만 나의 과실을 부지런히 공격하라'[81]고 하였으니, 이야말로 만세 뒤에 그가 죽고 나더라도 승상의 자리를 채울 수 없을 만큼 위대한 승상이었다고 말할 만합니다."

라고 한다. 나는,

"그러나 유장(劉璋)[82]의 땅을 취한 것은 어찌 '한 자〔尺〕를 굽혀 여덟 자를 바르게 하자〔枉尺直尋〕'는 노릇이 아니겠습니까?"[83]

라고 하였더니 곡정은,

"제갈공명이 반드시 유장의 자리를 습격하여 빼앗으라고 가르치지는 않았을 것입니다. 유장의 죄를 성토하는 것은 합당한 터이지만, 당랑(螳螂 : 사마귀)이 매미를 잡듯이 한 것을 배운 것은 마땅하지 않습니다. 유장은 자기 아버지 유언(劉焉) 때부터 천부(天府)의 나라 촉(蜀) 땅을 통째로 점령하고 있으면서 한 번도 제후(諸侯)들을 도와 나라의 역적(조조(曹操))을 토벌하지 못하

---

81) 이 말은 제갈량이 후주(後主)에게 바친 「출사표(出師表)」에서 나온 구절이다.

82) 유장(劉璋) : 삼국 시대 촉한(蜀漢) 사람인데, 조조에게 있다가 유비에게 항복했다.

83) 제갈량이 유비를 도와 사천 지방을 관장하고 있던, 한나라의 종실이자 유비와 동성이었던 유장의 영토를 빼앗은 것을 지적한 것이다. 왕척직심(枉尺直尋)은 578쪽 주 67) 참조.

였으니, 그 뜻이 어디에 있었겠습니까? 유표(劉表 : 한나라의 종실)는 형주(荊州)의 아홉 고을을 차지하여 학교를 일으키고 아악(雅樂)을 펼쳤으니, 이때가 어느 때인데 이렇게도 느긋하게 앉아 있었단 말입니까?

만약 한(漢)나라에 대한 충성심이 없는 자들을 추궁한다면, 마땅히 같은 성을 가진 유씨(劉氏) 제후들의 죄를 먼저 바로잡아야 할 것입니다. 이는 제갈공명이 초려(草廬)에 높이 누워 있을 때부터 이미 유표나 유언(劉焉)의 무리들에게 분개한 지 오래된 것입니다. 만일 한나라의 황제 집안에 평소 신의가 드러난 후손이 있어서 눈을 똑바로 뜨고 정신을 바짝 차려 봤다면 반드시 손권(孫權)이나 조조(曹操)보다 먼저 이들을 토벌해야 합니다.

정자(程子)나 주자(朱子)는 매양 제갈공명의 학문이 순정(純正)하지 못하다 하여 한스럽게 여기고, 그가 촉(蜀)을 빼앗은 것을 애석하게 생각했습니다. 그러나 형주(荊州) · 익주(益州 : 유장이 웅거했던 지방) 사이에 걸터앉는다는 것은 본래 초려에서 생각한 첫 번째 전략이었으니, 이야말로 나라의 역적에 대한 공명의 안목이 밝은 것이고 학술이 정대한 것입니다. 다만 유언(劉焉)에 대하여는 〈한나라의 종실로서 역적을 토벌하지 않은 죄로 그를〉 성토할 자료는 된다고 보지만, 유장에게 대해서는 그를 속여 가면서 땅을 빼앗을 이유가 없었습니다.

〈유표가 다스리는〉 형주는 그를 대신하여 지탱할 만한 형세가 되지 못하나, 유종(劉琮)[84]에 대해서는 습격해서 빼앗을 기회가 있었습니다. 유종은 분명히 국토를 역적(조조를 말함)에게 바쳤으니, 소열(昭烈 : 유비) 황제가 이를 대의로써 취했는데도 세상에서 어느 누가 옳지 않다고 했겠습니까?

그러나 〈소열은〉 형주에서는 죽도록 신의를 지키다가 익주에서는 갑자기 간웅(姦雄 : 간사한 영웅)의 버릇을 드러내어, 음식을 차려다 줄 때에는 먹지도 않다가 마침내 팔을 비틀어 음식을 빼앗아 갔다는 비판을 면하지 못했습니다."

라고 하기에 내가,

"그야말로 어린애 눈물 젖은 떡을 빼앗아 먹은 셈이군요.〔使個鴌鴦脚 蝪倒支離疏〕"

라고 하자 곡정은 크게 웃으면서,

"선생 역시 관화(官話 : 북경말)도 하실 줄 아십니다그려. ―우리나라 속담에 약한 사람을 업신여겨서 물건을 빼앗은 것을 '어린아이 눈물 젖은 떡을 빼앗아 먹는다'라고 하고, 또 '앉은뱅이 턱 차기'라고도 한다. 내가 오는 길에 통관(通官) 쌍림(雙林)이, 남과 싸우고 있는 자신의 종을 보고 꾸짖을 적에 원앙각(鴌鴦脚)이 어쩌고저쩌고 하는 것을 들었는데, 우리나라의 '앉은뱅이 턱 차기'라는 말과 같고 글귀가 묘하였다. 이때 중국 발음으로 이 말을 써 보았는데, 입이 둔해서 발음이 잘 되지 않다 보니 곡정은 무슨 말인지 못 알아들었다. 하는 수 없이 내가 이것을 써서 보였더니, 곡정이 크게 웃으면서 이런 조롱을 한 것이다.

84) 유종(劉琮) : 유표의 아들. 유표가 죽은 뒤 유종이 형주를 조조에게 바쳤다.

가령 성왕(成王)이 삼촌인 주공(周公)을 죽였다면 소공(召公 : 주동의 아우)이 어찌 감히 '집에 있으면서 몰랐다'고 할 수 있겠습니까? 주자는 위원리(魏元履 : 송(宋)나라의 유학자)에게 답글을 보내어 역시 소열(유비) 황제에 대해 논하면서 '유종이 조조를 맞아들이던 날 형주를 쳐서 빼앗지 못하고 자기 근거지를 잃은 채 허둥지둥하면서 비로소 도적의 꾀를 내었으니, 이는 정도〔經法 : 일정불변의 법칙〕와 권도(權道 : 임기응변의 처리)를 모두 잃어버린 셈이다'라고 했지만, 내 생각으로는 이 당시 <소열이> 비록 형주를 얻었다고 하더라도 역시 지켜 내지 못했을 것이라고 봅니다.

조공(曹公 : 조조를 높이는 말)이 이미 80만 대군으로 지경을 억누르고 있는 판에, 어찌 능히 새로 얻은 변변찮은 형주를 가지고 그를 막아낼 수가 있었겠습니까? 청렴하고 사양하는 절조나 굳게 지켜서 도리어 세상 사람들로부터 신의가 높다는 소리를 듣는 것만 같지 못한 것입니다. 이래서 <유종이> 조조를 맞이하던 날 <유비가> 형주를 빼앗지 않았다는 것은, 정도와 권도를 다 얻은 점이라고 할 수 있습니다.

유장은 어리석고 나약하고 군사와 백성들을 잘 보살필 줄 몰라 <제갈공명이> 초려에서 <소열 황제와> 처음 만났을 때 벌써 약한 자를 집어삼키고 어리석은 자를 쳐부수는 계획에 찬성했던 터이고, 결코 꼭 속여서 취하라고 가르치지는 않았을 것입니다. 치당(致堂 : 송나라의 유학자 호인(胡寅)의 호) 호씨(胡氏)는 현덕공(玄德公 : 유비)을 가리켜 노식(盧植 : 후한 때의 학자) · 진원방(陳

元方 : 원방은 후한 때의 학자 동기(棟紀)의 자) · 정강성(鄭康成 : 강성은 정현(鄭玄)의 자) 같은 인물들과 교제했다고 하여 정말 착실히 경술과 학문을 한 선비로 받들었는데, 실로 가소로운 일입니다.

그 당시의 현덕은 구름이 찌는 듯한 기운을 타고 용(龍)이 틀어 올라가는 격으로 사람을 씹어 먹어도 눈썹하나 까딱하지 않을 효웅(梟雄)이었습니다. 일이 없을 때는 시름에 겨워 울기를 잘하고, 큰 소리가 들리면 일어나서 변고(變故)가 있는가 묻고,[85] 친지 사이에 자기 한몸이 없어질까 근심하여 급할 때는 처자를 버리고 도망쳤으니,[86] 원숭이 새끼 같은 유장에 대해서 어찌 어렵게 생각했겠습니까? 이 당시 제갈공명은 결코 서쪽으로 가서 유장의 땅을 빼앗으라고 하지는 않았을 것입니다.

그런데도 후세 유학자들은 한갓 지난 일만 가지고 선주(先主)[87]에게 갖출 것을 권면하여 대번에 탕(湯)임금이나 무왕(武王)의 위에 치켜세우고자 하였으니, 이것도 역시 후세 선비들의 사사로운 생각입니다. 탕임금이나 무왕에 대해서는 한두 가지 사적에 있어 속으로는 감히 분하게 여기면서도 감히 말을 꺼내지는 못하고, 이윤(伊尹)과 여상(呂尙)에 대해서는 으레 두둔하

---

85) 유비가 조조와 영웅을 논하다가 우레가 일자 놀라는 척하며 수저를 땅에 떨어뜨렸다.

86) 유비가 조조와 하비(下邳)의 전쟁에 패하여 두 부인과 아들을 버리고 도주하였다.

87) 선주(先主) : 유비(劉備). 그의 아들 유선을 후주라고 한 데 비겨서 선주라고 하였다.

고 편을 들어서 천고를 통하여 막아낼 수 없었겠고, 다만 동림당(東林黨)[88]이 내린 굳건한 논의를 깨뜨릴 수가 없었습니다.

백금(伯禽)[89]이 종아리를 맞은 것은 필경 무슨 죄이겠습니까? 이것은 정말 주자의 실수가 아닐까 걱정되는 것입니다. 한 가지 일의 결과만 가지고 당초의 마음과 달리 판단한다[90]는 것은 후세 유학자들의 당파적인 버릇입니다. 제갈공명에 대해서 '이윤과 여상에 비하여 형과 아우를 가릴 수 없다'[91]고 하였는데, 이것은 옳은 비평입니다.

대개 천고의 군신에 대하여 일정한 단안(斷案)이 있습니다. '한 지아비, 한 지어미가 살 곳을 얻지 못하면 마치 임금 자신이 그를 구렁텅이 가운데로 밀어 넣은 것과 같이 여겼다'[92] 하였으니, 만일 임금된 자가 모두 이런 심정을 가지고 있어서 이런 심정을 미루어 상대방에게 미치게 한다면, 한 명의 죄 없는 사람

---

88) 동림당(東林黨) : 명나라의 만력 연간에 고헌성(顧憲成)이 고반룡(高攀龍)과 함께 동림서원(東林書院)에서 정치적 문란과 사회적 혼란을 시정하기 위해 유자들이 맺은 당파 이름인데, 시의를 쥐락펴락했다.

89) 백금(伯禽) : 주공의 아들. 주공은 어린 조카 성왕이 잘못을 저질렀을 때는 자기의 아들 백금에게 매질하였다고 한다.

90) 제갈량을 존경하여 유비까지 떠받들었다는 의미이다.

91) 두보(杜甫)가 제갈량을 칭찬한 「영회고적(詠懷古跡)」 시에 나오는 말이다.

92) 『맹자』 만장(萬章) 상편에 나오는 말이다.

을 죽이고 한 가지 불의를 행하여 천하에 왕노릇하지 않았을 것입니다.

그러나 결단코 이런 마음이 없었으니, 이는 후세의 임금들에 대한 정평(定評)일 것입니다. 그리고 포악한 임금과 어리석은 임금이라도 오히려 때로는 충성을 받아들이고 올곧은 것을 권장하는 일도 있었지만, 비록 한 시대를 대표하는 어진 재상이라도 자기에 대한 공격을 달게 받고 자기 스스로 언로(言路)를 열어 놓은 자가 있었다는 말은 듣지 못했습니다.

그러니 임금된 사람으로서는 비록 옹치(雍齒)[93] 같은 원수라 하더라도 때로는 마음을 놓고 안심하도록 할 수 있었으나, 신하의 처지에 있어서는 비록 한기(韓琦)·부필(富弼) 같은 어진 사람이라 하더라도 자신이 죽을 때까지 유감을 풀지 못했으니, 이는 천고를 통하여 신하된 자에 대한 단안일 것입니다."

라고 하였다.

내가 곡정과 함께 닷새를 같이 있었는데, 매양 이야기를 할 때 자주 탄식하는 소리를 내었다. 그 소리는 '후우' 하고 나는데, 옛날부터 이르던 '한숨을 쉬며 크게 탄식한다〔喟然太息〕'는 말이 곧 이것이다. 내가,

93) 옹치(雍齒) : 한나라 고조의 장수. 한고조가 천하를 통일하고 공신들을 신상필벌(信賞必罰)할 때 평소에 가장 미워하던 옹치를 제일 먼저 공신으로 봉하여 모든 장수들의 마음을 안정시켰다.

"선생은 평소에 어째서 자주 탄식을 하십니까?"
라고 하였더니 곡정이,

"이것은 나의 뱃속이 결리는 증상인데, '후우'하고 기운을 내뿜는 버릇이 드디어 긴 탄식으로 굳어버렸습니다. 평생에 글을 읽어도 세상에 뜻대로 되지 않는 것이 십중팔구이니, 어찌 뱃속이 결리는 증세가 생기지 않겠습니까?"
라고 하여 내가,

"글을 읽을 때마다 세 번씩 탄식을 지으신다면, 선생의 탄식은 가 태부(賈太傅)[94]의 〈여섯 번 지은〉 탄식보다도 60,000번이나 많을 것 같군요."
라고 하자 곡정은 웃으면서,

"세상일이란 매양 물 하나를 사이에 두고 단지 건너느냐 못 건너느냐 하는 싸움이라고 할 수 있습니다. 제가 글을 읽다가도 공자가 하수에 이르러 말씀하기를 '내가 이 물을 건너가고 건너가지 못하는 것은 하늘의 운명이다'라고 한 구절에 이르러 미상불 세 번 탄식하였고, '항우(項羽)가 오강(烏江)을 건너지 않았다'[95]는 대목에 이르러 미상불 세 번 탄식하였으며, 종 유수(宗留守)[96]가 세 번 외쳐 '하수를 건너라'라고 한 대목에 이르러

94) 가 태부(賈太傅) : 가의(賈誼). 장사왕(長沙王)의 태부로 귀양 갔었기 때문에 가 태부라고 일컫기도 한다.

95) 『사기(史記)』의 항우본기(項羽本紀)에 나오는 고사이다.

96) 종 유수(宗留守) : 송나라의 충신 종택(宗澤). 유수는 그가 동경(東京)의 유수로 있었을 때 임금에게 하수를 건너자고 20여 번이나 소장

미상불 세 번 탄식했으니, 이만해도 아홉 번이나 탄식한 것인 만큼 이미 가 태부의 여섯 번 탄식보다 많습니다."
라고 하고는 서로 한바탕 크게 웃었다.

나는,

"머리를 깎는 봉변을 당했을 때도 이미 탄식을 하였을 것이니, 지사(志士)로서 이미 만 번은 탄식을 하였겠지요?"
라고 하였더니 곡정은 얼굴빛이 변했다가 얼마 뒤에 얼굴빛을 바로잡고는 머리 깎는 봉변이라고 쓴 종이를 찢어서 화로 속에 던지면서,

"노(魯)나라 사람들이 사냥하기 경쟁을 하였는데, '나도(공자) 사냥 경쟁을 하겠다'[97] 했으니, 어찌 시대를 따르는 성인이 아니겠습니까? 이탁오(李卓吾)[98]는 자진하여 갑자기 머리를 깎았으니, 이는 흉악한 성품이더군요."
라고 한다. 나는 또,

"듣건대 절강(浙江) 지방에서는 머리 깎는 점포에다가 '성세낙사(盛世樂事 : 융성한 세상의 즐거운 일)'라는 편액을 써 붙였다지요?"

을 올렸으나 듣지 않자, 분개한 나머지 병을 얻어 죽게 되었는데, 그 때에 '하수를 건너십시다' 하고 세 번이나 고함을 쳤다고 한다.

97) 『맹자(孟子)』 만장(萬章) 편에 나오는 공자의 말씀이다.

98) 이탁오(李卓吾) : 명나라의 저명한 사상가 이지(李贄). 탁오는 자이고, 처음 이름은 재지(載贄)이다. 가려운 병을 얻어서 머리를 깎고 파직을 당하였으며, 남녀의 공학을 실시하였다.

라고 하니 곡정은,

“들은 일이 없습니다. 이것은 석성금(石成金 : 청(淸)나라의 학자)의 「쾌설(快說)」[99]과 같은 뜻이지요.”

라고 하였다. －전날 곡정과 이야기할 때에 머리와 입과 발에 세 가지의 대액(大厄)이 있다는 말을 한 일이 있었다.

나는,

“명(明)나라의 국가 창건을 어떻게 보십니까?”

라고 하니 곡정은,

“『예기(禮記)』에 이른바 승국(勝國)[100]이라 함은 바로 이것입니다. 공자가, ‘은(殷)나라에는 어질고 성스러운 임금이 6, 7명이나 있다’[101]고 칭찬한 것처럼 이것으로써 더 말할 필요는 없습니다. 송(宋)나라 왕조라는 것은 볼 만한 것이 없었으니, 무력이 강하지 못했던 것은 범중엄과 한기에게 그 책임이 있습니다.

나라를 창건한 규모는 흡사 여러 대를 이어온 선비의 집안에서 그 자제들이 정중히 제사를 모시고, 빨리 말하거나 갑자기 얼굴빛을 고치거나 하는 법이 없고, 하인들은 뜰에서 조심스럽

99) 쾌설(快說) : 석성금의 저서 『전가보(傳家寶)』 사집(四集) 100여 종 중에 있는 글인 듯하다.

100) 승국(勝國) : 현존한 나라의 직전에 있던 나라. 현존한 나라가 직전의 왕조를 이겼다는 뜻이다. 청나라가 명나라를 이를 때 하는 말이다.

101) 『맹자』 공손추(公孫丑) 상편에 나오는 말이다.

게 발을 디디고, 빠른 걸음이나 크게 침을 뱉는 모습을 볼 수 없는 것과 같았습니다. 다만 이것이 〈지나쳐서〉 '절이 끝나기도 전에 음식은 이미 썩어 문드러지고, 사당이 한창 분향을 하고 있는데 축관(祝官)을 부르는 격'이 되었습니다."

라고 한다. 내가,

"특별한 예악(禮樂)이 생겨날 수 있었습니까?"

라고 하니 곡정은,

"실은 여러 방면으로 한(漢)나라의 제도를 본뜬 것이 적지 않습니다. 한나라 시대는 섬라(暹羅 : 태국) 소주 같은 독주를 마셔서 기가 사납고, 몸을 가눌 수 없을 정도로 크게 취하면 노래하는 사람, 우는 사람, 춤추는 사람, 옆에 앉은 사람에게 욕설하는 사람들 모두가 타고난 그대로의 본성으로 행동하였습니다. 그러나 송나라 시대에 와서는 〈한나라의〉 찌꺼기 같은 술을 마시면서도 서로 쳐다보고 술맛이 좋다고 칭찬하며 몸을 똑바로 가지고 종일토록 마셔도 질서가 어지럽지 않았으나 정말 천진스러운 본성은 모두 잃게 되었습니다.

종실(宗室)의 대신 중에는 하간헌왕(河間獻王)[102] 같은 사람을 한 사람도 볼 수 없었으니, 정(鄭)의 〈세자〉 재육(載堉 : 주재육(朱載堉)) 같은 인물이 누가 있었나요?"

---

102) 하간헌왕(河間獻王) : 한나라 경제(景帝)의 아들 유덕(劉德). 하간은 봉호이고, 헌은 시호이다. '실사구시(實事求是)의 학(學)'을 처음 제창하였고, 예학에 밝았다.

라고 하여 내가,

"정(주재육)은 어느 때 사람입니까?"

라고 하니 곡정은,

"전 왕조 명(明)나라의 종실 정왕(鄭王)의 세자(世子)이지요. 이름은 재육인데 『율려정의(律呂精義)』를 지었습니다. 전 왕조 명나라야말로, 음악으로 치자면 금속 악기로 연주를 시작하여 옥으로 된 악기로 연주를 마쳤다는〔金聲玉振〕' 것입니다."

라고 한다. 나는,

"무슨 말씀입니까?"

하고 물으니 곡정은,

"명나라는 처음부터 끝까지 한결같이 광명(光明)하여, 하나도 구차한 데가 없었지요."

라고 하기에 나는,

"과연 그러했을까요?"

하고 묻자 곡정은,

"태조(太祖) 운운 …… ―그는 붓으로 점만 툭툭 치면서 나를 향하여 무어라고 하면서도 글씨를 쓰려고 하지 않는다. 이는 아마 명나라가 오랑캐 원(元)나라를 쓸어서 몰아낸 것을 광명정대(光明正大)하다고 하는 듯싶었다. 건문(建文 : 명나라 혜재(惠帝)의 연호, 1399~1402)이 대궐 안에서 편안히 살다가 죽었다는 것은 정말 기이한 일이지만, 당(唐)나라 원종(元宗)[103]은 결국 머리를 구리철사줄로 감기는 욕을 면하지 못했

103) 원종(元宗) : 청나라 성조(聖祖 : 강희 황제)의 이름인 현엽(玄燁)의

습니다."[104]

라고 한다. 나는,

"무슨 말씀인가요?"

하고 물으니 곡정은

"이보국(李輔國 : 당나라의 정치가)은 방망이로 장량자(張良娣)[105]를 때려 죽였고, <오래 취하는> 치뇌주(鴟腦酒 : 올빼미의 머릿골로 담근 술)를 숙종(肅宗)에게 항상 바쳐 벙어리로 만들었지요. 천순(天順 : 명나라 영종(英宗)의 연호, 1457~1464)의 복위(復位)는 광장한 기적이어서 전고에 볼 수 없는 일입니다.[106]

천자라 하더라도 적에게 잡히고 보면, 누가 능히 적의 왕에게

'현(玄)' 자를 기휘하여 당나라 현종(玄宗)을 원종(元宗)으로 고쳤다.

104) 안녹산의 난이 일어나자 당나라 현종의 아들 숙종(肅宗)이 아버지도 모르게 임금이 되고 나서 아버지를 폐위시켰다. 아버지 현종이 두통이 난다고 하자 철사줄로 머리를 동여매어 결국 제 명에 죽지 못하게 하였다. 그러나 명나라 혜제는 그의 숙부 영락제(永樂帝) 주체(朱棣)에게 왕위를 빼앗겼으나 오히려 제 명에 죽었다는 의미이다.

105) 장량자(張良娣) : 당(唐)나라 숙종(肅宗)의 황후로, 양자는 봉호이다. 장씨가 이보국을 처치할 것을 태자인 대종(代宗)에게 부탁한 것이 탄로 나자, 숙종이 죽은 뒤에 이보국이 황후를 방망이로 때려 죽였다.

106) 북방족과 전쟁하는 중에 황제의 자리를 차지한 아우 경제(景帝)를 폐하고 8년 만에 다시 황제가 되었다. 이것으로 명나라는 왕통의 명분이 바로 섰음을 증명하였다는 의미이다.

술잔을 올리고 일산을 받드는 욕을[107] 면할 수 있겠습니까? 숭정(崇禎 : 명나라 의종(毅宗)의 연호, 1628~1644)으로 말하면 17년 동안 50명의 재상을 갈아 썼는데, 사람 쓰는 법이 이토록 어지러웠으니 일처리도 엉망진창임을 알 수 있습니다. 그렇지만 군자는 차라리 옥처럼 부서질지언정 성한 기왓장으로 남지는 않을 것이지요. 이야말로 숭정의 공명정대한 처사로서 〈명나라의〉 흥하고 망한 역사는 천고에 둘도 없는 일이었습니다."

라고 한다. 내가 이때 '사해(四海)의 남은 백성들'이라고 가느다란 글자로 썼더니 곡정은 선뜻 말하기를,

"본조(本朝 : 청나라 조정)가 나라를 얻을 때 공명정대했다는 것은 천지에 유감이 없습니다. 국가를 창건한 자가 정권을 잡을 때는 전 왕조〔前朝 : 명나라〕에 대하여 원수로 대하지 않는 자가 없었으나, 〈청나라는〉 나라를 세울 즈음에 도리어 큰 은혜를 베풀어 전 왕조의 원수를 갚아 준 것은 오직 우리 청조밖에 없습니다.

여덟 살 난 어린아이〔八歲小兒 : 청나라 강희(康熙) 황제를 가리킴〕로서 중국을 하나로 통일했다는 것은 생민(生民)이 있은 이래로 한 번도 없었던 일입니다. 우리 세조(世祖) 장황제(章皇帝)는 처음에는 천하를 차지할 마음이 없었고, 다만 천하를 위하여 대의를 밝히며 나라의 원수를 갚았고, 천하 백성을 피바다와 뼈더미

107) 진(晉)나라 민제(愍帝) 사마업(司馬業)이 유요(劉曜)에게 항복하여, 청의(青衣)를 입고 적국의 왕에게 술잔을 올렸다.

속에서 구해 내려 하였으니, 하늘이 함께 해주고 백성들이 귀순했던 것입니다.

맨 처음 숭정(崇禎)을 따라 죽은 대신 범경문(范景文 : 명나라의 명신(名臣)) 등 20명을 표창했고, 지난해(1775년)에도 황제(건륭)는 숭정의 죽음에 관련된 여러 신하들을 뒤늦게 조사하여 모두 10,600여 명에게 충민(忠愍) · 민절(愍節) 등의 시호를 주었습니다.

공명정대하고 강상(綱常)을 올바로 붙들어 잡은 일은 삼황(三皇) · 오제(五帝) 이래로 이러한 일을 아직 들어본 적이 없습니다. 천하를 차지하는 자는 자기 집안에 부끄러운 일이 없어야만 능히 나라를 오래 누릴 수 있을 것입니다."

라고 하였다.

나는 을미년(1775년) 11월에 내각(內閣)에 내린, 숭정의 죽음과 관련된 여러 신하들의 충성을 장려하기 위한 조서(詔書)를 구해 보자고 했더니, 곡정은 밤에 베껴서 보여 주겠다고 허락하였다.

나는,

"앞서 선생이 백이 · 숙제보다 앞에 있던 인물로는 태백(太伯)과 중옹(仲雍)이 있었고, 백이 · 숙제보다 뒤에 있던 인물로는 관숙(管叔) · 채숙(蔡叔)이 있었다고 말씀하셨는데, 그건 무슨 말씀이십니까?"

라고 하였더니, 곡정은 미소를 띠면서 대답하지 않았다. 내가

다시 졸랐더니 곡정은,

“예로부터 의리라고 하는 것은 비유하자면 쇠를 녹여서 거푸집에 붓는 것과 같아서 쇠 스스로가 무슨 물형이 되는 것이 아니라 거푸집에 따라 그릇이 되는 것입니다. 또 조개껍질을 보는 것과도 같으니, 〈조개껍질은〉 일정한 빛이 있기는 하지만 보는 사람이 바로 보고 옆으로 보는 데에 따라 각각 다른 것입니다. 〈물길을〉 동쪽으로 트면 동쪽으로 터지고, 서쪽으로 트면 서쪽으로 터지는 것은[108] 다만 물 자체에 있는 것입니다.”

라고 하여 내가,

“물을 격동시키면 산 위에까지 올릴 수 있으나, 그것이 어찌 물의 본성이겠습니까?”

라고 하니 곡정은,

“세상일이란 거꾸로 되는 것이 많기 때문에 하는 말이지요. 공자께서는 말씀하시기를 ‘태백은 세 번씩이나 천하를 사양했다[109]고 칭찬했지만, 은(殷)나라의 신(辛 : 주왕(紂王)의 이름)은 태백이 살았던 시대에는 아직 뱃속에도 들지 않았을 적이요, 당시 고공(古公)[110]의 일을 여러 제후(諸侯)들의 나라에 비교해 본다

108) 『맹자(孟子)』 고자(告子) 상편에 나오는 구절로, 맹자가 고자와 사람의 본성을 토론할 때, 고자는 사람의 본성은 물을 막은 것과 같아서 둑이 터지는 데 따라 동쪽이나 서쪽으로 흐르듯이 가르치는 데 따라 선악이 갈라질 수 있다고 한 반면에, 맹자는 물의 본성은 아래로 흐르는 것과 같아서 본래 선(善)한 것이라는 데서 나온 말이다.

109) 『논어』 태백(泰伯) 편에 나오는 말이다.

면 한 변방의 부용(附庸 : 위성국(衛星國))된 나라에 지나지 못하니, 당시의 천하는 누구의 것인지 알지 못할 일이요, 태백이 과연 누구에게 천하를 세 번씩이나 양보했는지 모를 일입니다.

주자(朱子)는 '계력(季歷 : 고공단보의 아들)이 아들 창(昌 : 주나라 문왕의 이름)을 낳았는데 거룩한 덕이 있어, 태왕(太王 : 고공의 시호)이 이 때문에 은(殷)나라를 멸망시킬 마음을 가지게 되었다'고 하였지만, 이는 잘못된 일입니다. 계획이 지나치게 빨랐다고 말할 수 있습니다. 자기 집안을 창성하려고 꾀하는 것은 있을 수 있는 일이지만, 그렇다고 어찌 분수에 넘치는 일을 망령되이 바랄 것입니까?

주자는 또 '이 같은 뜻은 지극히 공변된 마음에서 나왔다'고 말했으나, 이 역시 잘못된 말입니다. 모르기는 하지만, 지극히 공변된 마음이란 과연 어떠한 마음을 두고 하는 말입니까? 다만 주(周)나라가 국가를 창건한 사적에는 반드시 무슨 까닭이 있겠지만 후세에 전해지는 것이 없을 뿐입니다. 공자가 홀연히 태백의 신상(身上)에 대하여 탄복한 것을 보면, 주나라가 국가를 창건한 자취에는 은연히 무슨 일이 있었을 것입니다. 뇌공(雷公 : 뇌신(雷神))이 〈이에 대하여〉 주자를 공박한 이론은, 마치 조민(刁民 : 교활한 백성)들이 소장을 바친 것과 같습니다."
라고 하여 내가,

"뇌공이 누구입니까?"

---

110) 고공(古公) : 주나라 문왕의 조부 단보(亶父). 고공은 봉호이다.

하고 물으니 곡정은,

"모기령(毛奇齡)입니다. 국초의 대가(大家)라 합니다."

라고 하기에 나는 웃으면서,

"털보 뇌공 말입니까?"

라고 하니 곡정은,

"그렇습니다. 또 위공(蝟公 : 고슴도치)이라고도 부릅니다. 전신이 모두 가시거든요."

라고 한다. 나는,

"『서하집(西河集)』을 일찍이 나도 한 번 얼핏 보았지만, 그가 경전(經典)의 뜻을 고증(考證)한 부분은 혹 그럴싸한 의견이 없지는 않더군요."

라고 하자 곡정은,

"대단히 망령된 사람입니다. 그의 문장도 역시 교활한 백성의 소장과 같은 점이 많습니다. 모씨는 소산(蕭山) 사람입니다. 그 지방은 글하는 아전들이 많아 글장난을 잘하므로 안목이 밝은 사람들은 모씨를 지목하여 '소산 티를 벗어나지 못했다'고 말합니다."

라고 했다.

내가,

"문왕은 바로 태왕의 막내아들의 아들인데, 태왕이 본래 어린 손자의 갸륵한 덕(德)을 보았을 때는 태왕의 나이가 100살은 먹었을 것입니다. 〈고대 중국 서북방의〉 기(岐)나 옹(雍)땅으로부터 형만(荊蠻)까지라면 길이 만 리가 못 되지 않을 터인데 100살 된 어버이를 <집에다> 버리고 만 리 먼 길에 약을 캐러 갔다고 하니, 이야말로 3년 동안 앓는 병에 7년 묵은 쑥을 구하는 것[111]이라 할 것입니다.

그런데 공자는 태백을 보고 지극한 덕을 갖춘 인물이라며 칭송하고, 주자는 태왕을 가리켜 지극히 공변된 인물이라 칭송하였으니, 이것은 아무런 충돌이 없었던 백이와 태공의 사이와는 같지 않습니다.[112] 태백 처지에서 논한다면 태왕이 응당 지극히 공평하다고 말할 수 없을 것이고,[113] 태왕의 처지에서 논한다면 태백이 응당 지극한 덕을 갖추었다고 하지 않을 것입니다.[114] 성현들이 말씀한 지극히 미묘하고 지극히 정미한 뜻을 겉만 핥는 얇은 지식으로는 도저히 추측조차 못할 바이지만, 저도 역시 이 사실에는 의심이 없을 수 없습니다."

라고 하니 곡정은,

"선생의 말씀이 옳습니다. 그러나 사람을 좁은 골목에 몰아

111) 『맹자』에 나오는 말이다.

112) 태공이 맏아들에게 왕위를 전하지 않고 문왕을 위하여 끝의 아들에게 왕위를 전했기 때문에, 아버지의 처리에 불평을 품은 듯 아우 하나를 데리고 출가하여 부자 사이의 충돌이 있는 듯하다는 말이다.

113) 맏아들인 자기에게 왕위를 계승하지 않았기 때문에 그렇다는 것이다.

114) 왕위를 계승시키지 않았던 것으로 보아서 그렇다는 것이다.

넣는 것도 옳지 않습니다. 소자첨(蘇子瞻 : 소동파)은 다만 외면만 보고 대번에 무왕을 성인이 아니라고 배척했으나, 이것은 소자첨의 독서가 거칠기 때문입니다.

『논어(論語)』에는 문왕의 지극한 덕을 찬양하여 '천하의 3분의 2를 차지하고도 오히려 은(殷)나라를 <종주국으로> 복종하여 섬겼다'고 했는데, 그 집주(集註 : 주희가 지음)에서 '형(荊) · 양(梁) · 예(豫) · 옹(雍) · 서(徐) · 양(楊)[115] 등의 여러 고을은 주(周)나라로 돌아갔고, 은나라의 주왕(紂王)에게 속한 것은 오직 청(靑) · 연(兗) · 기(冀) 등 뿐이다'고 했으나, 이는 잘못입니다.

제 생각으로는 천하를 셋으로 나누었다고 함은 삼국시대 촉한(蜀漢), 오(吳)나라, 위(魏)나라 등이 서로 정치(鼎峙)했던 것과는 같지 않다고 봅니다. 말하자면 '우(虞)나라와 예(芮)나라가 송사를 단념하고 물러간 것'[116]과 마찬가지로 3분의 2가 되는 천하의 인심이 주(周)나라로 돌아갔다는 것입니다.

여기서 왕망(王莽)이나 조조(曹操) 같은 자들은, 정말 천하의 3분의 2가 되는 땅을 점령하고서는 이윽고 <종주국(宗主國)에> 복종하고 섬기는 예절을 폐기하였지만, 문왕은 진실로 3분의 2

115) 이상의 여섯 고을은 중국 고대 행정구역 9주 중의 6주의 이름들이다.

116) 『사기(史記)』 주본기(周本紀)에 보면, 우(虞)나라와 예(芮)나라가 토지 분쟁 때문에 문왕을 찾아갔다가 주나라의 백성이 서로 밭의 경계를 양보하는 아름다운 광경을 보고 자신들이 부끄러워 송사를 단념하고 물러가서 다투었던 토지를 서로 양보하였다는 내용이 나온다.

가 되는 천하의 인심을 얻고서도 자기란 존재가 있는 것도 잊어버리고 주왕의 죄악을 꼬집어보지도 않아서, 마치 자제들이 부형 앞에 수고하듯이 새벽부터 밤 늦게까지 자기 〈몸을 굽혀〉 스스로 신하의 도리를 지켰던 것입니다.

설자(說者 : 주희를 말함)의 말과 같이 정말로 9주(州) 가운데 6주의 땅을 차지하고, 그 세력은 능히 은나라를 대신하여 천하를 차지할 만하였으나, 일부러 신하의 본분을 지켜 공손하게 몸을 가졌던 것은 아니었습니다. 만약에 설자의 말과 같다면, 조조 같은 주나라 문왕을 어찌 지극한 덕이 있었다고 하겠습니까?

셋으로 나누었다는 분(分)은 분수(分數)의 분인 것이요, 그의 지극한 덕행이란 바로 문왕이 도무지 시비를 가릴 줄 모르는 어리석은 사람 같은 점을 말한 것이니, 후세에서 말하는 '하늘과 사람이 〈나에게〉 돌아온들 내게 무슨 소용이 있으랴?'란 말이 문왕을 두고 한 말입니다. 주자가 그를 무왕보다 높게 쳐준 것도 바로 이것입니다.

세상 사람들이 그의 몸을 볼 때 거북의 등에 털이나 난 듯, 토끼 머리에 뿔이 나서 돋은 듯이 이상하게 보고서, 세상일을 가지고 이리저리 큰일을 만들어 보려고 떠드는 자들은 저 까치집에 살고 있는 강장새나 큰 하수를 마시려는 물쥐 따위에 지나지 않는 존재일 것입니다.

옛날 세상에는 본래 이러한 학문이 없지 않았던 만큼, 공자의 태백에 대한 평가도 반드시 과하다고 할 수는 없습니다. 태백은 머리를 하늘에 두고 발을 땅에 붙인 한 명의 평범한 인물일 것이요, 태왕이야말로 굳세고 사나우며 참을성 있는 인물일 것입니다.”

라고 한다. 나는,

“『사기(史記)』에는 오자서(伍子胥)[117]를 굳세고 사나우며 참을성 있는 인물이라고 하였고, 장주(莊周)는 은(殷)나라의 탕왕(湯王)을 뱃심 좋고 참을성 있는 인물이라고 하더군요.”

라고 하니, 곡정은

“그렇습니다. 어질면서도 사람을 죽일 줄 알고, 예절을 지키면서도 무력을 쓸 줄 알며, 지혜가 있으면서도 물을 줄 알고, 용맹이 있으면서도 머리를 숙일 줄 알며, 신의가 있으면서도 변할 줄 아는 것이야말로 굳세고 사나우며 참을성 있는 성정의 인물이라고 합니다. 〈성정이〉 이와 같지 않고서는 역시 반란을 일으키지도 못하고, 반란을 바로잡지도 못할 것입니다.

대체로 창업(創業)을 이룩하는 자는 갖은 풍상을 겪지 않고서는 하늘을 맑게 하고 땅을 평정하지 못합니다. 천지가 뒤바뀔 때는 바람과 서리와 우레와 우박이 없이는 한 해〔歲〕를 이루지 못하는 것이니, 10월 초〔十月之交〕[118]는 바로 천지자연이 한 번

---

117) 오자서(伍子胥) : 전국 시대 오(吳)나라의 정치가인 오원(伍員). 자서는 자이다. 초나라 사람이었으나 간신 비무극(費無極)의 흉계로 아버지와 형이 살해당하자, 원수를 갚겠다며 오나라로 도망가서 공자 광(光)의 책사가 되었고, 결국 광(光)을 오나라 왕(합려(闔廬))으로 즉위시킨 후 합려를 보좌하여 강대국으로 발전시켰으나, 합려의 아들 부차에게 중용되지 못하고 간신 백비(伯嚭)의 참소로 자결하였다.

뒤집히는 때이니, 어찌 무서운 변화가 없겠습니까?

주공은 선대의 아름다운 덕을 기술하여 한 편의 신도비(神道碑 : 죽은 사람의 공적을 기록한 비(碑))를 지었는데 그 비문에,

영롱한 저 중추 달빛을 임과 함께 구경하였지만　玲瓏共玩仲秋月
뉘라서 간밤에 비가 창을 두드렸다고 말하는가?　誰道前宵雨打窓

라고 했습니다. 후세에는 참으로 태왕이 천하를 얻는 데 무심했다고 인정하고 말았습니다.

<또 송나라 태조 조광윤(趙匡胤)을 두고>

'점검으로서 술에 취해 졸았으니 전연 몰랐다오' 119)

點檢醉睡渾不知

라는 말이 어찌 백정이 칼을 갈면서 염불을 함과 다르겠으며, '침대 곁에 다른 사람의 콧소리를 용납할 수 없다.'란 말을 보면 군막 속에서 술에 취하여 벌레처럼 되어 있었겠습니까?120)

---

118) 시월지교(十月之交)는 『시경』 소아(小雅) 절남산지십(節南山之什)의 편명이다. '十月'은 북두칠성 자루가 해방(亥方)을 가리키는 달이고, '交'는 해와 달이 서로 만나는 때이므로 그믐과 초하루 사이를 뜻하는데, 대부가 주(周)나라의 어리석은 유왕(幽王)을 풍자한 시이다.

119) 송나라 태조 조광윤이 천자가 되기 전에 점검(點檢)이라는 군직의 벼슬에 있었다. 조광윤이 전장의 군막 속에 술이 취해서 누워 자는 동안에 부하들이 그를 임금으로 추대할 것을 결의하였으나, 조광윤은 술에 취해서 이 일을 전연 몰랐다는 것을 풍자한 것이다. 작자는 미상이다.

태백의 '지극한 덕'이란 천하를 양보하는 데 있는 것이 아닙니다. '천하를 양보한다'는 말은 공자가 장래 일을 거꾸로 말씀한 것이요, '지극한 덕'이야말로 바로 '백성들이 뭐라고 일컬을 수 없다'라고 한 데 있습니다.

태백은 바보가 아니면 귀머거리일 것입니다. 은(殷)나라의 왕실에 어떠한 악한 천자가 있는 것도 전혀 알지 못했고, 자기 집안에 어떠한 거룩한 성덕을 지닌 아이(문왕)가 태어났는지도 살피지 못했으니, 그는 스스로 큰 천치이거나 지혜롭지 못한 사람임을 면치 못할 것입니다. 말하자면 우리 태백이 천하의 형편을 모르는 것이 아니라, 천하가 모두 우리 태백을 몰랐던 것입니다. 그리하여 백성들로서는 태백을 뭐라고 칭찬할 수 없었다는 것이고, 주자가 그를 문왕보다도 더 높이 여긴 것도 바로 이 까닭입니다.

『춘추전(春秋傳 : 좌전(左傳))』에는 '태백은 <상(은(殷))나라를 정복하자는 태왕의 말을> 듣지 않았기 때문에 왕위를 계승하지 못했다.'고 했으나 이것은 망언입니다. 태왕이 이런 것을 가지고 쑥덕거려 공론을 했는데, 태백이 이것을 간절히 간(諫)했겠습니까? 만일 천하로 하여금 <이 같은 태백의 행동을> '지극한 덕'이라고 쳐 주게 한다면 태왕의 일이야말로 도리어 망치게 될

120) 조광윤이 임금이 된 뒤 아직 서북 변방을 평정하지 못한 것을, 자기의 침대 곁에 남의 콧소리를 듣는 것이나 다름없다는 의미로 그의 재상인 조보(趙普)와 이야기하던 중에 말했다. 작자는 미상이다.

것이니, 이렇기 때문에 제가 하늘에 머리를 두고 땅에 발을 디딘 평범한 인물이라고 말하는 것입니다.

전에 제가 이른바 '백이 · 숙제보다 앞에 있었던 인물로는 태백 · 중옹이었다'고 한 말은 다만 『논어』의 집주를 좇아서 한 번 말한 것이요, 지금 한 말과는 뜻이 다릅니다."

라고 하여 내가,

"백이 · 숙제보다 뒤에 있었던 인물로는 관숙(管叔) · 채숙(蔡叔)이었다고 했는데, 그렇다면 선생은 또한 장차 관숙 · 채숙의 덕을 태백에게 비교하려고 하십니까?"

라고 하니 곡정은,

"내가 말한 본지(本旨)는 이와 다릅니다. 다만 한(漢)나라가 국가를 창립한 것이 광명정대하다는 것을 밝혔을 따름이요, 관숙 · 채숙에게 도리어 '지극한 덕'이 있었다는 말씀은 아닙니다. 더러 관숙과 채숙을 은(殷)나라 왕실의 충신이며 문왕의 효자들이라고 일컫는 이가 있습니다. 이것은 아무리 꼬부라진 학자들이 세상에 아첨하는 데 분개하고, 비루한 선비들이 구차하게 남의 말을 따르는 것에 격앙되어서 하는 말이지만, 이런 입론(立論)을 어찌 어그러진 이론이라고 하지 않을 수 있겠습니까?

저는 다만 한갓 사람들이 역사상 인물들의 성공과 실패의 자취만을 보고서 의리를 굽히고 의리 위에 다른 의리를 덮어 씌워서, 이른바 추켜세울 때는 푸른 하늘 위에까지 올려놓고, 억누를 때는 땅 속까지 파묻는 것에 대해 개탄한 것입니다. 우리 선비(유학)들도 역시 이랬다저랬다 말을 바꾸는 습관이 없지 않으니, 치켜세우고 억누르는 버릇이 너무 심한 것도 역시 일종의 합종연횡인 것입니다.

한(漢)나라의 건평(建平 : 한나라 애제(哀帝)의 연호, BC.6~BC.3)과 원시(元始 : 한나라 평제(平帝)의 연호, 1~5) 시절에 왕망이 신야(新野)의 밭을 받지 않았더니, 관리와 백성들이 대궐 앞을 떠나지 않고 황제에게 왕망을 칭송하는 글을 올린 자가 앞뒤로 487,572명이요, 제후와 왕공과 열후(列侯)와 종실(宗室)들은 안한공(安漢公 : 왕망이 자칭한 봉호)에게 구석(九錫)[121]을 내릴 것을 머리를 조아려 〈황제에게〉 청했습니다.

그 당시의 사정으로 의논한다면 적의(翟義)와 진풍(陳豐)[122] 같은 사람들이야말로 어찌 〈주(周)나라 때의 주공(周公)이 모반한다고〉 유언을 퍼뜨린 관숙 · 채숙과 같은 인물이 아니겠습니까? 만일에 관숙과 채숙이 성공하여 주공에 대하여 왕법(王法)을 행할 공안(公案)이 성립되었던들, 비록 천수관음(千手觀音)이 있다고 하더라도 주공을 〈역모죄로부터〉 구해내기 어려웠을 것입니다."

라고 한다. 내가,

"왕안석(王安石)의 시(詩)에,

---

121) 구석(九錫) : 황제가 국가 최고 훈업의 표창으로 공신에게 내리는 아홉 가지 선물.

122) 적의(翟義)와 진풍(陳豐) : 두 사람은 한(漢)나라의 장수로서 왕망이 모반할 것을 알고 군사를 일으켰다가 실패하였다.

가령 당시에 그 한 몸이 죽었더라면, 假使當年身便死
한평생 참과 거짓을 뉘라서 알았으랴 一生眞僞有誰知

라고 읊었지만 그들을 쉽게 죽지 않게 하여 성인인지 도적인지를 당장에 판단하게 하였으니, 이 어찌 하늘의 뜻이 아니겠습니까?"

라고 하니, 곡정은

"그것은 형공(荊公 : 왕안석의 봉호)의 시가 아니라 바로 낙천(樂天 : 백거이(白居易)의 자)이 지은 것입니다. 주나라 왕실은 원래 변고가 많은 집안이요, 주공은 비방을 많이 받은 성인입니다. '말〔斗〕을 쪼개고, 저울을 꺾고, 도적을 풀어놓는다'[123]는 말은 비록 괴상한 이론이긴 하지만, 백대(百代)의 폐단이 되는 근원을 밝게 비춰 준 말입니다. 공자는 『춘추(春秋)』를 지은 뒤에 스스로 말씀하기를 '나의 공적을 아는 것도 『춘추』이며, 나의 죄과를 아는 것도 『춘추』이다.'[124]라고 하였으니, 이로 보면 주공도 자신이 만든 제도들이 장래에 어떤 화근이 되리라고 스스로 상심했을 것입니다.

근세에 먹을 만드는 자는 모두들 첨성규(詹成圭 : 청나라의 먹을 잘 만들었던 인물)를 본떠서 만들고, 바늘〔針〕을 만드는 자는 대체로 이공도(李公道 : 청나라의 제필가)의 이름을 빌리는 것과 같습니

123) 『남화경(南華經)』에 나오는 말이다.

124) 『논어』에 나오는 말이다.

다.[125] 당나라 태종(太宗)은 제나라 환공(桓公) 노릇을 한 번 해 보고자 하여 갑자기 관이오(管夷吾)와 같은 인물을 구하려 하였습니다. 위징(魏徵)은 천하의 간사한 인물[126]인데, 소리를 응하자마자 나와서는 '예이' 하고 크게 대답하고는 얼굴을 마주대고 대들면서 천하 사람들 가운데 서서 '관중(管仲)이 여기 왔습니다.' 하고 나선 셈입니다. 이런 때 누가 묻기를 '너가 관중이라면 어째서 공자(公子) 규(糾)와 함께 죽지 못했던가?'[127]라고 한다면, 위징은 하늘의 해를 쳐다보면서 '성인이 나에게 죽지 말라고 허락하였습니다.'라고 할 것입니다. <그 사람이 또> 묻기를 '어떤 성인이 너를 살려 주더냐?' 하면, 위징은 '노나라의 공부자인데 그는 다문박식한데다가 지공혈성(至公血誠 : 지극히 공정하며 정성은 피가 솟는 듯함)을 지닌 성인으로서 만세에 사표이신 만큼, 말 한마디가 땅에 떨어져도 금이 되고 돌이 되어 귀신에게 물어보아도 의심이 없을 것이고, 천지에 세워도 어긋남이 없을

---

125) 모두 주공과 공자를 떠메고 나온다는 의미이다.

126) 관이오(管夷吾)는 제나라 환공의 패업을 성취케 한 명재상인 관중(管仲)이다. 위징(魏徵)은 본시 당태종의 형인 건성(建成)의 부하로서 훗날 태종이 된 이세민을 죽여 없애라고까지 권고한 일이 있었으나, 뒤에 당태종이 황제가 되자 이 원한을 덮어두고 그를 등용하여 유일의 협조자가 되었다.

127) 관중은 애초에 제환공의 아우 규(糾)의 부하로서 제환공을 죽이려고까지 하였으나, 규가 죽은 뒤에는 제환공을 도와서 대업을 이룩하였다.

것이며, 백대의 성인을 기다려도 의혹하지 않을 것입니다.' 하고 대답할 것입니다.

또 '공자가 어찌하여 너에게 죽지 말라고 허락했을 것인가?' 하고 물으면 위징은 목소리를 높여 긴 소리로 읊기를 '어찌 평범한 지아비와 지어미가 신의를 지키려고 개울 속에서 스스로 목매어 죽어도 아무도 알아주는 사람이 없는 신세처럼 해서야 되리요?[128] 했으니, 이것이 어찌 중니(仲尼 : 공자(孔子)의 자)께서 나를 <죽지 말라고> 허락한 것이 아니겠습니까?' 할 것입니다.

이것은 비단 위징이 스스로 벗어나려 하였을 뿐만 아니라, 당 태종에게 붙어서 아첨으로 한평생을 지낸 수단이었습니다. 만일 이 사실을 그 동네의 보정(保正)으로 하여금 사방의 이웃에다 통문이라도 돌렸다면 하후령녀(夏侯令女)가 아마도 귀를 베지[129] 않았을 것입니다."

라고 한다. 내가,

"위징에게 '소백(小白 : 제(齊)나라 환공의 이름)은 형이요, 공자 규(糾)는 아우가 아니던가?[130] 더구나 관중은 공자 규의 정식 신

---

128) 공자가 관중이 공자 규와 함께 죽지 않았음을 옳다고 변명하여 한 말이다. 『논어』 헌문(憲問) 편에 나온다.

129) 삼국의 조위(曹魏) 때 열녀(烈女)인 하후령녀(夏侯令女)는 개가하지 않기 위하여 처음에는 머리를 깎고, 두 번째는 두 귀를 베고, 나중에는 코까지 베었다는 고사이다.

130) 원문에는 '小白兄也 子糾弟也'라고 하였는데, 잘못되었으므로 바로잡았다. 소백은 동생이고, 공자 규(糾)는 소백의 이복 형이다.

하도 못 되지 않았던가?' 하고 어찌하여 다시 물어보지 않았습니까?"

라고 하니 곡정은,

"그렇습니다. 위징은 진왕(秦王 : 이세민이 천자가 되기 전의 봉호) 이세민(李世民)과 함께 모두 당(唐)나라 태자인 건성(建成)의 신하였습니다. 위징의 신분은 원래 도사(道士)로서 허망한 도〔米道〕를 믿었습니다. 그의 「십점소(十漸疏)」는 아주 친절하게 깨우치는 것 같지만, 시장에서 알 수 없는 수수께끼 말입니다. 위징은 '천고에 중부(仲父 : 관중)131)를 죽인 일이 전혀 없으니, 정관(貞觀 : 당나라 태종의 연호, 627~649) 천자도 모름지기 나 같은 시골 늙은이를 죽일 까닭이 없다'고 생각했을 것입니다.

임금과 신하가 거간꾼이나 장사치의 노름으로 상하가 공리(功利)만 취하다 보니, 이것은 고금의 성패에 있어 한 개의 단안(斷案)이었습니다. '성패'라는 두 글자는 선비들의 입부리로서는 형용하지 못할 글자였으며, 제후(諸侯)의 집에 인의(仁義)가 붙어 있을 뿐이요, 『제범(帝範)』132) 한 책은 참으로 요(堯)를 본뜨고 순(舜)을 꾸몄을 뿐입니다.

우리 선비들이 말하는 '천명(天命)'이란 것은 뛰어보았자 '기수

---

131) 제환공(齊桓公)은 관중에게 '중부(仲父 : 작은아버지)'라는 호칭을 내려 그를 중히 여겼다.

132) 『제범(帝範)』 : 당태종이 지은 책으로, 제왕들이 지킬 도리를 서술하였다.

(氣數 : 운수)' 두 글자를 벗어나지 못했으니, 이 기수란 것은 도리어 성패의 행적만을 가지고 따지는 것입니다. 항상 말하듯이 '하늘이 임금의 지위를 주고 인심이 저절로 돌아온다'는 말은 한낱 거짓말인 것입니다.

예로부터 <정도를 어기고 나라를> 역리(逆理)로 취하여 순리(順理)로 지키는 자 치고 어느 누구든 천명이 독실하게 돌봐주지 않았으며, 후직(后稷 : 중국 고대에 농사를 관장하던 관리)의 농사짓는 법으로 사람들이 지극한 도움을 받는 바에야 어느 귀신이 제향(祭享)을 받아주지 않겠으며 어느 백성이 편안하게 여기지 않겠습니까? 날마다 한(漢)나라의 백성들이 왕망의 공덕을 찬송함도 들을 수 있으며, 우(虞)나라의 귀신이 진(晉)나라에서 올린 향내 나는 음식이라고 토했다는 말은 듣지 못했습니다."[133]

—곡정의 이 말은 속으로 무엇을 가리키는 점이 있는 것이지, 그저 역대를 평범하게 이야기한 것이 아니다. 그는 비록 청(清)나라가 창건한 것이 정당하다고 말끝마다 극구 외고 있으나, 이야기할 때는 때때로 자기의 본성을 드러냈다. 특히 역대 왕조의 역순과 성패의 자취를 빌려서 이리저리 자기의 회포를 표시한 것이다.

라고 한다.

나는,

"다만 운수〔氣數〕로만 미룬다면 세상에는 도무지 손댈 데가

---

133) 『춘추좌씨전』 희공(僖公) 5년에 나오는 구절이다.

없을 것입니다. 성인들은 천명이란 말을 드물게 말하였으니, 이는 세상을 위하여 가르침을 세우는 데는 이렇게 하지 않을 수 없었기 때문입니다. 그러나

때가 오니 바람이 등왕각[134]으로 보내고, 時來風送滕王閣
운이 가니 벼락이 천복비[135]에 떨어졌네.[136] 運去雷轟薦福碑

라고 하였으니, 세상일이란 모두 '때가 오고 운이 가고'에 달려 있나 봅니다."

라고 하니 곡정은,

"그렇습니다. 소위 '왕운이 터진 인재(人才)는 하늘의 소임을 대신할 수 있다'는 말이 그것입니다. 세상을 교화하는 것으로

134) 등왕각(滕王閣) : 양자강 유역 남창(南昌)에 있는 누각. 당나라의 문학가인 왕발(王勃)이 등왕각에서 열리는 문회(文會)에 닿기가 어려웠을 때, 바람이 배를 휘몰아서 마당(馬當)에서부터 남창까지 700리를 하룻밤 사이에 도달하여 「등왕각시서(藤王閣詩序)」를 짓고서 천하에 이름을 드날렸다.

135) 천복비(薦福碑) : 강서성(江西省) 천복사(薦福寺)에 있던 비석. 천복비의 비문은 탁본값이 비쌌기 때문에 송나라의 가난한 서생 하나가 탁본을 하려고 종이 1,000장과 먹을 준비하였는데, 하루 저녁에 벼락이 천복비를 쳐서 부수었다. 「묵객휘서(墨客揮序)」에서 나온 이야기이다.

136) 이 한시 구절 중에 첫 구절은 소식(蘇軾)이 읊은 것이고, 둘째 구절은 속언(俗諺)으로서 한 짝이 되었다.

본다면 비록 순리라고 하겠지만, 하늘의 뜻에서 보면 도리어 흠이 되고 반대로 어그러질 수도 있을 것입니다."

라고 한다. 나는,

"사람들은 흔히 말하기를 '하늘은 거짓을 용납하지 않는다'라고 하지만, 바야흐로 일어나려 하는 이에게는 왕패(王霸)[137]가 굳게 얼음이 얼었다고 거짓말을 했어도 하늘은 역시 이 거짓말을 그대로 좇았습니다.[138] 지성을 드려 기도를 하더라도 반드시 소원대로 들어 주는 것은 아니건만, 바야흐로 나라가 망할 적에는 장세걸(張世傑)[139]이 분향을 하면서 하늘에 빌었는데 <하늘이> 그 정성에 기분 좋게 복을 내렸습니다.

세상에서 가장 정확한 것은 제때에 우는 닭 울음만 한 것이

---

137) 왕패(王霸) : 후한 광무제(光武帝) 때의 장수로, 자는 원백(元伯)이다. 어떤 본에는 후패(侯霸)로 되었으나 잘못된 것이다.

138) 광무제가 왕랑(王郞)의 군사를 피하여 호타하(滹沱河)로 향할 때, 왕패로 하여금 물을 건널 수 있겠는가를 보게 하였다. 왕패는 거짓으로 얼음이 얼었다고 하였더니, 군사가 그곳에 이르자 얼음이 과연 얼었으며 건너자마자 곧 풀렸다고 하였다.

139) 장세걸(張世傑) : 송나라 말년의 충신. 그는 몽고군에게 쫓겨 남해로 도망가면서도 송나라의 왕통을 유지하고자 혈육을 두 번이나 추대했으나 다 죽었다. 장세걸은 필경 경애(瓊崖)로 도망가는 길에 또 모진 태풍을 만나 하늘을 향하여 분향하면서 외치기를 "또 한 번 더 조씨의 왕통을 세워 보겠는데 하늘이 여기에 동의하지 않거든 내가 탄 배를 엎어달라."고 했더니, 그의 말대로 바람이 당장에 배를 엎어버리는 바람에 장세걸은 물에 빠져 죽었다고 한다.

없는데, 맹상군(孟嘗君 : 전문(田文)의 시호)이 범의 아가리를 벗어나려고 하여 한 사람이 닭 울음소리를 내자, 모든 닭이란 닭은 모조리 따라서 울었습니다.[140] 천하에 가장 틀림없는 것은 밀물과 썰물만 한 것이 없지만, 송(宋)나라 왕조가 더 버티지 못하자 전당(錢塘 : 항주만(杭州灣)으로 들어가는 절강(浙江)의 하류)의 조수(潮水)가 사흘 동안을 들어오지 않았습니다.[141]

홍하고 망하는 즈음에는 귀신의 조화조차 거짓과 진실이 서로 엇갈리며 성실과 속임수가 함께 판을 치다 보니, 천하를 주려고 할 때에 하늘이 반드시 즐겨한 바는 아니지만 몰래 도와주고 묵묵히 보호해 주어 마치 간곡하고 은혜로운 뜻이 있는 것처럼 하고, 천하를 빼앗고자 할 때에도 하늘이 반드시 미워한 바는 아니지만 잔인하고 흉악하기가 마치 깊은 원수를 갚듯이 하는 것은 무슨 까닭일까요?"

라고 하니 곡정은,

"우리나라(청나라)의 패륵(貝勒) 박락(博洛)이 군사를 거느리고 절강(浙江) 군사를 강 언덕으로 옮기는데, 이때도 강물이 조수

140) 맹상군이 진(秦)나라에 갔을 때 소왕(昭王)이 죽일 것을 알고 밤중에 도망하여 함곡관(函谷關)에 이르렀으나, 관문을 열 시간이 안 되었으므로 사로잡힐 지경에 처하였는데, 그의 문객 중 한 사람이 닭 울음소리를 흉내 내자 모든 닭이 일제히 따라 울어서 성문지기가 새벽인 줄 알고 관문을 열어주었다고 한다.

141) 송나라 말에 원(元)나라의 군사와 싸울 때, 전당(錢塘)의 조수(潮水)가 뜻밖에 사흘 동안이나 들지 않아서 송나라에게 불리하였다.

가 연일 들어오지 않았습니다."
라고 한다.

나는 묻기를,
"중국에서 말하는 섭정왕(攝政王)은 누구를 말하는 것입니까?"
라고 하니 곡정은,
"이는 예친왕(睿親王)을 가리키는 것으로 휘(諱)는 다이곤(多爾袞)인데, 우리 청(淸)나라의 주공(周公)이라고 할 수 있습니다. 순치(順治 : 청나라 세조의 연호, 1644~1661) 원년(1644년) 4월에 '예친왕'이란 왕호를 주고 황제 앞에서도 수레를 타고 일산을 쓸 수 있는 특전을 내렸습니다.

성경(盛京 : 심양)으로부터 대군을 거느리고 바야흐로 영원(寧遠)을 향하여 진군할 때에 유구(流寇)[142]들이 벌써 황성(북경)을 점령하게 되자, 평서백(平西伯) 오삼계(吳三桂)는 우리 군사를 맞이하여 산해관으로 들어가게 하여 원수를 갚고 흉적을 제거하였습니다.[143] 예친왕이 관민들에게 유시(諭示)를 내려 '흉적만 잡을 뿐이요, 〈백성은〉 살해하지 않고 함께 태평을 누리겠다'는 뜻을 발표하니, 백성들은 크게 기뻐하였습니다. 5월에 예친왕이 조양문으로 나가는데, 그가 탄 수레〔輦〕는 명(明)나라 노부

142) 유구(流寇) : 떼 지어 떠돌아다니며 약탈을 일삼는 도둑을 뜻하는데, 여기에서는 이자성(李自成)을 말한다.

143) 이자성 때문에 자살한 숭정 황제의 원수를 갚았다는 말이다.

(鹵簿 : 천자가 거둥할 때 쓰는 의례)의 절차를 차리고, 명나라 문무 백관의 조회와 경하를 무영전(武英殿)에서 받았습니다."

라고 하여 나는,

"이때는 천하를 모두 예친왕이 얻은 셈인데, 어찌해서 자신이 천자가 되지 않았습니까?"

라고 하니 곡정은,

"그런 까닭에 우리 성스러운 청나라의 주공이라고 하는 것입니다. 또 당시의 형편으로도 역시 그렇게 하지 못할 내력이 있었습니다. 당시에 종실의 여러 왕들은 하나하나가 모두 뛰어나고 용감했으며, 사람마다 호걸이었습니다. 우리 세조(世祖 : 3대 순치 황제)는 9월에 북경에 들어왔는데, 〈당시〉 밖으로는 양자강 왼편(절강 강소 지방)이 평정되지 못했으나 안으로는 종실(宗室)의 어진 신하들이 보좌(補佐)하고 있었습니다."

라고 한다. 나는,

"그 당시 종실의 여러 왕들 중에서 공덕으로 보아 섭정왕(攝政王) 같은 이가 몇이나 되었을까요?"

라고 하니 곡정은,

"『열성실록(列聖實錄)』이 아직도 국내외에 두루 퍼지지 않았으니, 응당 선생께서 모르실 것입니다. 명나라가 망한 뒤에 복왕(福王 : 명나라 신종(神宗)의 손자)은 강녕(江寧)에서 '천자'라 일컫고 연호를 고쳐 '홍광(弘光)'이라고 하였습니다.

순치(順治) 2년(1645년) 5월에 예친왕은 군대를 거느리고 남방으로 내려가 이긴 기세로 양자강을 건너 강녕까지 곧바로 이르렀습니다. 복왕은 무호(蕪湖)로 달아나 숨었다가 6월에 총병(總兵) 전웅(田雄)과 마득공(馬得功)에게 잡혀서 항복하였습니다."
라고 한다. 나는,
"예친왕의 이름은 무엇입니까?"
하고 물으니, 〈곡정은〉
"다탁(多鐸)이라고 하는데, 그의 영특하고 용감스러운 점은 예친왕(다이곤)에 못지 않았을 것입니다. 영친왕(英親王)의 이름은 아제격(阿濟格)으로 이자성을 추격하여 멸망시켰고, 숙친왕(肅親王)은 장헌충(張獻忠)을 무찔러 공격하되 손수 활을 쏘아 죽여서 통쾌하게도 신령과 사람의 분노를 씻어주었습니다. 숙친왕의 이름은 호격(豪格)인데, 모두가 하늘이 세운 인물이니, 누가 능히 당해낼 것입니까?"
라고 하여 나는,
"홍광(弘光 : 복왕(福王)의 연호)이 만일 마사영(馬士英 : 명(明)나라의 역신)의 무리들을 물리치고 사가법(史可法 : 명나라의 충신) 같은 어진 사람을 믿었던들 강남(江南)의 땅을 어찌 대대로 지켜내지 못했겠습니까?"
라고 하니 곡정이 길게 한숨 쉬고 탄식하며 하는 말이,
"하늘이 폐한 것인데 누가 능히 일으켜 주겠습니까? 그의 행적을 보면 전날의 유왕(幽王 : 주(周)나라의 폭군) · 여왕(厲王 : 주나라의 폭군)이나 환제(桓帝) · 영제(靈帝 : 서한의 마지막 임금) 등에게서도 일찍이 볼 수 없었던 것이 있습니다. 예친왕은 사가법에게 보낸 글 속에 '『춘추(春秋)』의 대의를 끌어대어 임금이 죽임

을 당했는데도 역적(이자성)을 토벌하지 않고 새 임금을 세운다는 것은 부당하다'고 책망하였습니다.[144)] 또 그를 설득하기를, '역적이 쳐들어와서 나라의 부모를 죽였건만 중국의 신민들은 활촉 한 개도 쏘아 보지 못했습니다. 그러나 우리 조정은 묵은 혐의를 없애버리고, 이에 군대를 갖추어 흉악하고 더러운 것을 소탕하여 천하를 위하여 임금의 원수를 갚았습니다. 맨 먼저 예절을 갖추어 회종(懷宗 : 숭정 황제)과 황후를 장사지냈습니다. 국가가 수도로 정한 북경은 역적(이자성)으로부터 얻은 것이지, 명나라로부터 빼앗은 것은 아닌 만큼, 마땅히 천자란 존칭을 깎아버리고 번국(藩國)이 되어서 길이 복을 누릴 것이니, 그리하면 조정으로서는 우빈(虞賓 : 요임금의 아들 같은 경우)으로 대접할 것이다' 하였습니다.

사가법의 답장에는 '국가는 없어지고 임금은 죽으니, 사직(社稷)이 중한지라 금상(今上)을 맞이하여 임금을 세우니 – 곡정이 자기 스스로 주를 붙여 <금상(今上)은> 명나라의 복왕(福王)을 말한다고 했다. – 하늘이 준 바요, 인심이 귀순하였습니다. 전하(殿下)께서 수도(首都 : 황성)에 들어오자, 우리 황제와 황후를 위하여 초상이 났다고 알리고 복을 입게 되니, 무릇 대명(大明)의 신하된 자로서 누가 감격하여 은혜를 갚으려고 하지 않으리오? 그런데 이에 『춘추』를 이끌어 내어 정통(正統)의 대의를 모르는 자를 힐책하듯 하려 하니, 장차 무엇으로 인심이 거칠어져 가는 것을 붙들 수

---

144) 숭정 황제를 자살하게 한 이자성을 토벌치 않았다는 의미다.

있겠습니까?

왕망(王莽)이 한(漢)나라의 제위를 빼앗았을 때 광무(光武)가 중흥하였고, 조비(曹丕 : 조조의 아들)가 산양(山陽 : 한(漢)나라 헌제(獻帝)의 폐위된 봉호)을 폐하자 소열(昭烈 : 유비)이 황제의 자리를 이어받게 되었고, 진(晉)나라 회제(懷帝)와 민제(愍帝)가 북방으로 달아나자 원제(元帝)가 대를 이었고, 휘종(徽宗)와 흠종(欽宗)이 몽진(蒙塵)하자, 강왕(康王 : 남송의 고종)이 적통을 이었으니, 이는 모두 국가의 황위와 칭호를 나라의 원수를 갚기 전에 빠르게 바로잡은 것으로서 자양(紫陽 : 주자)도 『자치통감강목(資治通鑑綱目)』에 이것을 커다랗게 쓰고 그르다고 배척하지 않았다고 운운했습니다.'라고 하였습니다.

황상(皇上 : 건륭 황제)이 친히 쓴 글 한 편 속에 그 시비를 분명하게 바로잡았고, 또 황제가 비평하여 저술한 『통감집람(通鑑輯覽)』은 대단히 공평하고 바른 것이었습니다. <황제는> 복왕이 조금이나마 뜻을 분발하고 사람이 쓸모가 있어 송나라 고종(高宗)처럼 남쪽으로 건너가서 한 쪽에서라도 편안히 지낼 것을 허락하지 않은 적이 없었는데, 드디어 마사영(馬士英)과 완대성(阮大鋮 : 명나라의 역신) 같은 간사한 무리들을 임용해서 옳고 그른 일이 거꾸로 되어 버렸으니, 비록 사가법이 혼자서 애써 외로운 충성을 기울여 보아도 나무 한 그루로는 큰 집을 떠받들 수 없는 격이 되고 보면, 황제(예친왕)의 이 유고(諭告)야말로 가히 천지와 더불어 같이 크다고 할 것입니다. 옛날부터 패하고 흥하는 일은 이와 같이 운수가 있는 것이니 어찌할 것이겠습니까?

어찌할 것이겠습니까?"

라고 했다. 나는,

"사가법의 편지에는 '귀국은 일찍이 명나라로부터 봉호(封號)를 받게 되고—나 역시 스스로 원래의 편지에서 '귀국'이란 지금의 청(淸)나라를 말한다고 주를 달았다.— 이제 난역(亂逆)을 몰아내어 없앴으므로 가히 대의(大義)라 말할 수 있는데, 이에 도리어 강토를 규정함으로써 덕의를 끝까지 다하지 못하고 말았으니, 이런 것을 일컬어 의리로써 시작했다가 이해로써 끝을 낸다는 것이다' 했으니, 이 글이야말로 해와 달과 더불어 밝은 빛을 다툴 만할 것입니다."

라고 하였더니 곡정은 깜짝 놀라면서,

"공(公)은 외국 사람인데, 어떻게 이 글을 읽어보셨습니까?"—이 두 편의 글은 모두 이현석(李玄錫)의 『명사강목(明史綱目)』에 실려 있는데, 곡정의 짐작으로는 나를 외국인이라 하여 당연히 명나라와 청나라 사이의 일을 자세히 알지 못할 것이라 생각했다. 그러므로 '사가법의 답서'를 모두 말한 뒤 하단(下段)에 '일찍이 봉호(封號)를 받았다'는 등의 말에 주석(註釋)을 달아 밝혔다. 그의 뜻으로는 섭정왕이 관내(關內)에 들어온 일을 국가끼리 서로 재난을 구휼해 준 것으로 여겼기 때문에 나는 계속해서 그 글을 외워서 쓴 것이었다. 그랬더니 곡정은 내가 이 편지를 상세히 아는 것으로 생각하여 놀란 것이다.

라고 한다. 나는,

"사공(史公 : 사가법)의 이 편지 글도 역시 금서(禁書)에 드는가요?"

라고 하자 곡정은,

“금서가 아닙니다. 황제가 손수 여러 편의 글을 편찬하면서 이 글을 뽑아 실었습니다. 우리 청나라 조정의 관대하고도 꺼려하지 않은 점은 이전 시대에도 드물었던 일입니다.”

라고 하여 나는,

“이 두 편의 글은 의리가 어느 것이 옳을까요?”

라고 하니 곡정은 빙그레 웃으면서,

“서로들 『춘추(春秋)』를 이끌어서 말했으나 그 『춘추』도 여러 조각이 나서 문드러진 지 벌써 오래되었고, 모두들 하늘의 운명이라 하나, 하늘이 순순(諄諄)히 말하는 것[145]을 누가 직접 들었겠습니까?”

하고는 이내 지워버린다. 나는,

“예친왕(睿親王)이 죽은 뒤에 무엇 때문에 집 재산이 모두 몰수되었습니까?”

하고 물으니 곡정은 손을 흔들면서,

“말을 하자면 다소 길어집니다. 이 때문에 치효(鴟鴞)[146]의 시를 지은 것입니다. 정자(程子)는 금등(金縢)[147]을 일컬어서 마

---

145) 『맹자』에 나오는 말이다.

146) 치효(鴟鴞) : 『시경(詩經)』 빈풍(豳風)의 편명. 주공이 주의 동쪽 나라에 있을 때 모반을 한다는 풍문을 지어낸 자들이 있자, 주공 자신이 치효라는 새를 의탁하여 성왕에 대한 충성심을 읊은 것이다.

147) 금등(金縢) : 『서경』 주서(周書)의 편명. 무왕이 병이 들었을 때, 주공은 자기 몸을 희생하겠다고 제관이 되어 축문을 지어 읽고는 그것을 금등(철사)으로 된 궤짝 속에 간직해 두었더니, 그 뒤에 주공

치 요즘의 축문(祝文) 같은 것인 만큼 당연히 태워서 땅에 묻어야 하는 법인데 그 일이 중요하기 때문에 금등에 간수하였다고 하였으니,[148] 이는 공교롭게도 주공의 고사(故事)에 맞추었습니다.

만일 그렇다면 이신비(李宸妃)[149]를 수은(水銀)으로 염습한 것도 역시 한 가지 금등이 될 것입니다. 화림(華林)에서 나는 개구리 울음소리는 공(公 : 남)을 위해서 우는 것입니까. 사(私 : 자기)를 위해서 우는 것입니까?[150]

을 모함하는 소문이 돌자 동도에 피신해 있을 동안 성왕은 궤짝 속에 든 축문을 내어 읽어보고 주공의 억울함을 알고서 주공을 다시 맞아들였다.

148) 『이정전서(二程全書)』에 나오는 말이다.

149) 이신비(李宸妃) : 본시 송나라 진종 황후의 시비로서 진종의 사랑을 받아 아들을 낳은 것이 곧 인종(仁宗)이었으므로 황후는 그를 자기의 아들로 삼고, 이신비에게 비밀을 지키도록 하여 비빈으로 두었다. 그리고 이신비가 갑자기 죽자 이 내용을 안 어느 신하가 황후 모르게 황후의 예식으로 수은 염습을 하였다. 황후가 죽은 뒤에 인종은 그가 자기의 생모임을 알고 통곡하면서 관을 쪼개어 보니, 산 사람같이 황후 복색을 하고 있었다고 하였다.

150) 진혜제(晉惠帝)가 한림원(翰林院)에서 개구리 소리를 듣고 좌우에게 "이 개구리의 울음이 공(公)을 위한 것인가 사(私)를 위한 것인가"라고 물었더니, 시중 가윤(賈胤)이 대답하기를, "관청 못에 있는 놈은 관청을 위해 울 것이요, 사지(私池)에 있는 놈은 사(私)를 위해 울 것입니다." 했다. 곧 귀에 걸면 귀걸이요, 코에 걸면 코걸이란 의미이다.

대체로 세상을 교화하기 위한 언론이란 하는 수 없이 이리저리 그렇듯이 꿰어 맞추고 보니, 저마다 제 들은 것을 제일이라 하고 또 이를 따라 말을 만드는 것입니다. 송나라의 사대부들은 이학(理學)을 말하기 좋아하지만 그중에는 마음을 불교(佛教)에 붙이는 자도 있고, 도교(道教)를 실천하는 자도 있었습니다. 21대의 전사(全史 : 역사)는 모두가 연의(演義 : 역사적 사실을 재미있게 재구성하여 쉽게 쓴 글)한 것이요, 『십삼경주소(十三經注疏)』는 태반이 억지로 모은 글이요, 제자백가(諸子百家)의 말은 대부분 모두 우언(寓言 : 어떤 사물에 비유한 교훈적 이야기)입니다.

이같이 구구하게 얻은 지식이란 임금에게도 바칠 수 없고, 손자들에게도 전할 수 없으며, 친구들에게 억지로 변론할 수도 없습니다. 그런데 오늘은 해상(海上)으로부터 오신 이인(異人 : 연암을 가리킴)을 만났으니, 죽는 날까지 또다시 만날 기약이 없는 만큼 어찌 나의 충성인들 솟구치지 않겠습니까?"

라고 하고는 산연(潸然)히 눈물 흘리다가 다시 크게 웃더니,

"소요부(邵堯夫 : 소옹(邵雍)의 자)는 매사에 사주(四柱)를 풀고 있었으니, 정말 몹시도 막힌 사람이지요."

라고 한다. 나는,

"마치 항아리를 사면서도 그것이 성한지 깨뜨려졌는지 점을 쳤다지요?"

하고 물으니 곡정은,

"춘(春) · 하(夏) · 추(秋) · 동(冬)과 인(仁) · 의(義) · 예(禮) · 지(智)와 황(皇) · 왕(王) · 제(帝) · 백(伯)과 금(金) · 목(木) · 수(水)

·화(火) 등에 대한 그의 학술이란 아무런 활기(活機)가 없고 정밀한 듯하면서도 실제로는 거칠었기 때문에, 주자는 소강절(邵康節 : 소옹의 시호)을 평하여 장자방(張子房 : 장량(張良))에게도 따라가지 못한다고 했고,[151] 또 그의 〈학문에서〉 간웅(姦雄)의 수단을 평하여 장주(莊周)보다도 열 배나 못 미친다고 하였으니, 주 부자(朱夫子 : 주희)의 밝은 안목 앞에는 도망할 수 없었습니다. 주자는 장주를 논평하여 '그가 이치의 본질을 말한 것은 매우 좋은 의논이요, 그의 명분(名分)과 의리는 후세의 유학자들이 미치지 못할 바이다.'[152]라고 하였으니, 이는 주자의 공변되고 분명한 점입니다."

라고 한다. 나는,

"천지간에 가득 찬 만사와 만물이 주자가 살펴서 정하지 않으면 곧 위조물 같다는 말일 테지요?"

라고 하니 곡정은 한참 동안 나를 쳐다보다가,

"주자의 뒤에 태어난 자는 모두 흙이나 나무로 빚어 놓은 형해(形骸)랍니까? 주자야말로 진량(陳亮 : 송나라의 학자, 주자의 친구)의 말만 지나치게 듣고는 당중우(唐仲友)[153]를 너무 혹독하게 탄핵하여 해쳤으며, 『통서(通書 : 주돈이(周敦頤)가 지음)』를 잘못 해

---

151) 『주자대전』에 나오는 말이다.

152) 『주자대전』에 나오는 말이다.

153) 당중우(唐仲友)는 송나라의 학자로, 자가 여정(與政)이며, 주희의 탄핵으로 파면되었다.

석하고는 사국(史局 : 역사 편찬국)의 주장을 반대하는 글을 꾸며 대어 속이는 듯한 감이 있었습니다. 소위 '무극(無極)이 태극(太極)을 낳았다'[154]는 구절은 무슨 말인지 알 수 없는 만큼 한번 붓으로 지워버리는 것이 좋을 것이라고 했답니다."
라고 한다.

나는,
"귀국의 문교(文敎)는 사해(만국)에 퍼져 우리나라로 말하자면 동쪽으로 미쳐 오는 교화를 입고 있지만 중국과 외국이 다르고 보니, 국가가 창건하는 규모라든지 전수하는 심법(心法) 같은 것은 알 수 없습니다. 저로서는 문자가 같은 지역에 사는 터에 매우 유감으로 생각합니다."
하였더니 곡정은,
"나라를 세우는 규모란 무엇을 가리킵니까?"
라고 하여 내가,
"오제(五帝)는 음악이 모두 다르고 삼왕(三王 : 우 · 탕 · 무)은 예절이 모두 다르니, 즉 하(夏)나라는 충성을 숭상하고 은(殷)나라는 질박(質朴)함을 숭상하며, 주(周)나라는 문명(文明)을 숭상했음과 같은 것입니다."
라고 하니 곡정은,
"그 원인을 살펴본다면 비록 백세 동안이라도 그 손익(損益)

154) 『통서(通書)』에 나오는 말이다.

을 알 수 있을 것입니다.[155] 옛날 사람은 천하를 두고 금항아리〔金甌 : 외적의 침략을 당하지 않은 온전한 나라를 뜻함〕에 비유했지만, 오늘의 금항아리는 곧 잘 익은 수박과 같을 것입니다."

라고 한다. 나는,

"금항아리는 흠집이 나지 않지만 수박은 깨어지지 쉬울 겁니다."

하였더니 곡정은 손을 흔들면서,

"아니지요. 수박이란 겉은 푸르고 속은 누르며, 씨가 많고 맛이 시원하여 말하자면 천하를 천하 속에 간직한 셈입니다.

전조(前朝) 때 반란을 일으킨 유구(流寇 : 이자성을 가리킴) 사건을 증험해 보건대, 빈민(貧民)을 구제하는 정책도 지극하지 않은 것이 없어, 밖으로는 삼왕(三王)을 겸하고 안으로는 이교(二教 : 유(儒) · 불(佛))를 펴서 천하의 사대부를 몰아쳐서 문교의 명분 속에 가두고, 하찮은 백성들은 저마다 본래의 직분을 지켰습니다.

앞 시대에 있어서 근본(왕실을 뜻함)을 강하게 하고 지엽(枝葉 : 백성을 뜻함)을 약하게 하는 정책이란 큰 도시를 점령하고 호걸들을 죽이는 것에 지나지 않았습니다. 그렇지 않으면 모든 전(田) · 굴(屈) · 소씨(昭氏)[156]를 관중(關中)으로 옮기는 것이었

155) 『논어』에 나오는 말이다.

156) 전씨(田氏)는 제(齊)나라의 이름 높은 성이요, 굴씨(屈氏)와 소씨(昭氏)는 초(楚)나라의 이름 높은 성이다.

고, 그들을 어루만져 안도시키는 수단은 몰랐습니다.

본 조정(청나라 조정)은 문화와 무비(武備)가 정비되어 멀리 전대(前代)를 능가하고 유학의 학술을 떠받들어 오로지 중국 땅에 펴서 속으로는 호걸들의 만만치 않은 마음을 녹이고, 봉해 주는 은전을 미루고 넓혀서 외번(外蕃)들이 두루 더해줌으로써 몰래 오랑캐들의 겸병(兼弁)하는 세력을 쪼개고, 만주(滿洲)를 억눌러 군사와 국방에 관한 일을 맡김으로써 황제의 근본되는 기지를 튼튼히 하고, 자주 치수(治水)하는 공사를 착수하여 천하에 별별 야릇한 재주를 가진 자들은 모두 모아 놓고 놀고먹는 무리들을 위로(慰勞)하면서 삼가 몸을 바로잡아 황제의 정치를 할 뿐이니, 이러고서야 천하에 무슨 걱정이 있겠습니까?

요(堯)임금과 순(舜)임금은 의상(衣裳)만을 갖추고 있어도 천하가 다스려졌다고 합니다. 대개 천하를 차지하고 통치를 할 때에는 백성이란 무엇이나 시켜서 하도록 할 뿐이요, 이유를 알게 해서는 안 된다고 하였으니,157) 이는 요임금 · 순임금의 뜻인데 공자가 부연 설명하였고, 진나라 사람〔秦人 : 진시황(秦始皇)〕이 실천한 것입니다."

라고 한다. 나는,

"이것은 기이한 의논이군요. 그 말을 들려주십시오."

라고 하니 곡정은,

"밭 갈아 먹고 우물 파서 마시는 것이 제 분수를 따를 뿐이니,

---

157)『논어』 태백(泰伯) 편에 나오는 말이다.

임금의 힘이 내게 무슨 상관이 있겠느냐는 말은, 요임금이 미복(微服)으로 강구(康衢 : 거리)에 나가서 들었을 때 속으로 슬며시 기뻐했던 점입니다.

〈공자가〉 위(衛)나라로부터 노(魯)나라에 돌아와서 『시경』·『서경』을 간추려서 정리하고 예(禮)·악(樂)을 바로잡았으니, 이는 당시 세상 형편으로는 급박하고 부득이한 일이었습니다.

봉건(封建)을 깨우치고, 정전법(井田法)을 없애고, 시(詩)·서(書)를 불사르며 선비들을 〈산 채로〉 파묻었으니, 이는 천하를 통일하는 천자로서 크게 한번 함직한 일었습니다.

옛날부터 제왕들은 자기의 덕을 요(堯)임금·순(舜)임금에게 비기면 기뻐하고 진시황에게 비기면 성을 내지만, 요임금·순임금을 배운 자가 있다는 말을 들어보지 못했습니다. 그러나 진시황의 사업을 계승하고 발전키시면서 한 시대의 천자로서 천하에 명(命)을 내리기를, '이것은 요임금·순임금의 사업이니 의논하여 실천하도록 하고, 이것은 망한 진나라의 사업이니 의논하여 하지 말도록 하라.'고 했다는 말도 듣지 못했습니다. 이야말로 이른바 『십삼경(十三經)』과 『이십일사(二十一史)』의 어디에도 도무지 펼쳐 볼 만한 곳이 없다는 말입니다.

재상(宰相)을 〈한나라의〉 소하(蕭何)나 조참(曹參)에게 비기면 머뭇거리며 감당할 수 없다는 표정을 말하면서도, 상앙(商鞅)이나 이사(李斯)에게 비기면 당장 잡아먹고 가죽을 깔고 자려 듭니다. 그러나 소하·조참과 방현령(房玄齡 : 당나라의 이름난 재상) · 두여회(杜如晦 : 당나라의 이름난 재상) 등은 한 시대의 이름 높은 재상으로 쳐주는 자들이지만, 모두 상앙이나 이사의 죄인들에 불과한 자들입니다.

저 상앙이나 이사 같은 자들은 오히려 공(公)을 앞세우고 사(私)를 막아 아래위가 서로 믿을 수 있게 되었지만, 그들의 공적을 저토록 적게 평가하는 것은 단지 그들의 학문이 〈유학이 아니라는 데 있기〉 때문입니다.[158] 그리고 소하와 조참은 원래 죄를 줄 만한 학문이 없어 겨우 자기 몸만 빠져나와 죄를 면했을 뿐입니다.

임금에게 신임을 얻으면 아랫사람(백성)에게 인심을 잃고, 백성의 마음에 맞게 하면 임금에게 의심을 사는 법입니다. 한 시대의 임금을 도와서 정치를 한다는 것이 무슨 일인지 알지 못하겠습니다. 시렁을 떼어 두고 난간을 막아 두어 한 번만 실수하면 넘어져서 아래로 떨어지게 되는 법입니다."
라고 하였다.

윤형산(尹亨山)은 반중(班中 : 대궐)에서 나와서 곧바로 우리들이 이야기하는 장소로 왔다. 나와 곡정은 모두 의자에서 내려서 〈윤공에게〉 공손히 읍을 하였더니, 윤공은 바쁘게 나를 붙들어 의자에 앉히고는 품속으로부터 콧담배통을 꺼내서 보여

158) 상앙(商鞅)과 이사(李斯)의 학문은 공자의 정통 유학이 아니고 법가(法家)를 중심으로 한 형명학이다.

주는데, 붉은색 만호(璊瑚)로 만든 것이다.

윤공은 또 품속에서 누런 보자기로 싼 색다른 비단 두 필을 꺼내어서는 풀어서 나에게 보였다. 곡정이 연달아 황제께서 주신 것이라면서 축하해 주었더니, 윤공은 얼굴 가득히 기쁜 빛을 띠었다. 한 가지는 아청빛 우단(羽緞)에 복숭아꽃을 수놓았고, 다른 한 가지는 고동색 운문단(雲紋緞)에 금실로 신선과 부처를 수놓은 것이다.

형산(亨山)은 바쁘게 필담했던 초지(草紙) 한 장을 훑어보더니 곧바로 붓을 적셔 쓰기를,

"건문 황제(建文皇帝 : 혜제(惠帝))가 대궐 안에서 자기 명에 죽었다고 했는데 본래 그런 일이 없었습니다. 왕 선생이 잘못 들은 것 같습니다."

라고 하니 곡정은,

"의심나는 것을 전하는 것도 역사가(歷史家)의 한 가지 체통(體統 : 틀)이지요."

라고 하여 나는,

"오량(吳亮)[159]이 산적을 던졌던 고사는 어째서 참말이 아니겠습니까?"

라고 하니 곡정은,

159) 오량(吳亮) : 황제가 예전에 오량에게 거위 고기를 던져주어 오량이 엎드려서 핥아먹지 않았냐고 말하자, 비로소 오량이 황제를 알아보았다는 고사이다.

“본래부터 선배들의 길고 짧은 이야기들이 많지만, 이런 이야기는 꼭 없는 일이라고 할 수도 없을 것입니다. 만일 참말일 때에는 어찌 천고에 기이한 일이 아니겠습니까? 백룡암(白龍菴)의 고사[160]도 비록 이락와피(籬落臥被 : 갈현(葛玄)의 『신선전(神仙傳)』에서 나오는 이야기)와 같은 글에 들지만, 역시 또 하나의 귀래망사대(歸來望思臺)[161] 내력과 같은 것으로,

> 낱낱의 붓 끝마다 솟아오른 피는　　筆筆心頭血
> 한 점만 떨어져도 천지에 물드누나.　　一落染天地

입니다.”

라고 한다. 나는,

“사중빈(史仲彬)[162]의 『치신록(致身錄)』도 어찌 후세 사람들이

160) 백룡암(白龍菴)의 고사 : 명나라 제2대 황제인 건문제가 1399년에 연왕(燕王)이 반란을 일으킨 ‘정난(靖難)의 변’을 피해 백룡산 암자에 은신하여 승려 생활을 하면서 굶주리고 있을 때, 옛 신하 사중빈(史仲彬) 등이 음식을 싸가지고 찾아갔더니 음식을 앞에 두고 자신의 처지를 한탄했다는 고사이다.

161) 귀래망사대(歸來望思臺) : 한(漢)나라 무제가 자기가 죽인 아들을 그리워하여 지었다. 강충(江充)이 무고(巫蠱)의 옥사를 일으켜 태자 유거(劉據)를 모함하자, 무제가 이를 믿고 태자를 자결하게 하였는데, 훗날 전천추(田千秋)의 상소로 인해 뉘우치고 태자를 위해 사자궁(思子宮)과 귀래망사대를 지어 위로했다.

162) 사중빈(史仲彬) : 한림원 시서(侍書)의 벼슬을 할 때, 연왕(燕王)이 일

모방해서 지은 것이 아니겠습니까?"
하고 물으니 곡정은,
"<그 책에는>

패물을 둘러찬 채 하염없이 달밤에 돌아오는 혼은
環佩空歸月夜魂
해마다 겨울 푸른 나무에 앉아 우는 두견새 일러라[163)]
年年杜宇哭冬青

라고 읊었는데, 이는 애태우는 사람들의 괴로운 실정일 것입니다."
라고 한다. 형산은,
"어제 왕 선생이 한(漢)나라의 창업에 대해서는 부끄러운 덕이 없으므로 능히 예악을 일으킬 수 있다고 하신 말씀은 옳다고 할 수 없습니다. 조정의 위에서 호령을 하고 명령을 내리는 것이 우레같이 움직이고 바람처럼 행할 때는 어진 소리가 미치는 곳마다 사방의 억조 백성들도 모두 그 잘 되고 못 된 점을 판단할 수 있지만, 그들의 안방에서 벌어지는 사생활로서 은밀한 행

으킨 정난(靖難)의 변으로 인해 황위(皇位)를 빼앗기고 도망 다니던 건문제를 자신의 집에 도피시켜 주었던 인연으로 건문제의 사적을 담은 『치신록(致身錄)』을 저술했다고 한다. 그러나 사중빈은 벼슬한 적이 없었기 때문에 그의 저술을 위작으로 보기도 한다.

163) 한나라 원제의 궁녀 왕소군(王昭君)을 두고 지은 시이다.

동과 조그마한 덕행쯤은 바깥 사랑방에서 알아낼 수가 없는 것입니다.

그러므로 반드시 어진 종실(宗室)의 하간헌왕(河間獻王)[164] 같은 이가 있어서 이 같은 사실을 노래로 읊어 서술하고, 또 능히 음률을 살핀 뒤에야 그 덕행(德行)에 맞다고 볼 수 있을 것입니다. 이것이 소위 '금슬(琴瑟)이 맞으니 사시가 평화롭고 율려(律呂)가 고루 어울려 만물이 통합된다'는 것입니다.

한(漢)나라의 악가(樂歌)로는 「안세방중(安世房中)」이 가장 근사한 노래라고 하지만, 혼자 한 환관(宦官)의 다리를 베고 누워서 미앙궁(未央宮)의 서까래를 쳐다보고 헤아린다는 것[165]은, 일국의 원수(元首)가 이토록 좀스럽다는 노래[166]와 '대풍(大風)이 일어남이여'[167]라는 노래의 씩씩한 모습은 땅에 떨어진 셈입니다.

심지어 벽양(辟陽)[168]의 수치는 궁궐 바깥세상에도 숨기기 어

164) 하간헌왕(河間獻王) : 한나라 경제(景帝)의 아들 유덕(劉德). 596쪽 주 102) 참조.

165) 말년에 젊은 환관과 추잡한 생활을 한 한나라 고조(高祖)를 가리키는 말이다.

166) 『서경』에 나오는 말이다.

167) 한나라 고조가 자기의 고향인 풍패(豊沛)에 갔을 때 부른 「태평가(太平歌)」의 첫 구절이다.

168) 벽양(辟陽) : 심이기(審食其)의 봉호. 그는 미남자로서 한나라 고조의 추잡한 총애를 받고 여후(呂后)와도 불륜의 관계가 있었다고 한

려운 일이었고, 인체(人彘 : 사람돼지)의 혹독한 참사는 귀신과 사람이 모두 분개할 노릇이었으니,[169] <군자의 도리는> 부부 관계에서 시초가 된다고 할지라도 이 같은 꼴로서 가히 짐작할 수 있을 것입니다.

박희(薄姬)는 위왕(魏王) 표(豹)의 애첩이요,[170] 효경제(孝景帝)의 왕 황후(王皇后)는 금왕손(金王孫)으로부터 빼앗은 여자요,[171] 음려화(陰麗華)에게 자나깨나 잊지 않고 사모하던 일들[172]이 있지만, 모르긴 해도 누가 이런 사실들을 들어 노래로 지어 읊었겠습니까?

다.

169) 여후(呂后)는 한나라 고조의 애첩 척 부인(戚夫人)을 질투하여 고조가 죽은 뒤에 그의 수족을 자르고 눈알을 빼고 귀를 벤 뒤 벙어리를 만들어 뒷간에 두고 '사람돼지〔人彘〕'라고 하였다.

170) 위왕(魏王) 표(豹)가 포로가 되자, 한나라 고조는 그의 애첩 박희를 빼앗아서 문제(文帝)를 낳았다.

171) 왕 황후는 애초에 연왕(燕王) 장다(藏荼)의 손녀인 장아(藏兒)의 맏딸로서 장아의 첫 남편인 왕중(王仲)의 딸인데, 처음에는 금왕손에게 시집을 보냈다가 장아가 점을 치니 딸이 귀하게 되겠다고 하여, 금왕손으로부터 빼앗아 궁녀로 바쳐서 경제의 왕후까지 되었다고 한다.

172) 후한 광무제가 황제가 되기 전에 음려화의 미모를 보고 탄식하기를, "여자를 얻는다면 음려화를 얻을 것이요, 벼슬을 하려면 집금오(執金吾)가 되련다."고 맹세를 하였는데, 뒤에 음려화를 취해 목적을 이루었다.

〈이러한 내정을 알 만한〉 왕실(王室)의 지친으로 하간헌왕만 한 이가 없고 보니, 관저(關雎)[173]와 같은 교화될 만한 시나 이강(釐降)[174]의 아름다움은 읊을 바도 못 되었습니다. 그러므로 음악은 음악대로 덕행은 덕행대로 따로 떨어져 노는 것을 알 수 있을 것입니다."

라고 한다. 나는,

"백등산(白登山)[175]의 기이한 계교란 무엇인가요?"

라고 하니 곡정은,

"그 계교는 비밀이라서 세상에 전해오는 것이 없습니다."

라고 하여 나는,

"그 기이한 꾀란 것은 적의 성 아래 무릎을 꿇고 항복한 것일 테니, 창피한 일이 아니라면 무엇 때문에 비밀에 붙였습니까?"

라고 하니 윤공은 크게 웃으면서,

"먼저 사람들이 하지 못하던 말을 하시는군요."

173) 관저(關雎) : 『시경(詩經)』의 장명(章名). 주희의 주석에 의하면 어진 후비의 덕을 찬송한 노래라고 하였다.

174) 이강(釐降) : 요(堯)임금의 두 딸을 순(舜)임금에게 시집보낸 고사이다. '釐'는 행장(품행)을 다스림이요, '降'은 공주가 신하에게 시집간다는 뜻이다.

175) 한나라 고조가 산서성에 있는 백등산에서 흉노(匈奴) 모돈(冒頓)에게 7일 동안 포위당했을 때, 모사 진평(陳平)의 말을 좇아 모돈에게 미인계를 써서 포위에서 벗어났다는 이야기가 있으나, 창피해서 한나라의 역사에는 밝히지 않았다.

라고 한다. 나는

"그 당시 <흉노의 우두머리> 모돈(冒頓 : 묵돌)은 응당 구슬을 입에 물고 관(棺)을 등에다 지는 여러 절차[176]를 몰랐겠지요."

하였더니 곡정은,

"옛날부터 중국은 오랑캐에게 성공한 일이 없어 강거(康居)가 항복을 하고 힐리(頡利)[177]가 <당(唐)나라 태종의 궁정에 잡혀와서> 일어나 춤을 춘 것은 '울고 싶던 차에 때려준다'는 격의 일이었습니다."

라고 한다. 나는,

"천하의 걱정거리를 먼저 걱정해야 하는 만승(萬乘 : 천자)의 자리야말로 참으로 괴로운 자리이니, 한나라 고조가 환관의 다리를 베고 집 천장을 쳐다볼 때야 8년 동안 경영해서 얻은 일이 무엇이라고 생각했겠습니까? 서리가 내리고 물이 말라가는 늘그막에 이[齒]가 시린 것을 돌이켜 회상하니, 이때쯤은 응당 천하의 일이 도시 먹을 것도 없는 계륵(鷄肋)[178] 같을 뿐이었을 것

---

176) 옛날에 전쟁에 패하여 항복할 때는 시체처럼 죽은 사람의 시늉을 차리던 의식이다.

177) 힐리(頡利) : 힐리는 돌궐족의 추장으로, 당나라 태종에게 붙들려 귀순하였다. 강거는 신강성의 북부에 있던 고대 흉노족의 나라 이름이다.

178) 계륵(鷄肋) : 닭의 갈비뼈. 버리자니 아깝고 먹자니 먹을 것이 없다는 뜻이다. 조조가 한중(漢中)에서 유비와 대치하고 있다가 전세

입니다."

라고 하니 형산은,

"재상도 또한 그러하니, 술과 여색과 재운이 도무지 불러도 응함이 없을 때에, 젊어서 오색찬란한 구름 속에서 <과거에 급제하여> 자기의 이름을 불렀을 때를 회상해 본다면 정말 어떠한 심사였겠습니까?"

라고 하여 곡정은,

"영감님은 영수(潁水) 가에 밭뙈기나 장만하고 저술(著述)이나 하시면 그만 아닙니까?"

하니 형산은 크게 웃으면서,

"눈앞에 급급(汲汲)한 것은 모두 죽은 뒤의 일을 계획하는 것입니다. 누에가 늙으면 저절로 고치를 만드는 것이지, 사람에게 비단 옷을 입히고자 한 일은 아닙니다."

라고 한다. 나는,

"곡정은 아직도 과거 시험을 단념하지 않고 계십니까?"

하고 물으니 곡정은,

"이미 등우(鄧禹 : 후한 때의 장군)와 마찬가지로 남의 적막함을

(戰勢)가 불리해지자 '한중을 포기할 것인가, 말 것인가' 고민하던 차에 하후돈이 찾아와서 후퇴(後退) 여부를 묻자, 조조는 마침 저녁 식사로 나온 닭고기국을 바라보다가 무심코 '계륵'이라고 혼잣말을 했다. 똑똑하기로 소문난 양수(楊脩)가 이를 전해 듣고는 말뜻을 알아듣고 전쟁터에서 철수 준비를 하자, 속마음을 들킨 조조가 군심(君心)을 어지럽혔다는 이유로 양수를 처형하였다.

비웃었습니다.[179] 선생은 어떻습니까?"

라고 하여 나는

"저도 마찬가지입니다."

라고 하니 곡정은,

"머리가 희끗희끗한 늘그막에 과거를 본다는 것은 선비의 수치입니다."

라고 한다. 형산이 붓을 잡고 무엇을 쓰려다가 혼자서 크게 웃으면서 곡정에게 무슨 말을 하니 곡정 역시 크게 웃는다. 나는,

"두 분 선생이 이처럼 몹시 웃으실 적에는 당연히 기막힌 곡절이 있는 거지요. 저는 그 속사정을 모르니 배를 쥐고 두 분의 즐거움을 도와드릴 수 없습니다."

라고 하였더니, 둘이서 더욱 크게 웃어댔다.

형산은,

"강희(康熙) 기묘년(1699년) 과거에 102세 된 거자(擧子 : 과거 시험에 응시하는 사람)가 있었지요. 성은 황(黃)이고 이름은 장(章)인데, 광주(廣州) 불산(佛山)에 사는 생원이었지요. 그는 스스로

179) 단념했다는 뜻이다. 『자치통감』을 살펴보면, 등우(鄧禹)는 동한(東漢)의 개국공신으로 자는 중화(仲華)이다. 젊어서 수도 장안(長安)에서 공부하면서 광무제 유수(劉秀)와 친분을 맺은 인연으로 유수의 신임을 받아 수많은 전공(戰功)을 세웠다. 또 어려서부터 총명하고 지혜로워 13세에 이미 『시경』을 모두 암송할 정도로 재주가 뛰어났고, 24세에 사도(司徒)가 되었는데, 그 당시까지 벼슬을 못하고 있던 왕융(王融)에게 적막하다고 비웃었다는 고사가 있다.

말하기를, '이번 과거에 급제하지 못하면 돌아오는 임오년(1702년) 과거에 또 올 것이요, 그때 또 급제를 못하면 을유년(1705년)에는 내 나이 108세가 되는 만큼 꼭 급제를 할 것이고, 오히려 많은 사업을 하여 국가를 위해 힘을 쓰겠다고 하였답니다."
라고 하여, 나도 또한 웃음을 참지 못했다. 내가,
"그 황장(黃章)이란 사람은 과연 을유년 과거에 급제를 했던가요?"
하고 물었더니, 두 사람은 고개를 흔들면서 더욱 웃음을 참지 못했다. 곡정은,
"그가 급제를 못했을 때는 세상의 결함(缺陷)을 통쾌하게 남겨 두었지만, 만일 그의 말대로 급제를 했다면 그때는 도리어 아무런 재미가 없는 일이지요."
라고 했다.

형산이,
"선생은 오시는 길에 일찍이 천산(千山)을 유람하셨습니까?"
라고 하기에 나는,
"천산은 100여 리를 돌아가게 되고, 또 길이 바빴기 때문에 다만 하늘 밖에 있는 두어 점 산봉우리만을 바라보았습니다."
하니 형산은,
"늙은 이 몸은 일찍이 무인년(1758년)에 강향(降香)[180] 행차 때

180) 강향(降香) : 황제가 봉산(封山)할 때에 향을 하사하는 의식이다.

의무려산(醫巫閭山)까지 갔더니 귀국 인사들의 성명이 먹글씨로 쓰여 있었습니다."

라고 하기에 나는,

"그 성명이 누구이던가요?"

라고 하자 형산은,

"6, 7명 되었지만, 그 성명이 누구였던지는 얼른 기억나지 않습니다."

라고 한다. 내가,

"우리나라 선배(先輩)로 김창업(金昌業)이라는 분은 자가 대유(大有)이고 호는 노가재(老稼齋)인데, 일찍이 강희(康熙) 계사년(1713년)에 천산을 유람하였으니, 의무려산에도 응당 이름을 써 놓은 데가 있을 것입니다."

라고 하니 형산은,

"천산은 저도 한 번 구경할 인연이 있었는데, 혹시 노가재 김공이 지은 좋은 시구(詩句)가 있었나요?"

라고 하기에 나는,

"문집이 몇 권 있지만, 아름다운 글귀는 한두 구절도 기억하지 못합니다. 김가재 역시 창춘원(暢春苑)에서 이용촌(李榕村) 선생을 만났는데 그는 당시 각로(閣老)였습니다."

라고 했다. 형산이,

"용촌 선생은 강희 계사 연간에는 이미 남쪽으로 돌아갔을 터인데, 어떻게 서로 만났단 말이오?"

라고 하기에 내가,

"용촌 선생의 휘가 이광지(李光地)였지요?"
라고 하니, 두 사람은 모두 머리를 끄덕인다.
형산이,

어리석게도 아교를 달여서 해와 달을 붙여 두련다[181]
癡欲煎膠粘日月

라는 시를 읊는다. 이때 해는 이미 저물어 방안이 침침하였으므로 촛불을 켜놓았다. 내가,

인간의 촛불이란 켤 것이 무엇 있나? 不須人間費膏燭
해와 달 두 빛이 천지를 쌍으로 밝혀다오. 雙懸日月照乾坤

하고 읊었다. 곡정이 손을 흔들면서 먹으로 '쌍현일월(雙懸日月)'이란 네 글자를 지워버렸으니, 대개 '일월'을 쌍으로 쓰면 '명(明)' 자가 되기 때문이다. 그러나 나로서는 마침 '점교(粘膠)'라는 글귀에 대(對)를 맞추어 쓴 것인데, 그는 '쌍현일월'을 자꾸 꺼리는 모양이다.

나는,
"어제 성묘(聖廟 : 공자묘)에 배알할 때 보니 주자를 전각 위에

---

181) 사공도(司空圖)의 시이다.

올려 모셨으니, 그렇다면 11철(哲)이 되는 셈인데 언제부터 올려 모셨나요?"

라고 하니 형산은,

"강희 시절에 올려 모신 것인데, 10철은 원래 공자의 문하(門下)에서는 적당한 정론(定論)으로 여기지 않습니다. 공자가 진(陳)나라와 채(蔡)나라 사이에서 어려움을 겪을 때 같이한 이들에 불과한데, 당(唐)나라로부터 오늘날까지 아무도 감히 의논하는 사람이 없었습니다.

유약(有若 : 공자의 제자)에 대한 말이 네 번이나 『논어(論語)』에 보이는데, 그가 성인과 비슷하게 생겼다고 하여 자하(子夏 : 복상(卜商)의 자)와 자장(子張 : 전손사(顓孫師)의 자)의 무리들은 심지어 공자를 섬기던 예로 섬기려고 했으니 그가 어질다는 것은 가히 알 수 있는 일입니다. 공서적(公西赤 : 공자의 제자)은 예악(禮樂)에 뜻을 두어 나라를 다스릴 만한 재질이 있었으니, 역시 재아(宰我 : 재여(宰予)의 자)와 염구(冉求 : 공자의 제자인 자유(子有))보다 훨씬 낫지 않았겠습니까?

염구와 재아의 언행(言行)은 여러 가지 사전(史傳 : 문헌)을 증험할 필요도 없고, 『논어』에 나온 것만 상고하더라도 그 우열(優劣)은 가히 한 가지로 말할 수 없습니다. 그러니 두 분(유약과 공서적)을 전각 위로 올려 모셔놓고 제사를 지내야 하고, 염구와 재아를 다시 고쳐 행랑채로 내려 모셔야 마땅하다고 선배 정단간(鄭端簡 : 단간은 정효(鄭曉)의 시호)과 왕이상(王貽上 : 이상은 왕사직(王士禛)의 자)의 의논이 모두 그러하였던 것입니다.

왕이상은 국자좨주(國子祭酒)로 있을 때 상소를 갖추어 이를 개정하고자 하다가 사람들에게 저지당하고 상소를 올리지 못했습니다. 이야말로 가히 만세의 공론이라고 말할 수 있는데, 사류(士流 : 선비)들이 지금껏 애석히 여기고 있습니다."
라고 한다.

형산이 묻기를,
"박 선생은 지금껏 저술한 책이 몇 권이나 있으며, 또한 저술한 좋은 책을 중국에 가지고 오신 것이 있습니까?"
하기에 나는,
"평생에 학식(學植 : 학문의 소양)이 거칠고 둔해서 아직 몇 권의 책도 저술하지 못했습니다."
하였더니 형산은,
"비록 주공(周公) 같은 아름다운 재주가 있더라도 만일에 교만하고 인색하다면 나머지는 말할 거리도 없지요.[182] 선생이 만일……." - 이 다음은 그 말을 미처 글로 다 쓰지 못했는데, 기풍액(奇豊額)이 들어와서 나에게 황제가 하사한 콧담배통을 보여 주므로 드디어 자리를 파하여 일어섰다.
라고 하였다.

내가 입은 흰 모시 겹옷은 해가 저물자 좀 서늘하였다. 이때 달이 추녀 끝에 걸려 있는데 섬돌 위로 함께 산보할 때 형산이

182) 『논어』 태백(泰伯)에 나오는 말이다.

내 옷을 만지면서,

“좌중의 분위기가 맑은 기운을 이루 다 이기지 못했습니다.”

라고 하였다.

나는 곡정과 이야기한 것이 제일 많았는데, 엿새 동안을 창문을 대하여 밤을 새워가면서 이야기를 하였으므로 조용히 지낼 수 있었다. 그는 진실로 굉장히 두드러진 선비이자 걸출한 인물이었다. 그러나 그의 말에는 종횡무진으로 반복이 많았다.

내가 우리 한양을 떠나서 8일 만에 황주(黃州)에 이르렀는데, 말 위에서 혼자 생각하기를, ‘학식이 본래 없는 나로서는 남의 손을 빌려 중국에 들어갔다가 만일 중국의 큰 선비를 만난다면 장차 무엇으로써 질문을 할 것인가?’ 하고는 이 때문에 고민이 되었다. 그래서 마침내 옛날에 들었던 지식 중에서 ‘지전설(地轉說)’이라든가 ‘월세계(月世界)’ 이야기를 찾아내어, 매양 말고삐를 잡고 안장 위에 앉은 채 졸면서도 누누(累累)히 수십만 마디의 말을 풀어서 밝혀, 가슴속에 글자 아닌 글을 쓰고 하늘에 소리 없는 글을 읽어 가면서 하루에도 몇 권의 책을 꾸몄었다.

말은 비록 터무니가 없더라도 이치가 역시 따라 붙어 있었다. 그러나 말에 안장을 지워 타고 있을 때는 더 피로하여 붓과 벼루도 들 사이가 없었다. 기이한 생각도 하룻밤이 지나면 사충(沙蟲)과 원학(猿鶴)[183]처럼 변함을 면하지 못하였지만, 이튿날

183) 사충(沙蟲)과 원학(猿鶴) : 소인은 벌레와 모래로 변하고, 군자는 원

다시 높은 산을 쳐다보면 뜻밖에 기이한 봉우리가 떠오르고, 또 다시 바람 돛을 따라서 수시로 포개었다가 펴졌다 했다. 이야말로 참으로 먼 길에 좋은 길동무가 되고, 멀리 가는데 지극한 즐거움이 되었다.

열하(熱河)에 들어간 뒤에는 먼저 이 학설을 가지고 안찰사(按察使) 기풍액(奇豊額)에게 물었더니, 기풍액도 수긍(首肯)은 했으나 전혀 이해는 못하였다. 곡정과 지정(志亭) 역시 대부분 듣고도 잘 이해하지 못했으나, 곡정은 역시 이 학설을 그렇게 틀렸다고는 하지 않았다.

대개 곡정은 응수하는 대답이 민첩하여 종이를 잡으면 문득 수천 자를 내리 써서 종횡으로 떠벌리고, 천고(역대)의 경(經)·사(史)·자(子)·집(集)을 손에 닿는 대로 모조리 들춰내어 아름다운 글귀와 묘한 구절이 입만 열면 번번이 만들어지지만 모두 조리에 닿고 맥락이 어지럽지 않았다. 더러는 동쪽을 가리키다가 서쪽을 치고,[184] 때로는 자기 말을 고집하되 견(堅)을 백(白)이라 하여, 나를 치켜 올리고 억눌러서 나로 하여금 말을 꺼내게 유도했으니, 가히 굉장히 박식하고 말을 잘하는 선비라고 할 수 있으나 백두(白頭)인 채 궁한 처지로 장차 초목으로 돌아가려고 하니, 정말 슬픈 일이다.

숭이와 학으로 변하였다는 말이다. 『포박자(抱朴子)』에 나온다.

184) 확고하여 읊어지지 않음을 이른 것으로, 『논어』 양화(楊貨) 편에 나온다.

연경(燕京)에 들어간 뒤에도 사람들과 더불어 필담(筆談)을 해 보니 모두 견고하고 예리하지 않은 이가 없었으며, 또 그들이 지었다는 여러 문편(文篇)들을 읽어보면 모두 필담하는 글보다 못하였다. 그러고서야 비로소 우리나라에 글짓는 사람이 중국과 다른 것을 알았다. 중국은 바로 문자(文字)로써 말을 삼고 있었으므로 경·사·자·집이 모두 입속에서는 말로 되는 만큼, 이는 그 기억력이 남달라서 그런 것은 아니다. 따라서 억지로 시문(詩文)을 지을 때는 벌써 그 고정(故情)을 잃어버리고 글과 말이 판이하게 두 가지 물건이 되어 버리는 까닭이다.

그러므로 우리나라에서 글을 짓는 자는 알쏭달쏭해서 틀리기 쉬운 옛날 글자를 가지고 다시 한 차례 알기 어려운 사투리로 번역하고 나면, 글 뜻은 캄캄해지고 말이 모호하게 되는 것은 오로지 이 때문이 아니겠는가?

내가 우리나라에 돌아와서 나라 안의 사람들에게 두루 이런 이야기를 하자 많이들 그렇지 않다고 하니, 참으로 족히 개탄할 뿐이로다.

엄계우옥(罨溪雨屋)[185]에서 붓 가는 대로 이를 쓰다.

185) 엄계우옥(罨溪雨屋) : 엄계에 비가 내리는 서옥(書屋). 엄계는 곧 연암에 있는 엄화계(罨畵溪)이다.

原文

鵠汀筆談
곡 정 필 담

鵠汀筆談序
곡 정 필 담 서

昨日語尹公所 不覺意日 尹公時時睡 以頭觸屛 余曰 尹大人倦矣 請退 鵠汀曰 睡者睡 語者語 不相干.
작일어윤공소 불각의일 윤공시시수 이두촉병 여왈 윤대인권의 청퇴 곡정왈 수자수 어자어 불상간

尹公微聞其語 向鵠汀數轉云云 鵠汀首肯 卽收談草揖余同出 蓋尹公老人 因余早起 過午酬酢 其昏倦思睡 無足怪也.
윤공미문기어 향곡정수전운운 곡정수긍 즉수담초읍여동출 개윤공노인 인여조기 과오수초 기혼권사수 무족괴야

鵠汀約明日設朝饌 要余共飯 余曰 每談席 常苦日短 明當早赴 鵠汀唯唯.
곡정약명일설조찬 요여공반 여왈 매담석 상고일단 명당조부 곡정유유

次日五更 使臣起趨班 余同起 因赴鵠汀 明燭而語郝都司成相會 而尹公曉已赴朝也.
차일오경 사신기추반 여동기 인부곡정 명촉이어학도사성상회 이윤공효이부조야

且飯且語 易數三十紙 自寅至酉 凡八時 而郝公晚
차반차어 역수삼십지 자인지유 범팔시 이학공만

會先罷 故閱次談草 爲鵠汀筆談.
회선파 고열차담초 위곡정필담

鵠汀筆談
곡정필담

余曰 尹大人昨日甚倦 客心不安 得無有視日早晚意
여왈 윤대인작일심권 객심불안 득무유시일조만의
乎 鵠汀曰 無是 尹公每值午刻蹔爲龍虎交 不欲令人
호 곡정왈 무시 윤공매치오각잠위용호교 불욕령인
見他能鳥小數 並無倦客意 鵠汀問尹公何如 余曰 神
견타능조소수 병무권객의 곡정문윤공하여 여왈 신
仙中人 先生與他舊契否 鵠汀曰 蓬藋桃李 門逕懸殊
선중인 선생여타구계부 곡정왈 봉조도리 문경현수
此來證交一旬之上.
차래증교일순지상

鵠汀曰 公子當精幾何之學 余曰 何以知之 鵠汀曰
곡정왈 공자당정기하지학 여왈 하이지지 곡정왈
頭炕奇按司盛言 高麗朴公子精通幾何 -稱我東曰高麗 如
두항기안사성언 고려박공자정통기하 칭아동왈고려 여
東人之稱中國曰漢曰唐 諸人又或稱余爲公子. 言月中有世界 當
동인지칭중국왈한왈당 제인우혹칭여위공자 언월중유세계 당
似此地 言地在太空 當一小星 言地當有光 遍滿月中
사차지 언지재태공 당일소성 언지당유광 편만월중
皆奇論 可謂經緯天地 余曰 鄙人老 實未曾窺幾何半
개기론 가위경위천지 여왈 비인로 실미증규기하반
個字 前夜偶携奇公賞月前堂 不覺奇興悠然 因此縱談
개자 전야우휴기공상월전당 불각기흥유연 인차종담
不顧 乃一時談語 况此臆致 非幾何所推 鵠汀曰 不必
불고 내일시담어 황차억치 비기하소추 곡정왈 불필
過謙 願聞地光 此倘有光 未知受日爲光否 抑自發光
과겸 원문지광 차당유광 미지수일위광부 억자발광

色否 余曰 如夢讀綠字書 此刻並已忘之 鵠汀曰 愚有
색부 여왈 여몽독록자서 차각병이망지 곡정왈 우유
平生獨見之語 而亦不敢向人說道 恐令海內諸公大驚
평생독견지어 이역불감향인설도 공령해내제공대경
小怪 因此胎得痞結伏積證 冬夏苦劇 正恐先生感成此
소괴 인차태득비결복적증 동하고극 정공선생감성차
證 余曰 不如此刻道破 收幾年勿藥之效 鵠汀搖手笑
증 여왈 불여차각도파 수기년물약지효 곡정요수소
曰 否否 余曰 客不先覺 禮也.
왈 부부 여왈 객불선각 예야

少頃飯至 先置菓蔬 次茶酒 次餅餌 次猪炒卵煑
소경반지 선치과소 차다주 차병이 차저초란자
飯 最後至粳白而羹羊肚也.
반 최후지갱백이갱양두야

中國飮食 皆用箸無匙 勸酬留連 細酌佐歡 無長匙
중국음식 개용저무시 권수류련 세작좌환 무장시
摶飯 一飽卽掇之法 時用小勺 斟羹而已 勺如匙而無
단반 일포즉철지법 시용소작 짐갱이이 작여시이무
柄 如爵而無足 形類蓮花一瓣 余持勺試一舀飯 深不
병 여작이무족 형류연화일판 여지작시일요반 심불
可餂 余不覺失笑曰 忙招越王來 志亭問何爲 余曰
가첨 여불각실소왈 망초월왕래 지정문하위 여왈
越王爲人長頸烏喙 志亭扶鵠汀臂 噴飯嚔嗽無數.
월왕위인장경오훼 지정부곡정비 분반체수무수

志亭問 貴俗抄飯用何物 余曰 匙 志亭曰 其形如
지정문 귀속초반용하물 여왈 시 지정왈 기형여
何 余曰 類小茄葉 因畵示卓面 兩人尤爲絶倒 志亭
하 여왈 유소가엽 인화시탁면 양인우위절도 지정

曰 何物茄葉匕 鑿破混沌竅 鵠汀曰 多少英雄手 還
왈 하물가엽비 착파혼돈규 곡정왈 다소영웅수 환
從借箸忙 余曰 飯黍毋以箸 共飯不澤手 自入中國
종차저망 여왈 반서무이저 공반불택수 자입중국
未見匙 古人飯黍 將以手扶乎 鵠汀曰 卽有匕 不若
미견시 고인반서 장이수부호 곡정왈 즉유비 불약
是長 飯黍飯稻 慣用箸 所謂操成習 古今亦自不同.
시장 반서반도 관용저 소위조성습 고금역자부동

余曰 鵠汀先生 滿腹輪囷 定然難產 志亭問甚麽
여왈 곡정선생 만복륜균 정연난산 지정문심마
余曰 大驚小怪胎 鵠汀笑曰 合用兜羅錦湯 志亭曰
여왈 대경소괴태 곡정소왈 합용두라금탕 지정왈
可謂囫圇呑棗 余曰 若非安期棗 無乃魏王瓠 鵠汀大
가위홀륜탄조 여왈 약비안기조 무내위왕호 곡정대
笑曰 是也 余曰 還不禁遍身燥癢 鵠汀曰 何處更請
소왈 시야 여왈 환불금편신조양 곡정왈 하처갱청
痲姑爪 志亭更請地光之說 余曰 鄙人第以妄言之 先
마고조 지정갱청지광지설 여왈 비인제이망언지 선
生以妄聽之否 鵠汀曰 不妨.
생이망청지부 곡정왈 불방

余曰 晝則萬物照耀 夜則群品黯黑 何也 鵠汀曰
여왈 주즉만물조요 야즉군품암흑 하야 곡정왈
此受日爲明 余曰 萬物自無明體 其本質則莫不黯 譬
차수일위명 여왈 만물자무명체 기본질즉막불암 비
則昏夜對鏡 頑然與木石無異 雖含照性 其不能自具
즉혼야대경 완연여목석무이 수함조성 기불능자구

明體 可知也 借日然後乃發光色 其反射處 還生明影
명체 가지야 차일연후내발광색 기반사처 환생명영
水之於明 亦猶是也.
수지어명 역유시야

今夫地外環海 譬則大玻瓈鏡也 若自月中世界 望此
금부지외환해 비즉대파려경야 약자월중세계 망차
地光 亦當有弦望晦朔 其面面對日處 大水大土 相涵
지광 역당유현망회삭 기면면대일처 대수대토 상함
相映 受照反射 遞寫明影 如彼月光遍此大地 其未及
상영 수조반사 체사명영 여피월광편차대지 기미급
受日處 自當黯黑 如弦前初月 留掛虛魄 其土膚厚處
수일처 자당암흑 여현전초월 유괘허백 기토부후처
當如月中黯影扶疎 鵠汀曰 敝亦嘗妄意 地有光影 與
당여월중암영부소 곡정왈 폐역상망의 지유광영 여
先生所論稍異 余曰 不必相似 願聞其說.
선생소론초이 여왈 불필상사 원문기설

志亭顧鵠汀 連道幾句山河影云云 鵠汀掉頭連稱否
지정고곡정 연도기구산하영운운 곡정도두연칭부
否 余問甚麽否否 鵠汀曰 先生纔說地光 郝公錯認山
부 여문심마부부 곡정왈 선생재설지광 학공착인산
河影 余曰 佛說以月中婆娑 爲山河影 是認月爲一圈
하영 여왈 불설이월중파사 위산하영 시인월위일권
虛明 如鏡照物俯寫大地 所謂凹凸形 亦爲山河隆 如
허명 여경조물부사대지 소위요철형 역위산하륭 여
畫副本 仰渲月中 皆非地月本分.
화부본 앙선월중 개비지월본분

鄙說月中世界者 非謂眞有世界 本欲辨說地光 而無
비설월중세계자 비위진유세계 본욕변설지광 이무

地可見 則設爲月中世界.
지 가 현 즉 설 위 월 중 세 계

如云易地而處 設使吾吾人易處月中 仰看地輪 應似
여 운 역 지 이 처 설 사 오 오 인 역 처 월 중 앙 간 지 륜 응 사

地上望彼月明 鵠汀曰 是也 先生此說 愚已明白會聽
지 상 망 피 월 명 곡 정 왈 시 야 선 생 차 설 우 이 명 백 회 청

旣有月中世界 則自當有山河 有山河 則自當有凹凸
기 유 월 중 세 계 즉 자 당 유 산 하 유 산 하 즉 자 당 유 요 철

至遙相望 自應如此 不借大地 寫得影子 第此地光云
지 요 상 망 자 응 여 차 불 차 대 지 사 득 영 자 제 차 지 광 운

云 妄謂此非借日出影 自有本分輝映.
운 망 위 차 비 차 일 출 영 자 유 본 분 휘 영

大凡物大則神守 物久則精凝 老蚌吐珠 光能不夜者
대 범 물 대 즉 신 수 물 구 즉 정 응 노 방 토 주 광 능 불 야 자

神精所聚故也 地是可大可久 嵌空寶珠 則許大神精
신 정 소 취 고 야 지 시 가 대 가 구 감 공 보 주 즉 허 대 신 정

自應光明 譬如君子和順積中 英華發外 視彼滿天星
자 응 광 명 비 여 군 자 화 순 적 중 영 화 발 외 시 피 만 천 성

河 都有出身光輝.
하 도 유 출 신 광 휘

志亭且讀且笑 打圈于月中世界望此地光 又打圈于
지 정 차 독 차 소 타 권 우 월 중 세 계 망 차 지 광 우 타 권 우

地是嵌空寶珠曰 兩個先生 當不免月中一走 訟明于
지 시 감 공 보 주 왈 양 개 선 생 당 불 면 월 중 일 주 송 명 우

姮娥娘娘 是時無追郝成作證 鵠汀大笑 打圈于訟明
항 아 낭 낭 시 시 무 추 학 성 작 증 곡 정 대 소 타 권 우 송 명

姮娥句.
항 아 구

鵠汀曰 月中若有世界 世界如何 余笑曰 既未及月
곡정왈 월중약유세계 세계여하 여소왈 기미급월
宮一走 則安能知何樣開界 但以吾等塵界 想彼月世
궁일주 즉안능지하양개계 단이오등진계 상피월세
則亦當有物積聚凝成 如今大地一點微塵之積也.
즉역당유물적취응성 여금대지일점미진지적야

塵塵相依 塵凝爲土 塵麤爲沙 塵堅爲石 塵津爲水
진진상의 진응위토 진추위사 진견위석 진진위수
塵煖爲火 塵結爲金 塵榮爲木 塵動爲風 塵蒸氣鬱
진난위화 진결위금 진영위목 진동위풍 진증기울
乃化諸蟲.
내화제충

今夫吾人者 乃諸蟲之一種族也 若使月界以陰爲地
금부오인자 내제충지일종족야 약사월계이음위지
則水其塵也 雪其土也 氷其木也 其火水晶 其金琉璃
즉수기진야 설기토야 빙기목야 기화수정 기금유리
未必月世眞切如是.
미필월세진절여시

雖鄙人情量設辭 然亦安有許大成形 比德於陽 配體
수비인정량설사 연역안유허대성형 비덕어양 배체
於日 而獨無一物氣聚蠕化乎.
어일 이독무일물기취연화호

今夫吾人者 入火則焦 入水則溺 然亦未嘗離火離水
금부오인자 입화즉초 입수즉닉 연역미상리화리수
以他界視此 則雖謂之居水居火可也.
이타계시차 즉수위지거수거화가야

今夫諸蟲水居 不獨魚鼈 雖鱗介爲主 亦有羽毛之族
금부제충수거 부독어별 수린개위주 역유우모지족
種種爲賓 雖魚鼈置陸則死 亦有時乎深藏淤泥 是鱗
종종위빈 수어별치륙즉사 역유시호심장어니 시린

介之族 亦未嘗離土也 敢問職方之外 定有幾個世界
개지족 역미상리토야 감문직방지외 정유기개세계

志亭曰 以西人所紀爲信 則果有狗國 鬼國 飛頭 穿
지정왈 이서인소기위신 즉과유구국 귀국 비두 천

胸 奇肱 一目 種種奇怪 非情量所及 鵠汀曰 不特西
흉 기굉 일목 종종기괴 비정량소급 곡정왈 불특서

人所紀 於經有之 余問何經 鵠汀曰 山海經 余曰 環
인소기 어경유지 여문하경 곡정왈 산해경 여왈 환

此大地 定不知幾處麟皇 幾位毛帝 則以地料月 其有
차대지 정부지기처린황 기위모제 즉이지료월 기유

世界 理或無怪 鵠汀曰 月世有無 不涉塵寰 則所謂
세계 이혹무괴 곡정왈 월세유무 불섭진환 즉소위

越人肥瘦 無關秦人 前聖之所不論 今見先生之言 使
월인비수 무관진인 전성지소불론 금견선생지언 사

我塵煩頓除 如坐廣寒宮 衣氷紈 飮氷漿 與伯夷於陵
아진번돈제 여좌광한궁 의빙환 음빙장 여백이오릉

揖讓先後之也.
읍양선후지야

乘桴浮海 乃夫子別界妄想 若先生泠然御風 皡也不
승부부해 내부자별계망상 약선생영연어풍 호야불

敢後使由氏.
감후사유씨

志亭打圈于別界妄想 曰 吾不辭趯趯爲兎 躍躍爲蟾
지정타권우별계망상 왈 오불사적적위토 약약위섬

相與笑哄一堂.
상여소홍일당

鵠汀曰 吾儒近世頗信地球之說 夫方圓動靜 吾儒命
곡정왈 오유근세파신지구지설 부방원동정 오유명

脈 而泰西人亂之 先生何從也 余曰 先生則何信 鵠
맥 이태서인란지 선생하종야 여왈 선생즉하신 곡
汀曰 雖未能手拊六合之背 頗信球圓 余曰 天造無有
정왈 수미능수부육합지배 파신구원 여왈 천조무유
方物 雖蚊腿蚕尻雨點涕唾 未嘗不圓 今夫山河大地
방물 수문퇴잠고우점체타 미상불원 금부산하대지
日月星宿 皆天所造 未見方宿楞星 則可徵地球無疑
일월성수 개천소조 미견방수릉성 즉가징지구무의
鄙人雖未見西人著說 嘗謂地球無疑.
비인수미견서인저설 상위지구무의

大抵其形則圓 其德則方 事功則動 性情則靜 若使
대저기형즉원 기덕즉방 사공즉동 성정즉정 약사
太空 安厝此地 不動不轉 塊然懸空 則乃腐水死土
태공 안조차지 부동부전 괴연현공 즉내부수사토
立見其朽爛潰散 亦安能久久停住 許多負載 振河漢
입견기후란궤산 역안능구구정주 허다부재 진하한
而不洩哉.
이불설재

今此地球面面開界 種種附足 其頂天立地 與我無不
금차지구면면개계 종종부족 기정천립지 여아무부
同也 西人旣定地爲球 而獨不言球轉 是知地之能圓
동야 서인기정지위구 이독불언구전 시지지지능원
而不知圓者之必轉也.
이부지원자지필전야

故鄙人妄意以爲 地一轉爲一日 月一匝地爲一朔 日
고비인망의이위 지일전위일일 월일잡지위일삭 일
一匝地爲一歲 歲-歲星-一匝地爲一紀 星-恒星-一匝
일잡지위일세 세 세성 일잡지위일기 성 항성 일잡
地爲一會 看彼貓睛 亦驗地轉 貓睛有十二時之變 則
지위일회 간피묘정 역험지전 묘정유십이시지변 즉

其一變之頃　地已行七千餘里　志亭大笑曰　可謂兎嘴
기일변지경　지이행칠천여이　지정대소왈　가위토취

乾坤　貓眼天地　余曰　吾東近世先輩　有金錫文　爲三
건곤　묘안천지　여왈　오동근세선배　유김석문　위삼

大丸浮空之說　敝友洪大容　又創地轉之論　鵠汀停筆
대환부공지설　폐우홍대용　우창지전지논　곡정정필

向志亭云云　似傳洪字與號也　志亭問湛軒先生　乃金
향지정운운　사전홍자여호야　지정문담헌선생　내김

錫文先生弟子否　余曰　金歿已百年　非可師授　鵠汀曰
석문선생제자부　여왈　김몰이백년　비가사수　곡정왈

金先生字號並有著書幾篇　余曰　其字號並不記憶　亦
김선생자호병유저서기편　여왈　기자호병불기억　역

未曾有所著　洪亦未曾著書　鄙人嘗信他地轉無疑　亦
미증유소저　홍역미증저서　비인상신타지전무의　역

嘗勸我代爲著說　鄙人在國時　卒卒未果.
상권아대위저설　비인재국시　졸졸미과

前夜偶同奇公賞月　對月思朋　因境起興　不知所以裁
전야우동기공상월　대월사붕　인경기흥　부지소이재

之　大約西人不言地轉者　妄意以爲若一轉地　則凡諸
지　대약서인불언지전자　망의이위약일전지　즉범제

躔度　尤難推測　所以把定此地　妥置一處　如揷木橛
전도　우난추측　소이파정차지　타치일처　여삽목궐

然後便於推測也　鵠汀曰　敝素昧此學　曾亦一二窺斑
연후편어추측야　곡정왈　폐소매차학　증역일이규반

如服七椀茶　不復勞精　今先生所論　亦非西人所發　則
여복칠완다　불부로정　금선생소론　역비서인소발　즉

吾不敢遽信爲然　亦不敢遽斥爲非　要之渺茫難稽　而
오불감거신위연　역불감거척위비　요지묘망난계　이

先生辯說甚精　如高麗磨衲鍼孔線蹊　一一明透.
선생변설심정　여고려마납침공선혜　일일명투

志亭曰 如何是三大丸 如何是一小星 余曰 浮空三
지정왈 여하시삼대환 여하시일소성 여왈 부공삼

丸者 日地月也 今夫說者曰 星大於日 日大於地 地
환자 일지월야 금부설자왈 성대어일 일대어지 지

大於月 信斯言也 惟彼滿天星宿 都不與此地相干 獨
대어월 신사언야 유피만천성수 도불여차지상간 독

此三丸 自相隣比 爲地所私 立號日月 資日爲陽 資
차삼환 자상린비 위지소사 입호일월 자일위양 자

月爲陰.
월위음

譬如人家求火東鄰 丐水西舍 自彼滿天星宿 視此三
비여인가구화동린 개수서사 자피만천성수 시차삼

丸 其羅點太空 自不免瑣瑣小星 今吾人者 坐在一團
환 기라점태공 자불면쇄쇄소성 금오인자 좌재일단

水土之際 眼界不曠 情量有限.
수토지제 안계불광 정량유한

則乃復妄把列宿 分配九州 今夫九州之在四海之內
즉내부망파열수 분배구주 금부구주지재사해지내

者 何異黑子點面 所謂大澤礨空者是也 星紀分野之
자 하이흑자점면 소위대택뢰공자시야 성기분야지

說 豈非惑哉.
설 기비혹재

志亭自信斯言 至瑣瑣小星亂圈之 鵠汀甚稱奇論快
지정자신사언 지쇄쇄소성란권지 곡정심칭기론쾌

論 發前人所未發.
론 발전인소미발

余曰 鄙人萬里閒關 觀光上國 敝邦可在極東 歐羅
여왈 비인만리한관 관광상국 폐방가재극동 구라

乃是泰西 以極東泰西之人 願一相逢 今遽入熱河 未
내시태서 이극동태서지인 원일상봉 금거입열하 미
及觀天主堂 自此奉勅東還 則不可復入皇都.
급관천주당 자차봉칙동환 즉불가부입황도

今幸忝遊大人先生之間 多承敎誨 雖適我大願 然於
금행첨유대인선생지간 다승교회 수적아대원 연어
泰西遠人 無路相尋 是爲鄙人所恨 今聞西人從駕亦
태서원인 무로상심 시위비인소한 금문서인종가역
在是中云 願蒙指敎 或有相職 幸爲紹介 鵠汀曰 此
재시중운 원몽지교 혹유상직 행위소개 곡정왈 차
等元係監中奉勅 道不同不相爲謨 且駐蹕之地 摠是
등원계감중봉칙 도부동불상위모 차주필지지 총시
日下 人山人海 尋覓自難 不必枉勞 志亭辭晩間有冗
일하 인산인해 심멱자난 불필왕로 지정사만간유용
先起收談草五六頁而去.
선기수담초오륙혈이거

鵠汀曰 洪湛軒先生 頗能曉占乾象否 余曰 不是不
곡정왈 홍담헌선생 파능효점건상부 여왈 불시불
是 曆象家與天文家不同 夫以日月暈珥彗孛飛流芒角
시 역상가여천문가부동 부이일월훈이혜패비류망각
動搖 預斷休咎者 天文家也 如張孟 庾季才是爾.
동요 예단휴구자 천문가야 여장맹 유계재시이

在璇璣玉衡 曆象日月星辰 以齊七政者 造曆家也
재선기옥형 역상일월성신 이제칠정자 조역가야
如洛下閎 張平子是爾 漢書藝文志 有天文二十餘家
여낙하굉 장평자시이 한서예문지 유천문이십여가
曆法十數家 判然爲二.
역법십수가 판연위이

敝友頗能留心幾何 欲識躔度遲疾而未能也 嘗斥宋
폐 우 파 능 류 심 기 하 욕 식 전 도 지 질 이 미 능 야 상 척 송
景三言 熒惑退舍 處士加足 客星犯座 爲史家傳會
경 삼 언 형 혹 퇴 사 처 사 가 족 객 성 범 좌 위 사 가 전 회

鵠汀曰 古之號精渾儀者 閎張以外 有蔡伯喈 吳之王
곡 정 왈 고 지 호 정 혼 의 자 굉 장 이 외 유 채 백 개 오 지 왕
番 劉曜光初中 有孔定 魏太史令晁崇 皆得璣衡遺
번 유 요 광 초 중 유 공 정 위 태 사 령 조 숭 개 득 기 형 유
法.
법

而宋元祐中 蘇子容爲宗伯時 參攷古器 數年而成
이 송 원 우 중 소 자 용 위 종 백 시 참 고 고 기 수 년 이 성
及西術之來中國 儀器盡屬笨伯 但其學術淺陋可笑.
급 서 술 지 래 중 국 의 기 진 속 분 백 단 기 학 술 천 루 가 소

耶蘇者 如中國之語賢爲君子 蕃俗之稱僧爲喇嘛 耶
야 소 자 여 중 국 지 어 현 위 군 자 번 속 지 칭 승 위 라 마 야
蘇一心敬天 立教八方 年三十遭極刑 而國人哀慕 設
소 일 심 경 천 입 교 팔 방 연 삼 십 조 극 형 이 국 인 애 모 설
爲耶蘇之會 敬其神爲天主 入其會者 必涕泣悲痛 不
위 야 소 지 회 경 기 신 위 천 주 입 기 회 자 필 체 읍 비 통 불
忘天主.
망 천 주

自幼立四條信誓 斷色念 絶宦慾 有敷教八方 願無
자 유 립 사 조 신 서 단 색 념 절 환 욕 유 부 교 팔 방 원 무
更還故土戀名 雖闢佛 篤信輪回.
갱 환 고 토 련 명 수 벽 불 독 신 윤 회

明萬曆中 西土沙方濟者 至粵東而死 繼有利瑪竇諸
명 만 력 중 서 토 사 방 제 자 지 월 동 이 사 계 유 이 마 두 제
人 其所爲教 以昭事爲宗 修身爲要 忠孝慈愛爲工務
인 기 소 위 교 이 소 사 위 종 수 신 위 요 충 효 자 애 위 공 무

遷善改過爲入門　生死大事　有備無患爲究竟.
천선개과위입문　생사대사　유비무환위구경

　西方諸國奉敎已來千餘年　大安長治　其言多夸誕　中國人無信之者　余曰　萬曆九年　利瑪竇入中國　留京師二十九年　稱漢哀帝元壽二年　耶蘇生于大秦國　行敎於西海之外　自漢元壽至明萬曆一千五百餘年　所謂耶蘇二字　不見於中國之書　豈耶蘇出於絕洋之外　中國之士未之或聞耶　雖久已聞之　以其異端而史不之書耶.
서방제국봉교이래천여년　대안장치　기언다과탄　중국인무신지자　여왈　만력구년　이마두입중국　유경사이십구년　칭한애제원수이년　야소생우대진국　행교어서해지외　자한원수지명만력일천오백여년　소위야소이자　불현어중국지서　기야소출어절양지외　중국지사미지혹문야　수구이문지　이기이단이사부지서야

　大秦國　一曰拂菻　所謂歐羅巴　乃西洋摠名耶　洪武四年　捏古倫　自大秦國　入中國　謁高皇帝而不言耶蘇之敎　何耶　大秦國未始有所謂耶蘇之敎　而利瑪竇始託天神　以惑中國耶　篤信輪回　爲天堂地獄之說　而詆排佛氏　攻擊如仇讐　何耶.
대진국　일왈불름　소위구라파　내서양총명야　홍무사년　날고륜　자대진국　입중국　알고황제이불언야소지교　하야　대진국미시유소위야소지교　이이마두시탁천신　이혹중국야　독신윤회　위천당지옥지설　이저배불씨　공격여구수　하야

　詩云　天生烝民　有物有則　佛氏之學　以形器爲幻妄則是烝民無物無則也　今耶蘇之敎　以理爲氣數　詩云上天之載　無聲無臭　今乃安排布置　爲有聲臭　這二敎
시운　천생증민　유물유칙　불씨지학　이형기위환망즉시증민무물무칙야　금야소지교　이리위기수　시운상천지재　무성무취　금내안배포치　위유성취　저이교

孰優也 鵠汀曰 西學安得詆釋氏 釋氏儘爲高妙 但許
숙우야 곡정왈 서학안득저석씨 석씨진위고묘 단허

多譬說 終無歸宿 纔得悟時 竟是一幻字 彼耶蘇敎
다비설 종무귀숙 재득오시 경시일환자 피야소교

本依俙得釋氏糟粨 旣入中國 學中國文書 始見中國
본의희득석씨조백 기입중국 학중국문서 시견중국

斥佛 乃反效中國斥佛.
척불 내반효중국척불

於中國文書中 討出上帝主宰等語 以自附吾儒 然其
어중국문서중 토출상제주재등어 이자부오유 연기

本領 元不出名物度數 已落在吾儒第二義.
본령 원불출명물도수 이락재오유제이의

彼亦不無所見於理者 理不勝氣者 久矣 以堯霖湯旱
피역불무소견어리자 이불승기자 구의 이요림탕한

爲氣數使然.
위기수사연

敝友介休然先生 頗信氣數之論 以爲氣數如此 本一
폐우개휴연선생 파신기수지론 이위기수여차 본일

理也如此 介號希菴 字太初 又字北宮翁伯 學貫天人
이야여차 개호희암 자태초 우자북궁옹백 학관천인

有翁伯談藪一百卷 北里齊諧一百卷 又有羊角源五十
유옹백담수일백권 북리제해일백권 우유양각원오십

卷 今年六十餘 尙不廢著書 羊角源一書 尤深天根月
권 금년육십여 상불폐저서 양각원일서 우심천근월

窟之理 地轉之說 如或有之否也.
굴지리 지전지설 여혹유지부야

其解說之如鳶飛戾天 信足握固 魚躍于淵 恃膘弸漲
기해설지여연비려천 신족악고 어약우연 시표붕창

萬物莫不附地重心 地重心者 如雹自包 其不動處 如
만물막불부지중심 지중심자 여박자포 기부동처 여

輪有軸　此等皆其玅處.
륜 유 축　차 등 개 기 묘 처

　敝年少時　不肯細心一讀　只觀其多少題目　到今亦忘
　폐 년 소 시　불 긍 세 심 일 독　지 관 기 다 소 제 목　도 금 역 망

其大旨　余曰　介希菴先生　願於此刻拜謁　幸藉先生爲
기 대 지　여 왈　개 희 암 선 생　원 어 차 각 배 알　행 자 선 생 위

蟠木之容　鵠汀曰　介非在是間　本蜀人　今在易州李家
반 목 지 용　곡 정 왈　개 비 재 시 간　본 촉 인　금 재 역 주 이 가

莊　販茶爲生　此距京師二百餘里　敝亦相見已七年以
장　판 다 위 생　차 거 경 사 이 백 여 이　폐 역 상 견 이 칠 년 이

外　余曰　希菴先生相貌何如　鵠汀曰　窈目高觀　閣老
외　여 왈　희 암 선 생 상 모 하 여　곡 정 왈　요 목 고 관　각 로

兆公－惠－薦介經行于朝　特授江西敎授　稱疾不起.
조 공　혜　천 개 경 행 우 조　특 수 강 서 교 수　칭 질 불 기

　介嘗美鬚髥　一朝自斷其鬚　以明兆誤薦　仍授七品帽
　개 상 미 수 염　일 조 자 단 기 수　이 명 조 오 천　잉 수 칠 품 모

服　有一達官　將薦其所著諸書　介欣然諾之　一夜廬舍
복　유 일 달 관　장 천 기 소 저 제 서　개 흔 연 낙 지　일 야 려 사

失火　書皆燼　未果奏.
실 화　서 개 신　미 과 주

　余曰　先生痞證　可以道破　鵠汀曰　僕元無此證　老
　여 왈　선 생 비 증　가 이 도 파　곡 정 왈　복 원 무 차 증　노

革多姦　烹魚洋洋　何損君子　相與大笑　鵠汀曰　太初
혁 다 간　팽 어 양 양　하 손 군 자　상 여 대 소　곡 정 왈　태 초

著書　實未曾燒　秘在其友董程董稽所　必傳於後無疑
저 서　실 미 증 소　비 재 기 우 동 정 동 계 소　필 전 어 후 무 의

公外國人　僕所以暢襟一洩　余曰　介先生著書　多忌諱
공 외 국 인　복 소 이 창 금 일 설　여 왈　개 선 생 저 서　다 기 휘

否 鵠汀曰 並無忌諱 余曰 然則何故秘之 鵠汀曰 此
부 곡정왈 병무기휘 여왈 연즉하고비지 곡정왈 차

歲禁書 該有三百餘種 並是他君公顧廚 余曰 禁書何
세금서 해유삼백여종 병시타군공고주 여왈 금서하

若是夥耶 摠是崔浩謗史否 鵠汀曰 皆迂儒曲學 余問
약시과야 총시최호방사부 곡정왈 개우유곡학 여문

禁書題目 鵠汀書亭林 西河 牧齋等集數十種 隨卽裂
금서제목 곡정서정림 서하 목재등집수십종 수즉렬

之 余曰 永樂時蒐訪天下群書 爲永樂大全等書 賺人
지 여왈 영락시수방천하군서 위영락대전등서 잠인

頭白 無暇閒筆 今集成等書 並是此意否 鵠汀忙手塗
두백 무가한필 금집성등서 병시차의부 곡정망수도

抹曰 本朝右文 度越百王 不入四庫 顧爲無用.
말왈 본조우문 도월백왕 불입사고 고위무용

余曰 前者 先生何貶趙宋 鵠汀曰 不成統 太祖無
여왈 전자 선생하폄조송 곡정왈 불성통 태조무

鴻功偉業 邂逅得國 不過當時印板天子 立經陳紀 每
홍공위업 해후득국 불과당시인판천자 입경진기 매

在顧成之廟 而太宗在家 未免負心之人 余問 燭影一
재고성지묘 이태종재가 미면부심지인 여문 촉영일

案 若道是眞 奚特負心而已 鵠汀曰 此誠千古誣枉
안 약도시진 해특부심이이 곡정왈 차성천고무왕

是時 太祖已大漸 爭朝夕耳 何苦作此大事 迹其行事
시시 태조이대점 쟁조석이 하고작차대사 적기행사

宜招是謗.
의초시방

此案元出胡一桂陳經私史 始於李燾之長編 乃吳中
차안원출호일계진경사사 시어이도지장편 내오중

僧文瑩所著 湘山野錄啓之也 一緇徒何從知此嚴密.
승문영소저 상산야록계지야 일치도하종지차엄밀

大約下語不無用意 遙見燭影搖紅 及聞大聲好爲 不過十數字 惹千古無限疑端 燭系昏夜之具 影是熹微之事 搖紅乃倏翕明滅之光也 大聲者 不和平之音 好爲者 無別白之辭 遙見遙聞 又是不分不明之際 眞成千古疑案 可謂狠筆.
대약하어불무용의 요견촉영요홍 급문대성호위 불과십수자 야천고무한의단 촉계혼야지구 영시희미지사 요홍내숙흡명멸지광야 대성자 불화평지음 호위자 무별백지사 요견요문 우시불분불명지제 진성천고의안 가위한필

當時士大夫 一不是於不踰年改元 二不是於逼嫂爲尼 死不成服 積不是於廷美德昭之死 如何厭得天下不是底心.
당시사대부 일불시어불유년개원 이불시어핍수위니 사불성복 적불시어정미덕소지사 여하염득천하불시저심

六國之士 積怒嬴秦 必欲先六國而亡之 巧撰呂不韋一段奇貨 又況攄毒於焚坑之餘乎 漢之策士 一番罵秦 便成奇文 燭影一案並是此意也.
육국지사 적노영진 필욕선육국이망지 교찬여불위일단기화 우황터독어분갱지여호 한지책사 일번매진 변성기문 촉영일안병시차의야

仁宗英氣 巽於漢文 而學識過之 神宗圖治勝於漢武而才略不及 建炎以後 無可足論.
인종영기 손어한문 이학식과지 신종도치승어한무이재략불급 건염이후 무가족론

所可痛者 忘讐認親 既非天倫 那得稱姪 力屈而服
소가통자 망수인친 기비천륜 나득칭질 역굴이복

是爲畏天 稱僕稱臣 無柰天何 至若稱姪稱孫 辱孰大
시위외천 칭복칭신 무내천하 지약칭질칭손 욕숙대
焉.
언

當時士大夫欲免陪臣之恥 易臣爲姪 陰納其君於蔑
당시사대부욕면배신지치 역신위질 음납기군어멸
倫之地 其蔑倫敗常 石晉一轍 而重貴猶能坐招翁來
륜지지 기멸륜패상 석진일철 이중귀유능좌초옹래
臨安君臣方此厭然稱賀 無識甚矣 不講目前之急務
임안군신방차염연칭하 무식심의 불강목전지급무
空談影事 誠爲可厭.
공담영사 성위가염

理宗四十年格致之工 博得身後一理字 可笑可笑 未
이종사십년격치지공 박득신후일리자 가소가소 미
知平生所窮之理 果是何樣物事 自古人臣 莫不欲其
지평생소궁지리 과시하양물사 자고인신 막불욕기
君之典學 而千載寥寥 僅得一宋理宗.
군지전학 이천재요요 근득일송이종

然無益於勝敗存亡之數 置之龜山門中 可稱高足 其
연무익어승패존망지수 치지구산문중 가칭고족 기
學問遠不及 目不知書之石世龍邈佶烈 天下未可作漂
학문원불급 목부지서지석세룡막길렬 천하미가작표
麥 看仇士良致仕 誡其徒勿令大家讀書 然如寶慶景
맥 간구사량치사 계기도물령대가독서 연여보경경
定之間 天地四十年 昏霧四塞 坐窮今古掩書堂 二頃
정지간 천지사십년 혼무사색 좌궁금고엄서당 이경
湖田一半荒 正道此時也.
호전일반황 정도차시야

道君皇帝 儘是名士 雖乏個東坡先生松筠氣節 其風
도군황제 진시명사 수핍개동파선생송균기절 기풍

流鑑賞　未必遽讓于陳黃諸公　亨山大笑曰　勝　比諸漢
류감상 미필거양우진황제공 형산대소왈 승 비저한
成　尤是浪蕩　首夏皇上勅諭講官　有曰　朕每觀前史
성 우시랑탕 수하황상칙유강관 유왈 짐매관전사
臣佞主驕云云　大成門右墻張榜是也　余曰　恭讀聖諭
신녕주교운운 대성문우장장방시야 여왈 공독성유
仰認大聖人眞箇學問　卓冠百王　衛武抑戒　無以加之
앙인대성인진개학문 탁관백왕 위무억계 무이가지
鵠汀曰　儘是－昨日　余隨三使入謁聖廟　時王鵠汀及鄒擧人舍是
곡정왈 진시 작일 여수삼사입알성묘 시왕곡정급추거인사시
爲主人前導　大成門竂置烏石于墻　刻康熙雍正及今皇帝訓諭　其石
위주인전도 대성문감치오석우장 각강희옹정급금황제훈유 기석
墻　帖新榜　乃皇帝勅諭講臣之文.
장 첩신방 내황제칙유강신지문

大矜自家之學問文章　歷詆前代右文之主　無實得　徒增虛僞　殿上
대긍자가지학문문장 역저전대우문지주 무실득 도증허위 전상
山呼　臨朝發嘆等　皆其詔勅之語　大抵戒群下　緣飾文義以諂上　爲
산호 임조발탄등 개기조칙지어 대저계군하 연식문의이첨상 위
人辟者　徒恃己長以蔑下.
인벽자 도시기장이멸하

余與鵠汀一讀　累累千餘言　皆自矜自誇　余問　殿上山呼　鵠汀言
여여곡정일독 누누천여언 개자긍자과 여문 전상산호 곡정언
經筵講討　人君有得　則左右皆叩頭呼萬歲　侍講得之　而人主賜可　則
경연강토 인군유득 즉좌우개고두호만세 시강득지 이인주사가 즉
左右亦呼萬歲　歸美上躬　謂從善也　又賀其得善言也　漢陸賈每前奏
좌우역호만세 귀미상궁 위종선야 우하기득선언야 한육가매전주
一篇　上未嘗不稱善　左右呼萬歲者是也.
일편 상미상불칭선 좌우호만세자시야

余曰　理宗　有宋垂亡之末主　其典學與否　本不足論
여왈 이종 유송수망지말주 기전학여부 본부족론

而至以世主好學 爲作聰明之資 則先生之言誤矣 苟
이지이세주호학 위작총명지자 즉선생지언오의 구

使漢文 宋仁之美質 漢武 唐宗之英資 得兼程朱學
사한문 송인지미질 한무 당종지영자 득겸정주학

問 則眞個堯舜不足讓也 何必預憂其詞章之末藝 記
문 즉진개요순부족양야 하필예우기사장지말예 기

誦之流弊 徑要人辟之寡學哉 鵠汀掉頭曰 做不得 吾
송지유폐 경요인벽지과학재 곡정도두왈 주부득 오

本不論宋理宗 亦觀宋史刑法志 殊令人憒憒 愚所論
본불론송이종 역관송사형법지 수영인궤궤 우소론

典學流弊 槪論前代聰明英睿之主 正爲漢武唐宗設耳
전학유폐 개론전대총명영예지주 정위한무당종설이

先生所謂得兼程朱學問云云者 乃是設辭 這個設辭
선생소위득겸정주학문운운자 내시설사 저개설사

眞令千古志士 多少悵恨 余曰 何以多少悵恨 鵠汀曰
진령천고지사 다소창한 여왈 하이다소창한 곡정왈

出師未捷身先死 長使英雄淚滿襟 這是多少悵恨 余
출사미첩신선사 장사영웅루만금 저시다소창한 여

問甚麽 鵠汀曰 若使曹孟德頭痛而死 豈不是漢家齊
문심마 곡정왈 약사조맹덕두통이사 기불시한가제

桓 余問這話甚麽 鵠汀笑曰 如先生所言苟使若使等
환 여문저화심마 곡정소왈 여선생소언구사약사등

云者 乃是假設譬諭語 非眞的也 假使諸葛亮 殺得司
운자 내시가설비유어 비진적야 가사제갈량 살득사

馬仲達 長驅入中原 豈不快哉 假令唐明皇還至馬嵬
마중달 장구입중원 기불쾌재 가령당명황환지마외

驛 達楊貴妃嫣然轉眄 豈不快哉 假令宋高宗 斬秦檜
역 달양귀비언연전면 기불쾌재 가령송고종 참진회

頭 豈不快哉 假令程朱兩夫子 臨之九五之位 當一日
두 기불쾌재 가령정주양부자 임지구오지위 당일일

萬機　復有一個程朱在傍　事事以堯舜責難　還當作如
만기　복유일개정주재방　사사이요순책난　환당작여
何悵心　李夫人轉身一見　當又作如何悵心.
하창심　이부인전신일견　당우작여하창심

大約一代人主　除極昏庸大乖謬　號稱中主　參商較挈
대약일대인주　제극혼용대괴류　호칭중주　참상교설
還勝當世之名碩　使當世名碩易地　則還有做不得處
환승당세지명석　사당세명석역지　즉환유주부득처
余曰　自古帝王　好臣其所敎　不能親君子遠小人　故其
여왈　자고제왕　호신기소교　불능친군자원소인　고기
趨在下風者　固是耽榮冒祿之輩　其不及世主固宜.
추재하풍자　고시탐영모록지배　기불급세주고의

若使明良相遭　則必不如此　明明揚側　立賢無方　則
약사명량상조　즉필불여차　명명양측　입현무방　즉
板築入夢　漁釣協卜　乃能同德　若彼有不求之　豈應天
판축입몽　어조협복　내능동덕　약피유불구지　기응천
之降才爾殊哉　鵠汀曰　不然不然　做時不如說時　旁局
지강재이수재　곡정왈　불연불연　주시불여설시　방국
勝似當局　所謂孟公綽優於趙魏老　而不堪作滕薛大夫
승사당국　소위맹공작우어조위로　이불감작등설대부
此敝看史平心究竟處.
차폐간사평심구경처

使宋仁宋　降誕濂洛之間　其道學之美　當不讓諸賢
사송인송　강탄염락지간　기도학지미　당불양제현
紫陽平生精力　尤深於四書　而其實仁宗先已風諭之.
자양평생정력　우심어사서　이기실인종선이풍유지

王堯臣及第　則於戴記中另賜中庸一篇　呂臻及第　則
왕요신급제　즉어대기중령사중용일편　여진급제　즉
又拈大學篇以賜之　其學識之高明　迥出世儒　其表章
우념대학편이사지　기학식지고명　형출세유　기표장

二篇之功 已在范文正之先.
이편지공 이재범문정지선

後儒責漢文帝不立賈誼作相 爲漢業作無限缺望 復以斥張釋之高論 爲文帝卑鄙斷案 然其實文帝賢於賈生遠矣 不見賈生 自以爲過之 今不及 這是文帝由中語 非自屑屑與賈生較賢否.
후유책한문제불립가의작상 위한업작무한결망 부이척장석지고론 위문제비비단안 연기실문제현어가생원의 불견가생 자이위과지 금불급 저시문제유중어 비자설설여가생교현부

要欲大做 故量己料彼 先帝將相大臣 如何一朝令未徑事眇然一書生 彈壓調伏 宣室前席 已傾倒他囷廩要將老其才而用之.
요욕대주 고량기료피 선제장상대신 여하일조령미경사묘연일서생 탄압조복 선실전석 이경도타균름요장로기재이용지

彼賈生雅量不及李鄴侯 鄴侯由白衣相 左轉至江西判官 未嘗爲此自貽伊戚 賈生常鬱鬱 欲吐出胸中許多震耀 文帝善藏用 不露許多客氣 此文帝有工夫處.
피가생아량불급이업후 업후유백의상 좌전지강서판관 미상위차자이이척 가생상울울 욕토출흉중허다진요 문제선장용 불로허다객기 차문제유공부처

封三庶蘖 分天下半 當時素富貴諸公 出自推鋒排刃方安坐享鍾鼎 孰肯出頭赫赫做事業 文帝固已先賈生痛哭太息矣.
봉삼서얼 분천하반 당시소부귀제공 출자추봉배인방안좌향종정 숙긍출두혁혁주사업 문제고이선가생통곡태식의

賈生不勝其躁擾 乃發憤指切 言某事作痛哭太息 所
가생불승기조요 내발분지절 언모사작통곡태식 소

謂立談之間　遽爲人痛哭　果作如何駭惑人.
위입담지간　거위인통곡　과작여하해혹인

梁楚之劍客　先剚袁盎之腹　河朔之死士　當碎裵度之
양초지검객　선사원앙지복　하삭지사사　당쇄배도지

首　文帝固已慮及於此耳　余曰　爲國譬如圍碁　人君當
수　문제고이려급어차이　여왈　위국비여위기　인군당

局者也　人臣傍觀者也　先生所謂旁局　勝似當局是也
국자야　인신방관자야　선생소위방국　승사당국시야

當局迷時　何不聽他旁局提訓　鵠汀曰　否否　馬上得之
당국미시　하불청타방국제훈　곡정왈　부부　마상득지

則每誇十指生血　踐阼守成則袗衣女果　若固有之　擧
즉매과십지생혈　천조수성즉진의녀과　약고유지　거

天下之事　盡屬之陸下家事者　久矣　此千古不易之案.
천하지사　진속지육하가사자　구의　차천고불역지안

若消得一朕字時　便是立地堯舜　若遣不得這一字時
약소득일짐자시　변시립지요순　약견부득저일자시

有誰敢伸手出袖　孔子誅小正卯　未免震主之威　周公
유수감신수출수　공자주소정묘　미면진주지위　주공

營洛邑時　還犯東帝之嫌.
영락읍시　환범동제지혐

三代以下經術大臣　無如王莽　王莽初非利天下　篤信
삼대이하경술대신　무여왕망　왕망초비리천하　독신

聖人　要驗平生所學　其自任以天下之重　何嘗以事君
성인　요험평생소학　기자임이천하지중　하상이사군

爲悅者　第其稟性躁擾　與其坐談堯舜之道　不若施之
위열자　제기품성조요　여기좌담요순지도　불약시지

當世　驗之行事　必欲於吾身親見之　余笑曰　聖人何嘗
당세　험지행사　필욕어오신친견지　여소왈　성인하상

教人作賊　鵠汀亦大笑曰　此論人臣做時　不如一代帝
교인작적　곡정역대소왈　차론인신주시　불여일대제

王之證　黃老治天下　或能收一代之效　經術做時　未嘗
왕지증 황노치천하 혹능수일대지효 경술주시 미상
不壞人國塗炭生靈　王介甫學術　非范韓諸公所及　要
불괴인국도탄생령 왕개보학술 비범한제공소급 요
之賈誼　王莽　介甫　方遜志　一例躁擾人.
지가의 왕망 개보 방손지 일례조요인

有一人衣蟒袍　掀簾入坐椅　不著補服　亦不着帽　熟
유일인의망포 흔렴입좌의 부착보복 역불착모 숙
視余語云云　余對不解　其人與鵠汀耳語數轉　即起去
시여어운운 여대불해 기인여곡정이어수전 즉기거
余問　彼是何人　鵠汀曰　這是濟南人　姓鄧名洙　見任
여문 피시하인 곡정왈 저시제남인 성등명수 현임
戶部主事　這個麤莽漢子　何所見而來　何所見而去　余
호부주사 저개추망한자 하소견이래 하소견이거 여
問　這位是先生親知否　曰　否也　但知其鄧洙而已　俄
문 저위시선생친지부 왈 부야 단지기등수이이 아
刻不識貴邦爲震朝同文之國　余問　濟南尙有白雪樓否
각불식귀방위진조동문지국 여문 제남상유백설루부
鵠汀曰　于鱗舊樓　初在韓倉店　後改作于百花洲上　在
곡정왈 우린구루 초재한창점 후개작우백화주상 재
碧霞宮西　今趵突泉東　有白雪樓　乃後人所建　非舊蹟
벽하궁서 금표돌천동 유백설루 내후인소건 비구적
也.
야

余曰　先生貴黃老而賤經術　縱國賊爲篤信聖人　推王
여왈 선생귀황노이천경술 종국적위독신성인 추왕

介甫賢於范文正 抑揚太過 經術爲壞天下之具 聊試
개보현어범문정 억양태과 경술위괴천하지구 요시
鄙人否 鵠汀曰 先生如此見罪 小子何敢復言乎 余曰
비인부 곡정왈 선생여차견죄 소자하감부언호 여왈
先生所論皆高遠 非拘儒陋見所可幾及 不無河漢之驚
선생소론개고원 비구유루견소가기급 불무하한지경
非敢以先生爲處士橫議也 鵠汀曰 可惑先生納汚之量
비감이선생위처사횡의야 곡정왈 가혹선생납오지량
大約天下事 不可詭遇獲禽 亦不可枉尺直尋 如此處
대약천하사 불가궤우획금 역불가왕척직심 여차처
置 都無說話 仲尼之門 五尺之童 羞稱五霸 如此立
치 도무설화 중니지문 오척지동 수칭오패 여차립
論 更無一事.
론 갱무일사

韓昌黎所謂 人其人 火其書 還應天下太平 董仲舒
한창려소위 인기인 화기서 환응천하태평 동중서
所謂 正其誼 不謀其利 還應天下 道不拾遺.
소위 정기의 불모기리 환응천하 도불습유

且道先生三代已下 經術做治 還得幾人 倉公醫人火
차도선생삼대이하 경술주치 환득기인 창공의인화
齊湯 要煎大黃四斤 二百年之間 張仲景八味湯 已用
제탕 요전대황사근 이백년지간 장중경팔미탕 이용
附子五兩 轉頭之頃 古今不同.
부자오냥 전두지경 고금부동

伯夷叔齊叩馬之時 還有扶去之太公望 若道天下無
백이숙제고마지시 환유부거지태공망 약도천하무
兩是雙非 則這兩老子中一個 當不免黑龍江刺配.
양시쌍비 즉저양노자중일개 당불면흑룡강자배

大約天下事 譬如兩頭引絚 引絚絶處 短者先沛 更
대약천하사 비여양두인긍 인긍절처 단자선패 갱

不言　初時力敵　故天下有逆順而無是非　旣有皎然成
불언　초시력적　고천하유역순이무시비　기유교연성
敗之跡　則逆順二字　還爲燈後耳語.
패지적　즉역순이자　환위등후이어

凡談道者　如烏藏肉　烏之藏肉也　望雲而識之　雲則
범담도자　여오장육　오지장육야　망운이지지　운즉
去矣　藏失故處　天下無鑿成底義理　隨時推移　經生措
거의　장실고처　천하무착성저의리　수시추이　경생조
事　多少望雲客　余曰　雲去肉不逃　雖時移事往　古今
사　다소망운객　여왈　운거육부도　수시이사왕　고금
不同　然義理自在　特人不索之耳　鵠汀曰　都是先入定
부동　연의리자재　특인불색지이　곡정왈　도시선입정
關中者王之　余曰　經術壞國　豈經術之罪也　陋儒只盜
관중자왕지　여왈　경술괴국　기경술지죄야　누유지도
經術之名　所以亂天下者　皆經術之糟粕也　若能眞用
경술지명　소이란천하자　개경술지조백야　약능진용
經術　向所謂天下之田　始可井也　天下之諸侯　始可五
경술　향소위천하지전　시가정야　천하지제후　시가오
等也　鵠汀曰　先生眞個認僕大膽斥經術否　古來言者
등야　곡정왈　선생진개인복대담척경술부　고래언자
未必有其心　作者未必有其言　一部虛僞世界　先生所
미필유기심　작자미필유기언　일부허위세계　선생소
言還是丹家一套語　余曰　何謂丹家套語　鵠汀曰　文成
언환시단가일투어　여왈　하위단가투어　곡정왈　문성
將軍　食馬肝而死.
장군　식마간이사

余曰　聖人亦不肯就小動手　此不無古今之異　湯七十
여왈　성인역불긍취소동수　차불무고금지이　탕칠십

里　文王百里興　孟子動引殷周以說時君　然滕文公天
리 문왕백리흥 맹자동인은주이세시군 연등문공천
下之賢君也　而作之主　許行陳相天下之豪傑也　而爲
하지현군야 이작지주 허행진상천하지호걸야 이위
之民.
지민

至於班祿經界　已擧大綱　而未嘗拳戀於滕者　所謂絶
지어반록경계 이거대강 이미상권련어등자 소위절
長補短　將五十里　不過爲大國師　碌碌不足與着此經
장보단 장오십리 불과위대국사 녹록부족여착차경
綸大手.
륜대수

齊魏之君至不肖　猶眷顧逈遑　不忍去者　以其土地之
제위지군지불초 유권고형황 불인거자 이기토지지
廣也　人民之衆也　兵甲之利也　貨賂之多也　因其勢則
광야 인민지중야 병갑지리야 화뢰지다야 인기세즉
易爲力焉　所謂以齊王　由反手　鵠汀曰　孔子曰朞月
이위력언 소위이제왕 유반수 곡정왈 공자왈기월
孟子則已言五年七年之別　道非加尊於齊而有貶於滕
맹자즉이언오년칠년지별 도비가존어제이유폄어등
也　古今之形殊而大小之勢異也　孟子決不先言帝王
야 고금지형수이대소지세이야 맹자결불선언제왕
令人倦睡　余問　衛鞅先言是何許帝王　鵠汀曰　特假黃
영인권수 여문 위앙선언시하허제왕 곡정왈 특가황
帝堯舜之號　謬爲汗漫沒要之語　故令人厭聽　此孫子
제요순지호 유위한만몰요지어 고령인염청 차손자
三駟之術也 – 鵠汀於論辨古今人物　學術義理　類多抑揚縱橫　蓋
삼사지술야 곡정어논변고금인물 학술의리 유다억양종횡 개
欲有意試余　而余初不覺　猶恐見笑大方　問答之際　僅自守經　鵠汀每
욕유의시여 이여초불각 유공견소대방 문답지제 근자수경 곡정매

下筆數牘 而欲有所言 輒復含糊 余晩始覺之 出孟子一段以試之 鵠
하필수독 이욕유소언 첩부함호 여만시각지 출맹자일단이시지 곡
汀主論亦醇如也.
정주론역순여야

此下數端失之 語不相屬.
차하수단실지 어불상속

鵠汀曰 諸葛武侯學出申韓 卻是寃郤 未嘗細心讀書
곡정왈 제갈무후학출신한 각시원극 미상세심독서
如後世經生 然其於孟子 卻見得大義 分明其胸中鏤
여후세경생 연기어맹자 각견득대의 분명기흉중루
得一公字 眼中都不見成敗二字.
득일공자 안중도불견성패이자

三代以還 獨孔明一人 可當大臣之責 其論治道 則
삼대이환 독공명일인 가당대신지책 기론치도 즉
曰宮中府中 俱爲一體 其勉君德 則曰不宜妄自菲薄
왈궁중부중 구위일체 기면군덕 즉왈불의망자비박
引喩失義 其自任以天下之重 則曰諸有忠慮於國者
인유실의 기자임이천하지중 즉왈제유충려어국자
但動攻吾之闕失 此可謂萬世身死勿補大丞相 余曰
단동공오지궐실 차가위만세신사물보대승상 여왈
取劉璋 豈不是枉尺直尋 鵠汀曰 未必孔明教佗座中
취유장 기불시왕척직심 곡정왈 미필공명교타좌중
襲取 劉璋合當聲討 不宜學螳螂捕蟬 自其父焉 據全
습취 유장합당성토 불의학당랑포선 자기부언 거전
蜀天府之國 不佐諸侯討國賊 此其意何在 劉表擁荊
촉천부지국 부좌제후토국적 차기의하재 유표옹형
州九郡之地 興學校 陳雅樂 此何等時也 而其雍容若
주구군지지 흥학교 진아악 차하등시야 이기옹용약

是.
시

若究其無漢之心　當先正同姓諸侯之罪　此草廬高臥
약 구 기 무 한 지 심　당 선 정 동 성 제 후 지 죄　차 초 려 고 와

之日　久已憤懣於表焉之徒　苟有一帝室之胄信義素著
지 일　구 이 분 만 어 표 언 지 도　구 유 일 제 실 지 주 신 의 소 저

者　明目張膽　必先權操而致討.
자　명 목 장 담　필 선 권 조 이 치 토

程朱每恨孔明學未純正　爲取蜀惜然　跨有荊益　本是
정 주 매 한 공 명 학 미 순 정　위 취 촉 석 연　과 유 형 익　본 시

草廬開卷第一義　此孔明眼明國賊　學術正大處　但劉
초 려 개 권 제 일 의　차 공 명 안 명 국 적　학 술 정 대 처　단 유

焉有可討之辭　而在璋則無許取之義.
언 유 가 토 지 사　이 재 장 즉 무 허 취 지 의

荊州無代據之勢　而於琮則有襲奪之機　劉琮明以國
형 주 무 대 거 지 세　이 어 종 즉 유 습 탈 지 기　유 종 명 이 국

土納賊　昭烈明以大義取之　則天下夫孰曰不可.
토 납 적　소 열 명 이 대 의 취 지　즉 천 하 부 숙 왈 불 가

抵死守信於荊州　忽露姦雄於益州　不食嗟來　竟未免
저 사 수 신 어 형 주　홀 로 간 웅 어 익 주　불 식 차 래　경 미 면

袗臂　余曰　使個鴛鴦脚　踢倒支離疏　鵠汀大笑曰　先
진 비　여 왈　사 개 원 앙 각　척 도 지 리 소　곡 정 대 소 왈　선

生亦會使官話－我東俚語　侮弱奪物謂奪小兒粱涕餠　又謂踢矮痤
생 역 회 사 관 화　아 동 리 어　모 약 탈 물 위 탈 소 아 양 체 병　우 위 척 왜 좌

頤　余於路聞通官雙林　責其僕與人爭詰　有鴛鴦脚云云　蓋與踢頤同
이　여 어 로 문 통 관 쌍 림　책 기 복 여 인 쟁 힐　유 원 앙 각 운 운　개 여 척 이 동

意　而句雅　此刻語次　以華音用此語　而口鈍不成聲　鵠汀不識爲何語
의　이 구 아　차 각 어 차　이 화 음 용 차 어　이 구 둔 불 성 성　곡 정 불 식 위 하 어

余書之　鵠汀大笑　有此譏.
여 서 지　곡 정 대 소　유 차 기

假使成王殺周公　召公豈敢曰在家不知　朱子答魏元
가 사 성 왕 살 주 공　소 공 기 감 왈 재 가 부 지　주 자 답 위 원
履書　亦論昭烈　不取荊州於劉琮迎操之日　狼狽失據
리 서　역 론 소 열　불 취 형 주 어 유 종 영 조 지 일　낭 패 실 거
則乃出於盜賊之計　謂之經權俱失　然愚謂是時雖得荊
즉 내 출 어 도 적 지 계　위 지 경 권 구 실　연 우 위 시 시 수 득 형
州　亦守不得.
주　역 수 부 득

曹公已以八十萬壓境　焉能以區區新造之荊　抵當得
조 공 이 이 팔 십 만 압 경　언 능 이 구 구 신 조 지 형　저 당 득
佗　不如堅守廉讓之節　還剩得天下信義之聲　所以不
타　불 여 견 수 렴 양 지 절　환 잉 득 천 하 신 의 지 성　소 이 불
取於迎操之日　此經權俱得處.
취 어 영 조 지 일　차 경 권 구 득 처

劉璋暗弱　不恤士衆　草廬初見之日　已質其兼弱攻昧
유 장 암 약　불 휼 사 중　초 려 초 견 지 일　이 질 기 겸 약 공 매
之術　當不曾教他詐取　致堂胡氏　規規以玄德公　從遊
지 술　당 부 증 교 타 사 취　치 당 호 씨　규 규 이 현 덕 공　종 유
盧植　陳元方　鄭康成　眞個以經術學問之士推之　可笑
노 식　진 원 방　정 강 성　진 개 이 경 술 학 문 지 사 추 지　가 소
哉.
재

這時雲蒸龍攄　啖人不俛眉之梟雄　無事則愁欲哭　有
저 시 운 증 룡 터　담 인 불 면 미 지 효 웅　무 사 즉 수 욕 곡　유
聲則起問變　天地間獨患無身　急則棄妻子走　何有乎
성 즉 기 문 변　천 지 간 독 환 무 신　급 즉 기 처 자 주　하 유 호
劉璋小猴子　此刻　孔明決不當西向呼莒.
유 장 소 후 자　차 각　공 명 결 부 당 서 향 호 거

後儒徒執成跡　責備先主　遽欲出湯武之右　此亦後世
후 유 도 집 성 적　책 비 선 주　거 욕 출 탕 무 지 우　차 역 후 세

私意 於湯武 一二事敢怒而不敢言 於伊呂 例用庇護
사의 어탕무 일이사감노이불감언 어이여 예용비호
淊淊千古 一座東林牢不可破.
함함천고 일좌동림뢰불가파

伯禽被撻 竟是何罪 正恐夫子未出於正 一例事功
백금피달 경시하죄 정공부자미출어정 일례사공
分戡心跡 此後儒黨比之習 伯仲見伊呂 此善評也.
분감심적 차후유당비지습 백중견이여 차선평야

大約千古君臣 俱有斷案 一夫一婦 不獲其所 若己
대약천고군신 구유단안 일부일부 불획기소 약기
推而納之溝中 爲人主者 擧有是心 至若推斯心加諸
퇴이납지구중 위인주자 거유시심 지약추사심가저
彼 則殺一不辜 行一不義 王天下不爲也.
피 즉살일불고 행일불의 왕천하불위야

斷無是心 此後辟之斷案 雖暴君暗辟 猶或有納忠獎
단무시심 차후벽지단안 수폭군암벽 유혹유납충장
直之擧 雖一代之賢弼 未聞甘受動攻 自開言路.
직지거 수일대지현필 미문감수동공 자개언로

在人主則雖雍齒之讐 或能恃而不恐 在人臣則雖韓
재인주즉수옹치지수 혹능시이불공 재인신즉수한
富之賢 歿身不能釋憾 此千古人臣之斷案.
부지현 몰신불능석감 차천고인신지단안

余與鵠汀共處五日 每談次 頻發嘆息之聲 其聲喟
여여곡정공처오일 매담차 빈발탄식지성 기성위
古所謂喟然太息者是也 余問 先生平居 何頻發嘆也
고소위위연태식자시야 여문 선생평거 하빈발탄야
鵠汀曰 此吾痞證 噫氣遂成長喟也 平生讀書 千古不
곡정왈 차오비증 희기수성장위야 평생독서 천고불

如意者 十常八九 安得不成此痞患 余曰 讀書時每發
여의자 십상팔구 안득불성차비환 여왈 독서시매발

三嘆 則先生所嘆 當多賈傅六萬太息矣 鵠汀笑曰 天
삼탄 즉선생소탄 당다가부륙만태식의 곡정소왈 천

下事每隔一水 只爭濟不濟耳 敝讀書 至夫子臨河曰
하사매격일수 지쟁제부제이 폐독서 지부자림하왈

某之不濟命也 吾未嘗不三嘆 項羽不渡烏江 未嘗不
모지부제명야 오미상불삼탄 항우부도오강 미상불

三嘆 宗留守三呼過河 未嘗不三嘆 只此九太息 已多
삼탄 종유수삼호과하 미상불삼탄 지차구태식 이다

賈傅六太息矣 相與大笑.
가부륙태식의 상여대소

余曰 頭厄已發 志士萬太息 鵠汀色變 已而色定
여왈 두액이발 지사만태식 곡정색변 이이색정

裂頭厄投罏中曰 魯人獵較 某亦獵較 豈不是時中之
열두액투로중왈 노인렵교 모역렵교 기불시시중지

聖 李卓吾忽自開剃 這是凶性 余曰 聞浙中剃頭店牌
성 이탁오홀자개체 저시흉성 여왈 문절중체두점패

號盛世樂事 鵠汀曰 未之聞也 是與石成金快說同意–
호성세낙사 곡정왈 미지문야 시여석성금쾌설동의

前日與鵠汀語 有頭口足三大厄之說.
전일여곡정어 유두구족삼대액지설

余問 明朝立國何如 鵠汀曰 禮稱勝國是也 不必論
여문 명조립국하여 곡정왈 예칭승국시야 불필론

孔子稱殷人 賢聖之君六七作 宋朝無可觀 武力不競
공자칭은인 현성지군육칠작 송조무가관 무력불긍

范韓有其責.
범한유기책

立國規模 如奕世詩禮家 其子弟雍容尊俎 未嘗疾言
입국규모 여혁세시례가 기자제옹용존조 미상질언
遽色 僮僕委蛇階庭 不見急步大唾 第是揖讓未畢 飣
거색 동복위사계정 불견급보대타 제시읍양미필 정
豆已爛 寢廟方焚 祝史是招 余曰 可做禮樂否 鵠汀
두이란 침묘방분 축사시초 여왈 가주예악부 곡정
曰 固不乏多方依樣 漢世如飮暹羅燒酒 氣猛酩酊大
왈 고불핍다방의양 한세여음섬라소주 기맹명정대
醉 歌者哭者舞者罵座者 使得天眞都出來 宋朝如飮
취 가자곡자무자매좌자 사득천진도출래 송조여음
其退糟 相顧稱醇 泊然整容 雖終日不亂 眞意都喪.
기퇴조 상고칭순 박연정용 수종일불란 진의도상

宗室大臣 未見一河間獻王 有誰鄭載堉 余問 鄭是
종실대신 미견일하간헌왕 유수정재육 여문 정시
何代人 鵠汀曰 前明宗室鄭王之世子 名載堉 著律呂
하대인 곡정왈 전명종실정왕지세자 명재육 저율려
精義 前明可謂金聲而玉振之 余問 何謂 鵠汀曰 始
정의 전명가위금성이옥진지 여문 하위 곡정왈 시
終本末 終是光明 無一苟且 余問 果能若是否 鵠汀
종본말 종시광명 무일구차 여문 과능약시부 곡정
曰 太祖云云－點筆而向余云云 不肯書 似是掃逐胡元 爲正大光
왈 태조운운 점필이향여운운 불긍서 사시소축호원 위정대광
明也. 建文大內壽終大奇事 唐元宗竟未免銅絲箍彼天
명야 건문대내수종대기사 당원종경미면동사고피천
露蓋 余問 甚麽 鵠汀曰 李輔國椎碎張良娣 常進鴟
로개 여문 심마 곡정왈 이보국추쇄장량자 상진치
腦酒瘖肅宗 天順復位 大是奇事 千古無雙.
뇌주음숙종 천순복위 대시기사 천고무쌍

天子被拘 孰能免行盃執蓋之辱 崇禎十七年 拜得五
천자피구 숙능면행배집개지욕 숭정십칠년 배득오

十相　用人之顚倒如此　其作事無漸可知　君子寧有玉
십상　용인지전도여차　기작사무점가지　군자녕유옥

碎不爲瓦全　這是大居正　其興亡　可謂千古無雙　余方
쇄불위와전　저시대거정　기흥망　가위천고무쌍　여방

細書四海遺黎　鵠汀遽曰　本朝得國之正　無憾於天地
세서사해유려　곡정거왈　본조득국지정　무감어천지

創業者　莫不爲仇於革命之際　國朝還有大恩於定鼎之
창업자　막불위구어혁명지제　국조환유대은어정정지

初　爲前朝報讎　惟我朝是已.
초　위전조보수　유아조시이

八歲小兒　渾壹區夏　自生民以來　未之或有也　我世
팔세소아　혼일구하　자생민이래　미지혹유야　아세

祖章皇帝　初非有利天下之心　只爲天下明大義復大仇
조장황제　초비유리천하지심　지위천하명대의복대구

拯救斯民於血海骨山之中　天與之　民歸之.
증구사민어혈해골산지중　천여지　민귀지

首褒殉難之臣范景文等二十人　往歲　皇上追査崇禎
수포순난지신범경문등이십인　왕세　황상추사숭정

死事諸臣　通與忠愍愍節等諡一千六百餘人.
사사제신　통여충민민절등시일천육백여인

大公至正　扶綱植常　自三五以還　未之或聞也　有天
대공지정　부강식상　자삼오이환　미지혹문야　유천

下者　無庭內慚德　然後能享國久長.
하자　무정내참덕　연후능향국구장

余求見乙未十一月內閣奉諭崇禎死事諸臣奬忠詔　鵠
여구견을미십일월내각봉유숭정사사제신장충조　곡

汀許夜間謄示.
정허야간등시

余問 前者先生言 前乎夷齊者 太伯仲雍 後乎夷齊
여문 전자선생언 전호이제자 태백중옹 후호이제
者 管叔蔡叔者 何謂也 鵠汀微笑不答 余强之 鵠汀
자 관숙채숙자 하위야 곡정미소부답 여강지 곡정
曰 自古義理 譬如鎔金注範 金無自成 隨範爲哭 又
왈 자고의리 비여용금주범 금무자성 수범위곡 우
似觀貝 自有定色 而觀者正側 各自不同 決東決西
사관패 자유정색 이관자정측 각자부동 결동결서
只此一水 余曰 激水在山 豈水之性 鵠汀曰 正爲天
지차일수 여왈 격수재산 기수지성 곡정왈 정위천
下事多倒行 孔子曰 太伯三以天下讓 商辛之於太伯
하사다도행 공자왈 태백삼이천하양 상신지어태백
之時 未及胞胎養生 古公之於諸侯之國 不過要荒附
지시 미급포태양생 고공지어제후지국 불과요황부
庸 未知當時天下竟是誰家 未知太伯三讓果向何人.
용 미지당시천하경시수가 미지태백삼양과향하인

朱子言季歷生子昌 有聖德 太王因有翦商之志 此謬
주자언계력생자창 유성덕 태왕인유전상지지 차류
也 可謂太早計 克昌吾家則有之 豈合因此妄希非望.
야 가위태조계 극창오가즉유지 기합인차망희비망

朱子又謂亦出於至公之心 說得非是 未知至公 果是
주자우위역출어지공지심 설득비시 미지지공 과시
何心 但周家肇基之迹 必有其故 而後世無傳焉 孔子
하심 단주가조기지적 필유기고 이후세무전언 공자
忽嘆到太伯身上 而周家肇基之迹 隱然有甚樣物事
홀탄도태백신상 이주가조기지적 은연유심양물사
雷公駁朱 還如刁民具控 余問 雷公誰也 鵠汀曰 毛
뇌공박주 환여조민구공 여문 뇌공수야 곡정왈 모
奇齡 國初大家也 余笑曰 毛臉雷公 鵠汀曰 是也 又
기령 국초대가야 여소왈 모검뇌공 곡정왈 시야 우

稱蝟公　謂其遍身都是刺也　余曰　西河集愚亦曾一番
칭위공　위기편신도시자야　여왈　서하집우역증일번

驟看　其經義攷證處　或不無意見也　鵠汀曰　大是妄人
취간　기경의고증처　혹불무의견야　곡정왈　대시망인

也　卽其文章　亦如刁民具控　毛蕭山人也　其地多書吏
야　즉기문장　역여조민구공　모소산인야　기지다서리

善舞文　故明眼人目毛曰　蕭氣未除.
선무문　고명안인목모왈　소기미제

余曰　文王　乃太王季子之子也　見小孫聖德之時　太
여왈　문왕　내태왕계자지자야　견소손성덕지시　태

王壽考　當不下百歲　自岐雍至荊蠻　道里不下萬里　捨
왕수고　당불하백세　자기옹지형만　도리불하만리　사

百歲之親　而採藥萬里之遠　所謂三年之病　求七年之
백세지친　이채약만리지원　소위삼년지병　구칠년지

艾也.
애야

然而孔子稱太伯爲至德　朱子稱太王爲至公　非如伯
연이공자칭태백위지덕　주자칭태왕위지공　비여백

夷太公之不相悖也　由太伯而論　則太王不應爲至公
이태공지불상패야　유태백이론　즉태왕불응위지공

由太王而論　則太伯不應爲至德　聖賢至微至精之旨
유태왕이론　즉태백불응위지덕　성현지미지정지지

有非膚學淺見所可窺測　而鄙人亦不能無疑於此也　鵠
유비부학천견소가규측　이비인역불능무의어차야　곡

汀曰　先生說得是　然亦不可追人於隘　蘇子瞻只外面
정왈　선생설득시　연역불가추인어애　소자첨지외면

看　遽斥武王非聖人　此子瞻讀書粗處.
간　거척무왕비성인　차자첨독서조처

論語稱文王至德 三分天下有其二 猶服事殷 其集註
논어칭문왕지덕 삼분천하유기이 유복사은 기집주

以爲 荊 梁 豫 雍 徐 楊歸周 而屬紂者惟靑兗冀
이위 형 양 예 옹 서 양귀주 이속주자유청연기

此誤也.
차오야

愚謂三分 非如蜀漢吳魏之鼎峙也 如虞芮之斷訟而
우위삼분 비여촉한오위지정치야 여우예지단송이

退 三分天下之心 二分歸周也.
퇴 삼분천하지심 이분귀주야

乃若莽操則眞據天下二分之勢 而已廢服事之禮 文
내약망조즉진거천하이분지세 이이폐복사지례 문

王則眞得天下二分之心 而不知有我 不見紂惡 若子
왕즉진득천하이분지심 이부지유아 불견주악 약자

弟之服勞於父兄 蚤夜自行於臣道之中.
제지복로어부형 조야자행어신도지중

非如說者之謂眞有九州之六 其勢足可以代商 而姑
비여설자지위진유구주지륙 기세족가이대상 이고

爲此盡臣分爲恭也 苟如說者之言 則孟德之周文王
위차진신분위공야 구여설자지언 즉맹덕지주문왕

曷足爲至德哉.
갈족위지덕재

三分 乃分數之分 其至德 正爲文王若愚人然 都不
삼분 내분수지분 기지덕 정위문왕약우인연 도불

辨是非 後世所謂天與人歸者 於我何哉 朱子以爲高
변시비 후세소위천여인귀자 어아하재 주자이위고

於武王是也.
어무왕시야

天下有視其身爲龜毛兎角 則粉粉以天下看作大事者
천하유시기신위귀모토각 즉분분이천하간작대사자

不過鷦巢鼴飮而止耳.
불 과 초 소 언 음 이 지 이

上世固不乏此個學問 則孔子未必過許於太伯 而太
상 세 고 불 핍 차 개 학 문 즉 공 자 미 필 과 허 어 태 백 이 태
伯是個頂天立地之漢子 太王是個强厲忍詬底爲人 余
백 시 개 정 천 입 지 지 한 자 태 왕 시 개 강 려 인 후 저 위 인 여
曰 史記論伍子胥 强厲忍詬 莊周稱殷湯 强厲忍詬
왈 사 기 론 오 자 서 강 려 인 후 장 주 칭 은 탕 강 려 인 후
鵠汀曰 是也 仁而能殺 禮而能武 智而能問 勇而能
곡 정 왈 시 야 인 이 능 살 예 이 능 무 지 이 능 문 용 이 능
伏 信而能變 此强厲忍詬底性情 不如此 亦不能撥亂
복 신 이 능 변 차 강 려 인 후 저 성 정 불 여 차 역 불 능 발 란
反正.
반 정

大約肇基創業者 非挾風霜 不能乾淸坤夷 天地交革
대 약 조 기 창 업 자 비 협 풍 상 불 능 건 청 곤 이 천 지 교 혁
非風霜雷雹 不能成歲 十月之交 乃天地革之時也 安
비 풍 상 뢰 박 불 능 성 세 시 월 지 교 내 천 지 혁 지 시 야 안
得無大震剝乎.
득 무 대 진 박 호

周公鋪述先懿 好作一篇神道碑 玲瓏共玩中秋月 誰
주 공 포 술 선 의 호 작 일 편 신 도 비 영 롱 공 완 중 추 월 수
道前宵雨打窓 後世眞認太王無心於天下 點檢醉睡渾
도 전 소 우 타 창 후 세 진 인 태 왕 무 심 어 천 하 점 검 취 수 혼
不知 何異庖丁磨刀念經 不容榻外他人睡 肯自營中
부 지 하 이 포 정 마 도 념 경 불 용 탑 외 타 인 수 긍 자 영 중
醉似泥.
취 사 니

太伯至德 不在讓天下 讓天下 孔子倒叙將來事 其
태 백 지 덕 부 재 양 천 하 양 천 하 공 자 도 서 장 래 사 기

至德　正在民無得而稱焉.
지덕　정재민무득이칭언

非愚則聾　都不識商室有何許惡天子　還未省家裡生出何許聖德兒　自家未免大癡不慧人　非我太伯忘天下天下都忘我太伯　所以民無得而稱焉　朱子以爲高於文王是也.
비우즉롱　도불식상실유하허악천자　환미성가리생출하허성덕아　자가미면대치불혜인　비아태백망천하천하도망아태백　소이민무득이칭언　주자이위고어문왕시야

春秋傳　稱太伯不從　是以不嗣　此妄也　太王將喋喋與謀之　而太伯將侃侃然諫之乎　若使天下稱至德時還敗乃公事　此吾所謂頂天立地的漢子.
춘추전　칭태백부종　시이불사　차망야　태왕장첩첩여모지　이태백장간간연간지평　약사천하칭지덕시환패내공사　차오소위정천립지적한자

向所謂前乎夷齊者太伯仲雍　只從語註一番說　與今說不同　余曰　後乎夷齊者　管叔蔡叔　然則先生亦將比德管蔡於太伯乎　鵠汀曰　敝本旨與此不同　只漢家創業　正大光明　非謂管蔡還有至德也　有稱管蔡殷室之忠臣　文王之孝子者　此雖憒曲學之阿世　激陋儒之苟同　然如此立言　豈不悖哉.
향소위전호이제자태백중옹　지종어주일번설　여금설부동　여왈　후호이제자　관숙채숙　연즉선생역장비덕관채어태백호　곡정왈　폐본지여차부동　지한가창업　정대광명　비위관채환유지덕야　유칭관채은실지충신　문왕지효자자　차수분곡학지아세　격루유지구동　연여차입언　기불패재

僕只惋　徒看古今成敗之述　曲成義理　義理之上　疊
복지완　도간고금성패지술　곡성의리　의리지상　첩

帽義理　所謂揚之則出靑天　抑之則入黃泉　吾儒亦不
모의리　소위양지즉출청천　억지즉입황천　오유역불
無縱橫之習　抑揚太甚　亦一縱橫也.
무종횡지습　억양태심　역일종횡야

漢平始中　王莽不受新野田　吏民守闕上書者　前後四
한평시중　왕망불수신야전　이민수궐상서자　전후사
十八萬七千五百七十二人　諸侯王公列侯宗室　叩頭請
십팔만칠천오백칠십이인　제후왕공열후종실　고두청
加安漢公九錫.
가안한공구석

以當日論之　則翟義陳豐　豈不是流言之管蔡　若使管
이당일론지　즉적의진풍　기불시유언지관채　약사관
蔡得行王法於周公　公案已成　則雖有千手觀音　難扶
채득행왕법어주공　공안이성　즉수유천수관음　난부
姬某　余曰　王安石詩　假使當年身便死　一生眞僞有誰
희모　여왈　왕안석시　가사당년신편사　일생진위유수
知　不令便死　使聖姦立判　豈非天意　鵠汀曰　這非荊
지　불령편사　사성간립판　기비천의　곡정왈　저비형
公詩　乃樂天作也　周室固多變之家　周公多謗之聖　掊
공시　내낙천작야　주실고다변지가　주공다방지성　부
斗折衡　縱捨盜賊　雖是吊詭之論　而洞照百代之弊原
두절형　종사도적　수시적궤지론　이동조백대지폐원
孔子作春秋　自述其功罪　則周公制作　固將自傷爲禍
공자작춘추　자술기공죄　즉주공제작　고장자상위화
首.
수

近世造墨者　皆倣詹成圭製　造針者　盡借李公道名
근세조묵자　개방첨성규제　조침자　진차이공도명
唐太宗將藉口於齊桓公　則急購副本之管夷吾　魏徵天
당태종장자구어제환공　즉급구부본지관이오　위징천

下之姦人也 應聲而出 唱個大喏 抗顔中天下而立曰
하지간인야 응성이출 창개대야 항안중천하이립왈
管仲在此 有問 爾管仲何不死于子糾乎 魏徵仰看白
관중재차 유문 이관중하불사우자규호 위징앙간백
日曰 聖人許我不死 問曰 何許聖人周全汝乎 對曰
일왈 성인허아불사 문왈 하허성인주전여호 대왈
魯國之孔夫子 多聞博識 至公血誠之聖人 萬世之師
노국지공부자 다문박식 지공혈성지성인 만세지사
表 一唾落地 爲金爲石 質諸鬼神而無疑 建諸天地而
표 일타락지 위금위석 질저귀신이무의 건저천지이
不悖 俟百世聖人而不惑.
불패 사백세성인이불혹

問曰 夫子何嘗許汝不死 魏徵揚聲曼詠曰 豈若匹夫
문왈 부자하상허여불사 위징양성만영왈 기약필부
匹婦之諒也 自經於溝瀆之間而莫之知也 豈不是仲尼
필부지량야 자경어구독지간이막지지야 기불시중니
許我.
허아

此非但魏徵自解脫 所以投契太宗 平生獻媚處 若要
차비단위징자해탈 소이투계태종 평생헌미처 약요
當里保正 飛報四隣手本 則夏侯令女 恐無截耳之日
당리보정 비보사린수본 즉하후령녀 공무절이지일
余曰 何不再問於魏徵 曰 小白兄也 子糾弟也 管仲
여왈 하부재문어위징 왈 소백형야 자규제야 관중
子糾之不成臣 鵠汀曰 是也 魏徵與秦王世民 俱是大
자규지불성신 곡정왈 시야 위징여진왕세민 구시대
唐太子建成之臣 魏徵發迹黃冠 乃是米道 其十漸之
당태자건성지신 위징발적황관 내시미도 기십점지
疏 若耳提面命 市門謎語 千古無殺死之仲父 則貞觀
소 약이제면명 시문미어 천고무살사지중부 즉정관

天子 不須殺我田舍翁.
천자 불수살아전사옹

君臣駔儈 上下征利 此今古成敗之一大斷案 成敗二
군신장쾌 상하정리 차금고성패지일대단안 성패이

字 非可形於儒者口 角侯之門仁義附焉 帝範一書 眞
자 비가형어유자구 각후지문인의부언 제범일서 진

是摹堯裝舜.
시모요장순

吾儒所說天命 跳不出氣數二字 這個氣數 還是成敗
오유소설천명 도불출기수이자 저개기수 환시성패

之迹 常時說天與之 人歸之 這是一套笨話.
지적 상시설천여지 인귀지 저시일투분화

古來逆取順守者 何莫非天命所篤 誕后稷之穡 有相
고래역취순수자 하막비천명소독 탄후직지색 유상

之道 何莫非神享民安 日聞漢民頌莽功德 未見虞神
지도 하막비신향민안 일문한민송망공덕 미견우신

吐晉馨香 – 鵠汀此語 陰有所指 非泛論歷代也 雖極口每誦淸得國
토진형향 곡정차어 음유소지 비범론역대야 수극구매송청득국

之正 談說之際 時露本情 特借歷代逆順成敗之迹 以俯仰感慨.
지정 담설지제 시로본정 특차역대역순성패지적 이부앙감개

余曰 但說氣數 則天地間都無著手處 聖人罕言命
여왈 단설기수 즉천지간도무착수처 성인한언명

所以爲世立教 不得不如此 然時來風送滕王閣 運去
소이위세입교 부득불여차 연시래풍송등왕각 운거

雷轟薦福碑 天地間都是時來運去 鵠汀曰 然 所謂財
뢰굉천복비 천지간도시시래운거 곡정왈 연 소위재

成輔相 天工人代 自世教看 雖云順理 自天意看 還
성보상 천공인대 자세교간 수운순리 자천의간 환

有傷巧悖拂　余曰　人有恒言　天不容僞　而方其興也
유 상 교 패 불　여 왈　인 유 항 언　천 불 용 위　이 방 기 흥 야

王覇之詭言氷堅　天亦從僞　至誠禱祝　未必遂願　而方
왕 패 지 궤 언 빙 견　천 역 종 위　지 성 도 축　미 필 수 원　이 방

其亡也　張世傑之瓣香祝天　怏福其誠.
기 망 야　장 세 걸 지 판 향 축 천　쾌 복 기 성

天下之至公　莫如鷄鳴　使孟嘗得脫虎口　則一人蹙口
천 하 지 지 공　막 여 계 명　사 맹 상 득 탈 호 구　즉 일 인 축 구

萬鷄隨唱　天下之大信　莫如潮汐　使宋朝莫能復延　則
만 계 수 창　천 하 지 대 신　막 여 조 석　사 송 조 막 능 부 연　즉

錢塘江潮　三日不至.
전 당 강 조　삼 일 부 지

興亡之際　鬼神造化之迹　亦有僞信互用　誠詭並行
흥 망 지 제　귀 신 조 화 지 적　역 유 위 신 호 용　성 궤 병 행

其所欲與者　未必天之所說　而潛扶默護　曲有恩意　其
기 소 욕 여 자　미 필 천 지 소 열　이 잠 부 묵 호　곡 유 은 의　기

所欲奪者　未必天之所憎　而殘忍慘毒　若報深仇者　何
소 욕 탈 자　미 필 천 지 소 증　이 잔 인 참 독　약 보 심 구 자　하

也　鵠汀曰　我朝貝勒博洛統兵　趨浙營於江岸　而是時
야　곡 정 왈　아 조 패 륵 박 락 통 병　추 절 영 어 강 안　이 시 시

江潮　又連日不至.
강 조　우 연 일 부 지

余問　中國所稱攝政王　誰也　鵠汀曰　這是睿親王
여 문　중 국 소 칭 섭 정 왕　수 야　곡 정 왈　저 시 예 친 왕

諱多爾袞　我皇淸之一個周公　順治元年四月　賜睿親
휘 다 이 곤　아 황 청 지 일 개 주 공　순 치 원 년 사 월　사 예 친

王御前纛繖.
왕 어 전 독 산

自盛京統領大軍 方進向寧遠 而流寇已碎皇城 則平
자성경통령대군 방진향영원 이유구이쇄황성 즉평

西伯吳三桂 迎我師入關 復讐除凶 睿親王諭示官民
서백오삼계 영아사입관 복수제흉 예친왕유시관민

取殘不殺 共享太平之意 民大悅 五月睿王進朝陽門
취잔불살 공향태평지의 민대열 오월예왕진조양문

御輦陳明鹵簿 受明文武衆官朝賀武英殿 余曰 是時
어련진명로부 수명문무중관조하무영전 여왈 시시

天下都是睿親王得之 何不遂自做天子 鵠汀曰 故是
천하도시예친왕득지 하불수자주천자 곡정왈 고시

我聖淸之周公 當時事 亦還有做不得處 當時諸親王
아성청지주공 당시사 역환유주부득처 당시제친왕

個個英勇 人人豪傑 我世祖九月入京師 外則江左未
개개영용 인인호걸 아세조구월입경사 외즉강좌미

平 內則親賢翊輔 余曰 當時諸親王 功德如攝政王者
평 내즉친현익보 여왈 당시제친왕 공덕여섭정왕자

幾人 鵠汀曰 列聖實錄 未及遍班中外 則宜先生未知
기인 곡정왈 열성실록 미급편반중외 즉의선생미지

也 明亡後 福王稱尊江寧 改元弘光.
야 명망후 복왕칭존강녕 개원홍광

順治二年五月 睿親王統師南下 乘勝渡江 直抵江寧
순치이년오월 예친왕통사남하 승승도강 직저강녕

福王遁入蕪湖 六月爲總兵田雄馬得功所縛降 余問
복왕둔입무호 유월위총병전웅마득공소박항 여문

豫親王名爲何 曰 多鐸 其英武不下睿親王 英親王名
예친왕명위하 왈 다탁 기영무불하예친왕 영친왕명

阿濟格 追剿自成 肅親王剿擊張獻忠 親射殪之 快雪
아제격 추초자성 숙친왕초격장헌충 친사에지 쾌설

神人之憤 肅王名豪格 天所建也 孰能當之 余曰 弘
신인지분 숙왕명호격 천소건야 숙능당지 여왈 홍

光若斥馬士英輩 而全仗史可法諸賢 則江南之地 如
광약척마사영배 이전장사가법제현 즉강남지지 여

之何不世守也 鵠汀喟然歎曰 天所廢也 孰能興之 迹
지하불세수야 곡정위연탄왈 천소폐야 숙능흥지 적

其行事 幽厲桓靈 曾所未見也 睿親王遺史可法書 引
기행사 유여환영 증소미견야 예친왕유사가법서 인

春秋大義 君弑不討賊 不當立君以責之 且說之曰 闖
춘추대의 군시불토적 부당립군이책지 차세지왈 틈

賊手毒君親 中國臣民 未加一鏃 朝廷除棄宿嫌 爰整
적수독군친 중국신민 미가일족 조정제기숙혐 원정

虎旅 掃滌凶穢 爲天下復君親之讐 首崇懷宗帝后 咸
호려 소척흉예 위천하복군친지수 수숭회종제후 함

如典禮 國家之定都燕中 乃得之闖賊 非得之明朝也
여전례 국가지정도연중 내득지틈적 비득지명조야

宜削尊歸藩 永綏福土 朝廷待之虞賓.
의삭존귀번 영수복토 조정대지우빈

史可法答曰 國破君亡 社稷爲重 迎立今上—鵠汀自註
사가법답왈 국파군망 사직위중 영립금상 곡정자주

謂明福王— 天與人歸 殿下入都 爲我帝后 發喪成服
위명복왕 천여인귀 전하입도 위아제후 발상성복

凡爲大明臣子者 孰不感激圖報 而乃欲引春秋來相詰
범위대명신자자 숙불감격도보 이내욕인춘추래상힐

責 若坐昧大一統之義 將何以維繫人心.
책 약좌매대일통지의 장하이유계인심

莽移漢祚 光武中興 丕廢山陽 昭烈踐阼 懷愍北轅
망이한조 광무중흥 비폐산양 소열천조 회민북원

晉元嗣基 徽欽蒙塵 康王纘統 是皆亟正位號於國讐
진원사기 휘흠몽진 강왕찬통 시개극정위호어국수

未報之日 而紫陽大書綱目 不斥爲非云云
미보지일 이자양대서강목 불척위비운운

皇上御製書事一篇 明定是非 又御批通鑑輯覽 大公
황상어제서사일편 명정시비 우어비통감집람 대공
至正 欽許福王稍能奮志有爲 則未嘗不可同宋之高宗
지정 흠허복왕초능분지유위 즉미상불가동송지고종
南渡偏安 乃任用馬阮奸黨 是非顚倒 雖史可法力矢
남도편안 내임용마완간당 시비전도 수사가법력시
孤忠 無柰乎一木傾厦 欽此聖諭 可與天地同大 自古
고충 무내호일목경하 흠차성유 가여천지동대 자고
廢興 有數如此 柰何柰何 余曰 史可法書 又曰 貴國
폐흥 유수여차 내하내하 여왈 사가법서 우왈 귀국
夙膺封號－余亦自註 貴國 原書謂今皇淸 今驅除亂逆 可謂
숙응봉호 여역자주 귀국 원서위금황청 금구제난역 가위
大義 乃反因以規此幅員 爲德不卒 是所謂以義始而
대의 내반인이규차폭원 위덕부졸 시소위이의시이
以利終也 其書可與日月爭光 鵠汀大驚曰 公外國人
이리종야 기서가여일월쟁광 곡정대경왈 공외국인
何從讀此－兩書俱載李玄錫明史綱目 而鵠汀之意 似以余爲外國
하종독차 양서구재이현석명사강목 이곡정지의 사이여위외국
人 當未能詳知明淸之際 故爲之備說史之答書 而截註下段 夙膺封
인 당미능상지명청지제 고위지비설사지답서 이절주하단 숙응봉
號等語 其意以攝政王入關事 爲與國之救災卹難 故余爲繼誦 則鵠
호등어 기의이섭정왕입관사 위여국지구재술난 고여위계송 즉곡
汀驚其能備知此書 余曰 史公此書 亦系禁書否 鵠汀曰
정경기능비지차서 여왈 사공차서 역계금서부 곡정왈
不是禁書 皇上手親載之御撰諸編 我朝寬大不諱 前
불시금서 황상수친재지어찬제편 아조관대불휘 전
代所稀 余曰 這兩書 義理孰是 鵠汀微笑曰 互引春
대소희 여왈 저양서 의리숙시 곡정미소왈 호인춘
秋而斷爛已久 俱稱天命而孰聞諄諄 隨卽抹去 余問
추이단란이구 구칭천명이숙문순순 수즉말거 여문

睿親王身後 緣何被籍 鵠汀搖手曰 多少說得長 鴟鴞
예친왕신후 연하피적 곡정요수왈 다소설득장 치효

之詩所以作也 程子稱金縢 如近世祝文 當焚埋而重
지시소이작야 정자칭금등 여근세축문 당분매이중

其事 故藏之金縢 此巧就周公.
기사 고장지금등 차교취주공

若然則李宸妃水銀殯斂 亦一金縢 華林鳴蛙 爲公乎
약연즉이신비수은빈렴 역일금등 화림명와 위공호

爲私乎.
위사호

大約爲世敎立言 不得不爲之遷就 則各尊所聞 又從
대약위세교입언 부득불위지천취 즉각존소문 우종

而爲之辭 宋之士大夫喜談理學 然心與佛敎者有之
이위지사 송지사대부희담리학 연심여불교자유지

躬行道敎者有之 廿一代全史 都是演義 十三經注疏
궁행도교자유지 입일대전사 도시연의 십삼경주소

太半傅會 諸子百家之語 多少寓言.
태반부회 제자백가지어 다소우언

此等區區自得 不可獻諸君上 不可傳與子孫 不可輒
차등구구자득 불가헌저군상 불가전여자손 불가첩

向同窓强辨 今逢海上異人 畢生無再會之地 又安得
향동창강변 금봉해상이인 필생무재회지지 우안득

不激我衷情 因潸然淚下 又大笑曰 邵堯夫每事分作
불격아충정 인산연루하 우대소왈 소요부매사분작

四柱 大是局滯 余問 如買盆 占其成毁否 鵠汀曰 如
사주 대시국체 여문 여매분 점기성훼부 곡정왈 여

春夏秋冬 仁義禮智 皇王帝伯 金木水火 其學術無活
춘하추동 인의예지 황왕제백 금목수화 기학술무활

機 似精而實麁 朱子評康節不及張子房 又評其姦雄
기 사정이실추 주자평강절불급장자방 우평기간웅

手段 不及莊周十倍 逃不得朱夫子光明眼 朱子評莊
수단 불급장주십배 도부득주부자광명안 주자평장

周 其論道體甚好 其名理 非後儒所及 此朱子公明處
주 기론도체심호 기명리 비후유소급 차주자공명처

余曰 盈天地間萬事萬物 非朱子勘定 便似贋本 鵠汀
여왈 영천지간만사만물 비주자감정 변사안본 곡정

熟視余 良久曰 後朱子而生者 皆土木形骸否 偏聽陳
숙시여 양구왈 후주자이생자 개토목형해부 편청진

亮 則按唐仲友恐傷於刻 誤解通書 則抵史局書 似涉
량 즉안당중우공상어각 오해통서 즉저사국서 사섭

於誣 所謂無極而太極 不知怎地話 一筆句之可也.
어무 소위무극이태극 부지즘지화 일필구지가야

余曰 上國文教訖于四海 敝邦雖被東漸之化 而中外
여왈 상국문교흘우사해 폐방수피동점지화 이중외

旣殊 則卽如立國規模 傳受心法 莫得而知也 鄙人不
기수 즉즉여입국규모 전수심법 막득이지야 비인불

無悵恨於同文之域 鵠汀曰 立國規模指得甚麽 余曰
무창한어동문지역 곡정왈 입국규모지득심마 여왈

五帝不同樂 三王不同禮 卽如夏尙忠 殷尙質 周尙文
오제부동악 삼왕부동례 즉여하상충 은상질 주상문

鵠汀曰 觀其所因 則雖百世 可知其損益 昔人以天下
곡정왈 관기소인 즉수백세 가지기손익 석인이천하

比之金甌 今日金甌 卽如善熟之西瓜 余曰 金甌無缺
비지금구 금일금구 즉여선숙지서과 여왈 금구무결

而西瓜易破 鵠汀搖手曰 否也 西瓜外靑內黃 多仁爽
이서과이파 곡정요수왈 부야 서과외청내황 다인상

利 所謂藏天下於天下.
리 소위장천하어천하

徵前朝流寇之患 凡賑貸之政 靡不用極 外兼三王而
징전조유구지환 범진대지정 미불용극 외겸삼왕이
內濟二教 驅策天下士大夫 囿之文教名分之中 而小
내제이교 구책천하사대부 유지문교명분지중 이소
民自行乎其素.
민자행호기소

前代强本弱枝之術 不過隳名城殺豪傑 不然 則徙諸
전대강본약지지술 불과휴명성살호걸 불연 즉사제
田屈昭於關中 而不識所以撫綏之方.
전굴소어관중 이불식소이무수지방

本朝文謨武烈 遠過前代 尊尚儒術 專畀中土 陰銷
본조문모무열 원과전대 존상유술 전비중토 음소
豪傑不逞之心 推廣封典 遍加外藩 潛分夷狄兼幷之
호걸불령지심 추광봉전 편가외번 잠분이적겸병지
勢 挫抑滿洲 待之以靺鞈弓馬之事 以壯根本之地 頻
세 좌억만주 대지이말겹궁마지사 이장근본지지 빈
開河功 聚天下奇技淫巧之士 以慰游食之徒 恭己正
개하공 취천하기기음교지사 이위유식지도 공기정
南面而已 夫天下何思何慮.
남면이이 부천하하사하려

堯舜垂衣裳而天下治 蓋取諸乾坤 民可使由之 不可
요순수의상이천하치 개취저건곤 민가사유지 불가
使知之 此堯舜之意 而孔子術之而秦人用之也 余曰
사지지 차요순지의 이공자술지이진인용지야 여왈
又是奇論 願聞其說 鵠汀曰 耕鑿隨分 帝力何有 此
우시기론 원문기설 곡정왈 경착수분 제력하유 차
微服康衢 暗歡喜處.
미복강구 암환희처

自衛反魯 删詩書正禮樂 此爲世道迫不得已處.
자위반로 산시서정예악 차위세도박부득이처

破封建 壞井田 焚詩書 坑儒生 此一統天子大有爲
파봉건 괴정전 분시서 갱유생 차일통천자대유위
處.
처

自古帝王 比德於堯舜則喜 比德於秦皇則怒 而未聞
자고제왕 비덕어요순즉희 비덕어진황즉노 이미문
學堯舜者也 於始皇則祖述之 憲章之 未聞有一代之
학요순자야 어시황즉조술지 헌장지 미문유일대지
主 令天下曰 此堯舜之事 其議行之 此亡秦之事 其
주 영천하왈 차요순지사 기의행지 차망진지사 기
議罷之 此所謂十三經廿一史 都無開卷處.
의파지 차소위십삼경입일사 도무개권처

宰相比之蕭曹 則逡巡而不敢當 比之鞅斯 則欲食肉
재상비지소조 즉준순이불감당 비지앙사 즉욕식육
而寢皮 然自蕭曹房杜 號稱一代之良佐者 皆鞅斯之
이침피 연자소조방두 호칭일대지량좌자 개앙사지
罪人也.
죄인야

彼鞅斯 猶能强公杜私 上下相信 然功烈如彼者 罪
피앙사 유능강공두사 상하상신 연공렬여피자 죄
在所學 蕭曹元無可罪之所學 僅能自免於其身爾.
재소학 소조원무가죄지소학 근능자면어기신이

得乎上則失於下 媚乎民則猜於君 未知一代之贊治
득호상즉실어하 미호민즉시어군 미지일대지찬치
何事 隔架遮欄 一失手則倒撞下來.
하사 격가차란 일실수즉도당하래

尹亨山自班出 直至談所 余與鵠汀下椅肅揖 尹公忙
윤형산자반출 직지담소 여여곡정하의숙읍 윤공망

扶余坐椅 出懷中鼻煙壺以示之 紫瑒瑚造成也.
부여좌의 출회중비연호이시지 자만호조성야

尹公又自懷中出黃褓裹異錦二匹 解而示余 鵠汀連
윤공우자회중출황보과이금이필 해이시여 곡정련

稱欽賜 尹公滿面喜色 一鴉靑羽緞繡桃花 一醬色雲
칭흠사 윤공만면희색 일아청우단수도화 일장색운

紋緞金線繡仙佛.
문단금선수선불

亨山忙閱談草一頁 卽涉筆曰 建文大內壽終 元無是
형산망열담초일혈 즉섭필왈 건문대내수종 원무시

事 王先生傳聞之誤 鵠汀曰 傳疑 亦一史家體 余曰
사 왕선생전문지오 곡정왈 전의 역일사가체 여왈

吳亮擲鸞故事 豈不是眞 鵠汀曰 固多前輩辨說短長
오량척련고사 기불시진 곡정왈 고다전배변설단장

此等不必索言必無 萬一眞時 豈不是千古奇事 白龍
차등불필색언필무 만일진시 기불시천고기사 백룡

菴故事 雖係籬落臥被之書 亦一歸來望思之臺 筆筆
암고사 수계이락와피지서 역일귀래망사지대 필필

心頭血 一落染天地 余問 史仲彬致身錄 豈後人擬作
심두혈 일락염천지 여문 사중빈치신록 기후인의작

否 鵠汀曰 環佩空歸月夜魂 年年杜宇哭冬靑 此苦心
부 곡정왈 환패공귀월야혼 연년두우곡동청 차고심

人妄想也 亨山曰 昨王先生言 漢輿無慚德 可興禮樂
인망상야 형산왈 작왕선생언 한흥무참덕 가흥예악

說得非是 發號出令於朝廷之上 雷動風行 仁聲所及
설득비시 발호출령어조정지상 뇌동풍행 인성소급

四方億兆 皆得以攷其得失 其閨壺燕私之時 隱行細
사방억조 개득이고기득실 기규곤연사지시 은행세

德 有非外庭所得而知也.
덕 유비외정소득이지야

故必有賢宗室如河間獻王者 爲之歌咏叙述 又妙能
고필유현종실여하간헌왕자 위지가영서술 우묘능
審音 然後可以合其德 所謂琴瑟友而四時和 律呂調
심음 연후가이합기덕 소위금슬우이사시화 율려조
而萬物統也.
이만물통야

漢之樂歌 安世房中最似近之 而獨枕一宦者股 仰數
한지악가 안세방중최사근지 이독침일환자고 앙수
未央宮椽 元首叢脞 大風之烈委地矣.
미앙궁연 원수총좌 대풍지렬위지의

至於辟陽之慚 外庭難諱 人彘之酷 神人共憤 則造
지어벽양지참 외정난휘 인체지혹 신인공분 즉조
端之始 觀刑可知.
단지시 관형가지

薄姬魏豹之美人 孝景王皇后 奪之金王孫 陰麗華之
박희위표지미인 효경왕황후 탈지금왕손 음려화지
寤寐思服 未知誰所歌咏乎.
오매사복 미지수소가영호

王室至親 無如河間之賢 而關雎之化 釐降之美 非
왕실지친 무여하간지현 이관저지화 이강지미 비
所可論 故樂自樂而德自德 從可知也 余曰 白登奇計
소가론 고악자악이덕자덕 종가지야 여왈 백등기계
是甚麽奇計 鵠汀曰 其計秘 世莫得而傳焉 余曰 這
시심마기계 곡정왈 기계비 세막득이전언 여왈 저
條奇計 莫不是城下長跪 事不自媿 緣何秘之 尹公大
조기계 막불시성하장궤 사부자괴 연하비지 윤공대
笑曰 發前人所未發 余曰 是時 冒頓當不曾講啣璧輿
소왈 발전인소미발 여왈 시시 모돈당부증강함벽여
櫬 許多儀注 鵠汀曰 自古中國 未嘗得志 康居授首
친 허다의주 곡정왈 자고중국 미상득지 강거수수

頡利起舞 是要啼偶打 余曰 先天下之憂而憂 則萬乘
힐리기무 시요제우타 여왈 선천하지우이우 즉만승

眞個苦 漢高祖枕股仰屋時 八年經營 所得何事 霜降
진개고 한고조침고앙옥시 팔년경영 소득하사 상강

水落 回首齒冷 想應是時 天下都似鷄肋 亨山曰 宰
수락 회수치랭 상응시시 천하도사계륵 형산왈 재

相亦然 酒色財氣 都喚不應時 想到五雲唱名 是誠何
상역연 주색재기 도환불응시 상도오운창명 시성하

心 鵠汀曰 老爺潁尾求田 著數筆點綴 亨山大笑曰
심 곡정왈 노야영미구전 저수필점철 형산대소왈

眼前汲汲 都是身後計 蠶老自成繭 非期衣繡人 余問
안전급급 도시신후계 잠로자성견 비기의수인 여문

鵠汀尙不廢省闈否 鵠汀曰 已付鄧禹 笑人寂寂 問先
곡정상불폐성위부 곡정왈 이부등우 소인적적 문선

生如何 余曰 一樣 鵠汀曰 白頭荊圍 士之耻也 亨山
생여하 여왈 일양 곡정왈 백두형위 사지치야 형산

把筆欲書 先自大笑 向鵠汀語 鵠汀亦大笑 余曰 兩
파필욕서 선자대소 향곡정어 곡정역대소 여왈 양

先生如此嗢噱軒渠 當有絶奇事 鄙人不識裏面 無以
선생여차올갹헌거 당유절기사 비인불식이면 무이

捧腹助歡 兩人尤大笑絶倒.
봉복조환 양인우대소절도

亨山曰 康熙己卯省闈間 有百二歲擧子 姓黃名章廣
형산왈 강희기묘성위간 유백이세거자 성황명장광

州佛山諸生也 自言今科且未中 來壬午省闈 亦未可
주불산제생야 자언금과차미중 내임오성위 역미가

中 至歲乙酉 吾年百八歲 始當獲隽 尙有許多事業
중 지세을유 오년백팔세 시당획준 상유허다사업

爲國家効力耳 余亦不覺絶倒 問這黃章 果中至乙酉
위국가효력이 여역불각절도 문저황장 과중지을유

科否 兩人掉頭 尤不耐笑 鵠汀曰 這箇不中時 都快
과부 양인도두 우불내소 곡정왈 저개부중시 도쾌
留作世間缺陷事 若符其言 時都沒味也.
류작세간결함사 약부기언 시도몰미야

亨山曰 先生來時 曾游千山否 余曰 千山迂行百餘
형산왈 선생래시 증유천산부 여왈 천산우행백여
里 且緣行忙 只望天外數點螺鬟 亨山曰 老僕曾於歲
리 차연행망 지망천외수점라환 형산왈 노복증어세
戊寅 降香醫巫閭 有貴邦人 墨題姓名 余曰 姓名爲
무인 강향의무려 유귀방인 묵제성명 여왈 성명위
誰 亨山曰 六七輩 其姓名偶未之記 余曰 敝邦先輩
수 형산왈 육칠배 기성명우미지기 여왈 폐방선배
金昌業字大有 號老稼齋 曾於康熙癸巳遊千山 而醫
김창업자대유 호노가재 증어강희계사유천산 이의
巫閭山 亦當有題名處 亨山曰 千山敝無緣一見 稼齋
무려산 역당유제명처 형산왈 천산폐무연일견 가재
金公還有幾佳句作否 余曰 有數卷文集 不能記一二
김공환유기가구작부 여왈 유수권문집 불능기일이
佳句 金稼齋亦於暢春苑 見李榕村先生 當時閣老 亨
가구 김가재역어창춘원 견이용촌선생 당시각로 형
山曰 榕邨先生 康熙癸巳間 想已南歸矣 那緣相見
산왈 용촌선생 강희계사간 상이남귀의 나연상견
余曰 榕邨先生諱李光地也否 兩人皆點頭.
여왈 용촌선생휘이광지야부 양인개점두

亨山曰 癡欲煎膠粘日月 是時日已暮 炕內沈沈 故
형산왈 치욕전교점일월 시시일이모 항내침침 고
已喚燭矣 余曰 不須人間費膏燭 雙懸日月照乾坤 鵠
이환촉의 여왈 불수인간비고촉 쌍현일월조건곤 곡

汀搖手 又墨抹雙懸日月 蓋日月雙書 前爲明字 余則
정요수 우묵말쌍현일월 개일월쌍서 전위명자 여즉

偶對粘膠句 而雙懸日月頗諱之也.
우대점교구 이쌍현일월파휘지야

余曰 昨謁聖廟 朱子陞配殿上 然則爲十一哲矣 何
여왈 작알성묘 주자승배전상 연즉위십일철의 하

時陞享否 亨山曰 康熙時躋享 十哲元非孔門恰當底
시승향부 형산왈 강희시제향 십철원비공문흡당저

定論 不過一時與難於陳蔡之間爾 自唐訖今 無敢議
정론 불과일시여난어진채지간이 자당흘금 무감의

者.
자

夫有若之言 四見論語 以其似聖人 子夏子張之徒
부유약지언 사견논어 이기사성인 자하자장지도

至欲以事孔子事之 則其賢可知也 公西赤志于禮樂
지욕이사공자사지 즉기현가지야 공서적지우예악

有爲邦之才 則不亦遠優于宰我冉求乎.
유위방지재 즉불역원우우재아염구호

求予之言行 不必徵諸史傳 攷之論語中 其優劣不可
구여지언행 불필징제사전 고지논어중 기우열불가

同日而語 宜進祀二子于殿上 改求予于廡中 先輩鄭
동일이어 의진사이자우전상 개구여우무중 선배정

端簡王貽上論皆如此.
단간왕이상론개여차

王爲國子祭酒 時具疏欲改正 爲人所沮 疏未果上
왕위국자좨주 시구소욕개정 위인소저 소미과상

此可謂萬世之公論 士流至今惜之.
차가위만세지공론 사류지금석지

亨山問 朴先生今有著書幾卷 亦有佳集携至中國否
형산문 박선생금유저서기권 역유가집휴지중국부
余曰 平生學殖鹵莽 未曾著得幾卷書 亨山曰 雖有周
여왈 평생학식노무 미증저득기권서 형산왈 수유주
公才美 若涉驕吝 餘無足道 先生有如－此下未及書畢其
공재미 약섭교린 여무족도 선생유여 차하미급서필기
說 而奇豐額入來 示余皇賜鼻煙壺 遂罷起.
설 이기풍액입래 시여황사비연호 수파기

余所衣白紵袷 日暮稍涼 時月方垂軒 相與散步階上
여소의백저겁 일모초량 시월방수헌 상여산보계상
亨山摸余衣曰 坐中不勝淸癯.
형산모여의왈 좌중불승청구

余與鵠汀談最多 蓋六日對窓 通宵會話 故能從容
여여곡정담최다 개육일대창 통소회화 고능종용
彼固宏儒魁傑 然多縱橫反覆.
피고굉유괴걸 연다종횡반복

余離我京八日 至黃州 仍於馬上自念 學識固無 藉
여리아경팔일 지황주 잉어마상자념 학식고무 자
手入中州者 如逢中州大儒 將何以扣質 以此煩寃 遂
수입중주자 여봉중주대유 장하이구질 이차번원 수
於舊聞中 討出地轉月世等說 每執轡據鞍 和睡演繹
어구문중 토출지전월세등설 매집비거안 화수연역
累累數十萬言 胸中不字之書 空裏無音之文 日可數
누누수십만언 흉중부자지서 공리무음지문 일가수
卷.
권

言雖無稽 理亦隨寓 而鞍馬增憊 筆硯無暇 奇思經
언수무계 이역수우 이안마증비 필연무가 기사경

宿 雖未免沙蟲猿鶴 今日望衡分外奇峰 又復隨帆劈
숙 수미면사충원학 금일망형분외기봉 우부수범벽
疊無常 信乎長途之良伴 遠游之至樂.
첩무상 신호장도지양반 원유지지락

旣入熟河 先以此說 贄諸奇按察豐額 奇雖頷可 而
기입숙하 선이차설 지저기안찰풍액 기수함가 이
不甚理會 鵠汀志亭亦多聽瑩 然鵠汀亦不以此說爲甚
불심리회 곡정지정역다청형 연곡정역불이차설위심
非也.
비야

蓋鵠汀敏於酬答 操紙輒下數千言 縱橫宏肆 揚扢千
개곡정민어수답 조지첩하수천언 종횡굉사 양흘천
古 經史子集 隨手拈來 佳句妙偈 順口輒成 皆有條
고 경사자집 수수념래 가구묘게 순구첩성 개유조
貫 不亂脈絡 或有指東擊西 或有執堅謂白 以觀吾俯
관 불란맥락 혹유지동격서 혹유집견위백 이관오부
仰 以導余使言 可謂宏博好辯之士 而白頭窮邊 將歸
앙 이도여사언 가위굉박호변지사 이백두궁변 장귀
草木 誠可悲也.
초목 성가비야

及入皇京 與人筆談 無不犀利 又見所作諸文篇 則
급입황경 여인필담 무불서리 우견소작제문편 즉
皆遜於筆語 然後始知我東作者之異於中國也 中國直
개손어필어 연후시지아동작자지이어중국야 중국직
以文字爲言 故經史子集皆其口中成語 非其記性別於
이문자위언 고경사자집개기구중성어 비기기성별어
人也 爲之强作詩文 則已失故情 言與文判爲二物故
인야 위지강작시문 즉이실고정 언여문판위이물고
也.
야

故我東作文者 以齟齬易訛之古字 更譯一重 難解之
고 아 동 작 문 자 이 저 어 이 와 지 고 자 갱 역 일 중 난 해 지

方言 其文旨黖昧 辭語糊塗 職由是歟.
방 언 기 문 지 알 매 사 어 호 도 직 유 시 여

吾歸而遍語之國人 則多不以爲然 良足慨然也已矣.
오 귀 이 편 어 지 국 인 즉 다 불 이 위 연 양 족 개 연 야 이 의

罨溪雨屋謾書.
엄 계 우 옥 만 서

7

찰십륜포(札什倫布)

대승(大僧)이 거처하는 곳

찰십륜포란 타쉬룬포라는 티베트 발음을 한자로 표기한 것으로, 대승(大僧)이 거처하는 곳이란 뜻이다. 건륭제의 70주년 생일을 축하하기 위해 티베트에 있는 찰십륜포 사원을 모방해서 열하에 세우고, 반선라마를 초빙하여 거주하도록 하였다. 이 편에는 사치스러운 황금 지붕과 용 장식의 찰십륜포 건물, 조선 사절단 접견보다 반선라마에 대한 건륭제의 극진한 대접에 탄식하는 내용이 담겨 있으며, 황제의 명령에 의해 사신 일행이 마지못해 반선라마를 만나는 과정과 만나고 나서 선물로 받은 양탄자, 향, 금불상 등에 대해 탐탁해하지 않은 모습을 수록하였다.

찰십륜포(札什倫布)

대승(大僧)이 거처하는 곳

반선 액이덕니(班禪額爾德尼)를 찰십륜포(札什倫布)에서 보았다. 찰십륜포란 서번(西番 : 티베트)의 말로, '대승(大僧 : 큰스님)이 거처하는 곳'이란 말과 같다. 피서산장(避暑山莊)으로부터 궁성을 돌아서 오른쪽으로 반추산(盤捶山)을 바라보고, 더 북쪽으로 10여 리를 가서 열하를 건너면 산을 의지하여 동산을 만들었고 언덕을 뚫고 산기슭을 끊어버려서 산이 뼈대만 드러내고 서 있다. 저절로 언덕이 갈라지고 석벽이 깎여져 중국 전설의 신선이 산다는 십주(十洲)[1]와 삼산(三山)[2]의 모양처럼 바윗돌이 겹겹이 쌓여 마치 짐승이 입을 벌리고 새가 날개를 펴서 구름이 흩어지고 우레가 터지는 듯하다. 다섯 개의 구멍이 나 있는 다리가 놓여 있고, 다리로부터 모두 계단으로 길을 내어 그 평평

1) 십주(十洲) : 바다 가운데 신선이 살고 있다는 열 군데의 명승지.

2) 삼산(三山) : 바다 가운데 신령스러운 세 군데의 명산.

한 곳에는 모두 용과 봉황을 새겼다. 길을 따라 흰 돌로 된 난간이 구부러지고 휘어져 문에까지 이어져 있다. 또 두 개의 각문(角門)이 있는데 모두 몽고 병사가 지키고 있었다.

문에 들어서니 땅에는 벽돌을 깔아 층계로 세 갈래 길을 만들었는데, 흰 돌로 된 난간에는 모두 구름과 용을 새겼고, 길은 한 다리로 합치게 되었다. 다리에는 다섯 개의 구멍이 있고, 대(臺)의 높이는 다섯 길이나 되는데, 난간을 둘렀고 모두 무늬 있는 돌에 해마(海馬)와 천록(天祿)과 각단(角端) 같은 짐승들을 새겨 놓았다. 비늘과 뿔과 갈기와 발굽들은 모두 돌 빛깔을 따라서 색을 입혔다. 대 위에는 전각 둘이 있는데, 전각은 모두 처마를 겹으로 했고 황금기와를 이었다. 지붕 위에는 모두 황금으로 된 여섯 마리 용이 살아 오를 듯, 꿈틀거리는 듯 만들어져 있었다.

그 밖에도 둥근 정자나 굽은 복도, 겹쳐 있는 다락과 포개진 전각이나 드높은 누각과 층으로 된 행랑들은 모두 푸른빛 · 초록빛 · 자줏빛 · 남빛의 유리기와를 이어 억천만금의 비용을 들인 것처럼 보인다. 채색은 신기루(蜃氣樓)를 능가했고, 아로새긴 솜씨는 귀신도 부끄러워할 만하고, 헛 신령이 우레를 핍박하는 듯하여 어둡기는 새벽녘과 같았다.

동산 가운데는 새로 어린 소나무를 심었는데, 산골짜기까지 이어져서 모두 곧고 길이는 한 길 남짓 되었다. 〈나무에는〉 종이를 매어 심은 날짜를 표시해 놓았는데, 날짜를 계산해 보니 며칠 전에 심은 것이었다. 그 외 섞어 심은 기이한 화초는 모두 처음 보는 것이어서 그 이름도 알 수 없는데, 때마침 죽도(竹桃) 꽃이 한창 피어 있었다.

라마(喇嘛)[3] 수천 명이 모두 붉은색의 선의(禪衣)를 끌고 누런 좌계관(左髻冠 : 머리를 왼쪽으로 묶은 관)을 쓰고 팔뚝을 내놓은 채 맨발로 문이 미어지도록 몰려든다. 그들의 얼굴은 모두 칼로 깎아 놓은 듯하고 검붉은 색깔이며, 코가 높고 눈이 오목하며, 턱이 넓고 수염이 곱슬곱슬하며, 손과 발은 쇠사슬로 채우고 머리는 맨머리였다. 귀에는 금귀걸이를 달고 팔뚝에는 용무늬를 수놓았다.

전각 속 북쪽 벽 아래에는 침향(沈香)으로 연꽃 모양의 탁자를 만들어 놓았는데, 어깨까지 닿을 정도의 높이이다. 반선은 남쪽을 향해서 가부좌를 틀고 앉아 있었다. 누런 빛 우단으로 된 관을 썼는데 말갈기 같은 털이 달렸으며, 모양은 가죽신같이 생겼고 높이가 두 자 남짓이나 됐다. 또한 황금색으로 짠 선의(禪衣)를 입었는데 소매가 없이 왼쪽 어깨에 걸쳐서 온몸을 옷으로 감쌌다. 오른편 옷깃 겨드랑 밑으로 오른쪽 팔뚝을 드러냈는데, 길이와 크기가 넓적다리만 하고 금빛이었다. 얼굴빛은 짙은 누런색이었고 둘레가 거의 예닐곱 뼘이나 되는데 수염 난 자리는 없고, 코는 쓸개를 떼어 달아맨 것 같으며, 눈썹은 두어 치나 되고 흰 눈동자가 겹으로 테두리가 되어 음침하고 어두워 보

3) 라마(喇嘛) : 티베트·만주·몽고·네팔 등지에 퍼져 있는 불교의 한 갈래인 라마교의 승려를 말한다.

였다.

왼쪽에는 낮은 상 두 개가 있어 몽고왕 둘이 무릎을 맞대고 앉았는데, 얼굴은 모두 검붉은 색이다. 그중 하나는 코가 뾰족하고 이마가 드높고 수염이 없었으며, 다른 한 명은 얼굴이 깎인 듯하고 올챙이 수염에 누런 옷을 입었다. 중얼거리면서 서로 보고 말하다가 다시 머리를 들고 무엇을 듣는 듯했다. 라마승 두 명이 오른편에 모시고 서 있고 군기대신(軍機大臣)은 라마승의 밑에 서 있다. 군기대신이 황제를 모실 적에는 누런 옷을 입었는데 반선을 모실 적에는 라마의 옷으로 바꾸어 입었다.

나는 조금 전에 황금기와가 햇빛에 번쩍이는 것을 보다가 전각 안에 들어가니, 집 안은 침침하고 그가 입은 옷은 모두 금색으로 짰으므로 살갗은 샛노랗게 되어 마치 황달병에 걸린 자와 같았다. 대체로 금빛깔로 퉁퉁 부어터질 듯이 꿈틀거리는데 살은 많고 뼈는 적어서 청명하고 영특한 기운이 없으니, 비록 몸뚱이가 우뚝하게 방에 가득하나 위엄(威嚴)을 찾아볼 수 없고, 멍청한 모습이 마치 수신(水神)과 해약(海若)[4]의 그림을 보는 것 같았다.

황제가 내무관(內務官)을 시켜서 조서(詔書)를 전달하게 하는데 오색 비단 한 필을 가지고 반선을 만나보게 하여, 내무관이 손수 비단을 세 단으로 나누어 사신에게 주었다. 〈비단의〉 이

4) 해약(海若) : 바다의 귀신. 『남화경(南華經)』 추수(秋水) 편에 나온다.

름을 '합달(哈達)'[5]이라고 한다.

대개 반선은 스스로 말하기를 자신의 전신(前身)이 '파사팔(巴思八)'이고, 파사팔의 어머니가 향내 나는 헝겊을 물고 낳았으므로 반선을 보려는 자는 반드시 헝겊을 갖추는 것이 예절로 되어 있어, 황제도 매양 반선을 볼 때마다 역시 누런 헝겊을 잡는다고 한다.

군기대신의 처음 말로는, 황제도 〈반선에게〉 머리를 조아리고 황제의 여섯 아들도 머리를 조아리고, 황족과 부마들도 머리를 조아리니, 이번 사신도 당연히 가서 절하고 머리를 조아려야 한다고 했다.

사신은 아침에 이미 예부(禮部)와 다투어 말하기를,

"머리를 조아리는 예절은 천자의 처소에서나 행하는 예절인데, 지금 어찌 천자를 공경하는 예절을 서번의 승려에게 시행할 수 있겠소?"

하며 항의하였더니 예부에서,

"황제도 그를 스승의 예절로 대우하는데, 사신이 황제의 조칙을 받든 만큼 같은 예로서 대우하는 것이 마땅합니다."

라고 했다. 사신이 가지 않으려 강경하게 맞서 다투니, 상서(尙書) 덕보(德保)는 화가 나서 모자를 벗어 땅에 던지고, 몸을 던져 방바닥에 쓰러지면서 큰 소리로,

"빨리 나가시오, 빨리 나가!"

---

5) 합달(哈達) : 라마교에서 예물로 쓰는 엷은 비단.

하면서 사신에게 나가라고 손을 휘저은 일이 있었다.

이때 군기대신이 무슨 말을 하는데, 사신은 못 들은 척하였다. 제독(提督)이 사신을 인도하여 반선(班禪) 앞에까지 이르니, 군기대신이 두 손으로 헝겊을 받들고 서서 사신에게 주었다. 사신은 헝겊을 받아 가지고 머리를 들고 반선에게 주니, 반선은 앉은 채 헝겊을 받으면서 조금도 몸을 움직이지 않고 헝겊을 무릎 앞에 놓으니, 헝겊이 탁자 아래까지 늘어졌다. 차례로 헝겊 받기를 마친 다음에 〈반선이〉 헝겊을 다시 군기대신에게 주니, 군기대신이 헝겊을 받들고 반선의 오른편에 모시고 섰다. 사신이 막 차례대로 다시 나가려고 하는데, 군기대신이 오림포(烏林哺)에게 눈짓을 하여 사신을 나가지 못하게 중지시켰다.

이것은 대개 사신으로 하여금 예를 갖추도록 하기 위함인데, 사신은 알지 못하고 머뭇머뭇 뒷걸음을 치며 물러나서 검은 비단에 수놓은 요가 깔린 몽고왕의 아랫자리에 앉았다. 앉을 때 조금 몸을 구부리고 소매를 들고는 이내 앉으니, 군기대신은 얼굴빛이 황급해 보였지만 사신이 벌써 앉아버렸으니, 또한 어쩔 수가 없는지라 아예 못 본 체했다.

제독은 헝겊을 나누어 얻을 때 남은 헝겊이 한 자 남짓하였는데 이것을 반선에게 올리면서 조심스레 머리를 조아렸고, 오림포 이하 모두들 공순(恭順)히 머리를 조아렸다.

차를 몇 순배 돌린 뒤에 반선은 사신이 온 이유를 물었는데, 말소리가 전각 안을 울려 마치 독 속에서 소리를 지르는 것과 같았다. 그는 빙그레 웃으면서 머리를 숙여 좌우를 고루 둘러

보더니, 미간(眉間)을 찡그리고 눈동자가 눈 속에서 반쯤 튀어 나왔다. 눈을 가늘게 뜨고 속으로 굴리는 것이 마치 시력(視力)이 나쁜 사람 같았다. 눈동자 아래는 더 하얘지고 흐릿하여 더욱 정광(精光)이 없어 보였다.

라마승이 말을 받아서 몽고왕에게 전하자, 몽고왕은 군기대신에게 전하고 군기대신은 오림포에게 전해서 우리 역관(譯官)에게 전하니, 대체로 이것은 다섯 차례의 통역을 거쳤다. 상판사(上判事) 조달동(趙達東)이 일어나 팔뚝을 휘저으며,

"만고에 흉악한 사람이로군. 반드시 옳게 죽을 리가 없을 거야!"

라고 하기에, 나는 그에게 눈짓을 했다.

라마승 수십 명이 붉고 푸른색 등 여러 색깔의 모직과 붉은 양탄자와 서장 지방의 향(香)과 조그마한 금불상을 메고 와서 등급대로 나누어 주는데, 군기대신이 받들고 있던 헝겊으로 불상을 쌌다. 사신은 그 다음에 일어서서 나왔는데, 군기대신은 반선이 하사한 모든 물품을 펴 보고 기록하여 황제께 아뢰기 위하여 말을 달려 떠나갔다.

사신은 〈찰십륜포의〉 문을 나와 5, 60보쯤 가서 깎아지른 산기슭을 등지고 소나무 그늘 모래 위에 둘러앉아 밥을 먹으면서 서로 의논하기를,

"우리들이 서번의 승려를 볼 적에 예절이 달라 좀 소홀하고 거만해서 예부의 지시를 어겼으니, 저이가 바로 만승천자의 스승인지라, 〈앞으로 우리에게〉 이해득실이 생길 일이 없을 수

있겠는가? 그가 준 선물들을 물리친다면 불공하다 할 것이요, 받자니 또 명분이 없는 일이니 장차 어찌하면 좋을까?"
라고 하였다. 당시의 일이 창졸간에 벌어진 일이라 사양하고 받는 것이 마땅한지 않은지를 따져볼 겨를도 없었고, 모두 황제의 조서에 관계된 일인데다가 저들의 행사가 번개치고 별 흐르듯이 삽시간에 끝내버렸기 때문에 우리 사신의 나아가고 물러나고 앉고 서는 모든 행동이 다만 저들의 인도에만 따를 뿐이어서 이미 흙으로 뭉치고 나무로 깎은 허수아비나 마찬가지였다.

또 다섯 차례의 통역을 하고 보니, 피차의 통관이 도리어 귀머거리와 벙어리가 되어, 마치 너른 벌판에서 괴상한 귀신을 갑자기 만난 듯해서 어떻다고 측량할 수도 없었다. 사신은 비록 묘한 말과 익숙한 행동이 있었지만 장황스레 늘어놓을 수도 없었고, 저들도 역시 능히 상세하게 하지 못한 것도 본래 그 형세가 그렇게 된 것이다. 정사가 말하기를,

"지금 우리가 유숙하는 집은 태학관(太學館)이라서 불상을 가지고 들어갈 수 없으니, 우리 역관을 시켜 불상 둘 곳을 찾아보게 하라."
라고 했다.

이때 서번 사람들과 한족 구경꾼들이 담처럼 늘어서 있었다. 군뢰(軍牢)들은 몽둥이를 휘둘러 그들을 쫓았으나 흩어졌다가는 다시 모여들었다. 모자에 수정 구슬을 단 자와 푸른 깃을 꽂은 궁중의 근신(近臣)들이 와서 그 속에 섞여 서서, 염탐하고 있는 것도 모르고 있었다.

영돌(永突)이가 큰 소리로 나를 불러,

“사신께서 좋지 않은 기색으로 마당에 나앉아서 오랫동안 잘잘못을 의논하고 수군대고 있으니, 저 사람들에게 공연히 의심을 사지 않을까요?”

라고 하기에 내가 돌아다보니, 전에 황제의 조서를 전하던 소림(素林)이 내 등 뒤에 서 있다가 소림이 여러 사람 틈으로 나가 말에 올라 재빠르게 달려가는 것이다. 여러 사람 중에 두 사람이 또 말에 올라타고 재빠르게 달려가는데, 자세히 보니 모두 환관 나부랭이들이다.

박불화(朴不花)[6]가 원(元)나라에 들어갔을 때부터 원나라의 내시들은 우리나라 말을 많이 배웠고, 명(明)나라 시절에도 얼굴이 잘생긴 조선 환관들을 뽑아 데리고 가서 내시들에게 조선말 공부를 시켰으니, 지금 와서 우리를 엿보고 갔던 두 환관도 어찌 조선말을 배우지 않았다고 할 수 있으랴?

소림과 같이 있던 푸른 깃을 꽂은 자도 와서 말을 세우고 자못 오랫동안 있다가 갔는데, 그 왕래가 하도 빨라서 마치 나는 제비와 같았다. 사신과 통역을 담당하는 역관들은 그들이 와서 엿보았다는 사실을 이제야 깨달았고, 반선에게 받은 금불상도 미처 처치하지 못했으므로 자리를 파하고 돌아가지도 못하고 모두 묵묵히 앉아 있었다.

6) 박불화(朴不花) : 원(元)나라 순제(順帝) 때이자 고려 공민왕(恭愍王) 때 우리나라 환관으로 원나라에 들어가 황후의 사랑을 받았다.

황제는 어원(御苑)에서 매화포(梅花砲)[7]를 놓고는 사신을 불러서 들어와 보게 하였다. 전각은 처마가 겹으로 되어 있고, 뜰 가운데는 누런 장막을 치고, 전각 위에는 일월과 용봉을 그린 병풍과 보배로운 병풍〔扆〕[8]을 심히 엄숙하게 벌여 놓았다.

1,000명의 관리들이 품계의 차례대로 서 있는데, 그때 반선이 혼자 먼저 도착하여 탁자 위에 앉으니, 일품(一品)의 보국공(輔國公)들과 조정의 고관들이 모두 탁자 아래로 종종걸음으로 나아가서 모자를 벗고 머리를 조아렸다. 반선이 손수 한 번씩 머리 정수리를 어루만져 주자, 그들은 일어서서 나가면서 다른 사람을 향해 자랑스러운 표정을 지었다.

얼마 후 천자가 누런 빛 작은 가마를 타고 들어서는데, 칼을 찬 시위(侍衛)는 다만 5, 6쌍이다. 가마를 인도하는 풍악은 필률(觱篥 : 피리) 한 쌍, 용적(龍笛 : 젓대) 한 쌍, 징 한 쌍, 비파, 생황, 거문고, 구라파의 쇠 거문고 두세 대, 박자판 한 쌍이요, 의장(儀仗)도 없이 따르는 자는 100여 명쯤 되었다. 황제가 탄 가마가 이르자, 반선은 천천히 일어나 걸음을 옮겨 탁자 위 동쪽으로 향하여 가서 섰는데 즐거운 빛으로 웃는 얼굴을 한다. 황제는 4, 5칸 떨어져 가마에서 내려 종종걸음으로 좇아가서 두

---

7) 매화포(梅花砲) : 불꽃놀이의 불꽃이 매화처럼 생겼다고 하여 붙인 이름이다.

8) 병풍〔扆〕 : 도끼 모양을 수놓은 높이 8척(尺)의 병풍으로, 주로 천자(天子)의 거처에 친다.

손으로 반선의 손을 잡고 둘이 서로 흔들면서 마주보고 웃으며 이야기를 한다.

황제는 갓 꼭지가 없는 붉은 실로 짠 모자에 검정 옷을 입고, 금실로 짠 두꺼운 요 위에 책상다리를 하고 앉았고, 반선은 금삿갓을 쓰고 누런 옷을 입었으며, 금실로 짠 두꺼운 요 위에 가부좌를 틀고 약간 동쪽 앞을 향해 앉았다. 탁자 하나를 사이에 둔 둘의 요는 무릎이 서로 닿을 듯한데, 자주자주 몸을 기울여 서로 이야기했으며, 말할 적에는 반드시 둘이 서로 웃음을 띠고 즐거워했다.

자주 차를 올리는데 호부상서(戶部尙書) 화신(和珅)은 천자에게 바치고, 호부시랑(戶部侍郞) 복장안(福長安)은 반선에게 바쳤다. 복장안은 병부상서(兵部尙書) 복륭안(福隆安)의 아우로, 화신과 함께 시중(侍中) 벼슬을 지내며 귀한 지위가 조정을 흔드는 자이다.

날이 이미 저물자 황제가 일어서니 반선도 역시 일어나 황제와 함께 마주 서서, 둘이 서로 악수를 하고 얼마 있다가 등을 지고 갈라져 탁자에서 내려섰다. 황제는 나올 적의 차림대로 안으로 돌아가고, 반선은 황금 지붕을 단 가마를 타고 찰십륜포로 돌아갔다.

原文

札什倫布
찰십륜포

見班禪額爾德尼於札什倫布 札什倫布者 西番語 猶
견반선액이덕니어찰십륜포 찰십륜포자 서번어 유
言大僧居也 自避暑山莊 循宮城 右望盤捶山 益北行
언대승거야 자피서산장 순궁성 우망반추산 익북행
十餘里 渡熱河 依山爲苑 鑿岡斲麓 呈露山骨 自爲
십여리 도열하 의산위원 착강착록 정로산골 자위
裂崖斷壁 磊砢錯落 狀十洲三山 獸呀禽翹 雲崩雷鬱
렬애단벽 뇌라착락 상십주삼산 수아금교 운붕뢰울
有五空橋 自橋道皆墄 其平皆刻龍鳳 緣道白石欄 曲
유오공교 자교도개척 기평개각용봉 연도백석란 곡
折低門 又有二角門 皆蒙古兵守之.
절저문 우유이각문 개몽고병수지

入門鋪甎爲地 階三道 白石欄刻皆雲龍 會一橋 橋
입문포전위지 계삼도 백석란각개운용 회일교 교
五空 臺高五丈 周以欄干 皆文石 雕海馬天祿角端
오공 대고오장 주이난간 개문석 조해마천록각단
鱗角鬐蹏 皆從石膚爲色 臺上置二殿 殿皆重檐 黃金
인각기제 개종석부위색 대상치이전 전개중첨 황금
瓦 屋上起行六龍 皆黃金軀.
와 옥상기행육룡 개황금구

其圓亭曲榭 複樓重閣 危軒層寮 皆覆靑綠紫碧琉璃
기원정곡사 복루중각 위헌층료 개복청록자벽유리
瓦 工費千億百萬萬 采色叱咬蜃 雕鏤恥鬼神 虛靈逼
와 공비천억백만만 채색질교신 조루치귀신 허령핍

雷霆 渺若昏晟.
뢰정 묘약혼성

苑中新栽幼松 連絡山谷 皆矯直丈餘 繫紙爲標 計
원중신재유송 연락산곡 개교직장여 계지위표 계

日前所植也 雜植奇花異草 皆初覩不識其名 時方竹
일전소식야 잡식기화이초 개초도불식기명 시방죽

桃盛開.
도성개

喇嘛數千人 皆曳紅色禪衣 戴黃左髻冠而袒臂跣足
라마수천인 개예홍색선의 대황좌계관이단비선족

駢闐匝沓 面皆戉削紫黑色 高鼻深目 廣頤卷髭 手脚
병전잡답 면개월삭자흑색 고비심목 광이권자 수각

皆鏁兜脫 耳穿金環 臂刺紋龍.
개쇄두탈 이천금환 비자문룡

殿中北壁下 設沈香蓮榻 高及肩 班禪跏趺南向坐
전중북벽하 설침향련탑 고급견 반선가부남향좌

冠黃色有鬣 狀似靴 高二尺餘 披織金禪衣 無袖袪掛
관황색유렵 상사화 고이척여 피직금선의 무수거괘

左肩 圍裹全軀 衽右腋下露垂右臂 長大如腿股而金
좌견 위과전구 임우액하로수우비 장대여퇴고이금

色 面色深黃 圓幾六七圍 無髭鬚痕 懸膽鼻 眼眉數
색 면색심황 원기육칠위 무자수흔 현담비 안미수

寸 睛白瞳子重暈 陰沈窅冥.
촌 정백동자중훈 음침요명

左有二低床 二蒙古王聯膝坐 面皆黑赤色 一鼻銳額
좌유이저상 이몽고왕련슬좌 면개흑적색 일비예액

隆無髭 一削面虯髯 衣黃衣 唼唼相視語復仰首 若有
륭무자 일삭면규염 의황의 삽삽상시어부앙수 약유

所聽 二喇嘛立侍于右 軍機大臣 立喇嘛下 軍機大臣
소청 이라마립시우우 군기대신 입라마하 군기대신

侍皇帝則衣黃 侍班禪則易喇嘛服.
시황제즉의황 시반선즉역라마복

余俄視金瓦日烘入殿中 宇閣沈沈 其所披著皆織金
여아시금와일홍입전중 우각침침 기소피착개직금

故肌肉色奪深黃 類病疸者然 大抵有金色 而膿腫蠢
고기육색탈심황 유병달자연 대저유금색 이농종준

蠕 肉多骨小 無淸明英儁之氣 雖穹崻滿屋 不見所畏
연 육다골소 무청명영준지기 수궁치만옥 불견소외

鴻濛如水神海若圖也.
홍몽여수신해약도야

皇帝使內務官 詔傳玉色綾緞一匹 執見班禪 內務官
황제사내무관 조전옥색릉단일필 집견반선 내무관

手自分截三段 給與使臣 名哈達.
수자분절삼단 급여사신 명합달

蓋班禪 自言前身巴思八 巴思八母呑香帕而生 故見
개반선 자언전신파사팔 파사팔모탄향파이생 고견

班禪者 必執帕爲禮 而皇帝每見亦執黃帕云.
반선자 필집파위례 이황제매견역집황파운

軍機大臣初言 皇上也叩頭 皇六子也叩頭 和碩額駙
군기대신초언 황상야고두 황육자야고두 화석액부

也叩頭 今使臣當行拜叩.
야고두 금사신당행배고

使臣朝旣 爭之禮部曰 拜叩之禮 行之天子之庭 今
사신조기 쟁지예부왈 배고지례 행지천자지정 금

柰何以敬天子之禮 施之番僧乎 爭言不已 禮部曰 皇
내하이경천자지례 시지번승호 쟁언불이 예부왈 황

上遇之以師禮 使臣奉皇詔 禮宜如之 使臣不肯去 堅
상우지이사례 사신봉황조 예의여지 사신불긍거 견

立爭甚力 尙書德保怒脫帽擲地 投身仰臥炕上 高聲
립쟁심력 상서덕보노탈모척지 투신앙와항상 고성

曰 亟去亟去 手麾使臣出.
왈 극거극거 수휘사신출

今軍機有言 而使臣若不聞也 提督引使臣至班禪前
금군기유언 이사신약불문야 제독인사신지반선전

軍機雙手擎帕 立授使臣 使臣受帕 仰首授班禪 班禪
군기쌍수경파 입수사신 사신수파 앙수수반선 반선

坐受帕 略不動身 置帕膝前 帕垂榻下 以次盡受帕
좌수파 약부동신 치파슬전 파수탑하 이차진수파

則還授帕軍機 軍機奉帕立侍于右 使臣方以次還出
즉환수파군기 군기봉파립시우우 사신방이차환출

軍機目烏林哺 止使臣.
군기목오림포 지사신

蓋使其爲禮 而使臣未曉也 因逡巡卻步 退坐黑緞繡
개사기위례 이사신미효야 인준순각보 퇴좌흑단수

絪 次蒙古王下 坐時微俯躬擧袂仍坐 軍機色皇遽 而
인 차몽고왕하 좌시미부궁거메잉좌 군기색황거 이

使臣業已坐 則亦無如之何 若不見也.
사신업이좌 즉역무여지하 약불견야

提督得分帕時 所餘帕尺餘 進帕叩頭惟恭 烏林哺以
제독득분파시 소여파척여 진파고두유공 오림포이

下 皆叩頭恭順.
하 개고두공순

茶行數巡 班禪發聲問使來由 語響殿宇 如呼甕中
다행수순 반선발성문사래유 어향전우 여호옹중

微笑頫首 左右周視 眉間皺蹙 瞳子半湧睫裏 細開深
미소부수 좌우주시 미간추축 동자반용첩리 세개심

流 類視短者 睛疧益白 而曖靆益無精光.
류 유시단자 정저익백 이애매익무정광

喇嘛受語傳蒙古王 蒙古王傳軍機 軍機傳烏林哺 以
라마수어전몽고왕 몽고왕전군기 군기전오림포 이
傳我譯 蓋重五譯也 上判事趙達東起扼腕曰 萬古凶
전아역 개중오역야 상판사조달동기액완왈 만고흉
人也 必無善從理 余目之.
인야 필무선종리 여목지

喇嘛數十人 擔紅綠諸色 猩猩毡 藏香小金像 分賜
라마수십인 담홍록제색 성성전 장향소금상 분사
有差 軍機以所捧帕裹佛 使臣以次起出 軍機開錄所
유차 군기이소봉파과불 사신이차기출 군기개록소
賜諸物 奏帝馳馬去.
사제물 주제치마거

使臣出門 行五六十步 負斷麓蔭松樹沙上環坐 且飯
사신출문 행오륙십보 부단록음송수사상환좌 차반
議言 吾輩見番僧 禮殊疎倨 違禮部指導 彼乃萬乘師
의언 오배견번승 예수소거 위예부지도 피내만승사
也 得無有生得失乎 彼所給與物 却之不恭 受又無名
야 득무유생득실호 피소급여물 각지불공 수우무명
將柰何 當時事 旣倉卒辭受當否 未暇計較 而凡係皇
장내하 당시사 기창졸사수당부 미가계교 이범계황
帝詔旨 彼所擧行爀熻 倐忽如飛星流電 我使進退坐
제조지 피소거행혁흡 숙홀여비성유전 아사진퇴좌
立 只憑彼導 已類土塑木偶.
립 지빙피도 이류토소목우

且又重譯 彼此通官 反成聾啞 如行曠野 猝遌奇鬼
차우중역 피차통관 반성롱아 여행광야 졸악기귀
莫測何狀 使臣雖有妙辭嫺令 無所張皇 而彼亦所未
막측하상 사신수유묘사한령 무소장황 이피역소미
能詳 固其勢然也 正使曰 今所寓館 太學也 不可以
능상 고기세연야 정사왈 금소우관 태학야 불가이

佛像入　令我譯覓厝佛之所.
불상입　영아역멱조불지소

是時　番漢環觀者如堵　軍牢揮棍逐之　散而復合　或
시시　번한환관자여도　군뢰휘곤축지　산이부합　혹

有頂水晶者　或翠羽雜立其中　未悟其内臣來覘也.
유정수정자　혹취우잡립기중　미오기내신래첨야

永突高聲呼余曰　使臣色不榮樂　久露坐囁唼議短長
영돌고성호여왈　사신색불영락　구로좌섭삽의단장

獨不念致怪彼人乎　余顧視　則前所傳詔素林　立余背
독불념치괴피인호　여고시　즉전소전조소림　입여배

後　素林因透衆出　上馬疾馳去　衆中二人　又上馬疾馳
후　소림인투중출　상마질치거　중중이인　우상마질치

去　察視之　皆小黃門也.
거　찰시지　개소황문야

自朴不花入元　元内侍多習東國語　皇明時　選朝鮮俊
자박불화입원　원내시다습동국어　황명시　선조선준

俏火者　敎習黃門高麗語　今來覘二官　安知不嫺東話
초화자　교습황문고려어　금래첨이관　안지불한동화

也.
야

素林又與翠羽者來　立馬頗久而去　其往來迅疾　勢如
소림우여취우자래　입마파구이거　기왕래신질　세여

飛燕　使臣及任譯輩　方覺其來覘也　所受金佛未及厝
비연　사신급임역배　방각기래첨야　소수금불미급조

置　故未得罷還　皆默然而坐.
치　고미득파환　개묵연이좌

皇帝放梅花砲於苑中　召使臣入見　殿重簷　中庭黃幄
황제방매화포어원중　소사신입견　전중첨　중정황악

殿上日月龍鳳屛　陳設寶扆甚嚴.
전 상 일 월 용 봉 병　진 설 보 의 심 엄

千官班立　時班禪獨先至坐榻上　一品輔國公輩及廷
천 관 반 립　시 반 선 독 선 지 좌 탑 상　일 품 보 국 공 배 급 정
紳貴顯者　多趨至榻下　脫帽叩頭　班禪皆親手爲一摩
신 귀 현 자　다 추 지 탑 하　탈 모 고 두　반 선 개 친 수 위 일 마
頂　則起出向人擧有榮色.
정　즉 기 출 향 인 거 유 영 색

良久　天子乘黃色小轝　侍衛只佩釖五六雙　導駕鼓吹
양 구　천 자 승 황 색 소 여　시 위 지 패 도 오 륙 쌍　도 가 고 취
觱篥一雙　龍笛一雙　金鉦一雙　琴瑟笙簧琵琶笳歐羅
필 률 일 쌍　용 적 일 쌍　금 정 일 쌍　금 슬 생 황 비 파 가 구 라
巴鐵琴二三對　檀板一雙　無儀仗　從者百餘人　乘轝至
파 철 금 이 삼 대　단 판 일 쌍　무 의 장　종 자 백 여 인　승 여 지
班禪徐起移步　立榻上東偏　笑容欣欣　皇帝離四五間
반 선 서 기 이 보　입 탑 상 동 편　소 용 흔 흔　황 제 리 사 오 칸
降轝疾趨至　兩手執班禪手　兩相慉搦　相視笑語.
강 여 질 추 지　양 수 집 반 선 수　양 상 휵 닉　상 시 소 어

皇帝冠無頂紅絲帽子　衣黑衣　坐織金厚褥盤股坐　班
황 제 관 무 정 홍 사 모 자　의 흑 의　좌 직 금 후 욕 반 고 좌　반
禪戴金笠　衣黃衣　坐織金厚褥跏趺　稍東前坐　一榻兩
선 대 금 립　의 황 의　좌 직 금 후 욕 가 부　초 동 전 좌　일 탑 양
褥　膝相聯也　數數傾身相語　語時必兩相帶笑含懽.
욕　슬 상 련 야　삭 삭 경 신 상 어　어 시 필 양 상 대 소 함 환

數數進茶　戶部尙書和珅　進天子　戶部侍郎福長安進
삭 삭 진 다　호 부 상 서 화 신　진 천 자　호 부 시 랑 복 장 안 진
班禪　長安兵部尙書隆安弟也　與和珅俱侍中　貴震朝
반 선　장 안 병 부 상 서 륭 안 제 야　여 화 신 구 시 중　귀 진 조
廷.
정

日旣暮 皇帝起 班禪亦起 與皇帝偶立 兩相握手久
일기모 황제기 반선역기 여황제우립 양상악수구

之 分背降榻 皇帝還內如出儀 班禪乘黃金屋轎 還札
지 분배강탑 황제환내여출의 반선승황금옥교 환찰

什倫布.
십륜포

중존평어(仲存評語)[1]
중존 이성재의 평(評)

중존씨(仲存氏)[2]는 말하였다.

"『목천자전(穆天子傳)』[3]으로부터 이하 한나라의 『동방삭전(東方朔傳)』[4] · 『비연외전(飛燕外傳)』[5] · 『서경잡기(西京雜記)』[6] · ◯◯◯ 등 서적은 모두 궁정 이외의 사람들은 참견할 것이 못 되

1) 중존평어(仲存評語) : 여러 본에 모두 이 소제(小題)가 없으나, 여기에서는 주설루본에 의거하여 수록하였다.

2) 중존씨(仲存氏) : 연암의 처남 이재성(李在誠)의 자이다.

3) 『목천자전(穆天子傳)』 : 주(周)나라 목왕(穆王)이 서역을 여행한 기록이다. 저자 미상.

4) 『동방삭전(東方朔傳)』 : 한(漢)나라 무제(武帝) 때 동방삭의 골계적(滑稽的 : 익살스런 재담과 변설)인 일을 기록한 책이다. 저자 미상.

5) 『비연외전(飛燕外傳)』 : 한(漢)나라 성제(成帝) 때 황후인 조비연의 자매(姉妹)에 대한 고사가 담긴 책이다. 영현(伶玄)이 지었다고 한다.

6) 『서경잡기(西京雜記)』 : 한나라 장안(長安)을 서경이라 불렀는데, 서경의 여러 이야기를 담은 책이다. 저자에 대해서는 진(晉)나라의 갈홍(葛洪), 전한(前漢)의 유흠(劉歆)이 편찬했다는 설이 있으나 확실하지 않다.

는 여관(女官)들이 쓴 책이므로 일체 이것을 패관(稗官) 소설류[7]로 돌리지만, 모두 족히 한 시대 제왕들의 취미와 행동을 엿볼 수 있다. 이 편에 실린 글은 무엇이라 일컬을지 모르겠다."

그는 또 이렇게 말하였다.

"중국의 사대부들로서 아직 반선(班禪)을 보지 못한 자는 도리어 우리에게 그 모양이 어떻더냐고 물었다. 이것은 그들의 뜻이 자신들의 눈과 귀를 더럽히지 않고자 함인데, 우리는 그들의 외설된 일에 이끌려서 아무 거리낌 없이 하였으니 가히 수치스럽기 짝이 없다."

7) 민간의 풍속이나 정사를 살피기 위하여 가설항담(街說巷談)을 내용으로 하는 소설을 말한다.

原文

仲存評語
중 존 평 어

仲存氏曰 自穆天子傳以下 如漢東方朔飛燕外傳 西
중 존 씨 왈 자 목 천 자 전 이 하 여 한 동 방 삭 비 연 외 전 서

京雜記 ○○○等書 類非外廷所預彤筆所書 故一切
경 잡 기 등 서 유 비 외 정 소 예 동 필 소 서 고 일 절

歸之稗官 然皆足以見一代帝王之志尙擧止 此篇所記
귀 지 패 관 연 개 족 이 견 일 대 제 왕 지 지 상 거 지 차 편 소 기

何以稱焉.
하 이 칭 언

又曰 中原士大夫 未有得見班禪者 還向我人問其何
우 왈 중 원 사 대 부 미 유 득 견 반 선 자 환 향 아 인 문 기 하

狀 此其意不欲塗人耳目 而我乃爲其所私褻無所憚
상 차 기 의 불 욕 도 인 이 목 이 아 내 위 기 소 사 설 무 소 탄

是則可恥之甚也.
시 즉 가 치 지 심 야

8

반선시말(班禪始末)

반선의 내력

반선라마(班禪喇嘛)는 '학식이 높은 큰 스님'이라는 뜻의 판첸라마를 한자로 음역(音譯)한 것인데, 티베트 달라이라마 다음가는 종교적 정치적 지도자이자 살아 있는 부처, 즉 활불(活佛)로 통하는 존재이다. 이 편에서는 라마교와 활불의 역사와 유래에 대해 설명하면서 여러 사람들의 이야기를 수록하였다.

반선시말(班禪始末)

반선의 내력

반선[1] 액이덕니(班禪額爾德尼)는 서번(西番) 오사장(烏斯藏 : 서장 지방의 일부, 티베트)의 대보법왕(大寶法王)이다. 서번은 사천(四川)과 운남(雲南)의 지경 밖에 있고, 오사장은 대개 청해(青海) 서쪽에 있는데, 경서(經書)에는 당(唐)나라 때의 토번(吐蕃) 옛 땅으로 황중(湟中)[2]에서 5,000여 리나 떨어져 있는 곳이다.

혹은 반선을 곧 장리불(藏理佛)이라고도 하는데, 소위 삼장(三藏)이 바로 그 땅이다. 반선 액이덕니는 서번(西番) 말로는 '밝고 신령스러우며 지혜로운 법승'이란 뜻이다. 그는 스스로 '자신의 전신(前身)은 파사팔(巴思八)이다.'라고 말하는데, 그의 말에 허탄하고 괴상하며 도리에 맞지 않은 것이 많으나, 도술(道術)이

---

1) 반선은 라마교의 지도자이자 살아 있는 부처로 통하는 인물이다.

2) 황중(湟中) : 감숙 지방으로 흘러드는 서녕하(西寧河)의 좌우 서강족(西羌族)이 사는 곳이다.

고명해서 때로는 맞아떨어지는 징험(徵驗)이 있다고도 한다.

대개 파사팔이란, 토파(土波)[3]의 한 여자가 새벽에 나가서 물을 긷다가 물 위에 떠 있는 한 자 정도의 헝겊을 보고 그것을 주워 찼더니, 얼마 있다가 점점 변하여 기름덩이로 엉키며 이상한 향기가 나고, 먹으면 맛이 좋으면서 곧 남녀의 교합한 감정을 느끼고 있다가 파사팔을 낳았는데, 그는 태어나면서부터 신령스럽고 성스러웠다.

원나라 세조(世祖 : 1215~1294)가 사막에 있을 때 그가(파사팔) 어려서부터 능히 『능가경(楞伽經)』 등 불경을 10,000권이나 외운다는 소문을 듣고 사신을 보내어 그를 맞이해 오게 하였다. 그는 지혜가 있고 명랑하며, 전신이 향기롭고 걸음걸이는 천신(天神)과 같으며, 목소리는 율려(律呂)에 맞았으므로 황제는 마치 여래를 본 것같이 크게 기뻐하였다. 당시 요씨(姚氏)와 사씨(史氏)[4] 같은 여러 어진 사람들도 모두 스스로 그에게 미치지 못한다고 하였다.

〈파사팔은〉 능히 음률과 소리에 밝아서 몽고의 새 문자(파스타 문자)를 만들어 천하에 반포하였다. 〈황제는〉 그에게 '대보법왕(大寶法王)'이란 호를 하사했는데, 이것은 불교의 존호일 뿐 국

3) 토파(土波) : 티베트(Tibet)를 한자로 음역(音譯)한 것이다.

4) 요씨(姚氏)와 사씨(史氏) : 원(元)나라 때 요씨와 사씨(史氏) 중에 명인이 많았다. 특히 요추(姚樞)는 원나라 초기의 정치가이자 교육자이고, 사천택(史天澤)은 문인으로 이름을 떨쳤고 명장이다.

토를 가진 왕의 작위는 아니었으나, 대개 법왕의 이름이 여기에서 시작되었다. 그가 죽자 <황제는> '황천지하 일인지상 선문대성 지덕진지 대원제사(皇天之下一人之上宣文大聖至德眞智大元帝師)[5]라는 호를 하사했다.

그 뒤에 '청산압마(請繖壓魔)'[6]라는 놀이가 생겼는데, 군사 수만 명을 내어 모두 비단 바지와 수놓은 도포를 입고, 수레나 말에는 깃발을 달고 보배로운 일산을 늘이는 등 모두 금주(金珠)와 보옥과 비단으로 장식하여 황성을 에워싸고, 사문(四門)을 지나서 다시 서번과 한(漢)나라의 음악으로 비단우산을 맞이하여 궁중으로 들이는데 이것을 '파사팔교(巴思八敎)'라 했다. 그러나 이 교는 본래의 교지와는 크게 어그러져서, 기괴하고 요란해서 귀신의 도까지 뒤섞이게 되었다.

황제와 황후나 왕비들과 공주들이 모두 소식(素食 : 고기 반찬이 없는 밥을 먹음)을 하면서 비단 우산을 맞이하여, 두 손을 들고 땅에 꿇어앉아 절을 하고 억조창생들의 복을 비는데, 이것을 소위 '타사가아(打斯哥兒)가 파사팔(巴思八)을 만나는 놀잇날'이라 하여, 심지어는 집을 파산하고 재산을 기울여 만 리 길을 와서 보는 자도 있었다. 원(元)나라의 말년에 이르기까지 해마다 이

---

5) 이는 대략 '하늘 아래에서 황제 한 사람의 위에 있으며, 문을 펼친 공자와 같은 성인이고, 지극한 덕과 참된 지혜의 소유자로 원나라 황제의 스승이다'라는 뜻이다.

6) 청산압마(請繖壓魔) : 신을 맞아서 마귀를 누른다는 말이다.

로써 일을 삼았으니, 그 교를 숭상하고 받드는 것이 이와 같았다.

파사팔과 같은 시대에 담파(澹巴)라는 중이 있었고, 그 뒤에 가린진(珈璘眞)이란 중이 있었는데, 모두 서번 중으로서 비밀한 술법을 잘하였다. 그러나 모두 파사팔교와는 달라서 능히 딴 사람의 마음을 알고 황제의 마음속까지 알아맞힌다고 하여 황제가 그들을 모두 스승으로 삼았다. 그러나 당시에는 역시 남의 몸에서 태어난다는 환생법[投胎奪舍]에 대한 말이 아직 없었다.

홍무(洪武 : 명나라 태조(太祖)의 연호, 1368~1398) 초년에 황제가 서번의 여러 나라에 널리 유시를 내리자, 이에 오사장(烏斯藏)이 제일 먼저 사신을 보내어 조공을 했다. 그 왕은 난파가장복(蘭巴珈藏卜)이라는 중이었는데, 오히려 '황제의 스승〔帝師〕'이라고 자칭하였다. 이때 여러 서번에 있는 황제의 스승과 대보법왕은 이미 자기 나라를 가진 명칭이 되어, 마치 한(漢)나라나 당(唐)나라 시대의 선우(單于)나 가한(可汗)의 칭호와 같았다.

당시 황제는 '제사(帝師 : 황제의 스승)'란 명칭을 모두 '국사(國師)'라는 이름으로 고치고, 옥으로 된 인장을 하사하였다. 황제가 친히 옥의 품질을 살펴서 아름다운 옥으로 만들었고, 그 글에는 '출천행지 선문대성(出天行地宣文大聖)' 등의 칭호를 썼으나, 역사가들이 이것을 생략해 버렸다. 하사한 이 인장(印章)은 <천자의> 옥새와 같이 쌍룡이 그려진 도장꼭지와 묶는 끈이 있었다.

그 뒤로도 서번의 여러 나라를 '법왕'이니 '제사(帝師)'니 하고 불러, 더욱 사신을 보내어 천자의 뜰에까지 이름이 들리게 된 자가 무려 수십 국이었다. 그리하여 이들을 모두 '국사'로 명칭을 바꾸어 봉하고, 혹은 '대국사'를 더해서 그들을 총애하고 극진히 대우했다.

성조(成祖) 때에는 부마를 보내어 서번의 승려 탑립마(嗒立麻)를 맞이하고자 황제가 타는 수레〔法駕〕와 의장대를 하사했는데, 천자의 쓰는 것이나 다름없이 참람되었고, 연회를 베풀고 금은 보화와 비단 등을 하사한 것이 이루 다 기억할 수 없을 지경이었다.

고제(高帝)와 고후(高后)를 위하여 절을 세워 복을 빌었는데, 이때에 상서로운 구름과 감로수(甘露水)의 상서로움이 생겨나고 기이하고 아름다운 조수(뭇 짐승)와 화과(花菓)의 길조가 나타났다. 성조가 크게 기뻐하여 마침내 탑립마를 '만행구족시방 최승등여래 대보법왕(萬行俱足十方最勝等如來大寶法王)'에 봉하고, 금으로 짜고 구슬로 꿴 가사를 하사했으며, 그 막리들을 모두 대국사에 봉했다.

그가 가진 불가의 비법은 신통하여, 환술과 같은 것이 많아서 능히 조그마한 귀신을 잠시 사이에 만 리 밖으로 보내 제철 아닌 얻기 어려운 물건을 가져오게 하는 등, 그의 술법은 현란하고 괴이하고 요망해서 사람의 생각으로는 헤아릴 수 없었다.

당시 서장 각지에 '대승(大乘)'이니 '대자(大慈)'니 하는 법왕의 칭호를 얻은 자도 있었고, 또 천교(闡教) · 천화(闡化) 등의 다섯 교왕(敎王)이 있었다. 이 다섯 교왕의 조공을 바치는 사신들이 서녕(西寧 : 청해성)과 조황(洮潢 : 감숙성 서남쪽) 사이를 쉴 새 없이 다니므로 중국도 일찍부터 그들의 번거로운 비용을 괴롭게 여겼다.

그러나 실상은 융숭한 대접으로 그들을 어리석게 만들었고, 널리 봉호(封號)를 하사하여 제각기 조정에 조공을 하고 조회를 오게 함으로써 그 세력을 남모르게 쪼개었지만, 서번 사람들은 이것을 깨닫지 못했을 뿐더러 또한 중국에서 상으로 주는 하사품을 탐내어 조공하는 것을 이로운 일로 여겼다.

정덕(正德 : 명나라 무종(武宗)의 연호, 1506~1521) 연간에는 중관(中官 : 궁중의 관리)을 보내어 오사장의 활불을 맞이해 오는데 모두 내탕고(內帑庫)의 황금으로 공물을 하고, 황제와 황후 및 왕비와 공주들은 앞 다투어 노리개와 머리꽂이와 패물 같은 보물을 내어 그를 맞이하는 일산을 만들었는데, 그 비용으로 쓴 것이 몇만 금을 헤아릴 정도였다고 한다. 그들은 온 지 10년 만에 돌아가기로 했었는데, 돌아갈 기한이 이미 다 되자 활불은 피해 숨어서 찾아볼 수도 없었고, 가졌던 보옥(寶玉)은 다 없어져 빈 손으로 도망쳐 가 버렸다.

만력(萬曆 : 명나라 신종(神宗)의 연호, 1573~1620) 때에도 신통한 승려인 쇄란견조(鎖蘭堅錯)가 있었는데, 그 역시 중국과 통하여 활불이라 일컬었다고 한다.[7]

---

7) 첫머리에서부터 여기까지는 왕성이 연암에게 들려준 말이다.

이것이 서번 이야기의 대략이다. 한림(翰林)의 서길사(庶吉士) 왕성(王晟)이 일찍이 나를 위하여 그 시말(始末 : 반선의 내력)을 이같이 말했었다. 왕성의 집은 영하(寧夏)로 본래는 채씨(蔡氏)의 아들인데, 자기 말로는 자신의 숙부가 일찍이 차(茶)를 팔기 위하여 국경 밖으로 자주 왕래하면서 서번 지방의 사정을 익혔다고 한다. 또 왕씨는 대대로 서쪽 변방의 관리로 있었기 때문에 왕성은 어려서부터 오사장의 내력을 자못 상세히 알 수 있었다고 한다.

왕성은 금년 초에 평생 처음으로 북경에 들어와 4월 회시(會試)에서 몇 등으로 합격했고, 전시(殿試)에서 열세 번째로 붙었다. 경서(經書)와 역사서를 넓게 알고 기억력이 남보다 뛰어났는데, 내가 우연히 유리창에서 만나 그의 뜻을 살펴보니, 자못 자기도 나를 기이한 인연으로 아는 것 같았다.

또 그는 처음 북경에 와서 교유하는 데도 넓지 못하고 기휘(忌諱 : 비밀이나 불상사 따위를 말하기 꺼림)할 것도 알지 못하면서 그 이튿날 천선묘(天仙廟)로 나를 찾아와서 서번의 승려에 대한 일을 매우 자세히 말해 주었다. 그는 필담(筆談)도 물 흐르듯 하여 박식함과 문장의 아름다움을 자랑하는 듯하나, 역사와 전기에 의거하여 고증해 보면 이것이 실제로 기록되어 있는 것 같았다.

그는 말하기를,

"파사팔을 비롯하여 중국에 들어온 승려 가운데는 현철한 자도 있고 그렇지 않은 자도 있었는데, '활불(活佛)'이란 칭호는 없었다. 활불이란 칭호는 명(明)나라 중기부터 시작하여, 비록 그를 '승왕(僧王 : 중 임금)이라 불렀지만 모두 처자가 있어 그 아들로 대를 잇게 했었습니다. 특히 일찍이 그들의 아내를 중국으로부터 봉해 달라고 요청한 일이 없었으며, <그들에게 하는> 중국의 예우가 비록 이르지 않는 데가 없음에도 다만 이것만은 하지 않았으니, 대개 그 왕들이 모두 승려였기 때문일 것입니다.

홀로 오사장만은 법승들이 서로 대를 이어 스스로 그 땅에서 왕노릇을 하였다. 명(明)나라 중기 이후부터 오래도록 중국으로부터 봉호를 받는 번거로움이 없이, 항상 대법왕(大法王)과 소법왕(小法王) 둘이 있다가 대법왕이 죽을 때는 소법왕에게 '아무데, 아무개의 집에 아이가 태어날 때 이상한 향기가 날 것이니 그것이 곧 나다.' 하고 부탁을 한다는 것입니다.

이리하여 대법왕이 이미 죽고 나서 아무 데서 태어난다고 했던 아이가 과연 태어나고, 아이의 살에서 과연 향기가 나는가를 알아보고 나서 즉시 의장을 꾸미되, 보배로운 일산과 구슬 늘인 양산, 옥가마와 금수레를 갖추어 가지고 가서 그 아이를 한 자〔尺〕 되는 헝겊에 싸서 맞아오게 되는데, 이것은 애당초 파사팔이 향기로운 헝겊에 감촉되어 태어났기 때문이라고 했습니다.

결국 이 아이를 길러서 소법왕으로 삼고 전에 있던 소법왕을 대법왕으로 삼는데, 지금의 반선은 바로 그 대보법왕인 만큼 이미 14대째 환생한 법왕이며, 원(元)나라와 명(明)나라 사이에 있었던 신통한 승려들은 모두 그의 전신이라고 합니다. 그는 오는 도중에 원나라 때 타사가아(打斯哥兒)의 고사(故事), 즉 파사팔의 교를 비단우산을 보내어 맞이한 사실에 대해 역력히 이야기하면서, 이번에 자기를 맞이하는 예식이 간소한 의장과 악기를 써서 위의(威儀)를 갖추지 못했다고 말했습니다. 이에 운휘사(雲麾使)와 난의십이사(鑾儀十二司)에 속한 의장을 모두 내게 하고, 태상시(太常寺)의 법악(法樂)과 청진악(清眞樂)과 흑룡강(黑龍江)의 고취(鼓吹)와 성경(盛京)의 고취 등의 모든 음악을 연주하여 교외에 나가서 영접하게 하였습니다."

라고 한다. 내가,

"태상시의 법악이란 무엇인가요?"

하고 물었더니 그는,

"자세히 모릅니다."

라고 대답하여 내가,

"청진악은 어떤 것인가요?"

하고 물었더니 그는,

"회교도들이 뜯는 70줄로 된 큰 비파입니다."

라고 대답한다. 나는,

"흑룡강의 고취란 무엇입니까?"

하고 물었더니 그는,

"12개의 구멍이 뚫린 용적(龍笛 : 피리)으로, 자와가등(刺窩哥登)이라고 하는데, 그 악기에 대해서는 상세히 알지 못합니다."

라고 한다. 나는,

"운휘사(雲麾使)와 난의(鑾儀)란 어떤 것입니까?"

하고 물었더니 그는,

"노마(路馬)[8]에 견주면 택도 없습니다."

라고 한다. 이때 주 거인(周擧人)이 옆에 있다가 훈상(訓象)·훈마(訓馬)·정편(靜鞭)·골타(骨朶)·종천(椶薦)·비두(篦頭)·선수(扇手)·반검(班劍)[9] 등을 죽 늘여 쓰는데 그 종목이 수없이 많았다. 그런데 그가 이내 먹으로 지워버려서 알 수 없게 되었다.

왕 한림(王翰林)의 자는 효정(曉亭)이다. 효정은 또 말하기를,

"반선은 오는 도중에 중국의 내각(內閣)을 상대로 말하기를, '조왕(趙王)이 보운전(寶雲殿)의 동편 마루에서 나를 위하여 『금강경(金剛經)』을 쓰던 중, 겨우 29자를 쓰자 때마침 가경문(嘉慶門)에 불이 붙어 조왕은 놀라서 정신이 산란하여 능히 다시 쓰지 못하였다. 그러나 그 글씨는 천하의 보배가 되었는데, 지금 그 글씨가 어디에 있느냐고 물은 것을 <내각의> 학사(學士)가 황제에게 아뢰었다.'라고 합니다. 조왕이란 조맹부(趙孟頫)[10]를

---

8) 노마(路馬) : 노(路)는 큰 수레이고, 마(馬)는 승마(乘馬)이다. 『시경(詩經)』 소아(小雅) 어조지십(魚藻之什) 채숙장(采菽章)에 나오는 말이다. 운휘사와 난의위는 황제가 거둥할 때 호위하고 위의를 갖추는 임무를 담당하는 관서이다.

9) 훈상(訓象)·훈마(訓馬)·정편(靜鞭)·골타(骨朶)·종천(椶薦)·비두(篦頭)·선수(扇手)·반검(班劍) : 이 여덟 가지는 황제가 거둥할 때에 동원하는 기물의 명칭이다.

말하는 것입니다.

패엽(貝葉)[11]에 29자를 옻으로 썼는데, 세상에서는 무슨 까닭에 단지 29자만 썼는지 모르고 있습니다. 이 글씨는 처음에 성안사(聖安寺) 부처 뱃속에 감추어 두었던 것을 명(明)나라 천계(天啓 : 명나라 희종(熹宗)의 연호, 1621~1627) 연간에 축씨(祝氏) 성을 가진 강남 지방의 큰 장사치가 부처 몸뚱이를 고쳐 새기다가 글씨를 얻어서 몰래 가지고 돌아갔답니다.

본조(本朝 : 청나라) 강희 연간에 황제가 남방으로 순행하는데 이과(李果)라는 늙은 선비가 이 글씨를 가져다 바치자, 드디어 이것이 비부(秘府)에 간직되었고, 무근전(懋勤殿)[12]에는 황제가 이 글씨를 모사(摹寫)한 것까지 간직해 두었습니다.

창정(滄亭)에 이르자 반선이 글씨를 대하게 되었는데, 이에 탑본(搨本)을 보여 주었더니 반선이 '아니다. 처음 쓴 글씨는 글씨의 힘이 고르지 못하다.'라고 하였습니다. 그리하여 마침내 패엽에 쓴 진적(眞蹟 : 진짜 필적)을 보여 주었더니 기뻐하면서 '이 글씨야말로 진짜이다.'라고 했답니다."

---

10) 조맹부(趙孟頫) : 원나라 때의 화가이자 서예가. 그림은 산수·화훼·죽석·인마 등에 뛰어났고, 서예는 특히 해서·행서·초서의 품격이 높았다.

11) 패엽(貝葉) : 다라수(多羅樹) 나뭇잎. 인도에서는 불경을 베끼는 종이로 사용한다.

12) 무근전(懋勤殿) : 자금성(紫禁城) 대궐 안에 있는 전각인데, 그림과 글씨를 진열해 두는 곳이다.

하고 또 말하기를,

“영락천자(永樂天子)가 나와 함께 영곡사(靈谷寺)에서 분향을 하는데, 천자의 수염이 아름다워서 수염을 쥐고 품속으로 넣다가 갓끈을 건드려 끊어지게 되는 바람에 구슬 두 개가 떨어져 없어지니, 천자가 노하여 태감(太監) 위방정(魏芳庭)을 꾸짖었습니다. 그런데 이때 유리국사(琉璃國師)가 흰 코끼리를 타고 뒤에 따라와서 육환장(六環杖 : 고리가 여섯 개 달린 지팡이)으로 절 문지기를 치니 문지기가 무서워서 떨며 우는데, 국사가 손바닥으로 눈물을 받자 구슬 두 개가 도로 나왔고, 태감도 이로써 꾸지람을 면했다고 하였습니다.

제가 이런 일을 안 것은 유걸(劉傑)의 『오운비기(五雲秘記)』에 실린 말을 읽은 것인데, 역대의 궂은일과, 좋은 일, 제왕들의 오래 살 것과 일찍 죽을 것을 모두 점괘(占卦)처럼 적어둔 것으로 이 책은 금서(禁書)가 되어, 민간에서는 얻을 수 없고 오직 비부에 간직해 둔 것이 있을 뿐인데, 반선은 어디에서 이것을 알았겠습니까?

반선이 또 말하기를, ‘정덕천자(正德天子 : 명나라 무종(武宗))를 자기의 표방(豹房 : 표범 우리)에서 만났다’라고 했는데, 정덕 시대에는 소위 활불이 아직 중국에 들어오지 않았음은 모두 증거가 있고, 옛 사람들의 전기 중에도 대부분 그렇게 말했습니다. 그러나 수백 년 동안 아득히 멀어지고 내력이 끊어졌으니 모두가 모호한 일입니다. 이 때문에 반선이 바로 파사팔의 후신이라고 말하기도 하고, 혹은 탑립마라고도 하고, 혹은 앞 시대에 있었던 활불들은 모두 반선의 윤회로 환생했다고 하는데, 그 진위를 억지로 단정할 수 없는 일입니다."
라고 한다.

내가 열하에 있을 때 몽고 사람 경순미(敬旬彌)가 나를 위해 말하기를,

"서번(西番)은 옛날 삼위(三危 : 나라 이름) 땅으로 '순(舜)임금이 삼묘(三苗)를 삼위로 쫓아 보냈다'[13]는 곳이 바로 그 땅입니다. 그 나라는 셋으로 되어 있는데, 하나는 위(衛)나라라고 하여 달뢰라마(達賴喇嘛)가 사는 곳인데 옛날의 오사(烏斯)요, 또 하나는 장(藏)나라라고 하여 반선라마(班禪喇嘛)가 사는 곳인데 옛날의 이름도 역시 장이요, 또 하나는 객목(喀木)나라라고 하여 다시 서쪽으로 더 나가 있는데 이곳에는 대라마(大喇嘛)는 없고, 옛날에는 강국(康國)이라고 하였습니다.

그 땅들은 사천성(四川省) 마호(馬湖)의 서쪽에 있어 남쪽으로는 운남(雲南)으로 통하고, 동북쪽으로는 감숙(甘肅)과 통합니다. 당나라 원장법사(元裝法師)[14]가 삼장(三藏)으로 들어갔다는 곳이

13) 순(舜)임금이 …… 보냈다 : 『서경(書經)』 순전(舜典)에 나온다. 삼묘(三苗)는 중국 요순(堯舜) 시대에 강주(江州)·회주(淮州)·형주(荊州)에 자리 잡고 있던 오랑캐 종족을 말한다.

14) 원장법사(元裝法師) : 『서유기(西遊記)』에 나오는 당나라의 승려 현장법사(玄裝法師). 현(玄)은 청나라 강희 황제의 이름이 현엽(玄燁)이기 때문에 이를 피하기 위해 원(元)이라고 했고, 장(裝)은 장(奘)이

바로 그 땅입니다. 원장법사가 갈 적에는 이 땅에 사람이 없었고 큰 물만 있었는데, 그가 돌아올 적에는 물은 말라버리고 촌락이 생겼으며, 당나라의 중엽에 이르러서는 갑자기 토번(吐蕃)이란 큰 나라가 생겨서 중국의 걱정거리가 되었습니다.

그러나 부처를 숭상했는지는 알 수 없고, 원나라의 초기에 불교가 북쪽으로 흘러들어 토번에 승려가 생겼는데, 그를 파사파(巴斯巴) -파(巴)는 팔(八)과 음이 같으니, 바로 파사팔(巴思八)이다. -라고 불렀으나, 이것도 별호이지 이름은 아니었습니다. 그는 큰 신통력(神通力)을 갖추고 있어 원나라의 초기에 제사(帝師)로서 대보법왕에 봉했고, 그가 죽은 뒤에는 그의 조카로 대를 잇게 했습니다.

명나라 초기에 여러 법왕들이 중국에 와서 조회했을 때 성조(成祖)는 당나라의 예법을 거울로 삼아 모두 두텁게 우대하였는데, 그 승려들도 역시 환술(幻術)을 할 줄 알아서 더욱 높여 대우해 주었습니다.

지금의 라마는 대체로 명나라 중엽 때부터 시작된 것으로, 종객파(宗喀巴)라는 뛰어난 중이 역시 먼 곳으로부터 와서 서장에 들어갔는데, 이상한 술법을 가지고 있어서 한 번 보면 곧바로 사람마다 놀라 자빠졌다고 합니다. 게다가 남의 몸에서 다시 태어난다는 말도 있었는데 모든 법왕들이 모두 스승으로 삼아 스스로 그의 제자의 반열에 들기를 달갑게 여겼습니다.

다.

종객파는 두 제자에게 대를 전했는데, 첫째는 달뢰라마(達賴喇嘛)이고, 둘째는 반선 액이덕니(班禪額爾德尼)라고 했습니다. 달뢰라마는 현재 7대를 거듭 남의 몸에서 환생했고, 반선라마는 4대째 남의 몸에서 다시 태어났다고 합니다. 본조(本朝 : 청나라)의 천총(天聰 : 청나라 태종의 연호, 1627~1636) 때에 반선은 동방에 성인이 태어난 것을 알고 큰 사막을 넘어 사신을 보내서 조공을 바쳤는데, 이로부터 해마다 사신들을 보내서 조공을 드리게 되었습니다.

강희 때에 인조(仁祖)는 〈반선을〉 중국으로 입조(入朝)시키고자 하였으나 한 번도 온 적이 없었으며, 지난 해 - 그는 스스로 주를 내기를 곧 금년이라고 하였다.[15] 만수절(萬壽節)에야 들어와서 황제를 뵙기를 청했으므로 두텁게 우대해 주는 것입니다.

대체로 그 교는 이름은 불교라고 하지만 실상은 도교(道教)였습니다. 정신이나 술법이나 주문(呪文) 같은 것이 도가(道家)와 서로 비슷하고, 그 글이 넓고 깊으며 과장해 말하는 것이 또한 도가보다 지나치고 있습니다.

이 두 사람 외에 또 호도극도(胡圖克圖)[16]란 자가 있으니, 모두 그의 제자로서 역시 5, 6대 이상을 남의 몸에서 환생한 사람

---

15) 스스로라는 것은 왕효정을 일컫는다.

16) 호도극도(胡圖克圖) : 장생불로의 뜻으로, 내몽고의 활불을 말한다. 호도극도(呼圖克圖)라고도 하며, 티베트 불교에서 달라이라마(달뢰라마)와 판첸라마(반선라마) 다음으로 주어지는 호칭이다.

도 많다고 합니다. 그들은 국왕의 스승으로서 신통력은 없고, 다만 선리(禪理 : 참선의 이치)에 대한 것을 잘 말했다고 합니다."
라고 했다. <경순미는> 또 말하기를,

"이름은 불교이고 실상은 도교라고 하는 말은 곧 이것을 두고 말한 것입니다."
라고 한다. 그러나 그 말은 자못 분명하지 못하고, 왕성(王晟)이 말한 것과도 많이 다른 점이 있다. 그(왕성)의 말에는, '명나라 중엽에 종객파라고 하는 특이한 중이 있었고, 그 맏제자는 달뢰라마라 하고, 다음은 반선 액이덕니이다.'라고 하고, 그는 또 말하기를, '천총 때에 반선이 큰 사막을 넘어 조공하러 왔다.'고 하였으니, 천총은 명나라의 중엽으로부터 100여 년이나 거리가 있었고, 지금까지는 천송과의 거리가 또 100여 년이 되니, 한 사람이 지금까지 살아온 것인가? 아니면 4대째 남의 몸에서 환생해서 한 이름만 그대로 답습한 것인가? 그리고 소위 호도극도라는 자는 또 누구의 제자란 말인가?

나는 또,

"국왕의 스승으로서 선리(禪理)를 잘 말하는 자는 누구를 가리킨 것입니까?"
하고 물었으나, 순미는 모두 대답하지 않고 마침내 딴 이야기를 하였다.

돌아오는 길에 장성(長城)에 들렀을 때, 장성 아래에서 어느 길손 하나를 만나 서번(西番)의 일에 대해 물었더니 길손은 대답하기를,

“서번은 옛날 토번(吐蕃) 땅으로, 장교(藏敎)를 숭상하고 있으니 역시 황교(黃敎)라고도 부릅니다. 본래 그 나라의 풍속이 그러한 것으로, 중이란 명칭은 특별히 붙인 것이 아니라 중국 사람들이 그를 중이라고 부르는데, 실상 불교와는 판이하게 다른 것입니다.”

라고 한다. 지금 중국의 불교는 없어진 지 오래되었으니, <내가> 열하에 있을 때 비록 조정의 귀관(貴官)들이라도 도리어 나에게 반선의 모습을 물어보았으니, 대개 친왕(親王)이나 부마나 또는 조선의 사신이 아니고서는 만나보지 못하기 때문이다.

나는 연경(燕京)으로 돌아오자 날마다 유황포(兪黃圃), 진립재(陳立齋) 등 여러 사람들과 놀았는데, 그들은 일찍이 한마디도 반선에 대해 말을 하지 않았다. 내가 혹시 물어보면 번번이,

“원나라와 명나라 간에 있었던 일입니다.”

하고 또,

“우리들은 자세히 알 수가 없습니다.”

라고 하여 마침내 한마디도 즐겨 말하지 않았다.

어느 날 내가 태사(太史) 고역생(高棫生)과 함께 단가루(段家樓)에서 술을 마시다가 고 태사가 반선에 대해 언급하며 바야흐로 이야기를 꺼내려 하는데, 그 자리에 풍생(馮生 : 풍병건(馮秉健))이란 자가 있다가 눈짓을 하여 멈추게 하니, 나는 매우 괴이하게 여겼다.

한참 후에야 들으니, 산서(山西)에 사는 포의(布衣) 하나가 일곱 가지 조목으로 상소했는데, 그중에 한 조목에서 반선의 이야

기를 크게 말했다가 황제가 대단히 노하여 살을 벗겨 죽이라고 명했다고 한다. 우리나라의 역부(驛夫 : 마부)들이 이것을 선무문(宣武門) 밖에서 많이 보았다고 한다.

이로부터는 감히 다시는 반선의 일을 물어보지 못했으니, 비록 유황포와 진립재처럼 서로 친한 사이에도 그러했고, 더구나 산서의 포의 선비는 성명도 알아볼 수 없었다. 혹자는 상소를 올린 자는 거인(擧人) 장자여(張自如)라고 한다.

서번의 시말(내력)은 대체로 왕효정(王曉亭)의 말만큼 자세한 것이 없는데, 〈반선이 열하에서〉 찻물〔茶〕을 뿌려서 〈북경의〉 불을 끄고, 물결을 무릅쓰고 〈맨발로 걸어서〉 바다를 건넜다는 것과 같은 일은 모두 난파(欒巴)[17]나 달마(達摩)의 지난 사적이므로 여기에서는 쓰지 않기로 하겠다. ―유황포의 이름은 세기(世琦), 진립재의 이름은 정훈(庭訓), 고 태사의 이름은 역생(棫生)이고, 모두 거인(擧人)이다.

---

17) 난파(欒巴) : 후한 때의 도가(道家)로, 자는 숙원(叔元)이다. 설날 아침 조회 때 술을 머금고 고향 성도 쪽을 향해 뿜었다. 후에 알아보니 성도에 큰 불이 났고 큰 비가 내렸는데 술 냄새가 났다고 한다.

原文

班禪始末
반 선 시 말

班禪額爾德尼　西番烏斯藏大寶法王　西番在四川雲
반 선 액 이 덕 니　서 번 오 사 장 대 보 법 왕　서 번 재 사 천 운
南徹外　烏斯藏　蓋在靑海之西　經唐吐蕃故地　去湟中
남 철 외　오 사 장　개 재 청 해 지 서　경 당 토 번 고 지　거 황 중
五千餘里.
오 천 여 리

或曰　班禪　乃藏理佛　所謂三藏　乃其地也　班禪額
혹 왈　반 선　내 장 리 불　소 위 삼 장　내 기 지 야　반 선 액
爾德尼　番語猶云光明神智法僧　自言其前身巴思八
이 덕 니　번 어 유 운 광 명 신 지 법 승　자 언 기 전 신 파 사 팔
其言多誕怪不經　然道術高明　時有徵驗云.
기 언 다 탄 괴 불 경　연 도 술 고 명　시 유 징 험 운

蓋巴思八者　土波女子曉出汲　見尺帕浮水　携取爲佩
개 파 사 팔 자　토 파 여 자 효 출 급　견 척 파 부 수　휴 취 위 패
久之漸化爲凝脂有異香　食而甘美　遂有人道之感　生
구 지 점 화 위 응 지 유 이 향　식 이 감 미　수 유 인 도 지 감　생
巴思八　生卽神聖.
파 사 팔　생 즉 신 성

元世祖在沙漠　聞其幼能誦楞伽諸經至萬卷　遣使迎
원 세 조 재 사 막　문 기 유 능 송 능 가 제 경 지 만 권　유 사 영
之　慧旨圓朗　法身全香　步合天神　音中鍾呂　帝大悅
지　혜 지 원 랑　법 신 전 향　보 합 천 신　음 중 종 려　제 대 열
如見如來　當時姚史諸賢　皆自以不及也.
여 견 여 래　당 시 요 사 제 현　개 자 이 불 급 야

能諧聲 造蒙古新字 頒示天下 賜號大寶法王 乃佛
능해성 조몽고신자 반시천하 사호대보법왕 내불
之尊號 非有土王爵 蓋法王之號始此 及歿 賜號皇天
지존호 비유토왕작 개법왕지호시차 급몰 사호황천
之下一人之上宣文大聖至德眞智大元帝師.
지하일인지상선문대성지덕진지대원제사

後有請繖壓魔之戱 發卒數萬 皆執袴繡袍 車騎幡寶
후유청산압마지희 발졸수만 개환고수포 거기번보
蓋 皆飽以金珠寶玉 錦繡綾綵 圍列皇城 游歷四門
개 개포이금주보옥 금수릉채 위열황성 유역사문
復導以蕃漢細樂 迎繖入宮 謂之巴思八敎 然已與本
부도이번한세악 영산입궁 위지파사팔교 연이여본
敎旨意大乖 棼糅幽怪 雜以鬼道.
교지의대괴 분유유괴 잡이귀도

帝及后妃公主 俱素食 迎繖膜拜 與億兆導福 所謂
제급후비공주 구소식 영산모배 여억조도복 소위
打斯哥兒 値巴思八遊日 至有破家傾產 萬里來觀者
타사가아 치파사팔유일 지유파가경산 만리래관자
終元之世 歲以爲常 其崇奉其敎如此.
종원지세 세이위상 기숭봉기교여차

同時有澹巴 後有珈璘眞 皆番僧善秘密法 然皆異巴
동시유담파 후유가린진 개번승선비밀법 연개이파
思八敎 能通他心 微中帝心內事 帝皆師之 而當時亦
사팔교 능통타심 미중제심내사 제개사지 이당시역
未有投胎奪舍之說.
미유투태탈사지설

洪武初 廣諭西番諸國 於是烏斯藏 先遣使朝貢 其
홍무초 광유서번제국 어시오사장 선견사조공 기
王蘭巴珈藏卜者僧也 猶自稱帝師 是時諸番帝師及大
왕난파가장복자승야 유자칭제사 시시제번제사급대

寶法王 已爲有國之號 如漢唐時單于可汗之稱.
보법왕 이위유국지호 여한당시선우가한지칭

帝悉改帝師爲國師 而賜玉印 帝自審玉理 更製美玉
제실개제사위국사 이사옥인 제자심옥리 경제미옥

其文有出天行地宣文大聖等號 爲史者省之也 印此所
기문유출천행지선문대성등호 위사자생지야 인차소

賜璽書 雙螭結鈕.
사새서 쌍리결뉴

其後西番諸國稱法王帝師 益遣使 達名號於天子之
기후서번제국칭법왕제사 익견사 달명호어천자지

庭者 無慮數十國 則悉改封國師 或加大國師以寵異
정자 무려수십국 즉실개봉국사 혹가대국사이총이

之.
지

成祖時 遣駙馬迎番僧嗒立麻 賜法駕半仗 僭儗天子
성조시 견부마영번승탑립마 사법가반장 참의천자

宴賚金銀寶鈔綵緞 不可記億.
연뢰금은보초채단 불가기억

爲高帝高后建齋薦福 於是獲卿雲甘露之祥 鳥獸花
위고제고후건재천복 어시획경운감로지상 조수화

菓之瑞畢現 成祖大悅 遂封嗒立麻萬行俱足十方最勝
과지서필현 성조대열 수봉탑립마만행구족시방최승

等如來大寶法王 賜織金絡珠袈裟 悉封其徒爲大國師.
등여래대보법왕 사직금락주가사 실봉기도위대국사

其梵秘神通 類多幻術 能役使小鬼 頃刻立致萬里外
기범비신통 유다환술 능역사소귀 경각립치만리외

非時難得之物 變眩怪妄 非人思慮所可測度.
비시난득지물 변현괴망 비인사려소가측탁

當時諸藏之得大乘大慈等法王號 又有闡教闡化等五
당시제장지득대승대자등법왕호 우유천교천화등오

敎王　五敎王貢使　羅絡西寧洮潢之間　而中國亦嘗苦
교왕　오교왕공사　나락서녕조황지간　이중국역상고
其煩費.
기번비

然實愚之以優禮　廣錫封號　使各自通貢入朝　以陰分
연실우지이우례　광석봉호　사각자통공입조　이음분
其勢　番人不覺也　亦貪中國賞賚　以貢爲利.
기세　번인불각야　역탐중국상뢰　이공위리

正德中遣中官　迎烏斯藏活佛　悉帑中黃金爲供具　帝
정덕중견중관　영오사장활불　실탕중황금위공구　제
后及妃主爭發奩裝首飾璣琲以爲繖　費萬萬計　以十年
후급비주쟁발렴장수식기배이위산　비만만계　이십년
爲往　返期旣至　活佛避匿不可見　盡喪其寶玉　徒手遁
위왕　반기기지　활불피닉불가견　진상기보옥　도수둔
還.
환

萬曆時　又有神僧鎖蘭堅錯　亦通中國　稱活佛.
만력시　우유신승쇄란견조　역통중국　칭활불

此其西番大略也　翰林庶吉士王晟　嘗爲余言　其始末
차기서번대략야　한림서길사왕성　상위여언　기시말
如此　晟家寧夏　本蔡氏子　自言其叔父嘗販茶　數往來
여차　성가영하　본채씨자　자언기숙부상판다　삭왕래
徼外　習番事　且王氏世世西陲吏目　晟自其幼時　頗詳
요외　습번사　차왕씨세세서수리목　성자기유시　파상
烏斯諸藏始末.
오사제장시말

晟今年初　生平始入京師　四月中會試第幾名　殿試中
성금년초　생평시입경사　사월중회시제기명　전시중

十三名 博洽經史 强記絶人 偶逢余琉璃廠中 察其意
십삼명 박흡경사 강기절인 우봉여유리창중 찰기의

頗自爲奇遇.
파자위기우

且其初來京師 交游未廣 不識忌諱 明日訪余天仙廟
차기초래경사 교유미광 불식기휘 명일방여천선묘

語番僧事甚詳 筆語如流 頗示博雅 然攷據史傳 此似
어번승사심상 필어여류 파시박아 연고거사전 차사

爲實錄.
위실록

自巴思八入中國者 或賢或否 而未有號活佛 活佛之
자파사팔입중국자 혹현혹부 이미유호활불 활불지

稱 始於中明 雖名僧王 皆有妻子 以子爲嗣 特未嘗
칭 시어중명 수명승왕 개유처자 이자위사 특미상

要妻誥封於中國 中國禮遇 雖無所不至 而特不及此
요처고봉어중국 중국예우 수무소부지 이특불급차

蓋爲其王皆僧也.
개위기왕개승야

獨烏斯藏法僧相繼 自王其地 自中明以後 久不煩中
독오사장법승상계 자왕기지 자중명이후 구불번중

國封號 常有大小二法王 大法王死時 囑其小法王 某
국봉호 상유대소이법왕 대법왕사시 촉기소법왕 모

地某人家兒生 有異香 卽我也.
지모인가아생 유이향 즉아야

大法王已死 而某地所囑兒 亦已生矣 驗兒肌膚果香
대법왕이사 이모지소촉아 역이생의 험아기부과향

卽具幡寶蓋 珠繖玉轝金輦 往迎兒 以尺帕裹至 以巴
즉구번보개 주산옥여금련 왕영아 이척파과지 이파

思八感香帕而生故也.
사팔감향파이생고야

遂儲養爲小法王 前小王爲大法王 卽今班禪 乃其大
수 저 양 위 소 법 왕 전 소 왕 위 대 법 왕 즉 금 반 선 내 기 대
寶法王 已十四世投胎 元明間所有神僧 皆其前身 在
보 법 왕 이 십 사 세 투 태 원 명 간 소 유 신 승 개 기 전 신 재
道歷歷 言元時打斯哥兒故事 乃迎織巴思八敎 今來
도 역 력 언 원 시 타 사 가 아 고 사 내 영 산 파 사 팔 교 금 래
迎我細仗鼓吹 不成儀衛 於是悉發 雲麾使鑾儀十二
영 아 세 장 고 취 불 성 의 위 어 시 실 발 운 휘 사 난 의 십 이
司賀仗 太常法樂淸眞樂 黑龍江鼓吹 盛京鼓吹郊迎
사 하 장 태 상 법 악 청 진 악 흑 룡 강 고 취 성 경 고 취 교 영
余問法樂 對未之詳也 問淸眞樂 對回子七十絃大瑟
여 문 법 악 대 미 지 상 야 문 청 진 악 대 회 자 칠 십 현 대 슬
問黑龍江鼓吹 曰十二孔龍笛 刺窩哥登 未詳其器 問
문 흑 룡 강 고 취 왈 십 이 공 용 적 자 와 가 등 미 상 기 기 문
雲麾使鑾儀 曰 不齒路馬 時周擧人在旁 列書訓象
운 휘 사 난 의 왈 불 치 노 마 시 주 거 인 재 방 열 서 훈 상
訓馬 靜鞭 骨朶 椶薦 篦頭 扇手 班劍 其目無數
훈 마 정 편 골 타 종 천 비 두 선 수 반 검 기 목 무 수
隨卽墨抹 殊未可曉也.
수 즉 묵 말 수 미 가 효 야

王翰林字曉亭 曉亭又言班禪在道 對內閣言 趙王在
왕 한 림 자 효 정 효 정 우 언 반 선 재 도 대 내 각 언 조 왕 재
寶雲殿東廂下 爲我書金剛經 纔書二十九字 時嘉慶
보 운 전 동 상 하 위 아 서 금 강 경 재 서 이 십 구 자 시 가 경
門焚 趙王驚意遂散 不能復書 然爲天下寶 今書安在
문 분 조 왕 경 의 수 산 불 능 부 서 연 위 천 하 보 금 서 안 재
學士以聞 趙王者 趙孟頫也.
학 사 이 문 조 왕 자 조 맹 부 야

貝葉漆書廿九字 世不知爲何 只有此廿九字 初藏聖
패엽칠서입구자 세부지위하 지유차입구자 초장성
安寺佛腹中 明天啓中 江南大賈祝姓 改塑佛軀 得書
안사불복중 명천계중 강남대고축성 개소불구 득서
潛持歸.
잠지귀

本朝康熙中巡南方 耆儒李果持獻此書 遂爲秘府珍
본조강희중순남방 기유이과지헌차서 수위비부진
藏 懋勤殿具有御摹.
장 무근전구유어모

及于滄亭臨書 乃以搨本示之曰 非也 初書力叉羅也
급우창정림서 내이탑본시지왈 비야 초서력조라야
遂示貝葉眞蹟 喜曰 此書眞切是也 又言 永樂天子
수시패엽진적 희왈 차서진절시야 우언 영락천자
與我燒香靈谷寺 天子美鬚髥 攬鬚納懷中 觸斷瓔珞
여아소향영곡사 천자미수염 람수납회중 촉단영락
逸二珠 天子怒詰太監魏芳庭 時琉璃國師騎白象後至
일이주 천자노힐태감위방정 시유리국사기백상후지
以六環杖擊寺門揭諦 揭諦戰懼泣 國師以掌承淚 還
이육환장격사문게체 게체전구읍 국사이장승루 환
得二珠 太監由是免究.
득이주 태감유시면구

我殊知狀 此在劉傑五雲秘記 有歷代災祥帝王壽夭
아수지상 차재유걸오운비기 유역대재상제왕수요
皆讖緯言 爲禁書 民間不得收 獨藏秘府 班禪安從知
개참위언 위금서 민간부득수 독장비부 반선안종지
此.
차

班禪又言 正德天子 會我豹房 正德時 所謂活佛
반선우언 정덕천자 회아표방 정덕시 소위활불

未嘗入中國　而其事俱有徵　多前輩傳記中語　然遼絶
미 상 입 중 국　이 기 사 구 유 징　다 전 배 전 기 중 어　연 료 절

數百年間　殊爲恍惚　以此謂班禪　乃巴思八後身　或爲
수 백 년 간　수 위 황 홀　이 차 위 반 선　내 파 사 팔 후 신　혹 위

嗒立麻　或言前代所有活佛　皆此輪轉　未可臆斷其眞
탑 립 마　혹 언 전 대 소 유 활 불　개 차 윤 전　미 가 억 단 기 진

否也.
부 야

余在熱河時　蒙古人敬旬彌爲余言　西番古三危地　舜
여 재 열 하 시　몽 고 인 경 순 미 위 여 언　서 번 고 삼 위 지　순

竄三苗于三危　乃其地也　其國有三　一曰衛　達賴喇嘛
찬 삼 묘 우 삼 위　내 기 지 야　기 국 유 삼　일 왈 위　달 뢰 라 마

所居　古之烏斯也　一曰藏　班禪喇嘛所居　古亦曰藏
소 거　고 지 오 사 야　일 왈 장　반 선 라 마 소 거　고 역 왈 장

一曰喀木　更在西　無大喇嘛　古曰康國.
일 왈 객 목　갱 재 서　무 대 라 마　고 왈 강 국

其地在四川馬湖之西　南通雲南　東北通甘肅　唐元裝
기 지 재 사 천 마 호 지 서　남 통 운 남　동 북 통 감 숙　당 원 장

法師入三藏　乃其地也　元裝去時　其地無人乃大水　及
법 사 입 삼 장　내 기 지 야　원 장 거 시　기 지 무 인 내 대 수　급

回時　卽水消而有聚落　至中唐時　輒成吐蕃大國　爲中
회 시　즉 수 소 이 유 취 락　지 중 당 시　첩 성 토 번 대 국　위 중

原患.
원 환

然未知奉佛　元初佛敎北流　有蕃僧曰巴斯巴 – 巴與八
연 미 지 봉 불　원 초 불 교 북 류　유 번 승 왈 파 사 파　파 여 팔

同音　乃巴思八也.　亦號非名也　具大神通　元初封爲帝師
동 음　내 파 사 팔 야　역 호 비 명 야　구 대 신 통　원 초 봉 위 제 사

大寶法王 皆身歿以姪爲嗣.
대보법왕 개신몰이질위사

明初 諸法王來朝 成祖有鑑于唐 皆優禮之 其僧亦
명초 제법왕래조 성조유감우당 개우례지 기승역

皆有幻術 益見尊禮.
개유환술 익견존례

今之喇嘛 大約始於明之中葉 有異僧曰 宗喀巴 來
금지라마 대약시어명지중엽 유이승왈 종객파 내

亦遠方 入西藏 有異術 一見卽令人傾倒 且有投胎奪
역원방 입서장 유이술 일견즉령인경도 차유투태탈

舍之說 諸法王皆以爲師 而自甘退就弟子之列.
사지설 제법왕개이위사 이자감퇴취제자지렬

宗喀巴傳有二弟子 長曰達賴喇嘛 次曰班禪額爾德
종객파전유이제자 장왈달뢰라마 차왈반선액이덕

尼 達賴喇嘛 目今投胎七世 班禪喇嘛 投胎四世 本
니 달뢰라마 목금투태칠세 반선라마 투태사세 본

朝天聰時 班禪越過大漠 遣使來貢 知東方之生聖人
조천총시 반선월과대막 유사래공 지동방지생성인

自是年年遣使入貢.
자시년년유사입공

康熙時 仁祖欲其入朝 而未嘗來 去年－自註 卽今本年
강희시 인조욕기입조 이미상래 거년 자주 즉금본년

萬壽節 乃請入覲 故優禮之.
만수절 내청입근 고우례지

大約其教僧名而道家實也 其觀想運氣持咒 與道家
대약기교승명이도가실야 기관상운기지주 여도가

相類 而其書之博深夸大 亦過道家.
상류 이기서지박심과대 역과도가

此二人外 又有胡圖克圖者 皆其弟子也 亦能投胎奪
차이인외 우유호도극도자 개기제자야 역능투태탈

舍 有五六世者多矣 國王之師無神通 但善言禪理 又
사 유오륙세자다의 국왕지사무신통 단선언선리 우

曰 僧名道實之說 卽此其爲說 頗不分明 與王晟所言
왈 승명도실지설 즉차기위설 파불분명 여왕성소언

大有異同 其言曰 明之中葉 有異僧曰宗喀巴 其弟子
대유이동 기언왈 명지중엽 유이승왈종객파 기제자

長曰達賴喇嘛 次曰班禪額爾德尼 又曰天聰時 班禪
장왈달뢰라마 차왈반선액이덕니 우왈천총시 반선

越過大漠來貢 天聰距中明可百餘年 今距天聰又百餘
월과대막래공 천총거중명가백여년 금거천총우백여

年 以一人而常住至今耶 抑投胎四世而常襲其一名耶
년 이일인이상주지금야 억투태사세이상습기일명야

所謂胡圖克圖者 又誰弟子也.
소위호도극도자 우수제자야

余又詢國王之師 善言禪理者 又指誰也 旬彌皆不對
여우순국왕지사 선언선리자 우지수야 순미개부대

竟爲他語也.
경위타어야

還入塞時 與一客語長城下 詢西番事 客對曰 西番
환입새시 여일객어장성하 순서번사 객대왈 서번

故吐蕃地也 奉藏敎 亦名黃敎 本自其國俗然也 非另
고토번지야 봉장교 역명황교 본자기국속연야 비영

立僧名 而中國人謂之僧 其實大異佛敎 目今中國佛
립승명 이중국인위지승 기실대이불교 목금중국불

敎廢久矣 在熱河時 雖朝貴 反問余班禪狀貌 蓋非親
교폐구의 재열하시 수조귀 반문여반선상모 개비친

王額駙及朝鮮使者 未之得見故也.
왕액부급조선사자 미지득견고야

旣還燕 日與兪黃圃陳立齋諸人游 而諸人者 未嘗一
기환연 일여유황포진립재제인유 이제인자 미상일

言及班禪　卽余有所詢　輒曰　有元明間已例　又曰　吾
언급반선　즉여유소순　첩왈　유원명간이례　우왈　오

輩所不能詳　竟莫肯一言.
배소불능상　경막긍일언

一日余與高太史棫生　飮酒段家樓　高太史言班禪事
일일여여고태사역생　음주단가루　고태사언반선사

方發　端座有馮生者　目止之　余甚怪之.
방발　단좌유풍생자　목지지　여심괴지

久之聞山西布衣　有以七條上疏者　其一盛論班禪　帝
구지문산서포의　유이칠조상소자　기일성론반선　제

大怒命剮之　我東驛夫多見之宣武門外云.
대노명과지　아동역부다견지선무문외운

自是不敢復詢班禪事　雖相歡如兪陳兩生　又不得山
자시불감부순반선사　수상환여유진양생　우부득산

西布衣姓名　或曰　上疏者　擧人張自如云.
서포의성명　혹왈　상소자　거인장자여운

西番始末　大抵莫詳於王曉亭所言　如灑茶滅火　凌波
서번시말　대저막상어왕효정소언　여쇄다멸화　능파

渡河　俱有欒巴達摩往蹟　故不著於此. －兪黃圃名世琦　俱
도하　구유난파달마왕적　고부저어차　유황포명세기　구

擧人　陳立齋名庭訓　高太史名棫生.
거인　진립재명정훈　고태사명역생

반선시말 후지(班禪始末後識)[1]

가만히 말하건대, 옛날의 제왕들은 상대되는 자로부터 자기가 능히 배운 뒤에 그 사람을 신하로 삼았으므로 더욱 성스러웠고, 천자로서 필부(匹夫 : 일반 백성)와 벗 삼는 것을 자기의 높은 지위가 깎이지 않는다고 생각했으므로 더욱 크게 되었으나, 후세에는 이러한 도가 없어졌다. 그런데 다만 호승(胡僧 : 오랑캐 승려)이라든가 방술(方術)이라든가 삐뚤어진 도라든가 하는 이단의 학설에 대해서는 자기 몸을 낮추는 것을 부끄러워하지 않음은 무엇 때문일까?

내가 지금 그 일을 목격했거니와 저 반선이 과연 어진 자라면 황금지붕으로 된 집은 지금 황제로서도 능히 거처하지 못하는 터인데, 저 반선이 어떤 사람이기에 감히 편안하고 침착하게 차지하고 있는 것인가?

---

1) 반선시말 후지(班禪始末後識) : 여러 본에는 이 소제(小題)가 없으나, 여기에서는 주설루본에 의거하여 수록하였다.

어떤 사람은 말하기를,

"원나라와 명나라 이래로 당(唐)나라가 토번에게 당한 난리를 경계하여 〈서번의〉 반선이 오기만 하면 문득 〈높은 지위로〉 봉하여 그 세력을 갈라놓고, 그들을 신하로 대하지 않는 예로 대우했으니, 역시 유독 지금 시대만 그런 것이 아니다."

라고 한다. 그러나 이것은 꼭 그런 것만도 아니다. 당시에는 천하가 처음으로 정해진 때로서, 뜻이 일찍이 여기에서 나오지 않을 수 없었던 것이다.

그러나 원나라에서는 그를 황제의 스승〔帝師〕이라 부르고 〈그가 죽은 뒤에〉 '황천지하 일인지상 선문대성 지덕진지(皇天之下一人之上宣文大聖至德眞智)'라고 호를 주었는데, '일인(一人)'이란 천자를 가리키는 말이다. 천자는 만방(萬邦)에서 함께 임금으로 받드는 터에 천하에 어찌 다시 천자보다 높은 자가 있단 말인가? '선문대성 지덕진지'는 공자를 가리키는 말이다. 백성이 생긴 이래로 어찌 다시 공자보다 더 어진 자가 있단 말인가?[2)]

원나라 세조(世祖)는 사막에서 일어났으니 족히 괴이할 것도 없겠지만, 황명(皇明 : 명나라) 초기에 맨 먼저 이상한 중을 찾아 귀족들의 자제들로 하여금 스승으로 섬기게 하고, 널리 서번의 중을 불러서 높이고 대우하면서도, 스스로 중국을 낮추는 줄을 깨닫지 못하고 지존(至尊)을 깎고, 선성(先聖 : 공자)을 추하게 욕보이며, 참다운 스승을 억눌렀다. 나라를 세우는 시초부터 이

2) 백성이 …… 있단 말인가 : 『맹자(孟子)』 공손추(公孫丑)에 나온다.

런 방법으로 자제들을 훈계하고 가르쳤으니, 또 얼마나 비루한 짓인가?

대저 그들의 술법이란 능히 오래 살고 오래 본다는 것으로 이것이 곧 남의 몸에서 세상에 다시 태어난다는〔投胎奪舍〕 말인데, 이것이 뜻밖에 세속 임금들의 마음과 귀를 흐리고 말았을 뿐이다.

어떤 사람은,

"양(梁)나라와 진(陳)나라의 제왕들은 자기의 몸을 버리고 불가(佛家)의 종이 되었으니, 중이 천자보다 높아진 지가 오래되긴 했으나, 다만 황금 궁전을 지어 주었다는 말은 듣지 못했었네그려."

라고 말한다.

原文

班禪始末後識
반 선 시 말 후 지

竊嘗論之 古之帝王 能學焉而後臣之 故益聖 以天
절 상 론 지 고 지 제 왕 능 학 언 이 후 신 지 고 익 성 이 천
子而友匹夫 不貶其尊 故益大 後世無是道也 獨胡僧
자 이 우 필 부 불 폄 기 존 고 익 대 후 세 무 시 도 야 독 호 승
方術左道異端之流 不恥以身下之者 何也.
방 술 좌 도 이 단 지 류 불 치 이 신 하 지 자 하 야

余今目擊其事 彼班禪 若果賢者也 黃金之屋 今皇
여 금 목 격 기 사 피 반 선 약 과 현 자 야 황 금 지 옥 금 황
帝之所不能居也 彼班禪何人者 乃敢晏然而據之乎.
제 지 소 불 능 거 야 피 반 선 하 인 자 내 감 안 연 이 거 지 호

或曰 自元明以來 懲唐吐蕃之亂 有來輒封 使分其
혹 왈 자 원 명 이 래 징 당 토 번 지 란 유 래 첩 봉 사 분 기
勢 其待之以不臣之禮者 亦不獨今時爲然也 此非然
세 기 대 지 이 불 신 지 례 자 역 부 독 금 시 위 연 야 차 비 연
也 當時天下初定 意未嘗不出於此.
야 당 시 천 하 초 정 의 미 상 불 출 어 차

然元之號帝師曰 皇天之下一人之上宣文大聖至德眞
연 원 지 호 제 사 왈 황 천 지 하 일 인 지 상 선 문 대 성 지 덕 진
智 一人者 天子也 爲萬邦共主 天下豈有復尊於天子
지 일 인 자 천 자 야 위 만 방 공 주 천 하 기 유 부 존 어 천 자
者哉 宣文大聖至德眞智 孔子也 自生民以來 豈有復
자 재 선 문 대 성 지 덕 진 지 공 자 야 자 생 민 이 래 기 유 부
賢於夫子者哉.
현 어 부 자 자 재

世祖起自沙漠 無足怪者 皇明之初 首訪異僧 分師
세 조 기 자 사 막 무 족 괴 자 황 명 지 초 수 방 이 승 분 사
諸子 廣招西番尊禮之 自不覺其卑中國而貶至尊 醜
제 자 광 초 서 번 존 례 지 자 불 각 기 비 중 국 이 폄 지 존 추
先聖而抑眞師 其立國之始 所以訓敎子弟者 又何其
선 성 이 억 진 사 기 입 국 지 시 소 이 훈 교 자 제 자 우 하 기
陋也.
루 야

大抵其術有能長生久視之方 則乃是投胎奪舍之說
대 저 기 술 유 능 장 생 구 시 지 방 즉 내 시 투 태 탈 사 지 설
而僥倖世主之心耳.
이 요 행 세 주 지 심 이

或曰 梁陳之帝 捨其身爲佛家奴 則僧之高於天子久
혹 왈 양 진 지 제 사 기 신 위 불 가 노 즉 승 지 고 어 천 자 구
矣 特未聞爲黃金殿云.
의 특 미 문 위 황 금 전 운

중존평어(仲存評語)[1]

중존씨(仲存氏 : 이재성)가 말하기를,

"이는 대체로 모두 의심스러운 것을 전하는 글이다. 그러나 다음날 한 시대의 역사를 쓰려면 부득불 반선을 위해서 전기(傳記)를 쓰지 않을 수 없을 것이다. 그러나 시간이 흐르고 사건이 지나가서 연암의 이 글처럼 자세하게 갖추기가 쉽지 않을 것이다. 다만 〈연암의 글은〉 외국 사람의 사사로운 기록인 만큼 중국 역사서를 쓰는 사람의 참고가 되기에는 인연이 없으니, 이것은 가히 애석한 일이다."

라고 하였다.

1) 중존평어(仲存評語) : 여러 본에는 이 소제(小題)가 없으나, 여기에서는 주설루본에 의거하여 수록하였다.

原文

仲存評語
중 존 평 어

仲存氏曰 大抵皆傳疑之筆 然異時修一代之史 不得
중 존 씨 왈 대 저 개 전 의 지 필 연 이 시 수 일 대 지 사 부 득

不爲班禪立傳 而時移事往 未易如此篇之詳備 但恐
불 위 반 선 립 전 이 시 이 사 왕 미 이 여 차 편 지 상 비 단 공

外國私記 無緣爲汗靑人所據 是則可惜也.
외 국 사 기 무 연 위 한 청 인 소 거 시 즉 가 석 야

9

황교문답(黃敎問答)

라마교에 대한 문답

황교(黃敎)는 티베트 지방의 라마교를 말한다. 본시 서장(西藏) 지방에서 성행하는 불교의 한 종파이다. 당시 청나라 왕조가 황교를 정치적 도구로 삼아 인근 이민족들을 통할하고 자기의 봉건 체제를 강화하는 목적으로 쓰인다는 것을 연암 박지원이 소개하는 내용이라고 할 수 있다.

황교문답서(黃敎問答序)[1]

남의 나라에 들어가는 자들이,

"나는 용하게도 적국(敵國)의 사정을 잘 엿보았다."

라고 하기도 하고,

"난 남의 나라 풍속을 잘 살폈다."

라고 하기도 하지만, 나는 그들의 말을 반드시 믿지 않는다.

남의 나라에 들어간 자가 어찌 길에 다니는 사람을 붙들고 갑자기 그 나라의 정세를 캐어물을 수 있겠는가? 이것이 첫째 불가능한 일이다. 그들과 말씨가 서로 달라서 〈주고받는〉 잠깐 사이에 서로 의견이 통하지 않으니, 이것이 둘째 불가능한 일이다. 안팎의 지역적인 차이가 있어서 저절로 수상한 형적(形迹)이 드러날 혐의가 있으니, 이것이 셋째로 불가능한 일이다. 말의 수준이 얕으면 그 나라 실정을 얻지 못할 것이고 말이 깊으

1) 황교문답서(黃敎問答序) : 여러 본에 모두 이 소제(小題)가 없으나, 여기에서는 주설루본에 의거하여 수록하였다.

면 기휘(忌諱 : 기밀이나 불상사 따위를 말하기 꺼림)에 저촉될까 두려우니, 이것이 넷째로 불가능한 일이다. 묻지 않아야 될 것을 물으면 정탐을 하는 듯한 기미가 엿보일 것이니, 이것이 다섯째로 불가능한 일이다. '그 직위에 있지 않으면 그에 대한 정치를 꾀하지 말라'[2]라는 말은 그 나라에 사는 사람의 도리일 것이니, 하물며 다른 나라일까 보냐? '그 나라에서 크게 금하는 것을 물어본 연후에야 감히 그 나라에 들어갔다'[3]라는 말은 다른 나라에서 거처하며 지켜야 할 도리이니, 하물며 대국(大國)일까 보냐? 이것이 여섯째로 불가능한 일이다.

더욱이 그 나라의 장수나 재상들의 어질고 그릇된 것, 풍속의 맑고 흐린 것, 만주족과 한족의 등용되고 소외되는 것, 명(明)나라의 옛 실정은 더구나 물어서는 안 될 것이니, 이것은 비단 물어서는 안 될 일일 뿐만 아니라 감히 생각도 못할 일이다. 저들도 또한 마땅히 대답할 것이 아니요, 감히 생각하지도 못할 일이다.

또 돈이나 곡식과 군사와 산천의 형세 같은 것에 이르러서는 그리 큰 관계가 없을 것 같지만 이것도 마땅히 말할 일이 못 될 뿐만 아니라, 저들도 또한 이를 의심하고 괴상히 여길 것이다. 왜냐하면 돈과 곡식은 국가의 허실에 관계되는 일이요, 군사는 나라의 강약에 관계되는 일이요, 산천의 형세는 관문과 요새(要

2) 『논어(論語)』 태백(泰伯) 편에 나온다.

3) 『맹자(孟子)』 양혜왕(梁惠王) 하편에 나온다.

塞)에 관계되므로 이것을 문답하는 것이 마땅치 않다는 것이다.

저 옛날 사람들은 항상 언어를 문답하는 사이에 실정을 얻었는데, 예를 들면 교량과 시간과 또는 관리들의 등급 같은 것을 점쳐서 안 일도 있었고, 시가(詩歌)를 베풀고 음악을 들은 뒤에 시장 물가의 높고 낮은 것을 징험해 알아맞힌 일도 있었다. 이미 옛 사람만한 지식과 재주도 없으면서 한갓 조그만 글이나 서서 이야기하는 짤막한 말 사이에 그 나라 실정을 얻는다는 것은 그 또한 어려운 일이거늘, 하물며 사해(四海)가 넓고 커서 끝 간 데를 보지 못함에랴?

내가 열하(熱河)에 이르러 잠자코 천하의 형세를 살펴본 것이 다섯 가지가 있었다. 황제는 해마다 열하에 주필(駐蹕 : 잠시 머무름)하게 되는데, 열하라고 하는 곳은 바로 만리장성(萬里長城) 밖 거칠고 궁벽한 땅이니, 천자는 무엇이 괴로워서 이런 변방 밖의 거칠고 궁벽한 땅에 와서 거처하는 것일까? 이름은 '피서(避暑)'라고 하였지만 그 실상은 천자가 몸소 나가서 변방을 방비하는 것이니, 이러고 보면 몽고가 강했던 것을 알 수 있겠다.

황제는 서번(西番 : 티베트)의 승왕(僧王)을 맞이하여 스승으로 삼고 황금으로 전각을 지어 그를 살게 하고 있으니, 천자는 무엇이 괴로워서 이러한 떳떳하지 못한 참람되고 사치스런 예절을 쓰는 것일까? 명목은 '스승'으로 대접하지만 그 실상은 황금 전각 속에 가두어 두고 하루라도 <세상이> 무사할 것을 기원하고 있는 것이니, 이러고 보면 서번이 몽고보다도 더 강한 것을 알 수 있겠다. 이 두 가지 일은 황제의 마음이 이미 괴롭다는 것을 보여 주는 것이다.

사람들의 문자를 보면 비록 그것이 심상(尋常)한 두어 줄의 편지글이라 하더라도, 반드시 역대 황제들의 공덕(功德)을 늘어놓고 당세의 은택(恩澤)에 감격한다는 것은 모두 한인(漢人)들의 글이다. 대개 스스로 중국의 유민(遺民)으로 자처하면서 항상 고질병을 앓을까 하는 걱정을 품고 혐의를 받을까 하는 경계를 이기지 못한 나머지 입만 열면 칭송(稱頌)을 하고 붓만 들면 아첨을 함으로써 자신들이 당세에서 벗어나 있는 듯한 태도를 더욱 더 드러낸다. 이것을 보면 한인들의 마음도 이미 괴롭다는 것이다.

다른 사람들과 필담(筆談)을 할 때는 비록 평범한 말을 주고받았다고 하더라도 말을 마친 뒤에는 곧바로 불살라버리고 쪽지 하나도 남겨 두지 않는다. 이것은 비단 한인만이 이런 것이 아니라 만인(滿人)들은 더욱 심하다. 만인들은 모두 황제와 근밀(近密)한 직위에 있으므로 법령이 엄하고 가혹한 것을 더욱 잘 알고 있기 때문이다. 이러고 보면 비단 한인들의 마음만 괴로운 것이 아니라, 천하를 법으로 금하고 있는 당사자의 마음도 괴로울 것이다.

시장에서 파는 벼루 한 개의 값이 백금(百金 : 100냥)을 넘지 않는 것이 없으니, 슬프다. 천하에 일이 있을 때는 구슬과 옥이 굴러다녀도 거두어들이지 않지만, 나라 안이 편안한 때는 기왓장이나 벽돌이 땅에 묻혀 있어도 반드시 캐내는 것이다. 부귀한 자들은 심심풀이로 취하여 보고, 빈천한 자들은 눈을 뒤집고서 거두어 간직하며, 취미로 감상하는 자는 우연히 한번 문질러 만져만 보고, 우둔한 자는 발이 부르트도록 쏘다니며 구한다. 이에 밭 갈다가 얻은 것, 낚시질하다가 건진 것, 송장 냄새나는 무덤 속에서 파낸 것까지 이것저것이 모두 천하의 보물이 되고 있으니, 천하의 보물을 보배롭게 감상하는 마음도 또한 괴롭다 할 것이다.

이러고 보면 한 조각돌로 족히 천하의 대세를 알아맞힐 수 있을 것이거늘, 하물며 천하의 괴로운 심정이 돌을 감상하는 사람의 괴로움보다 더 큰 문제가 있음에랴. 이제 필담하다가 불타고 남은 반선(班禪)에 관계되는 이야기를 기록하여 「황교문답(黃敎問答)」이라고 한다.

황교문답(黃教問答)[4]

내가 찰십륜포(札什倫布 : 활불(活佛)이 거처하는 곳)에서 먼저 숙소로 돌아왔더니 지정(志亭) - 학성(郝成)의 자이고, 호는 장성(長城)이다. - 이 맞이하면서,

"선생께서 잠시 뵙고 온 활불(活佛)의 얼굴 모양이 어떻습디까?"

하고 묻기에 내가,

"공은 아직도 그를 보지 못하셨나요?"

라고 대답하니 지정은,

"활불은 깊고도 장엄한 데 거처해서 사람마다 볼 수가 없답니다. 더구나 신통한 법술(法術)이 있어 사람의 오장육부를 훤히 들여다본다고 합디다. 보배로운 거울을 하나 걸어 놓았는데 사람이 간음할 마음을 먹으면 반드시 푸른빛으로 비치고, 사람이 탐욕이나 도적질할 마음을 품으면 반드시 검은빛으로 비치며,

4) 원문에는 이 소제(小題)가 없다. (편집자주)

사람이 위험하고 화를 끼칠 마음을 지니면 반드시 흰빛으로 비치며, 오직 충효(忠孝)스러운 마음과 일심(一心)으로 부처를 공경하는 사람이 오면, 반드시 붉은빛 노을에 누런빛을 띠고 마치 상서로운 구름과 우담화 같은 모습이 거울 바닥에 서리게 되니, 이 다섯 빛깔의 거울이야말로 가히 두려운 것이지요."

라고 한다. 나는,

"이것은 진시황의 조담경(照膽鏡 : 사람의 간담을 비춰본다는 거울)을 본떠서 이야기를 신통하게 만든 것 같습니다. 그러나 조담경은 역시 정사(正史)에서 전하는 것이 아닌 만큼, 어찌 족히 믿을 수 있겠습니까?"

라고 하니 지정은,

"바람벽에 일찍이 그 거울이 없던가요?"

라고 하기에 나는 '다섯 빛깔의 거울이야말로 가히 두려운 것이지요'라는 대목에 동그라미를 치면서,

"귀공한테 푸르고 검고 흰 세 가지 마음이 스스로 없다면 무엇 때문에 이 거울이 두려울까요?"

라고 하였더니 지정은,

"『법화(法華)』와 『능엄(楞嚴)』 같은 여러 불경의 게(偈)[5]들은 모두 사람을 위협하는 내용입니다. 이 불경을 공경하지 않으면 곧 벌을 받는다고 반복해서 증거를 들고 비난하여 중생을 두려워서 떨게 하여 억지로 착한 길로 돌아가게 하니, 대체로 이 거

5) 게(偈) : 부처의 공덕을 찬미하거나 교리를 나타낸 글귀를 말한다.

울과 닮아 있지요. 거울은 글자를 쓰지 않은 경전(經典)이고, 경전은 구리로 만들지 않은 거울입니다. 내가 비록 열흘 동안 담백한 음식을 먹고 열흘 동안 목욕재계를 했더라도, 혹시 간(肝) 구석이나 폐(肺) 틈에 터럭만큼의 부정한 흠이라도 있다면 어찌 세 가지 빛깔이 나타나지 않는다고 단정할 수 있겠습니까?"

라고 하면서 곧바로 글 쓴 종이를 찢어서 불 속에 던진다. 그리고는 다시 말하기를,

"과연 진실로 신통하답니다. 활불에게 절을 하는 자가 모자를 벗고 머리를 조아리면, 활불이 친히 손으로 이마를 만지면서 웃음을 머금으면 큰 복을 받게 되는 것이요, 만일 웃지 않으면 받는 복이 그리 크지 못하고, 또 활불이 눈을 감으면 절하던 사람은 크게 겁이 나서 향을 불사르고 참회하면서 뼈저리게 회개하게 되어 자연히 죄악은 소멸되고 다시는 죄를 짓지도 않는답니다. 이것은 활불이 말로 교훈하지 않고서 손을 한 번 펴는 사이에 공과(功果)가 이렇게 나타나는 것입니다.

화석(和碩 : 1등 황족에게 붙이는 작위) 친왕(親王)과 화석 액부(額駙 : 만주 왕조의 부마)는 매일 아침 〈활불 앞에〉 절하고 머리를 조아리지만, 외인(外人)들이나 보통의 관품(官品)들은 알현하기가 진실로 어려운 것입니다."

라고 한다.

내가 그 내력을 물었더니 지정은,

"건륭 40년(1775년)경에, 서방(西方) 사람들이 자자하게 '활불 법왕이 세상에 나타났다'고 떠들었고, 혹은 법왕은 능히 40세

(世) 전신(前身 : 전생의 몸)의 일까지도 안다고 말합니다. 지금의 몽고 48개의 부족이 한창 강하다고 하지만 서번(西番)을 가장 두려워했고, 서번의 여러 나라들은 활불을 가장 무서워한답니다. 활불은 곧 장리대보법왕(藏理大寶法王)입니다.

앞 시대인 명(明)나라 때부터 양삼보(楊三寶)와 승려 지광(智光)과 우리 고향의 하객(霞客) 등 여러 사람들은 서역(西域)의 여러 불교 국가를 두루 다닌 일이 있었습니다. 그런데 오사장(烏斯藏 : 서장(西藏)의 호칭)은 중국으로부터 10,000여 리나 떨어져 있고, 이 나라에는 대보법왕(大寶法王)과 소보법왕(小寶法王)이 있어서 서로 번갈아가면서 남의 몸에서 세상에 다시 환생하는데, 모두 도술이 있고 태어나면서부터 신령하고 성스럽다고 합니다. 지금의 활불은 곧 옛날 원(元)나라 때 서천(西天) 지방 부처의 아들이요, 대원 황제(大元皇帝)의 스승(파사팔을 말함)의 후신(後身)이랍니다.

지난해에 내각(內閣)의 영공(永公)이 황제의 여섯째아들을 모시고 왕이 타는 수레와 불교의 예식을 갖추고 가서 활불을 맞이해 왔는데, 활불은 이미 황제의 귀한 신하들이 자기를 맞이하러 올 것과 북경을 떠날 날짜 및 높으신 신하의 이름이 아무개라는 것까지도 알고 있었다고 합니다. - 영공은 이름이 영귀(永貴)요, 현재 내각의 학사(學士)로 황제의 총애를 받는 신하라고 한다.

거처하는 곳은 모두 황금으로 지은 집이고, 그 사치하고 화려함은 중국보다도 더 성대하더랍니다. 오는 도중에서도 신통한 일이 많이 있었고, 거쳐 온 여러 나라의 서번(西番) 왕들은 심지어 몸뚱이를 불사르고 머리를 태우며 손가락을 끊고 살을 베는 자까지 있었답니다.

어리석은 백성 중에 부모에게 불효하던 자가 활불을 한 번 보더니 갑자기 자비심이 생겨, 아비가 괴상한 병에 걸리자 칼로 자기 왼쪽 옆구리를 베고 간(肝) 끝의 작은 조각을 잘라서 불에 구워 〈아비에게〉 올리니, 아비의 병이 즉시 낫고 불효자의 왼쪽 옆구리도 금방 나아서 금시에 효자로 변하매, 나라로부터 표창을 받았고, 고향에서는 정문(旌門)을 세웠으며, 몸을 부역에서 면제하였답니다.

산서(山西)에 사는 어떤 어리석은 자는 거부(巨富)이기는 하나 평생에 인색하여 돈 한 푼도 쓰지 않더니, 길에서 〈활불을〉 멀리 바라보고는 곧바로 자비심이 생겨 마침내 10만 금을 녹여 일좌(一座) 부도(浮圖)를 세웠다고 하니, 이런 일들이 활불이 보인 공덕의 대략입니다.

〈활불은〉 물을 만나도 다리나 배가 필요 없고, 맨발로 물을 밟아도 물결이 발꿈치를 넘지 않았으며, 남보다 먼저 강 건너 저쪽 언덕에 가 있었다고 합니다. 또 큰 범 한 마리가 길에 엎드려 꼬리를 흔들고 있었는데, 황제의 아들이 화살을 뽑아 쏘려 하니, 활불이 이를 말리면서 수레에서 내려 범을 쓰다듬어 주자, 범은 그의 옷자락을 물고는 마치 무슨 호소할 일이 있는 듯 남쪽으로 가기에 활불도 따라가 보았습니다.

그러자 큰 바위 틈에 굴이 있는데 범 한 마리가 바야흐로 젖을 먹이고 있고, 큰 뱀 두 마리가 범의 굴을 둘러싸고 범의 새끼를 집어삼키려 하고 있었습니다. 뱀 한 마리는 젖먹이는 범과 겨루고, 다른 한 마리 뱀은 수범과 겨루고 있었으나, 범의 어금니와 발톱으로도 이것을 막을 도리가 없어 슬피 울부짖다가 기진해 버렸습니다. 이때 활불이 지팡이로 가리키면서 주문(呪文)을 외우자 두 마리의 뱀은 저절로 돌에 부딪혀 부스러져 죽었는데, 뱀의 머리 속에서 밤중에도 빛이 나는 진주가 나오자, 구슬 한 개는 황자(皇子 : 황제의 아들)에게 바치고, 다른 한 개는 학사(學士)에게 바쳤답니다.

범은 열흘 동안이나 활불의 수레를 모시고 따라오면서 심히 공손하고 순하였으므로 황자는 범을 궤 속에 잡아넣어 같이 데리고 가고 싶었으나 활불이 불가하다고 하여 중지시켰답니다. 그리고는 마침내 범을 경계하여 말하는 듯하니, 범은 머리를 조아리면서 가 버렸다고 합니다. 이것은 그의 신통한 법술인 것입니다. 두 개의 구슬은 임금의 행차에 쓰는 물건으로 바쳤는데, 홍수나 가뭄 및 전염병이 생길 때는 신비스러운 물건이 되어 영험한 보답이 많다고 합니다."

라고 한다. 나는,

"활불의 전생(前生) 일이란, 비유하면 느티나무 잎에 붙은 푸른 벌레가 꿀집을 뚫고 들어가 벌의 새끼가 되고, 큰 송충이가 얼룩덜룩한 표범 가죽 같은 껍질을 벗고 범나비가 되며, 누에가 나방이 되고, 굼벵이가 매미가 되며, 비둘기가 매가 되고, 매가 꿩이 되며, 꿩이 조개가 되고, 닭이 뱀이 되며, 뱀은 거북이 되는 등 변화되지 않는 것이 없이 모두 각성(覺性)을 가지고 있어 이렇게 변화된 몸을 가지고 능히 전생에 가졌던 형태를 알 수 있다는 말인가요? 만일 장주(莊周)가 꿈에 나비가 되었던 것을 기뻐했지만, 꿈을 꾸었을 때와 깼을 때가 각각 판이하여 서로 상관이 없다면 수레바퀴처럼 돌고 돌아 다시 태어나는 것이 아무런 관계도 없는 것인가요?

만일 과연 활불처럼 환하게 알아서 전생에는 이 몸이 어느 곳 누구의 아들이었다가 금생(今生)에는 이 몸이 다시 어느 곳 누구의 아들이 되었다면, 전생의 부모와 금생의 아비 어미가 오늘도 아무런 탈도 없이 한결같이 큰 자비심으로 역력히 다 알아보고는 저마다 아무개냐고 부를 터이니 이러고서야 장차 누구를 원망하고 누구를 은혜롭게 여길 것이며, 무엇이 슬프고 무엇이 즐거울 것입니까?"

라고 물었더니, 지정은 갑자기 두어 줄기 눈물을 흘리면서 '무엇이 슬프고 무엇이 즐거울 것입니까?'라는 구절에 동그라미를 쳤다.

이때 갑자기 문 당기는 소리가 나니, 지정은 바쁘게 글 쓰던 종이를 비벼서 손에 쥔다. 문이 열리고 보니 바로 같은 숙소에 있는 왕민호(王民皥)였고, 뒤따라 들어오는 이는 역시 왕군(王君)과 같은 숙소에 있는 추사시(鄒舍是)였다. 이들은 모두 거인(擧人)으로 객지인 장성 밖에서 생활하는 사람들이다.

지난해에 열하에 태학(太學)을 신설하였는데 북경 제도를 본떠서 세웠다. 이때 두 사람은 이 태학에서 머무르며 공부하는 중이었는데 나를 방문하기 위해서 온 것이다. 지정이 두 손님을 향하여 무엇인가 글을 외우듯이 자세하게 설명을 한다. 두 손님은 한편으로 지정의 말을 들으면서, 한편으로는 책상 위에 동그라미 쳐놓은 곳을 가리키는데, 아마도 내가 한 말을 외워서 전하는 것 같았다. 왕 거인(王擧人 : 왕민호)은 내 성명과 자와 호를 써서 추 거인(鄒擧人 : 추사시)에게 보여 주었는데, 왕 거인은 구면이고, 추 거인은 처음 보기 때문이다.

추생(鄒生 : 추사시)이,

"귀국은 불교가 어느 시대에 시작되었나요?"

라고 하기에 나는,

"소량(蕭梁)[6] 대통(大通 : 527~529) 연간에 중 아도(阿道)가 신라(新羅)에 처음 들여왔지요."

라고 했더니 그는 또,

"귀국의 사대부들은 세 가지 종교 중에 어느 종교를 가장 숭상합니까?"

하고 묻는다. 나는,

"사실 신라나 고려 시대에는 사족으로서 비록 어진 사람이라도 서교(西敎 : 불교)를 공부하지 않은 자가 없었으나, 오늘 우리나라〔朝鮮〕가 나라를 세운 지 400년 동안에 사족으로서 비록 어리석은 자라도 다만 공자의 글을 외우고 익힐 뿐입니다.

국내의 명산(名山)에는 비록 전대에 세운 불도를 닦는 가람(伽

6) 소량(蕭梁) : 남북조 시대 남조(南朝)의 소연(蕭衍 : 양나라 무제(武帝))이 세운 양나라를 말한다.

藍)과 이름난 사찰(寺刹)들이 있기는 하지만 이미 모두 황폐화되었고, 절에 사는 중들이란 대체로 천한 무뢰배(無賴輩)로서 종이나 뜨고 신이나 삼아서 생업을 삼고 있습니다. 명목은 비록 중이지만 눈으로 불경을 볼 줄도 모르니 누가 배척하기를 기다릴 필요도 없이 그 종교는 스스로 끊어졌습니다. 나라 안에 원래 도교(道教)란 것이 없으므로 역시 도관(道觀 : 도교의 서원)도 없는 만큼, 소위 이단(異端)의 종교는 금하거나 없앨 것을 기약할 것도 없이 저절로 나라 안에 설 자리가 없게 되었습니다."

라고 했더니 추생은,

"가히 천하에 살기 좋은 나라라고 말할 만합니다그려. 이단의 폐해에 대해서는 성인들이 이미 우려하여 사람끼리 장차 서로 잡아먹는다는 말까지 하였습니다.[7] 당시에 듣는 자로 하여금 반드시 지나친 말이라고 여기게 하였으나, 요즈음 산중에 가끔씩 사람을 잡아먹는 도사(道士)가 있어 어린애를 기르기는 더욱 어렵게 되었답니다. 순전한 양기덩어리인 동자 아이가 가장 좋다고 해서 이를 쪄서 먹는답니다. 심지어 〈민가에서는〉 밤중에 어린아이를 궤 속에 감추어 두면서도 오히려 잃어버릴까 걱정이랍니다.

그 지방의 관청에서는 특별히 이것을 적발하여 붙들고자 도관을 불살라 허물면, 도사들은 다시 승려의 명부에 이름을 올려서 달아나거나 몸을 절간에 숨기고 있답니다. 심지어 은밀한

---

7) 『맹자』 등문공(滕文公) 하편에 나온다.

방 속에서 하는 비법이라든지, 더러운 병에 쓰는 기이한 처방문들은 모두 가난한 도사들이 만든 것이므로 사람들은 그들을 많이 좋아하여 따라다니며 몰래 이 술법을 배우고 있으니, 해괴하여 무엇이라 말할 수 없습니다. 중국의 선종과 불교는 본래의 취지에 이미 어그러져 있으니, 앙루(仰漏)가 말한 '이름은 승려이지만 실상은 도사노릇을 한다'라는 말이 바로 이것일 것입니다."

라고 한다.

앙루란 몽고 사람 경순미(敬旬彌)의 자인데, 나와 이야기할 때에 '이름은 승려이지만 실상은 도사노릇을 한다'라는 논의를 했고, 이에 앞서 내가 이를 지정에게 말하였는데, 이 말을 새겨두었다가 지정이 아마 외워서 추사시에게 말해 주었던 모양이다. 추생이 또,

"귀국에서도 역시 옛날에는 신통한 승려가 있었나요? 그 이름을 듣고자 합니다."

라고 하기에 내가,

"우리나라가 비록 바다 한쪽에 있으나 풍속은 유교를 숭상하여 예나 지금이나 큰 선비나 학식이 큰 학자가 적지 않습니다. 그러나 지금 선생이 묻는 것은 이것에 대해 언급한 것이 아니고 도리어 신통한 승려에 대한 이야기이고 보니, 우리나라 풍속에는 이단의 학문을 숭상하지 않아 신통한 승려가 없는 만큼 진실로 대답하고 싶지 않습니다."

라고 하였더니 왕군이 말하기를,

“이단 가운데도 또한 이단이 있어 도리어 그 도를 해치는 일이 있습니다. 지금 저의 친구 추사시가 틀림없이 귀국의 유교와 불교의 다른 점을 알고자 해서 한 말입니다.”

라고 하여 추생도 역시,

“그렇습니다.”

라고 하기에 내가,

“비록 중의 이름을 듣는다 해도, 어찌 유교와 불교의 다른 점을 판단할 수 있겠습니까?”

라고 하자 추생이,

“유학하는 사람 중에도 도학(道學)과 이학(理學)의 명색이 다른데, 귀국에서도 유학자 중에 또한 이런 분류가 있습니까?”

라고 한다. 나는,

“성인 문하의 설교(說敎)에는 오직 네 가지 과목[8]을 두고 가르치긴 했지만 이것을 하나로 꿰뚫는 도는 다만 한 가지 이치일 것이요, 이것을 배우고 이것을 묻는 것이 바로 학문일 것입니다. 어찌 유문(儒門)에 함부로 딴 과목을 두어 이런 두 가지 명목을 붙일 수 있겠습니까?”

라고 하였더니 추생은,

“그렇습니다. 선생의 말씀이 지극히 옳습니다. 공자 문하(門下) 70명의 제자가 스승에게 물은 것은 인(仁)과 효(孝)에 지나

---

8) 네 가지 과목 : 공자가 제자들의 자격에 따라 가르친 네 가지 과목으로, 덕행(德行) · 언어(言語) · 정사(政事) · 문학(文學)을 말한다.

지 않았는데, 후세에 와서는 그렇지 않아서 제자가 맨 처음 찾아와서 책을 펴 놓고서는 문득 이기(理氣)[9]부터 묻습니다. 그러면 선생은 옷깃을 여미고 자리에 올라앉으면서 문득 성명(性命 : 천성과 천명)을 말합니다.

요즈음 학자들의 학문은 하늘과 사람을 꿰뚫었다고 하지만 실제로는 능히 한 고을을 다스리지도 못하고, 그들의 이학(理學)이란 솔개가 날고 물고기가 뛰는 현상을 살피면서도[10] 능히 한 가지 일도 판단하지 못합니다. 이러한 학문을 하는 자를 소위 '이학 선생(理學先生)'이라고 합니다.

시골의 서당 같은 데에서는 천품과 성질이 고루하고 막혀 있으며 행동거지가 못나고 괴이한 자라도 경전이나 약간 배우고 자구(字句)의 해석이나 조금 통하면 자리를 베풀고 강론을 하지 않는 이가 없습니다. 이야말로 묵고 썩어빠진 것을 맛보고는 콩과 조라 하고, 누더기를 기워 모은 것을 좋은 가죽옷이라 하여 자막(子莫)[11]이 〈양주와 묵적 사상의〉 중간(中間)을 잡고 자기 사상을 주장한 것을 도리어 정도(正道)를 지킨다고 하고, 호광(胡廣)[12]이 처세하는 것을 스스로 중용(中庸)이라고 하니, 이러

---

9) 이기(理氣) : 선천적 절대 이념, 또는 타고난 양심 등을 '理'라고 하고, 후천적인 개념, 감정, 기질 등을 '氣'라고 한다.

10) 『중용(中庸)』에 나오는 말이다.

11) 자막(子莫) : 전국시대 때 고집쟁이. 『맹자』 진심(盡心) 하편에 나오는데, 자막은 양주(楊朱)의 위아설(爲我說)과 묵적(墨翟)의 겸애사상(兼愛思想)의 중간(中間)을 잡고 자기 사상을 펼쳐 나갔다.

한 학문을 하는 자를 '도학군자(道學君子)'라고 한답니다.

이것은 오히려 족히 말할 것이 못 됩니다. 옛날의 이단이란 묵(墨)[13]을 버리고 유교로 돌아오기도 하고, 유교로부터 양(楊)[14]의 학문으로 돌아가서는 서로 반목하고 갈라지며 배반하고, 각자 다른 속내를 가졌습니다.

오늘의 유학자들은 죽기까지 자기 영역을 떠나지도 않고, 한번 지반을 잡은 뒤에는 더욱 육경(六經)의 공부를 쌓아서 자기의 지위를 견고하게 하고, 때로는 여러 가지 학설을 뒤바꾸어 새로운 기치를 올려, 반은 주자의 학설을 따르고 반은 육상산(陸象山)[15]의 학설을 따랐습니다.

---

12) 호광(胡廣) : 후한의 정치가. 자는 백시(伯始). 30여 년 동안 안제(安帝)·순제(順帝)·충제(冲帝)·질제(質帝)·환제(桓帝)·영제(靈帝) 등 여섯 임금을 섬기면서 큰 탈 없이 벼슬하였으므로 "만사(萬事)를 호광에게 물어보고, 천하에 중용을 지키는 이는 호공(胡公) 한 사람만이 있다"라는 칭찬을 받았으나, 나중에는 일을 잘못해서 비웃음거리 대상이 되었다.

13) 묵(墨) : 묵적(墨翟). 전국 시대의 저명한 사상가로, 남을 위하여 자기 희생을 철저히 강조한 겸애주의(兼愛主義)를 제창하였다.

14) 양(楊) : 양주(楊朱). 전국 시대의 철학자로, 자신을 중시하고〔重己〕 목숨을 귀하게 여길 것〔貴生〕을 강조했으며, 남을 위해서는 한 올만큼도 자기를 희생하지 말 것이며 오직 자기 혼자만 쾌락하면 좋다는 자기중심적인 쾌락주의를 주장하였다.

15) 육상산(陸象山) : 중국 남송(南宋) 때의 유학자로, 이름은 구연(九淵)이고, 호는 상산(象山)·존재(存齋)이다. 그는 주관적 유심론을 주장

그들은 모두 도망하여 어느 한 파에 은신하여 머리를 감추기도 하고 머리를 들기도 하여 물에 빠진 놈처럼 곳곳에서 출몰하면서 고서를 파먹고 사는 책벌레 같은 사람을 길러 여우나 쥐로 만들어 고증학(攷證學)을 가지고 성이나 사직단 같은 것을 근거를 삼고 있으며, 뛰어난 인재〔騏驥 : 준마〕들을 억눌러 바보〔駑駘 : 노둔한 둔마〕로 만드는 동시에 훈고학(訓詁學)을 가지고 그 입에 재갈을 물립니다. 혹은 때로 용기를 돋워 깊이 쳐들어가서 싸우다가도 도리어 상대방의 공격과 위협을 만나서 그 형세가 말에서 내려 결박을 당하고 두 무릎을 꿇지 않을 수 없습니다.

요즈음 세상의 유학자들은 그야말로 참으로 무섭고 두렵고도 두렵다 할 것이니, 저는 평생에 유학을 배우기를 원하지 않습니다. 능히 눈을 크게 뜨고 입을 열어 이단의 학문을 제창하는 자가 있다면, 저는 장차 천 리를 멀다고 하지 않고 양식을 짊어지고 가서 스승으로 삼겠다고 하였는데, 이제 선생의 의론을 들으니 확실히 올바른 것을 지키는 터라 도리어 소인의 마음을 한편으로는 기쁘게 한편으로는 슬프게 합니다."

라고 한다.

추생(추사시)의 용모를 보니 의젓하게 생겼으며 그의 말은 거리낌이 없고 관대해서 칭찬하는 것도 같고 조롱하는 것도 같으며, 변환하고 속이는 듯하여 모든 일에 나를 업신여기는 것만

하여 주자의 학설과 대립하였다.

같았다. 나는,

"조금 전에 선생의 이단을 물리치는 의론을 들으니 공경하고 탄복해마지 못하겠으나, 도리어 이렇게 괴상한 말을 하시는 것은 어찌된 일입니까? 비천한 저는 바다 한 귀퉁이(조선)에서 태어나서 듣고 본 것이 적고 학식이 보잘것없으니, 대방가(大方家 : 학문에 조예가 깊은 사람)들에게 비웃음거리가 되는 것은 진실로 마땅한 일입니다만, 잘하는 것을 아름답게 여기고 못하는 것을 불쌍히 여기는 것이 군자의 덕의(德義)로 정당한 도리인 만큼 당연히 이와 같이 해야 할 것입니다.

그런데 또한 족하(足下 : 상대방을 높인 말)는 성묘(聖廟 : 공자)에 몸을 붙이고 있으면서 이단을 배우고 싶다고 하니, 만일 그 말씀이 진정이라면 상국(上國)이 먼저 본을 보일 처지에 있으면서 이 같은 이야기가 나올 줄은 생각하지도 않은 일이요, 만일 그 말씀이 거짓이라면 외국에서 온 하찮은 선비를 나무라고 조롱하는 것이니, 아무래도 먼 데서 온 사람을 대접하는 덕의가 아닌 줄로 생각합니다. 부끄러워서 물러가겠습니다."

라고 하였더니 추생은 사과하며 말하기를,

"감히 그렇지 않습니다. 제가 마침 심중에 격한 일이 있다 보니 나도 모르게 말머리가 왔다갔다 하다가 이렇게 된 것입니다. 이제 선생께서 이처럼 저를 죄주시니, 매우 황송하여 사과드립니다."

라고 하고는 추생이 조금 있다가 의자에서 내려와서 몸을 구부리고 〈키질을 하듯〉 여러 차례 땅에다가 머리를 조아리고 나서

않는다. 이것은 바로 사과를 하는 뜻인데, 나는 처음에는 이해하지 못하였다.[16]

왕군(왕민호)이,

"저의 친구는 노숙하고 성실한 사람인 만큼 그의 뜻은 본래 그렇지 않사온데, 선생이 잘못 의심한 것입니다. 그가 이단을 배우고 싶다고 한 말은 바로 공자께서 '<중국에 도가 행해지지 않으니> 저 구이(九夷 : 동방의 오랑캐. 변방에 있고 문화의 혜택이 없는 미개한 나라)에 살고 싶다'[17]고 하신 말과 같은 뜻입니다."
라고 하고, 서로들 크게 웃기에 나도 따라서 웃었으나 심사가 끝내 개운치는 못했고, 구이의 땅에 가서 살고 싶다는 비유가 더욱이 나로 하여금 부끄럽고 한스럽게 하였다.

추생(추사시)은,

"선생의 이번 길은 오로지 서불에게 경배를 올리기 위해 오신 것인가요? 황제의 탄신을 축하하기 위해 오신 것인가요?"
라고 하는데, 그 동안 지정은 잠깐 문밖에 나갔었다. 나는,

"오로지 황제의 칠순(七旬) 경절(慶節)을 축하하기 위한 것이지요. 만약에 황제의 조지(詔旨 : 분부)가 없었으면 어떻게 열하까지 올 수 있었겠습니까? 어제 활불을 본 것도 역시 황제의 분부를 받아서입니다."
라고 하였다. 왕군이,

---

16) '매우'로부터 여기까지는 초고본에 의하여 보충하였다.

17) 『논어』 자한(子罕) 편에 나오는 말이다.

"박 선생은 사신이 아니고 그 족형(族兄 : 집안의 형)되는 어른을 따라 우리나라에 구경차 오신 길이랍니다."
라고 하니 추생은 한참 동안 나를 쳐다보다가,
"선생은 이곳에 와서 담인(噉人)[18]이 무섭지 않습디까?"
라고 하여 내가,
"담인이 무엇인가요?"
하고 물으니 추생이,
"양련진가(楊璉眞珈)[19]가 다시 세상에 태어났답니다."
라고 한다. 이때 왕군의 얼굴빛이 변하더니 마치 말다툼을 하려는 모습이었다. 나는 비록 그가 말하는 것이 무슨 뜻인지 알지는 못하였지만, 다만 두 사람의 기색이 좋지 않은 것으로 보아 왕군이 추생을 책망하는 것 같았다.

이럴 즈음에 지정이 돌아와 자리에 앉아 글 쓴 종이를 보자, 급히 손으로 찢어 입에 넣고 씹으면서 눈으로 추생을 보며 얼마 동안 말이 없다가 내가 한눈파는 틈을 타서 입을 모아 나를 가리키면서 추생에게 눈을 주다가, 우연히 내 눈과 마주치자 몹시 부끄러운 빛을 보이더니 이내 차를 청하면서,

18) 담인(噉人) : 활불(活佛)을 가리켜 '사람을 잡아먹는 자'라고 했는데, 이는 활불을 모욕하는 말이다.

19) 양련진가(楊璉眞珈) : 원나라 세조 때에 강남 석교(釋敎)의 총통이 되어서 송조(宋朝)의 임금과 대신들의 무덤 101기를 파헤쳐 보물을 취하고 시신을 훼손했다. 가(珈)는 가(加), 가(伽), 가(迦)로 쓰기도 한다.

"귀국의 말은 하소(何宵 : 어느 날 밤)에 〈새끼를〉 낳는지요?"
라고 하기에 내가,

"말 낳는 시간을 어떻게 알겠습니까?"
라고 하자, 여러 사람들은 모두 크게 웃었다. 지정이,

"소소(宵小)[20]의 '소(宵)' 자로 써서 〈'작을 소(小)' 자와〉 음이 같으면 두루 같이 사용합니다."
라고 한다. 대개 그들은 음이 같으면 같은 뜻으로 쓰곤 한다. 나는,

"나라가 작은 까닭에 먹이는 짐승들도 따라서 작아지나 봅니다."
라고 했다.

나는 반선의 내력을 자세히 알고 싶었지만 추생의 말에 무슨 곡절이 있어 보이기도 하고, 두 사람(왕민호와 학지정을 말함)이 저렇게 깊이 꺼리는가 싶어 감히 함부로 더 묻지 못했다. 추생은 차를 마신 후 곧바로 인사를 하고 돌아갔고, 지정 역시 다른 일이 있었고, 나도 또한 일어나니 왕군도 내 뒤를 따라 나왔다.

어느 날 내가 형산(亨山)을 찾았더니, 그는 대궐에 들어가서 나오지 않았다. －형산의 이름은 가전(嘉銓)이요, 성은 윤씨(尹氏)인데, 역시 태학에서 묵고 있었다. 벼슬은 대리(大理)이고, 올해 나이는 70세이고, 봄에 치사(致仕)하였다.－ 다시 지정의 방에 들렀으나 텅 비어 아무도 없으

---

20) 소소(宵小) : 작고 가늘다는 뜻으로, 사람으로 말하면 소인을 소소배(宵小輩)라고 한다.

므로 바로 발길을 돌려 문을 나오려 하는데, 지정이 출타했다가 때마침 돌아오다 나를 보고는 매우 반가워하면서 내 손을 잡고 자기 방으로 들어갔다. 모자를 벗어 벽에 걸고 나서 차를 가져오라고 하더니,

"추 거인(鄒擧人 : 추사시)은 미치광이 선비이니, 선생은 절대로 다시 만나지 마세요."

라고 한다. 나는,

"무엇 때문에 미치광이 선비라고 합니까?"

하고 물었더니 지정은,

"그의 뱃속에는 강개(慷慨)한 기운이 꽉 차 있어서 사람들과 더불어 토론을 할 때에는 좀처럼 지려고 하지 않고 불쑥 욕질하기를 좋아합니다. 나는 혹시 어르신께서 그 사람의 거칠고 고지식한 성질도 모르고 있다가 그가 노련한 주먹으로 먹이지나 않을까 걱정했습니다."

라고 하여 나는 웃으면서,

"그 미친 짓은 따르지 못하겠군요."

라고 했더니 지정은,

"저 같은 사람은 그의 어리석음을 따를 수 없을 것입니다."

하고는 서로 함께 크게 웃었다. 나는,

"활불이 양련(楊璉)의 후신이라는 것에 대해 지금 장군(將軍)께서는 무슨 까닭으로 깊이 꺼려하십니까?"

라고 하니 지정은,

"저 추생 미치광이가 나를 끌어다가 활불을 욕보이려는 것입

니다."

라고 하여 나는 짐짓,

"양련이란 것이 무슨 욕입니까?"

하고 물으니 지정은 침울한 표정으로,

"차마 말할 수도 없고 들을 수도 없습니다."

라고 한다. 나는,

"왕팔(王八 : 자라의 속칭으로, 바람난 아내를 둔 남자를 뜻함)이나 마박륙(馬泊六 : 건달) 같은 몹시 나쁜 것인가요?"

라고 하였더니 지정은 손을 흔들면서,

"아닙니다. 양련이란 원래 서번(西番)의 중으로, 원(元)나라 때에 중국에 들어온 인물입니다. 송조(宋朝)의 능침(陵寢 : 왕릉)들을 모두 파헤치기를 병화(兵火)보다 더 지독하게 하여 보물과 구슬을 모아 산더미처럼 쌓아 놓았습니다.

그는 비술(秘術)이 있고 산을 쪼개는 보검(寶劍)을 가지고 있는데, 주문을 외우면서 한 번 내리치면 비록 남산(南山) 아래에 석곽(石槨)이 아무리 깊이 묻혀 있더라도 즉시 열리지 않는 것이 없으며, 금으로 만든 오리나 옥으로 만든 물고기 같은 것이 땅을 치면 저절로 뛰어 나오고, 구슬로 짠 옷과 옥 궤짝이 어지럽게 널브러져 있답니다.

심지어 시체를 매달아 놓고 수은(水銀)을 짜내며, 시체의 뺨을 쳐가며 진주[21]를 찾는답니다. 강남(江南) 사람들은 서로 욕하기

21) 진주 : 옛 귀인을 염습할 때 수은을 쓰고 죽은 사람 입에 값진 구슬을

를, '밥을 지어 곰보 양련에게 바칠 놈'이라고 하는데, 지금 활불은 서번 사람이므로 그를 빌어 한 번 욕한 것이지, 양련의 후신이라서 한 말이 아닙니다."

라고 한다. 나는,

"그는 무슨 까닭에 함부로 활불을 욕할까요?"

하고 물었더니 지정은,

"그는 유학(儒學)을 업으로 삼기 때문에 활불에게는 불복하는 것입니다."

라고 하여 나는,

"그가 만일 유학을 본업으로 삼는다면, 저번에는 어째서 또 유학자를 욕했을까요?"

라고 하였더니 지정은,

"그는 미치광인지라 하늘의 우레도 무서워하지 않고 왕법도 두려워하지 않으며, 성인도 욕하고 부처도 욕하며, 오직 저 하고 싶은 대로 실컷 꾸짖어야만 곧 정수리까지 차 있는 객기가 풀리는 모양입니다."

라고 한다. 지정은,

"귀국의 침묘(寢墓 : 능침과 분묘) 제도는 어떠합니까?"

라고 하기에 나는,

"비록 옛날 예법을 따른다지만, 나라 풍속이 검소함을 숭상하여 보옥을 순장하지 않고, 공경과 귀인으로부터 아래로 일반 서

넣었다.

인(庶人)에 이르기까지 상장(喪葬)의 제도는 모두 문공(文公 : 주자)의 『가례(家禮)』를 쓰고 있습니다. 또 땅이 궁벽한 한쪽에 있다 보니 병화(兵禍)도 자주 일어나지 않아 저절로 그러한 근심은 없습니다."

라고 하니 지정은 감탄하면서,

"즐거운 나라와 즐거운 땅에 즐겁게 태어나서 즐겁게 죽는 셈입니다. 주공(周公)이 예법을 만든 것은 만세에 도적질할 마음을 열어 준 것이지요. 필부의 시체가 무슨 죄이겠습니까? 구슬을 가진 것이 죄이지요. 하물며 제왕가(帝王家)의 일이겠습니까?

천하를 위하여 <물건을 아껴서> 그 어버이에게 검소하게 하지 않는다는[22] 말이 오랜 세월 동안 제왕에게 끼치는 재앙의 말이 되었으니, 이 때문에 상란(喪亂)을 한 번 겪으면 파헤쳐지지 않는 능침이 없게 되었습니다. 경사(京師 : 북경)의 유리창 안에서 파는 골동품은 모두 역대의 능침에서 나온 물건들이랍니다. 파묻자마자 돌아서서 파헤치기도 하고, 묻힌 세월이 오랠수록 그 파헤치는 빈도수가 더 잦았으며, 이런 데서 파낸 물건일수록 더욱 보기(寶器)라고 쳐주다보니, 많게는 열 번이나 땅에 들어갔다 나온 것도 있습니다.

이제 와서는 비록 장석지(張釋之 : 한(漢)나라의 법관)가 삽을 쥐고, 유향(劉向 : 한(漢)나라 때 청렴한 학자)이 삼태기를 잡아서 양후

22) 『맹자』 공손추(公孫丑) 하편에 나오는 말이다.

(楊侯 : 후한 때의 명신 양진(楊震))를 장사지낸다 하더라도 도적들은 또한 믿지 않을 것입니다.”

라고 한다. 나는,

“무덤 속에서 나온 기완(器玩 : 골동품)이란 흉하고 냄새가 나고 더러워서 상서롭지 못한 데가 많을 터인데, 어찌 그것을 보물로 칩니까?”

라고 하니 지정은,

“그렇습니다. 은(殷)나라의 쟁반과 주(周)나라의 술잔은 그 해독이 만고에 퍼져서 후세의 일 좋아하는 자들이 책을 받치는 상이나 그림을 간직해 두는 시렁이나 위신을 높이는 방 치장에 이렇게 상서롭지 못한 그릇이 아니고는 벌여 놓을 줄 모른답니다. 감상가들은 이것을 역력히 알아내는 것을 박식하다고 여기고, 수장가들도 부지런히 모아들이는 것을 취미로 삼습니다.”

라고 한다. 나는,

“장군 댁에도 역시 구경할 만한 고기(古器 : 골동품)가 있습니까?”

하고 물었더니 지정은,

“저는 무인(武人)이라 이런 것을 사 모을 수도 없고, 조상 대대로 농사를 지었기 때문에 묵은 물건도 없습니다. 다만 손바닥만 한 옛날 벼루 하나를 가지고 있는데, 세상에서 전하는 말에 동파(東坡 : 소식(蘇軾)의 호)가 손수 만든 것이라 하며, 원장(元章 : 송나라 명필 미불(米芾)의 자)의 낙관이 찍혀 있습니다. 또 원풍(元豐 : 북송 신종의 연호, 1078~1085) 연간에 구리로 만든 푸른 술잔이 있습니다."

라고 하여 내가 한번 구경하기를 청하자 지정은,

"그것은 어려운 일이 아닙니다만, 지금은 객지에 와서 묵고 있는 처지이다 보니 사실 가지고 있지 않습니다."

라고 한다. 내가,

"제가 듣기에는 강남(江南)에서 나는 서화와 골동품 중에는 솜씨가 좋은 장인들이 만든 위조품이 많다는데 사실입니까?"

라고 하니 지정은,

"그렇습니다. 우리 집에 있는 그릇 두 개도 창문(閶門)[23]에서 아무렇게나 만든 것이 아니라고 어찌 보증하겠습니까? 저는 본래 감식 능력이 얕아서 바보 수준을 면치 못합니다."

라고 한다. 나는 이어서,

"활불은 참으로 그러한 행동을 했었나요?"

하고 물었더니 지정은,

"무슨 행동이란 말입니까?"

라고 하여 내가 양(楊) 자를 써서 보여 주니 지정은 손을 흔들면서,

"아닙니다. 그는 참으로 신통하였습니다."

하고는 또 부탁하기를,

"삼가 다시는 그(추사시(鄒舍是))를 찾아가지 마십시오."

라고 하는데, 지정의 생각은 추사시를 위험하고 망령된 사람이

---

23) 창문(閶門) : 항주(杭州)에 있는 성문 이름이다.

라고 여기는 것이다.

나는 일러준 대로 하겠다고 대답하고 또 묻기를,

"소위 라마(喇嘛)란 무슨 종족(種族)인가요? 모두 몽고의 딴 부족인가요?"

라고 하니 지정은,

"아닙니다. 라마란 말은 서번에서 '도덕(道德)'을 일컫는 말이므로 소위 라마라 하면 모두 승려를 말하는 것입니다. 지금도 몽고 사람들이 승려가 되면 모두 라마의 복장을 차립니다. 북경의 옹화궁(雍和宮)에 거처하는 승려들은 모두 라마라고 부릅니다. 만주족이나 한족들도 라마에 몸을 붙여 승려가 되는 자가 많은데, 이것은 의식이 풍족하기 때문이지요.

대체로 원(元)나라나 명(明)나라 시대는 서번(西番)의 법왕이 간혹 몸소 사신이 되어 조공(朝貢)을 바쳤는데 3, 4천 명이 넘는 사람들을 데리고 국경에 들어오면 항상 생기는 것이 많아서, 혹 새하(塞下 : 변방)에 머물러 있고 돌아가지 않기도 했습니다. 홍무(洪武 : 명나라 태조의 연호, 1368~1398) 초년에는 서번의 법왕을 공경하고 소중히 여기고 사랑하기 비할 데 없이 하였고, 영락(永樂 : 명나라 성조의 연호, 1403~1424) 연간으로부터 무종(武宗 : 명나라 정덕제(正德帝)의 묘호, 1505~1521) 때에 이르기까지는 대우가 더욱 융숭해서 북경 안에 있는 여러 절간에 머물러 두고 대접했습니다.

금년 봄에는 금으로 궁전을 세우고 활불을 맞이하여 살게 했지만, 옛날 원나라나 명나라 시절에 비한다면 그 접대하는 품이 훨씬 못한 데가 많을 것입니다. 서번의 여러 법왕(法王)들이 거처하는 궁전은 황금 기와와 백옥 층대로, 창틀과 난간에는 침향(沈香)이나 강진(降眞 : 향나무의 일종) · 오목(烏木 : 화류) 같은 목재를 쓰고, 창에는 수정(水晶)과 유리를 달고, 벽은 모두 화제(火齊 : 운모(雲母)의 일종)나 슬슬(瑟瑟 : 구슬의 일종) 같은 구슬로 꾸몄답니다. 지금 거처하는 궁전은 그들이 본토에 만든 궁전에 비하면 마치 흙으로 만든 계단에 띠풀로 인 지붕과 같은 것이어서 오랫동안 머물기를 즐기지 않고 몹시 고집을 부리며 돌아가기를 청하고 있습니다.

황제는 내년에 오대산(五臺山)으로 거둥을 할 때 친히 산서(山西)까지 전송해 준다는 약속을 하고 날짜까지 이미 정했습니다. 그는 음률을 잘 알아 팔풍(八風)[24]을 점치고 열 나라 말에 능하다고 합니다."

라고 한다. 나는,

"열 나라 말에 능하다면 무엇 때문에 이중으로 통역을 할까요?"

라고 하니 지정은,

"비록 소리는 잘 안다고 하지만 어찌 능히 그 자리에서 말뜻이 통할 수야 있겠습니까? 또 그가 올 적에는 나무숲 속에서 향

---

24) 팔풍(八風) : 팔음(八音)과 같은 뜻으로, '팔풍지음(八風之音)'의 준말이다. 불교에서는 사람을 사랑하고 미워하는 여덟 가지 감정으로 이(利)·쇠(衰)·훼(毁)·예(譽)·칭(稱)·기(譏)·고(苦)·낙(樂)을 꼽는다.

내를 맡고서 신령스러운 나무 한 그루를 뽑아다가 화분에 심어 가지고 왔답니다."

라고 하여 내가,

"신령스러운 나무란 무엇인가요?"

하고 물으니 지정은,

"그것은 이름을 '천자만년수(天子萬年樹)'라고 합니다. 엇걸린 나무와 뒤덮은 가지가 모두 '천자만년(天子萬年)'이란 글자의 모양을 이루고 있으니, 장주(莊周)가 말한 3,000년을 봄으로 삼고 3,000년을 가을로 삼는다는 나무로, 어떤 이들은 이 나무를 '명령(冥靈)'[25]이라고도 한답니다."

라고 한다. 내가,

"지금 집안에 있는 매화 같은 것도 연한 가지를 잘 묶어 옆으로 비스듬히 눕히게 만드는데, 이것이야 사람의 교묘한 재주이지 어디 하늘이 만들었다고 할 수 있는 것입니까?"

라고 하니 지정은,

"아닙니다. 잎사귀 옆에 있는 힘줄 무늬가 모두 '천자만년(天子萬年)'이란 글자로 되어 있답니다."

이라 하고는, 이어서 그 잎사귀를 이렇게  [26] 그려서

---

25) 명령(冥靈) : 『장자』에 나오는 오래 사는 나무 이름이다. 500년을 봄으로 삼고, 500년을 가을로 삼는다고 한다.

26) : 이 그림은 여러 본에 다 있는데, 여기에서는 거의 원형 그대로 복사하여 실었다.

나에게 보여 준다. 나는,

"공은 일찍이 이 나무를 본 적이 있습니까?"

하고 물었더니 지정은,

"그 형상을 보지는 못했습니다만 그 이름만은 들었습니다. 요(堯)임금의 뜰에 있었던 명협(蓂莢)[27]과 초(楚)나라에 있었다는 명령(冥靈)과 같아서 온 세상에 향기를 퍼뜨려 만국이 다같이 평안하고 사계절 언제나 꽃이 피었답니다.

꽃잎은 열두 잎인데, 꽃받침이 처음 터지면 초하루인 것을 알게 되고, 초승달이 밝아지기 시작하면서 꽃이 하루에 한 잎씩 피어 완전히 다 피면 보름인 것을 알게 되고, 달이 일그러지기 시작하면서 꽃이 하루에 한 잎씩 말라 들어가 꽃 꼬투리가 떨어지면 그믐이 된 것을 알 수 있습니다. 그래서 이름을 '명수(蓂樹)'라고도 부르고 또는 '영수(靈樹)'라고도 부릅니다.

일찍이 황제와 함께 차를 마시다가 갑자기 남쪽을 향하여 찻물을 뿌리자 황제는 놀라서 〈이유를〉 물었더니, 성스러운 활불은 공손히 '방금 700리 밖에서 큰불이 나서 10,000호나 되는 인가가 불타고 있는 것이 보이기에 겨우 비를 보내 불을 끌 수 있었습니다.'라고 대답하더랍니다. 다음날 담당한 부서 신하가 번갈아 아뢰기를, '정양문(正陽門) 밖 유리창에서 불이 나서 망

27) 명협(蓂莢) : 전설상의 상서로운 풀인데, 그 잎의 나고 떨어짐으로써 월력을 대신했다고 한다. 초하루부터 보름까지 하루에 한 잎씩 났다가, 열엿새부터 그믐까지 한 잎씩 떨어진다고 한다.

루(望樓)에까지 연소되어 불길이 너무나 컸기 때문에 인력으로는 끄지 못였습니다. 때마침 대낮 맑은 하늘에 구름 한 점 없었는데 갑자기 사나운 비가 동북쪽으로부터 몰려와서 즉각 불을 껐습니다.'라고 하였습니다. 대개 차를 뿌려 비를 보낸 시각이 꼭 불이 났던 때와 맞았답니다."
라고 한다. 나는,
"나도 북경에 도착하기 전에 이미 길에서 이런 이야기를 여러 번 들었습니다. 그러나 이는 난파(欒巴)[28]도 술을 뿜어 비를 만들었다는 예가 있으니, 어찌 기이할 것이 있겠습니까? 또 황성(皇城 : 북경)으로부터 이곳까지는 400여 리인데 700리란 말은 무엇입니까?"
라고 하였더니 지정은,
"그렇습니다. 이것은 그의 영험이 신통하다는 것이지요. 대체로 이곳은 북경으로부터 700리인데, 인조(仁祖 : 청(淸)나라 강희황제)가 항상 열하에 머물러 있다 보니, 황족인 친왕(親王)이나 각부(閣部)의 대신(大臣)들이 다들 다니기를 꺼리게 되었으므로 인조 때 특별히 각 참(站)의 거리를 줄여서 400여 리로 만들어 항상 말을 달려 일을 아뢰게 하였으니, 이것은 성군이 편안할 때에도 위태로운 것을 잊어서는 안 된다는 뜻입니다."
라고 한다.

28) 난파(欒巴) : 후한 촉군 사람. 설날 아침 조회 때 술을 머금고 고향 성도 쪽을 향해 뿜었다고 한다. 756쪽 주 17) 참조.

내가 지정과 말할 때는 매양 황제의 교화가 우리나라에까지 미치고, 문교(文敎)가 사해까지 퍼지는 데 대해 칭송하였다. 이 때문에 그는 나와 더불어 말하기를 즐거워했던 것이요, 추생은 망발을 하기도 하고 짐짓 장황스레 말을 늘어놓아 나로 하여금 청각을 헛갈리게 했던 것이다.

어느 날 대궐 밖에서부터 혼자 걸어서 돌아오는 길에 우연히 한 다락집에 올랐더니, 다락 위에 어떤 사람이 혼자서 밥을 먹다가 나를 보고는 수저를 놓고 마치 옛 친구나 만난 듯이 의자에서 내려와 웃으면서 맞이했다. 내 손을 잡으면서 자기 의자에 앉기를 청하고, 자기는 딴 의자를 끌어당겨 마주보고 앉았다.

각각 성명을 써 보였는데, 그의 이름을 보니 파로회회도(破老回回圖)이고, 자는 부재(孚齋)이며, 호는 화정(華亭)인데, 지금 강관(講官)의 직책에 있었다. 나는 그가 만주 사람이라 생각하고 물었더니, 몽고 사람이었다. 그가 종이를 만지는 것이라든가 빠르게 글씨를 쓰는 것을 보니 필법이 매우 뛰어나고 민첩했다. 나는,

"당신은 박명(博明)이란 사람을 아시나요?"

하고 물었더니 그는,

"내 아우나 다름없습니다."

라고 한다. 나는,

"반정균(潘庭筠)도 아시나요?"

라고 하니 그는,

"일찍이 무영전(武英殿)에서 한 번 본 일이 있습니다."

라고 한다.

박명은 박식한데다가 글씨를 잘 써서 나는 수십 년 이래로 그의 필적을 많이 보았고, 그도 같은 몽고 사람이기에 물어 본 것이다. 또 그는 현재 강관의 직책에 있다기에 반정균의 소식을 물어 그가 사는 집이 어딘지를 알고자 했더니, 반정균과는 그다지 친하지 않은 듯했다. 나는,

"세상에는 세 가지 종교가 있는데, 귀국에서는 무슨 종교를 가장 숭상합니까?"

하고 물었더니 부재(孚齋)는,

"어찌 중국 같은 큰 나라에 세 가지 종교만 있겠습니까? 자기의 도를 행하고 보면 모두 종교라고 부를 수 있습니다."

라고 한다. 나는,

"귀국은 몽고지요. 중국을 두고 말한 것이 아닙니다."

라고 했더니 부재는,

"저는 중화(中華)에서 생장하여 사막(沙漠)을 알지는 못합니다만, 그(몽고)도 대국의 한 모퉁이겠으니 마땅히 우리 도〔吾道 : 유교〕가 성할 것입니다. 귀국에서는 무릇 몇 개의 종교가 있는지요?"

라고 하기에 나는,

"유교만 있을 뿐입니다."

라고 하니 부재는,

"사람 사는 것이 어찌 유교가 아닌 것이 없겠습니까만, 유교라고 부르고 보면 이미 구류(九流)[29]의 대열에 물러서게 됩니다. 유교같이 광대하고 끝이 없는 도를 가지고 도리어 스스로 세 가지 종교〔三敎 : 유(儒)·불(佛)·도(道)〕라는 좁은 틈에 끼어 '유(儒)' 자 한 글자만으로써 끝을 맺으니, 이것이 이단을 조장하는 것이 될 것입니다."
라고 한다.

이때 마침 회회(回回) 사람 몇이 와서 술을 마시고 있었다. 나는,

"저들도 서번의 부락 사람인가요?"
하고 물었더니 그는,

"아닙니다. 회회 사람들은 곧 당(唐)나라 시대에 '회흘(回紇)'이라고 불렀는데 당나라에 공을 세웠고, 또 역시 중국의 큰 걱정거리가 되던 나라로서 '회골(回鶻)'이라고도 부릅니다. 오대(五代) 시절에는 서쪽으로 돌궐(突厥)을 침범하고, 마침내 한(漢)나라 때 서역(西域)의 옛 땅이었던 곳을 점령하여 소위 '청진교(淸眞敎 : 회교, 즉 이슬람교)'를 퍼뜨렸으니, 이 역시 이단 중의 한 종교입니다.

천지 사이에는 다만 '우리 도〔吾道〕'만 있을 따름인데, '우리

---

29) 구류(九流) : 한나라 때에 있었던 아홉 가지 학파. 곧 유가(儒家)·도가(道家)·음양가(陰陽家)·법가(法家)·명가(名家)·묵가(墨家)·종횡가(縱橫家)·잡가(雜家)·농가(農家)를 말한다.

도'의 일단(一端)을 얻은 자가 스스로 하나의 종교를 만들어 부릅니다. 우리들 도를 배운 사람들은 바로 '우리 도일 뿐'이라고 부를 것이지 유교라고 부를 필요가 없습니다."

라고 하여 나는,

"그렇지 않습니다. 자기를 '우리〔吾〕'라고 부르는 것은 저 사람(상대방)에 상대해서 부르는 말이니, 우리와 저 사람이 서로 대하게 될 때에는, 상대와 내가 서로 형성되는 터라 우리라는 한 편만이 아닐 것입니다. 이러므로 우리 자신을 우리에만 국한한다면 스스로도 작아질 뿐만 아니라, 상대방과 우리 사이에서 사사롭게 되어 공평하지 못할 것입니다.

'도'라는 것은 천지 사이에 가장 공정한 이치인데, 또한 어찌 우리 한 사람의 물건을 만들어 딴 사람이 와서 엿보는 것을 용납하지 않을 수 있겠습니까? 제가 생각하기에는 '오도(吾道)'라는 두 글자도 확연(廓然)히 크게 공정한 칭호는 아니라고 봅니다. 유(儒)라는 글자는 이미 말씀을 들어 잘 알겠습니다만, 교(敎)라는 글자에 이르러서는 어찌 '도를 닦는 것을 일러 교라고 한다'[30]라고 하는 의미가 아니겠습니까?

문교(文敎)니 성교(聲敎)니 명교(名敎)니[31] 하는 것은 모두 성

30) 『중용(中庸)』에 나오는 말이다.

31) 문교(文敎)는 예악으로, 성교(聲敎)는 통치자의 명암과 위세로, 명교(名敎)는 인륜을 중심으로 한 대의와 명분으로 사회 풍속을 교화하는 것을 말한다.

인의 교화를 말하는 것입니다. 이것도 교라고 하고 저것도 교라고 하여 이단과 서로 혼돈되는 것을 부끄러워한다면, 교라는 글자가 장차 없어질 판입니다. 지금 '우리 도'라고 부르면, 저들도 장차 자기의 교를 '우리 도'라고 부를 것이니, 그렇다고 성을 내어 나중에는 '우리 도'까지 삭제해서야 되겠습니까?"

라고 했더니 부재는,

"그런 일을 말한 것이 아닙니다. 세상 선비들은 이단이 바로 우리 도의 한 끝인 줄을 모르고서 분분하게 배격하다 보니, 저들도 비로소 앙연(昻然)히 머리를 쳐들어 우리 도와 대치하려고 할 것입니다. 양(楊 : 양주(楊朱)) · 묵(墨 : 묵적(墨翟))이나 노(老 : 노자) · 장(莊 : 장자) 등의 말은 모두 우리 도에 있는 말이요, 더구나 불교의 인과설(因果說)은 우리 도에서는 깊이 배척하는 바이지만, 사실은 우리 도에서 먼저 말한 것입니다."

라고 한다. 내가,

"인과응보(因果應報)란 윤회(輪回)한다는 것이 아닙니까?"

하고 물었더니 그는,

"아닙니다. 인과설이란 다만 이 일에 인연이 되면 이 공(功)으로 나타난다는 것으로, 비유하면 밭을 갈고 씨를 뿌리는 것이 원인이 되고 거기서 나는 싹이 결과가 되는 것이요, 밭을 매는 것이 원인이 되고 수확하는 것이 결과가 되는 것과 같습니다. 나무를 심는 것도 역시 그러하니, 그 꽃은 원인이 되고 열매는 결과가 되는 것입니다.

다시 말하면 '옳은 길을 가면 길(吉)하고 어긋나는 길을 좇으면 흉(凶)하게 되는 것'[32]이니, 이것이 바로 '우리 도'의 인과입니다. 여기서 옳은 길과 어긋나는 길은 원인이 되고, 길하고 흉한 것은 결과가 되는 것입니다. 또 길흉 보응설(報應說)이 부족하다고 평하는 자는 그림자와 메아리 소리처럼 따르고 좇는 사이에 부응(孚應)하는 영험이 이같이 빠를 수야 있겠느냐고 합니다.

또 '착한 일을 쌓은 집에는 반드시 경사가 남음이 있고, 착하지 않은 일을 쌓은 집에는 반드시 재앙이 남음이 있는 것'[33]이니, 이는 '우리 도'의 인과입니다. 그러나 재앙과 경사를 부족하다고 말하는 자는 반드시 남음이 있다고 하는데, 여기 반드시 남음이 있다는 것을 본 사람이 누구냐는 것입니다.

불교를 믿는 사람들이 처음에 인과설을 말한 것은 지극히 고명했지만, 다음에 '우리 도'에서 〈좋고 나쁜 일에는 반드시〉 보응(報應)하는 자취가 있다는 것을 살펴보고는 윤회설(輪廻說)을 만들어 보충했습니다. 실상 우리 도(유가)에서 병통으로 여기는 부분입니다.

'착한 일을 하면 백 가지 상서로움이 내려지고, 착하지 못한 일을 하면 백 가지 재앙이 내린다'[34]는 말도 우리 도의 인과설인데, 다만 그것을 내려주는 자는 누구일까요?

---

32) 『서경』 대우모(大禹謨) 편에 나오는 말이다.

33) 『역경』 곤괘(坤卦)에 나오는 말이다.

34) 『서경』 이훈(伊訓) 편에 나오는 말이다.

태서(泰西 : 서양) 사람들은 자기의 몸을 공경한 데 두는〔居敬〕 것을 심히 두터이 하면서 불교를 공격하는 데 더욱 힘쓰지만, 오히려 천당과 지옥의 설을 내세우고 있습니다. 그들은 우리 도에서 '한마음으로 상제(하늘)를 마주 대한다'는 말을 듣고 자기들도 '강림했다느니, 굽어본다느니, 살핀다느니, 듣는다느니 하여 분명히 주재(主宰)하는 하느님이 있다'고 하고, 재앙과 상서를 한결같이 내린다는 '내릴 강(降)' 자를 가지고 자신을 속이고 있습니다.

대체로 불가에서는 윤회설도 없었는데, 중국 사람이 불경을 번역할 때에 말이 다르고 글도 서투르다 보니 형용하기가 어려워서, 보응설(報應說)과 윤회설(輪廻說)로 번역하고 그 위에 인과설을 가져다가 관련시켰던 것입니다. 후세에 선가(禪家)에서도 또 인과설을 말하는 것을 부끄럽게 생각하여 이를 불교의 조박(糟粕 : 술찌끼)으로 여겼으니, 가히 살피지 않을 수 없는 것입니다."

라고 한다. 나는,

"지금 법왕이 말하는, 남의 몸에 다시 태어난다는 법은 윤회의 증거가 아닙니까?"

라고 하니 부재는,

"아닙니다. 남의 몸에 다시 태어난다는 것은 윤회설이 아닙니다. 소위 윤회설이란, 곧 여기 맹수(猛獸)가 있는데 갑자기 불성(佛性)을 품게 되면 다음 대에는 좋은 갚음을 입어 반드시 착한 사람으로 태어난다는 것이요, 오늘의 중생(衆生) 중에도 짐승 같은 행실을 하는 자가 있으면 다음 생에 가서는 악한 보복을 받아 당연히 짐승으로 태어난다는 것입니다. 이것은 비유하는 말에 불과한 것으로, 조잡하고 어리석고 천박한 말들입니다. 『시경(詩經)』에 이르기를,

효자가 다하지 아니하니　　孝子不匱
하늘은 너에게 길이길이 복을 주시리라[35]　　永錫爾類

라고 하였으니, 윤회설의 증험이란 본래 이러한 것으로, 법왕이 말한 남의 몸에 다시 태어난다는 것은 바로 때 묻고 해진 지금의 옷을 다른 옷으로 다시 갈아입듯이 자기 몸 자체를 바꾸어 버리는 것입니다."
라고 한다. 나는,
"참으로 그러한 이치가 있을까요?"
하고 물었더니 부재는,
"그가 주문을 가지고 기운을 움직이는 술법은 도가(道家)의 것과 같으나, 실상은 선가(禪家)에서 이르는 마선(魔禪)[36]일 뿐입니다. 대체로 이런 일은 있을 법도 하고 없을 법도 해서, 제 자신이 승려가 되어 보지 않고서야 참과 거짓을 어찌 알 수 있

---

35) 효자가 …… 주시리라 : 『시경(詩經)』 대아(大雅) 생민지십(生民之什) 기취(旣醉) 편에 나온다.
36) 마선(魔禪) : 불교의 참선 중에서 정통파가 아닌 참선을 말한다.

겠습니까?

옛날 내가 전남(滇南)에 있을 적에 공사의 틈을 타서 일찍이 이 일을 가지고 지금 태학사(太學士)이신 아계(阿桂)[37] 장군께 묻기를, '이것은 서장(西藏) 땅에 들어가 본 자들이 지혜가 부족해서 이렇게밖에 알지 못한 모양인데, 장군은 명철한 분이니 그 일이 결국엔 어떻게 된 것일까요?' 했더니, 아공(阿公 : 아계)은 대답하기를,

'이 사실이 실제로 있었는지 없었는지 물어볼 것도 없습니다. 만일 우리 집안에서 지극히 총명한 자식 하나가 태어났는데, 네댓 살 때부터 세상일을 털끝 하나도 알리지 않게 하고, 날마다 노성한 스승과 탁월한 선비로 하여금 자리에서 떠나지 않게 하고 오직 성현의 말로써 그 마음을 적셔 주고, 자란 뒤에는 먹고 입는 데 걱정이 없이 금이며 옥이며 비단 인간으로서 가지고 싶은 물건들이 눈에 띄더라도 마음에 머물러 두지 않도록 하여 신명(神明)과 같이 공경하고 보면, 날마다 한결같이 도를 향하는 것만 알 뿐이니 어찌 성현이 되지 않을 수 있겠습니까? 또 이런 아이를 매우 어렸을 때부터 오직 노숙한 승려로 하여금 기르게 하되 날마다 설법을 하여 공덕을 알게 하고, 공덕을 짓고 부처를 극진히 존경하게끔 감독하여 어릴 때부터 어른이 될 때까지

37) 아계(阿桂) : 청나라 아극돈(阿克敦)의 아들로, 자는 광정(廣廷)이고 호는 운암(雲巖)이다. 1738년 과거에 합격하여 내각태학사와 군기대신 같은 요직도 맡았지만, 이슬람교도의 반란을 평정하는 등 여러 차례 무공(武功)을 세웠다.

세상 걱정으로 그 마음을 쭈그러지지 않도록 한다면, 또한 어찌 부처가 되지 않을 수 있겠습니까?' 하더이다."

라고 하였다.

저녁에는 형산을 찾아가서,

"법왕이 남의 몸에 다시 태어난다는 것이 윤회와 무엇이 다릅니까?"

하고 물었더니 형산은,

"그것은 몸 자체를 바꾸는 것이나 같습니다. 다만 이 육신(肉身)은 바람과 비, 추위와 더위에 침노되어 머리털이 학처럼 희어지고 살가죽이 닭살처럼 쭈그러져서 늙지 않을 수 없는 것이지요. 말하자면 저절로 흙이나 물 · 바람 · 불[38] 같은 것으로 화해 버리게 마련이지만, 소위 빛나고 밝은 정신과 지혜, 영원히 죽지 않는 몸〔金剛寶體〕은 본래부터 젊고 늙는 것이 없이 한 개비 장작이 다 타고 나면 다른 나무로 불이 옮겨 붙는 것과 같다는 것입니다.

비유하건대, 천릿길을 가는 자가 자기 집을 짊어지고 가지는 못할 것이요, 반드시 숙소를 교체해 가면서 갈 것입니다. 비록 천하에 다정한 사람이라도, 자기가 묵었던 주막집에 정이 들어 여기서 오래 머무를 수는 없는 것입니다. 불은 나무에 인연(因

38) 흙이나 …… 불 : 불교에서 말하는 사람의 몸뚱이를 구성하는 4대(大) 원소.

緣)하여 일어나서 잠시는 불과 나무가 서로 엉키어 기쁜 듯이 타다가도, 불이 다른 나무로 옮겨 붙을 때에 다시 먼저 타버린 재를 연모하는 법은 없습니다. 법왕이 남의 몸에 다시 태어난다는 것도 다만 이런 말일 것이요, 윤회설이란 곧 불가의 율서(律書)인 것입니다.

옛날 한(漢)나라의 두태후(竇太后)[39]가 〈경제(京帝)에게〉 꾸지람을 했으니, 조관(趙綰)과 왕장(王臧)이 어찌 사공(司空) 벼슬을 했겠습니까?[40] 성조서(城朝書)[41]도 역시 유가의 말을 율서로 여

---

39) 두태후(竇太后) : 한(漢)나라 문제(文帝)의 황후이자 경제(京帝)의 모후이다.

40) 옛날 …… 했겠습니까? : 조관(趙綰)과 왕장(王臧)이 신공(申公)을 맞이하여 명당(明堂)을 짓고 유학을 숭상하려 하였으나, 두태후는 황제(黃帝) · 노자(老子)의 학문을 좋아하여 유학을 배척하였으므로 자신의 아들 경제에게 꾸지람을 하였더니, 경제는 조관과 왕장을 가두어서 스스로 죽게 하였다. 조관과 왕장은 모두 서한(西漢)의 유학자로, 어사대부를 지냈다.

41) 성조서(城朝書) : 우리나라 태조의 이름이 단(旦)이었으므로 이를 피하기 위해서 조(朝)로 고쳐서 성조서라고 하였다. 성단은 진한(秦漢) 시대에 행해졌던, 병역을 치르게 하거나 성을 쌓게 하는 형벌의 일종이다. 『사기』 유림열전(儒林列傳)을 살펴보면, "두태후가 『노자』라는 책을 좋아하여 원고생(轅固生)을 불러 『노자』를 읽고 느낀 점에 대해 물었더니 원고생이 '이 책은 보통사람이 한 말에 불과합니다.'라고 하자, 두태후가 화를 내면서 '사공(司空) 벼슬을 하는 사람이 어떻게 죄인을 다루는 유가의 책들과 비교할 수 있단 말인가?'라고 했다."는 내용이 있다.

졌습니다.

저들이 말하는 윤회설은 그 당시의 임금들이 제정한 제도와 같은 것입니다. 오복(五服 : 행정구역에 관한 제도) · 오형(五刑 : 다섯 가지 형벌)이 모두 다 일정한 규정이 있어서, 상주고 벌주는 것을 각각 규정에 따라 살펴서 이처럼 비추어볼 수 있게 하여 공(功)이나 죄(罪)도 보이기 전에 먼저 법문부터 갖춘 셈입니다.

불교를 신봉하는 자들은 세간의 공이나 죄가 부당하고, 그에 따른 상벌 역시 믿을 수 없다고 여깁니다. 그래서 직접 발로 밟고 눈으로 보는 현실은 사람들이 소홀히 여기기 쉽다 해서 유명(幽冥 : 죽은 후의 세상)의 불측한 데에 옮겨서 들을 수도 없고 볼 수도 없는 속에서 착한 일을 권장하면 따르고 악한 일을 경계하면 피하도록 한 것입니다. 옛 사람들의 이른바 남몰래 임금의 권세를 조종한다는 것이 이것입니다.

비록 그러하나 우리 유가에서는 또한 반드시 그들을 오로지 원수와 같이 공격하지는 않으니, 성인이 신묘한 도(道)로써 교양하는 것도 역시 이와 같을 것입니다. 또 천지는 한없이 크며, 풍속도 각각 다르고, 기운은 바르고 편벽된 것이 있으며, 이치도 경우에 따라 달라서, 마치 그릇에 담긴 물이 그릇의 모양에 따라 둥글기도 하고 모나기도 한 것과 같습니다.

고금 천하에 또한 윤회가 없지도 않으며, 또한 남의 몸에서 다시 태어나는 법도 없지 않고, 화식(火食)을 하지 않는 사람도 없지 않으며, 장생불사하는 사람도 없지 않습니다. 또 덮어놓고 이러한 이치가 전혀 없다고 말하는 것도 미혹된 탓이요, 이런 이치가 모두 있다고 말하는 것도 역시 미혹된 탓일 것입니다. 다만 이런 이치가 때때로 있을 수도 있는 것이므로, '가끔 있을 수 있는 일'을 가지고 함부로 만 가지 이치에 맞추려 하거나 천하를 바꾸려 하는 것은 더욱 미혹된 생각입니다."

라고 하여 나는,

"진나라와 한나라 이래로 천하를 다스리는 자는 모두 이단이었으니, 진나라는 형명(刑名)[42]으로써 오히려 능히 천하를 겸병(兼幷)했고, 한나라는 황제와 노자의 도(道)로써 족히 백성을 부유하게 하였습니다. 성인들은 비록 이단이 '인의(仁義)'를 꽉 채워 막아버릴까 하여 근심하긴 했지만, 지금 법왕이 말하는 남의 몸에서 다시 태어난다는 술법으로 천하 국가를 다스리게 한다면 그가 도리어 우리 도〔吾道 : 유교〕에 의존하여 인의예악의 사이를 벗어나지 않고 인간이 지켜야 할 떳떳한 도리와 사물의 법칙 안에서 행하고 설 수도 있을 것이나, 그렇다고 요임금과 순임금의 도에까지 함께 들어가지는 못할 것입니다."

라고 했다.

형산은 눈을 감고 한참 동안 입속으로 염불을 하는 것처럼 중얼중얼하더니 얼마 후에야 눈을 뜨고 빙그레 웃으면서,

"선생의 말씀이 지극히 옳습니다. 이단과 우리 도를 비교해 보면, 비록 바르지 못함과 바름, 거칠고 순수한 분별은 있지만,

42) 형명(刑名) : 유가의 인의(仁義)와는 달리 강력한 형법으로써 국가를 다스리려는 정치적인 이론.

그 이로운 것을 일으키고 어진 것을 행하며, 잔악한 일을 물리치고 살육을 없애는 점은 애시 당초에 같지 않음이 없습니다."
라고 한다. 나는,
"법왕의 법술을 무슨 도라고 합니까?"
하고 물었더니, 형산은,
"소위 황교(黃教)라고 합니다."
라고 하여 나는,
"황교란 바로 황제와 노자의 도를 말하는 것인가요? 아니면 황백(黃白) 비승(飛昇)의 법술[43]을 말하는 것인가요?"
라고 하니 형산은,
"천지간에는 별스런 세상과 별스런 사람도 있어서 그 도야말로 이름 없는 것도 귀하게 여기며, 맑고 참되고 편안하고 즐거운 것을 그 삶이라고 하고, 때를 맞추어 귀화(歸化)하는 것을 그 죽음이라고 합니다. 그 삶도 즐거울 것이 없고, 죽음도 슬플 것이 없이 번갈아 가며 남의 몸에 환생(幻生)해서 만겁(萬劫)을 겪어도 없어지지 않고, 벼슬아치 되는 것도 즐거워하지 않습니다.

그 아는 것도 모르는 체하고, 그 모르는 것도 깨닫는 듯하여 무엇이 무엇인지 모르도록 혼돈의 상태에서 하늘의 말 없음을

43) 황백(黃白) 비승(飛昇)의 법술 : 황백은 도가에서 말하는 단약을 구워서 금은을 만드는 방법이고, 비승은 몸을 솟구쳐 높은 곳으로 오르는 것으로, 곧 신선이 되어서 하늘로 올라가는 술법을 말한다.

그대로 본받고, 난리나 살생을 좋아하지 않으며, 이 세상을 꿈속같이 여깁니다. 모든 사물을 요망한 것으로 여기며, 모든 언어를 간사한 것으로 여기고, 세상에 붙어사는 것을 허탄한 것으로 여기며, 사모하는 것을 장애로 여겨 부처도 아니요, 선술(禪術)도 아니며, 생각도 없고 걱정도 없으니, 이야말로 천지간에 별다른 세계를 꾸민 셈이요, 일종의 별다른 학문을 하는 셈입니다.

이것은 옛날의 지인(至人 : 덕을 닦아 지극한 경지에 이른 사람)이나 신인(神人)들의 도이며, 자기 자신도 없고 공리(功利)도 없는 학문입니다. 자휴(子休)[44]의 이른바 '정신을 하나로 가다듬으면 백성들은 재난이 없고, 농사도 풍년이 든다.'는 말과, 요(堯)임금이 막고야산(藐姑射山)과 분수(汾水)를 구경하고는 망연히 스스로 천하를 잊어버렸다[45]고 한 것이 곧 이 도와 같은 것입니다.

비단 서번의 여러 나라들이 모두 그 황교에 복종하고 있을 뿐만 아니라, 몽고 지방의 여러 부족들도 숭상하고 믿지 않은 자가 없습니다. 본조(本朝 : 청나라)의 정치와 교화가 위로는 요임금 · 순임금 시대를 능가하여 성교(聲敎 : 임금의 덕화(德化))가 이르

---

44) 자휴(子休) : 『남화경(南華經)』에는 연숙(連叔)으로 되어 있으나, 잘못 표기한 듯하다.

45) 정신을 …… 잊어버렸다 : 『남화경』 소요유(逍遙遊) 편에 나오는 말인데, 가상의 인물인 연숙의 말을 인용한 것이다.

는 곳마다 모두 순순히 따르고 편안하여 국경 밖의 풍진은 항상 맑았습니다. 대개 그 싸우고 죽이며 침략하고 도적질하는 것은 서번의 풍속에 꺼리는 바인 만큼, 역시 황교(黃敎)란 것이 도리어 중국 성화(聖化 : 성스러운 교화)에 만분의 일이라도 도움이 된다고 할 수 있겠지요."

라고 한다. 이때 〈형산이〉 딴 곳에서 일이 있는 듯하기에 즉시 일어나서 몸을 돌려 여천(麗川)의 처소로 갔다. -여천은 기풍액(奇豊額)의 자이고, 만주 사람이다.- 여천은 사천어사(四川御史) 단례(端禮)의 시(詩) 칠언절구 50수(首)를 꺼내어 보여 주는데, 황제가 공작(孔雀)의 깃을 하사한 데 대하여 읊은 시이다. 무관이 4품(品) 이상의 지위가 되면 모자의 정수리에 깃을 다는 법이요, 문관도 황제로부터 하사를 받으면 역시 달 수 있으므로 영광스럽게 여기는 것이다.

시를 보니 섬세하고 교묘(巧妙)하고도 고와서, 절향(絶響)[46]이 당나라 말기와 원나라 때의 시체(詩體)를 가지고 있었다. 여천이 나더러 비평해 달라고 부탁했지만 내가 굳이 사양했더니, 여천도 역시 굳이 청한다. 대개 그는 내 재주와 식견을 보고자 함인데, 나도 역시 보잘것없고 서투른 재주를 드러내고 싶지 않아서 끝내 사양했던 것이다.

46) 절향(絶響) : 다시 볼 수 없게 된 뛰어난 운치를 뜻한다. 진(晉)나라 혜강(嵇康)이 사형을 당할 때, 마지막으로 거문고를 타면서 자신이 죽고 나면 명곡인 광릉산(廣陵散)도 다시는 후세의 사람에게 전해지지 않을 것이라고 한탄하였다는 고사에서 유래하였다.

여천은 즉시 염(簾)[47]이 틀린 데를 세 군데나 점을 찍으면서 다시 접어 탁자 위에 놓더니, 형산이 지은 율시(律詩) 한 수를 꺼내어 보이면서 함련(頷聯)[48]의 대구로 사용한 연모(燕毛 : 제비털)와 웅장(熊掌 : 곰 발바닥)에 붓으로 점을 찍으면서 나에게 보여 주기에 내가,

"이것은 사륙체(四六體)[49]에 쓰기 적당하고, 한시의 대구(對句)로는 적당하지 않은 듯합니다."

라고 하자 여천은[50] 빙그레 웃으면서 하는 말이,

"구시(狗屎 : 개똥)로군. 이 사람이 하는 정사(政事)도 모호하기가 대체로 이 시와 같겠지요."

라고 하여 나는,

"어찌 그리 경박한 말씀을 합니까?"

라고 했더니, 여천은 즉시 '구시(狗屎)' 두 글자를 찢어서 입에 넣고 씹는다. 나는 크게 웃으면서,

"나이 많은 어른을 조롱하더니 그 벌로 개똥을 자시는구료."

라고 했더니, 여천도 역시 크게 웃었다. 조금 있다가 형산이 들어와 셋이 둘러앉아 이야기를 하다가 형산이 바로 나가기에, 서

---

47) 염(簾) : 율시(律詩)에 있어서 글자마다 고저를 맞추는 작시.

48) 함련(頷聯) : 율시에서 둘째 구와 셋째 구.

49) 사륙체(四六體) : 변려문(騈儷文). 중국 육조(六朝) 때부터 당(唐)나라 때까지 유행하던 한문 문체의 하나. 문장 전체가 대구(對句)로 구성되어 있고, 4자와 6자로 된 구(句)를 많이 쓴다.

50) '나에게'로부터 여기까지는 초고본에 나오는 내용이다.

로 쳐다보고 웃었다.

어느 날 여천이 명륜당(明倫堂)으로 산보를 하는데, 한 사람이 세숫대야를 들고 뒤를 따랐다. 여천은 서서 낮을 씻고 수건을 가지고 닦은 다음 다시 걸어가면서 나를 보고 멀리서,

"박공."

하고 부른다. 내가 곧바로 좇아갔더니 여천은,

"아까 황제께서 하사하신 누런 비단으로 봉했다는 것을 조금 맛봅시다."

라고 한다. 나는 곧바로 돌아와서 병을 기울여서 보니 꼭 한 잔쯤 남았기에, 내가 손수 들고 갔더니 여천은 웃으면서,

"이것은 여지즙인데, 여지란 열매는 나무에서 떨어져 하루만 지나면 바로 향기와 빛깔이 변해서 만분의 하나도 성하질 못합니다. 그러므로 꿀에 담가 두어도 열에 아홉은 빛과 맛이 변하기 쉽습니다. 처음 나무에서 딸 때에는, 비록 입이 열 개이고 손이 열 개라도 실로 그 맛을 형용하기 어렵지요. 저도 북경에 이르러서 이것을 하사받은 적이 한 번뿐이 아니어서, 어제도 또한 이것을 하사받았지요."

라고 하고는, 얼른 한 잔을 꺼내어 소주 대여섯 잔에 타서 나에게 권한다.

내가 한 잔을 마시니, 맑은 향기가 입에 가득하여 달고 시원하기가 비할 데 없었다. 내가 여천에게 잔을 돌려 마시라고 권했더니, 여천은 머리를 흔들면서 굳이 사양한다. 나는 괴상히

여겨 까닭을 물었더니 대답하기를,

"저는 이미 불계(佛戒)를 좇아서 술을 끊은 지 오래입니다.

날마다 삼백 개의 여지를 줄곧 먹으니 日食荔支三百顆
영남[51] 사람이 다 된 이 내 팔자 무방코야 不妨常做嶺南人

라는 것은 곧 동파(東坡)가 지은 시입니다."

라고 하고는 또,

"저는 지금 <귀주(貴州)> 얼사(臬司 : 안찰사(按察使))의 자리에 있으면서 항상 이것을 먹습니다."

라고 하고는 또,

"영남(嶺南)은 옛날 귀양 살던 곳입니다."

라고 한다.

어느 날 반중에 달이 밝기에 여천과 함께 대(臺) 위를 배회하다가, 밤도 깊고 이슬도 차서 여천이 자기 방으로 들어가자고 청하면서,

"사신이 활불을 보지 않으려는 것은 어째서일까요?"

하고 묻는다. 내가,

"사신은 황제의 조서(詔書)를 받들고 만나러 갔습니다."

라고 하였더니 여천은,

"사신이 말에서 내려 도중에 앉아서 가려고 하지 않는 바람에

---

51) 영남(嶺南) : 중국 오령(五嶺)의 남쪽인 광동과 광서 지방을 말한다.

황제가 다시 조서(詔書)를 내려 그만두라고 했다니, 무슨 까닭으로 그렇게 어정거렸나요?”

라고 하는데, 그 말로 보아 자못 무슨 관계가 있는 듯하고, 그 실정(實情)을 파보려 하는 것 같기에 나도 대번에 대답을 하지는 않았다. 여천은,

“조선 사신의 반열 순서에 대해 소문이 자자합니다.”

라고 하여 나는,

“도중에 말에서 내렸다는 것은 가려고 하지 않았다는 것이 아닙니다. 통관의 말에 군기대신(軍機大臣)이 꼭 오게 되었다고 기다려서 같이 가는 것이 옳다고 하기에, 궁성(宮城) 밑 나무 그늘 아래에서 말을 내려 더위를 피하면서 군기대신이 오기를 늦도록 기다리다가, 갑자기 조서가 내렸기 때문에 중도에 그만두고 돌아온 것이요, 일부러 마음대로 늦춘 것은 아닙니다.”

라고 하였다. 여천은,

“사신이 〈이 때문에 황제에게 불려가서〉 책망을 당할 뻔하였고, 참여했던 예부(禮部)의 여러 대인(大人)들은 이 때문에 겁을 내고 앓아서 식사를 폐하고 있었답니다. 어제는 다시 황제의 은혜로운 조서를 받들게 되었으니, 이것은 세상에 드문 성전(盛典)입니다. 고려는 이로써 마땅히 사대(事大)하는 정성을 더욱 굳건히 해야 할 것이요, 두 대인도 서로 은총을 치하하여야 할 것입니다. 잠시 전에 묘중(廟中)에서 덕 대인(德大人 : 덕보(德保))을 만났더니 기쁨을 이기지 못합디다.”

라고 하여 나도 모르게 놀라고 해괴해서 천천히 대답하기를,

"우리나라가 대국과는 한집안이나 다름없이 섬기고 있는 터라, 이제 저와 공은 이미 안팎의 구별이 없지만, 법왕(法王)에 이르러서는 이는 서번 사람인 만큼, 사신이 어찌 감히 선뜻 만나보겠습니까? 이는 진실로 신하된 처지에서는 사사로운 외교가 없다는 의리일 것입니다. 그러나 여러 번 성상(聖上 : 황제)의 조서(詔書)를 받들고 보니, 사신 또한 어찌 감히 가서 만나보지 않을 수 있겠습니까?"

라고 하니 여천은,

"진실로 의당한 말씀입니다. 어제 사신이 저 활불에게 절을 한 것인가요? 그렇지 않으면 황제의 성지를 받들고 절을 하였던가요?"

라고 한다. 사신은 사실 활불에게 절을 한 적은 없었으나, 그의 묻는 말이 몹시 깊은 의미이기에 감히 절하지 않았다고 분명히 말할 수 없어 붓을 쥔 채 머뭇거리고 있는데, 여천이 먼저,

"조서를 받들고 갔으니, 당연히 성은에 숙배(肅拜)한 것이겠지요?"

라고 하고는 또,

"존형(尊兄)도 활불에게 절을 했습니까?"

라고 하여 나는,

"다만 멀리서 바라보았을 따름이지요."

라고 하였더니, 여천은 망견(望見) 두 글자를 가리키면서,

"바라본다는 것은 이미 활불에게 아첨했다는 말이지요. 존형은 이미 분부를 받지도 않은 이상 그렇게 옷을 거꾸로 입고 뛰

어나갈 필요야 어디 있었겠소?"

라고 한다. 나도 모르게 부끄러워서 이내 사과하기를,

"관광(觀光)하는 데 미쳐서 그런 생각을 못했군요."

라고 하니 여천은 또 크게 웃으면서,

"그렇지요. 진실로 어진 분에게 행동을 갖추라고 책망하였으니, 만 번 죄를 용서해 주기 바랍니다."

라고 한다. 내가,

"저는 이미 만 리 길에 관광차 나선 터라, 그렇지 않았다면 어찌 따라가서 여기 황금궁전과 옥계단을 볼 수 있었겠습니까?"

라고 하니 여천은,

"그렇지요."

라고 하고는 또,

"저의 전신(前身)은 본래 중이었습니다. 그 뒤에는 일찍이 아직 한 번도……."

라고 하고는, 수십 자를 먹이 마른 붓으로 빨리 써서 말뜻을 알 수 없었다. 나는 마침 촛불에 담뱃불을 붙이느라고 자세히 보지 못하고 막 다시 보려고 하는데, 이미 촛불을 끌어당겨 태워 방바닥에 던져 버리고서는,

"저는 본래 머리카락을 기른 늙은 중입니다."

라고 한다. 나는,

"공은 일찍이 저 활불을 배알한 적이 있습니까?"

하고 물었더니 여천은,

"친왕(親王)들이나 액부(額駙 : 부마) 및 몽고왕(蒙古王)이 아니면

감히 만나볼 수 없답니다."
라고 하더니 또,
"저는 유학자의 옷을 입고 유학자의 갓을 쓴 자로서, 평생에 진흙으로 만든 고불(古佛)에게도 절을 안 했는데, 어찌 육신(肉身)의 가짜 부처에게 절을 하겠습니까?"
라고 한다. 나는 유발(有髮 : 머리카락을 기름)이니 관유(冠儒 : 선비의 옷과 모자)니 하는 말을 보고 실소(失笑)를 금치 못하여 굵게 검은 동그라미를 쳤더니, 여천은 내 마음을 알아채지 못한 모양으로 역시 크게 웃어 마지않으면서 즉시 태워서 방바닥에 던진다.
나는,
"공은 자신을 스스로 유학자라고 하면서 또 말끝마다 늙은 비구라는 둥, 머리카락을 기른 중이라는 둥 하는 것은 어째서입니까? 다른 사람에게는 부처에게 아첨을 한다고 책망하더니, 제가 이제 보니 공이야말로 가짜 부처님의 제자(弟子)라고 말할 수 있으니, 힘써서 부처나 배우시지요."
라고 하였더니 여천은 크게 웃으면서 '가짜 부처님의 제자'란 구절에 크게 검은 동그라미를 치고는,
"만일 존형께서 재물이 많았다면, 저는 반드시 〈존형을〉 단골손님으로 삼았을 것입니다."
라고 한다. 나는,
"무슨 말입니까?"
하고 물었더니 〈여천은〉 웃으면서,

"빚을 잘 갚으니까요."

라고 하고는 또,

"한창려(韓昌黎)[52]도 늘그막에는 마침내 선학(禪學)을 즐겼답니다."

라고 한다. 나는,

"양명(陽明)[53]의 학문은 비록 편벽되고 고집스럽기는 하지만, 창려와 같이 희미하지는 않을 것입니다."

라고 하였더니 여천은,

"신건백(新建伯 : 왕수인의 봉호)이 명분과 이론은 자못 성하고, 그의 부처를 배척하는 이론은 뼛속 깊이 사무치지만, 그것은 사람들의 마음과 눈을 통쾌하게 해줄 뿐이지, 결국엔 창려의 웅장하고 맹렬한 문장만은 못할 것입니다."

라고 하고는 또,

"고갯마루에 걸린 구름을 보고 고향집을 생각하며, 관(關)에 쌓인 눈을 보고 탈 말을 걱정했다[54]는 말은, 이미 지난 일을 뉘

---

52) 한창려(韓昌黎) : 당나라의 저명한 유학자이자 문학가인 한유(韓愈). 창려는 봉호. 한유는 「논불골표(論佛骨表)」를 지어 불교를 배척하고 반대하는 바람에 유배를 가게 되었다.

53) 양명(陽明) : 명(明)나라의 대학자인 왕수인(王守仁). 양명은 호이다. 육상산(陸象山)의 사상을 계승하여 주관적 관념론을 펼쳤고, 지행합일(知行合一)·정좌법(靜座法) 등을 주장하여 선지후행(先知後行)을 중시하는 주자학파와 대립하였다.

54) 고갯마루에……걱정했다 : 당나라 한유(韓愈)가 지은 시에, "운횡진

우쳤던 것이지요."

라고 한다. 나는,

"지금 세상에 문장의 대가로서 그 두 사람에 비교할 만한 이가 있습니까?"

하고 물었더니 여천은 대답하지 않고 이내 붓장난으로,

"없는 것은 있는 것이요, 있는 것은 없는 것이라〔空則是色 色則是空〕."[55]

라고 하여 나는,

"나는 너요, 너는 나로다〔我則是爾 爾則是我〕."[56]

라고 하였더니, 여천은 앞으로 와서 내 손을 잡고 한참 있다가, 손가락으로 자기 가슴을 가리키고 또 내 가슴을 가리키더니 이내,

---

령가하재(雲橫秦嶺家何在)요, 설옹남관마부전(雪擁藍關馬不前)이라"는 구절이 있다.

55) 『반야심경(般若心經)』에 나오는 구절이다. 색즉시공(色卽是空)은, 색(色)이란 이 세상에 형체가 있는 모든 만물을 뜻하는데, 이런 만물은 인연(因緣)으로 말미암아 생긴 것이며, 모두 일시적인 모습이지 원래 실재하는 것이 아니므로 그대로 텅 빈〔空〕 것이라는 말이다. 공즉시색(空卽是色)은, 우주 만물은 모두 실체가 없는 공허한 것이지만 인연의 상관관계에 따라서 그대로 하나하나의 존재로서 존재한다는 말이다. 즉 만물〔色〕과 비어 있는 공(空)의 세계가 따로 분리된 것이 아니라 하나라는 뜻이다.

56) 나는 …… 나로다 : 왕수인이 지은 시에, "칠십년전왕수인(七十年前王守仁)은, 개문인시폐문인(開門人是閉門人)이라"는 구절이 있다.

"그 활불이란 중의 생김새가 어떻게 생겼습니까?"

하고 묻는다. 나는,

"석가여래존자(釋迦如來尊者)의 상과 비슷합디다."

라고 하였더니 여천은,

"응당 살이 쪘겠지요."

라고 하고는 '탐할 탐(貪)' 자를 크게 쓰면서,

"구하지 않는 것이 없고 취하지 않는 것도 없으니까 말이지요."

라고 한다. 나는,

"출가승(出家僧) 같지도 않은데 그다지 무슨 계율(戒律)을 지킬까요?"

라고 하였더니 여천은,

"즐기지 않는 것이 없답니다. 말 · 소 · 낙타 · 양 · 개 · 돼지 · 거위 · 오리를 모두 먹기도 하려니와 당나귀를 통째로 먹기 때문에 살이 찔 수밖에요"

라고 한다. 나는,

"여자를 탐하기도 하나요?"

하고 물으니 여천은,

"그것 한 가지만은 범하지 않는가 봅디다."

라고 한다. 나는,

"법술이 신통한가요?"

하고 물었더니,

"전혀 없답니다."

라고 하고는 또,

"완적(阮籍)[57]의 후신이 안 태사(顔太師)[58]요, 안 태사의 후신이 포염라(包閻羅)[59]요, 포염라의 후신이 악무목(岳武穆)[60]이라고 한다니, 이것은 간사한 사람들이 가르친 말이지요."

라고 한다.

〈내가〉 지정이 말한 오색경(五色鏡 : 거울)에 대한 이야기를 물었더니 여천은,

"과연 그런 것이 있다고 합디다. 그런데 화제(火齊 : 옥돌의 일종)로 만든 거울이라고 합니다."

라고 하여 만년수(萬年樹)에 대한 이야기를 물었더니 그는,

"들은 적이 없는데 어떻게 생겼답디까?"

라고 하기에 나는 학성(郝成)에게서 들은 대로 대강 이야기를 하고,

---

57) 완적(阮籍) : 진(晉)나라 때 죽림칠현(竹林七賢)의 한 사람. 자는 사종(嗣宗).

58) 안 태사(顔太師) : 당나라 현종(玄宗) 때 저명한 서예가이자 군사가였던 안진경(顔眞卿). 태사는 벼슬이고, 자는 청신(淸臣)이다.

59) 포염라(包閻羅) : 송나라 인종(仁宗) 때의 저명한 법관인 포증(包拯). 청백리로서 부당한 세금을 없앴고, 부패한 정치가들을 처벌했으며, 죽어서 염라왕이 되었다고 한다. 별칭으로 포룡도(包龍圖), 포흑자(包黑子), 포흑탄(包黑炭)이 있고, 중국에서는 흔히 포청천(包靑天), 포공(包公)으로 불린다.

60) 악무목(岳武穆) : 송나라 고종(宋高宗) 때의 저명한 충신 악비(岳飛). 자는 붕거(鵬擧)이다.

“만일 과연 그렇다면 참으로 신령한 나무지요.”

라고 하였더니 여천은 크게 웃으면서,

“존형은 이런 허망한 나무 이야기를 어디서 들었습니까?”

라고 하면서 또,

“저 활불은 스스로 자기의 학문을 말하며 임종(臨終)할 때에는 자기의 학문을 구절로 전한다고 했답니다.”

라고 한다. 닭이 울 때가 되어서야 자리를 파하였다.[61] 내가 이미 북경으로 돌아와서 사대부와 함께 교제한 일이 많았지만, 여천같이 철저히 불교를 배척해서 말하는 자는 보지 못했다.

어느 날 내가 방문 앞에 서 있노라니, 여천이 거울을 가지고 자기를 비춰 보고 다시 와서 내 얼굴을 비추다가, 또 장난으로 내가 차고 있는 주머니에 든 연주(聯珠)를 더듬어 찾아 만지고는 웃으면서 말하기를,

“이것은 유학자가 응당 가질 물건이 아닙니다.”

라고 하기에 나는,

“이것은 갓끈입니다.”

라고 하였더니 여천은,

“좀 빌려서 보아야 믿을 수 있지요.”

라고 한다. 내가 즉시 주머니 속에서 꺼내어 보여 주었더니, 여천은 크게 웃었다. 아마 처음에는 그것을 염주(念珠)로 알았던 모양이다. 내가 벽에 걸린 조주(朝珠)를 가리키면서,

---

61) ‘닭이’로부터 여기까지는 초고본에 나오는 내용이다.

"저것은 무슨 물건입니까?"

라고 하였더니 여천은,

"이것은 나라의 명기(名器)로, 없어서는 안 되는 물건이외다. 대개 조복(朝服)을 입으면 목에 염주를 거는 까닭에 이것을 '조주'라고 하며, 어떤 것은 값이 1,000냥 10,000냥이 되기도 한답니다. 각로(閣老 : 재상(宰相)) 우민중(于敏中)의 자는 내재(耐齋)[62]인데, 금년에 죽었지요. 7월에 그의 집 재산을 몰수해서 관할 관청에서 파는데, 조주 네 개의 값이 은(銀) 37,000냥이더랍니다. 그 값이 너무 비싸서 감히 사는 사람이 없었다고 합니다."

라고 하였다.

---

62) 내재(耐齋) : 우민중(于敏中)은 청나라 강소(江蘇) 금단(金壇) 사람으로, 시호는 문양(文襄)이며, 저서에 『임청기략(臨淸紀略)』이 있다. 우민중은 자가 숙자(叔子)이고 호가 내포(耐圃)인데, 여천이 잘못 표기한 듯하다.

原文

黃教問答
황교문답

黃教問答序
황교문답서

入他邦者 曰我善覘敵 曰我善觀風 吾必不信矣.
입타방자 왈아선첨적 왈아선관풍 오필불신의

入人之國 安有執塗之人 而遽有所詢訪哉 此一不可
입인지국 안유집도지인 이거유소순방재 차일불가

也 言語相殊 造次之間 無以達辭 二不可也 中外既
야 언어상수 조차지간 무이달사 이불가야 중외기

異 自有形迹之嫌 三不可也 語淺則無以得情 語深則
이 자유형적지혐 삼불가야 어천즉무이득정 어심즉

恐觸忌諱 四不可也 問所不問 則跡涉窺偵 五不可也
공촉기휘 사불가야 문소불문 즉적섭규정 오불가야

不在其位 不謨其政 此居其國之道也 況他國乎 問其
부재기위 불모기정 차거기국지도야 황타국호 문기

大禁 然後敢入 居他國之道也 況大國乎 此其不可者
대금 연후감입 거타국지도야 황대국호 차기불가자

六也.
육야

況其將相賢否 風俗淑慝 滿漢用舍 皇明故實 尤不
황기장상현부 풍속숙특 만한용사 황명고실 우불

可問 非但此不可問 所不敢也 彼不宜答 亦所不敢
가문 비단차불가문 소불감야 피불의답 역소불감

也.
야

至如錢穀甲兵山川形勝　似無甚關係　而非但此不宜
지여전곡갑병산천형승　사무심관계　이비단차불의

言　彼必疑怪　何者　錢穀關虛實　甲兵係强弱　山川形
언　피필의괴　하자　전곡관허실　갑병계강약　산천형

勝　有關阨險要之勢　此所以不宜問答也.
승　유관액험요지세　차소이불의문답야

彼古人者　常得之言語問答之外　如橋梁更皷執玉高
피고인자　상득지언어문답지외　여교량경고집옥고

卑有所占矣　如陳詩閱樂市價貴賤有所徵矣　旣無古人
비유소점의　여진시열악시가귀천유소징의　기무고인

之識慧才智　而徒欲得之於毫墨立談之間者　其亦難矣
지식혜재지　이도욕득지어호묵립담지간자　기역난의

又况四海廣大　不見涯涘乎.
우황사해광대　불견애사호

余至熱河　有以黙審天下之勢者五　皇帝年年駐蹕熱
여지열하　유이묵심천하지세자오　황제년년주필열

河　熱河乃長城外荒僻之地也　天子何苦而居此塞外荒
하　열하내장성외황벽지지야　천자하고이거차새외황

僻之地乎　名爲避暑　而其實天子身自備僻邊　然則蒙
벽지지호　명위피서　이기실천자신자비벽변　연즉몽

古之强可知也.
고지강가지야

皇帝迎西番僧王爲師　建黃金殿以居其王　天子何苦
황제영서번승왕위사　건황금전이거기왕　천자하고

而爲此非常僭侈之禮乎　名爲待師　而其實囚之金殿之
이위차비상참치지례호　명위대사　이기실수지금전지

中　以祈一日之無事　然則西番之尤强於蒙古　可知也
중　이기일일지무사　연즉서번지우강어몽고　가지야

此二者 皇帝之心已苦矣.
차이자 황제지심이고의

觀人文字 雖尋常數行之札 必鋪張列朝之功德 感激當世之恩澤者 皆漢人之文也 蓋自以中國之遺民 常懷疢疾之憂 不勝嫌疑之戒 所以開口稱頌 擧筆諛佞 益見其自外於當世也 漢人之爲心 亦已苦矣.
관인문자 수심상수행지찰 필포장열조지공덕 감격당세지은택자 개한인지문야 개자이중국지유민 상회진질지우 불승혐의지계 소이개구칭송 거필유녕 익현기자외어당세야 한인지위심 역이고의

與人語雖尋常酬答之事 語後卽焚 不留片紙 此非但漢人如是 滿人爲尤甚 滿人皆職居近密 故益知憲令嚴苛 然則非但漢人之心苦矣 天下法禁之心苦矣.
여인어수심상수답지사 어후즉분 불류편지 차비단한인여시 만인위우심 만인개직거근밀 고익지헌령엄가 연즉비단한인지심고의 천하법금지심고의

市肆所售 一硯之値 無不百金者 噫 天下有事 則珠玉宛轉而不收 海內昇平 則瓦甎埋沒而必採 富貴者適然取視 貧賤者努目收藏 淸賞者偶一摩挲 椎鹵者繭足奔趨 於是乎鋤犂所起 鉤罾所登 屍氣所漬 紛然爲寶於天下 天下珍玩之心 又苦矣.
시사소수 일연지치 무불백금자 희 천하유사 즉주옥완전이불수 해내승평 즉와전매몰이필채 부귀자적연취시 빈천자노목수장 청상자우일마사 추로자견족분추 어시호서리소기 구증소등 시기소지 분연위보어천하 천하진완지심 우고의

然則一片之石 足以占天下之大勢 而況天下之苦 有大於石者乎 今錄其燼餘談屑之係班禪者 爲黃敎問答.
연즉일편지석 족이점천하지대세 이황천하지고 유대어석자호 금록기신여담설지계반선자 위황교문답

黃敎問答
황교문답

余自札什倫布　先還寓　志亭－郝成字　號長城－迎問曰
여자찰십륜포　선환우　지정　학성자　호장성　영문왈

先生俄見活佛　狀貌何如　余對曰　公未之見否　志亭曰
선생아견활불　상모하여　여대왈　공미지견부　지정왈

活佛居在深嚴　非人人所可得見　況有神通法術　洞見
활불거재심엄　비인인소가득견　황유신통법술　동견

人臟腑　掛一寶鏡　人懷姦淫　必靑色照　人懷貪賊　必
인장부　괘일보경　인회간음　필청색조　인회탐적　필

黑色照　人懷危禍　必白色照　維忠孝一心敬佛人至　必
흑색조　인회위화　필백색조　유충효일심경불인지　필

紅霞帶黃　如慶雲曇華　絪縕鏡面　此五色鏡可畏　余曰
홍하대황　여경운담화　인온경면　차오색경가외　여왈

此倣始皇照膽鏡　以神其說　然照膽鏡　亦非正史所傳
차방시황조담경　이신기설　연조담경　역비정사소전

則安足信也　志亭曰　壁間曾無此鏡否　余圈五色鏡可
즉안족신야　지정왈　벽간증무차경부　여권오색경가

畏字曰　公自無靑黑白三心　何畏此鏡　志亭曰　法華楞
외자왈　공자무청흑백삼심　하외차경　지정왈　법화능

嚴諸經偈　俱嚇人　不敬此書　即有是禍　反復證難　怖
엄제경게　구혁인　불경차서　즉유시화　반복증난　포

畏衆生　勒歸善道　大類此鏡　鏡是不字之經　經是非銅
외중생　늑귀선도　대류차경　경시부자지경　경시비동

之鏡　吾十日食淡　十日洗沐　或肝頭肺葉有一毫不齊
지경　오십일식담　십일세목　혹간두폐엽유일호부제

安知無三色發現乎　即裂其紙投火中　又曰　果眞切神
안지무삼색발현호　즉렬기지투화중　우왈　과진절신

通也 拜佛者 脫帽叩頭 活佛親手摩頂 含笑則大蒙福
통야 배불자 탈모고두 활불친수마정 함소즉대몽복

祐 不笑則福祐不廣 合眼則其人大懼 燒香懺悔 寃痛
우 불소즉복우불광 합안즉기인대구 소향참회 원통

刻骨 自然罪過消滅 再無不善 此活佛不消言談教訓
각골 자연죄과소멸 재무불선 차활불불소언담교훈

一伸手間 功果如此.
일신수간 공과여차

和碩親王 和碩額駙 常常朝拜叩頭 外人庶品 眞實
화석친왕 화석액부 상상조배고두 외인서품 진실

難見.
난현

余因問其來歷 志亭曰 乾隆四十年間 西方人藉藉言
여인문기내력 지정왈 건륭사십년간 서방인자자언

活佛法王現世 或言法王能知四十世前身事 卽今蒙古
활불법왕현세 혹언법왕능지사십세전신사 즉금몽고

四十八部方强 而最畏西番 西番諸國 最畏活佛 活佛
사십팔부방강 이최외서번 서번제국 최외활불 활불

乃藏理大寶法王.
내장리대보법왕

自前明時 楊三寶僧智光 吾鄕霞客諸人 遍行西域諸
자전명시 양삼보승지광 오향하객제인 편행서역제

佛國 烏斯藏去中國萬餘里 有大寶法王 小寶法王 投
불국 오사장거중국만여리 유대보법왕 소보법왕 투

胎奪舍 遞相輪換 俱有道法 生卽神聖 卽今活佛 乃
태탈사 체상륜환 구유도법 생즉신성 즉금활불 내

古元時西天佛子 大元帝師.
고원시서천불자 대원제사

去歲內閣永公陪皇六子 備法駕儀仗 往迎活佛 活佛
거세내각영공배황륙자 비법가의장 왕영활불 활불

已知皇帝貴臣當來迎我　離京日子及貴臣名某－名永貴
이지황제귀신당래영아　이경일자급귀신명모　명영귀

現任內閣學士　寵臣云.
현임내각학사　총신운

所居皆黃金屋　其侈麗更盛於中國　在道多有神通　所
소거개황금옥　기치려갱성어중국　재도다유신통　소

經諸國番王　至有褻體焚頂　斷指刻膚.
경제국번왕　지유설체분정　단지각부

愚民有不孝其父母者　一見活佛　忽生悲心　父有奇疾
우민유불효기부모자　일견활불　홀생비심　부유기질

此子刀剔左脅割肝頭小片燒進　病卽瘳　不孝子左脅立
차자도척좌협할간두소편소진　병즉추　불효자좌협립

完　轉爲孝子　已奉玉音　旌鄕復身.
완　전위효자　이봉옥음　정향복신

山西有一鄙夫巨富　平生性吝一金　在途拜望　轉生悲
산서유일비부거부　평생성린일금　재도배망　전생비

心　遂銷十萬金　建成一座浮圖　此活佛功德大略也.
심　수소십만금　건성일좌부도　차활불공덕대략야

遇水不橋不舵　跣足履水　波不沒髁　先在彼岸　又有
우수불교불타　선족리수　파불몰과　선재피안　우유

大虎伏道搖尾　皇子抽矢欲射　活佛止之　降輿慰虎　虎
대호복도요미　황자추시욕사　활불지지　강여위호　호

啣其衣裾　若有所訴　仍南去　活佛隨去.
함기의거　약유소소　잉남거　활불수거

有大石竇　虎方乳　有大蛇兩頭　圍繞虎穴　欲呑其子
유대석두　호방유　유대사양두　위요호혈　욕탄기자

一頭拒乳虎　一頭拒雄虎　虎牙距無所入　悲號氣盡　活
일두거유호　일두거웅호　호아거무소입　비호기진　활

佛拄杖說呪　蛇兩頭自觸石碎死　腦中俱有大珠　光明
불주장설주　사양두자촉석쇄사　뇌중구유대주　광명

不夜　一珠獻予皇子　一珠獻予學士.
불 야　일 주 헌 여 황 자　일 주 헌 여 학 사

虎護駕十日　甚爲恭順　皇子欲與偕行納圈中　活佛不
호 호 가 십 일　심 위 공 순　황 자 욕 여 해 행 납 권 중　활 불 불

可乃止　遂戒虎有所云　虎叩頭乃去　此其法術神通也
가 내 지　수 계 호 유 소 운　호 고 두 내 거　차 기 법 술 신 통 야

兩珠奉獻　爲乘輿物　水旱瘟疫　爲秘幣無不靈應　余問
양 주 봉 헌　위 승 여 물　수 한 온 역　위 비 폐 무 불 령 응　여 문

活佛前生事　譬如槐葉靑蟲　截入蜜房　爲蠭子　大松蝗
활 불 전 생 사　비 여 괴 엽 청 충　절 입 밀 방　위 봉 자　대 송 황

斑毛若豹　蛻爲鬼車蝶　蠶爲蛾　蠐爲蟬　鳩爲鷹　鷹爲
반 모 약 표　태 위 귀 거 접　잠 위 아　제 위 선　구 위 응　응 위

雉　雉爲蜃　鷄爲蛇　蛇爲龜　莫不變化　俱有覺性　據此
치　치 위 신　계 위 사　사 위 귀　막 불 변 화　구 유 각 성　거 차

化身　能知前形否　若蘧周栩蝶　夢醒各異　不相關屬
화 신　능 지 전 형 부　약 거 주 후 접　몽 성 각 이　불 상 관 속

則無關輪轉.
즉 무 관 륜 전

若其洞知　果如活佛　宿世此身　爲某地某氏子　今生
약 기 통 지　과 여 활 불　숙 세 차 신　위 모 지 모 씨 자　금 생

此身　復爲某所某姓兒　宿世父母　今生爺孃　如今無恙
차 신　부 위 모 소 모 성 아　숙 세 부 모　금 생 야 양　여 금 무 양

俱大慈悲　歷歷識認　各各號喚　將誰怨恩　哀樂何居
구 대 자 비　역 력 식 인　각 각 호 환　장 수 원 은　애 락 하 거

志亭忽瀉淚數行　加圈哀樂何居字.
지 정 홀 사 루 수 행　가 권 애 락 하 거 자

忽有引戶響　志亭急擦紙在握中　及開戶　乃同舍王民
홀 유 인 호 향　지 정 급 찰 지 재 악 중　급 개 호　내 동 사 왕 민

皥也　繼有入者　亦王君同舍　鄒舍是也　俱擧人　客游
호 야　계 유 입 자　역 왕 군 동 사　추 사 시 야　구 거 인　객 유

口外.
구 외

去歲新創熱河太學 制視京師 二人者方藏修此中 爲
거세신창열하태학 제시경사 이인자방장수차중 위

訪余來也 志亭向二客縷縷說 音若誦書 二客且聽且
방여래야 지정향이객루루설 음약송서 이객차청차

指圈卓上 似誦傳吾語也 王擧人書吾姓名字號 示鄒
지권탁상 사송전오어야 왕거인서오성명자호 시추

擧人 王有宿面 而鄒乃初見也.
거인 왕유숙면 이추내초견야

鄒生曰 貴國佛敎 始於何代 余曰 蕭梁大通中 僧
추생왈 귀국불교 시어하대 여왈 소량대통중 승

阿道始入新羅 又問 貴國士大夫於三敎中最崇何敎
아도시입신라 우문 귀국사대부어삼교중최숭하교

余曰 粤在羅麗時 士族雖賢者不無習西敎 至敝邦立
여왈 월재라려시 사족수현자불무습서교 지폐방립

國四百年 士族雖愚者但知誦習孔子.
국사백년 사족수우자단지송습공자

方內名山 雖有前代所創精藍名刹 而皆已荒頹 所居
방내명산 수유전대소창정람명찰 이개이황퇴 소거

緇流 皆下賤無賴 維業紙屨 名雖爲僧 目不識經 不
치류 개하천무뢰 유업지구 명수위승 목불식경 부

待辭闢 而其敎自絶 國中元無道敎 故亦無道觀 所謂
대사벽 이기교자절 국중원무도교 고역무도관 소위

異端之敎 不期禁絶 而自不得立於國中 鄒生曰 可謂
이단지교 불기금절 이자부득립어국중 추생왈 가위

天下中樂國矣 異端之害 聖人已憂 其人將相食 使當
천하중락국의 이단지해 성인이우 기인장상식 사당

時聽之者 必以爲過矣 今山中往往有吃人道士 養小
시청지자 필이위과의 금산중왕왕유흘인도사 양소

兒尤艱 純陽童子最好蒸啖 至有夜藏櫃中 猶患失之.
아우간 순양동자최호증담 지유야장궤중 유환실지

所在省府另行逐捕 焚毁道觀 則乃反竄名僧籍 庇身
소재성부령행축포 분훼도관 즉내반찬명승적 비신

佛寮 而至於房中秘術 惡瘡奇方 皆貧道士所製 故人
불료 이지어방중비술 악창기방 개빈도사소제 고인

多樂從之游 潛學其術 幻怪難名 中國禪釋 已乖本旨
다락종지유 잠학기술 환괴난명 중국선석 이괴본지

仰漏所謂僧名道實之言是也.
앙루소위승명도실지언시야

仰漏者 蒙古人 敬旬彌字 與余言 有僧名道實之論
앙루자 몽고인 경순미자 여여언 유승명도실지론

前此余言之志亭 此刻語次 志亭似誦之也 又曰 貴國
전차여언지지정 차각어차 지정사송지야 우왈 귀국

古亦有神僧 願聞其名 余曰 敝邦雖在海隅 俗尙儒敎
고역유신승 원문기명 여왈 폐방수재해우 속상유교

往古來今 固不乏鴻儒碩學 而今先生之問 不及於此
왕고래금 고불핍홍유석학 이금선생지문 불급어차

乃反神僧之是詢 弊邦俗不尙異端之學 則固無神僧
내반신승지시순 폐방속불상이단지학 즉고무신승

在固不願對也 王君曰 異端之中 亦有異端 反有以害
재고불원대야 왕군왈 이단지중 역유이단 반유이해

其道 乃者鄒敝友 正欲知貴國儒釋同異也 鄒生亦曰
기도 내자추폐우 정욕지귀국유석동이야 추생역왈

然也 余曰 雖聞僧名 安能辨儒釋同異哉 鄒生曰 儒
연야 여왈 수문승명 안능변유석동이재 추생왈 유

門中 亦有道學理學之號 貴國儒門中 亦有是科否 余
문중 역유도학이학지호 귀국유문중 역유시과부 여

曰 聖門說敎 只是四科 一貫之道只是此理 學此問此
왈 성문설교 지시사과 일관지도지시차리 학차문차

是爲學問 豈得儒門另設他科 有此兩號 鄒生曰 是也
시위학문 기득유문령설타과 유차양호 추생왈 시야
先生言之極是 孔門七十子之徒 所問於師 不過曰仁
선생언지극시 공문칠십자지도 소문어사 불과왈인
曰孝 後世不然 弟子初來開卷 便講理氣 先生整襟陞
왈효 후세불연 제자초래개권 변강이기 선생정금승
座 輒道性命.
좌 첩도성명

今之學者 學貫天人 而不能治一郡 理察鳶魚 而莫
금지학자 학관천인 이불능치일군 이찰연어 이막
能辨一事 此個學問謂之理學先生.
능판일사 차개학문위지이학선생

鄕塾之間 稟質固滯 動止迂怪 略習經傳 粗通訓詁
향숙지간 품질고체 동지우괴 약습경전 조통훈고
未嘗不專席開講 味陳腐爲菽粟 穩補綴爲裘褐 子莫
미상부전석개강 미진부위숙속 온보철위구갈 자막
執中 反爲守經 胡廣處世 自謂中庸 此個學問謂之道
집중 반위수경 호광처세 자위중용 차개학문위지도
學君子.
학군자

此猶無足道也 昔之異端 逃墨歸儒 逃儒歸楊 反目
차유무족도야 석지이단 도묵귀유 도유귀양 반목
分背 越肝楚膽.
분배 월간초담

今之儒者 亡不出境 兜攬采地 益築六經 以堅其壁
금지유자 망불출경 두람채지 익축육경 이견기벽
壘 時換群言 以新其旌旗 半朱半陸.
루 시환군언 이신기정기 반주반륙

俱爲逋主 頭沒頭出 遍是水泊 養蠹魚爲狐鼠 則攷
구위포주 두몰두출 편시수박 양두어위호서 즉고

證爲其城社 抑騏驥爲駑駘 則訓詁爲其鉗橛 或有懸
증위기성사 억기기위노태 즉훈고위기겸궐 혹유현

軍深入 反遭攻刦 其勢不得不下馬受縛 雙膝以跪.
군심입 반조공겁 기세부득불하마수박 쌍슬이궤

今之儒者 絶可畏也怕也怕也 敝平生不願學儒也 有
금지유자 절가외야파야파야 폐평생불원학유야 유

能張目開口 倡爲異端之學者 敝將不遠千里 贏粮往
능장목개구 창위이단지학자 폐장불원천리 영량왕

師 今見先生之論 確然守正 還令小人之腹 一喜而一
사 금견선생지론 확연수정 환령소인지복 일희이일

悵.
창

觀鄒生容貌磊砢 言辭放蕩 似譽似嘲 變弘譎詭 全
관추생용모뢰라 언사방탕 사예사조 변홍휼궤 전

事侮弄 余曰 俄承先生闢異之論 不勝欽服 反爲此乖
사모롱 여왈 아승선생벽이지론 불승흠복 반위차괴

剌之語何也 鄙人生於海陬 聞見謏寡 學殖鹵莽 見笑
자지어하야 비인생어해추 문견소과 학식로망 견소

大方 固其宜也 嘉善而矜不能 君子德義 正當如是.
대방 고기의야 가선이긍불능 군자덕의 정당여시

且足下身居聖廟 欲學異端 使其言眞也 不意上國首
차족하신거성묘 욕학이단 사기언진야 불의상국수

善之地 有似此言議也 如其假也 譏嘲外國一腐儒 恐
선지지 유사차언의야 여기가야 기조외국일부유 공

非柔遠之德義也 慚愧請退 鄒生謝曰 非敢如是 敝適
비유원지덕의야 참괴청퇴 추생사왈 비감여시 폐적

有激于中 不覺話頭橫縱到此 乃先生如是見罪 不勝
유격우중 불각화두횡종도차 내선생여시견죄 불승

惶謝 鄒生少離椅 俯首簸點數次而坐 此乃致謝之意
황사 추생소리의 부수파점수차이좌 차내치사지의

余初未曉也.
여초미효야

王君曰 敝友老實人 旨意本不如此 乃先生錯疑 欲
왕군왈 폐우노실인 지의본불여차 내선생착의 욕

師異端 乃欲居九夷之意也 相與大笑 余亦隨笑 然意
사이단 내욕거구이지의야 상여대소 여역수소 연의

思竟未快暢 欲居九夷之諭 尤令人愧恨也.
사경미쾌창 욕거구이지유 우령인괴한야

鄒生曰 先生此來 專爲拜望西佛來耶 爲賀聖誕來耶
추생왈 선생차래 전위배망서불래야 위하성탄래야

坐間 志亭少出戶外 余曰 專賀皇上七旬慶節 若無詔
좌간 지정소출호외 여왈 전하황상칠순경절 약무조

旨 安得前來熱河 昨見活佛 亦被皇詔也 王君曰 朴
지 안득전래열하 작견활불 역피황조야 왕군왈 박

先生非使臣也 從其族兄大人 觀光上國來也 鄒生熟
선생비사신야 종기족형대인 관광상국래야 추생숙

視余良久曰 先生此來不畏噉人乎 余問甚麽噉人 鄒
시여양구왈 선생차래불외담인호 여문심마담인 추

生曰 楊璉眞珈 復生於世 王君色變 若爭言狀 余雖
생왈 양련진가 부생어세 왕군색변 약쟁언상 여수

不識其爲何語 而但兩人氣色不好 似責讓鄒生.
불식기위하어 이단양인기색불호 사책양추생

此際志亭還坐 視其紙 急手裂納口嚼之 目視鄒生
차제지정환좌 시기지 급수렬납구작지 목시추생

久無所語 偸余不視 撮嘴指余 且目鄒生 偶敵余眼
구무소어 투여불시 촬취지여 차목추생 우적여안

甚有愧色 因呼茶而曰 貴國馬生得何宵 余曰 馬生時
심유괴색 인호다이왈 귀국마생득하소 여왈 마생시

辰 何以知之 諸人皆大笑 志亭曰 小宵之宵 蓋音同
진 하이지지 제인개대소 지정왈 소소지소 개음동

則用 余曰 國小 故畜産亦隨而小也.
즉용 여왈 국소 고축산역수이소야

余甚欲詳得班禪來歷 鄒生所說甚有蹺蹊 而兩人者
여심욕상득반선내력 추생소설심유교혜 이양인자

似深諱 故未敢造次扣問 鄒生茶後卽辭去 志亭亦有
사심휘 고미감조차구문 추생다후즉사거 지정역유

他擾 余亦起 王君隨余出.
타요 여역기 왕군수여출

一日 余訪亨山 赴闕未出 – 亨山名嘉銓 姓尹氏 亦寓太學
일일 여방형산 부궐미출 형산명가전 성윤씨 역우태학

中 官大理 今年七十 春致仕 轉歷志亭炕 空無人 方旋出
중 관대리 금년칠십 춘치사 전력지정항 공무인 방선출

戶 志亭出他方還 見余歡甚 握手入其炕 卸帽掛壁上
호 지정출타방환 견여환심 악수입기항 사모괘벽상

且呼茶且言 鄒擧人 狂士也 先生切勿再見 余問 何
차호다차언 추거인 광사야 선생절물재견 여문 하

謂狂士 志亭曰 這一肚皮都裹慷慨 與人商論不肯下
위광사 지정왈 저일두피도과강개 여인상론불긍하

輒善罵 或恐老爺不識他疎戇 喫他老拳 余笑曰 其狂
첩선매 혹공노야불식타소당 끽타로권 여소왈 기광

不可及 志亭曰 如成者其愚不可及 相與大笑 余曰
불가급 지정왈 여성자기우불가급 상여대소 여왈

活佛係是楊璉後身 今將軍何故深諱也 志亭曰 這是
활불계시양련후신 금장군하고심휘야 지정왈 저시

鄒生狂也 借他辱他 余謬問 楊璉是何等辱也 志亭慘
추생광야 차타욕타 여류문 양련시하등욕야 지정참

然曰 不忍言 不忍聞 余曰 如王八馬泊六等最狼耶
연왈 불인언 불인문 여왈 여왕팔마박륙등최랑야

志亭搖手曰 否也 楊是番僧 元時入中國 都發宋朝陵
지정요수왈 부야 양시번승 원시입중국 도발송조능
寢 毒於兵禍 積聚寶玉如邱山.
침 독어병화 적취보옥여구산

他有秘術 有開山寶釖 念咒一擊 雖南山石槨下錮三
타유비술 유개산보도 염주일격 수남산석곽하고삼
泉 無不立開 金鳧玉魚 托地自跳 珠襦玉匣 狼藉開
천 무불립개 금부옥어 탁지자도 주유옥갑 낭자개
剝.
박

甚至懸屍瀝汞 批頰探珠 江南人相詛盟 稱粲獻麻楊
심지현시력홍 비협탐주 강남인상저맹 칭찬헌마양
今活佛番人 故所以借他一罵 非爲後身也 余問 這何
금활불번인 고소이차타일매 비위후신야 여문 저하
故肆罵 志亭曰 這是業儒 故不服他 余曰 這若業儒
고사매 지정왈 저시업유 고불복타 여왈 저약업유
前者何又罵儒 志亭曰 這狂也 不怕天雷 不畏王法
전자하우매유 지정왈 저광야 불파천뢰 불외왕법
罵聖罵佛 惟意所欲 痛罵一頓 便下頂氣 志亭曰 貴
매성매불 유의소욕 통매일돈 변하정기 지정왈 귀
國寢墓之制何如 余曰 雖倣古禮 國俗尙儉 不殉寶玉
국침묘지제하여 여왈 수방고례 국속상검 불순보옥
自公卿貴人下至匹庶 喪葬之制 皆用文公家禮 且壤
자공경귀인하지필서 상장지제 개용문공가례 차양
地僻隅 兵禍不頻 自無此患 志亭歎曰 樂國樂土 樂
지벽우 병화불빈 자무차환 지정탄왈 낙국락토 낙
生樂死 周公制禮 啓萬世盜賊之心 匹夫無罪 懷璧是
생락사 주공제례 계만세도적지심 필부무죄 회벽시
罪 況帝王家乎.
죄 황제왕가호

不以天下儉其親 禍千古帝王之語 是以一經喪亂 無
불이천하검기친 화천고제왕지어 시이일경상란 무
不被發 京師琉璃廠中所售古玩 皆歷代陵寢中物 卽
불피발 경사유리창중소수고완 개역대능침중물 즉
埋旋發 其埋愈久 其發愈頻 而愈稱寶器 多有十回出
매선발 기매유구 기발유빈 이유칭보기 다유십회출
地者.
지자

目今雖使釋之秉鍤 劉向操簣 以葬楊侯 盜且不信
목금수사석지병삽 유향조궤 이장양후 도차불신
余曰 墓中器玩凶冥臭穢 不祥甚矣 何寶之有 志亭曰
여왈 묘중기완흉명취예 불상심의 하보지유 지정왈
是也 殷敦周彝 流毒萬古 而後世好事者 書丌畫廚
시야 은돈주이 유독만고 이후세호사자 서기화주
尊位嚴閣 非此等不祥之器 莫可排當 鑑賞家 方以歷
존위엄각 비차등불상지기 막가배당 감상가 방이역
歷識別爲博 收藏家 亦以孜孜鳩集爲趣 余問 將軍宅
력식별위박 수장가 역이자자구집위취 여문 장군댁
裏 亦有古器可玩否 志亭曰 成武人 不能收買 祖世
리 역유고기가완부 지정왈 성무인 불능수매 조세
農家 無有舊物 只賸得如掌古硯 世傳東坡手製 有元
농가 무유구물 지승득여장고연 세전동파수제 유원
章款識 又有元豐銅造綠觚 余求一玩 志亭曰 這是不
장관지 우유원풍동조록고 여구일완 지정왈 저시불
難 此來寄寓 實不携帶 余曰 愚聞吳中所出書畫器玩
난 차래기우 실불휴대 여왈 우문오중소출서화기완
多巧匠贋造 然否 志亭曰 是也 成家所有兩器 安保
다교장안조 연부 지정왈 시야 성가소유양기 안보
非閶門濫手 成鑑識本淺 未免癡闇 余因問 活佛眞有
비창문람수 성감식본천 미면치암 여인문 활불진유

是行否 志亭曰 甚麽行 余書楊字 志亭搖手曰 否也
시행부 지정왈 심마행 여서양자 지정요수왈 부야

他眞切神通 且囑曰 愼毋再訪他 意鄒是危妄人也.
타진절신통 차촉왈 신무재방타 의추시위망인야

余對以領戒 又問 所謂喇嘛 何種 皆蒙古別部耶
여대이령계 우문 소위라마 하종 개몽고별부야

志亭曰 否也 喇嘛 西番道德之稱 所謂喇嘛者 皆僧
지정왈 부야 라마 서번도덕지칭 소위라마자 개승

也 目今蒙古爲僧 則皆喇嘛服 京裡雍和宮所居僧 皆
야 목금몽고위승 즉개라마복 경리옹화궁소거승 개

稱喇嘛 滿漢人投喇嘛爲僧者多矣 以其衣食裕厚.
칭라마 만한인투라마위승자다의 이기의식유후

大約元明時 番王或身朝使貢 傔帶不下三四千人 入
대약원명시 번왕혹신조사공 겸대불하삼사천인 입

徼常得厚利 或留塞下不還 洪武初 嘗敬重番王 寵錫
요상득후리 혹류새하불환 홍무초 상경중번왕 총석

無比 自永樂至武宗時尤盛 留養京師諸寺.
무비 자영락지무종시우성 유양경사제사

本年春間 爲創金宮 迎來活佛居之 然比諸古元前明
본년춘간 위창금궁 영래활불거지 연비저고원전명

時 則其供億殆不如也 西番諸法王 其所居殿 黃金瓦
시 즉기공억태불여야 서번제법왕 기소거전 황금와

白玉階 窓欞欄檻 皆沈香 降眞 烏木 水晶玻瓈爲牖
백옥계 창령난함 개침향 강진 오목 수정파려위유

戶 而壁皆飾火齊瑟瑟 今其所居殿屋 視該土製作 猶
호 이벽개식화제슬슬 금기소거전옥 시해토제작 유

土階茅茨也 不樂久留 請還甚固.
토계모자야 불락구류 청환심고

車駕約明歲遊五臺山 當親送之山西 已有定期 善諧
거가약명세유오대산 당친송지산서 이유정기 선해

音占八風 能十方語 余曰 果能十方語 則何以重譯
음점팔풍 능십방어 여왈 과능십방어 즉하이중역

志亭曰 雖然 諧音 安能立地通義 且其來時 聞香叢
지정왈 수연 해음 안능립지통의 차기래시 문향총

薄中 拔一靈樹 盆栽而來 余問甚麽靈樹 曰 此名天
박중 발일령수 분재이래 여문심마령수 왈 차명천

子萬年樹 交柯布枝 皆成天子萬年字 莊周所謂三千
자만년수 교가포지 개성천자만년자 장주소위삼천

年爲春 三千年爲秋 或曰 卽此樹冥靈也 余曰 如今
년위춘 삼천년위추 혹왈 즉차수명령야 여왈 여금

閤裡梅花 結勒柔條 爲橫斜影 此係人巧 豈由天造
합리매화 결륵유조 위횡사영 차계인교 기유천조

志亭曰 否也 葉側理 皆成天子萬年字 因畵示其葉
지정왈 부야 엽측리 개성천자만년자 인화시기엽

余問 公曾見此樹否 志亭曰 未見其形 只
여문 공증견차수부 지정왈 미견기형 지

聞其名 堯庭之蓂 楚樹之靈 四海播馨 萬國咸寧 四
문기명 요정지명 초수지령 사해파형 만국함녕 사

時長華.
시장화

花十二瓣 花萼始吐則知朔 月載生明 日開一瓣 全
화십이판 화악시토즉지삭 월재생명 일개일판 전

開則知望 月載生魄 日掩一瓣 蒂落則知晦矣 故名蓂
개즉지망 월재생탁 일엄일판 체락즉지회의 고명명

樹 又名靈樹.
수 우명영수

嘗對皇上喫茶 忽南向洒之 皇上驚問 聖僧恭對 方
상대황상끽다 홀남향쇄지 황상경문 성승공대 방

見七百里外 大火延燒萬家 纔得送雨救火 翌日 部臣
견칠백리외 대화연소만가 재득송우구화 익일 부신

遞奏 正陽門外琉璃廠失火 延燒譙樓 火勢浩大 非人
체주 정양문외유리창실화 연소초루 화세호대 비인

力可止 時方晌午 天晴無雲 忽有猛雨從東北來 卽刻
력가지 시방상오 천청무운 홀유맹우종동북래 즉각

滅火 蓋洒茶送雨 正値火時 余曰 僕未入京師 已多
멸화 개쇄다송우 정치화시 여왈 복미입경사 이다

道聽此說 然此有欒巴噀酒已例 曷足奇哉 自皇城到
도청차설 연차유난파손주이례 갈족기재 자황성도

此 爲四百餘里 何謂七百里 志亭曰 是也 此足驗其
차 위사백여리 하위칠백리 지정왈 시야 차족험기

神通 大約口外去京七百里 仁祖常常駐蹕口外 和碩
신통 대약구외거경칠백리 인조상상주필구외 화석

親王閣部大臣 皆憚跋涉 仁祖時特爲剪站 爲四百餘
친왕각부대신 개탄발섭 인조시특위전참 위사백여

里 常得馳馬奏事 此聖人安不忘危之意也.
리 상득치마주사 차성인안불망위지의야

余語志亭 每頌東漸之化 訖四之文敎 是故樂與款語
여어지정 매송동점지화 흘사지문교 시고락여관어

而鄒生有所妄發 則故爲張皇 以愚余聽也.
이추생유소망발 즉고위장황 이우여청야

一日 自闕下獨步 歸偶登一樓 樓上獨有一人 方飯
일일 자궐하독보 귀우등일루 누상독유일인 방반

見余 捨箸 如逢舊識 降椅笑迎 握手請坐其椅 自拖他
견여 사저 여봉구식 강의소영 악수청좌기의 자타타

椅對坐.
의대좌

各書姓名 及見其名 乃破老回回圖 字孚齋 號華亭
각서성명 급견기명 내파로회회도 자부재 호화정

職居講官 意其爲滿洲人問之 則乃蒙古也 觀其操紙疾
직거강관 의기위만주인문지 즉내몽고야 관기조지질
書 筆法精敏 余問 君知博明乎 曰 與弟一樣 知潘庭
서 필법정민 여문 군지박명호 왈 여제일양 지반정
筠乎 曰 曾一晤武英殿矣.
균호 왈 증일오무영전의

博明 博識工書 余數十年來 多見其筆跡 爲其同是
박명 박식공서 여수십년래 다견기필적 위기동시
蒙古故問之 且彼云職居講官 故問潘消息 欲知其家住
몽고고문지 차피운직거강관 고문반소식 욕지기가주
何坊 似未相親矣 余問 世有三教 貴國最崇何教 孚齋
하방 사미상친의 여문 세유삼교 귀국최숭하교 부재
曰 豈以中國之大 而獨有三教 行其道者 皆得稱教 余
왈 기이중국지대 이독유삼교 행기도자 개득칭교 여
曰 貴國是蒙古 非中國之謂也 孚齋曰 弟生長中華 不
왈 귀국시몽고 비중국지위야 부재왈 제생장중화 불
識沙漠 然彼亦大國之餘 吾道宜盛 貴國凡有幾教 余
식사막 연피역대국지여 오도의성 귀국범유기교 여
曰 只有儒教 孚齋曰 人生何莫非儒也 稱儒 則已退居
왈 지유유교 부재왈 인생하막비유야 칭유 즉이퇴거
九流之列 以吾道之廣大無外 反自狹小於三教之中 以
구류지렬 이오도지광대무외 반자협소어삼교지중 이
一儒字磨勘 滋所以長異端也.
일유자마감 자소이장이단야

方有回子數人來飮 余問 彼亦西番部落耶 曰 否也
방유회자수인래음 여문 피역서번부락야 왈 부야
回子 卽唐時回紇 有功於唐 亦大爲中國患 亦名回鶻
회자 즉당시회흘 유공어당 역대위중국환 역명회골
五代時 西侵突厥 遂據漢西域故地 行其所謂淸眞教
오대시 서침돌궐 수거한서역고지 행기소위청진교

是亦異端中一教也.
시 역 이 단 중 일 교 야

天地間　只有吾道而已　得吾道之一端者　自爲一教
천 지 간　지 유 오 도 이 이　득 오 도 지 일 단 자　자 위 일 교

吾人之學道者　直曰吾道而已矣　不可名儒教　余曰　不
오 인 지 학 도 자　직 왈 오 도 이 이 의　불 가 명 유 교　여 왈　불

然　稱己曰吾　對彼之辭也　以吾對彼　物我相形　非獨吾
연　칭 기 왈 오　대 피 지 사 야　이 오 대 피　물 아 상 형　비 독 오

已自小　已不勝其私於物我之間矣.
이 자 소　이 불 승 기 사 어 물 아 지 간 의

道是天地間至公之理　亦惡得把作吾一己中物　不容
도 시 천 지 간 지 공 지 리　역 오 득 파 작 오 일 기 중 물　불 용

他來竅　愚則以爲吾道二字　亦非廓然大公之號也　儒則
타 래 규　우 즉 이 위 오 도 이 자　역 비 확 연 대 공 지 호 야　유 즉

已聞命矣　至於教　豈不曰修道之謂教乎.
이 문 명 의　지 어 교　기 불 왈 수 도 지 위 교 호

曰文教　曰聲教　曰名教　皆聖人之教化也　此曰教　彼
왈 문 교　왈 성 교　왈 명 교　개 성 인 지 교 화 야　차 왈 교　피

亦曰教　則恥混異端　將廢教字　今曰吾道　彼亦將號其
역 왈 교　즉 치 혼 이 단　장 폐 교 자　금 왈 오 도　피 역 장 호 기

教曰吾道　則悻悻然並將吾道而削之耶　孚齋曰　非謂其
교 왈 오 도　즉 행 행 연 병 장 오 도 이 삭 지 야　부 재 왈　비 위 기

然也　世儒不知異端　卽吾道中一事　紛紛然排擊之　彼
연 야　세 유 부 지 이 단　즉 오 도 중 일 사　분 분 연 배 격 지　피

始昂然擧頭　與吾道對峙矣　楊墨老莊之言　皆吾道所有
시 앙 연 거 두　여 오 도 대 치 의　양 묵 노 장 지 언　개 오 도 소 유

至於佛氏因果之說　吾道之所深斥　而其實吾道先言之
지 어 불 씨 인 과 지 설　오 도 지 소 심 척　이 기 실 오 도 선 언 지

矣　余問　因果非輪回耶　曰　非也　因果只是緣此事有此
의　여 문　인 과 비 윤 회 야　왈　비 야　인 과 지 시 연 차 사 유 차

功 譬如耕田 種者爲因 生者爲果 耘者爲因 穫者爲果
공 비여경전 종자위인 생자위과 운자위인 확자위과

種樹亦然 其華者爲因 實者爲果.
종수역연 기화자위인 실자위과

如曰惠廸吉 從逆凶 乃吾道之因果也 其廸逆因也
여왈혜적길 종역흉 내오도지인과야 기적역인야

吉凶果也 言吉凶之不足 曰猶影響 惠從之間 其孚應
길흉과야 언길흉지부족 왈유영향 혜종지간 기부응

之驗 若斯其捷也.
지험 약사기첩야

如曰積善之家 必有餘慶 積不善之家 必有餘殃 此
여왈적선지가 필유여경 적불선지가 필유여앙 차

吾道之因果也 言殃慶之不足 曰必有餘 見此必有者
오도지인과야 언앙경지부족 왈필유여 견차필유자

誰也.
수야

爲佛者初言因果 則極高明矣 觀於吾道報應有跡 乃
위불자초언인과 즉극고명의 관어오도보응유적 내

爲輪回之說以實之 實吾道病之也.
위윤회지설이실지 실오도병지야

如曰作之善 降之百祥 作不善 降之百殃 此吾道之
여왈작지선 강지백상 작불선 강지백앙 차오도지

因果也 第其降之者誰也.
인과야 제기강지자수야

泰西人居敬甚篤 攻佛尤力 而猶爲堂獄之說 彼見吾
태서인거경심독 공불우력 이유위당옥지설 피견오

道之一心對越 曰臨曰監曰視曰聽 明有主宰 則得一降
도지일심대월 왈림왈감왈시왈청 명유주재 즉득일강

殃祥之降字以自罔也.
앙상지강자이자망야

大約佛家並無輪回說 中原人飜經時 言殊文異 難以
대약불가병무윤회설 중원인번경시 언수문이 난이

形容 則繹爲報應輪回之說 並與因果而累之 後世禪說
형용 즉역위보응윤회지설 병여인과이루지 후세선설

者 且恥言因果 以爲佛氏之糟粕 此不可不察也 余曰
자 차치언인과 이위불씨지조박 차불가불찰야 여왈

目今法王投胎奪舍之法 非輪回之證耶 孚齊曰 否也
목금법왕투태탈사지법 비윤회지증야 부제왈 부야

投胎奪舍者 非輪回也 所謂輪回者 卽此有猛獸 忽懷
투태탈사자 비윤회야 소위윤회자 즉차유맹수 홀회

佛性 異日嘉應 必爲善人 今日衆生 乃有禽行 他生惡
불성 이일가응 필위선인 금일중생 내유금행 타생악

報 當爲業畜 不過譬說 麤鹵淺近耳 詩云 孝子不匱
보 당위업축 불과비설 추로천근이 시운 효자불궤

永錫爾類 輪回之證 本自如此 至若法王奪舍 乃轉身
영석이류 윤회지증 본자여차 지약법왕탈사 내전신

換骨 如今衣裘垢弊 更換他服 余問眞有是理否 孚齋
환골 여금의구구폐 갱환타복 여문진유시리부 부재

曰 其持咒運氣之術 似涉道家 而其實禪家所稱魔禪爾
왈 기지주운기지술 사섭도가 이기실선가소칭마선이

大約此事在若有若無之間 旣不身自爲僧 安能知其眞
대약차사재약유약무지간 기불신자위승 안능지기진

僞.
위

昔在滇南公暇時 嘗以此事問於今太學士阿公桂 曰
석재전남공가시 상이차사문어금태학사아공계 왈

所見入藏地者 智不足以知此 將軍明哲人也 其事究竟
소견입장지자 지부족이지차 장군명철인야 기사구경

如何 公曰 不必問此事實有實無 設如我輩家 生一極
여하 공왈 불필문차사실유실무 설여아배가 생일극

聰明之子 自四五歲時 不令知一毫世事 日使老師宿儒
총명지자 자사오세시 불령지일호세사 일사노사숙유
不離於座 惟以聖賢之言 灌漑其心 卽長而又衣食無憂
불리어좌 유이성현지언 관개기심 즉장이우의식무우
金玉錦繡 人間可欲之物 過目不使留 敬之如神明 日
금옥금수 인간가욕지물 과목불사류 경지여신명 일
起惟知向道 安得不爲聖爲賢 此輩甚幼 維令老僧育之
기유지향도 안득불위성위현 차배심유 유령노승육지
日說法知作功矣 卽使督作功尊敬之極 自幼至長 不以
일설법지작공의 즉사독작공존경지극 자유지장 불이
世法嬰其心 亦安得不爲佛乎.
세법영기심 역안득불위불호

夕訪亨山 問法王投胎 何異輪回 亨山曰 這個一樣
석방형산 문법왕투태 하이윤회 형산왈 저개일양
轉身 但此肉身 旣爲風雨寒暑所侵鑠 鶴髮鷄皮不禁
전신 단차육신 기위풍우한서소침삭 학발계피불금
耄老 則土水風火 自付造化 維此光明信識 金剛寶體
모로 즉토수풍화 자부조화 유차광명신식 금강보체
固無童耄 薪盡火傳.
고무동모 신진화전

譬如適千里者 未有負家而行 必遞宿傳舍 雖天下有
비여적천리자 미유부가이행 필체숙전사 수천하유
情人 未聞顧戀傳舍 爲此淹留 火緣薪起 聊蹔相悅
정인 미문고연전사 위차엄류 화연신기 요잠상열
去緣他薪 不復戀灰 法王投胎 只自如此 輪回之說
거연타신 불부연회 법왕투태 지자여차 윤회지설
乃佛家律書也.
내불가율서야

昔漢竇太后讓 趙綰王臧 安得爲司空 城朝書 亦以
석한두태후양 조관왕장 안득위사공 성조서 역이

儒家言爲律書也.
유가언위율서야

彼言輪回 如時王制典 五服五刑 俱有憲章 慶賞威
피언윤회 여시왕제전 오복오형 구유헌장 경상위

殺 各得攷文 如此照勘 未見功罪 先有其具.
살 각득고문 여차조감 미견공죄 선유기구

爲佛者 見世間功罪不當 刑賞未信 足蹈目視 人所
위불자 견세간공죄부당 형상미신 족도목시 인소

易忽 則移之幽冥不測之地 趨避勸戒於不聞不覩之中
이홀 즉이지유명불측지지 추피권계어불문부도지중

古人所謂陰操世主之權是也.
고인소위음조세주지권시야

雖然 吾儒家亦不必專攻如讐敵 聖人神道設敎 亦有
수연 오유가역불필전공여수적 성인신도설교 역유

如此 且天地許大 風俗各異 氣有正偏 理亦隨寓 如
여차 차천지허대 풍속각이 기유정편 이역수우 여

水在器 圓方從形.
수재기 원방종형

古宙今宇 亦不無輪回 亦不無投胎奪舍 亦不無斷火
고주금우 역불무윤회 역불무투태탈사 역불무단화

食 亦不無長生久視 且謂之全無此理者惑也 謂之俱
식 역불무장생구시 차위지전무차리자혹야 위지구

有此理者惑也 第是理也 往往而有 以往往之事 思所
유차리자혹야 제시리야 왕왕이유 이왕왕지사 사소

以貫萬理易天下 則尤惑也 余曰 秦漢以來 爲天下者
이관만리역천하 즉우혹야 여왈 진한이래 위천하자

皆異端也 秦之刑名 猶能兼幷 漢之黃老 足以富庶
개이단야 진지형명 유능겸병 한지황노 족이부서

聖人雖憂異端充塞仁義　然使今法王投胎之術　爲之天
성인수우이단충색인의　연사금법왕투태지술　위지천
下國家　則還將依附吾道　周旋于仁義禮樂之間　行立
하국가　즉환장의부오도　주선우인의예악지간　행립
乎民彝物則之內　要之不可與入於堯舜之道也.
호민이물칙지내　요지불가여입어요순지도야

亨山瞑目良久　口中邕邕若念佛者　久乃開眼微笑曰
형산명목양구　구중옹옹약념불자　구내개안미소왈
先生言之極是　異端之於吾道　雖有邪正粹駁之別　其
선생언지극시　이단지어오도　수유사정수박지별　기
設心以爲興利行仁　除殘去殺　未始不同也　余問法王
설심이위흥리행인　제잔거살　미시부동야　여문법왕
法術　是名何道　亨山曰　所謂黃敎　余曰　黃敎乃黃老
법술　시명하도　형산왈　소위황교　여왈　황교내황노
之道耶　抑亦黃白飛昇之術耶　亨山曰　天地間別界別
지도야　억역황백비승지술야　형산왈　천지간별계별
人　其道貴無名　淸眞安樂其生也　順時歸化其死也　其
인　기도귀무명　청진안락기생야　순시귀화기사야　기
生無樂　其死無怛　遞相投轉　萬刦不壞　不樂爲侯牧.
생무락　기사무달　체상투전　만겁불괴　불락위후목

其知如寐　其寐如覺　昏昏屯屯　法天無言　不喜兵殺
기지여매　기매여각　혼혼둔둔　법천무언　불희병살
夢幻此世　以事物爲妖妄　以言語爲邪佞　以成住爲虛
몽환차세　이사물위요망　이언어위사녕　이성주위허
誕　以愛慕爲障礙　非釋非禪　無思無慮　是所謂天地間
탄　이애모위장애　비석비선　무사무려　시소위천지간
別部世界　一別種學問.
별부세계　일별종학문

古之至人神人之道　無己無功之學　子休所謂其神凝
고지지인신인지도　무기무공지학　자휴소위기신응

則民不疵癘而年穀登　堯觀於姑山汾水　而窅然自喪其
즉민부자려이년곡등 요관어고산분수 이요연자상기
天下者　卽如是道也.
천하자 즉여시도야

非獨西番諸國　咸服其敎　卽亦大漠諸部　莫不崇信
비독서번제국 함복기교 즉역대막제부 막불숭신
本朝治化　上軼唐虞　聲敎所訖　咸維順寧　而徼外風塵
본조치화 상질당우 성교소흘 함유순녕 이요외풍진
常淸　蓋其鬪殺寇盜　番俗所忌　則抑亦黃敎與有補於
상청 개기투살구도 번속소기 즉억역황교여유보어
中國聖化之萬一云爾　適有他擾卽起　轉往麗川所寓-
중국성화지만일운이 적유타요즉기 전왕여천소우
麗川 奇豊額字 滿洲人　麗川出示四川御史端禮詩七絶五十
여천 기풍액자 만주인 여천출시사천어사단례시칠절오십
首　咏皇賜孔雀羽詩也　武官四品以上　懸羽帽頂　文官
수 영황사공작우시야 무관사품이상 현우모정 문관
受賜乃得懸　姑爲榮也.
수사내득현 고위영야

詩纖巧妙麗　有絶響晚唐胡元時體　麗川屬余批評　余
시섬교묘려 유절향만당호원시체 여천촉여비평 여
固讓　麗川亦固請　蓋欲觀吾才識也　余亦不欲露拙　竟
고양 여천역고청 개욕관오재식야 여역불욕노졸 경
辭焉.
사언

麗川卽點其違簾三處　已復摺置卓上　出示亨山一律
여천즉점기위렴삼처 이부접치탁상 출시형산일률
筆拈其頷聯所對燕毛熊掌示余　余曰　此合用四六體
필점기함련소대연모웅장시여 여왈 차합용사륙체
似不得對詩聯　麗川微笑曰狗屎　此公政事糊塗　大類
사부득대시련 여천미소왈구시 차공정사호도 대류

其詩 余曰 何乃輕薄 麗川卽裂狗屎二字嚼之 余大笑
기시 여왈 하내경박 여천즉렬구시이자작지 여대소
曰 譏切長者 好自喫罰 麗川亦大笑 俄而亨山來 坐
왈 기절장자 호자끽벌 여천역대소 아이형산래 좌
鼎話卽去 相視而笑.
정화즉거 상시이소

一日 麗川散步明倫堂 一人奉盥隨行 麗川立頮面
일일 여천산보명륜당 일인봉관수행 여천립회면
持帨拭 且行 見余 遙呼朴公 余卽赴 麗川曰 俄刻御
지세식 차행 견여 요호박공 여즉부 여천왈 아각어
賜黃封 願得少嘗 余卽返傾壺視之 只餘一觴 余手自
사황봉 원득소상 여즉반경호시지 지여일상 여수자
持往 麗川笑曰 此荔汁也 荔支離樹一日 卽變香色
지왕 여천소왈 차여즙야 여지리수일일 즉변향색
萬不一來 故沈之蜜中 猶失色味十九 若離樹之初 雖
만불일래 고침지밀중 유실색미십구 약리수지초 수
十口十手 實難形容 弟到都受賜非一 而昨日亦得賜
십구십수 실난형용 제도도수사비일 이작일역득사
此 因出一盞 和燒酒五六盞以勸余.
차 인출일잔 화소주오륙잔이권여

余飮一盞 淸香滿口 甘冽無比 余回勸麗川飮 麗川
여음일잔 청향만구 감렬무비 여회권여천음 여천
掉頭固辭 余怪而問之 對曰 弟已從佛戒 斷飮久矣
도두고사 여괴이문지 대왈 제이종불계 단음구의
日食荔支三百顆 不妨常做嶺南人 這是東坡詩也 又
일식여지삼백과 불방상주영남인 저시동파시야 우
曰 弟今居臬司 常常喫此 又曰 嶺南古謫戍地.
왈 제금거얼사 상상끽차 우왈 영남고적수지

一日夜中月明 同徘徊臺上 夜深露凉 麗川請入其炕
일일야중월명 동배회대상 야심로량 여천청입기항
問曰 使臣不肯見佛何也 余曰 使臣奉詔往也 麗川曰
문왈 사신불긍견불하야 여왈 사신봉조왕야 여천왈
使臣下馬坐路中不肯去 因詔賜罷 何故遲遲 其言頗
사신하마좌로중불긍거 인조사파 하고지지 기언파
有關係 類欲鉤探情實 故未及遽對 麗川曰 班次藉藉
유관계 유욕구탐정실 고미급거대 여천왈 반차자자
也 余曰 道中下馬 非不肯去也 通官言軍機大臣 當
야 여왈 도중하마 비불긍거야 통관언군기대신 당
來可俟偕往 故蔽宮城樹陰 下馬避暑 所以遲待軍機
래가사해왕 고폐궁성수음 하마피서 소이지대군기
之來也 俄有詔旨 故中道罷還 非故自遲遲也 麗川曰
지래야 아유조지 고중도파환 비고자지지야 여천왈
使臣幾被糾 參禮部諸大人 以此悸憊廢食 昨日更奉
사신기피규 참예부제대인 이차계비폐식 작일갱봉
皇上恩旨 此曠世盛典也 高麗當益堅事大之誠 兩大
황상은지 차광세성전야 고려당익견사대지성 양대
人相寵賀 俄刻廟中唔德大人 不勝其喜 余不覺驚怪
인상총하 아각묘중오덕대인 불승기희 여불각경괴
徐對曰 弊邦之於大國 事同一家 今吾與公 旣無內外
서대왈 폐방지어대국 사동일가 금오여공 기무내외
之別 而至於法王 係是西番之人 則使臣安敢造次相
지별 이지어법왕 계시서번지인 즉사신안감조차상
見乎 此固人臣無外交之義也 然屢奉聖詔 則使臣亦
견호 차고인신무외교지의야 연루봉성조 즉사신역
安敢不往見乎 麗川曰 固當也 昨日使臣拜彼佛乎 拜
안감불왕견호 여천왈 고당야 작일사신배피불호 배
皇旨乎 使臣實未嘗拜佛 而所詰轉深 故不敢明言不
황지호 사신실미상배불 이소힐전심 고불감명언불

拜 把筆趑趄 麗川先曰 奉詔往 當肅聖恩也 又曰 尊
배 파필자저 여천선왈 봉조왕 당숙성은야 우왈 존
兄亦拜佛耶 余曰 只得望見 麗川指望見二字曰 望見
형역배불야 여왈 지득망견 여천지망견이자왈 망견
已是佞佛 尊兄旣非被旨 則何必顚倒衣裳 余不覺媿
이시녕불 존형기비피지 즉하필전도의상 여불각괴
服 因謝曰 耽嗜觀光 義不出此 麗川又大笑曰 然也
복 인사왈 탐기관광 의불출차 여천우대소왈 연야
固是責備賢者 萬乞恕罪 余曰 吾旣萬里爲觀光來 不
고시책비현자 만걸서죄 여왈 오기만리위관광래 부
者安從見此金殿玉階 麗川曰 固也 又曰 弟前身固僧
자안종견차금전옥계 여천왈 고야 우왈 제전신고승
也 後未嘗一題下云云 數十字 焦黑疾書 語未了了
야 후미상일제하운운 수십자 초흑질서 어미료료
余適就燭爇煙 未及諦視 方欲再見 已引燭焚之投炕
여적취촉열연 미급체시 방욕재견 이인촉분지투항
下 因曰 弟固有髮老比邱也 余問 公曾拜彼佛乎 麗
하 인왈 제고유발로비구야 여문 공증배피불호 여
川曰 非親王額駙及蒙王 不可得見也 又曰 我是衣儒
천왈 비친왕액부급몽왕 불가득견야 우왈 아시의유
冠儒矣 平生不拜泥身古佛 何乃肉身假佛乎 余視有
관유의 평생불배니신고불 하내육신가불호 여시유
髮及冠儒等語 不覺失笑 乃大加墨圈 麗川似未解余
발급관유등어 불각실소 내대가묵권 여천사미해여
旨 亦大笑不已 卽燒投炕下.
지 역대소불이 즉소투항하

余曰 公自言儒者 又言言稱老比邱有髮僧何也 責人
여왈 공자언유자 우언언칭로비구유발승하야 책인
佞佛 而以吾觀之 公可謂假佛弟子 勉强學佛 麗川大
녕불 이이오관지 공가위가불제자 면강학불 여천대

笑　大加墨圈於假佛弟子曰　使兄多財　吾必爲之熟主
소　대가묵권어가불제자왈　사형다재　오필위지숙주

顧　余問　甚麽　笑曰　善償債　又曰　韓昌黎暮境　竟悅
고　여문　심마　소왈　선상채　우왈　한창려모경　경열

禪旨　余曰　陽明學問雖偏固　不似昌黎依俙　麗川曰
선지　여왈　양명학문수편고　불사창려의희　여천왈

新建伯名理頗勝　其斥佛深次肌骨　然其快人心目　竟
신건백명리파승　기척불심차기골　연기쾌인심목　경

未似昌黎壯猛　又曰　嶺雲思家　關雪念馬　已是追悔
미사창려장맹　우왈　영운사가　관설념마　이시추회

余問　當今文章鋸公　亦有兩老子比乎　麗川不對　因漫
여문　당금문장거공　역유양노자비호　여천부대　인만

書曰　空則是色　色則是空　余曰　我則是爾　爾則是我
서왈　공즉시색　색즉시공　여왈　아즉시이　이즉시아

麗川前執余手　良久　自指其心　又指余胸　因問曰　彼
여천전집여수　양구　자지기심　우지여흉　인문왈　피

僧狀貌何如　余曰　類如來尊者像也　麗川曰　當肥也
승상모하여　여왈　유여래존자상야　여천왈　당비야

大書貪字曰　無不求無不取　余曰　不像出家　不甚持戒
대서탐자왈　무불구무불취　여왈　불상출가　불심지계

否　麗川曰　無不嗜者　馬牛駝羊狗猪鵞鴨　都喫　能喫
부　여천왈　무불기자　마우타양구저아압　도끽　능끽

全驢故肥也　問貪色否　曰　此一字竟不犯　問法術神通
전려고비야　문탐색부　왈　차일자경불범　문법술신통

曰　都無　又曰　阮籍後身爲顔太師　顔太師後身爲包閻
왈　도무　우왈　완적후신위안태사　안태사후신위포염

羅　包閻羅後身爲岳武穆　此姦細人導之也.
라　포염라후신위악무목　차간세인도지야

問志亭所言五色鏡　麗川曰　果有此云　此火齊鏡也
문지정소언오색경　여천왈　과유차운　차화제경야

問萬年樹　曰　未之聞也　甚麼樣　余略擧所聞於郝成者
문만년수　왈　미지문야　심마양　여략거소문어학성자

曰　若果如此也　眞靈樹也　麗川大笑曰　尊兄安從得此
왈　약과여차야　진령수야　여천대소왈　존형안종득차

佞樹　又曰　彼佛自言其學問　臨終時當傳一句云　鷄鳴
녕수　우왈　피불자언기학문　임종시당전일구운　계명

時乃罷.
시내파

余旣還入皇京　與士大夫游者多　然未見深言斥佛如
여기환입황경　여사대부유자다　연미견심언척불여

麗川者.
여천자

一日　余當戶而立　麗川持鏡自照　因來照余面　又戲
일일　여당호이립　여천지경자조　인래조여면　우희

摸余所佩囊有聯珠　笑曰　此非儒家應有之物　余曰　此
모여소패낭유연주　소왈　차비유가응유지물　여왈　차

笠纓也　麗川曰　究須借觀方信　余卽出諸囊中而示之
립영야　여천왈　구수차관방신　여즉출저낭중이시지

麗川大笑　蓋初意其爲念珠也　余指壁上所掛朝珠曰
여천대소　개초의기위염주야　여지벽상소괘조주왈

這是甚麼東西　麗川曰　此是國家名器　不得不爾　蓋朝
저시심마동서　여천왈　차시국가명기　부득불이　개조

衣則頸掛念珠　故謂之朝珠　或價至千萬　于閣老敏中
의즉경괘염주　고위지조주　혹가지천만　우각로민중

字耐齋　今年歿　七月籍其家　縣官方斥賣　其朝珠四個
자내재　금년몰　칠월적기가　현관방척매　기조주사개

價銀爲三萬七千兩　以其價重　故無敢售者云.
가은위삼만칠천냥　이기가중　고무감수자운

황교문답 후지(黃敎問答後識)[1]

연암은 이르노라.

"천하에는 여러 부류의 종족과 부락이 많다. 내가 열하(熱河)에 이르러서 왕이라 하여 모여든 자들을 많이 보았다.

몽고 사람으로서 중국에서 태어나고 자란 자들은 그 문장과 학문이 만주족이나 한족에게 어깨를 견주고 있지만, 그 용모는 험상스럽고 커서 아주 닮지 않았다. 더구나 그 48개 부족의 추장(酋長)들은 말할 것도 없었다.

추장들은 저마다 각기 왕호를 가져서 좌현(左賢)이니 곡려(谷蠡)니 하는데, 저희들끼리는 서로 예속(隸屬)되는 법이 없이 세력을 나누고 힘으로 대적하고 있어서 누구든지 감히 먼저 움직이지 못하고 있으니, 이것은 진실로 중국이 편안히 아무 일 없이 지낼 수 있는 이유이다.

---

1) 황교문답 후지(黃敎問答後識) : 여러 본에 모두 이 소제가 없으나, 여기에서는 주설루본에 의거하여 수록하였다.

나는 몽고왕 두 사람을 '찰십륜포(札什倫布)'에서 보았고, 또 두 사람을 산장(山莊 : 피서산장)의 문 앞에서 보았다. 그중에도 늙은 왕 하나는 나이가 81세로서 허리가 경쇠처럼 굽었고 피골이 시커멓게 썩은 것 같으며, 얼굴은 당나귀처럼 길고 키는 거의 한 길이나 되었다. 젊은 자는 귀신같이 생겼고, 종규도(鍾馗圖)[2]처럼 보였다.

서번(西番) 사람들은 더욱 사납고 날래고 추악해서, 괴상한 짐승이나 기이한 귀신같아서 두려웠다. 더구나 회회국은 옛날 회흘(回鶻 : 북방 오랑캐)로 더욱 사납고 독살스러워 보였다. 토사(土司 : 남방 묘족(苗族) 두목의 칭호)는 서번이나 회흘에 비하면 웅장하고 건장한 것이 대개 같았다.

악라사(鄂羅斯 : 러시아)는 흑룡강(黑龍江)에 있는 부락으로, 집마다 반드시 개 한 마리씩을 기르는데, 개들은 모두 크기가 당나귀만 하고, 목에는 작은 방울을 10여 개나 달며, 턱 밑에는 여러 가지 끈을 장식해서 멍에로써 수레를 끌게 했다. 개의 크기도 이와 같거늘 하물며 사람임에랴? 다닐 때에는 반드시 개를 끌고 다니고, 옆 눈을 뜨고 피리를 분다. 그들의 갓이나 의복은 신분에 따라 모양이 다르므로 분간하기가 쉬웠다.

대개 만주족은 비록 붇고 늘어났지만 아직 천하(중국)의 반이 못 되었다. 그들이 중원(中原 : 중국)에 들어온 지는 이미 100여

2) 종규도(鍾馗圖) : 당나라 현종(玄宗)이 꿈에 본 귀신을, 화가 오도현(吳道玄)에게 시켜 그린 그림이다.

년이 되어 수토(水土)에서 태어나고 자라며, 풍습과 기질을 길렀으므로 한인과 다를 것이 없이 맑아지고 단아해져서 이미 저절로 문약(文弱)해지고 있습니다.

오늘 천하의 형세를 돌이켜 볼 때, 그 두려운 바는 항상 몽고에 있고 다른 오랑캐에 있지 않았음은 무슨 까닭일까? <몽고의> 강하고 사나움은 서번이나 회회국만은 못하나, 전장(典章 : 법전)과 문물은 가히 중원(中原)과 서로 대항할 만한 것이 없기 때문이다. 특히 몽고는 땅덩어리가 서로 접하여 100리도 안 되게 붙어 있는데, 가깝게는 흉노(匈奴)와 돌궐(突厥)로부터 멀게는 거란에 이르기까지 모두 대국의 후예이다.

위율(衛律)과 중항열(中行說)[3] 같은 자들이 이미 도망가는 소굴로 삼았는데도, 하물며 그 전장과 문물이 아직도 옛날 원(元)나라의 유풍(遺風)을 가지고 있음에랴? 겸해서 군사와 말이 굳세고 튼튼한 것은 본래 사막 본래의 풍속이고 보니, 천하의 법도가 한 번 해이(解弛)해지고 호흡이 잠깐 급해지면, 48개 부족의 몽고왕들이 또한 어찌 한갓 강한 활을 가지고 변방에서 토끼나 여우만 뒤쫓을 뿐이겠는가?

내가 본 바로는 추장들이 이미 저와 같았고, 나와 함께 이야기한 자들도 부재(孚齋)나 앙루(仰漏) 같은 사람은 모두 문학하는 선비들이었다. 옛날 유연(劉淵)[4]이 새내(塞內 : 변방 장성 안)에

3) 위율(衛律)과 중항열(中行說) : 위율과 중항열은 한(漢)나라 무제(武帝) 때 한나라를 배반하고 흉노에게 항복하여 이적의 행위를 하였다.

들어와 살 때에, 유주(幽州)나 기주(冀州) 지방의 명사들은 대부분 그에게 가서 따르게 되었다. 유연의 아들 유총(劉聰)은 경사(經史 : 경서와 역사서)를 널리 읽고, 약관(弱冠)에 경사(낙양)에서 놀며 명사들과 더불어 사귀지 않는 이가 없었다.

슬프다. 천하가 한 번 흔들려 풀처럼 움직이고 바람처럼 일어나면, 어찌 유연과 유총의 무리가 그 속에 있지 않다고 장담할 것인가? 이것은 내가 눈으로 본 사람은 확실한 몇 사람이거늘, 하물며 내가 만나보지 못한 자가 몇 사람인지 알지 못함에랴.

이제 내가 열하의 지세를 살펴보니, 대체로 천하의 두뇌(頭腦 : 정수리)와 같았다. 황제가 북쪽으로 돌아다니는 것은 다름 아니라 정수리를 누르고 앉아서 몽고의 목구멍을 틀어막자는 것일 뿐이다. 그렇게 하지 않았다면 몽고는 이미 날마다 나와서 요동을 뒤흔들었을 것이니, 요동이 한 번 흔들리면 천하의 왼쪽 팔이 끊어지는 것이요, 천하의 왼쪽 팔이 끊어지면 하황(河湟 : 청해성(淸海省) 지방)은 천하의 오른쪽 팔이라 할지라도 혼자서 움직일 수는 없을 것이다. 내가 보기에는 서번의 여러 오랑캐들이 나오기 시작하여 감숙성과 섬서성 지방을 엿볼 것이다.

우리 동방은 다행히 바다 한 쪽에 치우쳐 있어서 천하(중국)의 일과는 상관이 없다고 하겠으나, 내 이제 머리털이 세었으니

4) 유연(劉淵) : 4세기 초나라 오호(五胡) 때 전한(前漢)을 세운 흉노족 출신의 임금이다.

진실로 앞일을 보지는 못할 것이다. 그러나 30년을 넘지 않아서 능히 천하의 근심거리를 걱정할 줄 아는 자가 있다면 당연히 내가 오늘 하는 이야기에 대해서 다시 생각할 것이다. 그러므로 오랑캐 여러 종족에 대한 소견을 위와 같이 아울러 기록해 둔다."

原文

黃敎問答後識
황교문답후지

燕巖曰 天下雜種落多矣 余至熱河 以王會至者 余
연암왈 천하잡종락다의 여지열하 이왕회지자 여
多見之.
다견지

蒙古之人之生長中華者 其文章學問等夷滿漢 然其
몽고지인지생장중화자 기문장학문등이만한 연기
容貌魁健 殊爲不類 况其四十八部之酋長乎.
용모괴건 수위불류 황기사십팔부지추장호

酋長各擁王號 如左賢 谷蠡 莫相臣屬 勢分力敵
추장각옹왕호 여좌현 곡려 막상신속 세분역적
未敢先動 此固中國所以晏然而無事者也.
미감선동 차고중국소이안연이무사자야

蒙王二人吾見之 札什倫布 又見二人於山莊門下 其
몽왕이인오견지 찰십륜포 우견이인어산장문하 기
老王年方八十一歲 腰腎磬僂 皮骨黧朽然 面長如驢
로왕년방팔십일세 요신경루 피골여후연 면장여려
身幾一丈 其少者如魁罡鍾馗圖也.
신기일장 기소자여괴강종규도야

西番尤獰猛醜惡 類怪獸奇鬼 怖哉 回子古之回鶻
서번우영맹추악 유괴수기귀 포재 회자고지회흘
尤爲獷悍 土司比西番回鶻 雄健大同.
우위광한 토사비서번회흘 웅건대동

鄂羅斯者 黑龍江部落也 居必擁一犬 犬皆大可如驢
악라사자 흑룡강부락야 거필옹일견 견개대가여려

項環十餘小鈴　頷胡飾繁纓以駕車　犬大如此　況其人
항환십여소령 함호식번영이가거 견대여차 황기인
乎　行必携犬　側目吹箎　其冠服形以類分　故易以爲辨
호 행필휴견 측목취지 기관복형이류분 고이이위변
也.
야

蓋滿洲雖蕃息　不能半天下　其入中原　已百餘年　所
개만주수번식 불능반천하 기입중원 이백여년 소
以胞養水土　培習風氣　無異漢人　淸汰粹雅　已自文
이포양수토 배습풍기 무이한인 청태수아 이자문
弱.
약

顧今天下之勢　其所畏者　恒在蒙古　而不在他胡何也
고금천하지세 기소외자 항재몽고 이부재타호하야
其强獷莫如西番回子　而無典章文物可與中原相抗也
기강광막여서번회자 이무전장문물가여중원상항야
獨蒙古壤地相接　不百里　而近自匈奴突厥　沿至契丹
독몽고양지상접 불백리 이근자흉노돌궐 연지거란
皆大國之餘也.
개대국지여야

自衛律中行說　已爲逋逃之淵藪　況其典章文物　猶存
자위율중항열 이위포도지연수 황기전장문물 유존
故元之遺風乎　兼以士馬强壯　固自沙漠之本俗　則天
고원지유풍호 겸이사마강장 고자사막지본속 즉천
下綱維一弛　呼吸乍急　其四十八部之王　亦安得徒擁
하강유일이 호흡사급 기사십팔부지왕 역안득도옹
控弦　馳逐兎狐於塞下而已.
공현 치축토호어새하이이

吾所見酋長旣如彼　所與談論者如孚齋仰漏　皆文學
오소견추장기여피 소여담론자여부재앙루 개문학

之士也 昔劉淵之居塞內 幽冀名士 多往歸之 淵之子
지사야 석유연지거새내 유기명사 다왕귀지 연지자

聰 博涉經史 弱冠游京 名士莫不與交.
총 박섭경사 약관유경 명사막불여교

噫 天下一搖 草動風起 安知淵聰之徒 不在其中乎
희 천하일요 초동풍기 안지연총지도 부재기중호

是吾所目見者適然數人耳 況乎吾所未得以見者 未知
시오소목견자적연수인이 황호오소미득이견자 미지

有幾人哉.
유기인재

今吾察熱河之地勢 蓋天下之腦也 皇帝之迤北也 是
금오찰열하지지세 개천하지뇌야 황제지이북야 시

無他 壓腦而坐 扼蒙古之咽喉而已矣 否者 蒙古已日
무타 압뇌이좌 액몽고지인후이이의 부자 몽고이일

出 而搖遼東矣 遼東一搖 則天下之左臂斷矣 天下之
출 이요요동의 요동일요 즉천하지좌비단의 천하지

左臂斷 而河湟天下之右臂也 不可以獨運 則吾所見
좌비단 이하황천하지우비야 불가이독운 즉오소견

西番諸戎 始出而闚隴陝矣.
서번제융 시출이규롱섬의

吾東幸而僻在海隅 無關天下之事 而吾今白頭矣 固
오동행이벽재해우 무관천하지사 이오금백두의 고

未可及見之 然不出三十年 有能憂天下之憂者 當復
미가급견지 연불출삼십년 유능우천하지우자 당부

思吾今日之言也 故併錄其所見胡狄雜種如右.
사오금일지언야 고병록기소견호적잡종여우

중존평어(仲存評語)[1]

중존씨(仲存氏)[2]는 말하기를,

"연암이 「심세편(審勢編)」에서 말한 '다섯 가지의 망령된 일〔五妄〕[3]'과 '여섯 가지의 옳지 못한 일〔六不可〕'은, 모두 반드시 『예기(禮記)』 곡례편(曲禮篇)에 있는 3,000가지 금지(禁止) 조항에 있는 내용은 아니지만, 대체로 예절을 아는 사람이라면 자연히 이런 과오를 범하지 않을 것이다.

이것은 비단 다른 나라에 간 사람만이 그런 것이 아니라, 집에서 손님 한 사람을 접대하거나 물건 하나를 접할 때에도 다 그렇게 하지 않을 수 없으니, 소위 '말이 충성스럽거나 미덥지

---

1) 중존평어(仲存評語) : 여러 본에는 이 소제(小題)가 없으나, 여기에서는 주설루본에 의거하여 수록하였다.

2) 중존씨(仲存氏) : 박지원의 처남 이재성(李在誠)의 자이다. 몇 가지 제목에 걸쳐 평론을 부기하였으므로 이에 원문대로 실었다.

3) 다섯 가지의 망령된 일〔五妄〕 : 연암이 지은 「심세편(審勢編)」에 자세히 나온다.

못하고 행실이 도탑거나 공경스럽지 못하면 비록 자기 고을에서도 다닐 수 있겠는가?'[4]라는 것이 곧 이것이다. 이것을 이해하지 못하는 사람은 연암이 남들에게 세상에 행세하는 방법을 가르쳤다고 생각할 것이다. 그러나 나는 무릇 모든 사람의 마음을 다스리고 몸을 바로잡는 법은 본래 마땅히 이러해야 한다고 말하고 싶다."
라고 하였다.

또 말하기를,

"한 개의 반선(班禪)이라는 것을 처음 듣고 처음 보는 것인데, 그 괴상망측한 것은 말로는 그 모양을 능히 짐작할 수 없고, 보아도 그 빛깔을 능히 감정할 수 없을 것이다. 여러 사람들이 말한 바는 한 날 한 자리에서 한 것이 아니요, 제각기 들은 바와 전해 들은 바를 가지고 말한 것인 만큼 <활불에 대한> 이야기들이 깊고 얕고 자세하고 간략함이 이처럼 같지 않았다.

대개 모두 놀랍기도 하고 이상하기도 하며, 칭찬하는 듯도 하고 조롱하는 듯도 하며, 기괴하고 거짓말 같아서 모두 믿을 수가 없으나, 아무튼 이것들을 주워 모아서 쓰고, 잡다한 것들을 서술해서 「황교문답」 한 편을 완성한 것이다.

신령스럽고, 환상적이며, 크고 화려하며, 비고 밝으며 섬세하고 교묘하여 이색적인 기록이 되었다. 소위 '활불'이란 자의 법술의 내력을 갈고랑이로 걸어 끌어당기듯이 깊이 조사하고 더

4) 말이 …… 있겠는가? : 『논어』 위령공(衛靈公) 편에 나오는 말이다.

듣어서 찾아 썼을 뿐만 아니라, 만나서 서로 이야기한 여러 사람들의 성정과 학식과 용모와 말솜씨 등도 생동감 있게 모두 나타내고 있다."
라고 하였다.

原文

仲存評語
중 존 평 어

仲存氏曰 五妄 六不可 俱不必曲禮三千所禁止 然
중 존 씨 왈 오 망 육 불 가 구 불 필 곡 례 삼 천 소 금 지 연
知禮者 自然不犯.
지 례 자 자 연 불 범

非但入他邦者爲然 居家待一人接一物時 莫不皆然
비 단 입 타 방 자 위 연 거 가 대 일 인 접 일 물 시 막 불 개 연
所謂言不忠信 行不篤敬 雖州里行乎者 此也 不知者
소 위 언 불 충 신 행 불 독 경 수 주 리 행 호 자 차 야 부 지 자
以爲是燕岩敎人行世譜 愚則曰 凡一切人治心正己之
이 위 시 연 암 교 인 행 세 보 우 즉 왈 범 일 체 인 치 심 정 기 지
法 本當如此.
법 본 당 여 차

又曰 一班禪也 而創聞創覩 鬼怪莫測 言之不能勘
우 왈 일 반 선 야 이 창 문 창 도 귀 괴 막 측 언 지 불 능 감
其狀 視之不能定其色 諸人者所言 又非一日一席 各
기 상 시 지 불 능 정 기 색 제 인 자 소 언 우 비 일 일 일 석 각
就其所聞所傳聞 而淺深詳略之不同如此.
취 기 소 문 소 전 문 이 천 심 상 략 지 부 동 여 차

大抵皆是可驚可異 似譽似嘲 瑰奇譎詭 莫可盡信
대 저 개 시 가 경 가 이 사 예 사 조 괴 기 휼 궤 막 가 진 신
而第爲之牽聯而書之 叢雜而術之 便成一篇.
이 제 위 지 견 련 이 서 지 총 잡 이 술 지 변 성 일 편

靈幻鉅麗 空明纖妙 異樣文字 不特所謂活佛者 法
영 환 거 려 공 명 섬 묘 이 양 문 자 불 특 소 위 활 불 자 법

術來歷　可以鉤距探取　卽晤語諸人之性情學識容貌辭
술내력　가이구거탐취　즉오어제인지성정학식용모사

氣　躍躍然都顯出來.
기　약약연도현출래

10

피서록(避暑錄)

본편에서는 시평(詩評)을 중심으로 그동안 역사상 중국 인사들과 관련 있는 조선 시인들의 작품 소개와 조선에 관계된 중국 시인들의 작품들을 소개하고 있다.

'피서록'이라는 제목은 열하 피서산장에 있는 태학관 회나무 아래에서 더위를 식히면서 작품을 수록했다고 하여 붙여진 이름이다.

피서록서(避暑錄序)[1]

「피서록(避暑錄)」은 내가 〈열하의〉 피서산장(避暑山莊)을 구경갔을 때에 기록한 글이다. 열하에는 36개의 경치가 빼어난 명소가 있는데, 강희 황제가 경치 좋은 곳마다 전각 하나씩을 두었으며, 〈전각의 이름들은〉 다음과 같았다.

연파치상(煙波致爽)	지경운제(芝逕雲隄)
무서청량(无暑淸凉)	연훈산관(延薰山館)
수방암수(水芳巖秀)	만학송풍(萬壑松風)
송학청월(松鶴淸越)	운산승지(雲山勝地)
사면운산(四面雲山)	북침쌍봉(北枕雙峯)
서령신하(西嶺晨霞)	추봉낙조(錘峯落照)
남산적설(南山積雪)	이화반월(梨花伴月)

1) 피서록서(避暑錄序) : 여러 본에는 이 소제(小題)가 없으나, 주설루본에 의거하여 수록하였다.

곡수하향(曲水荷香)	풍천청청(風泉淸聽)
호복한상(濠濮閑想)	천우함창(天宇咸暢)
난류훤파(煖溜暄波)	천원석벽(泉源石壁)
청풍록서(靑楓綠嶼)	앵전교목(鶯囀喬木)
향원익청(香遠益淸)	금련영일(金蓮映日)
원근천성(遠近泉聲)	운범월방(雲帆月舫)
방저임류(芳渚臨流)	운용수태(雲容水態)
징천요석(澄泉遶石)	징파첩취(澄波疊翠)
석기관어(石磯觀魚)	경수운잠(鏡水雲岑)
쌍호협경(雙湖夾鏡)	장홍음련(長虹飮練)
보전총월(甫田叢樾)	수류운재(水流雲在)

그리고 이 지역의 전체를 합하여 '피서산장'이라 이름하고, 강희 황제는 스스로 「피서산장기(避暑山莊記)」라는 글을 지었다.

"금산(金山)[2]에서 수맥이 줄기차게 뻗어 내리고 따뜻한 샘은 솟구쳐 흐른다. 구름 잠긴 산골짜기엔 이곳저곳 맑은 물이 깊게 고였고 돌 쌓인 못엔 푸른 아지랑이가 둘렀다. 경계가 넓고 초목이 무성하니 농사짓는 농가에도 해를 끼칠 일이 없을 것이며, 바람이 맑아 여름철도 서늘하니 사람이 몸을 보살피고 요양

2) 금산(金山) : 몽고의 아리타이산. 봉천(지금의 심양)에도 금산이라는 명칭이 있다. 피서산장을 중심으로 서북쪽에 금산이 있고, 동북쪽에 흑산(黑山)이 있다.

할 곳으로 적당하구나.

내 일찍이 여러 차례 양자강 강가를 순행하여 깊이 남방의 수려함도 깊이 알고, 두 번이나 진롱(秦隴 : 섬서성과 감숙성 지방)에 거둥하여 서쪽 지방이 더욱 고갈되고 묵었음을 잘 알았다. 북으로는 사막 북쪽의 변방까지를 지나고, 동으로는 장백산을 구경하여 산천과 인물의 아름다움을 이루 다 기록할 수 없으나, 모두 내가 취하지 않는 바였다. 다만 이 열하는 길이 북경으로부터 가깝고, 땅은 거친 들판을 개척하였구나.

이에 높고 평평하며 멀고 가까운 차이를 측량하며, 빼어난 봉우리 자연의 형세를 따라서 소나무를 의지하여 집을 짓고 물을 끌어다가 정자에 둘렀으니, 이는 모두 사람의 힘으로는 할 수 있는 바가 아닌 것이다. 꽃다운 벌판을 빌렸을 뿐, 서까래의 새김이나 기둥의 단청에도 아무런 비용을 쓰지 않았으나, 아늑한 숲과 물이 나의 정서에 맞음을 기뻐하노라.

날개가 찬란한 새들은 푸른 물 위에 노닐되 사람을 피하지 않고, 노는 사슴들은 석양의 빛을 띠고 무리를 이루었구나. 솔개는 공중에서 날고 물고기는 연못에서 뛰노니 타고난 천성의 좋고 나쁜 대로 따름이요, 아득히 보이는 붉은 기운은 마치 봄날의 아지랑이처럼 오르내리는구나. 이것이 곧 피서산장의 대체적인 경관이다.”

이 글은 강희 50년(1711년) 6월 하순에 쓴 것이니, 강희 황제가 늘그막에는 대부분 열하에 있었음을 짐작할 수 있겠다.

때는 바야흐로 중추(仲秋 : 8월)가 되었건만 변방 북쪽의 더운 기운이 오히려 찌는 듯하여, 나는 늘 흰 모시 홑적삼을 입었는데 대낮이 되면 땀이 흥건하게 흐르곤 했다. 유람하다 짬이 날 때마다 의자를 집 밖의 큰 홰나무 밑으로 옮겨서 더위를 식혔다. 이에 귀에 들은 것, 눈으로 본 것, 마음에 느낀 것들을 번번이 생각나는 대로 기록하여 이름을 「피서록」이라고 했다.

피서록(避暑錄)[3)]

◘ 기려천(奇麗川 : 기풍액(奇豊額))은 만주 사람으로, 성격이 몹시 교만하여 윤형산(尹亨山)을 멸시하는 빛이 얼굴에 나타났다. 형산은 일부러 모르는 체하고 얼굴빛이나 말씨도 겸손하게 낮추었다. 윤형산은 기려천에 비하여 나이가 20여 세나 많고 벼슬도 조금 높은 편이다. 그러나 한족은 이미 나그네처럼 취급받는 처지였으니, 정세가 그렇지 않을 수 없는 것이다.

여천이 거처하고 있는 방이 내가 거처하는 곳과 문이 마주 보이는 터라, 내가 형산을 찾아서 이야기를 하려면 반드시 기려천의 방문을 지나치게 되므로 나는 반드시 기려천에게 먼저 들른다. 그러면 윤형산은 나의 뜻을 모르고서 반드시 나를 뒤따라와서는 그곳에 잠깐 지체했다가 곧 일어서면서 다른 곳에 약속이 있다고 말을 한다. 기려천은 껄껄대고 웃으면서 그의 뒤통수에 대고 손가락질을 하며,

---

3) 원문에는 이 소제(小題)가 없다. (편집자주)

"윤공(尹公)이 다른 곳으로 간다는군."
라고 한다. 이는 대개 그(윤형산)가 둘러보다가 다른 곳으로 가는 것을 기롱해서 말한 것이다.[4] 그리고 윤공도 일찍이 뒤에서 평하기를,

"비둘기처럼 생긴 눈이 여태껏 탈을 벗지 못했네."
라고 하였는데, 만주족과 한족이 원수처럼 미워함이 이와 같았다.

여천이 일찍이 나에게 나직이 이르기를,

"전에 산동 지방의 어떤 포정사(布政司 : 지방관)가 〈자신에 대해〉 청렴별백하다는 명성이 없는 것을 괴로워하여 일찍이,

백성을 아들처럼 사랑하자	視民若子
법률은 산같이 엄중하리	立法如山

라는 주련(柱聯) 두 구를 지어서 관아의 문에 붙였더니, 밤에 어떤 이가 그 아래에다 잇달아서,

소와 양도 어버이 것이요 창고도 어버이 것이니	牛羊父母倉廩父母
공손히 다만 자식된 직분을 지키자	恭爲子職而已矣
보물도 예서 일고 재산도 예서 생기니	寶藏興焉貨財興焉
이것이 어찌 산의 본성이겠는가?[5]	此豈山之性也哉

---

4) '이는 대개'로부터 여기까지는 초고본에 나오는 내용이다.

라고 썼더라는군요.”

라고 한다. 이는 아마 윤형산을 가리키는 듯싶기에 내가 <그 뒤에> 우연히 한번 윤형산더러,

“당신은 일찍이 산동 지방의 포정사로 부임하신 일이 있습니까?”

하고 물으니 윤공은,

“그런 일이 있었지요.”

라고 하였다.

그 뒤에 연경(燕京)으로 돌아와서 그곳 인사들과 이야기하다가 기려천을 아느냐고 물었더니, 모두들 머리를 흔들었다. 풍병건(馮秉健)이라는 사람이 분개하는 어조로,

“사대부가 어찌 되놈의 새끼를 안단 말이오?”

라고 하기에 내가,

“형산(亨山)은 어떤 사람인가요?”

하고 물으니 모두들 기쁜 빛으로,

“그는 참으로 백낙천(白樂天)과 같은 부류의 인물이지요.”

라고 하였다.[6)]

---

5) ‘소와 양도 …… 것이니’는 『맹자』 만장 상(萬章上), ‘공손히 …… 지키자’는 『맹자』 이루 상(離婁上), ‘보물도 …… 생기니’는 『중용』 26장, ‘이것이 …… 보냐’는 『맹자』 고자 상(告子上)에 있는 말을 인용하여 엮은 것이다.

6) ‘그 뒤에 연경(燕京)으로 …… 하였다’ : 수택본에는 소주(小註)로 되어 있으나, 여기서는 여러 본에 의하여 대문(大文)으로 번역하였다.

◘ 광피사표 패루(光被四表牌樓)의 남쪽 골목에서 두 번째 문은 동씨(董氏)의 집이다. '쌍청문(雙淸門)'이란 현판 하나가 붙었는데 강희 황제의 어필이다. 또 지금 황제가 쓴 '양세삼효(兩世三孝 : 두 대에 세 명의 효자가 남)'라는 액자가 붙어 있다. 이곳은 장성 밖에 살던 〈한족의〉 민가(民家)임에도 천자의 거둥이 전후로 세 번이나 있었다고 한다.

강희 황제가 절강(浙江)에 순행할 때에 산음(山陰)에 살고 있는 노인 왕석원(王錫元) 등 형제 다섯 명을 불러서 보았다. 그들은 누런 머리카락에다가 〈유치(乳齒)가〉 빠지고 새로 났으며, 서로 붙들고 다닌다. 황제가 행궁(行宮)에서 잔치를 베풀어주었는데 맏이와 둘째는 쌍둥이로 나이가 80세이고, 그 다음은 78, 다음은 76, 다음은 75세였다. 다섯 명의 나이를 모두 계산하면 389세이다. 그들 다섯 명의 자손은 모두 합해 45명이었다. 그들에게 각기 비단을 하사하고, 어필로 '일문인서(一門仁瑞)'라는 편액을 써서 주었으며 황태자는,

다섯 가지 비단 나무 이 세간의 영화이고　　五枝錦樹榮今代
백세토록 높은 나이 한 집안에 다 모였구나　　百秩仙籌萃一門

라는 주련을 써서 주었다.

이로 미루어서 근세에 바른 행실을 밝히는 정려(旌閭)나 특이한 일을 표창하는 은전이 앞 시대보다 훨씬 많아졌음을 짐작할 수 있겠다.

◘ 북진묘(北鎭廟)의 뜰에 서 있는 늙은 소나무를 황제가 친히 그림으로 그려서 검은 돌에 새겨 바윗돌 복판을 파고 간직했는데, 그 바위의 높이는 겨우 한 길 남짓하다. 이를 명(明)나라 때에는 '취운병(翠雲屛)'이라고 불렀는데, 지금 황제(건륭 황제)가 또 다시 '보천석(補天石)'이라고 부르고 그림 곁에 시를 지어서 써 두었는데,

북진묘 서쪽에 일산처럼 퍼진 솔이	鎭廟門西似蓋松
절반은 시들었고 푸른 잎도 상기로다	半存枯幹半籠葱
정신이 어렸으니 포박자[7]를 보는 듯이	凝神如見抱朴子
얼굴을 그리자니 진소옹[8] 아님이 부끄럽네	圖貌慙非陳少翁
밑에서 볼 양이면 비가 오나 개나 의심이요	立下忽疑晴與雨
앞에 뵈는 그 무엇이 형체마저 없는 듯	現前可悟色兮空
유월이라 더운 날에 그루터기에 걸터앉아	何當六月其根坐
낭랑히 글을 외며 맑은 바람소리 들어보렴	讀疏仡聽謖謖風

라고 되어 있으며, 건륭신한(乾隆宸翰)이라는 낙관이 찍혀 있다. 또,

'갑술년(1754년)에 내가 동쪽으로 순행하는 길에 친히 북진묘에 제사를 지내고, 예가 끝나자 묘 안을 두루 구경하였다. 늙은

7) 포박자(抱朴子) : 진(晉)나라 때 도술에 능했던 갈홍(葛洪)의 호이다.
8) 진소옹(陳少翁) : 소옹은 남송(南宋) 때의 이름난 화가인 진용(陳容)의 호이다.

소나무가 있는데 그 반은 벌써 말라죽어서 쇠와 돌같이 굳은 가장귀(나뭇가지의 아귀)였고, 동쪽으로 뻗은 가지가 울창할 뿐이다. 오히려 기이하고 에굽은 품이 사랑스러웠다. 이내 나무 밑에 서서 이 그림을 그렸다. 9월 24일 어필.'
이라는 글이 있고, '천지위사(天地爲師 : 천지를 스승으로 삼음)'라는 도장이 찍혔다. 황제의 글씨나 그림이 모두 공교하였다.

바위 곁에 또 삼한(三韓) 사람 김내(金鼐)의 시가 있었는데,

때때로 의무려산 이마 턱에 오를거다　　時登醫巫閭山頭
구름이랑 바다랑 한 눈에 다 보리라　　雲舍滄桑望裏收
돌 옷과 바위 털은 티끌 자취 혐의롭고　　石髮巖衣嫌跡擾
새와 매미 소리에 사람 소리 섞이누나　　鳥鳴蟬噪帶人幽
공중에 솟은 나무 늙은 용은 어디 가고　　凌空樹古龍飛去
그 곁에 피는 꽃이 봉황 성터 남아 있네　　傍地花新鳳壘留
북두성 높디높아 하늘 괴는 기둥이라　　北斗惟神天一柱
갸륵하신 우리 님은 억만 년을 누리소서　　億年萬紀庇皇秋

라고 되어 있고, '화공(和公)'이란 낙관을 찍었으며, 필력(筆力)이 몹시 졸렬하다. 어떤 이는,

"이 시(詩)는 조선 사람 김내가 지은 것이다."
라고 하였으나, 이는 요동(遼東)을 사람들이 삼한이라고도 일컫는 줄을 전혀 모르고서 한 말이다.

고정림(顧亭林 : 고염무)은 일찍이 관직 이름이나 지명에 옛 이

름을 빌려서 쓰는 것을 배척했으나, 아직도 그를 본받아서 그대로 쓰는 사람이 대부분이다. 또한 이 시가 비록 잘된 것은 아닐지라도 역시 우리나라 사람의 구기(口氣 : 일반적인 말투)는 아니다.

◘ 난설헌(蘭雪軒)[9] 허씨의 시(詩)가 『열조시집(列朝詩集 : 전겸익(錢謙益)이 지음)』과 『명시종(明詩綜 : 주이준(朱彛尊)이 지음)』에 실려 있는데, 혹은 이름으로 혹은 호를 쓰되 모두 '경번(景樊)'으로 적혀 있다. 이에 대해서 나는 일찍이 『청비록(淸脾錄 : 이덕무(李德懋)가 지음)』의 서문을 쓸 때에 상세히 변증한 일이 있었다.

무관(懋官 : 이덕무의 자)이 연경(燕京)에 있을 때에 그것을 한림(翰林) 축덕린(祝德麟)과 낭중(郎中) 당락우(唐樂宇)와 사인(舍人) 반정균(潘庭筠) 세 사람에게 허난설헌의 시를 보여 주니, 돌려가면서 읽고 모두 칭찬했다고 한다.

이제 내가 이곳에 와서 『명시종』이란 책에 빠지고 잘못된 곳을 논하다가 이내 허씨에 대한 이야기를 했더니 윤공이 말하기를,

"회암(悔菴) 우동(尤侗)[10]이 지은 「외국죽지사(外國竹枝詞)」[11]를

9) 난설헌(蘭雪軒) : 조선조 여류 문학가 허초희(許楚姬)이다. 41쪽 주 28) 참조.

10) 회암(悔菴) 우동(尤侗) : 청나라 강희 시대의 문학가. 회암은 호이고, 동은 이름이며, 자는 전성(展成)이다.

11) 「외국죽지사(外國竹枝詞)」 : 죽지사란 한시의 형식으로, 외국의 지

보면 그 첫 머리에 귀국(조선)에 대한 시를 지어 실었습니다. 거기에,

양화진 나루에는 살구꽃이 붉으레라	楊花渡口杏花紅
팔도강산 노랫소리 조선의 국풍일러라	八道歌謠東國風
못내 님을 그리노니 저 비경[12] 여도사의 글솜씨	最憶飛瓊女道士
들보 올려 글 지으려 광한궁에 올랐다네	上梁曾到廣寒宮

라고 하였고, 주석을 내기를,

'규수 허경번(許景樊)이 나중에는 여도사가 되었으며, 일찍이 광한궁 백옥루(廣寒宮白玉樓)의 상량문(上梁文)을 지었다'라고 하였습니다."

라고 한다. 나는 경번에 대한 그릇된 것[13]을 상세히 변증하였더니, 윤형산(尹亨山)과 기려천(奇麗川) 두 사람이 각기 나누어서 기록하여 간직했다. 중국의 명사들이 마땅히 이 일을 또 한 번 저서의 자료를 삼을 것이다.

방 풍속을 칠언절구(七言絶句)로 읊은 것이다.

12) 비경(飛瓊) : 중국 여도사의 이름으로, 허초희를 그에게 비유한 것이다.

13) 나는 …… 것 : 허경번(許景樊)은 본래 옛 선녀인 번 부인(樊夫人)을 경모(景慕)하여서 지은 것인데, 남편 친구들이 조롱하여 번천(樊川) 두목(杜牧)의 아름다운 풍모를 사모하여 지었다고 한 데 대하여 변명하였다. 41쪽 주 30) 참조.

대체로 규중에 있는 부인이 시를 읊는 것은 애초부터 아름다운 일이 아니긴 하지만, 외국의 여자로서 꽃다운 이름이 중국에까지 전파되었으니, 가히 영예스럽다고 말할 수 있다.

그러나 우리나라 부인들은 일찍이 이름이나 자(字)가 본국에도 나타난 적이 없었으니, 난설헌이라는 호 하나라도 오히려 분에 넘치는 일이거늘, 하물며 경번이라는 이름으로 잘못 알고는 군데군데에 기록되어서 천년이 지나도 씻기 어렵게 되었으니, 재사(才思)가 풍부한 규중의 재녀들이 경계하여야 할 거울로 삼지 않을 수 있겠는가?

◘ 여러 가지 요술 중에는 주석(酒石 : 술을 만드는 돌)이 가장 요긴한 물건이다. 만일 참으로 이러한 돌이 있다면 당연히 천하에 다시없는 보물이 될 것이다.

세상에서 전하는 말에,

"명나라의 천계(天啓 : 희종의 연호, 1621~1627) 연간에 왜(倭)가 유구(琉球 : 일본 오키나와)를 쳐서 그 임금을 사로잡아서 갔다. 유구의 태자가 그 나라에 대대로 내려오던 보물을 싣고 가서 장차 자기 아버지를 속량하려 하다가, 배가 표류하여 제주(濟州)에 닿았다. 목사(牧使) 아무개[14]가 배 안에 무슨 물건이 실려 있느냐고 물으니, 태자가 주천석(酒泉石 : 술이 솟는 돌멩이)과 만산

---

14) 목사(牧使) 아무개 : 김려(金鑢)의 『유구왕세자외전(琉球王世子外傳)』에는 이난(李灤)이라고 하였다.

장(漫山帳)이 있다고 답하였다.

주천석은 마노(瑪瑙 : 옥돌의 일종)처럼 생겼는데, 가운데가 오목하게 파여 술 한 잔이 들어갈 정도이다. 맑은 물을 채우면 즉시 맛 좋은 술로 변한다고 한다. 만산장은 바다거미줄에 약(藥)으로 물을 들여 짠 그물인데, 적게 펼치면 집 하나를 덮을 정도이나 크게 펼치면 산 하나를 덮을 수 있으며, 〈그물 구멍으로〉 작게는 모기나 파리, 크게는 뱀이나 이무기 같은 것이 그 속에 들어갈 수 없다고 한다.

목사가 그것을 얻고자 청하였으나 〈태자는〉 허락하지 않았다. 드디어 군사를 동원해서 배를 에워싸니, 태자는 주천석과 만산장을 바다 속으로 던져버렸다. 목사가 배 안에 실은 물건을 다 몰수하고는 마침내 태자를 죽였다. 태자가 죽음에 임하여 시(詩)를 읊었는데,

분간키 어려운 요임금의 착한 말을 몹쓸 걸왕이 어찌 알랴	堯語難分桀服身
꿈이러냐 이 죽음을 푸른 하늘이 아오리까	臨刑何暇訴蒼旻
삼량[15]이 무덤에 임했으나 누가 속량해 주며	三良臨穴誰能贖
이자[16]가 배에 오르자 도적놈은 어질지 않네	二子乘舟賊不仁

15) 삼량(三良) : 어진 세 사람. 춘추시대 때 진(秦)나라 목공(穆公)이 죽자 억울하게 순장(殉葬)된 신하인 엄식(奄息)·중행(仲行)·침호(鍼虎)를 가리킨 말이다. 『시경(詩經)』 진풍(秦風) 황조(黃鳥) 편에 나온다.

백골은 모래벌판 거친 풀에 얽혔어라　骨暴沙場纏有草
혼이야 고국에 돌아간들 슬퍼할 이 누구던고　魂歸古國弔无親
죽서루 아래 저 물소리 처량도 한져이고　竹西樓下滔滔水
만고의 끼친 한을 분명히 울어 예네　遺恨分明咽萬春

라고 하였다."

한다.

이 사실은 이중환(李重煥)[17]의 『택리지(擇里志)』에 실려 있으며, 목사는 대간의 탄핵을 받아 사형에 처해졌다가 감형(減刑)을 받아 멀리 귀양 갔다고 하였다.

나는 일찍부터 이 기록이 제동(齊東)[18]에 가까운 것이라고 의심하였는데, 가령 이 일이 과연 참말이라면 목사의 죄악은 비록 거리에다 목을 베어 조리돌린다 치더라도 속죄하기 어려울 것인데, 그의 자손[19]이 어찌 길이 부귀를 누릴 수 있을 것인가?

---

16) 이자(二子) : 전국 시대 위(衛)나라 선공(宣公)의 두 아들인 급(伋)과 수(壽)가 계모의 흉계에 의하여 배에서 피살되었다. 『춘추좌씨전(春秋左氏傳)』 환공(桓公) 16년에 나온다.

17) 이중환(李重煥) : 조선 후기의 실학자. 자는 휘조(輝祖)이고, 호는 청담(淸潭)·청화산인(青華山人)이다.

18) 제동(齊東) : 제동야어(齊東野語). 제나라 동쪽 지방에 사는 시골사람들은 어리석어서 이들의 말을 도무지 믿을 수 없었다는 고사에서 유래하여 믿을 수 없는 허황된 말을 뜻한다.

19) 자손 : 목사 이난(李灤)의 아들은 이상연이고 손자는 이익한(李翊漢)인데, 이익한은 영조 때 병조참판과 한성부 부윤을 지냈다.

유구의 중산왕(中山王) 상녕(尙寧)이 해마다 <중국에 파견된> 사신편에 자주 편지와 폐백을 번갈아 보내오더니, 갑신년 뒤로는 다시 연락이 끊어지고 말았다. 내가 이번 걸음에 해외의 여러 나라 사신을 만나보지 못함이 더욱 유감이다.

어제 구경하던 요술 주석(酒石)을 가지고 미루어 보면, 유구의 주석도 역시 요술의 하나인 듯싶다. 그리고 민중(閩中 : 복건성) 사람인 왕삼빈(王三賓)이 말한 바와 같이, 바다거미줄로 만든 그물로 범을 얽었다는 것이 진실이라면 만산장(漫山帳)의 이야기도 이치로 보아 혹 괴이할 것이 없다.

◘ 열하의 술집들은 몹시 번화하여 연경에 비해서 손색이 없었다. 바람벽 위에는 명인들의 글씨와 그림이 많이 붙어 있다. '유하정(流霞亭 : 술집 이름)'에는,

높은 이름 좋은 벼슬 다 잊어버리고 　功名富貴兩忘羊
나의 삶이 얼마런고 이 술 한 잔 기울이세 　且盡生前酒一觴
고운 꽃 삼백 포기 심어 두고 보려무나 　多種好花三百本
낮은 울타리 비바람에 향내 줄곧 풍기리라 　短籬風雨四時香

라는 시(詩)가 붙어 있다.

또 '취구루(翠裘樓 : 술집 이름)'에 들러 술을 마셨는데, 벽 사이에 써 붙인 시가 먹물 흔적이 아직까지 젖어 있었다. 우민중(于敏中)이나 아극돈(阿克敦)의 필체인 듯싶기에 술 심부름꾼에게,

"이 글씨 쓴 분의 이름을 아느냐?"
라고 물으니 그는,
"아까 어떤 손님이 이걸 써서 걸어 두곤 막 떠났답니다. 그러니 그의 성명을 알지 못합니다."
라고 대답한다. 그 시(詩)에,

님을 섬겨 하올 마음은 한당에 못잖건만	致主初心陋漢唐
이 몸이 늙어 가서 밭집 아비 되었구나	暮年身計落農桑
풀섶 길 소를 따라 서문 밖 나가는 길에	草煙牛跡西郊路
술다락에 높이 누워 저녁볕을 보내누나[20]	又臥旗亭送夕陽

라고 하였다.

이 두 시는 모두 어떤 시대에 어떤 사람이 지은 것인지는 알 수 없으나, 바람을 쏘이면서 한 번 읊으면 사람으로 하여금 감개가 무량하게 할 뿐이다. 둘 다 부채에 써 두었다가 돌아와서 윤형산에게 물으니, 그들의 이름을 가르쳐 주었으나 내가 또 잊어버리고 말았다.

◘ 윤경(尹卿 : 윤형산(尹亨山))이 나더러,
"고려의 박인량(朴寅亮 : 고려 문종(文宗) 때 문학가. 자는 대천(代天))이 당신에게 어떻게 되시나요?"

20) 송나라 육유(陸游)가 지은 시 「음촌점야귀(飮村店夜歸)」이다.

하고 묻기에 나는,

"<귀국으로 말한다면> 모수(毛遂)와 모담(毛聃)의 관계[21)]와 같은 터수일 것입니다. 저희 박씨는 애초에 우리나라 토착의 성씨인데, 여덟 명의 시조〔八望〕[22)]가 각기 나뉘어 관향이나 계통이 각기 다르기 때문에 서로 한겨레라 하지 않으며, 또한 <같은 곽씨(郭氏) 성이라 해서 곽숭도(郭崇韜)가> 곽분양(郭汾陽)[23)]을 감히 통곡(痛哭)할 수도 없는 터수입니다."

라고 하니 윤형산은,

"그러면 강희 연간에 박뢰(朴雷)라는 이가 있었는데, 자는 명하(鳴夏)이고 조선 사람이었습니다. 이제 대청(大淸)이 천하를 통일하여 중외(中外 : 중국과 외국)가 한 집안이 되고 보니 결코 '푸른 입술의 혐의'란 없을 것입니다."

한다. 나는,

"검은 입술의 혐의란 무슨 말입니까?"

---

21) 모수(毛遂)는 전국 시대 조(趙)나라의 평원군(平原君) 조승(趙勝)의 문하에 있던 변사(辯士)이고, 모담(毛聃)은 주(周)나라 희성(姬姓)으로 모(毛) 지방에 봉해져서 성씨로 삼은 것이므로, 모수와 모담은 살았던 시기와 본관이 다르다.

22) 여덟 명의 시조〔八望〕: 박씨는 8개의 본관으로 나뉘는데, 곧 고령, 무안, 밀양, 반남, 순천, 죽산, 충주, 함양이다.

23) 곽분양(郭汾陽) : 당나라의 정치가이자 명장인 분양왕 곽자의(郭子儀)의 봉호. 자도 역시 자의(子儀)이다. 곽숭도는 당나라의 유명한 인물인 곽분양의 묘에서 곡을 했는데, 사실은 같은 곽씨가 아니었기에 비난을 받았다.

라고 하니 윤형산은,

"송(宋)나라 원풍(元豊 : 신종(神宗)의 연호, 1078~1085) 연간에 고려의 사신(박인량(朴寅亮))이 명주(明州)에 이르렀을 때에, 상산위(象山尉) 장중(張中)이 시를 지어 전송하였더니, 박인량이 보내온 화답시의 서문에,

꽃 같은 얼굴로 곱게 불을 부니 花面艶吹
이웃 여인의 푸른 입술임을 부끄럽게 하고, 愧隣婦靑唇之動
상간(桑間)[24]의 야비한 소리로써 桑間陋曲
영인의 백설의 곡조[25]를 잇노라. 續郢人白雪之音

라고 하였습니다. 이 일을 두고 벼슬아치들이 장중을 탄핵하여, 언관(言官)이 낮은 벼슬에 있는 관리들이 사사로이 외국의 오랑캐〔外彝〕[26]들과 교제함은 부당한 일이라고 하였습니다.

신종(神宗) 황제가 좌우에게 '푸른 입술이란 어떠한 고사인가'

---

24) 상간(桑間) : 하남성에 있는 지명인데, 음탕한 남녀들이 모여드는 곳으로 유명하다.

25) 백설(白雪)의 곡조 : 백아(伯牙)가 저속한 하리(下俚)를 부를 때에는 듣는 이가 많았는데, 초나라 옛 도읍지 영중(郢中)의 사람이 '양춘백설(陽春白雪)'을 부르니 화답하는 자가 적었다고 한다. 『몽계필담(夢溪筆談』.

26) 외국의 오랑캐〔外彝〕 : 윤형산이 연암과 필담하고 있었으므로 '外夷'라고 쓰지 않고 '外彝'라고 썼다.

하고 물었으나, 아무도 대답하는 자가 없어 조원로(趙元老 : 독서광이었음)에게 물었더니 원로가,

'『태평광기(太平廣記)』[27]에 어떤 이가 보니, 이웃집 사내가 불을 부는 아내의 모습을 보고 시를 짓기를,

불을 부는 예쁜 붉은 입술 오물오물	吹火朱唇動
섶나무 때느라고 하얀 팔뚝 드러났네	添薪玉腕斜
멀리서 보아하니 연기속의 저 얼굴이	遙看煙裏面
안개속의 꽃이런가 더욱 은은해라	恰似霧中花

라고 읊었답니다. 그 아내가 자기 남편에게 하는 말이, 「당신은 어찌 그를 본받지 않는지요?」라고 하자, 남편은 대답하기를, 「당신도 불을 불면 내 당연히 본떠서 시를 지으리라.」 하고는 이내 시를 읊기를,

불을 부는 님의 푸른 입술 벌렁벌렁	吹火青唇動
섶나무 때느라고 검정 팔뚝 비꼈구나	添薪墨腕斜
멀리서 보아하니 연기속의 그 상판은	遙看煙裏面
무엇에 비할 손가 흡사 구반다[28]로다	恰似鳩槃茶

27) 『태평광기(太平廣記)』 : 송나라의 이방(李昉) 등이 어명을 받들어 엮은 책으로, 중국의 전설 기문을 광범위하게 수록하였다.

28) 구반다(鳩槃茶) : 추악한 귀신의 이름으로, 옹형귀(甕形鬼), 형면사동과귀(形面似冬瓜鬼)라고도 한다. 머리는 말, 몸은 사람 모양을 하고

라고 하였습니다.'

라고 대답하였습니다. 이 이야기는 왕벽지(王闢之)[29]의 『민수연담록(澠水燕談錄)』에 나온다고 합니다."

라고 하였다.

◘ 내가 학지정(郝志亭)에게,

"장군께서는 비록 무관 출신이지만 고전 의례에 매우 익숙하시고 글씨와 글이 유창하고 아름다워, 비록 이름 있는 학자나 늙은 선비라도 마땅히 장군의 짝이 될 자 드물 것이니, 중국에서 무관은 반드시 문관과 학문이 넉넉해야 하는지 모르겠습니다. 그렇지 않다면 장군은 특히 유가의 인연이 깊어서 정원(定遠)[30]의 문장이 금석에 새겼음을 본받은 것이옵니까?"

하고 물었더니 지정이,

"저의 집은 대대로 농업에 종사하였는데 다행히 성스런 시대를 만났습니다. 그러나 수(隨 : 수하(隨何)) · 육(陸 : 육가(陸賈)) · 강(絳 :

사람의 정기를 빼앗아간다는 귀신이었으나 불법에 귀의하여 불법을 수호하게 되었다고 한다.

29) 왕벽지(王闢之) : 송나라 철종(哲宗) 때 학자로, 벽지는 이름이고, 자는 성도(聖塗)이다.

30) 정원(定遠) : 후한(後漢)의 명장 반초(班超). 정원은 봉호이고, 자는 중승(仲升)으로, 학자인 반표(班彪)의 아들이자 『한서(漢書)』를 지은 반고(班固)의 동생이다. 초기에 문관으로 벼슬하다가 무관이 되어 흉노의 지배 아래에 있던 50여개 나라를 한(漢)나라에 복종시켰다.

주발(周勃)의 봉호) · 관(灌 : 관영(灌嬰))31)의 한스러운 일은 그 유래가 오래되었으므로, 저 같은 자는 그야말로 수레에 싣거나 말로 셀 수 없을 만큼 많으니 칭찬할 것이 뭐가 있겠습니까?

지금 태학사(太學士)로 있는 아공(阿公)－아계(阿桂)－ 같은 이나 얼마 전에 태학사를 지낸 서공(舒公)－서혁덕(舒赫德)－과 같은 분은 모두들 문장이 태평성대를 이룩할 만하며, 무예는 어지러운 난리를 평정할 수 있습니다. 또 부귀와 수복(壽福)은 분양(汾陽) · 서평(西平 : 서평장군에 봉해진 이성(李晟))과 같고, 공로와 공훈은 배진(裴晉 : 배도(裴度)의 봉호) · 문로(文潞)32)와 같습니다. 이와 같지 않다면 문관도 할 수 없고 무관 역시 할 수 없을 것입니다.

이제 사이(四彝)33)가 모두 복종하고 <전쟁터의> 풍진이 고요하니, 저 같은 자는 한 개의 썩은 무부(武夫)에 불과할 것입니다.

---

31) 수(隨) · 육(陸) · 강(絳) · 관(灌) : 모두 한(漢)나라의 장수인데, 수하(隨何)와 육가(陸賈)는 문(文)은 있지만 무(武)가 없었고, 주발(周勃)과 관영(灌嬰)은 무(武)는 있지만 문(文)이 없었기 때문에 무식하다는 이름을 얻은 자들이다.

32) 문로(文潞) : 송나라 인종(仁宗) 때 명상 문언박(文彦博). 노는 봉호이고, 자는 관부(寬夫). 장수와 정승으로 50여 년을 지내 노국공(潞國公)의 봉호를 받았다.

33) 사이(四彝) : 사이(四夷). 연암과 필담 중이었기 때문에 이(夷)를 쓰지 않고 이(彝)라고 표현하였다. 사방의 오랑캐, 또는 사방의 이웃나라.

삼십 년 동안 옛 병서를 읽고 나서 三十年來學六韜
꽃다운 그 이름이 당시에 문장이라 英名嘗得預時髦
나라에 몸을 던져 황금 갑옷 입었을 제 曾因國難披金甲
아무리 가난해도 보배칼을 팔진 않네 不爲家貧賣寶刀
건장한 이 팔뚝에 화살 힘이 약해졌다 하랴 臂健尙嫌弓力軟
오히려 밝은 눈에 싸움터를 바라보네 眼明猶識陣雲高
어젯밤 뜰 앞에서 가을바람 일어나니 堂前昨夜秋風起
꽃무늬 옛 전포를 보기도 부끄러라 羞見團花舊戰袍

이는 조한(曹翰 : 송나라 초기의 명장)이 지은 시인데, 시를 읽고 나면 그들이 안장에 걸터앉아서 사면을 돌보던[34] 모습이 그리워질 뿐입니다.

옛날부터 글 읽은 장수로서 손무(孫武) · 오기(吳起) · 염파(廉頗) · 악의(樂毅) · 왕전(王翦) · 조충국(趙充國) · 반초(班超) · 심경지(沈慶之) · 한세충(韓世忠) 같은 이는 모두 80세가 넘는 노장들이었습니다."

라고 하여 나는 웃으면서,

"심경지는 글자를 모르는 까막눈인데, 어찌 글 읽은 장수라 하시요?"

라고 하였더니 지정도 웃으면서,

34) 그들이 …… 돌보던 : 전국 시대 조(趙)나라의 장수 염파(廉頗)를 늙었다는 이유로 등용하지 않자, 그는 말에 올라서 자기는 늙었어도 전장에 나갈 수 있음을 과시하였다.

"심공(沈公)이 '농사일은 마땅히 사내종에게 묻고,[35] 길쌈 일은 마땅히 여종에게 물어야 한다'고 하였으므로 그의 학문은 당시에 벌써 인정받았던 것이었고, 척남궁(戚南宮 : 척계광(戚繼光))은 시(詩) 공부가 더욱 깊어서,

호각 소리 처량할사 초목도 쓸쓸하네	畫角聲傳草木哀
구름 머리 높이 솟고 돌문이 열리누나	雲頭起對石門開
삭풍 불어 술이 찰 제 취하지도 않거니와	朔風邊酒不成醉
낙엽 지는 가을 기러기떼 돌아들 가네	落葉歸鴻無數來
다만 원과[36]가 살기 사라지게만 하면	但使元戈銷殺氣
백발의 늙은이로 변방을 지킨들 무슨 관계랴	未妨白髮老邊才
높은 봉에 이름 새김 내 누구와 함께 할꼬	勒名峯上吾誰與
옛날 이 장군[37] 칼춤 추던 대 그리워라	故李將軍舞劍臺

라는 시를 읊었답니다. 그리고 보면 그의 장수로서의 재주는 미칠 수 있겠으나 시를 짓는 재주는 미칠 수가 없겠습니다그

35) 농사일은 …… 묻고 : 이 구절은 한(漢)나라 진평(陳平)이 한 말인데, 심경지가 빌려 썼던 것이다.

36) 원과(元戈) : 병장기. 청나라 사람들이 강희 황제의 이름이 현엽(玄曄)이었으므로 '현(玄)' 자를 피하여 '원(元)' 자로 대신 썼다. 원문에는 '元' 자 밑에 현(玄)이라고 소주(小註)가 달려 있다.

37) 이 장군(李將軍) : 이광(李廣). 한나라 무제 때 흉노족과 70여 차례 싸운 명장. 북방에 그가 칼춤을 췄던 무검대(舞劍臺)가 있다.

려."

라고 하였다.

◘ 저녁 무렵에 풍윤성(豐潤城)에 올랐더니 수염이 아름다운 사람 하나를 만났다. 그는 내 앞에 와서 읍하면서 스스로,

"저의 성명은 임고(林皐)이고, 절강 사람입니다."

하고는 나의 성명을 묻기에 알려 주었더니 놀라는 듯 반기면서,

"당신은 아마도 초정(楚亭 : 박제가(朴齊家)의 호)의 일가가 아니신지요?"

라고 한다. 나도 역시 놀랍기도 하고 기뻐서,

"당신이 어떻게 초정을 아시나요?"

하고 물었더니 임고는,

"지난해에 박초정이 같은 나라(조선) 사람 이형암(李炯菴 : 형암은 이덕무의 호)과 함께 문창루(文昌樓)에 올랐다가 같은 고을에 사는 호형항(胡逈恒)의 집에서 묵은 일이 있었습니다."

라고 하고는 성 밑에 있는 한 대문을 가리키면서,

"저곳이 곧 호씨(胡氏)의 집이며, 바람벽 위에는 초정의 글씨가 붙어 있습니다."

라고 한다.

마침내 변계함(卞季涵)과 진사 정각(鄭玨)과 함께 그 집의 가운데 마루에 찾아드니 날이 벌써 어둑어둑하였다. 주인이 등불 네 개를 켜서 벽을 밝혀 주기에 그 시(詩)를 한 번 낭독하니, 곧 우리 집이 전동(典洞 : 서울시 종로 견지동과 공평동)에 있을 때에 형암이

내게 왔다가 지은 것이다.

쓸쓸한 가을 소식 저 나무가 먼저 아네	泬寥秋令樹先知
춥고 더움 다 잊으니 바보가 되고 말았구나	任忘暄涼做白癡
고요한 바람벽엔 뭇 벌레 울음 요란하고	壁靜萬蟲勤自護
발 틈으로 새 한 마리 엿보기 일쑤러라	簾虛一鳥慣相窺
돈 벽[38] 버리기를 이 몸 더럽힐 듯 여기고	抛他錢癖如將浼
글 읽기에 미쳤다니[39] 나는 이를 사양 않소	呼我書淫故不辭
중국 것만 좋다 하여 부질없이 부러워하오	好事中州空艷羡
요봉[40]은 문필이요 완정[41]은 시라 하네	堯峯文筆阮亭詩

백로지(白鷺紙) 두 폭을 붙여서 썼는데, 글씨 자태가 이리저리 움직이고 한 글자의 크기가 마치 두 손바닥만 하다. 전날에 우리들이 중국을 이야기할 때에 부질없이 부러워만 했었는데 몇 해 사이에 차례로 한 번씩 구경하였다. 게다가 하물며 만리타향에서 이 시를 읽으니 마치 친구의 얼굴을 만나는 듯싶구나.

38) 돈 벽 : 화교(和嶠)는 진(晉)나라의 거부(巨富)였으나 매우 인색하여 남에게 돈을 한 푼도 주지 않자, 당시 사람들이 그를 전벽(錢癖)이라고 하였다.

39) 황보밀(皇甫謐)이 글 읽기를 지나치게 좋아하여 침식을 잊을 정도였으므로 그를 서음(書淫)이라고 하였다. 음(淫)은 '과도하다'의 뜻이다.

40) 요봉(堯峯) : 청(淸)나라 문학가 왕완(汪琬)의 호이다.

41) 완정(阮亭) : 왕사정(王士禎)의 호이다.

◘ 유리창(琉璃廠) 안에 있는 육일재(六一齋)에서 황포(黃圃) 유세기(兪世琦)를 처음 만났는데, 그의 자는 식한(式韓)이다. 눈매가 맑고 눈썹이 아름답기에 그가 반정균(潘庭筠) · 이조원(李調元) · 축덕린(祝德麟) · 곽집환(郭執桓) 등과 같은 명사인가 하고 의심하였다. 그들은 나보다 앞서 교유한 이[42]가 있으므로 그들의 이름이 입에 향기롭고, 그들의 수염이나 눈썹이 눈에 선하였던 까닭이다.

내가 유황포와 필담을 하는 사이에 그는 유혜풍(柳惠風 : 혜풍은 유득공(柳得恭)의 호)이 그의 숙부인 탄소(彈素 : 유금(柳琴)의 호)를 연경으로 보내면서 시를 짓기를,

고운 국화 시든 난초 사행의 수레에 비치옵고　佳菊衰蘭映使車
맑은 구름 보슬비는 구월도 늦가을　澹雲微雨九秋餘
이 말씀 한 토막을 중국 땅에 전하고저　欲將片語傳中土
지북의 어떤 사람 다시금 글을 쓸까?　池北何人更著書

라고 하였더니 황포는,

"지북(池北)의 어떤 사람이란 누구를 가리키는 말입니까?"

하고 묻기에 나는,

"이것은 완정(阮亭 : 왕사정(王士禛))이 지은 『지북우담(池北偶談)』

42) 홍대용, 박제가, 이덕무 등이 연암보다 앞서 연행을 가서 반정균을 비롯한 여러 명사들을 사귀었다.

에 실린 우리나라 김청음(金淸陰 : 청음은 (金尙憲)의 호)의 고사를 쓴 것이지요."

라고 하니 황포는,

"<왕사정이 편집한>『감구집(感舊集)』 가운데 이름은 상헌(尙憲)이요, 자는 숙도(叔度)라는 이가 있더군요."

라고 한다. 나는,

"바로 그분입니다. 그분이 지은,

엷은 구름 이슬비가 성황당에 뿌릴 적	淡雲輕雨小姑祠
고운 국화 시든 난초, 때마침 팔월이라네	佳菊衰蘭八月時

라는 시는 청음이 지은 것이지요. 또 완정의 논시절구(論詩絶句)에는,

엷은 구름 이슬비가 성황당에 뿌릴 적	淡雲微雨小姑祠
빼어난 국화 지는 난초, 때마침 팔월이라	菊秀蘭衰八月時
조선에서 오신 사신의 그 말을 기억하니	記得朝鮮使臣語
동쪽 나라 그 분네가 시를 과연 아는구나	果然東國解聲詩

라고 하였으니, 혜풍의 이 시는 완정의 시를 본받아서 지은 것입니다."

라고 하니 황포는,

"혜풍의 시는 얻기 쉬운 작품이 아닙니다. 동국(조선) 사람이

시를 안다는 말이 과연 그렇습니다. 그의 다른 작품을 더 들려주시기를 바랍니다."

라고 한다. 나는 또,

> 글을 읽다 눈물지니 옛 역사가 아롱지네　看書淚下染千秋
> 물가에 닿은 저 시인은 시름도 하도 할사　臨水騷人无限愁
> 확사[43]가 시를 엮되 너무나 간략하더라　碻士編詩嫌草草
> 『치청전집』[44] 있다 하니 어디서 구해 볼까　豸靑全集若爲求

라고 썼더니, 황포는 손을 흔들며 붓으로 '치청전집' 네 글자를 가리키면서,

"이것은 금서(禁書)랍니다. 철군(鐵君 : 이개(李鍇)의 자)의 선조는 귀국 사람입니다."

라고 한다. 나는,

"무슨 까닭으로 금서가 되었습니까?"

하였더니, 황포는 답을 하지 않는다. 나는 또 잇달아서 그 다음 구절의,

---

43) 확사(碻士) : 청나라 심덕잠(沈德潛)의 자이다. 그는 『청시별재(淸詩別裁)』를 편집하였다.

44) 『치청전집(豸靑全集)』 : 청나라 이개(李鍇)의 문집. 자는 철군(鐵君)이고, 호는 미생(眉生)·치청산인(豸靑山人)·유구자(幽求子)·초명자(焦明子)이다.

시 짓기로 이름 높은 곽집환이 있다고녀	有箇詩人郭執桓
담원[45]이 읊은 글귀 동국에 널리 퍼졌네	澹園聯唱遍東韓
이제껏 삼 년 동안 소식 그저 끊겼으니	至今三載无消息
처량한 이 꿈속에 고향 물소리뿐이로세	汾水悠悠入夢寒

를 읊었더니 황포는 품평하면서,

"곽집환(郭執桓)은 어느 지방의 시인입니까?"

하고 묻기에 나는,

"그는 산서 지방의 태원(太原)에 산답니다."

라고 하고 또,

"사동망(師東望)과 양유동(楊維棟)은 어떤 인물입니까?"

하고 물었더니 그는,

"모두 다 모릅니다."

라고 대답한다. 나는,

"그러면 서점에는 새로 새긴 『회성원집(繪聲園集)』이 있습니까? 그 책머리에 사씨와 양씨의 두 서문이 있고, 역시 제가 쓴 서문도 있습지요."

라고 하니 황포는 곧 '회성원집' 넉 자를 써서 '문수당(文粹堂)'—서점의 편액(扁額)—에 사람을 보내어 구해 오라고 했으나, 돌아와서 없다고 말한다.

나는,

45) 담원(澹園) : 곽태봉(郭泰峰)이 거처하는 곳이다.

“선생은 반정균(潘庭筠)[46] 학사를 아십니까?”
하고 물었더니 황포는,
“일찍이 사귀어 본 일은 없습니다.”
라고 한다. 나는,
“반정균의 집이 종인부(宗人府)[47]와 벽 하나를 사이에 두고 있습니다. 제가 <중국에> 올 때에 어떤 사람이 말하기를, ‘종인부를 찾아서 대문을 지나 오른편으로 돌면 벽 하나를 사이에 두고 있는 집이 바로 반정균의 집이다.’라고 하더이다. 종인부가 여기에서 거리로 얼마나 됩니까?”
라고 하니 황포는,
“선생이 예부(禮部)를 잘 알고 계시겠지요?”
하고 반문할 즈음에 어떤 손님이 좌석에 들어앉더니 곧,
“종인부를 찾을 것 없이 반정균의 집이 여기에서 멀지 않소이다. 양매서가(楊梅書街)에 있는 단씨(段氏)의 백고약포(白膏藥鋪)에서 마주 선 대문이 바로 반정균이 우거하는 곳입니다.”
라고 한다. 황포가 그와 무어라고 이야기하더니 곧,
“지난해 가을에 반정균이 이곳으로 옮겨와서 살고 있는데, 선생은 누구를 통해서 그를 아십니까?”
라고 하여 나는,

46) 반정균(潘庭筠) : 청나라의 학자. 자는 난공(蘭公)·향조(香祖)이고, 호는 덕국원(德國園)이며, 글씨와 그림에 뛰어났다.
47) 종인부(宗人府) : 황족(皇族)과 관계된 사무를 보는 관부.

"우리나라의 홍대용(洪大容)이 건륭 병술년(1766년)에 사신을 따라서 연경에 왔다가 반정균을 만났고, 그 뒤에도 계속해서 그와 서로 사귀어 본 이가 있는 만큼, 저는 비록 만나보지는 못했으나 마음으로는 벌써 서로 통했답니다.

반정균은 글씨와 그림에도 능하여 일찍이 스스로 복숭아와 버드나무를 그리고서 시를 써서 홍대용에게 주었는데,

우리 집 서자호 물가를 둘린 나무	吾家西子湖邊樹
푸른 잎 붉은 꽃이 때마침 이월이라네	淺碧深紅二月時
그런 고향 강남을 두고도 돌아가지 못하고	如此江南歸不得
연한 티끌 분가루요 가는 꿈은 실일러라	軟塵如粉夢如絲

라고 하였답니다."

라고 하니 황포가 크게 검은 동그라미를 치면서,

"선생의 벗 홍 수재(洪秀才)의 아름다운 글귀를 들었으면 합니다."

라고 한다. 나는,

"일찍이 외우는 것이 없습니다. 혜풍(惠風 : 유득공)이 탄소(彈素 : 유금)를 〈연경으로〉 전송하는 시에서,

푸른 잎 붉은 꽃이 때마침 이월이라오	淺碧深紅二月時
연한 티끌 분가루요 가는 꿈은 실일러라	軟塵如粉夢如絲
항주가 낳은 선비 그 사람은 반향조	杭州擧子潘香祖
어여쁠사 그의 시구 남시와 어떻던고[48]	可憐佳句似南施

라고 하였으니, 우리나라 시인들이 중국의 명사를 그리워함이 이렇답니다."

라고 하니 황포는 다시 이에 동그라미를 치면서,

"반정균은 진실로 이름 있는 선비이긴 하나, 혜풍의 것도 역시 아주 아름답습니다."

라고 하고 황포는 곧바로 그 종이를 거두어 품속에 넣으면서,

"제가 방금 『구당시화(毬堂詩話)』를 쓰고 있는데, 다행히 이런 한 토막 아름다운 시화를 얻었소이다."

라고 하고는 같이 문을 나와서 작별하면서 황포는,

"이곳이 바로 양매서가로 가는 길입니다. 단씨의 백고약포는 문패에 큰 물고기를 그린 곳이 그 집이랍니다."

라고 하고는 한 곳을 가리켰다.

◘ 강녀묘(姜女廟)는 산해관 밖에 있는데, 이른바 망부석(望夫石)의 사당이다. 왕건(王建)[49]이 지은 <망부석>시에,

고운 님 바라던 곳 강물만이 흐르는구나　　望夫處江悠悠
이 몸이 돌이 될망정 고개도 돌리지 않네　　化爲石不回頭
나날이 이 산 위에 바람 불고 비 내릴 제　　山頭日日風和雨

---

48) 청(淸)나라 시대에 남쪽의 시윤장(施閏章)과 북쪽의 송완(宋琬)이 시로 이름을 날려 '남시북송(南施北宋)'이란 말이 생겼고, 그보다 나은 시가 없었다고 한다.

49) 왕건(王建) : 당(唐)나라 시인으로, 자는 중초(仲初)이다.

님 돌아오시는 때는 이 돌 응당 입 열 것을　　行人歸來石應語

이라고 하였다.

세간에서는 망부석이 많아서 하나는 태평(太平)에 있고 하나는 무창(武昌)에 있으니, 그러면 왕건이 읊은 것은 이 돌이 아니다. 지금 이곳에 행궁(行宮)이 있는데, 웅장하고 화려함이 북진묘(北鎭廟)에 못지않고, 또 과친왕(果親王)이 금색 글씨로 쓴 '진고명적(振古名蹟)'이라는 주련이 있다.

건륭 8년(1743년) 10월에 황제가 시를 지어서 돌에 새기기를,

서늘바람 늙은 가지 저녁볕에 우는 듯이　　涼風頹樹吼斜陽
이제껏 구슬프게 고운님 그리웁네　　尙作悲聲弔乃郞
천고의 내 절개를 자랑코자 하랴마는　　千古無心誇節義
이 몸이 죽고 죽어 강상을 위함이네　　一身有死爲綱常
그날부터 내려오며 강녀라 이름 불러　　由來此日稱姜女
애끊는 그 슬픔은 기량[50]도 못 따르리　　盡道當年哭杞梁
이 마음 본받아서 아름다움 지킨다면　　長見秉彜公懿好
전할 말이 그르다손 무엇이 해로우랴　　訛傳是處也何妨

라고 하였다. 돌 곁에는 작은 정자 하나가 있는데, 이름은 진의

50) 기량(杞梁) : 전국 시대 제(齊)나라 사람. 기량이 전쟁터에 나갔다가 죽자, 아내가 남편의 무덤에 가서 너무나 슬피 우는 바람에 성이 무너졌다고 하는데, 제나라 사람들은 그것을 노래로 불렀다고 한다.

정(振衣亭)이다.

대체로 지금의 청나라 황실은 대대로 명필이 많으나, 과친왕(果親王)이 더욱 능하여 미원장(米元章)보다도 나을 듯싶었다.

◘ 사신을 따라서 중국에 들어가는 자들은 반드시 칭호를 가지는 법이다. 역관을 종사관(從事官)이라 부르고, 군관을 비장(裨將)이라 부르며, 한가하게 유람차 가는 나와 같은 이는 반당(伴當)이라 부른다. 우리나라 말에 소어(蘇魚 : 물고기이름)를 '밴댕이〔盤當〕'라고 하는데, 반(盤)과 반(伴)의 음이 같기 때문이다.

그러나 압록강을 건너면 이른바 반당은 은빛 모자와 정수리에 푸른 깃을 꽂고, 짧은 소매에 가뿐한 행장을 차리게 된다. 길가의 구경꾼들은 손가락으로 가리키면서 문득 '새우'라고 부른다.[51] 어째서 새우라 부르는지는 모르나 대체로 무부(武夫)의 별호인 듯싶다. 또 지나는 곳마다 마을 어린이들이 떼를 지어 몰려다니며 일제히,

"가오리(哥吾里)가 온다. 가오리가 오네."

라고 외치고, 또는 말 꼬리를 따라오면서 다투어가며 시끄럽게 지껄인다. '가오리가 온다'는 것은 '까올리〔高麗〕가 온다'는 말이다.

나는 웃으면서 일행더러,

"이제 세 가지 물고기로 변하는구먼."

---

51) 새우의 껍질은 갑옷과 같다고 하여 무관에 비유하는 말이다.

라고 하니 여러 사람들이,

"어째서 세 가지 물고기라 하는고?"

라고 묻기에 나는,

"길에서는 '반당'이라 부르니 이는 소어요, 압록강을 건넌 뒤로는 '새우'라고 부르니 새우 역시 고기의 한 족속이요, 되놈 애들은 떼를 지어서 '가오리' 하고 외치니 이는 홍어(洪魚)인 것이다."

라고 하자, 사람들은 모두 크게 웃었다. 그래서 나는 말 위에서 시 한 수를 읊조렸는데,

푸른 깃 은빛 정수리 의젓한 무부로서	翠翎銀頂武夫如
천 리라 요동 길을 사신 뒤를 따랐구나	千里遼陽逐使車
중국 땅에 들어서자 고기 별호 세 번째라	一入中州三變號
예부터 못난 이 몸은 종이 씹는 좀[52]이라오	鯫生從古學蠹魚

라고 하였다.

고려(高麗)는 애초에 고구려(高句驪)로부터 나온 이름이었는데, '구(句)' 자를 없애고 <려(驪) 자에서> '마(馬)' 변을 생략한 것이다. 산이 높고 물이 곱다고 풀이해서 '고려'라고 읽는다면 이는 『천자문(千字文)』에 있는 금생려수(金生麗水 : 금(金)이 여수(麗水)에서 나옴)의 '려(麗)' 자가 될 것이니, 이는 당연히 거성(去聲)

52) 종이 씹는 좀〔蠹魚〕 : 책 종이를 먹는 좀을 '종이 고기'라고 하므로, 글공부에 열중한 사람을 비유한다.

에 속하는 것이다. 그런데 중국 사람들은 평성(平聲)의 '리(麗)'로 발음한다. 수나라와 당나라 때에도 고구려를 모두 '고리'라고 불렀으니 '고리'란 이름은 그 유래가 오래되었다.

이무관(李楙官 : 이덕무(李德楙))은 일찍이,

"'고구려'란 말은 『한서(漢書)』 지리지(地理志)에 처음 나오며, 그들 조상은 금와(金蛙)인데, 우리나라 말로 와(蛙)를 개구리(皆句驪) 또는 왕마구리(王摩句驪)라고 한다. 옛 사람들이 몹시 질박하고 정직하여 곧바로 임금의 이름을 나라 이름으로 삼고는 성씨(姓氏)인 고(高)를 앞에 덮어씌워서 '고구려'가 된 것이다."

라고 하였으니, 이는 비록 일시의 조롱하는 말이기는 하지만 제법 이치에 맞는 말이다.

외국의 방언이 대체로 소리는 있으나 글자가 없는 것이 많으므로 중국 사람들이 그 소리를 한자로 옮길 때, 예를 들면 은(銀)을 '몽고(蒙古)'라고 부르고, 아름다운 금(金)을 '애신각라(愛新覺羅)'라고 부르며, 장사(壯士)를 '예락하(曳落河)'라고 부르는 따위가 곧 그것이다.

◘ 산서(山西)에 살고 있는 사람 곽집환(郭執桓)의 자는 봉규(封圭)[53] 또는 근정(勤庭)이며, 호는 반우(半迂) 또는 동산(東山)이며, 또는 회성원(繪聲園)이라고도 부른다. 건륭 병인년(1746년)에

---

53) 봉규(封圭) : 어떤 본에는 '봉규(封圭)'로 되어 있으나, 잘못 표기된 것이다.

태어났으며, 시에 능하고 글씨와 그림에도 솜씨가 뛰어났으며, 집안이 큰 부자〔素封〕[54]였다. 그의 집은 호산(虎山)을 뒤에 지고 앞에는 노천(蘆泉)이 흐르고 있다.

그의 아버지 곽태봉(郭泰峰)의 자는 청령(靑嶺)이요, 호는 금납(錦衲)이다. 나라에서 중헌대부(中憲大夫)의 직함을 주었는데, 전례대로 자정대부(資政大夫)에 승진되었다. 금납은 날마다 심덕잠(沈德潛)과 가락택(賈洛澤) 등 여러 명사와 더불어 동산에서 시를 지으면서 같이 놀았다.

봉규는 일찍이 그와 한 고을에 살고 있는 등문헌(鄧汶軒) 사민(師閔)을 통하여 우리나라 명사들에게 담원팔영(澹園八詠)[55]의 시를 지어 달라고 요청하였다. 담원은 금납이 거처하는 곳이었다. 이 시(詩)는 대체로 자기 아버지의 장수를 바라고 후세에 전하기 위해서이다.

나는 이에 다음과 같이 써 주었다.

내청각(來淸閣)

붉은 파초 푸른 바위 동쪽담 너머 솟아 뵈고　紅蕉綠石出東墻

---

54) 큰 부자〔素封〕 : 녹봉(祿俸)·봉토(封土)·작위(爵位) 등은 없지만 제후에 못지않은 부자를 말한다.

55) 담원팔영(澹園八詠) : 담원의 주위에 펼쳐져 있는 팔경(八景)을 읊어서 축하하는 시.

한 그루 오동나무 깊숙한 집 간직했네 一樹梧桐窈窕堂
평생에 오만한 몸 손님맞이 게을리 하여 傲骨平生迎送嬾
주인어른 하시는 일은 저문 산에 절만 하네[56] 丈人惟拜暮山光

감영지(鑒影池)

남쪽 비탈 그림자는 온종일 나풀나풀 南陀竟日影婆娑
그림자 물에 지자 나를 불러 누구인가 耐可呼吾亦喚他
산들바람 잠깐 불 제 해오라기 저어가니 乍綴微風梟鷺去
요란한 물결 위에 백 동파[57]가 설렁이네 不禁撩亂百東坡

소심거(素心居)

코끝에 희끗하며 보기는 보았건만 已觀微白鼻端依
무엇이고 맡으려니 콧구멍이 닫혔고나 欲辨臟神掩兩扉
홀로 그윽한 향기 꿈속에 들어 싸늘하네 獨有暗香侵夢冷
나부산[58] 밝은 달에 매화가지 춤추는 듯 羅浮明月弄輝輝

56) 절만 하네 : 송나라 서예가 미불(米芾)이 무위(無爲)라는 고을에서 커다란 괴석(怪石)을 발견하자 의관을 갖추어 절하며 형(兄)이라 하였다.

57) 백 동파(百東坡) : 물 속에 비친 사람의 그림자. 소식(蘇軾)이 미피(渼陂)에서 놀 때의 고사.

58) 나부산 : 매화가 많이 나는 고장.

송음정(松陰亭)

卍자 새긴 난간 위에 우중충 솔이 덮여 있고　松覆深深卍字欄
기운 바위 담쟁이 달려 푸른빛이 어울렸네　垂蘿攲石翠相攢
그림배에 바람 불어 가는 대로 두려무나　一任畵般風吹去
밤새도록 들려오는 찬 여울물 소리인 듯　盡夜寒聲瀉作灘

비하루(飛霞樓)

가볍게 뿜는 노을은 취한 넋을 깨우는 듯　噀輕堪醒醉魂花
하늘 말이 높이 달려 푸른 갈기 너울너울　天裏行空翠鬣髿
약 캐러 갔다가 옛 신선을 찾으려니[59]　採藥將尋劉阮去
적성[60] 아침놀에 길마저 잃었구나　路迷廉閃赤城霞

유춘동(留春洞)

꽃은 하도 은근하여 가는 임을 붙드는 듯　花似將歸强挽賓
비바람에 부탁하다가 도리어 핀잔만 들었네　囑他風雨反逢嗔
골짜기 꽃 꺾어다가 화병에 모셔 두니　自從洞裏修甁史
일 년 삼백육십 날이 어느 때가 봄 아니랴　三百六旬都是春

---

59) 유신(劉晨)과 완조(阮肇)는 한(漢)나라 때 천태산(天台山)에 들어가 선약(仙藥)을 캐다가 길을 잃고 헤매던 차에 신선을 만났다고 한다.

60) 적성(赤城) : 천태산 부근에 있다.

소월대(嘯月臺)

옥자루 주미[61] 밝은 달밤 소월대에 홀로 올라 玉塵淸宵獨上臺
버들 울에 서리 내리고 기러기 슬피 울 제 杞棚霜落雁流哀
외마디 찢어지듯 울음소리에 가을 구름 흩어지고 一聲劃裂秋雲盡
만 리 깨끗한 저 하늘에 달님 이제 오신다네 萬里瑤空皓月來

어화헌(語花軒)

꽃다운 화예부인[62] 처음 궁에 들어올 제 花蘂夫人初入宮
수줍은 채 말하자니 뺨이 먼저 붉었다네 含羞將語臉先紅
앵무새 사리는 본래 무엇이 묘하던고 鸚哥舍利元非妙
아난[63]의 깨달은 도를 누구라서 알아주리 誰識阿難悟道功

봉규(곽집환)는 그가 지은 『회성원집(繪聲園集)』 각본(刻本) 한 권을 부쳐 보내고는 나에게 서문을 청하였다. 그 『회성원집』을 살펴보니 맑고도 깨끗하고 소탈하여 화식(火食)을 하는 세속 사

61) 주미(麈尾) : 은자들이 손에 들고 다니는 먼지떨이인데, 사슴 털로 만들었다.

62) 화예부인(花蘂夫人) : 오대 때 촉왕(蜀王) 맹창(孟昶)의 부인으로, 아름다운 미모에 문장을 겸하였다.

63) 아난(阿難) : 석가의 사촌동생으로, 평생 석가의 시중을 들었다.

람의 것과 같지 않았다. 그는 약관(弱冠) 때부터 아버지의 사업을 의지하였으며, 나라 안의 사객(詞客 : 문인)들을 초빙하여 글과 술로 회합을 가졌으니, 양유동(楊維棟) · 노병순(盧秉純) 등이 모두 서문을 쓰게 되었다.

그의 「회진문서정(懷津門西亭 : 진문의 서정을 그리워하다)」이라는 시에,

향기 흩어지고 꽃이 지니 작은 정원 가을이라 香散花殘小院秋
추녀 끝에 걸린 달은 갈고리처럼 되었네 西亭簾角月如鉤
북에서 날아온 외기러기 푸른 하늘에 비껴 나니 北來一雁橫空碧
그 그림자 동남으로 바다에 흘러드네 影下東南入海流

라고 하였고, 또 그의 「제원요산수소폭(題袁耀山水小幅 : 원요의 산수화 작은 폭에 쓰다)」이라는 시에는,

고기잡이 갯마을에 물빛은 맑았는데 蟹舍漁灣水色明
이슬 젖은 버들잎은 흐렸다가 맑아지네 煙條露葉半陰晴
하늘가 구름 사이 외로운 배 멀리 저어 雲間天際孤帆遠
적막한 석양 속에 한 소리 기러기 우네 寂寞斜陽一雁聲

이라 하였고, 또 그의 「유감(有感 : 감회가 있어서)」이라는 시에는,

해자의 다리에 밝은 달빛 가을이 맑은데 壕梁月色照淸秋

회남땅 갈대숲에 내 꿈이 둘리누나　　夢繞淮南蘆荻洲
초원에 잠긴 비는 갯마을이 고요하고　　雨暗楚原連浦靜
고목에 급한 바람 강물 소리 섞여 흘러　　風催古木雜江流
외로운 배 방향 몰라 천지가 넓은지고　　孤舟无依乾坤濶
물과 구름 같은 신세 내 홀로 떠 있구나　　隻影空持雲水浮
한없이도 쓸쓸한 건 시력이 끝난 그곳　　最是蕭條極目處
머나먼 만 리 길에 끝없는 나의 시름　　迢遙萬里使人愁

이라 하였다.

나는 일찍이 금오(金鰲)와 옥동(玉蝀)[64] 사이를 배회한 일이 있어서 우촌(雨村)－이조원(李調元)－과 추루(秋樓)－반정균(潘庭筠)－와 지당(芷塘)－축덕린(祝德麟)－ 같은 여러 명사들을 만나볼 수 있을 것이다. 그러나 곽집환(郭執桓)은 세상을 떠난 지가 벌써 6년이나 되었다. －집환이 건륭 을미년(1775년) 8월에 죽었다는 말을 들었다. 그리고 『회성원집』은 아마 다시 새긴 판본이 있을 듯싶기에 유리창 안에서 구하여 보았으나, 끝내 얻지 못했으니 참으로 한스럽다.

■ 윤경(尹卿 : 윤형산(尹亨山))이 검은 종이를 바른 작은 부채를 꺼내어서 대나무와 돌을 그리고, 젖 빛깔의 금색 글씨로,

64) 북경의 궁중 태액지(太液池)에 있는 다리[橋] 이름인데, 서쪽에 있는 다리를 금오라고 하고, 동쪽에 있는 다리를 옥동이라고 한다.

아름다운 푸른 대는 님의 풍채 보는 듯이　　綠竹瞻君子
굽어진 저 언덕에는 님의 소리 듣는 듯이　　卷阿矢德音
부채를 펼치어 그대 위해 그림 한 폭 그릴 제　　揮毫開便面
두 손을 맞잡으니 마음마저 같으리[65]　　握手得同心

라고 썼다. 그 밑에는,

"윤가전(尹嘉銓)이 쓰니, 이때에 나이는 70이다."

라고 썼다.

◘『명시종(明詩綜)』에는 나의 5세조(世祖) 금양군(錦陽君)의「대동관제벽(大同館題壁)」이라는 절구 한 수가 실렸는데,

한나라의 홍가[66] 연간에 일어난 고구려　　高句麗起漢鴻嘉
쓸쓸한 옛 궁터가 풀숲에 가리웠네　　宮殿遺墟草樹遮
슬프고 안타깝다, 을지문덕의 죽음이여　　怊悵乙支文德死
나라가 망한 것「후정화」[67] 탓 아니라네　　國亡非爲後庭花

---

65) 아름다운 …… 같으리 : 이 시는 이미「망양록(忘羊錄)」에 실려 있으므로 여기에서는 주석을 생략하였다.

66) 홍가(鴻嘉) : 한(漢)나라 성제(成帝)의 연호이다.

67)「후정화(後庭花)」: 맨드라미. 진(陳)나라 후주(後主)가 날마다 망국적인 연회를 벌이고 부르던 곡조의 명칭이다. 그 소리가 슬펐기 때문에 '망국의 음악'이라고 부른다.

라고 하였다.

고구려가 일어나기는 홍가(鴻嘉 : 한나라 성제의 연호, BC. 20~17년) 연간이 아니요, 바로 한(漢)나라 원제(元帝)의 건소(建昭) 2년(BC. 37년)이다. 성제(成帝) 홍가 3년(BC. 18년)에는 백제(百濟)의 태조 고온조(高溫祚)가 직산(稷山)에 왕도를 정한 해인데, 선조께서 우연히 상고하지 못한 실수를 한 것이다.

그런데 유식한(兪式韓)의 『구당록(毬堂錄)』에는 『일지록(日知錄 : 고염무(顧炎武)가 지음)』을 인용하고 조선 역사의 증거 자료로서 『서경(書經)』 대전(大傳)을 고증삼아, 이 시 가운데에 홍가라고 잘못 쓴 것을 변증(辨證)하였다. 중국의 선비들이 걸핏하면 고증하고 사리를 변별하여 밝히는 것을 박식(博識)하고 행실이 바르다고 생각하는 것이 대체로 이러하였다.

◘ 장주(長洲 : 강소성 소주의 서남쪽)에 살고 있던 우동(尤侗) 회암(悔菴)이 지은 「외국죽지사(外國竹枝詞)」에는 첫머리에 우리나라를 싣고, 그 아래에 100여 나라의 민요(民謠)와 토산(土產)의 대개를 서술하였다. 조선의 일에 대하여 서술한 것을 살펴보면 오히려 그릇된 것이 많은데, 하물며 사해(四海) 밖의 만 리 먼 곳임에랴. 더군다나 문자가 없으니 무엇으로써 그들의 토속을 통할 수 있었겠는가?

그가 조선(朝鮮)을 두고 읊은 시에,

고구려를 하구려로 낮추어서 불렀으니　　高句驪降下句驪

조선이란 옛 이름이 보다 더 아름답네　　未若朝鮮古號宜
천릿길 그 서울엔 온갖 연희 베풀고 있어　　千里王京陳百戲
한성에서 오히려 옛 중국의 모습을 보는구나　　漢城猶見漢官儀

라고 하고 주(註)에는,

"옛 조선이 고구려에 합병되었으므로 수(隋)나라가 그를 쳤으되 항복받지 못하고는 고구려를 낮추어서 '하구려(下句驪)'라고 하였다. 명(明)나라 홍무(洪武 : 명나라 태조의 연호, 1368~1398) 연간에 <사신이> 중국에 들어와서 공물을 바치고 조서(詔書)를 받들었으므로 다시 '조선'이라고 불렀으며, 한성(漢城)을 서울로 삼았다. 매양 조사(詔使)가 이를 때마다 여러 가지 연희(演戲)를 베풀었다."

라고 하였다. 또,

긴 저고리 넓은 소매에 절풍건을 쓰고　　長衫廣袖折風巾
다듬 종이 이리 붓은 한자 쓰면 진서라네[68]　　砸紙狼毫漢字眞
대대로 이어 온 역사에는 전통이 오래였고　　自序世家傳國遠
『상서』의 구주[69]에 살고 있는 그들이라네　　尙書篇內九疇人

68) 당시에는 국문을 언문(諺文)이라고 하고, 한자를 진서(眞書)라고 하였다. 절풍건(折風巾)은 새의 깃털을 꽂은 고깔 모양의 건(巾)을 말한다.

69) 구주(九疇) : 기자(箕子)가 주(周)나라 무왕(武王)에게 진술한 홍범(洪範) 편에 실린 정치 이론.

라 하고는 또,

작은 아이 여덟 살이 황창이라 부르는데	小兒八歲號黃昌
칼춤을 추다 말고 백제왕을 베었다네	舞劒能誅百濟王
8월이라 한가윗날 회소곡을 다시 불러	更唱嘉俳會蘇曲
아침나절 그 길쌈이 대바구니 가득 찼네	朝來蠶績已盈筐

라 하고 주(註)에,

"신라(新羅)의 황창랑(黃昌郞)이 8세에 임금을 위하여 백제(百濟)에 가서 저잣거리에서 칼춤을 추는데, 백제왕이 그를 불러 궁중에 들어와서 춤추게 하였더니, 이내 〈그 칼로〉 백제왕을 찔렀다.

7월 보름에 신라왕이 왕녀(王女)로 하여금 육부(六部)[70]의 여자들을 거느리고 넓은 뜰에서 길쌈을 하게 하여, 8월 보름에 그들의 공적을 비교하여 진 편이 〈이긴 편에게〉 주연을 베풀고 서로 함께 노래 부르며 춤을 추었는데, 이를 '가위〔嘉俳〕라고 하였다. 그중 한 여자가 일어나 춤추며 '회소곡(會蘇曲)'을 불렀는데, 그 뒤에 조선이 신라를 멸한 후 이것을 본떠 '황창'과 '회소'의 두 곡조를 만들었다."

라고 하였다.

기려천(奇麗川 : 기풍액(奇豊額))이 『소대총서(昭代叢書)』[71]를 내

70) 육부(六部) : 신라 초기에 경주를 중심으로 설치한 행정 구역.

놓고 이 글을 뽑아서 서로 보게 한다. 내가 윤형산(尹亨山)에게,

"이름을 '하구려(下句驪)'로 낮춘 것은 곧 왕망(王莽) 때의 일입니다."

라고 하니 윤형산은,

"그렇습니다."

라고 한다. 나는,

"'스스로 쓴 역사'라는 구절은 대단히 그릇된 것입니다. 기씨(箕氏)의 조선은 위만(衛滿)조선에게 축출된 것입니다."

라고 하였더니 윤경(윤형산)은,

"그 착오는 동방(東方)의 삼국(三國)을 통틀어 이야기한 것이지, 오로지 귀국만을 가리킨 것은 아닙니다.

그 시에 이른바 '전통이 오래되었다'는 것은 대체로 국호인 조선이 성인 기자(箕子)로부터 비롯되었음을 말하며, 귀국을 극도로 찬미한 것입니다. 대체로 이 시는 가작(佳作)이라고 할 수는 없을 뿐더러 마치 어리석은 사람이 꿈 이야기를 하는 것 같고, 가죽신을 신고 가려운 곳을 긁는 것과 같습니다."

라고 한다. 나는,

"주석에 이르기를 '조선이 신라를 멸망시켰다'는 것은 더욱 그릇된 말입니다. 우리나라는 고려를 이었고 고려는 신라를 이었으니, 어찌 500년 앞의 신라를 멸망시킬 수 있겠습니까?"

라고 하니 여천은 크게 웃으면서,

---

71) 『소대총서(昭代叢書)』: 청나라 장조(張潮)가 만들었다.

"이야말로 을축(乙丑) · 갑자(甲子)라는 겁니다."
라고 한다.

◘ 내가 윤경(윤형산)한테,

"현존한 시인(詩人)으로서 해내(海內 : 중국)에 가장 으뜸으로 일컬을 만한 분의 이름을 들을 수 있겠습니까?"
하고 물었더니 윤경은,

"천하가 넓은지라, 홍장(鴻匠 : 대가)과 묘재(妙才 : 천재)가 진실로 없는 것은 아니지만, 저는 나이가 많고 세상일을 모두 끊어버렸으므로 젊은 재주꾼들은 아는 이가 없고, 다만 저의 늙은 벗인 태사(太史) 원매(袁枚)라는 이가 있습니다. 그의 자는 자재(子才)인데, 뜻이 고상하여 세속에 얽매이지 않는 선비입니다. 그는 벼슬하기를 즐거워하지 않고 산수를 방랑하여 회고적(懷古的)인 작품에 가장 능수능란합니다."
라고 하고는 이내 소리를 높여서 시 두어 구절을 읊는다. 나는 그가 읊는 것을 잘 알아듣지 못하므로 글씨로 써서 보여 주기를 청하였다.

그의 「박랑성(博浪城)」이라는 시에,

> 약을 캐는 진인들은 봉래산을 향해 가고[72] 眞人採藥走蓬萊

---

72) 약을 …… 가고 : 진시황이 서시(徐市)로 하여금 어린 남녀 500명을 거느리고 멀리 동쪽 바다 섬으로 보내어 불사약(不死藥)을 구해 오도

아득한 박랑 모래벌[73]은 망해대에 연했구나　博浪沙連望海臺
구정은 아직 잠기고[74] 삼호[75]들은 일어섰네　九鼎尙沈三戶起
여섯 왕이 쓰러지자[76] 한 방망이 오는구려　六王纔畢一椎來
범과 용이 기개 높은들 누런 금은 다하였네　虎龍有氣黃金盡
산도깨비 소리 없고 흰 구슬만 슬프다네　山鬼無聲白璧哀
열흘 두고 찾다 못해 손을 마침 떼었다네[77]　大索十日還撒手
그대 같은 기이한 재주 예부터 몇이런고　如君終古儘奇才

라고 하였으니, 그 시를 살펴보아도 가히 중국 사대부(士大夫)의 심경을 짐작할 수 있을 것이다. 형산(亨山)이 유독 이 시를 읊어

록 했다.

73) 박랑 모래벌 : 장량(張良)이 창해 역사(滄海力士)를 시켜 박랑 모래벌에서 매복하였다가 철퇴로 진시황을 쳤으나 앞의 수레가 맞아 실패했다.

74) 구정은 아직 잠기고 : 구정은 하우(夏禹) 때부터 천자가 사용하던 아홉 개의 솥을 말하는데, 나라가 망한 것을 구정이 잠겼다고 한다. 여기서는 주(周)나라가 망했다는 뜻이다.

75) 삼호(三戶) : 세 집 정도의 작은 마을이라는 뜻인데, '초나라가 비록 세 집 정도의 작은 나라이지만 강대국 진(秦)나라를 반드시 멸망시킬 것이다'라는 말에서 유래하여, 초(楚)나라의 항적(項籍 : 항우)을 말한다.

76) 여섯 왕이 쓰러지자 : 당시의 한(韓) · 조(趙) · 위(魏) · 연(燕) · 제(齊) · 초(楚)의 6국이 망했음을 말한다.

77) 열흘 …… 떼었다네 : 진시황이 저격한 범인을 열흘 동안을 찾았으나 잡지 못했다는 말이다.

보임도 역시 그의 뜻이 명확한 것이다. 그러나 〈만주족인〉 기풍액을 꺼려하지 않고 〈이런 시를 읊조림은〉 어째서인가?

◘ 강희 무오년(1678년)에 강우(江右 : 강서(江西))에 살고 있는 계문란(季文蘭)이라는 여인이 되놈들에게 노략을 당하여 심양으로 팔려가게 되었다. 진자점(榛子店)에 이르러서 바람벽 위에 시 한 수를 적었는데,

뭉텅 머리 방망인 양 옛 단장 가엾어라 椎髻空憐昔日粧
길나선 초라한 양은 비단치마 다 낡았네 征裙換盡越羅裳
우리 부모 어떠신고 그곳 몰라 애태우며 爺孃生死知何處
봄바람에 통곡하며 심양길을 가는구나 痛哭春風上瀋陽

라고 하고는 그 아래에 쓰기를,

"저는 강우에 살고 있는 우상경(虞尙卿) 수재(秀才)[78]의 아내로서 지아비는 죽임을 당하였고, 이제 왕 장경(王章京)에게 팔린 몸이 되어서 장차 심양으로 가는 길이오. 무오년 정월 21일에 눈물을 뿌려 벽을 닦고 이 시를 쓰노니, 오직 천하에 마음 있는 사람들은 이 글을 읽고서 이 몸을 가엾이 여겨 구원해 주시길

78) 수재(秀才) : 원래는 보통사람보다 재능이 뛰어난 사람을 가리키는 말이었으나, 한(漢)나라와 당(唐)나라 때는 과거시험의 한 과목이었고, 송(宋)나라 때는 과거에 응시하는 선비를 모두 '수재'라고 불렀다.

바랍니다. 제 나이는 지금 스물한 살입니다."
라고 하였다.

그 뒤 6년 만인 계해(1683년)에 청성부원군(淸城府院君) 김석주(金錫胄) 공이 사신으로 이곳 진자점을 지나다가 이 일을 기록하여 돌아왔고, 또 그 뒤 30여 년을 지나서 노가재(老稼齋) 김창업(金昌業) 공이 역시 이곳 진자점을 지나갔는데 바람벽 사이에 쓴 먹이 여전히 남아 있었다고 하였다. 지금 나는 노가재보다도 60여 년 뒤에 또 이곳 진자점을 지나다가 이를 생각하여 배회하였으나 벽 위에 써 놓은 글자는 찾아볼 수 없었다.

내 우연히 이 시를 들어 기풍액(奇豐額)에게 이야기하였더니 그는 눈물을 주르르 흘리며,
"진자점이란 곳이 어디에 있습니까?"
하고 묻기에 나는,
"산해관 밖에 있습니다."
라고 하였더니, 기풍액은 곧바로 시 한 구절을 읊기를,

붉은 단장 아침나절 되놈에게 팔렸으니	紅粧朝落鑲黃旗
호가의 슬픈 박자[79] 그 다섯째 가사러라	笳拍傷心第五詞
천하에 많은 사내 맹덕이 이제 없으니	天下男兒無孟德
천금이 있다 한들 채문희를 속량할까[80]	千金誰贖蔡文姬

79) 호가의 슬픈 박자 : 한나라 말 채문희(蔡文姬)가 되놈에게 몸이 팔려 갔다가 훗날 귀국하여 당시를 떠올리며 「호가십팔박(胡笳十八拍)」을 지어서 스스로 슬퍼하였다.

라고 하였다.

◘ 강희 황제가 지은 피서산장을 읊은 시는 통틀어 36수였는데, 모두가 야비하고 졸렬하여 운치가 없었다. 대체로 그는 억지로 읊어서 평소의 포부를 자랑한 것인데, 그의 모든 신하들이 반드시 여러 글들을 수집하고 나열하여 광범하게 시를 주해(註解)하였다.

예를 들면 연파치상(煙波致爽)[81]을 읊은 시에,

피서산장에 가끔 와서 더위 피하니　　山莊頻避暑
잠자코 고요하여 떠들썩한 일 드무네　　靜默少喧嘩

라고 했는데, 이 시에는 아무런 주석도 필요하지 않았다. 그런데도 주석을 붙이는 자들은 양(梁)나라 소통(蕭統)[82]의 시,

수레를 몰아 산장으로 가라고 명했네　　命駕出山莊

라든가 유우석(劉禹錫)의 시,

---

80) 채문희를 속량할까 : 조조(曹操)가 1,000냥으로 채문희를 속량하였다고 한다.

81) 연파치상(煙波致爽) : 피서산장에서 가장 아름다운 궁전이다.

82) 소통(蕭統) : 양나라의 문학가이고, 자는 덕시(德施)이다.

푸른 담쟁이 그늘 속에 산장 하나 예 있구나　　綠蘿陰下有山莊

라든가 대숙륜(戴叔倫)83)의 시,

지초 이랑 대추밭 길을 오가기도 잦았고녀　　芝田棗逕往來頻

와 손적(孫逖 : 당나라의 문학가)의 시,

이 땅이 가장 맑으니 숲속 정자 좋을시고　　地勝林亭好
시절이 태평일 제 잔치도 자주로다　　時淸宴賞頻

와 위징(魏徵)이 지은 「구성궁예천명(九成宮醴泉銘)」84)의,

황제께서 구성궁에서 더위를 피하셨네.　　皇帝避暑乎九成之宮

와 양나라 간문제(簡文帝 : 자는 세찬(世纘))가 지은 납량시(納涼詩)의,

---

83) 대숙륜(戴叔倫) : 당(唐)나라 현종(玄宗) 때의 문학가이고, 자는 유공(幼公)이다.

84) 「구성궁예천명(九成宮醴泉銘)」 : 구성궁은 당나라 태종이 피서하던 궁전이다. 궁궐 안에 샘물이 저절로 솟아나는 것을 기념하여 빗돌을 세우고 재상 위징이 이를 두고 서문을 지은 글이다.

높은 오동 그 밑에서 더위를 피하노라니 避暑高梧側
가벼운 바람 들어 옷깃이 서늘하네 輕風時入襟

와 백거이(白居易)의 시,

봄철을 바라보며 꽃빛이 따뜻하고 望春花景暖
더위를 피하니 대나무 바람이 서늘코나 避暑竹風涼

와 『남사(南史)』 심린사전(沈麟士傳)의,

'나이가 팔십이 지났으나 귀와 눈은 오히려 총명하므로 사람들은 그의 몸 수양이 정(靜 : 고요하다) · 묵(默 : 조용하다)한 소치라고 말하였다.'

와 황보증(皇甫曾)[85]의 시,

화창한 바람엔 풀잎이 자라나고 草長光風裏
잠자코 고요한데 꾀꼬리만 우는구나 鶯啼靜默間

와 하손(何遜)[86]의 시,

---

85) 황보증(皇甫曾) : 당나라의 문학가이고, 자는 효상(孝常)이다.
86) 하손(何遜) : 양나라의 문학가이고, 자는 중언(仲言)이다.

보고 듣는 것에 떠들썩한 일 전혀 없네　　　視聽絶喧嘩

라는 구절들을 인용하였다.

이 시(詩)는 겨우 두 글귀인데다가 내용을 풀이하지 못할 것도 없거늘, 어찌 이런 허다한 주석을 내었을까? 제용작가(帝庸作歌)[87]라는 글이 있으나 또한 어찌 허다한 출전을 밝힐 것이야 있으리요?

그러므로 주자(朱子)는 말하기를,

"관관저구(關關雎鳩)[88]란 말은 애초 어디에서 나온 것인가?"

라고 하였으니, 이야말로 시학(詩學)에서 큰 경지를 이룬 분의 말씀이라고 하겠다.

◘ 거리에 떠드는 말 「하간전」 외는 소리　　　街頭喧誦河間傳
규중의 슬픈 노래 「양백화」[89] 부르누나　　　閨裏悲歌楊白花

이 시는 점필재(佔畢齋)[90]가 사방지(舍方知)를 풍자한 것이다.

87) 제용작가(帝庸作歌) : 『시경』 익직(益稷) 편에 나오는 구절이다.

88) 관관저구(關關雎鳩) : 『시경』 관저(關雎) 장의 첫 구절이다. '꾸꾸꾸꾸 우는 비둘기'라는 의미이다.

89) 「하간전」과 「양백화」는 중국 고대 궁중에서 일어난 음탕한 일을 풍자한 패곡(牌曲)의 이름인 듯하나, 출전은 알 수 없다.

90) 점필재(佔畢齋) : 조선 시대의 문학가인 김종직(金宗直)의 호. 자는 계온(季溫).

사방지라는 사람은 사천(私賤 : 천민) 출신으로서, 어렸을 때부터 여복(女服)으로 가장하여 얼굴에 분과 기름으로 단장하고 바느질을 배웠고, 자라나서는 벼슬하는 양반들의 집에 드나들곤 했다.

천순(天順) 7년(1463년) 봄에 사헌부(司憲府)에서 그 일을 풍문으로 듣고 체포하여 그와 평소에 간통하던 한 명의 여보살에게 취조하니 보살은,

"그의 양도(陽道 : 음경)가 유달리 큽니다."

라고 하여, 여자 의원인 반덕(班德)을 시켜서 만져 보도록 하였다. 또 영순군(永順君) 이부(李溥 : 세종대왕의 손자)와 하성위(河城尉) 정현조(鄭顯祖 : 정인지의 아들) 등도 번차례로 시험해 보고는 모두 혀를 빼물면서,

"대단하구만!"

라고 하였다.

이때에 중국에서도 역시 이보다 먼저 이와 같은 일이 있었다. 오군(吳郡) 지방 사람인 양순길(楊循吉)이 지은 『봉헌별기(蓬軒別記)』에,

"성화(成化) 경자년(1480년)에 경사(京師 : 서울)에 과부 하나가 있었는데, 여자들이 하는 베짜는 일에 능란하고, 젊고도 예쁘며, 또 신발과 버선이 네 치에 차지 않을 만큼 작았다. 모든 부자 양반들 집에서 서로 추천하고 맞이하여 수놓기를 배우기도 하였다. 그는 남자를 보면 문득 부끄러워 회피하기도 하려니와, 밤이면 그에게 배우는 사람들과 서로 자게 되었는데, 언제나 자

는 방에는 자물통을 튼튼히 잠그곤 하였다. 그러므로 사람들은 더욱 그가 자기 몸조심에 가장 엄격하다고 믿었다.

이때 태학생(太學生)으로 있던 아무개가 그를 연모하여, 처음에는 그의 아내를 누이동생이라 속이고 과부를 자기의 집에 맞이하였다. 그는 아내에게 몰래 타일러 밤에 문을 열고 거짓으로 뒷간에 가는 듯이 하라 하고는, 갑자기 방안으로 들어가 촛불을 끄니 과부는 고함을 쳤다. 그는 과부의 목덜미를 껴안고는 억지로 범하려고 보니, 곧 남자였다. 구속하여 관청에 보내어 조사하니, 성은 상(桑)이고 이름은 충(翀)이며 나이는 24세인데, 어릴 때부터 발을 싸매었다고〔纏足〕 한다. 법사(法司)가 그 옥사를 위에 아뢰었더니, 헌종(憲宗) 황제가 이는 '인요(人妖)'라고 하여 사형에 처하였다."

라고 한다.

◘ 망부석(望夫石)에 천산(千山) 범광원(范光遠)이 시를 쓰기를,

만리장성 쌓은 이 보이지를 않고 不見築城人
다만 정녀 아씨 그 자취 완연하구나 但見貞女迹
묻노라 만리장성 너는 이를 알려니 試問萬里城
이 한 조각 돌에 비겨 봄이 어떠할꼬 何如一片石

라고 하였다.

◘ 강희 황제 때 간행한 『전당시(全唐詩)』[91]는 모두 120권이나 된다. 마땅히 빠진 것이 없을 것이로되, 당나라 현종(玄宗)이 신라 경덕왕에게 준 5언 10운(韻)의 시가 그 속에 실리지 않았다.

『삼국사기(三國史記)』에,

"신라 경덕왕(景德王) 15년(756년) 봄 2월에 경덕왕은 현종이 촉(蜀) 땅에 있다는 말을 듣고 사신을 보내어 당나라에 파견하여 절강(장강)으로부터 성도(成都)에 이르러서 공물(貢物)을 바쳤다. 현종은 조서(詔書)를 내려서, '신라왕이 해마다 조공을 바쳐서 능히 예악(禮樂)과 명분(名分)을 닦는 것을 가상하게 여겨 시 한 수를 하사하노라.' 하고,

천지 사방이 나뉘고 해와 별이 빛나니	四維分景緯
만물의 기상들이 그 중심에 속해 있도다	萬象含中樞
구슬과 피륙들은 온 천하에 깔려 있고	玉帛遍天下
다리 놓고 배를 저어 우리에게 찾아드네	梯航歸上都
아득한 이내 회포 푸른 뭍이 막혔더니	緬懷阻青陸
오랜 세월 흐르도록 우리 위해 수고했소	歲月勤黃圖
망망한 하늘가를 그즈음 누가 알꼬	漫漫窮地際
푸르고 푸른 바다와 이어진 모퉁이 나라	蒼蒼連海隅
갸륵한 이 나라는 명분을 지켰으니	興言名義國

91) 『전당시(全唐詩)』: 당(唐)나라 때 지은 시들을 모아 놓은 책이다.

산천이 멀다 하여 허수로이 생각하랴 豈謂山河殊
우리 사신 갔을 때엔 풍속과 교화를 전하고 使去傳風敎
그들이 이에 오면 법전과 문화를 배워가네 人來習典謨
의관이 정제하니 예식을 알아 하고 衣冠知奉禮
충실하고 믿음 지켜 유학을 높였구나 忠信識尊儒
어린 정성 나타나니 하느님이 굽어보고 있으며 誠矣天其鑒
어질도다 그의 덕은 외롭지는 않으리라 賢哉德不孤
깃발 안고 함께 백성을 다스리니 擁旄同作牧
두터운 이 선물은 생추[92]에 비할쏘냐 厚貺比生蒭
님이 가진 푸른 뜻을 더 한층 굳게 하여 益重青青志
바람과 서리가 치더라도 언제나 변치 마오 風霜恒不渝

라고 하였다."
하였다.

송(宋)나라 선화(宣和 : 북송(北宋) 휘종의 연호, 1119~1125) 연간에 고려의 사신 김부의(金富儀 : 『삼국사기(三國史記)』를 지은 김부식의 아우)가 이 시의 각본(刻本)을 가지고 관반(館伴 : 외국 사신을 접대하는 학사)으로 있던 학사(學士) 이병(李邴)에게 보여 주었다. 이병은 이것을 황제 - 휘종 황제(徽宗皇帝) - 에게 올렸는데, 황제는 양부(兩府 : 중서성과 추밀원) 및 여러 학사들에게 선포하여 알리고는 선언하기를,

92) 생추(生蒭) : 『시경』 소아(小雅) 백구(白駒) 장에 나오는 말로 막 베어 낸 꼴이라는 뜻인데, 여기에서는 예물(禮物)이라는 뜻으로 쓰였다.

"진봉시랑(進奉侍郎 : 김부의)이 올린 시는 명황(明皇 : 당나라 현종)의 글씨가 틀림없다."

라고 하고는 아름답게 여기고 감탄해 마지않았다.

이 시(詩)가 이미 중국에 들어가서 도군(道君 : 송나라 휘종이 자칭한 별호)의 예상(睿賞 : 감상)까지 거쳤으나, 후세에 당시(唐詩)를 기록하는 이는 모두 이를 수록하지 않았다. 이제서야 비로소 알겠도다, 앞 시대의 빠진 문장 중에는 중국인의 눈과 귀가 미치지 못하는 것들이 있음을. 그리고 해외 작은 나라의 선비들에 의해서 도리어 숨은 것을 찾아낸 공적을 갖게 되었으니, 어찌 우리들에게 다행이 아니겠는가?

◘ 오중(吳中 : 절강 지방)의 사람들은 예로부터 천박하고 허탄하며 경솔하고 변덕이 많았으나, 대체로 문장에 능하고 글씨와 그림을 잘하기로 이름 높은 선비가 많았다. 그러나 중원(中原)의 인사들은 모두 그들을 미워하여 장사치나 장쾌(거간꾼)들을 지목할 때에는 반드시 '항주풍(杭州風)'이라고 일컬으니, 이는 대체로 오중 사람들은 교활한 술책이 많았던 까닭이다.

<오중의> 전당(錢塘) 지방 사람인 전여성(田汝成)의 『위항총담(委巷叢談)』에,

"항주 지방의 풍속이 천박하고도 허탄하여 남을 자랑함에도 가벼이 하고 구차히 나무라기도 잘하여 한 길에서 주워들은 말들을 다시 생각하여 보지도 않는다. 예를 들면 아무개가 이상한 물건을 가졌다고 하거나, 아무개의 집에 범상치 않은 일이

생겼다고 한 사람이 외치면 백 사람이 맞장구쳐서 남의 의심나는 일에는 스스로 증언하되, 마치 자기의 눈으로 직접 본 것처럼 분명하게 말한다.

이것은 저 바람처럼 시작하는 곳도 없이 생겨서 지나가고, 지나는 곳에도 그림자가 없어서 그 자취를 찾을 수 없는 것과 같다. 그러므로 속담에 '항주 바람은 허공을 모으는 것으로 보아 좋은 것이나 나쁜 것이나 모두 한 패가 되어 있네.'라고 하였거니와, 또 이르기를, '항주 바람은 한 묶음의 파라네. 대가리의 꽃은 보기 좋게 총총 박혔지만 속은 다 비었다네.'라고 하였다.

또 그들의 습속이 협잡하기를 좋아하여 눈앞의 이익을 맞이하되, 뒷일은 돌보지도 않는다. 예를 들면 술에다 재를 타고, 닭에다 모래를 채우고, 거위 배때기에 바람을 불어 넣고, 고기나 생선에 물을 집어넣으며, 천에 기름과 분을 바르는 따위의 일이 벌써 송나라 때부터 그러하였다."

라고 하였다.

내 기 귀주(奇貴州)[93]에게 육비(陸飛)의 글씨와 그림이 훌륭하다고 이야기하였더니 기풍액은,

"그는 범충(凡虫→風)입니다."

라고 했는데, 이도 역시 항주풍을 두고 말함이다. 북쪽 사람이 남쪽 선비를 미워함이 대체로 이러하였다.

---

93) 기 귀주(奇貴州) : 귀주 안찰사로 있는 기풍액(奇豊額). 그가 귀주 고을을 맡고 있었던 데서 붙여진 것이다.

◘ 최두기(崔杜機)[94] – 최성대(崔成大) – 의 「이화암노승가(梨花菴老僧歌)」에,

오왕이 연극 보다가 상투 보고 슬퍼했고　　吳王看戲泣椎結
전수가 중이 되어 글씨 소일 마음 붙였네　　錢叟爲僧托麟筆

라고 하였으니, 우리나라 선배들이 매양 중국 일에 대하여 풍문에 휩쓸려서 실정에 충실하지 못함이 일쑤이다.[95]

이른바 오왕은 오삼계(吳三桂)를 말함이요, 전수(錢叟 : 전씨 노인)는 전겸익(錢謙益)을 말함이다. 겸익과 삼계는 모두 되놈(청나라)에게 항복하여 머리털이 희도록 오래 살았으나 무료하게 지낸 인물이다. 그중 하나는 비록 의거(義擧)를 빙자했지만 먼저 참람하게 황제를 지칭하였고, 또 하나는 저서에 뜻을 두었으나 대절(大節)이 벌써 이지러졌다. 비록 교활하게 후세의 공격을 회피하고자 한들 누가 믿어 주겠는가?

우리나라 속담에 대체로 사물(事物)에 어두운 것을 '몽롱춘추(朦朧春秋)'라고 한다. 우리나라 사람들이 『춘추』를 이야기하기

---

94) 최두기(崔杜機) : 조선 영조(英祖) 때의 문학가. 두기는 호이고, 성대(成大)는 이름이며, 자는 사집(士集)이다.

95) 최두기(崔杜機)의 …… 일쑤이다 : 최두기는 멋모르고 변절한 오삼계(吳三桂)가 상투를 보고 명(明)나라를 생각해서 울었다고 하고, 또 전겸익(錢謙益)이 청(淸)나라에 벼슬까지 한 것을 지사인 듯 칭찬하였는데, 이는 모두 '몽롱춘추'라는 것이다.

좋아하나 몽롱하기가 이러한 종류와 같은 것이 많으니, 어찌 만주 사람들의 비웃음거리가 되지 않겠는가?

◘ 송나라 휘종(徽宗)의 대관(大觀 : 1107~1110) 연간에 섭몽득(葉夢得 : 남송의 문인)이 고려 사신을 접대하게 되었다. 옛 규칙에 사신이 대궐 아래에 이른 지 한 달여 넘지 않아서 곧바로 돌려보내는 법이었는데, 휘종은 사신에게 전시(殿試 : 대궐에서 치르는 과거시험)의 합격자 명단과 상지(上池 : 상림원(上林苑)의 연못)를 구경시키고자 하여 거의 70일 동안이나 머물게 되었다.

사신이 자못 몸가짐을 삼가고 행동이 자상하고 단아하였으므로 섭몽득은 그를 전송하려고 점운관(占雲館)까지 이르러서 이별하였더니, 그의 부사(副使) 한교여(韓皦如)가 섭몽득에게 옥대(玉帶)를 선물로 주면서,

"이것은 당(唐)나라의 골동품으로 우리 선조부터 대대로 전해 내려오며 보배로 삼았던 것입니다."

라고 하고는 스스로 홀(笏) 위에 시 한 수를 써서 보여 주기를,

눈물이 그렁그렁 이별을 하려니	泣涕汍瀾欲別離
이 몸이 한 번 가면 다시 오기 어려워라	此生無復再來期
다만 보배 띠로 깊은 뜻을 베푸노니	謾將寶帶陳深意
이 물건 볼 때마다 이 사람을 잊지 마오	莫忘思人見物時

라고 하였다. 섭몽득은 고려 사신의 옛 일에 물건을 풀어서 주

었던 예가 없었으므로 굳이 사양하고는, 다만 그 시가 비록 소박하고 졸렬하긴 하나 주는 사람의 뜻은 가히 짐작할 수 있겠다고 칭찬하였다고 한다.

◘ 옹정(雍正 : 청나라 세종의 연호, 1723~1735) 초년에 〈청나라〉 칙사(勅使) 서산(書山 : 만주 진황(鑲黃旗人) 출신)이 부벽루(浮碧樓)에 시를 쓰기를,

풍물은 아름다워 옛적과 같건마는　　風物獨依舊
산천은 어찌하여 부끄럼을 띠었는고　　山河猶帶羞

라고 하였으니, 서산은 만주 사람인데도 별안간 한(漢)나라를 생각하는 글을 지음은 어째서인가?

◘ 얼마 전에 상선(商船) 한 척이 표류하여 옹진(甕津)에 닿았는데, 배 가운데에는 시에 능통한 자가 있어서 율시 한 편을 수사(水使)에게 올렸는데,

고국에 누구 있어 변한 음률 슬퍼하랴　　故國誰憐鍾簴變
타향에 있는 이 몸의 성명이 부끄럽소　　殊方還愧姓名通
천추에 주의[96] 있어 신정에 빗은 눈물　　千秋周顗新亭淚

---

96) 주의(周顗) : 진(晉)나라의 지사(志士)로, 자는 백인(伯仁)이다. 신정

푸른 바다에 뿌려본들 물이 마를 줄이 있으랴　空洒滄滄水不窮

라고 하였다. 애석하게도 시 전편(全篇)을 얻어 보지 못했고 시인의 성명도 전하는 것이 없음이 한스럽다.

◘ 『석림시화(石林詩話)』 — 섭몽득(葉夢得)이 지었다. — 에는 다음과 같은 기록이 있었다.

"고려가 태종조(太宗朝)로부터 오랫동안 조공을 바치지 않더니, 원풍(元豐 : 북송 신종의 연호, 1078~1085) 초년에 이르러서 비로소 사신을 보내어 조회에 참석하였다. 신종(神宗)이 장성일(張誠一)을 관반(館伴 : 접반사)으로 삼고는, 그에게 다시 조회하는 뜻을 물었더니 그는,

'우리나라가 거란과 더불어 이웃이 되었더니 그들의 가렴주구(苛斂誅求)에 견디지 못한 국왕(國王) 왕휘(王徽) — 문종의 이름이다. — 는 늘 『화엄경(華嚴經)』을 외어 중국이 재생하기를 빌었다.

어느 날 저녁 꿈에 별안간 경사(京師 : 황성)에 이르러서 성읍과 궁실의 번영함을 샅샅이 구경하다가 꿈을 깨고서는 중국을 연모하게 되었다고 한다. 그래서 즉시로 시를 지었는데,

악한 인연 어이하여 거란에게 이웃되어　惡業因緣近契丹
한 해에 바친 공물 몇 번이런고　一年朝貢幾多般

(新亭)에서 고국이 망하였음을 슬퍼하였다.

이 몸에 날개 돋쳐 먼 중국에 왔건마는 移身忽到中華裏
애달퍼라 깊은 대궐에 날이 새려고 하네 可惜深宮滴漏殘

라고 하였다."

◘ 전수지(錢受之)[97]가 말한,

나라 안에 창이 없고 한 사람만 앉아 있네[98] 國內無戈坐一人

라는 구절은 바로 김모재(金慕齋)[99]가 지은 시인데, 그의 문집(文集)에 실려 있다. 전수지가 『황화집(皇華集)』[100]의 발문(跋文)을 달 때에 이 시(詩)를 들어서 조롱하였다. 그러나 실상은 홍산(鴻山) 화찰(華察)[101]이 조서를 반포하기 위해 우리나라에 왔을

97) 전수지(錢受之) : 명말(明末) 청초(淸初)의 학자인 전겸익(錢謙益). 수지는 자이고, 호는 목재(牧齋)이다.

98) 나라 …… 있네 : '나라 국(國)' 자 안에 있는 '창 과(戈)' 자를 빼고 '앉을 좌(坐)' 자에서 '사람 인(人)' 자를 하나 뺀 글자를 말하는 듯하다.

99) 김모재(金慕齋) : 조선 중기의 유학자 김안국(金安國). 모재는 호이고, 자는 국경(國卿)이며, 시호는 문경(文敬)이다. 저서에 『모재집(慕齋集)』과 『동몽선습(童蒙先習)』 등이 있다.

100) 『황화집(皇華集)』 : 화찰이 명나라 사신으로 사행길에서 지은 시집이다.

101) 홍산(鴻山) 화찰(華察) : 명나라 가정(嘉靖) 연간의 관리이면서 문학가. 홍산은 호이고, 찰은 이름이며, 자는 자잠(子潛)이다. 1539년에

때에 비로소 작용(作俑)[102]한 것이다. 예를 들면,

넓디넓은 이 들판엔 가없는 물이요 廣野無邊水
기나긴 저 하늘엔 기러기 한 점뿐일러라 長天一點鴻

라는 구절이다. '야(野)' 자는 넓게 쓰고, '천(天)' 자는 길게 쓰고, '수(水)' 자는 변을 제거하여 '무변(無邊)'이 되고, '홍(鴻)' 자는 비점(批點)[103]을 쳐서 한 점(點)이 된다. 이를 일러서 두 글자의 뜻을 포함했다는 것이다.

그러므로 배신(陪臣)이 멀리 용만(龍灣 : 의주)까지 가서 칙사를 맞을 때는 반드시 사학(詞學 : 문장)에 능통한 선비를 묘선(妙選)하여 종사(從事)를 삼아서 별안간 나타나는 임기응변에 대비하였다. 그래서 칙사는 도중에 으레 이러한 문제를 구상하여 두는데, 이는 접반(接伴)을 곤란하게 하기 위함이다. 당시의 접반을 맡은 여러 사람들도 또한 반드시 이러한 문제를 미리 연습하였던 것이다. 이것이 드디어 한 전례가 되고 말았다.

조선에 사신으로 왔다.

102) 작용(作俑) : 옛날에 장사를 지낼 때 나무로 만든 인형을 시체와 함께 묻었는데, 이로 인해 순사(殉死)하는 풍습이 생겼던 데서 '나쁜 선례를 만들다'는 뜻으로 쓰인다.

103) 비점(批點) : 글을 평정하는 경우, 글자 옆에 점을 한 점씩 찍는 것을 말한다. 곧 기러기 홍(鴻) 자의 변은 '氵'이므로 비점으로 간주한다.

그러나 이를 좋아서 하는 것은 아니거늘, 전수지가 홍산을 위하여 이『황화집』에 발문을 쓸 때에 그러한 실상(實狀)을 모두 없애 버리고는 다만 우리나라 사람의 시 한 구절을 뽑아내어 웃음거리를 삼은데다가, 심지어 조선 사람과 함께 글을 주고받지 말라고 경고까지 하였으니, 이것이 어찌 동국(東國 : 조선) 인사의 마음을 후련하게 할 수 있겠는가? 내가 이 일을 들어서 유식한(兪式韓 : 유세기)에게 이야기하였더니, 식한은 <곧 이를 적어서> 품속에 간직하되 마치 기이한 보물을 얻은 듯이 하였다.

▫ 최간이(崔簡易)[104]의「삼일포(三日浦)」시에,

맑은 봉우리 서른여섯 소라인 양 나비 눈썹　　晴峰六六斂螺蛾
흰 해오라기 쌍을 지어 맑은 물결 희롱할 제　　白鳥雙雙弄鏡波
사흘을 바장이곤[105] 님은 다시 못 오시니　　三日仙遊猶不再
십주[106] 아름다운 곳이 많은 줄을 알았노라　　十洲佳處始知多

라고 하였다.

---

104) 최간이(崔簡易) : 조선 선조(宣祖) 때의 문학가 최립(崔岦). 간이는 호이고, 자는 입지(立之)이다.

105) 사흘을 바장이곤 : 국선(國仙) 영랑(永郎) · 술랑(述郎) · 안상(安詳) · 남석(南石) 네 사람이 사흘을 놀았다고 해서 삼일포라는 이름을 얻었다.

106) 십주(十洲) : 신선이 산다는 아름다운 곳을 일컫는다.

내 일찍이 사선정(四仙亭)에 올랐더니 심백수(沈伯修)[107]가 이 시를 쓰고 새겨서 정자 위에 걸었으나, 이는 결코 뛰어난 작품이 아니다. 세상에서 전하는 말에,

"최간이가 왕엄주(王弇州)[108]를 만나러 갔더니,[109] 그는 공무가 산처럼 많이 쌓여 있어서 수십 명의 서리(書吏)가 번차례로 문서를 아뢰고 있었다고 한다. 엄주는 책상에 기대고 앉아 파리채를 휘두르면서 이리저리 좌우로 응수하여 결재를 물 흐르듯 빨리 하자, 뭇 관리들의 붓이 일제히 움직여서 잠깐 사이에 <문서가> 구름처럼 사라지더란다.

그리고 또 10여 명의 소년들이 각기 과제로 지은 시(詩)와 문(文), 또는 소품(小品), 서종(書種) 등을 바치면 엄주는 곧 붉은 먹을 갈아서 비점(批點)을 치며 빨리 넘기는 손에는 붓이 멈춰지지 않았다. 간이는 크게 경복(驚服)하여 시자(侍者)에게, '노야께서는 전에도 늘 저러시고 계셨던가?' 하고 묻자 시자가, '오늘은 마침 자리가 조용하여 조금 한가하신 편입니다. 노야께서는 전일에 벌써 시 10,000수(首)를 읊었으며 책 1,000권을 지으셨답니다.'라고 한다.

간이는 한참 잠자코 풀이 죽어 소매 속에 간직하였던 자기의

---

107) 심백수(沈伯修) : 조선 영조(英祖) 때의 관리이자 문학가인 심념조(沈念祖). 백수는 자이다.

108) 왕엄주(王弇州) : 명나라의 문학가인 왕세정(王世貞). 엄주는 호이다.

109) 최립은 일찍이 이정귀(李廷龜)의 사행을 따라서 명나라에 갔다.

글을 꺼내어서 가르침을 청하였더니 엄주는, '글짓기에 뜻을 두긴 했으나 다만 글 읽은 게 많지 못하고 문견이 넓지 못하니, 이제 돌아가서 창려(昌黎)의 글 중에서 「획린해(獲麟解)」[110]를 500번만 읽고 나면 마땅히 글 짓는 첩경을 짐작할 수 있을 것이오.' 라고 하였다.

간이가 크게 부끄럽고 한스러워서 엄주(왕세정)를 만났던 일을 깊이 숨기고는 글 쓸 때에 일부러 뒤틀린 버릇으로 기괴한 글을 쓰려고 힘썼으니, 이는 이우린(李于鱗)[111]에게 배운 것이다. 우린은 엄주를 가장 두려워하였으므로 간이는 이것으로써 〈엄주를〉 한 번 누르려고 했던 것이다."
라고 하였다.

◘ 허균(許筠)[112]이 태사(太史) 주지번(朱之蕃)[113]을 접대할 때,

---

110) 「획린해(獲麟解)」: 창려는 한퇴지의 별명이고, 「획린해」는 한퇴지가 지은 글이다. 불과 200자도 차지 않는 단편이지만, 논리의 정연함과 조직의 체계로 보아서 전형적인 고문장의 궤범이 된다.

111) 이우린(李于鱗): 명나라의 문학가 이반룡(李攀龍). 우린은 자이고, 호는 창명(滄溟)이다.

112) 허균(許筠): 조선 광해군(光海君) 때의 저명한 문학가이자 사상가. 자는 단보(端甫)이고, 호는 교산(蛟山)이다. 저서에 『허균전집』이 있다.

113) 주지번(朱之蕃): 명나라의 정치가이자 문학가. 자는 원개(元介) 또는 원승(元升)이고, 호는 난우(蘭嵎)이다. 우리나라에 사신으로 왔던 일이 있다. 서화의 명인으로 현재 평양의 연광정에 붙은 '第一江

"주 태사(朱太史)께서는 일찍이 엄주를 보신 일이 있습니까?"
하고 물었더니 주 태사는,

"일찍이 계사년(1593년) 봄에 태창(太倉 : 강소성에 있는 지명)에 가서 엄주에게 배움을 청하였습니다. 공은 그때 남사구(南司寇)라는 벼슬을 그만둔 상태였는데, 얼굴은 보통사람에 비하여 지나침이 없으나, 눈빛이 별처럼 빛났고 서재를 화원(花園)에 짓고 문도를 모아서 술을 마시며 시를 읊고 있었습니다. 엄주는 날마다 대여섯 말의 술을 마셔도 취하지 않고, 누구라도 시문(詩文)을 청하는 이가 있으면 시비(侍婢)로 하여금 피리를 불고 거문고를 타게 하면서 먹을 갈며 종이를 펴는데, 마치 비바람과 귀신이 이는 것처럼 빨랐습니다."
라고 한다. 그는 또,

"엄주도 누구를 두려워하거나 꺼려하는 이가 있던가요?"
라고 하니 주지번은,

"공이 평생토록 두려워하고 심복하는 이는 오직 창명(滄溟 : 이반룡의 호) 한 분뿐이었으니, 그는 매양 시를 지으려고 글귀를 생각할 때에는 반드시 먼저 우린(于麟 : 이반룡)의 「진관시(秦關詩)」를 높은 목소리로 읊었는데,

> 푸른 용이 멀리 걸리니 진나라 하늘에 비 내리고　蒼龍遠掛秦天雨
> 돌 말이 길게 우니 한나라 대궐에는 바람 이네　石馬長嘶漢苑風

山'이란 현판은 주지번이 쓴 글씨이다.

라고 하였으니, 그도 어찌 두려운 이가 없겠습니까?"
하고 답하였다.

◘ 심분(沈汾 : 남당(南唐) 시대의 문학가)이 지은『속신선전(續神仙傳)』에 이르기를,

"신라(新羅) 사람으로 빈공(賓貢)[114]에 든 진사(進士) 김가기(金可紀)[115]가 신선이 되었다."
라고 하였는데, 장효표(章孝標)의「송김가기귀신라(送金可紀歸新羅 : 신라로 돌아가는 김가기를 전송하며)」라는 시에,

당나라에 과거 급제하여 말소리도 닮았더니	登唐科第語唐音
해돋이를 바라보니 고국 생각 간절하다네	望日初生憶故林
일엽편주 바람 일 제 고래 등에 나는 듯이	風高一葉飛魚背
맑은 호수 그 가운데 삼신산이 솟아나네	湖淨三山出海心

라고 하였으니, 김가기가 본국(本國 : 신라)으로 돌아온 것은 명확한 일이다.

그런데『속신선전』에는,

---

114) 빈공(賓貢) : 빈공과. 당(唐)나라 때 외국 학생을 받기 위해 실시한 과거(科擧).

115) 김가기(金可紀) : 신라 문성왕(文聖王) 때 인물로, 당나라에 들어가 과거에 급제하고, 신선 공부에 몰두하여 당나라 선종한테 총애를 얻었다.

“김가기가 종남산(終南山) 자오곡(子午谷)에 살았는데, 그 뒤 3년 만에 뱃길로 본국에 돌아갔다가, 다시 와서 도복(道服)을 입고 종남산에 들어가 음덕(陰德)을 쌓는 일을 힘써 행하였다.

당나라 대중(大中 : 당나라 선종(宣宗)의 연호, 846~859) 11년(857년) 12월에 별안간 표문(表文)을 올리기를, ‘신(臣)이 옥황(玉皇)님의 부르심을 받자와 내년 2월 25일에 마땅히 하늘에 오르겠나이다.’라고 하였다. 선종(宣宗)이 이를 이상히 여겨서 궁녀(宮女) 네 명과 향약(香藥)과 금으로 수놓은 비단을 하사하고, 또 중사(中使) 두 사람을 보내어 가까이 모시게 하였더니, 그날에 이르러 과연 오색구름과 난새와 학이며, 피리 소리, 젓대 소리, 쇠북 소리, 편경 소리 낭자하면서 깃으로 만든 일산이며 깃발이 공중에 가득하더니, 그는 학을 타고 하늘로 올라갔다. 벼슬아치나 서민(庶民) 할 것 없이 구경하는 이가 산골짜기를 꽉 메워서 누구든지 우러러 절하며 이상하게 감탄하지 않는 이가 없었다.” 라고 하였다.

한무외(韓無畏)[116]의 『전도록(傳道錄)』에는,

“김가기가 최승우(崔承祐)[117]와 승려 혜자(惠慈)와 함께 신선 신원지(申元之)를 좇아서 도술(道術)을 배우더니, 종리장군(鍾離

116) 한무외(韓無畏) : 조선 선조(宣祖) 때 신선이 되었다는데, 신선술과 방술에 뛰어났다.

117) 최승우(崔承祐) : 신라 진성여왕(眞聖女王) 때의 문학가. 일찍이 당나라에 유학하여 급제하였다.

將軍)[118]과 기타 세상에 살고 있는 신선 200명의 무리를 만났다."

라고 했는데, 이는 아마도 모두 억지로 갖다 붙인 이야기인 듯싶다.

◘ 나의 벗 나걸(羅杰) 중흥(仲興 : 나걸의 자(字))은 문장이 뛰어날 뿐만 아니라 걸출한 선비이다. 그는 『주역』에 조예가 깊고 평생에 종요(鍾繇)와 왕희지(王羲之)의 서법(書法)을 좋아했다. 어쩌다가 휴지 한 장이나 편지 한 쪽을 얻게 되면, 언뜻 종이 뒷장에 예학명(瘞鶴銘)[119] 두어 글자를 쓰다가 혹시라도 종이가 부족하여 점이나 획을 마음껏 쓰지 못할 경우에는 붓을 움직여 종이 밖에까지 뻗어서, 앉은 자리가 모두 새까맣게 되었다.

그래서 나는 문 밖에 중흥의 나막신 소리가 나면 반드시 먼저 연구(硯具 : 문방사우)를 감춘 뒤에야 나가서 맞이하였다. 중흥이 방에 들어와서는 반드시 먼저 좌우(左右)를 둘러보며 종이와 붓을 애써 찾아도 눈앞에 띄지 않은 연후에야 비로소 인사를 주고받는다. 그의 있는 그대로의 진솔함이 이와 같았다.

지난 병신년(1776년) 동짓달에 그는 서장관(書狀官) 신사운(申思

118) 종리장군(鍾離將軍) : 한(漢)나라 고조(高祖) 때 항우를 도운 종리매(鍾離昧). 항우가 죽은 후 한신(韓信)을 위해서 스스로 목숨을 내놓았다.

119) 예학명(瘞鶴銘) : 육조(六朝) 때 양(梁)나라의 은사 도홍경(陶弘景)이 초산(焦山) 석벽 위에 지어 새긴 글의 탑본(搨本).

運)[120]을 따라서 연경(燕京)에 들어갔는데, 그때의 정사(正使)도 곧 금성위(錦城尉 : 박명원(朴明源))였다. 〈박명원은〉 선비에 대한 대우가 특별히 높아서, 방자하고 제멋대로인 그에게 아무런 검속을 가하지 않았고 부채와 청심환을 공급하기도 하였다. 자주 역관에게 타일러서 관아의 문에서 〈그의 통행을〉 막지 말도록 하였으나, 중홍의 천성이 몹시 진실하고 솔직하므로 이르는 곳마다 저지를 많이 당하였다. 그러므로 마음껏 유람하지도 못하였을 뿐더러, 중국의 이름 높은 선비 한 사람도 만나지 못하였다고 한다.

그가 연경 길을 떠날 때에 내가 송경(松京 : 송도(松都), 개성)까지 전송하였다. 그가 돌아오자 중국의 제도를 모방하여 태평차(太平車) 한 대를 만들어서 그의 처자를 태우고는 적상산(赤裳山 : 전북 무주(茂州)에 있는 산 이름) 속으로 들어간 지 이제 벌써 4년이 되었는데도 보이지 않는다.

이제 내가 이 길을 떠날 때에 상자 속에 두었던 친구들의 서찰과 시문을 찾아서 간직하려다가 중홍이 옛날에 쓴 시를 발견하였는데, 행초(行草)로 쓴 것이 자못 찬란하였다. 곧 행탁(行槖)에 집어넣었던 것을 기 귀주(奇貴州 : 기풍액)에게 보여 주었더니 기풍액은 크게 칭찬하면서,

"창건하고도 차분하며 그의 품격과 힘은 참으로 흡사 노두(老

120) 신사운(申思運) : 자는 형중(亨仲)이고, 호는 낙운(樂耘)이다. 어떤 본에는 '사운(思運)'이란 두 글자가 소주(小註)로 되어 있다.

杜 : 두보)와 같습니다."

라고 하였다.

그가 지은 「우성(偶成 : 우연히 짓다)」이라는 시에는,

산골 사립문 비었는데 옷갓을 다 버리고 山扉寥廓棄冠巾
이 몸이 늙어갈수록 한가한 일뿐이라네 老去漸能幽事親
빈 뜰에 홀로 앉으니 햇빛만 고요하구나 階除留對日華靜
공중에 지나는 구름 한 조각 또 한 조각 空外翻過雲片新
꾀꼬리 찾아들어 푸른 숲에 울음 울 제 黃鳥忽來啼綠樹
아롱진 꽃 수없이 푸른 봄을 보내는구나 斑花无數度靑春
어느 것 한 물건이 내 뜻을 새기리요 知無一物違吾意
하늘이 길이 길러 주시는 그 은덕을 저버리랴 不負皇天長育辰

하늘가 금강 서쪽 땅은 산 밖에 또 산이고 天外錦西山復山
집터를 잡고 보니 한가함이 늘상이라 近來卜宅不離閒
외로운 봉우리 솟은 바위 공중에 비꼈구나 孤峯晴石依空翠
오솔길 옆 그윽한 꽃 점점이 아롱졌네 側徑幽花點細斑
나는 새도 조심스레 비 맞은 채 지나가고 鳥避誤疑沾雨過
꿀벌은 너도나도 꽃향기로 배불리네 蜂窺爭占飫香還
흥겨운 그날그날 청려장을 짚고 나가니 興長日日扶黎杖
보고 읊고, 읊고 보니 객의 시름 사라지네 一望一吟開旅顔

라고 하였으며 또,

흑치장군[121]의 전쟁터라 그 동쪽에 자리를 잡아 戰經黑齒郡之東
타향살이 몇 해런고 일일마다 다 통하네 久住殊方事盡通
깊은 산 새벽 구름 골짜기에 잠겨 있고 峽曉雲移幽洞翠
시냇가 저녁놀은 옛 성에 붉었구나 澗曛日隱古城紅
늦게 일어나고 일찍 잠도 멋대로 하려니와 晩興早寢從他好
짧은 노래 길게 읊어 그 맛이 무궁하구나 短咏長吟不自窮
다만 지체하여 홍취마저 없다 하면 若道淹留無逸興
나그네 이 시름을 어느 때나 씻으리요 何時得豁旅愁空

라고 하였다. 또 그의 「불매(不寐 : 잠 못 이루며)」라는 시에는,

밤이 되어 산 구름은 보임직도 한저이고 入夜喜看連峽雲
먼 허공에 붉은빛이 어지러이 떠오르네 遙空漸改赤紛紛
처마를 향해 앉자 새 소리도 고요하고 對簷獨坐息喧雀
베개 괴고 잠깐 졸매 모기들이 모여드네 支枕乍眠還聚蚊
산 나무 시냇가 모래 부질없이 헤어볼까 峯樹溪沙漫欲數
남기성과 북두성[122]은 저절로 무늬로다 南箕北斗自成文
시름이 병이 된들 안타까워 마라 未憐愁劇添新病
아름다운 시를 낳아 비단에 수놓은 듯 剩得詩如刺繡紋

121) 흑치장군(黑齒將軍) : 백제의 장군 흑치상지(黑齒常之). 백제가 당나라에 의해 멸망하자 항복하여 당나라의 장군이 되었다.

122) 남기북두(南箕北斗)에서 '箕'는 '키', '斗'는 '말'을 뜻한다. 남쪽의 기성(箕星)은 쌀을 까불지 못하고, 북쪽의 북두성(北斗星)은 쌀을 되지 못한다는 뜻으로, '이름뿐이고 아무 쓸모없음'을 이르는 말이다.

라고 하였고, 또 「오침(午枕 : 낮잠)」이라는 시에는,

낮 졸음에 잠겼더니 날씨가 찌는 듯이　昏昏午睡困炎蒸
모든 일에 게을러서 하는 수가 없구나　萬事踈慵著不能
책권을 펴 두니 엿보는 건 제비이고　未卷牀書窺紫燕
늘상 벼루에 먹물 고여 파리를 배불리네　常餘硯墨飽青蠅
길 지나던 손님들이 부질없이 찾아오곤　客過小徑虛相問
밭이랑이 거치니 아내마저 짜증내누나　妻對荒畦久欲憎
홀연히 밝은 빛의 달돋이를 보고서는　忽得淸光看月出
붉은 해가 솟은 것으로 잘못 알았네　錯疑赫日碾空昇

라고 하였다.

귀주(貴州 : 기풍액)는, <이에 대하여 비평하되>

"실로 명구(名句)가 많긴 하나 이따금 음률에 맞지 않는 것이 있다."

하였으니, 이는 대개 우리나라 음운(音韻)이 간혹 중국의 음운과 서로 같지 않으므로 가끔 음률에 어긋남이 있었던 것이다.

◘ 박충(朴充)과 김이어(金夷魚)는 모두 신라(新羅) 사람으로서 당(唐)나라에 들어가 빈공과(賓貢科)의 진사(進士)에 합격하였다. 당나라의 장교(張喬 : 당나라 소정 때의 문학가)가 「송김이어봉사귀본국(送金夷魚奉使歸本國 : 사신의 임무를 받아서 본국으로 돌아가는 김이어를 전송하며)」이라는 시에,

바다를 건너와서 과거에 급제하더니 渡海登仙籍
고향에 돌아갈 젠 중국의 문물 갖추었네 還家備漢儀

라고 하였고, 장교는 또 「송박충시어귀해동(送朴充侍御歸海東 : 고국으로 돌아가는 시어 박충을 전송하며)」이라는 시에,

하늘가에 떠나온 지 이제 벌써 스물네 해 天涯離二紀
대궐에 드나들어 세 임금을 섬겼구나 闕下歷三朝

라고 하였다.

중국의 인사들이 나와 처음 만날 때에 반드시 먼저 항해(航海)의 노정과 어느 곳에서 배를 내렸는가를 묻기에, 나는 곧장 육로를 따라 길을 떠나 요동으로부터 산해관으로 들어와 연경에 닿았다고 답한다. 그러면 그들은 혹시 믿지 않은 이가 있어서,

바다를 건너와서 과거에 급제하더니 渡海登仙籍

라는 글귀를 외어 고증(考證)을 삼는다. 이는 참으로 우리나라가 저 먼 바다 밖에 떨어져 있는 유구(琉球)나 구라(歐邏 : 구라파)와 같은 나라인 줄로 생각하는 모양인데, 중국 사람들이 가끔 무식하기가 이와 같았다.

◘ 이무관(李懋官 : 이덕무)이 북경의 묵장(墨莊)의 집을 찾았을

때에 반추루(潘秋樓)에게 시를 청한 일이 있었는데, －묵장은 한림 서길사(翰林庶吉士)로 있는 이정원(李鼎元)으로, 촉(蜀) 지방의 금주(錦州) 사람이요, 추루는 반정균(潘庭筠)의 호이다. 반추루가 말하기를,

"나는 예전에 시를 쓸 때 제법 많은 생각을 허비하여 몹시 애를 써서 지어야만 했기 때문에 시가 많지 못함을 안타까워했습니다. 요즈음 운철소(惲鐵簫)가 쓸쓸한 버드나무에 대해 읊은 시를 모아 만든 책자(冊子)를 보았는데, 책의 뒷부분에 왕추사(王秋史 : 추사는 청나라 문학가 왕평(王苹)의 자)가 버드나무를 읊은 네 편의 시가 있었습니다. 그 버드나무는 곧 명(明)나라 은 상국(殷相國 : 은사담(殷士儋))이 오래전에 통락원(通樂園 : 산동의 제남(濟南)에 있는 별장)에 심었던 나무였기에 느낌이 있어서 시를 지었는데,

1

수심 깊은 이내 심사 화공에다 얘기할까	愁心都付畫工論
애처로운 긴 가지가 갯마을 꿈 어렸네	悽絶長條夢水村
바닷가 쓸쓸한 정자 선비들은 흩어지고	海右亭荒名士散
하늘가 지는 잎은 황폐한 동산만 남았다네	天涯木落廢園存
반만 남은 지새는 달, 봄을 두고 이별할 제	半規殘月春留別
석양빛 어제대로 저녁 넋을 거두어들이네	一例斜陽暮斂魂
예순 해를 읽어 오던 곱게 꾸민 그 책들	六十年來看粉本
먹 향기 종이 빛깔, 티끌 속에 침침할 뿐	墨香牋色又塵昏

2

슬슬 동풍 고루 불어 씻어 간 곳 새로운데 看遍東風窣地新
버들개지 물에 잠기고 날리니 모두가 정겹다 蘸波吹絮揔情塵
푸른 잎 매미 울던 그곳이 그리웁고 可憐碧葉吟蟬地
붉은 난간에 말 매던 이 찾을 길 전혀 없네 不見紅欄係馬人
낡은 다락 그림자에 늙은 두보 슬퍼하고 衰影驛樓傷老杜
시름 어린 이 마음에 덥수룩한 진관[123] 추억 되오 ― 스스로 주(註)를 달아 문항(門巷)은 진관(秦觀)이 지은 사(詞)에 이르기를, "꽃 밑에는 거듭 문이요, 버들 가에는 깊은 마을이다."라고 하였다. 離悰門巷憶鬅秦
작화산 저 기슭에 앙상한 버들가지 밖으로 鵲華山麓髡枝外
맑은 호숫가에 앉아 수건 씻는 이만 뵈네 只有明湖冷濯巾

3

화공과 시인들이 한꺼번에 사라졌고 畵人吟子一時稀
아름드리 푸른 숲도 엉성해진 옛 성이네 減盡金城翠十圍
언덕 기슭 누운 가지 저문 눈발 비켜섰고 緣岸臥枝欹暮雪
어둔 빛이 스민 다락 겨울 햇살 띠었구나 入樓暝色帶冬暉
떨어지는 잎 숨죽인 채 소리도 없거니와 靜中黃葉無多響

123) 진관(秦觀) : 중국 북송(北宋)의 문인으로, 시와 고문(古文)에 뛰어났다. 자는 소유(少游)이고, 호는 회해거사(淮海居士)이다. 사집(詞集) 『회해장단구(淮海長短句)』가 있다.

저 멀리 어둠 오자 까치 두어 점이 날아가네　遠處昏鴉數點歸
오히려 진흙에 빠져 부질없는 한이 있어　猶有沾泥閒恨在
다시금 봄이 오면 떼 지어 날지나 말아다오　逢春莫更作團飛

4

일흔 개 솟는 샘[124]은 돌절구질 하는 듯이　七十泉聲亂石舂
초라한 두 나무에 들 서리 자욱하네　兩株憔悴野霜濃
앞 왕조에 세운 누대 모래톱이 남아 있고　前朝臺榭沙痕在
한 해 저문 변방살이 숲 그늘이 어른거리네　晚歲關河樹影重
우연히 선비 위해 새싹을 피워 보지만　偶爲士流靑眼放
흡사 흰머리 기생을 길에서 만난 듯　恰如女妓白頭逢
오동꽃 떨어질 때 산동백도 시들었으니　桐花零落山薑老
왕랑의 아름다운 얼굴[125] 뉘라서 알아볼까나　誰識王郎濯濯容

라고 하였습니다."

124) 일흔 개 솟는 샘 : 왕추사(王秋史)가 살고 있던 성수천(聖水泉)은 원(元)나라의 우흠(于欽)이 품평한 72개의 샘 중에 24번째 샘이었다. 이런 이유로 왕평(王苹)은 자기의 서재 이름을 '이십사천초당'이라고 했다. 저서에 『이십사천초당집(二十四泉草堂集)』이 있다.

125) 왕랑의 …… 얼굴 : 진(晉)나라 왕공(王恭)의 얼굴이 아름다웠으므로 사람들이 봄바람에 깨끗해진 봄버들이라고 하였다. 여기서는 왕추사가 서로 견준 것이다.

하였다. 이에서도 한인(漢人)들이 접하는 것마다 감흥이 많음을 짐작할 수 있겠다. 이것을 형산(亨山) 등 여러 사람에게 보였더니, 모두 슬픈 빛으로 눈물을 뿌리지 않는 이가 없었다.

◘ 남약천(南藥泉)[126] – 남구만(南九萬)이다 – 이 어사(御史)로 순행하다 성주(星州)에 이르러서, 밤에 본 고을의 선생안(先生案)[127]을 열람하다가 '제말(諸沫)이 만력(萬曆) 계사(1593년) 정월 아무 날에 부임했다가 4월 아무 날에 그만두고 돌아갔다.'라는 사실을 발견하였다. 그는 우리나라에 제(諸)의 성(姓)을 지닌 이가 있다는 말을 듣지 못하였기에, 자못 괴이하게 여겨 윤형성(尹衡聖)[128]에게 물어보았다. 윤형성은,

"중국의 양자강과 절강성 사이에 제씨(諸氏)가 살고 있으니, 제말(諸沫)의 조상은 아마 중국 땅으로부터 동쪽 우리나라에 나왔을 것이며, 임진왜란 때에 제말이 의병을 일으켜 왜적을 쳐서 그가 향하는 곳마다 승리하니, 이름이 곽재우(郭再祐)[129]와 같

---

126) 남약천(南藥泉) : 조선 숙종(肅宗) 때 문학가이자 정치가. 약천은 호이고, 자는 운로(雲路)이다. 저서에 시문집인 『약천집(藥泉集)』이 있다.

127) 선생안(先生案) : 성주목사를 지낸 전임자들의 성명과 약력을 기록한 책이다.

128) 윤형성(尹衡聖) : 조선 숙종 때의 학자. 자는 경임(景任)이고, 호는 기기재(棄棄齋)이다. 그는 당시에 진주목사(晋州牧使)를 맡고 있었다.

129) 곽재우(郭再祐) : 조선 선조(宣祖) 때의 유명한 장수. 자는 계수(季綏)

이 높았습니다."

라고 답하였다고 한다. 이 일은『약천집(藥泉集)』안에 실려 있다.

약천과 같은 박학다식한 사람이 오히려 100년 이내인 제말의 일을 알지 못하였으니, 그가 미천한 계층의 출신임을 짐작할 수 있겠다. 그는 비록 공을 세움이 이러했다 하더라도 이름이 그만 묻혀버렸으니, 어찌 억울하여 원혼이 되지 않을 수 있겠는가?

성주에 살고 있던 정석유(鄭錫儒)가 급제(及第)에 오르기 전에, 본 고을의 자제들과 함께 공령(工令 : 과체(科體)의 시문(詩文))을 짓느라고 관아(官衙)에 유숙하니, 관아 뒤에는 매죽당(梅竹堂)이 있고, 당 앞에는 또 지이헌(支頤軒)이 있었다. 하루는 정석유가 지이헌 속에서 홀로 거닐고 있었는데, 때마침 달이 몹시 밝았다. 별안간 검은 사모(紗帽)를 쓰고 붉은 도포(道袍) 입은 사람이 대나무 숲속에서 나오더니 수염을 쓰다듬으며,

"나는 이 고을의 옛 목사(牧使) 제말이다. 본래는 고성현(固城縣)에 살던 백성이었는데, 임진왜란을 당하여 의병을 일으키고 왜적을 토벌하였으므로 조정(朝廷)에서 특별히 성주목사(星州牧使)를 제수(除授)하였다.

저 웅해(熊海)에서 적의 진영을 베고 정진(鼎津) 등지에서 왜적을 맞이하여[130] 굴복시켜 깨뜨리지 못한 적이 없었다. 당시의

이고, 호는 망우당(忘憂堂)이며, 홍의장군(紅衣將軍)이라고 불렸다.

격문(檄文)이 없어지고 역사 서적도 전하는 것이 없었으니, 그 때 정기룡(鄭起龍)[131] 같은 여러 사람들은 모두 나의 비장(裨將)이었다."

라고 하고는 이내 허리에 찼던 보검(寶劍)을 뽑으면서,

"이 칼로써 일찍이 왜장(倭將) 몇 놈을 베었다."

라고 하는데, 이마 위에 붉은 불꽃이 펄펄 이는 듯하고, 듬성듬성한 수염이 움직이면서 스스로 시(詩)를 읊었는데,

머나먼 산 길에선 구름과 함께 가는 듯　　山長雲共去
높디높은 하늘에는 달과 함께 외롭도다　　天逈月同孤

라고 하였다. 또 말하기를,

"나의 무덤은 칠원(漆原 : 경남 창원)에 있으나, 자손이 없어서 이제껏 돌보지 않아 묵고 있다."

라고 하고는, 표연히 읍하고 물러가서 갑자기 다시 대나무 숲 사이로 들어가 버렸다.

날이 밝은 뒤에 함께 그 일을 이야기하니, 그들도 평소에 비록 선생안(先生案)에 제말이라는 이가 있다는 것을 알고는 있었으나, 진작부터 성(姓)도 쓰여 있지 않았음을 의심하였고, 그의

---

130) 웅해(熊海)와 정진(鼎津)은 모두 경상도에 있는 작은 지명들이다.

131) 정기룡(鄭起龍) : 조선 선조 때의 장군으로, 초명은 무수(茂壽)이고, 자는 경운(景雲)이며, 호는 매헌(梅軒)이다. 임진왜란과 정유재란 때 큰 공을 세웠으며, 경상 우병사까지 지냈다.

공적이 이렇게 갸륵함을 알지 못하였다. 그러다가 하루아침에 알게 되어 감탄하고 이상하게 여기지 않는 이가 없었다.

감사(監司) 정익하(鄭益河)가 이 이야기를 듣고, 정석유를 불러 상세히 물은 뒤에 바야흐로 장계(狀啓)를 올려 조정에 알리려 하였으나, 때마침 벼슬이 갈렸으므로 결행하지 못하고, 마침내 칠원에 공문을 보내어 그의 무덤을 다시 수축하고 묘지기 두 호(戶)를 두어 지키게 하였다. 칠원의 수령으로 있던 어사적(魚史迪)이 낮잠을 자다가 꿈에 한 관인(官人)이 와서 말하기를,

"나의 무덤은 이곳 치소(治所)에서 몇 리쯤 되는 아무 마을 아무 좌향(坐向)에 있다. 감사께서 마땅히 무덤을 수리하라고 명령하실 테니, 그대는 유의할지어다."

라고 했다. 꿈을 깨고 나서 이상히 여기고 있던 차에, 그날 저녁에 공문이 이르렀으므로 어사적 수령이 마침내 그 무덤을 대대적으로 수리하였다고 한다.

제말은 실로 시골뜨기여서 살아 있을 때는 글을 알지 못하였으므로, 비록 이런 뛰어난 공적이 있었다 해도 스스로 기록을 남길 수 없었다. 그래서 죽어서 그 억울한 영혼이 맺혀서 흩어지지 못하고 이와 같이 귀신으로 나타난 것이다. 또 능히 시를 읊을 줄 알았다 하는 것이 가히 이상한 일이 아닐 수 없었다.

◘ 평사(評事 : 평안도 병마평사) 신경연(辛慶衍)이 나이 열두 살 때 황해도 배천(白川)에서 서울로 올라갈 적에 길에서 명(明)나라의 조사(詔使 : 사신)를 만났다. 역참에 있던 사람이 신경연이

탔던 말을 빼앗았으므로 그는 사정이 몹시 궁박하였다. 그는 걸어서 명나라 조사의 점심참에 이르러 하소연하였더니, 명나라 조사는 그의 얼굴이 백옥처럼 깨끗함을 보고 남다르게 여겨 길가에 서 있는 장승(長丞)을 가리키면서,

"그대가 능히 저 장승을 두고 시(詩)를 읊는다면 마땅히 너의 말을 주리라."

하기에 신경연이 운자(韻字)를 청하니, 명나라 조사가 뭐라뭐라 운자를 내어 주었다. 신경연이 곧바로 대답하기를,

초패왕[132]의 혼령이 천추에 길이 남아 있네 楚伯千秋尙有靈
오강을 건널 체면 없어 형체만 남았구나 渡江無面只存形
당년에 한스런 일은 음릉 길을 잃은 것이[133] 當年恨失陰陵道
언제나 길에 서서 길잡이 노릇을 하고 있구나 長向行人指去程

라고 하였다. 명나라 조사가 크게 놀라 감탄하고 칭찬하면서

---

132) 초패왕 : 항적(項籍). 진(秦)나라 말기의 하상(下相) 사람으로 자는 우(羽)이고, 이름은 적(籍)이다. 진나라가 망하자 스스로 서초(西楚)의 패왕(霸王)이 되었고, 한나라 고조(高祖) 유방(劉邦)과 천하를 다투다가 패하여 오강(烏江)에서 자결하였다.

133) 음릉 …… 것이 : 항우가 한나라 고조(高祖)와 싸우다가 해성(海城)에서 패하여 음릉으로 도망할 때, 어떤 노부의 말을 들어 길을 잃었고, 오강에 이르러서는 강동(江東) 사람들 대하기 부끄러워 목숨을 끊었다.

진기한 문방(文房)의 여러 보물을 후한 상으로 주었다고 한다. 이 글이 무명씨(無名氏)가 지은 것이라 하여 『명시선(明詩選)』[134]에 실렸다.

〈신경연은〉 광해군(光海君) 때 과거에 올라서 벼슬이 평안도(平安道) 병마평사가 되었고, 그때 서쪽 변방에 일이 있어서 청천강(晴川江)을 아홉 번이나 건넜으며, 결국엔 평사관으로 있으면서 죽었는데, 그의 혼령이 여러 번 나타났다.

그 뒤 수십 년이 지나 신경연의 벗 아무개가 그를 관서(關西) 지방으로 가는 길에서 만났는데, 신경연은 친구의 자를 부르며 옛 일을 이야기함이 평소와 다름없었다. 그 벗에게 부탁하기를,

"나의 자손이 심히 가난한데, 내가 유물로 남긴 것이 있는데도 그들에게 미처 전하지 못했네. 보도(寶刀)와 옥관자 한 쌍이 우리집 들보 위에 얹혀 있어도 집안사람들이 아무도 아는 이가 없으니, 그대는 부디 이 말을 전해 주시게. 이 두 가지 물건을 판다면 많은 값을 받을 것이네."

라고 하였다. 그의 벗은 매우 이상히 여겨 돌아오자마자 곧바로 그 자손들에게 이야기하였고, 마침내 함께 그 집을 들추었더니 과연 보도와 옥관자를 발견하였다고 한다. -우리나라에서는 길

134) 『명시선(明詩選)』: 명나라의 진자룡(陳子龍), 이문(李雯), 송징여(宋徵輿)가 편찬한 시선집이다. 명나라 초기(1368년)부터 천계(天啓 : 1621~1627) 시대까지의 시를 수록하고 소전(小傳)을 붙였다.

위에다가 10리, 5리마다 나무로 장군 모습처럼 깎은 나무 꼭두각시를 세우고는 지명과 이정의 거리가 몇 리인지를 기록하여 두는데, 이를 보통 '장승(長丞)'이라고 부른다. 그것이 중국의 장정(長亭) · 단정(短亭)과 같으므로, 우리나라 시인들은 흔히들 장정을 빌려 쓰면서 혹은 중국의 정후(亭堠)를 우리나라 장승과 같은 줄로 잘못 알기도 하고, 또는 장정을 정장(亭長)으로 잘못 알기도 하니, 심히 딱한 일이다.[135] 내가 중국에 들어와 보니, 길에는 장정을 세우고선 아무 땅이라고 지명을 써 두었고, 그 좌우에는 단정을 세워 '동쪽으로 아무 데까지가 몇 리요, 서쪽으로 아무 데까지가 몇 리이다.'라고 쓰여 있었다. 지금 열하로 오는데 장성 밖의 장정에 흔히들 '신(汛)' 자를 썼는데, 무엇을 말한 것인지를 모르겠다.

◘ 신돈복(辛敦復) 어른이 일찍이 나에게 다음과 같이 이야기하였다.

"중묘(中廟 : 중종(中宗)) 때 남추(南趎)[136]가 열아홉 살에 급제(及第)하여 문형(文衡 : 대제학)의 천망(薦望)에 올랐으며 벼슬이

135) 중국은 10리마다 변방에서 적을 방어하기 위해 '정(亭)'을 세웠고, 여기에 '정장(亭長)'이라는 책임자를 두었다. '정후(亭堠)'는 적의 움직임을 감시하기 위해 쌓은 보루이다.

136) 남추(南趎) : 조선 중기 때 학자로, 자는 계응(季應)이고, 호는 서계(西溪)·선은(仙隱)이다. 1514년에 진사로 별시 문과(別試文科) 병과에 급제하여 성균관학유가 되었으나, 1519년 기묘사화 때 조광조(趙光祖) 일파로 모함을 받아 남곤(南袞)에 의해 추방되었다. 그 후 시를 지으면서 여생을 보냈는데, 「촉영부(燭影賦)」는 남곤을 풍자한 시로 유명하다.

전적(典籍 : 도서를 맡은 관직)에 이르렀다네.

그는 어릴 때부터 이상한 행적이 많았다네. 매일 아침 글방 선생에게 가서 글을 배우는데 가지 않을 때가 많으므로 집안사람들이 몰래 그의 뒤를 밟아보니, 도중에 지레 숲속으로 들어갔다네. 한 정사(精舍)가 있는데 주인의 행동이 맑고 훤하여 속기(俗氣)가 없었다네. 남추가 그의 앞에 나아가서 절하고 글을 강론받다가 반드시 해가 저문 뒤에야 돌아오곤 하였다네. 집안사람들이 물으면 번번이 거짓으로 대답하더니, 그 뒤 신선의 수련술(修鍊術)을 행하였다네.

과거에 급제하자, 기묘사화(己卯士禍)[137]를 만나 곡성현(谷城縣)에 귀양 갔고, 이내 그곳에서 집을 정하고 살았다네. 하루는 종을 시켜 편지를 갖고 지리산(智異山) 청학동(青鶴洞)에 들여보냈는데, 오채가 영롱한 집이 있는데 매우 정려(精麗)하였고, 거기에 두 사람이 살고 있었다. 한 사람은 자줏빛 옷에 구름무늬 관을 썼고, 또 하나는 늙은 중이었다네.

둘이 종일토록 마주하여 바둑만 두기에 그 종은 하루를 묵고 편지를 받아 가지고 돌아왔었다네. 하인이 애초에 중춘(仲春 : 2월)에 산에 들어갈 때는 초목이 바야흐로 무성하던 것이, 산을 나올 때에는 들판에서 익은 벼를 거두는 것을 보고는 괴이하게 여겨 물어보니 곧 9월 초순이었다네.

137) 기묘사화(己卯士禍) : 조선 중종 때 수구파가 이상 정치를 주장하던 조광조(趙光祖) 등 신진 사림을 사사 또는 유배시킨 사건을 말한다.

남추가 죽을 때 나이가 30세였는데, 관을 들어보니 매우 가벼워서 집안사람들이 열고 보았더니 빈 관이었고, 그 안에 시가 쓰여 있었는데,

창해에 떠난 배는 찾을 곳이 전혀 없고　　滄海難尋舟去跡
청산에 나는 학은 흔적조차 보이지 않네　　青山不見鶴飛痕

라고 하였다네.

마을 앞에서 김을 매던 사람이 공중에서 흘러내리는 음악 소리를 듣고 쳐다보니, 남추가 말을 타고 둥실 떠서 흰 구름 사이로 올랐다고 한다. 충주(忠州)에 살고 있는 진사(進士) 남대유(南大有)가 그의 방계 자손이라고 한다네."

◘ 한유(韓愈)의 시에도,

나무와 돌에도 요괴스러운 변이 생기더라　　木石生妖變

라는 구절이 있다.[138] 당(唐)나라 말년에 소주(蘇州)에 살고 있던 승려 의사(義師)는 나무로 새긴 부처를 만나면 번번이 모아서 불살라 버렸다고 한다.

우리나라에서도 양주(楊州) 회암사(檜巖寺)에 옛날부터 나무로 만든 큰 부처가 있어서 극히 영험하고 기이한 일들을 나타나게

---

138) 한유(韓愈)의 「사자연시(謝自然詩)」에 나온다.

했으므로 원근의 승려나 속인(俗人 : 불교에 귀의하지 않은 사람)들이 분주하게 모여들어 숭배해서 향화(香火)가 심히 성하였다.

나옹(懶翁)[139]이 어느 날 주지(住持)가 되어 이 절에 오게 되었는데, 뭇 중들에게 명하여 나무부처를 끌어내어 불사르게 하였다. 모두들 놀라고 두려워하여 굳이 간했으나, 나옹은 모조리 들어주지 않고 100여 명의 중을 시켜 큰 동아줄로 동여매어 영차영차 하고 당겼으나 털끝도 까딱하지 않았다. 나옹이 노하여 스스로 한 쪽 손으로 밀어 곧바로 넘어뜨리고 절 밖으로 끌어내어 장작을 쌓고 태우니, 더러운 냄새가 견디지 못할 만큼 풍겼다. 대개 큰 뱀이 부처 뱃속에 서리어 있었기 때문이었다. 그런 뒤에는 오래도록 재환이 없었다고 한다.

대체로 나무가 오랫동안 묵으면 접신(接神)이 되므로 허물어진 절간의 나무부처에 많이들 요망한 변이 달라붙는 법이니, 이른바 "나무와 돌에도 요괴스러운 변이 생기더라."는 것이 이를 말함이다.

오늘 반선(班禪)이 우리 사신에게 준 부처는 길이가 거의 한 자나 될 뿐더러, 아마 나무로 새긴 데다 금을 입힌 것인 듯한데, 어찌 요물이 붙지 않았다고 장담할 수 있으리오? 창졸간에 이 물건을 받긴 했으나, 일행의 윗사람이나 아랫사람 모두 꿀단지

---

139) 나옹(懶翁) : 고려 말의 명승(名僧)인 왕사(王師)이다. 본명은 혜근(慧勤)이고, 속명은 원혜(元惠)이며, 나옹은 호이다. 무학대사(無學大師)의 세 제자 가운데 한 사람이며, 이성계(李成桂)의 스승이었다.

에 손을 빠뜨린 듯이 어쩔 줄을 몰랐다.

내가 밤에 정사께,

"불상을 처리할 좋은 계책이라도 마련하셨습니까?"

하고 물었더니 정사는 곧,

"벌써 수역(首譯)을 시켜 작은 궤짝을 만들라고 하였네."

라고 한다. 내가,

"잘 하셨소이다."

라고 대답하니 정사가,

"뭐가 잘했단 말인가?"

라고 하기에 나는,

"이는 강에 띄우고자 하는 것뿐이겠지요."

라고 히니, 정사가 웃기에 나도 웃었다.

대저 〈이 부처를〉 길가 사찰에다 내다버린다면 중국의 노염을 입을까 두렵고, 또 이것을 가지고 입국한다면 마땅히 물의(物議)를 일으킬 테니, 저들과 우리나라의 국경에서 순류(順流)에 띄워 바다로 추방하는 수밖에 없는 만큼, 띄울 곳은 압록강(鴨綠江)이 가장 좋을 것이다.

◘ 정호음(鄭湖陰)[140] —정사룡(鄭士龍)이다.— 은 평생을 호사스럽게 지냈다. 나이가 젊을 때 예조좌랑(禮曹佐郞)으로 있으면서 박 평

140) 정호음(鄭湖陰) : 조선 중종(中宗) 때의 문학가. 호음(湖陰)은 호이고, 자는 운경(雲卿)이다.

성군(朴平城君)[141]－박원종(朴元宗)이다.－에게 나아갔더니, 평성군이 때마침 수상(首相)이 되어서 별장 깊숙한 곳에 앉아 시비(侍婢) 수십 명을 시켜 호음을 인도하여 들였다.

호음이 겹겹의 문을 넘어서 들어가니, 곳곳이 아롱진 누각이요, 굽이굽이 붉은 난간이다. 평성군은 연못 위 반송(盤松 : 키가 작고 옆으로 가지가 퍼진 소나무) 그늘 아래의 땅에 앉았는데, 좌우에는 시비들이 모두 비단 치마를 질질 끌고 번갈아가면서 진귀한 음식상을 올리고, 또 기생 몇 패가 풍악을 울리면서 날이 다하도록 기쁜 잔치를 열었다.

잔치가 끝날 무렵에 호음이 공사(公事)에 대한 결재를 청했으나 평성군은 살펴보지도 않고,

"이 늙은 사람은 무인(武人)일 뿐이라, 다행히 어지러운 세상에서 이만큼 지위를 얻어 이 자리에 이르렀으니, 다만 스스로 즐김으로써 성세(盛世)에 보답할 따름이네. 그대가 가지고 온 공사는 돌아가서 본조(本曹)의 판서(判書)에게 물어보게."

라고 하였더니, 호음은 망연히 어쩔 줄 몰랐다.

그리하여 호음은 평성군의 일을 평생에 연모하였으므로 늙을 때까지 사치스럽고 화려한 생활을 하였다고 한다. 이 이야기는 나의 6세조(世祖)이신 금계군(錦溪君)[142]의 『기재잡기(寄齋雜記)』

---

141) 박 평성군(朴平城君) : 조선 중종 때의 재상으로, 연산군을 몰아내고 중종을 맞아들인 중종반정의 공훈으로 평성군(平城君)에 봉해졌다. 자는 백윤(伯胤)이고, 시호는 무열(武烈)이다.

에 실려 있다.

세속에서 전하기를,

'호음이 평성군의 이 일을 연모하여 호백구(狐白裘)[143]를 훔치는 수단에 익숙하였다. 그가 일찍이 강원감사(江原監司)가 되었을 때 순행하다가 금강산(金剛山)에 들어가 밤에 정양사(正陽寺)에서 묵었는데, 금부처를 훔쳐서 드디어 크게 부자가 되었다. 나이 늙어서 그 일을 매우 참회하여 시를 지었는데,

정양사 깊은 법당 향불 피우던 그날 밤에 正陽寺裏燒香夜
40년 그릇된 일을 거원[144]처럼 깨우쳤네 蘧瑗方知四十非

라고 하였다.'
라고 한다. 내 일찍이 정양사를 유람할 때 과연 바람벽 위에 이 시가 쓰여 있었다.

---

142) 금계군(錦溪君) : 조선 중기의 문학가 박동량(朴東亮). 금계는 봉호이고, 호는 기재(寄齋)·오창(梧窓)·봉주(鳳洲)이며, 자는 자룡(子龍)이다.

143) 호백구(狐白裘) : 전국 시대 제(齊)나라의 맹상군(孟嘗君) 전문(田文)이 진(秦)에서 붙잡혀 있을 때에, 그의 문객이 개구멍 도적질을 잘하여 진왕(秦王)의 흰 여우 갖옷을 훔쳐서 진왕의 애희(愛姬)에게 바치고 무사히 도망칠 수 있었다.

144) 거원(蘧瑗) : 거백옥(蘧伯玉). 전국 시대 위(衛)나라의 현인으로, 나이 50이 되어서 49세까지의 잘못을 깨달았다고 한다.

이제 삼사(三使)들이 선사받은 금부처는 모두 셋이니, 수천 냥의 돈을 얻을 수 있을 것이며, 만일 호음으로 하여금 이 경우를 만나게 하였으면 반드시 저 정양사에서만 잘못을 깨달았을 뿐만 아닐 것이다. 나는 부사와 이 이야기를 하고 서로 크게 한바탕 웃었다. 그리고 내가 또,

"이제 이 불상이 불행히도 나무 몸뚱이인지라 멀찍이 물리쳐 버렸지만, 만일 순금으로 된 몸이었더라면 이단(異端)을 물리치자는 논(論)도 응당 생각할 점이 있었을 것입니다."

라고 하여 서로들 허리를 잡았다.

◘『장자(莊子)』에 이르기를,

"말 머리에는 굴레를 씌우고, 소 코에는 코뚜레를 꿴다."[145]

라고 하였으니, 소의 코 꿰는 일은 옛날부터 그러했다. 우리나라 소는 태어난 지 겨우 7, 8개월이 되면 벌써 코뚜레를 꿴다.

왕형공(王荊公 : 왕안석(王安石))의 시에,

미련한 저 소에다 코를 꿰지 않을 양이면	牛若不穿鼻
맷돌방아 어찌 기꺼이 돌리려고 하겠느뇨	豈肯推入磨

라고 하였으니, 맷돌방아도 오히려 그러한데 하물며 수레 끌기나 밭 갈이야 어떠하겠는가?

145)『장자(莊子)』 추수(秋水) 편에 나온다.

이제 책문(柵門)에 들어오고부터 열하에 이르기까지 한 집마다 기르는 소가 7, 8마리 이하가 없고, 혹은 많으면 3, 40마리에 이른다. 그런데 밭을 갈거나 수레를 끌거나 모두 뿔을 얽매어서 부리고, 하나도 코를 꿴 놈은 없었다.

소는 모두 유달리 몸집이 컸지만 집집마다 방목하였으며, 작은 아이 하나가 수십 마리를 몰 수 있는데, 다만 코를 꿰지 않았을 뿐 아니라 역시 뿔도 얽매지 않았다. 중국 사람들의 소 길들이는 법은 비록 우리나라가 미칠 바가 아니었으나, 코를 꿰지 않는 것은 역시 고금의 다름이 있는가 싶다.

그리고 진(晋)나라 두예(杜預)[146]의 상소(上疏) 중에도,

"목축을 담당하는 기관에서 씨받이 소가 45,000여 마리나 있으나, 수레도 끌지 않으며 늙을 때까지 코도 꿰지 않은 것이 있습니다."

라고 하였으니, 이로써 본다면 중국에서도 옛날에는 소를 부릴 때는 모두 코를 꿰었던 것을 짐작할 수 있겠다.

◘ 강녀묘(姜女廟)의 주련(柱聯)에는 문 승상(文承相 : 문천상(文天祥))이 쓴 글이 가장 슬프면서도 의기가 씩씩하였는데 그 글에,

강녀가 죽지 않았구나 姜女未亡也

146) 두예(杜預) : 진(晋)나라의 학자이자 정치가이고, 자는 원개(元凱)이다.

천 년 묵은 조각돌이 정렬하고　千年片石猶貞
진시황은 어디 갔는고?　秦皇安在哉
만리장성에는 원망만 쌓였네　萬里長城築怨

라고 하였으며, 글씨도 매우 이상야릇하였다.

과친왕(果親王) 윤례(允禮)가 쓴 시는 바르고 아름다웠으며,

푸른 잣나무 잎은 고생살이 나머지요　栢葉從來常自苦
매화꽃은 곱잖아도 향기로 한몫 보네　梅花終古不爲姸

라고 하였으며, 글씨는 빼어나 신이 조화를 부린 듯싶다.

건륭(乾隆 : 청나라 고종의 연호, 1736~1795) 을해년(1755년) 동짓달에 황제의 셋째아들인 등금거사(藤琴居士)가 쓴 시는 몹시 슬프고 아렸는데,

허물어진 담장 노송 사이 옛 사당이 보이고녀　松老頹垣見古祠
임 위해 죽은 강녀 그 일이 슬프구나　崩城姜女事堪悲
임 만날 길 없으니 높은 절개 이루고　藁砧望斷成奇節
허리에 찬 노리개만 옛 모습 그대로네　環佩空餘識舊姿
돌에 뿌린 눈물 자취 그날의 한이러냐　石洒淚痕當日恨
흐느껴 우는 물소리는 이내 생각 자아내네　水流鳴咽後人思
진의정 옆 밭두둑은 처량하기 짝이 없어　振衣亭畔悽凉甚
임의 그 어린 눈동자 이제 더욱 그리워라　猶憶凝眸睞曼滋

라고 하였으며, 글씨는 민첩하고 오묘하다.

그리고 '방류요수(芳流遼水)'라는 글씨는 건륭 황제(乾隆皇帝)의 어필이요, '경절처풍(勁節凄風)'이라는 글씨는 과친왕의 글씨였고, '망부석(望夫石)'이란 세 글자는 태원(太原)에 사는 백휘(白輝)가 쓴 글씨였다.

◑ 중국 사람들은 글자로부터 말 배우기로 들어가고, 우리나라 사람은 말로부터 글자 배우기로 들어가므로 화(華 : 중국)와 이(彛 : 조선)의 구별이 여기에 있는 것이다. 왜냐하면 말로 인하여 글자를 배운다면 말은 말대로 글은 글대로 따로 되기 때문이다.

예를 들면 '천(天)' 자를 읽되 '한날 천(漢捺天)'이라고 한다면, 이는 글자 외에 다시 한 개의 풀이하기 어려운 우리말이 있게 된다. —『설부(說郛)』 중에 『계림유사(鷄林類事)』[147]가 실렸는데, '천(天)'을 '한날(漢捺)'이라고 하였다. 어린아이들이 애당초에 '한날(漢捺)'이란 무슨 말인 줄을 알지 못하니, 더군다나 '천(天)'을 어찌 알 수 있겠는가?

정현(鄭玄)[148]의 집에는 여종들도 모두 『시경(詩經)』으로써

147) 『설부(說郛)』는 명나라의 도종의(陶宗儀)가 엮은 것이고, 『계림유사(鷄林類事)』는 손목(孫穆)이 지었다.

148) 정현(鄭玄) : 후한(後漢) 말기의 저명한 학자로, 자는 강성(康成)이다. 금문(今文)과 고문(古文), 천문(天文)과 역수(曆數)에 능통하였으며, 『주역』과 『상서(尙書)』를 비롯한 여러 경서를 주해하였다.

문답할 수 있었다고 하여 천 년 동안 아름다운 이야기로 전한다. 그러나 실제에 있어서는 중국 사람들은 부인이나 어린이도 모두 문자(文字)로 말을 하므로 비록 눈으로는 '고무래 정(丁)' 자도 알아보지 못하였으나, 입으로는 봉황을 읊조릴 정도로 문장의 재능이 뛰어났다. 그리하여 경(經)·사(史)·자(子)·집(集) 등은 바로 그들의 입에 익은 항용하는 말에 지나지 않는다.

우리나라 사람이, 중국의 어린이가 시내를 사이에 두고 어머니를 부르며,

"물이 깊어서 건너지 못하외다〔水深渡不得〕."

라고 하는 말을 처음 듣고는 크게 놀라서,

"중국에는 다섯 살 먹은 아이가 입을 열자 시를 짓는다."

하였다. 이는 절대로 그런 것이 아니라 그들은 말이 이러한 것이지, 무슨 뜻이 있어서 글귀를 만드려는 것이 아니다.

노가재(老稼齋 : 김창업(金昌業))가 천산(千山)에 놀러갔다가 어떤 술파는 촌 할미를 보고서,

"길이 궁벽하고 사람이 드문데 누가 술을 사 마시겠는지요?〔路僻人稀 有誰沽飲〕"

하고 물었더니 그는,

"꽃에 향기가 풍기니 나비는 저절로 찾아오지요〔花香蝶自來〕."

라고 대답하였다. 이 말은 어떤 설명도 할 것 없이 말뜻이 분명하고 똑똑하여 저절로 운치 있는 말이 되었다. 이는 다름 아니라, 중국말은 글자로 인하여 말 배우기로 들어간다는 좋은 증거이다.

우리 집의 젊은 계집종이 지극히 혼미(昏迷)하여, 당연히 떡을 얻어야 하는데도 다른 떡(경단)을 얻어 가지고는 기뻐서 사례하기를,

"파촉(巴蜀)도 역시 관중(關中)이랍니다."149)

라고 하였다. 이는 본래 지패(紙牌 : 노름의 일종)에서 유행되는 말이다. 계집종이 애초부터 파촉이나 관중을 알지는 못했으나 다만 그 둘이 다르지 않음을 알았으니, 맞게 대답한 것이다.

이제야 비로소 중국말이 알기가 어렵지 않을 뿐더러, 반드시 정씨(鄭氏)의 계집종이 천고에 유식하기로 이름 높지 않다는 것을 알았다.

◘ 『청비록(淸脾錄)』 — 이덕무(李德懋)가 지었다. — 에 이르기를,

"삼한(三韓) 사람으로서 중국 땅을 골고루 구경한 사람으로는 고려말 이익재(李益齋) — 이름은 제현(齊賢)이다. — 만한 이가 없을 것이다. 그가 유람한 것이 시(詩)에 나타난 것만 하더라도 정형(井陘) · 예양교(豫讓橋) · 황하(黃河) · 촉도(蜀道) · 아미(峨嵋) · 공명사당(孔明祠堂) · 함곡관(函谷關) · 민지(澠池) · 이릉(二陵) · 맹진(孟津) · 비간묘(比干墓) · 금산사(金山寺) · 초산(焦山) · 다경루(多景樓) ·

---

149) 파촉은 중국 사천 지방인데 길이 매우 험해서 사람들이 가기 꺼려하는 곳인 반면에, 관중은 섬서 지방으로 사람들이 비교적 선호하는 지역이다. 한나라 고조 유방(劉邦)과 초나라 패왕 항우(項羽)가 서로 먼저 관중을 점령하려고 경쟁할 때 생긴 말로, '꿩 대신에 닭'이라는 말과 같은 의미이다. 『사기(史記)』.

고소대(姑蘇臺)·도량산(道場山)·호구사(虎口寺)·표모묘(漂母墓)·탁군(涿郡)·백구(白溝)·업성(鄴城)·담회(覃懷)·왕상비(王祥碑)·효릉(崤陵)·장안(長安)·정장공묘(鄭莊公墓)·허문정공묘(許文貞公墓)·관룡방묘(關龍逄墓)·망사대(望思臺)·무측천릉(武則天陵)·숙종릉(肅宗陵)·빈주(邠州)·경주(涇州)·보타굴(寶陀窟)·월지사자헌마(月支使者獻馬) 등이 있다.[150] 그 발자취가 이른 곳이 모두

150) 정형은 하북성 정형산 위에 있는 요새지이다. 예양교는 전국 때 절사(節士) 예양이 지백(智伯)을 위해서 조양자(趙襄子)를 저격하려고 숨었던 다리이다. 황하는 청해성 쿤룬산맥에서 발원하여 사천성, 섬서성, 산서성, 하남성, 산동성 등지를 지나 발해만으로 유입되는 5,464km의 강이다. 촉도는 사천성에서 섬서성으로 통하는 험로(險路)이다. 아미는 사천성에 있는 산이름이다. 공명사당은 제갈량(諸葛亮)의 사당이고, 공명은 그의 자이다. 함곡관은 하남성 서북부 황하의 계곡에 있는 요해의 관문이다. 민지는 하남성에 있는 호수 이름이다. 이릉은 하남성 효(殽)에 있는 명소이다. 맹진은 하남성에 있는데, 주나라 무왕(武王)이 은(殷)나라를 칠 때 제후를 모았던 곳이다. 비간묘는 은나라의 충신 비간의 무덤이다. 금산사는 강소성 진강부에 있는 명소이다. 초산은 강소성 단도현(丹徒縣)에 있는 명소이다. 다경루는 강소성 감로사(甘露寺)에 있는 명소이다. 고소대는 강소성 오현(吳縣)에 있는 명소이다. 도량산은 강소성에 있는 명소이고, 호구사도 같다. 표모묘는 강소성 회음(淮陰)에 있는데, 한신(韓信)에게 밥을 먹인 표모의 무덤이다. 탁군은 하북성에 있는 지명이고, 백구도 같다. 업성은 하남성에 있고, 담회도 같다. 왕상비는 하남성에 있으며 왕상은 계모를 위하여 얼음 구멍에서 잉어를 구해 먹인 진(晉)나라의 효자이다. 효릉은 하남성에 있는 명소이다. 장안은 섬서성에 있는 도시이다. 정장공묘는 전국 시대 정장공의 무덤이다.

위대하고 웅장한 곳이어서 우리나라 사람으로서는 미처 보지 못한 곳이었다.

그의 시도 마땅히 동방 2,000년 이래의 명가(名家)가 될 것이다. 화려하고 곱고 밝고 맑음이 삼한의 궁벽하고 고루한 누습(陋習)을 활짝 벗어 버렸으나, 이즈음 사람들은 심지어 익재가 이제현(李齊賢)임을 알지 못하기까지 한다.

고군협(顧君俠)[151]이 『원백가시선(元百家詩選)』을 엮을 때도 고려 사람의 시는 한 수도 뽑히지 않았으며, 당시의 목암(牧菴) 요공(姚公)[152]과 염자정(閻子靜)[153] · 장양호(張養浩)[154] 등도 모두 이익재의 시를 칭찬하였으나 역시 한 수도 뽑힌 것이 없었으니, 이는 참으로 괴이한 일이다."

허문정공묘는 원(元)나라의 유학자 허형(許衡)의 무덤이고, 문정은 시호이다. 관룡방묘는 하(夏)나라의 충신 관룡방의 무덤이다. 망사대는 한(漢)나라 무제(武帝)가 아들 여 태자(戾太子)를 죽이고 후회하여 쌓은 대이다. 무측천릉은 당나라 황후 무조(武曌)의 무덤이다. 숙종릉은 당나라 숙종의 무덤이다. 빈주는 섬서성에 있는 지명이다. 경주는 안휘성에 있는 지명이다. 보타굴은 절강성에 있는 명소이다. 월지사자헌마는 중앙 아시아 지방에 있던 월지국의 사자가 말을 헌납한 곳이다.

151) 고군협(顧君俠) : 고사립(顧嗣立). 강소성 사람이며, 자는 군협이다.

152) 요공(姚公) : 원(元)나라 문학가 요수(姚燧). 목암은 호이고, 자는 단보(端甫)이다.

153) 염자정(閻子靜) : 원나라 문학가 염복(閻復). 자정은 자이다.

154) 장양호(張養浩) : 원나라 문학가. 자는 희맹(希孟)이다.

라고 하였다.

이익재의 무덤은 황해도 금천(金川) 지금리(只錦里) 도리촌(桃李村 : 개성(開城))에 있고, 묘 밑에는 곧 익재의 구택(舊宅)이요, 구택에다 서원(書院)을 세워서 제사를 모시고 있다. 내가 거처하는 연암별업(燕巖別業) 촌집에서 서원까지는 10리도 안 되는 가까운 거리에 있으므로, 나도 일찍이 한두 번 서원에 가서 그 유집(遺集)[155]을 읽고는 『청비록(淸脾錄)』에서 논평한 말이 틀림없음을 더욱 믿게 되었다.

그의 시에는,

고향 생각〔思歸〕

늦가을 청신의 나무는 빗속에 잠겨 있고　　窮秋雨鎖靑神樹
해 저물녘 구름이 백제성에 비껴 있네　　落日雲橫白帝城

아침 일찍 이릉[156]을 떠나면서〔二陵早發〕

주사의 약 솥에는 구름만 감돌고　　雲迷柱史燒丹竈
문왕 비 피했던 능에는 눈마저 덮여 있네　　雪壓文王避雨陵

155) 『익재난고(益齋亂藁)』를 말한다.

156) 이릉(二陵) : 효(崤) 땅에 있는 능으로, 남쪽의 능은 하(夏)나라 임금 고(皐)의 능이고, 북쪽의 능은 주(周)나라 문왕(文王)이 비를 피하던 능이다.

배를 타고 아미산으로〔舟行峨嵋〕157)

비에 쫓긴 송아지는 어부의 집으로 돌아가고　雨催寒犢歸漁店
물결에 밀린 해오라기 나그네 배를 따르더라　波送輕鷗近客舟

다경루(多景樓)158)

밤들어 풍경 울 제 포구에 밀물 들고　風鐸夜喧潮入浦
도롱이 채 우뚝 서니 누각에 비 뿌리네　煙蓑暝立雨侵樓

함곡관(函谷關)

흙주머니로 황하 북쪽 막아두고　土囊約住黃河北
땅덩어리 둥글둥글 해 지는 곳까지 닿으리라　地軸句連白日西

라고 하였다.

우리나라 시인(詩人)들이 중국의 고사를 쓸 때 멋대로 차용하기는 했으나, 정말 눈으로 보고 발로 밟아서 시를 쓴 이는 오직

157) 주행아미(舟行峨嵋) : 원제(原題)는 '8월 17일 방주향아미산(八月十七日放舟向峨嵋山)'이다.

158) 다경루(多景樓) : 원제는 '다경루배권일재용고인운동부(多景樓陪權一齋用古人韻同賦)'이다. 강소성 진강(鎭江) 감로사(甘露寺) 안에 있는 누각이다.

익재(益齋) 한 사람뿐이다.

내 이제 한번 고북구(古北口)를 나오자 스스로 옛사람보다 낫다고 생각되었으나, 다만 익재에 비한다면 참으로 모자라는 것이 많음을 깨달았다.

◘ 『감구집(感舊集 : 왕사진(王士禛)이 지음)』에 청음(淸陰 : (金尙憲)의 호) 선생의 시가 실려 있었다.

왕이상(王貽上 : 이상은 왕사진의 호)의 전처(前妻) 추평(鄒平) 장씨(張氏)는 강남(江南)의 진강부(鎭江府) 추관(推官) 장만종(張萬鍾)의 딸이요, 도찰원(都察院) 좌도어사(左都御史)로 시호가 충정공(忠定公)인 장연등(張延登)의 손녀이다.

숭정(崇禎 : 명나라 의종의 연호, 1628~1644) 말년[159]에 청음 선생이 뱃길로 중국에 사신 가는 길에 제남(濟南)을 거치게 되었다. 그때 장 충정(張忠定)이 벼슬을 그만두고 집에서 놀고먹고 있었다. 선생(청음)은 장만종을 통해 충정공을 만났는데, 한 번 보고는 마음이 쏠린 나머지 엿새를 머무르게 하였고, 선생의 『조천록(朝天錄)』 1권에 서문(序文)을 썼다.

이상(왕사진)이 선생을 익숙히 알게 된 것은 대개 그 처가를

159) 이 당시 가도(椵島)에 주둔해 있던 모문룡(毛文龍)이 여러 가지 문제를 일으키고 있는 것과 관련하여 명나라에 전후 사정을 해명하기 위해 1626년(인조4) 8월에 성절 겸 사은진주사(聖節兼謝恩陳奏使)로 파견되었다. 1626년은 천계(天啓) 6년인데, 연암이 잘못 표기한 것이다.

통해서이다. 그가 선생의 시를 뽑아서 실은 것은 다음과 같다.

1

늦은 가을 바닷가엔 기러기 처음 오고	三秋海岸初賓雁
깊은 밤 천문에는 객성 하나 번뜩인다[160]	五夜天文一客星
진시황의 모진 손에 돌다리는 끊어졌고	橋石已從秦帝斷
은하성 높은 배에 사신 오길 허락했네[161]	星槎猶許漢臣通

2

새벽녘 희미한 달빛은 수역의 성 머리에	五更殘月水城頭
외로이 역사 읊어 배 닿은 이 누구런고	咏史何人獨艤舟
동쪽 바다 향해 서서 돌아갈 길 찾지 않고	不向東溟覓歸路
북두성 의지하여 신주(중국)를 바라보네	還依北斗望神州

160) 깊은 …… 번뜩인다 : 한(漢)나라 엄광(嚴光)이 광무제(光武帝)의 배위에 발을 올렸을 때 태사(太史)가 여쭙기를 떠돌이별이 제좌(帝座)를 범했다고 하였다. 여기에서는 이 자기가 사신으로 왔음을 말한 것이다.

161) 은하성 …… 허락했네 : 한나라의 장건(張騫)이 뗏목을 타고 서역(西域)으로 사신 가던 고사이다.

3

남쪽 장수 북쪽 손님 모래사장에 모여들어	南商北客簇沙頭
새 그림 푸른 주렴 드리운 배 몇몇 척인고	畫鷁青簾幾處舟
죽지사[162] 함께 부르며 옷소매를 스치니	齊唱竹枝聯袂過
달빛은 성에 가득 어리어 양주인듯	滿城煙月似揚州

이들은 모두 이상(왕사진)이 말한 대로 시가 맑고 고와서 가히 읊을 만한 작품이다. 이상은 당시 중국에서 첫손 꼽는 시인이었으므로 사대부들은 이상의 한 글자 한 마디 말이라도 모두 입에서 떠나지 않고 암송하므로 청음 선생의 성명을 모르는 이가 없었다. 그러나 선생의 영원한 큰 절개는 아는 이가 없었다.

지정(志亭) 학성(郝成)이 김숙도(金叔度 : 숙도는 의 자)가 지은 몇 편의 가작(佳作)을 들었으면 하고 청하기에 내가,

"저는 애초부터 그의 시를 외는 것이 없습니다. 이번 걸음에 청음 선생의 6대손인 김이도(金履度)가 지어준 별장(別章 : 전별시)이 있습니다."

라고 하니 지정은 크게 기뻐하면서,

"이것 또한 기이한 일이군요."

---

162) 죽지사(竹枝詞) : 악부(樂府)의 한 체(體). 파유(巴歈) 지역 일대에 널리 전파된 민가(民歌)인 죽지(竹枝)를 당(唐)나라의 유우석(劉禹錫)이 채집하여 작품양식으로 재구성함으로써 죽지사라는 새로운 노래가사를 지었는데, 주로 남녀의 사랑이나 풍속을 노래하였다.

라고 하기에, 내가 그 시를 꺼내어 보였다. 지정이 두세 번 읊더니 그 뒤에 이 일을 그가 초록한 『용재소사(榕齋小史)』에 다음과 같이 실었다.

"화산(華山) 김이도(金履度)는 조선 사신 청음 의 6세손인데, 그의 「봉별연암조경(奉別燕巖朝京 : 연암을 북경으로 전별하며)」－원고(原稿)에는 '부연(赴燕)'으로 되어 있는데, 지정이 '조경(朝京)'이라고 고쳤다.－이란 시에,

1

넓디넓은 저 연나라 산은 사면에 벌여 있고	四面燕山闊
높다란 진나라 장성은 만 리를 뻗쳤구나	萬里秦城高
그중에 말 달리며 가시는 임이시여	中有垂鞭者
백발이 성성하시니 먼 길에 수고할사	白髮行邁勞

2

덕이 빛나고 크시기로는 담헌[163]이요	耿介湛軒子
고매한 재덕으로는 연암일세	倜儻燕巖叟
사해(중국)가 넓건마는 그의 성명 다 알리라	海內知姓名
앞서 가고 뒤따르니 높은 바람 한 가지라	高風屬前後

－원시(原詩)에는 '수방지성명(殊方知姓名)'과 '고풍계전후(高風繼前後)'라고 되

163) 담헌(湛軒) : 홍대용(洪大容)의 호이다.

어 있는데, 지정이 수방(殊方)을 '사해(四海)'로, 계(繼) 자를 '속(屬)' 자로 고쳤다.

라고 하였고, 〈그 뒤를 이어서〉 '건륭(乾隆) 경자년 5월 23일에 화산 김이도는 쓰다.'라고 하였다.

〈김이도의〉 자(字)는 계근(季謹)이요, 글씨는 종요(鍾繇)와 왕희지(王羲之)를 본받았으니 조선의 걸출한 문장가이다. 그의 벗 박연암(朴燕巖)·한석호(韓錫祜)와 함께 시와 술로써 막역한 친구를 삼았더니, 이해 중추(仲秋 : 8월)에 박연암이 공사(貢使)를 따라 북경에 와서 나와 함께 만나 서로 기뻐하였다. 이에 나는 화산이 지은 전별시 세 편을 얻어 읽어보니, 그는 사모(四牡 : 한 마차를 끄는 네 필의 말)와 황화(皇華)[164]의 끼친 뜻을 깊이 지니었다. 나는 그중 두 편을 뽑아서 기록하였다."

◘ 지정은 또 〈『용재소사』에〉 기록하기를,

"연암의 손자뻘 되는 일가친척인 박남수(朴南壽)의 자는 산여(山如)요, 호는 금성(錦城)인데, 그는 얼굴이 관옥(冠玉 : 옥으로 꾸민 갓)처럼 아름답다고 한다. 그의 「증행(贈行 : 전별시)」에,

머리가 세었다고 임은 슬퍼하지 마오　　莫云頭已白
이 하늘 이 땅이란 잠깐인 듯 다함이 없어라　　天地忽無窮

164) 사모(四牡)와 황화(皇華)는 모두 『시경』의 편명. 사신을 보내는 시(詩)이다.

요동성 넓은 들에 필마로 돌아들면　　匹馬遼東野
한 번 채찍 휘두르자 만리에 바람이 이네　　一鞭萬里風

라고 하였다."
하였다. ─금성(錦城)은 우리의 관향이므로 박남수가 '금성 박남수 산여'라고 썼는데, 지정은 박남수의 호인 줄 알았다.

◗ 그는 또 기록하기를,
"그 나라(조선)의 저명한 인사인 이재성(李在誠) 중존(仲存 : 이재성의 자)은 호가 지계(芝溪)인데, 연암의 부제(婦弟 : 처남)이다. 그의 「증행(贈行)」에,

압록강 흐르는 물은 허리띠처럼 되어 있고　　鴨綠衣帶水
만 리라 저 장성은 묵어서 가올 것을 ─원고(原稿)에는 '연성(燕城)'이라고 되어 있는데 지정이 '장성(長城)'으로 고쳤다.　　長城宿春之
머나먼 이 길 떠나 오가는 나그네여 ─원고에는 '고래경유객(古來經遊客)'이라고 되어 있다.　　悠悠遠行客
지나온 길 또렷이 알 만한 사람 그 누구인지　　歷歷知是誰

라고 하였고 또,

십 년 동안 연암협에 은거하던 선비　　十載巖棲客
새벽녘 행장 꾸려 먼 길을 떠난다니　　晨裝告遠遊

반평생을 글만 읽고 본 적이 없던 것을 半生方冊裏
이제야 구경하니 제왕의 거룩한 고을 今日帝王州

이라 하였고 또,

뽕나무 활 다북 살은 일찍 품은 뜻이언만 宿昔桑蓬志
사슴 떼와 함께 놀아 불우한 지 몇 해런고 沈冥鹿豕群
오히려 두 눈 있으니 이 구경이 재미로서 猶被雙眼役
헝클어진 백발 시름 잊어나 보올까나 可忘白頭紛

라고 하였고 또,

장마와 무더위에 강물은 부풀고 雨熱關河漲
구름은 찌는 듯이 계문 숲이 낮게 뵈네 雲蒸薊樹低
청컨대 임이시여 먼 길에 조심하오 請君愼行李
임은 떠나가시거든 부디 평안하옵소서 — 원고에는 '면전신행역(勉旃愼行役)'이라고 되어 있다. 去矣莫棲棲

라고 하였다."
하였다.

▶ 그는 또 기록하기를,
"한석호(韓錫祜) 혜당(惠堂 : 한석호의 호)과 양상회(梁尙晦) 백후

(伯厚 : 양상회의 자)와 이행작(李行綽) 유재(裕齋 : 이행작의 자)는 모두 개성(開城) 사람들이었다. 개성은 여씨(麗氏 : 고려)의 옛 도읍인데, 그 나라 사람들은 송경(松京)이라 부른다. 이는 옛 개주(開州)이며 옛 이름은 촉막군(蜀莫郡)이다. 이곳에는 신숭(神嵩 : 개성(開城)의 진산(鎭山)) · 자하(紫霞 : 채하동)의 좋은 경치가 있고, 문인(文人)과 운사(韻士 : 율객)들은 오히려 을지생(乙支生)과 정인지(鄭麟趾)의 유풍이 있다. 이는 우리 성조(聖朝)의 문교(文敎)가 널리 먼 나라에까지 미친 보람이었다.…….

혜당의 「송연암조경(送燕巖朝京 : 연암을 북경으로 떠나보내며)」에,

우연히 방향 몰라 이 몸을 붙인 곳이	偶爾無方住著身
한 하늘 아래건만 바다 동쪽 가이라네	一天之下海東濱
가까운 곳 먼 지역을 평등으로 볼 수 있다면	如將遠邇看平等
문 밖을 나서지 않아도 만 리 사람 되오리라	不出門時萬里人
새벽달 산에 걸려 산골집 창이 밝고	曉月依山磵戶明
목련화 나무 밑에 남은 정서 이끌리네	木蓮花下藹餘情
중국땅의 아름다움 꾀꼬리는 모르고서	黃鸝不識中州好
이별이 서러운 양 석별의 노래를 부른다	啼作陽關惜別聲
푸른 하늘 들을 덮어 사면을 둘렀는데	青天蓋野四周環
동남쪽 솟은 산은 한 점 두 점 사라지네	漸失東南點點山
요양에 들어서는 무엇이 보이던고	行到遼陽何所見

햇바퀴 둥글게 돌아 고국산천 가리키네　　日輪回指海雲間

만 리 배에 몸을 싣고 바람에 저어가서　　常願風漂萬里舟
천하 명승 곳곳마다 두루 올라 보고져라―종간(宗侃 : 연암의 아들)이 삼가 살펴보니 이 두 글귀는 바로 원집(原集)에 있는 구절인데, 혜당(惠堂)이 인용한 것이다.　　遍登天下有名樓
유유히 필마로써 금대 가는 길 달려 본들　　悠悠匹馬金臺路
가을 바다 외로운 돛에 설렘과 어찌 같으랴　　何似孤帆碧海秋

장성이 무너지자 나라도 뒤따랐건만　　長城自壞國隨之
조정과 시장과 인가는 변함없이 그대로네　　朝市人煙遂不移
공자 사당 뜰에는 주나라 때 돌북 있어　　夫子廟庭周石鼓
인간 세상 몇 번이나 석양을 겪었던고　　人間幾度夕陽時

라고 하였고, 또 그의 「춘원세우(春院細雨 : 봄뜰에 내리는 이슬비)」에는,

이슬이 방울짐을 오동잎이 먼저 듣고　　露重梧先聞
우렛소리 가벼우니 새들도 놀라지 않네　　雷輕鳥不疑
눈이 돋는 새싹은 꿈이런가 의심하고　　嫩草深疑夢
짙어가는 꽃봉오리 흡사 바보인 듯이　　濃花恰欲痴
검정 개미 푸른 섬돌에 미끄럼을 타는 듯이　　玄蟻綠階滑
파랑 벌레 나뭇잎을 안아 그 재주 위태롭네　　靑蟲抱葉危
물속에 솟아 선 건 쌍무지개 멀리 뵈고　　水立雙虹遠

연기 속 새 한 마리 굼뜨게 날아드네　　煙穿獨鳥遲
시름에 잠긴 채로 홀로 앉은 나그네　　悄悄孤客坐
그리운 님 생각에 깊이깊이 잠겼구나　　湛湛美人思

라고 하였고, 백후(伯厚)의 「송연암조경(送燕巖朝京 : 연암을 북경으로 떠나보내며)」에는,

까마득히 산하를 바라보니 갈 길이 한 가닥 실이라네
極目山河路一絲
마음이 얽혔다면 따라갈 수 없단 말인가　　心如相約未相隨
떠나려는 이 자리에 한잔 술 거듭 권하니　　離筵更進一盃酒
때마침 석양이라 버드나무 푸릇푸릇　　楊柳靑靑斜日時

이라 하였고, 이행작(李行綽)의 「송별(送別)」에는,

바닷가에 떠나는 임은 채찍 하나 믿을 뿐　　濱海行人信一鞭
요동 하늘 유월 철에 빗줄기 길이 달려　　遼天六月雨長懸
노정을 헤어보니 이에서 삼천 리라　　計程從此三千里
묻노니 어느 때에 연경에 이를꼬　　借問幾時可到燕

라고 하였다."
하였다.
중국 사람들의 기록이 대체로 이와 같다. 이는 비단 원작시를

마음대로 수정하는 일이 많을 뿐만 아니라, 그가 '을지생(乙支生)과 정인지(鄭麟趾)의 유풍'이라고 한 말은 더욱 허리가 끊어지도록 크게 웃을 일이다.

우리나라에는 을지생이란 사람이 없으니, 이는 곧 을지문덕(乙支文德)을 말하는 것이다. 을지문덕과 정인지는 실로 수천 년이나 멀리 떨어진 인물인데도 지금 그들을 나란히 열거한 것은 아마 을지문덕은 『수서(隋書)』에 나타났고, 정인지는 『고려사(高麗史)』를 편찬한 까닭으로 특히 드러낸 것인 듯싶다.

그리고 그의(학지정) 기록 중에 계근(季謹 : 김이도)이 한석호(韓錫祜)와 더불어 시와 술로 막역한 벗이라고 하였으니, 정말로 배를 움켜쥐고 웃을 일이다. 이 두 사람은 비단 서로 얼굴도 알지 못할 뿐만 아니라, 비록 같은 시기에 살고 있기는 해도 이름자도 모르고 있는 만큼 어찌 시와 술로 막역한 벗이 되었겠는가? 더군다나 둘 다 평생에 술을 마시지 못했음에랴. 내일 내가 별안간 길을 떠나게 되었기에, 그 그릇됨을 지적하지 못하고 말았다.

◘ 이불(李紱)165)의 『목당집(穆堂集)』에 실린 「경인원조조조(庚寅元朝早朝 : 경인년 새해 이른 아침)」라는 시에,

165) 이불(李紱) : 청나라 문학가. 자는 거래(巨來)이고, 호는 목당(穆堂)이다.

조선 사람 멀리 천자국에 왕래한 지 오래되니　朝鮮內屬來王久
의관이 속될망정 괴이할 것 무엇 있나　肯怪衣冠太俗生
사모 쓰며 관복 입고 봄철 조공 바치니　紗帽版袍春入貢
바닷가 해돋이에 태평시절 누리누나　海隅日出最昇平

라고 하였다.

아침나절 〈내가〉 산장(山莊) 문 밖에서 수많은 관원들이 조정에서 퇴근하는 모습을 구경하였는데, 붉은 벙거지에 마제수(馬蹄袖)를 입은 차림들이 사람으로 하여금 부끄럽기 짝이 없게 함에 비하여, 우리나라 사신들의 의관은 그야말로 신선처럼 빛이 찬란하다고 말할 만하다. 그러나 거리에 노는 아이들은 놀라고 괴이하게 여겨서 도리어 우리를 연극하는 배우 의상 같다고 하니, 아아, 서글프다.

◑ 이익재(李益齋 : 이제현(李齊賢))의 자는 중사(仲思)요, 또 하나의 호는 역옹(櫟翁)이며, 관(貫)은 경주(慶州)이고, 나이 15세에 급제에 올랐었다. 충선왕(忠宣王)이 원(元)나라의 수도에 머물 때 만권당(萬卷堂)을 세우고 동(고려)으로 돌아올 의사가 없어서 익재를 불러 부중(府中 : 관아)에 두고 중국의 조자앙(趙子昻)[166]과 원복초(元復初)[167] 등 여러 명사들과 함께 시를 지어 주고받

166) 조자앙(趙子昻) : 원(元)나라의 문학가이자 서화가 조맹부(趙孟頫). 자앙은 자이다.

167) 원복초(元復初) : 원나라의 문학가 원명선(元明善). 복초는 자이다.

게 하였다.

익재가 또 서촉(西蜀) 지방에까지 사신으로 간 적도 있거니와, 강남(江南)에도 강향(降香)[168]하여 이르는 곳마다 시를 지어 읊은 작품이 사람들의 입에 회자(膾炙)되었다. 그가 동(고려)으로 돌아오자, 다섯 임금을 섬기고 네 번이나 재상이 되었다. 충선왕이 참소를 입어 토번(吐蕃 : 티베트)에 귀양살이 갔을 때 만 리를 달려가서 문안을 올렸으니, 충분(忠憤 : 충성과 의분)의 마음이 간절하였다.

그 뒤에 김해후(金海侯)에 봉해지고 나이 81세에 죽었으니, 시호는 문충(文忠)이다. 그의 시는 화려하고 고우면서도 밝고 맑아서 우리나라 사람의 궁벽하고 고루한 습관에서 쾌히 탈피하였다.

그의 「노상(路上 : 길 위에서)」이라는 시에,

말 위에 끄덕끄덕 「촉도난」[169]을 읊으면서	馬上行吟蜀道難
다시금 오늘 아침 진관[170]으로 들어갈 제	今朝始復入秦關
푸른 구름 저문 날에 어부수 막혀 있고	碧雲暮隔魚鳧水
붉은 나무 아침 숲은 조서산이 여기라네[171]	紅樹朝連鳥鼠山

168) 강향(降香) : 유명한 사원(寺院)이나 묘우(廟宇)에 내리는 치전(致奠).
169) 「촉도난(蜀道難)」 : 촉도의 험준함을 읊은 이백(李白)의 시(詩)이다.
170) 진관(秦關) : 감숙성에 있는 관문(關門)인데, 진나라 때 설치하였다.
171) 어부수(魚鳧水)는 감숙성에 있는 강 이름이고, 조서산(鳥鼠山)은 감숙성에 있는 산 이름이다.

문자는 남아 있어 천고에 한을 더하였고	文字賸添千古恨
명리에 지친 몸은 언제나 한가할꼬	利名誰博一身閒
나의 생각 잠긴 곳은 안화사 옛 길에서	令人最憶安和路
죽장망혜 짚고 신고 오가던 그 일뿐이로다	竹杖芒鞋自往還

라고 하였다.

내가 살고 있는 연암(燕巖) 뒷산 기슭에서 하나의 재 마루턱 건너편에 안화사(安和寺)의 옛 터가 있으므로, 이익재 공의 이 시를 읊을 때마다 공이 죽장망혜로 이 사이에 서성이던 것을 연상하기도 하였다. 하지만 촉도(蜀道)·진관(秦關)·어부수(魚鳧水)·조서산(鳥鼠山)의 이야기를 듣고서 오히려 사람으로 하여금 정신을 잃은 듯 멍하게 하였다. <하물며> 나의 이번 걸음은 또 익재가 미처 이르지 못한 곳이다.

◘ 송(宋)나라 원풍(元豐) 7년(1084년)에 경동(京東)과 회남(淮南)[172] 고을에 조서를 내려 고려(高麗)인이 쉬고 숙박할 정관(亭館 : 정자와 숙소)을 세우게 하였다. 그리하여 밀주(密州)와 해주(海州) 두 고을에 소요가 일어 백성이 도망한 자가 있었다. 그 이듬해에 소식(蘇軾 : 소동파)이 그곳을 지나다가 제도의 웅장하

---

172) 경동(京東)은 하남성 일부와 산동성의 황하 이남 지방을 말하고, 회남(淮南)은 회수(淮水)의 남쪽 지방을 가리키는데, 회수는 하남성에서 발원하여 안휘성 강소성을 거쳐 황하로 흘러들어 가는 강을 말한다.

고 화려함에 감탄하여 절구 한 수를 남겼는데,

처마 끝 높이 솟아 담장 밖으로 날아가는 듯 簷楹飛舞垣墻外
농가 숲은 쓸쓸하여 공사하던 도끼 자취뿐이구나 桑柘蕭條斤斧餘
오랑캐의 종으로서 다 퍼주고 보니 盡賜昆耶作奴婢
모르겠다, 그들에게 얻은 것이 무엇이런고 不知償得此人無

라고 하였으며, 동파(東坡 : 소식(蘇軾))가 고려를 미워함이 이르는 곳마다 이러하니, 만일 동파로 하여금 강희 황제가 세운 33참(站)의 찰원(察院 : 조선 사신의 내왕을 위해 설치한 숙소)을 보게 했더라면 또 무어라 하였겠는가?

◘ 황산곡(黃山谷)[173]의 「차운목보증고려송선(次韻穆父贈高麗松扇 : 전목보가 <장뢰에게> 고려의 소나무 부채를 선물한 데 대해 <장뢰가> 사례한 시에 차운하다)」이라는 시에,

은마구리 옥을 물리고 비단종이 투명한 부채 銀鉤玉唾明繭紙
솔 부채에 시원한 바람까지 함께 보내 주네 松箑輕涼幷送似
가애롭다, 부채가 책구루－고려의 성(城) 이름이다－를 멀리 건너 可憐遠度幘溝漊

173) 황산곡(黃山谷) : 송(宋)나라의 문학가 황정견(黃庭堅). 산곡은 호이다.

더위에 알맞음이 패랭이와 어떠한고　　適堪今時褦襶子

라고 하였고 또,

옥보다 결백한 문인 기운이 높고도 시원하고　　文人玉立氣高寒
삼한에 사신 가서 삼신산을 보았다네　　三韓持節見神山
안기생[174]의 불사약을 의당코 얻어다가　　合得安期不死藥
티끌 속 이내 몸에 옛 껍질을 벗겨 주리　　使我蟬蛻塵埃間

라고 하였으니, 이제 와서는 고려의 소나무 부채란 것을 어떻게 만들었는지 알 수 없게 되었다.

◘ 내 일찍이 태사(太史) 고역생(高棫生)과 함께한 자리에서 반정균(潘庭筠)의 「차왕추사한류시(次王秋史寒柳詩 : 왕추사의 '한류(寒柳 : 차가운 버드나무)' 시에 차운하다)」를 외었더니, 한자리에 앉았던 손님들이 모두 좋다고 칭찬한다.

나는 이내,

"왕추사(王秋史)란 누구입니까?"

하고 물었더니 명재(明齋) 풍병건(馮秉健)은,

"이는 곧 역성(歷城)이란 곳의 왕 진사(王進士)인데, 이름은 평(苹)이요, 자는 추사(秋史)이며, 자호(自號)를 칠십이천주인(七十

174) 안기생(安期生) : 중국 신선의 이름이다. 533쪽 주 9) 참조.

二泉主人)이라고 합니다. 반정균의 시에 나오는 '일흔 개의 샘물 소리, 어지러이 돌절구질 하는 듯이〔七十泉聲亂石舂〕'는 곧 이를 두고 말한 것이랍니다."

라고 한다. 사헌(簑軒 : 능야의 호) 능야(凌野)는,

"우리나라의 시인으로서는 추사를 많이 추앙합니다. 그는 일찍이,

어지러운 샘물소리에 나막신 끄는 이 누구던고　亂泉聲裏誰通屐
누런 잎 지는 숲 사이에서 스스로 글을 쓰네　黃葉林間自著書

라는 글귀를 읊었고 또,

누런 잎 떨어질 제 해는 황소 등으로 저물고　黃葉下時牛背晚
푸른 산 이지러진 곳 술 취한 손님 지나가네　青山缺處酒人行

라고 했습니다. 당시 사람들은 그가 <'누런 잎'이란 시어를 자주 사용하였던 데서> 왕황엽(王黃葉)이라 불렀다고 합니다."
라고 한다.

▫ 태사 고역생(高域生), 풍승기(馮乘驥 : 승기는 풍병건의 자) 등 여러 사람들과 함께 명성당(鳴盛堂)에서 이야기하다가 도보(道甫)[175]가 쓴 글씨첩 하나를 꺼내어 보여 주었다. 그들은 서로 살펴보더니 나에게,

"이 글씨는 동한(東韓)에 있어서 어떤 등류(等流)에 속합니까?" 라고 한다. 나는 이에 대하여 멍하니 무엇이라 대답하기 어렵기에 다만,

"우연히 행장(行裝) 속에 들어왔습니다."

하고 대답하여, 스스로 옛날 조자(趙咨)[176]의 말처럼 슬쩍 피해 버렸다.[177]

◘ 『일하구문(日下舊聞 : 주이준(朱彝尊)이 지음)』에는 『동국사략(東國史略 : 조선 태종 때 권근이 지음)』과 『고려사(高麗史 : 정인지(鄭麟趾) 등이 지음)』「열전(列傳)」이 실려 있다. 그 글에,

"고려 세자(世子)가 원(元)나라에 가서 편전(便殿)에서 황제를 알현하였다. 황제가 세자에게,

'무슨 글을 읽느냐?'

하고 물으니 세자가,

'선비 정가신(鄭可臣 : 고려 때의 정치가. 자는 헌지(獻之))과 민지(閔漬 : 고려 때의 문학가. 자는 용연(龍涎))가 따라왔는데, 숙위(宿衛)하

175) 도보(道甫) : 조선조 때의 문학가이자 서예가인 이광사(李匡師)의 자이다.

176) 조자(趙咨) : 삼국 시대 오(吳)나라의 변사로, 자는 덕도(德度)이다. 조위(曹魏)에 사신 갔을 때 임기응변이 많았다.

177) '태사 고역생(高域生)'부터 여기까지는 다른 본에 없으나, 일재본에 의거하여 수록하였다. (편집자주) 해당 원문을 찾을 수 없어서 싣지 못했다.

는 여가를 타서 그들에게 『효경(孝經)』과 『논어(論語)』를 질문하곤 합니다.'

라고 대답하기에 황제가 기뻐하여 세자에게 명하여 그들과 함께 들어오게 하였다. <들어가자> 자리를 주고서, 본국(本國)의 세대(世代)가 서로 전해온 순서와 치란(治亂)의 자취와 풍속의 아름다움에 대해 묻고는 조금도 지루하게 여기지 않고 들었다.

그 뒤 공경에게 명하여 교지(交趾 : 베트남)를 정벌하기 위한 논의에 두 사람을 불러 함께 논의하게 하니, 대답한 것이 황제의 뜻에 맞았다. 그래서 정가신에게는 한림학사(翰林學士)를, 민지에게는 직학사(直學士)를 제수하였다."

라고 하였다.

「열전(列傳)」에는,

"황제(원제(元帝))가 세자를 자단전(紫檀殿)에서 불러서 보았는데, 정가신이 뒤를 따랐다. 황제는 그들을 앉히고는 갓을 벗으라고 명하고,

'공부하는 수재(秀才)들은 꼭 머리를 땋을 필요가 없으니, 의당 건(巾)을 써야 될 것이야.'

라고 하였다.

그리고 황제의 책상 앞에 어떤 물건이 있는데, 매우 둥글면서도 조금 뾰족하고, 빛깔은 깨끗하며, 높이는 한 자 다섯 치이며, 안은 술 다섯 되쯤 수용될 만했다. 이는 마하발국(摩訶鉢國)에서 바친 낙타조(駱駝鳥)의 알이라고 한다. 황제가 세자에게 구경하라고 명하고서, 이내 세자와 종신(從臣)들에게 술을 내리고 정

가신에게 시를 읊으라고 명하였다. 정가신이 시(詩)를 바치기를,

알이라 하지마는 크기는 항아리라	有卵大如甕
그 속에 간직한 건 늙지 않는 봄이리다	中藏不老春
원컨대 천세 수를 임이 먼저 누리시어	願將千歲壽
남은 은택 나누어다 해동에도 미치소서	醺及海東人

라고 하니, 황제가 가상히 여겨 자신의 식탁에서 국을 하사하였다."

라고 하였다.

原文

避暑錄
피서록

避暑錄序
피서록서

避暑錄者 余遊避暑山莊所錄也 熱河有三十六景 康
피서록자 여유피서산장소록야 열하유삼십육경 강
熙逐景置殿閣 一日煙波致爽 一日芝逕雲隄 一日无
희축경치전각 일왈연파치상 일왈지경운제 일왈무
暑淸凉 一日延薰山館 一日水芳巖秀 一日萬壑松風
서청량 일왈연훈산관 일왈수방암수 일왈만학송풍
一日松鶴淸越 一日雲山勝地 一日四面雲山 一日北
일왈송학청월 일왈운산승지 일왈사면운산 일왈북
枕雙峯 一日西嶺晨霞 一日錘峯落照 一日南山積雪
침쌍봉 일왈서령신하 일왈추봉낙조 일왈남산적설
一日梨花伴月 一日曲水荷香 一日風泉淸聽 一日濠
일왈이화반월 일왈곡수하향 일왈풍천청청 일왈호
濮閑想 一日天宇咸暢 一日煖溜暄波 一日泉源石壁
복한상 일왈천우함창 일왈난류훤파 일왈천원석벽
一日靑楓綠嶼 一日鶯囀喬木 一日香遠益淸 一日金
일왈청풍록서 일왈앵전교목 일왈향원익청 일왈금
蓮映日 一日遠近泉聲 一日雲帆月舫 一日芳渚臨流
련영일 일왈원근천성 일왈운범월방 일왈방저임류
一日雲容水態 一日澄泉遶石 一日澄波疊翠 一日石
일왈운용수태 일왈징천요석 일왈징파첩취 일왈석

磯觀魚　一曰鏡水雲岑　一曰雙湖夾鏡　一曰長虹飮練
기관어　일왈경수운잠　일왈쌍호협경　일왈장홍음련

一曰甫田叢樾　一曰水流雲在.
일왈보전총월　일왈수류운재

統名所居　曰避暑山莊　康熙自爲記曰　金山發脈　暖
통명소거　왈피서산장　강희자위기왈　금산발맥　난

溜分泉　雲壑渟泓　石潭靑靄　境廣草肥　無償田廬之害
류분천　운학정홍　석담청애　경광초비　무상전려지해

風淸夏爽　宜人調養之方.
풍청하상　의인조양지방

朕數巡江干　深知南方之秀麗　兩幸秦隴　益明西土之
짐수순강간　심지남방지수려　양행진롱　익명서토지

殫陳　北過龍沙　東游長白　山川人物　亦不能盡述　皆
탄진　북과용사　동유장백　산천인물　역불능진술　개

吾之所不取　惟玆熱河　道近神京　地闢荒野.
오지소불취　유자열하　도근신경　지벽황야

度高平遠近之差　開自然峯嵐之勢　依松爲齋　引水在
탁고평원근지차　개자연봉람지세　의송위재　인수재

亭　皆非人力之所能　借芳甸而爲助　无刻桷丹楹之費
정　개비인력지소능　차방전이위조　무각각단영지비

喜林泉抱素之懷.
희림천포소지회

文禽戱綠水而不避　麋鹿映夕陽而成群　鳶飛魚躍　從
문금희록수이불피　미록영석양이성군　연비어약　종

天性之高下　遠色紫氛　開韶景之低仰　此居避暑山莊
천성지고하　원색자분　개소경지저앙　차거피서산장

之槩也.
지개야

康熙五十年六月下旬所書 則康熙晩節 多在熱河也.
강희오십년유월하순소서 즉강희만절 다재열하야

時方仲秋 而塞北暑氣猶蒸 常著白苧單衫 而向午揮
시방중추 이새북서기유증 상착백저단삼 이향오휘

汗 每游覽之暇 移椅齋外大槐樹下 以淸暑 三官所得
한 매유람지가 이의재외대괴수하 이청서 삼관소득

輒爲錄之 名之曰避暑錄.
첩위록지 명지왈피서록

避暑錄
피 서 록

奇麗川 滿人也 性驕傲 顯有藐視尹亨山之色 亨山
기 려 천 만 인 야 성 교 오 현 유 막 시 윤 형 산 지 색 형 산
佯若不知 容辭謙下 尹長奇二十餘歲 位亦差高 而漢
양 약 부 지 용 사 겸 하 윤 장 기 이 십 여 세 위 역 차 고 이 한
人旣爲羈旋之蹤 則勢所使然.
인 기 위 기 선 지 종 즉 세 소 사 연

麗川所居與余所寓對戶 余欲往晤亨山 則必經奇戶
여 천 소 거 여 여 소 우 대 호 여 욕 왕 오 형 산 즉 필 경 기 호
故必先歷奇 尹不解余意 必踵余而至 須臾起去 告以
고 필 선 력 기 윤 불 해 여 의 필 종 여 이 지 수 예 기 거 고 이
他往 奇笑而背指曰 尹公之他 蓋譏其又顧而之他也
타 왕 기 소 이 배 지 왈 윤 공 지 타 개 기 기 우 고 이 지 타 야
尹公亦嘗背評曰 鳩眼未化 滿漢仇疾類此.
윤 공 역 상 배 평 왈 구 안 미 화 만 한 구 질 류 차

麗川嘗潛謂曰 有一山東布司 苦乏廉聲 嘗出一對榜
여 천 상 잠 위 왈 유 일 산 동 포 사 고 핍 렴 성 상 출 일 대 방
之衙門曰 視民若子 立法如山 夜有續其下曰 牛羊父
지 아 문 왈 시 민 약 자 입 법 여 산 야 유 속 기 하 왈 우 양 부
母 倉廩父母 恭爲子職而已矣 寶藏興焉 貨財興焉
모 창 름 부 모 공 위 자 직 이 이 의 보 장 흥 언 화 재 흥 언
此豈山之性也哉 意似指尹 余偶一問尹曰 公曾莅山
차 기 산 지 성 야 재 의 사 지 윤 여 우 일 문 윤 왈 공 증 리 산
東布司否 尹公曰 然.
동 포 사 부 윤 공 왈 연

及還燕談次 問識奇 則皆掉頭 憑秉健奮然曰 士大
급 환 연 담 차 문 식 기 즉 개 도 두 풍 병 건 분 연 왈 사 대

夫安知鄲子　問亨山何如人　皆欣然曰　樂天一流人.
부안지단자　문형산하여인　개흔연왈　낙천일류인

光被四表牌樓　南衚衕弟二門首　董氏宅　有一門雙淸
광피사표패루　남호동제이문수　동씨택　유일문쌍청
扁額　康熙御筆　又有今皇帝御書門額　兩世三孝　乃口
편액　강희어필　우유금황제어서문액　양세삼효　내구
外民家　而天子前後駐蹕者三云.
외민가　이천자전후주필자삼운

康熙游浙時　召見山陰耆民王錫元等兄弟五人　黃髮
강희유절시　소견산음기민왕석원등형제오인　황발
兒齒　相扶相將　賜宴于行宮　長次同胎　時年八十　其
아치　상부상장　사연우행궁　장차동태　시년팔십　기
次七十八　次七十六　次七十五　五人年共計三百八十
차칠십팔　차칠십륙　차칠십오　오인년공계삼백팔십
九　五人子若孫　共計四十五人　各賜緞錦　御筆扁額一
구　오인자약손　공계사십오인　각사단금　어필편액일
門仁瑞　皇太子賜聯　五枝錦樹榮今代　百秩仙籌萃一
문인서　황태자사련　오지금수영금대　백질선주췌일
門.
문

可見近歲旌淑表異之典　務過前代.
가견근세정숙표이지전　무과전대

北鎭廟庭古松　皇帝自畵　刻烏石坎置巖腹　巖高僅丈
북진묘정고송　황제자화　각오석감치암복　암고근장
餘　明時名翠雲屛　今皇帝又號補天石　題詩畵傍曰　鎭
여　명시명취운병　금황제우호보천석　제시화방왈　진

廟門西似蓋松　半存枯幹半籠葱　凝神如見抱朴子　圖
묘문서사개송 반존고간반롱총 응신여견포박자 도
貌慙非陳少翁　立下忽疑晴與雨　現前可悟色兮空　何
모참비진소옹 입하홀의청여우 현전가오색혜공 하
當六月其根坐　讀疏仡聽謖謖風　署乾隆宸翰　甲戌東
당유월기근좌 독소흘청속속풍 서건륭신한 갑술동
巡親祀北鎭　禮成　周覽廟中　有古松已枯其半　槎枒如
순친사북진 예성 주람묘중 유고송이고기반 차야여
鐵石　東榦鬱然蒼翠　奇政夭矯　因立樹下　寫爲是圖
철석 동간울연창취 기정요교 인립수하 사위시도
九月廿四御筆　印天地爲師　皇帝書畵俱工.
구월입사어필 인천지위사 황제서화구공

石傍又有三韓人金鼐詩　時登醫巫閭山頭　雲舍滄桑
석방우유삼한인김내시 시등의무려산두 운사창상
望裏收　石髮巖衣嫌跡擾　鳥鳴蟬噪帶人幽　淩空樹古
망리수 석발암의혐적요 조명선조대인유 능공수고
龍飛去　傍地花新鳳壘留　北斗惟神天一柱　億年萬紀
룡비거 방지화신봉루류 북두유신천일주 억년만기
庇皇秋　署和公　筆力甚拙　或謂東人金鼐　而殊不識遼
비황추 서화공 필력심졸 혹위동인김내 이수불식요
東　人亦稱三韓也.
동 인역칭삼한야

顧亭林斥官啣地名　借用古號　然亦多效之者　且其詩
고정림척관함지명 차용고호 연역다효지자 차기시
雖非工　亦非東人口氣.
수비공 역비동인구기

蘭雪軒許氏詩　載列朝詩集及明詩綜　或名或號　俱以
난설헌허씨시 재열조시집급명시종 혹명혹호 구이

景樊載錄 余嘗著淸脾錄序 詳辨之.
경번재록 여상저청비록서 상변지

懋官之在燕 以示祝翰林德麟 唐郎中樂宇 潘舍人庭筠 三人者 輪讀贊許云.
무관지재연 이시축한림덕린 당랑중락우 반사인정균 삼인자 윤독찬허운

及余在此 論詩綜闕謬 因及許氏 尹公曰 尤悔菴侗外國竹枝詞 首著貴國 其曰 楊花渡口杏花紅 八道歌謠東國風 最憶飛瓊女道士 上梁曾到廣寒宮 註云 閨秀許景樊 後爲女道士 嘗作廣寒宮白玉樓上梁文 余詳辨其景樊之誣 尹奇兩人 俱爲分錄收藏 中州名士當又以此事 爲一番著書之資.
급여재차 논시종궐류 인급허씨 윤공왈 우회암동외국죽지사 수저귀국 기왈 양화도구행화홍 팔도가요동국풍 최억비경여도사 상량증도광한궁 주운 규수허경번 후위여도사 상작광한궁백옥루상량문 여상변기경번지무 윤기양인 구위분록수장 중주명사당우이차사 위일번저서지자

太約閨中吟咏 本非美事 而以外國一女子 芳播中州可謂顯矣.
태약규중음영 본비미사 이이외국일여자 방파중주가위현의

然吾東婦人 未嘗以名與字見於本國 則蘭雪之號 一猶過矣 况乃認名景樊 在在見錄 千載難洗 可不爲有才思閨彥之炯鑑也哉.
연오동부인 미상이명여자현어본국 즉난설지호 일유과의 황내인명경번 재재견록 천재난세 가불위유재사규언지형감야재

諸幻中酒石最要 若眞有是石 當爲天下絶寶.
제환중주석최요 약진유시석 당위천하절보

世傳皇明天啓中 倭攻琉球 虜其王 琉球太子 載其國中世寶 將以贖父 舟漂到濟州 牧使某問舟中有何物 太子以酒泉石漫山帳對.
세전황명천계중 왜공유구 노기왕 유구태자 재기국중세보 장이속부 주표도제주 목사모문주중유하물 태자이주천석만산장대

酒泉石 形如瑪瑙 中容一盞 以淸水貯之 卽變爲美酒 漫山帳 以海蛛絲染藥結造 小張則可覆一屋 大張可覆一山 小而蚊蠅 大而蛇虺 莫能入.
주천석 형여마노 중용일잔 이청수저지 즉변위미주 만산장 이해주사염약결조 소장즉가복일옥 대장가복일산 소이문승 대이사훼 막능입

牧使請之不許 則遂發卒圍舶 太子以石帳投之海中 牧使盡籍舶中所載 遂殺太子 太子臨死 咏詩曰 堯語難分桀服身 臨刑何暇訴蒼旻 三良臨穴誰能贖 二子乘舟賊不仁 骨暴沙場纏有草 魂歸古國弔无親 竹西樓下滔滔水 遺恨分明咽萬春.
목사청지불허 즉수발졸위박 태자이석장투지해중 목사진적박중소재 수살태자 태자림사 영시왈 요어난분걸복신 임형하가소창민 삼량림혈수능속 이자승주적불인 골폭사장전유초 혼귀고국조무친 죽서루하함함수 유한분명인만춘

此載李重煥擇里志 牧使遭臺參 減死長流云.
차재이중환택리지 목사조대참 감사장류운

余嘗疑此近齊東 使此果眞也 牧使之罪 雖肆市難贖其子孫如何長享富貴.
여상의차근제동 사차과진야 목사지죄 수사시난속기자손여하장향부귀

琉球中山王尙寧 屢以書幣遞付 年至使 甲申以後
유구중산왕상녕 누이서폐체부 연지사 갑신이후

不復通問 惜今行未遇海外諸使.
불부통문 석금행미우해외제사

以昨所見幻戲酒石觀之 則琉球酒石 亦似幻術 以閩
이작소견환희주석관지 즉유구주석 역사환술 이민

人王三賓所言 海蛛網虎爲眞 則漫山帳理或无怪.
인왕삼빈소언 해주망호위진 즉만산장리혹무괴

熱河酒樓 繁華不減皇京 壁上多明人書畵 流霞亭
열하주루 번화불감황경 벽상다명인서화 유하정

題 功名富貴兩忘羊 且盡生前酒一觴 多種好花三百
제 공명부귀양망양 차진생전주일상 다종호화삼백

本 短籬風雨四時香.
본 단리풍우사시향

又飮翠裘樓 壁間所題 墨痕猶濕 類于敏中阿克敦筆
우음취구루 벽간소제 묵흔유습 유우민중아극돈필

問諸酒傭 知此書主名否 對俄有一客 寫揭纔去 不知
문저주용 지차서주명부 대아유일객 사게재거 부지

書者姓名 其詩 致主初心陋漢唐 暮年身計落農桑 草
서자성명 기시 치주초심루한당 모년신계낙농상 초

煙牛跡西郊路 又臥旗亭送夕陽.
연우적서교로 우와기정송석양

兩詩不知何代誰作 而臨風一咏 令人感慨 俱書扇面
양시부지하대수작 이림풍일영 영인감개 구서선면

歸問尹亨山 則俱以名對 而余又忘之.
귀문윤형산 즉구이명대 이여우망지

尹卿問 高麗朴寅亮於君爲何 余曰 猶毛遂之於毛聃
윤경문 고려박인량어군위하 여왈 유모수지어모담
僕是土姓 分爲八望 貫係各異 不相爲族 亦不敢慟哭
복시토성 분위팔망 관계각이 불상위족 역불감통곡
汾陽 尹卿曰 康熙中 有朴雷字鳴夏 朝鮮人 今大淸
분양 윤경왈 강희중 유박뢰자명하 조선인 금대청
中外一家 俱無靑唇之嫌 余問 何謂靑唇之嫌也 尹卿
중외일가 구무청순지혐 여문 하위청순지혐야 윤경
曰 宋元豊中 高麗使至明州 象山尉張中以詩送之 朴
왈 송원풍중 고려사지명주 상산위장중이시송지 박
寅亮答序 有曰 花面艶吹 愧隣婦靑唇之動 桑間陋曲
인량답서 유왈 화면염취 괴린부청순지동 상간루곡
續郢人白雪之音 有司劾中 小官不當私交外彝.
속영인백설지음 유사핵중 소관부당사교외이

神宗問左右靑唇何事 皆莫能對 乃問趙元老 元老對
신종문좌우청순하사 개막능대 내문조원로 원로대
曰 太平廣記 有覩隣夫見婦吹火 爲詩云 吹火朱唇動
왈 태평광기 유도린부견부취화 위시운 취화주순동
添薪玉腕斜 遙看烟裏面 恰似霧中花 其妻告其夫曰
첨신옥완사 요간연리면 흡사무중화 기처고기부왈
君豈不能學耶 夫曰 君亦吹火 我當效之 夫乃爲詩云
군기불능학야 부왈 군역취화 아당효지 부내위시운
吹火靑唇動 添薪墨腕斜 遙看烟裏面 恰似鳩槃茶 此
취화청순동 첨신묵완사 요간연리면 흡사구반다 차
出王闢之澠水燕談錄云.
출왕벽지민수연담록운

余謂郝志亭曰 將軍雖從弓馬出身 掌故甚嫺 筆翰流
여위학지정왈 장군수종궁마출신 장고심한 필한유

麗 雖宿學耆儒 當鮮與儔 不審中州武將 必須文雅
려 수숙학기유 당선여주 불심중주무장 필수문아
學問優長否 抑亦將軍故是儒家淵源 乃效定遠勒銘否
학문우장부 억역장군고시유가연원 내효정원륵명부
志亭曰 家世農家 幸際聖代 然隨陸絳灌之恨 其來久
지정왈 가세농가 행제성대 연수륙강관지한 기래구
矣 如成者 則所謂車載斗量 曷足道哉.
의 여성자 즉소위거재두량 갈족도재

如今太學士阿公-桂 如近古太學士舒公-赫德 皆能
여금태학사아공 계 여근고태학사서공 혁덕 개능
文致太平 武遏亂略 富貴壽福 則汾陽西平 勤勞勳烈
문치태평 무알난략 부귀수복 즉분양서평 근로훈열
則裴晉文潞 不如是 未可以做文 未可以做武.
즉배진문로 불여시 미가이주문 미가이주무

如今四彝賓服 風塵淸謐 如成者可謂一介腐武 三十
여금사이빈복 풍진청밀 여성자가위일개부무 삼십
年來學六韜 英名嘗得預時髦 曾因國難披金甲 不爲
년래학육도 영명상득예시모 증인국난피금갑 불위
家貧賣寶刀 臂健尙嫌弓力軟 眼明猶識陣雲高 堂前
가빈매보도 비건상혐궁력연 안명유식진운고 당전
昨夜秋風起 羞見團花舊戰袍 此曹翰作 讀其詩 想見
작야추풍기 수견단화구전포 차조한작 독기시 상견
其據鞍顧眄.
기거안고면

自古儒將如孫武 吳起 廉頗 樂毅 王翦 趙充國 班
자고유장여손무 오기 염파 악의 왕전 조충국 반
超 沈慶之 韓世忠 皆致大耋 余笑曰 沈慶之目不識
초 심경지 한세충 개치대질 여소왈 심경지목불식
字 何謂儒將 志亭亦笑曰 沈公云 耕當問奴 織當問
자 하위유장 지정역소왈 심공운 경당문노 직당문

婢　當時已許其學問　戚南宮尤工於詩　畵角聲傳草木
비　당시이허기학문　척남궁우공어시　화각성전초목

哀　雲頭起對石門開　朔風邊酒不成醉　落葉歸鴻無數
애　운두기대석문개　삭풍변주불성취　낙엽귀홍무수

來　但使元－玄－戈銷殺氣　未妨白髮老邊才　勒名峯上
래　단사원 현 과소살기　미방백발로변재　늑명봉상

吾誰與　故李將軍舞劍臺　其將才可及　詩才不可及.
오수여　고이장군무검대　기장재가급　시재불가급

夕登豊潤城　有一美髥長者　前揖自言　姓名林皐　浙
석등풍윤성　유일미염장자　전읍자언　성명임고　절

江人　求聞余姓名　且驚且喜曰　君豈非楚亭族親乎　余
강인　구문여성명　차경차희왈　군기비초정족친호　여

亦驚喜問　君何以知楚亭　林皐曰　前年朴楚亭　與同國
역경희문　군하이지초정　임고왈　전년박초정　여동국

李烱菴　共登文昌樓　因宿同郡胡逈恒　指城底一門曰
이형암　공등문창루　인숙동군호형항　지성저일문왈

這是胡宅　壁上有楚亭筆.
저시호택　벽상유초정필

遂同卞季涵　鄭進士珏　入其中堂　日已昏黑　主人爲
수동변계함　정진사각　입기중당　일이혼흑　주인위

張四燈　照壁一讀　乃余家典洞時　烱菴在余作也　泬寥
장사등　조벽일독　내여가전동시　형암재여작야　혈료

秋令樹先知　任忘暄涼做白癡　壁靜萬蟲勤自護　簾虛
추령수선지　임망훤량주백치　벽정만충근자호　염허

一鳥慣相窺　抛他錢癖如將浼　呼我書淫故不辭　好事
일조관상규　포타전벽여장매　호아서음고불사　호사

中州空艶羡　堯峯文筆阮亭詩.
중주공염선　요봉문필원정시

聯白鷺紙二幅　筆態流動　一字恰如兩掌大　先是　吾
연백로지이폭 필태유동 일자흡여양장대 선시 오
輩談說中原　空費艷羨　數年之間　取次一游　又況萬里
배담설중원 공비염선 수년지간 취차일유 우황만리
異鄕　如逢故人一面哉.
이향 여봉고인일면재

琉璃廠中六一齋　初遇兪黃圃世琦字式韓　目淸眉秀
유리창중육일재 초우유황포세기자식한 목청미수
疑其爲潘庭筠　李調元　祝德麟　郭執桓諸名士也　此諸
의기위반정균 이조원 축덕린 곽집환제명사야 차제
人者　有先余交游者　故名芬牙頰　若數鬚眉.
인자 유선여교유자 고명분아협 약수수미

及與兪筆語之際　爲寫柳惠風送其叔父彈素詩　佳菊
급여유필어지제 위사유혜풍송기숙부탄소시 가국
衰蘭映使車　澹雲微雨九秋餘　欲將片語傳中土　池北
쇠란영사거 담운미우구추여 욕장편어전중토 지북
何人更著書　黃圃問　池北何人是誰　余曰　此用阮亭著
하인갱저서 황포문 지북하인시수 여왈 차용완정저
池北偶談　載敝邦金淸陰事也　黃圃曰　感舊集中有諱
지북우담 재폐방금청음사야 황포왈 감구집중유휘
尙憲字叔度　余曰　是也　淡雲輕雨小姑祠　佳菊衰蘭八
상헌자숙도 여왈 시야 담운경우소고사 가국쇠란팔
月時　是淸陰作　阮亭論詩絶句　淡雲微雨小姑祠　菊秀
월시 시청음작 완정론시절구 담운미우소고사 국수
蘭衰八月時　記得朝鮮使臣語　果然東國解聲詩　惠風
란쇠팔월시 기득조선사신어 과연동국해성시 혜풍
此作　倣阮亭也　黃圃曰　惠風詩未易得　果然東國解聲
차작 방완정야 황포왈 혜풍시미이득 과연동국해성

詩也 願聞其他作 余又寫 看書淚下染千秋 臨水騷人
시야 원문기타작 여우사 간서루하염천추 임수소인
无限愁 碻士編詩嫌草草 豸靑全集若爲求 黃圃搖手
무한수 확사편시혐초초 치청전집약위구 황포요수
筆指豸靑全集 曰 有禁 鐵君祖系貴國人 余問 緣何
필지치청전집 왈 유금 철군조계귀국인 여문 연하
有禁 黃圃不答 有箇詩人郭執桓 澹園聯唱遍東韓 至
유금 황포부답 유개시인곽집환 담원련창편동한 지
今三載无消息 汾水悠悠入夢寒 黃圃批之 問郭是何
금삼재무소식 분수유유입몽한 황포비지 문곽시하
地詩人 余曰 郭是太原人 問師東望楊維棟何如人 對
지시인 여왈 곽시태원인 문사동망양유동하여인 대
皆不知 問書肆中 有新刻繪聲園集否 卷首有師楊兩
개부지 문서사중 유신각회성원집부 권수유사양양
序 亦有僕序 黃圃卽書繪聲園集四字 送人文粹堂-書
서 역유복서 황포즉서회성원집사자 송인문수당 서
肆扁額-求之 還言無有.
사편액 구지 환언무유

余問 足下知潘庭筠學士乎 黃圃曰 未嘗證契 余問
여문 족하지반정균학사호 황포왈 미상증계 여문
潘宅在宗人府間壁 僕來時有言曰 尋宗人府 歷大門
반택재종인부간벽 복래시유언왈 심종인부 역대문
右轉 其間壁乃潘宅云 宗人府距此多小路 黃圃問 足
우전 기간벽내반택운 종인부거차다소로 황포문 족
下當知禮部 有一客入座 卽曰 不必尋宗人府 潘宅離
하당지예부 유일객입좌 즉왈 불필심종인부 반택리
此不遠 楊梅書街段氏白膏藥鋪對門 便是潘寓 黃圃
차불원 양매서가단씨백고약포대문 변시반우 황포
與客云云 卽曰 去歲秋間 潘移寓於此 先生緣誰識他
여객운운 즉왈 거세추간 반이우어차 선생연수식타

余曰 敝邦洪大容 乾隆丙戌 隨貢使入都遇潘 其後繼
여왈 폐방홍대용 건륭병술 수공사입도우반 기후계

有相交者 僕雖未見 神情默契.
유상교자 복수미견 신정묵계

潘工書畫 嘗自寫桃柳 題詩贈洪曰 吾家西子湖邊樹
반공서화 상자사도류 제시증홍왈 오가서자호변수

淺碧深紅二月時 如此江南歸不得 軟塵如粉夢如絲
천벽심홍이월시 여차강남귀부득 연진여분몽여사

黃圃大加墨圈曰 願聞貴友洪秀才佳句 余曰 未曾有
황포대가묵권왈 원문귀우홍수재가구 여왈 미증유

記 惠風送彈素詩 淺碧深紅二月時 軟塵如粉夢如絲
기 혜풍송탄소시 천벽심홍이월시 연진여분몽여사

杭州擧子潘香祖 可憐佳句似南施 吾東艶慕中州名士
항주거자반향조 가련가구사남시 오동염모중주명사

如此 黃圃復圈之曰 潘誠名士 然惠風亦自大佳 黃圃
여차 황포부권지왈 반성명사 연혜풍역자대가 황포

卽收其紙 納懷中曰 僕方錄毬堂詩話 幸得一段佳話
즉수기지 납회중왈 복방록구당시화 행득일단가화

同出門 分袂 黃圃指示曰 此去楊梅書街路也 段鋪
동출문 분몌 황포지시왈 차거양매서가로야 단포

牌畫大魚者是也.
패화대어자시야

姜女廟在山海關外 所謂望夫石也 王建詩 望夫處江
강녀묘재산해관외 소위망부석야 왕건시 망부처강

悠悠 化爲石不回頭 山頭日日風和雨 行人歸來石應
유유 화위석불회두 산두일일풍화우 행인귀래석응

語.
어

世多望夫石 一在太平一在武昌 王建所咏 非此石也
세다망부석 일재태평일재무창 왕건소영 비차석야
今有行宮 壯麗不減北鎭廟 果親王金字柱聯 振古名
금유행궁 장려불감북진묘 과친왕금자주련 진고명
蹟.
적

乾隆八年十月 皇帝題詩刻石曰 涼風頹樹吼斜陽 尙
건륭팔년시월 황제제시각석왈 량풍퇴수후사양 상
作悲聲弔乃郞 千古無心誇節義 一身有死爲綱常 由
작비성조내랑 천고무심과절의 일신유사위강상 유
來此日稱姜女 盡道當年哭杞梁 長見秉彝公懿好 訛
래차일칭강녀 진도당년곡기량 장견병이공의호 와
傳是處也何妨 石傍有小亭 曰振衣亭.
전시처야하방 석방유소정 왈진의정

大抵今淸家世名筆 而果親王尤善 似勝於米元章.
대저금청가세명필 이과친왕우선 사승어미원장

從使者入中國 須有稱號 譯官稱從事 軍官稱裨將
종사자입중국 수유칭호 역관칭종사 군관칭비장
閒遊如余者稱伴當 國言蘇魚稱盤當 盤與伴音同.
한유여여자칭반당 국언소어칭반당 반여반음동

旣渡鴨綠江 則所謂伴當 銀頂翠羽 短袂輕裝 道傍
기도압록강 즉소위반당 은정취우 단몌경장 도방
觀者指點 輒稱蝦 不識爲何稱蝦 而蓋似是武夫之別
관자지점 첩칭하 불식위하칭하 이개사시무부지별
號也 所過村坊小兒群聚 齊呼哥吾里來 哥吾里來 或
호야 소과촌방소아군취 제호가오리래 가오리래 혹
隨馬尾爭唱聒噪 哥吾里來者 高麗來也.
수마미쟁창괄조 가오리래자 고려래야

余笑謂同行曰 乃變三魚 諸人問 何謂三魚 余曰
여소위동행왈 내변삼어 제인문 하위삼어 여왈

在道稱伴當 是蘇魚也 渡江以來稱蝦 蝦亦魚族也 胡
재도칭반당 시소어야 도강이래칭하 하역어족야 호

兒群呼哥吾里 是洪魚也 人皆大笑 因於馬上口號曰
아군호가오리 시홍어야 인개대소 인어마상구호왈

翠翎銀頂武夫如 千里遼陽逐使車 一入中州三變號
취령은정무부여 천리요양축사거 일입중주삼변호

鯫生從古學蟲魚.
추생종고학충어

高麗本從高句驪立號 去句省馬 爲山高水麗 曰高麗
고려본종고구려립호 거구생마 위산고수려 왈고려

則千字文中金生麗水之麗 當屬去聲 而中國人呼爲平
즉천자문중금생려수지려 당속거성 이중국인호위평

聲 隋唐時 高句麗 皆呼高麗 高麗之號 其來久矣.
성 수당시 고구려 개호고리 고리지호 기래구의

李懋官嘗言 高句麗始見漢書地理志 而其先爲金蛙
이무관상언 고구려시견한서지리지 이기선위금와

東國方言稱蛙曰皆句驪 又曰 王摩句驪 古人質直 直
동국방언칭와왈개구려 우왈 왕마구려 고인질직 직

以君名爲國號 而乃冒其姓 爲高句驪 此雖一時詼語
이군명위국호 이내모기성 위고구려 차수일시회어

而頗有理致.
이파유이치

外國方言 類多有聲无字 中國人譯其音而字之 如呼
외국방언 유다유성무자 중국인역기음이자지 여호

銀爲蒙古 以好金爲愛新覺羅 呼壯士爲曳落河者是也.
은위몽고 이호금위애신각라 호장사위예락하자시야

山西人郭執桓 字封圭 又字勤庭 號曰半迂 又號東
산서인곽집환 자봉규 우자근정 호왈반우 우호동
山 亦稱繪聲園 乾隆丙寅生 能詩工書畫 家素封 宅
산 역칭회성원 건륭병인생 능시공서화 가소봉 택
枕虎山 門當蘆泉.
침호산 문당노천

其父泰峯 字靑嶺 號錦衲 誥授中憲大夫 例晉資政
기부태봉 자청령 호금납 고수중헌대부 예진자정
大夫 錦衲日與沈德潛賈洛澤諸名流 倡酬其中.
대부 금납일여심덕잠가락택제명류 창수기중

封圭嘗介其同郡鄧汶軒師閔 要澹園八詠于東國名士
봉규상개기동군등문헌사민 요담원팔영우동국명사
澹園 錦衲所居 蓋爲其父壽傳也.
담원 금납소거 개위기부수전야

余爲題 紅蕉綠石出東墻 一樹梧桐窈窕堂 傲骨平生
여위제 홍초록석출동장 일수오동요조당 오골평생
迎送嬾 丈人惟拜暮山光－右來淸閣 南陀竟日影婆娑
영송란 장인유배모산광 우내청각 남타경일영파사
耐可呼吾亦喚他 乍綴微風鳧鷺去 不禁撩亂百東坡－
내가호오역환타 사철미풍부로거 불금료란백동파
右鑒影池 已觀微白鼻端依 欲辨臟神掩兩扉 獨有暗香
우감영지 이관미백비단의 욕변장신엄량비 독유암향
侵夢冷 羅浮明月弄輝輝－右素心居 松覆深深卍字欄
침몽랭 나부명월롱휘휘 우소심거 송복심심만자란
垂蘿攲石翠相攢 一任畫船風吹去 盡夜寒聲瀉作灘－
수라기석취상찬 일임화선풍취거 진야한성사작탄
右松陰亭 噀輕堪醒醉魂花 天褭行空翠鬣髿 採藥將尋
우송음정 손경감성취혼화 천뇨행공취렵사 채약장심
劉阮去 路迷廉閃赤城霞－右飛霞樓 花似將歸強挽賓
유완거 노미렴섬적성하 우비하루 화사장귀강만빈

囑他風雨反逢嗔 自從洞裏修甁史 三百六旬都是春－
촉타풍우반봉진 자종동리수병사 삼백육순도시춘

右留春洞 玉麈淸宵獨上臺 杞棚霜落雁流哀 一聲劃裂
우유춘동 옥주청소독상대 기붕상락안류애 일성획렬

秋雲盡 萬里瑤空皓月來－右嘯月臺 花蘂夫人初入宮
추운진 만리요공호월래 우소월대 화예부인초입궁

含羞將語臉先紅 鸚哥舍利元非妙 誰識阿難悟道功－
함수장어검선홍 앵가사리원비묘 수식아난오도공

右語花軒.
우어화헌

⿰丰又圭寄其所著繪聲園集刻本一卷 請余序之 觀其集
봉규기기소저회성원집각본일권 청여서지 관기집

淸虛灑脫 類不火食者 自弱冠時 藉父緖業 招延海內
청허쇄탈 유불화식자 자약관시 자부서업 초연해내

詞客 爲文酒之會 楊維棟盧秉純之徒 皆爲序.
사객 위문주지회 양유동노병순지도 개위서

其懷津門西亭曰 香散花殘小院秋 西亭簾角月如鉤
기회진문서정왈 향산화잔소원추 서정렴각월여구

北來一雁橫空碧 影下東南入海流 其題袁耀山水小幅
북래일안횡공벽 영하동남입해류 기제원요산수소폭

曰 蟹舍漁灣水色明 煙條露葉半陰晴 雲間天際孤帆
왈 해사어만수색명 연조로엽반음청 운간천제고범

遠 寂寞斜陽一雁聲 其有感曰 壕梁月色照淸秋 夢繞
원 적막사양일안성 기유감왈 호량월색조청추 몽요

淮南蘆荻洲 雨暗楚原連浦靜 風催古木雜江流 孤舟
회남로적주 우암초원련포정 풍최고목잡강류 고주

无依乾坤濶 隻影空持雲水浮 最是蕭條極目處 迢遙
무의건곤활 척영공지운수부 최시소조극목처 초요

萬里使人愁.
만리사인수

余嘗徜徉於金鰲玉蝀之間 而雨村–李調元 秋樓–潘庭
여상상양어금오옥동지간 이우촌 이조원 추루 반정
筠 芷塘–祝德麟 諸名流 庶幾可遇 然郭氏執桓沒已六
균 지당 축덕린 제명류 서기가우 연곽씨집환몰이육
年矣–聞執桓死於乾隆乙未八月云 繪聲集 當有更刻之本
년의 문집환사어건륭을미팔월운 회성집 당유갱각지본
而求之廠中 竟未得 可恨可恨.
이구지창중 경미득 가한가한

尹卿出黑紙小箑 畵竹石 乳金書 綠竹瞻君子 卷阿
윤경출흑지소삽 화죽석 유금서 녹죽첨군자 권아
矢德音 揮毫開便面 握手得同心 下方書尹嘉銓題 時
시덕음 휘호개편면 악수득동심 하방서윤가전제 시
年七十.
년칠십

明詩綜 載余五世祖錦陽君大同館題壁一絕 高句麗
명시종 재여오세조금양군대동관제벽일절 고구려
起漢鴻嘉 宮殿遺墟草樹遮 怊悵乙支文德死 國亡非
기한홍가 궁전유허초수차 초창을지문덕사 국망비
爲後庭花.
위후정화

高句麗起非在鴻嘉 乃漢元帝建昭二年 成帝鴻嘉三
고구려기비재홍가 내한원제건소이년 성제홍가삼
年 百濟太祖高溫祚都稷山 先祖偶失點檢.
년 백제태조고온조도직산 선조우실점검

而兪式韓毬堂錄 引日知錄用東史所證書大傳 以辨
이유식한구당록 인일지록용동사소증서대전 이변

此詩鴻嘉之誤 中州之士 動於考據辨析 以爲博雅 類
차 시 홍 가 지 오 중 주 지 사 동 어 고 거 변 석 이 위 박 아 유

多如是.
다 여 시

長洲尤侗悔菴著外國竹枝詞 首以我國 其下百餘國
장 주 우 동 회 암 저 외 국 죽 지 사 수 이 아 국 기 하 백 여 국

民謠土産 著其大槪 而觀其所述朝鮮事 尙多舛謬 況
민 요 토 산 저 기 대 개 이 관 기 소 술 조 선 사 상 다 천 류 황

四海外萬里之遠 而無文字可以通其土俗哉.
사 해 외 만 리 지 원 이 무 문 자 가 이 통 기 토 속 재

其撰朝鮮曰 高句驪降下句驪 未若朝鮮古號宜 千里
기 찬 조 선 왈 고 구 려 강 하 구 려 미 약 조 선 고 호 의 천 리

王京陳百戲 漢城猶見漢官儀 註云 古朝鮮並入高句
왕 경 진 백 희 한 성 유 견 한 관 의 주 운 고 조 선 병 입 고 구

驪 隋征之不服 貶爲下句驪 明洪武中入貢 奉詔更號
려 수 정 지 불 복 폄 위 하 구 려 명 홍 무 중 입 공 봉 조 갱 호

朝鮮 以漢城爲王京 每詔使至 雜陳百戲 又曰 長衫
조 선 이 한 성 위 왕 경 매 조 사 지 잡 진 백 희 우 왈 장 삼

廣袖折風巾 硾紙狼毫漢字眞 自序世家傳國遠 尙書
광 수 절 풍 건 추 지 랑 호 한 자 진 자 서 세 가 전 국 원 상 서

篇內九疇人 又 小兒八歲號黃昌 舞劒能誅百濟王 更
편 내 구 주 인 우 소 아 팔 세 호 황 창 무 검 능 주 백 제 왕 갱

唱嘉俳會蘇曲 朝來蠶績已盈筐 註云 新羅國黃昌郞
창 가 배 회 소 곡 조 래 잠 적 이 영 광 주 운 신 라 국 황 창 랑

八歲 爲王往百濟 舞劒于市 王召入宮令舞 因刺之.
팔 세 위 왕 왕 백 제 무 검 우 시 왕 소 입 궁 령 무 인 자 지

七月望日 王使王女 率六部女子 績於廣庭 八月望
칠 월 망 일 왕 사 왕 녀 솔 육 부 여 자 적 어 광 정 팔 월 망

日 乃考其功 負者設酒 相與歌舞 謂之嘉俳 一女其
일 내고기공 부자설주 상여가무 위지가배 일녀기
起舞 爲會蘇之曲 後朝鮮破新羅 擬爲黃昌會蘇二曲.
기무 위회소지곡 후조선파신라 의위황창회소이곡

奇麗川出昭代叢書 拈此相示 余謂尹亨山曰 降號下
기려천출소대총서 염차상시 여위윤형산왈 강호하
句驪 乃王莽事也 尹曰 然 余曰 自序世家句極謬 箕
구려 내왕망사야 윤왈 연 여왈 자서세가구극류 기
氏朝鮮 爲衛滿所逐 尹卿曰 此錯綜言東方三國時 非
씨조선 위위만소축 윤경왈 차착종언동방삼국시 비
專指貴國.
전지귀국

其曰 傳家遠者 概論國號朝鮮 肇自箕聖 所以贊美
기왈 전가원자 개론국호조선 조자기성 소이찬미
貴國之極致 大約此非佳作 如癡人說夢 隔靴爬癢 余
귀국지극치 대약차비가작 여치인설몽 격화파양 여
曰 註云朝鮮破新羅 尤謬 敝邦承高麗 高麗承新羅
왈 주운조선파신라 우류 폐방승고려 고려승신라
則安得破五百年前新羅 麗川大笑曰 所謂乙丑甲子.
즉안득파오백년전신라 여천대소왈 소위을축갑자

余問 尹卿曰 當世詩人 海內稱首者 可得聞名歟
여문 윤경왈 당세시인 해내칭수자 가득문명여
尹卿曰 以海內之大 固不乏鴻匠妙才 而敝年老 斷置
윤경왈 이해내지대 고불핍홍장묘재 이폐연로 단치
人世事 年少才子 未能相識 敝老友袁太史枚 字子才
인세사 연소재자 미능상식 폐로우원태사매 자자재
高蹈不羈之士也 不樂仕宦 放跡山水 最工懷古之作
고도불기지사야 불락사환 방적산수 최공회고지작

因高咏數句　余未曉聽　請書示.
인고영수구　여미효청　청서시

其博浪城詩曰　眞人採藥走蓬萊　博浪沙連望海臺　九
기박랑성시왈　진인채약주봉래　박랑사련망해대　구

鼎尙沈三戶起　六王纔畢一椎來　虎龍有氣黃金盡　山
정상침삼호기　육왕재필일추래　호룡유기황금진　산

鬼無聲白璧哀　大索十日還撒手　如君終古儘奇才　觀
귀무성백벽애　대색십일환살수　여군종고진기재　관

其詩　可占中原士大夫之心　而亨山之獨咏此篇　其意
기시　가점중원사대부지심　이형산지독영차편　기의

尤著　然不諱於奇麗川　何也.
우저　연불휘어기려천　하야

康熙戊午　江右女子季文蘭　爲胡人所掠　賣往瀋陽
강희무오　강우여자계문란　위호인소략　매왕심양

到榛子店　題詩壁上曰　椎髻空憐昔日粧　征裙換盡越
도진자점　제시벽상왈　추계공련석일장　정군환진월

羅裳　爺孃生死知何處　痛哭春風上瀋陽　下題　奴江右
라상　야양생사지하처　통곡춘풍상심양　하제　노강우

虞尙卿秀才妻也　夫被戮　今爲王章京所賣　將往瀋陽
우상경수재처야　부피륙　금위왕장경소매　장왕심양

戊午正月廿一日　灑淚拂壁書此　惟望天下有心人　見
무오정월입일일　쇄루불벽서차　유망천하유심인　견

此憐而見拯　奴年今二十有一.
차련이견증　노년금이십유일

後六年癸亥　淸城府院君金公錫胄　使過此店　錄而歸
후육년계해　청성부원군김공석주　사과차점　녹이귀

後三十餘年　老稼齋金公昌業　又過此店　則壁間題墨
후삼십여년　노가재김공창업　우과차점　즉벽간제묵

猶有存者　今余後稼齋六十餘年　而又過此店　徘徊咏
유유존자　금여후가재육십여년　이우과차점　배회영
想　而壁上所題　不可見矣.
상　이벽상소제　불가견의

余偶擧此詩　語之奇豊額　奇潸然淚下　問　榛子店在
여우거차시　어지기풍액　기산연루하　문　진자점재
於何處　余曰　在山海關外　奇卽題一絶曰　紅粧朝落鑲
어하처　여왈　재산해관외　기즉제일절왈　홍장조락양
黃旗　笳拍傷心第五詞　天下男兒無孟德　千金誰贖蔡
황기　가박상심제오사　천하남아무맹덕　천금수속채
文姬.
문희

康熙山莊詩共三十六首　皆陋拙无致　蓋多勉强咏哦
강희산장시공삼십육수　개루졸무치　개다면강영아
以示素抱　而群下必蒐羅群書　以廣箋註.
이시소포　이군하필수라군서　이광전주

如煙波致爽曰　山莊頻避暑　靜默少喧嘩　此何足多費
여연파치상왈　산장빈피서　정묵소훤화　차하족다비
訓釋　而爲註者　引梁蕭統詩　命駕出山莊　劉禹錫詩
훈석　이위주자　인양소통시　명가출산장　유우석시
綠蘿陰下有山莊　戴叔倫詩　芝田棗逕往來頻　孫逖詩
녹라음하유산장　대숙륜시　지전조경왕래빈　손적시
地勝林亭好　時淸宴賞頻　魏徵九成宮醴泉銘　皇帝避
지승림정호　시청연상빈　위징구성궁예천명　황제피
暑乎九成之宮　梁簡文帝納涼詩　避暑高梧側　輕風時
서호구성지궁　양간문제납량시　피서고오측　경풍시
入襟　白居易詩　望春花景暖　避暑竹風涼　南史沈麟士
입금　백거이시　망춘화경난　피서죽풍량　남사심린사

傳 年過八十 耳目猶聰明 人以爲養身靜默所致 皇甫
전 연과팔십 이목유총명 인이위양신정묵소치 황보

曾詩 草長光風裏 鶯啼靜默間 何遜詩 視聽絶喧嘩.
증시 초장광풍리 앵제정묵간 하손시 시청절훤화

此才兩句 无不可解者 安用許多箋註 帝庸作歌 亦
차재양구 무불가해자 안용허다전주 제용작가 역

安用許多出處.
안용허다출처

朱子曰 關關雎鳩 出在何處 此可爲詩學之大成.
주자왈 관관저구 출재하처 차가위시학지대성

街頭喧誦河間傳 閨裏悲歌楊白花 此佔畢齋刺舍方
가두훤송하간전 규리비가양백화 차점필재자사방

知也 舍方知者 私賤也 自幼爲女服 傅粉脂 學剪製
지야 사방지자 사천야 자유위여복 부분지 학전제

及長 出入朝士家.
급장 출입조사가

天順七年春 憲府風聞 逮訊其素所私一尼 尼曰 陽
천순칠년춘 헌부풍문 체신기소소사일니 이왈 양

道壯也 令女醫班德捫之 永順君溥 河城尉鄭顯祖雜
도장야 영녀의반덕문지 영순군부 하성위정현조잡

驗之 皆吐舌曰 壯也.
험지 개토설왈 장야

當時中朝 亦先有此 吳郡楊循吉蓬軒別記 成化庚子
당시중조 역선유차 오군양순길봉헌별기 성화경자

京師有寡婦 善女紅 少而艾 履襪不盈四寸 諸富貴家
경사유과부 선녀공 소이애 이말불영사촌 제부귀가

相薦 引以教刺繡 見男子輒羞避 夜與從教者寢處 謹
상천 인이교자수 견남자첩수피 야여종교자침처 근

鎖鑰 人益信其嚴於自防.
쇄약 인익신기엄어자방

庠生某慕之 乃以厥妻始爲妹 延寡至家 潛戒其妻
상생모모지 내이궐처시위매 연과지가 잠계기처

夜啓戶 佯如廁 生遽入滅燭 寡大呼 生扼其吭强犯之
야계호 양여측 생거입멸촉 과대호 생액기항강범지

則男子也 繫送于官鞫之 姓桑名翀 年二十四 自幼纏
즉남자야 계송우관국지 성상명충 연이십사 자유전

足 法司上其獄 憲宗皇帝以爲人妖 置諸極典.
족 법사상기옥 헌종황제이위인요 치저극전

望夫石 千山范光遠題 不見築城人 但見貞女迹 試
망부석 천산범광원제 불견축성인 단견정녀적 시

問萬里城 何如一片石.
문만리성 하여일편석

康熙所刊全唐詩 共一百二十卷 宜无所遺 而唐玄宗
강희소간전당시 공일백이십권 의무소유 이당현종

御製賜新羅景德王五言十韻詩 不載集中.
어제사신라경덕왕오언십운시 부재집중

三國史 新羅景德王十五年春二月 王聞玄宗在蜀 遺
삼국사 신라경덕왕십오년춘이월 왕문현종재촉 유

使入唐 浙江至成都朝貢 詔曰 嘉新羅王歲修朝貢 克
사입당 절강지성도조공 조왈 가신라왕세수조공 극

踐禮樂名義 賜詩一首 四維分景緯 萬象含中樞 玉帛
천예악명의 사시일수 사유분경위 만상함중추 옥백

遍天下 梯航歸上都 緬懷阻靑陸 歲月勤黃圖 漫漫窮
편천하 제항귀상도 면회조청륙 세월근황도 만만궁

地際 蒼蒼連海隅 輿言名義國 豈謂山河殊 使去傳風
지제 창창연해우 홍언명의국 기위산하수 사거전풍

敎 人來習典謨 衣冠知奉禮 忠信識尊儒 誠矣天其鑒
교 인래습전모 의관지봉례 충신식존유 성의천기감

賢哉德不孤 擁旄同作牧 厚貺比生芻 益重靑靑志 風
현재덕불고 옹모동작목 후황비생추 익중청청지 풍

霜恒不渝.
상항불투

宋宣和中 高麗使臣金富儀 將刻本示館伴學士李邴
송선화중 고려사신김부의 장각본시관반학사이병

邴上之帝－徽宗皇帝 因宣示兩府及諸學士訖 傳宣曰
병상지제 휘종황제 인선시양부급제학사흘 전선왈

進奉侍郎所上詩 眞明皇書 嘉嘆不已.
진봉시랑소상시 진명황서 가탄불이.

此詩旣入中國 至經道君睿賞 而後世錄唐詩者 並未
차시기입중국 지경도군예상 이후세록당시자 병미

見收 始知前代墜文 非耳目所可窮 而海外偏邦之士
견수 시지전대추문 비이목소가궁 이해외편방지사

反或有闡幽之功 豈非吾輩之厚幸也歟.
반혹유천유지공 기비오배지후행야여

吳中自古浄誕輕詭 然率能工文章 善書畵 類多名士
오중자고정탄경궤 연솔능공문장 선서화 유다명사

而中原人士皆惡之 目裨販駔儈 則稱杭州風 蓋吳人
이중원인사개오지 목비판장쾌 즉칭항주풍 개오인

多狡獪之術也.
다교회지술야

錢塘田汝成委巷叢談曰 杭俗浄誕 輕譽而苟毁 道聽
전당전여성위항총담왈 항속정탄 경예이구훼 도청

塗說 無復裁量 如某所有異物 某家有異事 一人唱之
도설 무부재량 여모소유이물 모가유이사 일인창지
百人和之 身質其疑 皎若目覩.
백인화지 신질기의 교약목도

譬之風焉 起无頭而過無影 不可踪蹟 故諺云 杭州
비지풍언 기무두이과무영 불가종적 고언운 항주
風會撮空 好和歹立一宗 又云 杭州風一把葱 花簇簇
풍회촬공 호화알립일종 우운 항주풍일파총 화족족
裏頭空.
리두공

又其俗喜作僞 以邀利目前而不顧身後 如酒攙灰 鷄
우기속희작위 이요리목전이불고신후 여주참회 계
塞沙 鵝竿吹氣 魚肉貫水 織作刷油粉 自宋時已然.
색사 아간취기 어육관수 직작쇄유분 자송시이연

余語奇貴州陸飛書畵之工 奇曰 這是凡虫 蓋亦杭州
여어기귀주육비서화지공 기왈 저시범충 개역항주
風之謂也 北人之憎嫉南士類此.
풍지위야 북인지증질남사류차

崔杜機-成大- 梨花菴老僧歌云 吳王看戲泣椎結
최두기 성대 이화암노승가운 오왕간희읍추결
錢叟爲僧托麟筆 我東先輩每於中州事 率因風聞而不
전수위승탁린필 아동선배매어중주사 솔인풍문이불
詳實蹟.
상실적

所謂吳王者 吳三桂也 錢叟者 錢謙益也 謙益三桂
소위오왕자 오삼계야 전수자 전겸익야 겸익삼계
俱以降虜 白頭無聊 一則雖托義擧而號先僭 一則寓
구이항로 백두무료 일즉수탁의거이호선참 일즉우

意著書而大節已虧　雖欲巧逃後世之誅貶　人孰信之.
의 저 서 이 대 절 이 휴　수 욕 교 도 후 세 지 주 폄　인 숙 신 지

吾東諺　凡事物之黖昧者　稱朦朧春秋　東人喜談春秋
오 동 언　범 사 물 지 알 매 자　칭 몽 롱 춘 추　동 인 희 담 춘 추

而朦朧若是類者多　豈不爲滿人之所笑也.
이 몽 롱 약 시 류 자 다　기 불 위 만 인 지 소 소 야

宋徽宗大觀中　葉夢得館伴高麗使臣　故事使人到闕
송 휘 종 대 관 중　섭 몽 득 관 반 고 려 사 신　고 사 사 인 도 궐

不過月餘　卽遣還　徽宗欲使觀殿試新榜及上池　遂留
불 과 월 여　즉 유 환　휘 종 욕 사 관 전 시 신 방 급 상 지　수 류

幾七十日.
기 칠 십 일

使者頗修謹詳雅　葉餞行　至占雲館而別　其副使韓皦
사 자 파 수 근 상 아　섭 전 행　지 점 운 관 이 별　기 부 사 한 교

如贈葉玉帶云　此唐古物　其家世傳爲寶　自於笏上書
여 증 섭 옥 대 운　차 당 고 물　기 가 세 전 위 보　자 어 홀 상 서

示一詩云　泣涕汍瀾欲別離　此生無復再來期　謾將寶
시 일 시 운　읍 체 환 란 욕 별 리　차 생 무 부 재 래 기　만 장 보

帶陳深意　莫忘思人見物時　葉以麗使故事無解挽例
대 진 심 의　막 망 사 인 견 물 시　섭 이 려 사 고 사 무 해 만 례

力辭之　稱其詩雖朴拙　而可見其意云.
역 사 지　칭 기 시 수 박 졸　이 가 견 기 의 운

雍正初　勅使書山題浮碧樓曰　風物獨依舊　山河猶帶
옹 정 초　칙 사 서 산 제 부 벽 루 왈　풍 물 독 의 구　산 하 유 대

羞　書山　滿人也　忽作思漢語　何也.
수　서 산　만 인 야　홀 작 사 한 어　하 야

囊時商舶漂到甕津 舶中有能詩者 以一律呈水使曰
낭시상박표도옹진 박중유능시자 이일률정수사왈
故國誰憐鍾簴變 殊方還愧姓名通 千秋周顗新亭淚
고국수련종거변 수방환괴성명통 천추주의신정루
空洒滄滄水不窮 惜未得其全篇 而詩人姓名 亦无傳.
공쇄창창수불궁 석미득기전편 이시인성명 역무전

石林詩話—葉夢得著—曰 高麗自太宗朝久不入貢 至
석림시화 섭몽득저 왈 고려자태종조구불입공 지
元豐初 始遣使來朝 神宗以張誠一館伴 問其復朝之
원풍초 시유사래조 신종이장성일관반 문기부조지
意云 其國與契丹爲隣 不堪誅求 國主王徽—文宗諱—
의운 기국여거란위린 불감주구 국주왕휘 문종휘
常誦華嚴經 祈生中國.
상송화엄경 기생중국

一夕 忽夢至京師 備見城邑宮室之盛 覺而慕之 乃
일석 홀몽지경사 비견성읍궁실지성 각이모지 내
爲詩曰 惡業因緣近契丹 一年朝貢幾多般 移身忽到
위시왈 악업인연근거란 일년조공기다반 이신홀도
中華裏 可惜深宮滴漏殘.
중화리 가석심궁적루잔

錢受之所云 國內無戈坐一人 卽金慕齋作也 見文集
전수지소운 국내무과좌일인 즉김모재작야 견문집
受之之跋皇華集 擧此以譏之 然其實華鴻山察頒詔時
수지지발황화집 거차이기지 연기실화홍산찰반조시
所作俑也 如廣野無邊水 長天一點鴻 野字寫得廣 天
소작용야 여광야무변수 장천일점홍 야자사득광 천

字寫得長　水字去傍爲無邊　鴻字打批爲一點　此所謂
자 사 득 장　수 자 거 방 위 무 변　홍 자 타 비 위 일 점　차 소 위
二字含意也.
이 자 함 의 야

故陪臣遠接龍灣　必妙選詞學之士　爲從事以備應卒
고 배 신 원 접 용 만　필 묘 선 사 학 지 사　위 종 사 이 비 응 졸
而詔使在道　必出此等　意在困迫接伴　當時接伴諸人
이 조 사 재 도　필 출 차 등　의 재 곤 박 접 반　당 시 접 반 제 인
亦必預習此等　遂以爲例.
역 필 예 습 차 등　수 이 위 례

而非所樂爲也　受之爲鴻山跋此集也　沒其實狀　而獨
이 비 소 락 위 야　수 지 위 홍 산 발 차 집 야　몰 기 실 상　이 독
拈東人一句　以爲嗤笑　至戒其勿與酬唱　惡能服東士
념 동 인 일 구　이 위 치 소　지 계 기 물 여 수 창　오 능 복 동 사
之心乎　余擧此談之兪式韓　式韓收納懷中　如獲異寶.
지 심 호　여 거 차 담 지 유 식 한　식 한 수 납 회 중　여 획 이 보

崔簡易三日浦詩　晴峯六六斂螺蛾　白鳥雙雙弄鏡波
최 간 이 삼 일 포 시　청 봉 륙 륙 렴 라 아　백 조 쌍 쌍 롱 경 파
三日仙遊猶不再　十洲佳處始知多.
삼 일 선 유 유 부 재　십 주 가 처 시 지 다

余嘗登四仙亭　沈伯修書此詩　刻揭亭上　而此殊非佳
여 상 등 사 선 정　심 백 수 서 차 시　각 게 정 상　이 차 수 비 가
作耳　世傳簡易謁王弇州　公務堆積如山　數十吏迭奏
작 이　세 전 간 이 알 왕 엄 주　공 무 퇴 적 여 산　수 십 리 질 주
文牀　弇州憑案揮塵　左酬右應　題判如流　衆筆齊擧
문 장　엄 주 빙 안 휘 주　좌 수 우 응　제 판 여 류　중 필 제 거
須臾雲空.
수 유 운 공

更有十餘少年 各呈所課 或詩或文 或小品書種 弇
갱유십여소년 각정소과 혹시혹문 혹소품서종 엄
州硏朱點閱 手不停筆 簡易大驚服 問侍者曰 老爺往
주연주점열 수부정필 간이대경복 문시자왈 노야왕
常如此否 侍者云 今適坐閒小間耳 老爺往日已得詩
상여차부 시자운 금적좌한소간이 노야왕일이득시
萬首 著書千卷.
만수 저서천권

簡易默然心死 袖出所著文請敎 弇州曰 有意於作者
간이묵연심사 수출소저문청교 엄주왈 유의어작자
但讀書不多 聞見未廣 可歸讀昌黎文中獲麟解五百遍
단독서부다 문견미광 가귀독창려문중획린해오백편
當識作文蹊徑耳.
당식작문혜경이

簡易大慙恨 深諱見弇州一事 而爲文務爲僻澁奇崛
간이대참한 심휘견엄주일사 이위문무위벽삽기굴
者 學李于鱗 于鱗爲弇州所畏 故欲以此雄壓耳.
자 학이우린 우린위엄주소외 고욕이차웅압이

許筠之儐朱太史之蕃也 問朱曾見弇州否 朱曰 曾於
허균지빈주태사지번야 문주증견엄주부 주왈 증어
癸巳春往太倉 請益於弇州 公時以南司寇致仕 貌不
계사춘왕태창 청익어엄주 공시이남사구치사 모불
踰中人 眼光如星 築堂花園 聚門徒飮酒賦詩 弇州日
유중인 안광여성 축당화원 취문도음주부시 엄주일
飮五六斗 不醉 有求詩文者 令侍婢吹彈 而磨墨伸紙
음오륙두 불취 유구시문자 영시비취탄 이마묵신지
如有風雲鬼神 又問 弇州有畏憚否 朱曰 公平生所畏
여유풍운귀신 우문 엄주유외탄부 주왈 공평생소외

服 惟滄溟一人 每覔句 必先高咏于麟秦關詩曰 蒼龍
복 유창명일인 매멱구 필선고영우린진관시왈 창룡
遠掛秦天雨 石馬長嘶漢苑風 如何不畏.
원괘진천우 석마장시한원풍 여하불외

沈汾續神仙傳云 新羅賓貢進士金可紀爲仙云 而章
심분속신선전운 신라빈공진사김가기위선운 이장
孝標送金可紀歸新羅詩曰 登唐科第語唐音 望日初生
효표송김가기귀신라시왈 등당과제어당음 망일초생
憶故林 風高一葉飛魚背 湖淨三山出海心 可紀之歸
억고림 풍고일엽비어배 호정삼산출해심 가기지귀
本國明矣.
본국명의

續仙傳稱 可紀居終南子午谷 後三年 航海歸本國
속선전칭 가기거종남자오곡 후삼년 항해귀본국
復來 衣道服入終南 務行陰德.
부래 의도복입종남 무행음덕

唐大中十一年十二月 忽上表言 臣奉玉皇詔 明年二
당대중십일년십이월 홀상표언 신봉옥황조 명년이
月二十五日當上昇 宣宗異之 賜宮女四人 香藥金綵
월이십오일당상승 선종이지 사궁녀사인 향약금채
又遣中使二人伏侍 至其日 果有五雲 鸞鶴笙簫 金石
우유중사이인복시 지기일 과유오운 난학생소 금석
羽蓋 幡幢滿空 乘鶴而去 朝列士庶觀者 塡溢山谷
우개 번당만공 승학이거 조렬사서관자 전일산곡
莫不瞻禮嘆異.
막부첨례탄이

韓無畏傳道錄云 金可紀與崔承祐僧惠慈 從申元之
한무외전도록운 김가기여최승우승혜자 종신원지

學道　逢鍾離將軍地仙二百等　話似涉傅會.
학 도　봉 종 리 장 군 지 선 이 백 등　화 사 섭 부 회

余友人羅杰仲興　文章魁傑士也　邃於易　平生嗜鍾王書法　遇赫蹏片札　則輒背作瘞鶴銘數字　或紙不足而點畫拐勒　無可施處　則運筆歷紙　坐席盡黑.
여 우 인 나 걸 중 흥　문 장 괴 걸 사 야　수 어 역　평 생 기 종 왕 서 법　우 혁 제 편 찰　즉 첩 배 작 예 학 명 수 자　혹 지 부 족 이 점 화 괴 륵　무 가 시 처　즉 운 필 력 지　좌 석 진 흑

故若戶外有仲興履響　必先藏硯具　然後乃方出迎　仲興入室　必先左右顧眄　苦覓紙筆　眼中無見　然後乃叙寒暄　其任眞如此.
고 약 호 외 유 중 흥 리 향　필 선 장 연 구　연 후 내 방 출 영　중 흥 입 실　필 선 좌 우 고 면　고 멱 지 필　안 중 무 견　연 후 내 서 한 훤　기 임 진 여 차

歲丙申仲冬　隨申書狀思運入燕　其時正使　卽錦城尉也　禮士殊深　奇羅跅弛　爲助扇丸　數諭任譯　毋阻衙門　然仲興天性眞率　所至多見搪塞　故不能恣意遊覽亦未得遇一中州名士云.
세 병 신 중 동　수 신 서 장 사 운 입 연　기 시 정 사　즉 금 성 위 야　예 사 수 심　기 라 척 이　위 조 선 환　삭 유 임 역　무 조 아 문　연 중 흥 천 성 진 솔　소 지 다 견 당 색　고 불 능 자 의 유 람 역 미 득 우 일 중 주 명 사 운

其行余送之松京　而其還　倣華制造太平車　載其妻子入赤裳山中　于今四年不見.
기 행 여 송 지 송 경　이 기 환　방 화 제 조 태 평 차　재 기 처 자 입 적 상 산 중　우 금 사 년 불 견

今余是行　檢篋中知舊書札詩文藏之　得仲興舊爲詩
금 여 시 행　검 협 중 지 구 서 찰 시 문 장 지　득 중 흥 구 위 시

行草爛然 遂入行橐 以示奇貴州 奇大加稱賞曰 蒼健
행초란연 수입행탁 이시기귀주 기대가칭상왈 창건
沈鬱 其格力眞似老杜云.
침울 기격력진사노두운

其偶成曰 山扉寥廓棄冠巾 老去漸能幽事親 階除留
기우성왈 산비료곽기관건 노거점능유사친 계제류
對日華靜 空外翻過雲片新 黃鳥忽來啼綠樹 斑花無
대일화정 공외번과운편신 황조흘래제록수 반화무
數度靑春 知無一物違吾意 不負皇天長育辰 又 天外
수도청춘 지무일물위오의 불부황천장육진 우 천외
錦西山復山 近來卜宅不離閒 孤峯晴石依空翠 側徑
금서산부산 근래복댁불리한 고봉청석의공취 측경
幽花點細斑 鳥避誤疑沾雨過 蜂窺爭占飫香還 興長
유화점세반 조피오의첨우과 봉규쟁점어향환 흥장
日日扶黎杖 一望一吟開旅顔 又 戰經黑齒郡之東 久
일일부려장 일망일음개려안 우 전경흑치군지동 구
住殊方事盡通 峽曉雲移幽洞翠 澗曛日隱古城紅 晩
주수방사진통 협효운이유동취 간훈일은고성홍 만
興早寢從他好 短咏長吟不自窮 若道淹留無逸興 何
흥조침종타호 단영장음부자궁 약도엄류무일흥 하
時得豁旅愁空 其不寐曰 入夜喜看連峽雲 遙空漸改
시득활려수공 기불매왈 입야희간련협운 요공점개
赤紛紛 對簷獨坐息喧雀 支枕乍眠還聚蚊 峯樹溪沙
적분분 대첨독좌식훤작 지침사면환취문 봉수계사
漫欲數 南箕北斗自成文 未憐愁劇添新病 剩得詩如
만욕수 남기북두자성문 미련수극첨신병 잉득시여
刺繡紋 午枕曰 昏昏午睡困炎蒸 萬事踈慵著不能 未
자수문 오침왈 혼혼오수곤염증 만사소용착불능 미
卷牀書窺紫燕 常餘硯墨飽靑蠅 客過小徑虛相問 妻
권상서규자연 상여연묵포청승 객과소경허상문 처

對荒畦久欲憎　忽得淸光看月出　錯疑赫日碾空昇.
대 황 휴 구 욕 증　홀 득 청 광 간 월 출　착 의 혁 일 년 공 승

貴州曰　固多名句　而間不成律云　蓋吾東音韻　或與
귀 주 왈　고 다 명 구　이 간 불 성 률 운　개 오 동 음 운　혹 여
華音相異　故間有不合於律者耳.
화 음 상 이　고 간 유 불 합 어 률 자 이

朴充金夷魚　皆新羅人也　入唐俱爲賓貢進士　唐張喬
박 충 김 이 어　개 신 라 인 야　입 당 구 위 빈 공 진 사　당 장 교
有送金夷魚奉使歸本國詩曰　渡海登仙籍　還家備漢儀
유 송 김 이 어 봉 사 귀 본 국 시 왈　도 해 등 선 적　환 가 비 한 의
又張喬送朴充侍御歸海東詩云　天涯離二紀　闕下歷三
우 장 교 송 박 충 시 어 귀 해 동 시 운　천 애 리 이 기　궐 하 력 삼
朝.
조

中州人士　與余初遇　必先問航海程途　下陸何方　余
중 주 인 사　여 여 초 우　필 선 문 항 해 정 도　하 륙 하 방　여
對直由旱路起程　自遼東入山海關　抵皇京云爾　則或
대 직 유 한 로 기 정　자 요 동 입 산 해 관　저 황 경 운 이　즉 혹
有不信者　誦渡海登仙籍爲證　眞以我東　爲絶洋外國
유 불 신 자　송 도 해 등 선 적 위 증　진 이 아 동　위 절 양 외 국
如琉球歐邏　中州人有時鹵莽如此.
여 유 구 구 라　중 주 인 유 시 로 망 여 차

李懋官在墨莊座　徵詩潘秋樓—墨莊　翰林庶吉士李鼎元
이 무 관 재 묵 장 좌　징 시 반 추 루　묵 장　한 림 서 길 사 이 정 원
蜀錦州人　秋樓　潘庭筠號也　潘曰　吾前爲詩　頗費思索　苦
촉 금 주 인　추 루　반 정 균 호 야　반 왈　오 전 위 시　파 비 사 색　고

困作　故詩苦未多　比覽惲鐵簫寒柳冊子　王秋史題四
곤작　고시고미다　비람운철소한류책자　왕추사제사

詩於後　柳爲明殷相國通樂園舊植　感而有作云　愁心
시어후　유위명은상국통락원구식　감이유작운　수심

都付畵工論　悽絶張條夢水村　海右亭荒名士散　天涯
도부화공론　처절장조몽수촌　해우정황명사산　천애

木落廢園存　半規殘月春留別　一例斜陽暮斂魂　六十
목락폐원존　반규잔월춘류별　일례사양모렴혼　육십

年來看粉本　墨香牋色又塵昏　其二　看遍東風窣地新
년래간분본　묵향전색우진혼　기이　간편동풍솔지신

蘸波吹絮揔情塵　可憐碧葉吟蟬地　不見紅欄係馬人
잠파취서총정진　가련벽엽음선지　불견홍란계마인

衰影驛樓傷老杜　離悰門巷憶髯秦－自註　秦關詞　花下重門
쇠영역루상노두　이종문항억염진　자주　진관사　화하중문

柳邊深巷　鵲華山麓髡枝外　只有明湖冷濯巾　其三　畵人
유변심항　작화산록곤지외　지유명호랭탁건　기삼　화인

吟子一時稀　減盡金城翠十圍　緣岸臥枝欹暮雪　入樓
음자일시희　감진금성취십위　연안와지기모설　입루

暝色帶冬暉　靜中黃葉無多響　遠處昏鴉數點歸　猶有
명색대동휘　정중황엽무다향　원처혼아수점귀　유유

沾泥閒恨在　逢春莫更作團飛　其四　七十泉聲亂石舂
첨니한한재　봉춘막갱작단비　기사　칠십천성란석용

兩株憔悴野霜濃　前朝臺榭沙痕在　晩歲關河樹影重
양주초췌야상농　전조대사사흔재　만세관하수영중

偶爲士流靑眼放　恰如女妓白頭逢　桐花零落山薑老
우위사류청안방　흡여녀기백두봉　동화령락산강로

誰識王郞濯濯容　卽此可見漢人之觸處興感　以示亭山
수식왕랑탁탁용　즉차가견한인지촉처흥감　이시형산

諸公　莫不感傷揮涕.
제공　막불감상휘체

南藥泉－九萬－以繡衣巡到星州 夜閱本牧先生案 得
남약천 구만 이수의순도성주 야열본목선생안 득
諸沫 萬曆癸巳正月某日到任 四月某日罷歸 公未聞
제말 만력계사정월모일도임 사월모일파귀 공미문
我東有諸姓 頗怪之 問於尹衡聖 尹曰 中原江浙間
아동유제성 파괴지 문어윤형성 윤왈 중원강절간
有諸氏 沫之先 當自中土東來 壬辰之亂 沫起義兵討
유제씨 말지선 당자중토동래 임진지란 말기의병토
倭 所向克捷 與郭再祐齊名 云云 此載藥泉集中.
왜 소향극첩 여곽재우제명 운운 차재약천집중

以藥泉之博識 猶不識百年內諸沫 則其出於微賤可
이약천지박식 유불식백년내제말 즉기출어미천가
知 雖立功如彼 而名遂湮沒 則安得不幽鬱而爲寃魂
지 수립공여피 이명수인몰 즉안득불유울이위원혼
乎.
호

星州鄭錫儒未第時 與本牧子弟 同做工令留衙 衙後
성주정석유미제시 여본목자제 동주공령류아 아후
梅竹堂 堂前又有支頤軒 一日 鄭獨步軒中 時月甚明
매죽당 당전우유지이헌 일일 정독보헌중 시월심명
忽有烏帽茜袍者 從篁竹間拂髥而來曰 我本州舊牧使
홀유오모천포자 종황죽간불염이래왈 아본주구목사
諸沫也 本固城縣民 當壬辰之亂 起兵討賊 朝廷特除
제말야 본고성현민 당임진지란 기병토적 조정특제
星州牧使.
성주목사

其熊海斫營鼎津迎敵 無不摧破 而文檄泯沒 史乘無
기웅해작영정진영적 무불최파 이문격민몰 사승무
傳 當時如鄭起龍諸人 皆我之偏裨耳 仍拔腰間寶劍
전 당시여정기룡제인 개아지편비이 잉발요간보검

曰 以此嘗斬倭數將 額上戎戎有火紅 疎髥張動 自吟
왈 이차상참왜수장 액상융융유화홍 소염장동 자음
曰 山長雲共去 天逈月同孤 又言其墓在於漆原 無子
왈 산장운공거 천형월동고 우언기묘재어칠원 무자
孫 頹蕪不治云 翛然長揖而逝 倏忽復入竹間.
손 퇴무불치운 소연장읍이서 숙홀부입죽간

旣明 共話此事 平日雖知先生案有諸沫 嘗疑其不書
기명 공화차사 평일수지선생안유제말 상의기불서
姓 亦不識功烈之如此 一朝得之 莫不嗟異.
성 역불식공렬지여차 일조득지 막불차이

監司鄭益河聞之 致鄭錫儒詳問之 方狀聞于朝 適罷
감사정익하문지 치정석유상문지 방장문우조 적파
官 未果 則遂關漆原 改封塋城 爲置守冢二戶 漆倅
관 미과 즉수관칠원 개봉영성 위치수총이호 칠쉬
魚史迪晝寢 夢一官人來告 吾墓在治所幾里 某村某
어사적주침 몽일관인래고 오묘재치소기리 모촌모
坐之兆 巡營當命修墓 君其留意 旣覺而異之 其夕關
좌지조 순영당명수묘 군기유의 기각이이지 기석관
到 魚倅遂大爲修治云.
도 어졸수대위수치운

諸沫固邨野 生前不能識字 故雖有殊蹟 無以自著
제말고촌야 생전불능식자 고수유수적 무이자저
而其精魄鬱而不散 顯靈如此 又能咏詩可異也.
이기정백울이불산 현령여차 우능영시가이야

辛評事慶衍 年十二 自白川上京 路遇明詔使 驛子
신평사경연 연십이 자배천상경 노우명조사 역자
奪辛所騎 辛窘甚 步及天使晝停訴之 天使異其姿貌
탈신소기 신군심 보급천사주정소지 천사이기자모

玉潔 指路上長丞曰 爾能賦此 當畀汝騎 辛請韻 天
옥결 지로상장승왈 이능부차 당비여기 신청운 천

使命韻云云 辛卽對曰 楚伯千秋尙有靈 渡江無面只
사명운운운 신즉대왈 초백천추상유령 도강무면지

存形 當年恨失陰陵道 長向行人指去程 天使大驚嗟
존형 당년한실음릉도 장향행인지거정 천사대경차

賞 厚餉以文房諸珍 此作以無名氏 載錄於明詩選.
상 후향이문방제진 차작이무명씨 재록어명시선

光海時登第 官平安兵馬評事 時西邊有事 九渡晴川
광해시등제 관평안병마평사 시서변유사 구도청천

江 仍卒于官 甚著靈蹟.
강 잉졸우관 심저령적

其後數十年 辛之友人某 遇幸于關西道中 辛字呼道
기후수십년 신지우인모 우행우관서도중 신자호도

故如平昔 遂托曰 子孫貧甚 吾有所遺物而不能傳之
고여평석 수탁왈 자손빈심 오유소유물이불능전지

寶刀及玉圈一雙 在屋樑上 家人無知者 君幸傳之 售
보도급옥권일쌍 재옥량상 가인무지자 군행전지 수

此二物 當得善價 友人大異之 歸卽語其子孫 遂共檢
차이물 당득선가 우인대이지 귀즉어기자손 수공검

其屋 果得刀及玉圈－吾東路上每十里五里立木偶 類將軍形
기옥 과득도급옥권 오동로상매십리오리립목우 유장군형

以記地名及程距幾里 俗號長丞 如中國之長亭短亭 故吾東詩人借用
이기지명급정거기리 속호장승 여중국지장정단정 고오동시인차용

長亭 或有誤認中國亭堠 亦如我國長丞 或有誤認長亭爲亭長 陋甚
장정 혹유오인중국정후 역여아국장승 혹유오인장정위정장 누심

余入中國道路立長亭 題之曰 某地 左右列短亭 記東至某所幾里 西
여입중국도로립장정 제지왈 모지 좌우렬단정 기동지모소기리 서

至某所幾里 今來熱河 口外長亭多書汛字 未知何稱也.
지모소기리 금래열하 구외장정다서신자 미지하칭야

　幸丈敦復氏嘗爲余言　中廟時　南趎年十九登第　入文
　신 장 돈 복 씨 상 위 여 언　중 묘 시　남 추 년 십 구 등 제　입 문
衡之薦　而官至典籍.
형 지 천　이 관 지 전 적

　自幼多異蹟　每朝就學於塾師而多不至　家人蜜踵之
　자 유 다 이 적　매 조 취 학 어 숙 사 이 다 부 지　가 인 밀 종 지
則路中逕入樹林中　有一精舍　主人淸雅絶塵　趎趨拜
즉 로 중 경 입 수 림 중　유 일 정 사　주 인 청 아 절 진　추 추 배
講質　必日昃而歸　家人詰之　輒詭對　後遂爲修鍊之
강 질　필 일 측 이 귀　가 인 힐 지　첩 궤 대　후 수 위 수 련 지
術.
술

　及登第　遭己卯士禍　謫谷城縣　仍止家焉　一日　送
　급 등 제　조 기 묘 사 화　적 곡 성 현　잉 지 가 언　일 일　송
奴持書入智異山靑鶴洞　有彩宇極精麗　有二人焉　一
노 지 서 입 지 리 산 청 학 동　유 채 우 극 정 려　유 이 인 언　일
雲冠紫衣　一老釋.
운 관 자 의　일 노 석

　終日對棊　奴留一日　受書而還　奴始以仲春入山　草
　종 일 대 기　노 류 일 일　수 서 이 환　노 시 이 중 춘 입 산　초
樹方榮　及出山　乃見野中穫稻　怪問之　卽九月初也.
수 방 영　급 출 산　내 견 야 중 확 도　괴 문 지　즉 구 월 초 야

　及趎卒　年三十　擧柩甚輕　家人啓視之　空棺也　題
　급 추 졸　연 삼 십　거 구 심 경　가 인 계 시 지　공 관 야　제
其內云　滄海難尋舟去跡　靑山不見鶴飛痕.
기 내 운　창 해 난 심 주 거 적　청 산 불 견 학 비 흔

　村前耘田者　聞空裏樂聲　仰見南趎騎馬　冉冉在白雲
　촌 전 운 전 자　문 공 리 악 성　앙 견 남 추 기 마　염 염 재 백 운
中矣　忠州進士南大有　其旁孫云.
중 의　충 주 진 사 남 대 유　기 방 손 운

韓詩 木石生妖變 唐季蘇州僧義師 見木刻佛軀 輒
한시 목석생요변 당계소주승의사 견목각불구 첩
聚而焚之.
취이분지

吾東楊州檜巖寺 昔有木像大佛 極著靈異 遠近僧俗
오동양주회암사 석유목상대불 극저령이 원근승속
莽走崇奉 香火甚盛.
망주숭봉 향화심성

懶翁一朝 以住持往居此寺 令衆僧曳出焚之 衆皆驚
나옹일조 이주지왕거차사 영중승예출분지 중개경
懼苦諫 懶翁皆不聽 使僧百餘 用大絚 呼邪推挽 不
구고간 나옹개불청 사승백여 용대긍 호야추만 부
動一毫 懶翁怒 自以一手推之 即仆 乃曳出寺外 積
동일호 나옹노 자이일수추지 즉부 내예출사외 적
薪而爇之 臭穢不堪 蓋有大蛇盤繆佛腹 久而亦無災
신이열지 취예불감 개유대사반무불복 구이역무재
患.
환

大約木舊接神 廢刹木像 類多他妖憑附 所謂木石生
대약목구접신 폐찰목상 유다타요빙부 소위목석생
妖變 是也.
요변 시야

今日班禪所贈佛軀幾一尺 似是刻木鍍金耳 安知無
금일반선소증불구기일척 사시각목도금이 안지무
妖怪憑附耶 倉卒受此 一行上下 如沈手蜜瓮 罔知攸
요괴빙부야 창졸수차 일행상하 여침수밀옹 망지유
措.
조

余夜問區處善策於正使 則曰 已令首譯造小櫃子 余
여야문구처선책어정사 즉왈 이령수역조소궤자 여

對曰 善矣 正使問 所善何意 曰此欲浮之江耳 正使
대왈 선의 정사문 소선하의 왈차욕부지강이 정사
笑 余亦笑.
소 여역소

蓋棄置沿道寺刹 則恐爲中國所怒 以此入國 當駭物
개기치연도사찰 즉공위중국소노 이차입국 당해물
情 彼此交界 順流而放海 莫如鴨綠江.
정 피차교계 순류이방해 막여압록강

鄭湖陰-士龍 平生豪奢 方其年少 以禮曹佐郞詣朴
정호음 사룡 평생호사 방기년소 이예조좌랑예박
平城-元宗 平城時爲首相 坐別院深邃處 使侍婢數十
평성 원종 평성시위수상 좌별원심수처 사시비수십
引湖陰入.
인호음입

湖陰踰歷重門 處處彩閣 曲曲紅欄 平城地坐池上盤
호음유력중문 처처채각 곡곡홍란 평성지좌지상반
松陰下 左右叉鬟皆曳綾繡 迭進珍羞 又引女樂數隊
송음하 좌우차환개예릉수 질진진수 우인여악수대
竟日歡宴.
경일환연

湖陰臨罷 以公事進 平城不省曰 老夫式人耳 幸遭
호음림파 이공사진 평성불성왈 노부식인이 행조
際風雲 致身至此 惟自娛樂 以答盛世 君所持公事
제풍운 치신지차 유자오락 이답성세 군소지공사
歸問本曹判書 湖陰茫然自失.
귀문본조판서 호음망연자실

平生所羨慕 故至老奢華 此載余六世祖錦溪君寄齋
평생소선모 고지로사화 차재여육세조금계군기재

雜記.
잡 기

世傳湖陰慕平城 善爲竊狐白裘手段 嘗爲江原監司
세 전 호 음 모 평 성 선 위 절 호 백 구 수 단 상 위 강 원 감 사

巡遊入金剛山 夜宿正陽寺 偸金佛 遂大致富厚 及旣
순 유 입 금 강 산 야 숙 정 양 사 투 금 불 수 대 치 부 후 급 기

老 甚悔之 有詩云 正陽寺裏燒香夜 蘧瑗方知四十非
로 심 회 지 유 시 운 정 양 사 리 소 향 야 거 원 방 지 사 십 비

余嘗游正陽 壁間果有此題.
여 상 유 정 양 벽 간 과 유 차 제

今三使所受金佛共三軀 可得金數千兩 若使湖陰當
금 삼 사 소 수 금 불 공 삼 구 가 득 금 수 천 냥 약 사 호 음 당

之 不必正陽覺非 余語之副价如此 相與大笑 余又曰
지 불 필 정 양 각 비 여 어 지 부 개 여 차 상 여 대 소 여 우 왈

今此佛像 不幸木軀 故辭而闢之 廓如也 若果金身
금 차 불 상 불 행 목 구 고 사 이 벽 지 곽 여 야 약 과 금 신

闢異之論 合有商量 相與絶倒.
벽 이 지 론 합 유 상 량 상 여 절 도

莊子曰 絡馬首 穿牛鼻 牛之穿鼻 古也 東牛生七
장 자 왈 낙 마 수 천 우 비 우 지 천 비 고 야 동 우 생 칠

八朔已穿鼻.
팔 삭 이 천 비

王荊公詩 牛若不穿鼻 豈肯推入磨 推磨猶然 况駕
왕 형 공 시 우 약 불 천 비 기 긍 추 입 마 추 마 유 연 황 가

車耕田乎.
거 경 전 호

自入柵至熱河 一戶所養牛不下七八頭 或多至三四
자 입 책 지 열 하 일 호 소 양 우 불 하 칠 팔 두 혹 다 지 삼 사

十頭　耕田駕車皆羈角而使之　無一穿鼻者.
십두　경전가거개기각이사지　무일천비자

牛皆絶大　而家家放牧　一小兒能驅數十牛　然不但不
우개절대　이가가방목　일소아능구수십우　연불단불
穿鼻　亦不羈角　中原馴御之術　雖非我國所及　而其不
천비　역불기각　중원순어지술　수비아국소급　이기불
穿鼻者　亦有古今之異歟.
천비자　역유고금지이여

晉杜預上疏　有典牧種牛　有四萬五千餘頭　不供駕
진두예상소　유전목종우　유사만오천여두　불공가
至有老不穿鼻者　以此觀之　中國古時　供役則皆穿鼻.
지유로불천비자　이차관지　중국고시　공역즉개천비

姜女廟柱聯　文丞相所題悲壯　曰　姜女未亡也　千年
강녀묘주련　문승상소제비장　왈　강녀미망야　천년
片石猶貞　秦皇安在哉　萬里長城築怨　筆奇崛.
편석유정　진황안재재　만리장성축원　필기굴

果親王允禮所題典麗　曰　栢葉從來常自苦　梅花終古
과친왕윤례소제전려　왈　백엽종래상자고　매화종고
不爲姸　筆神化.
불위연　필신화

乾隆乙亥仲冬　皇三子藤琴居士所題酸寒　曰　松老頽
건륭을해중동　황삼자등금거사소제산한　왈　송로퇴
垣見古祠　崩城姜女事堪悲　藁砧望斷成奇節　環佩空
원견고사　붕성강녀사감비　고침망단성기절　환패공
餘識舊姿　石洒淚痕當日恨　水流嗚咽後人思　振衣亭
여식구자　석쇄루흔당일한　수류명인후인사　진의정
畔悽凉甚　猶憶凝眸睩曼滋　筆敏妙.
반처량심　유억응모록만자　필민묘

芳流遼水 乾隆皇帝御筆 勁節凄風 果親王所書 望
방류요수 건륭황제어필 경절처풍 과친왕소서 망
夫石三字 太原白輝所書.
부석삼자 태원백휘소서

中國因字入語 我東因語入字 故華彝之別在此 何則
중국인자입어 아동인어입자 고화이지별재차 하즉
因語入字 則語自語 書自書.
인어입자 즉어자어 서자서

如讀天字曰漢捺天 是字外更有一重難解之諺－說郛有
여독천자왈한날천 시자외갱유일중난해지언 설부유
鷄林類事 天曰漢捺也 小兒旣不識漢捺爲何語 則又安能
계림유사 천왈한날야 소아기불식한날위하어 즉우안능
知天乎.
지천호

鄭玄家婢 總能說詩 爲千載佳話 然其實中國婦人孺
정현가비 총능설시 위천재가화 연기실중국부인유
子 皆以文字爲語 故雖目不識丁 而口能吐鳳 經史子
자 개이문자위어 고수목불식정 이구능토봉 경사자
集 乃其牙頰間恒談也.
집 내기아협간항담야

我人初見中國孺子 隔溪呼母 水深渡不得 大驚 以
아인초견중국유자 격계호모 수심도부득 대경 이
爲中國五歲兒 開口能詩 此殊不然 是乃語也 非有意
위중국오세아 개구능시 차수불연 시내어야 비유의
成句也.
성구야

老稼齋遊千山 有村媼賣酒 問路僻人稀 有誰沽飮
노가재유천산 유촌온매주 문로벽인희 유수고음

對曰 花香蝶自來 無許多轉折 而辭明意暢 自成韻語
대왈 화향접자래 무허다전절 이사명의창 자성운어

此無他 因字入語之妙證也.
차무타 인자입어지묘증야

余家小婢嘗至迷 當得餠而獲他餌 喜謝曰 巴蜀亦關
여가소비상지미 당득병이획타이 희사왈 파촉역관

中 此本紙牌行語 婢本不識巴蜀關中 而但認是爲彼
중 차본지패행어 비본불식파촉관중 이단인시위피

此無異 則當矣.
차무이 즉당의

始知華語非難 而未必鄭婢擅雅千古也.
시지화어비난 이미필정비천아천고야

清脾錄－李德懋著－云 三韓人遍路中土者 無如李益
청비록 이덕무저 운 삼한인편로중토자 무여이익

齋－名齊賢 其所遊歷見於詩者 若井陘 豫讓橋 黃河
재 명제현 기소유력견어시자 약정형 예양교 황하

蜀道 峨嵋 孔明祠堂 函谷關 澠池 二陵 孟津 比干
촉도 아미 공명사당 함곡관 민지 이릉 맹진 비간

墓 金山寺 焦山 多景樓 姑蘇臺 道場山 虎口寺 漂
묘 금산사 초산 다경루 고소대 도량산 호구사 표

母墓 涿郡 白溝 鄴城 覃懷 王祥碑 崤陵 長安 鄭
모묘 탁군 백구 업성 담회 왕상비 효릉 장안 정

莊公墓 許文貞公墓 關龍逄墓 望思臺 武則天陵 肅
장공묘 허문정공묘 관룡방묘 망사대 무측천릉 숙

宗陵 邠州 涇州 寶陀窟 月支使者獻馬 其足跡所到
종릉 빈주 경주 보타굴 월지사자헌마 기족적소도

皆偉壯 有非東人之所及.
개위장 유비동인지소급

其詩當爲東方二千年來名家　華艶昭雅　快脫三韓僻
기시당위동방이천년래명가　화염소아　쾌탈삼한벽
滯之習　今世之人　甚至有不識益齋之爲李齊賢.
체지습　금세지인　심지유불식익재지위이제현

顧君俠編元百家詩選　而高麗人詩無一首與焉　當時
고군협편원백가시선　이고려인시무일수여언　당시
牧菴姚公及閻子靜張養浩　擧皆推轂公詩　而亦無一首
목암요공급염자정장양호　거개추곡공시　이역무일수
入選　是可怪也云云.
입선　시가괴야운운

益齋墓在金川只錦里桃李村　墓下卽益齋舊宅　因其
익재묘재금천지금리도리촌　묘하즉익재구택　인기
舊宅　建書院俎豆之　余燕巖別業　距書院不十里而近
구택　건서원조두지　여연암별업　거서원불십리이근
余嘗一再至書院　讀其遺集　益信淸脾錄所評爲鐵論.
여상일재지서원　독기유집　익신청비록소평위철론

其思歸曰　窮秋雨鎖靑神樹　落日雲橫白帝城　其二陵
기사귀왈　궁추우쇄청신수　낙일운횡백제성　기이릉
早發曰　雲迷柱史燒丹竈　雪壓文王避雨陵　其舟行峨
조발왈　운미주사소단조　설압문왕피우릉　기주행아
嵋曰　雨催寒犢歸漁店　波送輕鷗近客舟　其多景樓曰
미왈　우최한독귀어점　파송경구근객주　기다경루왈
風鐸夜喧潮入浦　煙蓑暝立雨侵樓　其函谷關曰　土囊
풍탁야훤조입포　연사명립우침루　기함곡관왈　토낭
約住黃河北　地軸句連白日西.
약주황하북　지축구련백일서

我東詩人用事　率皆借用　而眞能目覩足踏者　惟益齋
아동시인용사　솔개차용　이진능목도족답자　유익재
一人.
일인

今余一出古北口 而自多前人 其視益齋眞堪缺然.
금여일출고북구 이자다전인 기시익재진감결연

感舊集 載淸陰先生詩.
감구집 재청음선생시

王貽上先室鄒平張氏 江南鎭江府推官萬鍾之女 都
왕이상선실추평장씨 강남진강부추관만종지녀 도
察院左都御史諡忠定公延登之孫.
찰원좌도어사시충정공연등지손

崇禎末 先生航海朝天 路出濟南 時張忠定罷官家食
숭정말 선생항해조천 노출제남 시장충정파관가식
先生因萬鍾得見忠定 一見傾倒 爲留六日 爲序先生
선생인만종득견충정 일견경도 위류육일 위서선생
朝天錄一卷.
조천록일권

貽上所以熟習先生者 蓋因其妻家也 其鈔載先生詩
이상소이숙습선생자 개인기처가야 기초재선생시
如 三秋海岸初賓雁 五夜天文一客星 橋石已從秦帝
여 삼추해안초빈안 오야천문일객성 교석이종진제
斷 星槎猶許漢臣通 五更殘月水城頭 咏史何人獨艤
단 성사유허한신통 오경잔월수성두 영사하인독의
舟 不向東溟覓歸路 還依北斗望神州 南商北客簇沙
주 불향동명멱귀로 환의북두망신주 남상북객족사
頭 畫鷁靑簾幾處舟 齊唱竹枝聯袂過 滿城煙月似揚
두 화익청렴기처주 제창죽지련메과 만성연월사양
州.
주

皆貽上所稱淸婉可誦者也 貽上爲海內詩宗 而士大
개이상소칭청완가송자야 이상위해내시종 이사대

夫於貽上 隻字片言 如茶飯 津津牙頰間 姑無不識淸
부어이상 척자편언 여다반 진진아협간 고무불식청
陰姓名者 然先生亘古大節 莫能知焉.
음성명자 연선생긍고대절 막능지언

郝志亭成請得金叔度數篇佳作 余曰 僕原未有誦 此
학지정성청득김숙도수편가작 여왈 복원미유송 차
來有淸陰先生六代孫履度別章 志亭大喜曰 又是奇事
래유청음선생육대손이도별장 지정대희왈 우시기사
余出示之 志亭諷詠再三 其後入錄其所抄榕齋小史曰
여출시지 지정풍영재삼 기후입록기소초용재소사왈
華山金履度 朝鮮使臣金淸陰尙憲六世孫也 其奉別燕
화산김이도 조선사신김청음상헌육세손야 기봉별연
巖朝京-原稿 赴燕 志亭改朝京 曰 四面燕山闊 萬里秦城
암조경 원고 부연 지정개조경 왈 사면연산활 만리진성
高 中有垂鞭者 白髮行邁勞 其二 耿介湛軒子 倜儻
고 중유수편자 백발행매로 기이 경개담헌자 척당
燕巖叟 海內知姓名 高風屬前後-原詩 殊方知姓名 高風
연암수 해내지성명 고풍속전후 원시 수방지성명 고풍
繼前後 志亭改錄殊方爲四海 繼字爲屬字 歲乾隆庚子五月二
계전후 지정개록수방위사해 계자위속자 세건륭경자오월이
十三日 華山金履度題.
십삼일 화산김이도제

字季謹 筆摹鍾王 東國文章奇士也 與其友人朴燕巖
자계근 필모종왕 동국문장기사야 여기우인박연암
韓錫祜爲詩酒莫逆 今歲仲秋 朴燕巖隨貢使朝京 與
한석호위시주막역 금세중추 박연암수공사조경 여
余遊 甚相善也 於是得華山贈行詩三章 深得四牡皇
여유 심상선야 어시득화산증행시삼장 심득사모황
華之遺意 余錄其二首云.
화지유의 여록기이수운

志亭又錄 燕巖之族孫南壽 字山如 號錦城 美如冠
지정우록 연암지족손남수 자산여 호금성 미여관
玉云 其贈行曰 莫云頭已白 天地忽無窮 匹馬遼東野
옥운 기증행왈 막운두이백 천지홀무궁 필마요동야
一鞭萬里風－錦城 余貫籍也 南壽書 錦城朴南壽山如 則志亭認
일편만리풍 금성 여관적야 남수서 금성박남수산여 즉지정인
爲號.
위호

又錄曰 其邦之高士李在誠仲存 號芝溪 燕巖之婦弟
우록왈 기방지고사이재성중존 호지계 연암지부제
也 其贈行曰 鴨綠衣帶水 長城宿春之－原稿燕城 志亭改
야 기증행왈 압록의대수 장성숙춘지 원고연성 지정개
長城 悠悠遠行客－原稿 古來經遊客 歷歷知是誰 又 十
장성 유유원행객 원고 고래경유객 역력지시수 우 십
載巖棲客 晨裝告遠遊 半生方冊裏 今日帝王州 又
재암서객 신장고원유 반생방책리 금일제왕주 우
宿昔桑蓬志 沈冥鹿豕群 猶被雙眼役 可忘白頭紛 又
숙석상봉지 침명록시군 유피쌍안역 가망백두분 우
雨熱關河漲 雲蒸薊樹低 請君愼行李 去矣莫棲棲－
우열관하창 운증계수저 청군신행리 거의막서서
原稿 勉旃愼行役.
원고 면전신행역

又錄曰 韓錫祜惠堂 梁尙晦伯厚 李行綽裕齋 俱開
우록왈 한석호혜당 양상회백후 이행작유재 구개
城人 開城 麗氏舊都 其邦稱松京 古開州 舊號蜀莫
성인 개성 여씨구도 기방칭송경 고개주 구호촉막
郡也 有神嵩紫霞之勝 文人韻士 猶有乙支生鄭麟趾
군야 유신숭자하지승 문인운사 유유을지생정인지

之遺風焉 聖朝文敎 覃被遐外云云.
지유풍언 성조문교 담피하외운운

惠堂送燕巖朝京曰 偶爾無方住著身 一天之下海東
혜당송연암조경왈 우이무방주착신 일천지하해동

濱 如將遠邇看平等 不出門時萬里人 曉月依山磵戶
빈 여장원이간평등 불출문시만리인 효월의산간호

明 木蓮花下藹餘情 黃鸝不識中州好 啼作陽關惜別
명 목련화하애여정 황리불식중주호 제작양관석별

聲 靑天蓋野四周環 漸失東南點點山 行到遼陽何所
성 청천개야사주환 점실동남점점산 행도요양하소

見 日輪回指海雲間 常願風漂萬里舟 遍登天下有名
견 일륜회지해운간 상원풍표만리주 편등천하유명

樓－宗侃謹按 此二句乃原集中句 惠堂引用 悠悠匹馬金臺路
루 종간근안 차이구내원집중구 혜당인용 유유필마금대로

何似孤帆碧海秋 長城自壞國隨之 朝市人煙遂不移
하사고범벽해추 장성자괴국수지 조시인연수불이

夫子廟庭周石鼓 人間幾度夕陽時 其春院細雨曰 露
부자묘정주석고 인간기도석양시 기춘원세우왈 노

重梧先聞 雷輕鳥不疑 嫩草深疑夢 濃花恰欲痴 玄蟻
중오선문 뇌경조불의 눈초심의몽 농화흡욕치 현의

綠階滑 靑蟲抱葉危 水立雙虹遠 煙穿獨鳥遲 悄悄孤
록계골 청충포엽위 수립쌍홍원 연천독조지 초초고

客坐 湛湛美人思 伯厚送燕巖朝京曰 極目山河路一
객좌 담담미인사 백후송연암조경왈 극목산하로일

絲 心如相約未相隨 離筵更進一盃酒 楊柳靑靑斜日
사 심여상약미상수 이연갱진일배주 양류청청사일

時 李行綽送別曰 濱海行人信一鞭 遼天六月雨長懸
시 이행작송별왈 빈해행인신일편 요천유월우장현

計程從此三千里 借問幾時可到燕.
계정종차삼천리 차문기시가도연

中國人記載多此類　非但原詩之多爲點化　其稱乙支
중국인기재다차류　비단원시지다위점화　기칭을지
生鄭麟趾之遺風　尤爲絶倒.
생정인지지유풍　우위절도

東方無乙支生　是乃乙支文德也　乙鄭遼絶數千年間
동방무을지생　시내을지문덕야　을정요절수천년간
而今乃並稱者　似是乙見隋書　鄭撰麗史　故表而出之
이금내병칭자　사시을견수서　정찬려사　고표이출지
也.
야

其錄季謹謂與韓錫祜　爲詩酒莫逆　可勝捧腹　非但兩
기록계근위여한석호　위시주막역　가승봉복　비단양
人不相識面　雖同時　而亦不識名字　則安得爲詩酒莫
인불상식면　수동시　이역불식명자　즉안득위시주막
逆　而況兩人平生　不能飮酒乎　余明日行李猝發　未得
역　이황양인평생　불능음주호　여명일행리졸발　미득
證謬.
증류

李紱穆堂集　庚寅元朝早朝詩　朝鮮內屬來王久　肯怪
이불목당집　경인원조조조시　조선내속래왕구　긍괴
衣冠太俗生　紗帽版袍春入貢　海隅日出最昇平.
의관태속생　사모판포춘입공　해우일출최승평

朝日山莊門外　見千官退朝　茜帽蹄袖　使人大慚　而
조일산장문외　견천관퇴조　천모제수　사인대참　이
我使衣冠可謂爗如仙人　然街兒驚怪　反謂場戲的一樣
아사의관가위엽여선인　연가아경괴　반위장희적일양
悲夫.
비부

李益齋字仲思 一號櫟翁 慶州人 十五登第 忠宣王在元邸 構萬卷堂 不肯東還 召益齋置府中 與中州趙子昂元復初諸名流 唱酬.
이익재자중사 일호역옹 경주인 십오등제 충선왕재원저 구만권당 불긍동환 소익재치부중 여중주조자앙원복초제명류 창수

其奉使西蜀 降香江南 所至題咏 膾炙人口 及東歸相五王 四爲冢宰 忠宣王之被讒竄吐蕃也 萬里奔問忠憤藹然.
기봉사서촉 강향강남 소지제영 회자인구 급동귀상오왕 사위총재 충선왕지피참찬토번야 만리분문충분애연

後封金海侯 八十一卒 謚文忠 其詩華艷昭雅 快袪東人僻滯之習.
후봉김해후 팔십일졸 시문충 기시화염소아 쾌거동인벽체지습

其路上曰 馬上行吟蜀道難 今朝始復入秦關 碧雲暮隔魚梟水 紅樹朝連鳥鼠山 文字賸添千古恨 利名誰博一身閒 令人最憶安和路 竹杖芒鞋自往還.
기노상왈 마상행음촉도난 금조시부입진관 벽운모격어부수 홍수조련조서산 문자싱첨천고한 이명수박일신한 영인최억안화로 죽장망혜자왕환

余燕巖後麓隔一嶺 有安和寺舊基 每咏公此詩 想公竹杖芒鞋 往來是間 而蜀道秦關 魚梟鳥鼠 猶令人爽然自失 今余是行 又益齋之所未能到.
여연암후록격일령 유안화사구기 매영공차시 상공죽장망혜 왕래시간 이촉도진관 어부조서 유령인상연자실 금여시행 우익재지소미능도

宋元豐七年 詔京東淮南 築高麗亭館 密海二州騷然
송원풍칠년 조경동회남 축고려정관 밀해이주소연
有逃亡者 明年 蘇軾過之 嘆其壯麗 留一絶云 簷楹
유도망자 명년 소식과지 탄기장려 유일절운 첨영
飛舞垣墻外 桑柘蕭條斤斧餘 盡賜昆耶作奴婢 不知
비무원장외 상자소조근부여 진사곤야작노비 부지
償得此人無 東坡之憎疾高麗 到處如此 若使東坡見
상득차인무 동파지증질고려 도처여차 약사동파견
康熙所作三十三站察院 則當又如何也.
강희소작삼십삼참찰원 즉당우여하야

黃山谷次韻穆父贈高麗松扇云 銀鉤玉唾明繭紙 松
황산곡차운목보증고려송선운 은구옥타명견지 송
箑經凉并送似 可憐遠度幘溝漊–高麗城名 適堪今時褦
삽경량병송사 가련원도책구루 고려성명 적감금시내
襶子 又 文人玉立氣高寒 三韓持節見神山 合得安期
대자 우 문인옥립기고한 삼한지절견신산 합득안기
不死藥 使我蟬蛻塵埃間 今未知高麗松扇 爲何樣製
불사약 사아선태진애간 금미지고려송선 위하양제
作.
작

余於高太史棫生坐 誦潘庭筠次王秋史寒柳詩 坐客
여어고태사역생좌 송반정균차왕추사한류시 좌객
皆稱善.
개칭선

余仍問王秋史誰也 馮明齋秉健曰 此歷城王進士 名
여잉문왕추사수야 풍명재병건왈 차역성왕진사 명

苹 字秋史 自號七十二泉主人 潘詩所謂 七十泉聲亂
평 자추사 자호칠십이천주인 반시소위 칠십천성란

石春 是也 凌簑軒野曰 國朝詩人多推秋史 嘗有句云
석용 시야 능사헌야왈 국조시인다추추사 상유구운

亂泉聲裏誰通屐 黃葉林間自著書 又 黃葉下時牛背
난천성리수통극 황엽림간자저서 우 황엽하시우배

晚 靑山缺處酒人行 時人目之爲王黃葉云.
만 청산결처주인행 시인목지위왕황엽운

日下舊聞 載東國史略及麗史列傳 高麗世子如元 謁
일하구문 재동국사략급려사열전 고려세자여원 알

帝便殿 問讀何書 對曰 有儒士鄭可臣閔漬者從行 宿
제편전 문독하서 대왈 유유사정가신민지자종행 숙

衛之暇時 從質問孝經論語 帝悅 命世子引與俱入 賜
위지가시 종질문효경논어 제열 명세자인여구입 사

坐 問本國世代相傳之序 治亂之跡 風俗之宜 聽之不
좌 문본국세대상전지서 치란지적 풍속지의 청지불

倦.
권

其後 命公卿議征交趾 召二人同議 對稱旨 於是授
기후 명공경의정교지 소이인동의 대칭지 어시수

可臣翰林學士 漬直學士.
가신한림학사 지직학사

列傳 帝召見世子于紫檀殿 可臣從 帝使之坐 仍命
열전 제소견세자우자단전 가신종 제사지좌 잉명

脫笠 曰 秀才不須編髮 宜著巾.
탈립 왈 수재불수편발 의착건

御案前有物 大圓小銳 色潔而貞 高尺有五寸 內可
어안전유물 대원소예 색결이정 고척유오촌 내가

受酒五斗云　摩訶鉢國所進駱駞鳥卵也　帝命世子觀之
수 주 오 두 운　마 하 발 국 소 진 낙 타 조 란 야　제 명 세 자 관 지

仍賜世子及從臣酒　命可臣賦之　可臣獻詩曰　有卵大
잉 사 세 자 급 종 신 주　명 가 신 부 지　가 신 헌 시 왈　유 란 대

如甕　中藏不老春　願將千歲壽　醺及海東人　帝嘉之
여 옹　중 장 불 로 춘　원 장 천 세 수　훈 급 해 동 인　제 가 지

綴賜御羹.
철 사 어 갱

주곤전 소지(朱昆田小識)[1]

주곤전(朱昆田)은 상고하기를, "고려의 세자는 곧 충선왕(忠宣王) 왕장(王璋)이다. 그는 일찍이 만권당(萬卷堂)을 원나라 수도에 지은 자이다. 정가신(鄭可臣)은 동국(東國 : 고려)에 있을 때 『천추금경록(千秋金鏡錄)』을 지었으며, 민지는 『세대록년절요(世代錄年節要)』[2] 7권을 더 붙여 지었다. 또 『본국편년강목(本國編年綱目)』 42권을 지었다고 하나, 애석하게도 그 책들을 얻어 볼 수가 없었다."라고 하였다.

1) 주곤전 소지(朱昆田小識) : 여러 본에 모두 이 소제가 없이 별주(別注)로 되어 있으나, 여기에서는 주설루본을 따라 수록하였다. 주곤전(朱昆田)은 청나라 초기 대학자 주이준(朱彝尊)의 아들인데, 자는 문앙(文盎)이고, 호는 서준(西畯)으로 시인이다.

2) 『세대록년절요(世代錄年節要)』 : 『고려사』에는 세대편년절요(世代編年節要)라고 되어 있다.

◑ 나는 일찍이 누님의 묘지명(墓誌銘)과 형수 이 공인(李恭人)[3]의 묘지명(墓誌銘)을 지어서, 이번 여행에 중국 사람에게 부탁하여 해내(海內 : 세상)의 아름다운 글씨를 받으려고 하였다.

호부(戶部)의 주사(主事) 서대용(徐大榕 : 진나라 때의 문학가. 자는 효목(孝穆))[4]은 호주(湖州) 사람으로, 애초부터 서로 알지 못하는 사이였으나 시를 지어서 보내왔는데,

1

바다 밖에 경전을 전한 이름 높은 그 부자	海外傳經名父子
문을 닫고 진종일을 산중에 살고 있네	閉門終日在山中
평생에 부끄러운 일 서릉의 글씨 못 따르니	平生遠媿徐陵筆
붉은 산호 저 붓걸이를 부러워하지 않는다오	不羨珊瑚作架紅

2

묘지명 두 편을 뒷날에 연마하여	二銘他日爲工書
하늘 끝이라도 멀리 부쳐 어김이 없으리라	遠寄天涯定不虛
집 닭이니 들 따오기[5] 비웃지나 마옵소서	家雞野鶩休竊笑

3) 이 공인(李恭人) : 공인은 5품관의 아내에게 주는 칭호이다.

4) 서대용(徐大榕) : 진나라 때의 문학가이고, 자는 효목(孝穆)이다.

5) 들 따오기 : 유익(庾翼)의 고사. 여기에서는 서대용이 스스로를 들 따

재주 없는 저 젊은이도 상여[6]에 질 바 없다오 不才年少亦相如

라고 하고는 스스로 주석을 달았는데,

"마침 떠날 기일이 촉박하였으므로 작은 해서를 쓰지 못하고, 집안의 외사촌에게 부탁하여 쓰게 했습니다. 그 초본(草本)은 아직 머물러 두었으니, 다시 써서 부쳐 드릴 것입니다. 연암(燕巖) 족하(足下)께 드리오니, 한 번 웃으시고 받으시옵소서. 양호(陽湖)의 척암(愓葊) 서대용(徐大榕)은 씁니다."
라고 하였다. 그가 쓴 글씨를 보니, 대체로 역시 아름다운 글씨였다. 두 묘지명은 전당(錢塘)의 양정계(楊廷桂)가 쓴 것인데, 양정계는 곧 서대용의 외사촌이다.

◘ 오조(吳照)[7]는 강서(江西) 사람이다. 자는 조남(照南)이요, 호는 백암(白菴)이다. 그가 석호(石湖)에 유람할 때 지은 시(詩)가 모두 아름다웠다.

1

울창한 동산 안개 걷히고 새벽 햇살 누르고녀 茂苑煙鎖曉日黃

오기에 비유하였다. 집닭과 물오리, 남의 글씨가 더 나아 보인다고 부러워한다는 뜻이다.

6) 상여(相如) : 한(漢)나라 때의 문학가 사마상여(司馬相如)를 말한다.

7) 오조(吳照) : 유명한 서화가. 글씨와 산수화에 능했다.

두어 소리 노를 저어 횡당[8]으로 가자꾸나　　數聲柔櫓出橫塘
푸른 산 둘러 있어 면면이 그림 병풍이라　　靑山面面開圖障
탑 하나가 솟았으니 이곳이 상방이네　　一塔凌空見上方

2

작은 물결 바람 불어 가는 비늘 체질하네　　水縐微波漾細鱗
떼를 지은 해오라기 호숫가에 서 있고나　　沙鷗白鷺立湖濱
치이자는 어디 있나 옛 풍류를 상상하니　　風流想像鴟夷子
이 땅에 고사 남아 미인 서시[9]를 실었다네　　此地曾經載美人

3

능가산 기슭에 있는 그 절이 능가사라　　楞伽山下楞伽寺
산 어구에 물 둘리어 한 굽이가 비꼈고나　　水繞山門一曲斜

---

8) 횡당(橫塘) : 산서성에 있는 명승지이다.
9) 서시(西施) : 서시는 중국 고대의 4대 미녀(서시, 왕소군, 초선, 양귀비)로 꼽히는 월(越)나라의 미인이다. 월왕(越王) 구천(勾踐)이 오왕(吳王) 부차(夫差)에게 패하여 3년 동안 부차의 시중을 들다가 귀국한 뒤 와신상담(臥薪嘗膽)하며 복수의 칼을 갈고 있던 차에, 범려 등이 미인계를 쓰라고 권유하여 마침내 서시(西施)를 부차에게 보내게 되었고, 부차가 서시의 미모에 빠져 나랏일을 게을리 하고 있는 사이에 오나라를 멸망시켰다는 고사가 있다.

새벽 범종 다 쳤건만 까치는 날지 않고　　敲罷曉鍾鴉未散
빈 행랑 고요한데 오동꽃만 떨어지네　　空廊人靜落桐花

4

어린 벼이삭 짤막짤막 이랑마다 푸를 제　　短短秧針綠滿疇
물구름 아득하여 서늘한 가을 흡사코나　　水雲渺渺似凉秋
이 사이 기쁨이란 농사가 제일이라　　此間最是爲農樂
맨 종아리 계집아이 소 치기도 잘도 하이　　赤脚吳娃解飯牛

5

마른잎 물에 떠서 물오리를 덮는구나　　菱葉浮波覆野鳧
아름다운 그 경치는 망천도[10]가 분명코나　　分明佳景輞川圖
비낀 다리 푸른 버들 몇 그루나 서 있던고　　斜橋幾樹靑靑柳
옛 시인 범석호[11]를 못내 그려 하노라　　憶煞詩人范石湖

6

호수 밖엔 산이 있고 산 아래엔 밭이 있네　　湖外有山山下田

---

10) 망천도(輞川圖) : 당나라 시인 왕유(王維)가 있던 산서성의 명소 망천의 그림. 왕유는 농촌 시인이다.

11) 범석호(范石湖) : 송나라의 문학가 범성대(范成大). 석호는 호이다.

비 내리나 내 끼이나 호수 빛은 다 좋을사　湖光宜雨亦宜煙
다른 날 이곳에다 내 집을 옮긴다면　他年我若移家住
서쪽 밭이랑 갈고 나면 배 저어 설렁이리　耕罷西疇便刺船

오조(吳照)의 나이는 지금 30여 세인데, 〈향시(鄕試)에 급제하여 중앙의 회시(會試)를 준비하는〉 거인(擧人)이라고 한다.[12)]

12) '오조(吳照)는 강서(江西) 사람이다'로부터 여기까지 수택본에는 누락되었다.

原文

朱昆田小識
주곤전소지

朱昆田按 高麗世子卽忠宣王璋 嘗搆萬卷堂于京師者 可臣在東國
주곤전안 고려세자즉충선왕장 상구만권당우경사자 가신재동국
撰千秋金鏡錄 漬增修世代錄年節要七卷 又撰本國編年綱目四十二
찬천추금경록 지증수세대록년절요칠권 우찬본국편년강목사십이
卷 惜其書不可得見也.
권 석기서불가득견야

余撰姊氏墓誌銘 及嫂氏李恭人墓誌銘 爲托中州人
여찬자씨묘지명 급수씨이공인묘지명 위탁중주인
要覓海內佳筆.
요멱해내가필

戶部主事徐大榕 湖州人也 初不相識 爲寄詩曰 海
호부주사서대용 호주인야 초불상식 위기시왈 해
外傳經名父子 閉門終日在山中 平生遠媿徐陵筆 不
외전경명부자 폐문종일재산중 평생원괴서릉필 불
羨珊瑚作架紅.
선산호작가홍

其二 二銘他日爲工書 遠寄天涯定不虛 家鷄野鶩休
기이 이명타일위공서 원기천애정불허 가계야목휴
竊笑 不才年少亦相如 其自註曰 時因行期已促 不能
절소 부재년소역상여 기자주왈 시인행기이촉 불능
爲作小楷 故槧浼舍表弟書之 底草今存 當更寄也 寄
위작소해 고잠매사표제서지 저초금존 당갱기야 기

贈燕巖　足下並粲　陽湖惕葊徐大榕草　觀此所草　蓋亦
증연암 족하병찬 양호척암서대용초 관차소초 개역
佳筆也　二銘錢塘楊廷桂所書　楊廷桂　卽徐大榕表弟
가필야 이명전당양정계소서 양정계 즉서대용표제
也.
야

吳照　江西人也　字照南　號白菴　其遊石湖作皆佳
오조 강서인야 자조남 호백암 기유석호작개가
其一　茂苑煙銷曉日黃　數聲柔櫓出橫塘　靑山面面開
기일 무원연소효일황 수성유로출횡당 청산면면개
圖障　一塔凌空見上方　其二　水縐微波漾細鱗　沙鷗白
도장 일탑릉공견상방 기이 수추미파양세린 사구백
鷺立湖濱　風流想像鴟夷子　此地曾經載美人　其三　楞
로립호빈 풍류상상치이자 차지증경재미인 기삼 능
伽山下楞伽寺　水繞山門一曲斜　敲罷曉鍾鴉未散　空
가산하능가사 수요산문일곡사 고파효종아미산 공
廊人靜落桐花　其四　短短秧針綠滿疇　水雲渺渺似凉
랑인정락동화 기사 단단앙침록만주 수운묘묘사량
秋　此間最是爲農樂　赤脚吳娃解飯牛　其五　菱葉浮波
추 차간최시위농락 적각오와해반우 기오 능엽부파
覆野鳧　分明佳景輞川圖　斜橋幾樹靑靑柳　憶煞詩人
복야부 분명가경망천도 사교기수청청류 억살시인
范石湖　其六　湖外有山山下田　湖光宜雨亦宜煙　他年
범석호 기육 호외유산산하전 호광의우역의연 타년
我若移家住　耕罷西疇便刺船.
아약이가주 경파서주변자선

照年方三十餘　擧人.
조년방삼십여 거인

피서록 보(避暑錄補)[1]

삼한부인반발(三韓婦人盤髮) : 우리나라 부인의 틀어 올린 머리

『조선시선(朝鮮詩選)』 중에 이달(李達)[2]의 「보허사(步虛詞)」를 실었다.

> 세 뿔이 높이 솟고 빨강 비단 날린다　三角嵯峨拂紫綃
> 남은 머리카락 흐트러진 채 가는 허리 드리웠다　散垂餘髮過纖腰
> 서왕모[3]와 잔치 열어 언뜻 끝내고선　須臾宴罷西王母
> 한 가락 난새 피리 벽도화로 향하누나　一曲鸞笙向碧桃

그 주(註)에 이르기를,

---

1) 피서록 보(避暑錄補) : 이하는 연암 수고(手藁) 삼한총서본(三韓叢書本)에서 뽑아 수록하였다.
2) 이달(李達) : 조선 선조(宣祖) 때의 시인(詩人). 호는 손곡(蓀谷). 당시 삼당파(三唐派)의 대가이다.
3) 서왕모(西王母) : 중국 고대의 선녀(仙女)이다.

"삼한(三韓)의 부인들은 머리칼을 틀어서 머리 장식을 만들었고, 처녀는 말아서 뒤에다 드리웠는데, 모두 아계(鴉髻)[4]를 짓고 나머지는 그대로 두었으므로 '남은 머리칼이 가는 허리에 드리웠다'라고 한다."
라고 하였다.

이 책은 명나라의 유격장군(遊擊將軍)으로서 자(字)가 만리(萬里)인 남방위(藍芳威)가 만력(萬曆) 임진년(1592년)에 우리나라를 구원하러 왔을 때 엮은 것이라고 한다. 청장(青莊 : 이덕무(李德懋))은 이르기를,

"이 책은 곧 오명제(吳明濟) 자어(子魚)[5]가 조선에 왔을 때 뽑은 것이니, 어떤 이유로 남(藍 : 남방위)의 것으로 되었는지는 모르겠으나, 대체로 잘못된 곳이 많아서 아름다운 책〔本〕은 못 될 것이다."
라고 하였다.

마고(麻姑 : 중국 고대의 선녀)의 모습은 정수리에 머리칼을 뭉쳐서 상투를 만들고 남은 머리털은 흐트러진 채 드리웠는데, 이것은 곧 「보허사(步虛詞)」에 있는 말이다. 그러니 어찌 반드시 우리나라 여자만을 가리킨 것이겠는가? 남(남방위)이 우리나라 여

4) 아계(鴉髻) : 여인의 머리장식이, 검기가 마치 까치의 날개와 같다고 해서 이름을 얻었다.

5) 오명제(吳明濟) 자어(子魚) : 명(明)나라의 장수로서 임진년에 우리나라에 왔다. 자어는 자(字)이다.

자아이들의 머리 땋은 것을 보고, 자기의 생각대로 이 시를 풀이한 것이었다.

춘첩훤자(春帖喧藉) : 춘첩자로 중국에 이름이 자자하다

만력(萬曆) 병오년(1606년)에 허균(許筠)이 신라와 고려 이래의 시가(詩歌)를 뽑아서 4권을 만들어 태사(太史) 주지번(朱之蕃)에게 보였더니, 주(朱 : 주지번)가 하룻밤에 모두 열람을 마치고 그 이튿날 허균에게 말하기를,

"고운(孤雲 : 최치원(崔致遠)의 호)의 시는 약(弱)하고, 이인로(李仁老)와 홍간(洪侃)의 것이 가장 아름답다."

라고 하였다.

〈옛 역사를〉 상고하건대, 고려 이인로의 호는 쌍명재(雙明齋)인데, 원(元)나라에 사신으로 가서 원조(元朝 : 설날 아침) 관문(館門)의 춘첩(春帖)[6]을 지어 중국에 이름을 드날렸으니, 명(明)나라의 학사(學士)가 우리나라 사신을 만나면 그 시를 외어서 들려주는 자가 있었다.

푸른 눈썹 아름다운 버들인 양 드리웠고	翠眉嬌展街頭柳
흰 눈 펄펄 나부끼니 고개 위 매화 향기롭네	白雪香飄嶺上梅
천 리라 우리 가원 의구한 줄 믿어져라	千里家園知好在

6) 춘첩(春帖) : 섣달 그믐날에 붉은 종이에 연어(聯語)를 써서 문 위에 붙이는 것이다.

봄바람이 남 먼저 알아 해동으로 오는구나　　春風先自海東來

홍간의 호는 홍애(洪崖)였는데, 그의 「조조마상(早朝馬上 : 이른 아침에 말 위에서)」이라는 시에,

붉고 푸른 공중이요 시냇물은 흐르누나　　紫翠橫空澗水流
풍연이 천 리 아득 창주[7]와 비슷하여라.　　風煙千里似滄洲
돌다리 서녘 기슭 남대로 예는 길에　　石橋西畔南臺路
홀[8] 괴고 산을 보니 한 해 가을 또 왔구려.　　拄笏看山又一秋

라고 하였다.

첩사동래(輒思東來) : 문득 동쪽으로 오기를 생각하다
공자(孔子)께서 말씀하기를,
"도(道)가 행해지지 않으니, 뗏목을 타고 바다를 항해하겠다."[9] 하였고, 또 이르기를,
"구이(九夷)[10]의 나라에 살고 싶어라. 군자(君子)가 살고 있는

7) 창주(滄洲) : 송(宋)나라의 주희(朱熹)가 은거(隱居)한 건양(建陽)에 창주정사(滄洲精舍)가 있었다.
8) 홀(笏) : 관원이 임금의 말을 받아 적기 위해 상아로 만들어서, 임금을 조현(朝見)할 때 조복(朝服)에 갖추어 손에 쥐던 물건을 말한다.
9) 『논어』 공야장(公冶長) 편에 나오는 말이다.
10) 구이(九夷) : 중국을 중심으로 하여 그 주변에 있는 여러 민족을 가

데 무슨 누추함이 있겠느냐?"[11)]
라고 하였다. 우리나라 선비가 매양 이 말씀을 끌어들여 구실(口實)로 삼아 말하기를,

"공자께서 환란의 세상에 태어나셔서 위태롭고 어지러움을 싫어하고 괴로워하여, 도가 이미 행해지지 못할 것을 알고 문득 동쪽으로 올 것을 생각하여 감탄의 말씀을 나타낸 것이다."
라고 하였다.

금(金)나라에서 〈관직 생활을 했던〉 우문허중(宇文虛中)[12)]의 「기유세서회(己酉歲書懷 : 기유년(1129년)에 회포를 적다)」라는 시에 이르기를,

총총히 나라를 떠난 지 문득 한 해를 격했구려　去國怱怱遂隔年
공사에 유익이 없이 두 일이 다 아득하구나.　公私無益兩茫然
당시에 의논한 일 굳지가 못할시고　當時議論不能固
오늘의 궁한 시름 어여쁠사 그 무언가?　今日窮愁何足憐
살거나 죽거나 인연이 정해 있고　生死已從前世定
옳거나 그르거나는 뒷사람에 맡기리라.　是非留與後人傳

리킨다. 동쪽 지역에 있는 아홉 개의 이족(夷族) 지역.

11) 『논어』 자한(子罕) 편에 나오는 말이다.

12) 우문허중(宇文虛中) : 송나라 휘종(徽宗) 때의 정치가이자 시인으로, 자는 숙통(叔通)이고, 호는 용계거사(龍溪居士)이다. 송나라에서 벼슬하였고, 1128년에 기청사(祈請使)로 금(金)나라에 파견되었다가 억류되어 돌아오지 못하고 금나라에서 관직생활을 하였다.

외로울사 이내 몸이 상수[13]로 들지 못할진대 孤臣不爲沈湘恨
삼한의 별유천을 창연히 바라보네. 悵望三韓別有天

라고 하였다.

그가 출처(出處)[14]의 즈음에 허물과 뉘우침이 많았던 것을 생각하였으므로 은근히 시가(詩歌) 중에 뜻을 붙였다. 대체로 신세(身世)가 곤궁해서 문득 동쪽으로 오기를 생각하여, 적이 스스로 공자가 살고 싶었던 뜻에 의거하려 한 것이었다.

이상한 모양의 한자〔泍泙㳘沗〕

강희(康熙) 43년 갑신년(1704년)에 동지사가 보내온 별단(別單)에 "태원(太原)의 산이 옮겨지고 돌비석이 저절로 나왔는데, 비석에 이상한 모양의 글자 네 개가 있었다. 또 7언 4구가 있었는데 거기에,

항아리 언덕의 산꼭대기 하나의 산맥 푸르고 阜甕山頭一脈靑
용이 서린 듯 범이 걸터앉은 듯 참모습 보였네. 龍盤虎踞見眞形
물이 표류하고 불이 꺼지자 산이 걸음을 옮겼으니 水漂火沒山移步
오십년 이래에 황제의 어머니가 임할 것이로다. 五十年來帝母臨

13) 상수(湘水) : 초(楚)나라의 충신 굴평(屈平)이 빠져 죽은 물 이름.
14) 출처(出處) : 벼슬함과 숨는 것의 그 즈음을 말함이다.

하였다."

라고 하였다.

그런데 임(臨)은 청(靑), 형(形)과는 운자가 맞지 않은데다가, 또 그 시어(詩語)가 무엇을 의미하는지 자세하지 않다.

이무관(李懋官 : 이덕무(李德懋))이 일찍이 『자서(字書)』를 널리 상고해 보았지만 이 네 글자는 없었다. 내가 태원(太原) 사람 이전(李畋)을 만나서 묻기를 "이 네 글자는 어느 『자서』에서 나옵니까?" 하니, 이전이 말하기를 "세상에 전하기를 뇌공(雷公)15)이 새겼는데, 그 글자는〔㳾㶁㶒㶁〕 산이 무너지면 물이 쏟아져 나오는 만큼 갈라진 물줄기가 두 개의 물결, 세 개의 물결, 네 개의 물결, 다섯 개의 물결이 됨을 뜻하는 것이라고 합니다."라고 하였다.

담원팔영(澹園八詠)16)

<담원팔영은> 내가 일찍이 산서(山西) 사람 곽태봉(郭泰峰)을 위하여 지은 것이다. 태봉은 자가 청령(青嶺)이고 호는 목암

15) 뇌공(雷公) : 우레를 뜻하는 말인지, 사람을 가리키는 말인지 자세히 알 수 없다.

16) 담원팔영(澹園八詠) : 박지원이 중국인 곽집환(郭執桓)에게 「담원팔영」을 지어주고 그의 문집인 『회성원집(繪聲園集)』에 서문을 지어준 사실을 기록한 것인데, 앞의 「피서록」 편에 동일한 내용이 나오기는 하지만 다소 차이가 있다. 따라서 여기에서는 삼한총서본 『열하피서록』에 의거하여 새로 추가된 내용을 번역하여 수록하였다.

(木菴), 또는 금납(錦衲)이다. 나라에서 중헌대부(中憲大夫)를 제수하였으므로 관례대로 자정대부(資政大夫) 후보 도원(道院)으로 4급을 더해 주었다. 금납의 아들은 집환(執桓)인데 자는 봉규(奴圭), 또는 근정(覲廷)[17]이다. 또 스스로 호를 반우(半迂)라고 하고, 또 동산(東山) · 회성(繪聲園)이라고도 하였다.

〈곽태봉은〉 건륭 병인년(1746년)에 태어났고, 집안은 큰 부자〔素封〕[18]였으며, 시에 능하고 글씨와 그림에도 솜씨가 뛰어났다. 집은 호산(虎山)의 발꿈치를 베고 있고, 문은 노천(蘆泉)의 물길을 마주하였다. 바위 계곡이 구불구불 구부러져 있고 구름과 나무가 고요한 곳에 탐추루(探秋樓)와 방춘각(放春閣)을 세웠으며, 막고산(藐姑山)과 분수(汾水)가 처마 사이로 어슴푸레 비춘다.

금납은 날마다 심덕잠(沈德潛) · 가락택(賈洛澤) 등 여러 훌륭한 인사들과 더불어 그 안에서 시를 서로 주고받았다. 금납이 죽자 봉규의 장인인 절강포정사(浙江布政使) 왕단망(王亶望)이 묘지(墓誌)를 지었다. 봉규는 일찍이 같은 군에 사는 문헌(汶軒) 등사민(鄧師閔)을 통해 이 여덟 수를 요청하였으니, 아마도 그 아버지를 위해 길이 세상에 전하려는 것일 터이다.

---

17) 근정(覲廷) : 923쪽 「피서록」에 곽집환(郭執桓)에 대한 내용이 나오는데, 곽집환의 자가 '근정(勤庭)'으로 되어 있다.

18) 큰 부자〔素封〕 : 천자로부터 받은 봉토(封土) · 작위(爵位)는 없으나 재산이 많아서 제후와 비견할 만한 큰 부자를 뜻한다.

봉규가 그가 지은 『회성원시집(繪聲園詩集)』 간행본 한 권을 겸하여 나에게 부치고는 책머리에 서문을 청하였다. 그 『회성원시집』을 보니 맑고 깨끗하고도 욕심이 없으며 세속을 벗어나서 마치 화식(火食)을 하는 세속 사람 같지 않았다. 그는 약관(弱冠) 때부터 아버지 청령(青嶺)의 재산과 가업에 의지하였으며, 나라 안의 사객(詞客 : 문인)들을 불러들여 글과 술로 모임을 가졌다. 양유동(楊維棟) · 노병순(盧秉純) 무리가 시집의 서문을 썼는데, 모두 봉규 아버지의 벗들이다.

그의 「춘일북상(春日北上 : 봄날에 북쪽으로 오르며)」이라는 시에 이르기를,

> 바위 틈에서 흐르는 시내 날마다 따뜻하고 녹음이 푸릇푸릇 石溪日暎已成綠
> 인가 두세 집에는 아직 뽕잎 나지 않았도다. 兩三人家未有桑
> 교외에 비스듬히 비낀 석양에 사람 하나 홀로 서 있고 郊外斜陽人獨立
> 푸른 산 한 귀퉁이로 소와 양이 보이누나. 青山缺處見牛羊

라고 하였다.

그의 산구(散句)는 다음과 같은 것이 있는데,

> 햇살이 싸늘한데 달은 야위어지려 하고 影寒月欲瘦
> 향내는 고요한데 국화는 흐드러지게 폈네. 香靜菊將闌

얇게 낀 구름에 날은 정오인데 雲薄日正午
실바람 살랑이고 꽃 조각 나풀거리네. 風微花片輕

새들은 푸른 하늘에 끝없이 멀리 날고 鳥入青空濶
외로운 구름 한 조각 한가롭네. 雲孤一片閒

높은 누각은 구름 위로 켜켜이 솟고 高閣層雲上
먼 산에는 가랑비 내리누나. 遙山細雨中

푸르른 산에는 짙푸른빛 쌓이고 青山積深翠
붉은 단풍나무엔 은근한 누른빛 나오네. 紅樹出微黃

흐드러지게 핀 봄꽃은 모두 농염함을 다투고 春花爛熳同爭艷
여러 빛깔 섞인 예쁜 새들은 각자 날아다니네. 好鳥參差各自飛

아른아른 엷게 낀 차가운 안개 속 산 너머 기러기 날고 淡淡寒煙山外雁
짙디짙은 잎 떨어지고 빗속에 등불 켜 있네. 深深落葉雨中燈

황학루에는 고금 사람의 꿈 비었고 黃鶴樓空今古夢
매화락 곡조는 물과 구름 사이에 들어오네. 落梅調入水雲間

라고 하였으니, 모두 운율이 맑고 곡조가 높았다.

그의 벗 용문(龍門)의 사동망(師東望)이 서문을 쓰기를,

"속된 번거로움에서 벗어나 깨끗한 채로 왔다가 자유분방하게 떠났다. 그 명성과 귀한 풍모는 칼을 뽑아 일어나 춤을 추고 바람을 맞으면서 휘파람을 부는 것 같고, 그 가볍고 어린 모습은 떨어진 꽃의 한 꽃잎이요 갓 돋은 하나의 초승달 같다."
라고 하였다. 또 그의 사람됨을 논하기를,

"성품은 그윽한 난초와 같고, 생각은 빼어난 학과 같다. 흐르는 물에 복숭아꽃이 떠가며 맑고 아득히 빼어난 운치를 이루는 것 같고, 구름이 뭉게뭉게 피어오르고 이내가 일 듯, 욕심이 없고 깨끗하며 원대함이 남의 마음에 든다."
라고 했다. 남계(南溪) 주좌탕(朱佐湯)은 시집 발문의 말미에 이르기를,

"혹 가는 세월을 마음에 경계할 때에는 촌음(寸陰)을 아낌이 있어서 한갓 달빛만을 스스로 즐거워할 뿐만이 아니었으며, 혹 친구들에게 주는 것이 있을 경우에는 벗끼리 서로 도와 학문과 덕을 닦도록 함이 있어서 한갓 금란지교로 서로 마음만 맞을 뿐만이 아니었다."
라고 했다. 참으로 두 사람이 말한 것과 같다면 봉규의 사람됨과 시를 대략 상상할 수 있겠다.

내가 그의 책머리에 서문을 짓기를,

"『한서(漢書)』에서 붕우를 주선인(周旋人)이라 했고, 태서인(泰西人)은 붕우를 제이오(第二吾)[19]라고 하였다. 그러므로 한자를

19) 제이오(第二吾) : 이탈리아의 예수회 선교사인 마테오 리치가 1583

만든 사람이 '손 수(手)' 자와 '또 우(又)' 자로 '우(友)'를 만들고, '날개 우(羽)' 자 두 개로 '붕(朋)'을 만들었으니, <붕우란> 마치 사람에게 왼쪽 오른쪽 손이 있으며 새에게 두 개의 날개가 있는 것과 같다. 그러나 이야기하는 사람들은 '천고에 옛사람을 벗으로 삼는다'라고 하니, 이는 너무도 답답한 말이다. 천고의 옛사람은 이미 휘날리는 먼지와 찬바람으로 변해 버렸으니, 그 누가 장차 '제2의 나'가 될 것이며, 누가 나를 위해 주선인이 되어 주겠는가?

양자운(揚子雲)은 이미 그 당시에 지기(知己)를 얻지 못하자 개탄하면서 후세의 자운(子雲)을 기다리고자 했는데, 우리나라의 조보여(趙寶汝)가 이를 비웃으며 말하기를,

'내가 지은 태현경(太玄經)을 내가 읽으면서, 눈으로 그 책을 보면 눈이 자운(子雲)이 되고, 귀로 들으면 귀가 자운이 되고, 손으로 춤추고 발로 구르면 각각 하나의 자운이 되는데, 어찌 후세의 먼 세월을 기다릴 필요가 있겠는가?'

라고 하였다.

이 말은 또 그럴듯하지만 잘못된 말이다. 눈은 보지 못할 때가 있고 귀는 듣지 못할 때가 있는 만큼, 이른바 춤추고 발 구르는 자운을 장차 누구에게 보게 할 것이며 누구에게 듣게 할 것

년 중국에 와서 명나라 건안왕(建安王)의 요청에 의해 유럽 신사들의 우도(友道)에 대해 쓴 『교우론』에 나오는 말인데, "내 벗은 남이 아니라 바로 나의 반쪽이자 제2의 나인 것이다.〔吾友非他 卽我之半 及第二我也〕" 라고 했다.

인가? 아아! 귀와 눈과 손과 발은 태어나면서부터 나란히 한 몸에 합쳐져 있어서 나에게는 이보다 더 가까운 것이 없긴 하지만, 오히려 믿을 수 없음이 이와 같다. 그렇다면 또 누가 천고의 앞 시대로 거슬러 올라갈 수 있을 것이며, 뒷시대를 기다릴 수 있을 것인가? 이로 말미암아 본다면, 벗은 제2의 나가 되고, 나는 그와 함께 주선하게 되는 것이 분명하다.

내가 『회성원집(繪聲園集)』을 읽고서 나도 모르게 정신과 신체가 물이 끓듯이 뜨겁게 달아오르고 눈물이 마구 흘러내리면서,

'나는 봉규(封圭)와 이미 태어나면서 이 세상을 함께하고 있는 만큼, 이른바 나이도 서로 같고 도(道)도 서로 비슷하다고 할 수 있는데, 다만 서로 벗이 될 수 없단 말인가. 진실로 장차 벗을 삼을텐데, 다만 서로 만나볼 수 없단 말인가. 나는 알지 못한다. 봉규의 키가 몇 자인지, 수염과 눈썹이 어떻게 생겼는지를. 〈용모를〉 알 수 없다면 한세상에 같이 사는 사람이라고 한들 나한테 무슨 소용이 있겠는가.'

라고 하였다.

봉규의 시는 성대하다. 물이 깊고 맑으며 쓸쓸하고 고요한 바람 소리와 같은 그의 시는 마치 동정호(洞庭湖)의 낙엽 소리를 듣는 듯하고, 밝고 빼어나며 독보적으로 뛰어난 시는 마치 여산(廬山)의 한 봉우리를 바라보는 듯하다. 나는 또한 이 시를 지은 사람이 자운인지, 시를 읽는 사람이 자운인지 알지 못하겠다.

아아! 언어는 비록 다르더라도 글자는 똑같은 만큼, 오직 시

에서 기뻐하고 웃고 슬퍼하고 우는 내용은 통역하지 않아도 통한다. 왜냐하면 감정은 밖에서 빌려오는 것이 아니고, 소리는 마음속에서 말미암아 나오기 때문이다. 나는 장차 봉규와 함께 한편으로는 후세의 자운을 기다리는 사람을 비웃어 주고, 한편으로는 천고의 옛사람을 벗하는 사람을 위로해 줄 것이다."

라고 하였다.

몇 년 뒤에 들으니, 봉규가 을미년(1775년) 8월에 죽었다고 했다. 아마도 그의 시가 지나치게 맑고 깨끗하며 불우한 선비의 기상이 많기 때문에 마음에 너그럽고 온화함이 적었으니, 이것이 그가 요절할 수밖에 없었던 이치였을 것이다.

원정육왕저장기(袁程陸汪褚蔣紀) : 중국의 박식한 사람들

이무관(이덕무)이 이부(吏部) 이우촌(李雨村)[20]과 말을 하는데, 우촌이 여러 차례 원자재(袁子才)[21]와 장사전(蔣士銓)을 칭찬하

20) 이우촌(李雨村) : 이조원(李調元). 청나라의 문인으로, 자는 갱당(羹堂)·찬암(贊菴)·학주(鶴州)이고, 호는 우촌·묵장(墨莊)이다. 1763년 진사(進士)를 시작으로 이부주사·고공원외랑을 지냈다. 저서에 『우촌시화(雨村詩話)』, 『주례적전(周禮摘箋)』, 『의례고금고(儀禮古今考)』, 『예기보주(禮記補注)』, 『춘추좌전회요(春秋左傳會要)』, 『좌전관명고(左傳官名考)』, 『정씨상서고문증와(鄭氏尙書古文證訛)』 등이 있다.

21) 원자재(袁子才) : 원매(袁枚). 청나라 중기의 시인이자 유명한 미식가로, 자재는 자이고 호는 간재(簡齋)·수원(隨園)이다. 고문(古文)과 변문(駢文)에 능했고, 저서에 『수원시화(隨園詩話)』, 『소창산방집(小倉山房集)』, 『수원식단(隨園食單)』 등이 있다.

였다. 모두 한림 출신이며 세속을 떠나 몸을 깨끗하게 보전한 은사(隱士)로 조정에 서지 않고 산수(山水) 사이를 방랑하였다. 지금의 박식한 사람들로는 예컨대 이부주사(吏部主事) 정진방(程晉芳),[22] 한림학사 육석웅(陸錫熊)·육비지(陸費墀),[23] 한림서길사(翰林庶吉士) 왕여조(汪如藻),[24] 소첨사(少詹事) 저정장(褚廷璋),[25] 한림학사 기윤(紀昀)[26]과 같은 이가 있는데, 기윤과 육석웅이 바야흐로 지금『사고전서(四庫全書)』를 총괄하여 편찬하고 있으니, 모두 중국의 이름난 선비들이다.

그중 원자재가 마땅히 제일의 재주 있는 인물일 터이니, 그 이름은 매(枚)이고 저술이 매우 많다. 나이가 지금 80여 세인데,

---

22) 정진방(程晉芳) : 청나라의 관리이자 경학자이며 시인으로, 자는 어문(魚門)이고 호는 즙원(蕺園)이며, 초명은 정황(廷璜)이다.

23) 육석웅(陸錫熊)과 육비지(陸費墀) 모두 청나라의 학자이고,『사고전서(四庫全書)』의 편찬사업에 참여하였다.

24) 왕여조(汪如藻) : 청나라의 학자로 자는 염손(念孫)이고,『사고전서』의 편찬사업에 참여하였다.

25) 저정장(褚廷璋) : 청나라의 시인이자 학자로, 자는 좌아(左莪)이고 호는 균심(筠心)이다. 문장, 시, 서법에 뛰어났으며, 저서에『균심서옥시초(筠心書屋詩鈔)』, 서역도지(西域圖志)』등이 있다.

26) 기윤(紀昀) : 청나라의 학자로 자는 효람(曉嵐)·춘범(春帆)이고, 호는 석운(石雲)이며, 시호는 문달(文達)이다. 1754년 진사에 급제하여 한림원 편수·한림원 시독학사를 거쳐 예부시랑·병부상서를 지냈으며, 1773년 고종의 칙명을 받들어『사고전서』편찬사업의 총찬수관(總纂修官)에 종사하였다.

서길사(庶吉士)로 상원(上元) 지방의 수령이 되었다가 벼슬이 여기에서 멈추었다. 그러나 천하에 그를 아는 사람이나 알지 못하는 사람이 모두 원자재를 칭송한다고 한다. 우촌이 『자미헌한담(蔗尾軒閑談)』에 그 일을 갖추어 언급했다. <원자재는> 회고시에 가장 뛰어났으며, 「박랑성(博浪城)」이라는 시가 있다.[27] 그의 「두목묘(杜牧墓 : 두목[28]의 무덤)」라는 시에,

사나이 백마 타고 멀리 종군했으니 蕭郎白馬遠從軍
해 저물고 번천에서 자운을 조문하네. 落日樊川弔紫雲
나그네길 두곡에서 꾀꼬리와 꽃을 만나니 客裏鶯花逢杜曲
당나라에 벼슬한 게 봄날의 한이로다. 唐朝春恨屬司勳
택로에 군대 삼만을 파견하자 목소리 높였고 高談澤潞兵三萬
양주의 일 논정하고 나니 밤은 이경이었네. 論定揚州月二分
손수 부용화 꺾어 술을 부어 올리노라니 手折芙蓉來酹酒
어떤이의 풍채와 골격이 그대를 닮았을까나. 有人風骨類夫君

---

27) 「피서록」 편의 935~936쪽에 「박랑성(博浪城)」 시가 나온다.

28) 두목(杜牧) : 당나라 말기의 시인이자 관리로, 자는 목지(牧之)이고 호는 번천(樊川)이다. 26세 때 진사(進士)에 급제하여 감찰어사 · 황주자사 · 지주자사 · 목주자사 · 중서사인을 지냈다. 시와 산문에 모두 뛰어났으며, 작품이 두보(杜甫)와 비슷하다고 하여 소두(小杜)라고 일컫는다. 저서에 『번천문집(樊川文集)』, 『강남춘(江南春)』, 『아방궁의 부(賦)』 등이 있다.

라고 하였다.

선비화(仙飛花)

중국 사람이 선비화에 대해 물었으나, 나는 그 나무는 다른 종류가 없을 뿐더러 일이 영괴(靈怪 : 불가사의하고 괴이함)에 가까웠으므로 대답하지 않았다. 퇴계 선생(退溪先生)께서 읊은 「선비화수(仙飛花樹 : 선비화 나무)」라는 시에 이르기를,

옥인 양 높이 솟아 절 문을 비꼈으니　　擢玉亭亭倚寺門
석장이 변한 뿌리라고 중은 말을 하는구나　　僧言錫杖化靈根
그 가지 머리에는 조계수[29] 있었으니　　枝頭自有曹溪水
천지간 비와 이슬의 은택 빌리지 않으리라　　不借乾坤雨露恩

라고 하였으니, 이 나무는 순흥(順興) 부석사(浮石寺)[30]에 있는데, 이는 곧 신라 시대의 옛 절이다. 신라 때 중 의상(義湘)이 장차 서역(西域)으로 들어갈 적에 석장(錫杖)을 그가 살고 있던 집

---

29) 조계수(曹溪水) : 물 이름. 원줄기는 광동성 곡강현 동남쪽인데 선종(禪宗)의 육조(六祖)인 혜능(慧能)이 거기에서 불법을 크게 일으켰다고 한다.

30) 부석사(浮石寺) : 경상북도 영주군(榮州郡)에 있는 화엄 십찰의 하나이다. 신라 문무왕 16년(676년)에 의상(義湘)이 창건하여 화엄종을 강론하였고, 우리나라에서 가장 오래된 목조 건축인 무량수전(無量壽殿)과 조사당(祖師堂)이 있다.

문 앞 처마 안에 꽂으면서 이르기를,

“내가 떠난 뒤 이 지팡이에 곧 가지와 잎이 돋을 것이다. 이 나무가 마르지 않으면 내가 죽지 않음을 알지어다.”

라고 하였다. 의상이 떠난 뒤, 절의 중이 그가 거처하던 방에다 그의 소상을 모셨더니, 지팡이는 창 앞에서 곧 가지와 잎이 돋았는데 비록 일월의 광명은 쪼였으나 우로(雨露)의 은택은 입지 않았다. 길이는 겨우 처마에 닿을 만큼 한 길 남짓하여 1,000년 동안 한결같았다.

광해군(光海君) 때 경상감사(慶尙監司) 정조(鄭造)가 절에 이르러 이 나무를 보고 요수(妖樹)라 하여 톱으로 베어 버리게 하였다. 절의 중이 죽음으로써 다투었으나 정조는 이르기를,

“선인(仙人)이 짚었던 지팡이를 나도 짚고 싶다.”

라고 하고는 마침내 끊어 갖고 가 버렸다. 그 나무에서는 곧 두 줄기가 뻗어나서 길이는 전날 것과 같았다.

계해년(1623년) 반정(反正 : 인조반정) 때에 정조는 대역(大逆)으로 죽임을 당하였고, 그 나무는 지금에 이르기까지 사계절 길이 푸르고 또 잎이 피었다 떨어졌다 하지도 않았다. 그리하여 ‘선비화’라 불렀으나, 일찍이 꽃이 핀 적이 없었다.

박홍준(朴弘儁)은 내 일가 사람인데, 어릴 때 절에서 놀다가 장난으로 한 줄기를 끊었으나 나무는 다시금 줄기가 솟아 전과 다름없더니, 홍준은 수십 년 전에 곤장에 맞아 죽었다.

우연히 이에 기록하여 실없고 경솔한 젊은이들에게 경계하기로 한다.

고운필적(孤雲筆蹟) : 고운(최치원)의 필적

선조(宣祖) 신묘년(1591년) 간에 성주(星州) 쌍계사(雙溪寺)의 중이 종이 한 쪽을 바위틈에서 발견하였는데, 절구(絶句) 열 마디가 쓰여 있었다. 그 첫째 마디에 이르기를,

동쪽이라 이 나라에 화개동이 예 있으니	東國花開洞
술항아리인 양 그 가운데 별세계가 있더구나	壺中別有天
선인이 예 있으니 옥베개를 베인 채	仙人堆玉枕
그 신세 어떻던고 천년이 잠깐이라	身世倏千年

라고 하였는데, 그 글씨의 획이 깨끗하였으며, 세속에서 전하는 고운(孤雲 : 최치원)의 필적과 크게 다름이 없었다.

금인시영고려(金人詩詠高麗) : 금나라 사람들이 고려를 읊조리다

◘ 금나라 사람들이 고려의 일을 읊은 시 중에는 아름다운 글귀가 많았다.

승지(承旨) 이안(李晏)의 자는 치미(致美)인데, 고려에 사신으로 와서 읊은 「평주중화관후초정(平州中和館後艸亭 : 평주 중화관 뒤에 있는 초정)」이라는 시에 이르기를,

등꽃이 깔린 땅에 향내는 아직 남아 있고	藤花滿地香仍在
솔 그림자 높이 솟아 차가움이 흩어졌구나	松影拂雲寒不收
노는 손님 이를까보아 산새는 두려워하는 듯이	山鳥似嫌遊客到

한 소리 울음 울어 작은 정자 고요를 깨치누나　一聲啼破小亭幽

라고 하였다.

◘ 도운(都運) 왕적(王寂)의 자는 원로(元老)인데, 계주(薊州)[31] 옥전(玉田 : 현 이름)에 살던 사람이다. 그의 「송장중모사삼한(送張仲謀使三韓 : 삼한으로 사신가는 장중모를 보내며)」이라는 시에 이르기를,

바다에 비친 깃발들은 낙랑으로 나가누나　照海旌旂出樂浪
집에 들고 성묘하니 이 길이 빛나도다　過家上塚路生光
압록강 복사 꽃잎은 건널목에서 맞이하고　鴨江桃葉朝迎渡
절령[32]에 송화 따서 밤 들어 차 달이네　岊嶺松花夜煮湯
조서를 삼가 지님 지초인 양 수결 놓고　恩詔肅持芝檢重
취한 채찍 낮게 드리우니 옥 칼집이 길고도 길구나
醉鞭低裊玉鞘長
길가 백성 웃으면서 천거 길을 가리키되　遺民笑指天車道
남양의 성 다른 임금[33] 흡사히도 같을세라　酷似南陽異姓王

---

31) 계주(薊州) : 중국 직례성(直隷省)에 있는 고을 이름이다.
32) 절령(岊嶺) : 황해도 자비령이다.
33) 성 다른 임금〔異姓王〕 : 천자와 성씨가 다른데도 왕이 되어 황제에게 충성하는 일종의 봉건 군주로서 군림하던 사람을 말하는데, 예를 들면 한신, 경포, 팽월 같은 이들이다.

라고 하였고, 그의 주석을 상고하여 보면,

"고려에서는 중국 사절(使節)을 가리켜 모두들 천거(天車) 아무 벼슬이다 하였으니, 이 일은 염자수(閻子秀)의 『압강일기(鴨江日記)』에 보인다."

라고 하였다.

◘ 장한(張翰)의 자는 임경(林卿)인데, 수용(秀容 : 미상)에 살던 사람이다. 고려에 사신으로 와서 읊은 「과평주관(過平州館 : 평주관을 지나며)」이라는 시에 이르기를,

어저께 용천관(의주관)을 벌써 보니 기이하여	昨日龍泉已自奇
한 봉우리 찬 푸른빛이 처마 눌러 나직해라	一峯寒翠壓簷低
두 가지 겸하였음이 평주관만 못하더구나	兼幷未似平州館
지붕 위엔 층 봉우리, 집 아래엔 시냇물을	屋上層巒屋下溪

라고 하였고, 「금교역(金郊驛)」이라는 시에 이르기를,

산관이 소연하여 이다지 맑았으니	山館蕭然爾許淸
이경 머리 위에 가을 기운 깨달았네	二更枕簟覺秋生
서녘 창 시 읊을 곳이 더욱 아름답구려	西窓大好吟詩處
솔 소리 듣고 나서 또 들으리 빗소리를	聽了松聲又雨聲

라고 하였다.

◘ 채송년(蔡松年)의 자는 백견(伯堅)인데, 「고려관중(高麗館中 : 고려의 객사에서)」이라는 시에 이르기를,

참조개 높은 풍미 아침 해장 도와주고　　蛤蜊風味解朝醒
솔 위에 구름 어리어 비가 그치지 않는구나　　松頂雲凝雨不晴
고요한 층층 처마 사람 소리 끊어지고　　悄悄重簷斷人語
푸른 항아리 봄 죽순에 술을 함께 기울이네　　碧壺春筍更同傾

늦바람 높은 나무 흉금이 맑디맑고　　晩風高樹一襟淸
사람과 푸른 항아리 서로 비춰 밝았고나　　人與縹甆相照明
사녀[34]의 가는 읊음 깊은 운치 있으니　　謝女微吟有深致
해산과 별과 달이 모두들 정에 걸리누나　　海山星月摠關情

라고 하였다.

◘ 이휼(李遹)의 자는 평보(平甫)인데, 그의 「사고려(使高麗 : 고려에 사신으로 가며)」라는 시에 이르기를,

나라를 멀리 떠나 오천 리를 예 왔으나　　去國五千里
오히려 말머리는 동으로 향하누나　　馬頭猶向東
벼슬에 얽힌 정은 파초 덮은 사슴이요[35]　　宦情蕉葉鹿

---

34) 사녀(謝女) : 진(晉)나라의 여류 문학가이다.
35) 파초 덮은 사슴이요 : 『열자(列子)』에, 어떤 초나라 사람이 사슴을

속세에 관한 맛은 역귀 속의 벌레러라[36]　　世味蓼心蟲
피로한 베개 위엔 삼경의 꿈이 오고　　倦枕三更夢
먼길 손님 엷은 옷엔 팔월 바람 불었어라　　征衫八月風
산천의 가을빛이 눈앞에 가득하니　　山川秋滿眼
돌아갈 생각 외로운 기러기에 부치려오　　歸思寄孤鴻

라고 하였다.

◘ 뇌계(雷溪) 위도명(魏道明)의 자는 원도(元道)인데, 그의 「고려관편량정(高麗館偏凉亭 : 고려의 객사 편량정에서)」이라는 시에 이르기를,

푸른 바다 반 굽이에 달팽이 뿔 그 나라요　　碧海半灣蝸角國
봄바람 겨우 십 리 오리 머리 물결치네　　春風十里鴨頭波

라고 하였으니, 여기에서 이 나라가 극히 좁고도 작아서 족히 아득히 눈에 차지 못하다는 의미가 시 언어 밖에 흘러넘쳤다.

만나 죽이고서 남들이 가져갈까봐 파초 잎으로 덮어두고는 안심하며 몹시 기뻐하였는데, 이 사실을 잊어버리고는 한바탕 꿈을 꾼 것이었다고 생각하였다는 내용이 있다.

36) 역귀 속의 벌레러라 : 역귀 속에 살고 있는 벌레는 해바라기로 옮길 줄을 알지 못하니, 역귀는 쓰고 해바라기는 달기 때문이다. 각기 편안한 곳에 있어야 함을 말한 것이다.

평양의 연광정(練光亭) 주련(柱聯)에,

긴 성 한 편에는 넘실대는 그 물이요 長城一面溶溶水
넓은 들 동쪽 머리엔 점점이 산이로다[37)] 大野東頭點點山

라고 하였으나, 이는 애초부터 아름다운 글귀가 아니었다. 만일 중국 사람으로 하여금 이곳에 올라와 보게 했다면 어찌 웃음거리가 되지 않았으리오?

편답중원(遍踏中原) : 중국을 두루 답사하다

목은(이색)이 그(이제현(李齊賢))의 묘지명에 "도덕의 우두머리이고, 문장의 종주이다. 공로는 사직(社稷)에 남아 있고, 은택은 백성들에게 흐르네."라고 하였다.

충선왕이 만권당(萬卷堂)[38)]에 있을 때 연구(聯句) 하나를 짓기를, "닭 우는 소리가 문 앞의 버드나무와 흡사했네〔鷄聲恰似門前柳〕"라고 하자, 염복(閻復)[39)]과 요수(姚燧)[40)] 등 여러 학사들이 고사의 출처에 대해 물었으나 왕은 응답하지 못했다. 이제현이 곁에 있다가 대답하기를, "우리나라의 시에,

---

37) 긴 성 …… 산이로다 : 고려 때 시인 김황원(金黃元)의 시이다.

38) 만권당(萬卷堂) : 고려의 충선왕이 원나라 수도인 북경에 세운 독서당이다.

39) 염복(閻復) : 염자정(閻子靜). 990쪽 주 153) 참조.

40) 요수(姚燧) : 요목암(姚牧菴). 990쪽 주 152) 참조.

아침 해 뜰 때 지붕 끝에서 금계가 우니 屋頭初日金雞唱
소리가 흡사 수양버들처럼 간들어지게 길다네. 恰似垂柳裊裊長

라고 하였으니, 닭 우는 소리의 부드러움을 버드나무가지의 섬세함에 비유한 것입니다. 우리 전하의 시는 이 뜻을 인용한 것입니다. 또한 한창려(韓昌黎 : 한퇴지)가 거문고를 읊은 시에서 '뜬구름 버드나무 솜처럼 뿌리와 꼭지가 없네〔浮雲柳絮無根蔕〕'라고 하였으니, 옛 사람들이 소리를 역시 버드나무 솜에 비유한 경우가 있었습니다."라고 하자, 좌중에 있는 모든 사람들이 감탄하며 훌륭히 여겼다.

중주첩송청음인(中州輒誦淸陰人) : 중국인들이 문득 청음의 시를 읊조리다

중국 사람들이 문득 청음 선생의 시를 읊는 것을 보고 내가 일찍이 감동하지 않은 적이 없었다. 그들을 상대로 "공들은 어떻게 그 시를 압니까?"라고 하자, 모두들 "왕어양(王漁洋 : 왕사정(王士禎))의 『지북우담(池北偶談)』에 청음의 아름다운 구절이 있습니다."라고 하였다. 내가 "청음의 문장은 다만 그 밖의 일이고, 중요한 것은 도학과 절의입니다. 곧 우리나라의 큰 어른이십니다."라고 말하였지만, 사람들은 또한 다시 자세히 묻지를 않는다. 알면서도 말하기 꺼려해서인가? 아니면 〈청음 선생의 사적이〉 갑신년(1644년) 이전에 있었던 일이다 보니 중국인들이 상세한 내용을 얻지 못해서인가? 나 또한 감히 번거롭게 써서 충

정을 펼 수 없으니 답답하지 않은 적이 없었다.

어양(왕사정)은 「논시절구(論詩絶句 : 시를 논한 절구)」 30여 수에서 옛 시인들을 하나하나 서술하다가 선생(청음)을 논하여,

엷은 구름 가랑비 성황당에 뿌릴 적	澹雲微雨小姑祠
빼어난 국화 지는 난초, 때마침 팔월이라.	菊秀蘭衰八月時
조선에서 오신 사신의 그 말을 기억하니	記得朝鮮使臣語
동쪽 나라 그 분네가 과연 시를 아는구나.	果然東國解聲詩

라고 했다.

앞의 두 구절은 바로 선생(청음)의 시구를 쓴 것인데, 문집에 실려 있는 내용을 살펴보면 미우(微雨)는 경우(輕雨)로 되어 있고 국수란쇠(菊秀蘭衰)는 가국쇠란(佳菊衰蘭)이라고 되어 있는 것이 다만 약간 차이가 난다.

어양의 이름은 왕사진(王士禛)이고, 자는 이상(貽上)이며, 호는 완정(阮亭) 또는 어양산인(漁洋山人)이고, 제남(濟南)의 신성(新城) 사람이다. 뒤에 옹정(雍正) 황제의 이름자를 피하여 사정(士正)이라 개명하였고,[41] 또 사정(士貞), 사징(士徵)이라고도 했다. 강희(康熙) 왕조에서 벼슬이 형부상서에 이르렀고, 중국에서 뛰어난 시인이 되었는데, 지금까지 100여 년 동안 한 사람도 다른

41) 청나라 옹정 황제의 이름이 윤진(胤禛)이었기 때문에 이름자를 피하기 위해 왕사진(王士禛)에서 왕사정(王士正) 혹은 왕사징(王士徵)으로 개명했다. 그 후 건륭제가 왕사정(王士禎)이라는 이름을 하사했다.

의견을 말하는 사람이 없다. 존경함이 지극하여 편지를 쓰거나 시화를 저술할 때에 반드시 '어양(漁洋)' 두 글자는 맨 윗줄에 쓴다.

도곡(陶谷 : 이의현(李宜顯)의 호) 이 정승이 연경에 들어가서 처음으로 『잠미집(蠶尾集)』 3권을 손에 넣어 왔고, 이사천(李槎川 : 사천은 이병연(李秉淵)의 호)이 일찍이 소자상(邵子湘 : 자상은 소장형(邵長蘅)의 자)의 선본(選本) 3책을 얻어서 머리맡의 진귀한 비장의 서적으로 삼았다. 『대경당집(帶經堂集)』이 우리나라로 들어온 지 겨우 20여 년이 되었는데, 그것을 소장한 사람은 두세 명에 불과하다.

이상(貽上 : 왕사정)이 선생(청음)을 칭송한 데에는 대체로 또한 이유가 있었다. 이상의 죽은 부인 장씨(張氏)는 추평(鄒平) 사람인데, 강남진강부(江南鎭江府) 추관(推官) 장만종(張萬鍾)의 딸이며, 도찰원(都察院) 좌도어사(左都御史) 충정공(忠定公)인 장연등(張延登)의 손녀이다.

숭정(崇禎 : 명나라 의종의 연호, 1628~1644) 말년에 청음 선생이 배를 타고 명나라에 조회하러 갈 때에 길이 제남(濟南 : 산동성에 있는 지명)을 경유하게 되었다. 당시 장 어사(張御史 : 장연등의 아버지)는 벼슬을 그만두고 집에서 놀고먹고 있었고, 선생(청음)은 장만종을 통해 장 어사를 만나 보았는데 〈장연등은 청음을〉 한번 보고는 마음 깊이 감복하여 『조천록(朝天錄)』 1권에 서문을 썼다. 그러므로 왕이상 역시 선생에 대해서는 처가에서 익히 들었던 것이다.[42]

〈왕이상은〉 일찍이 원유지(元裕之 : 원호문(元好問))가 편찬한 『중주집(中州集)』의 예를 본떠서 『감구집(感舊集)』 8권을 편찬했는데, 역시 선생의 시를 수록하였다. 병술년(1776년)에 사은사가 연행을 갈 때에 선생의 방계 족손(族孫)인 김재행(金在行)이 수행하여 연경(북경)에 들어가서 전당(錢塘) 사람인 엄성(嚴誠)과 반정균(潘庭筠)을 만났었다. 그들이 "귀국의 청음 선생을 아십니까?"라고 묻기에 김재행은 집안의 할아버지라고 대답하였다. 반정균이 감탄하고서 한참을 있다가 그의 책상자 안에 가지고 있던 『감구집』 한 부를 꺼내어 김재행에게 증정하고, 또 『감구집』 안에 있는 선생(청음)의 시를 차운하여 전별할 때에 서로 예물로 주었다고 한다.

항사정교(杭士訂交) : 항주의 선비들과 교분을 맺다

나의 벗 담헌(湛軒) 홍대용(洪大容)이 병술년(1766년) 연경에 들어갈 때 일행 중에 양허(養虛) 김재행(金在行)이 었었는데, 그 역시 문장에 뛰어난 호탕한 선비였다. 유람하는 즈음에 마음속으로 일찍이 천하의 기이한 선비들을 몰래 찾지 않은 적이 없었는데, 한참 뒤에 과연 항주의 선비 세 명을 얻어 건정호동(乾淨衚衕)에서 교분을 맺었다.

42) 이하는 왕사정이 지은 『지북우담(池北偶談)』에 초록한 청음 의 시를 인용하고 있으나, 993쪽 「피서록」 편에 똑같은 내용이 나 오므로 여기에서는 생략한다.

엄성의 자는 역암(力闇)이고, 호는 철교(鐵橋)이며, 절강성 전당(錢塘) 사람이다. 옹정(雍正) 임자년(1732년)에 태어났으며, 성리학에 조예가 깊었고 문장에 뛰어났으며 예서를 잘 썼고 그림 또한 경지에 들었다.

육비(陸飛)의 자는 기잠(起潛)이고, 호는 소음(篠飮)이며, 절강성 인화(仁和) 사람이다. 강희(康熙) 기해년(1719년)에 태어났으며, 사람됨이 비분강개하고 큰 지조를 가졌다.

반정균(潘庭筠)의 자는 난공(蘭公)이고, 또 다른 자는 향조(香祖)이다. 건륭 임술년(1742년)에 태어났고, 아름다운 자태와 용모를 지녔다. 시문을 짓는 재주가 뛰어나고 비상했으며 글씨와 그림에도 모두 빼어났다. 호는 추루(秋庫)[43]이고, 절강성 인화(仁和) 사람이다.

담헌이 먼저 철교와 추루 두 선비를 만났는데 바야흐로 서로 뜻이 맞아 거스름이 없는 사이가 되었다. 철교는 자질이 매우 순수하고 아름다웠으며, 처음에는 선종(禪宗)을 즐기고 양명학에 전념하였으며『능엄경(楞嚴經)』읽기를 좋아하였다. 철교가 스스로 자랑하며 "위중한 병으로 거의 다 죽게 된 때에도 능엄경을 읽으면 심신에 유익하니 또한 한 첩(貼)의 청량산이다. 지(地)·수(水)·풍(風)·화(火) 네 가지 큰 것이 임시로 합쳐져 인간의 육체가 만들어졌으니, 무슨 일을 한들 병을 내려놓을 수 없음을 깨달았다."라고 하였다.

43)「피서록」편의 929쪽과 967쪽에는 '추루(秋樓)'로 되어 있다.

반추루가 그를 조롱하며 "엄형은 날마다 반드시 관세음보살 경전을 암송해야 하겠어."라고 하였다. 담헌은 드디어 그에게 넌지시 간하며 "늘그막에나 불교나 도교로 도피한다면 마침내 순수한 유학으로 돌아가는 데 무엇이 해롭겠는가?"라고 하였다. 철교가 이때부터 느끼고 깨닫게 되어 일찍이 잠자는 방에 써 붙여 놓기를,

본심 보존하기를 온통 우렛소리 듣는 날처럼 하고
存心總似聞雷日

자신이 처한 어떤 환경에서도 늘 죽을 때를 생각한다.
處境常思斷氣時

라고 하였으며, 또 담헌에게 말하기를 "방옹(放翁 : 육유(陸游))의 시에 '취중에도 온화하고 극기하면 바야흐로 덕을 이룰 수 있고, 꿈속에서도 가지런하고 엄숙히 하면 비로소 공효를 보리라〔醉猶溫克方成德 夢亦齊莊始見功〕'라고 하였는데, 제가 일찍이 이 말을 가슴에 간직하고 있습니다."라고 하였다. 또한 그의 공부가 정밀하고 열성적이며, 남이 보지 않는 곳에서도 능히 힘을 쓰고 있음을 알 수 있겠다.

며칠 뒤 소음이 향시(鄕試)에 장원한 사람〔解元〕[44]의 자격으로

44) 향시(鄕試)에 장원한 사람〔解元〕 : 향시를 해시(解試)라고 한 데서 나왔다.

지방 장관을 따라 시험 응시 차 북경에 와서 같은 숙소에 도착했다. 두 선비가 교분을 맺었다는 말을 듣고는 크게 기뻐하고, 또 한편으로는 성이 나서 바로 그날 밤에 촛불을 밝히고는 비단 다섯 폭에 그림을 그렸다. 그림 그리기가 끝나자 시각이 이미 삼경이었다. 아울러 〈그림과〉『소음집(篠飮集)』 간본 다섯 책으로 예물〔羔鴈〕[45]을 대신하고는 이어 담헌에게 편지를 써서 보내기를 "한평생 벗을 사귀는 것을 운명으로 여기고 있었는데, 하물며 외국의 비범한 분들을 만났으니 말해 무엇하겠습니까? 만약 끝내 엄성과 반정균 두 벗의 말석에라도 붙을 수 없다면 저는 죽을 때까지 풀 수 없는 질투를 품을 것입니다."라고 하였다.

그 뒤로 철교, 추루와 함께 숙소에서 담헌과 양허를 만나 팔을 붙잡고 술잔을 드니 의기가 넘쳐흘렀다. 소음은 문장과 서화에 있어서 더욱 뛰어난 인물이었는데, 구레나룻이 엉성하고 배가 불룩하였으며, 성품과 용모가 뛰어나고, 다른 사물에 얽매이지 않고 대범하며 출중하였다.

철교가 "육형이 사는 곳에 하풍죽로초당(荷風竹露草堂)이 있어 호수와 산에 한가히 지내면서 인간 세상의 좋은 복을 누리고 있습니다."라고 말하기에, 담헌이 "형께서는 평소에 무엇을 하고

45) 예물〔羔鴈〕: 예물로 쓰였던 어린 양과 기러기는 옛날 경대부(卿大夫)끼리 서로 주고받던 폐백인데, 경끼리는 어린 양을 썼고, 대부끼리는 기러기를 썼다.

지냅니까?" 하고 묻자, 소음이 "마음으로 밭을 갈고 붓으로 옷감을 짭니다."라고 하였다.

소음이 이에 "담헌과 양허가 편한 마음으로 한 사람은 나를 형이라고 하고 한 사람은 나를 아우라고 합니다. 이 생애 이 세상에서 한평생 다시 볼 수 없는 사람들인데, 이런 깊고 황홀한 인간관계를 맺고 있으니, 어찌 더할 나위 없이 어리석은 사람이 아니겠습니까?"라고 하였다. 그는 「증양허(贈養虛 : 양허에게 주다)」라는 시에서,

이별의 슬픔 하도 많아 헤아리기 어려우니 別愁千斛斗難量
이별의 즈음에 한 잔 술도 다 마실 수 없네. 不得臨岐盡一觴
다만 술이 취하면 슬픔이 온통 눈물로 변할까 걱정 直恐酒悲多化淚
바닷바람이 비를 몰아 옷을 적실레라. 海風吹雨濕衣裳

라고 하였고, 또 편면(便面)[46]에 수묵화로 연꽃을 그리고서 시를 써서 주었는데 그 시에,

밝은 달 아래 활짝 꽃피어 아름답고 開宜明月下
푸른 못 깊숙이서 자라나 사랑스럽네. 種愛碧池深
깨끗하고 밝은 모습이 이러하지만 淸曠有如許

46) 편면(便面) : 부채 모양의 얼굴 가리개인데, 대나무로 만들었다.

누가 알겠는가, 몹시 괴로운 마음을. 誰知多苦心

라고 하였다.

내가 열하에서 광동 안찰사(廣東按察使) 왕신(汪新)[47]을 만나서 기잠(起潛 : 육비의 자)의 소식을 물었는데, 왕신 역시 절강의 인화(仁和) 사람이기 때문이었다. 왕신은 소음(육비의 호)과 아주 친한 사이였는데, "그는 이미 진사에 합격했으나 관직에 나가지 않았습니다. 서호(西湖)를 떠나지 않았고 부귀가 극도에 달했으며, 차 마시는 그릇과 술 주발에 대체로 만족해하며 살고 있습니다.그러니 저처럼 풍진 세상에서 요행으로 이익을 얻는 사람과는 비교가 안 되는 사람입니다."라고 말했다.

유혜풍(柳惠風 : 유득공(柳得恭))이 〈기잠의 시〉 50여 수를 뽑아 『건연외집(巾衍外集)』을 만들었는데, 거기에 실린 「연자기(燕子磯 : 물가 제비바위)」라는 시에,

갈대 억새 쓸쓸한데 산까치 날고 葭菼蕭蕭山鵲飛
물결 찰랑찰랑 저녁 바람 살랑살랑. 水紋滑笏晚風微
남조의 산수 그림처럼 번화하고 아름다우며 南朝畵軸餘金粉
해질녘 연자기에 찬 이내 어렸구나. 落日寒烟燕子磯

47) 왕신(汪新) : 절강성 인화(仁和) 사람으로, 자가 우신(又新)이고 호가 작파(芍陂)이다. 296쪽 「경개록(傾蓋錄)」 편 참조.

라고 했고 「호상만귀(湖上晩歸 : 호숫가에서 저물녘에 돌아오며)」라는 시에,

황폐하여 휑한 마을에 지팡이 짚고 나서니 햇발 내리고 拄策荒村日脚低
뽕 나뭇가지 끝 잎이 떨어지고 닭이 울고 있네. 桑顚葉脫見鷄鳴
한적한 문에는 마른 연잎 어지러이 흩어져 있고 閒門狼藉枯荷葉
하얀 호수엔 서풍이 불고 그물이 진흙에 묻어 있네. 白蕩西風看罶泥

라고 하였다. 「산행(山行 : 산길을 가다)」이라는 시에,

병풍처럼 둘러친 푸른 산을 지팡이 짚고 서서히 오르니 翠屛徐上杖扶身
낙엽이 우수수 자주 두건 위에 내려앉네. 落葉蕭蕭欲墊巾
나무꾼들의 비탈길 나는 새 너머까지 구불구불 구부러졌고 樵磴縈紆飛鳥外
흰 구름은 바다와 같건만 어떤 이도 만나지 못한다네. 白雲如海不逢人

라고 하였고, 「팽념당소영(彭念堂小影 : 팽념당의 작은 초상)」이라는 시에,

시끌시끌하여 애오라지 속세를 피했고 以喧聊避俗
벼슬자리에 나아가고 물러남 머뭇머뭇했네. 出處兩逡巡
서적이 많아 가난해도 부자보다 낫고 書卷貧逾富
서로 사귀는 정은 늙을수록 더 참되네. 交情老更眞
강과 산은 띠풀 집을 끌어안았고 江山擁茅屋
비바람은 시인에게 가까이 다가선다. 風雨屬詩人
스스로 마음 논할 짝을 맺었으니 自結論心侶
일찍이 권력을 쥔 직위 어찌 알려 했겠는가. 何嘗識要津

라고 하였고, 「제황미칭화책(題黃未稱畫册 : 황미칭의 그림책에 쓰다)」이라는 시에,

땅거미 져서 강이 어둑어둑할 무렵 薄暮江溟溟
고깃배 또한 짝 지어 돌아오누나. 歸漁亦成侶
차가운 못엔 물오리 집오리 고요한데 寒塘鳧鴨靜
연기 나는 곳엔 사람 소리 들린다네. 烟際聞人語

라고 하였다.

왕 안찰사(왕신)는 소음을 당세의 당백호(唐伯虎)[48]나 서문장

48) 당백호(唐伯虎) : 명나라의 문인이자 화가로, 자는 백호(伯虎) · 자외(子畏)이고 호는 육여거사(六如居士)이고, 이름은 인(寅)이다. 향시에 합격하였으나 정민정(程敏政)의 탄핵사건에 연좌되어 벼슬에서 물러난 후 고향에 은거하며 시와 술과 서화를 벗하면서 생활하였다. 문

(徐文長)49)과 같은 사람이라고 말하였다.

철교(鐵橋 : 엄성)가 담헌(홍대용)에게 부친 편지에, “하늘 끝 아주 먼 곳에 있는 지기(知己)로서 천고에 둘도 없는 분이기에 감격에 겨워 손이 떨립니다. 오직 피차가 아무 말 없이 조용할 뿐이나, 외로운 저의 정성을 굽어 살피소서.”라고 하였으니, 붕우 사이의 교제에서 그의 독실함은 아마도 또한 가장 착한 성품의 인물이었기 때문일 것이다. 그의 「수양허류별운(酬養虛留別韻 : 양허의 이별시에 응답하다)」이라는 시에,

덥지도 춥지도 않은 좋은 봄날에 輕暝微寒釀好春
등불 앞의 외로운 나그네 너무도 상심되네. 燈前孤客最傷神
먼 곳의 벗 사귀는 의기 우리 무리에 있고 天涯意氣存吾黨
해외의 문장을 이 사람에게서 보았다네. 海外文章見此人
호탕한 홍치는 천일주에 취한 듯 모시고 豪興擬陪千日醉
깊은 정의는 괜스레 시 한 수 새로 지어 부치네. 深情空寄一詩新
헤어짐에 애가 타서 달리 할 말 없으나 分襟草草無他語
한 해가 지나도 잊지 말고 자주 소식 전해주게나. 隔歲音書莫忘頻

장에도 뛰어났으며, 저서에 『당인집』이 있다.

49) 서문장(徐文長) : 명나라의 문인으로, 자는 문청(文淸) · 문장(文長)이고 호는 청등(青藤) · 천지생(天池生) · 전수월(田水月)이고, 이름은 위(渭)이다. 시문 · 서화 · 희곡에 매우 뛰어났으며, 저서에 『서문장집』이 있다.

라고 했고, 「경차청음선생운화답양허존형(敬次淸陰先生韻和答養虛尊兄 : 삼가 청음 선생의 시에 차운하여 양허 존형께 화답하다)」이라는 시에,

나그네 마음 깃발인 양 갈피를 못 잡고　　客心無定似懸旌
외딴 객사 황량한 추위에 풍미도 잠시잠깐.　　孤館荒寒味乍經
거울을 손에 쥐니 희끗한 양쪽 귀밑털 겁나고　　攬鏡怯連雙鬢白
근심스레 책을 펼치고 푸른 등불 마주하네.　　攤書愁對一燈靑
하늘 끝 먼 곳의 뛰어난 시인 요행으로 붙좇아 사모하나니
天涯我幸追詞伯
수많은 사람 중에 누가 애주가를 알아볼까나.　　人海誰能識酒星
만나자마자 이별이라니 슬프디슬프도다　　惆悵相逢卽相別
어두컴컴한 속에 우두커니 앉았노라니 생각나 못 견디겠네.
不堪兀坐思冥冥

라고 했다. 「우증(又贈 : 또 주다)」이라는 시에,

높은 재실(齋室)이라 티끌 하나 날지 않고　　高齋不見一塵飛
예스러운 풍모와 깊은 배려 세상에 드문 분이네.
古貌深情世所稀
어찌하면 그대 따라 배 타고 바다 건너가서　　安得隨君航海去
탁 트인 시야에 고향 생각나지 않을까나.　　頓空眼界不思歸

라고 했고, 또 「제화이증(題畵以贈 : 그림에 써서 주다)」이라는 시

에,

띠풀 집에 엷게 낀 푸른 산기운 들어오니　茆堂入翠微
영영 세속의 생각과 벗어났도다.　永與俗情違
좋은 손님들 우연히 서로 찾아드는데　好客偶相訪
아침 햇살 막 옷에 비친다.　朝陽初上衣
소나무 사이엔 남은 이슬 뚝뚝 떨어지고　松間殘露滴
고개 너머로 외로운 구름 둥둥 떠다니네.　嶺外孤雲飛
나 또한 오랫동안 머물고자 생각하여　余亦懷長往
산속에서 고사리나 캐며 살으리라.　山中採蕨薇

라고 했고, 「증담헌(贈湛軒 : 담헌에게 주다)」이라는 시에,

돌아간다는 소식에 열흘 동안 마음이 놀랐는데 驚心十日返行旌
이곳 열사의 유허지를 잠시 지나갔네.　烈士遺墟此暫經
큰길에 점점 파릇파릇 돋는 푸릇푸릇한 버들을 보게 되니
官道漸看新柳綠
나그네 회포는 함께 고향 산을 떠올리누나.　旅懷同憶故山青
지금부턴 제비와 기러기처럼 서로 떨어져 멀리 천리나 떠나갈
테니　從今燕雁成千里
한스럽기도 해라. 언제까지나 영원히 삼성 상성처럼 만나지 못
하다니.[50]　終古參商限兩星

50) 28수(宿)에서 삼성(參星)은 동쪽에 있고 상성(商星)은 서쪽에 있어서

조선과 중국과는 간격이 없다 말들 하지만　縱說神州無間隔
이별의 근심에 취한 듯 날마다 우울해지네.　離憂如醉日沈冥

라고 하였다. 「차화홍서장(次和洪書狀 : 홍서장의 시에 차운하여 화답하다)」이라는 시에,

깨끗한 돌 맑은 샘물 아름다운 가을　白石淸泉媚好秋
천연의 화폭이 우리 고을 그대로 담았네.　天然畵本說吾州
생깁 반폭에 주름잡아 입체감 살린 그림　生綃半幅閒皴染
문득 용홍사에서 유람하던 일 떠오르네.　忽憶龍泓寺裏遊

라고 하였다. 「간기양허(簡寄養虛 : 양허에게 편지를 부치며)」라는 시에,

편지[51]를 끝까지 다 읽어도 다른 말 없고　素書讀罷無他說
기나긴 세월에 남은 건 피눈물만 한 말.　只餘一斗千秋血
서로 만나면 모두 훌륭한 사나이들이니　相逢都是好男兒
이제부턴 그대 위해 거문고 줄을 끊으리라.[52]　從此朱絃爲君絶

동시에 두 별을 볼 수 없다는 데서 헤어져 멀리 떨어진 후 서로 만나지 못함을 비유한다.

51) 옛날에는 편지를 흰색 비단에 썼는데, 여기에서 편지를 뜻하는 말로 쓰인다.

52) 『열자(列子)』 탕문(湯問)에, "춘추 시대 거문고의 명연주가인 백아(伯

라고 하였다.

〈엄성은〉 정해년(1767년)에 민중(閔中 : 복건성)을 유람하다가 학질에 걸려 장차 죽으려 할 즈음에 담헌에게 편지를 부쳤다. 그 내용이 매우 슬프고 애처로웠으니 아마도 죽기 전에 마지막으로 쓴 글인 듯하다. 그의 「기담헌(寄湛軒 : 담헌에게 부치다)」이라는 시에,

서울서 전해 온 반가운 편지	京國傳芳信
아득히 멀리 큰 바다 동쪽이로다.	遙遙大海東
사문에 우리들이 있으니	斯文吾輩在
이역에서도 같은 마음이리라.	異域此同心
우정은 이미 형제와 다름없으니	情已如兄弟
진실한 사귐은 시종 한결같으리라.	交眞善始終
서로 그리워할 뿐 만나지 못하니	相思不相見
가을바람 향해 큰 소리로 서럽게 운다네.	慟哭向秋風

라고 했고 또,

슬픈 건 얼굴을 보려 해도 만날 날 없다는 것	見面悲無日

牙)가 거문고소리에 담긴 자신의 마음(음악세계)을 정확히 알아주는 친구인 종자기(鍾子期)가 병으로 죽자, 절망한 나머지 종자기의 무덤 앞에서 슬프디 슬픈 곡을 연주한 뒤 거문고 줄을 끊고 죽을 때까지 다시는 거문고를 연주하지 않았다."는 고사가 나온다.

기쁜 건 편지로 마음을 토로할 수 있다는 것. 論心喜有書
만 리 밖에서 오는 편지니 來從萬里外
일 년 넘게 걸려서 이르네. 到及一年餘
격려의 말씀 그대를 번거롭게 만들지만 激厲煩良友
늘그막에 혼자 사는 사람을 뭉클하게 하네. 衰遲感獨居
사십이 다 되도록 세상에 알려진 게 없으니 無聞將四十
차마 촌음인들 헛되이 보내랴. 忍使寸陰虛

라고 하였다. 「기양허(寄養虛 : 양허에게 부치다)」라는 시에,

듣자 하니 김평중은 聞道金平仲
근래에 병들고 가난하기까지 하다네. 年來病且貧
저서는 오래된 집에 넘칠 것이고 著書餘老屋
약을 지어 조섭함은 가인에게 의지할테지. —스스로 붙인 주석에 "가인 두 글자는 담헌이 썼던 말이고, 감히 서로 농담할 정도는 아니다."라고 하였다. 調藥倚佳人
백발은 운명을 슬프게 하고 白髮哀時命
청산은 은둔하는 사람에게 친근하네. 青山狎隱淪
천리마도 흔히 길을 잃으니 驊騮多失路
누가 바로 지금의 구방인[53]일까? 誰是九方歅

53) 구방인(九方歅) : 춘추전국 시대 진목공(秦穆公) 때 천하의 명마(名馬)를 가려볼 줄 알았던 인물로, 백락(伯樂)의 집에 땔감과 소채를 대주는 일을 했는데, 좋은 말을 구해 달라는 진목공의 부탁을 받은 백락

라고 했다. 또,

한 번의 이별이 천년의 세월이라 一別成千古
살아서의 이별이 곧 죽어서의 이별이라네. 生離是死離
편지가 오면 애간장 끊어지려 하고 書來腸欲斷
꿈에서 깨어나면 눈물이 앞을 가리네. 夢去淚先垂
호걸스런 선비는 중원에 적으나 豪士中原少
아름다운 말은 두 나라에 마땅하리. 淸辭兩晉宜
나와 그대 백 년 세월이 흐른 뒤 百年吾與爾
저승에서나 우정을 다하기로 기약하세. 泉下盡交期

라고 하였다.

소음(육비)이 철교의 부음(訃音)을 전하는 편지를 부쳐왔는데, "철교가 올봄에 갑자기 민중(복건성)으로 여행을 떠났습니다. 제가 쓴소리하며 애써 말렸으나 부친의 하명에 쫓겨 끝내 제 말이 소용이 없었으니 울며 탄식한들 무엇 하겠습니까? 전광석화같이 갑자기 죽었으니, 아마도 조선의 친구분들도 한결같이 그를 위해 길이 울부짖을 것이라 상상이 됩니다."라고 하였다. 겸하여 역암(力闇 : 엄성)을 위해 지은 만시(輓詩)를 부쳤는데 그 시에,

---

이 구방인을 추천했다고 한다.

까닭 없이 천리 먼 길 유람하게 되었으니 千里無端賦遠遊
내 의견 듣지 않은 이상 다시 누굴 탓하리. 吾謀不用更誰尤
남겨 놓은 글들이 모두 앞일을 예언한 참서(讖書)라
遺箋剩墨都成讖
장독(瘴毒)을 품은 비바람은 근심거리도 아니라네.
瘴雨盲風未是愁
왕몽[54]이 끝끝내 요절하니 통곡을 어찌 견디겠으며
竟夭王濛堪慟哭
사조[55]를 구하기 어려우니 머리만 긁적일 뿐이라네.
難携謝眺只搔頭
한 편의 글이 참으로 삶과 죽음에 관한 것이라 一書眞箇關生死
넋이 고구려의 북방 기러기 나는 가을에 끊어졌으리.
魂斷句驪朔鴈秋

54) 왕몽(王濛) : 진(晉)나라 애제(哀帝) 왕황후(王皇后)의 아버지인데, 젊었을 때는 망나니였으나 뒤늦게 반성하고 바른 행실로 칭송을 받았다. 예서를 잘 썼고, 중서랑과 사도좌장사의 벼슬을 지냈으며, 병으로 39세에 요절하였다.

55) 사조(謝眺) : 남북조 때 남제(南齊)의 문인으로, 자는 현휘(玄暉)이다. 어머니는 송나라의 장성공주(長城公主)이고 아버지는 산기시랑(散騎侍郞)을 지냈을 정도로 귀족 집안에서 태어났으며, 어려서부터 재주가 뛰어나 5언시를 잘 지었고, 초서와 예서를 잘 썼으며, 나중에 선성(宣城) 태수를 지냈던 데서 사선성(謝宣城)이라고 부른다. 이처럼 승승장구하던 그는 제나라 왕실의 정치적 모반에 연루되어 36세에 옥사(獄死)하였다.

라고 하였다.

철교는 임종 때에 담헌이 준 먹을 꺼내어 냄새를 맡고 만지기를 한참 동안 하다가 곧 가슴 위에 두고는 갑작스럽게 죽었다. 삼오(三吳 : 양자강 하류 지역) 지방의 인사들이 이 일을 전하여 기이한 일이라 여기고, 만시(挽詩)와 뇌문(誄文)[56]을 지을 때는 반드시 서로 이 일을 거론하였다. 조선 먹의 노래처럼 되어서 실로 양자강 남쪽에 두루 퍼졌다.

담헌과 양허가 호가 구봉(九峰)인 철교의 형 엄과(嚴果)에게 편지를 보냈는데, 편지가 도착한 날은 바로 철교가 죽은 후 27개월째가 되는 날로 장차 담제(禫祭)[57]를 지내려는 저녁이었다. 온 집안사람들이 놀라 부르짖었고, 담제를 지내려고 모였던 친구 100여 명이 모두 다 탄식하고 기이하게 여겼으며 정신적으로 교감한 정성이 감흥한 것이라고 말하였다.

담제를 지낼 때 담헌의 뇌문을 읽어 초헌으로 삼고, 다음에 양허의 뇌문을 읽어 아헌으로 삼았다. 철교의 아들은 바야흐로 7, 8세였는데, 구봉이 그를 혈혈단신이라고 하여 자기의 차남

56) 만시(挽詩)는 만사(挽詞)라고도 하며, 죽은 사람을 애도하여 지은 시를 뜻하고, 뇌문(誄文)은 뇌사(誄詞)라고도 하며, 죽은 이의 생전의 공덕을 칭송하며 명복을 비는 말이나 글을 뜻한다.

57) 담제(禫祭) : 대상(大祥)을 치른 뒤 3개월째 되는 달의 정일(丁日)이나 해일(亥日)에 지내는 제사이다. 3년의 상기(喪期)가 끝난 뒤 상주가 일상으로 되돌아감을 알리는 제사 의식인데, 주로 부모상, 조부상, 부상(夫喪), 처상(妻喪)에만 지낸다.

15세의 앙(昂)을 철교의 아들로 삼게 하였다.

구봉은 담헌에게 편지를 쓰고 철교의 유고 다섯 책과 철교가 스스로 그린 작은 초상화를 보내었다. 아들 앙(昂) 역시 편지를 써서 〈담헌을〉 백부라고 부르고는 아울러 자신이 지은 「과체론(科體論)」 1수를 증정하였는데, 말의 뜻이 아주 살갑고 곡진하여 대대로 이어오면서 친밀히 왕래하는 집의 자제 같았다. 철교에게 주문조(朱文藻)라는 친구가 있었는데, 그 역시 이 일에 감격해서 담헌에게 편지를 써서 교분을 맺었다. 무술년(1778년)에 무관(이덕무)이 연경에 들어가서 비로소 여러 편지를 얻게 되었으니, 편지를 보낸 지 9년 만에 우리나라에 도착하게 되었다.

내가 유리창 안에서 근래에 각인한 『지부족재총서(知不足齋叢書)』[58]를 보았더니, 인화(仁和 : 절강성에 있는 지명) 사람인 주문조가 지은 한 권이 있었다. 지금 황제(今皇帝 : 건륭)가 지은 7언 절구 1수가 주문조의 책머리에 어필로 쓰여 있다. 주문조라는 성명을 한번 보자 두 눈동자가 저절로 광채가 났다. 아마도 주문조 또한 오중(강소성) 지방의 명사였을 것이다.

난공(蘭公 : 반정균)의 아내 상부인(湘夫人) 역시 시에 뛰어나서 시집 『구월루집(舊月樓集)』이 있었다. 담헌이 거문고를 연주하여 평조(平調)의 곡조를 타자, 난공이 마음이 흔들려 두 줄기 눈

---

58) 『지부족재총서(知不足齋叢書)』 : 청나라의 포정박(鮑庭博)은 대대로 내려오는 큰 상인인데, 경서(經書), 제자(諸子)의 주석, 사학의 고증, 수필, 시화, 시문집, 사집(詞集), 잡기(雜記) 등의 선본(善本)을 수집하고 철저한 교정을 거쳐 편찬한 것이다.

물을 흘리고 슬픈 느낌을 견디지 못하였다. 담헌도 슬프고 처량하여 한 곡을 연주하고서 멈추며 "우리나라의 부족한 토속 음악이므로 군자의 귀를 어지럽게 만듭니다."라고 말하니, 난공이 "한 번 이별한 후에는 또 서로 만날 기약이 없으니 사람을 죽고 싶게 만듭니다."라고 한다. 그는 양허의,

> 사무치는 한탄으로 평생을 지내더니 이제 백발이어라　平生感慨頭今白
> 타국에서 너무나 기쁘게 마중 나가 맞이하였네.　異域逢迎眼忽靑

라는 구절을 읽고는 "참으로 오묘하고 훌륭합니다"라고 평가했고,

> 문을 나서 손잡으니 별빛은 차가워라.　出門摻手已寒星

라는 구절에 이르러서는 줄줄 눈물을 쏟았다. 양허의,

> 이별의 정자에 난 풀 석양 밖으로 푸르고　離亭草綠斜陽外
> 채찍 드리우고 만 리 길 홀로 떠날 때로다.　萬里垂鞭獨去時

라는 구절을 읽자, 난공은 손가락 끝으로 동그라미를 치며 몇 줄기 눈물을 줄줄 흘렸다. 대체로 난공의 모습은 부인네와 닮

왔고 보니, 정에 약하고 몸짓이 자상하여 쉽게 눈물을 글썽인다. 그러나 그의 시를 보면 맑고 고우며 빼어나고 산뜻하니, 또한 그의 사람됨을 족히 상상해 볼 수 있겠다.

그의 「경차청음선생운증담헌(敬次淸陰先生韻贈湛軒 : 삼가 청음 선생의 시에 차운하여 담헌에게 증정하다)」이라는 시에,

> 해가 중천에 떠 있고 바람결 세찬데 두 사신을 전송하니
> 日高風勁送雙旌
> 작은 이별이 천년이 될 줄은 겪어 보지 못했다네.
> 小別千年未慣經
> 서불의 혼이 녹은 바다의 물결 그림자 멀어지고[59]
> 徐市魂銷波影闊
> 연대[60]엔 사람이 떠나고 버드나무가지만 푸르네.
> 燕臺人去柳條靑
> 나그네의 눈물은 늦은 봄비처럼 멈추기 어렵고 難禁客淚春深雨
> 기쁨은 새벽별 마냥 쉽게 흩어지기 쉽네. 易散歡悰曙後星
> 슬프기도 해라 향산 못가의 누각은 멀기만 하이

59) 서불(徐市)은 진(秦)나라 때 사람인데, 불사약(不死藥)을 구해 오라는 진시황의 명을 받들어 어린아이 3,000명을 데리고 동해 바다 끝 신산(神山 : 봉래산)으로 갔다가 끝내 돌아오지 않았다.

60) 연대(燕臺) : 북경 근처에 있던 황금대인데, 연나라 소왕(昭王)이 대(臺)를 세워서 그 안에 천금(千金)을 넣어두고 현자(賢者)를 불러 모았다고 한다.

惆悵響山池閣遠

수레에 올라 자욱한 미세먼지 참을 수 있을지.

登車可耐輭塵冥

라고 하였고, 「경차청음선생운증양허(敬次淸陰先生韻贈養虛 : 삼가 청음 선생의 시에 차운하여 양허에게 증정하다)」라는 시에,

갈석궁 남쪽에 가던 길 멈추고는 碣石宮南駐遠旌
옥초봉 밖에서 지난 일 생각하네. 沃焦峰外想曾經
집채만 한 은빛 파도에 젖은 옷은 열에 셋은 하얗고
衣留銀屋三分白
봉래산에 물든 전립 온통 푸른 색칠 하였네. -스스로 붙인 주석에 "양허는 유학자인데 군복을 입고 와서 서로 만났으므로 이렇게 언급한다."라고 하였다. 笠染蓬山一抹靑
세찬 소나기 같은 필체의 서늘함은 지금의 초성[61]이고
驟雨聲寒今草聖
엷은 구름 같은 시구의 아름다움은 옛 시성[62]일세. -스스로 붙

61) 초성(草聖) : 왕희지. 진(晉)나라의 서예가로 자는 일소(逸少)이다. 벼슬은 비서랑을 거쳐 우군장군(右軍將軍)·회계(會稽)의 내사(內史)를 지냈으며, 한나라와 위나라의 비문(碑文)을 연구하여 해서·행서·초서 3체를 예술적인 서체로 완성함으로써 중국 고금(古今)의 제일가는 서성(書聖)이라고 불린다. 작품에 『난정서(蘭亭序)』, 『상란첩(喪亂帖)』, 『황정경(黃庭經)』, 『악의론(樂毅論)』, 『십칠첩(十七帖)』, 『공시중첩(孔侍中帖)』, 『유목첩(遊目帖)』, 『순화각첩(淳化閣帖)』등이 있다.

인 주석에 "'담운미우소고사〔淡雲微雨小姑祠〕'라는 청음 선생의 시 구절이 있는데, 양허의 시가 선생의 시를 차운했으므로 '담운(淡雲)'이란 말을 쓴 것이다."라고 하였다.

淡雲句好舊詩星
홀로 가엾게도 객사에서 시제를 나누는데　獨憐孤館分題處
어쩔 수 없이 해가 져서 날이 어두컴컴해지네.　不奈蒼然暮色冥

라고 하였다. 「화양허(和養虛 : 양허에게 화답하다)」라는 시에,

외로운 객사에 홀연 근심이 없어짐은　孤館忽無悶
훌륭한 손님이 훌쩍 찾아와 주셔서네.　翩然上客來
소주가에겐 얕은 술잔이 편하고　淺盃便小戶
맑은 재주 겨룸에는 묘한 글귀가 제격.　妙句角淸才
구름 그림자 맑으니 아직 저녁이 아니고　雲影澹未夕
꽃가지가 붉으니 꽃이 피려는 모양.　花枝紅欲開
의관은 옛날식으로 돌아가 순박하고　衣冠復淳古
그림 속의 인물인 양 시샘이 나네.　人作畫圖猜

라고 했고, 「자화도류제시이증(自畫桃柳題詩以贈 : 스스로 복숭아와 버드나무를 그리고서 시를 써서 <홍대용에게> 주다)」이라는 시에,

62) 시성(詩聖) : 맹호연. 당나라의 시인으로, 자는 호연이며, 호는 녹문거사(鹿門居士)이다. 벼슬에 나아가지 않고 녹문산(鹿門山)에 숨어 살면서 시를 즐겼으며, 도연명(陶淵明)의 영향을 받아 특히 5언시에 뛰어났다. 저서에 『맹호연집』 4권이 있다.

우리 집 서자호 물가를 둘린 나무에　　吾家西子湖邊樹
푸른 잎 붉은 꽃 때마침 이월이라네.　　淺碧深紅二月時
그런 고향 강남을 두고도 돌아가지 못하고　　如此江南歸不得
연한 티끌 분가루요 가는 꿈은 실일레라.　　輭塵如粉夢如絲

라고 하였다. 또 「제화장(題畵障 : 그림병풍에 시를 쓰다)」이라는 시에,

가을 기운은 쓸쓸하며 싸늘하고 저물녘 산봉우리는 밝은데
秋氣蕭寒晩峀明
한가한 마음 소박한 정취 한꺼번에 생기네.　　閑心野趣一時生
언제쯤 작게나마 솔잎 집 지어서　　何年小築松毛屋
성에 들어가지 않고 남산을 마주볼는지.　　坐對南山不入城

라고 했고, 「우증(又贈 : 또 증정하다)」이라는 시에,

소매 속에 넣어 둔 사모한다는 글자　　袖裏相思字
모두 푸르스름한 짙은 피의 흔적이 되었네.[63]　　都成碧血痕
이별의 슬픔이 삼백곡[64]이라　　離愁三百斛

---

63) 춘추 시대 주(周)나라 경왕(景王)과 경왕(敬王) 때에 대부를 지냈던 장홍(萇弘)이 자신의 충간(忠諫)이 받아들여지지 않자 자살했는데, 몇 년 후에 피가 흘러 돌 또는 벽옥(碧玉)으로 변했고 시신은 보이지 않았다는 고사에서 지극한 정성을 뜻하는 말로 쓰인다.

정양문에 가득 차 있다네. 塡滿正陽門

라고 하였다.

정유년(1777년)에 기하당(幾何堂) 유금(柳琴 : 유연(柳璉), 유득공의 숙부)이 연경에 들어가서 이부(吏部) 이조원(李調元)을 만나 난공에 대한 소식을 물었다. 그러자 이부는 바람벽 위에 써 붙어 있는 「원석(元夕 : 정월대보름)」이란 시를 가리키면서 "이것은 반정균[65]이 지은 것인데, 현재 벼슬이 중서사인(中書舍人)입니다."라고 하였다. 그 「원석」 시에,

살면서 정월 대보름 몇 번이기에 人生幾元夕
아직까지 북경에 머물렀는고. 留滯尙皇州
달은 수많은 산에 가로막혀 있고 月是千山隔
별빛은 수많은 집에 흐르고 있네. 星仍萬戶流
절강의 등불 고향 그리는 꿈에 보이고 浙燈鄕國夢
싱거운 노주[66]에 명절의 슬픔 달랜다. 魯酒歲時愁
부모님은 깜박거리는 촛불 밝혀두고 耿耿高堂燭
해마다 멀리 나가 있는 자식 생각하리. 頻年憶遠遊

라고 하였다.

---

64) 삼백곡(三百斛) : '斛'은 10말〔斗〕이므로 3,000말을 뜻한다.

65) 반정균(潘庭筠) : 청나라의 학자. 917쪽 주 46) 참조.

66) 노주(魯酒) : 노(魯)나라의 술인데, 맛이 담박하고 싱겁다.

유기하가 서로 날짜를 맞추어 정하여 함께 만나려고 하였는데, 반정균은 황태후의 장례로 임금을 호종하느라 상봉하지 못했다. 유기하가 연행을 할 때에 그의 조카 혜풍(惠風 : 유득공(柳得恭)의 호)이 전송하면서 시를 지었는데, 그 시의 내용은 다음과 같다.[67)]

난공이 마침 이 이부(李吏部 : 이조원)의 집에 이르러 바람벽에 붙은 이 시를 보고는 〈자신의 시가〉 남시(南施)와 비슷하다는 말에 크게 기뻐한 나머지 손수 그 시를 베껴서 돌아갔다. 남시라는 사람은 우산(愚山) 시윤장(施閏章)이다. 일찍이 항주의 선비들과 교분을 맺은 것을 아름다운 이야기로 여기지 않은 적이 없다.

그 다음 해에 이무관(이덕무)과 박차수(박제가)가 연경에 들어갔는데 내가 송별하며 지어 준 시에,

초록의 풀빛은 떠나는 말과 잇닿았고, 草色連去馬
정자의 버들은 나그네 옷을 어둡게 하네. 亭柳暗征袍
어젯밤 산속 집 창가에서 꿈을 꾸었는데 昨夜山窓夢
그대보다 앞서 이미 요수를 건넜다네. 先君已渡遼

라고 하였고 또,

---

67) 유득공이 지은 시의 제목이 「공정가숙부유연(恭呈家叔父遊燕)」인데, 총 6수 중에 4수가 「피서록」 편에 실려 있으므로 여기에서는 생략한다.

말 꼬리 쪽에서 붉은 해 떠오르더니	馬尾昇紅旭
돌아보니 말 머리 쪽으로 가라앉는구나.	旋看馬首沉
요양까지 벌판 천릿길을	遼陽一千里
장차 누구를 찾아보러 가고 또 가는가?	去去將誰尋

라고 하였다. 이는 대체로 그들이 육비와 반정균 등 여러 사람을 만나서 '담헌이 예전에 맺었던 교분 관계를 계속 이어가자' 고 부탁하는 뜻을 담았다. 두 사람은 과연 난공(반정균)을 만나서 여러 날 붙좇아 놀았고, 내가 이별하면서 주었던 시를 말하자 난공은 크게 고무되어 나를 위해 '연암산거(燕巖山居)' 4자를 써서 나에게 주었다. 내가 이제 중국에 와서 다시 그의 집을 찾아갔다. 그의 집은 유리창 안의 양매서가(楊梅書街)에 있다. 난공은 바야흐로 무영전(武英殿)에 갇혀서 숙직하느라 아직 서로 만나지 못했다. 담헌이 일찍이 세 선비와의 필담을 엮어서 『회우록(會友錄)』을 만들었는데, 내가 그 책머리에 서문을 썼다.

포선 염옹(浦仙髥翁) : 신선 포선과 염옹

동회(東淮) 신익성(申翊聖)68)이 경포호를 유람하고 기록한 시

68) 신익성(申翊聖) : 조선 중기의 서예가이자 문신이다. 아버지는 선조 때 유명한 문장가이자 정치가로서 영의정을 지냈던 신흠(申欽)이고, 할아버지는 개성도사를 지낸 신승서(申承緖)이고, 외할아버지는 문장가이자 서예가인 이제신(李濟臣)이다. 신익성은 12세 때 선조의 딸인 정숙옹주와 혼인하여 동양위(東陽尉)에 봉해졌고, 벼슬은 오위도

에,

염옹의 유람기는 고상하고 우아하며　　髥翁記高古
포선의 시는 고고하고 또 맑기까지 하도다.　　浦仙詩更淸
—스스로 붙인 주석에 "염옹은 장유(張維)[69]의 호이고, 포선은 곧 양포(楊浦) 최전(崔澱)[70]이다."라고 하였다.

라고 하였다. 대개 당시에 양포를 신선이라고 부르지 않는 사람이 없었던 것은 그가 경포대를 유람하고 지은 절구시 하나가 맑고 깨끗하며 세속을 끊은 듯했기 때문이다. 경포대를 유람한 시에,

봉래산에 한번 들어가니 삼천 년이 훌쩍　　蓬壺一入三千年

총부도총관을 역임했다. 자는 군석(君奭)이고, 호는 동회거사(東淮居士)·청백도인(靑白道人)·낙전당(樂全堂)이다.

69) 장유(張維) : 조선 중기의 문신으로, 자는 지국(持國)이고, 호는 계곡(谿谷)·묵소(默所)이다.

70) 최전(崔澱) : 조선 중기의 문인으로, 자는 언침(彦沈)이고, 호는 양포(楊浦)이다. 어려서부터 글재주가 뛰어나서 신동이라 불렀고, 9세 때에 이이(李珥)의 문하에서 수학하였으며, 19세(1585년) 때 진사시에 합격하였으나 벼슬길에 오르지 못하고 22세(1588년)에 요절하였다. 시문(詩文)·글씨(예서·초서)·그림(매화, 조류)에 능하였고, 저서로는 『양포유고』가 있다.

넓디넓은 은빛 바다 물은 맑고 얕도다. 銀海茫茫水淸淺
오늘 난새 타고 피리 불며 홀로 날아 왔건만 鸞笙今日獨飛來
벽도화 아래에는 아무도 보이지 않도다. 碧桃花下無人見

라고 하였다.

양포의 자는 침언(沈彦)이고 율곡 선생의 문인이며, 나이 겨우 21세에 죽었다.[71] 율곡을 따라서 한양에 들어갈 적에 말 위에서 운자를 부르니 즉시 대답하기를,

나그네 행차는 어째서 심히 느리단 말인가 客行何太遲
시냇가 다리에 날 저무는 게 두렵지 않은가. 不畏溪橋暮
청산에 뜬 한 조각 구름 靑山一片雲
흩어져 강에 비를 뿌리네. 散作江天雨

라고 하였다.

양포의 아들 유해(有海)[72]는 호가 묵수(默守)이다. 숭정(崇禎)

---

71) 양포의 자는 언침(彦沈)인데, '沈彦'으로 잘못 표기한 것이다. 또 21세에 사망한 것이 아니라 1588년(선조21) 22세에 요절하였다. 1131쪽 주 70) 참조.

72) 양포의 아들 최유해는 조선 중기의 문신으로, 자는 대용(大容)이고, 호는 묵수당(默守堂) · 감파(紺坡)이다. 1613년(광해군5)에 급제하여 1617년에 평안도평사가 되었으나 대북파(大北派)에 의해 삭직되었다가 1623년 인조반정으로 재등용되었으며, 그 뒤 양주목사 · 홍문관교리 · 정주목사 · 길주목사를 거쳐 동부승지가 되었다. 저서로는

기사년(1629년)에 뇌자관 겸 문안사(賚咨官兼問安使)에 임명되어 원숭환(袁崇煥)의 군영에 부임해갈 때에 배가 표류하여 등주(登州)에 정박하게 되었다. 그때 병관(兵官) 계벌(季筏) 장가도(張可度) 및 도사(都司) 장도(張濤), 시랑(侍郎) 송헌(宋獻), 어사 양지원(梁之垣), 참모 정희(程僖) 등 여러 문무의 큰 벼슬아치들이 모두 왕실에 관한 일로 등주에 모였던 터였다. 유해가 『양포집(楊浦集)』을 싸서 중국에 전해달라고 부탁하였는데, 계벌이 — 이하 원문 빠짐—

『묵수당집』이 있다.

原文

避暑錄補
피 서 록 보

三韓婦人盤髮
삼 한 부 인 반 발

朝鮮詩選 載李達步虛詞 三角嵯峨拂紫綃 散垂餘髮
조 선 시 선 재 이 달 보 허 사 삼 각 차 아 불 자 초 산 수 여 발
過纖腰 須臾宴罷西王母 一曲鸞笙向碧桃 註曰三韓
과 섬 요 수 유 연 파 서 왕 모 일 곡 란 생 향 벽 도 주 왈 삼 한
婦人 盤髮爲飾 女子卷而垂于後 然咸作鴉髻 餘則垂
부 인 반 발 위 식 여 자 권 이 수 우 후 연 함 작 아 계 여 즉 수
之 故曰 餘髮過纖腰也.
지 고 왈 여 발 과 섬 요 야

此明遊擊將軍藍芳威字萬里 萬歷壬辰東援時所編也
차 명 유 격 장 군 남 방 위 자 만 리 만 력 임 진 동 원 시 소 편 야
靑莊言 此卽吳明濟子魚 東來時所選 何故爲藍所有
청 장 언 차 즉 오 명 제 자 어 동 래 시 소 선 하 고 위 남 소 유
而蓋多譌謬 非佳本.
이 개 다 와 류 비 가 본

麻姑像 頂上作髻散垂餘髮 此是步虛詞 則何必專指
마 고 상 정 상 작 계 산 수 여 발 차 시 보 허 사 즉 하 필 전 지
東方女子也 藍見我國女兒辮髮 臆解此詩.
동 방 여 자 야 람 견 아 국 여 아 변 발 억 해 차 시

春帖喧藉
춘첩훤자

萬曆丙午 許筠選羅麗以來詩歌爲四卷 以示朱太史
만력병오 허균선라려이래시가위사권 이시주태사
之蕃 朱一夜盡觀 明日謂筠曰 孤雲詩弱 李仁老洪侃
지번 주일야진관 명일위균왈 고운시약 이인로홍간
最佳.
최가

按高麗李仁老號雙明齋 使元 元朝館門春帖 喧藉中
안고려이인로호쌍명재 사원 원조관문춘첩 훤자중
朝 明學士遇本朝使 有誦其詩者 翠眉嬌展街頭柳 白
조 명학사우본조사 유송기시자 취미교전가두류 백
雪香飄嶺上梅 千里家園知好在 春風先自海東來.
설향표령상매 천리가원지호재 춘풍선자해동래

洪侃號洪崖 早朝馬上詩云 紫翠橫空澗水流 風煙千
홍간호홍애 조조마상시운 자취횡공간수류 풍연천
里似滄洲 石橋西畔南臺路 拄笏看山又一秋.
리사창주 석교서반남대로 주홀간산우일추

輒思東來
첩사동래

子曰道不行 乘桴浮于海 又曰欲居九夷 君子居之
자왈도불행 승부부우해 우왈욕거구이 군자거지
何陋之有 海東之士 每引爲口實 以篤夫子生于憂患
하루지유 해동지사 매인위구실 이독부자생우우환
之世 厭苦危亂 道旣不行 則輒思東來 發於想歎.
지세 염고위란 도기불행 즉첩사동래 발어상탄

金宇文虛中 己酉歲書懷曰 去國忽忽遂隔年 公私無
금우문허중 기유세서회왈 거국총총수격년 공사무

益兩茫然　當時議論不能固　今日窮愁何足憐　生死已
익량망연　당시의론불능고　금일궁수하족련　생사이

從前世定　是非留與後人傳　孤臣不爲沈湘恨　悵望三
종전세정　시비류여후인전　고신불위침상한　창망삼

韓別有天.
한별유천

其出處之際　想多尤悔者　眷眷致意於詩歌之中　大約
기출처지제　상다우회자　권권치의어시가지중　대약

身世窮愁　輒思東來　竊自附於夫子欲居之意.
신세궁수　첩사동래　절자부어부자욕거지의

洣潨淥泳

康熙四十三年甲申　冬至使別單云　太原山移　石碑自
강희사십삼년갑신　동지사별단운　태원산이　석비자

出　碑有洣潨淥泳四字　又有七言四句　阜甕山頭一脈
출　비유　사자　우유칠언사구　부옹산두일맥

靑　龍盤虎踞見眞形　水漂火沒山移步　五十年來帝母
청　용반호거현진형　수표화몰산이보　오십년래제모

臨　臨不與靑形諧韻　且其詩語　未詳何意.
림　임불여청형해운　차기시어　미상하의

李懋官嘗博攷字書　而無此四字　余遇太原人李畋問
이무관상박고자서　이무차사자　여우태원인이전문

此四字　出何字書　畋曰　世傳雷公所勒　派㵗潨㶖　山
차사자　출하자서　전왈　세전뇌공소륵　산

崩出水　分源爲二派參派四派五派.
붕출수　분원위이파삼파사파오파

澹園八詠
담 원 팔 영

余嘗爲山西人郭泰峰作也 泰峰字青嶺 號木菴 又號
여 상 위 산 서 인 곽 태 봉 작 야 태 봉 자 청 령 호 목 암 우 호
錦衲 誥授中憲大夫 例晉資政大夫候補道加四級 錦
금 납 고 수 중 헌 대 부 예 진 자 정 대 부 후 보 도 가 사 급 금
衲子執桓 字封圭 又字覲廷 又自號半迂 又號東山
납 자 집 환 자 봉 규 우 자 근 정 우 자 호 반 우 우 호 동 산
亦曰繪聲園.
역 왈 회 성 원

乾隆丙寅生 家素封 能詩工書畫 宅枕虎山之趾 門
건 륭 병 인 생 가 소 봉 능 시 공 서 화 택 침 호 산 지 지 문
當蘆泉之流 岩谷盤紆 雲樹姽嫿 起探秋樓放春閣 姑
당 노 천 지 류 암 곡 반 우 운 수 궤 획 기 탐 추 루 방 춘 각 고
射汾水隱約簷際.
사 분 수 은 약 첨 제

錦衲日與沈德潛賈洛澤諸名流 倡和其中 及卒 封圭
금 납 일 여 심 덕 잠 가 락 택 제 명 류 창 화 기 중 급 졸 봉 규
婦翁浙江布政使王亶望撰墓誌 封圭嘗介同郡鄧師閔
부 옹 절 강 포 정 사 왕 단 망 찬 묘 지 봉 규 상 개 동 군 등 사 민
汶軒 要此八詠 蓋爲其父壽傳也.
문 헌 요 차 팔 영 개 위 기 부 수 전 야

封圭兼寄其所著繪聲園詩集刊本一卷 請序卷首 觀
봉 규 겸 기 기 소 저 회 성 원 시 집 간 본 일 권 청 서 권 수 관
其集 清虛灑脫 類不火食者 自弱冠 藉父青嶺之餘業
기 집 청 허 쇄 탈 유 불 화 식 자 자 약 관 자 부 청 령 지 여 업
招延詞客 爲文酒之會 楊維棟盧秉純之徒序其集 皆
초 연 사 객 위 문 주 지 회 양 유 동 노 병 순 지 도 서 기 집 개
封圭父友也.
봉 규 부 우 야

其春日北上曰 石溪日暖已成綠 兩三人家未有桑 郊
기춘일북상왈 석계일난이성록 양삼인가미유상 교
外斜陽人獨立 青山缺處見牛羊.
외사양인독립 청산결처견우양

其散句如 影寒月欲瘦 香靜菊將闌 雲薄日正午 風
기산구여 영한월욕수 향정국장란 운박일정오 풍
微花片輕 鳥入青空濶 雲孤一片閒 高閣層雲上 遙山
미화편경 조입청공활 운고일편한 고각층운상 요산
細雨中 青山積深翠 紅樹出微黃 春花爛熳同爭艷 好
세우중 청산적심취 홍수출미황 춘화란만동쟁염 호
鳥參差各自飛 淡淡寒煙山外雁 深深落葉雨中燈 黃
조참치각자비 담담한연산외안 심심낙엽우중등 황
鶴樓空今古夢 落梅調入水雲間 皆能韻淸調高.
학루공금고몽 낙매조입수운간 개능운청조고

其友龍門師東望序之曰 洒脫而來 奔放而去 其名貴
기우룡문사동망서지왈 쇄탈이래 분방이거 기명귀
則拔劍起舞 臨風舒嘯 其輕嫩 則落花一瓣 新月一鉤
즉발검기무 임풍서소 기경눈 즉낙화일판 신월일구
又論其爲人曰 性若幽蘭 情如逸鶴 流水桃花 淸迥絶
우론기위인왈 성약유란 정여일학 유수도화 청형절
致 雲蒸霞擧 澹遠宜人 南溪朱佐湯跋尾曰 或時序之
치 운증하거 담원의인 남계주좌탕발미왈 혹시서지
則警心 所以惜分陰者有在 非徒月露自娛而已 或友
즉경심 소이석분음자유재 비도월로자오이이 혹우
朋之持贈 則所以資麗澤者有在 非徒金蘭相得而已
붕지지증 즉소이자이택자유재 비도금란상득이이
信如二君之所言 刲圭之人與詩 槪可想也.
신여이군지소언 봉규지인여시 개가상야

余爲序其卷首曰 漢書以朋友爲周旋人 泰西人呼友
여위서기권수왈 한서이붕우위주선인 태서인호우

朋曰第二吾　故造字者　手又爲友　羽兩爲朋　如人之有
봉왈제이오　고조자자　수우위우　우량위붕　여인지유
左右手　而鳥之有兩翼也　然而說者曰　尙友千古　鬱陶
좌우수　이조지유양익야　연이설자왈　상우천고　울요
哉斯言也　千古之人　已化爲飄塵冷風　則其將誰爲吾
재사언야　천고지인　이화위표진냉풍　즉기장수위오
第二　誰爲吾周旋耶.
제이　수위오주선야

揚子雲旣不得當世之知己　則慨然欲俟後世之子雲
양자운기부득당세지지기　즉개연욕사후세지자운
吾邦之趙寶汝嗤之曰　吾讀吾玄　而目視之目爲子雲
오방지조보여치지왈　오독오현　이목시지목위자운
耳聆之耳爲子雲　手之舞之足之蹈之　各一子雲　何必
이령지이위자운　수지무지족지도지　각일자운　하필
待後世之遠哉.
대후세지원재

此言復似之而非也　目有時而不覩　耳有時而不聞　則
차언부사지이비야　목유시이부도　이유시이불문　즉
所謂舞蹈之子雲　其將孰令視之　孰令聆之　嗟乎　耳目
소위무도지자운　기장숙령시지　숙령령지　차호　이목
手足之生並一身　莫近於吾　而猶將不可恃者如是　則
수족지생병일신　막근어오　이유장불가시자여시　즉
又誰能上溯千古　而俯俟後世耶　由是觀之　友朋之爲
우수능상소천고　이부사후세야　유시관지　우붕지위
第二吾　而吾與之周旋也明矣.
제이오　이오여지주선야명의

吾讀繪聲園集　不覺心骨沸熱涕泗橫流曰　吾與叔圭
오독회성원집　불각심골비열체사횡류왈　오여봉규
生旣並斯世矣　所謂年相若也　道相似也　獨不可以相
생기병사세의　소위년상약야　도상사야　독불가이상

友乎　固將友矣　獨不可以相見乎　吾不知封圭之身長
우호　고장우의　독불가이상견호　오부지봉규지신장
幾尺　鬚眉何如　不可知則吾於並世之人何哉.
기척　수미하여　불가지즉오어병세지인하재

封圭之詩盛矣　其泓淨蕭瑟也　如聞洞庭之落木　其明
봉규지시성의　기홍정소슬야　여문동정지락목　기명
秀帩拔也　如望廬山之一峯　吾又不知　其作之者子雲
수초발야　여망여산지일봉　오우부지　기작지자자운
歟　讀之者子雲歟.
여　독지자자운여

嗟乎　言語雖殊　書軌攸同　惟其歡笑悲啼不譯而通
차호　언어수수　서궤유동　유기환소비제불역이통
何則情不外假　聲出由裏　吾將與封圭　一以笑後世之
하즉정불외가　성출유리　오장여봉규　일이소후세지
子雲　一以吊千古之尙友.
자운　일이조천고지상우

後數年聞　封圭歿於乙未八月　蓋其詩太淸虛多秋士
후수년문　봉규몰어을미팔월　개기시태청허다추사
氣　故少蘊藉　此其夭法也.
기　고소온자　차기요법야

袁程陸汪褚蔣紀
원정육왕저장기

李懋官與李雨村吏部語　雨村數稱袁子才蔣士銓　俱
이무관여이우촌이부어　우촌수칭원자재장사전　구
翰林　而高蹈不立於朝　放蕩山水間　當今之博學　如吏
한림　이고도불립어조　방탕산수간　당금지박학　여이
部主事程晉芳　翰林學士陸錫熊　陸費墀　翰林庶吉士
부주사정진방　한림학사육석웅　육비지　한림서길사

汪如藻 少詹褚廷璋 翰林學士紀昀 而紀與陸錫熊 方
왕여조 소첨저정장 한림학사기윤 이기여육석웅 방

今總纂四庫全書 皆海內名士也.
금총찬사고전서 개해내명사야

其中袁子才 當爲第一才人 名枚 著述甚富 年今八
기중원자재 당위제일재인 명매 저술심부 연금팔

十餘 以庶吉士改上元知縣 官止於此 然天下知與不
십여 이서길사개상원지현 관지어차 연천하지여부

知 皆稱袁子才云 雨村蔗尾軒閑談 備言其事 最工懷
지 개칭원자재운 우촌자미헌한담 비언기사 최공회

古 其博浪城詩 杜牧墓云 蕭郎白馬遠從軍 落日樊川
고 기박랑성시 두목묘운 소랑백마원종군 낙일번천

弔紫雲 客裏鶯花逢杜曲 唐朝春恨屬司勳 高談澤潞
조자운 객리앵화봉두곡 당조춘한속사훈 고담택로

兵三萬 論定揚州月二分 手折芙蓉來酹酒 有人風骨
병삼만 논정양주월이분 수절부용래뢰주 유인풍골

類夫君.
류부군

仙飛花
선비화

中國人問仙飛花 余爲其樹無他種 事近靈怪故不對
중국인문선비화 여위기수무타종 사근영괴고부대

退溪先生詠仙飛花樹 擢玉亭亭倚寺門 僧言錫杖化靈
퇴계선생영선비화수 탁옥정정의사문 승언석장화령

根 枝頭自有曹溪水 不借乾坤雨露恩 樹在順興浮石
근 지두자유조계수 불차건곤우로은 수재순흥부석

寺 卽新羅時古刹也 新羅時僧義湘 將入西城 植杖於
사 즉신라시고찰야 신라시승의상 장입서성 식장어

所居寮門前簷內曰　吾去後此杖生安枝葉　此樹不枯知
소거료문전첨내왈 오거후차장생안지엽 차수불고지
吾不死　義湘去後　寺僧於其居室　塑其像　杖在牌前卽
오불사 의상거후 사승어기거실 소기상 장재패전즉
生枝葉　雖照日月不霑雨露　長纔齊簷一丈有餘　千年
생지엽 수조일월불점우로 장재제첨일장유여 천년
如一.
여일

光海時慶尙監司鄭造　至寺見此樹　謂妖樹令鉅之　寺
광해시경상감사정조 지사견차수 위요수령거지 사
僧以死爭之　造曰仙人所杖　吾亦欲杖　竟截而去　卽抽
승이사쟁지 조왈선인소장 오역욕장 경절이거 즉추
雙幹而長前.
쌍간이장전

癸亥反正時　造以大逆誅死　樹至今四時長青　亦無開
계해반정시 조이대역주사 수지금사시장청 역무개
落　號爲仙飛花　而未嘗開花.
락 호위선비화 이미상개화

朴弘儁　余宗人也　幼時遊寺中　戲斷一幹　樹則再蘖
박홍준 여종인야 유시유사중 희단일간 수즉재얼
如前　而弘儁數十歲前杖死　偶書之爲浮薄曹年少戒.
여전 이홍준수십세전장사 우서지위부박조년소계

孤雲筆蹟
고운필적

宣祖辛卯年間　星州雙溪寺僧　得一紙於石間　有十絶
선조신묘년간 성주쌍계사승 득일지어석간 유십절
句　其首篇曰　東國花開洞　壺中別有天　仙人堆玉枕
구 기수편왈 동국화개동 호중별유천 선인퇴옥침

身世倏千年 字畫如新 鴻世所傳孤雲筆蹟大同.
신세숙천년 자획여신 홍세소전고운필적대동

金人詩詠高麗
금인시영고려

金人詩 詠高麗者多佳句.
금인시 영고려자다가구

李承旨晏字致美 使高麗 平州中和館後艸亭 藤花滿地香仍在 松影拂雲寒不收 山鳥似嫌遊客到 一聲啼破小亭幽.
이승지안자치미 사고려 평주중화관후초정 등화만지향잉재 송영불운한불수 산조사혐유객도 일성제파소정유

王都運寂字元老 薊州玉田人 送張仲謀使三韓 照海旌旂出樂浪 過家上塚路生光 鴨江桃葉朝迎渡 岊嶺松花夜煮湯 恩詔肅將芝檢重 醉鞭低裊玉鞘長 遺民笑指天車道 酷似南陽異姓王 案自注 高麗稱中原使節 皆曰天車某官 事見閻子秀鴨江日記.
왕도운적자원로 계주옥전인 송장중모사삼한 조해정기출낙랑 과가상총로생광 압강도엽조영도 절령송화야자탕 은조숙장지검중 취편저뇨옥초장 유민소지천거도 혹사남양이성왕 안자주 고려칭중원사절 개왈천거모관 사견염자수압강일기

張翰字林卿秀容人 奉使高麗過平州館 昨日龍泉已自奇 一峯寒翠壓簷低 兼幷未似平州館 屋上層巒屋
장한자임경수용인 봉사고려과평주관 작일용천이자기 일봉한취압첨저 겸병미사평주관 옥상층만옥

下溪　金郊驛　山館蕭然爾許清　二更枕簟覺秋生　西窓
하계　금교역　산관소연이허청　이경침점각추생　서창
大好吟詩處　聽了松聲又雨聲.
대호음시처　청료송성우우성

蔡松年字伯堅　高麗館中　蛤蜊風味解朝醒　松頂雲癡
채송년자백견　고려관중　합리풍미해조성　송정운치
雨不晴　悄悄重簷斷人語　碧壺春筍更同傾　晩風高樹
우불청　초초중첨단인어　벽호춘순경동경　만풍고수
一襟清　人與縹甆相照明　謝女微吟有深致　海山星月
일금청　인여표자상조명　사녀미음유심치　해산성월
摠關情.
총관정

李遹字平甫　使高麗　去國五千里　馬頭猶向東　宦情
이휼자평보　사고려　거국오천리　마두유향동　환정
蕉葉鹿　世味蓼心蟲　倦枕三更夢　征衫八月風　山川秋
초엽록　세미요심충　권침삼경몽　정삼팔월풍　산천추
滿眼　歸思寄孤鴻.
만안　귀사기고홍

魏雷溪道明字元道　高麗館偏凉亭詩　碧海半灣蝸角
위뇌계도명자원도　고려관편량정시　벽해반만와각
國　春風十里鴨頭波　極其蹄涔彈丸之小　渺然不足以
국　춘풍십리압두파　극기제잠탄환지소　묘연부족이
盈眦　意溢言外　平壤練光亭柱聯　長城一面溶溶水　大
영자　의일언외　평양연광정주련　장성일면용용수　대
野東頭點點山　季非佳句　若令中國人登眺　豈不笑乎.
야동두점점산　계비가구　약령중국인등조　기불소호

遍踏中原
편답중원

牧隱銘其墓曰 道德之首 文章之宗 功在社稷 澤流生民.
목은명기묘왈 도덕지수 문장지종 공재사직 택류생민

忠宣王在萬卷堂 占一聯云 鷄聲恰似門前柳 閻姚諸學士 問用事來處 王無以應 齊賢從旁對曰 吾邦詩有屋頭初日金雞唱 恰似垂楊裊裊長 以鷄聲之輭比柳條之纖 我殿下詩 用此意也 且韓昌黎琴詩曰 浮雲柳絮無根蔕 則古人之於聲音 亦以柳絮比之矣 滿座歎善.
충선왕재만권당 점일련운 계성흡사문전류 염요제학사 문용사래처 왕무이응 제현종방대왈 오방시유옥두초일금계창 흡사수양요뇨장 이계성지연비류조지섬 아전하시 용차의야 차한창려금시왈 부운류서무근체 즉고인지어성음 역이류서비지의 만좌탄선

中州輒誦淸陰人
중주첩송청음인

中州人輒誦淸陰先生 余未嘗不胸動 對曰公輩何以知之 皆曰王漁洋池北偶談 有淸陰佳句 余曰淸陰文章 特其餘事 道學節義 卽東方大老 諸人亦不復詳訊抑知而嫌於爲說耶 抑事在甲申以前 則中州之所未得詳耶 余亦不敢煩題而衷情 未嘗不鬱然也.
중주인첩송청음선생 여미상불흉동 대왈공배하이지지 개왈왕어양지북우담 유청음가구 여왈청음문장 특기여사 도학절의 즉동방대로 제인역불부상신억지이혐어위설야 억사재갑신이전 즉중주지소미득상야 여역불감번제이충정 미상불울연야

漁洋論詩絶句三十餘首 歷叙古來詩人而其論先生云
어양논시절구삼십여수 역서고래시인이기론선생운

澹雲微雨小姑祠 菊秀蘭衰八月時 記得朝鮮使臣語
담운미우소고사 국수란쇠팔월시 기득조선사신어

果然東國解聲詩.
과연동국해성시

首兩句卽用先生詩 而考集中所載 微雨作輕雨 菊秀
수양구즉용선생시 이고집중소재 미우작경우 국수

蘭衰作佳菊衰蘭者 獨少異也.
란쇠작가국쇠란자 독소이야

漁洋名王士禛 字貽上 號阮亭 亦號漁洋山人 濟南
어양명왕사진 자이상 호완정 역호어양산인 제남

新城人 後避雍正諱 改名士正 亦曰士貞士澂 康熙朝
신성인 후피옹정휘 개명사정 역왈사정사징 강희조

官至刑部尙書 爲海內詩宗者 迄今百餘年 無一人異
관지형부상서 위해내시종자 흘금백여년 무일인이

辭 尊敬之極 書尺筆話 必有漁洋二字 跳騰墨間.
사 존경지극 서척필화 필유어양이자 도등묵간

陶谷李政丞之入燕也 始得蠶尾集三卷而來 李槎川
도곡이정승지입연야 시득잠미집삼권이래 이사천

嘗得邵子湘選本三冊 爲枕中秘寶 帶經堂集之來東
상득소자상선본삼책 위침중비보 대경당집지래동

纔二十餘年 而藏之者不過二三家.
재이십여년 이장지자불과이삼가

貽上之表章先生 蓋亦有由 貽上先室張氏鄒平人 江
이상지표장선생 개역유유 이상선실장씨추평인 강

南鎭江府推官萬鍾之女 都察院左都御史謚忠定公延
남진강부추관만종지녀 도찰원좌도어사시충정공연

登之孫.
등지손

崇禎末 清陰先生航海朝明 道出濟南 時張御史罷官
숭정말 청음선생항해조명 도출제남 시장어사파관
家食 先生因萬鍾得見張御史 一見傾倒 序刻其朝天
가식 선생인만종득견장어사 일견경도 서각기조천
錄一卷 故貽上亦熟聞先生於妻家.
록일권 고이상역숙문선생어처가

嘗倣元裕之中州集例 編感舊集八卷 亦收先生詩 丙
상방원유지중주집례 편감구집팔권 역수선생시 병
戌謝恩使行 先生旁族孫金在行隨行入燕 遇錢塘人嚴
술사은사행 선생방족손김재행수행입연 우전당인엄
誠潘庭筠 問貴國知有清陰金尙憲否 在行以族祖對
성반정균 문귀국지유청음김상헌부 재행이족조대
潘感歎 良久 出其篋中所携感舊集一部 以贈之 又次
반감탄 양구 출기협중소휴감구집일부 이증지 우차
集中先生韻 臨別相贐云.
집중선생운 임별상신운

杭士訂交
항사정교

余友洪湛軒大容 丙戌入燕時 同行有金在行養虛 亦
여우홍담헌대용 병술입연시 동행유김재행양허 역
文章豪士也 遊覽之際 意未嘗不陰求天下奇士 久之
문장호사야 유람지제 의미상불음구천하기사 구지
果得杭士三人 訂交於乾淨衚衕.
과득항사삼인 정교어건정호동

嚴誠字力闇 號鐵橋 浙江錢塘人 雍正壬子生 深於
엄성자역암 호철교 절강전당인 옹정임자생 심어
性理之學 工文章 善隸書 畫亦入品.
성리지학 공문장 선예서 화역입품

陸飛字起潛 號篠飮 浙江仁和人 康熙己亥生 爲人
육비자기잠 호소음 절강인화인 강희기해생 위인
忼慨 多大節.
강개 다대절

潘庭筠字蘭公 一字香祖 乾隆壬戌生 美姿容 藻思
반정균자난공 일자향조 건륭임술생 미자용 조사
警發 書畵雙絶 號秋庫 浙江仁和人.
경발 서화쌍절 호추루 절강인화인

湛軒先得鐵橋秋庫二士 方相視莫逆 鐵橋資甚醇美
담헌선득철교추루이사 방상시막역 철교자심순미
初嗜禪 主陽明 好讀楞嚴經 鐵橋自詑曰 危病垂死之
초기선 주양명 호독능엄경 철교자이왈 위병수사지
際 讀楞嚴裨益身心 亦一貼淸凉散也 覺得地水風火
제 독능엄비익신심 역일첩청량산야 각득지수풍화
四大假合 何事不可放下.
사대가합 하사불가방하

秋庫嘲之曰 嚴兄每日必誦大悲呪 湛軒遂諷之曰 晩
추루조지왈 엄형매일필송대비주 담헌수풍지왈 만
逃佛老 何傷於終歸醇如 鐵橋從此感悟 嘗書臥室云
도불노 하상어종귀순여 철교종차감오 상서와실운
存心總似聞雷日 處境常思斷氣時 又謂湛軒曰 放翁
존심총사문뢰일 처경상사단기시 우위담헌왈 방옹
詩 醉猶溫克方成德 夢亦齊莊始見功 弟嘗服膺斯語
시 취유온극방성덕 몽역제장시견공 제상복응사어
亦可見其工夫之精苦 能用力於幽闇之中也.
역가견기공부지정고 능용력어유암지중야

旣數日篠飮以解元偕計追至同邸 聞兩士訂交大喜
기수일소음이해원해계추지동저 문양사정교대희
且恚卽夜剔燭草畵五綃 畵竟漏已下三皷 幷篠飮集刊
차에즉야척촉초화오초 화경루이하삼고 병소음집간

本五冊以代羔鴈 仍貽書湛軒曰 平生以友朋爲命 況
본오책이대고안 잉이서담헌왈 평생이우붕위명 황
値海上異人 如竟不獲附嚴潘兩友之末 則飛抱終身不
치해상이인 여경불획부엄반양우지말 즉비포종신불
解之妒.
해지투

其後與鐵橋秋庫 會湛軒養虛於旅邸 把臂引觴 意氣
기후여철교추루 회담헌양허어려저 파비인상 의기
淋漓 篠飮之於文章書畵 尤爲巨擘 踈髥皤腹 磊砢倜
림리 소음지어문장서화 우위거벽 소염파복 뇌라척
儻.
당

鐵橋云 陸兄所居 有荷風竹露草堂 偃仰湖山 享人
철교운 육형소거 유하풍죽로초당 언앙호산 향인
間清福 湛軒問曰 兄平居何爲 篠飮曰 心耕筆織.
간청복 담헌문왈 형평거하위 소음왈 심경필직

篠飮乃曰 湛軒養虛居然 一以我爲兄 一以我爲弟
소음내왈 담헌양허거연 일이아위형 일이아위제
以此生此世 生生死死 不可再見之人 作此杳冥恍惚
이차생차세 생생사사 불가재견지인 작차묘명황홀
之綢繆 豈非痴絶 贈養虛詩曰 別愁千斛斗難量 不得
지주무 기비치절 증양허시왈 별수천곡두난량 부득
臨歧盡一觴 直恐酒悲多化涙 海風吹雨濕衣裳 又便
림기진일상 직공주비다화루 해풍취우습의상 우편
面墨畵荷花題詩以贈曰 開宜明月下 種愛碧池深 清
면묵화하화제시이증왈 개의명월하 종애벽지심 청
曠有如許 誰知多苦心.
광유여허 수지다고심

余遇廣東按察使汪新於熱河 問起潛消息 汪亦仁和
여우광동안찰사왕신어열하 문기잠소식 왕역인화

人也 汪與篠飮至歡 已擧進士 未官 不離西湖 富貴
인야 왕여소음지환 이거진사 미관 불리서호 부귀
極矣 茶槍酒椀 概知其得意 人不比弟乾沒風塵.
극의 다창주완 개지기득의 인불비제건몰풍진

柳惠風爲選五十餘首 爲巾衍外集 其燕子磯 葭菼蕭
유혜풍위선오십여수 위건연외집 기연자기 가담소
蕭山鵲飛 水紋滑笏晩風微 南朝畵軸餘金粉 落日寒
소산작비 수문활홀만풍미 남조화축여금분 낙일한
烟燕子磯 湖上晩歸 拄策荒村日脚低 桑顚葉脫見鷄
연연자기 호상만귀 주책황촌일각저 상전엽탈견계
鳴 閒門狼藉枯荷葉 白蕩西風看罱泥 山行 翠屛徐上
명 한문낭자고하엽 백탕서풍간남니 산행 취병서상
杖扶身 落葉蕭蕭欲墊巾 樵磴縈紆飛鳥外 白雲如海
장부신 낙엽소소욕점건 초등영우비조외 백운여해
不逢人 彭念堂小影 以喧聊避俗 出處兩逡巡 書卷貧
불봉인 팽념당소영 이훤료피속 출처량준순 서권빈
逾富 交情老更眞 江山擁茅屋 風雨屬詩人 自結論心
유부 교정로갱진 강산옹모옥 풍우촉시인 자결론심
侶 何嘗識要津 題黃未稱畵冊 薄暮江溟溟 歸漁亦成
려 하상식요진 제황미칭화책 박모강명명 귀어역성
侶 寒塘鳧鴨靜 烟際聞人語.
려 한당부압정 연제문인어

汪按察以爲當世之唐伯虎徐文長.
왕안찰이위당세지당백호서문장

鐵橋寄書湛軒曰 天涯知己 千古所無 感激之極 手
철교기서담헌왈 천애지기 천고소무 감격지극 수
爲之顫 惟有彼此黙黙 鑑此孤忱 其篤於友朋之際 蓋
위지전 유유피차묵묵 감차고침 기독어우붕지제 개
亦至性人也 其酬養虛留別韻 輕暝微寒釀好春 燈前
역지성인야 기수양허류별운 경난미한양호춘 등전

孤客最傷神　天涯意氣存吾黨　海外文章見此人　豪興
고객최상신　천애의기존오당　해외문장견차인　호흥

擬陪千日醉　深情空寄一詩新　分襟草草無他語　隔歲
의배천일취　심정공기일시신　분금초초무타어　격세

音書莫忘頻　敬次淸陰先生韻和答養虛尊兄　客心無定
음서막망빈　경차청음선생운화답양허존형　객심무정

似懸旌　孤館荒寒味乍經　攬鏡怯連雙鬢白　攤書愁對
사현정　고관황한미사경　남경겁련쌍빈백　탄서수대

一燈青　天涯我幸追詞伯　人海誰能識酒星　惆悵相逢
일등청　천애아행추사백　인해수능식주성　추창상봉

卽相別　不堪兀坐思冥冥　又贈　高齋不見一塵飛　古貌
즉상별　불감올좌사명명　우증　고재불견일진비　고모

深情世所稀　安得隨君航海去　頓空眼界不思歸　又題
심정세소희　안득수군항해거　돈공안계불사귀　우제

畵以贈　茆堂入翠微　永與俗情違　好客偶相訪　朝陽初
화이증　묘당입취미　영여속정위　호객우상방　조양초

上衣　松間殘露滴　嶺外孤雲飛　余亦懷長往　山中採蕨
상의　송간잔로적　영외고운비　여역회장왕　산중채궐

薇　贈湛軒　驚心十日返行旌　烈士遺墟此暫經　官道漸
미　증담헌　경심십일반행정　열사유허차잠경　관도점

看新柳綠　旅懷同憶故山青　從今燕雁成千里　終古參
간신류록　여회동억고산청　종금연안성천리　종고삼

商限兩星　縱說神州無間隔　離憂如醉日沈冥　次和洪
상한량성　종설신주무간격　이우여취일침명　차화홍

書狀　白石清泉媚好秋　天然畵本說吾州　生綃半幅閒
서장　백석청천미호추　천연화본설오주　생초반폭한

皴染　忽憶龍泓寺裡遊　簡寄養虛　素書讀罷無他說　只
준염　홀억용홍사리유　간기양허　소서독파무타설　지

餘一斗千秋血　相逢都是好男兒　從此朱絃爲君絶.
여일두천추혈　상봉도시호남아　종차주현위군절

歲丁亥客遊閔中 病瘧且死 寄書湛軒 辭甚悽惻 蓋
세정해객유민중 병학차사 기서담헌 사심처측 개
絶筆也 其寄湛軒 京國傳芳信 遙遙大海東 斯文吾輩
절필야 기기담헌 경국전방신 요요대해동 사문오배
在 異域此同心 情已如兄弟 交眞善始終 相思不相見
재 이역차동심 정이여형제 교진선시종 상사불상견
慟哭向秋風 又見面悲無日 論心喜有書 來從萬里外
통곡향추풍 우견면비무일 논심희유서 내종만리외
到及一年餘 激厲煩良友 衰遲感獨居 無聞將四十 忍
도급일년여 격려번양우 쇠지감독거 무문장사십 인
使寸陰虛 寄養虛 聞道金平仲 年來病且貧 著書餘老
사촌음허 기양허 문도김평중 연래병차빈 저서여노
屋 調藥倚佳人—自註曰 此二字 湛軒所題 非敢相謔— 白髮
옥 조약의가인 자주왈 차이자 담헌소제 비감상학 백발
哀時命 青山狎隱淪 驊騮多失路 誰是九方歅 又一別
애시명 청산압은륜 화류다실로 수시구방인 우일별
成千古 生離是死離 書來腸欲斷 夢去淚先垂 豪士中
성천고 생리시사리 서래장욕단 몽거루선수 호사중
原少 淸辭兩晉宜 百年吾與爾 泉下盡交期.
원소 청사양진의 백년오여이 천하진교기

篠飮寄書傳鐵橋訃曰 鐵橋今春忽有閔中之行 弟苦
소음기서전철교부왈 철교금춘홀유민중지행 제고
口力阻 而迫於父命 竟不用吾言 泣嗟何及 雷光石灰
구력조 이박어부명 경불용오언 읍차하급 뇌광석회
倏忽便盡 想海東故人匀爲之長號也 兼寄挽力闇詩曰
숙홀변진 상해동고인균위지장호야 겸기만역암시왈

千里無端賦遠遊 吾謀不用更誰尤 遺箋剩墨都成讖
천리무단부원유 오모불용갱수우 유전잉묵도성참
瘴雨盲風未是愁 竟夭王濛堪慟哭 難携謝眺只搔頭
장우맹풍미시수 경요왕몽감통곡 난휴사조지소두

一書眞箇關生死　魂斷句驪朔鴈秋.
일 서 진 개 관 생 사　혼 단 구 려 삭 안 추

鐵橋臨終　出湛軒所贈墨笏　嗅玩良久　仍置胸上　奄然長逝　三吳人士　傳爲異事　其爲挽誄　必相擧　似東墨歌　行實遍江南.
철 교 임 종　출 담 헌 소 증 묵 홀　후 완 양 구　잉 치 흉 상　엄 연 장 서　삼 오 인 사　전 위 이 사　기 위 만 뢰　필 상 거　사 동 묵 가　행 실 편 강 남

湛軒與養虛　書喭鐵橋兄果號九峰　書到之日　乃鐵橋歿後二十七月　將禫之夕也　擧家驚號　知舊會祭者　方百餘人　莫不嗟異　謂之神交精誠所感.
담 헌 여 양 허　서 언 철 교 형 과 호 구 봉　서 도 지 일　내 철 교 몰 후 이 십 칠 월　장 담 지 석 야　거 가 경 호　지 구 회 제 자　방 백 여 인　막 불 차 이　위 지 신 교 정 성 소 감

祭時讀湛軒誄爲初獻　次讀養虛誄爲亞獻　鐵橋子方七八歲　九峰爲其單孑　命其次子昂方十五歲爲鐵橋子.
제 시 독 담 헌 뢰 위 초 헌　차 독 양 허 뢰 위 아 헌　철 교 자 방 칠 팔 세　구 봉 위 기 단 혈　명 기 차 자 앙 방 십 오 세 위 철 교 자

九峰作書湛軒　送鐵橋遺稿五卌及鐵橋自寫小影　昂亦作書稱伯父　兼呈其所製科體論一首　辭意縫綣　如通家子弟　鐵橋有友朱文藻　亦感激此事　作書訂交於湛軒　戊戌懋官之入燕也　始得諸書　書出九年　乃方到國.
구 봉 작 서 담 헌　송 철 교 유 고 오 책 급 철 교 자 사 소 영　앙 역 작 서 칭 백 부　겸 정 기 소 제 과 체 론 일 수　사 의 견 권　여 통 가 자 제　철 교 유 우 주 문 조　역 감 격 차 사　작 서 정 교 어 담 헌　무 술 무 관 지 입 연 야　시 득 제 서　서 출 구 년　내 방 도 국

余於琉璃廠中　閱近刻知不足齋叢書　有仁和朱文藻
여 어 유 리 창 중　열 근 각 지 부 족 재 총 서　유 인 화 주 문 조

所著一卷 今皇帝製七絶一首 御筆書朱編首 一覽名
소저일권 금황제제칠절일수 어필서주편수 일람명
姓 雙眸自明 盖朱又是吳中名士也.
성 쌍모자명 개주우시오중명사야

蘭公妻湘夫人亦工詩 有舊月樓集 湛軒爲彈玄琴作
난공처상부인역공시 유구월루집 담헌위탄현금작
平調 蘭公盪下雙淚悲咽不自勝 湛軒亦懷悽然一曲而
평조 난공탕하쌍루비열부자승 담헌역회처연일곡이
止曰 東夷土樂不足 以煩君子之聽 蘭公曰 一別之後
지왈 동이토악부족 이번군자지청 난공왈 일별지후
又無相見之期 令人欲死 讀養虛平生感慨頭今白 異
우무상견지기 영인욕사 독양허평생감개두금백 이
域逢迎眼忽靑之句 曰眞正玅極 至出門摻手已寒星
역봉영안홀청지구 왈진정묘극 지출문삼수이한성
則潸然出涕 及讀離亭草綠斜陽外 萬里垂鞭獨去時
즉산연출체 급독이정초록사양외 만리수편독거시
蘭公以指頭圈之 汪然泣數行下 蓋蘭公貌類婦人 情
난공이지두권지 왕연읍수행하 개난공모류부인 정
軟態濃 易以有淚 而觀其詩 淸姸警新 亦足想見其爲
연태농 이이유루 이관기시 청연경신 역족상견기위
人也.
인야

其敬次淸陰先生韻贈湛軒曰 日高風勁送雙旌 小別
기경차청음선생운증담헌왈 일고풍경송쌍정 소별
千年未慣經 徐市魂銷波影闊 燕臺人去柳條靑 難禁
천년미관경 서불혼소파영활 연대인거류조청 난금
客淚春深雨 易散歡悰曙後星 怊悵響山池閣遠 登車
객루춘심우 이산환종서후성 초창향산지각원 등거
可耐輭塵冥 贈養虛曰 碣石宮南駐遠旌 沃焦峰外想
가내연진명 증양허왈 갈석궁남주원정 옥초봉외상

曾經 衣留銀屋三分白 笠染蓬山一抹靑—自註曰 養虛儒
증경 의류은옥삼분백 입염봉산일말청 자주왈 양허유
者 着戎服相見 故及之— 驟雨聲寒今草聖 淡雲句好舊詩
자 착융복상견 고급지 취우성한금초성 담운구호구시
星—自註曰 淡雲微雨小姑祠 淸陰先生句也 原詩用先生韻故云—
성 자주왈 담운미우소고사 청음선생구야 원시용선생운고운
獨憐孤館分題處 不奈蒼然暮色冥 其和養虛曰 孤館
독련고관분제처 불내창연모색명 기화양허왈 고관
忽無悶 翩然上客來 淺盃便小戶 妙句角淸才 雲影澹
홀무민 편연상객래 천배편소호 묘구각청재 운영담
未夕 花枝紅欲開 衣冠復淳古 人作畵圖猜 自畵桃柳
미석 화지홍욕개 의관복순고 인작화도시 자화도류
題詩以贈曰 吾家西子湖邊樹 淺碧深紅二月時 如此
제시이증왈 오가서자호변수 천벽심홍이월시 여차
江南歸不得 輭塵如粉夢如絲 又題畵障曰 秋氣蕭寒
강남귀부득 연진여분몽여사 우제화장왈 추기소한
晩峀明 閑心野趣一時生 何年小築松毛屋 坐對南山
만수명 한심야취일시생 하년소축송모옥 좌대남산
不入城 又贈 袖裏相思字 都成碧血痕 離愁三百斛
불입성 우증 수리상사자 도성벽혈흔 이수삼백곡
塡滿正陽門.
전만정양문

丁酉幾何堂柳琴 入燕遇李吏部調元 訪蘭公消息 吏
정유기하당유금 입연우이이부조원 방난공소식 이
部指壁上所帖元夕詩曰 此潘所題也 現官中書舍人
부지벽상소첩원석시왈 차반소제야 현관중서사인
其元夕詩曰 人生幾元夕 留滯尙皇州 月是千山隔 星
기원석시왈 인생기원석 유체상황주 월시천산격 성
仍萬戶流 浙燈鄕國夢 魯酒歲時愁 耿耿高堂燭 頻年
잉만호류 절등향국몽 노주세시수 경경고당촉 빈년

憶遠遊.
억 원 유

柳幾何相與約日會晤 而潘扈駕葬皇太后 未果相逢
유 기 하 상 여 약 일 회 오 이 반 호 가 장 황 태 후 미 과 상 봉

幾何之行 其從子惠風送之以詩曰 蘭公適到李吏部舍
기 하 지 행 기 종 자 혜 풍 송 지 이 시 왈 난 공 적 도 이 이 부 사

見此壁間 大喜似南施之語 手自謄寫而去 南施者 施
견 차 벽 간 대 희 사 남 시 지 어 수 자 등 사 이 거 남 시 자 시

愚山閏章也 未嘗不以杭士訂交爲佳話.
우 산 윤 장 야 미 상 불 이 항 사 정 교 위 가 화

其明年 李懋官朴次修入燕 余贈別曰 草色連去馬
기 명 년 이 무 관 박 차 수 입 연 여 증 별 왈 초 색 련 거 마

亭柳暗征袍 昨夜山窓夢 先君已渡遼 又 馬尾昇紅旭
정 류 암 정 포 작 야 산 창 몽 선 군 이 도 료 우 마 미 승 홍 욱

旋看馬首沈 遼陽一千里 去去將誰尋 蓋囑其逢陸潘
선 간 마 수 침 요 양 일 천 리 거 거 장 수 심 개 촉 기 봉 육 반

諸人 以續湛軒舊遊也 兩人果得蘭公 追遊累日 爲道
제 인 이 속 담 헌 구 유 야 양 인 과 득 난 공 추 유 누 일 위 도

余贈別詩 蘭公爲之推詡 爲寫燕巖山居四字以貽余
여 증 별 시 난 공 위 지 추 후 위 사 연 암 산 거 사 자 이 이 여

余今來再尋其家 家在琉璃廠中楊梅書街 蘭公方鎖直
여 금 래 재 심 기 가 가 재 유 리 창 중 양 매 서 가 난 공 방 쇄 직

武英殿 未相遇也 湛軒嘗編三士筆談 爲會友錄 余序
무 영 전 미 상 우 야 담 헌 상 편 삼 사 필 담 위 회 우 록 여 서

其卷首.
기 권 수

浦仙髥翁
포선염옹

申東淮翊聖 鏡湖遊記詩 髥翁記高古 浦仙詩更淸—
신동회익성 경호유기시 염옹기고고 포선시갱청

自註曰 髥翁張維號 浦仙卽崔楊浦澱也— 蓋當時莫不以神仙
자주왈 염옹장유호 포선즉최양포전야 개당시막불이신선

稱者 以其遊鏡浦臺一絶 淸虛絶塵故也 蓬壺一入三
칭자 이기유경포대일절 청허절진고야 봉호일입삼

千年 銀海茫茫水淸淺 鸞笙今日獨飛來 碧桃花下無
천년 은해망망수청천 난생금일독비래 벽도화하무

人見.
인견

楊浦字沈彦 票谷先生門人 年纔二十一歿 隨票谷入
양포자침언 표곡선생문인 연재이십일몰 수표곡입

京 馬上呼韻 卽對曰 客行何太遲 不畏溪橋暮 靑山
경 마상호운 즉대왈 객행하태지 불외계교모 청산

一片雲 散作江天雨.
일편운 산작강천우

楊浦子有海 號黙守 崇禎己巳 充賚咨官兼問安使
양포자유해 호묵수 숭정기사 충뇌자관겸문안사

赴袁崇煥軍前 舟漂泊登州 時兵官張可度季筏及都司
부원숭환군전 주표박등주 시병관장가도계벌급도사

張濤 侍郞宋獻 御史梁之垣 參謀程僖 諸文武大吏
장도 시랑송헌 어사양지원 참모정희 제문무대리

皆以王事會于登州 有海賫楊浦集 托傳于中國 季筏—
개이왕사회우등주 유해재양포집 탁전우중국 계벌

以下缺—
이하결

찾아보기

ㄱ

ㄴ

ㄷ

ㄹ

ㅁ

ㅅ

ㅈ

ㅎ